교주 완월회맹연 2

교주 완월회맹연 2

玩月會盟宴

완월회맹연 번역연구모임

ㅎ

《완월회맹연》 교주본과 현대역본을 내면서

조선시대 최장편 국문소설 《완월회맹연》

완월회맹연(玩月會盟宴, 달구경을 하면서 굳은 약속을 하는 모임 혹은 잔치). 이는 18세기 조선의 장편소설 제목이다. 달밤의 약속이라니, 낭만적이다. 무슨 이야기일까? 《완월회맹연》은 고전문학 연구자들에게는 익숙한 작품일 터인데, 일반 독서 대중들에게는 낯선 소설일 수도 있겠다. 《완월회맹연》의 교주본과 현대역본 출판을 앞두고 쓰는 서문은 각별하다. 궁금한 작품이었고 또 널리 알리고 싶은 작품이었지만 너무나도 방대한 분량에 압도되어 오늘날의 독서물로 번역할 엄두를 내기 어려운 작품이었기 때문이다. 번역을 하기 위해서는 원문 교주본이 필요하다. 제대로 된 번역을 하기 위해서는 원문에 대한 정확한 이해가 확보되어야 하는데, 이 긴 분량을 교감 작업을 하면서 주석하는 일 역시 엄두가 나지 않기는 마찬가지였다. 그런데 지금 그 1차 교주본과 현대역본의 출간을 앞두고 서문을 쓰고 있다. 1976년 창덕궁 낙선재에서 《완월회맹연》이 발견된 이후 첫 번째 교주 및 현대역 작업의 결과물이 이제 첫선을 보이는 것이다.

창덕궁 안에 있는 낙선재에 소장되어 있었던 장서각본《완월회맹연》의 독자는 비빈과 상궁, 궁녀 등 궁중에 거처하는 여성들이었을 것이다. 조선시대에는 소설을 읽기도 했지만 남이 읽어주는 것을 듣는 방식으로 즐기기도 했다. 그렇기 때문에 '독자'라는 단어를 사용하기가 조심스러운 부분이 있는데, 180권이나 되는 작품을 듣는 방식으로 즐긴다는 것은 엄두가 나지 않을 것으로 보이기에 이 같은 국문장편소설의 경우는 독자라는 단어가 적합할 것으로 보인다.

이 최장편 국문장편소설의 작가는 안겸제의 어머니로 알려진 여성이다. 이를 뒷받침하는 것은 조재삼(1808-1866)이 쓴《송남잡지(松南雜識)》의 기록이다.

> 또 완월은 안겸제의 어머니가 지은 바로, 궁궐에 흘려 들여보내 이름과 명예를 넓히고자 했다(又玩月 安兼濟母所著 欲流入宮禁 廣聲譽也).

안겸제의 어머니가《완월》을 지었는데, 궁중에 들여보내 자기 이름이 알려지고 명예가 더해지기를 바라서 이 소설을 지었다는 내용이다. 조선시대 소설은 작가가 밝혀진 경우가 드문데, 이 장편 거질은 작가가 거론되고 창작 이유까지 언급되어 있다. 더구나 작가가 여성이라니 더더욱 눈길이 가지 않을 수 없다.《완월》은《완월회맹연》을 가리키는 것으로 보인다. 조재삼의 기록은 신뢰할 만한 근거가 있다. 조재삼 집안과 안겸제의 모친 전주 이씨는 외가이자 사돈지간으로, 조재삼의 외고조부가 안겸제 모친과 재종지간이며 조재삼의 큰며느리도 전주 이씨이다. 이런 경로로 조재삼은 집안끼리의 왕래를 통해 안겸제 모친에 대한 소식을 들었을 수 있다. 안겸제의 모친 전주 이씨는 1694년에 아버지 이언경과 어머니 정부인 안동 권씨 사이에서 태어나 20세 무렵 안개(1693-1769)와 혼인했으며, 안겸제는 그녀의 셋째 아들이다. 지금도 파주에 가면 전주 이씨가 남편인 안개와 함께 묻힌 묘소가 있다. 무덤 앞의 비석에 새겨진 비문을 보면 전주 이씨는 부덕을 갖췄으며 여사(女史)의 풍모가 있는 여성이었음을 알 수 있다. 이런 자질은《완월회맹연》의 작가로서 잘 어울리는 요소이다. 그뿐만 아니라 안겸제 모친 전주 이씨의 친정 가문 여성들에게 소설을 즐기는 문화가 있었다는 연구 결과도 보고되어 있다. 다만 소설 분량이 너무 방대하고 후반부에 약간 결이 다른 서술들이 발견된다는 점을 염두에 두고 볼 때《완월회맹연》을 지은 작가가 전주 이씨 한 명만이 아닐 가능성은 있다. 중국의 장편소설인 탄사소설《재생연(再生緣)》도 공동 창작 작품으로, 원래 작가였던 진단생이 마무리를 못 하고 죽자 후에 양덕승이라는 여성이 그 뒤를 채워 결말을 맺었다.

《완월회맹연》은 180권으로 이루어진, 단일 작품으로는 가장 긴 서사 분량을 지닌 한글소설이다. 지금 우리가 보기에 180권이나 되는 소설 작품은 돌출적인 작품인 것처럼 보일 수도 있다. 그러나 17세기 중후반부터 조선에서는 이 같은 길이의 국문장편소설을 창작하고 즐기는 여가 문화가 펼쳐졌을 것으로 보인다. 17세기 작품인《소현성록》연작이 그 효시가 되는 작품이며, 소위 삼대록계 국문장편소설로 불리는 다수의 작품이 있고, 이 같은 장편대하소설들은 18, 19세기까지 지속적으로 창작되고 독자들을 확보했다. 세책가라고 불리는 책 대여점에서도 국문장편소설은 중요한 비중을 차지했다. 이런 소설들은 가문소설이라고 불리기도 하는데, 그 까닭은 이런 소설에서는 대개 두세 가문이 등장하여 혼인 관계로 사건이 얽히고 삼대에 걸쳐 가문의 흥망성쇠를 보여주는 서사가 펼쳐지기 때문이다.

'완월회맹연'이라는 제목처럼 이 작품은 아름다운 달밤에 자식들의 혼인 약속을 정하는 것이 서사의 근간을 이룬다. 그 이야기의 세계는 우아하고 유장하고 섬세하고 구체적이며 때로는 격렬하며 역동적이고 선악의 길항이나 인간 내면의 여러 겹 층위를 다양하게 드러내어 보여주고 있다.《완월회맹연》서사 세계의 정교함과 풍부함 그리고 문제적 징후를 포착해 내는 시선은 중국의《홍루몽》에 비견할 만하다. 또《완월회맹연》서사의 방대함이란 여느 연의소설에 견주어도 못지않은 장강 같은 흐름을 보여준다. 이 작품에는 조선시대의 상층 문화가 상세하게 재현되어 있다. 배경은 중국이지만 이 작품이 다루고 있는 내용은 조선시대 상층 양반들의 이야기이자 그들의 생활문화이다. 180권에 달하는 서사 분량 속에 당대 문화의 규범과 일상의 디테일들이 풍부하고도 섬세하게 담겨 있는 것이다. 그러나 그렇다고 하여 이 작품이 상층의 인물만을 재현하는 것은 아니다.《완월회맹연》은 하층 인물들 또한 구체적으로 실감나게 재현하고 있으며 하층 인물의 경우에도 인물마다 이야기를 만들어주고 있다. 이 교주와 번역 작업을 통해《완월회맹연》의 서사 세계와 그 가치가 드러날 수 있기를 기대한다.

《완월회맹연》교주 및 현대역 작업 과정

《완월회맹연》교주 및 번역 작업은 이화여자대학교 고전소설 전공자들이 진행하고 있다. 박사 논문을 쓴 선배부터 석사과정 학생에 이르기까지 이화여대에서 고전소설을 전공하는 이들이 모여 매주 열너덧 명의 인원이 강독 스터디에 참여하고 있으며, 그중 국문장편소설을 번역할 역량을 갖춘 구성원들이 주축이 되어 교주 및 번역 작업을 담당하고 있다. 《완월회맹연》 강독은 2016년 무렵부터 시작하여 그 이후 매주 토요일에 각자 입력하고 주석한 원문과 번역문을 가지고 와서 안 풀리는 부분을 함께 풀어가고 있다. 이 모임에는 이미 삼대록계 국문장편소설을 번역·출판한 경험을 비롯하여 다수의 한문소설을 번역한 경험을 지닌 연구자들 여럿이 함께하고 있는데, 《완월회맹연》 번역은 기존에 했던 어떤 국문장편소설들보다도 난도가 높은 것으로 보인다. 방학 동안에는 조금 더 집중적으로 작업을 해왔으며 코로나 이후로는 토요일마다 계속 줌(zoom)을 통해 같은 작업을 이어가고 있다. 혼자서는 도저히 안 풀리던 구절이 여럿이 함께 의논하면 신기하게도 풀리곤 하는 경험을 반복하고 있다. 여럿의 입이 난공불락의 글자들을 녹여 뜻을 드러내는 듯하다. 이렇듯 노력을 기울이고 있지만 그 과정에서 툭툭 오류들이 발견되고 수정될 때마다 아차 싶고 교차 검토에서도 오류가 바로잡히는 것을 보게 된다. 첫 번 시도하는 《완월회맹연》 교주 및 번역 작업에 만전을 기하고자 노력하지만 여전히 발견하지 못한 부분들이 남아 있을 수도 있다. 이어지는 또 다른 작업에서 오류가 시정되기를 바라면서 《완월회맹연》의 첫 번 교주본과 현대역본을 세상에 내보낸다.

《완월회맹연》은 180권으로 이루어진, 단일 작품으로는 가장 긴 서사 분량을 지닌 한글소설이다. 이 작품은 현재 두 개의 완질본이 있는데, 하나는 한국학중앙연구원 장서각본(180권 180책)이고 다른 하나는 서울대학교 규장각본(180권 93책)이다. 장서각본은 원래 창덕궁 낙선재에 소장되어 있었다. 이 두 이본은 책수가 다르고 필사 과정에서 약간의 차이를 보이는 부분들이 있으나 전체적인 내용과 분량은 서로 유사하다. 이 두 이본 중에는 장서각본이 전체적으로 더 보관 상태가 깨끗하며, 상대적으로 구개음화나 단모음화가 일어나지 않은 표기가 빈번하므로 필사 시기도 앞설 가능성이 높을 것으로 논의되고 있다. 그러므로《완월회맹연》의 교주 작업 역시 장서각본을 대상으로 했으며, 규장각본으로 교감 작업을 병행하여 장서각본의 원문이 불확실한 부분을 보완했다. 이 작업을 마친 후에는 본격적으로 규장각본을 함께 검토하고 교열하면서 교주 및 번역 작업을 해오고 있다.

《완월회맹연》은 한글소설이지만 한자 어휘 및 용사나 전고 등의 한문 교양이 대거 사용되고 있다. 교주본 작업을 하면서 각주를 통해 용사나 전고 등의 전거를 최대한 정확하게 밝히고자 했다. 미진한 경우에는 맥락에 따라 추정을 하고 그 추정 근거를 밝히는 방식으로 작업했다. 각자 교열 및 주석 작업을 한 후에는 수차례에 걸쳐 서로의 교주본 파일을 교차 검토하면서 교주본의 완성도를 높이기 위해 노력했으며 오류가 발견되는 경우 강독 모임을 통해 그 경우의 수들을 공유하면서 각자 수정을 하여 교주 및 번역의 일관성을 유지할 수 있도록 했다.

국문장편소설에는 길이가 긴 문장들이 자주 보이는데《완월회맹연》도 한 문장의 길이가 매우 긴 경우들이 빈번하게 등장하며 그 안에서 초점화자가 바뀌는 경우들이 있기에 주술 관계나 수식 관계를 파악할 때 각별한 주의를 기울였다. 긴 문장 속에서 자칫하면 서술어의 주체를 놓치기 쉽고, 경우에 따라서는 인물들의 호칭도 헷갈릴 수 있기에 조심스럽다. 남성 인물들은 대개 성씨에 관직명을 더해 부르는데 두세 가문의 인물들이 주로 나오므로 같은 성씨가 반복되는 데다가 여러 인물들이 같은 벼슬을 할 수도 있고 같은 인물이라 해도 승진이나 부서 이동에 따른 호칭 변동이 있을 수 있다. 여성 인물의 경우에도 용례는 다르나 비슷한 어려움에 처할 경우가 생긴다. 친정의 맥락에서는 남편 성씨에 따라 부르기도 하기 때문이다. 예를 들어 서씨 성을 가진 여성이 정씨 집안으로 시집을 가면 시집 맥락에서는 계속 서부인으로 불리다가 친정의 맥락에서는 정부인으로 불리는 식이다. 더군다나 친족 관계 호칭도 상황에 따라 변할 수 있기에 인물들 간의 관계를 잘 따져가면서 확인할 필요도 있다.

《완월회맹연》 번역은 특히 이런저런 신경을 늘 쓰고 있어야 맥락이 풀리는 경우가 많다. 매주 하는 강독 모임에서 발견하는 즐거움이 있다면 그것은 이런 문제 해결에서 온다. 혼자서는 맥락이 잘 안 잡히던 부분이 여럿의 공동 고민을 경유하면 툭 하고 풀리는 시원함을 경험한다. 이러니 힘들지만 우리는 서로에게 책임을 느끼며 모이는 데 열심을 낼 수밖에 없다. 《완월회맹연》 교주와 번역은 이화여대 《완월회맹연》 번역팀의 열너덧 명이 한마음으로 진행하고 있다. 이렇게 작업할 수 있음에 감사하고 또 묵묵하게 힘든 작업을 해내는 구성원들 모두에게 존경을 보낸다. 보다 구체적인 번역 원칙은 교주본의 일러두기에 적어놓았다. 《완월회맹연》 작품 자체에 대해서는 이 팀의 공동 저서인 《달밤의 약속, 완월회맹연 읽기》에 미룬다.

우리 팀은 우선 교주와 번역을 시작했는데 막상 이런 장편 거질을, 그것도 원문 입력과 주석까지 더한 학술적 성격의 초역을 출판해 줄 출판사를 만나는 것이 또 하나의 숙제였다. 이처럼 방대한 작업의 출판을 기꺼이 결정해 주신 휴머니스트 출판사에 마음 깊은 곳에서 우러나는 감사를 드린다.

이야기는 인류의 유산이자 자산이다. 지금도 새로운 이야기들이 만들어지고 있다. 《완월회맹연》은 18세기 조선에서 만들어진 유례없는 장편소설이다. 이 작품이 지니는 여러 매력적인 지점들과 의미 있는 부분들로 인해 《완월회맹연》에 대해서는 지속적으로 연구들이 쌓이고 있다. 이런 《완월회맹연》의 첫 교주본을 낼 수 있게 되다니 감개가 무량하다. 《완월회맹연》 교주본과 현대역본 출판은 학문적 연구의 활성화는 물론이며 다양한 문화콘텐츠의 원천으로도 충분히 활용 가능할 것이다.

2021년 투명한 가을 공기 속에서

조혜란 씀

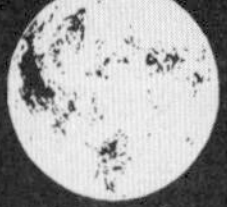

일러두기

- 교주본은 장서각본을 중심으로 규장각본을 대교하며, 교감 내용은 각주로 제시함.
- 띄어쓰기가 되어 있지 않은 원문의 가독성을 높이기 위해 현대어 문법에 따라 띄어쓰기를 하고(단, 호칭과 관직은 붙여 씀), 대화문이나 이야기가 전환되는 장면에서는 줄 바꾸기를 함.
- 장서각본의 면수를 표시하고 새로운 면이 시작되는 글자 위에 ● 표시를 하였음.
- 문장부호의 경우 대화는 큰따옴표(" "), 강조는 작은따옴표(' '), 병렬은 가운뎃점(·), 의문형은 물음표(?), 그 외 느낌표, 마침표, 쉼표만 사용함.
- 순한글 고어로 표기되어 있는 원문의 문해성을 높이기 위해 한자어의 경우 한자를 병기함. 원문에 각주 형식으로 전고 및 어휘의 의미를 보충함.
- 동일 한자어의 한자 병기는 원문 1면에 1회를 기준으로 하고, 빈도에 따라 조정함.
- 각주 형식은 '표제어: 기본형 혹은 원형. 의미. 출전' 순으로 제시하고, 표제어는 원문에 병기된 한자를 포함하며, 출전은 필요한 경우에만 제시함.
- 한자와 각주는 고어대사전, 한자어사전, 국어사전, 한국고전번역원DB 등을 참고하여 작성함.
- 원문의 세주는【 】로 표시함.

차례

권디십일 卷之十一 19
권디십이 卷之十二 73
권디십삼 卷之十三 125
권디십ᄉᆞ 卷之十四 173
권디십오 卷之十五 225
권디십뉵 卷之十六 277
권디십칠 卷之十七 323
권디십팔 卷之十八 371
권디십구 卷之十九 417
권디이십 卷之二十 463

정잠과 정삼 집안

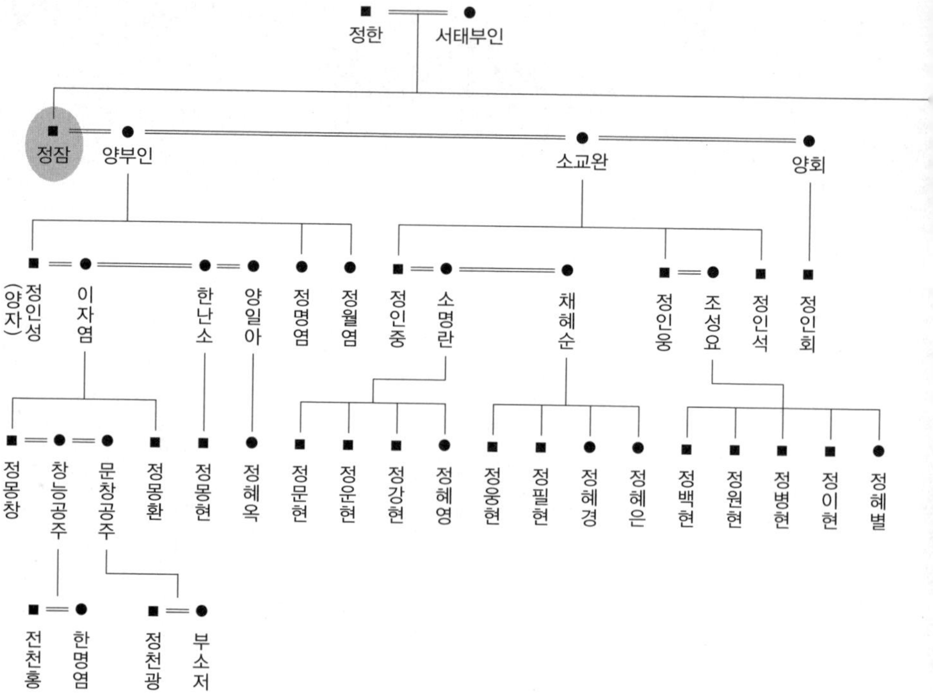
정한
서태부인
정잠
양부인
소교완
양회
정인성 (양자)
이자염
한난소
양일아
정명염
정월염
정인중
소명란
채혜순
정인웅
조성요
정인석
정인회
정몽창
창능공주
문창공주
정몽환
정몽현
정혜옥
정문현
정운현
정강현
정혜영
정웅현
정필현
정혜경
정혜은
정백현
정원현
정병현
정이현
정혜별
전천홍
한명염
정천광
부소저

인물 관계도

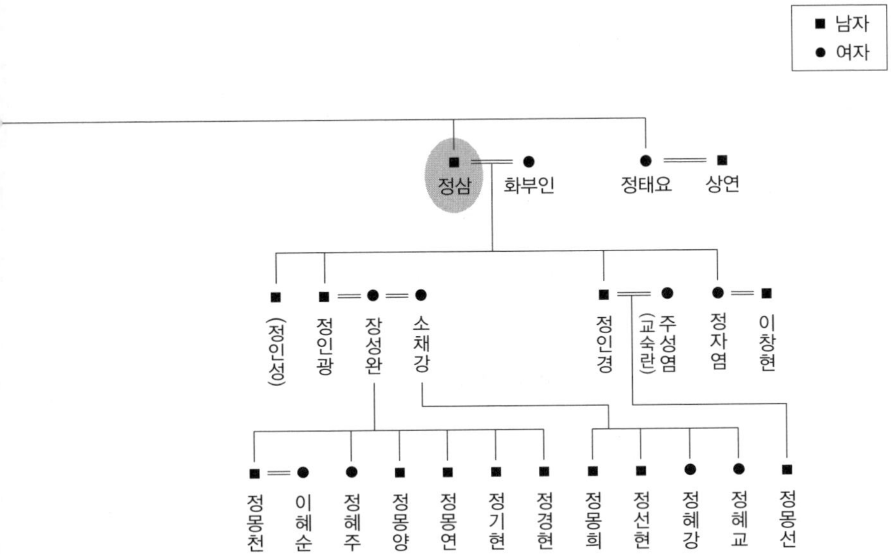
■ 남자
● 여자
정삼
화부인
정태요
상연
(정인성)
정인광
장성완
소채강
정인경
주성염
(교숙란)
정자염
이창현
정몽천
이혜순
정혜주
정몽양
정몽연
정기현
정경현
정몽희
정선현
정혜강
정혜교
정몽선

정흠과 정염 집안

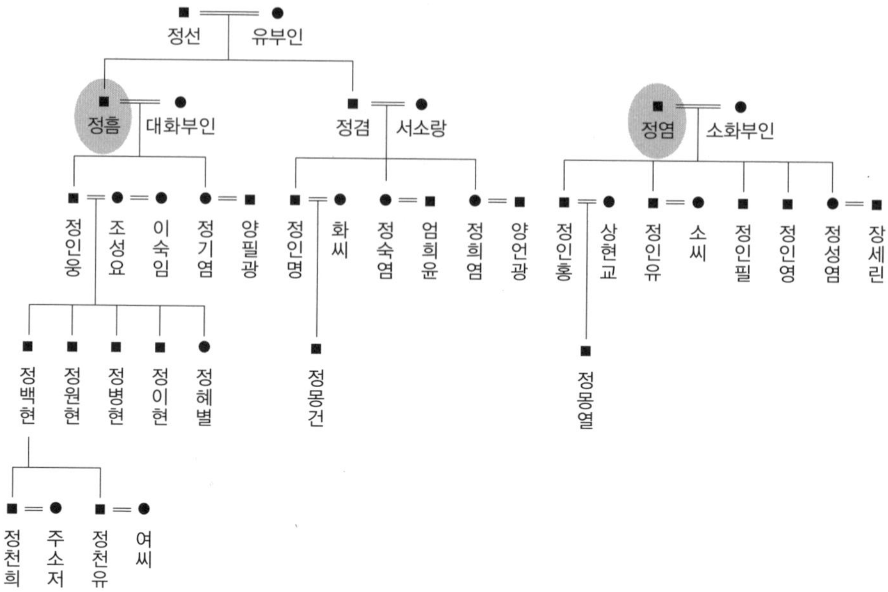

조세창 집안

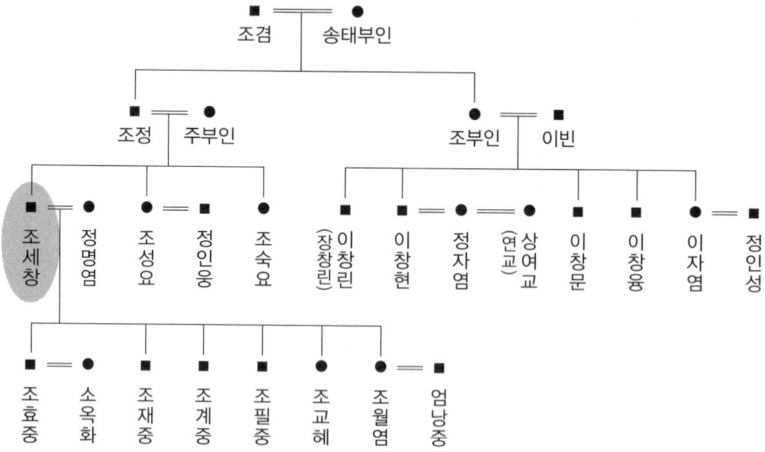

장헌 집안

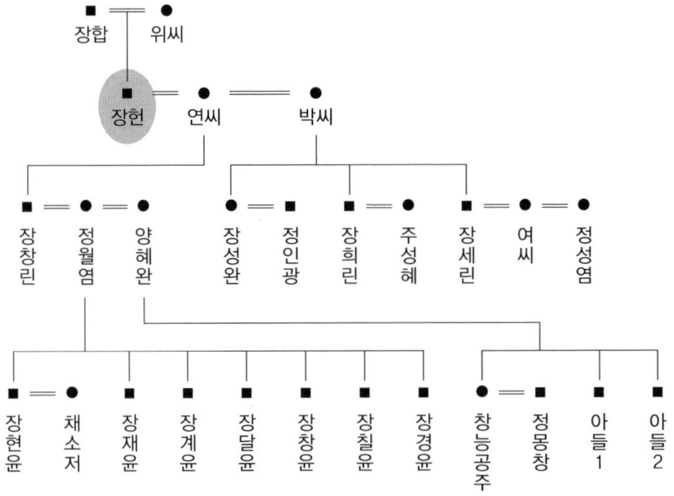
장합
위씨
장헌
연씨
박씨
장창린
정월염
양혜완
장성완
정인광
장희린
주성혜
장세린
여씨
정성염
장현윤
채소저
장재윤
장계윤
장달윤
장창윤
장칠윤
장경윤
창능공주
정몽창
아들1
아들2

소교완 집안

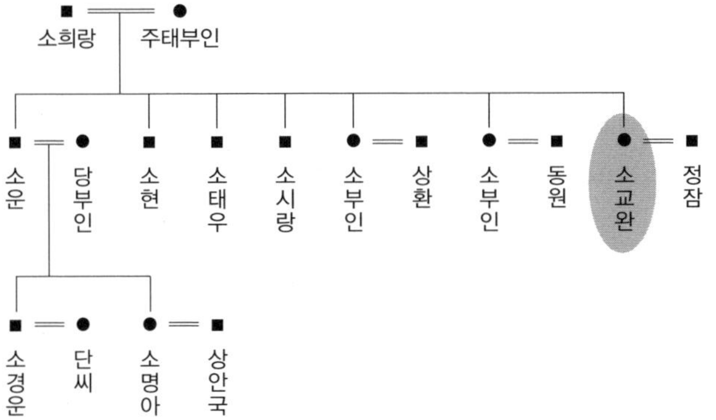
소희랑
주태부인
소운
당부인
소현
소태우
소시랑
소부인
상환
소부인
동원
소교완
정잠
소경운
단씨
소명아
상안국

상연-정태요 집안

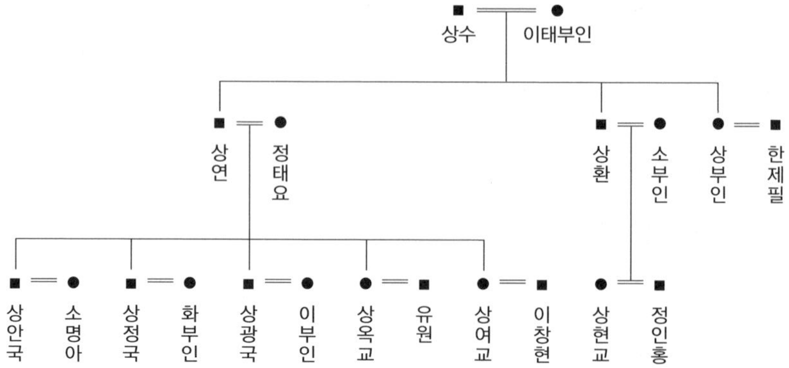

주성염(교숙란) 집안-정인경 처가

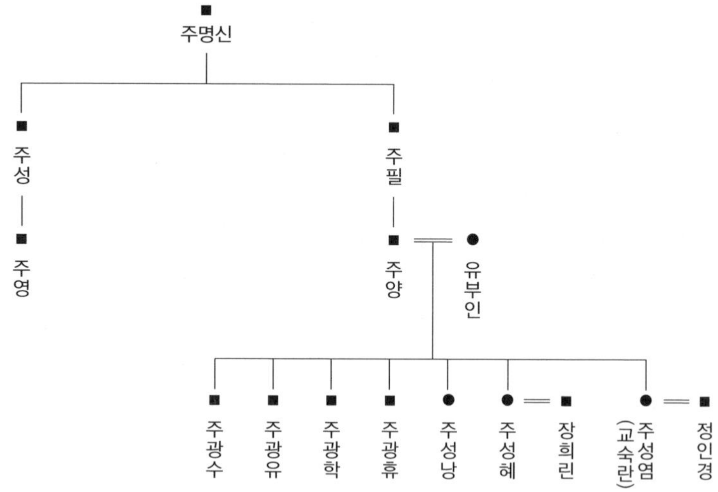

완월회밍연 玩月會盟宴

권디십일 卷之十一

어시(於是)의 냥계공이 셔태부인 말ᄉᆞᆷ을 듯ᄌᆞ오ᄆᆡ 더옥 블효(不孝)ᄅᆞᆯ 1면
슬허 쳬읍ᄃᆡ왈(涕泣對曰)

"블초ᄋᆞ(不肖兒) 등이 ᄇᆡᆨ모(伯母)의 은양(恩養)ᄒᆞ시믈 닙ᄉᆞ와 화ᄒᆞᆫ(禍釁)과 민흉(愍凶)[1]의 텬디변망(天地竝亡)[2]ᄒᆞᆫ 디원극통(至冤極痛)을 ᄊᆡ닷디 못ᄒᆞᄋᆞᆸ고 계오 댱셩(長成)ᄒᆞ믈 어더 ᄇᆡᆨ부(伯父) 슬하(膝下)의 ᄒᆞᆫ갈ᄀᆞᆺ치 뫼셔 미(微)ᄒᆞᆫ 정셩을 다ᄒᆞᆯ가 ᄒᆞ엿ᄉᆞᆸ더니 유ᄌᆞ(猶子)[3] 등의 죄얼(罪孼)이 듕ᄒᆞ와 ᄇᆡᆨ부대인(伯父大人)을 여희오니 혈혈고고(子子孤孤)ᄒᆞᆫ 정ᄉᆞ(情事)와 층층쳡쳡(層層疊疊)ᄒᆞᆫ 디통(至痛)이 텬디무ᄋᆡ(天地無涯)ᄒᆞ오ᄃᆡ 오ᄃᆡᆨ ᄇᆡᆨ모ᄅᆞᆯ 의앙(依仰)[4]ᄒᆞ와 비록 호(怙)ᄒᆞᆯ 곳이 업ᄉᆞ오나 오히려 시(恃)ᄒᆞᆯ 곳이 완연ᄒᆞᆷ ᄀᆞᆺᄉᆞ와 죵형(從兄)으로 더브러 기리 상의위명(相依爲命)ᄒᆞ며 우흐로 ᄇᆡᆨ모ᄅᆞᆯ 밧드ᄋᆞᆸ고 가온ᄃᆡ로 안항(雁行)[5]이 ᄎᆞ례ᄅᆞᆯ 일치 아니ᄒᆞ와 남은 셰월을 보ᄂᆡ올가 ᄒᆞ엿
ᄉᆞᆸ더니[6] ᄯᅳᆺ 아닌 화얼(禍孼)[●7]이 이의 밋쳐 망형(亡兄)의 블유(不遺)ᄒᆞ 2면
미 ᄒᆞᆫ 조각 튱녈덕ᄒᆡᆼ(忠烈德行)을 바든 ᄇᆡ 업시 기ᄅᆞᆷ 가마[8]ᄅᆞᆯ 븟들며 칠심(七心)[9]을 ᄉᆡᆼ히믈[10] 효측(效則)ᄒᆞ와[11] 무한ᄒᆞᆫ 블효로ᄡᅧ ᄇᆡᆨ모(伯母)의

---

1 민흉(愍凶): 부모의 상(喪).
2 텬디변망: 천지병망. 원문에 '텬디변망'이라 되어 있으나 맥락을 고려하여 '천지병망(天地竝亡)'으로 보았음.
3 유ᄌᆞ(猶子): 유자. 조카.
4 의앙(依仰): 의지하고 존경함. 규장각본에는 '의ᄉᆞᆼ'으로 되어 있음.
5 안항(雁行): 줄지어 날아가는 기러기 떼. 형제를 가리킴.
6 보ᄂᆡ올가 ᄒᆞ엿ᄉᆞᆸ더니: 규장각본에는 '가ᄒᆞ엿ᄉᆞᆸ더니'로 되어 있음.
7 화얼(禍孼)이: 규장각본에는 '화를'로 되어 있음.
8 기름 가마: 기름 가마(유확(油鑊)). 삶겨 죽이는 형벌을 말함.

참연ᄋᆡ상(慘然哀傷)ᄒᆞ시믈 돕ᄉᆞ오니 젼일 ᄇᆡᆨ부모ᄅᆞᆯ 야양(爺孃)[12]으로 달니 알오미 업ᄉᆞᆸ던 ᄇᆡ 헛곳의 도라갓ᄉᆞᆸᄂᆞᆫ디라. 복션(福善)의 명응(冥應)[13]이 조상(早傷)ᄒᆞ오니 텬니(天理)ᄅᆞᆯ 미들 거시 업ᄉᆞᆸ거니와 션형(先兄)의 현효튱녈(賢孝忠烈)노ᄡᅧ 거의 후ᄉᆞ(後嗣)의 갑흐믈 바들 ᄃᆞᆺᄒᆞᆫ 바의 닌웅이 이러ᄐᆞᆺ 비상(非常)ᄒᆞ고 긔염의 셩효뎡녈(誠孝貞烈)이 타인(他人)의 십ᄌᆞ(十子)ᄅᆞᆯ 블워 아니 ᄒᆞ올디라. 복원(伏願) ᄇᆡᆨ모ᄂᆞᆫ 망형(亡兄)을 아이의 업더니로 아ᄅᆞ샤 참졀비원지ᄉᆞ(慘絶悲冤之事)ᄅᆞᆯ 다시 ᄉᆡᆼ각디 마ᄅᆞ시고 닌웅과 긔염으로ᄡᅧ 망형을 ᄃᆡ(代)ᄒᆞ쇼셔."

태부인이 비쳬년낙(悲涕連落)ᄒᆞ여 탄셩쳬읍(歎聲涕泣)이라가 날호여[14] ᄀᆞᆯ오ᄃᆡ

"여형(汝兄)의 슈복(壽福)[15]이 하원(遐遠)치 못ᄒᆞ믄 션군(先君) ᄌᆡ시
3면 (在時)의 깁히 우려ᄒᆞ시던 ᄇᆡ어니와 나의 그윽이 미든 바ᄂᆞᆫ 그 슌명탁속(純明濯俗)ᄒᆞᆫ ᄒᆡᆼᄉᆞ(行事)와 인ᄌᆞ돈후(仁慈敦厚)ᄒᆞᆫ 덕되(德道) 족히 향슈다복(享壽多福)ᄒᆞᆯ ᄲᅳᆫ 아니라 ᄃᆡᆨ개(直介)ᄒᆞᆫ 긔졀(奇節)과 당당ᄒᆞᆫ 튱녈(忠烈)이 일월(日月)의 ᄶᅦ여시니[16] 평ᄉᆡᆼ ᄒᆡᆼ신(行身)을 졈검

---

9 칠심(七心): 충신의 심장에는 구멍이 일곱 개가 있다는 말에서 나옴. 은나라 주왕이 비간의 간언을 싫어하여 '성인의 심장에 구멍이 일곱 개가 있다'는 말을 확인하겠다고 하며 심장을 꺼내 죽임.

10 ᄲᅢ히믈: ᄲᅢ히다. 뽑다, 빼다.

11 효측(效則)ᄒᆞ와: 효칙하다. 본받다.

12 야양(爺孃): 친부모.

13 복션(福善)의 명응(冥應): 착한 사람에게 복이 오는 보응.

14 날호여: 날호다. 느리다. '날호여'는 '천천히, 서서히, 뒤이어'의 뜻.

15 슈복(壽福): 수복. 오래 살고 복을 누리는 일.

16 ᄶᅦ여시니: ᄶᅦ이다. 꿰다. 꿰뚫다.

ᄒᆞ건ᄃᆡ 신여인(神與人)의 븟그러오미 업ᄉᆞ니 하날이 튱신녈ᄉᆞ(忠臣烈士)ᄅᆞᆯ 박(薄)히 아닐가 ᄒᆞ미오 화현딜(花賢姪)의 은은슉혜(誾誾淑慧)ᄒᆞᆫ 덕과 근근겸손(勤勤謙遜)ᄒᆞᆫ ᄒᆡᆼ(行)이 유화(柔和)ᄒᆞ고 안일(安逸)ᄒᆞ여 ᄇᆡᆨ 가디 ᄌᆡ앙(災殃)을 ᄉᆞᆯ와바릴 바로 쥬나라 후비(后妃)의 풍(風)이 이시니 내 그 먼 복과 유향(有享)ᄒᆞᆯ 줄노 아라 민흉(愍凶)과 참변(慘變)으로뼈 몽니(夢裏)의도 ᄉᆡᆼ각디 아닌 ᄇᆡ 가운(家運)의 블ᄒᆡᆼ망극(不幸罔極)ᄒᆞ믈 인(因)ᄒᆞ여 피창(彼蒼)[17]의 ᄉᆞᆯ피시미 업고 귀신의 잔혹(殘酷)ᄒᆞ미 밋쳐 여형(汝兄)의 포통원ᄉᆞ(抱痛冤死)ᄒᆞ미 텬니(天理)의 어긔고 화딜의 ᄃᆡ원극통이 젼쳔고후만ᄃᆡ(前千古後萬代)의 비ᄒᆞᆯ ᄃᆡ 업ᄉᆞ니 노모(老母)의 졍은 니ᄅᆞ디 말고 범연ᄒᆞᆫ 타인디심(他人之心)이라도 참졀(慘切)ᄒᆞ믈 니긔디 못ᄒᆞᆯ ᄇᆡ오 져 강보(襁褓)[18]의 명녕(螟蛉)[19]이 조셰(早世)ᄒᆞᆫ 션부(先父)의 후ᄉᆞ(後嗣)ᄅᆞᆯ 빗닐지 엇디 긔필(期必)ᄒᆞ리오? 다만 긔염의 효의댱녈(孝義壯烈)이 목난(木蘭)[20]의 죵군(從軍)과 졔영(緹縈)[21]의 녜궐(詣闕)의 븟그럽디 아니니 십ᄌᆡ(十子)블회(不孝)면 블여일녀영(不如一女英)[22]이믈 ᄊᆡᄃᆞ라 무ᄌᆞ(無子)ᄒᆞ믈 4면

17 피창(彼蒼): 저 하늘.

18 강보(襁褓): 어린아이 포대기.

19 명녕(螟蛉): 명령. 양자(養子). 명령은 나방의 유충. 나나니벌이 명령을 자기 새끼인 줄 알고 업어가서 기른다고 해서 양자를 가리키는 말로 쓰임. 《시경》 〈소완(小宛)〉에 "명령이 새끼를 두니 나나니벌이 업어간다(螟蛉有子 蜾蠃負之)."라는 말이 나옴. 여기서는 정인웅을 말함.

20 목난(木蘭): 목란. 아버지를 대신하여 남장을 하고 군대에 나가 공을 세웠음. 그 일이 악부인 〈목란사〉에 전함.

21 제영(緹縈): 제영. 한(漢) 문제 때의 효녀. 아버지 순우의가 형벌을 받게 되자 문제에게 상서(上書)하여 자신이 관비가 되어 부친 죄를 대신하겠다 하니 문제가 감동하여 형을 감해줌.

22 불여일녀영(不如一女英): 열 아들이 딸 하나보다 못하다는 뜻.

한(恨)치 아니ᄒᆞᄂᆞ니 텬니(天理) 힝혀 긔염 유녀(遺女)의게 갑흐미 이셔 먼니 슈복(壽福)을 누릴가 바라거니와 그 교염발췌(嬌艶拔萃)ᄒᆞᆷ과 특이쇄락(特異灑落)ᄒᆞ믈 볼 젹마다 제 아비 ᄒᆞᆫ가디로 두굿기디 못ᄒᆞ미 각골통도(刻骨痛悼)ᄒᆞᆯ ᄇᆡ니 날이 가고 달이 디날ᄉᆞ록 참졀ᄒᆞᆫ 회포ᄅᆞᆯ 엇디 지향(指向)ᄒᆞᆯ 곳이 이시리오? 당금(當今) 국변(國變)의 망극(罔極)ᄒᆞ믄 식녹디신(食祿之臣)이 죽기로뼈 방가(邦家)ᄅᆞᆯ 븟드러 농거(龍車)[23]ᄅᆞᆯ 싸로미 맛당ᄒᆞᄃᆡ 현딜(賢姪)[24]이 변고여싱(變故餘生)으로 ᄌᆡ셩참화(再成慘禍)ᄒᆞ니 심약ᄉᆞ회(心若死灰)ᄒᆞ고 형여고목(形如枯木)ᄒᆞ여 셰렴(世念)이 ᄉᆞᆺ쳐딘 거동(擧動)이라. ᄃᆡ(對)ᄒᆞᄆᆡ 슬프고
5면 놀나오믈 니긔디 못ᄒᆞᄂᆞ니 스ᄉᆞ로 은신샤세(隱身謝世)ᄒᆞ여 난방(亂邦)[25]을 참예(參預)치 말고 보명디도(保命之道)ᄅᆞᆯ 극딘히 ᄒᆞᆯ딘ᄃᆡ 션슉슉(先叔叔)[26]의 포통원ᄉᆞ(抱痛冤死)[27]ᄒᆞ심과 망딜(亡姪)의 함원참ᄉᆞ(含怨慘死)ᄒᆞᆫ 녕ᄇᆡᆨ(靈魄)을 거의 위로ᄒᆞ고 화딜을 븟드러 져 고ᄋᆞ(孤兒)ᄅᆞᆯ 보호ᄒᆞ면 긔염 등이 ᄯᅩᄒᆞᆫ 무부이유부(無父而有父)ᄒᆞ고 무의이유디(無依而有持)ᄒᆞ여 아비 업ᄉᆞᆫ 디통(至痛)을 잠간 위로ᄒᆞᆯ가 ᄒᆞ노라."

냥계 쳑연탄식(慽然歎息)ᄒᆞ고 홀홀망망(忽忽茫茫)이 부모의 녕ᄇᆡᆨ(靈魄)과 션형(先兄)의 통혼(痛魂)을 조ᄎᆞ 야ᄃᆡ(野臺)[28]의 텬뉸디졍(天倫

23 용거(龍車): 임금이 타는 수레. 임금을 가리킴.

24 현딜(賢姪): 현질. 조카를 높여 부르는 말.

25 난방(亂邦): 어지러운 나라.

26 션슉슉(先叔叔): 선숙숙. 돌아가신 시아주버니. 여기서는 정흠의 부친을 가리킴.

27 포통원ᄉᆞ(抱痛冤死): 포통원사. 원통하게 죽음.

28 야ᄃᆡ(野臺): 야대. 땅속의 무덤.

之情)을 다ᄒᆞ고ᄌᆞ ᄒᆞ니 셰렴이 돈무(頓無)ᄒᆞᆫ디라 쳔만강잉(千萬强仍)ᄒᆞ여 화긔(和氣)ᄅᆞᆯ 디어 ᄇᆡᆨ모(伯母)ᄅᆞᆯ 위로ᄒᆞ며 웅ᄋᆞᄅᆞᆯ 안아 다시곰 낫ᄎᆞᆯ 다히고 귀밋ᄎᆞᆯ 어로만져 그 작셩(作性)의 이상탁뇨(異常卓了)ᄒᆞ믈 볼ᄉᆞ록 황홀긔ᄋᆡ(恍惚奇愛)ᄒᆞ믈 결을치[29] 못ᄒᆞ니 웅ᄋᆡ ᄯᅩᄒᆞᆫ 계부(季父)의 낫ᄎᆞᆯ 어로만디며 풍협(豐頰)[30]을 다혀 반기ᄂᆞᆫ 졍이 더옥 영달춍민(英達聰敏)ᄒᆞ여 츈간(春間)의 얼프시 본 바ᄅᆞᆯ 일일히 디긔(知機)ᄒᆞᄆᆡ 냥계 의계믈 ᄭᆡ닷고 양부(養父)ᄅᆞᆯ 브ᄅᆞ며 화부인을 ᄀᆞᄅᆞ 6면
쳐 디극히 것죱디[31] 못ᄒᆞ니 유ᄋᆞ(乳兒)의 이 갓ᄐᆞ믈 당ᄒᆞ여 기듕(其重)이 ᄇᆡᆨ균(百鈞)의 무거옴과 오확(五矱)의 ᄆᆡᆼ(猛)이라도 참디 못ᄒᆞᆯ ᄇᆡ어ᄂᆞᆯ ᄒᆞ믈며 친디(親知)의 졍의(情誼) ᄌᆞ별(自別)ᄒᆞᆷ[32]과 동긔(同氣)의 우ᄋᆡ(友愛) 디극(至極)던 ᄇᆡ리오? 냥계 참연타루(慘然墮淚)ᄒᆞ여 능히 말을 일우디 못ᄒᆞ고 의계 ᄯᅩᄒᆞᆫ 안쉬(眼水) 비갓치 흐ᄅᆞ니 일개(一家) ᄉᆡ로이 통읍비졀(痛泣悲絶)ᄒᆞ믈 니긔디 못ᄒᆞᄂᆞᆫ디라. 웅ᄋᆡ 비록 슈셰(數歲) ᄒᆡᄌᆞ(孩子)의 강보(襁褓)ᄅᆞᆯ 면치 못ᄒᆞᆫ ᄡᆡ나 텬딜(天質)의 셩신민달(聖神敏達)ᄒᆞ미 ᄇᆡᆨᄃᆡ(百代) 이젼으로조ᄎᆞ ᄇᆡᆨᄃᆡ 이후의 다시 잇디 아닌 ᄇᆡ니 긔린디어쥬슈(麒麟之於走獸)와 봉황디어비됴(鳳凰之於飛鳥)와 태산디어구딜(泰山之於丘垤)과 하ᄒᆡ디어ᄒᆡᆼ뇨(河海之於行潦)의 뉴애(類也)며 셩인디어인(聖人之於人)[33]애 역뉴애(亦類也)

29 결을치: 결을ᄒᆞ다. 겨를ᄒᆞ다. 틈타다.

30 풍협(豐頰): 두툼하게 살찐 풍성한 뺨.

31 것죱디: 것죱다. 걷잡다.

32 ᄌᆞ별(自別)ᄒᆞᆷ: 자별하다. 특별하다.

33 셩인디어인(聖人之於人): 규장각본에는 '셩인지어인디어인'으로 되어 있음.

라. 츌어기뉴(出於其類)ᄒᆞ고 발호기췌(拔乎其萃)ᄒᆞ여 ᄌᆞᄉᆡᆼ민이ᄅᆡ(自生民以來)로 홀노 ᄒᆞᆫ 사ᄅᆞᆷ 되기ᄅᆞᆯ 사양치 아닐디라. 좌듕의셔 져의 양
7면 부 ᄎᆞᄌᆞ믈 조ᄎᆞ 슬허ᄒᆞ믈 보고 믄득 비졀(悲絶)ᄒᆞᆫ 소ᄅᆡ로 울기ᄅᆞᆯ 마디 아니니 쳐ᄉᆡ ᄌᆞ위(慈闈) 비회(悲懷)ᄅᆞᆯ 돕ᄂᆞᆫ 일이 민망ᄒᆞ여 웅ᄋᆞᄅᆞᆯ 안아 우롬을 긋치게 ᄒᆞ고 기리 탄식왈(嘆息曰)

"망형(亡兄)이 ᄎᆞᄋᆞ(此兒)ᄅᆞᆯ 어더 계후(繼後)ᄒᆞ시미 딘실노 ᄉᆞ이블ᄉᆡ(死而不死)라. 비록 오ᄇᆡᆨ(吾伯)과 오슈(吾嫂)의 나흐신 ᄇᆡ나 젼혀 죵시(從氏)[34]와 화슈(花嫂)ᄅᆞᆯ 위ᄒᆞ여 난 ᄇᆡ니 쇽어(俗語)의 니ᄅᆞᆫ바 복듕(腹中)을 빌미라. 졔 비록 셩신민달(聖神敏達)ᄒᆞ나 하날이 식이심곳 아니면 엇디 ᄡᅧ 죵슈(從嫂) 보오믈 소슈(蘇嫂)의 디나고 죵형(從兄) ᄎᆞᄌᆞ믈 샤ᄇᆡᆨ(舍伯)의 더으게[35] ᄒᆞ리오? 인ᄉᆡᆼᄉᆞ셰(人生斯世)의 ᄒᆞᆫ 일도 셰오미 업ᄉᆞᆫ즉 그 무명(無名)ᄒᆞ미 금슈(禽獸)로 일반이니 션형의 화은(和恩)으로ᄡᅧ 원앙ᄒᆞ시미 ᄉᆡᆼᄌᆞ(生子)의 극원디통(極怨之痛)이나 ᄉᆞ귀(死歸)ᄒᆞ신 녕ᄇᆡᆨ(靈魄)인즉 농방(龍逄)[36]의 돗글 ᄇᆞᆲ으며 비간(比干)[37]의 ᄌᆞ최ᄅᆞᆯ 니으샤 만고튱혼(萬古忠魂)으로 벗ᄒᆞ시리니 임의 ᄉᆞᄉᆞ(私事)ᄅᆞᆯ 도라보디 아니신 바로 승피ᄇᆡᆨ운(乘彼白雲)의 디우뎨향(至于帝鄕)[38]ᄒᆞ미 남은 한이 업ᄉᆞᆯ디라. 달인(達人)이 대관(大觀)ᄒᆞᄆᆡ

34 죵시(從氏): 종씨. 상대방에게 자기 사촌형을 높여서 이르는 말. 여기서는 정흠을 가리킴.
35 더으게: 더으다. 더하다.
36 농방(龍逄): 용방. 하나라 걸왕의 신하로, 직간을 하다가 죽임을 당함.
37 비간(比干): 상나라 주왕의 숙부. 주왕에게 간하다가 죽임을 당함.
38 승피ᄇᆡᆨ운(乘彼白雲)의 지우뎨향(至于帝鄕)ᄒᆞ미: 화 땅의 봉인이 요임금에게 "천 년 뒤에 세상이 싫어지면 신선이 되어 올라가서 저 백운을 타고 제향에 이르라."라고 한 데서 온 말.

ᄑᆡᆼ상(彭殤)[39]이 일ᄂᆔ(一類)라 ᄒᆞ니 아등(我等)이 금일(今日) 상ᄃᆡ비통 8면
(相對悲痛)ᄒᆞ여 므ᄉᆞᆷ 유익ᄒᆞ믈 닐위리오?[40] ᄒᆞ믈며 다ᄅᆞᆫ 날의 밋쳐ᄂᆞᆫ ᄒᆞ로밤 ᄭᅮᆷ이라 죽어 알오미 잇다 홀딘ᄃᆡ 쳔고디하(千古之下)의 환낙(歡樂)이 무궁ᄒᆞ고 알오미 업다 홀딘ᄃᆡ 환희(歡喜) 고요ᄒᆞ리니 창녀(昌黎)[41]의 니ᄅᆞᆫ바 슬프디 아니미 무궁타 ᄒᆞ미니 슈ᄇᆡᆨ[42]은 관비인통(寬悲忍痛)ᄒᆞ여 텬슈(天數)의 되여가믈 보라.”

냥계 날호여 누슈(淚水)ᄅᆞᆯ 거두고 ᄃᆡ왈(對曰)

“형댱(兄丈)의 니ᄅᆞ시미 ᄇᆞᆰ으시니 쇼뎨 션형(先兄)의 후ᄉᆡ(後嗣) 빗날 바ᄅᆞᆯ 힝심극의(幸甚極矣)나 유ᄋᆞ(乳兒)의 발췌특이(拔萃特異)ᄒᆞ미 도로혀 듕도(中道)의 어긔여 텬니의 ᄯᅱ여나미 이시니 ᄇᆞ라ᄆᆡ 념뼈두리온 념녜 업디 아니로소이다.”

쳐ᄉᆡ 왈

“범ᄉᆞ(凡事)의 근심ᄒᆞ고 념녀ᄒᆞ여 ᄯᅩᄒᆞᆫ 미들 거시 업ᄉᆞ니 우형(愚兄)[43]은 쳑탕(滌蕩)ᄒᆞ며 소젹(消寂)[44]ᄒᆞ기로 위쥬(爲主)ᄒᆞᄂᆞᆫ디라. 웅ᄋᆞ의 셩신(聖神)ᄒᆞ미 과연 듕도(中道)의 어긔여 텬니(天理)의 ᄯᅱ여나거니와 왕영(王令)[45]의 부셩(不盛)ᄒᆞᆷ과 낙빈(駱賓)[46]의 블길(不吉)ᄒᆞ미 업 9면

---

[39] ᄑᆡᆼ상(彭殤): 팽상. 오래 살고 일찍 죽는 것. 팽은 800세를 살았다는 팽조, 상은 태어나 20개월이 되기 전에 죽는 것.

[40] 닐위리오: 닐위다. 이루어지게 하다, 일어나게 하다.

[41] 창녀(昌黎): 창려. 당나라의 문장가 한유. 창려는 그의 별호.

[42] 슈ᄇᆡᆨ: 수백. 정겸의 자(字).

[43] 우형(愚兄): 말하는 사람이 아우뻘 되는 사람에게 자기를 낮추어 부르는 것.

[44] 소젹(消寂): 소적. 심심풀이로 가벼운 일을 하며 보냄.

[45] 왕영(王令): 왕헌지(344-386). 진(晉)나라 왕희지의 아들. 명필로 유명함.

ᄉᆞ니 향슈(享壽)ᄅᆞᆯ 근심ᄒᆞᆯ ᄇᆡ 아니로ᄃᆡ 오딕《츈취(春秋)》 멀고 셩인(聖人)이 망(亡)ᄒᆞ시미 오ᄅᆡ거ᄂᆞᆯ 텬되(天道) 명실(明室)을 각별 이우치[47] 아니실딘ᄃᆡ 아셩(亞聖)의 ᄌᆞ최ᄅᆞᆯ 니어 ᄉᆞ문(斯文)을 흥긔(興起)코ᄌᆞ ᄒᆞᄂᆞᆫ 명현(明賢)을 녕안(寧安)케 아닐가 두리옴도 잇거니와 당금ᄎᆞ시(當今此時)ᄒᆞ여 원ᄂᆡᄉᆞ(遠來事)ᄅᆞᆯ 근심ᄒᆞᆯ ᄇᆡ 아닌가 ᄒᆞ노라.”

냥계 슌슌이 맛당ᄒᆞ시믈 일ᄏᆞᆺ고 다시 말이 업ᄉᆞ니 쳥계 웅ᄋᆞᄅᆞᆯ 나호여 무릅 아ᄅᆡ 안치고 냥계ᄅᆞᆯ 향ᄒᆞ여 왈

“우형이 닌셩 등을 일흐므로브터 ᄋᆞ쇼(兒小)의 거동을 눈 들미 업ᄉᆞᆯ ᄲᅳᆫ 아니라 ᄎᆞ냥ᄋᆡ(此兩兒) 삼기디 아니턴들 내 ᄋᆞᄒᆡᄅᆞᆯ 그러ᄐᆞᆺ 밧비 실산(失散)치 아닐 바ᄅᆞᆯ 헤아리ᄆᆡ 통앙(痛怏)ᄒᆞ미 각골(刻骨)ᄒᆞ니 ᄆᆡᆺ쳐 텬뉸(天倫)의 졍도 ᄭᆡ닷디 못ᄒᆞ여 망죵뎨(亡從弟) ᄌᆡ시(在時)의 ᄎᆞᄋᆞ(此兒)ᄅᆞᆯ 과ᄋᆡ(過愛)ᄒᆞ믈 내 병 도이 넉엿더니 금일(今日)의 니ᄅᆞ러ᄂᆞᆫ 만ᄇᆡᆨ[48]의 부탁ᄒᆞᆫ ᄯᅳᆺ을 니으며 일심(一心)이 ᄋᆡ상(哀傷)ᄒᆞ믈 니
10면
긔디 못ᄒᆞᆯ디언졍 년디휼디(憐之恤之)ᄒᆞ미 나의 ᄋᆞᄒᆡ(兒孩)로 알오미 업고 무부(無父)ᄒᆞᆫ 죵딜(從姪)노 아ᄂᆞ니 타일(他日)의 나의 소듕교ᄋᆡᄌᆞ(所重嬌愛子)ᄅᆞᆯ ᄎᆞᄌᆞ면 ᄉᆞ랑ᄒᆞᄂᆞᆫ 졍이 만히 어긔디 아닐가 ᄒᆞ거니와 약블연즉(若不然則) 죵신(終身)의 한이 ᄆᆡᆺ쳐 냥ᄋᆞ(兩兒)의게 텬뉸디졍(天倫之情)이 흡연(洽然)치 못ᄒᆞᆯ가 ᄒᆞᄂᆞ니 웅ᄋᆞᄂᆞᆫ 오히려 망뎨(亡弟)의 ᄌᆡ(子)오 내 ᄋᆞᄒᆡ 아니어니와 듕ᄋᆡ 더옥 블관(不關)ᄒᆞ니 기

46 낙빈(駱賓): 낙빈왕. 왕발, 양형, 노조린과 함께 ‘초당 4걸’로 일컬어짐.

47 이우치: 이울다. 점점 시들다, 쇠약해지다.

48 만뵉: 만백. 정흠의 자(字).

다리디 아니턴 ᄋᆞ히 삼겨 됴히 거롬을 ᄇᆡ호고 말을 젼ᄒᆞ기의 니ᄅᆞ고 소듕교ᄋᆡᄌᆞᄂᆞᆫ 실니(失離)ᄒᆞ여 ᄉᆞᄉᆡᆼ거쳐(死生去處)ᄅᆞᆯ 디금 모로미 되여시니 조문ᄌᆡ(弔問者) 괴이치 아니ᄒᆞ랴?”

냥계 쳔비촌ᄋᆡ(千悲寸哀)ᄒᆞ믈 인ᄒᆞ여 비록 밧그로 관인(寬忍)ᄒᆞ믈 굿게 ᄒᆞ나 만ᄉᆡ(萬事) 무렴(無念)ᄒᆞ므로뼈 오딕 닌웅을 션형(先兄)의 계ᄌᆡ(繼子)라 ᄒᆞ여 그 ᄉᆞ랑ᄒᆞ믈 ᄭᆡ닷디 못ᄒᆞ고 밋쳐 닌경 등을 도라보디 못ᄒᆞ엿더니 죵ᄇᆡᆨ(從伯)의 말노조ᄎᆞ 눈을 드러 제ᄋᆞ(諸兒)ᄅᆞᆯ ᄉᆞᆯ피건ᄃᆡ 닌경 등의 교교발월(姣姣發越)[49]ᄒᆞ며 슈려쇄락(秀麗灑落)[50]ᄒᆞᄆᆞᆫ 반악(潘岳)의 미모와 숑홍(宋弘)[51]의 덕되(德道)믈 ᄌᆞᆨ히 겸ᄒᆞ여 일년디 11면
ᄂᆡ(一年之內)의 영ᄎᆡ동인(英彩動人)ᄒᆞ며 긔되(器度) 쥰격(俊格)ᄒᆞ미 쇼댱부(少丈夫)의 톄(體)ᄅᆞᆯ 일워 좌하(座下)의 공슈시립(拱手侍立)ᄒᆞᄆᆡ 쥬션(周旋)이 특이ᄒᆞ여 국궁이경(鞠躬而敬)ᄒᆞ고 신췌이공(身萃而拱)ᄒᆞ여 호흡을 나ᄌᆞᆨ이 ᄒᆞ며 언어ᄅᆞᆯ 삼가ᄒᆞ니 그 힝실이 ᄌᆞᆨᄒᆞ고 효되(孝道) ᄉᆞ못ᄎᆞᆫ디라. 엇디 치ᄌᆞ(稚者)의 미셩(未成)ᄒᆞᆷ과 쇽인(俗人)의 범범(凡凡)ᄒᆞᆷ 갓ᄐᆞ리오? 딘실노 셩시(盛時)의 긔린이오 학샹션동(鶴上仙童)이 하계(下界)의 나리며 왕이보(王夷甫)[52]의 들ᄒᆡ셔 노ᄂᆞᆫ 풍ᄎᆡ

49 교교발월(姣姣發越): 재주와 지혜가 있고, 용모가 깨끗하고 훤칠함.

50 슈려쇄락(秀麗灑落): 수려쇄락. 빼어나고 깨끗함.

51 숑홍(宋弘): 송홍. 후한 때 사람. 광무제가 과부가 된 누이를 송홍에게 시집보낼까 해서 떠보자, 송홍이 “빈천한 시절에 사귄 벗은 잊어서는 안 되고, 어려움을 함께 한 처(조강지처)는 내치면 안 된다.”라고 거절함.

52 왕이보(王夷甫): 진나라의 재상 왕연. 이보는 그의 자(字). 노장을 숭상하고 신선 같은 풍모가 있었다고 함.

쁜 아니어놀 ᄌᆞ긔의 ᄌᆞ녀와 의계의 유ᄌᆡ ᄯᅩᄒᆞᆫ 교연슈미(皎然秀美)ᄒᆞ미 그 ᄉᆞ이 더으고 닌듕의 영ᄆᆡ(英邁)ᄒᆞᆫ 긔딜(氣質)과 쇄락(灑落)ᄒᆞᆫ 골격(骨格)이 쳥연미려(清姸美麗)ᄒᆞ여 곤산(崑山)의 무하벽(無瑕璧)을 조탁(彫琢)ᄒᆞ며 ᄒᆡ져(海底)의 명쥬(明珠)ᄅᆞᆯ 거두어시니 가월텬정(佳月天庭)[53]은 한업ᄉᆞᆫ ᄌᆡ긔(才氣)ᄅᆞᆯ 씌이고 쌍셩명안(雙星明眼)은 영ᄎᆡ(映彩) 좌우(左右)의 뽀히ᄂᆞᆫ디라. 딘승상의 옥을 관 쓰인 얼골이오
12면
니젹션(李謫仙)[54]의 침향졍취(沈香精趣)ᄒᆞᆫ 풍ᄎᆡ라. 비록 닌경의 완젼풍화(完全豊華)ᄒᆞᆫ 골상(骨相)을 밋디 못ᄒᆞ며 닌웅의 셩신긔이(聖神奇異)ᄒᆞᆫ 작픔(作稟)의 바라디 못ᄒᆞ나 의용풍신(儀容風身)인즉 십분(十分) 비범탈쇽(非凡脫俗)ᄒᆞ니 젼습모풍(傳襲貌風)이라. 이에 친ᄌᆞ죵딜(親子從姪) 등을 홈긔 나호여 좌우(左右)로 안쳐 손을 잡으며 머리ᄅᆞᆯ 쓰다둠아 ᄋᆡ련(愛憐)ᄒᆞᄂᆞᆫ 졍을 낫토며 쳥계ᄅᆞᆯ 향ᄒᆞ여 ᄀᆞᆯ오ᄃᆡ

“형댱(兄丈)의 디인디덕(知人之德)으로뼈 금일(今日) 말ᄉᆞᆷ이 ᄆᆞᆫ득 인졍(人情)의 갓갑디 아니시니 아디 못게이다. 그 엇디 니ᄅᆞ시미니잇고? 닌셩 등은 원복(遠福)과 텬녹(天祿)을 타난 ᄋᆞ히라. 일시(一時) 실산(失散)ᄒᆞ미 이시나 타일(他日)의 즐거이 도라오믈 보디 아냐 알ᄇᆡ오 셜ᄉᆞ(設使) 실니(失離)ᄒᆞᆫ ᄇᆡ 되엿ᄉᆞ오나 쌍ᄋᆞ(雙兒)의 탓시 아니어놀 텬뉸ᄌᆞᄋᆡ(天倫慈愛)ᄅᆞᆯ 펴디 아니시미 만히 박졀(迫切)ᄒᆞᄆᆡ 갓가올가 ᄒᆞᄂᆞ이다.”

---

53 가월텬경(佳月天庭): 가월천정. 가월은 아름다운 눈썹. 가월쌍미(佳月雙眉)에서 온 말로, 가월쌍미는 아름다운 두 눈썹을 가리킴. 천정은 관상에서 두 눈썹 사이나 이마를 가리킴.

54 니젹션(李謫仙): 이적선. 이백. 당나라를 대표하는 시인.

청계영[55]이 태식왈(太息曰)

"현뎨(賢弟) 나의 디한(至恨)과 비회(悲懷)를 오히려 아디 못ᄒᆞ리니 인졍이 박ᄒᆞ믈 밀윔[56]도 괴이치 아니ᄒᆞ거니와 우형(愚兄)이 아니면 통 13면
분(痛忿)을 춤을 ᄇᆡ 업술가 ᄒᆞ노라."

언필(言畢)의 분개(憤慨)ᄒᆞᆫ 긔운이 미우(眉宇)를 동ᄒᆞ거늘 셔태부인은 가디록[57] 화평키를 위쥬(爲主)ᄒᆞᄂᆞᆫ디라 날호여 탄왈(嘆曰)

"닌셩 등을 실산(失散)ᄒᆞ믄 가운(家運)의 블힝과 져의 ᄋᆡ경(厄境)의 ᄎᆞ악(嗟愕)ᄒᆞᆫ 연괴(緣故)오 사ᄅᆞᆷ을 탓ᄒᆞ며 남을 한(恨)ᄒᆞᆯ ᄇᆡ 아니어놀 ᄋᆞ히ᄂᆞᆫ 엇디 언ᄉᆞ(言辭)를 괴려(乖戾)히 ᄒᆞᄂᆞ뇨? 당금(當今) 국변(國變)의 망극(罔極)ᄒᆞ미 ᄉᆞᄉᆞ미셰디ᄉᆞ(私私微細之事)를 니를 ᄯᅢ 아니니 내 ᄋᆞ히ᄂᆞᆫ 브졀업시 일ᄏᆞᆺ디 말나."

청계 ᄇᆡ샤왈(拜謝曰)

"ᄌᆞ괴(慈敎) 맛당ᄒᆞ시니 더옥 블튱(不忠)ᄒᆞ믈 ᄭᆡ닷과이나 다만 군ᄌᆡ 실형(實形)을 보디 못ᄒᆞ여셔 활 그림ᄌᆞ를 보고 살흘 몬져 뽀아 딘졍 ᄭᅩᆺᄎᆞ믄 각박(刻薄)ᄒᆞ미 갓가온 고로 쇼ᄌᆡ 만심(滿心)의 통한(痛恨)ᄒᆞᆫ 바를 할연이셕(割然而釋)ᄒᆞ와 머믈미 업ᄉᆞᆫ 듯ᄒᆞ니이다."

태부인이 ᄋᆞᄌᆞ의 의심이 졈졈 깁흐믈 크게 깃거 아냐 침연믁식(沈然默塞)이러니 다시 뎡식왈(正色曰)

"군ᄌᆞ의 ᄯᅳᆺ 셰오믄 반ᄃᆞ시 졍일(精一)ᄒᆞ고 광명(廣明)ᄒᆞ여 ᄆᆞ옴을 잡 14면

55 영: 규장각본에는 '공'으로 되어 있음.

56 밀윔: 밀위다. 미루다.

57 가디록: 갈수록.

으ᄆᆡ 안상(安詳)[58]ᄒᆞ고 단믁(端默)기ᄅᆞᆯ 쥬(主)ᄒᆞ며 범ᄉᆞ(凡事)의 근신ᄌᆞ상(勤愼仔詳)ᄒᆞ여 인ᄌᆞ온냥(仁慈溫良)ᄒᆞ미 맛당ᄒᆞ니 일이 ᄉᆡᆼᄅᆞ미 반ᄃᆞ시 뉘웃고 말이 쾌(快)ᄒᆞᄆᆡ 반ᄃᆞ시 실녜(失禮)ᄒᆞ미 되ᄂᆞ니 ᄎᆞᆼ(聽)ᄒᆞᆫ ᄌᆡ 다실(多失)ᄒᆞ믄 그 ᄉᆡᆼ각ᄒᆞ여 헤아리디 못ᄒᆞ고 발(發)ᄒᆞ미오 둔ᄒᆞᆫ ᄌᆡ 조익(助益)ᄒᆞ믄 헤아려 드ᄅᆞ미니 의ᄌᆞ연ᄒᆞ미라. ᄎᆞᆼᄌᆡ(聽者) 벅벅이[59] 셩(惺)ᄒᆞ고 둔ᄌᆡ(鈍者) 벅벅이 암(暗)ᄒᆞᄃᆡ ᄎᆞᆼᄌᆞ(聽者)ᄂᆞᆫ 소작(疏作)ᄒᆞ미 쉽고 둔ᄌᆞ(鈍者)ᄂᆞᆫ 암미(暗迷)ᄒᆞ미 쉽ᄂᆞ니 사ᄅᆞᆷ이 언어논난(言語論難)의 혼암(昏暗)ᄒᆞ믈 취ᄒᆞᆯ디언졍 ᄎᆞᆼ명ᄒᆞ믈 구치 말미 올흔디라. 딘짓 샤광(師曠)의 ᄎᆞᆼ(聽)[60]과 니루디명(離婁之明)[61]으로 쳔니좌탁(千里坐度)이면 오히려 아ᄅᆞᆷ답거니와 그ᄅᆞᆺ 약간 ᄎᆞᆼ명과 민달(敏達)노 각박소리(刻薄疏理)ᄒᆞᄆᆡ 갓가오미 블힝ᄒᆞᆫ디라. 딘실노 실형(實形)을 보미 아니면 영(影)으로뼈 그으ᄒᆞᆫ 의심을 두미 어렵거ᄂᆞᆯ ᄒᆞ믈며 블미디영(不美之影)을 보디 못ᄒᆞ미냐? 모로미 괴이ᄒᆞᆫ 쯧을 머므ᄅᆞ디 말나."

청계 모부인 블열(不悅)ᄒᆞ시믈 보ᄆᆡ 브졀업ᄉᆞᆫ 말ᄊᆞᆺᄎᆞᆯ ᄂᆡ믈 뉘웃쳐 즉시 니러[62] 블민(不敏)ᄒᆞ믈 샤죄(謝罪)ᄒᆞ고 화ᄉᆡᆨ유어(和色柔語)로 모친

---

58 안상(安詳): 차분하고 세심함.

59 벅벅이: 틀림없이.

60 샤광(師曠)의 ᄎᆞᆼ(聽): 사광의 총. 사광의 귀 밝음. 사광은 춘추시대 진(晉)나라의 음악가로 거문고의 명인. 앞을 보지 못했으나 소리를 잘 분간하여 새들의 소리를 듣고 제나라 군대가 도망친 것을 알아냈다는 고사가 《춘추좌씨전》에 나옴.

61 니루디명(離婁之明): 이루지명. 이루의 눈 밝음. 이루는 황제 때 사람으로 눈이 밝아서 100보 밖에서 가을 터럭의 끝을 볼 수 있고, 천 리 밖에서 바늘 끝을 볼 수 있었다고 함. 《장자》 〈병무(騈拇)〉.

심회(心懷)ᄅᆞᆯ 위로ᄒᆞ더니 냥계와 의계 소·화 이부인(二夫人)을 쳥ᄒᆞ
여 셔로 보려 ᄒᆞ므로 쳥계와 운계 비록 션친(先親) ᄌᆡ긔(再朞)[63]ᄅᆞᆯ 디
ᄂᆡ여 결복(闋服)[64]ᄒᆞ미 되여시나 오히려 담복디인(禫服之人)이라. ᄒᆞᆫ
갈ᄀᆞᆺ치 집녜태고(執禮太固)ᄒᆞ므로 엇디 부뷔 상ᄃᆡ(相對)ᄒᆞ며 소ᄅᆡᄅᆞᆯ
통(通)ᄒᆞᄂᆞᆫ 무례ᄒᆞ미 이시리오? 즉시 츌외(出外)ᄒᆞ고 냥계 등이 냥슈
(兩嫂)ᄅᆞᆯ 마ᄌᆞ 셔로 녜필(禮畢)의 피ᄎᆞ(彼此)의 무한극디지통(無限極
至之痛)이 말이 빗치 업ᄉᆞ니 화부인의 셩ᄌᆞ긔딜(聖姿奇質)과 슉덕현
ᄒᆡᆼ(淑德賢行)이며 인ᄌᆞ명혜(仁慈明惠)ᄒᆞ믄 다시 니ᄅᆞᆯ 거시 업거니와
소부인의 유연ᄒᆞᆫ 언ᄉᆞ(言辭)와 춍오(聰悟)ᄒᆞᆫ 긔딜은 보며 드ᄅᆞᆯᄉᆞ록
그 어디ᄅᆞ미 녯 사ᄅᆞᆷ을 널니 구ᄒᆞ고 이졔 사ᄅᆞᆷ을 셰셰히 혜여도[65] ᄃᆡ 16면
두(對頭)[66]ᄒᆞᆯ ᄌᆡ 업ᄉᆞᆯ디라. 옥용(玉容)이 뇨라(裊娜)[67]ᄒᆞ고 ᄌᆡ긔(才氣)
동인(動人)ᄒᆞ며 텬미졀셰(天美絶世)ᄒᆞ고 만염(萬艶)이 병ᄉᆡᆼ(並生)ᄒᆞ
니 문계공 원앙ᄒᆞᆷ[68]과 션구삼년(先舅三年)을 맛ᄎᆞᆫ 바의 다ᄃᆞ라ᄂᆞᆫ 슬
픈 말ᄉᆞᆷ과 ᄋᆡ원ᄒᆞᆫ ᄐᆡ되 돌이 시ᄅᆞᆷᄒᆞᄂᆞᆫ ᄃᆞᆺ 니화(梨花) 일디츈우(一枝
春雨)ᄅᆞᆯ ᄯᅥᆯ치고 홍ᄆᆡ(紅梅) 납셜(臘雪)을 므ᄅᆞᆸᄡᅳᆫ ᄃᆞᆺ 셰외(細腰) 경신
(輕新)ᄒᆞ여 비연(飛燕)[69]의 남은 ᄐᆡ(態)오 화안(花顔)이 흐억ᄒᆞ여[70] 합덕

62 니러: 닐다. 일다. 일어나다.

63 ᄌᆡ긔(再朞): 재기. 죽은 지 만 2년째 지내는 제사. 대기(大朞) 혹은 대상(大祥)이라고도 함.

64 결복(闋服): 삼년상을 마침.

65 혜여도: 혜다. 세다, 생각하다.

66 ᄃᆡ두(對頭): 대두. 대적함, 맞섬.

67 뇨라(裊娜): 요나. 부드럽고 간드러진 모양.

68 원앙ᄒᆞᆷ: 규장각본에는 '험앙ᄒᆞᆷ'으로 되어 있어 흠모하고 우러른다는 뜻으로 보았음.

69 비연(飛燕): 조비연. 한나라 성제의 두 번째 황후로 중국의 대표적 미인으로 평가됨.

(合德)[71]의 신듕ᄒᆞ미 가ᄌᆞᆨᄒᆞᆯ[72] 쁜 아니라 츄패(秋波) 낭낭(朗朗)ᄒᆞ여 총민(聰敏)이 발양(發揚)ᄒᆞ고 긔상(氣像)이 능상(凌霜)[73]ᄒᆞ여 모략(謀略)이 뉴츌(流出)ᄒᆞ니 딘실노 결군(結裙)ᄒᆞᆫ 딘유ᄌᆡ(陳孺子)[74]오 계ᄎᆞ(笄釵)[75]ᄒᆞᆫ ᄌᆞ방(子房)[76]이라. 이공(二公)이 심니의 혜오ᄃᆡ 소싊(蘇嫂) 이러틋 비상특이(非常特異)ᄒᆞ미 볼ᄉᆞ록 더으나 너모 디릉ᄌᆞ혜(至能自慧)ᄒᆞ니 비록 죵ᄇᆡᆨ(從伯)의 단명뎡딕(端明正直)ᄒᆞ믈 인ᄒᆞ여 검칙(儉飭)ᄒᆞᄆᆡ 넘나디[77] 아니ᄒᆞ나 화슈로 비기ᄆᆡ 그 픔되(稟度) 다ᄅᆞ믈 알니로다
17면 ᄒᆞ여 셩녀ᄉᆞ덕(聖女四德)이 혹ᄌᆞ 임샤(任姒)[78]의 덕을 닛디 못ᄒᆞᆯ가 넉일디언졍 그 ᄌᆡ딜언ᄒᆡᆼ(才質言行)은 쇽셰범뉴(俗世凡類)의 십ᄉᆡᆼ구ᄉᆞ(十生九死)[79]ᄒᆞ나 바라디 못ᄒᆞᆯ 빈 고로 구가졔인(舅家諸人)이 그 심쳔(深淺)을 엿보아 극악대흉(極惡大凶)을 아디 못ᄒᆞᄃᆡ 홀노 쳥계의 의심이 졈졈 더으고 셔태부인과 운계 부뷔 거의 짐작ᄒᆞ미 잇더라. 냥계 믈너 별당의 나와 문계공 녕연(靈筵)의 통곡[80] 의계 문계공 유셔(遺書)

---

70 흐억ᄒᆞ여: 흐억하여. '흐웍ᄒᆞ다'의 뜻으로 보임. '흐웍ᄒᆞ다'는 '흐벅지다'의 뜻으로, 부피가 탐스러울 정도로 두툼하고 부드러움을 말함.

71 합덕(合德): 조비연의 동생.

72 가ᄌᆞᆨᄒᆞᆯ: 가ᄌᆞᆨᄒᆞ다. 가지런하다, 나란하다.

73 능상(凌霜): 서리를 뚫음.

74 딘유ᄌᆡ(陳孺子): 진유자. 진평. 한나라의 개국공신이자 고조의 책사.

75 계ᄎᆞ(笄釵): 계차. 비녀.

76 자방(子房): 장량. 한나라의 개국공신이자 책략가.

77 넘나지: 넘나다. 본분을 넘어가다.

78 임샤(任姒): 임사. 태임(太妊)과 태사(太姒). 문왕의 어머니와 아내로, 어질고 도리에 밝아 유가에서 모범으로 꼽는 여성들임.

79 십생구사(十生九死): 아홉 번 죽었다 열 번 살아남. 위태로운 지경에서 겨우 벗어남을 이르는 말.

롤 가져 냥계를 주며 통읍왈(痛泣曰)

"션형(先兄)이 오히려 아등(我等)의 무디(無知)ᄒᆞ믈 ᄭᅢ닷디 못ᄒᆞ샤 과상(過傷)치 말믈 당부ᄒᆞ신 ᄇᆡ니 현뎨(賢弟)ᄂᆞᆫ 무익디통(無益之痛)을 금억(禁抑)ᄒᆞ여 션형댱(先兄丈) 유탁(遺託)을 져바리디 말나."

냥계 읍결호원(泣切呼冤)ᄒᆞ여 션형의 유셔롤 븟들고 피롤 ᄲᅳᆷ어 긔운이 다시 딘(盡)홀 ᄃᆞᆺᄒᆞ니 의계와 쳥계 곤계(昆季)[81] 쳔만위로(千萬慰勞)ᄒᆞ여 잠간 딘뎡(鎭靜)ᄒᆞ미 ᄒᆞᆫ가디로 외헌(外軒)의 나와 엇게롤 년(連)ᄒᆞ고 손을 잡아 좌(座)롤 일우나 범ᄇᆡᆨ(凡百)의 통호(痛呼)ᄒᆞ믈 더 을 ᄲᅮᆫ이오 호발(毫髮)의 됴흔 일이 업ᄉᆞ니 우방(憂邦)[82]ᄒᆞᄂᆞᆫ 슬픔과 ᄋᆡ군(愛君)ᄒᆞᄂᆞᆫ 눈믈이 튱신(忠臣)의 간혈(肝血)을 ᄉᆞ올 ᄲᅮᆫ이라. 쳥계 즉시 향탁(香卓)을 뎡(淨)히 ᄒᆞ고 션태부(先太夫) 유셔(遺書)롤 밧드러 볼ᄉᆡ 기셔(其書)의 왈 18면

'댱ᄌᆞ(長子) 잠은 젹은 ᄉᆞ졍(私情)으로ᄡᅥ 블튱(不忠)의 죄롤 더으디 말고 니친샤가(離親捨家)ᄒᆞ여 농톄(龍體)롤 밧드와 아비 유탁(遺托)을 져ᄇᆞ리디 말며 ᄎᆞᄌᆞ(次子) 삼은 텬태산 은쳥동 벽한경의 일가졔인(一家諸人)으로 더브러 은신샤셰(隱身謝世)ᄒᆞ여 월하(月下)의 《황졍경(黃庭經)[83]》을 외오며 운산의 디초(芝草)롤 ᄏᆡ여 요란ᄒᆞᆫ 시졀을 피ᄒᆞᆫ죽 블과(不過) 칠팔년디ᄂᆡ(七八年之內)의 슈고(愁苦)로ᄡᅥ 환낙(歡

80 통곡: 뒤에 '하고' 등이 생략된 듯함. 규장각본도 동일함.

81 곤계(昆季): 형제.

82 우방(憂邦): 나라를 걱정함.

83 황정경(黃庭經): 황정경. 양생과 수련의 원리를 담고 있는 도가의 경서.

樂)을 밧고와 모ᄌᆞ형뎨(母子兄弟) 일당(一堂)의 안취(安聚)ᄒᆞ리라.'
ᄒᆞ엿거ᄂᆞᆯ 쳥계 등이 블승영모(不勝永慕)ᄒᆞᄂᆞᆫ 듕 션군(先君)의 만셰
(萬世)ᄅᆞᆯ 혜아리심과 쳔츄(千秋)ᄅᆞᆯ ᄉᆞᄆᆞᆺᄎᆞ시므로[84] 목금ᄉᆞ셰(目今事
勢) 비황참쳐(悲惶慘悽)ᄒᆞᆫ 형상을 일일히 예디(豫知)ᄒᆞ신 바ᄅᆞᆯ 더옥
19면 감열비상(感悅悲傷)ᄒᆞ니 날호여 유셔(遺書)ᄅᆞᆯ 거두어 심장(深臟)ᄒᆞ
고 쳥계 운계ᄅᆞᆯ 향ᄒᆞ여 왈

"션군(先君)이 텰환텬하(徹環天下)ᄒᆞ샤 ᄉᆞᄒᆡ(四海)ᄅᆞᆯ 안찰(按察)ᄒᆞ
실 ᄯᆡ의 술위ᄅᆞᆯ 머므디 아니신 곳이 업ᄉᆞ시거니와 텬태산 은쳥동의
벽한졍을 일우시믄 내 능히 아디 못ᄒᆞᆫ ᄇᆡ라. 현뎨ᄂᆞᆫ 텬하ᄅᆞᆯ 장관(掌
管)ᄒᆞ여 션군의 님ᄒᆞ신 곳을 거의 다 보미 되리니 능히 알소냐?"

운계 ᄃᆡ왈(對曰)

"쇼뎨(少弟) 십 년 젼의 우연이 산슈ᄅᆞᆯ 유람ᄒᆞ다가 텬태산 은쳥동의 니
ᄅᆞ러 벽한졍을 보앗ᄉᆞ오나 션군이 굿ᄐᆞ여 은신샤세(隱身謝世)ᄒᆞᆯ 바ᄅᆞᆯ
니ᄅᆞ디 아니시므로 졍ᄌᆞ(亭子)ᄅᆞᆯ 일우신 곡졀을 ᄯᅩᄒᆞᆫ 뭇ᄌᆞᆸ디 못ᄒᆞ니이
다. 연이나 금일(今日) 아등(我等)을 위ᄒᆞ샤 산듕(山中)의 가샤(家舍)ᄅᆞᆯ
일워두시믈 ᄭᆡ닷건ᄃᆡ 더옥 통졀(痛切)ᄒᆞ믈 니긔디 못ᄒᆞ리로소이다."

쳥계 쳑연탄왈(慽然嘆曰)

"션인의 유셔와 ᄌᆞ위(慈闈)의 교령(敎令)이 명ᄇᆡᆨᄒᆞ시나 우형(愚兄)
20면 이 블튱블효(不忠不孝)ᄒᆞ여 쥬우신욕(主憂臣辱)이오 쥬욕신ᄉᆡ(主辱
臣死)[85]믈 ᄭᆡ닷디 못ᄒᆞ니 이제ᄅᆞᆯ 당ᄒᆞ여 가ᄉᆞ(家事)의 셰미지ᄉᆞ(細微

84 ᄉᆞᄆᆞᆺᄎᆞ시므로: ᄉᆞᄆᆞᆾ다. ᄉᆞ뭋치다. 사무치다, 꿰뚫다.

之事)ᄅᆞᆯ 거리ᄭᅵ디 못ᄒᆞᆯ ᄇᆡ어니와 우형의 긔험박덕(崎險薄德)ᄒᆞ미 상망현필(上亡賢匹)ᄒᆞ고 실산긔ᄌᆞ(失散己子)ᄒᆞ여 ᄇᆡᆨ통(百痛)이 구비(具備)ᄒᆞᆯ ᄲᅳᆫ 아냐 내 엇디 아디 못ᄒᆞ며 ᄯᅩᄒᆞᆫ 스ᄉᆞ로 보디 못ᄒᆞ엿거니와 져 소시란 ᄌᆡ ᄯᅳᆺ을 일운즉 ᄶᅩᆨ히 한고(漢高)의 녀후(呂后)[86]와 당실(唐室)의 무비(武妃)[87] 되기ᄅᆞᆯ ᄉᆞ양치 아닐 ᄇᆡ오 셜ᄉᆞ ᄯᅳᆺ을 일우디 못ᄒᆞ여도 졍문(程門)의 종(宗)을 업치며 샤(嗣)ᄅᆞᆯ 멸코ᄌᆞ 난(亂)을 일우고 변(變)을 디으미 등한(等閑)[88]치 아닐디라. 됴히 영(影)을 ᄀᆞᆷ초며 형(形)을 발치 아냐 ᄶᅩᆨ히 ᄉᆞ원(私願)의 안합(安合)을 즐길디라. 거상디도(居喪之道)의 ᄌᆞ딜(子姪)[89]이라도 가칙(呵責)디 아닐 ᄇᆡ므로 노복(奴僕)을 츄문(推問)[90]치 아니코 모로ᄂᆞᆫ ᄃᆞᆺ 기리 함믁(緘默)ᄒᆞ엿거니와 도듕적변(道中賊變)을 쳔ᄉᆞ만상(千思萬想)ᄒᆞ여도 나의 가ᄂᆡ(家內)로 조ᄎᆞ 식인 ᄇᆡ 아니라 못 ᄒᆞ리니 사ᄅᆞᆷ이 ᄎᆞ마 이리ᄒᆞ고 ᄯᅩ 므어ᄉᆞᆯ 힝치 못ᄒᆞ리오? 혹ᄌᆞ(或者) 간인(奸人)의 독ᄉᆔ(毒手)[91] ᄌᆞ득(自得)ᄒᆞ여 21면
ᄌᆞ위(慈闈)의 ᄒᆡᄅᆞᆯ 닐윌가 념녜(念慮) 이에 밋쳐ᄂᆞᆫ ᄇᆡ한(背汗)이 쳠의(沾衣)ᄒᆞ고 심간(心肝)이 경한(驚悍)이로ᄃᆡ 기리 밋ᄌᆞᆸᄂᆞᆫ 바ᄂᆞᆫ ᄌᆞ

---

85 쥬욕신ᄉᆡ(主辱臣死): 주욕신사. 임금이 치욕을 당하면 신하가 임금의 치욕을 씻기 위하여 목숨을 바치는 것.

86 녀후(呂后): 여후. 한 고조의 황후. 여치(呂雉). 아들 혜제를 태자로 만들기 위해 척부인과 그 아들 여의를 죽임.

87 무비(武妃): 측천무후. 당 고종의 황후였으나 고종 사후 중종과 예종을 폐하고 스스로 황제가 됨.

88 등한(等閑): 대수롭지 않음. 마음에 두지 않거나 소홀함.

89 ᄌᆞ딜(子姪): 자질. 자식과 조카.

90 츄문(推問): 추문. 어떤 사실을 일일이 따져 물음. 문초.

91 독ᄉᆔ(毒手): 독수. 남을 해치려는 악랄한 수단이나 손길.

위 셩덕(聖德)이 금쉬(禽獸)라도 흡화(洽和)ᄒᆞ미 되고 화슈의 셩효덕힝(誠孝德行)이 딘효부(陳孝婦)의 디나실 쁜 아냐 신셩예디(神聖豫知)ᄒᆞ시ᄂᆞᆫ 명견달식(明見達識)이 발셔 블녕ᄌᆞ(不逞者)의 심흉(心胸)을 거울ᄀᆞᆺ치 빗최리니 셜ᄉᆞ 힝악셜독(行惡設毒)ᄒᆞ미 이시나 미리 제방(除防)ᄒᆞ샤 우형으로 ᄒᆞ여곰 블효죄인(不孝罪人)을 삼디 아니실가 ᄇᆞ라노라."

운계 쳥파(聽罷)의 신ᄉᆡᆨ(神色)이 악연져상(愕然沮喪)ᄒᆞ여 만분경ᄒᆡ(萬分驚駭)ᄒᆞ고 ᄇᆡᆨ분ᄎᆞ악(百分嗟愕)기ᄅᆞᆯ 면치 못ᄒᆞ니 ᄀᆞᆺᄐᆞ여 소시ᄅᆞᆯ 어디리 넉이고 형댱(兄丈)의 말을 ᄎᆞ마 니ᄅᆞ디 못ᄒᆞᆯ 바로 놀나미 아니로ᄃᆡ 소시의 위인이 온슌현슉(溫順賢淑)ᄒᆞ믄 아니나 기리 쳥아(淸雅)ᄒᆞ고 고상(高尙)ᄒᆞ여 비루음쳔(卑陋陰淺)ᄒᆞᄆᆡᄂᆞᆫ 만히 멀미 이시니 그 집심(執心)을 뎡일(精一)이 ᄒᆞᆯ딘ᄃᆡ 인믈의 만ᄉᆡ(萬事) 가ᄌᆞᆨᄒᆞ미 강항(强項)[92]ᄒᆞ믄 안ᄒᆡ 두고 화열(和悅)ᄒᆞ믄 밧긔 일워 공강(共姜)[93]의 녈녈(烈烈)ᄒᆞᆷ과 경강(敬姜)[94]의 녜듕(禮重)ᄒᆞ미 ᄇᆡᆨ희(伯姬)[95]의 고집(固執)ᄒᆞ믈 아오라[96] 념시의 ᄃᆡᆨ(直)ᄒᆞᆷ과 왕시의 단비(斷臂)ᄒᆞᄂᆞᆫ 결쳥

22면

92 강항(强項): 강직하여 굴하지 않음.

93 공강(共姜): 위나라 태자 공백의 아내. 태자가 요절한 후 부모가 개가를 권유하자 〈백주시〉를 읊으며 수절을 맹세함.

94 경강(敬姜): 춘추시대 노나라 목백의 아내. 공보문백의 어머니. 남편의 상에는 낮에 울고 아들의 상에는 밤낮으로 곡을 하여, 공자로부터 예를 안다는 평가를 들음.

95 빅희(伯姬): 백희. 춘추시대 때 노나라 선공의 딸이자 송나라 공공(共公)의 부인. 송나라 궁에 불이 나자 좌우에서 백희에게 불을 피하라고 했으나 부인의 도리는 부모(傅母)가 없으면 밤에 집에서 내려가지 않는다고 하며 나오지 않고 불에 타 죽었음.

96 아오라: 아올다. 아오르다. 아우르다. '아오라, 아오로'는 '아울러'의 뜻.

(潔淸)ᄒᆞ미 잇ᄂᆞᆫ디라. 셜샤 간악(奸惡)을 곳치디 못ᄒᆞ나 녀후(呂后)의 음일투악(淫佚偸惡)홈과 무비(武妃)의 음흉교활(陰凶狡猾)ᄒᆞ므로ᄂᆞᆫ ᄂᆡ도ᄒᆞ고[97] 일단 셩회(誠孝) 봉션디도(奉先之道)와 신셩디졀(晨省之節)의 다ᄃᆞ라ᄂᆞᆫ 갈심딘녁(竭心盡力)거ᄂᆞᆯ ᄇᆡᆨ시(伯氏)의 깁히 의심ᄒᆞ며 통한(痛恨)ᄒᆞ믈 인ᄒᆞ여 억견(臆見)으로 ᄉᆞ오나온 곳의 모라너흐믈 용납홀 ᄯᆞ히 업게 ᄒᆞ고 여ᄎᆞ 이후의 건곤(乾坤)이 블친(不親)의 음양(陰陽)이 블합(不合)ᄒᆞ여 가ᄉᆡ(家事) 괴란(乖亂)ᄒᆞ며 화긔졀무(和氣絶無)홀가 념네 극ᄒᆞ믜 황망이 머리ᄅᆞᆯ 두다려 간왈(諫曰)

"방금 국변(國變)의 망극(罔極)ᄒᆞ오미 ᄉᆞᄉᆞ(私事)ᄅᆞᆯ 한만(閑漫)이 의논홀 ᄇᆡ 아니로ᄃᆡ 형댱(兄丈)이 그ᄅᆞᆺ 아ᄅᆞ샤 발(發)ᄒᆞ신 ᄇᆡ 계시니 쇼뎨(少弟) 비록 블민(不敏)ᄒᆞ오나 어린 쇼견(所見)을 고ᄒᆞ리이다. 형댱이 블힝이 현ᄇᆡ(賢配)ᄅᆞᆯ 상(喪)ᄒᆞ시나 임의 ᄉᆡ로 만나신 ᄇᆡ실(配室) 양슈긔 나리디 아니실 쁜 안야 ᄌᆞ딜셩힝(資質性行)과 만ᄉᆡ(萬事) 완젼츌뉴(完全出類)ᄒᆞ시니 궁극(窮極)히 허믈을 엿ᄂᆞᆫ[98] ᄂᆔ(類) 험도이 말을 딧고ᄌᆞ ᄒᆞ여도 긔딜(氣質)이 잠간 덕을 니긴다 ᄒᆞ믄 다ᄅᆞᆫ 허믈이 업ᄉᆞ미라. 형댱이 엇디 ᄎᆞ마 댱인디녀(長人之女)[99]와 명문디츌(名門之出)을 가져 픔(稟)을 ᄉᆞᆯ피디 아니시고 도로혀 녀무(呂武)[100]의게 비

23면

---

97 ᄂᆡ도ᄒᆞ고: ᄂᆡ도ᄒᆞ다. 멀다. 무심하다.

98 엿ᄂᆞᆫ: 엿다. 엿보다. 규장각본에는 '엇난'으로 되어 있음.

99 댱인디녀(長人之女): 장인지녀. 세상의 존경을 받는 사람의 딸. 장인은 세상의 존경을 받는 어른이라는 말. 《주역》 〈건괘〉에 "군자가 인을 체득하면 사람들의 어른 노릇을 할 수가 있다(君子體仁 足以長人)."라는 말이 나옴.

100 녀무(呂武): 여무. 여후(呂后)와 무비(武妃).

ᄒᆞ시ᄂᆞ니잇고? ᄒᆞ믈며 졔ᄋᆞ(諸兒)ᄅᆞᆯ 실산(失散)ᄒᆞ믄 도듕젹변(道中賊變)이오 만만의심(萬萬疑心)이 다ᄅᆞᆫ ᄃᆡ 잇디 아니커ᄂᆞᆯ 도로혀 빅옥무하(白玉無瑕)ᄒᆞᆫ 소슈긔 밀위고ᄌᆞ ᄒᆞ시며 ᄎᆞ마 니ᄅᆞ디 못ᄒᆞᆯ 바로ᄡᅧ ᄌᆞ위(慈闈)긔 블회 될가 우려ᄒᆞ시니 소슈의 동쵹(洞屬)[101]ᄒᆞ신 셩효(誠孝)와 딘션(盡善)ᄒᆞ신 ᄒᆡᆼ(行)이 화듕병(畫中餠)이 되엿ᄂᆞᆫ디라. ᄎᆞ언(此言)을 비록 곤계(昆季) ᄉᆞ이의 일시(一時) 발ᄒᆞ여 억견(臆見)으로 사ᄅᆞᆷ을 용납(容納)디 아니시미 여디(餘地)업ᄉᆞ믄 형댱 덕화(德化)

24면

의 크게 유ᄒᆡ(有害)ᄒᆞᆯ 쁜 아냐 부부ᄂᆞᆫ 인뉸대관(人倫大關)이라. 셜샤 과실(過失)이 이셔도 인도(引導)ᄒᆞ믈 션(善)히 ᄒᆞ여 화목(和睦)ᄒᆞ올디니 뉸긔일듕(倫紀一重)ᄒᆞ므로ᄡᅧ 허믈과 미악(微惡)을 보시미 업시 참악(慘愕)ᄒᆞᆫ 의심을 두시미 괴이치 아니ᄒᆞ리잇고? 업ᄃᆡ여 바라옵건ᄃᆡ 션인의 가졔교홰(家齊敎化) 일월ᄒᆡᆼ도(日月行道)ᄒᆞ심과 ᄌᆞ위의 온슌겸졍(溫順謙靜)ᄒᆞ시미 텬디의 상화(相和)ᄒᆞᆷ ᄀᆞᆺᄐᆞ시던 바ᄅᆞᆯ 니으샤 ᄋᆡ쳬(礙滯)ᄒᆞ며 치의(致疑)ᄒᆞ믈 두디 마ᄅᆞ쇼셔."

셜파(說罷)의 블각하루(不覺下淚)ᄒᆞ고 의계와 냥계 ᄯᅩᄒᆞᆫ 그러치 아니므로ᄡᅧ 간(諫)ᄒᆞ니 쳥계 기리 탄식왈(嘆息曰)

"우형(愚兄)은 본ᄃᆡ 우졸(愚拙)ᄒᆞ고 암ᄆᆡ(暗昧)ᄒᆞᆫ디라. ᄆᆞ옴의 셜ᄉᆞ 블합(不合)히 넉이나 그 간모(奸謀)ᄅᆞᆯ 발각(發覺)디 못ᄒᆞ고 안상(安詳)이 머므러 삼긔(三忌)[102]ᄅᆞᆯ 디닌디라. 현뎨 니ᄅᆞ디 아니ᄒᆞ나 일시의 박(薄)히 못ᄒᆞᆯ ᄇᆡ야 모로리오? 다만 ᄌᆞ위ᄅᆞᆯ 밧드러 큰 블효ᄅᆞᆯ ᄭᅵ치미

---

101 동쵹(洞屬): 동촉. 동동촉촉(洞洞屬屬). 공경하고 삼가며 매우 조심스러움.

102 삼긔(三忌): 삼기. 삼년상.

업ᄉᆞᆯ딘ᄃᆡ 통한ᄒᆞᆫ 바ᄅᆞᆯ 잠간 플니라."

쳐ᄉᆡ ᄌᆡ삼(再三) 슈슈(嫂嫂)의 인효(仁孝)ᄒᆞ신 덕ᄒᆡᆼ(德行)을 ᄀᆞᆺ초 일 25면
ᄏᆞ라 초군(超群)[103]ᄒᆞ믈 고ᄒᆞ나 상셰 그러히 넉이미 업더라. 이러구러 담월(禫月)[104]이 밋ᄎᆞᄆᆡ 션태부 향연을 밧드러 셜제통곡(設祭慟哭)ᄒᆞ여 합가(闔家)의 ᄋᆡ셩(哀聲)이 텬디(天地)ᄅᆞᆯ 흔들고 상셔 곤계(昆季) ᄉᆡ로온 디통(至痛)이 색거디며 믜여질 ᄃᆞᆺ 혈뉘(血淚) 방방(滂滂)ᄒᆞ여 쇼금(素衾)을 젹시고 곡셩(哭聲)이 참참(慘慘)ᄒᆞ여 황황(遑遑)[105]이 구곡(九曲)[106]을 ᄉᆞ회니[107] 망망(茫茫)이 ᄯᆞ로며 홀홀(忽忽)이 좃촐 ᄃᆞᆺ 혼을 씃ᄎᆞ며 ᄇᆡᆨ(魄)을 ᄇᆞ려 엄홀(奄忽)ᄒᆞ여 인ᄉᆞ(人事)ᄅᆞᆯ 아디 못ᄒᆞ니 좌위(左右) 막블쳬읍(莫不涕泣)ᄒᆞ고 블승호통(不勝號痛)이라. 의계와 냥계 붓드러 계오 구ᄒᆞ여 졔파(祭罷)의 태부인긔 알현ᄒᆞᆯᄉᆡ 부인이 엄연뉴쳬(奄然流涕)[108]ᄒᆞ여 통흉고규(痛胸高叫) 왈

"노뫼(老母) 명완무디(命頑無知)ᄒᆞ미 구ᄐᆞ여 투ᄉᆡᆼ(偸生)[109]ᄒᆞ엿다가 금일(今日) 망극(罔極)ᄒᆞᆫ 듕 졀박(切迫)ᄒᆞᆫ 근심을 씻쳐 ᄇᆡᆨᄋᆞ(伯兒)로뼈 ᄉᆞ졍을 ᄎᆞ마 버히디 못ᄒᆞ게 ᄒᆞ며 ᄎᆞᄋᆞ(次兒)로뼈 노모ᄅᆞᆯ 붓드러 은신샤셰(隱身謝世)ᄒᆞᆯ 바ᄅᆞᆯ 뎡(定)치 못ᄒᆞ여 비황초우(悲惶焦憂)ᄒᆞ믈 더

---

103 초군(超群): 여럿 가운데 뛰어남.

104 담월(禫月): 담제(禫祭)를 지내는 달. 담제는 대상(大祥)을 마치고 한 달 뒤에 지내는 제사.

105 황황(遑遑): 마음이 몹시 급하여 허둥지둥하거나 어찔 줄 모르는 모양.

106 구곡(九曲): 구곡간장(九曲肝腸). 굽이굽이 서린 창자로, 시름과 한이 가득 찬 마음속을 일컬음.

107 ᄉᆞ회니: ᄉᆞ히다. 사르다, 태우다.

108 엄연뉴쳬(奄然流涕): 엄연류체. 갑자기 눈물을 흘림. '엄연'은 생각할 사이도 없이 갑자기.

109 투ᄉᆡᆼ(偸生): 투생. 죽어야 할 때 죽지 않고 삶을 이어감.

26면 으니 미망(未亡)이 블힝댱슈(不幸長壽)ᄒᆞ미 엇디 통ᄒᆞᆫ(痛恨)치 아니리오?"

상셔 등이 비ᄉᆡᆨ(悲色)을 거두고 화ᄉᆡᆨ유어(和色柔語)로 모친을 위로ᄒᆞ며 명일(明日)은 상셰 븍(北)으로 힝ᄒᆞ고 운계ᄂᆞᆫ 샤묘(祀廟)와 ᄌᆞ위를 뫼셔 텬태산 은쳥동 벽한경으로 은신ᄒᆞᆯ 바를 고ᄒᆞ며 모ᄌᆞ형뎨(母子兄弟) 상니(相離)ᄒᆞᄂᆞᆫ 슬프미 비ᄒᆞᆯ ᄃᆡ 업ᄉᆞ니 텬니(天理)를 측냥키 어렵고 시셰(時勢)의 흉흉(洶洶)ᄒᆞ믈 볼딘ᄃᆡ 상셰 노영(虜營)[110]으로 향ᄒᆞ미 문텬샹(文天祥)[111]과 뉵슈부(陸秀夫)[112]의 튱(忠)을 니을디언졍 능히 일신(一身)을 디보(支保)ᄒᆞ여 고국의 도라오믈 긔필(期必)치 못ᄒᆞᆯ 비오 운계의 은신ᄒᆞᄂᆞᆫ 바 텬태산이 깁고 그윽ᄒᆞ며 은쳥동의 인젹(人跡)이 밋디 아닛ᄂᆞᆫ 곳이나 경태(景泰)[113]의 심방(尋訪)ᄒᆞ미 궁극(窮極)ᄒᆞᆫ즉[114] 또 엇디 될 줄 아디 못ᄒᆞ미 여러 가디 위틱ᄒᆞ미 모ᄌᆞ형뎨 일당(一堂)의 단취(團聚)ᄒᆞ여 반기ᄂᆞᆫ ᄂᆞᆺ과 즐기ᄂᆞᆫ 말노 셔로 ᄃᆡ(對)키 어려오니 쇽졀업시 구곡(九曲)이 촌단(寸斷)ᄒᆞ고 흉금(胸襟)이 옹ᄉᆡᆨ

27면 (壅塞)ᄒᆞ여 말을 일우디 못ᄒᆞᆯ 비로ᄃᆡ 오히려 관인(寬忍)ᄒᆞ믈 힘ᄡᅳ고 위열(慰悅)ᄒᆞ믈 웃듬ᄒᆞ여 비샤쳑어(悲辭慽語)를 발(發)치 아니터니

---

110 노영(虜營): 오랑캐 군영. 여기서는 마선의 지역을 말함.

111 문텬샹(文天祥): 문천상(1236-1282). 남송의 충신. 원나라 세조의 회유에 굴하지 않고 죽음.

112 뉵슈부(陸秀夫): 육수부(1237-1279). 송나라의 충신. 송나라 위왕을 모시고 애산에 숨었는데, 원나라 군대가 공격해 오자 처자식을 바다에 빠뜨려 죽게 한 다음 위왕을 업고 배로 도망하다가 함께 바다에 투신함.

113 경태(景泰): 경태황제. 규장각본에는 '경픠'로 되어 있음.

114 궁극(窮極)ᄒᆞᆫ즉: 궁극하다. 몹시 절실하다.

청계 홀연(忽然) 토혈운절(吐血殞絶)ᄒᆞ여 블셩인ᄉᆞ(不省人事)어놀 태부인이 만분경황(萬分驚惶)ᄒᆞ여 손을 잡고 얼골을 어로만져 아모리 홀 줄 모로ᄂᆞᆫ디라. 운계 형댱(兄丈)의 토혈(吐血)ᄒᆞ믈 시시(時時)로 보나 ᄌᆞ위 아디 못ᄒᆞ시믜 죵용이 구호(救護)ᄒᆞ미 되더니 금일(今日)은 ᄌᆞ젼(慈前)의셔 여ᄎᆞᄒᆞ믈 더옥 민망ᄒᆞ여 급히 약슈(藥水)로 구호ᄒᆞ니 식경(食頃) 후 회소(回蘇)[115]ᄒᆞ나 오히려 엄엄위위(奄奄委委)ᄒᆞ여 긔동(起動)치 못ᄒᆞ니 의계 태부인긔 고왈(告曰)

"형이 거상삼년(居喪三年)의 일일(一日) 일죵을 슌강(順降)치 못ᄒᆞ옵던 ᄎᆞ 금번 국변(國變)의 망극ᄒᆞ믈 당ᄒᆞ와 우국ᄋᆡ군(憂國愛君)ᄒᆞᄂᆞᆫ 근심이 쟉슈(勺水)를 나오미 업더디라. 임의 삼긔를 맛ᄎᆞ사오니 육즙(肉汁)으로뼈 그 긔운을 잠간 보(補)ᄒᆞ미 됴흘가 ᄒᆞᄂᆞ이다."

태부인이 올히 넉여 친히 육즙을 장만ᄒᆞ여 상셔의 입의 드리오니 쳥계 혼미(昏迷) 듕이나 ᄌᆞ위에 우려ᄒᆞ시믈 비황(悲惶)ᄒᆞ여 쳔만강작(千萬强作)ᄒᆞ고 니러 안ᄌᆞ며 모친의 가디신 바를 뭇ᄌᆞ온ᄃᆡ 부인이 육즙(肉汁)이믈 니ᄅᆞ고 쳐ᄉᆞ를 명ᄒᆞ여 홈긔 먹으라 ᄒᆞ니 쳐ᄉᆡ 피셕ᄃᆡ왈(避席對曰) 28면

"쇼ᄌᆞ의 강댱(强壯)ᄒᆞ오믄 형의 긔운이 면쳘(綿綴)ᄒᆞ오미 갓디 아니ᄒᆞ오니 굿ᄐᆞ여 금일 육미(肉味)로뼈 긔운을 도으리잇고?"

태부인 왈

"민ᄌᆞ건(閔子騫)과 복ᄌᆞ하(卜子夏)ᄂᆞᆫ 셩문학뎨(聖門學弟)[116]로ᄃᆡ 부모

115 회소(回蘇): 거의 죽어가다가 다시 살아남.

116 셩문학뎨(聖門學弟): 성문학제. 성문(공자의 문하)에서 배운 제자.

의 삼상(三喪)이 필(畢)ᄒᆞᄆᆡ 원금이가(援琴而歌)[117]ᄒᆞ여 졀졀(切切)이 ᄋᆡᄋᆡ(哀哀)ᄒᆞ고 간간이낙(衎衎怡樂)ᄒᆞ여 션왕디녜(先王之禮)를 블감블이얘(不敢不已也)라 ᄒᆞ니 부ᄌᆡ(夫子) ᄀᆞᆯ오샤ᄃᆡ '군ᄌᆡ(君子)로다' ᄒᆞ시고 ᄌᆞ공(子貢)의 뉵년거상(六年居喪)은 부ᄌᆡ(夫子) 블취얘(不取也)ᄒᆞ시니 므롯 슬허ᄒᆞ미 졀되(節度) 잇고 거상(居喪)ᄒᆞ미 되(道) 잇ᄂᆞᆫ디라. 여등(汝等)이 이졔 션군의 담긔(禫期)[118]를 맛ᄎᆞ 결복(闋服)ᄒᆞᄆᆡ 디통(至痛)의 ᄉᆡ로오미 어이 초상(初喪)의 다ᄅᆞ리오마ᄂᆞᆫ 금일 딘육(進肉)ᄒᆞ믄 공밍(孔孟)[119]긔 뭇ᄌᆞ오나 그ᄅᆞ다 아니 ᄒᆞ시리니 모로미

29면 고집디 말나. 여등이 집상거려(執喪居廬)[120]ᄒᆞᄆᆡ 훼블멸셩(毀不滅性)[121]이믈 ᄭᆡ닷디 못ᄒᆞ나 노뫼 능히 긋치라 ᄒᆞ며 ᄯᅩ 육미(肉味)로ᄡᅧ 권치 못ᄒᆞ믄 어미를 무식히 알가 스ᄉᆞ로 괴한(愧恨)ᄒᆞᆯ ᄲᅳᆫ 아냐 디통이 각골(刻骨)ᄒᆞᆫ 바의 브졀업ᄉᆞᆫ 말노ᄡᅧ 도로혈 길 업ᄉᆞ믈 헤아려 혹ᄌᆞ(或者) 삼긔(三忌)를 디보(支保)치 못ᄒᆞᆯ가 초조ᄒᆞ고 다시 여등의 디효(至孝)를 ᄉᆡᆼ각건ᄃᆡ 부모의 호텬대은(昊天大恩)을 갑흐미 삼상(三喪)[122]의 이시믈 ᄭᆡ다라 엄군(嚴君)[123]의 삼 년을 무ᄉᆞ히 맛고 노모로 ᄒᆞ여곰

117 원금이가(援琴而歌): 거문고를 당겨 노래한다는 뜻. 민자건이 상례 후 거문고를 연주하며 절절히 슬퍼했고, 복자하는 상이 끝난 뒤 거문고를 연주하며 즐거워했는데, 공자가 복자하는 박하고 민자건은 후하다고 평가했음. 이는 상례를 지키는 것의 양극단을 말한 것임.

118 담긔(禫期): 담기. 대상 뒤에 지내는 제사.

119 공밍(孔孟): 공맹. 공자와 맹자.

120 집상거려(執喪居廬): 부모의 상에 상제로서 예의를 지키고 무덤 가까이 초막에서 지내는 것.

121 훼블멸셩(毀不滅性): 훼불멸성. 슬퍼하되 목숨을 상할 지경으로 하지는 않는다는 뜻. 《예기》〈상복〉.

122 삼상(三喪): 삼년상. 초상(初喪), 소상(小祥), 대상(大祥)을 말함.

123 엄군(嚴君): 자기 아버지를 높이는 말.

야곡(夜哭)의 셜우믈[124] 깃치디 아닐가 미든 ᄇᆡ러니 이졔 계오 삼긔롤 맛ᄎᆞ나 ᄇᆡᆨᄋᆞ(伯兒)의 목금(目今)[125] 위틔ᄒᆞᆫ 경상(景狀)과 너의 싀훼골닙(柴毀骨立)[126]ᄒᆞᆫ 거동을 보건ᄃᆡ 됴셕(朝夕)을 보젼치 못홀 ᄃᆞᆺᄒᆞ니 엇디 우려롤 니긔리오?"

언필(言畢)의 통읍뉴톄(痛泣流涕)ᄒᆞ니 쳐ᄉᆡ 년망(連忙)이[127] 지ᄇᆡ(再拜)ᄒᆞ여 블초무상(不肖無狀)ᄒᆞᆫ 죄롤 쳥ᄒᆞ고 상셰 쳐음 졍신이 현황(眩慌)[128]ᄒᆞᆫ 듕 육즙의 맛술 아디 못ᄒᆞ다가 모부인 니ᄅᆞ시므로 조ᄎᆞ ᄌᆞ 30면 긔 발셔 딘육(進肉)ᄒᆞ믈 경악(驚愕)ᄒᆞ고 통졀(痛切)ᄒᆞ나 ᄯᅩᄒᆞᆫ 모친이 운계다려 니ᄅᆞ시는 말ᄉᆞᆷ이 의리(義理)의 당연ᄒᆞ고 션인의 만ᄉᆡ(萬事) 젹듕(的中)ᄒᆞ시던 바롤 ᄉᆡᆼ각ᄒᆞᄆᆡ 비록 부ᄉᆡᆼ(父生)ᄒᆞ신 듕은(重恩)이 모휵(母畜)ᄒᆞ신 은혜의 더으나《모시(毛詩)》의 니ᄅᆞᆫ바 은막대어부(恩莫大於父)샷다 ᄒᆞ며 시막대어모(恃莫大於母)샷다 ᄒᆞ니 ᄌᆞ모디졍(慈母之情)이 텬디로 활연(豁然)ᄒᆞ여 엄부(嚴父)의 명텬디존(明天之尊)으로 비길디라. 임의 고고(孤苦)ᄒᆞᆫ 바로뼈 편위(偏闈)예 졀우(切憂)롤 깃치디 아니려 ᄒᆞ므로 모친 심회(心懷)롤 편코ᄌᆞ ᄒᆞ여 스ᄉᆞ로 그룻술 드러 마시며 ᄋᆞ을 고시왈(顧視曰)

"ᄌᆞ위의 명ᄒᆞ시는 ᄇᆡ 인ᄌᆞ(人子)의 거ᄉᆞ디 못ᄒᆞ리니 현데(賢弟) 스ᄉᆞ

124 야곡(夜哭)의 셜우믈: 밤에 곡하는 슬픔. 자식 잃은 슬픔을 말함. 노나라 경강이 남편 상에는 낮에만 곡을 하고, 아들 문백의 상에는 밤낮으로 곡을 했다는 데서 온 말.

125 목금(目今): 앞에 닥친 지금. 이제 곧.

126 싀훼골닙(柴毀骨立): 시훼골립. 상을 당한 슬픔으로 몸이 몹시 여윈 것을 말함.

127 년망(連忙)이: 연망이. 급하게, 빠르게. 연신 어쩔 줄 몰라 하며.

128 현황(眩慌): 어지럽고 정신이 없음.

로 구ᄒᆞ여 ᄌᆞ교(慈教)를 밧들미 올커놀 엇디 ᄎᆞ마 나오디[129] 못ᄒᆞᄂᆞᆫ 긔식(氣色)이 잇ᄂᆞ뇨?"

운계 ᄃᆡ왈(對曰)

"일시(一時)의 딘육(進肉)ᄒᆞ오미 스ᄉᆞ로 놀나와 잠간 딘졍(鎭靜)ᄒᆞ오미러니 ᄌᆞ위(慈闈) 명ᄒᆞ시고 형댱(兄丈)이 니ᄅᆞ시니 엇디 밧드디 아니ᄒᆞ리잇고?"

31면 말을 맛ᄎᆞᄆᆡ 의계 그ᄅᆞᆺ솔 드러 딘(進)ᄒᆞ믈 쳥ᄒᆞ며 태부인이 소·화 이부인을 브ᄅᆞ고ᄌᆞ ᄒᆞᆫᄃᆡ 쳥계 간왈(諫曰)

"피ᄎᆞ 셔로 ᄃᆡᄒᆞᄆᆡ 비회(悲懷) 더을 ᄲᅳᆫ이라. 일틱디샹(一宅之上)의 머므ᄂᆞᆫ 바를 어나 ᄯᅢ의 보디 못ᄒᆞ여 긋ᄐᆞ여 오날 밧비 보리잇고?"

태부인이 탄왈(嘆曰)

"여언(汝言)이 맛당ᄒᆞ나 금야(今夜)를 디ᄂᆡ면 오ᄋᆞ(吾兒) ᄇᆡᆨ(北)으로 가리니 모ᄌᆞ의 상니디회(相離之懷)ᄂᆞᆫ 니ᄅᆞ디 말고 소식부의 졍ᄉᆡ 슬프디 아니랴?"

쳥계 ᄃᆡ왈(對曰)

"쇼ᄌᆡ 아딕 ᄉᆞ슌(四旬)이 ᄆᆞᆺ디 못ᄒᆞ엿고 소시 ᄯᅩ 삼츈(三春)이 져므디 아니ᄒᆞ엿ᄉᆞ오니 타일 셔로 보미 늣디 아니ᄒᆞ올디라. 복원(伏願) ᄌᆞ위ᄂᆞᆫ 이런 셰미디ᄉᆞ(細微之事)를 거리ᄭᅵ디 마ᄅᆞ쇼셔. 블쵸(不肖) 명일(明日)은 븍으로 ᄒᆡᆼᄒᆞ오ᄆᆡ 도라올 디쇽(遲速)을 아디 못ᄒᆞ오니 하졍(下情)의 결훌(缺欻)ᄒᆞ와 베플 바를 아디 못ᄒᆞ옵ᄂᆞᆫ디라. 금야(今夜)란

129 나오디: 나오다(進). 먹다.

니빅으로 더브러 ᄌᆞ위를 시침(侍寢)ᄒᆞ여 유시(幼時)의 ᄌᆞ졍슬하(慈情膝下)의 교무(敎撫)ᄒᆞ시던 ᄌᆞᄋᆡ(慈愛)를 다시 밧ᄌᆞᆸ고져 ᄒᆞᄂᆞ이다"

부인이 츄연탄왈(惆然嘆曰)

"여등이 이에 노모를 시침(侍寢)ᄒᆞ여 평안ᄒᆞᆫ 시졀의 샤환(仕宦)ᄒᆞ고 위란(危亂)ᄒᆞᆫ ᄣᆡ의 믈너나 샤딕(社稷)의 경위(傾危)홈과 종샤(宗社)의 위망(危亡)ᄒᆞ믈 도라보디 아냐 ᄉᆞᄉᆞ로 살기를 탐ᄒᆞ며 평안키를 위ᄒᆞ여 모ᄌᆞ형뎨 ᄒᆞᆫ 당(堂)의셔 희소달난(戲笑團欒)으로 날을 보니디 못ᄒᆞ믈 한ᄒᆞ리오? 네 비록 뇽거(龍車)를 밧드러 븍으로 도라오디 못ᄒᆞ미 이셔도 맛ᄎᆞᆷ니 튱녈(忠烈)을 셰워 션군의 튱의대도(忠義大道)를 니으미 이신족 노뫼 비록 변곤디모(卞壼之母)[130]의 의리를 ᄯᆞ로디 못ᄒᆞ나 뼈곰 밋고 듕히 넉이믈 겻티 잇ᄂᆞᆫ 바의 더으리니 ᄒᆞ믈며 오ᄋᆡ(吾兒) 완젼ᄒᆞᆫ 슈복(壽福)이 변곤(變困)의 딘듕(陣中)의셔 젼망(戰亡)홈과 니도ᄒᆞ고 디셩달회(至誠達孝)[131] 은교(溫嶠)의 졀디거(絶之裾)[132]ᄒᆞ여 보블환복(步不還復)ᄒᆞ므로 ᄀᆞᆺ디 아닐디라. 광음(光陰)이 슉홀(倏忽)ᄒᆞ여 빅구(白駒)의 과극(過隙) 갓ᄐᆞ니 뉵칠 년 츈취(春秋) 그 언마 ᄉᆞ이리오? ᄣᆡ도 득실(得失)이 잇고 명(命)도 궁통(窮通)이 잇ᄂᆞ니 굴(屈)ᄒᆞ니 신(伸)ᄒᆞ고 왕(往)ᄒᆞ니 복(復)ᄒᆞ미 텬애(天也)라. 텬운(天運) 33면

130 변곤디모(卞壼之母): 변곤지모. 변곤의 어머니. 진나라 사람. 변곤이 '소준의 난'에 나가서 싸우다 죽은 후 그의 두 아들도 달려나가 죽으니, 변곤의 어머니가 통곡하며 "아버지는 충신이 되고 아들은 효자가 되었다."라고 함.

131 디셩달회(至誠達孝): 지성달효. 한결같이 지극한 효도.

132 은교(溫嶠)의 졀디거(絶之裾): '온교'를 '은교'로 쓴 것으로 보임. 온교절거. 동진의 장수 온교가 전쟁에 나가려 할 때 어머니가 소매를 잡고 만류하자 소매를 끊고 전쟁에 나감.

이 명실(明室)을 망치 아니실딘ᄃᆡ 오ᄋᆡ(吾兒) 농톄(龍體)ᄅᆞᆯ 밧드러 고국의 도라오미 반ᄃᆞᆺᄒᆞ리니 노뫼 스ᄉᆞ로 위로ᄒᆞ며 널니 혜아려 오ᄋᆞ로 ᄒᆞ여곰 먼니 노영(虜營)의 이셔 어믜 딜고(疾苦)ᄅᆞᆯ 근심ᄒᆞ미 업게 ᄒᆞ리니 ᄇᆞ라건ᄃᆡ 오ᄋᆞᄂᆞᆫ 유시(幼時)의 슬샹디ᄋᆡ(膝上之愛)ᄅᆞᆯ 잠간 니져 어믜의 탁(託)ᄒᆞᆫ 바ᄅᆞᆯ 져바리디 말나."

청계 ᄌᆡᄇᆡ슈명(再拜受命) 왈

"블최(不肖) 비록 무상(無狀)ᄒᆞ오나 ᄌᆞ위의 셩명디교(聖明之敎)ᄅᆞᆯ 밧드러 블튱ᄒᆞᆫ 죄인이 되디 아니리니 복망(伏望) ᄌᆞ위ᄂᆞᆫ 귀톄(貴體)ᄅᆞᆯ 만복(萬福)ᄒᆞ샤 만슈무강(萬壽無疆)ᄒᆞᄋᆞᆸ쇼셔."

모ᄌᆞ형뎨 ᄃᆡᄒᆞ여 이러ᄐᆞᆺ 권년(眷戀)ᄒᆞᆫ 졍을 니ᄅᆞ며 임의 날이 져믈ᄉᆡ 셕반(夕飯)을 파(罷)ᄒᆞ고 쵹(燭)을 니어 담화(談話)ᄒᆞ다가 의계와 냥계ᄂᆞᆫ 야심(夜深)ᄒᆞ믈 조ᄎᆞ 퇴ᄒᆞ니 상셰 모부인 금침(衾枕)을 포셜(鋪設)ᄒᆞ며 운계로 더브러 시침ᄒᆞᆯᄉᆡ 모ᄌᆞ의 권권(眷眷)[133]ᄒᆞᆫ 뜻이 측냥치 못ᄒᆞᆯ너라. 계명(鷄鳴)의 다시 쵹을 ᄇᆞᆰ히고 시ᄋᆡ(侍兒) 효션(曉饍)
34면 을 올니ᄆᆡ 상셰 모친의 딘(進)ᄒᆞ시믈 청ᄒᆞ며 부인이 ᄋᆞᄌᆞ 등의 먹기ᄅᆞᆯ 권(勸)ᄒᆞ여 상을 믈닌 후 냥계 부부와 의계 부뷔 ᄒᆞᆫ 당(堂)의 모다 니별ᄒᆞᄂᆞᆫ 회포ᄅᆞᆯ 펼ᄉᆡ 태부인이 다시 상셔ᄅᆞᆯ 도라보아 소시ᄅᆞᆯ 면결(面訣)치 아니미 블가(不可)ᄒᆞ고 비인졍(非人情)이믈 니ᄅᆞ니 상셰 만ᄉᆞ(萬事)의 효슌(孝順)키ᄅᆞᆯ 웃듬ᄒᆞᄂᆞᆫ 고로 시ᄋᆞ(侍兒)ᄅᆞᆯ 명ᄒᆞ여 소부인을 청ᄒᆞ라 ᄒᆞᆫᄃᆡ 태부인이 깃거 소·화 냥 부인을 홈긔 나오라 ᄒᆞᆫᄃᆡ

133 권권(眷眷): 가엾게 여겨 돌보는 모양.

냥 부인이 나와 슈슉(嫂叔)이 상ᄃᆡ녜필(相對禮畢)의 좌(座)ᄅᆞᆯ 일울ᄉᆡ 소시의 션연(嬋娟)ᄒᆞᆫ 화용(花容)이 뇨라(裊娜)ᄒᆞ여 유란(幽蘭)이 계샹(溪上)의 쁠니고 화벽(和璧)이 초산(楚山)의 상셔(祥瑞)ᄅᆞᆯ ᄡᅣᆷᄂᆞᆫ 바의 삼년거상(三年居喪)을 필(畢)ᄒᆞ미 훌훌ᄒᆞ여 금일(今日) 부뷔 ᄃᆡᄒᆞ미 녜 ᄀᆞᆺᄐᆞ나 인ᄉᆞ(人事)의 변혁(變革)ᄒᆞ믈 슬허 창도(悵悼)ᄒᆞᆫ 빗치 먼니 젼ᄒᆞᄆᆡ 아ᄅᆞᆷ다온 형상이 더옥 긔특ᄒᆞᆫ디라. 옥누(玉淚)ᄅᆞᆯ 영엄(永掩)ᄒᆞ고 안셔(安舒)히 셤요(纖腰)ᄅᆞᆯ 굽닐며[134] 보압(寶押)을 슉여 좌ᄅᆞᆯ 일우ᄆᆡ 표연(飄然)이 우화(羽化)ᄒᆞ여 호학(皓鶴)이 운외(雲外)의 날고져 ᄒᆞ니 조식(曹植)[135]의 니ᄅᆞᆫ바 '송셩긔이학이미'ᄒᆞ여 '약당비이비상'이라[136] ᄒᆞ미 이ᄅᆞᆯ 니ᄅᆞᆫ ᄇᆡ어ᄂᆞᆯ 화부인은 친야(親爺)의 삼긔ᄅᆞᆯ 오히려 맛디 못ᄒᆞ여 소의담복(素衣禫服)이 ᄇᆡᆨ운(白雲)을 화ᄒᆞ엿고 ᄆᆞᆰ은 ᄡᅦ 빙셩이 엉긔여시니 옥뷔(玉膚) 초췌(憔悴)ᄒᆞ며 의홰(儀華) 소조(蕭條)ᄒᆞ여 ᄆᆡ홰(梅花) 납셜(臘雪)을 씌엿ᄂᆞᆫ ᄃᆞᆺ 슌협(脣頰)의 혈긔돈감(血氣頓減)ᄒᆞ여 면뷔(面膚) 옥셜(玉雪)노 ᄒᆞᆫ 빗치라. 쇄연탈쇽(灑然脫俗)ᄒᆞ나 디극히 위ᄐᆡᄒᆞ니 비록 관인ᄒᆞ믈 위쥬ᄒᆞ여 존젼(尊前)의 비ᄉᆡᆨ(悲色)을 낫토디 아니려 동쵹(洞屬)ᄒᆞᆫ 경셩이 슉야(夙夜)의 집옥심님(執玉深臨)[137]ᄒᆞ여 타ᄉᆞ(他事)ᄅᆞᆯ 결을치 못ᄒᆞ나 의양이 태쥬로셔ᄂᆞᆫ ᄉᆞ이 누쳔 니ᄅᆞᆯ 격(膈)ᄒᆞ여 텬애디각(天涯地角)[138]이 난호이 35면

134 굽닐며: 굼닐다. 몸을 굽혔다 일으켰다 하다.

135 조식(曹植): 위나라 시인 조자건(192-232).

136 '송셩긔이학이미'ᄒᆞ여 '약당비이비상'이라: 조식의 시구로 보이나 정확한 제목 미상. 학이 멀리 아득해지며 두 날개를 펴고 날아간다는 뜻으로 보임.

미 되여시니 쇽절업시 부모의 향년(享年)[139]을 망극(罔極)[140]ᄒᆞᄆᆡ 오ᄃᆡᆨ
36면 남산(南山)이 녈녈(烈烈)ᄒᆞ고 표풍(飄風)이 발발(發發)[141]ᄒᆞᆫᄃᆡ 혈누(血淚)ᄅᆞᆯ 쓰리며 한숨을 디어 ᄋᆡ호디통(哀號之痛)이 일일 층가(層加)ᄒᆞᄃᆡ 힝혀 회포ᄅᆞᆯ 낫토미 업고 졍ᄉᆞ(情私)ᄅᆞᆯ 베프ᄂᆞᆫ ᄇᆡ ᄆᆡᄆᆡ(妹妹) 의계 부인 화시라. 피ᄎᆞ(彼此) 상의인통(相依忍痛)ᄒᆞ여 셰월을 보ᄂᆡᄂᆞᆫ 듕 닌셩 갓ᄐᆞᆫ 닌ᄋᆞ봉츄(麟兒鳳雛)ᄅᆞᆯ 실산(失散)ᄒᆞ여 ᄉᆞᄉᆡᆼ거쳐(死生去處)ᄅᆞᆯ 졈복(占卜)디 못ᄒᆞ니 초우(焦憂)ᄒᆞᄂᆞᆫ 슈한(愁恨)과 통열(痛裂)ᄒᆞᄂᆞᆫ[142] 쏘 엇디 츰을 ᄇᆡ리오마ᄂᆞᆫ 부인의 긔위(氣宇) 셩인(聖人)의 디식(知識)과 텬니(天理)의 도(道)ᄅᆞᆯ ᄉᆞᄆᆞᆺᄂᆞᆫ 고로 닌셩 등의 요슈박복(夭壽薄福)디 아닐 바ᄅᆞᆯ 념(念)치 아니코 필경 즐거이 도라오미 이실 바ᄅᆞᆯ 혜아려 그윽이 위로ᄒᆞ미 되나 만경쵹ᄉᆞ(萬境觸事)의 ᄇᆡᆨ회(百回) 구비ᄅᆞᆯ 어ᄃᆡ 비ᄒᆞ리오? 날로 촌심(寸心)을 ᄉᆞᆯ오고 간위(肝胃)ᄅᆞᆯ ᄉᆞᆺᄎᆞᄆᆡ 의형(儀形)[143]이 위ᄐᆡᄒᆞ믈 면치 못ᄒᆞ니 태부인이 깁히 우려ᄒᆞᄃᆡ

---

137 집옥심님(執玉深臨): 집옥심림. 옥그릇을 잡은 것처럼 조심스럽고, 깊은 골짜기 절벽에 있는 것처럼 두려워하는 마음. 집옥은 《예기》 〈제의(祭義)〉의 "효자는 옥그릇을 손에 쥔 것처럼, 물이 가득 찬 그릇을 받드는 것처럼" 조심스러워야 한다는 말에 나오고, 후자는 "심림곡지심(深臨谷之心)"에 나옴.

138 텬애디각(天涯地角): 천애지각. 하늘 끝과 땅 모퉁이라는 뜻으로, 서로 아득히 멀리 떨어져 있는 것을 말함.

139 향년(享年): 한평생 누린 나이.

140 망극(罔極): 망극지통(罔極之痛). 한없는 슬픔.

141 남산(南山)이 녈녈(烈烈)ᄒᆞ고 표풍(飄風)이 발발(發發): 효성을 다하지 못하는 자식의 심정을 나타내는 말. 《시경》 〈육아(蓼莪)〉의 "남산은 높고, 회오리바람은 거세도다. 사람들 모두 잘 지내는데, 나만 왜 해를 입나(南山烈烈 飄風發發 民莫不穀 我獨何害)."에서 옴.

142 통열(痛裂)ᄒᆞᄂᆞᆫ: 이 다음에 단어가 빠진 듯함. 규장각본에는 'ᄒᆞ난'으로 되어 있음.

143 의형(儀形): 몸의 형태나 차림.

청계와 운계의 엄엄(奄奄)[144]ᄒᆞ미 화부인 우히라 념녜 밋쳐 화부인긔 니 37면
ᄅᆞ디 못ᄒᆞ엿더니 오날ᄂᆞᆯ 보ᄆᆡ 더옥 위위(委委)ᄒᆞᆫ디라. 태부인이 츄연
감상(惆然感傷) 왈

“화현뷔 오히려 츈광(春光)이 쇠ᄒᆞᆯ ᄯᆡ 아니로ᄃᆡ 쳡봉변고(疊逢變故)
ᄒᆞ여 죵텬극통(終天極痛)이 디효(至孝)의 심간(心肝)을 병드리ᄆᆡ 날
노 위위ᄒᆞ여 형각(形殼)만 걸녀시니 노뫼 볼 젹마다 깁흔 념녜 놀나오
믈 겸ᄒᆞᆯ 쁜 아냐 노ᄌᆡ(老者) 블쇠(不衰)ᄒᆞ고 쇼ᄌᆡ(少者) 조쇠(早衰)ᄒᆞ
미 니(理)의 거ᄉᆞ리ᄂᆞᆫ[145] 일이니 노뫼 명박(命薄)ᄒᆞ미 몬져 어딘 며ᄂᆞ리
ᄅᆞᆯ 우러시므로 그윽이 두리오믈 니긔디 못ᄒᆞ노라.”

청계 참연이 화부인을 향ᄒᆞ여 공슈왈(拱手曰)

“슈슈(嫂嫂)의 대효(大孝)로 이ᄯᆡ의 졍경이 엇디 남다ᄅᆞ디 아니시리
잇고마ᄂᆞᆫ ᄌᆞ위(慈闈)의 우례(憂慮) 극ᄒᆞ시니 쳥컨ᄃᆡ 디통(至痛)을 관
억(寬抑)ᄒᆞ샤 셩녀(聖慮)의 니우(貽憂)ᄅᆞᆯ 증(增)치 마ᄅᆞ시면 쇼ᄉᆡᆼ의
힝심(幸甚)이 극읠(極矣)가 ᄒᆞᄂᆞ니 샤뎨(舍弟) 본ᄃᆡ 효의(孝義) 디극
ᄒᆞ여 쇼ᄉᆡᆼ의 블초ᄒᆞᆷ ᄀᆞᆺ디 아니 슈슈의 셩효특눈(誠孝特倫)ᄒᆞ시미 당
금의 비우(比偶)ᄒᆞ리 업ᄉᆞᆫ 바의 쇼ᄉᆡᆼ이 말ᄉᆞᆷ을 붓치미 가치 아니커니 38면
와 쇼ᄉᆡᆼ이 도라올 디ᄉᆞᆨ(遲速)을 뎡(定)치 못ᄒᆞ오니 ᄌᆞ졍(慈庭)의 디
극ᄒᆞ신 ᄌᆞᄋᆡ로뼈 블초ᄅᆞᆯ 위ᄒᆞ샤 ᄉᆞ렴절우(思念切憂)ᄒᆞ시미 무궁ᄒᆞ
시리니 슈ᄉᆔ 가듕제ᄋᆞ(家中諸兒)ᄅᆞᆯ 거ᄂᆞ리샤 간유위열(懇諭慰悅)ᄒᆞ
시믈 디극히 ᄒᆞ실딘ᄃᆡ 쇼ᄉᆡᆼ의 깃브미 이에셔 더으미 업ᄉᆞᆯ가 ᄒᆞᄂᆞ이다.”

144 엄엄(奄奄): 숨이 곧 끊어지려고 하거나 몹시 약한 모양.

145 거ᄉᆞ리ᄂᆞᆫ: 거슬다. 거스르다.

화부인이 공경(恭敬) 문파(聞罷)의 다시 니러 졀샤 왈

"원컨딕 슉슉(叔叔)은 일월단츙(日月丹衷)과 텬디홍덕(天地弘德)을 다ᄒᆞ샤 만승뇽거(萬乘龍車)[146]룰 밧드러 환귀고국(還歸故國)[147]ᄒᆞ샤 왕실을 보좌ᄒᆞ시며 닙공반사(立功班師)ᄒᆞ샤 훤당(萱堂)을 녕위(榮慰)ᄒᆞ시믈 바라ᄂᆞ이다. 미(微)ᄒᆞᆫ 몸의 셩녀(聖慮)룰 두시믄 비록 감격ᄒᆞ오나 ᄯᅩᄒᆞᆫ 결을치 못ᄒᆞ올 ᄇᆡ로딕 쌍친(雙親)을 영별(永別)ᄒᆞ오나 완악블초(頑惡不肖)ᄒᆞ와 조아(曹娥)[148]의 효(孝)룰 법(法)밧디 못ᄒᆞ웁고 존부(尊父) 은퇵(恩澤)이 협골흡톄(浹骨洽體)ᄒᆞ와 태산븍두(泰山北斗)

39면 의 앙셩(仰星)이 잇ᄉᆞᆸᄂᆞ니 텬셩(天性)이 암미(暗迷)ᄒᆞ오나 봉시(奉侍)의 위열(慰悅)ᄒᆞ오믄 슉슉의 계훈(戒訓)을 삼가 어긔미 업게 ᄒᆞ리이다."

쳥계 역비ᄉᆞ샤(亦拜謝辭)ᄒᆞ더니 날이 임의 붉으믹 ᄎᆞ마 ᄯᅥ나디 못ᄒᆞ여 모친 손을 밧들고 슬하의 ᄭᅮ러 기리 녕안(寧安)ᄒᆞ시믈 쳥ᄒᆞ올ᄉᆡ 안ᄉᆡᆨ이 져상(沮喪)ᄒᆞ고 회푀 쳐창(悽愴)ᄒᆞ여 능히 화ᄉᆡᆨ(和色)을 낫토디 못ᄒᆞ거놀 태부인이 엇디 심븡담녈(心崩膽裂)ᄒᆞ믈 면ᄒᆞ리오마는 ᄋᆞᄌᆞ(兒子)의 비회(悲懷)룰 돕디 아니려 안연(晏然)이 힝거(行車)룰 ᄌᆡ촉 왈

"니졍(離情)을 니ᄅᆞ고ᄌᆞ ᄒᆞ믹 날이 가고 밤이 딘(盡)ᄒᆞ여도 긋디 못ᄒᆞ리니 모로미 네 몬져 힝ᄒᆞ라. 노뫼 너룰 보닌 후 삼ᄋᆞ(三兒)와 냥딜

146 만승뇽거(萬乘龍車): 만승용거. 만승은 만대의 병거(兵車)라는 뜻으로, 천자의 자리를 이르는 말. 용거는 임금이 타는 수레.

147 환귀고국(還歸故國): 외국에 나가 있던 사람이 자기 나라로 돌아옴.

148 조아(曹娥): 후한 때 효녀. 아버지가 강에 빠져 죽은 후 시체를 찾지 못하자 14세의 조아가 강물에 빠져 죽어 아버지의 시체를 안고 떠올랐다고 함.

(兩姪)노 더브러 ᄯᅩᄒᆞᆫ 태산으로 향ᄒᆞ리라."

상셰 브득이 니러 하딕ᄒᆞᆯᄉᆡ 비쳬년낙(悲涕連落)ᄒᆞ여 쳠금(沾衾)ᄒᆞ믈 ᄊᆡ닷디 못ᄒᆞ니 일좌(一座)의 비풍(悲風)이 소소(蕭蕭)ᄒᆞ고 셰위(細雨) 쳐쳐(凄凄)ᄒᆞ더라. 이에 냥계 부인과 의계 부인긔 가 니정을 베플 40면 며 대화부인을 향ᄒᆞ여 ᄌᆞ녀ᄅᆞᆯ 무양(撫養)[149]ᄒᆞ샤 망뎨(亡弟)의 유탁(遺托)을 져바리디 마ᄅᆞ시고 기리 디보ᄒᆞ시믈 청ᄒᆞᄆᆡ 정니(情理)의 관곡(款曲)ᄒᆞᆷ과 언ᄉᆞ(言辭)의 인ᄌᆞᄒᆞ미 엄엄(嚴嚴)[150]ᄒᆞᆫ 녜문(禮文) ᄀᆞ온ᄃᆡ도 동포골육(同胞骨肉) ᄀᆞᆺᄐᆞ니 대화부인이 감은(感恩)ᄒᆞ믈 먹음어 함비ᄇᆡ별(含悲拜別)ᄒᆞᆯᄉᆡ 상셰 소시ᄅᆞᆯ 향ᄒᆞᆫ 뜻이 ᄒᆞᆫ 조각 권권(眷眷)ᄒᆞ미 업ᄉᆞ니 몽니(夢裏)의나 말ᄉᆞᆷ을 븟치고ᄌᆞ ᄆᆞᄋᆞᆷ이 이시리오마ᄂᆞᆫ 태부인이 박졀(迫切)이 넉이실가 ᄒᆞ여 십분(十分) 강작(强作)ᄒᆞ고 편위(偏闈)ᄅᆞᆯ 봉효(奉孝)ᄒᆞᆷ과 유ᄌᆞ(幼子)ᄅᆞᆯ 무양(撫養)ᄒᆞ며 친족(親族)을 화목(和睦)ᄒᆞ며 부도(婦道)의 괴려(乖戾)ᄒᆞ미 업ᄉᆞ믈 초초히 젼ᄒᆞ나 ᄉᆞ긔믁믁(辭氣默默)ᄒᆞ여 츄텬(秋天)이 고위(孤危)ᄒᆞ고 녈일(烈日)[151]이 최외(崔嵬)[152]ᄒᆞ니 비록 입으로 말ᄒᆞ나 힝혀도 눈 드러 ᄉᆞᆯ피미 업ᄉᆞ니 소시ᄂᆞᆫ 디극총명(至極聰明)ᄒᆞᆫ 인믈이라 비록 분분이 눈 드러 41면 그 긔식을 보미 업ᄉᆞ나 엇디 박ᄃᆡᄒᆞ믈 모로리오? 심니(心裏)의 ᄌᆞ긔 신셰ᄅᆞᆯ 탄(嘆)ᄒᆞ나 ᄯᅩᄒᆞᆫ ᄉᆞ식(辭色)디 아니코 오딕 념용뎡금(斂容整

---

149 무양(撫養): 잘 돌보아 사랑하여 기름.

150 엄엄(嚴嚴)ᄒᆞᆫ: 임임하다. 매우 엄하다.

151 녈일(烈日): 열일. 뜨거운 태양을 뜻하는 것으로, 세찬 기세를 비유함.

152 최외(崔嵬): 높고 험함. 크고 높음.

襟)ᄒᆞ여 명을 드를 ᄯᆞᄅᆞᆷ이오 일언(一言)을 ᄃᆡ(對)ᄒᆞ미 업ᄉᆞ니 대개 소시의 ᄌᆡ용아딜(才容雅質)노 쇼텬(所天)의게 실의(失意)ᄒᆞ믄 실노 명도(命途)의 괴이ᄒᆞᆫ 연괴러라. 상셰 모젼(母前)의 ᄌᆡᄇᆡ하딕(再拜下直)ᄒᆞ고 쳐슈(妻嫂)를 니별ᄒᆞᆫ 후 문묘(文廟)의 하딕ᄒᆞᄆᆡ 츄원영모(追遠永慕)ᄒᆞᄂᆞᆫ 회푀(懷抱) 간위(肝胃) ᄉᆞᆺ쳐디믈 면치 못ᄒᆞ고 문계 녕연(靈筵)의 곡별(哭別)ᄒᆞᄆᆡ 블승통졀(不勝痛切)이라. 이에 거ᄅᆞᆷ을 두로혀[153] 문을 날ᄉᆡ 졔ᄋᆡ(諸兒) ᄯᆞ라나와 ᄉᆞᄆᆡ롤 븟들고 닌웅이 크게 울고 슈히 오믈 니ᄅᆞ니 쳥이ᄌᆞ연(聽而自然) 텬눈디ᄋᆡ(天倫之愛) 동(動)ᄒᆞ믈 ᄭᆡ닷디 못ᄒᆞ여 웅ᄋᆞ를 어로만져 우롬을 긋치게 ᄒᆞ고 졔딜(諸姪)을 ᄡᅳ다둠아 됴히 이시라 ᄒᆞᄃᆡ 닌듕은 본 쳬도 아니 ᄒᆞ니 듕ᄋᆡ 무류(無聊)[154]ᄒᆞ여 크게 울 ᄯᆞᄅᆞᆷ이라. 상셰 미우(眉宇)를 찡긔여 왈

42면

"상(象)[155]의 후신(後身)과 위각의 녁순 이ᄊᆡ브터 싀ᄋᆡᄒᆞᄂᆞᆫ 뜻이 이시니 엇디 통ᄒᆞᆫ치 아니리오?"

운계 츄연왈(惆然曰)

"형댱(兄丈)이 원간[156] ᄌᆞᄋᆡ(慈愛) 박(薄)ᄒᆞ셔이다. 져 슈셰히ᄌᆞ(數歲孩子)를 가져 블인ᄌᆞ(不仁者)의 비기시고 ᄒᆞᆫ번 교ᄋᆡ(嬌愛)ᄒᆞ샤미 업ᄉᆞ시니 견ᄌᆞ(見者)로ᄲᅧ 의아ᄒᆞ믈 니긔디 못ᄒᆞ올디라. 져 ᄒᆡᄌᆡ(孩子) 아딕 셰ᄉᆞ(世事)를 모로거놀 엇디 상의 노홈과 위각의 한ᄒᆞᄆᆡ 비기시ᄂᆞ

153 두로혀: 두루혀다. 돌이키다.

154 무류(無聊): 무안함. 부끄러움.

155 상(象): 순임금의 이복동생. 순임금을 죽이려 했음.

156 원간: 워낙. 원래.

니잇가?”

청계 탄왈(嘆曰)

“우형(愚兄)이 어이 ᄌᆞᄋᆡ(慈愛) 박ᄒᆞ리오마ᄂᆞᆫ 듕ᄋᆡ 블인(不仁)ᄒᆞᆫ 삭시 강보(襁褓)의 낫타나니 딘실노 우례(憂慮) 업디 아니토다.”

셜파(說罷)의 듕ᄋᆞᄅᆞᆯ 어로만져 드러가라 ᄒᆞ고 션셰구묘(先世丘墓)와 부친묘젼(父親墓前)의 읍혈호통(泣血呼痛)ᄒᆞ여 소ᄅᆡ와 눈믈이 흠긔 발ᄒᆞᄆᆡ 능히 긋칠 줄을 아디 못ᄒᆞ니 삼뎨(三弟) 븟드러 날이 느져시믈 고ᄒᆞᆫᄃᆡ 청계 다시 문계 묘젼의 곡별(哭別)ᄒᆞ고 이에 곤계(昆季) 분슈(分手)ᄒᆞᆯᄉᆡ 이 본ᄃᆡ 녀ᄌᆡ(女子) 아니로ᄃᆡ 손을 잡아 누싊(淚水) ᄒᆡ 43면 음업시 흐ᄅᆞ믈 면치 못ᄒᆞ니 ᄋᆞ녀ᄌᆞ(兒女子)의 셜셜(屑屑)ᄒᆞᆫ ᄐᆡ(態)ᄅᆞᆯ 우을 ᄇᆡ 아니러라. 운계 등 삼인(三人)이 상셔의 ᄉᆞᄆᆡᄅᆞᆯ 잡아 낫ᄎᆞᆯ 가리오고 쳑영(鶺鴒)[157]의 니별을 슬허 톄뤼(涕淚) 방타(滂沱)ᄒᆞ며 경열블능언(哽咽不能言)ᄒᆞ니 ᄎᆞ별(此別)이 월강(粵江)의 숑별과 남관(藍關)의 시롬 씬 니별[158]의 다ᄅᆞ미 업더라. 셜홰(說話) 길고 머니 브ᄃᆡ 하회(下回)[159]ᄅᆞᆯ ᄎᆞᄌᆞ 긔긔(奇奇)ᄒᆞ고 묘묘(妙妙)ᄒᆞᆫ 곳을 일치 말나.

슌무공이 상셔의 손을 잡아 경열블셩셜(哽咽不成說)이라가 십분딘뎡(十分鎭靜)ᄒᆞ여 누슈(淚水)ᄅᆞᆯ 거두고 왈

---

157 쳑영(鶺鴒): 척령. 할미새. 《시경》〈상체〉에 “저 할미새 들판에 있듯, 형제는 급할 때 돕는다네(鶺鴒在原 兄弟急難).”에서 온 말로, 여기서는 ‘형제’를 말함.

158 남관(藍關)의 시롬 씬 니별: 남관은 남전관(藍田關)을 말함. 당나라 한유가 좌천되어 조주로 가던 중 남관에 이르러 큰 눈을 만나 더 이상 갈 수 없자 조카 한상에게 장강 가에 자신을 묻어달라고 한 시에서 온 것으로 보임.

159 하회(下回): 다음 회.

“형당이 이제 힝ᄒᆞ시ᄆᆡ 뇽거(龍車)ᄅᆞᆯ 븟드와 튱졀(忠節)을 다ᄒᆞ시리니 션슉부(先叔父)의 일월단튱(日月丹忠)을 니으샤 문호(門戶)ᄅᆞᆯ 빗ᄂᆡ시고 입효츌튱(入孝出忠)의 명만텬하(名滿天下)ᄒᆞ시고 위딘히ᄂᆡ(威振海內)ᄒᆞ샤 늉공대덕(隆功大德)이 만셰(萬歲)의 민멸(泯滅)치 아니실 바ᄅᆞᆯ 가히 긔필ᄒᆞᆯ디라. 쇼뎨 갓튼 무리ᄂᆞᆫ 일ᄇᆡᆨ(一百)이 이셔
44면 도 샤딕(社稷)을 광보(匡輔)치 못ᄒᆞ여 군샹(君上)을 븟드ᄋᆞᆸ디 못ᄒᆞ여 대평(大平)[160]ᄒᆞᆫ 시졀의 쳥현화딕(淸顯華職)[161]으로 국녹(國祿)을 도젹ᄒᆞ고 위란(危亂)ᄒᆞᆫ ᄯᅢ의 쥐갓치 ᄌᆞ최ᄅᆞᆯ ᄀᆞᆷ초와 상츄(霜秋)ᄅᆞᆯ 당ᄒᆞᆫ ᄇᆡ얌이 구무[162]ᄅᆞᆯ 딕히고 겨을을 당ᄒᆞᆫ 버러디 칩복(蟄伏)ᄒᆞᆷᄀᆞᆺ치 머리ᄅᆞᆯ ᄂᆡ왓디 못ᄒᆞ고 괴로이 숨을 드리그ᄋᆞ며 셜셜이 한을 ᄲᆞ하 댱부(丈夫)의 탄탕(坦蕩)ᄒᆞ므로ᄡᅧ 부인의 션회(旋回)[163]ᄒᆞ믈 효측ᄒᆞ니 화망(禍亡)을 홀노 져허ᄒᆞ미[164] 튱의(忠義)예 도망ᄒᆞ여 몸이 편키ᄅᆞᆯ 탐ᄒᆞᄂᆞᆫ디라. 우러러 냥부 호텬(昊天)을 보ᄆᆡ 후토(后土)의 븟그러오미 비ᄒᆞᆯ ᄃᆡ 업도소이다. 쳥컨ᄃᆡ 만니험디(萬里險地)의 존톄(尊體)ᄅᆞᆯ 보듕(保重)ᄒᆞ샤 옥톄(玉體)ᄅᆞᆯ 봉시(奉侍)ᄒᆞ와 즐거이 환귀(還歸)ᄒᆞ시믈 ᄇᆞ라ᄂᆞ이다.”
샹셰 그 팔과 손을 어로만져 왈
“우형의 금번 힝ᄒᆞ미 션군(先君)의 유계(遺戒)와 ᄌᆞ위(慈闈) 명교(名

160 대평(大平): 태평. 규장각본에는 'ᄐᆡ평'으로 되어 있음.
161 쳥현화딕(淸顯華職): 청현화직. 청현은 '청환(淸宦)'과 '현직(顯職)'을 합한 말. 높고 좋은 지위를 말함.
162 구무: 구멍.
163 션회(旋回): 규장각본에는 '션희'로 되어 있음.
164 져허ᄒᆞ미: 저허하다. 저어하다. 두려워하다.

敎)ᄅᆞᆯ 인(因)ᄒᆞ미나 튱녈(忠烈)의 비박(菲薄)ᄒᆞᆷ과 ᄌᆡ덕(才德)의 고루
(固陋)ᄒᆞ미 능히 션군의 뎡튱대도(精忠大道)ᄅᆞᆯ 우리옵디 못ᄒᆞ리니 45면
샤딕(社稷)의 위망(危亡)을 당ᄒᆞ여ᄂᆞᆫ 식녹(食祿)ᄒᆞ던 됴신(朝臣)의
안연무ᄉᆞ(晏然無事)ᄒᆞ미 딘실노 기ᄉᆡᆼ(其生)이 블여ᄉᆡ(不如死)라. 만
ᄇᆡᆨ의 튱녈(忠烈)노뼈 아등(我等)의 구구히 셰샹을 유렴(留念)ᄒᆞᄂᆞᆫ 용
녈(庸劣)ᄒᆞᄆᆡ 비치 못ᄒᆞᆯ디라. 오날노 당ᄒᆞ여 만ᄇᆡᆨ의 튱녈을 더옥 항
복(降服)ᄒᆞ노라. 연이나 슈신거셰(修身居世)의 딘평(陳平)의 샤딕(社
稷)을 보ᄒᆞᆷ과 젹인걸(狄仁傑)[165]의 듕종(中宗)을 복위(復位)ᄒᆞᄂᆞᆫ ᄌᆡ덕
(才德)을 ᄯᆞ로디 못ᄒᆞᆯ딘ᄃᆡ ᄎᆞᆯ하리 누샤덕(婁師德)[166]의 관후(寬厚)ᄒᆞ믈
ᄇᆡ호고 니필(李泌)[167]의 공후(公侯)ᄅᆞᆯ 샤양ᄒᆞ고 ᄇᆡᆨ의(白衣)로 귀와산듕
(歸臥山中)ᄒᆞ여 셩명(性命)을 보젼ᄒᆞ믈 효측ᄒᆞ리니 은ᄇᆡᆨ[168]의 튱신(忠
信)ᄒᆞᆷ과 현ᄌᆡ(賢才)ᄒᆞ미 한챵녀(韓昌黎)[169]의 블골표(佛骨表)[170]ᄅᆞᆯ 올님
과 댱구령(張九齡)[171]의 금강경[172]을 드리믈 ᄇᆡ호디 못ᄒᆞᆯ ᄇᆡ 아니라. 텬ᄒᆡ

165 젹인걸(狄仁傑): 적인걸. 당나라 측천무후 때의 이름난 재상으로 중종의 복위를 도움.
166 누샤덕(婁師德): 누사덕. 당나라 측천무후 때 재상을 지낸 인물. 너그러웠던 인물로 알려져 있음.
167 니필(李泌): 이필. 당나라 현종, 숙종, 덕종 때의 이름난 신하로 재상을 지냄.
168 은ᄇᆡᆨ: 은백. 정렴의 자(字).
169 한챵녀(韓昌黎): 한창려. 당나라의 문인이자 정치가인 한유.
170 블골표(佛骨表): 불골표. 한유가 쓴 〈간영불골표(諫迎佛骨表)〉. 황제가 부처의 사리를 영접할 계획을 세우자 여기에 반대한 글.
171 댱구령(張九齡): 장구령. 당 현종 때의 명재상.
172 금강경: '금경록(金鏡錄)'을 잘못 쓴 것으로 보임. 장구령이 현종에게 "거울로 자신의 얼굴을 비추어 보고, 인물로 길흉을 비추어 보라."라고 하며 《천추금경록(千秋金鏡錄)》이라는 책을 만들어 올림.

(天下) 발셔 기우러딘 거술 능히 밧드디 못홀 바롤 붉히 아라 은신샤

셰(隱身謝世)ᄒᆞ여 구룸 센 뫼히 ᄌᆞ디(紫芝)롤 키며 미월(毎月)의《황

46면 경경(黃庭經)》을 닑고ᄌᆞ ᄒᆞᄂᆞ니 당금의 우겸 등이 샤딕(社稷)을 위ᄒᆞ

노라 경왕(景王)을 닙(立)ᄒᆞ고 국권(國權)을 잡앗거니와 그 언마 ᄒᆞ여

함양시샹(咸陽市上)의 황견(黃犬)을 탄ᄒᆞ리오?[173] 타일(他日)의 텬운

(天運)의 길(吉)ᄒᆞ믈 당ᄒᆞ여는 일가(一家)의 단취(團聚)ᄒᆞ여 구일디

회(久日之懷)롤 니ᄅᆞ리니 현데는 져근 니별을 슬허 말고 녀빅으로 더

브러 은쳥동의 드러가 뉵칠츈츄(六七春秋)롤 무ᄉᆞ히 디ᄂᆡ라."

인ᄒᆞ여 운계롤 븟드러 편위(偏闈)롤 위열(慰悅)ᄒᆞ며 감디(甘旨)롤 효

봉(孝奉)ᄒᆞ고 쳑영(鶺鴒)의 니별을 과상(過傷)치 말나 ᄒᆞ니 운계는

형댱을 븟드러 만니힝도(萬里行道)의 무ᄉᆞ득달(無事得達)ᄒᆞ샤 농거

(龍車)롤 시위(侍衛)ᄒᆞ시고 슈히 환국(還國)ᄒᆞ시믈 쳔 번 쳥ᄒᆞ며 만

번 원ᄒᆞ니 쳥계 고개 조아 응ᄒᆞ나 ᄎᆞ마 써나디 못ᄒᆞᄆᆡ 산일(山日)이

창망(蒼茫)ᄒᆞ고 ᄉᆡ풍(塞風)이 녈녈(烈烈)ᄒᆞᆫᄃᆡ 삭텬(朔天)이 엄엄(奄

奄)ᄒᆞ며 신셜(新雪)이 흣날니고 음운(陰雲)이 니러나니 뎡히 시졀이

47면 닝담(冷談)ᄒᆞ고 경믈(景物)이 소조(蕭條)ᄒᆞᆫ 바의 오작(烏鵲)이 남비

(南飛)[174]ᄒᆞ니 훼목쳐쳐(卉木萋萋)[175]의 빅뇌층ᄉᆡᆼ(百惱層生)ᄒᆞ고 동일(冬

---

173 함양시샹(咸陽市上)의 황견(黃犬)을 탄(嘆)ᄒᆞ리오: 이백 〈양양가(襄陽歌)〉의 한 구절인 "咸陽市上嘆黃犬". 부귀영화를 도모하다가 오히려 후회하게 된다는 뜻. 진나라 이사(李斯)가 처형당하기 전 아들에게 "어떻게 하면 다시 누런 개를 끌고 동문 밖으로 나가 교활한 토끼를 사냥할 수 있겠는가?"라고 한 데서 온 말.

174 오작(烏鵲)이 남비(南飛): 소동파의 〈적벽부〉 중 "달은 밝고 별은 드문데 까막까치 남으로 날아간다(月明星稀 烏鵲南飛)"에서 옴.

日)이 녈녈(烈烈)의 빅회(百回) 구비를 오날놀 니롤디라. ᄉᆞ인(四人)이 셔로 ᄃᆡᄒᆞ여 댱부(丈夫)의 한숨이 셜셜(屑屑)ᄒᆞ믈 ᄭᆡ닷디 못ᄒᆞ고 엄면뉴톄(掩面流涕)러니 피ᄎᆡ(彼此) ᄒᆡᆼ거(行車) 늣출 ᄇᆡ 아닌 고로 ᄉᆞ인이 분슈(分手)할ᄉᆡ 삼뎨(三弟) ᄇᆡ별(拜別)의 상셰 고개 좃고 쳔니마(千里馬)롤 ᄎᆡ쳐 길ᄒᆡ 오ᄅᆞ니 쳐ᄉᆞ 등이 톄령여우(涕零如雨)ᄒᆞ며 먼니 가도록 쳠망(瞻望)ᄒᆞ다가 날이 느즌 후 몸을 두로혀 부듕으로 도라오니 이ᄯᅢ 태부인이 ᄋᆞᄌᆞ롤 위디(危地)의 원별(遠別)ᄒᆞ고 고향을 ᄯᅥ나 궁향벽곡(窮鄕僻谷)의 셰샹을 ᄉᆞ쳐 디부음관(地府陰關)을 니웃ᄒᆞ여 인간 소식이 묘연홀 ᄃᆡ로 향ᄒᆞ니 일노조ᄎᆞ 닌셩 등 남ᄆᆡ ᄉᆡᆼᄉᆞ(生死)롤 더옥 알 길히 업ᄉᆞ믈 참연통도(慘然痛悼)ᄒᆞ여 쳔 가디 슬픔과 만 가지 근심이 오ᄂᆡ(五內)의 ᄇᆡᆨ검(百劍)이 결닌 ᄃᆞᆺ 심ᄂᆡ(心內)의 년년ᄒᆞᄆᆡ 비뤼(悲淚) 침건(浸褰)ᄒᆞ니 졔부인(諸夫人)이 디극관위(至極寬慰)ᄒᆞ더니 삼공이 드러와 이셩낙식(怡聲樂色)으로 위로ᄒᆞ며 슌무의 셔뎨(庶弟)로 ᄒᆞ여곰 ᄒᆡᆼ도(行道)롤 출히라 ᄒᆞ여 누ᄃᆡ샤묘(累代祀廟)[176]롤 뫼신 후 태부인을 븟드러 술위의 오ᄅᆞ실ᄉᆡ 쳐ᄉᆡ 냥계 부인 셔시롤 고시왈(顧視曰) 48면

"ᄌᆞ위(慈闈) 거듕(車中)의셔 심ᄉᆞ(心思)롤 더으시미 계시리니 현ᄆᆡ(賢妹) ᄒᆞᆫ 술위예 올나 ᄌᆞ위롤 위로ᄒᆞ미 엇더ᄒᆞ뇨?"

셔부인이 함쇼왈(含笑曰)

---

175 훼목쳐쳐(卉木萋萋): 훼목처처. 《시경》 〈녹명(鹿鳴)〉의 "봄날은 긴데 초목은 무성하다(春日遲遲 卉木萋萋)."에서 옴.

176 누ᄃᆡ샤묘(累代祀廟): 누대사묘. 여러 대 조상의 위패를 모신 사당.

"쇼ᄆᆡ(小妹) 슉모ᄅᆞᆯ 뫼셔 힝ᄒᆞ믈 거거(哥哥)[177]의 계쵹(誡囑)을 기다리디 아니려니와 거거ᄂᆞᆫ 화져(花姐)긔 명ᄒᆞ시미 올커ᄂᆞᆯ 굿ᄐᆞ여 쇼ᄆᆡᄅᆞᆯ 식이시미 월딘승션(越津乘船)[178]인가 ᄒᆞᄂᆞ이다."

쳐ᄉᆡ 왈

"인신(人臣)이 ᄉᆞ군위국(事君爲國)ᄒᆞᄆᆡ 텬뉸(天倫)의 졍을 펴디 못ᄒᆞ고 녀ᄌᆡ(女子) 쇼텬(所天)을 앙망(仰望)ᄒᆞ며 존고(尊姑)ᄅᆞᆯ 밧드오ᄆᆡ ᄉᆞ졍(私情)을 존절(撙絶)ᄒᆞᄂᆞ니 관심억디(寬心抑志)ᄒᆞᄆᆡ 형고의식(形枯意塞)ᄒᆞ미 업ᄉᆞᄃᆡ 져근 녜(禮)ᄅᆞᆯ 크게 넉이고 ᄉᆞᄉᆞ디통(私私之痛)을 몬져 ᄒᆞ나 니ᄂᆞᆫ 존젼(尊前)을 삼가디 아니미라. 화시 엇디 ᄌᆞ

49면

위의 비우(悲憂)ᄒᆞ신 회포ᄅᆞᆯ 돕ᄉᆞᆸ디 아니리오? ᄎᆞ고(此故)로 현ᄆᆡ(賢妹)긔 쳥ᄒᆞ여 ᄌᆞ위(慈闈)ᄅᆞᆯ 븟드와 등교(登轎)ᄒᆞ믈 쵹(囑)ᄒᆞ미로다."

쳐ᄉᆞ(處士)의 이 말ᄉᆞᆷ ᄂᆡ오믄 화부인 슈약(瘦弱)ᄒᆞᆫ 긔딜(氣質)과 초븨(憔膚)ᄒᆞᆫ 의홰 엄엄위악(奄奄危惡)ᄒᆞ여 보젼키 어려오믈 보ᄆᆡ 모친 졀우(切憂)ᄅᆞᆯ 도아 안심인통(安心忍痛)치 못ᄒᆞᆯ가 잠간 온의(慍意)ᄅᆞᆯ 두미니 화부인이 숑연황괴(悚然慌愧)ᄒᆞ믈 니긔디 못ᄒᆞᄂᆞᆫ디라. 의계 미쇼왈(微笑曰)

"쇼뎨(小弟) 감히 형당(兄丈)과 존슈(尊嫂)ᄅᆞᆯ 논폄(論乏)ᄒᆞ미 당돌ᄒᆞ오나 녀ᄌᆞ 되오미 딘실노 어려오믈 금일 형당의 슈시(嫂氏) ᄎᆡᆨ망(責望)의 ᄭᆡ닷과이다. 형당으로뼈 슈시의 쳔비만통(千悲萬痛)을 당ᄒᆞ라

177 거거(哥哥): 형 또는 오빠를 가리키는 말.

178 월딘승션(越津乘船): 월진승선, 나루를 건너뛰어 배를 탄다는 뜻. 가까운 것을 버리고 먼 것을 취하거나 일의 순서가 거꾸로 된 것을 말함.

ᄒᆞᆯ딘ᄃᆡ 발셔 인셰(人世)ᄅᆞᆯ 하딕(下直)ᄒᆞ고 야ᄃᆡ(野臺)의 도라가 계시리이다.”

쳐ᄉᆡ 의계ᄅᆞᆯ 완이왈(莞爾曰)

“ᄋᆡᄂᆡᄌᆞᄂᆞᆫ 져의 딜품(質稟)이 ᄂᆡ졍(內情)의 쳔블급(千不及)이므로뼈 사ᄅᆞᆷ마다 그런가 넉이미니 부뷔(夫婦) 고락(苦樂)이 일쳬(一體)어ᄂᆞᆯ 영고(榮枯)의 엇디 다ᄅᆞᆯ 거시라 내 인(忍)치 못ᄒᆞᆯ 바ᄅᆞᆯ 졔 ᄒᆞᆯ노 ᄎᆞᆷ으미 되리오?” 50면

의계 왈

“영고우락(榮枯憂樂)이 일쳬(一體)나 형당이 빙공ᄂᆡ외(聘公內外)의 삼긔(三忌)ᄅᆞᆯ 슈쳔 니 밧긔셔 맛도록 디통(至痛)을 삼디 아니시미 슈슈(嫂嫂)의 궁텬극디디통(窮天極地之痛)이 삼년상(三年喪)의 여감(餘憾)이 업ᄉᆞᆫ 바의 슉모ᄅᆞᆯ 봉효(奉孝)ᄒᆞ와 디셩(至誠)으로 위로ᄒᆞ심과 ᄀᆞᆺᄐᆞ시리잇가?”

쳐ᄉᆡ 유유브답(唯唯不答)ᄒᆞ고 졔부인(諸夫人)을 쵹ᄒᆡᆼ(促行)ᄒᆞ니 소부인 ᄎᆞᆼ명능수(聰明能手)함과 화부인 셩신슉ᄌᆞ(聖神淑姿)ᄒᆞᆷ과 셔부인 통민혜일(通敏慧逸)ᄒᆞᆷ과 긔염쇼져의 신이민오(神異敏悟)ᄒᆞ미 발셔 ᄒᆡᆼ거(行車)ᄅᆞᆯ ᄎᆞᆯ혀 머므ᄅᆞᄂᆞᆫ 노복(奴僕)과 다려가ᄂᆞᆫ 시ᄋᆞ(侍兒)ᄅᆞᆯ 뎡ᄒᆞ며 범ᄉᆞ(凡事)ᄅᆞᆯ 뇨리(料理)ᄒᆞ여 군급(窘急)ᄒᆞ미 업ᄂᆞᆫ디라. 일시(一時)의 니발(離發)ᄒᆞᆯᄉᆡ 쳐ᄉᆡ 모부인 ᄒᆡᆼᄎᆞ 호위(護衛)ᄒᆞᆯ ᄉᆞᄀᆡ(四個) 비ᄌᆞ(婢子) 밧근 졔 부인은 다 일개(一個) 비ᄌᆞ로 ᄯᆞ로게 ᄒᆞᄃᆡ 소시 유모 뉵난과 시녀 녹빙·계월은 쥬인의 골경디신(骨鯁之臣)[179]이오 계월은 더옥 듕ᄋᆞ의 유뫼(乳母)라. 능히 ᄯᅥᄅᆞ치디 못ᄒᆞ여 ᄒᆡᆼ거ᄅᆞᆯ 조ᄎᆞ라 ᄒᆞ고 머믈 노복을 ᄀᆞᄅᆞ쳐 사ᄅᆞᆷ이 와 거쳐ᄅᆞᆯ 뭇ᄂᆞ니 잇거든 여 51면

ᄎᆞ(如此)히 ᄃᆡ답ᄒᆞ라 ᄒᆞ니 졔뇌(諸奴) 복슈통곡(伏首痛哭)ᄒᆞ여 젹ᄌᆡ
(赤子)[180] ᄌᆞ모(慈母)를 떠남 ᄀᆞᆺ더라. 밧그로 졍겸【의계공 셔뎨(庶弟)
라】이 가ᄂᆡ(家內) 일용즙믈(日用汁物)을 거두어 수ᄅᆡ의 싯고 졔 부인
거교(車轎)를 호ᄒᆡᆼ(護行)ᄒᆞ여 문을 날ᄉᆡ 뜰 남기 슬허ᄒᆞ며 계견(鷄
犬)이 쳐창(悽愴)ᄒᆞ여 일됴(一朝)의 사ᄅᆞᆷ이 가고 인원이 희소(稀少)
ᄒᆞ믈 슬허ᄒᆞ고 좁던 집이 널너디며 젹젹요요(寂寂寥寥)ᄒᆞ여 황연(荒
然)이 뷘집을 일워시니 태부인과 대화부인이 거듕(車中)의셔 실셩통
곡(失聲痛哭)ᄒᆞ여 규듕(閨中)의 나도록 긋치디 아니커놀 쳐ᄉᆞ 등이
ᄇᆡᆨ단관위(百端寬慰)ᄒᆞ며 디셩보호(至誠保護)ᄒᆞ여 ᄒᆡᆼᄒᆞᆫ 디 여러 날
의 밋쳐ᄂᆞᆫ ᄒᆡ텬(海天)이 망망(茫茫)애 운산(雲山)이 챵챵(蒼蒼)ᄒᆞ니
머리를 도로혀 경샤(京師)[181]를 바라고 태향[182]을 ᄉᆡᆼ각건ᄃᆡ 흰 구름이 만
여 겹이라. 의연(依然)[183] 아득ᄒᆞ여 유명(幽明)이 격ᄒᆞ믈 일반이니 만니
52면 댱졍(萬里長程)의 바ᄅᆞᆷ이 슬프믈 흔들고 쳔니강슈(千里江水)의 외
로온 ᄃᆞᆯ이 져녁 길흘 인도ᄒᆞ여 비한(悲恨)을 돕ᄂᆞᆫ디라. 슈슌(數旬)
을 신고(辛苦)히 ᄒᆡᆼᄒᆞ여 텬태산 하의 다ᄃᆞᄅᆞ니 쳔심만학(千尋萬壑)
의 낙낙댱송(落落長松)과 홍암취벽(紅岩翠壁)의 신목(神木)이 무셩
ᄒᆞ고 긔홰(奇花) 셩님(成林)ᄒᆞ니 신션의 뫼길히오 이ᄉᆞ(李斯)의 숨을
곳인 줄 알니러라. 산곡(山谷)으로조ᄎᆞ 은쳥동 드러가기를 비로ᄉᆞ미

179 골경디신(骨鯁之臣): 임금의 잘못을 곧바로 지적하는 강직한 신하. 여기서는 '심복'이라는 뜻.

180 젹ᄌᆡ(赤子): 적자. 어린아이.

181 경샤(京師): 경사. 서울.

182 태향: 정씨 가문의 고향이자 선산이 있는 곳

183 의연(依然): 전과 다름이 없음.

시당납회(時當臘晦)라 싀풍(塞風)이 늠녈(凜烈)ᄒᆞ여 의슈(衣袖)롤 뒤잇고 상설(霜雪)이 비비(霏霏)ᄒᆞ여 골부(骨膚)롤 쳘(澈)ᄒᆞ니 도로의 ᄡᅡ힌 눈이 엉긔여 어롬이 슈졍념(水晶簾)을 일웟고 쳔쳑고학(千尺高壑)[184]을 옥으로 장식ᄒᆞ여 힝도(行途)의 신고(辛苦)롤 돕더니 졈졈 깁히 드러가미 온풍(溫風)이 습습(襲襲)ᄒᆞ여 닝부빙골(冷膚氷骨)을 화챵ᄒᆞ며 도로의 젹셜(積雪)이 업고 뫼 빗치 오히려 츈식(春色)을 머므러시니 쳔봉만학(千峰萬壑)의 이슈듕분(二水中分)ᄒᆞ여 만산(萬山)을 둘넛ᄂᆞᆫᄃᆡ 긔화이초(奇花異草)와 신금이싊(神禽異獸) 닷토아 셧도니 보ᄂᆞᆫ 것마다 샹셔롭디 아닌 거시 업고 거롬마다 긔특디 아닌 곳이 업셔 쳔쳑빅포(千尺百瀑)의 은닌옥쳑(銀鱗玉尺)이 뛰노ᄂᆞᆫᄃᆡ 은히(銀河) 양양(洋洋)ᄒᆞ여 쥬회(周回) 구십여 리라. 도쳐승경(到處勝景)이 영쥐(瀛洲) 십이봉과 요디션경(瑤池仙境)이라도 이에셔 더으미 업술디라. 힝ᄒᆞ여 벽한졍의 다ᄃᆞ라ᄂᆞᆫ 션태부 친필(親筆)노 삼 쳑(尺) 돌비(碑)의 금ᄌᆞ(金字)로 삭여시ᄃᆡ 텬태산 은쳥동 벽한졍이라 ᄒᆞ엿고 그 아릐 네 슈(首) 글을 삭여시ᄃᆡ 쳐ᄉᆞ 등의 댱ᄂᆡ(將來)롤 디취힝검(志趣行檢)으로 닐너시니 오날놀 이에 모들 줄 본 ᄃᆞ시 아랏ᄂᆞᆫ디라. 삼공이 밧비 몰긔 나려 션군(先君) 필젹(筆跡)을 ᄃᆡᄒᆞ미 싀로이 통도(痛悼)ᄒᆞ믈 니긔디 못ᄒᆞ나 방샤(房舍)롤 뎡ᄒᆞ며 태부인을 위안ᄒᆞ미 밧분디라. 이에 밧비 벽한졍으로 드러갈싀 쒸집이 시ᄂᆡ롤 님ᄒᆞ고 ᄃᆡᄉᆞ립과 솔울히 한가ᄒᆞ믈 ᄌᆞ랑ᄒᆞ니 고루장각(高樓壯閣)을 베프디 아니코 슈 53면

184 쳔쳑고학(千尺高壑): 천척고학. 높은 절벽.

54면 (繡) 달난 창(窓)을 ᄭᅮ미디 아냐시나 졍결쇄연(精潔灑然)ᄒᆞ며 긔긔묘묘(奇奇妙妙)ᄒᆞᆫ 듕 가샤(家舍)를 ᄃᆡᆨ흰 ᄌᆞ(者)ᄂᆞᆫ 션태부 삼죵셔뎨(三從庶弟) 졍쳔이니 고상ᄒᆞᆫ 픔슈(稟受)와 탈쇽(脫俗)ᄒᆞᆫ 위인(爲人)이 만히 고쥭쳥풍(孤竹淸風)[185]의 탄탄ᄒᆞ믈 우럴고 긔산영슈(箕山潁水)[186]의 쳥심(淸心)이 ᄋᆡᄋᆡ(藹藹)ᄒᆞ믈 니어 셔얼(庶孽)의 나ᄌᆞᆫ 일홈을 가져시미 가히 앗가온디라. 태뷔 ᄌᆡ시(在時)의 가장 허심듕ᄋᆡ(許心重愛)ᄒᆞ여 십 년 젼 이곳의 졍ᄌᆞ롤 일우고 졍쳔을 이에 옴기니 쳔이 평ᄉᆡᆼ 디원(至願)이라. 기쳐(其妻) 상시로 더브러 산듕(山中)의 복거(卜居)ᄒᆞ여 후젼(後田)의 ᄆᆡᆨ(麥)을 거두며 젼계(前溪)의 솔을 심우고 ᄡᆡ로 ᄌᆞ디곡(紫芝曲)을 외오며 낙ᄃᆡ롤 증계(澄溪)[187]의 드리워 와쥰박ᄇᆡ(瓦樽薄杯)로 취흥(醉興)이 호발(好發)ᄒᆞᆫᄌᆞᆨ 현가(絃歌)롤 기리 농ᄒᆞ며 초당한월(草堂閑月)의 셩니(性理)롤 ᄇᆞᆰ히고 도학(道學)을 강습ᄒᆞ여 호(號)롤 학운ᄌᆡ라 ᄒᆞ며 ᄆᆡᄉᆡᆨ옹이라 ᄒᆞ여 ᄎᆞ쳐(此處)의 복거(卜居)ᄒᆞᆫ

55면 디 십 년의 셰샹의 ᄌᆞ최롤 ᄭᅳᆺ쳐시니 상시ᄂᆞᆫ 뎡국공의 셔슉뫼(庶叔母)라 ᄆᆡ양 친족(親族)의 소식을 몰나 깁히 슬허ᄒᆞ더라. ᄎᆞ시 졍쳔이 외람이 소옹(邵翁)[188]의 여습(餘襲)과 곽박(郭璞)[189]의 츄슈(追隨)롤 ᄯᆞᆯ오미

---

185 고쥭쳥풍(孤竹淸風): 고죽청풍. 백이숙제의 맑은 절의. 고죽은 고죽국의 백이숙제를 가리킴.

186 긔산영슈(箕山潁水): 기산영수. 고대의 절의(節義) 높은 선비인 소부와 허유를 말함. 허유는 요임금이 제위를 물려주겠다고 하자 영천에서 귀를 씻고 기산에 들어가서 은거했고, 소부는 영천의 물이 더러워졌다고 소에게 마시지 못하게 함.

187 증계: '맑은 시내'를 뜻하는 '징계(澄溪)'로 봄.

188 소옹(邵翁): 송나라의 도학자.

189 곽박(郭璞): 진(晉)나라 때 학자로, 풍수지리와 신선 사상으로 이름이 높았음. 왕돈이 모반을 일으켰을 때 길흉을 점쳐 점괘가 좋지 않자 모반에 찬성하지 않아 왕돈에게 피살됨.

잇ᄂᆞᆫ 고로 이ᄊᆡ 쳐ᄉᆡ 샹봉하숄(上奉下率)ᄒᆞ여 벽한졍의 도라올 줄 알고 기쳐(其妻)ᄅᆞᆯ 식여 양오쥬(釀好酒)[190] 퇴졔우(堆豬牛)[191]ᄒᆞ며 노계(老鷄)ᄅᆞᆯ 증(蒸)ᄒᆞ고 셰린(細鱗)을 회(膾)ᄒᆞ며 산과(山果)·야ᄎᆡ(野菜)ᄅᆞᆯ 갓초아 쥬반(酒飯)을 뎡히 장만ᄒᆞ여 동구(洞口)ᄅᆞᆯ ᄌᆞ로 ᄂᆡ다보아 힝ᄎᆞ(行次)ᄅᆞᆯ 영ᄃᆡ(迎待)ᄒᆞ더니 임의 힝게(行車) 다ᄃᆞᄅᆞᄆᆡ 쳔이 운계 등을 마ᄌᆞ 읍혈통도(泣血痛悼)의 화란(禍亂)을 인ᄉᆞᄒᆞ고 누신(陋身)의 쳔딜(賤疾)이 침신(浸身)ᄒᆞ여 먼니 맛디 못ᄒᆞ믈 샤례ᄒᆞᆯᄉᆡ 언어 동용(動容)이 학니고ᄉᆞ(學理高士)의 풍이 흡흡(翕翕)ᄒᆞ니 운계ᄂᆞᆫ 오히려 젼일 이에 와본 ᄇᆡ어니와 냥계·의계ᄂᆞᆫ 초면이라 져 셔얼이 이ᄃᆡ도록 탈쇽(脫俗) 긔이ᄒᆞ믈 괴이(怪異)히 넉이더라. 태부인을 븟드러 ᄂᆡ샤(內舍)의 드러가 슈간졍실(數間淨室)이 계오 ᄏᆡᄅᆞᆯ 용납ᄒᆞ고 삼간쳥ᄉᆡ(三間廳舍) ᄒᆞᆫ ᄆᆞᆯ[192] 바탕을 두로혀나 졍원(庭園)이 고활(高闊)ᄒᆞ며 팔경(八景)이 소쇄(瀟灑)ᄒᆞ니 조곰도 딘ᄋᆡ(塵埃) 머므디 아녓거ᄂᆞᆯ 곳곳이 쒸로 니운 방과 흙으로 무은[193] 쳥ᄉᆡ(廳事)[194] 유한졍쇄(幽閑精灑)ᄒᆞᆯ ᄲᆞᆫ 아냐 쳔의 부체(夫妻) 소쇄(掃灑)키ᄅᆞᆯ 디극히 ᄒᆞ여 창호(窓戶)의 반졈 딘ᄋᆡ ᄡᆞ히미 업더라. 뒤흐로 일간초당(一間草堂)이 동산을 님ᄒᆞ

56면

---

190 양호쥬(釀好酒): 양호주. 규장각본에는 '양호슈'로 되어 있으나 좋은 술을 빚는다는 뜻으로 '양호주'로 봄.

191 퇴졔우(堆豬牛): 퇴저우. 제우는 저우로 봄. 저우는 돼지와 소의 한자어로, 맥락상 좋은 술을 빚고 돼지고기와 소고기를 쌓아두었다는 뜻으로 보았음.

192 ᄆᆞᆯ: 마루. 용마루. 규장각본에는 'ᄆᆞ로'로 되어 있음.

193 무은: 무으다. 쌓다.

194 쳥ᄉᆡ(廳事): 청사. 마루.

여 금뉘 츌연훈딕 경난이 밀밀(密密)훈 곳이 이시니 반드시 샤묘(祀廟)를 봉안홀 곳인 줄 아라 삼공이 나아가 누딕샤묘(累代祀廟)를 봉안ᄒᆞ고 다례(茶禮)를 파훈 후 별샤(別舍)의 문계공 묘위(墓位)를 봉안ᄒᆞ며 대화부인 쳐소를 그 겻틔 뎡ᄒᆞ고 뎡당(正堂)의 드러가 태부인 긔운을 뭇ᄌᆞ온딕 졔부인(諸夫人)이 졔ᄋᆞ(諸兒)를 거나려 뫼셔시나 부인이 쵹ᄉᆞ(觸事)의 상도(傷悼)ᄒᆞ며 감회(感懷)ᄒᆞ믈 마디 아니ᄒᆞ니 쳐싀 민황(憫惶)ᄒᆞ여 화싀유어(和色柔語)로 모친 비회(悲懷)를 간

57면 위(懇慰)홀싀 부인이 ᄋᆞᄌᆞ의 졀민(絶憫)ᄒᆞ믈 도라보아 십분강작(十分强作)이러니 상시 알현ᄒᆞ믈 쳥ᄒᆞ믹 부인이 흔연이 브른딕 상시 두 뚤노 더브러 태부인긔 빗현(拜見)ᄒᆞ고 삼공과 졔부인으로 상견녜필(相見禮畢)의 먼니 국궁이좌(鞠躬而坐)ᄒᆞ니 쳥한(淸閑)훈 긔딜과 유화(柔和)훈 틔되 십분 비쇽(非俗)ᄒᆞ고 그 이녀(二女) 다 특이 쇄락(灑落)훈디라. 태부인이 져 녀ᄋᆞ(女兒)의 여ᄎᆞᄒᆞ믈 깃거ᄒᆞ며 은근이 말숨을 펴고 삼공과 졔부인이 일튁디닉(一宅之內)의 모도이미 의외믈 일ᄏᆞ라 담화홀싀 상시 응딕슈작(應對酬酌)이 녜도(禮度)를 ᄉᆞ뭇ᄎᆞ 궁산야인(窮山野人)의 무디향암(無知鄕暗)된 바로 닉도ᄒᆞ더라. 이윽고 빗반(盃飯)을 올니믹 호쥬미찬(好酒美饌)이 굿디 아닌 거시 업ᄂᆞᆫ딕 산과(山果)·야치(野菜) 미감쳥녈(味甘淸冽)ᄒᆞ여 딘찬(珍饌)의 비홀 비 아니라. 태부인 이하(以下) 치과(菜果)를 맛볼싀 상시의 쥬반(酒飯)을 경히 ᄒᆞᄂᆞᆫ 손씨와 아롬다온 위인을 칭찬을 칭찬ᄒᆞ고[195] 날호여

195 칭찬을 칭찬ᄒᆞ고: '칭찬을'은 잘못 들어간 것으로 보임.

상을 믈니ᄆᆡ 삼공이 뫼셔 죵용이 말ᄉᆞᆷᄒᆞ다가 쵹(燭)을 니어 냥계와 의 58면
계ᄂᆞᆫ 늉동(隆冬)의 구치(驅馳)[196]ᄒᆞᄆᆡ ᄀᆡ운이 블안ᄒᆞᆷ을 인ᄒᆞ여 몬져 퇴ᄒᆞ고 쳐ᄉᆞᄂᆞᆫ 이에셔 모친의 요셕(褥席)을 바로ᄒᆞ며 안휴(安休)ᄒᆞ시믈 쳥ᄒᆞᆯᄉᆡ 부인의 낫촐 우러러 혹ᄌᆞ(或者) 블평ᄒᆞ신가 ᄀᆡᄉᆡᆨ(氣色)을 ᄉᆞᆯ피고 머리ᄅᆞᆯ 집허 더우며 ᄎᆞᆫ 거ᄉᆞᆯ 알며 손을 븟드러 ᄆᆡᆨ도(脈度)ᄅᆞᆯ ᄉᆞᆯ피고 약환(藥丸)을 쳥슈(淸水)의 화(和)ᄒᆞ여 나오며 만ᄉᆞ(萬事)ᄅᆞᆯ 부운(浮雲)의 ᄒᆞᆺ터 셩녀(聖慮)의 거리ᄭᅵ디 마ᄅᆞ시믈 쳥ᄒᆞ여 안ᄉᆡᆨ(顔色)이 유화(柔和)ᄒᆞ며 셩회(誠孝) 동동(洞洞)ᄒᆞ여 니ᄀᆡ디 못ᄒᆞᆯ ᄃᆞᆺᄒᆞ니 증ᄌᆞ(曾子)의 대효(大孝)와 노ᄅᆡᄌᆞ(老萊子)의 반의(斑衣)라도 이에 더으디 못ᄒᆞ고 ᄌᆞ로(子路)의 부미(負米)[197]와 황향(黃香)의 션침(扇枕)[198]으로도 운계의 셩효의 더으디 못ᄒᆞᆯ디라. 부인이 침금의 나아가며 운계의 손을 ᄌᆞᆸ아 댱탄왈(長嘆曰)

"여뫼(汝母) 박덕비딜(薄德卑質)노뼈 셕년귀복(昔年貴福)이 과의(過
矣)로ᄃᆡ 인브디족(人不知足)이라. 오히려 ᄌᆞ네 젹으믈 낫바ᄒᆞ고 냥가 59면
친위(兩家親闈)ᄅᆞᆯ 조별(早別)ᄒᆞ와 의앙(依仰)ᄒᆞᆯ 곳이 업ᄉᆞ믈 디원극통ᄒᆞ여 인ᄉᆡᆼ의 슈상(愁傷)을 알고 환낙(歡樂)을 아디 못ᄒᆞ더니 오날ᄂᆞᆯ 궁삼심곡[199]의 초려(草廬)ᄅᆞᆯ 당ᄒᆞ여 디난 바ᄅᆞᆯ 녁상(歷想)[200]ᄒᆞ니 내 본

---

196 구치(驅馳): 말이나 수레를 몰아 빨리 달림.

197 ᄌᆞ로(子路)의 부미(負米): 자로가 어버이를 봉양하기 위하여 백 리 밖에서 쌀을 짊어지고 왔다는 이야기.

198 황향(黃香)의 션침(扇枕): 황향은 한나라의 효자. 홀로된 아버지를 정성껏 섬겨 여름이면 베개와 이부자리를 부채로 시원하게 하고, 겨울이면 체온으로 이불을 따뜻하게 했다고 함.

199 궁삼심곡: '궁산심곡(窮山深谷)'의 오기로 보임.

ᄃᆡ 셩(性)이 오만교협(傲漫驕狹)ᄒᆞ고 ᄌᆞ존ᄒᆡ타(自尊害他)ᄒᆞ믈 ᄉᆡᆼ각ᄒᆞᄆᆡ 비록 덕요(德耀)[201]의 어딜믈 ᄯᅡ로디 못ᄒᆞ나 션군의게 도라오므로브터 조심익익(操心翼翼)[202]ᄒᆞ여 븨[203]와 키ᄅᆞᆯ 친히 잡고 슈션방젹(修繕紡績)으로ᄡᅧ 구실ᄒᆞ여 소임(所任)이 ᄲᅩᆼ을 ᄯᆞ며 치마ᄅᆞᆯ 거두치고[204] 밥을 디으며 ᄀᆡᆼ(羹)을 맛보아 듕궤(中饋)의 념디 아니코 외람이 상국군 부인이며 ᄌᆡ상(宰相)의 뫼(母)라 ᄒᆞᄃᆡ 감히 손을 ᄆᆡᄌᆞ 화미딘찬(華味珍饌)으로 쟝위(腸胃)ᄅᆞᆯ ᄎᆡ오고 희쇼연낙(喜笑宴樂)으로 날을 보ᄂᆡ고ᄌᆞ 아니므로 녀와 뷔 날을 조ᄎᆞ 분을 앗기며 각각 위인의 아ᄅᆞᆷ다오믈 인ᄒᆞ여 슉딘ᄒᆞᆫ ᄒᆡᆼ과 은은ᄒᆞᆫ 덕이 규측(閨則)의 셩범(聖範)이 되
60면 염 ᄌᆞᆨᄒᆞ니 내 ᄆᆞᄋᆞᆷ의 뼈ᄒᆞᄃᆡ ᄋᆞᄃᆞᆯ이 인효(仁孝)ᄒᆞ여 ᄉᆞ류(士類)의 븟그럽디 아니코 ᄯᆞᆯ이 현슉(賢淑)ᄒᆞ여 어버의게 증칙(憎責)이 도라오디 아니ᄒᆞ며 며나리 유한(幽閑)ᄒᆞᆫ 셩덕(盛德)이 가도(家道)ᄅᆞᆯ 창(昌)ᄒᆞᆯ 삭시니 ᄒᆡᄅᆞᆯ 니어 옥동화녀(玉童華女)ᄅᆞᆯ ᄉᆡᆼ(生)ᄒᆞᆯ딘ᄃᆡ 노모(老母)의 ᄌᆞ녜(子女) 션쇼(鮮小)ᄒᆞ믈 족히 위로ᄒᆞ며 닌아 봉쉬 압ᄒᆡ셔 넘놀가 ᄒᆞ엿더니 샹텬(上天)이 혹벌(酷罰)ᄒᆞ샤 븡셩디통(崩城之痛)의 망극ᄒᆞᆷ과 어딘 며나리ᄅᆞᆯ 우러 역니(逆理)의 통(痛)을 겸ᄒᆞᆫ 바의 닌셩 등

---

200 녁상(歷想): 역상. 지난 일을 회고함.

201 덕요(德耀): 후한 때의 맹광. 양홍의 처. 부유한 집안 출신이었으나 남편의 뜻을 따라 가시나무로 만든 비녀를 하고 검소하게 지내며 끼니때마다 밥상을 높이 들어(거안제미(擧案齊眉)) 남편에 대한 공경심을 표했다고 함.

202 익익(翼翼): 조심하는 모양.

203 븨: 비. 븨자를 규장각본에는 '비'으로 되어 있음.

204 거두치고: 거두치다. 걷어 둘치다, 걷어 두르다. 걷어들다. 거두어 치워버리다.

을 ᄎᆞᆷ혹히 실니(失離)ᄒᆞ여 ᄉᆡᆼ젼의 ᄎᆞᆺ기ᄅᆞᆯ 긔필(期必)치 못ᄒᆞ고 ᄇᆡᆨᄋᆞ ᄅᆞᆯ 만니(萬里)의 원별(遠別)ᄒᆞ여 모ᄌᆡ 신 낫ᄎᆞ로 반기디 못ᄒᆞᆯ 비의 녀ᄋᆞ(女兒)ᄅᆞᆯ ᄉᆡᆼ니ᄉᆞ별(生而死別)ᄒᆞ므로 다ᄅᆞ미 업거ᄂᆞᆯ 명염 쇼녀 ᄅᆞᆯ ᄉᆡᆼ각건ᄃᆡ 어미ᄅᆞᆯ 조실(早失)ᄒᆞ고 뉵아디통(蓼莪之痛)[205]이 ᄆᆡ쳣거 ᄂᆞᆯ 친당(親堂)을 원니(遠離)ᄒᆞ미 유명(幽明)을 격ᄒᆞᆫ ᄃᆞ시 이에 오므 로 피ᄎᆞ(彼此)의 ᄉᆡᆼᄉᆞ(生死)ᄅᆞᆯ 통ᄒᆞᆯ 길히 업ᄉᆞ니 디란(芝蘭) ᄀᆞᆺ튼 약 딜(弱質)이 죽은 어미ᄅᆞᆯ 브ᄅᆞ디져 셜워ᄒᆞ고 사랏ᄂᆞᆫ 아비ᄅᆞᆯ 보디 못ᄒᆞ 61면
여 그리며 한믜 낫출 ᄉᆡᆼ각ᄒᆞ여 ᄋᆞ을 ᄎᆞᆺ디 못ᄒᆞᆯ가 통도(痛悼)ᄒᆞᄂᆞᆫ 바 의 쇼텬(所天)이 참형여ᄉᆡᆼ(慘刑餘生)으로 븍변(北邊)의 죄젹(罪謫)ᄒᆞ ᄆᆡ 슬픈 근심이 간장을 ᄉᆞᆺᄎᆞ리니 그 잔잉ᄒᆞ믈 비록 닛고ᄌᆞ ᄒᆞ나 슉식 (宿食)의 몬져 ᄉᆡᆼ각이 되거ᄂᆞᆯ 댱딜ᄋᆞ(長姪兒)의 인효(仁孝)ᄒᆞ미 날노 뼈 어미로 달니 알미 업던 바로 방년(芳年)이 져므디 아냐셔 포통죄 ᄉᆞ(抱痛罪死)ᄒᆞ니 화현딜의 극한디통(極限之痛)과 무비(無比)ᄒᆞᆫ 졍 ᄉᆞ(情事)ᄂᆞᆫ 니ᄅᆞ디 말고 져의 옥면영풍(玉面英風)을 ᄉᆡᆼ각건ᄃᆡ 흉금 (胸襟)이 엄격(奄隔)ᄒᆞ니 노모의 회갑(回甲)이 밋출 날이 머러셔 혹 화(酷禍)와 흉변(凶變)을 ᄀᆞᆺ초 안아 쳔비억슈(千悲億愁)ᄅᆞᆯ 픔으니 험 도(險道)의 명박(命薄)ᄒᆞ미 더브러 갓ᄐᆞ니ᄅᆞᆯ 엇기 어려온디라. 내 이 졔 궁복(窮福)이 빈잔(貧殘)ᄒᆞᆫ 거ᄉᆞᆯ 슬허ᄒᆞ미 아니라 셰낫 ᄌᆞ녀(子 女)의 이졔 앏히 잇ᄂᆞᆫ ᄌᆡ 너 일인쁜이오 ᄉᆞ면(四面)으로 도라보나 동 긔(同氣)와 친족(親族)이 업ᄉᆞ니 미망(未亡)이 오히려 딘(盡)ᄒᆞᆯ 날이 62면

205 뉵아디통(蓼莪之痛): 육아지통. 부모를 제대로 모시지 못한 슬픔. 《시경》 〈육아〉에 나옴.

머럿ᄂᆞᆫ디라. 스ᄉᆞ로 두리오믈 니긔디 못ᄒᆞᄂᆞ니 오ᄋᆞ(吾兒)ᄂᆞᆫ 어미 안심ᄒᆞ믈 니ᄅᆞ디 말고 네 몸을 보호ᄒᆞ여 노모의 바라ᄂᆞᆫ 거ᄉᆞᆯ 쓴케 말나."

쳐ᄉᆡ 더옥 감상(感傷)ᄒᆞ여 ᄃᆡ왈(對曰)

"ᄌᆞ교(慈敎)ᄅᆞᆯ 밧ᄌᆞ오니 감회(感懷)ᄒᆞ믈 니긔디 못ᄒᆞ리로소이다. 범ᄉᆡ(凡事) 다 유명(有命)ᄒᆞ니 뜻을 프ᄂᆞᆫ 날이 업ᄉᆞ오나 션인(先人)의 젹션디음(積善之蔭)과 ᄌᆞ위(慈闈)의 셩덕여턱(聖德餘澤)이 딘실노 ᄆᆡ몰(埋沒)ᄒᆞᆫ 바의 밋디 아니ᄒᆞ올디라. 형댱의 ᄒᆡᆼ역(行役)이 근심되오나 맛ᄎᆞᆷᄂᆡ 튱녈대도(忠烈大道)로ᄡᅧ 션군(先君)의 ᄉᆞ업(事業)을 닛고 효도ᄅᆞᆯ 완젼이 ᄒᆞᆯ ᄇᆡ오 닌ᄋᆞ 등을 실니디후(失離之後)의 거쳐존망(去處存亡)을 아디 못ᄒᆞ오나 필경 즐거이 도라올 날이 잇ᄉᆞ오리니 쇼ᄌᆞᄂᆞᆫ 이에 다ᄃᆞ라ᄂᆞᆫ 과도히 근심치 아닛ᄂᆞ이다. 져져(姐姐)[206]의 소식을 모롬과 딜녀(姪女)의 졍ᄉᆞ(情事)ᄅᆞᆯ ᄋᆡ상(哀傷)ᄒᆞ시나 됴지 각별ᄒᆞᆫ

63면 풍졀디ᄇᆡᆨ(風節之伯)[207]이오 명염이 슈복(壽福)을 그ᄅᆞᆺ 타난 ᄋᆞᄒᆡ 아니오니 양슈의 조몰(早沒)ᄒᆞ옴과 ᄀᆞᆺ디 아니ᄒᆞ올디라. 타일(他日)의 져져와 딜ᄋᆡ(姪兒) 웃ᄂᆞᆫ 낫ᄎᆞ로 영화(榮華)ᄅᆞᆯ ᄯᅴ여 ᄌᆞ위긔 현알(見謁)ᄒᆞ오리니 블쵸(不肖) ᄌᆞ졍(慈情)을 봉시(奉侍)ᄒᆞ오미 경강(敬姜)의 무탁(無托)ᄒᆞᆫ 신셰 아니시고 닌경 등이 슬하의 넘노면[208] 젹막ᄒᆞᆫ 근심이 업ᄉᆞ실디라. 죵형의 포통원앙(抱痛怨怏)ᄒᆞ믈 참상(慘傷)ᄒᆞ시나 화싊 ᄉᆞ형(舍兄)을 ᄃᆡᄒᆞ고 닌웅을 어더 후ᄉᆞ(後嗣)ᄅᆞᆯ 탁(托)ᄒᆞ며 긔염의

---

206 져져(姐姐): 저저. 누이.

207 풍졀디ᄇᆡᆨ(風節之伯): 풍절지백. '풍모와 절개의 으뜸'이라는 뜻으로 보임.

208 넘노면: 넘놀다. 넘나들며 놀다.

비상(非常)ᄒᆞ미 타인(他人)의 십ᄌᆞ(十子)ᄅᆞᆯ 압두(壓頭)ᄒᆞ오리니 이ᄯᆡ의 ᄇᆞ족(不足)ᄒᆞᆫ 거ᄉᆞᆯ 가히 한치 못ᄒᆞ올디라. ᄌᆞ위ᄂᆞᆫ 다만 슬픔과 근심을 할연(割然)이 믈니치샤 니합(離合)이 슌식간의 잇고 다ᄅᆞᆫ 날 모ᄌᆞ(母子)·조손(祖孫)과 형뎨(兄弟)·슉딜(叔姪)이 ᄒᆞᆫ 당의 모다 즐기믈 ᄉᆡᆼ각ᄒᆞ쇼셔."

부인이 비회(悲懷)ᄅᆞᆯ 금억(禁抑)ᄒᆞ여 왈

"네 니ᄅᆞ디 아니나 내 과도ᄒᆞ미 업세라. 다만 네 ᄆᆞ음을 보호ᄒᆞ여 비
우슈상(悲憂愁傷)으로뼈 질(疾)을 일위ᄂᆞᆫ 일이 업ᄉᆞᆯ딘ᄃᆡ 효되 크디 64면
아니랴?"

쳐ᄉᆡ 또 ᄃᆡ왈(對曰)

"ᄒᆡᄋᆡ(孩兒) 비록 미암(迷暗)ᄒᆞ오나 타일(他日)을 ᄆᆡᄆᆡ히[209] ᄃᆡ혀[210] 무익(無益)ᄒᆞᆫ 념녀와 과도(過度)로온 근심을 아니 ᄒᆞᄋᆞᆸᄂᆞ니 ᄌᆞ위ᄂᆞᆫ 블초ᄅᆞᆯ 위ᄒᆞ여 념녀치 마ᄅᆞ쇼셔. 쇼ᄌᆡ 다만 ᄌᆞ안(慈顔)의 쳑비(慽悲)ᄒᆞ심과 셩후(聖候)의 블안ᄒᆞ시믈 쳠망(瞻望)ᄒᆞ올 젹마다 촌심(寸心)이 황황(遑遑)ᄒᆞ와 능히 슉식(宿食)을 편히 못 ᄒᆞᆯ너이다."

모ᄌᆡ 이러틋 위로ᄒᆞ고 부인이 잠간 ᄌᆞᆷ을 들ᄆᆡ 쳐ᄉᆡ 화부인이 냥계 부인 셔시로 더브러 ᄌᆞ염 등 ᄋᆞ녀(兒女)ᄅᆞᆯ 다려 시침(侍寢)ᄒᆞ니 쳐ᄉᆡ 밤이 다 가도록 외실(外室)의 가디 아니코 창외(窓外)의셔 모친 긔운을 ᄉᆞᆯ피다가 계명(鷄鳴)을 응(應)ᄒᆞ여 신셩(晨省)ᄒᆞ니 부인이 오히려 ᄋᆞᄌᆞ(兒子)의 죵야블휴(終夜不休)ᄒᆞ믈 아디 못ᄒᆞ다가 ᄌᆞ염의 근심ᄒᆞᄂᆞᆫ

---

209 ᄆᆡᄆᆡ히: 매매히. 쓸데없이.

210 ᄃᆡ혀: ᄃᆡ히다. 다히다. 닿다.

얼골노조ᄎᆞ 알고 경녀(驚慮)ᄒᆞ여 ᄎᆞ후(此後)ᄂᆞᆫ 이부(二婦)와 삼딜부(三姪婦)의 시침치 아닛ᄂᆞᆫ 날은 쳐ᄉᆞ롤 드러와 ᄌᆞ라 ᄒᆞ여 상(床) 아릐

65면 누이고 권권(眷眷)ᄒᆞᄂᆞᆫ ᄌᆞᄋᆡ(慈愛) 강보(襁褓)로 ᄒᆞᆫ가디니 쳐ᄉᆡ 역시 ᄌᆞ위롤 밧드러 슉식을 ᄡᅵ로 ᄒᆞ나 일야(一夜)의 ᄉᆞ오ᄎᆞ(四五次)롤 ᄭᆡ여 ᄌᆞ후(慈候)롤 ᄉᆞᆯ펴 형댱의 ᄒᆡᆼ역(行役)과 제ᄋᆞ(諸兒)롤 실산(失散)ᄒᆞᆫ 회푀(懷抱) 평상(平常)치 아니ᄒᆞᄃᆡ 만ᄉᆞ(萬事)롤 파탈(擺脫)ᄒᆞ여 날노 승안양디(承顔養旨)ᄒᆞ며 경순위열(敬順慰悅)ᄒᆞ미 동동촉촉(洞洞屬屬)ᄒᆞ여 ᄉᆞ심(私心)을 결을치 못ᄒᆞ고 일즉 관인(寬忍)으로 위쥬(爲主)ᄒᆞ여 다룬 ᄶᅡᄒᆡ 와 ᄒᆡ롤 밧고고 신셰(新歲)롤 당ᄒᆞ미 쵹쳐감상(觸處感傷)ᄒᆞ미 일일층가(日日層加)ᄒᆞ믈 ᄉᆞᄉᆡᆨ(辭色)디 아니니 부인이 효ᄌᆞ의 졍ᄉᆞ롤 도라보아 기심(其心)을 ᄒᆞᆫ 일이나 위로코ᄌᆞ ᄒᆞ여 ᄯᅩᄒᆞᆫ 관심억디(寬心抑志)ᄒᆞᄂᆞᆫ ᄇᆡ 되여시나 신졍(新正)을 당ᄒᆞ여 쳔비만통(千悲萬痛)이 ᄉᆡ로오믈 ᄯᅩ 어ᄃᆡ 비기리오? ᄌᆞ연 식음(食飮)이 거ᄉᆞ리고 침쉬(寢睡) 블안ᄒᆞ니 쳐ᄉᆡ 블승위황(不勝危慌)ᄒᆞ여 위회ᄒᆞ믈 가디록 디극히 ᄒᆞ며 가듕ᄋᆞ쇼(家中兒少)롤 닛그러 ᄌᆞ젼(慈前)의 셔 유희(遊戲)ᄒᆞ여 평싱 간냑(簡略)ᄒᆞᆫ 말솜으로뼈 모친 소회(笑詼)롤

66면 요구ᄒᆞ고 슌무(巡撫)와 냥계로 박혁(博奕)을 식여 소회ᄒᆞ시게 ᄒᆞ며 가듕 졔 부인ᄂᆡ로 비샤쳑어(悲辭慽語)롤 모친 보시ᄂᆞᆫ ᄃᆡ 못 ᄒᆞ게 ᄒᆞ니 쥬야(晝夜) ᄌᆞ위(慈闈) 상하(床下)의 뫼셔 반의(斑衣)로 츔추며 ᄋᆞᄒᆡ 노롬을 ᄇᆡ화 부인 쇼용(笑容)이 환연(煥然)ᄒᆞ신즉 여득만금(如得萬金)이오 슈안(愁顔)이 쳑쳑(慽慽)ᄒᆞᆫ즉 여실여황(如失如慌)ᄒᆞ여 쳔가디 희쇼(喜笑)와 만 가지 관위(寬慰)롤 닐위니 일노조ᄎᆞ 태부인이 슈회(愁懷)롤 관인(寬忍)ᄒᆞ고 화부인이 누쳔니(累千里) 타향이셔 부

모 삼긔(三忌)ᄅᆞᆯ 맛ᄎᆞ 의계 부인으로 더브러 결복(闋服)ᄒᆞᄆᆡ 디통(至痛)의 무ᄋᆡ(无涯)ᄒᆞᆷ과 유한(遺恨)의 층쳡(層疊)ᄒᆞ믈 어ᄃᆡ 비ᄒᆞ리오? 그윽이 심례(心慮)ᄅᆞᆯ ᄉᆞᆯ와 토혈(吐血)ᄒᆞᄂᆞᆫ 딜(疾)을 일워시나 것ᄎᆞ로 능히 화긔(和氣)ᄅᆞᆯ 강작(强作)ᄒᆞ거니 ᄒᆞ믈며 소시ᄂᆞᆫ 남다ᄅᆞᆫ 인믈이라 니친디회(離親之懷)ᄅᆞᆯ 엇디 ᄎᆞᆷ디 못ᄒᆞ리오? 효봉존고(孝奉尊姑)의 이셩낙ᄉᆡᆨ(怡聲樂色)으로 감디(甘旨)의 동쵹(洞屬)ᄒᆞᆫ 졍셩이 딘효부(陳孝婦)ᄅᆞᆯ 압두ᄒᆞᆯ ᄇᆡ오 졔ᄉᆞ슉ᄆᆡ(娣姒叔妹)ᄅᆞᆯ 화우(和友)ᄒᆞᄆᆡ 아 67면
ᄅᆞᆷ다온 졍과 증상디졀(蒸嘗之節)[211]의 딘션슉혜(盡善夙慧)ᄒᆞ믄 ᄉᆡ로이 니ᄅᆞᆯ ᄇᆡ 아니어니와 셰월이 갈ᄉᆞ록 ᄇᆡᆨᄉᆞ(百事)의 션능(善能)ᄒᆞ미 인뉴의 특이ᄒᆞ니 딘실노 초셰(超世)ᄒᆞᆫ 영믈(英物)일너라. 쳐ᄉᆞ 외ᄉᆞᄅᆞᆯ ᄆᆡ싀옹과 졍겸을 맛디고 냥계 등으로 더브러 모친을 뫼셔 계명(鷄鳴)으로브터 삼경(三更)[212]의 니ᄅᆞ히 희ᄒᆡ(戲諧)ᄅᆞᆯ 찬조(贊助)ᄒᆞ며 믈너난ᄌᆞᆨ 광금당침(廣衾長枕)을 년ᄒᆞ여 화우ᄒᆞᄂᆞᆫ 졍이 동포형뎨(同袍兄弟)의 감(減)치 아냐 일시ᄅᆞᆯ 쩌나디 아니코 그윽이 형당의 ᄒᆡᆼ역을 위ᄒᆞ여 근심ᄒᆞ므로뼈 산샹풍경(山上風景)의 졀승(絶勝)ᄒᆞ믈 ᄒᆞᆫ번 유람ᄒᆞᆯ 의ᄉᆡ(意思) 업더라.

ᄎᆞ간하회(且看下回).

(책임교주 김경미)

211 증상디졀(蒸嘗之節): 증상지절. 종묘의 제사 이름. 증은 겨울 제사, 상은 가을 제사.

212 삼경(三更): 밤 11시에서 새벽 1시 사이.

완월회맹연 玩月會盟宴

권디십이 卷之十二

화셜(話說). 션시(先時)의 경공ᄌᆞ 닌셩이 악도흉젹(惡盜凶賊)의 독ᄒᆡ(毒害)ᄅᆞᆯ 만나 몸이 쳔쳑강심(千尺江心)의 쪄러디니 공ᄌᆞ의 츌어범뉴(出於凡類)[1]ᄒᆞᆫ 작픔긔딜(作稟氣質)이 ᄉᆡᆼ셩긔이(生成奇異)ᄒᆞ여 강보(襁褓)로브터 왕이보(王夷甫)의 들의 노ᄂᆞᆫ 풍ᄎᆡᄅᆞᆯ 낫비 넉이며 ᄌᆞ안(子安)[2]·마쳔(馬遷)[3]의 능운등소(凌雲登霄)[4]ᄒᆞ여 닙취쳔언(立就千言)ᄒᆞ고 유희투졀(遊戲偸竊)ᄒᆞ며 등왕작셔(滕王作序)[5]ᄒᆞ믈 부셩(不盛)이 넉이나 그 나힌ᄌᆞᆨ 초팔튱년(初八冲年)이라. 져 무리의 포한(暴悍)ᄒᆞᆫ 힘을 어이 당ᄒᆞ리오? 임의 독슈(毒手)ᄅᆞᆯ 면치 못ᄒᆞ여 닉슈디환(溺水之患)을 당ᄒᆞᄆᆡ 이 본ᄃᆡ 풍운(風雲)을 어(御)ᄒᆞᄂᆞᆫ 뇽(龍)이 아니오 댱텬(長天)을 풍비(風飛)ᄒᆞᄂᆞᆫ 대붕(大鵬)이 아니라. 엇디 능히 쒸여나기ᄅᆞᆯ 바라리오? 텬되(天道) 샤문(斯文)을 니어 ᄂᆡ신 셩인(聖人)을 헛도이 맛ᄎᆞ 부ᄌᆞ(夫子)[6]의 니은 덕과 안빈낙도(安貧樂道)[7]의 니은 학(學)을 쇽졀업시 더져 일됴(一朝)의 샤문을 멸코ᄌᆞ 아니시므로 강 2면
ᄒᆡ슈신(江海水神)이 겻ᄐᆡ셔 보ᄆᆡ 황황이 늣기고 슬허ᄒᆞ여 싸흘 두다려 창합(閶闔)【하날 문이라】의 ᄉᆞᄆᆞᆺᄎᆞᄆᆡ 잠간 ᄉᆞ이의 븍극(北極)을 드레니[8] 샹뎨(上帝) 참연경동(慘然驚動)ᄒᆞ시며 밧비 슈신(水神)을 명

1 츌어범뉴(出於凡類): 출어범류. 평범한 부류보다 뛰어남.

2 ᄌᆞ안(子安): 자안. 왕발(王勃)의 자. 왕발은 당나라의 문장가로 〈등왕각서〉가 유명함.

3 마쳔(馬遷): 사마천. 한나라 사람으로 《사기》를 지음.

4 능운등소(凌雲登霄): 구름 위로 치솟아 하늘에 오른다는 뜻으로, 기세가 높은 것을 말함.

5 등왕작셔(滕王作序): 왕발이 〈등왕각서〉를 지은 것을 말함.

6 부ᄌᆞ(夫子): 부자. 공자를 높여 이르는 말.

7 안빈낙도(安貧樂道): 가난을 편히 여기며 도를 즐긴다는 뜻. 공자가 안회의 삶을 칭찬한 말. 여기서는 안회를 가리킴.

ᄒᆞ샤 졔젹(諸賊)을 벌ᄒᆞ라 ᄒᆞ시나 오히려 슈젹(水賊) 댱손슐과 왕술위를 뇌졍(雷霆)의 분쇄(粉碎)치 아니시믄 그 명이 아딕 딘(盡)치 아닌 연괴러라. 농신(龍神)이 공ᄌᆞ룰 파션(破船)ᄒᆞᆫ 널 우히 올니고 인위표류(引爲漂流)ᄒᆞ여 삼쥬야(三晝夜)를 살 ᄡᅩᆺ 힝ᄒᆞ니 공ᄌᆡ 오히려 졍신은 일치 아닌디라. 만니히샹(萬里海上)의 ᄒᆞᆫ 조각 널을 의디ᄒᆞ여 비록 강심(江心)의 잠기ᄂᆞᆫ 화(禍)를 면ᄒᆞ나 엇디 살기를 바라리오? 그윽이 블효(不孝)를 슬허 앙텬댱탄(仰天長嘆) 왈

"ᄉᆞᄉᆡᆼ(死生)이 유명(有命)ᄒᆞ고 화복(禍福) ᄌᆡ텬(在天)ᄒᆞ니 오ᄂᆞᆫ 화를 인녁(人力)으로 ᄒᆞᆯ ᄇᆡ 아니어니와 나의 오날 봉변(逢變)은 ᄉᆞᄉᆞ로 죄역(罪逆)이 이셔 이 갓ᄐᆞ미니 우리 부뫼 실노 구인젹덕(救人積德)ᄒᆞ시고 왕뫼(王母) 크게 인셩혜덕(仁聖惠德)ᄒᆞ시니 블초(不肖)ᄒᆞᆫ ᄌᆞ손

3면

의게ᄂᆞᆫ 음즐(陰騭)[9]이 밋ᄎᆞ실디니 엇디 도듕젹변(途中賊變)으로 아등남ᄆᆡ(我等男妹)를 우ᄅᆞ시ᄂᆞᆫ 상명(喪明)[10]이 이시리오? 아디 못게라 져져(姐姐)와 닌광은 능히 살믈 어더시며 시랑 슉부와 녀교ᄂᆞᆫ ᄯᅩ 엇디 되엿ᄂᆞᆫ고?"

이러ᄐᆞᆺ 참연통셕(慘然痛惜)ᄒᆞᆯ ᄲᅳᆫ이러니 홀연 먼니로조ᄎᆞ 일쳑대션(一隻大船)이 창낭(滄浪)의 듕뉴(中流)ᄒᆞ여 오ᄂᆞᆫ ᄌᆡ 이시ᄃᆡ 의의형복식(儀形服色)[11]이 듕국인(中國人)으로 더브러 ᄀᆞᆺ디 아니ᄒᆞ니 공ᄌᆡ 이

---

8 드레니: 들레다. 어수선하고 시끄럽게 떠들다.

9 음즐(陰騭): 하늘이 말없이 보살펴 주는 복을 말함. 《서경》 〈홍범(洪範)〉에 "하늘은 보이지 않게 백성의 운명을 정해 놓고 그들의 삶을 돕고 화합하게 한다(惟天陰騭下民 相協厥居)."라는 말이 나옴.

10 상명(喪明): 자식의 죽음을 슬퍼함. 자하가 아들을 잃고 실명한 데서 유래함.

ᄀᆞ온ᄃᆡ나 져 무리 만나믈 깃거 아닛ᄂᆞᆫ 듕(中) 졈졈 갓가오ᄆᆡ 믄득 션듕(船中)의셔 무슈ᄒᆞᆫ 몽괴(蒙古) 닷토와 ᄂᆡ와다 보며 칙칙(磔磔)[12] 홀(忽)[13]ᄒᆞ여 손벽을 두다리고 어ᄌᆞ러이 디져괴여 ᄀᆞ로ᄃᆡ

"신긔롭고 긔이ᄒᆞ며 어딜고 빗나도다. 황헌(黃憲)[14]의 실식(失色)ᄒᆞ던 ᄋᆞᄒᆡ와 하믈노고싱ᄎᆞ녕형아(何物老姑生此寧馨兒)[15]ᄂᆞᆫ 이에 비ᄒᆞᄆᆡ 나디러오니 아디 못게라 셩시(盛時)와 명ᄃᆡ(明代)를 디난 ᄃᆡ 오리ᄃᆡ 닌봉(麟鳳)의 샹셔(祥瑞)를 우리 몽고국의 나릴 줄 어이 알니오?"

ᄒᆞ여 십분 요란ᄒᆞ더니 널이 ᄇᆡ젼의 븟트며 뇽신(龍神)이 ᄒᆞᆫ번 몸을 4면
뒤치니 공ᄌᆡ 션듕(船中)의 드ᄂᆞᆫ디라. 젹뇽(赤龍)이 면슈져미(俛首低尾)[16]ᄒᆞ여 잠시의 강심(江心)의 ᄀᆞᆷ초여 브디거쳬(不知去處)라. 남녁 강변의ᄂᆞᆫ 연운(煙雲)이 취험(聚險)ᄒᆞ여 반텬(半天)의 잠기고 븍편 여흘의ᄂᆞᆫ 셩ᄂᆡ 고ᄅᆡ 어ᄌᆞ러이 뇹뛰여 산악(山嶽) ᄀᆞᆺ튼 믈결이 하날ᄀᆞᆺ치 흉용(洶湧)ᄒᆞ니 풍셩(風聲)이 요란ᄒᆞ여 볼ᄒᆡ(渤海)의 믈결이오 믈빗치 뒤이ᄌᆞᄆᆡ[17] 음산(陰山)의 눈 갓ᄐᆞ여 셕즙(錫楫)을 업치고 션범(船帆)을 삼키ᄂᆞᆫ ᄃᆞᆺᄒᆞ던 ᄇᆡ 공ᄌᆡ 승션(乘船)ᄒᆞᄆᆡ 일식(日色)이 개명(開

---

11 의의형복식(儀形服色): 의형복색. '의'가 한 번 더 들어간 것으로 보임.

12 칙칙(磔磔): 책책. 새가 지저귀는 소리. 여기서는 몽골인의 말소리를 묘사한 것으로 보임.

13 홀(忽): 말하다.

14 황헌(黃憲): 후한의 고사(高士). 덕행과 학식이 뛰어나 안회에 비유되었음.

15 하믈노고싱ᄎᆞ녕형아(何物老姑生此寧馨兒): '어떤 아낙네가 이런 아이를 낳았단 말인가'라는 의미. 왕이보가 총명하고 잘생긴 것을 보고 산도가 감탄하면서 한 말에서 옴. '영형아'는 '이러한 아이'라는 뜻. 규장각본에는 '하믈노고싱ᄎᆞ믈녕아난'으로 되어 있음.

16 면슈져미(俛首低尾): 면수저미. 고개를 숙이고 머리를 숙임.

17 뒤이ᄌᆞᄆᆡ: 뒤잊다. 드위잊다. 뒤집히다.

明)ᄒᆞ며 텬긔광화(天氣光華)ᄒᆞ여 쳥풍(淸風)이 셔ᄅᆡ(徐來)ᄒᆞᄆᆡ 슈패 블흥(水波不興)[18]ᄒᆞ고 금닌(錦鱗)이 쇼쇼(昭昭)ᄒᆞ며 옥쳑(玉尺)[19]이 뛰노라 풍셩(風聲)이 고요ᄒᆞ고 믈결이 잔잔ᄒᆞᆫ더라. 공ᄌᆡ 션창(船窓)을 님ᄒᆞ여 눈을 드러 ᄉᆞᆯ피건ᄃᆡ 딘실노 ᄒᆞᆫ 무리 잡신(雜神)이 아니면 ᄒᆡ텬몽괴[20]믈 뭇디 아냐 알더라. ᄒᆞᆫ갈ᄀᆞᆺ치 머리ᄅᆞᆯ 싹고 ᄉᆞᄆᆡ 좁은 옷ᄉᆞᆯ 닙
5면 어시ᄃᆡ 댱의(長衣)ᄅᆞᆯ 밋ᄐᆡ 닙고 단의(短衣)ᄅᆞᆯ 우ᄒᆡ 닙어 졔되(制度) 괴이(怪異)ᄒᆞᆫᄃᆡ 형뫼(形貌) 흉녕(兇獰)ᄒᆞ여 쥬홍(朱紅) ᄀᆞᆺᄐᆞᆫ 면모(面貌)와 횃블 ᄀᆞᆺᄐᆞᆫ 냥안(兩眼)의 비여진 니마의 엄니[21] 부로돗쳐[22] 개개(箇箇)히 험악(險惡)ᄒᆞᆫ 바의 슈좌(首座)ᄒᆞᆫ 두 사ᄅᆞᆷ은 더옥 댱위(仗衛)[23] 험쥰(險峻)ᄒᆞ더라. 심니(心裏)의 블힝(不幸)ᄒᆞ믈 마디 아니나 뇽신(龍神)이 밧드러 션듕(船中)의 너흔 ᄇᆡ니 하날이 ᄌᆞ긔ᄅᆞᆯ 괴롭게 ᄒᆞ실디언졍 ᄎᆞ시(此時)의 슈ᄉᆞ요몰(水死夭沒)케 아니믈 ᄭᆡ다라 낫빗ᄎᆞᆯ 뎡히 ᄒᆞ고 댱읍블ᄇᆡ(長揖不拜) 왈

“감히 뭇ᄂᆞ니 이 어나 곳이며 월쳥강이 이에셔 언마나 머뇨?”

단슌(丹脣)을 잠개(暫開)ᄒᆞᄆᆡ 낭셩(朗聲)이 쇄락(灑落)ᄒᆞ여 단혈(丹穴)[24]

---

18 쳥풍(淸風)이 셔ᄅᆡ(徐來)ᄒᆞᄆᆡ 슈패블흥(水波不興): 소식의 〈전적벽부〉에 나오는 구절.

19 옥쳑(玉尺): 옥빛처럼 희고 크기가 한 자 정도 되는 물고기를 말함.

20 ᄒᆡ텬몽괴: 해천몽골. ‘해천’은 미상. 첩목해천(帖木垓川) 등의 용례로 미루어, 북쪽 초원으로 옮겨간 북원계 몽골이나 동북 변방의 해상과 연결된 올량합 3위를 가리키는 것으로 보는 연구가 있음. 김수연, 〈18세기 국문장편소설의 몽골 인식〉, 《고소설연구》 46 참조.

21 엄니: 송곳니. 고기를 먹는 짐승의 아래위 턱에 난 날카로운 이.

22 부로돗쳐: 브르돋다. 부르돋다. 두드러지게 튀어나오다.

23 댱위(仗衛): 장위. 의장과 시위.

24 단혈(丹穴): 봉황이 산다는 전설 속의 산 이름.

이 어린 봉이 우는 듯ᄒᆞ거놀 츄슈(秋水) ᄀᆞᆺ튼 골슈(骨髓)의 딘연(塵煙)이 무드디 아냐 ᄇᆡᆨ벽(白璧)을 탁마(琢磨)ᄒᆞᄆᆡ 묽고 빗나며 긴 눈이 일월(日月)의 경긔(精氣)롤 댱츅(藏蓄)ᄒᆞ고 프룬 눈섭이 강산의 슈긔(秀氣)롤 띄엿거놀 두렷ᄒᆞᆫ 니마ᄂᆞᆫ 부귀디상(富貴之相)이오 냥비과슬(兩臂過膝)은 영달디격(榮達之格)이라. 영위(英威)ᄒᆞᆫ 픔슈(稟受)와 관홍(寬弘)ᄒᆞᆫ 위의 굉걸웅침(宏傑雄沈)ᄒᆞ고 침묵뎡대(沈默正大) 6면
ᄒᆞ여 광명딘슉(光明振肅)[25]ᄒᆞ니 가히 ᄌᆞᄉᆡᆼ민이릐(自生民以來)로 일인(一人)이믈 알디라. 져 몽괴(蒙古) 팔셰튱원(八歲冲幼) 줄 아디 못ᄒᆞ고 다만 텬션(天仙)이 강님(降臨)ᄒᆞᆫ가 의황(疑恍)ᄒᆞ여 그 풍치(風采)롤 경동(驚動)ᄒᆞᄂᆞᆫ 눈이 분분(紛紛)ᄒᆞ더라. 원ᄂᆡ 이 무리 몽고ᄂᆞᆫ ᄒᆡ쳔(垓川)을 당ᄒᆞ여 븍이(北夷)의 갓가이 이시므로 ᄲᅵ의 먀션[26]이 병강댱용(兵强將勇)ᄒᆞ미 닌국(隣國)의 딘동(振動)ᄒᆞᄂᆞᆫ디라. 몽고왕(蒙古王) 응막달이 먀션의 위엄(威嚴)을 두려 태부(太傅) 금셜뇌와 민부샹셔 쳑발유로 ᄒᆞ여곰 국듕소산(國中所産)을 시러 특별이 녜폐(禮幣)[27]롤 삼고 먀션의게 글을 븟쳐 형뎨디국(兄弟之國)으로 두터온 졍(情)이 잇기롤 쳥ᄒᆞᄆᆡ 먀션이 흔연(欣然)이 글을 납(納)ᄒᆞ고 금셜뇌와 쳑발유롤 됴히 ᄃᆡ졉ᄒᆞ여 도라보ᄂᆡ니 금·쳑 두 몽괴 흔흔낙낙(欣欣樂樂)ᄒᆞ여 솔하(率下)롤 거ᄂᆞ리고 몽고국을 향ᄒᆞ더니 금일(今日) 졍공ᄌᆞ롤 만나ᄆᆡ 금셜뇌ᄂᆞᆫ 몽고국 긔셔이샹(奇瑞異祥)이라 ᄒᆞ여 국군(國君)을 위ᄒᆞᆫ 무 7면

---

25 광명딘슉(光明振肅): 광명진숙. 기상이 밝고 엄숙함.

26 먀션: 마선. 몽골의 오이라트 출신 칸인 야선(也先, Esen).

27 녜폐(禮幣): 예폐. 고마움과 공경의 뜻으로 보내는 예물.

ᄋᆞᆷ이 쳔ᄒᆡᆼ만열(千幸萬悅)ᄒᆞ고 민부상셔 쳑발유ᄂᆞᆫ 상법(相法)이 신긔ᄒᆞᆫ디라【민부상셔ᄂᆞᆫ 당(唐) 젹 호부상셰니 옹막달의 나라히 당 젹 작호(爵號)ᄅᆞᆯ ᄡᅳ더라】공ᄌᆞ의 크게 귀달(貴達)홀 상뫼(相貌) 결비범인(決非凡人)이믈 보ᄆᆡ 경앙(敬仰)ᄒᆞᄂᆞᆫ 의ᄉᆡ(意思) 무궁(無窮)ᄒᆞ니 이의 그 말을 답ᄒᆞᄃᆡ 이곳은 븍디(北地) 젹은 나라히믈 니ᄅᆞ고 대국(大國) 만여 리ᄅᆞᆯ 즈음쳐시니[28] 월쳥강이 이시믈 드러시나 일ᄌᆞᆨ 보디 못ᄒᆞᆫ 바ᄅᆞᆯᄃᆡᄒᆞ니 공ᄌᆡ 쳥파(聽罷)의 대경ᄎᆞ악(大驚嗟愕)ᄒᆞ여 혜오ᄃᆡ

'내 몸이 ᄒᆞᆫ 조각 널 닙ᄒᆡ 실니여 삼쥬야(三晝夜)ᄅᆞᆯ 살 ᄡᅩᄃᆞᆺ ᄒᆡᆼᄒᆞ니 임의 먼니 오믈 아랏거니와 엇디 만여 리ᄅᆞᆯ ᄒᆡᆼᄒᆞ여 몽고국의 써러질 줄 알니오? 소조(所遭)의 블ᄒᆡᆼᄒᆞ미 이 ᄀᆞᆺᄐᆞ니 몸이 ᄉᆞ라 훤안(萱顏)[29] 뵈오믈 긔필(期必)치 못ᄒᆞ려니와 아ᄃᆡᆨ 보명디도(保命之圖)ᄅᆞᆯ 웃듬ᄒᆞ여 신고(辛苦)히 고원(故園)[30]의 도라가기ᄅᆞᆯ 도모ᄒᆞᆫᄌᆞᆨ 혹ᄌᆞ 하날이 막디 아니시고 신명(神命)이 져희(沮戲)치 아니ᄒᆞ면 거의 친젼(親前)

8면 의 결ᄒᆞ믈 어들디라. 이졔 비누(鄙陋)ᄒᆞ여 젼심통도(全心痛悼)ᄒᆞᆫᄌᆞᆨ 내 나히 계오 초칠(初七)을 디닌 바로 긔혈(氣血)이 튱댱(充壯)치 못ᄒᆞ니 언마[31]ᄒᆞ여 앗ᄎᆞᆷ 이슬이 합연(溘然)ᄒᆞ리오?[32] 만일 죽을딘ᄃᆡ 부모의 ᄉᆡᆼ휵디신(生畜之身)을 만니타국(萬里他國)의 더져 ᄇᆡᆨ골(白骨)도

28 즈음쳐시니: 즈음츠다. 가로막다, 격하다.

29 훤안(萱顏): 훤당(萱堂)의 얼굴. 훤당은 어머니를 가리킴.

30 고원(故園): 고향.

31 언마: 얼마.

32 합연(溘然)ᄒᆞ리오: '합연'이 갑자기 사라짐을 뜻하므로, '이슬이 합연하다'는 이슬처럼 갑자기 죽는다는 뜻. 규장각본에는 '함ᄒᆞ리오'로 되어 있음.

고국(故國)의 도라가디 못ᄒᆞ고 년노(年老)ᄒᆞ신 왕모(王母)[33]와 냥대인(兩大人)의 디통(至痛) 가온ᄃᆡ 다시 아등(我等)의 남ᄆᆡ(男妹)를 실산(失散)ᄒᆞ여 슬프미 목젼(目前)의 죽엄을 노흐ᄆᆡ 더으실 거시오 ᄒᆞ믈며 우리 ᄌᆞ당(慈堂)이 친부(親父)의 건곤(乾坤)이 합벽(闔闢)ᄒᆞᄂᆞᆫ 망극디통(罔極之痛)을 당ᄒᆞ시ᄃᆡ[34] 션왕(先王)의 녜(禮)로 대의(大義)를 잡으시ᄆᆡ ᄉᆞ졍(私情)을 긋ᄎᆞ샤 츌텬(出天)ᄒᆞ신 셩효(誠孝)로ᄡᅧ 상녜(喪禮)의 ᄉᆡᆼ디구로(生之劬勞)ᄒᆞ신 은혜를 다 갑디 못ᄒᆞ샤 의양이 향연(香煙)을 망극(罔極)ᄒᆞ시ᄆᆡ 디통(至痛)이 ᄌᆡ심(再深)ᄒᆞ시거ᄂᆞᆯ 또 아등을 실니(失離)ᄒᆞ신 회푀(懷抱) 그 엇더ᄒᆞ시리오? 내 태태(太太)의 십삭구로(十朔劬勞)ᄒᆞ심과 삼년긍회(三年兢懷)ᄒᆞ신 은혜를 호발(毫髮)도 갑ᄉᆞᆸ디 못ᄒᆞ고 양ᄌᆞ위(兩慈闈)를 여희와 인ᄌᆞ(人子)의 망극 9면
통할(罔極痛割)[35]ᄒᆞ미 괴이치 아니ᄃᆡ 내 관심ᄌᆞ억(寬心自抑)ᄒᆞ여 조곰도 과ᄒᆞᆫ ᄇᆡ 업ᄉᆞᄃᆡ ᄌᆞ위(慈闈) 가만ᄒᆞᆫ[36] 가온ᄃᆡ 심녀(心慮)를 ᄉᆞᆯ오시미 무궁(無窮)ᄒᆞ실다라. 내 그윽이 블효(不孝)를 슬허ᄒᆞ더니 당금(當今)의 그음[37]업ᄉᆞᆫ 비회(悲懷)를 돕ᄉᆞ오니 맛ᄎᆞᆷᄂᆡ 죽어 도라가디 아닌즉 여러 셰월의 참연ᄋᆡ상(慘然哀傷)ᄒᆞ시미 셩톄(聖體)를 보젼(保全)치 못ᄒᆞ시리니 블회(不孝) 쳔고(千古)의 ᄧᅡᆨ이 업고 션비(先妣) 블초(不肖)를 과ᄋᆡ(過愛)ᄒᆞ샤 댱셩(長城)과 교악(嶠嶽)으로 미드시미 잇

33 왕모(王母): 할머니.

34 을 당ᄒᆞ시ᄃᆡ: 규장각본에는 '이 을ᄒᆞ시ᄃᆡ'로 되어 있음.

35 망극통할(罔極痛割): 지극히 슬프고 한스러워 오장이 찢어질 듯함.

36 가만ᄒᆞᆫ: 가만하다. 거의 드러나지 않을 정도로 차분하고 조용하다.

37 그음: 그슴. 끝, 한도, 한정(限定).

던 고로 존녕(尊靈)이 알오시미 계실딘ᄃᆡ 반ᄃᆞ시 나의 살믈 ᄇᆞ라시리니 쳔셔만단(千緖萬端)의 셩명(性命)을 보젼치 못ᄒᆞ미 ᄋᆞ녀ᄌᆞ(兒女子)의 조ᄇᆞ야오미라.[38] 몽고ᄅᆞᆯ 만나시미 블힝(不幸)ᄒᆞ나 져 무리 날을 ᄒᆡ코ᄌᆞ 아니 ᄒᆞ면 잠간 고국의 환귀(還歸)ᄒᆞ믈 비러보리라.'

ᄒᆞ고 뎡히 몽고ᄅᆞᆯ 향ᄒᆞ여 말을 펴고ᄌᆞ ᄒᆞ더니 금·쳑 두 몽괴 앏히 나
10면 아와 공ᄌᆞ의 손을 ᄌᆞᆸ고 셩명(姓名)을 므ᄅᆞ며 표풍(漂風)ᄒᆞᆫ 연유(緣由)ᄅᆞᆯ 뭇거ᄂᆞᆯ 공ᄌᆡ 이 뉴(類)로 더브러 통셩명(通姓名)의 슈작(酬酌)ᄒᆞ믈 괴로이 녁이나 마디못ᄒᆞ여 셩명을 니ᄅᆞ고 월쳥강의셔 젹변(賊變)을 만나 닉슈(溺水)ᄒᆞ믈 니ᄅᆞ디 아니며 다만 파션(破船)ᄒᆞ여 여ᄎᆞ낭패(如此狼狽)ᄒᆞ여시니 가향(家鄕)을 ᄎᆞᄌᆞ 도라가게 ᄒᆞ면 은혜ᄅᆞᆯ 쌔의 삭이리라 ᄒᆞᆫᄃᆡ 금셜뇌 님군을 위ᄒᆞ여 대현(大賢) 어드믈 깃거ᄒᆞᄂᆞᆫ ᄆᆞ음과 쳑발유의 황홀경복(恍惚敬服)ᄒᆞᄂᆞᆫ 뜻으로뼈 엇디 헛도이 도라가믈 니ᄅᆞ리오? ᄒᆞ믈며 몽고국이 대국(大國)의 통노(通路)ᄒᆞ미 삼년일치(三年一次)라. 임의 거년(去年) 듕동(仲冬)[39]의 샤신(使臣)이 대국(大國)의 나아가 금년(今年) 모츈(暮春)의 도라왓고 ᄯᅩ 국법(國法)이 디엄(至嚴)ᄒᆞ여 비록 타국(他國) 사ᄅᆞᆷ이 표류(漂流)ᄒᆞ여 오나 반ᄃᆞ시 샤신(使臣) 편(便)의 ᄒᆞᆫ가지로 보ᄂᆡ고 무시(無時)의ᄂᆞᆫ 보ᄂᆡ디 아니ᄒᆞ믈 니ᄅᆞ며 아딕 국듕(國中)의 도라가 명년(明年) 동
11면 (冬)을 기다리라 ᄒᆞ고 인ᄒᆞ여 건어(乾魚)와 건어와[40] 미시[41]ᄅᆞᆯ ᄂᆡ여 잠간 ᄒᆡ갈(解渴)ᄒᆞ라 ᄒᆞ거ᄂᆞᆯ 공ᄌᆡ 져 몽고의 심폐(心肺)ᄅᆞᆯ ᄉᆞᆺ치건ᄃᆡ[42] 명년

---

38 조ᄇᆞ야오미라: 조비옵다. 좁다, 좁스럽다.

39 듕동(仲冬): 중동. '겨울이 한창인 때'라는 뜻으로, 음력 11월을 달리 이르는 말.

(明年) 동(冬)의도 샤ᄒᆡᆼ(使行)의 ᄒᆞᆫ가디로 가기ᄅᆞᆯ 긔필(期必)치 못ᄒᆞ니 ᄌᆞ긔(自己) 이곳의 여러 일월(日月)을 머믈녀 ᄒᆞᆫ족 ᄉᆞ친디회(思親之懷)[43]ᄅᆞᆯ 능히 니긔기 어려올디라. 여러 가디로 심ᄉᆡ(心思) ᄎᆞ악(嗟愕)ᄒᆞ여 활 갓ᄐᆞᆫ 눈섭의 슈운(愁雲)이 참참(慘慘)ᄒᆞ고 별 갓ᄐᆞᆫ 봉안(鳳眼)의 징패(澄波) 징동ᄒᆞ여 다시 말이 업ᄉᆞ니 쳑·금 두 몽괴 ᄌᆡ삼(再三) 위로(慰勞)ᄒᆞ며 건어와 미시ᄅᆞᆯ 밧드러 ᄒᆡ갈ᄒᆞ믈 간쳥(懇請)ᄒᆞ니 공ᄌᆡ 임의 살기ᄅᆞᆯ 결단(決斷)ᄒᆞᄆᆡ 구ᄐᆞ여 슈양(首陽)의 아ᄉᆞ(餓死)[44]ᄅᆞᆯ 효측(效則)ᄒᆞᆯ ᄇᆡ 아니오 비록 몸이 이에 ᄯᅥ러져 몽고의 먹ᄂᆞᆫ 바ᄅᆞᆯ 튱장(充腸)ᄒᆞᆯ디라도 이 블과(不過) 소죄(所遭) 블ᄒᆡᆼ(不幸)ᄒᆞ여 잠간 타국(他國)의 븟치미오 국ᄉᆞ(國使)로ᄡᅧ 황명(皇命)을 욕(辱)ᄒᆞ고 쳥절(淸節)을 굽혀 슌(順)ᄒᆞ미 아니니 니릉(李陵)의 샤항(詐降)[45]이
위률(衛律)의 딘항(眞降)[46]으로 다ᄅᆞ디 아니홈과 ᄂᆡ도ᄒᆞ고 소무(蘇武) 12면
의 한절(漢節)[47]을 ᄌᆞᆸ아 슈양이 ᄉᆡᆼ유(生乳)ᄒᆞ믈 기다리ᄂᆞᆫ 튱절(忠節)노

40 건어(乾魚)와 건어와: '건어와'를 두 번 겹쳐 쓴 것으로 보임. 규장각본에는 '건어와'로 되어 있음.

41 미시: 미숫가루.

42 슷치건ᄃᆡ: 슷치다. 스치다, 거치다, 대략 알다.

43 ᄉᆞ친디회(思親之懷): 사친지회. 부모님을 그리워하는 회포.

44 슈양(首陽)의 아ᄉᆞ(餓死): 수양산에서 굶어 죽다. 주 무왕이 은나라를 멸망시키고 천하를 차지하자 백이와 숙제가 주나라의 곡식을 먹을 수 없다고 수양산에 들어가서 고사리만 먹다가 주려 죽은 것을 말함.

45 니릉(李陵)의 샤항(詐降): 이릉의 거짓 항복. 한나라 장수 이릉이 흉노와 싸우다 항복하고 선우의 딸과 결혼함. 이후 사마천이 이릉의 항복은 중과부적으로 인한 거짓 항복이며 그는 훌륭한 장수라고 평가함.

46 위률(衛律)의 딘항(眞降): 위율의 진짜 항복. 한나라 사신 위율이 흉노에 갔다가 항복함.

도 오히려 젼육과 난장[48]을 맛보고 호녀(胡女)로 위쳐(爲妻)ᄒᆞ미 되니 고ᄉᆞ(故事)ᄅᆞᆯ 녁상(歷詳)ᄒᆞ며 금디셰(今之勢)ᄅᆞᆯ 혜아려도 ᄌᆞ긔 몽고의 음식을 나오미 구ᄐᆞ여 군ᄌᆞ디ᄒᆡᆼ(君子之行)의 븟그러오미 되디 아닐 ᄇᆡ오 위란(危亂)을 버셔나 고원(故園)의 도라가믈 엇디 못ᄒᆞ고 팔셰튱년(八世沖年)의 아ᄉᆞ(餓死)ᄒᆞᆫ 귀신이 되미 블효(不孝)의 죄ᄅᆞᆯ 면치 못ᄒᆞᆯ디라. 드ᄃᆡ여 미시ᄅᆞᆯ 마시며 건육(乾肉)을 맛보ᄆᆡ 몽고 등이 그 먹ᄂᆞᆫ 바ᄅᆞᆯ 깃거ᄒᆞ고 ᄒᆞᆫ가지로 국듕(國中)의 도라가믈 흔희(欣喜)ᄒᆞᆯᄉᆡ 임의 죵일(終日) ᄒᆡᆼ션(行船)ᄒᆞ여 몽고국 도셩(都城)의 니ᄅᆞᄆᆡ 쳑발위 공ᄌᆞᄅᆞᆯ 븟드러 졔 집의 머므ᄅᆞ고 금셜노 더브러 국왕긔 됴현(朝見)ᄒᆞ며 먀션의 셩히 ᄃᆡ졉홈과 후히 답셔ᄒᆞ믈 고ᄒᆞ니 옹막달이 먀

13면 션의 답간(答簡)을 보고 희긔만면(喜氣滿面)ᄒᆞ여 왈

"나의 웅당대략(雄壯大略)이 엇디 먀션을 겁ᄒᆞ리오마ᄂᆞᆫ 나라히 젹고 군ᄉᆡ 약ᄒᆞ여 져의 대강병당(隊强兵壯)ᄒᆞ믈 ᄇᆞ라디 못ᄒᆞ니 아딕 됴히 형뎨디국(兄弟之國)으로 침ᄒᆡ(侵害)ᄒᆞᄂᆞᆫ 폐ᄅᆞᆯ 업시ᄒᆞ고 셔셔히 도모(圖謀)ᄒᆞ여 형셰(形勢)ᄅᆞᆯ 굿게 ᄒᆞᆫ 후 븍디(北地)ᄅᆞᆯ ᄉᆞ뭇ᄎᆞ 먀션의 눈을 ᄲᆡ히리니 태부와 쳑공이 소당(蘇張)의 니변(利辨)[49]으로 먀션을 잘 달ᄂᆡ도다."

---

47 소무(蘇武)의 한졀(漢節): 한절은 한나라 사신의 부절(符節). 소무가 한나라의 사신으로 흉노에 갔다가 19년간 억류되었으나 부절을 지닌 채 절개를 바꾸지 않음. 《한서》 〈소무전〉.

48 젼육과 난장: '전육(羶肉)과 낙장(酪漿)'의 오기로 보임. 양고기와 우유를 말함. 이릉이 소무에게 쓴 글에 "양고기와 우유로 배고픔과 갈증을 풀었다."라는 구절이 나옴. 오랑캐의 음식을 먹었다는 뜻.

49 소당(蘇張)의 니변(利辨): 소장의 이변. 소진과 장의의 뛰어난 변론. 전국시대의 변론가 소진은 합종설을, 장의는 연횡설을 주장함.

ᄒᆞ고 금셜노 작위(爵位) 일존(一尊)ᄒᆞ므로 다만 금쥬보패(金珠寶貝)를 상샤(賞賜)ᄒᆞ며 쳑발유ᄂᆞᆫ 본딕(本職) 민부상셔의 대도독(大都督)을 더어 병권(兵權)을 맛디니 두 몽괴 군은(君恩)을 샤례(謝禮)ᄒᆞ고 거일(去日) 여ᄎᆞ여ᄎᆞᄒᆞᆫ 긔동(奇童)을 어더 오믈 쥬ᄒᆞᆫᄃᆡ 옹막달이 쇼왈(笑曰)

"셕(昔)의 진목공(秦穆公)이 ᄇᆡᆨ니히(百里奚)[50]를 어드며 효공(孝公)이 상앙(商鞅)[51]을 엇고 소왕(昭王)이 범슈(范睢)[52]를 어더 언쳥계용(言聽計用)ᄒᆞᄆᆡ 국부병강(國富兵强)ᄒᆞ여 시황(始皇)의 니ᄅᆞ러 뉵국(六國)을 아오로미 되엿거니와 금의 냥공(兩公)의 어더 온 바ᄂᆞᆫ ᄒᆞᆫ낫 유튱쇼지(幼冲少者)라 방국(邦國)의 니신(利臣) 되기를 긔필치 못ᄒᆞ고 그 본뜻이 아국(我國)의 니ᄅᆞ고ᄌᆞ ᄒᆞᆫ ᄇᆡ 아니오 우연이 표류(漂流)ᄒᆞ여 오민즉 도라가믈 바야리니[53] ᄉᆞ름이 원치 아닛ᄂᆞᆫ 거ᄉᆞᆯ 위엄으로 핍박디 못ᄒᆞ리니 냥공은 닉이 ᄉᆡᆼ각ᄒᆞ라." 14면

금·쳑 두 몽괴 ᄇᆡ하왈(拜賀曰)

"셩괴(聖敎) 맛당ᄒᆞ시나 신등의 어더 온 쇼ᄋᆞ(小兒)ᄂᆞᆫ 비록 튱년쳑동(冲年尺童)이오나 작셩긔딜(作性氣質)이 통쳔고궁만셰(通千古窮萬

50 ᄇᆡᆨ니히(百里奚): 백리해. 우(虞)나라의 대부였으나 우나라가 망한 뒤 소를 먹이는 일을 하던 중 진(秦)나라 목공에게 발탁되어 목공이 오패의 하나가 되는 것을 도움.

51 상앙(商鞅): 공손앙. 전국시대 진나라 효공 때의 정치가, 법가. 부국강병에 힘썼으나 지나치게 엄격한 법률을 시행함. 태자가 법을 어기자 태자 대신 그 스승을 죽임. 태자가 왕위에 오른 뒤 모함을 받아서 달아나다가 잡혀서 죽음.

52 범슈(范睢): 범수. 범저라고도 함. 전국시대 위(魏)나라 사람으로 진나라 소왕이 천하통일의 발판을 마련하는 데 공을 세움.

53 바야리니: 바야다. 뵈아다. 재촉하다.

歲)ᄒᆞ여 다시 잇디 아니ᄒᆞ오리니 그 나히 약관(弱冠)의 밋ᄉᆞ오면 큰 덕과 놉흔 ᄌᆡ죄(才操) 팔황[54](八荒)을 닙으로 묽히고 텬하를 손으로 뎡ᄒᆞ여 샤안[55](謝安)의 냥(量)과 고요[56](皐陶)의 덕이며 녕눈[57](伶倫)의 ᄌᆡ조와 기빅[58](岐伯)의 능(能)의 더으리니 엇디 목공(穆公)의 빅니히(百里奚)를 어드며 효공(孝公)의 상앙(商鞅)을 엇고 소왕(昭王)의 범슈(范雎)를 어드미 비ᄒᆞ리잇고? 신등의 뜻은 뎐히(殿下) 별관(別館)의
15면 친히 님(臨)ᄒᆞ샤 졍ᄌᆞ(程子)를 보시고 은혜로 ᄃᆡ졉ᄒᆞ샤 그 ᄆᆞ음이 죽어 갑흘 뜻이 잇게 ᄒᆞ신즉 졍ᄌᆡ 도라가기를 닛고 셩은(聖恩)을 갑ᄉᆞ오미 타ᄉᆞ(他事)를 결을치 못ᄒᆞᆯ가 ᄒᆞᄂᆞ이다."

옹막달이 흔연(欣然) 쇼왈(笑曰)

"ᄉᆞ부(師傅)의 명견달식(明見達識)과 쳑공의 디인디감(知人之鑑)으로뼈 졍ᄌᆡ 범연(泛然)ᄒᆞᆫ 위인이면 이러틋 칭복(稱服)디 아니리니 과인(寡人)이 별관의 가 졍ᄌᆞ를 보고 은혜로 머므ᄅᆞ려니와 튱신(忠臣)은 필구어효ᄌᆞ디문(必求於孝子之門)이라. 졍ᄌᆡ 이에 머믈고 ᄉᆞ친디심(思親之心)을 두디 아닌즉 그 효(孝) 업ᄉᆞ미니 홀노 튱(忠)이 잇기를 긔필(期必)치 못ᄒᆞᆯ 거시오 ᄯᅩ 효위(孝友) 탁별(卓別)ᄒᆞ여 과인의 은혜로 ᄃᆡ졉ᄒᆞ믈 당ᄒᆞ나 귀심(歸心)이 살 ᄀᆞᆺ고 머믈 뜻이 업슨즉 가

---

54 팔황(八荒): 여덟 방위의 멀고 너른 범위라는 뜻으로, 온 세상을 이르는 말.

55 샤안(謝安): 사안. 남북조시대 동진의 재상. 전진(前秦)의 왕 부견이 군사를 이끌고 동진을 위협할 때 정토대도독에 임명되었으나 조카 사현을 보내 적을 격파하게 했음.

56 고요(皐陶): 순임금 때의 어진 신하. 법을 만들고 형벌을 제정했음.

57 녕눈(伶倫): 영륜. 황제시대의 악관. 음률을 만들었음.

58 기빅(岐伯): 기백. 황제시대의 명의. 의학의 시조.

히 위엄으로 핍박디 못ᄒᆞ리니 과인이 쳔승국군(千乘國君)으로뼈 져 척동을 감복(感服)게 못 ᄒᆞ여 쎨치고 도라간즉 그 톄면(體面)의 손상 ᄒᆞ미 사ᄅᆞᆷ을 들니오미 붓그러올 거시오. 과인의 뜻이 셕늑(石勒)[59]의 니ᄅᆞᆫ바 약유고뎨(若有高帝)면 당븍면ᄉᆞ디(當北面事之)ᄒᆞ여 냥평(良平)[60]으로 병견(竝肩)ᄒᆞ고 약유광무(若有光武)면 당병구듕원(當竝驅中原)ᄒᆞ여 미디녹ᄉᆞ슈ᄉᆔ(未知鹿死誰手)[61]라 ᄒᆞ고 조ᄆᆡᆼ덕(曹孟德)[62]과 ᄉᆞ마듕달(司馬仲達)[63]의 과부와 고ᄋᆞᄅᆞᆯ 속여 텬하 어드믈 취치 아닛노라 ᄒᆞ믈 기리 맛당이 넉이ᄂᆞ니 금(今)ᄋᆡ 명군(明君)이 블명실덕(不明失德)ᄒᆞ여 현냥(賢良)의 튱언(忠言)을 블쳥(不聽)ᄒᆞ고 왕딘을 툥용(寵用)ᄒᆞ여 경ᄉᆡ 녯날 망국디쥬(亡國之主)로 방블(彷彿)[64]ᄒᆞᆫ 바의 먀션의 난(亂)이 블구(不久)의 명뎨(明帝)ᄅᆞᆯ 겁칙(劫飭)ᄒᆞ여 노영(虜營)의 잠으리니 댱안(長安)이 공허(空虛)ᄒᆞ고 인심이 분황(紛慌)ᄒᆞ믈 타 군댱(軍裝)을 뎡졔(整齊)ᄒᆞ여 ᄒᆞᆫ번 범ᄒᆞ면 쏘 엇디 만니강산으로뼈 과인의 긔믈(器物) 삼기ᄅᆞᆯ 근심ᄒᆞ리오마ᄂᆞᆫ 과인은 다만 앙관텬샹(仰觀天上)[65]ᄒᆞ며 하찰인심(下察人心)ᄒᆞ여 범ᄉᆞ의 하날 명을 슌ᄒᆞ고 신여

16면

59 셕늑(石勒): 석륵. 후조(後趙)의 왕. 중국 변경에 있던 갈족 출신으로 16국 시대 후조를 세웠음.

60 냥평(良平): 양평. 장량(張良)과 진평(陳平). 한 고조 유방을 도운 지략가.

61 미디녹ᄉᆞ수ᄉᆔ(未知鹿死誰手): 누구의 손에 사슴이 죽을지 모른다는 뜻. 누가 천하를 차지할지 모른다는 의미. 서광이 석늑에게 뛰어난 지략이 한 고조보다 낫다고 하자, 석늑이 자신이 한 고조를 만났으면 천자로 섬겼을 것이고 광무제를 만났으면 중원에서 함께 말을 몰며 경쟁해서 누구의 손에 사슴이 죽었을지 모른다고 한 데서 온 말. 《진서》 〈석늑〉.

62 조ᄆᆡᆼ덕(曹孟德): 조맹덕. 조조(曹操). 삼국시대 위나라 무제.

63 ᄉᆞ마듕달(司馬仲達): 사마중달. 사마의(司馬懿). 조조의 신하.

64 방블(彷彿)ᄒᆞᆫ: 방불하다. 거의 비슷하다.

65 앙관텬샹(仰觀天上): 앙관천상. 하늘을 우러러 천문(天文)을 살피는 것.

인(神與人)의 븟그러오미 업과져 ᄒᆞ므로 듕원을 범ᄒᆞᆯ 의논을 아니 ᄒᆞ
17면 ᄂᆞ니 과인의 담연(淡然)ᄒᆞᆫ ᄆᆞ옴으로뼈 졍지 ᄇᆞ드이 도라가려 ᄒᆞ면 ᄀᆞᆺ
ᄐᆞ여 잡디 아니코 공교(工巧)히 다릐옴도 업ᄉᆞ리니 임의 만승을 힘뼈
도모치 아니ᄒᆞ며 이윤(伊尹)·녀상(呂尙)을 궁극히 ᄉᆡᆼ각ᄒᆞ랴?"
금·쳑 두 몽괴 감연열복(感然悅服)ᄒᆞ여 ᄇᆡ이하왈(拜而賀曰)
"국군의 셩덕이 여ᄎᆞ이 하날이 엇디 븍두남산(北斗南山)의 부흠과 태
평안낙(太平安樂)의 일월이 광화ᄒᆞ여 경운(景雲)[66]이 흥ᄒᆞ고 경셩(景
星)[67]이 츌ᄒᆞ므로뼈 갑디 아니ᄒᆞ시리잇고? 신등이 흔심경열(欣心慶
悅)ᄒᆞ여 하례ᄒᆞᆯ 바ᄅᆞᆯ 아디 못ᄒᆞ리로소이다. 다만 구튱신(求忠臣)을
필어효ᄌᆞ디문(必於孝子之門)이라 ᄒᆞ샤 졍지 도라가디 아니ᄒᆞ면 그
튱이 홀노 잇기ᄅᆞᆯ 밋디 못ᄒᆞ리라 ᄒᆞ시거니와 딘실(秦室)의 시안공 온
교(溫嶠)ᄂᆞᆫ 모의(母意)ᄅᆞᆯ 거ᄉᆞ려 졀거이안(絶裾而安)ᄒᆞ여 보블환복
(步不還復)ᄒᆞᄃᆡ 국ᄉᆞᄅᆞᆯ 딘심ᄒᆞ니 회 ᄇᆞ죡기로뼈 튱이 업다 못ᄒᆞ올디
18면 라. ᄒᆞ믈며 졍ᄌᆞᄂᆞᆫ 튱년쇼ᄋᆞ(沖年小兒)로 표류ᄒᆞ여 온 거술 군샹(君
上)이 은혜로뼈 과우(過遇)ᄒᆞ샤 머므ᄅᆞ시미 졔게 어려온 복이니 셜ᄉᆞ
그 부모ᄅᆞᆯ 니져 고원(故園)을 ᄉᆡᆼ각디 아니ᄒᆞ여도 블회 되디 아니ᄒᆞ고
국가(國家)의 복(福)과 샤딕(社稷)의 ᄒᆡᆼ(幸)을 니긔여 니ᄅᆞ기 어렵ᄉᆞ
오니 복원 뎐하ᄂᆞᆫ 졍ᄌᆞ 머므ᄅᆞ시믈 범연이 마ᄅᆞ쇼셔."
옹막달이 안쉭이 ᄌᆞ부(自負)ᄒᆞ여 ᄀᆞᆯ오ᄃᆡ
"ᄉᆞ부와 쳑발공은 과ᄒᆞᆫ 말노뼈 과인의 브ᄌᆡ박덕(不才薄德)을 더옥 븟

66 경운(景雲): 태평시대에 나타난다고 하는 상서로운 구름.
67 경셩(景星): 경성. 덕성(德星). 태평시대에 나타난다고 하는 상서로운 별.

그럽게 말나. 태평안낙(太平安樂)의 일월(日月)이 광화(光華)ᄒᆞ여 경셩이 츌ᄒᆞ고 경운이 흥ᄒᆞ미 그 엇더ᄒᆞᆫ 시절이완ᄃᆡ 외람이 몽고 쇼국의 의논홀 ᄇᆡ리오? 과인은 다만 국듕(國中)이 평안키를 취ᄒᆞ여 뎡튱(精忠)을 구ᄒᆞ고 간녕(奸佞)을 믈니치ᄃᆡ 과인의 후ᄂᆞᆫ 과인만도 못홀가 ᄒᆞᄂᆞ니 그윽이 능셩을 밋노라."

ᄒᆞ니 원ᄂᆡ 능셩군 옹달틔[68]ᄂᆞᆫ 막달의 뎨삼ᄌᆡ(第三子)라. 어딘 덕과 ᄆᆞᆰ은 힝실이 농듕(龍中)의 교교(皎皎)오 쳘듕(鐵中)의 징징이니 형뎨 십 인의 읏듬이오 오계군 옹탈블은 싀긔잔인(猜忌殘忍)ᄒᆞ며 음패궁흉(淫悖窮凶)ᄒᆞ여 막달의 관홍(寬弘)홈과 ᄂᆡ도ᄒᆞ니 막달이 깁히 깃거 아니 ᄒᆞ더라. 쳑발·금 두 몽괴 국군(國君)의 말노조ᄎᆞ 후일을 근심ᄒᆞ나 ᄉᆞ쉭디 아니코 다만 "별관의 나아가 경ᄌᆞ롤 보쇼셔." ᄒᆞ며 즉시 퇴ᄒᆞ엿더니 막달의 댱ᄌᆞ 탈블이 병풍 뒤히 숨어 부왕(父王)의 말을 듯고 본ᄃᆡ 달패롤 ᄭᅥ리던 바로 일층 분긔(憤氣) 블 우히 기롬을 더어 이날 밤의 ᄌᆞ긱(刺客)으로 달패롤 딜너 죽이려 ᄒᆞ다가 ᄌᆞ긱이 도로혀 잡힌 ᄇᆡ 되고 말이 ᄌᆞ연 젼ᄒᆞ여 막달의 귀예 들니니 막달이 바야흐로 별관의 나아가 경ᄌᆞ롤 보고ᄌᆞ ᄒᆞ더니 ᄉᆞ랑ᄒᆞ던 ᄋᆞ지 독슈(毒手)의 히롤 바들 번ᄒᆞ믈 드ᄅᆞ미 경히(驚駭)홀 쁜 아니라 골육이 상잔(相殘)ᄒᆞ믈 한심ᄎᆞ악(寒心嗟愕)ᄒᆞ여 일쥬야(一晝夜)롤 상의 누어 우려ᄒᆞ더니 19면 금셜뇌와 쳑발위 입알(入謁)ᄒᆞ여 막달을 위로ᄒᆞ며 죵용이 말ᄉᆞᆷ홀시 쳑발유ᄂᆞᆫ 셰ᄌᆞ롤 맛당이 폐ᄒᆞ염 즉ᄒᆞ다 ᄒᆞ고 금셜뇌ᄂᆞᆫ 더져 아룬 쳬 20면

68 옹달틔: 여기에는 옹달틔로 되어 있으나 이후에는 옹달패로 나옴.

말 거시라 ᄒᆞ거ᄂᆯ 막달이 탄왈(嘆曰)

"탈블노ᄡᅧ 셰ᄌᆞ를 삼으믄 태비(大妃)【막달의 모 목말시라】의 ᄯᅳᆺ이시니 일됴(一朝)의 변치 못ᄒᆯ ᄇᆡ오 탈패로 대ᄉᆞ(大事)를 탁(託)고ᄌᆞ ᄒᆞ믄 과인의 ᄯᅳᆺ이니 텬뉸(天倫)의 ᄌᆞᄋᆡ(慈愛) 그 어나 다ᄅᆞ리오마ᄂᆞᆫ ᄎᆞ마 텬승 왕위로ᄡᅧ 양광(楊廣)【슈(隋) 양뎨(煬帝)의 셩명이라】갓튼 ᄌᆞ를 맛져 종샤(宗社)의 망홈과 신민(臣民)의 원앙(願仰)을 일위디 못ᄒᆯ 거시므로 ᄇᆞ득이 달패로ᄡᅧ 나의 위를 닛고ᄌᆞ ᄒᆞ거니와 셰(勢) 냥닙(兩立)디 못ᄒᆞ여 탈블은 ᄌᆞ연 죽을디니 ᄉᆞ경의 잔인치 아니랴?"

쳑발워 쥰논왈(峻論曰)

"법ᄌᆞ(法者)ᄂᆞᆫ ᄉᆞᄉᆡ(私事) 업거ᄂᆯ 셰ᄌᆡ(世子) 황음패란(荒淫悖亂)ᄒᆞ미 발셔 폐ᄒᆞ미 맛당ᄒᆞᄃᆡ 뎐히(殿下) 오히려 뉴련(留連)ᄒᆞ여 결치 못ᄒᆞ시고 이졔 능셩군을 ᄒᆡᄒᆞᄂᆞᆫ ᄌᆡ 낫타나ᄃᆡ 다ᄉᆞ리기를 ᄉᆡᆼ각디 아니시니 아디 못게이다, 타일(他日)의 종묘(宗廟)로ᄡᅧ 어나 곳의 두려 ᄒᆞ시ᄂᆞ니잇고? 능셩군이 관홍뎡대(寬弘正大)ᄒᆞ고 광명후덕(光明厚德)ᄒᆞ여 듕망(衆望)이 도라간 디 오ᄅᆡ오니 쳥컨ᄃᆡ 셰ᄌᆞ를 ᄎᆡᆨ봉(冊封)ᄒᆞ샤 신민(臣民)의 바라믈 져바리디 마ᄅᆞ쇼셔."

막달이 탄왈(嘆曰)

"ᄉᆞ경의 참연(慘然)ᄒᆞ나 쳑발공의 말이 맛당ᄒᆞ니 모후(母后)긔 죵용이 고ᄒᆞ고 탈블을 폐ᄒᆞ리라."

ᄒᆞᆫᄃᆡ 금셜노ᄂᆞᆫ 후일(後日)을 두려 쥰논(峻論)[69]의 참예치 아니ᄒᆞᄃᆡ 쳑

69 쥰논(峻論): 준론. 특정 사안에 대해 강경하고 준엄한 입장을 취하는 논리.

발유ᄂᆞᆫ ᄌᆡ삼(再三) 국군을 권ᄒᆞ더라. 이ᄯᅴ 탈블이 비록 죄듕(罪中)의 이시나 심복을 곳곳이 두어 군신의 문답을 낫낫치 듯고 궁흉극악(窮凶極惡)ᄒᆞ미 시부ᄌᆞ립(弑父自立)ᄒᆞᆯ 죄ᄅᆞᆯ 타연이 힝ᄒᆞᆯᄉᆡ ᄯᅴ의 막달의 ᄋᆡ희(愛姬) 독발미인의 찬픔(饌品) 가음아ᄂᆞᆫ[70] 시녀 ᄇᆡᆨ화슈ᄂᆞᆫ 탈블의 ᄀᆞ마니 졍을 통ᄒᆞᆫ ᄇᆡ라. 탈블이 독약(毒藥) 일봉(一封)을 ᄇᆡᆨ화슈의게 보ᄂᆡ며 글을 븟쳐 왈

'부왕이 본ᄃᆡ 야심(夜深)ᄒᆞ면 ᄒᆞᆫ 잔 술을 나오시고 취침(就寢)ᄒᆞ시ᄂᆞ니 근간(近間) 년일(連日)ᄒᆞ여 독발미인의 쳐소(處所)의셔 머므시ᄂᆞᆫ디라. 쥬찬(酒饌)을 밧드러 나올 ᄌᆡ 너밧긔 업ᄉᆞ니 이 약으로ᄡᅧ 쥬찬의 화(和)ᄒᆞᆫ즉 구ᄐᆞ여 맛시 변치 아니ᄒᆞᄃᆡ ᄌᆞ연 나의 디원(至願)이 일미 되고 ᄒᆞᆫ번 내 ᄯᅳᆺ을 편즉 몸이 나라 만승(萬乘)을 더위치리니[71] 엇디 녹녹히 븍변(北邊) 몽고국의 쳔승디위(千乘之位)ᄅᆞᆯ 달게 넉이리오? 내 임의 멍에ᄅᆞᆯ 한단(邯鄲)의 머므ᄅᆞ고 ᄉᆞ슴을 듕원의 ᄯᆞᆯ와[72] 쇼졀(小節)을 딕희디 아닐디라. 부왕은 녹녹우졸(碌碌愚拙)ᄒᆞ여 대ᄉᆞ(大事)ᄅᆞᆯ 더브러 도모치 못ᄒᆞᆯ ᄇᆡ오 밧긔 강튱(江充)[73]의 무리 이셔 날을 장ᄎᆞ 죽이고ᄌᆞ ᄒᆞ니 내 어이 녀태ᄌᆞ(戾太子)[74]의 죽으믈 효측ᄒᆞ리오? 비록

---

70 가음아ᄂᆞᆫ: 가음알다. 주관하다.

71 더위치리니: 더위치다. 움켜잡다.

72 ᄉᆞ슴을 듕원의 ᄯᆞᆯ와: 사슴을 중원에서 따라가다. 중원축록(中原逐鹿). 중원에서 패권을 다툰다는 뜻. 책사 괴통이 유방에게 "진나라가 사슴을 놓치면 천하가 다 같이 쫓을 것입니다(秦失其鹿 天下共逐之)."라고 한 데서 나온 말.

73 강튱(江充): 강충. 한 무제 때의 간신. 태자를 모함하다가 죽임을 당함.

74 녀태ᄌᆞ(戾太子): 여태자. 한 무제의 태자 유거. 강충의 모함을 받자 그를 죽이고 자살했음.

22면

효우(孝友)의 죄인이 되나 우후디탄이 업고ᄌᆞ ᄒᆞᄂᆞ니 네 모로미 대ᄉᆞ의 일등 공을 셰오고 일을 비밀이 ᄒᆞ라.'

23면 ᄒᆞ시니 ᄇᆡᆨ화ᄉᆔ 또ᄒᆞᆫ 간일교악(奸逸巧惡)ᄒᆞ며 흉교활냥(凶巧猾狼)ᄒᆞᆫ디라. 탈블의 급ᄒᆞ믈 통할(痛割)ᄒᆞ던 바의 셰ᄉᆡ 이 갓ᄐᆞ니 탈블의 ᄉᆞᆯ미 막달의 죽으ᄆᆡ 달녓ᄂᆞᆫ디라. 딘심(盡心)ᄒᆞ여 ᄯᆡᄅᆞᆯ 엿더니[75] 과연 독발미인이 왕의 심위 깁허 상상(床上)의 잠와(潛臥)ᄒᆞ여시믈 보고 초민(焦悶)ᄒᆞ여 반야(半夜)의 ᄇᆡᆨ화슈ᄅᆞᆯ 블너 쥬찬을 갓촌 후 스ᄉᆞ로 옥ᄇᆡ(玉盃)ᄅᆞᆯ 밧드러 막달의 앏ᄒᆡ 나아가 위로 왈

"문왕(文王)[76]이 셩인(聖人)이샤ᄃᆡ ᄇᆡᆨ읍고(伯邑考)[77]의 고기ᄅᆞᆯ 나오시고 공ᄌᆡ ᄇᆡᆨ어(伯魚)[78]ᄅᆞᆯ 우ᄅᆞ시니 셩인도 역니디통(逆理之痛)을 면치 못ᄒᆞ신 ᄇᆡ오니 이졔 동궁(東宮)의 블초(不肖)ᄒᆞ미 관ᄎᆡ(管蔡)[79]의 더으고 능션군이 셜ᄉᆞ(設使) 동궁의 ᄒᆡᄅᆞᆯ 닙엇셔도 뎐ᄒᆡ(殿下) 텬뉸ᄌᆞᄋᆡ(天倫慈愛)로 신테(身體)ᄅᆞᆯ 어로만져 ᄒᆞᆫ번 우ᄅᆞ시고 동궁을 다ᄉᆞ려 능션의 원ᄉᆞ(冤死)ᄒᆞ믈 보ᄒᆞ나 ᄉᆞᄉᆡᆼ(死生)이 유명(幽明)ᄒᆞ믈 과상(過傷)치 마ᄅᆞ시미 올커ᄂᆞᆯ ᄒᆞ믈며 능셩이 완젼여구(完全如舊)ᄒᆞ고

24면 셰ᄌᆡ(世子) 허믈이 발각ᄒᆞ므로뼈 ᄃᆡ죄(待罪)ᄒᆞ니 뎐ᄒᆡ(殿下) 셜혹(設

75 엿더니: 엿다. '여수다'에서 옴. 엿보다.

76 문왕(文王): 주(周)나라를 세운 무왕의 아버지.

77 ᄇᆡᆨ읍고(伯邑考): 백읍고. 주 문왕의 장자. 은나라에 인질로 가서 죽임을 당하자 아우 발(發)이 이어 무왕이 됨.

78 ᄇᆡᆨ어(伯魚): 백어. 공리. 공자의 아들.

79 관ᄎᆡ(管蔡): 관채. 관숙과 채숙. 주공의 동생들로서, 성왕과 주공의 치세에 '삼감(三監)의 난'을 일으킴.

或) 능셩으로 대ᄉᆞ(大事)ᄅᆞᆯ 탁(託)고ᄌᆞ ᄒᆞᆯ딘ᄃᆡ 쾌히 셰ᄌᆞᄅᆞᆯ 칙봉(冊封)ᄒᆞ시고 동궁의 허믈을 믈시(勿施)[80]코ᄌᆞ ᄒᆞᆯ딘ᄃᆡ 능셩을 평안이 두시고 동궁을 경계ᄒᆞ샤 회과천신(悔過遷善)키ᄅᆞᆯ 당부ᄒᆞ샤 부ᄌᆞ의 정을 온젼이 ᄒᆞ시미 올커ᄂᆞᆯ 엇딘 고로 ᄋᆞ녀ᄌᆞ(兒女子)의 ᄐᆡ(態)ᄅᆞᆯ 디어 간위(肝胃)ᄅᆞᆯ 니울게[81] 한창 ᄒᆞ시ᄂᆞ니잇고? 쳥컨ᄃᆡ 쥬ᄇᆡ(酒杯)ᄅᆞᆯ 딘(進)ᄒᆞ시고 ᄇᆡᆨ우(百憂)ᄅᆞᆯ 믈니쳐 긔운을 손상치 마ᄅᆞ쇼셔.”

막달이 쳥필(聽畢)의 몸을 니러 술을 거후ᄅᆞ고[82] 안쥬ᄅᆞᆯ 맛보며 탄왈(嘆曰)

“국디대ᄉᆞ(國之大事)ᄅᆞᆯ 네 엇디 간예(干預)ᄒᆞ여 이ᄀᆞᆺ치 말만히[83] 구ᄂᆞ뇨? 내 심신이 어득ᄒᆞ니 다시 니ᄅᆞ디 말나.”

이리 니ᄅᆞ며 즉시 것구러디ᄃᆡ 낫빗치 쳥화(青華)[84]ᄅᆞᆯ 씻친 ᄃᆞᆺᄒᆞ거ᄂᆞᆯ 미인이 십분경황(十分驚惶)ᄒᆞ여 ᄲᆞᆯ니 긔운을 므ᄅᆞ니 막달이 희미히 니ᄅᆞᄃᆡ ᄌᆞ셰치 아니코 손으로 가ᄉᆞᆷ을 치며 밧비 모후(母后)ᄅᆞᆯ 쳥ᄒᆞ고 능셩을 브ᄅᆞ라 ᄒᆞ니 미인이 역시 가ᄉᆞᆷ을 두다리며 좌우로 태비(太 25면
妃)ᄅᆞᆯ 뫼셔 오고 능셩군을 쳥ᄒᆞ라 ᄒᆞ더니 홀연 탈블이 칼흘 집고 ᄲᆞᆯ니 드러오ᄃᆡ 살긔(殺氣) 면모(面貌)ᄅᆞᆯ 두로고 흉녕(凶獰)ᄒᆞᆫ 거동이 싀랑(豺狼)의 더은디라. 미인은 심혼이 비월(飛越)ᄒᆞ여 ᄯᅥᆯ기ᄅᆞᆯ 마디 아니ᄒᆞ거ᄂᆞᆯ 막달이 일분디각(一分知覺)이 이셔 상을 두다려 눈강(倫

80 믈시(勿施): 물시. 무효로 돌림.

81 니울게: 니울다. 이울다. 점점 시들다, 점점 쇠약해지다.

82 거후ᄅᆞ고: 거후로다. '가홀오다'에서 옴. 기울이다.

83 말만히: '함부로'라는 뜻으로 보임. 규장각본에는 '말마니'로 되어 있음.

84 청화(青華): 청화. 중국에서 나는 푸른 물감의 한 가지.

綱)[85]을 멸졀(滅絶)ᄒᆞᆫ 블초역ᄌᆡ(不肖逆者)라 크게 ᄭᅮ딧고 명(命)이 딘(盡)ᄒᆞ니 어시의 야ᄉᆡᆨ(夜色)이 음음(陰陰)ᄒᆞ여 슈운(愁雲)이 발발(勃發)ᄒᆞ고 월ᄉᆡᆨ(月色)이 무광(無光)ᄒᆞᆫᄃᆡ 졸연(猝然)이[86] 뇌위(雷雨) 딘동(震動)ᄒᆞ며 벽녁화(霹靂火) ᄒᆞᆫ 덩이 탈블의 ᄉᆞᆨ뒤롤 디나 먼니 셧ᄂᆞᆫ ᄇᆡᆨ화슈롤 분쇄(粉碎)ᄒᆞ니 탈블이 비록 ᄉᆡ부(弑父)ᄒᆞᄂᆞᆫ 대악(大惡)이나 목젼(目前)의 이 갓ᄐᆞ믈 보ᄆᆡ 혼ᄇᆡᆨ(魂魄)이 경월(驚越)ᄒᆞ여 ᄊᆞ히 뒤쳐져[87] 인ᄉᆞ롤 모로고 좌위(左右) 모다 혼도(昏倒)ᄒᆞ엿더니 목발태비와 모든 비빈(妃嬪)이 니ᄅᆞᆫ 후 탈블이 인ᄉᆞ롤 출혀 오히려 계교롤

26면 일치 말디라 ᄒᆞ여 막달의 시톄(屍體)롤 붓드러 일댱(一場)을 ᄋᆡ통(哀痛)ᄒᆞ고 댱검(長劍)을 빗기 잡아 고셩대호(高聲大呼) 왈

"블공ᄃᆡ쳔디슈(不供戴天之讐)롤 쥬멸(誅滅)치 못ᄒᆞᆫ 젼(前)은 텬상(天上)의 슬프믈 다ᄒᆞ디 못ᄒᆞᆯ 거시오. 또 졔공ᄌᆡ(諸公子) 상녜(喪禮)롤 ᄃᆡᆨ희디 못ᄒᆞ리니 모로미 각각 칼흘 ᄎᆞ고 드러와 내 녕(令)을 쥰(遵)ᄒᆞ라."

몽고 등이 곡졀(曲折)을 아디 못ᄒᆞ여 ᄒᆞᆫ갓 창황망극(蒼黃罔極) 듕 부왕이 블의(不意)예 인ᄉᆞ(人事) 모로시ᄂᆞᆫ 연고(緣故)롤 무ᄅᆞ며 힝혀 일분동졍(一分動靜)이 이셔도 ᄂᆡ국졔의(內局諸醫)롤 블너 약을 ᄡᅧ보믈 니ᄅᆞ고 목발후ᄂᆞᆫ 머리롤 브드이져 피나며 가ᄉᆞᆷ을 두다려 살이 믜여디도록 슬허 급히 죽고ᄌᆞ ᄒᆞ거ᄂᆞᆯ 탈이 졔의(諸醫)롤 블너 약을 ᄡᅳ

85 눈강(倫綱): 윤강. 오륜(五倫)과 삼강(三綱)을 아울러 이르는 말.

86 졸연(猝然)이: 갑작스럽게.

87 뒤쳐져: 뒤쳐지다. 뒤집혀서 젖혀지다.

다가 혹ᄌᆞ 화ᄐᆡ(華佗)·편쟉(扁鵲) ᄀᆞᆺᄐᆞᆫ ᄌᆡ 이셔 회ᄉᆡᆼ(回生)ᄒᆞᆯ가 두려
【가위 쳔참만뉵(千斬萬戮)이라】 발셔 ᄒᆞᆯ일업시 되여심과 독발미인이
시위(侍衛)ᄒᆞᆫ ᄊᆡ 이 변이 날 ᄡᆞᆫ 아니라 그 시녀 ᄇᆡᆨ화쉬 여ᄎᆞ여ᄎᆞ 텬별
을 닙으미 젼혀 독발녀의 식인 ᄇᆡ라 ᄒᆞ여 밀위니 독발미인이 왕의 졸 27면
(卒)ᄒᆞ므로 망망(茫茫)이 뒤흘 조ᄎᆞ며 ᄒᆞᆯᄒᆞᆯ(忽忽)이 ᄌᆞ최ᄅᆞᆯ ᄯᆞ로고ᄌᆞ
ᄒᆞ던 바의 탈블의 여ᄎᆞ흉언(如此凶言)을 드ᄅᆞᄆᆡ ᄉᆞ라 능히 원억(冤
抑)ᄒᆞ믈 신셜(伸雪)ᄒᆞᆯ 길히 업ᄂᆞᆫ디라. ᄎᆞᆯ하리 죽어 녕ᄇᆡᆨ(靈魄)이 탈
블의게 음보(陰報)코ᄌᆞ ᄒᆞ여 이에 디텬위셔(指天爲誓)ᄒᆞ미 왕을 ᄒᆡ
ᄒᆞ미 업셰라 ᄒᆞ고 ᄌᆞ경이ᄉᆞ(自剄而死)ᄒᆞ니 일실디ᄂᆡ(一室之內)의 셰
죽엄이 빗겻더라. 탈블이 독발녀의 죽으믈 도로혀 싀훤이 넉이ᄃᆡ 모
든 몽고의 의심을 업시코ᄌᆞ 좌우ᄅᆞᆯ 호령ᄒᆞ여 독발녀의 죽엄을 ᄂᆡ여다
가 버히라 ᄒᆞ고 일변 져의 심복제신(心腹諸臣)을 명ᄒᆞ여 궐졍(闕庭)
을 호위ᄒᆞᆫ 후 왕의 상ᄉᆞ(喪事)ᄅᆞᆯ 의논ᄒᆞ여 다ᄉᆞ리게 ᄒᆞ니 막달의 졔
ᄌᆡ(諸子) 이에 다 모다시ᄃᆡ ᄒᆞᆯ노 달패 니ᄅᆞ디 못ᄒᆞ믄 탈블이 쳐음의
브ᄅᆞ라 가던 시ᄌᆞ(侍者)ᄅᆞᆯ 죽이고 교ᄌᆞᄅᆞᆯ ᄆᆡᆫᄃᆞ라 막달의 유셔(遺書)
라 ᄒᆞᄃᆡ
'평일의 그ᄅᆞᆺ 능셩군을 ᄉᆞ랑ᄒᆞ여 셰ᄌᆞᄅᆞᆯ 봉코ᄌᆞ ᄒᆞ엿더니 다시 ᄉᆡᆼ각 28면
ᄒᆞᄆᆡ 폐댱닙유(廢長立幼)ᄂᆞᆫ 국디망애(國之亡也)오 겸ᄒᆞ여 능셩이 허
믈이 듕ᄒᆞ여 거ᄌᆞᆺ ᄌᆞᄀᆡᆨ의 ᄒᆡᄅᆞᆯ 바들 번ᄒᆞ롸 ᄒᆞ고 셰ᄌᆞᄅᆞᆯ ᄒᆡ코ᄌᆞ ᄒᆞ미
흉교(凶巧)ᄒᆞᄆᆡ 밋ᄎᆞ니 그 아디 못ᄒᆞ여실 제ᄂᆞᆫ 셰ᄌᆞᄅᆞᆯ 극악(極惡)ᄒᆞᆫ
가 넉엿더니 이졔 졍녕이 니ᄅᆞᄂᆞᆫ ᄌᆡ 잇거ᄂᆞᆯ 셰ᄌᆞ의 ᄋᆡᄆᆡᄒᆞ믈 니긔디
못ᄒᆞᆯ디라. 부ᄌᆞ의 졍을 버혀 능셩을 ᄉᆞ샤(賜死)ᄒᆞ고 셰ᄌᆞᄅᆞᆯ 위(位)예
닙ᄒᆞ믈 니ᄅᆞ노라.'

ᄒᆞ여 원융대댱으로 문을 막아 능셩을 드리디 말나 ᄒᆞ니 ᄒᆡ쳔몽고국이 비록 녜의(禮儀)를 아디 못ᄒᆞ나 막달이 신민을 덕으로 교화ᄒᆞ고 티국(治國)을 법으로 ᄒᆞ여 다른 흉노와 잠간 다ᄅᆞ던디라. 국군(國君)이 일셕(一夕)의 병 업시 망ᄒᆞ믈 망극ᄒᆞ여 부모상(父母喪)의 감치 아니ᄒᆞ며 능셩이 원억히 죄의 나아가고 황음포한(荒淫暴悍)ᄒᆞᆫ 셰ᄌᆞ 위예 닙
29면 ᄒᆞ믈 실망ᄒᆞ여 민심이 흉흉ᄒᆞ니 쳑발위 탈블의 시부흉역디의(弑父凶逆之意)를 슷치고 분연통원(奮然痛冤)ᄒᆞ여 슈하댱졸(手下將卒)과 호위댱 금셜구로 더브러 바로 궐졍(闕庭)을 범ᄒᆞ여 탈블을 죽이고 능셩을 븟드러 닙위(立位)ᄒᆞ믈 결단ᄒᆞ엿더니 태부 금셜뇌 알고 대경ᄒᆞ여 대ᄉᆞ(大事)를 소리(率爾)히 못ᄒᆞᆯ 줄노 욱인ᄃᆡ 쳑발위 ᄌᆞ단(自斷)치 못ᄒᆞ고 경공ᄌᆞ를 보아 ᄎᆞᄉᆞ(此事)를 니ᄅᆞ고 계교를 므ᄅᆞ니 공ᄌᆡ 개연(慨然)[88]이 넉여 니ᄅᆞᄃᆡ

“일을 급히 노보ᄒᆞ다가 혹ᄌᆞ 블합(不合)ᄒᆞᆫ즉 대역(大逆)의 일홈을 면치 못ᄒᆞ고 능셩을 쵹슈(促壽)ᄒᆞ미 되디 아니랴?”

쳑발위 신연(信然)이 ᄭᆡ다라 샤례ᄒᆞ고 도라와 반야(半夜)의 능셩을 닛글고 경공ᄌᆞ 머므ᄂᆞᆫ 별쳐(別處)의 니ᄅᆞ러 국ᄉᆡ 망극ᄒᆞ믈 젼ᄒᆞ며

“능셩은 셰ᄌᆞ의 명을 슌ᄒᆞ여 죽기를 기다리노라.”

ᄒᆞᄃᆡ 공ᄌᆡ 구ᄐᆞ여 말이 업ᄉᆞ니 쳑발위 눈믈을 흘니고 됴흔 계교를 뭇거ᄂᆞᆯ 공ᄌᆡ 탄왈(嘆曰)

30면 “튱년용ᄌᆡ(沖年庸者) 만니타국의 뉴락(流落)[89]ᄒᆞ나 능히 도라가믈 뜻

88 개연(慨然)이: 개연히. 억울하고 원통하게, 몹시 분하게.

89 뉴락(流落): 유락. 자기 고향이 아닌 고장에서 사는 일.

갓디 못ᄒᆞ거든 엇디 별이(別異)ᄒᆞᆫ 디략(智略)이 이셔 일국대ᄉᆞ(一國
大事)ᄅᆞᆯ 참예ᄒᆞ리오? 연이나 딘헌공(晋獻公)의 두 ᄋᆞᄃᆞᆯ[90]노 의논ᄒᆞᆯ딘
ᄃᆡ 신ᄉᆡᆼ(申生)은 안ᄒᆡ 이셔 죽고 듕이(重耳)ᄂᆞᆫ 밧긔 잇다가 나라ᄒᆞᆯ 회
복ᄒᆞ니 ᄒᆞ믈며 셰ᄌᆡ 능셩으로 형뎨디되(兄弟之道) 변ᄒᆞ엿고 부ᄌᆞ의
대륜(大倫)을 긋쳐시니 죽으라 ᄒᆞ미 블의악ᄉᆡᆯ(不義惡事)딘ᄃᆡ 쌜니
몸을 감초와 셩명(性命)을 보젼ᄒᆞ고 ᄯᅩ 부왕을 싀(弑)ᄒᆞᆯ시 분명ᄒᆞᆯ딘
ᄃᆡ 죄(罪)ᄅᆞᆯ 므ᄅᆞ미 늣디 아닌디라. 이ᄊᆡ의 궁졍을 범코ᄌᆞ ᄒᆞ여 조왕
의 시톄 졔환공(齊桓公)의 나리지 아니리라."
ᄒᆞᆫᄃᆡ 쳑발위 맛당ᄒᆞ믈 일ᄏᆞᆺ고 이 밤의 능셩을 변복(變服)ᄒᆞ여 촌가
쳔한(村家賤漢)의 모양으로 급히 심산궁곡(深山窮谷)의 몸을 ᄀᆞᆷ초게
ᄒᆞ나라. 시시(是時)의 탈블이 아비ᄅᆞᆯ 죽이고 ᄇᆡᆨ화슈와 독발시의 시신
(屍身)을 ᄂᆡ여 버히라 ᄒᆞ니 ᄇᆡᆨ화슈ᄂᆞᆫ 임의 쇄골분신(碎骨紛身)ᄒᆞᆫ 죽
엄이라 슈고로울 거시 업ᄉᆞᄃᆡ 다만 독발시의 머리ᄅᆞᆯ 버히려 ᄒᆞᆫᄌᆞᆨ 무 31면
ᄉᆡ(武士) 칼흘 움ᄌᆞᆨ이디 못ᄒᆞ여 븟친 ᄃᆞ시 셧시니 이 말노ᄡᅧ 탈블의
게 고ᄒᆞᆫᄃᆡ 몽고 듕의 혹ᄌᆞ 탈블을 간ᄒᆞ리 이셔 션왕의 통희(寵姬)ᄅᆞᆯ
분명치 아닌 죄로ᄡᅧ 죽엄을 다시 버히미 블가타 ᄒᆞ니 탈블이 짐ᄌᆞᆺ 위
엄을 뵈고ᄌᆞ ᄒᆞ여 젼일 능셩으로 졍의(情誼) ᄌᆞ별(自別)턴 몽고 다ᄉᆞᆺ
ᄉᆞᆯ ᄒᆞᆫ칼ᄒᆡ 버히니 둘흔 막달의 아이오 셰흔 졔 아이니 ᄉᆞ왕ᄌᆞ(四王
子)·칠왕ᄌᆞ(七王子)·구왕ᄌᆡ(九王子)러라. 이 다ᄉᆞᆺᄉᆡ 죄 독발녀와 갓
다 ᄒᆞ고 친히 칼흘 드러 무ᄉᆞᄅᆞᆯ 참(斬)ᄒᆞᆫ 후 바로 독발녀의 머리ᄅᆞᆯ 버

90 딘헌공(晋獻公)의 두 ᄋᆞᄃᆞᆯ: 진헌공의 두 아들 신생과 중이. 신생은 헌공의 애첩 여희의 모함을 받고 자살했으나 중이는 19년간 나라 밖을 떠돌다 돌아와서 왕위에 올랐음.

히려 ᄒᆞᆯᄉᆡ 공듕의셔 원곡(怨哭)을 발ᄒᆞ며 ᄭᅮ디져 왈

"싀부(弑父)ᄒᆞᄂᆞᆫ 역ᄌᆞ(逆子) 탈블아! 네 능히 쳔승디위(千乘之位)ᄅᆞᆯ 니으랴? ᄇᆡᆨ화슈ᄂᆞᆫ 텬벌을 닙으ᄃᆡ 역ᄌᆡ ᄒᆞᆯ노 면ᄒᆞ믄 그 명이 아ᄃᆡᆨ 딘치 아니미오 국운(國運)이 다닷디[91] 아니미어ᄂᆞᆯ 믁믁(默默)ᄒᆞ신 하날이 ᄉᆞᆯ피 32면 시미 업ᄂᆞᆫ가 ᄒᆞ여 가지록 궁흉극악(窮凶極惡)을 긋치디 아닛ᄂᆞᆫ다?"

ᄒᆞ며 양ᄉᆞ쥬셕(揚沙走石)ᄒᆞ여 탈블의게 어ᄌᆞ러이 씻치니 탈블이 터럭이 숫그러[92] ᄒᆞᆫ 듕 팔히 져려 능히 독발시의 머리ᄅᆞᆯ 버히디 못ᄒᆞ고 다만 요졍(妖精)이라 ᄒᆞ여 먼니 ᄭᅳ어 ᄂᆡ치라 ᄒᆞ니 져의 친족이 거두어 쟝(葬)ᄒᆞ니라. 탈블이 궁의 도라와 아비ᄅᆞᆯ 입념(入殮)ᄒᆞ여 셩복(成服)을 디닌 후 위(位)예 즉(卽)ᄒᆞ고 밧비 탈패ᄅᆞᆯ 업시코ᄌᆞ ᄒᆞ엿더니 ᄯᅳᆺ 아닌 달패 도쥬(逃走)ᄒᆞ여 거쳐ᄅᆞᆯ 모ᄅᆞᆫ다 ᄒᆞ거ᄂᆞᆯ 분노ᄒᆞ믈 니긔디 못ᄒᆞ여 능셩의 쳐ᄌᆞᄅᆞᆯ ᄒᆞᆷ긔 박살코ᄌᆞ ᄒᆞ니 목발휘 ᄋᆡ걸ᄒᆞ여 타일의 능셩을 잡아 죽일디언졍 규리쇼져(閨裡小姐)와 강보치ᄌᆡ(襁褓稚子) 호발도 범죄 업ᄉᆞ믈 ᄀᆞᆺ초 베픈ᄃᆡ 탈블이 목발시ᄅᆞᆯ 한미라 ᄒᆞ여 공경 승슌(承順)ᄒᆞ미 아니라 젼일 막달이 져ᄅᆞᆯ 폐코ᄌᆞ ᄒᆞᆯ 졔 목발시의 33면 일편ᄌᆞᄋᆡ(一片慈愛)ᄅᆞᆯ 힘닙어 셰ᄌᆞ위ᄅᆞᆯ 보젼(保全)ᄒᆞ엿다가 금일(今日) ᄯᅳᆺ을 일우ᄆᆡ 오히려 감격ᄒᆞᆫ 의ᄉᆡ 이셔 그 비ᄂᆞᆫ 바ᄅᆞᆯ 아니 듯디 못ᄒᆞᆯ디라. 능셩의 쳐ᄌᆞᄅᆞᆯ 샤ᄒᆞ여 궁옥(宮獄)의 엄슈(嚴囚)ᄒᆞ고 능셩을 ᄎᆞᄌᆞ믈 기다려 쳐치ᄒᆞ리라 ᄒᆞ니 목발시 만분다ᄒᆡᆼ(萬分多幸)ᄒᆞᆫ 듕 져의 궁흉극악(窮凶極惡)을 목도(目睹)ᄒᆞᄆᆡ 젼일 브졀업시 대ᄉᆞ의 간

91 다닷디: 다든다. 이르다, 도달하다.

92 숫그러: 숫그리다. 곤두세우다.

예ᄒᆞ여 종ᄉᆡ 그ᄅᆞᆺ될 바ᄅᆞᆯ 쳔만 뉘웃ᄎᆞ나 뼈곰 다ᄅᆞᆫ 계괴 업ᄉᆞ니 출하
리 분(忿)을 ᄎᆞᆷ고 노(怒)ᄅᆞᆯ 셔리담아 흉의(凶意)ᄅᆞᆯ 어긔디 말며 ᄌᆞᄋᆡ
(慈愛)ᄅᆞᆯ 젼갓치 ᄒᆞ다가 ᄉᆞ셰(事勢)ᄅᆞᆯ 보아 흉인(凶人)을 업시ᄒᆞ고
능셩을 ᄎᆞᄌᆞ 국가ᄅᆞᆯ 평안코ᄌᆞ ᄒᆞ더라. 이ᄯᅢ 탈블이 쳑발유ᄅᆞᆯ 믜워ᄒᆞ
미 능셩으로 일반이로ᄃᆡ 아비 통우(寵遇)ᄒᆞ던 대신을 일시의 참뉵(斬
戮)디 못ᄒᆞ여 아딕 분ᄒᆞ믈 ᄎᆞᆷ고 죄과ᄅᆞᆯ 엿더니 탈블의 ᄉᆞ부 알뉼ᄃᆡ
본ᄃᆡ 쳑발유와 혐의(嫌疑) 잇더니 당금의 ᄠᅳᆺ을 맛쳐 ᄒᆡ홀 ᄭᅬᄅᆞᆯ 일우
미 어렵디 아닌디라. 이의 공교ᄒᆞᆫ 노ᄅᆡᄅᆞᆯ 디어 심복(心腹)으로 ᄒᆞ여 34면
곰 길거리의 ᄋᆞ동(兒童)을 ᄀᆞᄅᆞ쳐 브ᄅᆞ게 ᄒᆞ고 ᄯᅩ 쳑발유의게 득죄ᄒᆞ
여 도망ᄒᆞᆫ 노ᄌᆞ(奴子) ᄇᆡ울노 ᄒᆞ여곰 여ᄎᆞ여ᄎᆞ 고변(告變)ᄒᆞ라 ᄒᆞᆫᄃᆡ
ᄇᆡ울이 쳑발위 업ᄉᆞ면 졔 긔탄(忌憚)이 업ᄉᆞᆯ ᄇᆡ므로 알뉼ᄃᆡ의 다ᄅᆡ믈
드러 즉시 고변ᄒᆞᆯᄉᆡ '쳑발위 취군모병(聚軍募兵)ᄒᆞ여 신군(新君)을
업시ᄒᆞ고 별관의 잇ᄂᆞᆫ 졍공ᄌᆞᄅᆞᆯ 셰워 븍변(北邊) 삼쳔여리디방(三千
餘里之方)을 혼군(昏君)의 손의 망ᄒᆞ여 남의게 아이디 아니케 ᄒᆞᆫ다.'
ᄒᆞ엿거ᄂᆞᆯ 탈블이 바야흐로 쳑발유ᄅᆞᆯ 삼키고ᄌᆞ ᄒᆞ던 ᄎᆞ 동요(童謠)의
슈상ᄒᆞ믈 십분 의아(疑訝)ᄒᆞ더니 밋 ᄇᆡ울의 고변ᄒᆞ믈 드ᄅᆞᄆᆡ ᄒᆞᆫ갓 쳑
발유ᄅᆞᆯ 죽일 ᄆᆞ음ᄲᅮᆫ이리오? 그 삼족(三族)을 니코ᄌᆞ[93] ᄒᆞᄂᆞᆫ디라. 일시
의 위ᄉᆞ(衛士)[94]ᄅᆞᆯ 발ᄒᆞ여 쳑발유와 별쳐(別處)의 잇ᄂᆞᆫ 졍ᄌᆞᄅᆞᆯ 아오로
잡으라 ᄒᆞ며 ᄯᅩ 젼일 쳑발유와 친ᄒᆞ던 ᄌᆞᄅᆞᆯ 일변(一邊) 하옥엄슈(下 35면
獄嚴囚)ᄒᆞ라 ᄒᆞ니 이 가온ᄃᆡ 태부 금셜노 형뎨와 문무졔관(文武諸官)

93 니코ᄌᆞ: 닛다. 걸다.

94 위ᄉᆞ(衛士): 위사. 호위하는 신하.

이 잡히믈 면치 못ᄒᆞ니라.

ᄎᆞ시(此時) 쳑발위 능셩을 먼니 ᄀᆞᆷ초고 탈블의 무도ᄒᆞ미 날노 궁극(窮極)ᄒᆞ믈 보ᄆᆡ 분개ᄒᆞ미 능히 슉식(宿食)을 일우디 못ᄒᆞ며 션왕(先王)을 츄모(追慕)ᄒᆞ고 샤ᄃᆡᆨ(社稷)을 근심ᄒᆞᄆᆡ 간장의 죵괴 일고 밧그로 울기ᄅᆞᆯ 마디 아니ᄒᆞ니 졍공ᄌᆡ 그 튱의(忠義)ᄅᆞᆯ ᄃᆡᄒᆞ여 븍변ᄒᆡ외(北邊海外)의 여ᄎᆞ뎡튱(如此精忠)이 이시믈 아ᄅᆞᆷ다이 넉이더라. 일일은 졸연이 슈ᄇᆡᆨ(數百) 갑ᄉᆡ(甲士) 집을 에워ᄡᆞ고 나명(拿命)을 젼ᄒᆞ며 쳑발유의 대도독(大都督) 병부(兵符)ᄅᆞᆯ 앗고 공ᄌᆞᄅᆞᆯ 아오로 착거(捉去)ᄒᆞ려 ᄒᆞᄂᆞᆫ디라. 공ᄌᆡ 비록 슉셩(夙成)ᄒᆞ미 범ᄋᆞ(凡兒)와 ᄂᆡ도ᄒᆞ나 그 나힌족 초팔튱년(初八沖年)이라 엇디 놀나ᄂᆞᆫ 긔ᄉᆡᆨ이 업ᄉᆞ리오마ᄂᆞᆫ 오히려 안ᄉᆡᆨ(顔色)을 블변(不變)ᄒᆞ고 단연브동(端然不動)ᄒᆞ여 졍셩문디(正聲問之) 왈

“쳑발댱군은 ᄉᆡᆼ살(生殺)이 오히려 그 님군긔 ᄆᆡ엿거니와 나ᄂᆞᆫ 대국으로조ᄎᆞ 우연이 표류(漂流)ᄒᆞ여 이에 니ᄅᆞᆫ ᄇᆡ니 기실은 몽고국 빈ᄀᆡᆨ(賓客)이라. 국왕의게 간셥ᄒᆞ미 업시 엇디 위ᄉᆞ(衛士)ᄅᆞᆯ 발ᄒᆞ여 잡아가믈 그 나라 신ᄌᆞ(臣子)와 ᄀᆞᆺ치 ᄒᆞ리오? 국왕이 비록 실덕실녜(失德失禮)ᄒᆞ여 이 거죄(擧措) 이시나 그 신하 된 ᄌᆡ 보과습유(補過拾遺)의 면졀졍징(面折廷爭)[95]ᄒᆞᄂᆞᆫ 도ᄅᆞᆯ 아디 못ᄒᆞ고 ᄒᆞᆫ갓 승슌(承順)ᄒᆞ여 아쳠ᄒᆞ미 만셰의 블튱(不忠)을 면치 못ᄒᆞ리라. 뭇ᄂᆞ니 하고(何故)로 쳑발댱군과 날을 ᄌᆞᆸ으라 ᄒᆞ더뇨?”

36면

95 면졀졍징: 면절정쟁(面折廷爭). 임금의 면전에서 직언하고 잘못을 따지는 것.

셜파(說罷)의 늠연뎡식(凜然正色)ᄒᆞ니 그 긔상(氣像)의 한엄(寒嚴)ᄒᆞ미 사ᄅᆞᆷ으로 ᄒᆞ여곰 쳠망일견(瞻望一見)의 외구국튝(畏懼跼縮)ᄒᆞ여 숨을 크게 못 ᄒᆞᆯ디라. 몽고 디방이 비록 녕한흉댱(佞悍凶壯)ᄒᆞ나 졍공ᄌᆞ의 신명(神明)ᄒᆞ미 요슌디심(堯舜之心)ᄒᆞ며 법문왕디덕(法文王之德)ᄒᆞ믈 우러러보건ᄃᆡ 황홀긔이(慌惚奇異)ᄒᆞ여 ᄇᆡ눌의 고변이 쳑발유ᄅᆞᆯ 함디깅참(陷地坑塹)ᄒᆞ믈 ᄭᆡ닷디 못ᄒᆞ고 딘실노 ᄎᆞ인을 놉혀 몽고국의 쥬(主)ᄅᆞᆯ 삼을 ᄯᅳᆺ이 용츌(聳出)ᄒᆞᄂᆞᆫ디라. 위샤 윤출뵈 궤이ᄃᆡ왈(跪而對曰) 37면

"군명(君命)이 엄ᄒᆞ므로 밋쳐 곡졀을 베프디 아녓더니 이졔 나디 므ᄅᆞ시믈 엇디 밧드러 고치 아니리잇고? 쳑발댱군의 노ᄌᆞ ᄇᆡ울이 여ᄎᆞ여ᄎᆞ(如此如此) 고변ᄒᆞᄆᆡ 국군(國君)이 딘노(震怒)ᄒᆞ시미니 쳑발공과 공ᄌᆡ ᄒᆞᆫ번[96] 엄위디디(嚴威之地)ᄅᆞᆯ 님ᄒᆞ신ᄌᆞᆨ 여러 말 므ᄅᆞ미 업시 셩명(性命)이 위ᄐᆡᄒᆞ실디라. 스ᄉᆞ로 원ᄒᆞ여 면ᄒᆞ실 도리 이실딘ᄃᆡ 위ᄉᆡ 공ᄌᆞᄅᆞᆯ 위ᄒᆞ여 ᄒᆞᆫ번 죽기ᄅᆞᆯ 사양치 아니리이다."

쳑발위 딘목녀셩(瞋目厲聲) 왈

"소왕(昭王)[97]이 훙(薨)ᄒᆞᄆᆡ 악의(樂毅)[98] 반ᄒᆞ고 태ᄌᆞ(太子) ᄉᆞ인(舍人)[99]을 벌ᄒᆞᄆᆡ 상앙(商鞅)이 죄의 죽으미 되엿거니와 나의 젹심단튱(赤心丹忠)이 일월의 ᄢᅦ여 실노 신여인(神與人)의 붓그럽디 아니ᄒᆞ

96 ᄒᆞᆫ번: 규장각본에는 'ᄒᆞᆫ번 ᄒᆞᆫ번'으로 되어 있음.

97 소왕(昭王): 전국시대 연나라 소왕.

98 악의(樂毅): 전국시대 연나라 소왕의 대장군. 소왕이 죽고 혜왕이 즉위 후 악의가 왕이 되려 한다는 모함을 듣고 그를 의심하자 조나라로 망명함.

99 ᄉᆞ인(舍人): 사인. 전국시대 및 한나라 초에 왕이나 귀인들이 개인적으로 둔 벼슬.

ᄃᆡ 이윤(伊尹)의 태갑(太甲)을 훈(訓)ᄒᆞᆷ을[100] ᄇᆡ호디 못ᄒᆞ고 곽광(霍
38면 光)의 폐혼닙명(廢昏立明)ᄒᆞᄂᆞᆫ[101] 튱셩(忠誠)을 밋디 못ᄒᆞ여 싀부역
ᄌᆞ(弑夫逆子)ᄅᆞᆯ 디금(至今) 머므럿ᄂᆞ니 이제 ᄇᆡ울 역뇌(逆奴) 블과
알율ᄃᆡ로 더브러 흉계(凶計)ᄅᆞᆯ ᄒᆡᆼ(行)ᄒᆞ여 오날ᄂᆞᆯ 변고(變故)의 밋쳣
거니와 내 본ᄃᆡ 종샤(宗社)ᄅᆞᆯ 위ᄒᆞ고 역ᄌᆞ(逆子)ᄅᆞᆯ 위치 아닛ᄂᆞ니 엇
디 나명(拿命)을 슌(順)ᄒᆞ리오?”

셜파(說罷)의 대도독 병부(兵符)ᄅᆞᆯ 도로 아ᄉᆞ 요하(腰下)의 ᄇᆡᆺ기ᄎᆞ고
븍을 울녀 슈하(手下) 댱졸(將卒)을 모화 호령왈(號令曰)

“오날ᄂᆞᆯ 대ᄉᆞ(大事)ᄅᆞᆯ 도모(圖謀)ᄒᆞᄆᆡ 일시역명(一時逆名)을 면(免)
치 못ᄒᆞ려니와 젼혀 샤딕(社稷)을 위ᄒᆞ며 웅시ᄅᆞᆯ 위ᄒᆞ미니 탈블 역ᄌᆞ
ᄅᆞᆯ 버힌 후의 아국인민(我國人民)이 나의 튱의(忠義)ᄅᆞᆯ 알니니 아ᄃᆡ
역적(逆賊) 두 ᄌᆞ(字)ᄅᆞᆯ 샤양(辭讓)치 말고 각각(各各) 부모쳐ᄌᆞ(父母
妻子)ᄅᆞᆯ 먼니 옴긴 후 일졔히 안양 회현관으로 나아와 나의 녕(令)을
쥰(遵)ᄒᆞ라.”

졔댱(諸將)이 ᄇᆡ복쳥녕(拜伏聽令)ᄒᆞ고 위ᄉᆞ로브터 집을 에워ᄡᆞᆺ던 갑
39면 ᄉᆡ 다 원죵(願從)ᄒᆞᄂᆞᆫ 듕(中) 좌영도독(左營都督) 윤츌복은 위샤 윤
츌보의 형(兄)이러니 이에 와 동심합녁(同心合力)ᄒᆞ여 싀부역ᄌᆞ(弑
父逆子)ᄅᆞᆯ 버히기로 ᄆᆡᆼ셰(盟誓)ᄒᆞ며 일변(一邊) 군무(軍務)ᄅᆞᆯ ᄎᆞᆯ히니

---

100 이윤(伊尹)의 태갑(太甲)을 훈(訓)ᄒᆞᆷ을: 은나라 재상 이윤은 태갑이 탕왕의 정치를 본받도록 노력함. 태갑이 고치지 않자 동궁으로 추방했다가 개과천선한 뒤에 다시 황제로 맞아들임.

101 곽광(霍光)의 폐혼닙명(廢昏立明)ᄒᆞᄂᆞᆫ: 곽광은 한나라 무제, 소제, 선제 때의 대장군, 소제 사후 즉위한 창읍왕이 음란하여 그를 폐하고 선제를 세움.

쳔여 간 대회(大戶) 터질 ᄃᆞᆺᄒᆞ더라. 이젹의 탈블이 두 번 위샤ᄅᆞᆯ 보ᄂᆡ
ᄃᆡ 위ᄉᆡ ᄒᆞᆫ갈ᄀᆞᆺ치 일당이 되여 몬져 가권(家眷)을 먼니 ᄎᆡ오고 미조
ᄎᆞ 쳑발유ᄅᆞᆯ 조ᄎᆞ니 쳑발위 위셰(威勢) 대딘(大振)ᄒᆞᄆᆡ 시ᄀᆡᆨ(時刻)으
로 궐졍(闕庭)을 범(犯)ᄒᆞ여 탈블을 버히고ᄌᆞ ᄒᆞ나 오히려 알율ᄃᆡ의
대군을 당치 못ᄒᆞᆯ ᄇᆡᆫ 고로 잠간 회현관의 머므러 군ᄉᆞᄅᆞᆯ 조련(調練)
ᄒᆞ며 용댱ᄆᆡᆼᄉᆞ(勇將猛士)ᄅᆞᆯ 더 모화 알율ᄃᆡᄅᆞᆯ 몬져 죽이고 탈블을 업
시ᄒᆞ여 위ᄐᆡᄒᆞ미 업고ᄌᆞ ᄒᆞᄆᆡ 밧비 군긔(軍旗)ᄅᆞᆯ 발ᄒᆞ여 안양 회현관
으로 향ᄒᆞᆯᄉᆡ 졍공ᄌᆞᄅᆞᆯ 편ᄒᆞᆫ ᄆᆞᆯ긔 올녀 져의 쳐ᄌᆞ(妻子)와 ᄒᆞᆷ긔 ᄒᆡᆼᄒᆞ
믈 니ᄅᆞ고 져ᄂᆞᆫ 졔댱(諸將)으로 더브러 뒤ᄒᆡ 쳐져 츄병(追兵)을 막으
며 나아가니 일노조ᄎᆞ 졍공ᄌᆡ 위ᄐᆡᄒᆞ믈 면ᄒᆞ니라. 40면

ᄎᆞ시(此時) 탈블이 쳑발유의 반(叛)ᄒᆞ믈 듯고 밧비 군을 발ᄒᆞ여 알율
ᄃᆡ로 대댱(大將)을 삼고 졔 스ᄉᆞ로 후군(後軍)이 되여 쳑발유ᄅᆞᆯ ᄯᆞᆯ
올ᄉᆡ 쳑발유의 용무(勇武)ᄂᆞᆫ 당셰(當世)의 희한(稀罕)ᄒᆞ므로 ᄒᆞᆫ 살
노 알율ᄃᆡ의 엇게ᄅᆞᆯ 맛쳐 ᄆᆞᆯ긔 나리치니 댱졸이 일시의 구ᄒᆞ여 도라
가고 탈블이 군을 거두어 도라가거ᄂᆞᆯ 쳑발위 밧비 ᄒᆡᆼᄒᆞ여 회현관의 니
ᄅᆞ니 슈댱(首將) 쳑발긔ᄂᆞᆫ 쳑발유의 죵뎨(從弟)라. 셩문을 여러 맛거
ᄂᆞᆯ 이에 셩듕의 드러가 댱졸을 안둔(安屯)ᄒᆞᆯᄉᆡ 졍공ᄌᆞᄅᆞᆯ 별쳐(別處)의
머믈게 ᄒᆞᆫᄃᆡ 공ᄌᆡ ᄉᆞ셰브득이(事勢不得已) 이에 니ᄅᆞ러시나 졈졈 고
국의 도라갈 긔약이 아득ᄒᆞ니 스ᄉᆞ로 명도(命途)ᄅᆞᆯ 한ᄒᆞ고 ᄉᆞ친디회
(思親之懷) 날노 더어 능히 슉식(宿食)을 일우디 못ᄒᆞ니 쳑발위 디극
위로(至極慰勞)ᄒᆞ여 능셩을 셰오고 국듕(國中)을 딘뎡(鎭定)ᄒᆞᆫ 후 대 41면
국(大國)의 샤신(使臣)을 보ᄂᆡ여 신군(新君)이 닙(立)ᄒᆞ믈 쥬달(奏達)
ᄒᆞᄂᆞᆫ 바의 ᄒᆞᆫ가디로 도라가라 ᄒᆞ엿더니 광음(光陰)이 ᄒᆞᆯᄒᆞᆯ(欻欻)ᄒᆞ여

태부공의 초긔(初忌) 디나고 삼동(三冬)이 딘(盡)ᄒᆞ여 신셰(新歲)ᄅᆞᆯ 당ᄒᆞ민 공ᄌᆞ의 비회(悲懷) 더어 ᄇᆡᆨ통(百痛)이 구비(具備)ᄒᆞ고 쳔비촌ᄋᆡ(千悲寸哀)ᄒᆞ여 친안(親顔)을 영모(永慕)ᄒᆞᄂᆞᆫ 누쉬(漏水) 벼개ᄅᆞᆯ 잠으며 식음(食飮)이 거ᄉᆞ려 후셜(喉舌)을 넘디 못ᄒᆞ니 병셰침듕(病勢沈重)ᄒᆞ여 ᄡᅴᄡᅴ 인ᄉᆞ(人事)ᄅᆞᆯ 출히디 못ᄒᆞᄂᆞᆫ디라. 쳑발위 참연(慘然) 위려(慰慮)ᄒᆞ여 디극구호(至極救護)ᄒᆞ나 촌회(寸效) 업ᄉᆞᆯ ᄲᅳᆫ 아냐 일일(日日) 군무(軍務)의 골몰(汨沒)ᄒᆞ민 관듕(關中)이 요란(擾亂)ᄒᆞ고 인심(人心)이 흉흉(凶凶)ᄒᆞ니 승패(勝敗)ᄅᆞᆯ 긔필(期必)치 못ᄒᆞ며 필경(畢竟)이 엇디 될 줄 아디 못ᄒᆞ여 몽고의 쳐쇽(妻屬)은 디아비ᄅᆞᆯ 위ᄒᆞᆫ 근심을 결을치 못ᄒᆞ니 뉘 이셔 공ᄌᆞ의 딜(疾)을 념녀(念慮)ᄒᆞ여 듁음(粥飮)과 약음(藥飮)을 ᄡᅴ의 맛게 ᄒᆞ리오? 연(然)이나 쳑발유의 쳐(妻) 금시와 녀ᄋᆞ(女兒) 보완이 졍공ᄌᆞᄅᆞᆯ 원망(怨望)이 비상(非
42면 常)ᄒᆞ여 ᄇᆡ울의 고변(告變)이 졍ᄌᆞ로ᄡᅧ 쳑발위 국군(國君)을 삼으련다 ᄒᆞ여시니 졍ᄌᆡ 아니런들 이변(異變)이 업ᄉᆞᆯ넌가 넉이고 이 관듕의셔 괴로오미 업ᄉᆞ리라 ᄒᆞ여 한(恨)과 원(怨)이 졍공ᄌᆞ의게 도라가니 칼긋치 모딘 ᄆᆞ음이 삼키고ᄌᆞ ᄒᆞ며 계집의 망녕된 ᄉᆡᆼ각의 졍ᄌᆞᄅᆞᆯ 죽여 그 머리ᄅᆞᆯ 국왕긔 밧치면 힝혀 져의 죄ᄅᆞᆯ 샤ᄒᆞ고 다시 고관대작(高官大爵)으로ᄡᅧ 브ᄅᆞ미 이실가 그윽이 ᄇᆞ라ᄂᆞᆫ ᄆᆞ음이 크게 흉계ᄅᆞᆯ ᄉᆡᆼ각ᄒᆞ민 쳑발위 관문 밧긔셔 댱졸(將卒)과 습샤(習射)ᄒᆞᄂᆞᆫ ᄡᅵᄅᆞᆯ 타 금시 보완을 닛그러 왈

“우리 모녜(母女) 디금(至今) 졍ᄌᆞᄅᆞᆯ 보디 못ᄒᆞ엿거니와 블과(不過) 년유쇼ᄋᆡ(年幼小兒)라 므ᄉᆞᆫ 긔이(奇異)ᄒᆞ미 이시리오? 내 년긔(年紀) 삼오(三五)로브터 네 부친을 조ᄎᆞ ᄆᆞᆯ 단니기아 찬 ᄡᅳ며 할 ᄡᅩ기아

칼 ᄇᆞ리ᄂᆞᆫ 법을 시험치 아닌 ᄇᆡ 업ᄉᆞᄃᆡ 당금ᄒᆞ여 ᄌᆞ녜 여러히 되고 위의존듕(威儀尊重)ᄒᆞ니 네 부친이 각별 막ᄌᆞ롤[102] 쓴 아니라 네 나므로 43면
브터 더옥 부도(婦道)롤 숙딘(熟盡)코ᄌᆞ ᄒᆞ고 계집의 왕양(旺洋)ᄒᆞᆫ 거ᄉᆞᆯ 네 눈의 뵈디 말고져 ᄒᆞ니 내 영영 긋친 ᄇᆡ라. 오날ᄂᆞᆯ 녯 긔습(氣習)을 ᄯᅥᆯ쳐 졍ᄌᆞ롤 ᄒᆞᆫ칼ᄒᆡ 맛ᄎᆞ 시험코ᄌᆞ ᄒᆞᄂᆞ니 너ᄂᆞᆫ 날을 조ᄎᆞ 나와 어믜 ᄌᆡ조롤 보고 ᄀᆞ마니 졍ᄌᆞ의 머리롤 가져 국왕긔 헌(獻)ᄒᆞ고 네 부친의 원굴(寃屈)ᄒᆞ믈 버셔나게 ᄒᆞ라.”

보완이 깃거 ᄂᆞᆲ쒸며 즐겨 ᄃᆡ왈(對曰)

“쇼녜 발셔 이 ᄆᆞ옴이 이시ᄃᆡ 부친긔 들니디 못ᄒᆞ엿더니 모녀의 심담(心膽)이 상됴(相照)ᄒᆞ여 모친이 몬져 ᄉᆡᆼ각ᄒᆞ샤 오괴[103]로 졍ᄌᆞ의 머리롤 버혀 국왕긔 헌코ᄌᆞ ᄒᆞ시니 쇼녜 비록 졔영(緹縈)의 예궐(詣闕)ᄒᆞᆷ과 목난(木蘭)의 죵군(從軍)ᄒᆞ믈 효측디 못ᄒᆞ나 엇디 원슈의 머리롤 밧드러 부친의 누얼(陋孼)[104]을 신ᄇᆡᆨ(伸白)[105]디 아니리잇고? 졍ᄌᆡ 므ᄉᆞᆷ 병인디 병관으로조ᄎᆞ 이리 올 졔 ᄉᆞᆯ핀즉 노듕의셔[106] 면ᄎᆞ(面遮)ᄒᆞ믈 각별이 ᄒᆞ고 몸 감초믈 규녀(閨女)갓치 ᄒᆞ여 얼골을 남이 ᄌᆞ셰히 보디 44면
못ᄒᆞ게 ᄒᆞ던 거시 ᄀᆞ장 괴이ᄒᆞ더이다.”

이리 니ᄅᆞ며 모녜 나ᄂᆞᆫ ᄃᆞ시 쒸여 다ᄅᆞ니 이ᄯᅢ 공ᄌᆡ 병셰[107] 침듕(沈重)

---

102 막ᄌᆞ롤: 막ᄌᆞᄅᆞ다. 잘라 막다.

103 오괴: 미상. 무기의 하나로 추정.

104 누얼(陋孼): 누명.

105 신ᄇᆡᆨ(伸白): 신백. 윗사람에게 자세히 아룀.

106 노듕의셔: 규장각본에는 ‘노듕의셔’ 다음에 ‘몬져’가 있음.

107 병셰: 병세. 규장각본에는 ‘병이’로 되어 있음.

ᄒᆞᆫ 듕 ᄎᆞ일(此日)은 더옥 혼혼침침(昏昏沈沈)이 인ᄉᆞ(人事)ᄅᆞᆯ 모로고
상셕(床席)의 위돈(委頓)[108]ᄒᆞ여 사ᄅᆞᆷ의 들며 나믈 ᄭᆡ닷디 못ᄒᆞᄂᆞᆫ 즈음
이라. 금시와 보완이 긔탄(忌憚)ᄒᆞ미 업시 디게[109]ᄅᆞᆯ 열고 드러가니 공
ᄌᆡ 바야흐로 침금(寢衾)의 몸을 바려 ᄒᆞᆫ ᄡᅡᆼ 가월(佳月)을 괴로이 ᄧᅵᆼ긔
여시니 증셰비경(症勢非輕)ᄒᆞ므로 형용(形容)이 슈쳑(瘦瘠)ᄒᆞᄃᆡ 쳐
음 보ᄂᆞᆫ 눈이 황홀ᄒᆞ고 긔이ᄒᆞ미 여취여치(如醉如痴)ᄒᆞ여 능히 측냥
(測量)치 못ᄒᆞᆯ ᄇᆡ오. 셔어(齟齬)[110]히 니ᄅᆞᆯ딘ᄃᆡ 곤옥(崑玉) ᄀᆞᆺᄐᆞᆫ 긔딜(氣
質)과 쥬화(珠貨) ᄀᆞᆺᄐᆞᆫ 풍ᄎᆡ 쇄연졀승(灑然絶勝)ᄒᆞ여 츄텬(秋天)이
아으라ᄒᆞᆫᄃᆡ[111] 옥퇴(玉兎) 운니(雲裡)의 비회ᄒᆞᄂᆞᆫ ᄃᆞᆺ 츈풍(春風)이 아
연ᄒᆞ여 부운(浮雲)이 쳑탕(滌蕩)ᄒᆞ고 태양이 됴요(照耀)ᄒᆞᆫᄃᆡ 동풍(東
45면 風)이 십 니 ᄭᅩᆺ 슈플을 흔드이ᄂᆞᆫ ᄃᆞᆺ 슈려ᄒᆞᆫ 용[112]화(容華)의 뇨라[113](裊娜)
ᄒᆞᆫ ᄌᆞ틔 셧기여 ᄡᅡᆼ협이 왕모도화(王母桃花) 일쳔 졈(點)이 닷토아 븕
엇ᄂᆞᆫ ᄃᆞᆺ 단봉냥안(丹鳳兩眼)의ᄂᆞᆫ 샤일졍광(射日精光)을 거두어시니
강산의 슈츌(秀出)ᄒᆞᆫ 긔운이 일편도이 낫 우희 모혀 닌봉(麟鳳)의 긔
딜과 텬일(天日) 의푀(儀表) 젼쳔고(前千古) 후만ᄃᆡ(後萬代)의 이 갓
ᄐᆞᆫ ᄌᆞᄅᆞᆯ 다시 엇기 어려오니 태ᄇᆡᆨ(太白)의 승텬(昇天)ᄒᆞ미 그 므어시
귀ᄒᆞ며 ᄌᆞ딘(子晋)[114]의 승난(承鸞)ᄒᆞ미 무어시 긔특다 ᄒᆞ리오? 사ᄅᆞᆷ으

---

108 위돈(委頓): 위둔. 힘이 빠짐. 기진함.

109 디게: 지게. 지게문. 마루에서 방으로 드나드는 외짝 문.

110 셔어(齟齬)히: 서어하다. 뜻이 어긋나 서먹하다.

111 아으라ᄒᆞᆫᄃᆡ: 아으라하다. 아스라하다.

112 용: 규장각본에는 '영'으로 되어 있음

113 라: 규장각본에는 '란'으로 되어 있음.

로 ᄒᆞ여곰 ᄒᆞᆫ 번 보ᄆᆡ 여취여황(如醉如恍)ᄒᆞ여 그 작인디셩(作人之性)을 아디 못ᄒᆞ고 두 번 보ᄆᆡ ᄆᆞ옴이 ᄆᆞ로녹고 의ᄉᆡ 젼도ᄒᆞ여 인싱이 ᄒᆞᆫ번 이 사ᄅᆞᆷ을 통ᄒᆞ여 뫼셔 죽디 못ᄒᆞ미 박명(薄命)이믈 ᄭᆡ닷고 셰 번 보ᄆᆡ 음샤흉극(淫邪凶極)ᄒᆞᆫ 의ᄉᆡ ᄉᆞ라디니 금시의 흉한(凶悍)ᄒᆞᆫ 심슐(心術)과 보완의 블인(不仁)ᄒᆞᆫ 셩도(性度)로 일쳠(一瞻)의 대경앙복(大驚仰服)ᄒᆞ여 갓가이 나아가 어린[115] ᄃᆞ시 보며 감히 비슈(匕首)ᄅᆞᆯ 날녀 ᄒᆡ홀 ᄆᆞ옴이 업고 위ᄒᆞ여 눈믈이 ᄯᅥ러디믈 ᄭᆡ닷디 못ᄒᆞ니 46면
금시 참연낙누(慘然落淚) 왈

"엇던 사ᄅᆞᆷ이 져런 긔ᄌᆞ(貴子)ᄅᆞᆯ 나하 십 셰도 ᄎᆞ디 못ᄒᆞ여셔 만니타국(萬里他國)의 표류ᄒᆞ여 피ᄎᆞ(彼此) 거쳐ᄉᆞᄉᆡᆼ(去處死生)을 모로ᄂᆞᆫ고? 그 부뫼 ᄋᆞᄌᆞ(兒子)ᄅᆞᆯ 그리ᄂᆞᆫ 회푀 능히 몸을 보젼치 못ᄒᆞ리로다. 실노 혈육지신(血肉之身)일딘ᄃᆡ 엇디 ᄀᆞᆺ초 긔이ᄒᆞ미 이러ᄒᆞ리오? 아니 학샹션동(鶴上仙童)이 하계(下界)의 나려 쳑발공을 희롱ᄒᆞ미냐? 진황(秦皇)·한무(漢武)의 위엄으로도 맛ᄎᆞᆷᄂᆡ 신션(神仙)을 보디 못ᄒᆞ엿거ᄂᆞᆯ 우리ᄂᆞᆫ 슈고치 아냐 ᄎᆞ인(此人)의 텬양경일디풍(天揚傾日之風)[116]을 ᄃᆡᄒᆞ니 삼ᄉᆡᆼ(三生)의 복이로다."

언파(言罷)의 발을 구ᄅᆞ며 손등을 타 긔이ᄒᆞ고 비상토다 ᄒᆞ기ᄅᆞᆯ 긋치지 아니며 보완은 금년 십삼의 범ᄉᆡ 우민(憂悶)치 아닐 ᄲᅳᆫ 아니라 음

---

114 ᄌᆞ딘(子晋): 자진. 주나라 영왕의 태자 왕자진. 왕자교(王子喬)라고도 함. 신선이 되어 흰 학을 타고 하늘로 날아갔다는 고사가 있음.

115 어린: 어리다. 황홀하게 도취되거나 상심이 되어 얼떨떨하다.

116 텬양경일디풍(天揚傾日之風): 천지가 해를 향해 기울여 공경하는 기풍. 천자가 될 기풍을 말함. 천일지풍(天日之風) 혹은 천일지표(天日之表)라고도 함.

일방탕(淫佚放蕩)ᄒᆞᆫ 심장이 유치(幼稚)의 기려[117] 당ᄎᆞ디시(當此之時)
47면 ᄒᆞ여ᄂᆞᆫ 회츈(懷春)[118]ᄒᆞᄂᆞᆫ 의ᄉᆡ 업디 아니ᄒᆞᄃᆡ 쳑발위 ᄐᆡᆨ셔(擇婿)ᄒᆞ믈 심상(尋常)치 아니ᄒᆞ고 녀ᄌᆞ의 음탕ᄒᆞ믈 ᄎᆞ마 뎡시(正視)치 못ᄒᆞ므로 보완이 감히 ᄉᆞᄉᆡᆨ(辭色)디 못ᄒᆞ더니 ᄎᆞ일(此日) 경공ᄌᆞ의 누은 아ᄅᆡ 다다라 그 풍ᄎᆡ긔상(風采氣像)을 쳠망(瞻望)ᄒᆞᄆᆡ 경혼(精魂)이 훌훌이 취ᄒᆞ여 경ᄀᆡᆨ(頃刻)[119]의 만신(滿身)이 ᄉᆞ라디며 경공ᄌᆞ의 일신을 누ᄅᆞᆯ ᄃᆞᆺ ᄆᆞᄋᆞᆷ이 므로녹아 의ᄉᆡ 극음극탕(極淫極蕩)ᄒᆞ니 엇디 양소의 군모ᄅᆞᆯ 두로며 문군(文君)[120]의 벽을 ᄯᅮᄅᆞᆯ 쓴이리오? 졸연이 나아가 공ᄌᆞ의 옥슈(玉手)ᄅᆞᆯ ᄌᆞᆸ으ᄆᆡ 실노 인간 화식(火食)ᄒᆞᄂᆞᆫ 사ᄅᆞᆷ인 줄 ᄭᆡ닷디 못ᄒᆞ더니 이윽고 공ᄌᆡ 스ᄉᆞ로 졍신을 슈습ᄒᆞ여 ᄌᆞ긔 누은 아ᄅᆡ 사ᄅᆞᆷ이 어ᄅᆞᆫ기고 손을 ᄌᆞᆸᄂᆞ니 이시믈 괴이히 넉여 번신긔좌(翻身起坐)ᄒᆞ니 금시와 보완이 이젹(夷狄)의 념치(廉恥)나 오히려 슈괴(羞愧)ᄒᆞ미 이셔 잠간 거ᄅᆞᆷ을 믈녀 먼니 셔니 공ᄌᆡ 얼프시 그 거동을 보ᄆᆡ 발셔 음악(淫惡)ᄒᆞᆫ 무리믈 ᄭᆡᄃᆞ라 심니(心裏)의 탄왈(嘆曰)
48면 '군ᄌᆞ의 ᄒᆡᆼ신(行身)이 쳥텬ᄇᆡᆨ일(晴天白日)노 ᄌᆡᆼ광(爭光)ᄒᆞ여 위방블입(危邦不入)ᄒᆞ고 난방블거(亂邦不居)ᄒᆞᄂᆞ니 셕의 공ᄌᆡ 댱ᄒᆡᆼ됴(將行趙)ᄒᆞ실ᄉᆡ 님하(林下)이 탄ᄒᆞ샤 갈오샤ᄃᆡ 'ᄐᆡ(胎)ᄅᆞᆯ 헤치고 디아비ᄅᆞᆯ 죽이ᄆᆡ 긔린이 그 들ᄒᆡ 니ᄅᆞ디 아니ᄒᆞ고 깃ᄉᆞᆯ[121] 치고 알흘 쏠히ᄆᆡ

---

117 유치(幼稚)의 기러: 규장각본에는 '유치의 긔려'로 되어 있음.

118 회춘(懷春): 회춘. 사랑의 감정.

119 경직(頃刻): 경각. 눈 깜짝할 사이.

120 문군(文君): 탁문군(卓文君). 탁왕손(卓王孫)의 딸, 사마상여의 아내. 과부가 되어 친정에 있을 때 초대받아 온 사마상여가 유혹하자 밤에 집을 도망쳐 따라가 부부가 되었음.

봉황이 님(臨)치 아니ᄒᆞ며 믈을 프고 고기ᄅᆞᆯ 잡으ᄆᆡ 농이 그 못ᄉᆡ 노디 아닛ᄂᆞ니 냥신(良臣)을 잔(殘)ᄒᆞ고 님군을 찬(簒)코ᄌᆞ ᄒᆞᄂᆞᆫᄃᆡ 내 엇디 하ᄅᆞᆯ 건너리오.' ᄒᆞ시니 셩현(聖賢)은 의(義) 아닌 ᄃᆡ 굴치 아니시며 되(道) 아닌 ᄃᆡ 힝치 아니시거ᄂᆞᆯ 나 쇼ᄋᆞᄂᆞᆫ 명되(命途) 긔구(崎嶇)ᄒᆞ여[122] 만니ᄒᆡ국의 표박(漂迫)ᄒᆞᄆᆡ 텬하(天下)의 난방(亂邦)이 이 ᄀᆞᆺᄐᆞᆫ ᄃᆡ 업셔 탈블은 아비ᄅᆞᆯ 싀(弒)ᄒᆞ고 ᄌᆞ립위왕(自立爲王)ᄒᆞ여 극악디ᄉᆡ(極惡之事) 뉸강(倫綱)이 패멸(敗滅)ᄒᆞ엿거ᄂᆞᆯ 쳑발유ᄂᆞᆫ 비록 졔 나라 종샤(宗社)ᄅᆞᆯ 보젼코ᄌᆞ ᄒᆞᄂᆞᆫ 튱셩(忠誠)이나 ᄇᆡᆨ이(伯夷)·슉졔(叔齊)의 고마이간(叩馬而諫)[123]ᄒᆞ던 바와 블식쥬쇽(不食周粟)[124]ᄒᆞ던 빵절(雙節)노 의논ᄒᆞᆯ딘ᄃᆡ 또ᄒᆞᆫ 이졔(夷齊)의 죄인 되기ᄅᆞᆯ 면치 못 49면
ᄒᆞ리니 ᄌᆞ연 샹탁하브졍(上濁下不淨)ᄒᆞ여 념치상딘(廉恥喪盡)ᄒᆞᆫ 계집은 ᄂᆡ외격젹(內外闃寂)ᄒᆞᆷ과 남녀유별(男女有別)을 아디 못ᄒᆞ고 외인(外人) 상ᄃᆡᄅᆞᆯ 심상(尋常)히 ᄒᆞ니 엇디 한심치 아니리오? ᄎᆞ녀(此女) 쳐음 오ᄆᆡ 됴흔 뜻이 아니로ᄃᆡ 엇던 연고(緣故)로 뇌딘(雷震)의 잠튱갓치 셧ᄂᆞᆫ고? 내 비록 년유쇼ᄋᆞ(年幼小兒)로 군ᄌᆞ(君子)의 슉연(肅然)ᄒᆞ미 업ᄉᆞ나 가졍(家庭)의 훈(訓)을 니어 목블시샤ᄉᆡᆨ(目

---

121 깃: 짚이나 나뭇가지 등으로 만든 새 집.

122 긔구(崎嶇)ᄒᆞ여: 기구하다. 순탄하지 못하고 험하다.

123 고마이간(叩馬而諫): 말고삐를 붙잡고 간한다는 뜻. 충언으로 간하는 것을 말함. 《사기》 〈백이전〉에 "무왕이 주나라를 칠 때 고죽군의 두 아들 백이와 숙제가 말고삐를 붙잡고 간했다."라는 말이 나옴.

124 블식쥬쇽(不食周粟): 불식주속. 주나라의 곡식을 먹지 않음. 주 무왕이 은나라를 치고 천하를 차지하자 백이와 숙제가 주나라의 곡식을 먹을 수 없다고 한 것.

不視邪色)ᄒᆞ며 이블쳥비례(耳不聽非禮)ᄒᆞ여 뜻 잡기ᄅᆞᆯ 유졍유일(惟精惟一)[125]이 ᄒᆞ고져 ᄒᆞᄂᆞ니 ᄎᆞ뉴(此類)ᄅᆞᆯ ᄃᆡᄒᆞ미 비위(脾胃)예 츄ᄒᆞ나 내 ᄀᆡ운이 움족여 나갈 길히 업ᄉᆞ니 다만 시이블견(視而不見)ᄒᆞᆯ ᄯᆞᄅᆞᆷ이로다.'

ᄒᆞ여 안연이 빵안을 낫초아 사ᄅᆞᆷ의 이시며 업ᄉᆞ믈 ᄉᆞᆯ피디 아니ᄒᆞ니 엄듕늠늠(嚴重凜凜)ᄒᆞ여 츄상(秋霜)이 녈녈(烈烈)ᄒᆞ니 금시의 ᄉᆞ오납고 무례(無禮)ᄒᆞ기와 보완의 대음간특(大淫奸慝)으로도 능히 드립ᄡᅧ[126] 말 븟치기 어려오니 ᄀᆞ장 무류(無聊)코 민연(憫然)ᄒᆞ다가 금시 좀

50면 의ᄉᆞ로 믄득 나아가 ᄭᅮ러 ᄀᆞᆯ오ᄃᆡ

"쳡은 쳑발댱군의 시인(侍人)이러니 맛ᄎᆞᆷ 쥬군(主君)의 명이 이셔 공ᄌᆞ의 병듕젹막(病中寂寞)ᄒᆞ시믈 위로코ᄌᆞ ᄒᆞᄉᆡ 쇼녀로ᄡᅧ 약음(藥飮)과 듁음(粥飮)을 가음알게 이에 다려왓ᄂᆞ이다."

공ᄌᆡ 져거ᄉᆞᆯ ᄃᆡᄒᆞ여 안ᄌᆞ시미 민망ᄒᆞᆫ 바의 그 말이 시호(侍護)ᄒᆞ믈 니ᄅᆞ니 비록 허언(虛言)이믈 아나 밧비 ᄶᅩᆺᄎᆞ 드려보닐 의ᄉᆡ 급ᄒᆞ여 날호여 ᄀᆞᆯ오ᄃᆡ

"댱군(將軍)의 후의(厚意) 다샤(多謝)ᄒᆞ나 내 년유치몽(年幼稚蒙)으로 만 니의 표박(漂泊)ᄒᆞ여 고원(故園)을 ᄉᆡᆼ각ᄂᆞᆫ 뜻이 간졀ᄒᆞ니 타ᄉᆞᄅᆞᆯ 결을치 못ᄒᆞᆯ ᄲᅮᆫ 아니라 병이 이시나 음약(飮藥)ᄒᆞ기ᄅᆞᆯ ᄌᆞ로 아니

125 유경유일(惟精惟一): 유정유일. 오직 정밀하고 일관되다는 뜻. 순임금이 우임금에게 "인심은 위태하고 도심은 미세하니 오직 정밀하게 살피고 일관되게 해야 진실로 중도를 행할 수 있다(人心惟危 道心惟微 惟精惟一 允執厥中)"라고 한 말에서 옴 《서경》〈대우모(大禹謨)〉

126 드립ᄡᅧ: 들입다. 갑자기 세차고 빠르게.

ᄒᆞᄂᆞ니 구ᄐᆞ여 ᄎᆞ환(叉鬟)이 겻ᄐᆡ셔 ᄃᆡ후(待候)ᄒᆞᆯ ᄇᆡ 아니오 심홰 듕ᄒᆞ여 사ᄅᆞᆷ이 번거이 어ᄅᆞᆫ기면 병이 더으니 이 말노 댱군긔 고ᄒᆞ고 ᄲᅧᆯ니 드러가고 더ᄃᆡ디 말디어다.”

금시 공ᄌᆞ의 말을 ᄯᅩᄒᆞᆫ 듯고ᄌᆞ ᄊᆞ며 닐너시나 만일 쳑발위 알면 져의 모녜(母女) 능히 살믈 엇디 못ᄒᆞᆯ ᄇᆡ라. 공ᄌᆡ 비록 믈너가라 아냐도 오 51면
ᄅᆡ 이실 뜻이 업ᄉᆞ니 이에 무류히 퇴ᄒᆞᆯᄉᆡ 보완이 졍공ᄌᆞ의 풍모ᄅᆞᆯ ᄎᆞ마 샤치 못ᄒᆞᄃᆡ 어믜 닛글믈 인ᄒᆞ여 브득이 나올ᄉᆡ 셔안(書案) 우ᄒᆡ 공ᄌᆞ의 보던 ᄎᆡᆨ ᄒᆞᆫ 권과 션ᄌᆞ(扇子)ᄅᆞᆯ 거두쳐 가디고 나가니 공ᄌᆡ 져 거동을 보ᄆᆡ 그 뜻이 궁흉(窮凶)ᄒᆞ믈 측(測)히 아나 닷토아 아ᄉᆞᆯ 긔운이 업고 말ᄒᆞ미 더러워 도로 상셕(床席)의 나아가ᄆᆡ 긔운이 더옥 혼혼침침(昏昏沈沈)ᄒᆞ여 인ᄉᆞᄅᆞᆯ 모로더라. 이젹의 보완이 졍공ᄌᆞ의 셔집(書集)과 션ᄌᆞᄅᆞᆯ 가디고 드러와 금시다려 왈

“쇼녜 대도독의 만금필아(萬金畢兒)로 과도ᄒᆞ신 ᄉᆞ랑이 텬뉸(天倫) 밧긔 ᄌᆞ별(自別)ᄒᆞ시니 부귀일신(富貴一身)ᄒᆞ여 금달(禁闥)[127] 공쥬 블워 아니나 나히 ᄎᆞᆫ 후 그으ᄒᆞᆫ 념녜 심곡(心曲)의 은결(隱結)ᄒᆞ믄 혹ᄌᆞ(或者) 용상(庸常)ᄒᆞᆫ ᄇᆡ필(配匹)을 만나 쇼녀의 ᄌᆡ용(才容)을 헛도이 맛촐가 의례(疑慮) 만단(萬端)이나 부친이 ᄆᆡ양(每樣) 녀ᄌᆞ의 졍녈
(貞烈)[128]을 당부ᄒᆞ시니 감히 뜻을 빗최디 못ᄒᆞ던 ᄎᆞ 금일(今日) 모친(母 52면
親)이 졍ᄌᆞᄅᆞᆯ 죽여 환(患)을 덜고ᄌᆞ ᄒᆞ시믈 인ᄒᆞ여 졍ᄌᆞ의 머리ᄅᆞᆯ 취ᄒᆞ려 ᄒᆞᆫ 거시 인심(人心)의 약ᄒᆞ미 이 갓고 졍ᄌᆞ의 작셩긔딜(作性氣質)

127 금달(禁闥): 궁궐.

128 졍녈(貞烈): 정렬. 여자의 행실이나 지조가 곧고 매움.

이 만고(萬古)를 기우려 듸두(擡頭)ᄒ리를 싱각디 못ᄒ니 쇼녜 져를 조ᄎ 일싱(一生)을 맛ᄎ믄 ᄇ라도 못ᄒ고 일시반긱(一時半刻)이라도 일홈이 져의 친흔 ᄇ| 되여 운우(雲雨)의 합ᄒ믈 어더 초되(初度)[129]의 즐기면 그 닛튼날 몸이 졔혜[130]ᄒᄂ 화(禍)를 당ᄒ여도 즐거온 우음[131]을 먹음고 쾌흔 넉시 되리니 이 일을 도모(圖謀)ᄒ미 어렵디 아니ᄒ듸 다만 부친(父親)의 셩되(性度) 고집(固執)이 과격(過激)ᄒ시미라. 이제 쇼녜 졍ᄌ의 풍도(風度)를 보고 ᄉ모(思慕)ᄒ여 시쳡(侍妾)이라도 감심(甘心)[132]ᄒ려 ᄒ믈 드ᄅ시면 필연(必然) 텬뉸(天倫)의 졍(情)을 긋쳐 ᄒ번 죽이믈 어려워 아니시리니 잠간 계교(計巧)로뼈 부친(父親)을 속여 여ᄎ여ᄎ(如此如此)ᄒ죽 부친(父親)이 비록 뜻갓치 넉이디 아
53면 니시나 졍ᄌ를 긔듸경복(期待敬服)ᄒ시니 구ᄐ여 요란이 칙언(責言)이 업시 쇼녀로뼈 졍ᄌ의게 도라보닉시리니 모친은 다만 쇼녀의 ᄒᄂ 디로 이셔 졍ᄌ의 힝ᄉ(行事)를 하ᄌ(瑕疵)치 마ᄅ쇼셔."

금시 빈미왈(顰眉曰)

"너의 계칙(計策)이 비록 유리(有理)흔 듯ᄒ나 기실(其實)은 그릇 싱각ᄒ미라. 졍ᄌ| 벽ᄌ(躄者)[133]와 아인(啞人)[134]이 아니어니 네 부친이 셔집(書集)과 션ᄌ(扇子)를 가져 블미디ᄉ(不美之事)를 뭇ᄂ 디경(地

129 초되(初度): 초도. '처음'이라는 뜻.

130 졔혜(劑醢): 제혜. 인체를 소금에 절이는(젓 담는) 형벌을 가리키는 것으로 보임.

131 우음: 웃음.

132 감심(甘心): 괴로움이나 책망을 달게 여김.

133 벽ᄌ(躄者): 벽자. 앉아만 있고 서지 못하는 사람.

134 아인(啞人): 말을 못하는 사람. 언어 장애인.

境)의 엇디 변빅(辨白)디 못ᄒᆞ리오? 만일 너의 샤계(邪計) 드러날딘ᄃᆡ 네 부친이 텬눈의 졍을 타연이 긋ᄎᆞ리니 출하리 네 부친과 종용(慫慂)이 의논ᄒᆞ여 졍ᄌᆞ로뼈 입박디빈(入幕之賓)[135]을 삼으미 맛당홀가 ᄒᆞ노라."

보완이 머리롤 흔들며 손을 져어 왈

"블가(不可)ᄒᆞ이다. 부친이 비록 튁셔(擇婿)롤 놉히 ᄒᆞ시나 졍ᄌᆞ의 위인(爲人)인즉 쇼녀의 우럴 ᄇᆡ 아니므로 ᄒᆞᆫ갓 칭복긔ᄃᆡ(稱服期待)홀 ᄯᆞᆫ이오 셔랑(婿郞)을 삼을 뜻은 업ᄂᆞ니 모친이 권ᄒᆞ여도 결단코 되디 못홀디라. 다만 졍지 여ᄎᆞ여ᄎᆞᄒᆞ더라 ᄒᆞ면 ᄉᆞ셰브득이(事勢不得已) 쇼녀롤 허(許)ᄒᆞ시고 일시요란(一時擾亂)ᄒᆞ여 쾌(快)ᄒᆞ미 업ᄉᆞᆯ가 혜아리시면 졍ᄌᆞ롤 ᄃᆡᄒᆞ나 구ᄐᆞ여 블미디ᄉᆞ롤 므ᄅᆞ미 업시 됴흔 낫ᄎᆞ로 쳥혼(請婚)ᄒᆞ실딘ᄃᆡ 졍지 ᄯᅩᄒᆞᆫ 나히 어리고 부친의 은혜롤 닙어시니 ᄆᆡ몰(埋沒)이 믈니치디 아니리이다." 54면

금시 탄왈(嘆曰)

"너의 ᄇᆡᆨᄌᆞ텬딜(白姿天質)이 특이ᄒᆞ므로뼈 다시 부귀일신ᄒᆞᄃᆡ ᄇᆡ필이 브젹(不適)홀가 의ᄉᆡ(意思) 궁극(窮極)ᄒᆞ니 엇디 한홉디[136] 아니리오? 내 위인모(爲人母)ᄒᆞ여 ᄌᆞᄋᆡ(慈愛) 브죡(不足)ᄒᆞ미 아니로ᄃᆡ ᄲᅧ곰 너의 젼졍(前程)을 영화롭게 못 ᄒᆞ니 이졔 너의 졍ᄌᆞ롤 위ᄒᆞᆫ 뜻이 가퇴금셕(可堆金石)인즉 내 져희(沮戲)할 ᄇᆡ 아니어니와 댱군(將軍)의 셩졍(性情)이 남다ᄅᆞ미 만흐니 일노뼈 깁히 우려(憂慮)ᄒᆞ노라."

---

135 입박디빈: '입막지빈(入幕之賓)'의 오기로 보임. 사위를 뜻함.

136 한홉디: 한홉다. 한스럽다.

보완이 블갓ᄐᆞᆫ 음욕화심(淫欲禍心)을 억졔(抑制)치 못ᄒᆞ여 궁딘(窮盡)ᄒᆞᆫ 쐬로 어미ᄅᆞᆯ 다ᄅᆡ여 말이 어긋나디 말게 ᄒᆞ라 쳔만번 당부ᄒᆞ고
55면 즉시 침소(寢所)의 도라가 머리ᄅᆞᆯ 침셕(寢席)의 더져 딤ᄌᆞᆺ 일 만난 사ᄅᆞᆷ의 모양을 디을ᄉᆡ 혹ᄌᆞ(或者) 계괴 니디 못ᄒᆞᆯ가 젼심초조(煎心焦燥)ᄒᆞᄆᆡ 후셜(喉舌)이 ᄐᆞ고 쇼변(小便)이 딘젹(眞赤)ᄒᆞ여 과연 형용(形容)이 니운 ᄭᆞᆺ 갓더라. ᄎᆞ일(此日) 날이 져믄 후(後) 쳑발워 드러와 금시ᄅᆞᆯ 보며 보완을 ᄎᆞᆺ거ᄂᆞᆯ 금시 혀 ᄎᆞ고 쳑연(慽然) ᄃᆡ왈(對曰)

"댱군(將軍)이 의긔(義氣) ᄐᆡ과(太過)ᄒᆞᄆᆡ 도로혀 쳔금쇼교(千金小嬌)의 젼졍(前程)을 그ᄅᆞᆺ 민ᄃᆞ시니 엇디 한홉디 아니리잇고?"

쳑발워 보완을 ᄉᆞ랑ᄒᆞ미 심상치 아니턴 고로 ᄀᆞ장 놀나 왈

"그ᄃᆡ 말이 엇디 니름고? 내 능히 ᄊᆡ닷디 못ᄒᆞ노라."

금시 왈

"댱군이 경ᄌᆞᄅᆞᆯ 다려와 여러 일월(日月)의 디극ᄋᆡᄃᆡ(至極愛待)ᄒᆞ시믄 므ᄉᆞᆷ 쥬의니잇고?"

쳑발워 뎡ᄉᆡᆨ왈(正色曰)

"그ᄃᆡ 말이 엇디 이리 모호ᄒᆞ고 괴이ᄒᆞ뇨? 내 경ᄌᆞᄅᆞᆯ 별쳐(別處)의 두고 각별후ᄃᆡ(恪別厚待)ᄒᆞ믄 다ᄅᆞᆫ 뜻이 아니라 션왕(先王)이 치국디시(治國之時)의 져ᄅᆞᆯ 쳔만ᄒᆡ유(千萬解諭)ᄒᆞ여 아국(我國)의 보좌
56면 (補佐)ᄅᆞᆯ 삼아 샤ᄃᆡᆨ(社稷)을 굉쥬(肱柱)[137]코ᄌᆞ ᄒᆞ미러니 창ᄉᆡᆼ(蒼生)이

---

137 굉쥬(肱柱): '고굉주석(股肱柱石)'의 뜻. '고굉'은 임금에게 다리와 팔같이 중요한 신하를 뜻하며, '주석'은 기둥과 주춧돌처럼 중요한 자리를 맡은 사람을 뜻하므로, '굉주'는 한 나라나 집안을 떠받치는 것.

무복(無福)ᄒᆞ고 종ᄉᆡ(宗社) 망극(罔極)ᄒᆞ며 국휼(國恤)이 블의(不意)예 나고 탈블 역ᄌᆡ(逆者) 대위(大位)를 님ᄒᆞ니 내 ᄆᆞ음이 쥬야(晝夜) ᄭᅳᆯᄂᆞᆫ ᄃᆞᆺ 샤딕(社稷)의 위ᄐᆡ(危殆)ᄒᆞ믈 슬허ᄒᆞᆯ ᄲᅳᆫ이오. 경ᄌᆞ로 아국동냥(我國棟樑)을 삼고ᄌᆞ ᄒᆞ던 ᄆᆞ음도 프러디ᄃᆡ 탈블의 군긔 ᄌᆞ로 셩(城)을 에우니 져 년쇼ᄋᆞ(年少兒)를 혼ᄌᆞ ᄂᆡ여보ᄂᆡ여 도라가라 ᄒᆞ미 ᄇᆡᆨ인쳔검(百刃千劍)의 더디ᄂᆞᆫ 작시라. ᄎᆞ고(此故)로 디우금(至于今) 머므러 둔 ᄇᆡ어니와 그ᄃᆡ ᄉᆡ로이 므ᄅᆞ믄 엇딘 일고?"

금시 탄왈(嘆曰)

"댱군(將軍)이 말을 아라듯디 못ᄒᆞ고 쳡을 ᄎᆡᆨ(責)ᄒᆞ거니와 녀ᄋᆞ(女兒)를 보라. 엇디 한홉디 아니리오?"

쳑발위 가장 의아ᄒᆞ여 보완의 침소(寢所)의 니ᄅᆞ니 보완이 금니(衾裏)의 몸을 더져 누싊(淚水) 벼개를 젹시ᄂᆞᆫ디라. 쳑발위 만분경악(萬分驚愕)ᄒᆞ여 ᄲᆞᆯ니 그 손을 ᄌᆞᆸ고 문왈(問曰)

"녀ᄋᆡ(女兒) 므ᄉᆞᆷ 연고(緣故)로 이러ᄐᆞᆺ 슬허ᄒᆞ여 화용(花容)을 상ᄒᆡ오ᄂᆞ뇨?"

보완이 ᄂᆞᆺ출 븕히고 오ᄅᆡ 말을 아니커ᄂᆞᆯ 쳑발위 착급(着急)ᄒᆞ여 ᄌᆡ촉 57면
ᄒᆞ니 보완이 비로소 긔운을 뎡ᄒᆞ여 삭춍(削蔥) ᄀᆞᆺᄐᆞᆫ 셤슈(纖手)로 누슈(淚水)를 거두며 영영 늣겨 ᄃᆡ왈(對曰)

"쇼녜(小女) 부ᄉᆡᆼ모휵(父生母蓄)ᄒᆞ신 대은(大恩)을 닙ᄉᆞ와 ᄌᆡ뫼(才貌) 하등(下等)이 아니어ᄂᆞᆯ 다시 야야(爺爺)의 일편(一偏)된 ᄌᆞᄋᆡ(慈愛)를 밧ᄌᆞ오니 스ᄉᆞ로 부귀일신ᄒᆞ믈 ᄌᆞ부(自負)ᄒᆞ고 평ᄉᆡᆼ(平生)을 부모 슬하의 형뎨연낙(兄弟燕樂)ᄒᆞ여 딜츄(跌墜)의 노ᄅᆞᆷ과 무ᄎᆡ(舞綵)[138]의 즐기므로ᄡᅥ ᄇᆡᆨ년을 긔약ᄒᆞ오ᄆᆡ 목디(牧之)[139]의 됴흔 얼골과 댱경

(長卿)[140]의 능운(凌雲)을 겸ᄒᆞᆫ 텬샹낭(天上郞)이 하강ᄒᆞ여도 뼈곰 녀필죵부(女必從夫)의 원부모형뎨(遠父母兄弟)ᄅᆞᆯ ᄎᆞ마 못 ᄒᆞᆯ디라. ᄆᆡ양 고ᄉᆞ(故事)ᄅᆞᆯ 조ᄎᆞ 문군(文君)의 벽을 ᄯᅮ로ᄆᆡ 다ᄃᆞ라ᄂᆞᆫ 블승비아(不勝鄙訝)ᄒᆞ여 눈을 ᄀᆞᆷ으며 ᄎᆡᆨ을 덥흐믈 ᄭᆡ닷디 못ᄒᆞ더니 명되(命途) 긔구(崎嶇)ᄒᆞ여 쳔만무망(千萬無望)의 부친의 거두어 별관(別館)의 58면 두신 바 경ᄌᆡ 금일(今日) 쇼녀(小女)의 침소(寢所)의 돌입(突入)ᄒᆞ여 허다음황디셜(許多淫荒之說)이 구두(口頭)의 다시 옴기미 더러온디라. ᄒᆞᆫ낫 션ᄌᆞ(扇子)와 셔집(書集)으로뼈 남녀(男女) 쳐음 보ᄂᆞᆫ 신믈(信物)을 삼아 ᄇᆡᆨ 년의 져ᄇᆞ리디 아닐 ᄯᅳᆺ을 뵈노라 ᄒᆞ며 만단유셰(萬端誘說)ᄒᆞᄂᆞᆫ 말이 ᄎᆞᆷ아 듯디 못ᄒᆞᆯ ᄇᆡ라. 쇼녜(小女) 쾌히 죽어 분노(忿怒)ᄒᆞ고 츄ᄒᆞ믈 니졸 거시로ᄃᆡ 부젼(父前)의 이 소유(所由)ᄅᆞᆯ 고치 못ᄒᆞ여시므로 죵일토록 대인(大人)[141] 오시기ᄅᆞᆯ 기다리며 간위(肝胃)ᄅᆞᆯ ᄉᆞᆯ왓ᄂᆞᆫ디라. 쇼녜 비록 쳘부(哲婦)의 명식(明識)을 밋디 못ᄒᆞ나 규슈(閨秀)의 몸으로뼈 ᄎᆞ마 이 욕(辱)을 보고 살니잇고?"

셜파(說罷)의 칼흘 잡아 ᄌᆞ문(自刎)코ᄌᆞ ᄒᆞ니 쳑발위 대경(大驚)ᄒᆞ여 황망(慌忙)이 칼흘 앗고 냥안(兩眼)이 두렷ᄒᆞ여 면식(面色)이 여회(如灰)ᄒᆞ여 말을 일우디 못ᄒᆞ다가 이윽고 가ᄉᆞᆷ 어로만져 놀난 거ᄉᆞᆯ

---

138 딜츄(跌墜)의 노롬과 무ᄎᆡ(舞綵): 질추(跌墜)는 넘어지는 것. 무채(舞綵)는 색동옷을 입고 춤추는 것을 말함. 춘추시대 초나라의 노래자가 부모님을 즐겁게 해드리기 위해 일흔 살에도 아이가 입는 색동옷을 입고 춤을 추고, 일부러 넘어져 우는 시늉을 함. 지극한 효성을 뜻함.

139 목디(牧之): 목지. 당나라의 시인 두목(杜牧). 목지는 그의 자.

140 댱경(長卿): 장경. 사마상여. 한(漢)나라의 문장가.

141 대인(大人): 아버지를 높여 부르는 말.

딘뎡ᄒᆞ여 ᄀᆞᆯ오ᄃᆡ

"오녀(吾女) 아니 니ᄆᆡ망냥(螭魅魍魎)을 졍ᄌᆞ로 보미냐? 져 졍ᄌᆡ 비록 년유치몽(年幼稚蒙)이나 셩현여풍(聖賢餘風)으로 뉵ᄒᆡᆼ(六行)이 59면
찬연(燦然)의 구덕(九德)이 풍셩(豊盛)ᄒᆞ니 블의비법디ᄉᆞ(不義非法之事)ᄂᆞᆫ 남이 권ᄒᆞ여도 귀ᄅᆞᆯ 막아 듯디 아닐 ᄃᆞᆺᄒᆞ고 겸ᄒᆞ여 만 니의 표령(飄零)[142]ᄒᆞᆫ 심ᄉᆡ(心思) 비황(悲惶)ᄒᆞ여 고원(故園)을 ᄉᆡᆼ각ᄂᆞᆫ 뜻밧긔 다ᄅᆞᆫ ᄆᆞᄋᆞᆷ이 업고 범ᄉᆡ(凡事) 슉셩발췌(熟成拔萃)ᄒᆞ나 온침슉믁(穩沈肅默)ᄒᆞ니 구셰튱년(九歲沖年)을 니ᄅᆞ도 말고 삼구당년(三九壯年)이라도 ᄉᆡᆨ욕(色慾)으로 녜(禮)ᄅᆞᆯ 넘길 ᄌᆡ 아니니 이 엇던 일이며 이 엇던 말인고?"

보완이 머리ᄅᆞᆯ 브ᄃᆡ이져 왈

"부친이 졍ᄌᆞᄅᆞᆯ 긔특(奇特)ᄒᆞᆫ 줄노만 아ᄅᆞ샤 쇼녀의 말을 의심ᄒᆞ시ᄂᆞ니잇가? 졍ᄌᆡ 아니면 어나 니ᄆᆡ망냥이 져 셔집과 션ᄌᆞᄅᆞᆯ 가져와시리잇가? 원간 상셩발광(喪性發狂)ᄒᆞ여 니ᄆᆡ 귀졸(鬼卒)노 더브러 잡담괴셜(雜談怪說)을 뿌어리ᄂᆞᆫ[143] ᄌᆞᄂᆞᆫ 기둥의 뎡ᄒᆞᆫ 거시 브족(不足)ᄒᆞᆯ 쁜 아니라 그 오장뉵부(五臟六腑) 듕 ᄒᆞᆫ 가디 덜 삼겨 허망키로뼈 그런가 ᄒᆞᄂᆞ니 쇼녀ᄂᆞᆫ 블ᄒᆡᆼ(不幸)이 녀ᄌᆡ 되여 탕ᄌᆞ(蕩子)의 욕을 보오나 60면
ᄆᆞᄋᆞᆷ인즉 뎡ᄒᆞᆫ 거시 죽어도 관ᄉᆡᆫ을 밋고 급ᄒᆞ여도 셩교(聖敎)의 버셔나미 업고ᄌᆞ ᄒᆞᄂᆞ이다."

쳑발위 이의 밋쳐ᄂᆞᆫ 또 측냥치 못ᄒᆞ여 셔집과 션ᄌᆞᄅᆞᆯ 보건ᄃᆡ 과연 졍

142 표령(飄零): 신세가 어렵게 되어 떠돌아다님.

143 뿌어리ᄂᆞᆫ: 뿌어리다. 수스워리다. 수선거리다, 어지럽게 떠들다.

ᄌᆞ의 거시라. ᄒᆡ연분통(駭然憤痛)ᄒᆞ여 혜오ᄃᆡ

'내 졍ᄌᆞ로ᄡᅧ 대셩(大聖)으로 츄존(推尊)ᄒᆞ여 긔경녜ᄃᆡ(起敬禮待)ᄒᆞ미 츈츄난셰(春秋亂世)의 부ᄌᆞ(夫子)롤 뵈온 ᄃᆞᆺᄒᆞ거놀 져 치몽(稚蒙)이 날을 업슈히 넉이미 ᄒᆡ쳔몽괴라 ᄒᆞ여 ᄒᆞᆫ낫 노예ᄀᆞᆺ치 알고 나의 귀ᄒᆞᆫ ᄯᆞᆯ을 ᄇᆡᆨ쥬(白晝)의 겁박(怯迫)ᄒᆞ여 음악(淫惡)ᄒᆞᆫ 욕심을 ᄎᆡ오고ᄌᆞᄒᆞ니 엇디 통분(痛忿)치 아니리오? 내 본ᄃᆡ 음난패ᄌᆞ(淫亂悖子)롤 츄히 ᄒᆞ라 용샤홀 ᄯᅳᆺ이 업ᄂᆞᆫ디라. ᄒᆞᆫ 일노 만ᄉᆞ(萬事)롤 츄이(推移)컨ᄃᆡ 졍ᄌᆡ ᄂᆡ외(內外)롤 달니ᄒᆞ여 은악양션(隱惡陽善)ᄒᆞᄂᆞᆫ 뉴ᄂᆡ 이 실노 만고(萬古)의 희한(稀罕)ᄒᆞᆫ 별믈요종(別物妖種)이라. 내 일녀(一女)의 젼졍(前程)을 위ᄒᆞ여 ᄎᆞ인을 ᄒᆞᆫ갈ᄀᆞᆺ치 ᄃᆡ졉디 못ᄒᆞ리니 ᄯᆞᆯ을 공규

61면 (空閨)의 늙혀 폐륜(廢倫)키롤 뎡ᄒᆞ고 요종별믈(妖種別物)을 쾌히 죽여 분ᄒᆞᆫ 거ᄉᆞᆯ 플니라.'

의ᄉᆡ(意思) 이의 밋쳐ᄂᆞᆫ 엇디 ᄎᆞᆷ으리오? 보완다려 다시 말 아니코 분연(奮然)이 닓ᄶᅥ나[144] 밧긔 나와 요하(腰下)의 댱검(長劍)을 ᄲᅢ혀 들고 바로 별쳐(別處)로 향ᄒᆞ니 ᄎᆞ시(此時)의 졍공ᄌᆡ 바야흐로 강질(强疾)[145]ᄒᆞ여 니러 안ᄌᆞ 듁음(粥飮)을 딘(進)ᄒᆞ더니 홀연 디게 열니ᄂᆞᆫ 곳의 쳑발위 믄득 쥬홍반(朱紅盤) ᄀᆞᆺᄐᆞᆫ 면모(面貌)의 노긔(怒氣)롤 분분(紛紛)이 ᄯᅴ여 호슈(虎鬚)[146]롤 거ᄉᆞ리고 환안(環眼)을 브릅ᄯᅥ 손의 대도(大刀)롤 ᄯᅳ을며 드러오니 거동(擧動)의 흉험싀포(凶險豺暴)ᄒᆞ미 모

144 닓ᄶᅥ나: 닓ᄯᅳ다. 닓드다. 벌떡 일어나다.

145 강질(强疾): 병을 무릅씀.

146 호슈(虎鬚): 호수. '범의 수염'이라는 뜻이나 여기서는 '거친 수염'을 뜻함.

딘 범과 셩닌 일희[147] 모양이라. 범인(凡人)이 훈번 볼진디 혼빅(魂魄)이 경월(驚越)홀디니 공지 엇디 경악(驚愕)디 아니리오마는 오히려 호발(毫髮)도 동후미 업셔 그룻술 드러 딘음(進飮)후믈 주약(自若)히 후 는디라. 쳑발위 젼일(前日)은 공주의 범빅(凡百)을 다 흠경(欽敬)후여 아니 긔이(奇異)히 넉이는 빅 업더니 오날놀 노분(怒忿)이 튱댱(充腸)후미 졸연(猝然)이 다라드러 딘목즐디(瞋目叱之) 왈 62면

"황구쇼이(黃口小兒) 초팔(初八)을 계오 넘어 주모(慈母)의 회듕(懷中)을 떠나디 못홀 씨어놀 텬신(天神)의 득죄(得罪)후여 만 니의 표박(漂泊)후니 내 일견(一見)의 잔잉후믈[148] 니긔디 못후여 거두어 도라온 바는 족히 일쿠롤 빅 아니어니와 네 도리 고국(故國)의 도라가기만 원후는 바의 혹업을 힘뼈 션비 묽은 힝실을 닷그미 맛당후거놀 구셰치몽(九歲稚蒙)이 엇디 거즛 병을 칭후고 드러누어 요음(妖淫)훈 졍욕(情慾)이 날로 기러 날노뼈 히쳔몽괴라 후여 업슈히 넉이고 우리 히국 녀주(女子)는 사룸을 조추 녜되(禮道) 업순가 후여 월댱규벽(越牆窺壁)의 투향(偸香)홀 의수로 오날놀 돌입심규(突入深閨)후며 음악간흉디셜(陰惡奸凶之說)노 지상귀녀(宰相貴女)룰 일압(一狎)후여 욕후믈 남은 뜨히 업게[149] 후니 긔 므슴 심슐(心術)이며 힝실(行實)이뇨? 내 본디 비위(脾胃) 괴이(怪異)후여 쥐 장식(粧飾)의 녀호 밉시로 63면 거즛 도덕(道德)을 낫타니고 그윽훈 가온디 요악(妖惡)훈 의수(意思)

---

147 일희: 이리.

148 잔잉후믈: 잔잉하다. 애처롭고 불쌍하다.

149 남은 뜨히 업게: 남은 땅이 없게. 여지없이, 달리 더 말할 필요가 없이.

와 음일(淫佚) 쇠롤 곰촌 ᄌᆞ롤 ᄎᆞ마 보디 못ᄒᆞᄂᆞ니 엇디 일녀(一女)의 젼졍(前程)을 위ᄒᆞ여 츄ᄒᆞ고 믜온 거술 견듸리오?”

셜파(說罷)의 검광(劍光)이 만실(滿室)ᄒᆞ며 흰 날이 바로 공ᄌᆞ의 뇌후(腦後)롤 향ᄒᆞ니 위틔ᄒᆞ미 호흡디간(呼吸之間)이라. 공지 그 슈죄(數罪)ᄒᆞᄂᆞᆫ 말이 족히 놀납디 아니ᄒᆞ듸 다만 셜인(雪刃)이 갓가이 범(犯)ᄒᆞ믈 보믜 쏄니 피치 아냐ᄂᆞᆫ 져 흉히(凶害)롤 버셔날 길히 업고 ᄯᅩᄒᆞᆫ 강약(强弱)이 브젹(不適)ᄒᆞ여 위름(危懔)ᄒᆞᆫ 긔운을 ᄯᅥᆯ쳐 니러나기 어려온디라. 됴흔 계괴 업셔 힘힘히[150] 몽고의 칼날히 맛촌 원빅(怨魄)이 될 바롤 싱각ᄒᆞ니 ᄌᆞ긔 져 몽고롤 쳔블급만브당(千不及萬不當)ᄒᆞ믈 모로디 아니ᄒᆞ듸 원억(寃抑)ᄒᆞ믈 폭빅(暴白)디 아니ᄒᆞ고 칼흘 바드미 가쇼로온디라. 이에 그릇술 노코 몸을 두로치며 진납의 팔과 초

64면

옥(楚玉)의 미쉬(美手) 움즉이ᄂᆞᆫ 바의 쳑발워 칼흘 아이고 헛도이 구러지니 공지 비록 탁뉸긔이(卓倫奇異)ᄒᆞ미 셰간(世間)의 무빵(無雙)ᄒᆞ나 용밍(勇猛)으로 의논(議論)ᄒᆞ여야 엇디 쳑발유롤 빅분디일(百分之一)이나 밋ᄎᆞ리오마ᄂᆞᆫ 빅신(百神)이 호위(護衛)ᄒᆞ여 텬디보호(天地保護)ᄒᆞ며 손을 놀니ᄂᆞᆫ 즈음의 신명(神明)의 도으미 벅벅ᄒᆞ여[151] 쳑발유롤 것구러디게 ᄒᆞ고 칼흘 아ᄉᆞ미 된디라. 공지 쳑발유롤 향ᄒᆞ여 왈

“내 댱군(將軍)의 후의(厚誼)롤 닙어 히샹(海上)으로조ᄎᆞ 귀국(貴國)의 니룬 디 임의 돌이 가고 히 밧괴여시니 비록 심담(心膽)을 빗최미 업ᄉᆞ나 댱군(將軍)이 스ᄉᆞ로 디인디감(知人之鑑)이 이시믈 ᄌᆞ랑ᄒᆞ

150 힘힘히: 힘히미. 부질없이.

151 벅벅ᄒᆞ여: 벅벅하다. 미루어 짐작하여 틀림없다, 반드시 그러하다.

며 날을 놉히 일ᄏᆞ라 과도(過度)ᄒᆞᄆᆡ 니ᄅᆞ럿ᄂᆞᆫ디라. 오날ᄂᆞᆯ을 당ᄒᆞ여 발검즐ᄆᆡ(拔劒叱罵)ᄒᆞᄂᆞᆫ 언ᄉᆡ(言辭) 상셩디인(喪性之人)의 광담망셜(狂談妄說)노 이ᄀᆞᆺ치 ᄒᆞᄂᆞ뇨? 아디 못게라 댱군(將軍)이 어ᄃᆡ로조ᄎᆞ 무거밍낭디언(無據孟浪之言)을 고디듯고 이러ᄐᆞᆺ 패거(悖擧)ᄅᆞᆯ ᄒᆡᆼ
ᄒᆞ며 오년(吾年)이 계오 초구(初九)의 만니타국(萬里他國)의 표령(飄 65면
零)ᄒᆞ미 아니라도 녀관(女官)[152]의 유심(有心)할 ᄊᆡ 아니어ᄂᆞᆯ ᄒᆞ믈며 대국(大國) 당당ᄒᆞᆫ 잠영고벌(簪纓高閥)노 몽고 ᄒᆡ븍의 표박(漂泊)ᄒᆞ미냐? 진실노 몽고디녀(蒙古之女)ᄂᆞᆫ 우흐로 황명(皇命)과 부모(父母)의 명(命)이 계셔도 ᄎᆞ마 됴흔 몸을 욕(辱)디 못ᄒᆞᆯ디라. 소무(蘇武)의 십구 년 한절(漢節)을 잡아 모즈라딘 절월(節越)노 도라오ᄂᆞᆫ 튱녈(忠烈)을 가디고 호녀(胡女)ᄅᆞᆯ 위쳐(爲妻)ᄒᆞ여시믈 내 그윽이 탄돌(嘆咄)ᄒᆞᄂᆞᆫ ᄇᆡ러니 구셰동몽(九歲童蒙)이 ᄎᆞ마 엇디 음일방탕(淫佚放蕩)ᄒᆞᆫ 의ᄉᆡ(意思) 그 디경(地境)의 밋쳐 월장규벽(越墻窺壁)의 션ᄇᆡ ᄒᆡᆼ실(行實)을 문허바리고 셩교(聖敎)의 죄인(罪人)이 되리오? 다만 셰샹(世上)의 광거(廣居)ᄒᆞᆯ 도덕(道德)과 어딘 ᄒᆡᆼ실(行實)이 업ᄉᆞ므로 위방블입(危邦不入)과 난방블거(亂邦不去)ᄅᆞᆯ 모로디 아니ᄒᆞ되 몸이 농되(籠鳥) 되여 ᄯᅥᆯ쳐 나디 못ᄒᆞ니 홍곡(鴻鵠)의 날개ᄅᆞᆯ 비디 못ᄒᆞ믈 슬허ᄒᆞᄃᆡ 혹ᄌᆞ 댱군(將軍)의 의긔(義氣)로 도라보ᄂᆡ믈 어들가 희망(希
望)ᄒᆞ미 타ᄉᆞ(他事)ᄅᆞᆯ 결을치 못ᄒᆞ거ᄂᆞᆯ 뜻 아닌 아릿다온 계집이 귤 66면
을 투ᄒᆞ고 문군(文君)의 벽을 뚧고ᄌᆞ ᄒᆞᄆᆡ 긔괴(奇怪)ᄒᆞ믈 니긔디 못

152 녀관(女官): 여관. 궁중에서 왕이나 왕비 등을 모시던 궁녀. 여기서는 '여인'이라는 뜻.

ᄒᆞ고 두랑(杜郞)[153]의 호탕ᄒᆞᆫ 풍치와 상여(相如)의 다정ᄒᆞᆫ 신이 업ᄉᆞᆯ 쁜 아니라 딘실노 유ᄋᆞ의 몸을 면치 못ᄒᆞ니 쇼ᄋᆞ의 옴길 의ᄉᆡ 업ᄂᆞᆫ디라. 므어ᄉᆞᆯ 뉴렴ᄒᆞ며 어나 곳의 난음(亂淫)ᄒᆞ믈 두리오? 금일 댱군(將軍)의 보ᄂᆡ신 바 미녀ᄅᆞᆯ 겻ᄐᆡ 두고ᄌᆞ ᄆᆞ음이 업ᄂᆞᆫ 고로 후의(厚誼)ᄅᆞᆯ 밧드디 못ᄒᆞ고 즉시 믈너가라 ᄌᆡ촉ᄒᆞᆫ즉 기녜 나의 션ᄌᆞ와 셔집을 가져가니 그 뜻을 아디 못ᄒᆞ거니와 ᄀᆞ장 음흉(陰凶)ᄒᆞ여 뎡시(正視)치 못ᄒᆞᆯ디라. 심니(心裏)의 츄ᄒᆞ미 플니지 아니터니 뜻밧긔 댱군(將軍)이 패려디셜(悖戾之說)과 놀나온 거조로ᄡᅧ 날을 ᄒᆡ코ᄌᆞ ᄒᆞ니 긔 므ᄉᆞᆷ 곡졀인디 의아ᄒᆞ믈 니긔디 못ᄒᆞ리로다. 댱군(將軍)이 비록 무예졀셰(武藝絶世)ᄒᆞ고 용녁(勇力)이 무빵(無雙)ᄒᆞ나 인명(人命)을 간ᄃᆡ로[154] 잔
67면 ᄒᆡ(殘害)ᄒᆞ리오? 만승(萬乘)의 위엄이나 필부(匹夫)ᄅᆞᆯ 죽이ᄆᆡ 일국(一國)이 가살(可殺)이라 ᄒᆞᆫ 후(後)의 죽여야 후셰(後世) 시비(是非)ᄅᆞᆯ 면ᄒᆞᄂᆞ니 댱군(將軍)이 스ᄉᆞ로 그 므ᄉᆞᆷ 위엄으로 칼흘 빗겨 사ᄅᆞᆷ 져히기ᄅᆞᆯ[155] 노예갓치 ᄒᆞ리오? 쳥컨ᄃᆡ 나의 범죄(犯罪)ᄅᆞᆯ 니ᄅᆞ면 버히믈 샤양치 아냐 칼흘 바드리라.[156]”

셜파(說罷)의 의연단좌(毅然端坐)ᄒᆞ니 쳑발위 쳐음 칼흘 아이고 것구러졋다가 다시 니러 안ᄌᆞ 공ᄌᆞᄅᆞᆯ 앙쳠(仰瞻)컨ᄃᆡ 공ᄌᆡ 원비(猿臂)[157]·일

---

153 두랑(杜郞): 두목지.

154 간ᄃᆡ로: 간대로. '간대'는 '망령, 미혹'을 뜻함. '망령되게', '함부로'의 뜻.

155 져히기ᄅᆞᆯ: 저히다. 위협하다. 두렵게 하다.

156 바드리라: 규장각본에는 '다드리라'로 되어 있음.

157 원비(猿臂): 원숭이처럼 팔이 길다는 뜻으로, 활을 잘 쏘는 사람을 말함. 한나라의 무장 이광이 팔이 길고 활을 잘 쏜 데서 유래함.

[158]요의 용긔(勇氣)를 분발(奮發)ᄒᆞ여 져의 잡은 칼흘 아술 즈음의 범연(泛然)[159]이 용협(勇俠)의 풍치롤 아오라 늠늠ᄒᆞᆫ 긔운(氣運)이 노졔(魯齊)의 좌의 환공(桓公)을 위셰(威勢)ᄒᆞ던 조ᄌᆞ만의 거동(擧動)[160]이 아니면 홍문연(鴻門宴) 샹의 항왕(項王)을 브릅뗘 보던 번댱군(樊將軍)[161]의 형상(形像)이라. 니른바 명댱경인(鳴將驚人)이오 비장튱텬(蜚將沖天)[162]이니 뇽(龍)이 비록 쳔틱(天澤)의 써나고 봉(鳳)이 쳔인(千仞)의 떠러디나 주리므로뼈 상곡(商穀)을 먹디 아니ᄒᆞ미 긔이(奇異)ᄒᆞᆫ 샹셔(祥瑞)롤 가져시미 오조(烏鳥)와 현격(懸隔)ᄒᆞ믈 알디라. 급ᄒᆞᆫ 셩(性)이 프러질 쁜 아냐 평싱(平生) 용녁(勇力)을 ᄌᆞ부(自負)ᄒᆞ더니 공ᄌᆞ 좌젼(坐前)을 님(臨)ᄒᆞ여 발검참디(拔劒斬之)코ᄌᆞ ᄒᆞ다가 헛도이 칼흘 아이고 구러디[163] ᄒᆞᆫ낫 언졍(蝘蜓)[164]이 운뇽셔치(雲龍瑞彩)롤 당홈 갓ᄐᆞ니 딘실노 측냥(測量)치 못ᄒᆞ며 븟그려 사롬 ᄃᆡ홀 안면(顏面)이 업거놀 다시 공ᄌᆞ의 화평(和平)ᄒᆞᆫ 셩음(聲音)으로 죵용(慫慂) 68면

158 일요: '일희 허리' 곧 '이리 허리'를 조합한 글자로 보임. 이리 허리는 남자의 유연한 허리를 비유하는 말.

159 범연(泛然): 특별한 관심 없이 데면데면한 것을 말함.

160 노졔(魯齊)의 ~ 거동(擧動): 조자만은 춘추시대 노나라 장수 조말. '조귀'라고도 함. 제환공(齊桓公)과 노장공(魯莊公)이 가(柯)에서 회맹할 때, 조말이 비수를 들고 환공을 위협해 노나라의 빼앗긴 땅을 돌려받음. 이것을 '조가지맹(曹柯之盟)' 혹은 '가회지맹(柯會之盟)'이라고 함.

161 번댱군(樊將軍): 번장군. 번쾌. 한 고조 때의 장수로 홍문연에서 고조를 구했음.

162 명댱경인(鳴將驚人)이오 비장튱텬(蜚將沖天)이니: 춘추시대 초장왕이 3년간 정사를 돌보지 않자, 오장이 3년간 날지도 않고 울지도 않으니 무슨 새냐고 하자 장왕이 '3년간 날지 않아도 한번 날면 하늘까지 솟구치고, 한번 울면 사람을 놀라게 할 것'이라고 대답한 데서 온 말.

163 구러디: 구러디다. 구러지다. 기울어지다. 규장각본에는 '구러져'로 되어 있음.

164 언졍(蝘蜓): 언정. 도마뱀.

이 니ᄅᆞᄂᆞᆫ 말을 듯건ᄃᆡ 과연 ᄒᆞᆫ마ᄃᆡ ᄶᆞ미ᄂᆞᆫ 일이 업셔 고드며 바ᄅᆞ기로 위쥬(爲主)ᄒᆞ니 오악(五嶽)[165]의 슈긔(秀氣)ᄅᆞᆯ 온젼(穩全)이 거두어 팔덕(八德)이 예예(芮芮)ᄒᆞ여 안광(眼光)의 낫타나고 뉵힝(六行)이 빈빈(彬彬)ᄒᆞ여 미우(眉宇)의 씌여시니 이 과연 쳔고셩현(千古聖賢)이오 금셰(今世)의 대유(大儒)의 머리ᄅᆞᆯ 니을 ᄌᆡ라. 여ᄎᆞ대현(如此大賢)을 음비난일(淫鄙亂逸)ᄒᆞᆫ 말노 욕ᄒᆞ며 칼노 ᄒᆡ코ᄌᆞ ᄒᆞ미 딘실노 몽고(蒙古)의 무리 흉독(凶毒)ᄒᆞ미오 사람의 힝(行)ᄒᆞᆯ ᄇᆡ 아니어ᄂᆞᆯ 쳑발위 ᄌᆞ칭(自稱) 의리광달(義理曠達)ᄒᆞ고 디식이 특별ᄒᆞᆯ와 몽고

69면 (蒙古)의 슈심견힝(獸心犬行)이 업고 학문(學問)이 광박(廣博)의 통금달고(通今達古)ᄒᆞᄃᆡ 금일(今日)의 다ᄃᆞ라ᄂᆞᆫ 졸연(猝然)이 흉패(凶悖)ᄒᆞ믈 감초디 못ᄒᆞ니 뉘웃ᄎᆞ며 븟그리미 좌우(左右)로 병츌(倂出)ᄒᆞᄆᆡ 보완의 요음간일(妖淫姦佚)ᄒᆞᆷ과 금시의 속이던 바ᄂᆞᆫ 블문가디(不問可知)라. 이에 범의 노ᄅᆞᆯ 플고 일희 셩을 두로혀 면슈이쳥(俛首而聽)의 긔이샤례(起而謝禮) 왈

"대ᄌᆡ대ᄌᆡ(大哉大哉)라. 군디풍의도덕(君之風儀道德)이여. 외외최최(嵬嵬崔崔)ᄒᆞ여 원이망디(遠而望之)ᄒᆞᄆᆡ 약혹태산(若或泰山)ᄒᆞ고 근이찰디(近以察之)ᄒᆞᄆᆡ 유왕대ᄒᆡ(流汪大海)라. 간간여은은(侃侃與誾誾)의 위ᄆᆡᆼ(威猛)이 구ᄌᆡ기듕(具在其中)ᄒᆞ니 텬ᄉᆡᆼ샤민(天生士民)의 가히 밋ᄎᆞᆯ ᄇᆡ 업거니와 텬죵디셩(賤種之性)으로 내 훼ᄀᆡᆨ(毁客)고ᄌᆞ ᄒᆞ믈 시ᄀᆡᆨ(時刻)의 뉘웃디 아닐딘ᄃᆡ 유묘(有苗)[166]의 슌덕(舜德)을

165 오악(五嶽): 관상학에서 사람의 이마, 코, 턱, 좌우 광대뼈를 일컫는 말.

블항(不降)ᄒᆞᆷ과 갈ᄇᆡᆨ(葛伯)[167]의 탕덕(湯德)을 블빈(不賓)[168]ᄒᆞ므로 다ᄅᆞ디 아니ᄒᆞ리오? 맛당이 슬힝(膝行)ᄒᆞ여 군의 다ᄉᆞ리믈 쳥ᄒᆞᆯ 거시로ᄃᆡ 군의 뜻이 요란ᄒᆞ믈 괴로이 넉이므로 ᄒᆞᆫ갓 졀ᄒᆞ여 샤죄(謝罪)ᄒᆞᆯ ᄲᅳᆫ이니 군은 거의 쳑발유의 뉘웃ᄂᆞᆫ 뜻을 도라보아 깁히 치부(置簿)치 말나." 공ᄌᆡ 붓드러 과례(過禮)ᄅᆞᆯ 말니고 ᄉᆞ긔화열(辭氣和悅)ᄒᆞ여 다시 말이 업더라. 70면

(책임교주 김경미)

---

166 유묘(有苗): 남방의 나라 이름. 왕정을 거역하자 순임금이 우를 시켜 정벌하게 했으나 항복하지 않음. 이후 순임금이 문덕을 베풀고 방패와 깃을 들고 춤을 추자 70일 만에 와서 항복함.

167 갈빅(葛伯): 갈백. 갈 땅의 제후. 갈백이 희생과 곡식이 없어서 제사를 지낼 수 없다고 하자 탕왕이 보내줌. 또 제사를 지내지 않자 탕왕이 정벌함.

168 블빈(不賓): 불빈. 불빈지사(不賓之士). '손님으로 자처하지 않는 선비'라는 뜻으로, 임금에게 복종하지 않는 선비 또는 벼슬에 나가기를 원치 않는 은사를 이르는 말.

완월회밍연
玩月會盟宴

권디십삼
卷之十三

어시(於是)의 경공ᄌᆡ 쳑발유롤 븟드러 과례(過禮)롤 말니고 ᄉᆞ긔화열 1면
(辭氣和悅)ᄒᆞ여 다시 말이 업ᄉᆞ니 쳑발유ㅣ 년ᄒᆞ여 그ᄅᆞᆺᄒᆞ믈 일ᄏᆞᆺ고 보완의 음난무상(淫亂無狀)ᄒᆞ미 반ᄃᆞ시 공ᄌᆞ의 풍의(風儀)롤 흠모ᄒᆞ여 아비롤 속이고 어미로 동심(同心)ᄒᆞ여 공ᄌᆞ의 측(側)의 도라가믈 도모ᄒᆞᄂᆞᆫ 흉심(凶心)이 일시도 살녀둘 ᄇᆡ 아니믈 분분(紛紛)이 닐너 급급히 죽여 업시ᄒᆞᆯ ᄉᆡ(思) 블갓ᄐᆞᆫ디라. 공ᄌᆡ 그 ᄉᆡ험광패(猜險狂悖)ᄒᆞ미 골육상잔(骨肉相殘)ᄒᆞ믈 녜ᄉᆞ로이 ᄒᆞ고자 ᄒᆞ믈 보ᄆᆡ 보완의 ᄇᆡ호디 못ᄒᆞ여 ᄌᆞ란 바로 회춘ᄒᆞᄂᆞᆫ 뜻만 길고[1] 규슈(閨秀)의 념치상딘(廉恥喪盡)ᄒᆞ믈 ᄎᆡᆨ망ᄒᆞᆯ ᄇᆡ 아니나 군ᄌᆞ의 덕이 만ᄆᆡᆨ(蠻貊)의도 ᄒᆡᆼᄒᆞᆯ진ᄃᆡ 보완을 교화(敎化)ᄒᆞ여 회션기악(回善其惡)기의 닐위디[2] 못ᄒᆞ리오? 이에 부ᄌᆞᄂᆞᆫ 텬셩디친(天性之親)[3]으로 그 귀ᄒᆞ며 듕ᄒᆞ미 만믈의 2면
비ᄒᆞᆯ 거시 업ᄉᆞᆷ과 골육이 상잔ᄒᆞ미 고금의 대변(大變)이믈 일ᄏᆞ라 보완의 음일(淫佚)ᄒᆞ미 구ᄐᆞ여 일편(一偏)된 죄괘(罪科) 아니라 딘실노 ᄇᆡ호디 못ᄒᆞ믈 비로셔 녜의념치상딘(禮儀廉恥喪盡)ᄒᆞ미니 다시 녀ᄒᆡᆼ부도(女行婦道)롤 교디(敎之)ᄒᆞ고 ᄌᆞ이롤 합ᄒᆞ여 회심ᄌᆞ칙(回心自責)ᄒᆞᄆᆡ 니ᄅᆞᆫ즉 댱군의 ᄒᆡᆼ(幸)이오 맛ᄎᆞᆷᄂᆡ 곳치디 못ᄒᆞ면 니ᄅᆞᆫ바 하우블이(下愚不移)니 죵용(慫慂)이 죽여도 늣디 아니타 ᄒᆞ여 여러 조건(條件) 어딘 말ᄉᆞᆷ과 민달(敏達)ᄒᆞᆫ 혜아리미 쇽인(俗人)의 ᄉᆡᆼ각디 못ᄒᆞᆯ ᄇᆡ 만흐니 쳑발유ㅣ ᄉᆡ로이 앙칭(仰稱)ᄒᆞ여 할연칭숑(豁然稱頌)

1 길고: 길다. 자라다.

2 닐위디: 니르위다. 이르게 하다.

3 텬셩디친(天性之親): 천성지친. 부자·형제.

의 광패(狂悖)ᄒᆞᆫ 뜻과 싀험(猜險)ᄒᆞᆫ ᄆᆞᄋᆞᆷ을 낫낫치 ᄉᆞᆯ와바리고 그 셩히 ᄀᆞᄅᆞ치믈 샤례ᄒᆞ며 도로혀 쳬루(涕淚)ᄅᆞᆯ 드리워 텬니(天理)ᄅᆞᆯ 한ᄒᆞ믄 졍공ᄌᆞᄅᆞᆯ 흠션앙모(欽羨仰慕)ᄒᆞᄂᆞᆫ ᄆᆞᄋᆞᆷ이 여ᄎᆞ간졀(如此懇切)
3면 ᄒᆞ나 ᄒᆞᆫ 나라ᄒᆡ ᄒᆞᆫ 님군을 셤기디 못ᄒᆞ여 져ᄂᆞᆫ 대국(大國) 셰벌(勢閥)의 나고 나ᄂᆞᆫ ᄒᆡ쳔몽고의 난 ᄇᆡ 되여 좁은 ᄉᆞᄆᆡ와 ᄡᅡᆨ근 머리로 옹막달을 븍면ᄉᆞ위(北面四衛)ᄒᆞ다가 방금의 디긔(知己)의 님군을 상(喪)ᄒᆞ고 싀부역ᄌᆞ(弑父逆子)ᄅᆞᆯ 쥬멸(誅滅)치 못ᄒᆞᄂᆞᆫ 분(忿)과 종샤(宗社)의 위틔ᄒᆞ믈 슬허ᄒᆞᄂᆞᆫ 근심이 웅심(雄心)을 ᄉᆞᆺᄎᆞ니 삼쳔니(三千里) 디방(地方)을 안온(安穩)치 못ᄒᆞᆯ가 근심ᄒᆞᄂᆞᆫ 듕 타ᄉᆞ(他事)ᄅᆞᆯ 어이 결을ᄒᆞ리오? 일노조ᄎᆞ 졍공ᄌᆞᄅᆞᆯ 머므ᄅᆞᆯ 뜻을 두디 못ᄒᆞ니 ᄒᆞᆫ번 손을 난호ᄆᆡ 만니이국(萬里異國) 의각[4]이 ᄀᆞ리고 ᄒᆡ쉬(海水) 즈음쳐 상봉(相逢)이 유명(幽明)을 격ᄒᆞᄆᆡ 다ᄅᆞ디 아니ᄒᆞ니 어ᄃᆡ로조ᄎᆞ 고현(高賢)을 뫼셔《츈츄(春秋)》의 남은 도덕문딜(道德文質)을 다시 보리오? 그윽이 명됴(明朝)의 댱원(長遠)ᄒᆞᆫ 국ᄆᆡᆨ(國脈)이 방실(邦室)[5]을 굉쥬(肱柱)ᄒᆞ고 탁셰(濁世)ᄅᆞᆯ 일광(一匡)[6]ᄒᆞᆯ 바ᄅᆞᆯ 블워ᄒᆞᆯ디언졍 졍공자ᄅᆞᆯ 츄ᄃᆡ(推戴)ᄒᆞ여 왕위(王位)의 님ᄒᆞᆯ 뜻을 두디 아니ᄒᆞ니 이 ᄯᅩᄒᆞᆫ 공
4면 ᄌᆞ의 담담쳥심(淡淡淸心)이 텬하(天下)라도 부운(浮雲)의 더져두고 만승(萬乘)이라도 헌 신 보ᄃᆞᆺ ᄒᆞ여 구졍(九鼎)[7]갓치 무겁고 만균(萬

4 의각: '애각'을 잘못 쓴 것으로 보임. 애각(崖脚)은 낭떠러지 아래 끝부분.

5 방실(邦室): 국가와 왕실.

6 일광(一匡): 어지러운 세상을 다스려 바로잡음.

7 구정(九鼎): 구정. 하나라의 우임금 때 전국의 아홉 주(州)에서 쇠붙이를 거두어서 만들었다는 솥으로, 국가의 권력을 상징함.

균[8])갓치 어려오믈 알미어니 쳑발유의 옹시를 위ᄒᆞᆫ 튱심(忠心)이 ᄒᆞᆫ 조각 금셕(金石)이 단연(鍛鍊)ᄒᆞ여 텬디개벽(天地開闢)ᄒᆞ여도 변치 아닐 ᄇᆡ니 몽고 무리의 ᄒᆞᆫ낫 튱의디ᄉᆡ(忠義之士)러라. 공ᄌᆡ 쳑발유의 과공칭앙(過恭稱仰)ᄒᆞ믈 깃거 아냐 블감(不堪)ᄒᆞ믈 ᄉᆞ샤ᄒᆞ더니 쳑발유ㅣ 믄득 ᄀᆞᆯ오ᄃᆡ

"블초녜(不肖女) 발셔 음황(淫荒)ᄒᆞᆫ 뜻을 발ᄒᆞ여 규슈의 념치를 일허시니 말노뼈 경계ᄒᆞ나 회과(悔過)ᄒᆞ믈 밋디 못ᄒᆞᆯ디라. 바라건ᄃᆡ 군의 셩효대도(誠孝大道)로뼈 녀교(女敎)를 디어 부ᄒᆡᆼ(婦行)의 경녈(貞烈)ᄒᆞ믈 알게 ᄒᆞ믈 쳥ᄒᆞ노라."

공ᄌᆡ 왈

"복이 평ᄉᆡᆼ(平生) ᄌᆡ죄 업ᄉᆞ므로 시부(詩賦)의 다ᄃᆞ라도 병 업시 짓디 못ᄒᆞᄂᆞ니 녀교를 엇디 졸연(猝然)이 일우리오? ᄉᆡ로이 녀교를 딧디 말고 고ᄌᆞ(古者) 현부인(賢夫人)의 ᄉᆞ젹(事蹟)과 녈졀(烈節)ᄒᆞᆫ 부녀의 ᄒᆡᆼᄉᆞ를 긔록ᄒᆞ여 뼈곰 계훈(戒訓)ᄒᆞ미 가ᄒᆞᆯ가 ᄒᆞ노라." 5면

쳑발유ㅣ 왈

"블초녜 고ᄉᆞ(古事)를 모로미 아냐 임의 학문(學問)이 미딘(未盡)ᄒᆞ미 업ᄉᆞᄃᆡ 음악(陰惡)ᄒᆞᆫ 뜻을 동ᄒᆞ니 ᄉᆡ로이 녀교를 ᄇᆡ호고ᄌᆞ ᄒᆞ미라. 쳥컨ᄃᆡ 군은 글을 앗기디 말나."

ᄒᆞ며 ᄌᆡ삼 간쳥ᄒᆞᆫᄃᆡ 공ᄌᆡ ᄌᆞ긔(自己) 필젹(筆蹟)을 음녀(淫女)의게 머므ᄅᆞ미 괴로와 쳑발유로 붓슬 잡히고 입으로 읇허《녀교(女敎)》삼

8 만균(萬균): 매우 무거운 것. 임금을 가리킴.

십 편을 디을ᄉᆡ 문법(文法)이 함홍광대(含弘光大)[9]ᄒᆞ고 외외최최(嵬嵬崔崔)ᄒᆞ여 균텬(鈞天)[10]의 됴화(調和)와 대ᄒᆡ(大海)의 도량이니 근원이 은하ᄅᆞᆯ 거훌너[11] 동ᄒᆡ의 부셩(富盛)ᄒᆞᆷ과 태산의 등등(騰騰)ᄒᆞ믈 겸ᄒᆞᆫ 듕의 문의 암암ᄒᆞ고 ᄉᆞᄒᆡ(四海) 망망ᄒᆞ여 금옥(金玉)이 ᄌᆡᆼ장(鏗鏘)ᄒᆞ고 귀신이 놀나니 《츈츄》의 여필(餘筆)이오 강상(綱常)의 두렷ᄒᆞᆫ 절목(節目)이라. 녀ᄒᆡᆼ(女行)의 온온(溫溫)ᄒᆞᆷ과 부덕(婦德)의 졍뎡 6면 (貞靜)ᄒᆞ믈 니ᄅᆞᄂᆞᆫ 바의 다ᄃᆞ라ᄂᆞᆫ 포달(褒妲)[12]의 간녕(奸佞)ᄒᆞ믈 겸ᄒᆞᆫ ᄌᆡ라도 황연감회(晃然感悔)ᄒᆞᆯ디라. 쳑발위 쓰기ᄅᆞᆯ 맛ᄎᆞᄆᆡ 공ᄌᆞᄅᆞᆯ 향ᄒᆞ여 문법(文法)의 긔이(奇異)ᄒᆞ믈 만구칭복(滿口稱服)ᄒᆞ고 거두어 낭듕(囊中)의 너흐ᄆᆡ 공ᄌᆞᄅᆞᆯ 상(牀)요[13]의 나아가믈 권ᄒᆞ니 공ᄌᆡ 강작(强作)기ᄅᆞᆯ 오ᄅᆡ ᄒᆞ여시ᄆᆡ 이의 침셕(寢席)의 나아간ᄃᆡ 쳑발위 비로소 거ᄅᆞᆷ을 두로혀 보완의 침쳐(寢處)로 향ᄒᆞ니라.

ᄎᆞ셜(且說). 보완이 졔 아비 말업시 ᄯᅥᆯ니 나가 오ᄅᆡ도록 드러오디 아니믈 만분의아(萬分疑訝)ᄒᆞ며 져의 디원(至願)을 일울가 절박히 희망ᄒᆞᄂᆞᆫ 뜻이 녈일(烈日)의 감우(甘雨)로 비(比)치 못ᄒᆞᄃᆡ 감히 ᄯᆞ라나가 동졍(動靜)을 보디 못ᄒᆞ고 ᄒᆞᆫ갓 심ᄉᆞᄅᆞᆯ 초삭(焦削)ᄒᆞ더니 야심(夜深)

---

9 함홍광대(含弘光大): 모든 것을 너그럽게 포용함. "만물이 땅에 실려 있는 것은 끝이 없이 덕과 부합하고, 모든 것을 너그러이 포용하여 사물마다 형통하다(坤厚載物 德合无疆 含弘光大 品物咸亨)."라는 말이 《주역》 〈곤괘〉에 나옴.

10 균텬(鈞天): 균천. 하늘을 아홉 방위로 나눈 것 중 가운데를 이르는 말.

11 거훌너: 거후르다. 기울이다.

12 포달(褒妲): 포사(褒姒)와 달기(妲己).

13 상(牀)요: 편안하게 누워 잘 수 있게 만든, 요 깔린 평상.

ᄒᆞᆫ 후 쳑발위 드러와 보완을 계하(階下)의 ᄭᅮᆯ니고 셰 가디 큰 죄와 다ᄉᆞᆺ 가디 음난ᄒᆞ믈 슈죄(數罪)ᄒᆞ고 일간비실(一間鄙室)의 긴긴(緊緊)히 가둘ᄉᆡ 낭듕(囊中)으로조ᄎᆞ 《녀교(女教)》 삼십 편을 ᄂᆡ여주어 왈 7면
"이ᄅᆞᆯ 보와 회션기악(回善其惡)ᄒᆞ여 졍녈(貞烈)ᄒᆞᆫ 녀ᄌᆡ 될딘ᄃᆡ 내 ᄯᅩᄒᆞᆫ 텬뉸디졍(天倫之情)을 버히디 아닐 거시오 맛ᄎᆞᆷᄂᆡ 개과(改過)ᄒᆞ미 업ᄉᆞᆫ즉 쾌히 죽여 분ᄒᆞ고 측(惻)ᄒᆞ믈 업시ᄒᆞ리라."

언필(言畢)의 ᄃᆡ답을 기다리디 아니코 휘모라 가도니 보완이 음교간활(淫巧奸猾)ᄒᆞ나 아비ᄅᆞᆯ 두리ᄂᆞᆫ 바의 져의 획계(劃計)ᄒᆞᆫ ᄇᆡ 발각ᄒᆞ니 졍공ᄌᆞᄂᆞᆫ 바라도 못ᄒᆞ고 아비 상인(霜刃)[14]의 졔 머리ᄅᆞᆯ 두 조각의 ᄂᆡᆯ가 근심이 잇ᄂᆞᆫ디라. 일언(一言)을 못 ᄒᆞ고 비실의 나리니 쳑발위 다시 금시ᄅᆞᆯ 대즐졀칙(大叱切責)ᄒᆞᆫᄃᆡ 금시ᄂᆞᆫ 쳐음브터 보완의 계ᄀᆈ 되디 못ᄒᆞᆯ 바ᄅᆞᆯ 근심ᄒᆞ던 고로 쳑발유의 셩졍으로ᄡᅧ 보완을 죽이디 아니믈 도로혀 다ᄒᆡᆼ이 넉여 믁믁히 함한(含恨)ᄒᆞᄂᆞᆫ ᄉᆞ식(辭色)을 아니 ᄒᆞ더라. 쳑발위 보완을 가도와 임의로 움ᄌᆞᆨ이디 못ᄒᆞ게 ᄒᆞ고 졍 8면
공ᄌᆞᄅᆞᆯ 공경듕ᄃᆡ(恭敬重待)ᄒᆞ미 날노 더으니 공ᄌᆡ 블감ᄒᆞ믈 일ᄏᆞᆺ더라. 어시(於是)의 옹탈블이 아비ᄅᆞᆯ 영장(永葬)ᄒᆞᆫ 후 군긔ᄅᆞᆯ 다ᄉᆞ려 회현관을 급히 치니 쳑발위 ᄯᅩᄒᆞᆫ 죽기ᄅᆞᆯ 한ᄒᆞ여 ᄃᆡ젹(對敵)기ᄅᆞᆯ 못 밋출 ᄃᆞ시 ᄒᆞ나 맛ᄎᆞᆷᄂᆡ 군졸(軍卒)의 쉬(數) 블과 ᄉᆞ쳔(四千)으로 탈블의 삼만 병(兵)을 당키 어려오ᄃᆡ 쳑발위 용긔(勇氣)ᄅᆞᆯ 미더 다만 년일ᄃᆡ젼(連日對戰)ᄒᆞᄃᆡ 승부(勝負)ᄅᆞᆯ 결치 못ᄒᆞ고 관듕(館中)의 군냥(軍

14 상인(霜刃): 서슬이 시퍼런 칼날.

糧)이 ᄭᅳᆺ쳐져 ᄉᆞ쇼ᄒᆞᆫ 군ᄉᆡ 긔아(饑餓)ᄅᆞᆯ 면치 못ᄒᆞ니 공ᄌᆡ 쳑발유ᄅᆞᆯ ᄃᆡᄒᆞ여 ᄀᆞᆯ오ᄃᆡ

"이제 탈블이 급히 치기ᄅᆞᆯ 당ᄒᆞ여 군량(軍糧)이 핍졀(乏絶)ᄒᆞᄆᆡ 군ᄉᆡ 쥬리믈 겸ᄒᆞ여 강병(强兵)을 ᄃᆡ젹ᄒᆞᆯ 길히 업ᄂᆞᆫ디라. 나의 어린 쇼견은 댱군이 계교로ᄡᅧ 탈블을 잡고 힘으로ᄡᅧ 상젼(相戰)치 말미 올흘가 ᄒᆞ노라."

쳑발워 쇼왈(笑曰)

9면 "셕(昔)의 조죄(曹操) 관공을 머므러 삼일쇼연(三日小宴)ᄒᆞ고 오일대연(五日大宴)ᄒᆞ여 그 ᄆᆞᄋᆞᆷ을 깃기며[15] 샹ᄆᆞ(上馬)의 금(金)을 주고 하ᄆᆞ(下馬)의 은(銀)을 주어 그 ᄠᅳᆺ을 낫고고자 ᄒᆞᄃᆡ 관공[16]의 소렬(昭烈)[17] 위ᄒᆞ신 이 ᄠᅳᆺ을 기우리디 아니ᄒᆞ고 안량(顔良)[18]·문쥐(文醜)[19]ᄅᆞᆯ 버 조조ᄅᆞᆯ 갑흔 후 쾌히 도라가니 군이 관공의 고ᄉᆞᄅᆞᆯ 니어 탈블을 파(破)ᄒᆞ고 ᄲᅧᆯ니 도라가랴 ᄒᆞᄂᆞ냐? 내 비록 조조의 간웅(奸雄)을 밋디 못ᄒᆞ나 찬역(簒逆)의 심통은 힝혀도 업셔 대역(大逆)을 도모ᄒᆞ미 업ᄉᆞᆫ 바의 동냥을 구ᄒᆞ여 므어ᄉᆡ ᄡᅳ리오? 당초(當初) 군을 만나ᄆᆡ 나히 어리믈 혐의치 아니ᄒᆞ고 우리 국군의 ᄉᆞ우(師友)[20]로ᄡᅧ 마ᄌᆞ시게 ᄒᆞ려 ᄒᆞ엿더니 일됴(一朝)의 만ᄉᆡ(萬事) 그ᄅᆞᆺ된디라. 오ᄃᆞᆨ 능셩군을 마ᄌᆞ 국

15 깃기며: 깃기다. 기뻐하게 하다.

16 관공(關公): 관우. 삼국시대 촉한의 장수. 안량, 문추와 싸우던 때는 조조의 밑에 있었음.

17 소렬(昭烈): 소열. 소열황제. 유비. 삼국시대 촉한을 세움.

18 안량(顔良): 원소(袁紹)의 장수. 조조의 군대와 싸우다 관우에게 죽임을 당함.

19 문쥐(文醜): 문추. 원소의 장수. 조조의 군대와 싸우다 관우에게 죽임을 당함.

20 ᄉᆞ우(師友): 스승으로 삼을 만한 벗.

듕(國中)을 평뎡(平定)홀 ᄲᅳᆫ이오 군을 머므롤 ᄠᅳᆺ은 업ᄂᆞ니 군은 도라 갈 바롤 념녀치 말나. 관공은 도원결의(桃園結義)[21]도 져바리디 못ᄒᆞ엿거놀 ᄒᆞ믈며 군의 셩회(誠孝) 특눈(特倫)ᄒᆞ므로 친위존당(親闈尊堂)을 ᄯᅥ나오미냐?"

공ᄌᆡ 샤왈(謝曰)

"댱군이 아심(我心)을 ᄇᆞᆰ히 빗최오니 다시 긴 셜화(說話)롤 시작홀 ᄇᆡ 아니라. 도라가믄 댱군을 밋거니와 목금(目今) 탈블의 급격디셰(急激之勢)롤 보건ᄃᆡ 댱군의 강용(剛勇)이 만뷔(萬夫) 브당(不當)홀 ᄇᆡ니 쥬린 군ᄉᆡ 능히 탈블의 강병(强兵)을 당치 못홀가 근심되니 몬져 딘평(陳平)의 황금(黃金) ᄉᆞ만 근(斤)으로ᄡᅥ 초(楚) 군신(君臣) 니간(離間)ᄒᆞ믈 힝ᄒᆞ고 버거 여ᄎᆞ여ᄎᆞᄒᆞ여 탈블을 잡아 죄롤 뎡히 ᄒᆞ미 됴흘가 ᄒᆞ노라." 10면

쳑발위 쳥파(聽罷)의 공슈샤왈(拱手謝曰)

"셕의 뉴후(留侯)[22]의 쇼년이 범아부(范亞夫)[23]의 칠십(七十)을 압두(壓頭)ᄒᆞ믈 후셰(後世) 칭복(稱服)ᄒᆞ미러니 군의 ᄲᅢ혀난 ᄌᆡ모디략(才謀智略)은 와룡(臥龍)의 디나고 ᄌᆞ방(子房)의 넘어 헌원(軒轅)의 신긔(神機)롤 온젼이 가졋ᄂᆞᆫ디라. 나 몽고 팔 셰로브터 경셔(經書)롤 닑고 이칠(二七)노브터 《뉵도삼냑(六韜三略)》의 잠심(潛心)ᄒᆞ여 거의 문니(文理)의 막힐 거시 업다 홀 거시로ᄃᆡ 내 디혜 쳔박ᄒᆞ여 다만 두 팔의

21 도원결의(桃園結義): 유비, 관우, 장비가 도원에서 의형제를 맺은 것.

22 뉴후(留侯): 유후. 장량. 한 고조를 도와 천하를 통일함.

23 범아부(范亞夫): 범증. 70세에 항량의 참모로 초나라 회왕을 세우고 항우의 신하가 됨.

힘만 밋고 계교ᄅᆞᆯ 쓰미 업ᄂᆞ니 군의 ᄀᆞᄅᆞ치믈 삼가 조ᄎᆞ리라.”

11면 공ᄌᆡ 블감ᄉᆞ샤(不堪謝辭)ᄒᆞᆫᄃᆡ 쳑발위 또 ᄀᆞᆯ오ᄃᆡ

“텬ᄉᆡᆼ대셩(天生大聖)ᄒᆞ샤 위만셰도덕디종쥬(爲萬世道德之宗主)ᄒᆞ시니 디극ᄒᆞᆫ 보ᄇᆡᄂᆞᆫ 상키 쉬온디라. 군이 엇디 하원디슈(遐遠之壽)ᄅᆞᆯ 누리리오? 오슈무디일몽괴(吾雖無知一蒙古)나 오히려 사ᄅᆞᆷ의 길흉(吉凶)을 거의 ᄉᆡ닷ᄂᆞ니 군이 크게 귀ᄒᆞᆯ 격죄(格調) 반ᄃᆞ시 일인디하(一人之下)오 만인디샹(萬人之上)이어니와 반ᄉᆡᆼ(半生)을 민텬(旻天)의 우ᄅᆞᆷ이 이실 ᄃᆞᆺᄒᆞ고 또 슈한(壽限)이 하슈(下壽)[24]도 바라디 못ᄒᆞᆯ ᄃᆞᆺᄒᆞ니 하날이 엇디 셩인을 앗기시미 이 갓ᄐᆞ뇨? 연이(然而) 면모(面貌)의 만복(萬福)이 구비ᄒᆞ여 통만현졀(通萬賢哲)ᄒᆞ니 문왕의 샹셔로옴과 쇼호(少昊)[25]의 신긔ᄒᆞᆫ 격으로 방블ᄒᆞ며 길션화샹의 달슈영녹(達壽榮祿)이 ᄌᆞ손의 면면브졀(綿綿不絶)ᄒᆞ여 귀복이 밋ᄎᆞ리 업ᄉᆞ리니 군이 인슈팔십(人壽八十)을 다 누리디 못ᄒᆞ믈 죡히 한ᄒᆞᆯ ᄇᆡ 아니로다.”

공ᄌᆡ 미쇼왈(微笑曰)

“사ᄅᆞᆷ을 과장ᄒᆞ미 듯ᄂᆞᆫ ᄌᆞ로 ᄒᆞ여곰 붓그려 죽으리로다. 젹병이 관익

12면 (官掖)[26]을 에우기의 다ᄃᆞ라 상법(相法)을 의논ᄒᆞ미 한만(閑漫)ᄒᆞ니 원(願) 댱군은 셜화ᄅᆞᆯ 날회고[27] 밧비 계교ᄅᆞᆯ 힝ᄒᆞ라.”

---

24 하슈(下壽): 하수. 60세의 나이. 또는 그 나이가 된 노인.

25 쇼호(少昊): 소호. 중국 고대의 다섯 성군인 오제(五帝) 가운데 한 사람.

26 관익(官掖): 관액. 궁궐.

27 날회고: 날회다. 느리게 하다. 여기서는 ‘그만두다’, ‘뒤로 미루다’의 뜻.

쳑발ᄋᆔ 조ᄎᆞ 즉시 부댱(副將) 야목금을 블너 계교ᄅᆞᆯ 가ᄅᆞ쳐 진유ᄌᆞ의 쇼임을 당ᄒᆞ라 ᄒᆞ니 디릉언ᄌᆞᆨ(知能言足)ᄒᆞ고 다모ᄌᆡ예(多謀才銳)ᄒᆞ여 블감쳥(不敢請)이언졍 고쇼원(固所願)이라 ᄒᆞ고 흔연쳥녕이거(欣然聽令而去)어ᄂᆞᆯ 이에 경공ᄌᆞ의 디ᄒᆔ(指揮)ᄅᆞᆯ ᄯᆞ라 팔문셕딘(八門席陣)을 베플ᄉᆡ 비록 그 젼일 신긔묘산(神機妙算)을 상념(想念)ᄒᆞ여 호발(毫髮)도 어긔오미 업시 딘(陳)을 일우ᄆᆡ 쳔디번복(天地飜覆)ᄒᆞ고 뇌졍풍운(雷霆風雲)이 딘동(震動)ᄒᆞ며 뇌고함셩(雷鼓喊聲)이 바다히 터디고 뫼히 문허디ᄂᆞᆫ ᄃᆞᆺᄒᆞᆫ디라. 쳑발ᄋᆔ 감연이 앙탄왈(仰嘆曰)

"내 쇼년 시로브터 닉인 ᄇᆡ러니 엇디 냥딘(兩陣)이 상격(相隔)ᄒᆞᄂᆞᆫ ᄯᆡᄅᆞᆯ 당ᄒᆞ여 시험치 아니코 져 쇼년치몽(少年稚蒙)의 가ᄅᆞ치믈 바든 후 비로소 베프ᄃᆡ 일단 두리온 ᄯᅳᆺ이 득실을 념녀ᄒᆞ미 되여시니 견마디도(犬馬之徒)ᄅᆞᆯ 맛타 ᄡᆞᆯ 곳이 업고 경ᄌᆞᄂᆞᆫ 우ᄉᆔ의 아ᄂᆞᆫ 거시 ᄌᆞ라 13면
ᄉᆡᆼ이디지(生而知之)ᄒᆞ미 이시니 범ᄇᆡᆨ(凡百)의 신이(神異)ᄒᆞ고 영달(榮達)ᄒᆞ미 쇽ᄌᆞ(俗者)의 비길 ᄇᆡ 아니라."

ᄒᆞ여 스ᄉᆞ로 ᄆᆞ음과 말ᄒᆞ여 션복(羨服)ᄒᆞ믈 마디 아니ᄒᆞ더라. ᄎᆞ일야(此日夜)의 경공ᄌᆡ 강딜(强疾)ᄒᆞ여 졍듕(庭中)의 ᄇᆡ회ᄒᆞ며 텬슈(天宿)ᄅᆞᆯ 앙쳠(仰膽)ᄒᆞ니 셩신특달(聖神特達)ᄒᆞᆫ ᄎᆞᆼ명(聰明)과 영긔ᄉᆡᆼ디(英氣生知)ᄒᆞᄂᆞᆫ 긔이ᄒᆞ미 잇ᄂᆞᆫ 바의 부모존당(父母尊堂)의 텬년(天年)[28]을 겸ᄒᆞ고 슈한을 통ᄒᆞ믈 비록 ᄇᆡ호기ᄅᆞᆯ 뎡치 못ᄒᆞ여시나 이 본ᄃᆡ 일이디십(一而知十)과 십이디ᄇᆡᆨ(十而知百)을 ᄀᆞ장 용한이 넉이ᄂᆞᆫ디

28 텬년(天年): 천년. 타고난 수명을 제대로 사는 나이.

라. ᄌᆞ긔 아딕 슈학(數學)[29]을 통ᄒᆞ미 능치 못ᄒᆞᆫ 고로 텬문(天文)을 겸코ᄌᆞ 아니터니 금야의 다ᄃᆞ라 거년(去年)의 미ᄒᆡ(未解)ᄒᆞ던 거시 ᄇᆡ호며 알녀 ᄒᆞ미 업시 스ᄉᆞ로 활연관통(豁然貫通)ᄒᆞ여 신명이 ᄯᆞ라 ᄀᆞᄅᆞ치고 스싱이 디뎜(指點)[30]ᄒᆞ여 니ᄅᆞᄂᆞᆫ ᄃᆞᆺ 셩슈(星宿)[31]ᄅᆞᆯ 일일히 ᄉᆞᆯ피ᄆᆡ ᄌᆞ긔 쥬셩(主星)[32]이 졈졈 변븍(邊北)을 ᄉᆞᄆᆞᆺ고 변도로 광ᄎᆡᄅᆞᆯ 흘닐
14면 디언졍 고국으로 두로혀미 잇디 아닌디라. 감건냥구(監乾良久)의 악연실ᄉᆡᆨ(愕然失色) 왈

"ᄋᆡ라. 쳑발유ᄅᆞᆯ 도와 난방(亂邦)을 뎡ᄒᆞ고 인ᄒᆞ여 사ᄒᆡᆼ(使行)과 ᄒᆞᆫ가디로 고원(故園)을 향코ᄌᆞ ᄒᆞ엿더니 엇딘 연고로 나의 쥬셩(主星)이 졈졈 변국(邊國)을 ᄉᆞᄆᆞᆺ고 고국을 멀으미 만 니의 더으미 잇ᄂᆞᆫ고? 내 셩학(聖學)이 미딘(未盡)ᄒᆞ여 디금의 슈학을 뎡통치 못ᄒᆞ니 몬져 텬문(天文)을 졈ᄒᆞ미 근어ᄉᆞᆯᄉᆡᆫ(近於術事) 고로 브ᄃᆡ 슈학(數學)을 통ᄒᆞ고 미조ᄎᆞ 텬문을 통코ᄌᆞ ᄒᆞ엿더니 이졔 엇디 감건ᄒᆞ여 셩슈ᄅᆞᆯ ᄇᆞᆰ히 혜아리고 슈학의 미ᄒᆡ(未解)ᄒᆞ뇨? 초인(楚人)이 왈 '텬뎡(天定)이 승인(勝人)이나 인듕(人衆)이 역승텬(亦勝天)이라.'[33] ᄒᆞ니 내 졍셩을 갈ᄒᆞᆫᄌᆞᆨ 하날이 감동ᄒᆞ시믈 엇고 고국의 도라가 왕모(王母)와 친위(親

---

29 슈학(數學): 수학. 상수학(象數學). 《주역》의 괘에 나타난 모습과 수의 변화를 연구하는 학문.

30 디뎜(指點): 지점. 손가락으로 가리킴.

31 셩슈(星宿): 성수. 별자리의 별들.

32 쥬셩(主星): 주성. 특정 별자리가 그 인간의 운명을 관장한다고 믿는 것.

33 초인(楚人)이 왈 텬뎡(天定)이 승인(勝人)이나 인듕(人衆)이 역승텬(亦勝天)이라: 춘추시대 초나라의 신포서(申包胥)가 "사람이 많으면 하늘을 이기고, 하늘의 뜻이 정해지면 또한 사람을 이긴다(人衆者勝天 天定者亦能勝人)."라고 한 데서 옴.

闈)의 결ᄒᆞ여 훤안(萱顔)의 반기시믈 우러러 만니히국의 아ᄋᆞ라히 영모ᄒᆞ던 하회(下懷)롤 고ᄒᆞ며 실산(失散)ᄒᆞ엿던 곤계(昆季) ᄒᆞᆫ가디로 모드미 되여 항녈(行列)의 슬프미 업시 훤졍(萱情)을 봉시(奉侍)ᄒᆞ여 15면
무치(舞彩)의 노롬과 질츄(跌墜)의 희히(戲諧)롤 두미 이실 ᄃᆞᆺᄒᆞ니 굿ᄐᆞ여 셩슈로뼈 거리ᄭᅵ디 말녀니와 텬의 딘실노 나의 도라가믈 허치 아니실딘ᄃᆡ 쇽졀업시 도로(道路)의 초황(焦遑)ᄒᆞ여 간격(肝隔)을 ᄉᆞ횔 ᄲᅳᆫ이리니 아디 못게라 하죄하고(何罪何故)로 득죄어텬(得罪於天)ᄒᆞ미 이에 밋쳣ᄂᆞ뇨? 션비의 셩덕이 결단ᄒᆞ여 댱원ᄒᆞᆫ 슈복(壽福)을 누리실 ᄃᆞᆺᄒᆞᄃᆡ 하슈의 반을 디나디 못ᄒᆞ시미 젼혀 블초의 죄역(罪役)이 관영(貫盈)ᄒᆞ미어놀 이제 몸이 만니타국의 표령ᄒᆞ여 문묘(門廟)의 ᄇᆡ현(拜見)ᄒᆞ연 디 오란디라. 왕부(王父)[34] 향연(香煙)의 됴모곡ᄇᆡ(朝暮哭拜)도 미셩(微誠)을 펼 길히 업셔 도라가믈 엇디 못ᄒᆞ니 어나 ᄉᆞᆺ틔 쳔효(淺孝)롤 베프리오?”

인ᄒᆞ여 왕부의 초두일(初度日)[35]이 듕츈긔망(仲春旣望)이런 바롤 ᄉᆡᆼ각ᄒᆞ여 ᄡᅵ 뎡히 이월 초슌의 밋쳣ᄂᆞᆫ디라. 셕ᄉᆞ(昔事)롤 감상ᄒᆞ여 ᄇᆡᆨ통(百痛)이 구비ᄒᆞ니 유명(幽明)을 격ᄒᆞ와 왕부(王父)와 양모(兩母)의 16면
존안(尊顔)을 츄원영모(追遠永慕)ᄒᆞᄆᆡ 심담(心膽)이 쳔븡만녈(千崩萬裂)ᄒᆞ여 혈뉘(血淚) 비ᄀᆞᆺ치 ᄯᅥ러디니 ᄇᆡᆨ의광슈(白衣廣袖)의 홍화(紅華)롤 ᄲᅳ린 ᄃᆞᆺᄒᆞ거놀 머리롤 두로혀 고원을 ᄇᆞ라ᄆᆡ 관산(關山)이

---

34 왕부(王父): 남 앞에서 자기 할아버지를 부르는 말.

35 초두일(初度日): ‘초두일’로 표기되어 있으나 ‘초도일’을 말하는 것으로 보임. 초도일은 생일을 말함.

삭막ᄒᆞ고 ᄋᆡ각(崖脚)이 젹연(寂然)ᄒᆞ니 만니이국(萬里異國)을 즈음ᄒᆞ여 효ᄌᆞ(孝子)의 친안(親顔)을 ᄉᆞ모ᄒᆞᄂᆞᆫ 심ᄉᆡ 뮈여디며 색거디믈 ᄭᆡ닷디 못ᄒᆞ니 다시 모친의 건곤(乾坤)이 합벽(闔闢)ᄒᆞᄂᆞᆫ 화변(禍變)을 만나ᄃᆡ 대의ᄅᆞᆯ 인ᄒᆞ여 ᄉᆞ졍을 긋ᄎᆞ미 되니 ᄉᆡᆼ디구로(生之劬勞)의 호텬막대디은(昊天莫大之恩)을 갑ᄉᆞᆸ디 못ᄒᆞ고 의양의 향연을 망극ᄒᆞ여 디통(至痛)과 효감(孝感)이 일일층츌(日日層出)ᄒᆞ믈 헤아려 ᄇᆞ아디ᄂᆞᆫ ᄃᆞᆺ 슬프믈 형상치 못ᄒᆞᄂᆞᆫ 바의 소부인이 ᄂᆡᄉᆞ(內事)ᄅᆞᆯ 담당ᄒᆞ여 션봉제ᄉᆞ(先奉祭祀)와 효ᄉᆞ존고(孝事尊姑)의 다시 일가합족(一家闔族)을 거ᄂᆞ려 근노함과 다ᄉᆞᄒᆞ미 촌음(寸陰)의 한가ᄒᆞ믈 엇디 못할
17면 ᄇᆡ니 존톄 엇디 녕안(寧安)ᄒᆞ믈 긔필ᄒᆞ리오 ᄒᆞ여 친ᄌᆞ모와 ᄒᆞᆫ가디니 텬셩의 대회 아니면 이 ᄀᆞᆺ디 못ᄒᆞᆯ디라. 월ᄉᆡᆨ이 여쥬(如晝)ᄒᆞ여 원근이 소연이 빗최니 눈을 둘너 좌우ᄅᆞᆯ ᄉᆞᆯ피건ᄃᆡ 몽고의 무리ᄂᆞᆫ 곳곳이 쁘러져 단ᄌᆞᆷ이 바야히니 등홰(燈火) 그윽ᄒᆞ고 만뇌구젹(萬籟俱寂)ᄒᆞᄆᆡ 더브러 심ᄉᆞᄅᆞᆯ 니ᄅᆞ며 언어ᄅᆞᆯ 슈작ᄒᆞᆯ ᄌᆡ 업ᄉᆞᆫ디라. 쇽졀업시 운산의 누슈ᄅᆞᆯ 쁘리고 야월(夜月)의 한숨을 일위여 쳑피호혜(陟彼岵兮)여 쳠망모혜(瞻望母兮)로다[36] 읇허 츄연ᄋᆡ상(惆然哀傷)ᄒᆞ여 실(室)의 들기ᄅᆞᆯ 니ᄌᆞ니 ᄒᆡ븍 찬 바ᄅᆞᆷ이 츈긔(春氣)ᄅᆞᆯ 조ᄎᆞ미 업거ᄂᆞᆯ 옥뇌(玉露) 나말(羅襪)을 침(侵)ᄒᆞ고 한풍(寒風)이 골부(骨膚)ᄅᆞᆯ 쳘(徹)ᄒᆞ니 병듕(病中) 약긔(弱氣)의 심ᄒᆡᄒᆞ믈 ᄭᆡᄃᆞ라 즉시 ᄀᆡ호입실(開戶入室)ᄒᆞ여 쵹을 도도고 경셔(經書)ᄅᆞᆯ 닑어 밤을 ᄉᆡ올ᄉᆡ 옥쳠(屋簷)의 금계(金

36 쳑피호혜(陟彼岵兮)여 쳠망모혜(瞻望母兮)로다: 쳑피호혜는 '저 민둥산에 올라'의 뜻이고, 쳠망모혜는 '어머니 계신 곳 바라본다'는 뜻임. 《시경》〈척호(陟岵)〉.

鷄)ᄂᆞᆫ 악악히 ᄉᆡ비[37]를 보ᄒᆞ며 관듕(關中)의 쳘고(鐵鼓)ᄂᆞᆫ 늉늉히 산ᄉᆞ(山寺)의 븍을 맛초니 듯ᄂᆞᆫ 소릐와 보ᄂᆞᆫ 거시 다 고국으로 ᄂᆡ도ᄒᆞᆫ디라. 거두망산월(擧頭望山月)ᄒᆞ고 져두ᄉᆞ고향(低頭思故鄕)ᄒᆞ여 쳐황비도(悽慌悲悼)ᄒᆞ믈 억졔치 못ᄒᆞ더니 오ᄂᆞᆫ 회포를 믈니쳐 슬프믈 거두고 몸을 보호ᄒᆞ여 딜셰(疾勢)[38] ᄎᆞ복(差服)기의 니른 후 고원의 도라가믈 긔약ᄒᆞ더라. 18면

션시(先時)의 야목금이 쳑발유의 명을 듯고 탈블의 딘듕(陣中)의 니ᄅᆞ러 ᄀᆞ마니 딘유ᄌᆞ(陳孺子)의 황금 ᄉᆞ만으로 초군(楚軍)이 각산(各散)ᄒᆞ믈 효측홀 ᄲᅳᆫ 아니라 댱ᄌᆞ방(張子房)의 ᄒᆞᆫ 곡됴 퉁소의 강동(江東) ᄌᆞ뎨(子弟) 팔쳔 인을 다 일시의 흣터바리던 긔계(奇計)를 ᄀᆞᆺ초힝ᄒᆞ니 과연 날이 오릐디 아냐셔 댱쉬 칭병블츌(稱病不出)ᄒᆞ며 군ᄉᆡ니산(離散)ᄒᆞ여 도망ᄒᆞᄂᆞᆫ ᄌᆡ 블가승쉬(不可勝數)라. 탈블이 블승분노(不勝忿怒)ᄒᆞ여 머리를 버히고 삼족을 이ᄒᆞ리라 호령ᄒᆞ나 발셔 군심(軍心) 황황이 변ᄒᆞ여 도망ᄒᆞ믈 일분 긔탄(忌憚)ᄒᆞ미 업ᄉᆞ니 위구디심(危懼之心)이 업디 아냐 군을 믈녀 도라갈ᄉᆡ 탈블의 통우(寵遇)ᄒᆞᄂᆞᆫ 바 흘도의ᄂᆞᆫ 야목금으로 더브러 동치(同齒) 고우(故友)로 ᄉᆞ싱을 결교(結交)ᄒᆞ여 관포(管鮑)의 디긔(知己)와 유죵(兪鍾)의 디음(知音)을 니으미 되엿더니 흘도의ᄂᆞᆫ 알율듸의 부댱(副將)으로 탈블의 딘듕(陣中)의 잇고 야목금은 쳑발유의 하관(下官)으로 회현관의 왓던 ᄇᆡ라. 이에 셔로 보아 관포(管鮑)의 고ᄉᆞ(古事)를 니ᄅᆞ며 현금도 틱목 19면

37 ᄉᆡ비: 새배. 새벽.

38 딜셰(疾勢): 질세. 병세.

(擇木)[39]ᄒᆞ미 잇ᄂᆞ니 ᄒᆞ믈며 냥신(良臣)이 님군을 갈희디 아니랴 ᄒᆞ여 탈블을 업시ᄒᆞ고 능셩을 마ᄌᆞ 국듕(國中)을 평뎡(平定)ᄒᆞ며 ᄋᆡ종샤뎡튱(愛宗社精忠)이믈 니ᄅᆞᆫᄃᆡ 흘도의 계교를 뭇거ᄂᆞᆯ 야목금이 여ᄎᆞ여ᄎᆞᄒᆞ라 ᄒᆞ니 흘도의 고개 조아 응ᄒᆞ고 각각 허여딘 후 흘도의 탈블의 회군(回軍)ᄒᆞ믈 조ᄎᆞ 낙셩(洛城)으로 향ᄒᆞ더니 홀연 젼면(前面)의 함셩(喊聲)이 대딘ᄒᆞ거ᄂᆞᆯ 탈블이 대경ᄒᆞ여 졔댱으로 더브러 ᄉᆞ면을 ᄉᆞᆯ필ᄉᆡ ᄉᆞ면이 젹젹ᄒᆞ여 아모것도 업ᄉᆞᄆᆡ 의혹ᄒᆞ여 두로 방황ᄒᆞ더니
20면 홀연 보ᄆᆡ 먼니 셔변(西邊) 광야(廣野)의 팔문셕딘을 베퍼시ᄃᆡ 음운(陰雲)이 쳐쳐(淒淒)ᄒᆞ고 살긔(殺氣) 은은(殷殷)ᄒᆞ여 놉히 하날의 ᄧᅦ쳐시니 이ᄯᅢ 날이 임의 져믈고 어두온 빗치 창창ᄒᆞ여 길흘 ᄎᆡ 분변치 못ᄒᆞᆯ더라. 알율되 잠간 병셔(兵書)를 통ᄒᆞ미 이시믈 기리 칭찬왈(稱讚曰)

"차(此) 하인(何人)의 딘(陣)인고? ᄌᆡ셰(在世) 졔갈(諸葛)[40]이로다."

이에 듕댱(衆將)을 도라보아 ᄀᆞᆯ오ᄃᆡ

"졔군이 능히 져 난셕(亂石)이 찬녈(燦列)ᄒᆞ믈 아ᄂᆞᆫ다?"

듕인이 다 모로므로 ᄃᆡᄒᆞᆫᄃᆡ 흘도의 딘젼왈(進前曰)

"이ᄂᆞᆫ 졔갈공명의 팔딘되(八陣圖)라 엇디 모로리오? 져 가온ᄃᆡ ᄉᆡᆼ문사문(生門死門)이 잇ᄉᆞ니 쳔디번복(天地飜覆)ᄒᆞ고 풍운뇌졍(風雲雷霆)ᄒᆞ여 변홰(變化) 블측(不測)ᄒᆞᆫ디라. 댱군이 그 니히를 ᄇᆞᆰ히 아ᄅᆞ시

39 퇴목(擇木): 택목. 양금택목(良禽擇木). 좋은 새는 나무를 가려서 온다는 말로, 어진 신하는 훌륭한 군주를 가려서 섬긴다는 뜻

40 제갈(諸葛): 제갈. 제갈량. 중국 삼국시대 촉한의 정치가 겸 전략가.

니 쥬샹(主上)이 ᄌᆞ금이후(自今以後)로 댱군ᄃᆡ졉(將軍待接)ᄒᆞ시믈 쥬(周)의 태공(太公)과 한(漢)의 공명(孔明)ᄀᆞᆺ치 넉이시리이다."

탈블이 니어 ᄀᆞᆯ오ᄃᆡ

"냥공의 딘법 알오미 이 ᄀᆞᆺᄐᆞ나 과인은 그 능ᄒᆞ믈 친히 못 보니 심히 울울(鬱鬱)ᄒᆞ도다."

흘도의 쾌연이 웃고 ᄀᆞᆯ오ᄃᆡ

"이ᄂᆞᆫ 블과(不過) 쳑발위 어가의 도라가시믈 어ᄌᆞ러이고ᄌᆞ 이곳의 셕딘을 베퍼시나 그 무어시 어려오미 이시리오? 쇼댱이 비록 ᄌᆡ죄 업ᄉᆞ오나 쥬샹을 뫼셔 셕딘의 드러가 허실(虛實)을 탐디(探知)ᄒᆞ고 인ᄒᆞ여 파ᄒᆞ리이다." 21면

탈블이 조ᄎᆞ 알율도로 더브러 당젼돌입(當前突入)ᄒᆞᄆᆡ 믄득 풍동뇌우(風動雷雨)ᄒᆞ여 텬디번복(天地飜覆)ᄒᆞ고 일월이 혼흑(昏黑)ᄒᆞ여 블분디쳑(不分咫尺)ᄒᆞ고 광풍(狂風)이 대작ᄒᆞ여 비ᄉᆞ쥬셕(飛沙走石)ᄒᆞ니 쳔군만ᄆᆞ(千軍萬馬)의 ᄡᅡ힌 ᄃᆞᆺ 함셩이 대딘(大震)ᄒᆞ며 군ᄉᆡ 셔로 즛발아 죽ᄂᆞᆫ ᄌᆡ 틔반이라. 탈블과 알율되 크게 황겁(惶怯)ᄒᆞ여

"흘댱군아, 날을 구ᄒᆞ라."

웨디지더니[41] 흘도의 임의 야목금의 ᄀᆞᄅᆞ치믈 드러 딘(陣) ᄑᆞᄂᆞᆫ 방문(方文)을 아ᄂᆞᆫ디라. 고봉의 쒸여나려 문을 ᄇᆞ라고 나아가니 손의 삼쳑보검(三尺寶劍)을 들고 입으로 딘언(眞言)[42]을 외오며 ᄉᆡᆼ문(生門)을 ᄇᆞ라고 경셔(經書)를 닑으니 가히 것칠 거시 업ᄉᆞᆫ ᄃᆞᆺ 동(東)으로 ᄀᆞᄅᆞ

41 웨디지더니: 웨지지다. 외쳐대다.

42 딘언(眞言): 진언. 주문.

22면 치고 셔(西)로 디휘ᄒᆞ며 븍(北)으로 다라 운간(雲間)의 비등(飛騰)ᄒᆞᆯ ᄃᆞᆺᄒᆞ니 탈블이 하날을 우러러 ᄌᆞ방과 공명이 이시니 족히 근심치 아니ᄒᆞᆯ 바ᄅᆞᆯ 흔심대열(欣心大悅)ᄒᆞ여 쳑발유ᄅᆞᆯ 파ᄒᆞᆯ ᄆᆞᄋᆞᆷ쁜이러니 임의 텬되(天道) 탈블을 아ᄉᆞ 흉ᄒᆞᆫ 의심을 동치 아니코 술연이 흘도의 ᄭᅬ의 감겨 망ᄒᆞ믈 ᄌᆡ촉ᄒᆞ니 싀부역ᄌᆡ(弑父逆子) 그 엇디 텬녹(天祿)을 안향(安享)ᄒᆞ여 삼쳔여 리 디방의 쥐(主) 되리오? 오날ᄂᆞᆯ의 망ᄒᆞ미 우(愚)ᄂᆞᆫ 뼈 늣다 ᄒᆞᄂᆞᆫ ᄇᆡ로ᄃᆡ 다시 ᄉᆡᆼ각건ᄃᆡ 졍공ᄌᆞ의 디모ᄌᆡ략(智謀才略)이 아니면 쳑발위 ᄭᅬ 업ᄉᆞᆫ 용녁으로ᄂᆞᆫ 차젹(此敵)을 쥬멸(誅滅)ᄒᆞ미 쉽디 아니니 ᄎᆞᄉᆡ(此事)[43] 하여(何如)오?

익셜. 쳑발위 야목을 보ᄂᆡᆫ 후 댱졸을 거ᄂᆞ려 셕딘 운무(雲霧) 듕의 ᄆᆡ복(埋伏)ᄒᆞ엿다가 탈블이 딘듕(陣中)의 들믈 보고 일시의 납함(吶喊)ᄒᆞ며 다라드러 잡아ᄆᆡ니 쳑발위 탈블을 잡은 후 댱졸을 호령왈(號令曰)
23면 "셕의 요순이 솔텬하이인(帥天下以仁)ᄒᆞ신ᄃᆡ 인민이 종귀(從歸)ᄒᆞ고 걸쥐(桀主) 솔텬하이포(帥天下以暴)여ᄂᆞᆯ 인민이 망귀(忘歸)ᄒᆞ니 기소령(其所令)이 반기소호(反其所好)면 이민(而民)이라.[44] 이제 탈블을 잡아시니 여등은 갑쥬(甲胄)ᄅᆞᆯ 버셔 항(降)ᄒᆞ고 ᄒᆞᆫ가디로 나라ᄒᆡ 도라가 원슈의 고기ᄅᆞᆯ 맛보며 션왕(先王)의 훙(薨)ᄒᆞ신 한을 셜(雪)ᄒᆞ라."

셜파(說罷)의 낫낫치 ᄉᆡᆼ문(生門)으로 ᄂᆡ여노흐니 졔군이 머리ᄅᆞᆯ 두다

---

43 ᄎᆞᄉᆡ(此事): 차사. 규장각본에는 '치ᄉᆡ'로 되어 있음.

44 기소령(其所令)이 반기소호(反其所好)면 이민(而民)이라: 만약 임금이 명하는 것이 그 좋아하는 것에 반하면 백성이라. 《대학》의 "만약 임금이 명하는 것이 그 좋아하는 것에 반하면 백성이 따르지 않는다(不從)."라는 구절에서 '따르지 않는다'가 빠져 있음.

려 호싱디덕(好生之德)을 샤례ᄒᆞᄃᆡ 홀노 탈블의 당젼디휘사(當前指揮使) 덕디발이 우러 ᄀᆞᆯ오ᄃᆡ

"어버이 ᄉᆞ오나 다 각각 님ᄌᆡ라. 내 엇디 님군의 망ᄒᆞᆷ을 보고 ᄉᆡ로 부귀를 구ᄒᆞ여 고쥬(古主)의 화를 모로리오? ᄒᆞᆫ번 죽어 혼ᄇᆡᆨ이 님군의 뒤흘 조ᄎᆞ 만고빵졀(萬古雙節)노 벗ᄒᆞ미 ᄯᅩᄒᆞᆫ 몽고 나라ᄒᆡ 영녹(榮祿)을 누리ᄂᆞᆫ 뉴(類)의 낫디 아니랴?"

ᄒᆞ고 머리를 브ᄃᆡ이져 죽으니 쳑발위 크게 슬피 넉여 신톄(身體)를 거두어 후쟝(厚葬)ᄒᆞ니라. 모든 군졸이 탈블과 알율도를 ᄡᅳ어ᄂᆡ미 발 24면
셔 딘듕의셔 어ᄌᆞ러온 돌흘 마ᄌᆞ 쇄골(碎骨)키를 만히 ᄒᆞ고 일누(一縷)[45]만 걸녓ᄂᆞᆫ디라. 함거(檻車)의 시러 왕셩(王城)으로 향ᄒᆞᆯᄉᆡ 쳑발위 야목금과 흘도의로 ᄒᆞ여곰 심산궁협(深山窮峽)으로 두로 도라 능션군을 마ᄌᆞ 밧드러 낙셩(洛城)으로 도라오라 ᄒᆞ고 죵뎨 쳑발긔로 회현관을 ᄃᆡ히온 후 흔흔양양(欣欣揚揚)이 낙셩의 다ᄃᆞᄅᆞ니 발셔 탈블의 잡힘과 쳑발유의 도라오ᄂᆞᆫ 션셩(先聲)이 국도(國都)의 밋ᄎᆞᆫ 고로 옹시 졔족(諸族)이 목발태비긔 고ᄒᆞ고 탈블의 쳐ᄌᆞ(妻子)를 나리와 가도며 능션의 쳐ᄌᆞ를 붓드러 본궁(本宮)의 안신(安身)케 ᄒᆞ고 탈블의게 득죄ᄒᆞ여 원통이 계옥(繫獄)ᄒᆞᆫ ᄌᆞ를 일일히 방숑(放送)ᄒᆞ니 만셩(滿城)이 흔흔열열(欣欣悅悅)ᄒᆞ여 쳑동쇼녀(尺童小女)라도 탈블의 망ᄒᆞᆷ을 깃거ᄒᆞ며 능션의 도라오기를 기다리미 젹ᄌᆡ(赤子) ᄌᆞ모(慈母)를 기다림 ᄀᆞᆺ더라. 종친국쳑(宗親國戚)과 문무신뇌(文武臣僚) 쳑발 25면

---

45 일누(一縷): 일루. 한 가닥 목숨.

유ᄅᆞᆯ 마ᄌᆞ 뎡튱(精忠)이 관일(貫一)ᄒᆞ고 덕피텬디(德被天地)ᄒᆞ며 공병태산(功竝泰山)ᄒᆞ믈 만구칭션(萬口稱善)ᄒᆞ여 ᄇᆡ복흔하(拜伏欣賀)ᄒᆞᄃᆡ 쳑발위 호발(毫髮)도 흔열(欣悅)ᄒᆞᆫ 빗치 업셔 츄연하루(惆然下淚) 왈

"인ᄉᆡᆼ셰간(人生世間)이 ᄒᆞᆫ 터럭 ᄀᆞᆺᄐᆞ니 노유믈논(老幼勿論)ᄒᆞ고 ᄒᆞᆫ 번 긴 잠을 ᄭᆡ디 못ᄒᆞ미 도라가미라. 그 ᄆᆞᄋᆞᆷ 슬프미 이시며 화복(禍福)이 ᄌᆡ텬(在天)ᄒᆞ니 우락(憂樂)을 엇디 임의로 ᄒᆞ며 구구히 인셰영녹(人世榮祿)을 바라고 화고(禍苦)ᄅᆞᆯ 슬허ᄒᆞ리오마ᄂᆞᆫ 나의 일편도이 옹시ᄅᆞᆯ 위ᄒᆞ여 종샤(宗社)ᄅᆞᆯ 근심ᄒᆞᄂᆞᆫ ᄯᅳᆺ이 도로혀 망명(亡命)ᄒᆞᆷᄀᆞᆺ치 ᄒᆞ고 금일 역ᄌᆞ(逆子)ᄅᆞᆯ 잡아 도라오니 국인(國人)이 다 ᄒᆞᆫ가디로 션왕의 원슈ᄅᆞᆯ 갑흐미 텬ᄒᆡᆼ(天幸)이로다."

인ᄒᆞ여 톄읍(涕泣)ᄒᆞ며 독발미인의 원통ᄒᆞ믈 신셜(伸雪)ᄒᆞ고 탈블의
26면 죄악을 일일히 고ᄒᆞ여 조종(祖宗)긔 졔(祭)ᄒᆞᆯᄉᆡ 목발태비 명ᄒᆞ여 옹시 졔족과 문무신뇌(文武臣僚) 일졔히 반녈(班列) ᄒᆞᆫ가온ᄃᆡ셔 탈블의 머리ᄅᆞᆯ 버혀 븍시(北市)의 달고 교디(敎旨)ᄅᆞᆯ 나리와 ᄂᆞᆼ셩의 거쳐ᄅᆞᆯ 아라 대위(大位)에 입승(入承)ᄒᆞ게 ᄒᆞ라 ᄒᆞ며 금셜노로ᄡᅧ 태부(太傅) 도춍관(都摠官)의 톄찰ᄉᆞ(體察使)ᄅᆞᆯ ᄒᆞ이여 문관을 거ᄂᆞ려 만셩을 안무(按撫)ᄒᆞ라 ᄒᆞ고 쳑발유로ᄡᅧ 호위대댱군의 뎡국군을 봉ᄒᆞ여 일등 공훈으로 ᄇᆡᆨ뇨(百僚)의 머리ᄅᆞᆯ 딧게 ᄒᆞ니 쳑발위 샤이브득(謝而不得)ᄒᆞ고 ᄒᆡᆼ공찰딕(行公察職)ᄒᆞᆯᄉᆡ 비록 위고권듕(位高權重)ᄒᆞ믈 블호(不好)ᄒᆞ나 본심이 옹시ᄅᆞᆯ 셤겨 딘ᄉᆞ키ᄅᆞᆯ 긔약ᄒᆞᄂᆞᆫ 고로 위국디심(爲國之心)이 더옥 ᄉᆡ롭더라. 목발태비ᄅᆞᆯ 잠간 국듕을 어(御)ᄒᆞ여 졍ᄉᆞᄅᆞᆯ 검찰(檢察)ᄒᆞ니 ᄂᆞᆼ셩의 도라오믈 기ᄃᆞ리ᄂᆞᆫ ᄯᅳᆺ이 착급(着急)ᄒᆞ

더니 오릭디 아냐 야목금과 흘도의 능셩군을 밧드러 낙셩의 도라오미 27면
능셩이 션왕의 참홍(慘薨)홈과 골육이 잔힉(殘害)ᄒᆞᄂᆞᆫ 참변이 쳔만고(千萬古) 녁딕(歷代)의 다시 잇디 아니믈 통곡비졀ᄒᆞ여 세렴(世念)을 씃고 산곡(山谷)의 은ᄉᆡ(隱士) 되기룰 원훌디언졍 쳔승왕위(千乘王位)룰 ᄇᆞ라디 아니ᄒᆞ니 문무신뇨와 종친국쳑(宗親國戚)이 쳔만긔유(千萬開諭)ᄒᆞ고 목발태비 착급히 ᄌᆡ쵹ᄒᆞ여 필경(畢境) 즉위훈 후 졔신의 딘하(進賀)룰 바들ᄉᆡ ᄉᆡ로온 디통(至痛)이 비한(悲恨)을 니긔디 못ᄒᆞ여 실셩ᄋᆡ통(失聲哀痛)ᄒᆞ믈 마디 아니ᄒᆞ며 즉시 탈블의 시슈(屍首)[46]룰 후댱(厚葬)훈 후 공신을 봉작(封爵)ᄒᆞ고 ᄇᆡᆨ셩을 무휼(撫恤)ᄒᆞ며 졍ᄉᆞ룰 부ᄌᆞ러니 다ᄉᆞ려 태비룰 봉효안낙(奉孝安樂)ᄒᆞ고 이젹(夷狄)의 힝실을 바려 듕화(中華)의 풍쇽을 엿고ᄌᆞ ᄒᆞ니 현인(賢人)이 나아오며 쇼인(小人)이 믈너가ᄆᆡ 국ᄂᆡ태평(國內泰平)ᄒᆞ고 ᄉᆞ방(四方)이 무ᄉᆞ(無事)ᄒᆞ더라. 쳑발위 국듕이 딘뎡ᄒᆞ믈 인ᄒᆞ여 알뉼도와 비울을 쳐참(處斬)[47]ᄒᆞ고 즉시 회현관의 나아가 쳐ᄌᆞ룰 다려올ᄉᆡ 졍공ᄌᆞ룰 28면
ᄃᆡᄒᆞ여 탈블 역ᄌᆞ룰 슈고잡게[48] ᄒᆞ믈 만만칭샤(萬萬稱謝)ᄒᆞ니 공ᄌᆡ 블감(不堪)ᄒᆞ믈 일ᄏᆞᆮ고 국왕이 ᄉᆡ로 셔ᄆᆡ 반ᄃᆞ시 텬됴(天朝)[49]의 샤신을 보ᄂᆡ여 됴공(朝貢)을 헌ᄒᆞ리니 샤힝(使行)의 훈가디로 가믈 쳥훈ᄃᆡ 쳑발위 흔연ᄃᆡ왈(欣然對曰)

46 시슈(屍首): 시수. 시체. 죽은 사람의 몸.
47 쳐참(處斬): 처참. 목 베어 죽이는 형벌에 처함.
48 슈고잡게: '수고롭게'라는 뜻으로 보임.
49 텬됴(天朝): 천조. 명나라를 가리킴.

“ᄎᆞᄉᆞ(此事)ᄂᆞᆫ 군이 다시 니ᄅᆞ디 아냐도 쳑발위 딘심ᄒᆞ리니 원컨ᄃᆡ 고국을 ᄉᆞ렴(思念)ᄒᆞᄂᆞᆫ 회포ᄅᆞᆯ 덜고 신상딜환(身上疾患)이 슈히 ᄎᆞ상(差常)ᄒᆞ믈 기다리라.”

언파(言罷)의 ᄒᆡᆼ거(行車)ᄅᆞᆯ 발ᄒᆞ여 낙셩으로 향ᄒᆞᆯᄉᆡ 공ᄌᆡ 쳑발유의게 닛글닌 ᄇᆡ 되여 ᄌᆞ연이 ᄯᆞ라 ᄒᆡᆼ키ᄅᆞᆯ 면치 못ᄒᆞ나 보완의 요음광탕(妖淫狂蕩)ᄒᆞ믈 본 후ᄂᆞᆫ 더옥 몽고국을 ᄡᅥ날 ᄯᅳᆺ이 착급ᄒᆞ여 일각(一刻)이 삼츄(三秋) ᄀᆞᆺ더라.

션셜(先說). 보완이 비실의 나려 울울히 젹뇨(寂寥)ᄒᆞ믈 인ᄒᆞ여 아비
29면 주던 《녀교(女敎)》ᄅᆞᆯ 잠심목도(潛心目睹)ᄒᆞᄆᆡ 쳐음은 오히려 븟그러오믈 ᄭᆡ닷디 못ᄒᆞ고 그 문ᄉᆞ(文辭)의 빗남만 됴히 넉이더니 졈졈ᄒᆞ여 날이 오라고 ᄃᆞᆯ이 밧고이도록 녀계(女戒)ᄅᆞᆯ ᄃᆡᄒᆞ여 사ᄅᆞᆷ의 녜의념치(禮義廉恥) 금슈(禽獸)로 다ᄅᆞ믈 혜아리ᄆᆡ 이젹디심(夷狄之心)과 간음디댱(奸淫之腸)의도 홀연이 참뉵슈괴(慙忸羞愧)ᄒᆞᆫ 의ᄉᆡ 니러나 치신무디(置身無地)ᄒᆞ고 유ᄉᆞ디심(有死之心)ᄒᆞ니 ᄇᆡᆨ 번 뉘웃고 쳔 번 한ᄒᆞ나 ᄭᆡ닷기ᄅᆞᆯ 쾌히 ᄒᆞ고 곳치기ᄅᆞᆯ 슈히 ᄒᆞᄆᆡ 믄득 식음(食飮)을 믈니쳐 죽기ᄅᆞᆯ 원ᄒᆞ니 금시 크게 근심ᄒᆞ여 어로만져 ᄇᆡᆨ 가디로 위로ᄒᆞ고 시시로 딘미화탕(珍味華湯)을 가져 먹기ᄅᆞᆯ 권ᄒᆞᄆᆡ 디졍(至情)을 금치 못ᄒᆞ니 보완이 임의 부졍음교(不貞淫巧)ᄒᆞ믈 곳쳐 단아졍녈(端雅貞烈)키ᄅᆞᆯ 쥬(主)ᄒᆞᄆᆡ 온공슌효(溫恭順孝)키의 미쳐시므로 어믜 근심ᄒᆞ며 슬허ᄒᆞ믈 민황(憫惶)ᄒᆞ여 브득이 식음(食飮)을 나오고 죽을
30면 ᄯᅳᆺ을 긋치나 젼과(前過)ᄅᆞᆯ 뉘웃쳐 ᄌᆞ칙(自責)기ᄅᆞᆯ 마디 아니ᄒᆞ니 금시 블승환열(不勝歡悅)ᄒᆞ고 쳑발위 역시 녀ᄋᆞ의 회션기악(回善其惡)ᄒᆞ믈 아라 ᄌᆞᄋᆡ여션(慈愛如前)ᄒᆞ며 나리고 낙셩의 니ᄅᆞ러 우의 곽상셩

을 조ᄎᆞ 셤기미 되니 일단 셜화(說話)ᄂᆞᆫ 하회(下回)의 긔록ᄒᆞ엿노라.
ᄎᆞ시(此時) 몽고왕 옹달패 국듕을 딘뎡(鎭定)ᄒᆞᆫ 후 텬됴(天朝)의 샤신 보ᄂᆡ믈 의논ᄒᆞᆯᄉᆡ 정공ᄌᆡ 환귀고국(還歸故國)ᄒᆞ여 부모존당(父母尊堂)을 반기미 된가? 태부 금셜뇌 쥬왈(奏曰)
"텬되(天朝) 아국(我國)을 본ᄃᆡ 녜우(禮遇)ᄒᆞ므로 아국이 ᄯᅩᄒᆞᆫ 부모갓치 셤겨 년년됴공(年年朝貢)을 폐치 아니ᄒᆞ옵더니 션왕 닙위(入位)초의 삼 년을 흉황(凶荒)ᄒᆞᄆᆡ 각노 졍문쳥공이 옥탑(玉榻)의 쥬ᄒᆞ여 보텬디ᄒᆡ(普天之下) 막비왕퇴(莫非王土)오 솔토디빈(率土之賓)이 막비왕신(莫非王臣)인ᄌᆞᆨ 비록 ᄒᆡ외쇼국(海外小國)이나 누년긔황(累年餓荒)ᄒᆞ여 ᄇᆡᆨ셩이 주려 죽으미 측은타 ᄒᆞ샤 슈로〃 미곡(米穀) ᄉᆞ오쳑을 보ᄂᆡ시고 됴공(朝貢)을 더러 삼년일ᄎᆞ(三年一次)로 헌(獻)케 ᄒᆞ 31면
시니 일노조ᄎᆞ 아국이 삼 년의 ᄒᆞᆫ 번식 샤신 보ᄂᆡ기ᄅᆞᆯ 규례(規例)로 ᄒᆞ여 텬됴(天朝)의 늉은(隆恩)을 밧ᄌᆞ오미 범연치 아니ᄒᆞ온디라. 닌국의 먀션이 대국을 항형(抗衡)[50]ᄒᆞ여 번신(藩臣)의 도ᄅᆞᆯ 폐ᄒᆞ고 텬ᄌᆡ 실덕(失德)ᄒᆞ샤 친쇼인원현신(親小人遠賢臣)ᄒᆞ시나 아국은 반ᄃᆞ시 번신디도(藩臣之道)ᄅᆞᆯ 다ᄒᆞ고 션왕의 훙ᄒᆞ시믈 고ᄒᆞ여 텬됴의 아국 변고(變故)ᄅᆞᆯ 고ᄒᆞᆯ디니 몬져 고부샤(告訃使)[51]ᄅᆞᆯ 급숑(急送)ᄒᆞ미 가ᄒᆞᆯ가 ᄒᆞᄂᆞ이다."
왕 왈
"노션ᄉᆡᆼ의 말이 뎡합오의(正合吾意)[52]로다. 션왕이 먀션의 강포(强暴)

---

50 항형(抗衡): 지지 않고 맞섬.

51 고부샤(告訃使): 고부사. 왕이 죽으면 그것을 알리기 위해 중국에 보낸 사신.

ᄒᆞ믈 괴로와 아국의 화긔(和氣)를 일치 말고ᄌᆞ ᄒᆞ실디언졍 텬ᄌᆞ(天子)의 실덕(失德)을 드ᄅᆞ되 먀션을 도아 텬됴(天朝)를 항형(抗衡)코자 아니시던 거시니 가법(家法)은 죵션죄(從先祖)오 국법(國法)은 의젼녜(依前例)라. 과인(寡人)이 션왕의 튱의셩덕(忠毅聖德)을 우러읍디 못ᄒᆞ나 젼녜(前例)ᄂᆞᆫ 곳칠 ᄯᅳᆺ은 업ᄂᆞ니 엇디 고부샤 보ᄂᆡ기를 더ᄃᆡ ᄒᆞ리오?"

32면 금셜뇌 ᄌᆡᄇᆡ이샤(再拜而謝)ᄒᆞ고 쳑발위 샤신을 ᄌᆞ원(自願)코ᄌᆞ ᄒᆞ다가 국ᄉᆡ(國事) 바야흐로 뎡ᄒᆞ여 신군(新君)이 샤위(嗣位)[53]ᄒᆞ미 일등공훈(功勳)으로ᄡᅧ ᄇᆡᆨ뇨(百僚)의 머리 ᄃᆞ은 ᄇᆡ 되여시니 국가 범ᄉᆞ(凡事)를 참논(參論)ᄒᆞ미 ᄒᆞ로도 업디 못ᄒᆞᆯ 거시므로 샤ᄒᆡᆼ(使行)을 쳥치 못ᄒᆞ고 경공ᄌᆞ를 슈히 ᄯᅥ나믈 챵결(悵缺)ᄒᆞ여 울울블낙(鬱鬱不樂)ᄒᆞ더라. 이에 샤신을 뎡ᄒᆞ미 쳑발유의 죵뎨(從弟) 쳑발긔 샹ᄉᆡ(上使) 되고 금셜노의 ᄎᆞ뎨(次弟) 금셜귀 부ᄉᆡ 되여 ᄐᆡᆨ일니발(擇日離發)ᄒᆞᆯ시 몽고왕이 별관의 님ᄒᆞ여 경공ᄌᆞ를 숑별ᄒᆞ니 공ᄌᆡ 심히 블열(不悅)ᄒᆞ나 임의 젼일 본 ᄇᆡ오 제 비록 몽괴나 쳔승(千乘)의 존ᄒᆞ믈 겸ᄒᆞ여시니 쳑동쇼ᄌᆡ(尺童少子)[54] 혈혈일신(孑孑一身)으로 이에 표류ᄒᆞ미 되여 거취(去就)를 져의 신하 쳑발유의 손의 두고 그 님군을 연고(緣故) 업시 경멸치 못ᄒᆞᆯ디라. 브득이 왕을 마ᄌᆞ 존위(尊位)를 친님(親臨)ᄒᆞ
33면 여 타국(他國) 표령ᄀᆡᆨ(飄零客)을 보ᄂᆡᄂᆞᆫ 후의(厚誼)를 칭샤(稱謝)ᄒᆞ

52 뎡합오의(正合吾意): 정합오의. 내 뜻과 같음.

53 ᄉᆞ위(嗣位): 사위. 임금의 자리를 이어받음.

54 쳑동쇼ᄌᆡ(尺童小者): 척동소자. 한갓 열 살 남짓의 어린아이.

니 왕이 공ᄌᆞ의 손을 잡고 후회(後會) 아득ᄒᆞ믈 슬허 눈믈을 나리오며 만니험노(萬里險路)의 무ᄉᆞ득달(無事得達)ᄒᆞ믈 일ᄏᆞ라 말솜이 디극ᄒᆞ니 공ᄌᆞ의 인믈(人物)을 가히 알디라. 구셰치몽(九歲稚蒙)이 덕긔셩인(德其聖人)ᄒᆞ여 광명고슈(廣明高秀)ᄒᆞᆫ 거동이 츄양(秋陽)의 폭(暴)ᄒᆞ며 강한(江漢)의 탁(濯)ᄒᆞᆫ ᄃᆞᆺ ᄇᆡᆨ일(白日)이 휘명(輝明)ᄒᆞᆫ 광휘(光輝)와 ᄒᆞᆫ월(漢月)이 슈연(粹然)ᄒᆞᆫ 용의(容儀)로 기산의 봉이 아으라히 날고 슈국의 긔린이 침연(沈然)이 님ᄒᆞᆫ ᄃᆞᆺᄒᆞ니 몽고 군신이 악연쳠망(愕然瞻望)ᄒᆞ여 ᄉᆡ로이 칭앙경복(稱仰敬服)ᄒᆞ믈 마디 아니ᄒᆞ나 감히 머므ᄅᆞᆯ 의ᄉᆞᄅᆞᆯ 못 ᄒᆞ여 져마다 누슈(淚水)ᄅᆞᆯ 먹음고 힝도(行途)의 보듕(保重)ᄒᆞ믈 원ᄒᆞᆯ ᄲᅳᆫ이니 공ᄌᆡ 몽고왕으로브터 졔뉴의 이 갓ᄐᆞ믈 도로혀 괴이히 넉이고 ᄯᅩᄒᆞᆫ ᄆᆡ몰ᄒᆞ미 가치 아냐 오딕 샤례ᄒᆞ고 샤힝을 조ᄎᆞ 길ᄒᆡ 오ᄅᆞ니 몽고왕은 즉시 환궁(還宮)ᄒᆞ나 쳑발유와 금셜노ᄂᆞᆫ ᄒᆞᆫ갓 샤신(使臣)을 숑별키만 위ᄒᆞ미 아니라 경공ᄌᆞᄅᆞᆯ ᄒᆞᆯ 34면
ᄒᆞᆯ이 ᄯᅥ나믈 앗겨 십 니 외의 나와 젼별(餞別)ᄒᆞᆯᄉᆡ 악슈(握手) 년년ᄒᆞ여 보ᄂᆡᄂᆞᆫ 눈믈이 비갓치 흐ᄅᆞ니 공ᄌᆡ ᄯᅩᄒᆞᆫ ᄀᆡ용쳑의(改容慽意)ᄒᆞ여 타일(他日) 혹ᄌᆞ(或者) 쳑발·금셜 등이 대국의 샤신으로 니ᄅᆞᆫᄌᆞᆨ 범슈(范睢)의 일반디덕(一飯之德)을 필상(必償)[55]ᄒᆞ믈 ᄯᆞ로디 못ᄒᆞ나 당당이 멀며 갓가오믈 혜디 아냐 얼골을 반길 바ᄅᆞᆯ 일ᄏᆞᆺ고 ᄉᆞ군보국(事君報國)ᄒᆞ며 태평안낙(太平安樂)ᄒᆞ믈 니ᄅᆞ니 냥인(兩人)이 희허태식(噫歔太息) 왈

55 일반디덕(一飯之德)을 필상(必償): 밥 한 끼 먹여준 은혜도 반드시 갚아야 한다는 말. 하찮은 은혜도 갚아야 한다는 뜻. 《사기》〈범수열전〉.

"군을 ᄒᆡ듕(海中)의 우봉(遇逢)ᄒᆞᄆᆡ 셩덕(聖德)이 발어면모(發於面貌)ᄒᆞ여 말셰탁쇽(末世濁俗)의 홀노 ᄒᆞᆫ 사ᄅᆞᆷ 되기ᄅᆞᆯ 샤양치 아닐 ᄇᆡ니 년긔유튱(年紀幼冲)ᄒᆞ믈 혐의치 아니ᄒᆞ고 외람ᄒᆞᆫ 뜻이 쳔방ᄇᆡᆨ계(千方百計)로 아국의 머므러 비록 호복(胡服)을 욕도이 넉일디라도 머리ᄅᆞᆯ ᄶᅡᆨ고 아등으로 엇게ᄅᆞᆯ 결워[56] 오군(吾君)을 븍면ᄉᆞ디(北面事之)ᄒᆞ면 아등(我等)이 비록 념파(廉頗)ᄅᆞᆯ 밋디 못ᄒᆞ나 닌상여(藺相
35면 如)ᄅᆞᆯ 존ᄒᆞ여[57] 하집ᄉᆞ(下執事)의 튱슈(充數)ᄒᆞ나 일싱의 영화로올가 ᄒᆞ엿더니 군의 도라가믈 바야미 일일층가(日日層加)ᄒᆞ고 국ᄉᆞ의 망극ᄒᆞ미 밋쳐 타ᄉᆞ(他事)ᄅᆞᆯ 결을치 못ᄒᆞ다가 이졔 계오 평뎡(平定)ᄒᆞ믈 어드며 군이 도라가니 하일하시(何日何時)의 부봉상ᄃᆡ(復逢相對)ᄒᆞ리오? 금년 샤ᄒᆡᆼ(使行)을 쳑발위 ᄌᆞ원ᄒᆞ여 군을 동ᄒᆡᆼᄒᆞ믈 엇고ᄌᆞᄒᆞᄃᆡ 미신(微臣)의 소임(所任)이 듕ᄒᆞ니 먼니 ᄯᅥ나미 졀박ᄒᆞ여 뜻을 빗최디 못ᄒᆞ고 됴졍이 뎡ᄒᆞ므로조ᄎᆞ 죵뎨(從弟)와 금댱군이 샤ᄒᆡᆼ(使行)으로 나아가니 군을 밧드러 보호ᄒᆞ믄 아등의 디나려니와 아등의 챵결(悵缺)ᄒᆞᆫ 심회ᄂᆞᆫ 비ᄒᆞᆯ ᄃᆡ 업도다. 연이나 현ᄉᆞ(賢士)의 텬일(天日) 갓ᄐᆞᆫ 위풍(威風)과 일월 갓ᄐᆞᆫ 의홰(儀華) 의의호쳐쳐(依依乎萋萋)ᄒᆞ여 샹운셔일(祥雲瑞日)은 완연이 졍ᄇᆡᆨᄌᆞ(程伯子)[58]의 여풍(餘風)

56 결워: 결우다. 겨루다.

57 념파(廉頗)ᄅᆞᆯ 밋디 못ᄒᆞ나 닌상여(藺相如)ᄅᆞᆯ 존ᄒᆞ여: 염파와 인상여는 전국시대 조나라 장수와 재상. 인상여가 자신보다 높은 위치에 있는 것을 염파가 비판했는데 인상여는 그를 피하며 싸우지 않음. 염파가 이 일을 알고 가시나무를 짊어지고 가서 사죄함.

58 졍ᄇᆡᆨᄌᆞ(程伯子): 정백자. 정호. 호는 명도. 송나라 신종 때의 성리학자. 아우인 정이와 함께 성리학을 확립함.

이오 빙호츄월(氷湖秋月)은 흡연이 니연경의 긔딜이라. 의의히 우레 만호ᄅᆞᆯ 여러시며 왕왕이 죠쉬 ᄇᆡᆨ쳔은 삼켜 쇄락ᄒᆞᆫ 경계와 츄상갓튼 긔개 명인녈ᄉᆞ(名人烈士)의 디날 쁜 아냐 하안(何晏)[59]의 구든 픔딜(稟質)이 댱셩의 밋브미 이셔 하날을 감동ᄒᆞᆯ 디셩디회(至誠至孝)라. 사ᄅᆞᆷ이 비록 아디 못ᄒᆞ나 텬디 귀신이 ᄒᆞᆫ가디로 보호ᄒᆞ여 힝도(行道)의 위ᄐᆡᄒᆞ미 업ᄉᆞᆯ ᄃᆞᆺᄒᆞ거니와 혹ᄌᆞ 뜻 갓디 못ᄒᆞ여 그ᄅᆞᆺ 고원(故園)의 밧비 도라가디 못ᄒᆞ고 타쳐(他處)의 뉴우(留寓)[60]ᄒᆞ미 되여도 과려(過慮)치 말며 상심치 말나. ᄎᆞ역(此亦) 텬명(天命)이오 슈ᄋᆡᆨ(數厄)이 듕ᄒᆞ미니 초인(楚人)이 '텬뎡(天定)이 승인(勝人)이나 인듕(人衆)이 역승텬(亦勝天)이라.'[61] ᄒᆞ거니와 쳑발유의 알오믄 블연(不然)ᄒᆞ여 현ᄉᆞ(賢士) 갈셩딘력(渴誠盡力)ᄒᆞ여도 하날을 니긔미 어려올가 ᄒᆞ노라." 36면

공ᄌᆡ 쳑발유의 이ᄀᆞᆺ치 니ᄅᆞ디 아냐도 텬문(天文)을 겸ᄒᆞ여 깁히 념녀ᄒᆞ미러니 ᄎᆞ언(此言)을 드ᄅᆞᄆᆡ 크게 근심되믈 니긔디 못ᄒᆞ여 낫치 ᄌᆞ연 변ᄒᆞ여 쳑왈(慽曰)

"ᄉᆡᆼ이 년유블민(年幼不敏)ᄒᆞ나 댱군의 ᄀᆞᄅᆞ치믈 듯고 힝되 비록 뜻 ᄀᆞᆺ디 못ᄒᆞ미 이셔도 과도히 우려ᄒᆞᆯ ᄇᆡ 아니라. ᄉᆡᆼ이 팔구 셰의 미쳐 악을 시험ᄒᆞ미 업시 젹앙(積殃)이 모로ᄂᆞᆫ 가온ᄃᆡ 무궁ᄒᆞ여 만니타국 37면
의 표령ᄒᆞᄆᆡ 미쳐ᄂᆞᆫ ᄌᆞ연이 도라가믈 ᄉᆡᆼ각ᄒᆞ니 노심방비(勞心防備)

---

59 하안(何晏): 중국 삼국시대 위나라의 학자. 재능이 있고 얼굴이 몹시 잘생겼다고 함.

60 뉴우(留寓): 유우. 남의 집에서 머무는 것.

61 초인(楚人)이 ~ 역승텬(亦勝天)이라: 춘추시대 초나라의 신포서가 "사람이 많으면 하늘을 이기고, 하늘의 뜻이 정해지면 또한 사람을 이긴다(人衆者勝天 天定者亦能勝人)."라고 한 데서 옴.

ᄒᆞ미 업디 아니토다."

인ᄒᆞ여 길흘 난홀ᄉᆡ 쳑발유·금셜뇌 져의 죵뎨와 아을 먼니 니별ᄒᆞᄂᆞᆫ 울울ᄒᆞ믄 버금이요 졍공ᄌᆞᄅᆞᆯ 보ᄂᆡᄂᆞᆫ 슬프믄 누쉬(淚水) 쳠금(沾衾) ᄒᆞ여 ᄆᆞᆯ곳비ᄅᆞᆯ ᄌᆞᆸ고 원노(遠路)의 보듕(保重)ᄒᆞ믈 당부ᄒᆞ미 노예(奴隷)의 소임(所任)을 폐치 아냐 톄면(體面)과 위의(威儀)ᄅᆞᆯ 도라보디 아니ᄒᆞᄃᆡ 날이 느ᄌᆞ므로 마디못ᄒᆞ여 마혁(馬革)을 노흐며 먼니 가도록 보아 창결(悵缺)ᄒᆞ믈 억졔 못 ᄒᆞ다가 임의 ᄒᆡᆼᄆᆡ(行馬) 두로치ᄆᆡ ᄌᆞ최 멀고 그림ᄌᆡ 희미ᄒᆞᆫ디라. 쇽졀업시 영풍대ᄌᆡ(英風大才)ᄅᆞᆯ 칭도(稱道)ᄒᆞ여 맛츰ᄂᆡ ᄒᆡ외쇼국(海外小國)의 녹녹히 머므디 아닐 줄을 혜아리며 비록 ᄒᆡᆼ도의 다시 표풍(漂風)ᄒᆞᄂᆞᆫ 화ᄅᆞᆯ 만나도 굿ᄐᆞ여 위ᄐᆡ치
38면 아닐 바ᄅᆞᆯ 일ᄏᆞ라 텬신(天神)이 몽고의 강님(降臨)ᄒᆞ엿던가 긔이ᄒᆞ믈 결을치 못ᄒᆞ나 후회(後會) 아득ᄒᆞ믈 슬허ᄒᆞ고 각각 집의 도라와 날이 오랄ᄉᆞ록 말이 졍공ᄌᆞ의게 미쳐ᄂᆞᆫ 몬져 상비(傷悲)ᄒᆞᄂᆞᆫ ᄉᆞ식(辭色)이 발ᄒᆞ믈 ᄊᆡ닷디 못ᄒᆞ더라. 졍공ᄌᆡ 샤ᄒᆡᆼ을 조ᄎᆞ 슈삼 일 녀마(驪馬)로 ᄒᆡᆼᄒᆞ더니 ᄒᆡ슈의 다ᄃᆞ라ᄂᆞᆫ 임의 ᄎᆡ션(彩船)을 ᄃᆡ후(待候)ᄒᆞ여 ᄉᆞᄒᆡᆼ(使行)을 바야거ᄂᆞᆯ 쳑발긔와 금셜귀 공ᄌᆞ로 더브러 ᄇᆡ의 오ᄅᆞᆯᄉᆡ ᄊᆡ졍히 ᄉᆞ월 망간(望間)이라. ᄒᆡ븍 찬 바ᄅᆞᆷ이 비로소 긋치이고 바야흐로 삼츈(三春)의 화미(華美)ᄒᆞᆫ 거ᄉᆞᆯ 당ᄒᆞ여시니 만믈이 발양(發揚)ᄒᆞ고 텬긔(天氣) 화챵ᄒᆞ여 양뉴(楊柳)ᄂᆞᆫ 의의(依依)[62]히 동풍(東風)의 교무(交舞)ᄒᆞ고 혜풍(惠風)이 은은이 파도의 니러나니 ᄇᆡᆨ홰(百花) 분발

62 의의(依依): 싱싱하게 푸른 모습.

ᄒᆞ여 동군(東君)[63]의 교ᄉᆡᆨ(驕色)ᄒᆞ고 현원ᄇᆡᆨ녹(玄猨白鹿)[64]은 송실(松實)을 ᄯᅡ먹으며 ᄌᆞ슈취금(紫獸翠禽)은 봄빗츨 노리ᄒᆞ니 딘실노 즐거온 ᄯᅴ오 아름다온 풍경이라. ᄇᆡᆨ산의 경믈(景物)이 낙역(絡繹)ᄒᆞ고 츈홰(春花) 슈파(水波)의 그림디니 쳐쳐강슈(處處江水)의 나는 ᄇᆡ는 슈인(愁人)의 낙흥(樂興)이오 무산의 날닌 믈은 유ᄀᆡᆨ(遊客)의 명뉘라. 경쥬대즙(輕舟大楫)이 분분ᄒᆞ여 어쥬(漁舟)와 상고션(商賈船)이 왕반(往返)ᄒᆞ믈 평디갓치 쉽게 ᄒᆞ니 션쳑(船隻)을 다ᄉᆞ려 듕뉴(中流)ᄒᆞᄆᆡ 슈패(水波) 담담이 고요ᄒᆞ여 대션(大船)이 가바야이 ᄒᆡᆼᄒᆞ미 흐ᄅᆞ는 살 갓튼디라. 쳑발긔와 금셜귀 ᄒᆞᆷᄭᅴ로 더브러 깃브믈 니긔디 못ᄒᆞ고 공지 ᄉᆞ심이 만ᄒᆡᆼ(萬幸)ᄒᆞ여 기리 무ᄉᆞ히 ᄒᆡᆼ션ᄒᆞ믈 바라더니 일슌(一旬)[65]이 계오 디나며 홀연 흑뮈(黑霧) ᄉᆞᄉᆡᆨ(四塞)ᄒᆞ고 광풍(狂風)이 대작(大作)ᄒᆞ여 ᄇᆡᆨ낭(百浪)이 뫼갓치 ᄲᅱ놀며 션범(船帆)이 ᄶᅥ러디니 장연이 실ᄉᆡᆨᄒᆞ고 션듕(船中)이 경황(驚惶)ᄒᆞ여 블승망조(不勝罔措)ᄒᆞ더니 반일(半日)이 디나ᄆᆡ 흑뮈 거드며 광풍이 긋치이ᄃᆡ 다만 돗 업슨 ᄇᆡ 표표탕탕(漂漂蕩蕩)이 붓치여 거ᄉᆞ리 닷기롤 마디 아니ᄒᆞ나 굿ᄐᆞ여 믈의 잠기던 아닛는디라. 공지 앙텬탄식(仰天歎息) 왈

“ᄎᆞ역오디여앙(此亦吾之餘怏)이 미딘(未盡)의라. 엇디 무ᄉᆞ히 환귀(還歸)ᄒᆞ믈 어드리오?”

쳑발긔 등이 감히 ᄇᆡ롤 잡아 두로혈 의ᄉᆞ롤 못 홀 쁜 아니라 흐ᄅᆞ는

---

63 동군(東君): 태양. 봄의 신.

64 현원ᄇᆡᆨ녹(玄猿白鹿): 현원백록. 검은 원숭이와 하얀 사슴.

65 일슌(一旬): 일순. 열흘.

별 가ᄃᆺ ᄒᆞᄆᆡ 다만 나죵을 보려 ᄒᆞ나 망망ᄒᆡ샹(茫茫海上)의 그 위ᄐᆡ롭고 두리오믈 엇디 다 니ᄅᆞᆯ 거시 이시리오? ᄉᆞᄉᆡᆼ이 아모리 될 줄 모로더니 죵일죵야(終日終夜)토록 ᄒᆡᆼᄒᆞ여 명일(明日) 반오(半午)의 ᄒᆞᆫ 곳의 ᄇᆡ 브드치거ᄂᆞᆯ 몽고 등이 졍신을 딘뎡(鎭靜)ᄒᆞ여 ᄉᆞᆯ피건ᄃᆡ 븍디좌녁 금국이니 젹븍 십오부(十五府)ᄅᆞᆯ 통솔제집(統率制集)ᄒᆞ여 달ᄌᆞ(韃子)[66] 나라 뉴(類)의 웃듬 큰 나라히라. 달ᄌᆞ왕 알야견이 외월방ᄌᆞ(猥越放恣)ᄒᆞᆫ 뜻이 업ᄉᆞ므로 다만 도읍을 딕희여 번신(藩臣)의 도ᄅᆞᆯ 폐치 아닐 쁜이오 젹븍 제부ᄅᆞᆯ 호령ᄒᆞ미 업ᄉᆞᆫ 고로 먀션이 우녁ᄒᆡ거ᄒᆞ여 십오부의 반을 남아 겁칙(劫敕)ᄒᆞ여 져희 토디(土地)ᄅᆞᆯ 보ᄐᆡ며 금국을 삼킬 뜻이 업디 아니ᄒᆞ되 ᄊᆡ의 금국이 누년(累年)을 긔황
41면 (饑荒)ᄒᆞ고 녀역(癘疫)[67]이 치셩(熾盛)ᄒᆞ여 달ᄌᆞ(韃子)의 녕한ᄒᆞ므로도 독녀(毒癘)ᄅᆞᆯ 당ᄒᆞᆫᄌᆞᆨ 열ᄒᆡ ᄒᆞ나토 살기ᄅᆞᆯ 엇디 못ᄒᆞ니 먀션이 염딜(染疾)을 두려 금국의 니ᄅᆞ디 못ᄒᆞ미러라. 쳑발긔와 금셜귀 젼ᄌᆞ의 왕명으로 금국의 브리미[68] 잇던 고로 달ᄌᆞ왕의 나라히믈 일견의 ᄭᆡ닷고 대경왈(大驚曰)

"아국이 금국으로 삼쳔칠ᄇᆡᆨ 니ᄅᆞᆯ 격ᄒᆞ여 션노(船路)의 슌풍을 만나미 되여도 십여 일의 니ᄅᆞ믈 ᄀᆞ장 신긔타 ᄒᆞ더니 이번 남으로 ᄒᆡᆼᄒᆞ여 ᄒᆡᆼ뉴ᄒᆞᆫ 디 슌여(旬餘)의 괴이ᄒᆞᆫ 광풍을 인ᄒᆞ여 ᄇᆡ 거ᄉᆞ리 닷기ᄅᆞᆯ 일쥬야(一晝夜)의 금국 ᄉᆞ구(沙丘)의 븟치이니 엇디 놀납디 아니ᄒᆞ리오?

---

66 달ᄌᆞ(韃子): 달자. 서북변의 오랑캐라는 뜻. 명나라에서 몽골족을 이르던 말.

67 녀역(癘疫): 여역. 전염성 열병을 통틀어 이르는 말.

68 브리미: 브리다. 내리다.

슈연(雖然)이나 하날이 아등(我等)으로 ᄒᆞ여곰 ᄒᆡ심(海心)의 잠으디 아니시고 이곳의 니ᄅᆞ미 살 길흘 주시미니 아직 ᄇᆡ의 나려 금왕긔 이 소유(所由)ᄅᆞᆯ 쥬달(奏達)ᄒᆞ고 죵용이 션범(船帆)을 슈습(收拾)ᄒᆞ여 대국으로 나아가리라."

ᄒᆞ며 일시의 션창(船艙)의 나려 ᄉᆞ변(沙邊)의 포진(鋪陳)을 뎡제ᄒᆞ 42면 고 좌ᄅᆞᆯ 일우니 경공ᄌᆡ 또ᄒᆞᆫ ᄒᆞᆯ노 션듕(船中)의 잇디 못ᄒᆞ여 ᄒᆞᆫ가디로 나려 좌셕의 나아가니 몽고 등이 술을 마시며 건어(乾魚)와 미시로뼈 허핍(虛乏)[69]ᄒᆞ믈 요긔(療飢)ᄒᆞᆯᄉᆡ 공ᄌᆞᄅᆞᆯ 각별이 권ᄒᆞ여 착실이 나오믈 쳥ᄒᆞ나 공ᄌᆡ ᄌᆞ긔 ᄋᆡᆨ회 이에 미쳐 대양(大洋)의 표류ᄒᆞ미 몽고와 금국을 갓초 드ᄃᆡ게 ᄒᆞ여시니 고원의 도라가미 아모 셰월의 될 줄 아디 못ᄒᆞᆯ디라. ᄉᆡ로이 ᄇᆡᆨ우쳔녀(百憂千慮)와 억슈만비(億愁萬悲)ᄅᆞᆯ 니긔여 니ᄅᆞᆯ 거시 업ᄂᆞᆫ디라. 심회(心懷) 망망ᄎᆞ악(茫茫嗟愕)ᄒᆞ여 ᄒᆞᆯᄒᆞᆯ히 디향(指向)ᄒᆞᆯ 바ᄅᆞᆯ 모로ᄂᆞᆫ 바의 팔딘미찬(八珍美饌)인들 엇디 마시 이시믈 알니오마ᄂᆞᆫ 하날이 죽이디 아니신 후ᄂᆞᆫ 무익(無益)히 초우(焦憂)ᄒᆞ여 부모의 ᄉᆡᆼ아구로(生我劬勞)ᄒᆞ신 쳔금듕신(千金重身)으로뼈 븍디 호듕(胡中)의 바려 ᄇᆡᆨ골도 고원의 도라가믈 엇디 못ᄒᆞ미 텬디(天地)의 무빵(無雙)ᄒᆞᆫ 블회(不孝)오 고금(古今)의 잇디 아닌 블통(不忠)[70]이라. 스ᄉᆞ로 몸을 보호ᄒᆞ여 텬하 ᄒᆡ도의 갓초 표풍ᄒᆞ미 43면 되여 필경 친위(親闈)[71]의 결ᄒᆞ믈 어더 훤졍(萱情)의 남산디강(南山之岡)

---

69 허핍(虛乏): 굶주려서 아주 기운이 없음.

70 블통(不忠): '블통'으로 되어 있으나 앞의 '불효(不孝)'로 미루어 맥락상 '불충(不忠)'으로 봄.

71 친위(親闈): 부모가 거처하는 방. 또는 부친(父親)과 자위(慈闈). 곧 부모를 가리킴.

과 븍ᄒᆡ디슈(北海之水)ᄅᆞᆯ 혹ᄌᆞ(或者) 하례(賀禮)ᄒᆞ미 이실가 졀박히
바라ᄂᆞᆫ 의ᄉᆡ 아니 밋ᄎᆞᆫ 곳이 업ᄉᆞᆫ 고로 괴로이 거ᄉᆞ리ᄂᆞᆫ 거ᄉᆞᆯ 강잉ᄒᆞ
여 미시ᄅᆞᆯ 마시고 건어ᄅᆞᆯ 맛보나 그 맛ᄉᆞᆯ 모로미 돌흘 삼키며 모ᄅᆡᄅᆞᆯ
너흘므로 다ᄅᆞ디 아니ᄒᆞ니 쳑발긔 등이 져희 무리 표풍ᄒᆞᆫ 블힝은 오
히려 근심되디 아니ᄒᆞᄃᆡ 공ᄌᆞ의 초우(焦憂)ᄒᆞ믈 ᄃᆡᄒᆞ여 념녀ᄒᆞ믈 마
디 아니ᄒᆞ더라. 몽고국 샤신이 표풍ᄒᆞ여 금국 경강 ᄉᆞ변의 니ᄅᆞ러시
믈 달ᄌᆞ국의 무리 셔로 젼ᄒᆞ여 알고 념딜(染疾)노 고통치 아닛ᄂᆞᆫ 뉴
ᄂᆞᆫ 나와 볼ᄉᆡ 졍공ᄌᆞ의 너ᄅᆞᆫ ᄉᆞᄆᆡ와 긴 의복이 호듕(胡中) 복ᄉᆡᆨ이 아
니믈 의아ᄒᆞᆯ ᄡᅳᆫ 아니라 만고(萬古)ᄅᆞᆯ 기우릴 풍뉴(風流) 니ᄇᆡᆨ(李伯)
의 취광(醉狂)ᄒᆞ믈 나모라고 목디(牧之)의 호일(豪逸)ᄒᆞ믈 죡히 니
ᄅᆞᆯ ᄇᆡ 아니라 긔ᄆᆡᆨ(氣脈)이 텬디(天地)의 즈레 눌너 오악(五嶽)의 슈
44면 긔(秀氣)ᄅᆞᆯ 아ᄉᆞ 팔황(八荒)을 광보(匡輔)ᄒᆞ고 만방을 협ᄒᆞᆯ 팔ᄎᆡ문명
(八彩文明)이 일월을 슈장(收臟)ᄒᆞ며 긴 눈이 빵빈(雙鬢)을 ᄀᆞᄅᆞ치
니 옥산(玉山)을 ᄉᆡᆨ근 텬졍(天庭)이 뎨요(帝堯)ᄅᆞᆯ 뵈온 ᄃᆞᆺ ᄇᆡᆨ셜이 엉
긘 목은 요와 얼픗ᄒᆞ며 난봉(鸞鳳)이 나ᄂᆞᆫ 냥익(兩翼)은 ᄌᆞ산으로 방
블ᄒᆞᆫ디라. 져 달ᄌᆞ의 무리 밋쳐 공ᄌᆞ의 문댱 ᄇᆡᆨ딜이 딘션딘슉(眞善眞
淑)ᄒᆞ여 공시의 문의 승당입실(升堂入室)[72]ᄒᆞ미 넉넉ᄒᆞ며 안·증의 놉
ᄒᆞᆫ 셩홰(聖化) 화연이 ᄒᆞᆫ 몸의 일워시믈 ᄉᆞᆯ피디 못ᄒᆞ고 다만 옥경(玉
京)[73]의 일만셩신(一萬星辰)을 거나려 됴회ᄒᆞᄂᆞᆫ 태을셩군(太乙聖君)
이 하강ᄒᆞ며 남두규셩(南斗奎星)이 문동ᄇᆡᆨ셔ᄅᆞᆯ 쇄연코ᄌᆞ ᄒᆞ다가 호

72 승당입실(升堂入室): 학문이 점점 깊어짐을 비유적으로 일컫는 표현.

73 옥경(玉京): 하늘 위에 옥황상제가 산다고 하는 가상의 서울.

듕(胡中)의 ᄡᅧ러진가 넉이니 일시의 손바닥을 두다리며 소ᄅᆡ 급ᄒᆞ믈 ᄭᆡ닷디 못ᄒᆞ여 ᄀᆞᆯ오ᄃᆡ

"신긔롭고 신긔롭다. ᄒᆡ국 샤신이 그릇 표풍ᄒᆞ여 아국 경강(境疆)의 니ᄅᆞ럿다 ᄒᆞ거ᄂᆞᆯ 우연이 보고져 니ᄅᆞ럿더니 어ᄃᆡ로조ᄎᆞ 옥뎨향안(玉帝香案) 앏ᄒᆡ 칙셔(勅書)ᄅᆞᆯ 밧드럿던 태을션군을 ᄯᅧ 이의 와 아등을 45면 놀ᄂᆡᄂᆞ뇨? 빗나고 긔이ᄒᆞ다. 졔 엇디 딘셰연화(塵世煙火)의 사ᄅᆞᆷ이리오?"

ᄒᆞ여 어ᄌᆞ러이 짓궤고[74] 분분이 논난(論難)ᄒᆞ거ᄂᆞᆯ 졍공ᄌᆡ 괴로오믈 니긔디 못ᄒᆞ고 쳑발긔 등이 요란ᄒᆞ믈 닐너 잡된 소ᄅᆡᄅᆞᆯ 긋치라 ᄒᆞ더니 이윽고 본국(本國) 태우 아락 상공이 나온다 ᄒᆞ여 먼니셔브터 긔긔괴괴(奇奇怪怪)ᄒᆞᆫ 빵알이 도인을 호령ᄒᆞ나 졍공ᄌᆞᄅᆞᆯ 앙쳠(仰瞻)ᄒᆞ여 홀홀이 넉ᄉᆞᆯ 일코 실셩경찬(失聲驚讚)ᄒᆞ던 달ᄌᆞ의 무리 일시의 머리ᄅᆞᆯ 굽혀 몸을 피ᄒᆞ고 도뉘 무릅흘 ᄭᅮ러 감히 낫ᄎᆞᆯ 드디 못ᄒᆞ더니 아이(俄而)오 아락 노야라 ᄒᆞᄂᆞᆫ 거ᄉᆡ 수ᄅᆡ 다ᄃᆞᄅᆞ니 츄죵(追從)이 심다(甚多)ᄒᆞ여 일노(一路)ᄅᆞᆯ 덥허시ᄃᆡ 의복거디(衣服擧止) 몽고국으로 흡ᄉᆞᄒᆞ고 대국인믈(大國人物)과 흡ᄉᆞᄒᆞ더라. 아락긔 하거(下車)ᄒᆞ여 쳑발·금 등의 안ᄌᆞᆫ 곳의 드러와 셔로 볼ᄉᆡ 몬져 옹왕의 훙ᄒᆞ믈 치위(致慰)ᄒᆞ고 버거 이에 표령ᄒᆞᆫ 연유ᄅᆞᆯ 므ᄅᆞ니 쳑발긔와 금셜귀 국휼 46면 (國恤)의 망극ᄒᆞ믈 일ᄏᆞ라 눈믈을 흘니고 텬됴(天朝)의 고부샤(告訃使)로 나아가다가 그릇 괴이한 바ᄅᆞᆷ의 쥬즙(舟楫)이 거ᄉᆞ리 힝ᄒᆞ여

74 짓궤고: 짓궤다. 지껄이다.

이에 니ᄅᆞ믈 ᄃᆡᄒᆞ니 아락괴 놀나 니ᄅᆞᄃᆡ

"현공 등의 표풍도 이상커니와 원간 귀국 대왕이 거년(去年)의 훙(薨)ᄒᆞ시믈 우리 닌국(隣國)의도 부음(訃音)을 통ᄒᆞ고 홀노 대국의 고부샤ᄅᆞᆯ 더ᄃᆡ여 이졔야 보ᄂᆡ시믄 엇딘 일이뇨?"

쳑발·금셜 냥인이 기리 탄왈(嘆曰)

"아국의 허다 망극디ᄉᆞ(罔極之事)ᄂᆞᆫ 블가ᄉᆞ문어닌국(不可使聞於隣國)이라. 셔어ᄒᆞᆫ 구셜(口說)노 엇디 다 알외리잇가? 초의 션왕이 여ᄎᆞ여ᄎᆞ 훙ᄒᆞ시고 ᄉᆞ·칠·구 삼공ᄌᆞ(三公子)와 왕의 뎨이공ᄌᆡ(第二公子) 일시(一時)의 참화(慘禍)ᄅᆞᆯ 바드ᄆᆡ 삼공ᄌᆡ 계오 피ᄒᆞ여 ᄉᆞ화(死禍)ᄅᆞᆯ 면ᄒᆞ시나 그 ᄉᆞ이 변괴(變故) 쳡다(疊多)ᄒᆞ여 알뉼도 흉젹이 싀부역자(弑父逆子)ᄅᆞᆯ 도와 골육(骨肉)을 잔ᄒᆡ(殘害)키로 권ᄒᆞ며 튱냥(忠

47년 良)을 모함키로 도모ᄒᆞ니 뉘 이셔 텬됴의 고부샤ᄅᆞᆯ 보ᄂᆡ여디라 의논ᄒᆞ리오? 싀부ᄒᆞᆫ 흉심이 블궤(不軌)ᄅᆞᆯ 궁딘(窮盡)히 ᄉᆡᆼ각ᄒᆞ여 대국을 범코ᄌᆞ ᄒᆞ므로 짐즛 고부샤ᄅᆞᆯ 보ᄂᆡ디 아니ᄒᆞ고 닌국의ᄂᆞᆫ 병딘을 당ᄒᆞ여 군을 빌고ᄌᆞ ᄒᆞ므로 부음샤ᄅᆞᆯ 보ᄂᆡ미 잇던가 시브이다."

인ᄒᆞ여 젼후ᄉᆞ(前後事)ᄅᆞᆯ 셰셰히 젼ᄒᆞᄃᆡ 아락괴 놀나 ᄀᆞᆯ오ᄃᆡ

"아국은 옹왕의 훙(薨)ᄒᆞ믈 탄셕(嘆惜)ᄒᆞ여 셩덕(聖德)이 족ᄒᆞ시ᄃᆡ 요년순슈(堯年舜壽)ᄅᆞᆯ 누리디 못ᄒᆞ믈 한ᄒᆞᆯ ᄲᅳᆫ이오 여ᄎᆞ(如此) 변괴(變故) 이시믈 아디 못ᄒᆞ더니 그 ᄉᆞ이의 간졍(乾淨)[75]ᄒᆞ믈 쳥ᄒᆞᆯ시 군샹이 칠일ᄌᆡ계(七日齋戒)의 젼조 단발ᄒᆞ샤 신영ᄇᆡᆨ모ᄒᆞ시니 블튱(不忠)

75 간졍(乾淨): 간정. 소란스러운 일이나 앓던 병이 진정되는 것.

의 신ᄌᆞ와 완포(頑暴)ᄒᆞᆫ 심슐(心術)을 가져셔도 ᄌᆞ연이 우민(憂民)ᄒᆞ미 업디 아냐 져마다 목욕ᄌᆡ계(沐浴齋戒)ᄒᆞ며 군왕의 디셩(至誠)이 감텬(感天)ᄒᆞ믈 원ᄒᆞᄂᆞᆫ 의ᄉᆡ 등한(等閑)치 아니ᄒᆞ더니 졔파(祭罷)의 군왕이 잠간 면시(眄視)ᄒᆞ시고 ᄇᆡᆨ뇌(百僚) ᄯᅩᄒᆞᆫ 안ᄌᆞ셔 졉목(接目)[76] (48면) ᄒᆞ미 잇더니 ᄉᆞ몽비몽간(似夢非夢間)의 옥뎨(玉帝) 됴셰(詔書) 졍녕ᄒᆞ여 ᄀᆞᆯᄋᆞ샤ᄃᆡ '금국이 젹븍 오십오부ᄅᆞᆯ 통솔ᄒᆞ여 알야기 오ᄃᆡᄅᆞᆯ 니어 위(位)ᄅᆞᆯ 누리ᄆᆡ 부귀 호이(胡夷)의 웃듬듬으로[77] 극딘ᄒᆞᆫ디라. 알야목이 인신디분(人臣之分)을 아디 못ᄒᆞ고 그 님군을 ᄉᆡᆨᄒᆞ며 구족(九族)을 멸ᄒᆞ니 그 젹앙(積殃)이 이에 밋쳐 창ᄉᆡᆼ(蒼生)이 몬져 긔황(饑荒)ᄒᆞ고 알야시 버거 망케 ᄒᆞ엿더니 알야건의 젹ᄌᆞᄅᆞᆯ 위ᄒᆞᆫ 뜻과 치국(治國)ᄒᆞᄂᆞᆫ 덕이 족히 오ᄅᆡ 누리믈 어덤 ᄌᆞᆨᄒᆞᆫ 고로 알야목의 죄젹을 두로혀 금왕의게 특별이 슈ᄇᆡᆨ 년 왕위ᄅᆞᆯ 허ᄒᆞ고 딘셩대군ᄌᆞ의 ᄋᆡᆨᄒᆞᆫ ᄯᆡᄅᆞᆯ 인ᄒᆞ여 호디의 잠간 뉴우(留寓)케 ᄒᆞ며 그 졍긔로ᄡᅧ 념귀(染鬼)ᄅᆞᆯ 쫏고 신긔로ᄡᅧ 감우(甘雨)ᄅᆞᆯ 비러 금국 창ᄉᆡᆼ의 위급ᄒᆞ믈 구ᄒᆞ노라.' ᄒᆞ시니 군신샹ᄒᆡ(君臣上下) 고두ᄇᆡᆨᄇᆡ(叩頭百拜)ᄒᆞ여 텬은(天恩)을 샤ᄒᆞ고 (49면) 딘셩군ᄌᆞ의 근본을 복이문디(伏而問之)ᄒᆞ온ᄃᆡ 샹뎨 ᄀᆞᆯ오샤ᄃᆡ 'ᄒᆡ국 샤신이 표풍ᄒᆞ여 이의 니ᄅᆞᄂᆞᆫ 바의 ᄒᆞᆫ가디로 올 ᄌᆡ 이시니 젼신(前身)이 아셩(亞聖)이라. 텬샹의도 졔션의 머리 ᄃᆡᆺ던 대도군ᄌᆡ(大道君子)니 인셰의 엇디 그 갓ᄐᆞᆫ 사ᄅᆞᆷ이 이시리오? 다만 시운이 블니ᄒᆞ여 만니타국의 표박ᄒᆞ미 되여시니 힘ᄡᅧ 밧드러 공경ᄒᆞ믈 다

76 졉목(接目): 접목. 눈을 붙임. 자는 것.

77 웃듬듬으로: '듬'이 더 들어간 것으로 보임. 규장각본에는 '웃듬으로'로 되어 있음.

ᄒᆞ라.’ ᄒᆞ시거ᄂᆞᆯ 군왕이 ᄇᆡᆨ뇨로 더브러 복슈쳥교(伏首聽教)의 인ᄒᆞ여 ᄭᆡ치니 ᄒᆞᆫ ᄭᅮᆷ이라. 우리 군왕이 환궁ᄒᆞ샤 셩인 만나기ᄅᆞᆯ 현망(懸望)ᄒᆞ시미 장ᄎᆞ 젼심초려(煎心焦慮)ᄒᆞᄆᆡ 니ᄅᆞ샤 딜후의 위극ᄒᆞ믈 더으시니 국듕이 황황초민(遑遑焦悶)ᄒᆞᄂᆞᆫ 듕 혹ᄌᆞ 몽ᄉᆡ(夢事) 헛되디 아냐 ᄒᆡ국 샤신이 표풍ᄒᆞ여 이의 니ᄅᆞ미 이실가 바라더니 과연 현공의 표박(漂迫)ᄒᆞ미 거일몽되(去日夢兆) 허탄치 아니ᄒᆞᆫ ᄇᆡ로ᄃᆡ 각별긔이(恪別奇異)ᄒᆞᆫ 사ᄅᆞᆷ을 보디 못ᄒᆞ니 심니울울(心裏鬱鬱)ᄒᆞ여 군왕의
50면 바라시믈 씃ᄎᆞᆯ가 근심이 더으도소이다.”

원ᄂᆡ 금왕 알야건의 오ᄃᆡ조(五代祖) 알야목이 그 님군 갈연허ᄅᆞᆯ 죽이며 갈연시ᄅᆞᆯ 함몰ᄒᆞ고 금국을 아ᄉᆞᆫ ᄇᆡ러라. 쳑발긔 등이 ᄎᆞ언을 드ᄅᆞᄆᆡ 신긔롭고 이상히 넉여 감연이 낫빗ᄎᆞᆯ 곳치며 흡연이 ᄃᆡ왈(對曰)

“만ᄉᆡ(萬事) 텬의(天意)예 버셔나미 업ᄂᆞ니 인녁(人力)으로 못 ᄒᆞᆯ 거시므로 오날ᄂᆞᆯ 존샹대인(尊上大人)의 말ᄉᆞᆷ으로조ᄎᆞ 더옥 ᄇᆞᆰ히 알니로소이다. 아국(我國)이 모월모일(某月某日)의 여ᄎᆞ여ᄎᆞ 현ᄉᆞ(賢士)ᄅᆞᆯ 만나미 되여 죵형 뎡국공이 밧드러 안양 회현관의 피란ᄒᆞ엿더니 현ᄉᆞ의 디휘ᄒᆞ미 헌원의 신긔와 와룡(臥龍)의 ᄌᆡ죄 가ᄌᆞᆨᄒᆞ여 여ᄎᆞ여ᄎᆞ 국듕(國中)을 딘뎡(鎭定)ᄒᆞᆫ디라. 대명(大名)과 고위(高位)ᄅᆞᆯ 일국(一國)이 흠복(欽服)ᄒᆞᄃᆡ 현ᄉᆡ 고원(故園)을 ᄉᆞ모ᄒᆞ미 딜(疾)이 일워시므로 감히 오ᄅᆡ 쳬류치 못ᄒᆞ여 금번 샤ᄒᆡᆼ(使行)의 밧드러 대국으로
51면 나아가다가 표풍ᄒᆞᄂᆞᆫ 환을 만나 아등으로 더브러 귀국(貴國)의 니ᄅᆞ러시니 향ᄀᆡᆨ(向刻)[78] 대인의 님ᄒᆞ므로조ᄎᆞ 잠간 병후의 권ᄒᆞ여시나 당당이 셔로 볼 거시니이다.”

이락고 문파(聞罷)의 만심환희(滿心歡喜)ᄒᆞ고 흔흔대열(欣欣大悅)ᄒᆞ

여 능히 모양을 출히디 못ᄒᆞ며 안ᄌᆞ락 닐낙 ᄒᆞ여 밧비 병풍을 것고 셩현긔 강ᄇᆡᄒᆞ믈 쳥ᄒᆞ니 쳑발긔 즉시 공ᄌᆞ긔 이 소유(所由)ᄅᆞᆯ 젼ᄒᆞᆫ 후 병풍을 믈니치니 공ᄌᆡ 괴로오미 두통을 당ᄒᆞᆷ 갓ᄐᆞ나 텬셩이 디인디현(至仁至賢)ᄒᆞ므로ᄡᅧ 져의 위국ᄋᆡ군디튱(爲國愛君之忠)을 감동ᄒᆞ여 ᄌᆞ긔 ᄋᆡᆨᄒᆞ미 대양의 표류ᄒᆞᆫ ᄇᆡ 되여 발셔 이에 와시니 몽고와 동ᄒᆡᆼ(同行)ᄒᆞᄂᆞᆫ 손이 홀노 달ᄌᆞᄅᆞᆯ 아니 보디 못ᄒᆞ여 브득이 몸을 움ᄌᆞᆨ여 아락고ᄅᆞᆯ 볼ᄉᆡ 아락괴 졍공ᄌᆞ의 년유편발(年幼編髮)이믈 ᄉᆡᆼ각디 아냐 ᄲᆞᆯ니 니러 공슌이 녜ᄒᆞ고 피셕위좌(避席爲坐)ᄒᆞ여 감히 ᄃᆡ치 못ᄒᆞ니 늠늠ᄒᆞᆫ 공경이 여간 대빈(大賓)이오 은연이 군신디간(君臣之間) 52면
ᄀᆞᆺᄐᆞᆫ디라. 공ᄌᆡ 더옥 깃거 아냐 날호여 아락고의 평신(平身)[79]ᄒᆞ믈 쳥ᄒᆞᆯᄉᆡ 쳥건쇄락(淸健灑落)ᄒᆞᆫ 셩음(聲音)이 공산심곡(空山深谷)의 봉죄(鳳鳥) 실명(失鳴)ᄒᆞ고 취ᄃᆡ고루(翠臺高樓)의 홍종(鴻種)이 호응(呼應)ᄒᆞᆫ디라. 아락괴 공ᄌᆞ의 셩음(聲音)으로조ᄎᆞ 눈을 드러 쳠망(瞻望)컨ᄃᆡ 과연 ᄇᆡᆨᄃᆡ이젼(百代以前)으로 광계(廣稽)ᄒᆞ나 더브러 비ᄒᆞᆯ 사ᄅᆞᆷ이 업ᄉᆞ니 그 덕긔(德氣) 슉슉(肅肅)ᄒᆞ고 문딜(文質)이 빈빈(彬彬)ᄒᆞ여 발어외모(發於外貌)ᄒᆞ며 풍ᄎᆡ용홰(風采容華) 셔어히 의방(擬倣)컨ᄃᆡ 초태우의 관옥디모(冠玉之貌)와 딘학ᄉᆞ의 츄슈(秋水) 골격의 숑홍의 덕되(德度)믈 겸ᄒᆞ여 귀ᄒᆞᆫ 상과 달ᄒᆞᆫ 픠 ᄀᆞᆺ초 긔이ᄒᆞ니 ᄇᆡᆨ셜(白雪)을 능만(凌慢)ᄒᆞᄂᆞᆫ 안ᄉᆡᆨ(顔色)이 화시(和氏)의 ᄇᆡᆨ벽(白璧)이 밋디 못ᄒᆞ고 혜왕(惠王)의 딘쥐(眞珠) 빗나믈 샤양ᄒᆞᆯ디라. 활 ᄀᆞᆺᄐᆞᆫ

---

78 향직(向刻): 향각. 잠시 전, 아까.

79 평신(平身): 엎드려 절한 뒤에 다시 몸을 폄.

눈섭은 텬졍(天庭)을 쏄쳐시니 강산의 슈긔ᄅᆞᆯ 거두엇고 긴 눈은 빈발(鬢髮)을 ᄀᆞᄅᆞ치니 일월이 연화(煙火)ᄅᆞᆯ 모도와 문광이 슉연ᄒᆞᆫᄃᆡ 늉
53면 쥰일각(隆準日角)[80]의 언연이 귀인디상(貴人之相)이라. 쇄락ᄒᆞ미 광풍졔월(狂風霽月) ᄀᆞᆺ고 녕농ᄒᆞ미 태양홍뉸(太陽紅輪) ᄀᆞᆺᄐᆞ니 교교(皎皎)ᄒᆞ여 창ᄒᆡ의 뇽(龍) ᄀᆞᆺ고 표표(飄飄)ᄒᆞ여 구오(九五)의 봉(鳳) 갓ᄐᆞ니 고운이 아으라ᄒᆞᆫᄃᆡ 은학이 아니면 구츄(九秋)의 늠늠ᄒᆞᆫ 송국(松菊)이라. 아락괴 ᄉᆡᆼ셰(生世) 오십여 년의 이 ᄀᆞᆺᄐᆞᆫ 옥골션풍(玉骨仙風)과 대현군ᄌᆞ(大賢君子)ᄅᆞᆯ 엇디 몽니의나 구경ᄒᆞ미 이시리오? 도로혀 황홀실식(恍惚失色)ᄒᆞ여 어린 ᄃᆞ시 말을 일우디 못ᄒᆞ더니 냥구후(良久後) 졍신을 뎡ᄒᆞ여 귀ᄒᆞᆫ ᄌᆞ최 더러온 ᄯᆞᄒᆡ 표박(漂泊)ᄒᆞ믈 일ᄏᆞᆺ고 ᄇᆡ이쳥문(拜而請問) 존셩대명(尊姓大名)ᄒᆞᆫᄃᆡ 공ᄌᆡ 그 과례(過禮)ᄅᆞᆯ 깁히 샤양ᄒᆞ며 셩명(姓名)을 니ᄅᆞᄃᆡ 구ᄐᆞ여 상문ᄌᆞ뎨(相門子弟)믈 낫토디 아니므로 몽고로브터 달ᄌᆞ의 무리 공ᄌᆡ 졍문쳥의 댱손(長孫)이믈 모로더라. 아락괴 졍공ᄌᆞᄅᆞᆯ 쳠이망디(瞻而望之)ᄒᆞ여 긔이경복(起而敬服)ᄒᆞ믈 ᄎᆡ 뎡치 못ᄒᆞ여셔 졔 님군의 딜극초조(疾極焦
54면 燥)ᄒᆞ믈 ᄉᆡᆼ각고 쳑발긔 등을 쳥ᄒᆞ여 ᄀᆡᆨ관(客館)으로 들게 ᄒᆞᆯᄉᆡ 졍공ᄌᆞᄅᆞᆯ 아딕 ᄒᆞᆫ가디로 머믈게 ᄒᆞᆫ 후 밧비 예궐(詣闕)ᄒᆞ여 몽고국 샤신의 표류ᄒᆞ여 이에 니ᄅᆞᆫ 바며 여ᄎᆞ여ᄎᆞ(如此如此)ᄒᆞᆫ 현ᄉᆡ(賢士) ᄒᆞᆫ가디로 와시믈 금왕긔 고ᄒᆞᆫᄃᆡ 알야건이 ᄇᆞ야흐로 고현군ᄌᆞ(高賢君子)

80 늉쥰일각(隆準日角): 융준일각. 코가 우뚝하게 높고 이마의 뼈가 해처럼 둥그렇게 생긴 것을 말함. 융준은 우뚝하게 높은 코로, 제왕의 상으로 일컬어짐. 한 고조 유방의 코가 높아서 '융준공'이라 불렀음.

ᄅᆞᆯ 만나디 못ᄒᆞᆯ가 젼심초우(煎心焦憂)ᄒᆞ여 즉시 위의(威儀)ᄅᆞᆯ 쩔치고 두어 대신(大臣)과 금문도독을 거ᄂᆞ려 ᄀᆡᆨ관(客館)의 나아와 졍공ᄌᆞᄅᆞᆯ 볼ᄉᆡ 쳑발긔와 금셜귀 황황ᄇᆡ됴(遑遑拜朝)ᄒᆞ여 쳔세(千歲)ᄅᆞᆯ 브ᄅᆞ미 졔 님군 셤기ᄂᆞᆫ 녜도(禮道)ᄅᆞᆯ 다ᄒᆞ거ᄂᆞᆯ 졍공ᄌᆞᄂᆞᆫ 딘실노 괴롭고 졀박ᄒᆞ나 몸이 이에 써러져 ᄒᆞᆫ낫 농조(籠鳥) ᄀᆞᆺᄐᆞ니 홍곡(鴻鵠)의 날개ᄅᆞᆯ 비디 못ᄒᆞᄂᆞᆫᄃᆡ 엇디 쩔쳐 날믈 어드리오? 임의 아락고ᄅᆞᆯ 몬져 보왓거니 ᄯᅩ 엇디 금왕 보기ᄅᆞᆯ 면ᄒᆞ리오? 마디못ᄒᆞ여 쥬ᄀᆡᆨ디녜(主客之禮)로 셔로 볼ᄉᆡ 금왕의 공경녜ᄃᆡ(恭敬禮待)ᄒᆞ미 못 미ᄎᆞᆯ ᄃᆞᆺᄒᆞ여 쳔승(千乘)의 존(尊)으로뻐 굴(屈)ᄒᆞ미 디극ᄒᆞ니 일홈이 달ᄌᆡ나 디식 55면
(知識)이 통텰(通徹)ᄒᆞ고 상뫼(相貌) 쥰격영위(俊格榮威)ᄒᆞ여 복덕(福德)이 완젼디상(完全之相)이러라. 금왕이 졍공ᄌᆞ로 더브러 녜필좌뎡(禮畢坐定) 후 눈을 드러 ᄒᆞᆫ번 보건ᄃᆡ 실노 탁세(濁世) 화식디인(火食之人)[81]이 아니라. 《츈츄(春秋)》ᄂᆞᆫ 셰원(世遠)ᄒᆞ고 셩인(聖人)은 긔망(旣亡)ᄒᆞ니 텬ᄒᆡ(天下) 무소귀의(無所歸依)라. 거셰(去歲)의 념위(廉義) 쁠니고 눈강(綸綱)이 패멸(敗滅)ᄒᆞ니 어ᄃᆡ로조ᄎᆞ 왕계와 태임(太姙) ᄀᆞᆺᄐᆞ니 잇셔 쥬덕(周德)이 승승(繩繩)ᄒᆞ고 임샤(姙似)의 목블시샤ᄉᆡᆨ(目不視邪色)ᄒᆞ며 이블쳥음셩(耳不聽淫聲)ᄒᆞ고 셕브뎡이브좌(席不正而不坐)ᄒᆞ며 할브뎡이블식(割不正而不食)ᄒᆞ여 교어ᄉᆡᆼ셩(教語生成)ᄒᆞ미 ᄒᆞᆫ갓 뵈ᄅᆞᆯ ᄯᅳᆺᄎᆞ며 셰 번 올므ᄆᆡ 더으믈 엇디 ᄯᅳᆺᄒᆞ여시리오? ᄒᆞᆫ갓 옥면뉴풍(玉面遺風)과 ᄌᆞᆷ미봉ᄋᆞᆫ(蠶眉鳳眼)의 쥬슌화험(朱脣花

81 화식디인(火食之人): 화식지인. 불에 익힌 음식을 먹는 사람, 곧 일반적인 속세 사람.

頰)이 만고(萬古)ᄅᆞᆯ 기우려 비길 곳 업ᄉᆞᆫ 졀셰(絶世)ᄒᆞᆷ만 아니라 톄디온즁(體肢穩重)ᄒᆞ여 셩문학뎨(聖門學制) 낫타나고 미위(眉宇)[82] 할연(割然)ᄒᆞ여 강산의 슈긔(秀氣)ᄅᆞᆯ 띄여시니 손으로 팔황(八荒)을 ᄡᅳ
56면 리쳐[83] ᄆᆞᆰ히고 입으로 만고녁ᄃᆡ(萬古歷代)ᄅᆞᆯ ᄇᆞᆰ힐 대현군ᄌᆡ(大賢君子)라. 쳠망(瞻望) 냥구(良久)의 경앙(敬仰)ᄒᆞ미 넘ᄡᅵ고 흠션(欽羨)ᄒᆞ미 극ᄒᆞ니 톄위(體位)ᄅᆞᆯ 일허 스ᄉᆞ로 소ᄅᆡ 나믈 ᄭᆡ닷디 못ᄒᆞ니 좌우 죵신(從臣)을 도라보아 실셩대찬(失聲大讚) 왈

"과인이 ᄉᆡᆼ셰(生世) ᄉᆞ십여 년의 이 갓ᄐᆞᆫ 작인(作人)[84]과 긔셩(氣性)을 옥경(玉京) 화도(畵圖)의 보디 못ᄒᆞ엿ᄂᆞ니 쥬즙(舟楫)이 그릇 표풍(漂風)ᄒᆞ여 이에 오미 ᄒᆡ국 샤신의 션쳑(船隻)이 아니라 ᄒᆡ샹영웅(海上英雄) 녀동빈(呂洞賓)의 년엽쥬(蓮葉舟) 니ᄅᆞ며 승ᄉᆞᄅᆞᆯ 빗겨 운소(雲宵)의 표등(飄登)ᄒᆞ던 댱건(張騫)[85]이 이에 왓ᄂᆞ냐? 과인이 여러 셰월의 쥬야(晝夜)로 튝텬(祝天)ᄒᆞ여 창ᄉᆡᆼ(蒼生)의 목숨을 ᄉᆞᆯ오고ᄌᆞ ᄒᆞᆯ디언졍 감히 셩현군ᄌᆞ(聖賢君子)ᄅᆞᆯ 만나 고풍대ᄌᆡ(高風大才)ᄅᆞᆯ 탄경(嘆敬)ᄒᆞ며 흉황(凶荒)ᄒᆞᆫ 시졀을 두로혀 태평ᄒᆞᆫ 시졀을 긔필(期必)할 줄 ᄇᆞ라디 아녓더니 거일 몽됴(夢兆) 여ᄎᆞ여ᄎᆞᄒᆞ고 금일(今日) 여ᄎᆞ 고현(高賢)을 만나시니 일노조ᄎᆞ 텬의(天意) 금국을 각별 믁우(默佑)
57면 ᄒᆞ시믈 알니로다."

82 미위(眉宇): 미우. 눈썹 언저리.

83 ᄡᅳ리쳐: ᄡᅳ리치다. 쓸어버리다.

84 작인(作人): 사람됨.

85 댱건(張騫): 장건. 전한 때의 외교가. 한 무제 때 뗏목을 타고 대하로 가서 여러 나라를 복속시키고 돌아온 인물. 처음으로 서역을 다녀온 인물로도 알려져 있음.

아락고 등이 일시의 ᄇᆡ복흔하(拜伏欣賀)ᄒᆞ여 즐기ᄂᆞᆫ 소ᄅᆡ 긋디 아니 ᄒᆞ니 공ᄌᆡ 더옥 괴로오미 층가(層加)ᄒᆞ여 이에 정ᄉᆡᆨ왈(正色曰)

"쇼ᄉᆡᆼ은 년유치몽(年幼稚蒙)으로 타국(他國)의 표풍(漂風)ᄒᆞᆫ ᄌᆡ(者) 어ᄂᆞᆯ 대왕(大王)이 헛도이 과장(誇張)ᄒᆞ여 븟그려 죽으믈 ᄌᆡ촉ᄒᆞ시 ᄂᆞ뇨? ᄒᆞ믈며 셩학(聖學)이 미딘(未盡)ᄒᆞ고 ᄌᆡ죄 소우(疏虞)ᄒᆞ여 평 ᄉᆡᆼ의 아ᄂᆞᆫ 거시 업고 몸이 남ᄌᆡ 되여 암미용녈(暗迷庸劣)ᄒᆞ미 고국의 도라감도 ᄯᅳᆺ 갓디 못ᄒᆞ며 대양(大洋)의 표류(漂流)ᄒᆞ미 되니 ᄉᆞ친영 모(思親永慕)의 간격(肝隔)이 ᄆᆡ여디믈 ᄭᆡ닷디 못ᄒᆞᆯ디언정 환귀(還 歸)ᄒᆞ믈 남의 손의 닛글닌 ᄇᆡ 되여 스ᄉᆞ로 말ᄆᆡ암디 못ᄒᆞ믈 보아도 그 ᄲᅳᆯᄃᆡ업ᄉᆞᆫ 인믈을 알디니 엇디 놉히 셩인(聖人)의 비겨 의논ᄒᆞ미 심히 허망(虛妄)ᄒᆞᄆᆡ 밋ᄎᆞ시뇨?"

금왕이 샤왈(謝曰)

"현ᄉᆞᄂᆞᆫ 괴이(怪異)히 넉이디 말나. 호인이 평ᄉᆡᆼ의 우ᄆᆡᆼ(愚氓)을 ᄃᆡ ᄒᆞ여 션풍고현(仙風高賢)의 슝학대도(崇學大道)ᄅᆞᆯ 아디 못ᄒᆞ다가 오 58면 날ᄂᆞᆯ의 텬ᄒᆡᆼ(天幸)으로 관경(觀景)ᄒᆞ믈 어드니 삼ᄉᆡᆼ(三生)의 복(福) 이오 죵신(終身)의 극경(極慶)이라. 듕심(中心)의 황연희희(晃然嬉 嬉)ᄒᆞ믈 인ᄒᆞ여 말ᄉᆞᆷ이 ᄌᆞ연 발ᄒᆞ믈 능히 주리ᄌᆞᆸ디 못ᄒᆞ미로다."

인ᄒᆞ여 쳑발긔 등을 블너 졍공ᄌᆡ ᄒᆡ국의 누월(累月) 뉴우(留寓)ᄒᆞ여 환셰(換歲)ᄒᆞ미 잇고 쳑발유ᄅᆞᆯ ᄀᆞᄅᆞ쳐 팔딘도(八陣圖)ᄅᆞᆯ 베퍼 탈블 잡은 바ᄅᆞᆯ 셰셰히 므러 일일히 알고 더옥 앙복(仰服)ᄒᆞ여 흠탄(欽歎) ᄒᆞ믈 마디 아니ᄒᆞ더라. 쳑발긔 등이 금왕긔 쥬(奏)ᄒᆞ여 명일이라도 션 쳑을 다ᄉᆞ려 대국으로 향ᄒᆞ믈 쳥ᄒᆞᆫᄃᆡ 금쥐 졍공ᄌᆞᄅᆞᆯ ᄃᆡᄒᆞ여 ᄀᆞᆯ오ᄃᆡ

"과인이 현ᄉᆞ의 ᄉᆞ친디회(思親之懷)ᄅᆞᆯ 드ᄅᆞᄆᆡ 감히 머므ᄅᆞᆯ 말ᄉᆞᆷ이 업거니와 쇼방(小邦)이 본ᄃᆡ 년년(年年) 하말츄초(夏末秋初)로 국듕 소산(國中所產)을 시러 대국의 헌ᄒᆞᄂᆞ니 블과 슈삭(數朔)이면 현ᄉᆡ 쇼방 샤신으로 더브러 환귀ᄒᆞᆯ디라. 그 ᄉᆞ이ᄅᆞᆯ 더러온 싸ᄒᆡ 잠간 머므
59면
러 념질(染疾)을 간졍(乾淨)케 ᄒᆞ면 은혜 텬디의 가득ᄒᆞ여 화산의 플흘 밋고[86] 슈호(隋侯)의 구ᄉᆞᆯ[87]을 먹음어도 다 갑디 못ᄒᆞᆯ디니 현ᄉᆞ의 ᄯᅳᆺ의 엇더ᄒᆞ뇨?”

공ᄌᆡ 금왕의 쳥이 여ᄎᆞ(如此)ᄒᆞ믈 보ᄃᆡ 자긔 도라갈 ᄯᅳᆺ이 시위 써난 살 ᄀᆞᆺᄐᆞᆯ ᄲᅮᆫ 아니라 쳑발긔 등을 조ᄎᆞ가디 못ᄒᆞ고 이에 써졋다가 또 므ᄉᆞᆷ ᄉᆞ고ᄅᆞᆯ 만나 환귀치 못ᄒᆞᆯ동 알니오? 실노 허락ᄒᆞᆯ ᄯᅳᆺ이 업ᄂᆞᆫ디라. 우우(憂虞)[88]히 월아(月蛾)[89]ᄅᆞᆯ 찡긔며 ᄀᆞᆯ오ᄃᆡ

“대왕의 간졀ᄒᆞᆫ 말ᄉᆞᆷ이 여ᄎᆞᄒᆞ시니 쇼ᄉᆡᆼ이 귀국의 뉴우ᄒᆞ여 념딜을 간졍ᄒᆞ고 공명(孔明)이 젹벽(赤壁)의 동남풍 닐윔갓치 삼년대한(三年大旱)을 두로혀 우뢰(雨露)[90] 고로게 ᄒᆞᆯ ᄌᆡ죄 이실딘ᄃᆡ 엇디 도라가믈 늣추어 대왕의 ᄯᅳᆺ을 밧드디 아니리오마ᄂᆞᆫ 실노 ᄒᆞᆫ 조각 덕이 업ᄉᆞ니 ᄇᆡᆨ 년을 이에 잇셔도 귀국의 폐ᄅᆞᆯ 더을 ᄲᅮᆫ이오 호리(毫釐)의 유익ᄒᆞ미 되디 아닐디라. ᄒᆞ믈며 몽ᄉᆞ(夢事)ᄂᆞᆫ 허탄ᄒᆞ니 대왕은 브졀업시

---

86 화산의 플을 밋고: 결초보은. 죽어서라도 은혜를 갚음.

87 슈호의 구슬: 수후지주(隋侯之珠). 수나라의 임금인 수후가 뱀을 도와준 데 대한 보답으로 얻은 보배로운 구슬. 화씨지벽(和氏之璧)과 함께 천하의 귀중한 보배로 꼽힘.

88 우우(憂虞): 근심하고 걱정함.

89 월아(月蛾): 눈썹을 말하는 것으로 보임. 아미(蛾眉)는 초승달 모양의 누에나방의 모양처럼 생긴 눈썹을 말하는데, 월아는 이를 강조하여 쓴 것으로 보임

90 우뢰(雨露): 우로. 비와 이슬.

ᄉᆡ로 드러오ᄂᆞᆫ 사ᄅᆞᆷ을 구치 마ᄅᆞ시고 가디록 인덕(仁德)을 힝ᄒᆞ샤 텬 60면
의 감동ᄒᆞ시믈 어더 태평(太平)을 누리쇼셔. 셰원인망(世遠人亡)[91]ᄒᆞ
여 탁셰홍딘(濁世紅塵)의 염위 파산ᄒᆞ고 눈강(倫剛)이 옹폐(壅蔽)ᄒᆞ
여시니 현셩군ᄌᆡ(賢聖君子) 어ᄃᆡ로조ᄎᆞ 나리잇고? 황ᄒᆡ(黃河) 일쳔
년(一千年)의 일쳥(一淸)ᄒᆞ고 셩인(聖人)이 오ᄇᆡᆨᄃᆡ(五百代)의 일ᄉᆡᆼ
(一生)ᄒᆞᄂᆞ니 셩현이 엇디 이 시졀의 이시리오? 셕의 이쳑이 왈 '요블
승덕(妖不勝德)이니 군기슈덕(君其修德)ᄒᆞ쇼셔.' ᄒᆞ미 당당ᄒᆞᆫ 졍논
(正論)이라. 귀국의 녀역(癘疫)이 치셩(熾盛)ᄒᆞ고 시졀이 흉황ᄒᆞ나 대
왕이 은실(殷室)의 듕복ᄒᆞᆷ과 션왕의 유치ᄅᆞᆯ 힘ᄡᅳ실딘ᄃᆡ 방국(邦國)이
안낙(安樂)ᄒᆞ여 ᄇᆡᆨ셩이 태평을 누리리리이다.[92]"
금쥐 다시 말을 못 ᄒᆞ여셔 아락고 등 모든 달ᄌᆡ 고셩왈(高聲曰)
"현ᄉᆞ의 이에 니ᄅᆞ시미 실노 텬의(天意) 유의ᄒᆞ샤 금국 ᄉᆡᆼ녕(生靈)의
위ᄐᆡᄒᆞ믈 구코져 ᄒᆞ시미어ᄂᆞᆯ 이졔 오군이 쳔승을 굴ᄒᆞ여 노유(老幼)
ᄅᆞᆯ 블논(不論)ᄒᆞ고 디셩으로 머므ᄅᆞ믈 비ᄃᆡ 현ᄉᆡ 블쳥(不聽)ᄒᆞ니 비
록 고원의 도라가믈 밧바ᄒᆞ나 기실은 오군을 경(輕)히 넉이고 아국을 61면
업슈히 넉여 몽고갓치 긔ᄃᆡ(貴待)ᄒᆞ미 업ᄂᆞᆫ디라. 현ᄉᆡ 초의 ᄒᆡ국의셔
금태부와 쳑발댱군을 만나 도라가믈 쳥ᄒᆞ여 능히 뜻을 일우디 못ᄒᆞ고
삼 년의 ᄒᆞᆫ 번 샤신이 가ᄂᆞᆫ 것도 등ᄃᆡ홀 젹도 잇거ᄂᆞᆯ 아국의 니ᄅᆞ러ᄂᆞᆫ
블과 슈삭(數朔) 뉴우(留寓)ᄒᆞ믈 쳥ᄒᆞ고 츄초(秋初)의 샤신이 가ᄂᆞᆫᄃᆡ

---

91 셰원인망(世遠人亡): 세원인망. 주자가 〈소학제사〉에서 "세대는 멀어지고 사람은 죽고 없어지며 경전은 무너지고 도는 해이해진다."라고 한 데서 나온 말.

92 누리리리이다: '누리리이다'의 오기.

공경ᄒᆞ여 밧드러 힝ᄒᆞ미 쳑발·금셜 등으로 동힝홈만 못ᄒᆞ디 아닐 거시로ᄃᆡ 허락홀 의ᄉᆡ 업ᄉᆞ니 엇디 한홉디 아니리오? 아등의 위국디튱(爲國之忠)이 비록 쳑발댱군을 밋디 못ᄒᆞ나 현ᄉᆡ(賢士) 오군(吾君)의 간쳥ᄒᆞ믈 듯디 아니ᄒᆞ고 ᄇᆞᄃᆡ 쳑발긔 등과 동힝코ᄌᆞ ᄒᆞ시면 존현(尊賢)ᄒᆞᄂᆞᆫ 도리ᄅᆞᆯ 비록 일흐나 우리 달ᄌᆞ의 무리 긔운을 비양(飛揚)ᄒᆞ여 ᄒᆞ나히 열흘 당ᄒᆞ며 냥딘(兩陣)이 상격(相隔)홈ᄀᆞᆺ치 현ᄉᆞ의 도라

62면 가ᄂᆞᆫ 길흘 막아 쳘관셕문(鐵關石門)쳐로 에우리니[93] 현ᄉᆞᄂᆞᆫ 깁히 ᄉᆡᆼ각ᄒᆞ여 우리 달ᄌᆞ로뼈 호이취한(胡夷醉漢)이라 ᄒᆞ고 너모 업슈히 넉이디 말디어다."

언필(言畢)의 노ᄉᆡᆨ(怒色)이 표동(表動)ᄒᆞ여 각각 이ᄃᆞᆯ오믈 니긔디 못ᄒᆞ니 금쥐 무례ᄒᆞ믈 ᄭᅮ디져 믈니치고 쳑발긔 등을 도라보아 왈

"졍현ᄉᆡ ᄇᆞᄃᆡ 그ᄃᆡ 등과 힝코ᄌᆞ ᄒᆞ면 과인(寡人)이 엇디 쳥뉴(請留)홀 비리오? 그ᄃᆡ 등이 ᄉᆞᄉᆞ로이 힝ᄒᆞ미 아냐 블힝이 표류ᄒᆞ여 이에 와시나 여러 일월을 디류(遲留)홀[94] 빈 아니니 션쳑(船隻)을 슈습(收拾)ᄒᆞ여 명일(明日)이라도 도라가믈 임의(任意)로 ᄒᆞ라."

쳑발긔 등이 ᄌᆡᄇᆡ샤은(再拜謝恩)ᄒᆞᆫᄃᆡ 아락고 등이 졍공ᄌᆞ의 도라가기ᄅᆞᆯ 힘뼈 막ᄌᆞᆯ나 ᄉᆞ식이 만분블호(萬分不好)ᄒᆞ거ᄂᆞᆯ 공ᄌᆡ ᄀᆞᆺ투여 경동(驚動)홈도 업고 분노홈도 업셔 이연(怡然)이 ᄀᆞᆯ오ᄃᆡ

"내 ᄎᆞ쳐(此處)의 뉴우(留寓)ᄒᆞ여 츄발(秋髮)[95]이라도 유익ᄒᆞ미 될딘ᄃᆡ 귀국(貴國) 군신(君臣)의 이 갓튼 ᄯᅳᆺ을 가히 밧들녀니와 실노 뼈 아ᄂᆞᆫ

93 에우리니: 에우다. 사방을 빙 두르다.

94 디류(遲留)홀: 지류하다. 오랫동안 머무르다.

업ᄉᆞ니[96] 여러 날을 머므러 므ᄉᆞᆫ 곳의 ᄡᅳ리오? 냥딘(兩陣)의 상격(相隔)ᄒᆞ여 젹국을 에움과 쳘관셕문ᄀᆞᆺ치 막ᄌᆞᄅᆞᆯ 니ᄅᆞ디 말고 녀력(膂力)이 당졍ᄒᆞᆫ 지 ᄒᆞ나만 길흘 막아도 년유치몽(年幼稚蒙)이 혈혈쳑신(孑孑隻身)으로ᄡᅧ 만여 리의 표박ᄒᆞᆫ ᄇᆡ 되엿다가 다시 싀살(廝殺)ᄒᆞ믈 버셔나디 못ᄒᆞ여 헛도이 셩명(性命)을 보젼치 못ᄒᆞ려니와 다만 나의 ᄯᅳᆺ은 위력(威力)으로 앗디 못ᄒᆞ리니 공 등이 그 아모리나 ᄒᆞ라." 63면

셜파(說罷)의 희미히 잠쇼(潛笑)ᄒᆞ니 븕은 입이 밧그로 열니ᄂᆞᆫ 바의 옥치현츌(玉齒現出)ᄒᆞ고 빗난 우음이 ᄆᆞᆰ은 귀밋ᄎᆞᆯ 침노ᄒᆞ니 쇄락ᄒᆞᆫ 긔운이 향긔로온 바ᄅᆞᆷ을 인ᄒᆞ여 졀츌긔려(絶出綺麗)ᄒᆞ미 태딘(太眞)[97]의 회두일쇼(回頭一笑)의 ᄇᆡᆨ미ᄉᆡᆼ(百媚生)을 우으며 뉵궁분ᄃᆡ무안ᄉᆡᆨ(六宮粉黛無顏色)[98]을 쳔누(賤陋)히 넉이니 견ᄌᆞ(見者)로 ᄒᆞ여곰 낫ᄎᆞᆯ 우힐[99] ᄃᆞᆺ 황홀경ᄋᆡ(恍惚敬愛)ᄒᆞ믈 ᄎᆞᆷ디 못ᄒᆞᆯ 거시로ᄃᆡ 그 영위(英偉)ᄒᆞᆫ 픔슈(稟受)와 굉쥰(宏俊)ᄒᆞᆫ 위의(威儀) 굉걸웅침(宏傑雄沈)ᄒᆞ며 슉믁뎡대(肅默正大)ᄒᆞ여 편발치몽(編髮稚蒙)이 의연(毅然)[100]이 만균(萬鈞)[101]의 무거오미 잇고 년유쇼ᄌᆡ(年幼少子) 완연이 구졍(九鼎)의 요

---

95 츄발(秋髮): 추호(秋毫)의 '호(터럭)' 대신 '발(터럭)'을 쓴 것으로 보임. 추호는 '가을바람에 가늘어진 짐승의 털'이라는 뜻으로, 매우 작은 것을 뜻함.

96 아ᄂᆞᆫ 업ᄉᆞ니: '아는 일 없으니'라는 뜻으로, '일'이 빠진 것으로 보임. 규장각본에는 '아ᄂᆞᆫ 일 업ᄉᆞ오니'로 되어 있음.

97 태딘(太眞): 태진. 양귀비.

98 회두일쇼(回頭一笑)의 ᄇᆡᆨ미ᄉᆡᆼ(百媚生)을 우으며 뉵궁분ᄃᆡ무안ᄉᆡᆨ(六宮粉黛無顏色): 머리 돌려 한 번 웃으면 온갖 아름다움이 피어나니 육궁의 아름답게 단장한 여인들이 빛을 잃었네. 백거이의 〈장한가〉의 한 구절.

99 우힐: 우히다. 움키다.

100 의연(毅然)이: 당당히, 떳떳이.

64면 동치 아니미 이시니 그 긔되(器度) 엄슉ᄒᆞ미 의의(猗猗)[102]히 구츄상텬(九秋霜天) ᄀᆞᆺ고 신위(神威) 늠늠ᄒᆞ미 하일(夏日)이 가외(可畏)[103]홈 ᄀᆞᆺᄐᆞ니 실노 ᄌᆞᄉᆡᆼ민이ᄅᆡ(自生民以來)로 ᄒᆞᆫ 사ᄅᆞᆷ이라. 금국 군신상ᄒᆡ(君臣上下) 홀홀히 녁ᄉᆞᆯ 일코 악연쳠망(愕然瞻望)ᄒᆞ여 언에(言語) 도착(倒錯)ᄒᆞ며 좌치(坐差) 실셔(失序)ᄒᆞ더니 쥬반(晝飯)을 파ᄒᆞ고 날이 져믈ᄆᆡ 금왕이 환궁홀ᄉᆡ 명신(明晨)의 다시 보기를 일ᄏᆞᄅᆞ며 쳑발긔 등을 명일(明日) 션쳑(船隻)을 슈습(收拾)ᄒᆞ여 우명일(又明日)[104] 이곳을 떠나라 ᄒᆞᄃᆡ 졍공ᄌᆞ와 ᄒᆞᆫ가디로 가며 아니키ᄂᆞᆫ 오히려 뎡치 아니터라. 금왕이 졍공ᄌᆞ를 ᄀᆡᆨ관의 머므ᄅᆞ고 환궁ᄒᆞᆫ 후 아락고 등이 쳥ᄃᆡ샹언(請對上言)ᄒᆞ여 졍ᄌᆞ를 결단코 도라보ᄂᆡ디 못홀 바를 ᄀᆞᆺ초 고ᄒᆞ니 금쥐 쇼왈(笑曰)

"과인인들 엇디 도라보ᄂᆡ고ᄌᆞ ᄒᆞ리오마ᄂᆞᆫ 져의 뜻이 구드니 일시의 핍박디 못홀디라. 졍셩을 갈ᄒᆞ여 슈삭 머므러 념질(染疾)이나 간졍(乾淨)ᄒᆞ고 한염(旱炎)의 우뢰 나리믈 본 후 샤힝의 ᄒᆞᆫ가디로 밧드러
65면 보ᄂᆡ고ᄌᆞ ᄒᆞᄂᆞ니 명일 다시 간졀이 쳥ᄒᆞ리라."

아락고 등이 맛당ᄒᆞ시믈 일ᄏᆞᆺ고 퇴ᄒᆞ니라.

ᄎᆞ시(此時) 졍공ᄌᆞ의 여ᄋᆡᆨ(餘厄)이 미딘(未盡)ᄒᆞ고 길운(吉運)이 머러시므로 시일야(是一夜)의 홀연 신긔블평(身氣不平)ᄒᆞ며 비위 거ᄉᆞ

---

101 만균(萬鈞): 균(鈞)은 서른 근. 만균은 매우 많음을 뜻함.

102 의의(猗猗): 아름답고 성한 모습.

103 하일(夏日)이 가외(可畏)홈: 여름 햇빛이 두렵다는 뜻. 《춘추좌씨전》 〈문공〉의 "겨울 해는 사랑스럽고 여름 해는 두렵다(冬日可愛 夏日可畏)."에서 온 말.

104 우명일(又明日): 모레.

려 셕반(夕飯)을 회구ᄒᆞ고 ᄉᆞ디무긔(四肢無氣)ᄒᆞ여 상셕(床席)의 혼침(昏寢)ᄒᆞᄆᆡ 심원(心源)이 유유탕탕(悠悠蕩蕩)ᄒᆞ여 ᄉᆡ븍(塞北) 만여 리의 잇ᄂᆞᆫ 넉시 믄득 운소(雲霄)의 비등(飛騰)ᄒᆞ여 ᄒᆡ음업시 고원(故園)의 도라가니 븍당훤위(北堂萱闈)의 의려이현망(倚侶而懸望)ᄒᆞ여 창안(蒼顔)이 고고히 초췌ᄒᆞ며 긔뷔(肌膚) 우우히 슈쳑ᄒᆞ여 효셩잔월(曉星殘月)의 구장(九腸)이 소삭(銷鑠)ᄒᆞ고 모텬야우(暮天夜雨)의 오ᄂᆡ여할(五內如割)[105]ᄒᆞ믈 뭇ᄌᆞᆸ디 아냐 가히 알 ᄇᆡ니 냥(兩) 대인이 ᄒᆞᆫ갓 ᄌᆞ녀ᄅᆞᆯ 실산(失散)ᄒᆞᆫ 슬프심만 아니라 흐ᄅᆞᄂᆞᆫ 일월의 궁텬디통(窮天之痛)이 졈졈이 더으니 엇디 초상(初喪)의 감ᄒᆞ리오? 난난디상(欒欒之狀)[106]이 조모(朝暮)의 위위(危危)ᄒᆞ여 남산이 최최(崔崔)ᄒᆞᆫᄃᆡ 약쉬(弱水)[107] 엄엄ᄒᆞ니 ᄌᆞ고(子高)의 고집과 ᄇᆡᆨ유의 상명(喪明)[108]을 니엇ᄂᆞᆫ디라. 쳠망(瞻望)키ᄅᆞᆯ ᄎᆡ 못ᄒᆞ여 만심이 ᄎᆞ악대경(嗟愕大驚)ᄒᆞ고 간격(肝膈)이 ᄡᅴ여져 눈믈이 흐ᄅᆞ믈 ᄭᆡ닷디 못ᄒᆞ며 녕원[109]이 쒸노라 안ᄉᆡᆨ(顔色)이 져상(沮傷)ᄒᆞ믈 면치 못ᄒᆞ니 젼도(顚倒)히 ᄇᆡ례(拜禮)ᄅᆞᆯ 맛고 창황(蒼黃)이 나아 안ᄌᆞ 악슈상부(握手相扶)ᄒᆞ여 실셩운졀(失聲殞絶)ᄒᆞᄆᆡ 별ᄂᆡ비회(別來悲懷)ᄅᆞᆯ 미쳐 펴디 못ᄒᆞ여 대야(大

66면

105 오ᄂᆡ여할(五內如割): 오내여할. 오장이 끊어진 듯함.

106 난난디상(欒欒之狀): 난란지상, 수척한 모양. 상주의 야윈 모습을 묘사할 때 많이 쓰임. 《시경》 〈소관(素冠)〉에 "상주의 수척한 모습이여(棘人欒欒兮)."라는 구절이 나옴.

107 약쉬(弱水): 약수. 신선이 살았다는 중국의 전설적인 강.

108 상명(喪明): 상명지통(喪明之痛). 자하가 서하(西河)에 머물 때 자식을 잃고 슬피 울어 두 눈이 멀었다는 고사. 자식 잃은 슬픔을 말함. '서하지통(西河之痛)'이라고도 함.

109 녕원: '마음'을 의미하는 것으로 추정.

爺) 쳥계공이 니ᄅᆞ딕
“네 만니ᄒᆡ외(萬里海外)의셔 됴모곡ᄇᆡ(朝暮哭拜)도 폐ᄒᆞ고 ᄌᆞ손의 도롤 출히디 못ᄒᆞ여시므로 이에 와 향연의 ᄇᆡ곡(拜哭)도 폐ᄒᆞᄂᆞ냐?”
공지 쳥교(聽敎)의 ᄇᆡ이복슈(拜而伏首)ᄒᆞ고 몸을 니러 왕부대인 향연(香煙)을 님ᄒᆞ여 경히 미셩(微誠)을 펴고ᄌᆞ ᄒᆞ더라.

(책임교주 김경미)

완월회맹연 玩月會盟宴

권디십소 卷之十四

ᄎᆞ셜(且說). 공ᄌᆡ 긔이ᄌᆡᄇᆡ(起而再拜) 쳥교(聽教)의 몸을 니러 왕부 1면
(王父) 향연(香筵)을 님(臨)ᄒᆞ여 뎡히 무궁ᄒᆞᆫ 회포ᄅᆞᆯ 펴ᄆᆡ 실ᄉᆡᆨ이호(失色哀號)ᄒᆞ여 ᄇᆡ례통곡(拜禮痛哭)고ᄌᆞ ᄒᆞ더니 홀연 청풍(淸風)이 낭낭(朗朗)ᄒᆞ여 쇼장(素帳)[1]을 붓치고 옥결(玉玦)[2]이 장장(鏘鏘)[3]ᄒᆞ여 상탁(床卓)[4]을 움ᄌᆞᆨ이ᄂᆞᆫ 바의 션조(先祖) 태부공[5]이 머리의 ᄎᆡ포태허관(緇布太虛冠)을 쓰고 몸의 ᄇᆡᆨ운학창의(白雲鶴氅衣)ᄅᆞᆯ 착(着)ᄒᆞ며 허리의 난향(蘭香)이 엿기ᄂᆞᆫᄃᆡ 손의 우션(羽扇)[6]을 쥐고 옥규(玉圭)[7]ᄅᆞᆯ 드러시니 ᄆᆞᆰ은 골격이 더옥 슈연(粹然)ᄒᆞ여 연화(年華)[8]ᄅᆞᆯ 뭇ᄌᆞᆸ디 아냐 알니러라. 공ᄌᆡ ᄒᆞᆫ번 우러ᄅᆞᄆᆡ 반기ᄂᆞᆫ 졍이 그 무ᄉᆞ 거ᄉᆡ 비기며 황홀ᄒᆞᆫ 심신이 쏘 엇디 견졸 거시 이시리오? 년망(連忙)이 두 번 졀ᄒᆞ고 착급(着急)히 손을 밧드러 슬젼(膝前)의 댱궤(長跪)ᄒᆞ여 호읍블능텰(號泣不能撤)ᄒᆞ니 공이 어로만져 듕ᄋᆡ(重愛)ᄒᆞᄂᆞᆫ 졍이 강 2면
보적ᄌᆞ(襁褓赤子)의 더어 츄연탄왈(惆然嘆曰)

"ᄎᆞᄌᆡ(嗟哉)라! 닌야셩야여, 네 엇디 시운(時運)의 조험(阻險)ᄒᆞ미 이에 밋쳣ᄂᆞ뇨? 시졀의 아닌 긔린(麒麟)이 이시며 샹셰(祥瑞) 아닌 ᄣᆡ의 봉황이 이시니 네 이ᄣᆡ의 나 밋쳐 ᄌᆞ라믈 엇디 못ᄒᆞ여셔 소녀(蘇

1 쇼장(素帳): 소장. 장사 지내기 전에 궤연(几筵) 앞에 치는 하얀 포장.
2 옥결(玉玦): 옥으로 만들어 허리에 차는 고리.
3 장장(鏘鏘): 옥이나 쇠붙이 따위가 맞게 울리는 소리. 또는 그 모양.
4 상탁(床卓): 제상과 향탁을 아울러 이르는 말.
5 태부공: 정한.
6 우션(羽扇): 우선. 학의 깃털로 만든 부채.
7 옥규(玉圭): 옥으로 만든 홀(笏). 홀은 벼슬아치가 임금을 만날 때 손에 갖춰 쥐던 물건.
8 연화(年華): 나이.

女)의 독슈(毒手)ᄅᆞᆯ 만나니 그 한 되미 엇디 범연(泛然)타 ᄒᆞ리오마ᄂᆞᆫ ᄎᆞ역(此亦) 텬야(天也)오 명얘(命也)라. 현마[9] 엇디ᄒᆞ리오? 비록 만니호디(萬里胡地)의 표박(漂泊)ᄒᆞ여 고원(故園)의 도라오미 더ᄃᆡ나 가히 니긔디 못ᄒᆞᆯ 거ᄉᆞᆫ 져 하날이라. 모로미 일이 되여가ᄆᆞᆯ 보고 과도히 상담(傷膽)ᄒᆞ여 감슈(減壽)ᄒᆞᆯ 증조(徵兆)ᄅᆞᆯ 더으디 말나. 네 ᄒᆡ외호디(海外胡地)의 표류ᄒᆞ미 아니면 네 아비 만분[10] 가온ᄃᆡ 씃쳐디ᄂᆞᆫ 명을 닛디 못ᄒᆞ며 죽을 병을 ᄉᆞᆯ오디 못ᄒᆞ리니 브졀업시 도라오기ᄅᆞᆯ 밧바 말고 대양(大洋)의 표류ᄒᆞᄆᆞᆯ ᄂᆞᆯ나디 말나. 다만 네 유튱약긔(幼冲弱氣)로뼈 ᄉᆡ북호디(塞北胡地)의 동표셔박(東漂西泊)[11]ᄒᆞ며 남쥬븍
3면 뉴(南走北遊)ᄒᆞ여 심녀(心慮)ᄅᆞᆯ 상ᄒᆡ오미 무궁ᄒᆞ니 이거시 깁흔 근심이어ᄂᆞᆯ 타일(他日) 환귀(還歸)ᄒᆞᄆᆡ 니ᄅᆞ러ᄂᆞᆫ 듕야의【닌듕을 니ᄅᆞ미라】 모ᄌᆡ(母子) ᄇᆡᆨ폐무비(百弊無比)ᄒᆞ리니 그 블힝이 엇디 다 니ᄅᆞᆯ ᄇᆡ리오? 연이나 텬ᄉᆡᆼ아손(天生我孫)ᄒᆞ시니 필유ᄉᆞ문(必有斯文)[12]이라. 텬ᄉᆡᆼᄉᆞ문(天生斯文)인ᄃᆡ 가히 밋ᄎᆞᆯ ᄇᆡ 업거니와 미망샤문(迷妄斯文)인ᄌᆞᆨ 환퇴(桓魋)[13] 부ᄌᆞ(夫子)긔 그 엇디ᄒᆞ리오? 다만 빈발(頻發) 기싊(其數)라 네 셩명(性命)의 ᄒᆡ(害) 되디 아니ᄒᆞ거니와 소녀(蘇女)

---

9 현마: 아무리. 차마. 설마.

10 만분: 영종황제를 따라 마선의 노영(虜營)에 온 정잠이 갇혀 있는 곳.

11 동표셔박(同漂西泊): 동표서박. 동서로 정처 없이 이리저리 떠돌아다님.

12 필유ᄉᆞ문(必有斯文): 필유사문. 사문(斯文)은 유도(儒道)를 가리키거나 유학자를 지칭하는 말. 《논어》 〈자한(子罕)〉에 공자가 "문왕이 이미 돌아가셨으니, 문(文)이 이 몸에 있지 않겠는가? 하늘이 장차 '이 문(斯文)'을 없애려 했다면 후세인인 내가 이 문에 참여할 수 없었을 것이다(文王旣沒 文不在玆乎 天之將喪斯文也 後死者不得與於斯文也)."라고 한 말이 나옴.

와 듕이 이시미 외람ᄒᆞ나 부ᄌᆞ(夫子)의 부인이 덕이 업고 문왕(文王)의 싱(生)ᄒᆞ신 바 관치(管蔡) ᄀᆞᆺ디 아니랴? 노뷔 인간의 죄젹(罪迹)이 업다 ᄒᆞ샤 외람이 샹뎨(上帝)의 승탁(昇擢)ᄒᆞ시믈 밧ᄌᆞ와 옥경(玉京)의 시위(侍衛)ᄒᆞ미 졔션(諸仙)의 머리 디으미 되여시나 몬져 국ᄉᆞ(國事)의 한심ᄒᆞ믈 슬허ᄒᆞ고 가란(家亂)의 괴히(怪駭)ᄒᆞ믈 ᄎᆞ셕(嗟惜)ᄒᆞᄃᆡ ᄉᆞ라 군덕(君德)을 요슌(堯舜)[14]의 닐위디 못ᄒᆞ며 요괴로온 ᄌᆞ최와 흉간(凶奸)ᄒᆞᆫ 무리ᄅᆞᆯ 황예(荒裔)[15]의 ᄂᆡ치디 못ᄒᆞ여 왕딘(王振) 등 창승(蒼蠅)의 머리ᄅᆞᆯ 단졀(斷切)치 못ᄒᆞᆫ 연고로 만승농게(萬乘龍車) 노영(虜營)의 ᄢᅥ러디시ᄂᆞᆫ 욕이 머디 아니니 황양(黃壤)[16]의 유한(遺恨)이 당당이 녀귀(厲鬼) 되여 먀션 등을 참벌(斬伐)코ᄌᆞ ᄒᆞ나 텬측(天側)을 시위(侍衛)ᄒᆞᆫ 혼신(魂神)이 딘위(眞僞)ᄅᆞᆯ 말미암디 못ᄒᆞ니 가히 ᄠᅳᆺ ᄀᆞᆺᄐᆞ믈 어드랴? 노뷔 너ᄅᆞᆯ 위ᄒᆞ여 근심ᄒᆞ나 오히려 웅ᄋᆞᄅᆞᆯ 위ᄒᆞᆫ 념녀만 ᄀᆞᆺ디 못ᄒᆞᆫ디라. 우찰(愚察)[17] 정금(精金)과 미옥(美玉)[18]이 ᄉᆞ셕(沙石)[19]과 딘토(塵土)[20]로조ᄎᆞ 나미 되여 평싱을 ᄢᅵᆺᄂᆞᆫ ᄃᆞᆺᄒᆞᆫ 소우(騷虞) 4면

13 환퇴(桓魋): 춘추시대 송나라의 대부(大夫). 공자가 조(曹)나라에서 송나라에 가는 도중 제자들과 큰 나무 아래에서 예를 익히고 있는데, 환퇴가 공자를 죽이려고 그 나무를 뽑아 쓰러뜨리자 제자들이 떠나기를 재촉했으나 공자는 "하늘이 나에게 덕을 내리셨으니, 환퇴가 나를 어찌하겠는가?(天生德於予 桓魋其如予何)"라고 함.

14 요슌(堯舜): 요순. 요임금과 순임금.

15 황예(荒裔): 멀리 떨어진 지방. 또는 먼 외국.

16 황양(黃壤): 저승. 사람이 죽은 뒤에 그 혼이 가서 산다고 하는 세상.

17 우찰(愚察): 말하는 이가 자신의 생각을 낮춰 부르는 말.

18 정금(精金)과 미옥(美玉): 정금과 미옥. 정교하게 다듬은 금과 아름다운 옥이라는 뜻. 인품이나 시문이 맑고 아름다움을 이르는 말.

19 ᄉᆞ셕(沙石): 사석. 모래와 돌.

의 간격(肝膈)을 ᄉᆞᄒᆡ다가 헛도이 놉흔 일홈과 넙은 덕을 후셰의 드리오고 ᄉᆞ라셔 긴 슈(壽)와 놉흔 복을 다 누리디 못ᄒᆞᆯ 바ᄅᆞᆯ 앗기고 슬허ᄒᆞ노라.”

공ᄌᆡ 궤이복슈(跪而伏首)ᄒᆞ여 듯ᄌᆞᆸ기ᄅᆞᆯ 다ᄒᆞᄆᆡ 더옥 슬픈 회포ᄅᆞᆯ 금억(禁抑)디 못ᄒᆞ여 왕부(王父) 무ᄅᆞᇁ 아ᄅᆡ 머리ᄅᆞᆯ 박고 쳔항뉘(千行淚) 비ᄀᆞᆺ치 흐ᄅᆞ거ᄂᆞᆯ 공이 그 머리ᄅᆞᆯ 어로만져 왈

5면

“인졍(人情)이 유뉴(悠悠)ᄒᆞ여 ᄉᆡᆼ인(生人)이 ᄉᆞᄌᆞ(死者)로 더브러 비ᄉᆞ고어(悲辭苦語)ᄅᆞᆯ 베프미 맛ᄎᆞᆷᄂᆡ 유익ᄒᆞᆫ ᄇᆡ 되리오? 모로미 노부의 말을 몽ᄉᆡ(夢事)라 ᄒᆞ여 허탄(虛誕)이 넉이디 말고 명년(明年) 갑ᄌᆞ삭(甲子朔)[21] 졍유일(丁酉日)[22]【갑ᄌᆞ삭 ᄂᆡ(內)의ᄂᆞᆫ 졍유일이 업ᄂᆞ니 일딘(日辰)[23]을 잘못 마련ᄒᆞ미로다】의 여부(汝父)ᄅᆞᆯ 구호ᄒᆞ여 위질(危疾)을 회양(回陽)케 ᄒᆞ라.”

언필(言畢)의 쳥풍이 일삽(一霎)의 몸을 ᄀᆞᆷ초니 공ᄌᆡ 훌훌(欻欻)히 말ᄉᆞᆷ을 일우디 못ᄒᆞ고 망망(忙忙)이 뒤흘 조ᄎᆞᆯ ᄃᆞᆺ 읍읍통열(泣泣痛咽)[24]ᄒᆞ다가 계셩(鷄聲)을 조ᄎᆞ ᄭᆡ치니 침샹(枕上)의 ᄒᆞᆫ ᄭᅮᆷ이라. 왕부(王父) 존안(尊顔)과 교에(敎語) 녁녁(歷歷)ᄒᆞ여 오히려 슬젼(膝前)의 교무(敎撫)ᄒᆞ시믈 밧ᄌᆞᆸᄂᆞᆫ ᄃᆞᆺᄒᆞ고 왕모(王母)와 냥대인(兩大人)이며 모친의 초븨슈쳑(焦憊瘦瘠)ᄒᆞ신 의홰(儀華) 위름(危懍)ᄒᆞ시믈 갓가

---

20 딘토(塵土): 진토. 티끌과 흙.

21 갑ᄌᆞ삭(甲子朔): 갑자삭. 갑자월(甲子月).

22 졍유일(丁酉日): 정유일. 정유일은 60갑자 갑오순(甲午旬)의 넷째 날.

23 일딘(日辰): 일진. 날의 간지(干支).

24 읍읍통열(泣泣痛咽): 하염없이 눈물을 흘리며 목메어 욺.

이 되ᄒᆞᆫ 듯ᄒᆞ니 ᄉᆡ로이 ᄇᆡᆨ통(百痛)이 구비(具備)ᄒᆞ고 쳔비촌ᄋᆡ(千悲寸哀)ᄒᆞ여 ᄋᆡ호삼셩(哀號三聲)의 누쉬(淚水) 횡뉴(橫流)ᄒᆞ여 ᄀᆞᆯ오ᄃᆡ "ᄒᆡ외호디(海外胡地)의 뉴락(流落)ᄒᆞᆫ 넉시 ᄭᅮᆷ을 비러 고원(故園)의 도라가미 잇거ᄂᆞᆯ 엇디 계셩(鷄聲)이 최악(催諤)ᄒᆞ여 ᄭᆡ치미 ᄲᆞᄅᆞ게 ᄒᆞᄂᆞ뇨? 블초(不肖)의 영모디졍(永慕之情)[25]이 여ᄎᆞ(如此)ᄒᆞ므로ᄡᅧ 냥 대인과 모친의 아등(我等)을 실산(失散)ᄒᆞ샤 ᄉᆞᄉᆡᆼ거쳐(死生去處)ᄅᆞᆯ 망연브디(茫然不知)ᄒᆞ시ᄂᆞᆫ 참통(慘痛)ᄒᆞ신 심ᄉᆡ 죽엄을 겻ᄐᆡ 노흠 ᄀᆞᆺᄐᆞ시믈 츄이(推移)ᄒᆞ여 ᄉᆡᆼ각건ᄃᆡ 나의 ᄉᆞ친디회(思親之懷)ᄂᆞᆫ 그 열ᄒᆡ ᄒᆞ나흘 밋ᄌᆞᆸ디 못ᄒᆞᆯ디라. 어나 날 도라가 슬하(膝下)의 무ᄋᆡ(撫愛)ᄒᆞ시믈 밧ᄌᆞ와 인ᄉᆡᆼ의 남은 한이 업ᄉᆞ리오? 왕부(王父)의 존녕(尊靈)이 명명(冥冥)ᄒᆞ신 듕 블초(不肖)의 ᄒᆡ외뉴락(海外流落)ᄒᆞ여 시믈 슬피 넉이샤 무유(撫諭)ᄒᆞ믈 디극히 ᄒᆞ시니 존괴(尊敎) 녁녁(歷歷)ᄒᆞ샤 오히려 뫼셔 듯ᄌᆞᆸᄂᆞᆫ 듯ᄒᆞ니 내 비록 블민(不敏)ᄒᆞ나 만ᄉᆞ(萬事)ᄅᆞᆯ 파탈(罷脫)ᄒᆞ여 조바야이[26] 심ᄉᆞᄅᆞᆯ 상손(傷損)치 말니라."

스ᄉᆞ로 ᄆᆞᄋᆞᆷ과 이ᄀᆞᆺ치 말ᄒᆞ며 눈믈을 거두고 비회(悲懷)ᄅᆞᆯ 억졔코ᄌᆞ ᄒᆞ나 부모의 안면(顔面)이 의의(猗猗)ᄒᆞ여 연고 업ᄉᆞᆫ 원별(遠別)의 망운(望雲)[27]ᄒᆞᄂᆞᆫ 슬프믈 딘뎡키 어려오니 ᄇᆡᆨ 가디로 심회 쳑쳑비황(慽慽悲惶)ᄒᆞ여 다시 ᄒᆞᆫ잠을 일우디 못ᄒᆞᆯ ᄲᅳᆫ 아니라 만신(滿身)을 ᄌᆞ

6면

25 영모디졍(永慕之情): 영모지정. 죽을 때까지 부모님을 사모함.

26 조바야이: 조뵈압다. 좁다, 좁스럽다.

27 망운(望雲): 객지에서 고향에 계신 어버이를 생각함. 당나라 때 적인걸이 타향에서 부모가 계신 쪽의 구름을 바라보고 어버이를 그리워했다는 데서 유래함.

통(刺痛)ᄒᆞ여 증셰 비경(非輕)ᄒᆞ니 쳑발긔 등이 겻틔셔 구호ᄒᆞ며 우
7면 려ᄒᆞ믈 마디 아니ᄒᆞ더니 명신(明晨)의 아락고 등이 니ᄅᆞ러 공ᄌᆞ의 병셰 듕(重)ᄒᆞ믈 보고 놀나믈 마디 아니ᄒᆞ나 일노조ᄎᆞ 쳑발긔 등의 ᄉᆞᄒᆡᆼ(使行)의 ᄒᆞᆫ가디로 가디 못ᄒᆞᆯ 바ᄅᆞᆯ 그윽이 ᄒᆡᆼ심(幸甚)ᄒᆞ더라. 금쥐 경공ᄌᆞ의 유질(有疾)ᄒᆞ믈 듯고 놀나 친히 ᄀᆡᆨ관(客館)의 나아와 보ᄃᆡ 공ᄌᆡ 능히 동신(動身)치 못ᄒᆞ고 상셕(床席)의 위돈(委頓)[28]ᄒᆞ여시니 금쥐 경심(驚心)ᄒᆞ여 의관(醫官)을 블너 공ᄌᆞ의 병후(病候)ᄅᆞᆯ 보라 ᄒᆞᆫᄃᆡ 졔의(諸醫) 디극히 간ᄆᆡᆨ(看脈)ᄒᆞᄆᆡ 혹 심녀(心慮)로조ᄎᆞ 발ᄒᆞᆫ 병이라 ᄒᆞ며 혹 젹상(積傷)ᄒᆞᆫ 병이라 ᄒᆞ여 ᄒᆡ국(垓國) 풍토의 상(傷)ᄒᆞ므로 밀위나[29] 그 실은 그러치 아냐 공ᄌᆞ의 운쉬 조험긔궁(阻險奇窮)ᄒᆞ여 고원(故園)의 도라가믈 하날이 막ᄌᆞᄅᆞ시며 신명(神明)이 희디으니[30] ᄌᆞ연이 유튱약긔(幼冲弱氣)의 딜(疾)을 어더 쳑발긔 등의 ᄒᆡᆼ듕(行中)의 짜로디 못ᄒᆞ고 금국의 뉴우(留寓)ᄒᆞ여 셰월을 쳔연(遷延)[31]케 ᄒᆞ니 인
8면 녁(人力)의 밋ᄎᆞᆯ ᄇᆡ 아니러라. 금쥐 졔의(諸醫)ᄅᆞᆯ 명ᄒᆞ여 약을 쓰라 ᄒᆞ고 쳑발긔 등 다려 왈

"경공ᄌᆞ의 딜셰(疾勢) 비경ᄒᆞ니 결단코 그ᄃᆡ 등의 ᄒᆡᆼ거(行車)ᄅᆞᆯ ᄯᆞ로디 못ᄒᆞᆯ 거시오. 졔 비록 긔이ᄒᆞ나 오히려 튱년치몽(沖年稚蒙)을 면치 못ᄒᆞ여시니 일홈이 ᄉᆞᄒᆡ(四海)의 낫타나디 못ᄒᆞᆯ ᄲᆞᆫ 아니라 아ᄃᆡᆨ

---

28 위돈(委頓): 위둔. 힘이 빠짐. 기진함.

29 밀위나: 밀위다. 미루다. 여기서는 '~의 탓으로 돌리다'의 뜻.

30 희디으니: 희짓다. 일에 방해가 되게 하다.

31 쳔연(遷延): 천연. 지체하는 것.

방목(榜目)[32]의 참예치 아냐 ᄒᆞᆫ낫 유튱쇼ᄌᆞ(幼沖小子)라 근본은 텬됴(天朝) 사ᄅᆞᆷ이나 그 유무ᄅᆞᆯ 대국(大國)이 아디 못ᄒᆞ리니 경(卿) 등이 져ᄅᆞᆯ 딕희여 션왕(先王)의 고부샤(告訃使)ᄅᆞᆯ 디쳬(遲滯)ᄒᆞ믄 ᄉᆞ리(事理)의 블가ᄒᆞ니 모로미 힝거ᄅᆞᆯ 슈습ᄒᆞ여 명일(明日) 도라가믈 늣추디 말나."

쳑발긔 등이 일이 그러ᄒᆞ므로 밧비 션쳑(船隻)을 슈습ᄒᆞ여 명신(明晨)의 장ᄎᆞ 써날ᄉᆡ 공ᄌᆞᄂᆞᆫ 혼혼침침(昏昏沈沈)이 정신을 슈습디 못ᄒᆞ여 상셕(床席)의 위돈(委頓)ᄒᆞ므로 하딕(下直)을 고(告)치 못ᄒᆞ고 니발승도(離發乘途)ᄒᆞ니 심ᄉᆡ(心思) ᄌᆞ못 비창(悲愴)ᄒᆞ더라. 경공ᄌᆞ 쳑발긔 등의 써나므로 심회(心懷) 더어 딜증(疾症)이 ᄎᆞ세(差勢) 업ᄉᆞ나 금왕의 디극ᄒᆞᆫ 정셩을 힘닙어 슌여(旬餘)의 ᄎᆞ되(差度) 잇ᄂᆞᆫ디라. 9면 금왕이 블승힝열(不勝幸悅)ᄒᆞᆫ 듕 일국(一國)이 녀역(癘疫)이 대티(大熾)ᄒᆞᆫ 가온ᄃᆡ 삼 년 한긔(旱氣) 태심(太甚)ᄒᆞ여 ᄇᆡᆨ셩이 긔황(饑荒)을 니긔디 못ᄒᆞ고 도적이 쳐쳐봉긔(處處蜂起)ᄒᆞ믈 크게 근심ᄒᆞ여 경공ᄌᆞ긔 국정(國政)을 념녀ᄒᆞ며 졔문(祭文)을 쳥ᄒᆞ여 튝텬긔우(祝天祈雨)ᄒᆞᆯᄉᆡ 셩탕(成湯)이 도우상님디야(禱于桑林之野)ᄒᆞ샤 뉵ᄉᆞ(六事)로 ᄌᆞ칙(自責)ᄒᆞ시미라도[33] 금왕의 츅텬긔우ᄒᆞᄂᆞᆫ ᄆᆞᄋᆞᆷ의 더으디 못ᄒᆞᆯ ᄇᆡ어ᄂᆞᆯ 경공ᄌᆞ의 팔두(八斗)[34]ᄅᆞᆯ 기우릴 문댱(文章)이 《츈츄(春秋)》의

32 방목(榜目): 과거에 급제한 사람의 성명을 적은 명부(名簿).

33 셩탕(成湯)이 ~ ᄌᆞ칙(自責)ᄒᆞ시미라도: 은나라 탕왕이 7년 동안 가뭄이 들자 상림(桑林)에서 비가 오기를 빌면서 여섯 가지 과실을 자책한 것.

34 팔두(八斗): 재주가 여덟 말이나 된다는 뜻으로, 문장이 뛰어남을 이르는 말.

여딜(餘質)이니 양계의 고기 말을 듯고 올미 가며 남ᄒᆡ의 신령이 글을
보고 춤추ᄂᆞᆫ디라. 졔파(祭罷)의 운뮈(雲霧) ᄉᆞ쇡(四塞)ᄒᆞ여 우굉(宇
宏)의 범ᄒᆞ더니 뇌졍벽녁(雷霆霹靂)이 요란ᄒᆞ미 업시 대위(大雨) 여
러 쳔니(千里)의 흡연(洽然)ᄒᆞ여 금국 디계(地界)의 아니 온 곳이 업
ᄂᆞᆫ디라. 금인이 삼 년의 졈우(點雨)ᄅᆞᆯ 보미 업다가 이날의 대위 나리
10면 믈 보고 흔흔쾌열(欣欣快悅)ᄒᆞ여 금왕으로브터 ᄇᆡᆨ뇨(百僚)와 ᄉᆞ셰
(士庶) 웃옷슬 닙어 비ᄅᆞᆯ 마ᄌᆞ며 믈을 우희여 즐기믈 마디 아닐 ᄲᅮᆫ 아
니라 졍공ᄌᆡ ᄀᆡᆨ관(客館)의 머므ᄂᆞᆫ 후ᄂᆞᆫ 도셩(都城)의 념딜(染疾)노
고통ᄒᆞ리 개ᄀᆡ(個個) 소셩(蘇醒)ᄒᆞ믈 어더 슈삭디ᄂᆡ(數朔之內)의 념
딜이 간졍(乾淨)ᄒᆞ고 감뇌(甘露) 나리이니 딘실노 셩인의 덕과 신인
(神人)의 ᄌᆡ죄 아니면 이러치 못ᄒᆞᆯ디라. 금쥬의 디극ᄒᆞᆫ 공경앙복(恭
敬仰服)은 니ᄅᆞ도 말고 남녀노유(男女老幼) 다 졍공ᄌᆞ의 신셩긔이
(神聖奇異)ᄒᆞ믈 복복탄숑(僕僕歎頌)ᄒᆞ여 텬샹인(天上人)을 ᄃᆡᄒᆞᆷ ᄀᆞᆺ
치 ᄉᆡᆼ계(生計) 헛되디 아니믈 닐너 디하(地下)의 영광이 되리라 ᄒᆞ더
라. 졍공ᄌᆡ 금국의 머므ᄂᆞᆫ ᄉᆞ이의 금쥬의 치국ᄒᆞ믈 도아 졍ᄉᆡ(政事)
날노 인명쾌달(仁明快達)ᄒᆞ니 국군(國君)의 명상(明爽)ᄒᆞ믈 인ᄒᆞ여
ᄇᆡᆨ뇌(百僚) 더옥 녜졍(禮政)을 가다ᄃᆞᆷ으ᄆᆡ 호디(胡地)의 무디블식(無
知不識)ᄒᆞᆫ 풍쇽이 크게 밧괴여 녜의디방(禮儀之邦)이 되여실 ᄲᅮᆫ 아
11면 니라 도젹이 화(化)ᄒᆞ여 냥민(良民)이 되고 블효ᄌᆡ 효ᄅᆞᆯ 닷가 완슌(婉
順)키의 니ᄅᆞ니 부은ᄌᆞ효(父恩子孝)ᄒᆞ며 형우뎨공(兄友弟恭)ᄒᆞ고 댱
유유셔(長幼有序)ᄒᆞ며 친쳑이 상화(相和)ᄒᆞ고 남녜유별(男女有別)의
닌니상보(隣里相補)ᄒᆞ니 초(初)의 부ᄌᆡ(父子) 상식(相食)ᄒᆞ며 부쳬
(夫妻) 상살(相殺)ᄒᆞ여 궁흉극악(窮凶極惡)ᄒᆞ던 인심으로 의논ᄒᆞᆯ딘

ᄃᆡ 완연이 다ᄅᆞᆫ 나라히 되여시니 군ᄌᆞ의 덕이 간 곳마다 호호(浩浩)ᄒᆞ여 은급고골(恩及枯骨)ᄒᆞ며 의급곤튱(義及昆蟲)ᄒᆞ여 창ᄉᆡᆼ젹ᄌᆡ(蒼生赤子)[35] ᄌᆞ모(慈母)ᄅᆞᆯ 만나 양츈(陽春)이 흡연(洽然)ᄒᆞ고 감우(甘雨)ᄅᆞᆯ 목욕ᄒᆞ미 년유쇼시(年幼少時)로브터 이 갓ᄐᆞᄃᆡ 홀노 소시(蘇氏)의 ᄆᆞ음을 두로혀디 못ᄒᆞ여 민텬(旻天)의 우름[36]이 반ᄉᆡᆼ(半生)의 디리ᄒᆞ니 그 엇디 한(恨)홉디 아니리오? 훌훌ᄒᆞᆫ 일월이 ᄇᆡᆨ구(白駒)의 틈 디남 갓ᄐᆞ여[37] 임의 여름이 디나고 쳣가을의 밋ᄎᆞᄆᆡ 금왕이 제신(諸臣)과 의논ᄒᆞ여 텬됴(天朝)의 샤신을 보ᄂᆡ고ᄌᆞ ᄒᆞᆯ 즈음의 텬ᄌᆡ 먀션을 치고ᄌᆞ 토목(土木)의 니ᄅᆞ럿다가 대패(大敗)ᄒᆞ여 ᄉᆞ졸(士卒) 오십여 12면 만을 죽이고 슈족(手足) 갓ᄐᆞᆫ 튱량(忠良)을 무슈히 젹딘(敵陣) 듕의 보젼치 못ᄒᆞᆫ 후 필경 노영(虜營)의 파쳔(播遷)ᄒᆞ샤 당안(長安)이 공허ᄒᆞ고 국듕이 황황(遑遑)ᄒᆞ여 ᄭᅳᆯᄂᆞᆫ 믈과 븟ᄂᆞᆫ 블 ᄀᆞᆺ다 ᄒᆞ거ᄂᆞᆯ 금쥐이 소식을 듯고 크게 탄식왈(嘆息曰)

"셩군이 덕을 일허 튱냥을 먼니ᄒᆞ고 환ᄌᆞ(宦者)ᄅᆞᆯ 통용(寵用)ᄒᆞ샤 녕참(佞讒)을 신쳥(信聽)ᄒᆞ시니 ᄌᆞ연이 안ᄌᆞ셔 패망을 ᄌᆡ촉ᄒᆞ여 만승뇽거(萬乘龍車)로ᄡᅧ 친뎡(親征)의 슈고ᄅᆞᆯ 념(厭)치 아니ᄒᆞ시다가 노영의 파쳔ᄒᆞ미 되시니 먀션의 역텬무도(逆天無道)ᄒᆞ미 엇디 황뎨(皇帝)ᄅᆞᆯ 존경ᄒᆞ리오? 반ᄃᆞ시 져의 영듕(營中)의셔 맛고ᄌᆞ ᄒᆞ려니와 명

---

35 창ᄉᆡᆼ젹ᄌᆡ(蒼生赤子): 창생적자. 일반적으로 백성을 가리키는 말.

36 민텬(旻天)의 우름: 민천의 울음. 순임금이 부모의 사랑을 받지 못해 하늘을 우러러 부르짖으며 운 것을 이름.

37 ᄇᆡᆨ구(白駒)의 틈 디남 갓ᄐᆞ여: 《장자》 〈지북유(知北遊)〉에 "인생은 마치 흰 망아지가 문틈 사이로 휙 지나는 것과 같다(人生如白駒過隙)."라는 구절이 나옴.

실(明室)의 국ᄆᆡᆨ(國脈)이 댱원(長遠)ᄒᆞᆯ딘ᄃᆡ 튱녈의 현보(賢輔)와 졀의예 명신(名臣)이 각각 목숨을 ᄇᆞ려 님군을 구ᄒᆞ리로다."

아락고 등이 쥬왈(奏曰)

"텬ᄌᆞ 노영의 파월(播越)[38]ᄒᆞ신 ᄯᆡ의 아국(我國)이 샤신을 보ᄂᆡᆫᄌᆞᆨ 댱안(長安)이 공허ᄒᆞ고 인심이 흉흉ᄒᆞᆯ ᄎᆞ의 번국(藩國) 샤신이 니ᄅᆞ믈

13면 의심ᄒᆞ여 필연 흑ᄇᆡᆨ(黑白)을 갈희디 아니코 깁히 가도디 아ᄂᆡᆫᄌᆞᆨ 죽여 업시ᄒᆞ리니 아ᄃᆡᆨ 샤신을 날회고 텬됴(天朝) 소식을 ᄌᆞ셰히 듯보미 올흘가 ᄒᆞᄂᆞ이다."

금쥐 빈미왈(顰眉曰)

"텬ᄌᆞ 비록 노영(虜營)의 잠기시나 황태ᄌᆞ와 어뎨(御弟)[39] 이시니 필연 위(位)ᄅᆞᆯ 니어 졍ᄉᆞᄅᆞᆯ 다ᄉᆞ리며 인심을 딘뎡ᄒᆞ리니 번신(藩臣)의 됴공(朝貢)이 니ᄅᆞ러도 궁극(窮極)히 의심튼 아니려니와 다만 아국(我國) 사ᄅᆞᆷ의 어음(語音)이 븍노(北奴)와 다ᄅᆞ미 업고 텬됴 의관 복식으로 ᄂᆡ도ᄒᆞ니 혹ᄌᆞ 먀션의 탐후샤(探候使)로 간ᄉᆞ(間使)ᄒᆞ미 잇ᄂᆞᆫ가 의심ᄒᆞᆯ ᄃᆞᆺᄒᆞ니 아ᄃᆡᆨ 경언(卿言)을 조ᄎᆞ 샤신을 날회려니와 먀션이 블구(不久)의 병(兵)을 드러 아국(我國)을 침노(侵擄)ᄒᆞ리니 ᄇᆡᆨ셩을 긔황(饑荒)ᄒᆞ여 뉴리실셰(流離失勢)러니 계오 감우(甘雨)ᄅᆞᆯ 어더 농업의 뜻을 머므ᄅᆞ고 소(巢)ᄅᆞᆯ 안(安)ᄒᆞ여 인심이 잠간 딘뎡ᄒᆞ믈 보리러니 ᄯᅩ 병난(兵亂)의 홰(禍) 이실딘ᄃᆡ 아이의 ᄡᆞ홈을 시작디 아냐셔 각

14면 각 ᄉᆞᆯ기ᄅᆞᆯ 위ᄒᆞ여 심산궁협(深山窮峽)으로 도망ᄒᆞ리니 ᄇᆡᆨ셩(百姓)이

---

38 파월(播越): 임금이 도성을 떠나 다른 곳으로 피란하던 일.

39 어뎨(御弟): 어제. 임금의 동생을 높여 부르는 말.

ᄉᆞ산(四散)ᄒᆞᆫ 후 과인(寡人)이 눌노 더브러 국듕(國中)을 딕히리오?"
아락괴 위로왈(慰勞曰)
"먀션이 역텬무도(逆天無道)ᄒᆞ여 대국(大國)을 ᄌᆞ로 침범ᄒᆞ다가 이제 텬ᄌᆞ(天子)ᄅᆞᆯ 겁칙(劫飭)ᄒᆞ여 져의 영듕(營中)의 잠으미 되여시나 명실(明室)이 결단코 즈레 망치 아닐디라. 오히려 강용디댱(强勇之將)과 튱녈디ᄉᆡ(忠烈之士) 젹디 아니ᄒᆞ니 필연 농거(龍車)ᄅᆞᆯ 밧드러 고국의 도라갈 시졀이 이실 쁜 아니라 먀션이 비록 아국(我國)을 침ᄒᆡ(侵害)코ᄌᆞ ᄒᆞ연 디 오ᄅᆡ나 당금(當今)ᄒᆞ여ᄂᆞᆫ 텬ᄌᆞᄅᆞᆯ 영듕의 잠으고 타ᄉᆞᄅᆞᆯ 밋쳐 결을치 못ᄒᆞ리니 슈삼월 ᄂᆡ의 병혁(兵革)의 난(亂)이 디방(地方)의 님(臨)치 아니면 삼ᄎᆔ(三秋) 디나 젼야(田野)의 곡식을 거든 후 먀션의 병(兵)이 니ᄅᆞ미 이실딘ᄃᆡ 아국이 ᄯᅩᄒᆞᆫ 병강냥족(兵强糧足)[40]ᄒᆞ여 먀션의 블의군(不義軍)을 두리디 아닐 만ᄒᆞ오니 쳥컨ᄃᆡ 군왕은 셩녀(聖慮)ᄅᆞᆯ 요동치 마ᄅᆞ쇼셔."
금ᄌᆔ 우우탄식(憂虞嘆息)ᄒᆞ여 심히 즐기디 아니터라. 15면
ᄎᆞ시(此時) 졍공ᄌᆡ 졀박히 과하(過夏)키ᄅᆞᆯ 기다려 츄초(秋初)ᄅᆞᆯ 당ᄒᆞ니 샤ᄒᆡᆼ(使行)의 동귀(同歸)ᄒᆞ미 될가 깁히 희망ᄒᆞ다가 텬ᄌᆡ 노영(虜營)의 파월(播越)ᄒᆞ시고 금국이 샤신 보ᄂᆡ믈 두려 이의 디지(遲遲)ᄒᆞ미 되여 악연담낙(愕然膽落)ᄒᆞᆫ 심ᄉᆡ 장ᄎᆞ 버히ᄂᆞᆫ ᄃᆞᆺᄒᆞᆯ 쁜 아니라 튱신디심(忠信之心)과 의렬디긔(義烈之氣)로 가문의 여풍(餘風)과 텬셩의 타난 ᄇᆡ 만승농거(萬乘龍車)ᄅᆞᆯ 굴(屈)ᄒᆞ여 노영의 욕을 바

40 병강냥족(兵强糧足): 병강양족. 병사는 정예하고 군량은 넉넉함.

드시미 숑(宋) 휘흠(徽欽)이 오국셩(五國城)의 잠기므로[41] 방블(彷彿)ᄒᆞ믈 격분통앙(激憤痛怏)ᄒᆞ여 읍혈호통(泣血號痛)ᄒᆞᄆᆡ 소ᄅᆡ 강개쳐창(慷慨悽愴)ᄒᆞ여 샹텰운소(上徹雲霄)ᄒᆞ고 하달디로(下達地路)ᄒᆞᆯ ᄇᆡ니 금국 군신이 위비위쳑(爲悲爲慽)ᄒᆞ믈 마디 아니ᄒᆞ고 ᄯᅩ 국운(國運)이 블힝ᄒᆞᆫ ᄯᆡᄅᆞᆯ 인ᄒᆞ미니 ᄉᆞᄉᆞ로이 비분통열(悲憤痛裂)ᄒᆞ여 밋ᄎᆞᆯ ᄇᆡ 업ᄉᆞ믈 일ᄏᆞ라 위로ᄒᆞ나 공ᄌᆡ 일노브터 더옥 식음(食飮)의 맛ᄉᆞᆯ 아디 못ᄒᆞ고 벼개의 잠을 일우디 못ᄒᆞ여 위군(爲君)ᄒᆞᄂᆞᆫ 튱
16면 심과 우국ᄒᆞᄂᆞᆫ 시ᄅᆞᆷ이 튱만(充滿)ᄒᆞ여 ᄉᆞ친영모(思親永慕)ᄒᆞᄆᆡ 감(減)치 아닐 ᄲᅳᆫ 아니라 ᄉᆡᆼ대인(生大人)[42]은 임의 소부허유(巢父許由)[43]의 고고쳥심(孤高淸心)을 ᄯᆞ라 문달(聞達)[44]을 구ᄒᆞᆯ ᄇᆡ 업ᄉᆞ니 평ᄉᆡᆼ의 간초봉ᄋᆡᆨ(稈草逢掖)[45]이며 ᄉᆡ포댱부(緇布丈夫)[46]로 기리 산님(山林)의 아관박ᄃᆡ(峨冠博帶)[47]ᄒᆞᆫ 현ᄌᆞ(賢者)의 벗이 되고ᄌᆞ ᄒᆞ니 국ᄉᆡ(國事) 이러ᄐᆞᆺ 망극블힝(罔極不幸)ᄒᆞ믈 통졀비도(痛切悲悼)ᄒᆞᆯ디언경 몸을 닐위여 화복흥망(禍福興亡)의 참예ᄒᆞ미 업ᄉᆞ려니와 대야

---

41 숑(宋) 휘흠(徽欽)이 오국셩(五國城)의 잠기므로: 송나라 휘종이 금(金)의 침입을 받아 아들 흠종과 함께 포로가 되어 오국성에 잡혀간 것.

42 ᄉᆡᆼ대인(生大人): 생대인. 낳아준 친아버지, 곧 정삼.

43 소부허유(巢父許由): 소부와 허유. 요임금 때의 지조 높은 선비들. 허유는 요임금이 자기에게 보위를 물려주려 하자 귀가 더럽혀졌다고 영천에서 귀를 씻고 기산으로 들어가서 은거함. 소부는 허유가 귀를 씻은 영천의 물이 더럽다고 몰고 온 소에게 마시지 못하게 했다고 함.

44 문달(聞達): 세상에 이름이 널리 알려짐. 명성이 높아짐.

45 간초봉ᄋᆡᆨ(稈草逢掖): 간초봉액. 간초는 지푸라기와 같이 거친 베로 추정. 봉액은 선비가 입는, 옆이 넓게 터지고 소매가 큰 도포의 하나.

46 ᄉᆡ포댱부(緇布丈夫): 시포장부, 시포는 치포로, 빛깔이 검은 베, 벼슬하지 않은 선비를 말함,

47 아관박ᄃᆡ(峨冠博帶): 아관박대. 높은 관과 넓은 띠. 덕이 높은 선비의 의관을 이름.

(大爺)[48]ᄂᆞᆫ 쳥운과갑(靑雲科甲)[49]의 명딘ᄉᆞ히(名振四海)ᄒᆞ며 위만텬하(威滿天下)ᄒᆞ여 일셰츄앙(一世推仰)ᄒᆞ미 하날을 굿치ᄂᆞᆫ 쇄약(鎖鑰)[50]이오 태공(太空)을 벗틸 동냥(棟樑)이라. 일ᄌᆞᆨ 뉵경(六卿)[51]의 거(居)ᄒᆞ고 태좌(台座)[52]의 쳠(添)ᄒᆞᄆᆡ 님군이 밀위샤 태산(太山)의 교악(嶠嶽)의 밋브미 잇고 쳥텬(靑天)과 ᄇᆡᆨ일(白日)의 붉으믈 보ᄐᆡ여 창ᄉᆡᆼ(蒼生)을 졀복비육(折伏肥肉)[53]ᄒᆞ미 한유(韓愈)[54] 위상(魏尙)[55]의 더으다 ᄒᆞ시던 ᄇᆡ니 비록 왕부(王父) 삼긔(三忌)ᄅᆞᆯ 맛디 못ᄒᆞ여 몸이 참최(斬衰)[56]의 잇셔ᄂᆞᆫ 급히 농거(龍車)ᄅᆞᆯ ᄯᆞ로디 못ᄒᆞ시나 결복(闋服)[57]ᄒᆞ미 이신ᄌᆞᆨ 당당이 목숨을 바려 님군을 구ᄒᆞᆯ디라. 집상과ᄋᆡ(執喪過哀)[58]ᄒᆞ미 ᄌᆞ공(子貢)[59]의 혈읍삼년(血泣三年)과 ᄇᆡᆨ유(伯兪)[60]의 눈멸기의 더으거ᄂᆞᆯ 다시 위군우국(爲君憂國)ᄒᆞᄂᆞᆫ 시ᄅᆞᆷ이 더어 ᄒᆞᆫ번 몸을

17면

---

48 대야(大爺): 양아버지인 정잠.

49 쳥운과갑(靑雲科甲): 청운과갑. 청운은 높은 지위와 벼슬, 과갑은 과거에 급제하는 것.

50 쇄약(鎖鑰): 문을 잠그는 자물쇠. 변방을 지키는 단단한 요새라는 의미로도 씀.

51 뉵경(六卿): 육경. 주(周)나라 때에 둔 육관(六官)의 우두머리.

52 태좌(台座): 삼공(三公)의 자리. '재상'을 달리 이르는 말.

53 졀복비육(折伏肥肉): 절복비육. 절복은 부처의 가르침을 설법하여 불법을 따르게 한다는 뜻. 비육은 가축을 살이 찌게 기름. 여기서는 백성을 교화하고 살기 좋게 만든다는 뜻으로 보임.

54 한유(韓愈): 당나라의 이름난 문장가이자 정치가.

55 위상(魏尙): 한 문제 때의 이름난 장수. 운중 태수로 있으면서 자신의 재산을 털어 군사를 잘 길러 흉노가 침노하지 못하게 했음.

56 참최(斬衰): 아버지나 할아버지의 상(喪)에 입는 거친 베로 된 상복.

57 결복(闋服): 삼년상을 마침.

58 집상과ᄋᆡ(執喪過哀): 집상과애. 집상은 상사(喪事)에 예절을 지키는 것, 과애는 지나치게 슬퍼한다는 뜻임.

59 ᄌᆞ공(子貢): 자공. 공자의 제자.

60 ᄇᆡᆨ유(伯兪): 백유. 한(漢)나라 때 효자로 유명한 한백유.

노영(虜營)의 더디신ᄌᆞᆨ ᄉᆞᆯ기ᄅᆞᆯ 구(求)치 아니시리니 가국(家國)의 블힝망극(不幸罔極)이 이에 더으미 업ᄉᆞ믈 혜아리ᄆᆡ 구곡(九曲)이 기리 최졀(摧折)[61]ᄒᆞ니 오날ᄂᆞᆯ을 당ᄒᆞ여 몽ᄉᆞ(夢事)ᄅᆞᆯ ᄉᆡᆼ각건ᄃᆡ 왕부(王父)의 ᄇᆞᆰ은 교(敎)에 엇디 일분(一分)이나 어긋나미 이시리오? 밤을 당ᄒᆞ여 우러러 건샹(乾象)을 ᄉᆞᆯ피니 ᄌᆞ긔 쥬셩(主星)은 변븍(邊北)을 ᄉᆞᄆᆞᆺᄎᆞ 호디(胡地)ᄅᆞᆯ 슈히 써날 길히 업거ᄂᆞᆯ 머리ᄅᆞᆯ 굽혀 ᄌᆞ긔 시운(時運)의 조험(阻險)ᄒᆞ믈 혜건ᄃᆡ 고원(故園)의 도라가미 여의치 못ᄒᆞᆯ디라. 이에 다ᄃᆞ라ᄂᆞᆫ 근심ᄒᆞ고 슬허ᄒᆞ미 무익(無益)ᄒᆞ믈 모로디 아

18면 니ᄒᆞᄃᆡ 참디 못ᄒᆞᆯ 바ᄂᆞᆫ 친측(親側)●을 써나 유명(幽明)을 격(隔)ᄒᆞᆷ ᄀᆞᆺ치 ᄉᆞᄉᆡᆼ(死生)을 통(通)치 못ᄒᆞ미라. 쇽졀업시 됴운모우(朝雲暮雨)의 고원(故園)을 ᄇᆞ라 심ᄉᆞᄅᆞᆯ 기리 회상ᄒᆞᆯ ᄲᆞᆫ이러니 ᄯᅩ 삼츄(三秋)ᄅᆞᆯ 다 보ᄂᆡ고 초동(初冬)을 당ᄒᆞ니 왕부(王父)의 ᄌᆡ긔(再朞) 님(臨)ᄒᆞ나 만여 리 호디(胡地)의셔 상ᄉᆞ(喪事)ᄅᆞᆯ 디ᄂᆡ디 못ᄒᆞᄂᆞᆫ 유한(幽恨)과 디통(至痛)이 죵신(終身)의 플니디 아닐디라. 기리 고국을 바라 실셩비호(失聲悲號)ᄒᆞ며 ᄋᆡ도규셩(哀悼叫聲)ᄒᆞᄆᆡ 효신(曉晨)으로브터 반오(半午)의 긋치디 못ᄒᆞ니 셰 번 토혈(吐血)ᄒᆞ고 두 번 엄홀(奄忽)ᄒᆞ여 경ᄀᆡᆨ(頃刻)의 색거디며 브러딜 ᄃᆞᆺ 쳔셔만단(千緖萬端)으로 통할(痛割)ᄒᆞ믈 금억(禁抑)디 못ᄒᆞ니 금국 군신(君臣)이 븟드러 위로ᄒᆞ고 구호ᄒᆞ니 잠간 딘뎡ᄒᆞ나 몸이 이에 이셔 왕부의 삼긔(三忌)ᄅᆞᆯ ᄒᆞᆫ가디로 디ᄂᆡ디 못ᄒᆞᆫ 디통의 다시 두 대인(大人)과 왕모(王母)의 긔력이 엄엄(奄

61 최졀(摧折): 최절. 억눌러서 제어함. 마음이나 기운이 꺾임.

奄)ᄒᆞ실 바ᄅᆞᆯ 혜아려 ᄇᆡᆨ 가디 초우(焦憂)와 만 가디 비려(悲慮)ᄅᆞᆯ 니ᄅᆞᆯ 거시 업ᄉᆞ니 홍곡(鴻鵠)이 무리ᄅᆞᆯ 디어 아으라히 만 니ᄅᆞᆯ 비등(飛 19면
騰)ᄒᆞᆷ ᄀᆞᆺ 보면 그 날개 비디 못ᄒᆞ믈 한(恨)ᄒᆞ여 심니(心裏)의 혜오ᄃᆡ '내 ᄋᆞ은 신명특달(神明特達)ᄒᆞ미 나의 쇼암(疏暗)ᄒᆞᆷ ᄀᆞᆺ디 아니ᄒᆞ니 비록 만 니 텬ᄋᆡ디각(天涯之角)의 표박(漂迫)ᄒᆞ나 쳔금듕신(千金重身)을 안보ᄒᆞ여 고국의 도라가 훤위(萱闈)예 망ᄌᆞ산(望子山)[62]의 눈이 쑤러딜 ᄃᆞᆺ ᄋᆡᄅᆞᆯ ᄉᆞᆯ오실 바ᄅᆞᆯ 위로ᄒᆞ리라.'

이쳐로 ᄉᆡᆼ각ᄒᆞ여 ᄉᆞᄉᆞ로 위로ᄒᆞ고 ᄉᆞᄉᆞ로 관억(寬抑)ᄒᆞ나 만비억슈(萬悲億愁)ᄅᆞᆯ 쳑탕(滌湯)ᄒᆞᆯ 길히 업셔 ᄒᆞ더니 ᄎᆞ시(此時) 금국 군신(君臣)이 드ᄅᆞᄆᆡ 텬ᄌᆡ 노영(虜營)의 파월(播越)ᄒᆞ시나 어뎨(御弟) 경왕(景王)이 샤위(嗣位)ᄒᆞ여 인심이 잠간 딘뎡ᄒᆞ다 ᄒᆞᄆᆡ 목도달을 보ᄂᆡ여 공헌(貢獻)[63]ᄒᆞ려 ᄒᆞᆯᄉᆡ 경공ᄌᆡ 이 긔회ᄅᆞᆯ 만나 엇디 써러져 머믈니오? 금국 군신으로 작별ᄒᆞ고 목도달과 ᄒᆞᆫ가디로 ᄇᆡ의 오ᄅᆞᆯᄉᆡ 금쥐 ᄇᆡᆨ뇨(百僚)ᄅᆞᆯ 거ᄂᆞ려 강두(江頭)가디 나와 숑별ᄒᆞᆯᄉᆡ 눈믈을 흘녀 후
회(後會) 아득ᄒᆞ믈 슬허ᄒᆞ고 ᄇᆡᆨ뇨로브터 ᄉᆞ셔노유(士庶老幼) 악연 20면
실망(愕然失望)ᄒᆞ여 이에 머므ᄅᆞ디 못ᄒᆞ믈 한(恨)ᄒᆞ니 십셰치몽(十世稚蒙)이나 ᄌᆡ덕이 만고(萬古)의 독보(獨步)ᄒᆞ미 아니면 져 달ᄌᆞ(韃子)의 녕한(獰悍)ᄒᆞᆫ 심디(心地)로ᄡᅧ 이 갓ᄐᆞ리오? 공ᄌᆡ 귀심(歸心)이 착급ᄒᆞ여 일시반ᄀᆡᆨ(一時半刻)을 더딜 ᄯᅳᆺ이 업ᄉᆞ므로 금국 군신의 ᄒᆞᆯ

62 망ᄌᆞ산(望子山): 망자산. 아들이 오는 것을 바라보는 산. 망부산이나 망부석과 같은 의미로 쓰임.

63 공헌(貢獻): 종주국에게 속국이 일정하게 공물을 바치는 것.

연ᄒᆞ며 창결(悵缺)ᄒᆞ믈 보ᄃᆡ ᄒᆡᆼ거(行車)ᄅᆞᆯ 늣추디 못ᄒᆞ여 오딕 후의(厚意) 샤례ᄒᆞ여 기리 작별ᄒᆞ고 션샹(船上)을 님(臨)ᄒᆞ여 무ᄉᆞ히 환귀(還歸)키ᄅᆞᆯ 바라ᄂᆞᆫ 의ᄉᆡ 대한(大旱)의 운우(雲雨)로 비(比)치 못ᄒᆞᆯ 디라. 목도달이 ᄯᅩᄒᆞᆫ 공경ᄒᆞ여 범ᄉᆞ(凡事)의 졍셩으로 보호ᄒᆞ미 초(初)의 쳑발긔 등으로 동ᄒᆡᆼᄒᆞᄆᆡ 나리디 아니니 션노(船路)의 광풍을 만날가 두릴디언졍 ᄒᆡᆼ도(行途)의 다ᄅᆞᆫ 념녀ᄂᆞᆫ 업시 션범(船帆)을 듕뉴(中流)ᄒᆞ여 나아가더니 일됴(一朝)의 일딘괴풍(一陣怪風)을 만나
21면 다시 대양(大洋)의 표류ᄒᆞᄆᆡ 션쳑(船隻)이 휫도라 다람간과 등나 두 오랑ᄏᆡ 디방(地方)을 님(臨)ᄒᆞᆫ ᄇᆡ 되니 쳐쳐(處處)의 공ᄌᆞ의 션풍대도(仙風大道)ᄅᆞᆯ 우러러 발 구ᄅᆞ며 손등 타 복복갈ᄎᆡ(僕僕喝采)[64]ᄒᆞ고 황홀탄셩(恍惚歎聲)턴 바ᄂᆞᆫ 니ᄅᆞ도 말고 져마다 밧드러 셤긔디 못ᄒᆞ믈 ᄋᆡ돌와ᄒᆞ니 졍공ᄌᆡ 도로혀 괴로오믈 니긔디 못ᄒᆞ여 ᄌᆞ긔 풍신(風神)이 너모 남다ᄅᆞ믈 념녀ᄒᆞ더라. 이러틋 표풍(漂風)ᄒᆞ여 두 나라ᄒᆡ 잠간이라도 뉴우(留寓)ᄒᆞ미 되니 ᄌᆞ연이 도로의셔 일월을 보ᄂᆡ여 삼츈(三春)이 딘(盡)ᄒᆞ고 ᄆᆡᆼ하(孟夏)의 니ᄅᆞ니 거년(去年) 몽고국의셔 ᄯᅥ나던 ᄯᆡ라. 집을 ᄯᅥ난 디 삼 년의 밋쳐시믄 니ᄅᆞ도 말고 고원(故園)의 도라가기ᄅᆞᆯ 계교(計巧)ᄒᆞ여 도로의 분쥬ᄒᆞ미 일월이 오ᄅᆡᄃᆡ 졈졈 븍디이젹(北地夷狄)의 궁극ᄒᆞᆫ 나라흘 ᄉᆞ못 드러갈 쁜이오 호발(毫髮)도 고국 갓가이 오ᄂᆞᆫ ᄇᆡ 업ᄉᆞ니 슉야(夙夜)의 젼심초황(煎心焦遑)ᄒᆞ
22면 여 목도달을 ᄌᆡ촉ᄒᆞ며 션쳑(船隻)을 슈습(收拾)ᄒᆞ여 대국(大國)으로

64 복복갈ᄎᆡ(僕僕喝采): 복복갈채. 마음으로 복종하며 환영함.

향코ᄌᆞ ᄒᆞ다가 일일야(一日夜)의 셩슈(星宿)ᄅᆞᆯ ᄇᆞᆰ히 ᄉᆞᆲ피고 크게 경황망극(驚惶罔極)ᄒᆞ여 등나부의셔 목도달을 분슈(分手)ᄒᆞ고 바로 노영(虜營)으로 ᄉᆞ못ᄎᆞ 드러가니 하회(下回) 엇디 된고?

션셜(先說). 졍공ᄌᆞ 닌광이 조쥐 계힝산 요도(妖道)의 힝악(行惡)으로 태쳥관 셕혈(石穴)을 버셔나디 못ᄒᆞ고 졍쇼져 월염이 ᄯᅩᄒᆞᆫ 쳥셩관 녀도(女道)의 음실(陰室)을 버셔나디 못ᄒᆞ여 남ᄆᆡ 냥인(兩人)이 이곳의 슈계(囚繫)ᄒᆞ미 ᄒᆡ 밧괴이고 션조부(先祖父)의 삼긔(三忌) 훌훌이 맛ᄎᆞ미 되니 팔쳔 니(里) 애각(涯角)을 격(隔)ᄒᆞ여 졀ᄋᆡ디통(切哀之痛)과 무궁ᄒᆞᆫ 유한(遺恨)이 우러러 하날의 ᄉᆞ못고 구버 싸ᄒᆡ ᄉᆞ못ᄎᆞ니 쇽졀업시 상ᄉᆞ(喪事)ᄅᆞᆯ 밋쳐 태향의 향연(香筵)을 ᄇᆞ라 아으라히 피ᄅᆞᆯ ᄡᅳ리고 ᄌᆞ손의 도ᄅᆞᆯ 폐(廢)ᄒᆞ믈 통호ᄋᆡ졀(痛號哀切)ᄒᆞ며 왕모(王母)와 친후(親候)의 디보(支保)ᄒᆞ시믈 긔필(期必)치 못ᄒᆞ여 효ᄌᆞ의 심장이 더옥 ᄭᅳᆺ쳐디믈 ᄊᆡ닷디 못ᄒᆞ거ᄂᆞᆯ 댱손환은 날마다 공ᄌᆞᄅᆞᆯ 핍박ᄒᆞ여 져의 도동(道童)이 된 후 홍딘(紅塵)의 더러온 거ᄉᆞᆯ ᄲᅩᆺ고 스ᄉᆡᆼ의 큰 도ᄅᆞᆯ ᄯᆞ라 능운등소(凌雲登霄)의 옥경샹됴(玉京上朝)ᄒᆞ여 됴유븍ᄒᆡ(朝遊北海)ᄒᆞ고 셕디창오(夕至蒼梧)ᄒᆞ여[65] 셔탄[66] 년단(煉丹)[67]ᄒᆞ미 인셰의 번극(煩劇)ᄒᆞᆫ 부귀와 말셰(末世)의 치치(蚩蚩)ᄒᆞᆫ 공명으로뼈 비(比)치 못ᄒᆞ리라 ᄒᆞ여 만일 고집히 ᄯᅳᆺ을 두로혀디 아닐딘ᄃᆡ 23면

65 됴유북히(朝遊北海)ᄒᆞ고 셕디창오(夕至蒼梧)ᄒᆞ여: '아침에는 북해에서 노닐고 저녁에는 창오산에서 노닌다(朝遊北海暮蒼梧)'는 뜻. 여동빈이 악양루에 대해 쓴 시에 나오는 구절.

66 셔탄: 미상.

67 년단(煉丹): 연단. 도가(道家)에서 불로장생의 약 같은 것을 만드는 일종의 연금술.

궁극ᄒᆞᆫ 형벌노 도가(道家)의셔 위엄을 뵈리라 ᄒᆞ며 운화션 딘소ᄋᆡᄂᆞᆫ 쇼져ᄅᆞᆯ 시시(時時)로 져히고 다ᄅᆡ여 져의 웃듬 뎨ᄌᆡ(弟子) 되라 보ᄎᆡᄂᆞᆫ 바의 요괴로온 언단(言端)이 브졀여루(不絶如縷)ᄒᆞ니 공ᄌᆞ와 쇼졔 드ᄅᆞᆯ 젹마다 통ᄒᆡ분에(痛駭忿恚)ᄒᆞ미 일일층가(日日層加)ᄒᆞ여 슌슌이 말을 젼ᄒᆞᄂᆞᆫ 도동을 즐퇴(叱退)ᄒᆞ고 ᄒᆞᆫ갈ᄀᆞᆺ치 뎡도(正道)ᄅᆞᆯ 잡아 ᄯᅳᆺ을 옴기ᄂᆞᆫ ᄇᆡ 업ᄉᆞ니 그 구정(九鼎)갓치 어려오며 무거오미 오확(烏獲)[68]·박몽[69]의 힘과 ᄆᆡᆼ분(孟賁)[70]·하육(夏育)[71]의 용(勇)이라도 능

24면 히 그 ᄆᆞᄋᆞᆷ을 프디 못ᄒᆞ리니 오딕 공ᄆᆡᆼ디녜(孔孟之禮)로 쳐ᄒᆞᆫ 연후(然後)의야 그 ᄆᆞᄋᆞᆷ을 항복(降服) 바드리니 댱손환의 궁흉(窮凶)ᄒᆞᆷ과 진쇼ᄋᆞ의 극악(極惡)으로 귀곡(鬼谷)[72]과 댱쥬(莊周)[73]의 허탄(虛誕)ᄒᆞᆫ 술(術)노 쳔변만화(千變萬化)ᄒᆞ여 튝디(縮地)와 신ᄒᆡᆼ법(神行法)이 등한(等閑)치 아니나 이 ᄒᆞᆫ낫 별이(別異)ᄒᆞᆫ 요믈노 ᄌᆞ칭 션도(仙道)ᄅᆞᆯ 학(學)ᄒᆞ노라 ᄒᆞ나 과연 비션비블(非仙非佛)이오 만신(滿身)의 간특(奸慝)과 ᄇᆡᆨ톄(百體)의 흉괴(凶怪) 얽혀 극ᄒᆞᆫ 욕심을 주리디 못ᄒᆞᆯ디언졍 십ᄉᆡᆼ구ᄉᆞ(十生九死)ᄒᆞ고 쳔ᄒᆡ만ᄒᆡ(千悔萬悔)[74]ᄒᆞᆫ들 엇디 슌편(順便)ᄒᆞᆫ 녯사ᄅᆞᆷ이 될 니 이시리오? 임의 범범(凡凡)ᄒᆞᆫ 듕인(衆人)도

---

68 오확(烏獲): 진나라 때 힘이 셌던 장사의 이름.

69 박몽: 장사의 이름으로 추정.

70 밍분(孟賁): 맹분. 전국시대 제나라 때 사람으로 용사의 대명사.

71 하육(夏育): 위(衛)나라 사람으로 맹분과 함께 용사의 대명사.

72 귀곡(鬼谷): 귀곡자(鬼谷子). 춘추전국시대 위나라 사람으로, 도가와 병가의 사상에 정통했다고 함.

73 댱쥬(莊周): 장주. 장자(莊子).

74 쳔히만히(千悔萬悔): 천회만회. 매우 후회함. 규장각본에는 '천회만회'로 되어 있음.

못 된 바의 ᄯᅩ 엇디 텬디(天地)의 되(道) 셔며 만고(萬古)의 법을 젼ᄒᆞ여 튱녈대효(忠列大孝)와 인셩혜화(仁聖惠和)의 군ᄌᆞ슉완(君子淑婉)을 항복 바다 ᄒᆞᆫ 무리ᄅᆞᆯ 삼으리오? ᄉᆞᆨ졀업시 여러 일월의 심녁을 허비ᄒᆞᆯ ᄯᅳᆫ이오 져 공ᄌᆞ·쇼져ᄅᆞᆯ 도가(道家)의 뎨ᄌᆞ 삼을 길은 업ᄉᆞ니 운화션이 더옥 분노ᄒᆞ여 태허ᄌᆞᄅᆞᆯ 보아 ᄀᆞᆯ오ᄃᆡ 25면

"우리 졍ᄋᆞ(程兒) 남ᄆᆡᄅᆞᆯ 잡아 셕옥(石獄)의 가도고 뎨ᄌᆞ 되기ᄅᆞᆯ 아니 뭇ᄂᆞᆫ 날이 업ᄉᆞᄃᆡ 별이(別異)ᄒᆞᆫ 요죵(妖種)이 ᄒᆞᆫ갈ᄀᆞᆺ치 괴망(怪妄)ᄒᆞ여 음실(陰室)의 슈계(囚繫)ᄒᆞ믈 됴흔 일 당ᄒᆞᆷᄀᆞᆺ치 ᄒᆞ고 우리 도ᄅᆞᆯ 존슝(尊崇)치 아냐 ᄇᆡ쳑기ᄅᆞᆯ 못 ᄆᆡᆺᄎᆞᆯ ᄃᆞᆺᄒᆞ니 엇디 통한(痛恨)치 아니리오? 명(明) 태조ᄂᆞᆫ 창업디쥬(創業之主)로ᄃᆡ 황각ᄉᆞ(皇覺寺)의 뉴우(留寓)ᄒᆞ믈 인ᄒᆞ여 ᄆᆡᆼᄌᆞ(孟子) ᄇᆡ향(拜享)을 ᄂᆡ치고 도ᄉᆞ로 벼ᄉᆞᆯ을 맛졋거ᄂᆞᆯ 져 쳑동쇼녀(尺童小女) 무어ᄉᆞᆯ 아노라 유가(儒家)의 훈츌(勛出)과 셩문(聖門)의 뎨ᄌᆡ믈 일ᄏᆞ라 우리ᄅᆞᆯ 욕ᄒᆞ믈 일분 긔탄(忌憚)ᄒᆞ미 업ᄉᆞ니 이런 거ᄉᆞᆯ 두엇다가 만일 실포(失捕)ᄒᆞ미 잇고 져 ᄂᆔ(類) 긔운을 ᄯᅥᆯ칠딘ᄃᆡ 우리 소혈(巢穴)[75]을 분탕(焚蕩)ᄒᆞ여 ᄋᆡᄌᆞ(睚眥)의 원(怨)[76]을 필보(必報)ᄒᆞ리니 그ᄣᆡᄅᆞᆯ 당ᄒᆞᆫ즉 죽이디 못ᄒᆞᆫ 뉘웃ᄎᆞ미 ᄇᆡ복(背腹)을 믈기[77]의 ᄆᆡᆺᄎᆞᆯ디라. 원컨ᄃᆡ 태허ᄌᆞᄂᆞᆫ 일즉이 쳐치ᄒᆞ여 화ᄅᆞᆯ 취치 마ᄅᆞ쇼셔." 26면

75 소혈(巢穴): 도둑이나 악한 따위의 무리가 활동의 본거지로 삼고 있는 곳.

76 ᄋᆡᄌᆞ(睚眥)의 원(怨): 애자의 원. 아주 작은 원망. 전국시대 인물인 범수가 밥 한 그릇의 은혜도 갚고 눈을 흘기는 정도의 조그만 원한도 반드시 갚았다는 것.

77 ᄇᆡ복(背腹)을 믈기: 배복을 물기. 사향노루가 사람에게 잡히면 제 배꼽의 향내 때문이라 생각하고 배꼽을 물어뜯는 것. 일이 잘못된 뒤에는 후회해도 소용없다는 말.

당손환이 침음냥구(沈吟良久)[78]의 왈

"운화션의 혜아리신 비 맛당ᄒᆞ나 나의 실노뼈 앗기ᄂᆞᆫ 바ᄂᆞᆫ 졍ᄋᆞ(程兒)의 작셩긔딜(作性氣質)이라. 텬디의 졍홰(精華) 일편도이 졍ᄋᆞ의게 다ᄒᆞ여 비록 셕혈누옥(石穴陋獄)의 계계(繫縶)ᄒᆞ미 이시나 거년(去年) 이후로 계힝산 디방의 텬긔(天氣) 화명(和明)ᄒᆞ고 딘양(眞陽)이 일힝(一行)ᄒᆞ여 문풍(文風)이 쇄연(灑然)ᄒᆞ니 일만ᄉᆞ긔(一萬邪氣) ᄉᆞ라디며 일만음풍(一萬陰風)이 딘쳑(盡滌)ᄒᆞ여 도관(道觀)[79]의 열은 ᄌᆡ조[80]로 져근 환술(幻術)ᄒᆞ던 도동(道童)이 졍가(程家) 아ᄒᆡ 이에 니ᄅᆞ므로브터 긔운을 일코 슈족(手足)이 황난(惶亂)홀 ᄯᅳᆫ 아니라 이 당손환의 신긔와 운화션의 무량(無量)ᄒᆞᆫ 법녁(法力)으로도 졍ᄋᆞ의 일딘졍양(一陳正陽)의 당당ᄒᆞᆫ 광명디긔(光明之氣)를 ᄲᅩ이면 졍신이 현난(眩亂)ᄒᆞ여 능히 신힝법슐(神行法術)을 나ᄂᆞᆫ ᄃᆡ로 못 홀가 ᄒᆞᄂᆞ니 아모커나 운화션이 졍녀(程女)를 몬져 죽이쇼서. 당손환이 ᄉᆞ셰(事勢)를 보아 닌광을 쳐치ᄒᆞ리이다."

27면 딘쇼ᄋᆡ 탄왈(嘆曰)

"졍ᄋᆞ 등의 작인(作人)이 그러ᄒᆞ므로 브ᄃᆡ 다려와 도가의 웃듬 뎨ᄌᆞ를 삼고ᄌᆞ ᄒᆞ엿더니 쳣 ᄯᅳᆺ은 일우디 못ᄒᆞ고 도로혀 화근을 일윗도다 념녀ᄒᆞᄂᆞ니 태허ᄌᆞᄂᆞᆫ 닌광을 앗기디 마ᄅᆞ쇼셔. 그 일딘졍양디긔(一陳正陽之氣) 다시 ᄉᆡᆼ각ᄒᆞ미 심히 블측(不測)ᄒᆞ여 졔 몸의 크게 유익

78 침음냥구(沈吟良久): 침음양구. 속으로 깊이 생각한 지 오랜 뒤.

79 도관(道觀): 도교의 사원.

80 열은 ᄌᆡ조: 얕은 재주. 규장각본에는 '여른 ᄌᆡ조'로 되어 있음.

ᄒᆞ고 우리 도가의 비상(非常)ᄒᆞᆫ ᄒᆡ(害) 되리니 ᄒᆞᆫ갓 닌광쁜 아냐 졍녀(程女)의 당당ᄒᆞᆫ 셩신디졍(聖神之精)을 타나 요긔(妖氣)를 쓰리고 ᄉᆞ긔(邪氣)를 졔어(制御)ᄒᆞ미 닌광의 경긔를 쫄올가 ᄒᆞᄂᆞ이다.”

당손환 죵용이 쳐치ᄒᆞᆷ을 의논ᄒᆞ고 흣터디니 쳥허ᄌᆞ와 묘혜션이 이 말을 드러 공ᄌᆞ와 쇼져긔 각각 젼ᄒᆞᆫᄃᆡ 월염쇼졔 블승분에(不勝憤恚)ᄒᆞ여 공ᄌᆞ긔 글을 깃쳐 왈

‘요도(妖道)의 아등(我等)을 ᄒᆡ코ᄌᆞ ᄒᆞᄂᆞᆫ 뜻이 날이 길고 ᄌᆞ라니 아등이 음실(陰室)의 계계(繫繫)ᄒᆞᆷ을 달게 넉여 머리를 굽히고 고요히 잇셔도 필경은 요도의 ᄒᆡ를 닙으믄 면치 못ᄒᆞᆯ ᄇᆡ오 ᄒᆞᆫ번 긔운을 다ᄒᆞ여 28면
요도의 혈을 뭇디ᄅᆞ고ᄌᆞ ᄒᆞ다가 녁딘(力盡)ᄒᆞ여 죽으믄 ᄒᆞᆫ가디라. 엇디 ᄆᆡ양 음실(陰室)의 잠겨 슈죡(手足)을 놀니디 못ᄒᆞᆯ ᄂᆡ 이시리오? 우져(愚姐)ᄂᆞᆫ 녀ᄌᆞ의 졸암(拙暗)ᄒᆞᆷ을 겸ᄒᆞ여 능히 탈신디계(脫身之計)를 ᄭᆡ닷디 못ᄒᆞ거니와 현뎨(賢弟)ᄂᆞᆫ 비록 나히 어리나 몸이 당당ᄒᆞᆫ 남ᄌᆞ로 져 무리 요도를 두려 누옥고초(陋獄苦楚)를 감심(甘心)ᄒᆞ미 븟그럽디 아니랴? 모로미 셩패간(成敗間)의 탈신디계(脫身之計)를 ᄉᆡᆼ각ᄒᆞ여 쳔금디구(千金之軀)[81]로뼈 요도의 잔ᄒᆡ(殘害)ᄒᆞᆷ을 밧디 말나.’

공ᄌᆡ 져져(姐姐)의 글을 보고 ᄌᆞ긔 발셔 이를 ᄉᆡᆼ각디 못ᄒᆞᆫ ᄇᆡ 아니로ᄃᆡ ᄆᆡ양 근심ᄒᆞᄂᆞᆫ ᄇᆡ ᄌᆞ긔 일신(一身)쁜 아니라 져져를 거두어 도라가미 어려오니 일을 요란이 ᄒᆞ다가 ᄌᆞ긔ᄂᆞᆫ 비록 누옥고초를 면(免)ᄒᆞ

---

81 쳔금디구(千金之軀): 천금지구. 천금같이 귀한 몸.

나 져져ᄂᆞᆫ 아조 음실의 원귀(怨鬼)ᄅᆞᆯ 삼을가 두려 발셜(發說)치 못ᄒᆞ엿더니 져 요되 ᄌᆞ긔 남ᄆᆡᄅᆞᆯ 밧비 ᄒᆡᄒᆞ여 업시코ᄌᆞ ᄒᆞᄂᆞᆫ 바ᄅᆞᆯ 드ᄅᆞᄆᆡ
29면 고요히 이셔ᄂᆞᆫ 죽기ᄅᆞᆯ 면치 못ᄒᆞᆯ 거시오 긔운을 다ᄒᆞ여 일댱(一場)을 요도(妖道)와 결우다가 녁딘(力盡)ᄒᆞ여 죽기ᄂᆞᆫ ᄯᅩᄒᆞᆫ 한가디라. 즉시 회셔(回書)ᄅᆞᆯ 닷가 보ᄂᆡᆯᄉᆡ 기셔(其書)의 왈

'셕(昔)의 왜ᄒᆡ(倭害) 이셔 사ᄅᆞᆷ을 나렬(羅列)이 참디(斬之)ᄒᆞ니 기듕(其中) 뉘 ᄀᆞᆯ오ᄃᆡ '엇디 다라나 피(避)치 못ᄒᆞᄂᆞ뇨?' 안ᄌᆞ셔 칼흘 밧ᄂᆞᆫ ᄌᆡ(者) ᄀᆞᆯ오ᄃᆡ '하날의 다리 업고 ᄯᅡᄒᆡ 굼기 업ᄉᆞ니 어ᄃᆡ로 다ᄅᆞ리오? 피ᄒᆞᆫ즉 더 죽으리니 안ᄌᆞ셔 칼흘 기다림만 ᄀᆞᆺ디 못ᄒᆞ니라.' 기인(其人)이 우왈(又曰) '피ᄒᆞ여도 죽고 안ᄌᆞᆺ다가도 죽으니 혹ᄌᆞ(或者) 요ᄒᆡᆼ ᄉᆞᆯ믈 어더도 피ᄒᆞᆯ 거시라.' ᄒᆞ여 급히 피ᄒᆞᆫ ᄌᆡ 혹 ᄉᆞᆯ믈 엇다 ᄒᆞ니 안ᄌᆞ서 죽으믈 기다린 ᄌᆡ 정히 쇼뎨의 우암(愚暗)ᄒᆞᆷ 갓고 피ᄒᆞ여 ᄉᆞᆯ믈 어든 ᄌᆡ 가히 져져(姐姐)의 쾌달(快達)ᄒᆞ심 갓ᄐᆞᆫ디라. 쇼뎨 슈블민유튱(雖不敏幼沖)이나 져져의 ᄇᆞᆰ은 쵹탁(囑托)을 져ᄇᆞ리디 아니려와 다만 져져의 탈신(脫身)이 어려오믈 민민(憫憫)ᄒᆞᄂᆞ니 다시 글노뼈 ᄀᆞᄅᆞ치시믈 바라ᄂᆞ이다.'

30면 ᄒᆞ엿거ᄂᆞᆯ 쇼제 죵뎨(從弟)의 글을 보고 침음냥구(沈吟良久)의 왈

"죵뎨 셩(性)이 강녈쾌단(强烈快斷)ᄒᆞ니 대댱부(大丈夫)의 녈일(烈日)ᄒᆞ미 잇고 ᄋᆞ쇼(兒小)의 유튱미약(幼沖微弱)ᄒᆞ미 업ᄉᆞᆯ 쁜 아니라 잔 근심과 져근 거리씨믈 두디 아닛ᄂᆞᆫ 픔되(稟度)러니 이에 슈계(囚繫)ᄒᆞᄂᆞᆫ 욕을 당ᄒᆞ여ᄂᆞᆫ 여러 일월을 함분인통(含憤忍痛)ᄒᆞ미 ᄒᆞᆫ갓 졔 몸을 위ᄒᆞ미 아니라 전혀 나의 탈신(脫身)이 어려오믈 념녀ᄒᆞ미니 장ᄎᆞ 언디ᄒᆞ여야 내 몸이 음실(陰室)은 버셔나 죵뎨의 근심을 덜니오?"

ᄒᆞ며 비졀(悲絶)ᄒᆞ믈 마디 아니커ᄂᆞᆯ 츈패 눈믈을 흘녀 왈

"요도(妖道)의 신통이 쳔 니 보ᄂᆞᆫ 눈과 듯ᄂᆞᆫ 귀 잇셔 과거·미ᄅᆡᄅᆞᆯ ᄉᆞᄆᆞᆺᄎᆞ 댱쥬(莊周)의 허무ᄒᆞ믈 겸ᄒᆞ여시니 쇼져의 ᄠᅳᆺ을 항복 밧디 못ᄒᆞᆫᄌᆞᆨ 악착히 ᄒᆡ(害)ᄒᆞᆯ ᄲᅳᆫ 아니라 됴히 음실을 버셔나게 아니 ᄒᆞ리니 베ᄑᆞᆯ 계괴 업ᄉᆞ니이다."

경패 소ᄅᆡᄅᆞᆯ 낫초와 왈

"운홰 스ᄉᆞ로 신션을 ᄇᆡ호노라 칭ᄒᆞ여 요슐이 측냥치 못ᄒᆞᆯ ᄇᆡ나 마산[82] 인졍을 슷쳐 여러 뎨ᄌᆞᄅᆞᆯ 다 부모 동긔도 모로ᄂᆞᆫ ᄀᆞ온ᄃᆡ 후려[83] 오 31면
미 아니면 위력(威力)으로 ᄠᅳᆺ을 아ᄉᆞ 약 ᄏᆡ이고 도ᄅᆞᆯ ᄀᆞᄅᆞ치니 심산궁협(深山窮峽)의 여러 셰월을 인간을 하딕ᄒᆞ고 ᄇᆡᆨ운등소(白雲登霄)ᄅᆞᆯ 희망ᄒᆞ며 ᄆᆡ월(每月)의 《황졍경(黃庭經)》을 닑어 심약ᄉᆞ회(心若死灰)ᄒᆞ고 형여고목(形如枯木)ᄒᆞ니[84] 텬뉸(天倫)의 디졍(至情)과 동긔(同氣)의 년디(連枝)ᄂᆞᆫ ᄌᆞ연이 닛치이ᄂᆞᆫ디라. 기듕(其中)의 신셰ᄅᆞᆯ 혜아리고 셰간(世間)을 도라 념ᄒᆞᆯ딘ᄃᆡ 신션(神仙)을 ᄇᆡ호미 셰구년다(歲久年多)ᄒᆞᄃᆡ 학가난참(鶴駕鸞驂)[85]의 옥경ᄇᆡ됴(玉京拜朝)ᄂᆞᆫ ᄭᅮᆷ결의도 엇디 못ᄒᆞ고 날마다 ᄎᆡ약(採藥)ᄒᆞᄂᆞᆫ 괴로옴과 작환(作丸)ᄒᆞᄂᆞᆫ 슈괴(手苦) ᄋᆞ니면 스ᄉᆡᆼ의 강포(强暴)ᄒᆞᆫ 호령을 면치 못ᄒᆞ고 일일

82 마산: 미상. 규장각본에는 '마샹'으로 되어 있음.

83 후려: 후리다. 휘몰아 채다, 쫓다.

84 심약ᄉᆞ회(心若死灰)ᄒᆞ고 형여고목(形如枯木)ᄒᆞ니: 《장자》에 나오는 말. 마음은 늘 불 꺼진 재와 같아야 하고 몸은 마른 나무와 같아야 한다는 것으로, 도가에서의 수련의 결과를 의미하는 말.

85 학가난참(鶴駕鸞驂): 학과 난새가 끄는 수레로, 신선의 수레를 말함.

(日日)의 쁜 바와 마ᄅᆞᆫ ᄃᆡ최 므ᄉᆞᆷ 구복(口腹)을 ᄎᆡ오며 청춍(靑蔥) ᄇᆡᆨ 깁이 므ᄉᆞᆷ 몸을 ᄇᆡᄇᆡ히 빗ᄂᆡ리오? 인가ᄉᆞ령(人家使令)이 엄ᄒᆞᆫ 쥬인을 뫼셔 쥬야(晝夜)의 ᄆᆞᄋᆞᆷ을 노치 못ᄒᆞ나 오히려 뉸강(倫綱)이 두렷
32면 ᄒᆞ거ᄂᆞᆯ 쳥션관 녀도(女道) 되믄 삼강(三綱)과 오륜(五倫)이 다 멸절(滅絶)ᄒᆞ니 셕가(釋加)의 도ᄅᆞᆯ 존슝(尊崇)ᄒᆞ여 블(佛)이라 ᄒᆞᆯ딘ᄃᆡ 삭발기셰(削髮棄世)ᄒᆞ여 포단(蒲團) 우ᄒᆡ 공부ᄅᆞᆯ 닷가 댱ᄉᆡᆼ블ᄉᆞ(長生不死)ᄅᆞᆯ 구ᄒᆞ미 업ᄉᆞ니 법뎐의 졔블나한(諸佛羅漢)[86]을 안쳐시ᄃᆡ 모든 녀되(女道) 삭발위리(削髮爲尼)ᄒᆞ미 업고 션(仙)이라 ᄒᆞᆯ딘ᄃᆡ 딘토(塵土)의 아득ᄒᆞᆫ 용인(庸人)으로ᄡᅧ 셰샹 번극(煩劇)ᄒᆞᆫ 념녀ᄅᆞᆯ 씃디 못ᄒᆞ여 의식의 괴로옴도 우환(憂患)을 삼아시니 옥ᄋᆡᆨ경장(玉液瓊漿)[87]을 어ᄃᆡ로좃ᄎᆞ 맛보리오? 죽엇다 ᄒᆞᆯ딘ᄃᆡ 톄딜(體質)이 완젼ᄒᆞ여 ᄇᆡᆨ골이 ᄲᅧ디 아냣고 ᄉᆞ랏다 ᄒᆞᆯ딘ᄃᆡ 인셰(人世) 소식을 씃쳐시니 황양디하(黃壤之下)로 다ᄅᆞ디 아닌디라. ᄉᆡᆼ사션블(生死仙佛)의 당치 아닌 괴로오미 비ᄒᆞᆯ ᄃᆡ 업ᄉᆞ니 엇디 슬프며 한홉디 아니ᄒᆞ리오? 져마다 원을 픔어 ᄉᆞ라셔 고원(故園)의 도라가기ᄅᆞᆯ 원ᄒᆞᄂᆞ니 요도(妖道)의 복심뎨ᄌᆞ(腹心弟子) 삼ᄉᆞᄀᆡ(三四個)ᄂᆞᆫ 가히 다리디 못ᄒᆞ려니와 그 밧근 묘혜션이 죡히 흣터ᄂᆡ리니 뎨ᄌᆞᄅᆞᆯ 일시의 산실(散失)ᄒᆞᆫ 후ᄂᆞᆫ 빈 도관을
33면 혼ᄌᆞ ᄃᆡ희미 무미(無味)ᄒᆞ여 필연 이곳을 ᄡᅥ나리니 이리ᄒᆞᆯ 즈음의 쇼졔 쏘ᄒᆞᆫ 탈신(脫身)ᄒᆞ여 도라가시미 이실가 ᄒᆞᄂᆞ이다.”

---

86 졔블나한(諸佛羅漢): 제불나한. 모든 부처와 나한. 나한은 일체 번뇌를 끊고 깨달음을 얻어 중생의 공양에 응할 만한 자격을 지닌 불교의 성자

87 옥ᄋᆡᆨ경장(玉液瓊漿): 옥액경장. 신선이 마시는 음료.

쇼뎨 미급답(未及答)의 묘혜 탄왈(嘆曰)

"그ᄃᆡᄂᆞᆫ 디기일(知其一)이오 미디기이(未知其二)로다. 관듕제되(觀中諸道) 신션을 ᄇᆡ화 ᄒᆞᆫ 효험(效驗)도 보디 못ᄒᆞ고 고ᄉᆞ(古事)ᄅᆞᆯ 녁상(歷詳)ᄒᆞ여도 진황한무(秦皇漢武)[88]의 위엄이나 맛ᄎᆞᆷᄂᆡ 신션을 닐위디 못ᄒᆞ며 능히 블ᄉᆞ약(不死藥)을 엇디 못ᄒᆞ여 댱ᄉᆡᆼ(長生)ᄒᆞᆫ ᄇᆡ 되디 못ᄒᆞ여시니 우리 무리 실노 므ᄉᆞᆷ 술업(術業)으로 딘토쇽골(塵土俗骨)이 학가난참(鶴駕鸞驂)ᄒᆞ여 옥경(玉京)의 ᄇᆡ됴(拜朝)ᄒᆞ며 ᄒᆡᆼ비등소(行飛登霄)ᄒᆞ여 됴유븍ᄒᆡ(朝遊北海)ᄒᆞ고 모디창오(暮至蒼梧)ᄒᆞ리오? 스ᄉᆡᆼ의 션도ᄅᆞᆯ 학(學)ᄒᆞ노라 ᄒᆞ미 허무ᄒᆞ믈 우리 무리 ᄇᆞᆰ히 알오미 이시ᄃᆡ 능히 그러치 아니믈 일ᄏᆞᆺ디 못ᄒᆞ고 각각 ᄉᆞ귀디심(思歸之心)이 져근 거시 아니로ᄃᆡ 또 능히 흣터디지 못ᄒᆞ믄 운화의 ᄒᆞᆫ번 몸을 움ᄌᆞᆨ여 쳔만니ᄅᆞᆯ 디쳑(咫尺)갓치 왕ᄂᆡᄒᆞᄂᆞᆫ 바의 신풍(迅風)의 셰(勢)ᄅᆞᆯ 인ᄒᆞ여 부뷔(副篚)[89] ᄎᆞᆯ양(出揚)ᄒᆞᆷ갓치 급ᄒᆞᆫ ᄇᆞᄅᆞᆷ의 등셰[90]ᄅᆞᆯ 가 34면
바야이 날니미라. 후뤗쳐[91] 다려오면 ᄇᆡᆨ 가디 참형과 쳔 가디 독벌(毒罰)이 죽기도 ᄆᆞᄋᆞᆷ으로 못 ᄒᆞ여 괴롭고 셜우미 원ᄒᆞ여 하날의 ᄉᆞᄆᆞᆺ디 못ᄒᆞ고 ᄒᆞᆫ갓 극민(極悶)ᄒᆞᆫ 통악(痛惡)을 픔을 ᄲᅳᆫ이니 엇디 도망ᄒᆞ여 가기ᄅᆞᆯ 의논ᄒᆞ리오? 다만 쇼져의 탈신(脫身)ᄒᆞ실 바ᄂᆞᆫ 우리 동ᄂᆔ(同類) 니산(離散)ᄒᆞ기의 달니디 아냐 각별 운화ᄅᆞᆯ 제어ᄒᆞ기의 이시

---

88 진황한무(秦皇漢武): 진시황과 한 무제.

89 부뷔(副篚): 부비. 광주리. 여기서는 곡식 따위를 까불러 껍질을 골라내는 도구인 '키'로 추정.

90 등셰: '등제'로 추정. 등제는 벼의 껍질인 등겨의 방언.

91 후뤗쳐: 후리다. 휘몰아 채다, 쫓다.

니 스ᄉᆡᆼ의 평ᄉᆡᆼ 괴로와ᄒᆞᄂᆞᆫ 바ᄂᆞᆫ 일딘졍양(一陣正陽)을 온젼이 가진 ᄌᆡ(者)라. 쇼져와 공ᄌᆞ의 당당ᄒᆞᆫ 졍양을 모로미 아니로ᄃᆡ 일노뼈 뎨ᄌᆞᄅᆞᆯ 삼아 도관(道觀)의 둔ᄌᆞᆨ 과연 봉황(鳳凰)이 ᄂᆡ의(來儀)ᄒᆞ며[92] 황뇽(黃龍)이 샹셔(祥瑞)ᄅᆞᆯ 디어 학가난참이 어렵디 아니믄 니ᄅᆞ도 말고 운화의 뜻인ᄌᆞᆨ 딘우량(陳友諒)이 텬하(天下)ᄅᆞᆯ 엇디 못ᄒᆞᆫ 원분(怨憤)[93]이 평ᄉᆡᆼ의 플니디 아녀시므로 큰 블측(不測)ᄒᆞᆫ 의ᄉᆡ 이셔 ᄌᆞ칭
35면 (自稱) 션도(仙道)ᄒᆞ고 남녀ᄅᆞᆯ 만히 모호믄 필경 국가의 ᄒᆡ(害)ᄅᆞᆯ 누리고ᄌᆞ ᄒᆞ미니 태허ᄌᆞ의 ᄉᆞ오나오미나 운화션의 궁흉(窮凶)ᄒᆞᆫ 먼 뜻의 밋ᄎᆞᆯ 길히 업ᄉᆞ니 졍공ᄌᆞ의 귀ᄒᆞᆫ 표(表)와 달(達)ᄒᆞᆫ 상(象)이 도문(道門)의 ᄎᆡ약(採藥)ᄒᆞᄂᆞᆫ 쳥의동ᄌᆡ(青衣童子) 되디 아닐 줄 ᄇᆞᆰ히 아ᄂᆞᆫ ᄇᆡ나 아딕 뜻을 쾌히 아ᄉᆞᆫ 후의 맛당이 졀노 ᄒᆞ여곰 도동(道童)을 삼앗다가 타일(他日)의 블궤(不軌)ᄅᆞᆯ 도모코ᄌᆞ ᄒᆞ미니 여러 가디 흉휼(凶譎)이 측냥치 못ᄒᆞᆯ디라. 목금(目今)의 혜건ᄃᆡ 쇼져와 공ᄌᆡ 오히려 누옥(陋獄)을 버셔나디 못ᄒᆞ미 이시나 텬디 ᄉᆞ이의 별츌(別出)ᄒᆞᆫ 졍긔와 냥의디모(良意智謀)의 탁월ᄒᆞᆫ 슈ᄎᆡ(秀彩)ᄂᆞᆫ 실노 텬샹인간(天上人間)의 궁ᄉᆡᆨ(窮塞)ᄒᆞ여 ᄉᆞᆯ필디라도 방블(彷彿)ᄒᆞ미 업ᄉᆞᆯ디라. 그 뎡대(正大)ᄒᆞ시미 신위(身位)의 일워시며 광명ᄒᆞ미 복듕(腹中)의 니러 호연(浩然)ᄒᆞ여 건곤(乾坤)의 ᄲᅢ혀나고 쇄쇄(灑灑)ᄒᆞ여 일월

92 봉황(鳳凰)이 ᄂᆡ의(來儀)ᄒᆞ며: 《서경》 〈익직(益稷)〉에 "순임금이 창작한 음악인 소소를 연주하자, 봉황이 듣고 찾아와서 춤을 추었다(簫韶九成 鳳凰來儀)."라는 말이 나옴.

93 딘우량(陳友諒)이 텬하(天下)ᄅᆞᆯ 엇디 못ᄒᆞᆫ 원분(怨憤): ·원나라 말기 진우량이 서수휘의 반란 때 그 휘하에 들어갔다가 서수휘를 죽이고 스스로 황제로 칭하고 국호를 대한이라 했으나 결국 주원장에게 패하여 전사한 것.

(日月)의 영슈(永垂)ᄒᆞᆷ 갓ᄐᆞᆫ디라. 거년(去年)의ᄂᆞᆫ 오히려 톄딜(體質)
이 ᄎᆡ ᄌᆞ라믈 엇디 못ᄒᆞ여 연약ᄒᆞ미 ᄃᆡᄒᆞᄆᆡ 두리오미 잇더니 일월이 36면
오ᄅᆡᄆᆡ 억슈쳔녀(億愁千慮) 듕이나 픔딜(稟質)이 비구(備具)ᄒᆞ믈 인
ᄒᆞ여 셩댱(成長)ᄒᆞ믈 일워시니 쇼져의 ᄌᆞ라시므로뼈 공ᄌᆞ의 신댱거
디(身長擧止)ᄅᆞᆯ 츄이(推移)컨ᄃᆡ ᄯᅩᄒᆞᆫ 곡현(谷峴)의 어린 봉이 변ᄒᆞ여
창ᄒᆡ(滄海)의 풍운을 짓ᄂᆞᆫ 농 갓ᄐᆞ리니 셩패간(成敗間)의 운화ᄅᆞᆯ 몬
져 ᄒᆡ(害)ᄒᆞ고 버거 댱손환을 졔어ᄒᆞᆯ디라. 힘으로뼈 져 무리ᄅᆞᆯ 결우
고ᄌᆞ ᄒᆞ면 항우(項羽)[94]의 강용(强勇)이라도 혈혈일신(孑孑一身)으로
능히 피당(彼黨)의 강악(强惡)ᄒᆞ믈 ᄆᆡᆺᄎᆞᆯ 길히 업거니와 ᄌᆞ연이 신상
졍화(身上精華)로뼈 요졍(妖精)을 졔어ᄒᆞ면 용녁(勇力)을 베플미 업
ᄉᆞ리니 일이 궤휼(詭譎)이나 도관의 ᄇᆡᆨ 가디 요약(妖藥)과 만 가디 음
화디최(陰禍之草) 갓디 아닌 거시 업ᄉᆞ니 사ᄅᆞᆷ의 졍신을 흐리ᄂᆞᆫ 단약
(丹藥)과 괴최(怪草) 무슈ᄒᆞᆫ디라. ᄯᅩ다시 비상ᄒᆞ여 쇽인(俗人)이 먹
으ᄆᆡ 옥ᄋᆡᆨ감뇌(玉液甘露) 아니믈 아디 못ᄒᆞ고 운화와 태허ᄌᆞ의 ᄆᆡ일
장복(長服)ᄒᆞᄂᆞᆫ 션향쥬와 딘청단이 맛시 현혼단과 감혼쥬로 심히 갓 37면
ᄐᆞᆫ디라. 모로ᄂᆞᆫ 가온ᄃᆡ 술과 단약(丹藥)을 밧고와 두면 운화와 태허
ᄌᆡ ᄒᆞᆫ번 먹으미 될딘ᄃᆡ 비록 스ᄉᆞ로 작쥬작환(作酒作丸)ᄒᆞᆫ ᄇᆡ나 그
디독ᄒᆞᆫ 거ᄉᆞᆯ 능히 견ᄃᆡ디 못ᄒᆞ여 ᄆᆡᆺ쳐 요술도 힝치 못ᄒᆞᄂᆞᆫ 바의 공ᄌᆞ
와 쇼졔 졍긔ᄅᆞᆯ 다ᄒᆞ여 부뎡디슐(不正之術)과 요샤디긔(妖邪之氣)ᄅᆞᆯ
졔어ᄒᆞᆫ 후 깁히 셕갑(石匣)의 드리치거나[95] 궤(櫃)의 너커나 ᄒᆞ여 슈히

94 항우(項羽): 진(秦)나라 말기에 유방과 진나라를 멸망시키고 중국을 차지하기 위해 다툰 무장.

움즉이디 못ᄒᆞ게 ᄒᆞ고 밧비 도라가시ᄂᆞᆫ 거시 올흘가 ᄒᆞᄂᆞ니 이 말ᄉᆞᆷ을 공ᄌᆞ긔 통(通)ᄒᆞ여 댱손환의게 감혼단과 현혼쥬를 나오게 ᄒᆞ믄 두 싱으로ᄡᅧ 도모ᄒᆞ라 ᄒᆞ고 운화의게 술을 밧고며 단약을 나오게 ᄒᆞ믄 빈되(貧徒) ᄉᆞ싱(死生)을 니져 도모ᄒᆞ리이다.”

쇼졔 기리 묘혜의 ᄌᆞ비활혜(慈悲濶慧)ᄅᆞᆯ 칭샤ᄒᆞ여

“만일 음실(陰室)을 버셔나게 ᄒᆞᆯ딘ᄃᆡ 화산의 플흘 ᄆᆡᆺ고 슈호(隋侯)의 구슬을 먹음어 보은(報恩)ᄒᆞ리라.”

묘혜 탄왈(嘆曰)

38면 “텬디의 궁극ᄒᆞᆫ 슬픈 인싱이 금셰(今世)의나 죄젹(罪籍)이 업셔 후싱(後生)의나 이 갓디 아니믈 원(願)ᄒᆞᆯ디언졍 엇디 사ᄅᆞᆷ의게 은혜ᄅᆞᆯ 깃쳐 보은 두 ᄌᆞ(字)ᄅᆞᆯ 당ᄒᆞᆯ ᄇᆡ 이시리잇고? 쇼졔 비인(卑人)의 ᄆᆞᄋᆞᆷ을 아ᄅᆞ시ᄃᆡ 미양 과도히 일ᄏᆞᄅᆞ샤 비인의 븟그리믈 도으시니 ᄇᆞ라ᄂᆞᆫ ᄇᆡ 아니로소이다.”

인ᄒᆞ여 공ᄌᆞ긔 셔간(書簡)ᄒᆞ시믈 쳥ᄒᆞ니 쇼졔 묘혜의 획계(劃計)로ᄡᅧ 밧비 도모ᄒᆞ여 우후디한(雨後之恨)이 업ᄉᆞᆯ 바ᄅᆞᆯ 베펴 공ᄌᆞ의게 보ᄂᆡᆫᄃᆡ 공ᄌᆡ ᄆᆡ져(妹姐)[96]의 글을 보고 심니(心裏)의 우어 왈

“요도(妖道)의 간악ᄒᆞ므로 남ᄆᆡ 그 ᄒᆡᄅᆞᆯ 바 누옥셕갑(陋獄石匣)을 면치 못ᄒᆞ여 분ᄒᆞ고 욕되미 사ᄅᆞᆷ의 ᄎᆞᆷ을 ᄇᆡ 아니나 엇디 요괴로온 약환(藥丸)으로ᄡᅧ 요도ᄅᆞᆯ 속여 일의 브졍(不正)ᄒᆞ미 져 요인(妖人)의 간흉(奸凶)홈과 ᄀᆞᆺ톨 니 이시리오? 내 임의 ᄉᆞ싱(死生)을 긔약ᄒᆞ여 요

95 드리치거나: 드리치다. 던져 넣다.

96 ᄆᆡ져(妹姐): 매저. 누이.

도와 결워보고ᄌᆞ ᄒᆞᄂᆞ니 나의 운쉬(運數) 실노 궁극(窮極)ᄒᆞ고 다쳔(多舛)ᄒᆞ여 몰몰(歿沒)ᄒᆞ라 ᄒᆞ여실딘ᄃᆡ 과연 텬뎡(天定)ᄒᆞᆫ 거ᄉᆞᆯ 면치 못ᄒᆞ려니와 약블연(若不然)이면 요도(妖道)의 음샤(陰邪)ᄒᆞᆷ를 두릴 ᄇᆡ 아니니 요블승덕(妖不勝德)이오 사블범졍(邪不犯正)이라.[97] 일이 뎡도(正道)로 ᄌᆞᆸ고 덕으로ᄡᅧ 말(末)늘 삼으리니 궤휼(詭譎)을 부릴 ᄇᆡ 아니라." 39면

ᄒᆞ여 두싱을 보나 구ᄐᆞ여 ᄎᆞᄉᆞ(此事)롤 계교치 아니ᄒᆞ더라.

이ᄦᅢ 묘혜션 졍쇼져의 탈신(脫身)ᄒᆞᆯ 바롤 궁극히 셜계(設計)ᄒᆞ여 운화의 먹ᄂᆞᆫ 술과 단약(丹藥)을 감혼쥬와 현혼단으로ᄡᅧ 밧고와 주엇더니 일야(一夜)ᄂᆞᆫ 운화션이 션관을 ᄃᆡᄒᆞ여 경셔(經書)와 도법(道法)을 외오더니 밤이 삼경(三更)의 밋쳐ᄂᆞᆫ 옥뇌(玉露) ᄌᆞ로 ᄂᆞ고 종경(鐘磬)이 동(動)ᄒᆞᄂᆞᆫ 바의 텬긔(天氣) 츌한(出寒)ᄒᆞ니 ᄉᆡ풍(塞風)이 늠녈(凜烈)ᄒᆞ여 슈호(繡戶)를 ᄉᆞ뭇고 담월(淡月)이 교교(皎皎)히 빙졍(氷庭)의 됴요(照耀)ᄒᆞ여 옥창(玉窓)의 ᄉᆞ뭇ᄎᆞ니 야긔(夜氣) ᄂᆡᆼ담(冷淡)ᄒᆞᆷ를 새려 션향쥬와 신쳥단을 먹으려 ᄒᆞᆯᄉᆡ 단약(丹藥)을 손의 쥐고 종의 술을 치려 ᄒᆞ다가 믄득 크게 우어 왈 40면

"내 되(道) 죡(足)디 못ᄒᆞ고 덕이 업셔 엇디 이ᄃᆡ도록 망측가쇼(罔測可笑)로온 거죄(擧措) 잇ᄂᆞ뇨?"

셜파(說罷)의 쥬호(酒壺)와 단약(丹藥)을 아오로 더디며 쥬리롤 취ᄒᆞ여 ᄡᅡ히 나리니 묘혜 동뉴(同類)로 더브러 이에 잇다가 운화의 거동

97 요블승덕(妖不勝德)이오 사블범졍(邪不犯正)이라: 요사스러운 것이 덕을 이기지 못하고, 바르지 못한 것이 바른 것을 범할 수 없다는 뜻.

을 보고 혼신(魂神)이 비월(飛越)ᄒᆞ여 면무인ᄉᆡᆨ(面無人色)ᄒᆞ니 말을 일우디 못ᄒᆞᄂᆞᆫ디라. 운홰 고명(高明)의 쳔 니 보ᄂᆞᆫ 눈[98]을 밋디 못ᄒᆞᆯ디언졍 그 밧 일은 거의 다 능통예디(能通豫知)ᄒᆞ미 잇ᄂᆞᆫ디라. 술과 단약을 밧고미 묘혜 밧근 나디 아닐 줄을 디긔(知機)ᄒᆞᄃᆡ 굿ᄐᆞ여 밧비 므러 다ᄉᆞ리려 아니 ᄒᆞ고 졍듕(庭中)의 ᄒᆡᆼᄆᆡ(行邁)ᄒᆞ여[99] 앙관텬샹(仰觀天上)키ᄅᆞᆯ 마디 아니타가 빈미블예(顰眉不豫) 왈

"쇼미셩은 엇디 이ᄃᆡ도록 다ᄉᆞ(多事)【쇼미셩은 태ᄒᆡᆼ산의 은거ᄒᆞᆫ 엄도ᄉᆞ의 쥬셩(主星)이니라】ᄒᆞ며 엇디 밋치게 굴녀 ᄒᆞᄂᆞ뇨? ᄋᆡ(哀)라! 태허ᄌᆡ 내 말을 듯디 아니ᄒᆞ고 내 ᄯᅩ 연고 업시 딘진(津津)ᄒᆞ여 앗기
41면 ᄂᆞᆫ ᄆᆞ음과 긔이히 넉이ᄂᆞᆫ ᄯᅳᆺ을 샤(捨)치 못ᄒᆞ여 요죵(妖種)을 오ᄅᆡ 머므러[100] 두엇다가 소(巢)ᄅᆞᆯ 안(安)치 못ᄒᆞ게 되여시니 슈한슈원(誰恨誰怨)이리오? 규셩(奎星)[101]【닌광의 쥬셩이라】이 광ᄎᆡ 승승(勝勝)ᄒᆞ여 먼니 쌔쳐 잇고 문월셩【월염쇼져의 쥬셩이라】이 흑긔(黑氣)ᄅᆞᆯ 버셔시니 셕갑(石匣) 아냐 태산을 누ᄅᆞ미 잇셔도 탈연(脫然)ᄒᆞ리로다."

인ᄒᆞ여 탄왈(嘆曰)

"우리 부군(府君)[102]이 ᄌᆡ덕을 타시미 딘실노 ᄉᆞᄒᆡ팔황(四海八荒)을 가어(駕御)ᄒᆞ여 만니강산(萬里江山)을 죡히 남의게 샤양치 아닐 ᄇᆡ어

98 고명(高明)의 쳔 니 보ᄂᆞᆫ 눈: 고명은 서진(西晉) 시대의 천리안으로 유명한 인물. 〈서유기〉에 등장하기도 함.

99 ᄒᆡᆼᄆᆡ(行邁)ᄒᆞ여: 규장각본에는 'ᄒᆡᆼᄂᆡᄒᆞ여'로 되어 있음.

100 머므러: 규장각본에는 '므러'로 되어 있음.

101 규성(奎星): 규성. 이십팔수(二十八宿) 중 열다섯째 별. 이 별이 밝으면 천하가 태평하다고 함.

102 부군(府君): 죽은 아버지나 남자 조상을 높여 부르는 말. 여기서는 진우량을 가리킴.

ᄂᆞᆯ 홀노 텬명(天命)을 엇디 못ᄒᆞ여 명태죄(明太祖) 강산을 일통(一統)ᄒᆞ미 되니 딘시(陳氏) 종족이 됴션(朝鮮) 쇼국(小國)의 ᄯᅥ러딘 바[103]로 다시 긔운을 ᄯᅥᆯ쳐 션인(先人)의 구쳔디쳐(九泉之處)의 통곡함분(痛哭含憤)ᄒᆞ믈 플 길히 업ᄉᆞ니 이 원(怨)과 디한(至恨)을 ᄉᆡᆼ셰(生世)의 갑디 못ᄒᆞᆫ족 텬댱디구유시딘(天長地久有時盡)이나 ᄎᆞ통(此痛)은 면면브졀긔(綿綿不絶期)[104]라 내 션도(仙道)ᄅᆞᆯ 혹(惑)ᄒᆞ미 아니라 일월슈(日月數)ᄅᆞᆯ 웃듬으로 귀히 넉이믄 누ᄇᆡᆨ셰(累百世)ᄅᆞᆯ 구ᄒᆞ여 쥬시(朱氏)[105]의 ᄉᆡ운(時運)[106]을 기다려 원슈의 ᄡᅵᄅᆞᆯ 츼거ᄉᆞ러[107] 만니연산(萬里連山)의 눈믈이 녕셜닉호(零雪溺湖)ᄒᆞ고 우리 가가(哥哥)ᄅᆞᆯ 됴션의 ᄂᆡ친 원(怨)을 신셜(伸雪)ᄒᆞ며 샹고(上古) 녀와(女媧)[108]ᄅᆞᆯ 니어 ᄉᆡᆼ황(笙簧)을 작(作)ᄒᆞ고[109] 대덕고업(大德高業)을 텬하의 흘니며 팔황(八荒)을 어로만져 창ᄉᆡᆼ젹ᄌᆞ(蒼生赤子)로 ᄒᆞ여곰 격양이가(擊壤而歌)ᄒᆞ여 요명슌치(堯明舜治)ᄅᆞᆯ 즐기고 내 ᄯᅩ 일ᄉᆡᆼ을 환낙ᄒᆞ여 쳔겁만셰(千劫萬歲)의 블ᄉᆞ블멸(不死不滅)ᄒᆞ며 녹녹히 도괴(道姑) 되여 심산의 요초(瑤草)ᄅᆞᆯ ᄏᆡ고 궁협(窮峽)의 ᄆᆡᆨ쇽(麥粟)을 먹어 ᄌᆞᄉᆡᆼ(自生)코 42면

103 딘씨(陳氏) 종족이 됴션(朝鮮) 쇼국(小國)의 ᄯᅥ러딘 바: 진우량이 죽은 후 그 아들 진리가 고려로 보내진 것.

104 텬댱디구유시딘(天長地久有時盡)이나 ᄎᆞ통(此痛)은 면면브졀긔(綿綿不絶期)라: 천지는 길고 오래되어도 다할 날이 있으나, 이 아픔은 끝없이 이어져 끝날 기약이 없다는 뜻. 백거이의 〈장한가〉에서 옴.

105 쥬시(朱氏): 주씨. 명 태조 주원장.

106 ᄉᆡ운(時運): 규장각본에는 '시운'으로 되어 있음.

107 츼거ᄉᆞ러: 미상. 문맥상 '뽑아버리다'의 뜻으로 추정.

108 녀와(女媧): 여와. 중국 신화에 등장하는 여신으로, 인간의 창조와 혼인 등을 주관했음.

109 ᄉᆡᆼ황(笙簧)을 작(作)ᄒᆞ고: 여와가 생황이란 악기를 만든 것.

ᄌᆞ ᄒᆞ미 아니라 이제 져 졍ᄋᆞ(程兒)의 운쉬(運數) 형통(亨通)ᄒᆞ여 브ᄃᆡ 도라가고ᄌᆞ ᄒᆞᄂᆞᆫ 거ᄉᆞᆯ 내 져희롤 작히(作害)ᄒᆞ미 텬의(天意)롤 역(逆)ᄒᆞ미니 도라보ᄂᆡ미 맛당ᄒᆞᄃᆡ 쳐음 심녁(心力)을 허비ᄒᆞ여 긴요히 ᄡᅳ고ᄌᆞ 다려오ᄆᆡ 허ᄉᆡ(虛事) 되미 분ᄒᆞ고 요종(妖種)이 결단코 고히 가디 아냐 쇼미셩과 븍극댱으로 더브러 우리롤 크게 어ᄌᆞ러이리니 내 몬져 닌광쇼ᄌᆞ롤 쇄골(碎骨)ᄒᆞ리라."

43면 흉심(凶心)을 발ᄒᆞ여 뎡히 신힝법슐(神行法術)노 몬져 졍쇼져롤 ᄒᆡ코ᄌᆞ ᄒᆞ더니 홀연 도관 문을 별학 치돗 울히며 슈도요인(首道妖人)을 잡아ᄂᆡ라 ᄒᆞ니 이 엇던 일인고?

화셜(話說). 조쥐 태힝산 듕의 일위은ᄉᆡ(一位隱士) 복거(卜居)ᄒᆞ여 시니 셩은 엄이오 명은 경이오 호왈(號曰) 광능ᄌᆡ라. 그 시조(始祖)ᄂᆞᆫ 한(漢) 광무(光武) 시(時) 엄ᄌᆞ릉(嚴子陵)[110]이니 경의 작픔긔셩(作稟氣性)ᄒᆞᆫ ᄇᆡ 완연이 시조로 방블(彷彿)ᄒᆞ여 셔리 갓ᄐᆞᆫ 긔운이 늠늠(凜凜)ᄒᆞ고 솔 갓ᄐᆞᆫ 형상이 창창(蒼蒼)ᄒᆞ니 고듁쳥풍(孤竹淸風)[111]이 머러시ᄃᆡ 만고빵졀(萬古雙絶)이 다시 이시며 도당시(陶唐氏)[112] 시졀이 아니로ᄃᆡ 소허(巢許)[113]의 긔졀이 잇ᄂᆞᆫ디라. 시조 엄광(嚴光) 이후로 ᄃᆡᄃᆡ현달(代代顯達)ᄒᆞ여 동한(東漢)과 당숑(唐宋)의 ᄡᅳ이믈 어더 교목셰신(喬木勢臣)[114]이러니 호원(胡元)이 혼일(混一)ᄒᆞᄆᆡ 은신샤셰(隱身捨世)

110 엄ᄌᆞ릉(嚴子陵): 엄자릉. 후한 때 은둔지사인 엄광.

111 고듁쳥풍(孤竹淸風): 고죽청풍. 고죽군의 아들인 백이숙제의 맑은 절개와 높은 기풍.

112 도당시(陶唐氏): 도당씨. 오제(五帝)의 한 사람인 요임금을 이르는 말.

113 소허(巢許): 요임금 때의 지조 높은 선비인 소부와 허유.

ᄒᆞ여 태힝산의 복거ᄒᆞ미 경의게 밋쳐 오ᄃᆡ(五代)의 니ᄅᆞ럿고 태조(太祖) 홍무황뎨(洪武皇帝) 븍방 비린 뜻글 ᄡᅳ러 통일텬하(統一天下)ᄒᆞ시ᄃᆡ 엄시졔인(嚴氏諸人)이 구ᄐᆞ여 문달(聞達)을 구치 아니ᄒᆞ고 구 44면
ᄅᆞᆷ ᄡᅵ인 뫼히 ᄌᆞ지(紫芝)ᄅᆞᆯ ᄏᆡ며 ᄆᆡ돌의《황졍경(黃庭經)》을 닑어 쇼임을 삼고 냥소쳥풍(良宵淸風)의 현가(絃歌)ᄅᆞᆯ 농(弄)ᄒᆞ며 초당한월(草堂閑月)의 와쥰박ᄇᆡ(瓦樽薄杯)ᄅᆞᆯ 거훌너 야의갈포(野衣葛布)로 후졍(後庭)의 ᄆᆡᆨ(麥)을 심으고 젼야(田野)의 쇽(粟)을 거드며 낙ᄃᆡᄅᆞᆯ 드러워 본ᄉᆞ(本事)ᄅᆞᆯ 삼으ᄆᆡ 십 년 일관(一冠)을 ᄡᅳ디 아니믈 븟그리디 아니ᄒᆞ고 소ᄉᆞ관망(疏食觀望)[115]의 즐거오믈 븟치니 쳥허(淸虛)ᄒᆞᆫ 긔운이 가히 구ᄅᆞᆷ을 혜치고 학을 깃드리믈[116] 소일ᄒᆞ여 옥경(玉京)의 됴회(朝會)ᄒᆞ며 일월을 삼키고 젹션(謫仙)을 ᄯᆞ라 남화(南華)[117]ᄅᆞᆯ 벗ᄒᆞ며 노담(老聃)[118]을 좃ᄎᆞᆯ ᄃᆞᆺᄒᆞ니 앗참의 동ᄒᆡ(東海)의 놀고 져녁의 셔ᄒᆡ(西海)ᄅᆞᆯ 볼아[119] 삼강오호(三江五湖)의 ᄇᆡᄅᆞᆯ 씌여 고ᄅᆡ 등의 술을 시ᄅᆞᆫ 댱건(張騫)이요 지변강샹(池邊江上)의 쥬가(酒家)ᄅᆞᆯ 좃ᄎᆞᆫ 허랑ᄒᆞᆫ 풍ᄎᆡᄅᆞᆯ
입ᄂᆡᄂᆡ니[120] ᄇᆡᆨᄉᆞ(百事)의 갓디 아니미 업ᄉᆞ므로 사ᄅᆞᆷ이 별호(別號)ᄅᆞᆯ 45면

114 교목셰신(喬木勢臣): 교목세신. 대대로 문벌이 높고 집안의 운명을 나라의 운명과 함께하는 신하.

115 소ᄉᆞ관망(疏食觀望): 소사관망. 소사는 나물밥으로,《논어》〈술이〉의 "나물밥 먹고 물을 마신다(飯疏食飲水)."에서 온 말. 관망은 자연 풍경을 즐기는 것.

116 깃드리믈: 길들이다. 규장각본에는 '길드리믈'로 되어 있음.

117 남화(南華): 장주 곧 장자.

118 노담(老聃): 노자.

119 볼아: 볼다. 밟다. 규장각본에는 '발라'로 되어 있음.

120 입ᄂᆡᄂᆡ니: 입ᄂᆡᄂᆡ다. 흉내내다.

광능ᄌᆡ라 ᄒᆞ더라. 안ᄌᆞ셔 쳔 니ᄅᆞᆯ ᄉᆞ뭇고 미ᄅᆡᄅᆞᆯ 목젼(目前)ᄀᆞᆺ치 혜아려 샹통텬문(上通天文)과 하달디리(下達地理)며 인간만믈(人間萬物)의 가히 능치 아닌 ᄇᆡ 업고 신이(神異)치 아니미 업ᄉᆞ니 스ᄉᆞ로 귀신을 브ᄅᆞ며 풍운을 작(作)ᄒᆞᄂᆞᆫ 신긔이슐(神奇異術)이 셰간(世間)의 가히 뼈 그 ᄌᆡ조ᄅᆞᆯ 쫄올 ᄌᆡ 업ᄉᆞᄃᆡ ᄎᆞ인(此人)의 셩(性)이 쏘 ᄀᆞᆺᄐᆞ여 ᄌᆞ긔 능ᄒᆞ믈 가져 사ᄅᆞᆷ의게 낫타ᄂᆡ며 조화ᄅᆞᆯ 알니려 ᄒᆞ미 업ᄉᆞ나 ᄌᆞ연디듕(自然之中)의 신이ᄒᆞ미 비(比)ᄒᆞᆯ 곳이 업셔 스ᄉᆞ로 무부한ᄋᆔ[121]라 ᄒᆞ고 초부목동(樵夫牧童)의 벗이 되엿더라. 실듕(室中)의 부인 풍시ᄂᆞᆫ 개국공신 풍승(馮勝)의 후예라. ᄋᆡ용이 관셰ᄒᆞ고 셩되(性度) 쳥한(淸閒)ᄒᆞ여 덕요(德耀)의 거안졔미(擧案齊美)ᄅᆞᆯ 효측(效則)ᄒᆞ여 냥홍(梁鴻)[122]의 간난ᄒᆞ믈 됴히 넉이니 광능ᄌᆡ 의가디낙(宜家之樂)[123]과 곡됴(曲調)의 화ᄒᆞ미 흡연ᄒᆞ여 오ᄌᆞ이녀(五子二女)ᄅᆞᆯ ᄉᆡᆼᄒᆞ니 ᄀᆡ개
46면
(箇箇)히 션풍도골(仙風道骨)이오 봉형학뫼(鳳形鶴貌)라. 임의 셩혼취가(成婚娶嫁)ᄒᆞ여 장옥(掌玉)[124]이 션션(詵詵)ᄒᆞ니 옥동화녜(玉童華女) 빵빵이 각하(脚下)의 넘노라 복되믈 돕고 ᄌᆞ부녀셰(子婦女婿) 다 유문ᄉᆡᆼ츌(儒門生出)노 ᄒᆡᆼ실이 ᄲᅧ혀나 댱셔(長婿) 딘가슉이 텬디궁민(天地窮民)으로 유문(儒門)의 깃친 학(學)을 바리고 형가(荊軻)[125]·셥졍(聶政)[126]의 효용(驍勇)을 습(習)ᄒᆞ여 부친의 비명이ᄉᆞ(非命之死)ᄒᆞᆫ

121 무부한ᄋᆔ: 벼슬 안 한 선비를 이르는 말로 추정.

122 냥홍(梁鴻): 양홍. 후한 때의 은사. 가난하나 절의가 있고 학문을 좋아했으나 벼슬을 구하지 않고 숨어서 살며 부인과 서로 공경했음.

123 의가디낙(宜家之樂): 의가지락. 부부 사이의 즐거움.

124 장옥(掌玉): 장중보옥(掌中寶玉). 보배처럼 여기는 사랑하는 자식.

원슈ᄅᆞᆯ 갑흔 후 강호의 표탕(飄蕩)ᄒᆞ여 ᄉᆞᄒᆡ(四海)의 뎡쳐 업시 단니믈 일삼더니 금년 댱어ᄉᆞ의 젹ᄒᆡᆼ(謫行)의 ᄯᆞ라와 잠간 방낭(放浪)ᄒᆞᆫ ᄆᆞᄋᆞᆷ을 뎡ᄒᆞ여 댱공으로 동거ᄒᆞ니 광능ᄌᆡ ᄉᆞ랑ᄒᆞ미 비ᄒᆞᆯ ᄃᆡ 업더라. 일야(一夜)ᄂᆞᆫ 광능ᄌᆡ ᄌᆞ셔졔손(子婿諸孫)으로 더브러 건샹(乾象)을 ᄉᆞᆯ피더니 ᄎᆞᄌᆞ(次子) 엄식이 고왈(告曰)

"거년(去年) 츄(秋)로브터 규셩(奎星)이 이 ᄯᅡᄒᆡ 올믄 후로 흑긔(黑氣) 미만(彌滿)[127]ᄒᆞ여 졍ᄎᆡ(精彩) 감ᄒᆞ고 져 별이 ᄯᅩ 므ᄉᆞᆷ 별이완ᄃᆡ 규셩으로 더브러 ᄒᆞᆫ가디로 흑긔 둘너시니 엇딘 일이니잇고?"

광능ᄌᆡ 쇼왈(笑曰)

"네 오히려 셩슈(星宿)ᄅᆞᆯ ᄇᆞᆰ히 통ᄒᆞᆯ 날이 머럿도다. 져 큰 별은 문월 47면
셩이니 텬(天)의 헌ᄉᆞᄒᆞ미 괴이ᄒᆞ여 문월셩 ᄀᆞᆺ튼 셩신(星辰)이 소소(疏疏)ᄒᆞ여 근셩(近星)을 빗ᄂᆡ니 이 반ᄃᆞ시 녀ᄌᆞ의 쥬셩(主星)이 되엿ᄂᆞᆫ디라. 거년 츄로브터 규셩과 문월셩이 흑긔ᄅᆞᆯ ᄯᅴ여 졍ᄎᆡᄅᆞᆯ 일흐미 문왕(文王)의 유리(羑里)[128]와 셩탕(成湯)의 하ᄃᆡ(夏臺)[129]로 흡ᄉᆞᄒᆞ고 초슈(楚囚)의 볼모 되여 남관(南冠)으로 방블ᄒᆞ니[130] 내 념(念)컨ᄃᆡ 비상ᄒᆞᆫ 사ᄅᆞᆷ이 큰 ᄋᆡᆨ을 만나 슬픔과 괴로오미 샹텰운소(上徹雲霄)ᄒᆞ고 하

---

125 형가(荊軻): 전국시대 연나라의 자객. 태자 단(丹)의 부탁으로 진왕 정(政)을 죽이려다가 실패해서 죽임을 당함.

126 섭졍(聶政): 섭정. 전국시대 한나라의 자객. 자신을 알아준 엄중자의 원수를 갚기 위해 정승 협루를 죽인 뒤 누이에게 피해를 주지 않기 위해 자기 얼굴의 살갗을 벗기고 눈알을 뽑아낸 다음 배를 갈라 자살했음.

127 미만(彌滿): 널리 차 그득함.

128 문왕(文王)의 유리(羑里): 은나라의 폭군 주왕이 문왕을 유폐시킨 곳.

129 셩탕(成湯)의 하ᄃᆡ(夏臺): 하나라의 폭군 걸왕이 성탕을 가둔 하나라의 감옥.

달디로(下達地路)ᄒᆞᄆᆡ 밋쳣ᄂᆞᆫ가 ᄒᆞ노라."

댱공이 ᄒᆞᆫ가디로 잇더니 믄득 탄식왈(嘆息曰)

"젼ᄌᆞ(前者)의 ᄉᆞ부(師父) 문쳥션ᄉᆡᆼ이 모든 문인(門人)[131]과 이ᄌᆞ(二子)로 더브러 텬샹(天上) 방운디술(方運之術)을 논ᄒᆞ실 젹 드ᄅᆞ니 그 ᄎᆞ손(次孫) 닌광의 쥬셩이 규셩이라 ᄒᆞ시던 거시니 만일 규셩이 ᄎᆞ쳐(此處)의 올마실딘ᄃᆡ 필연 졍ᄋᆞ(程兒) 닌광이 조쥐 뉴락(流落)[132]ᄒᆞ미라. 48면 션ᄉᆡᆼ은 쳔 니ᄅᆞᆯ 좌탁(坐度)ᄒᆞ시고 미ᄅᆡᄅᆞᆯ 손금 보ᄃᆞᆺ ᄒᆞ시니 흑긔 둘니인 연고ᄅᆞᆯ ᄭᆡ쳐 그 딘짓 사ᄅᆞᆷ을 건져ᄂᆡ시리잇가? 쇼ᄉᆡᆼ이 국가 죄슈로 양ᄉᆞ(佯死)ᄒᆞᄂᆞᆫ 거조(擧措)ᄅᆞᆯ 가져 이곳의 망명(亡命)ᄒᆞ미 되여 셰샹 소식을 듯디 못ᄒᆞ고 님군의 븍디(北地) 참욕(慘辱)을 붓드ᄋᆞᆸ디 못ᄒᆞ여 쥬욕신ᄉᆞ(主辱臣死)ᄅᆞᆯ ᄯᆞ로디 못ᄒᆞ며 슉야(夙夜)의 촌심(寸心)이 황황ᄒᆞ고 의ᄉᆡ 젼긍(戰兢)ᄒᆞ여 뉼뉼(慄慄)이 츈빙(春氷)을 님ᄒᆞᆫ ᄃᆞᆺᄒᆞᆯ ᄲᆞᆫ 아니라 션조(先祖)의 튱효의렬(忠孝義烈)노 경계ᄒᆞ시던 훈괴(訓敎) 그림의 ᄯᅥᆨ이 되고 댱부(丈夫)의 쳥텬ᄇᆡᆨ일(靑天白日)노뼈 쥐갓치 머리ᄅᆞᆯ 움치며[133] ᄌᆞ최ᄅᆞᆯ ᄀᆞᆷ초와 구구히 살기ᄅᆞᆯ 닐위여 신여인(神與人)의 다 ᄒᆞᆫ가디로 득죄ᄒᆞ믈 면치 못ᄒᆞ니 타일 쳔ᄃᆡ디하(泉臺之下)[134]의 도

---

130 초슈(楚囚)의 ~ 방블ᄒᆞ니: 《춘추좌전》 성공(成公) 9년의 "진후(晋侯)가 군영을 순시하던 중에 종의(鍾儀)를 보고 유사에게 묻기를 '남관(南冠)을 쓰고 구속된 저자는 누구냐?'고 하자, '정(鄭)나라 사람이 바친 초수(楚囚: 초나라 죄수)입니다.'라고 대답하였다."에서 온 것.

131 문인(門人): 문하생.

132 뉴락(流落): 유락. 자기 고향이 아닌 고장에서 사는 일.

133 움치며: 움치다. 움츠리다

134 쳔ᄃᆡ디하(泉臺之下): 천대지하. 천대는 사람이 죽은 뒤에 그 혼이 가서 산다고 하는 세상.

라가 조션(祖先)과 ᄉᆞ부(師父)긔 알현(謁見)ᄒᆞᆯ 면뫼 업ᄉᆞᆫ디라. 농방(龍逄)의 유확(油鑊)[135]을 블워ᄒᆞ고 비간(比干)의 칠심(七心)을 드러ᄂᆡᄆᆞᆯ[136] 흠모ᄒᆞ여 밋디 못ᄒᆞᄆᆞᆯ 흠모ᄒᆞ며 뎡히 화호블셩(畵虎不成)[137]ᄒᆞ고 필삭양ᄉᆞ(筆削良史)ᄒᆞ는 참측(慘慽)ᄒᆞᄆᆡ 니ᄅᆞ니 그 목숨 ᄉᆞ랑ᄒᆞᄂᆞᆫ ᄆᆞᄋᆞᆷ이 니릉(李陵)의 샤항(詐降)이 위률(衛律)의 딘항(眞降)으로 다ᄅᆞ디 아님 갓ᄐᆞ니 오한년의 쳔ᄉᆞᄒᆞ미 최쥬디졀이라.[138] ᄉᆞ라 괴롭고 죽어 쾌ᄒᆞᄆᆞᆯ 졀이 ᄉᆡ치니 ᄌᆞ연이 댱부(丈夫)의 탄탕(坦蕩)ᄒᆞᄆᆞ로뼈 부인의 션회(善懷)ᄒᆞᄆᆞᆯ 면치 못ᄒᆞᆯ디라. 이에 뉴우(留寓)ᄒᆞᄆᆞ로브터 심회ᄅᆞᆯ 소마(消磨)ᄒᆞᄆᆞᆯ 위ᄒᆞ여 간간 부셔(符書)[139]ᄅᆞᆯ 보ᄆᆡ 허무ᄒᆞ며 탄탕(坦蕩)ᄒᆞ미 군ᄌᆞ의 취신ᄒᆞᆯ ᄇᆡ 아니로ᄃᆡ 져 사ᄅᆞᆷ을 구활(救活)코ᄌᆞ ᄒᆞᄂᆞᆫ 바의ᄂᆞᆫ 유문학도(儒門學道)의셔 더은디라. 미말일명(微末一命)이라도 ᄉᆞᆯ오미 산ᄉᆞ(散史)ᄅᆞᆯ 일우ᄂᆞᆫ 공의셔 디나다 ᄒᆞ여시니 션ᄉᆡᆼ이 유도(儒道)ᄅᆞᆯ 슝상ᄒᆞ여 댱쥬(莊周)의 허무(虛無)ᄒᆞᄆᆞᆯ ᄇᆡ쳑ᄒᆞ시나 신긔로온 슈단이 죽을 ᄌᆞᄅᆞᆯ 건디며 외로온 ᄌᆞᄅᆞᆯ 븟드러 의긔탁발(義氣卓 49면

135 농방(龍逄)의 유확(油鑊): 하나라 걸왕의 신하 관용방이 왕의 면전에서 간언하다 기름 가마에 삶겨 죽은 것.

136 비간(比干)의 칠심(七心)을 드러ᄂᆡᄆᆞᆯ: 은나라 주왕의 신하 비간이 간언하자 주왕이 '성인의 심장에는 구멍이 일곱 개 있다고 들었다.'라는 말을 확인하겠다며 비간의 심장을 꺼내고 죽인 것.

137 화호블셩(畵虎不成): 화호불성. 뜻만 높이 세웠을 뿐 성취한 것이 없어서 남의 조롱을 받는 신세가 되었다는 뜻. 후한 때 마원이 호협하고 의리를 중시하는 두보를 본받으려는 조카들에게 "범을 그리다가 이루지 못하면 도리어 개처럼 된다(畵虎不成 反類狗)."라며 경계한 데서 옴.

138 오한년의 쳔ᄉᆞᄒᆞ미 최쥬디졀이라: 미상.

139 부셔(符書): 부서. 점술에서 뒷날에 일어날 일을 미리 알아서 해석하기 어렵게 적어놓은 글.

拔)ᄒᆞ시믈 아ᄂᆞ니 향긱(向刻) 니ᄅᆞ신 바 초슈(楚囚)의 볼뫼 되여 남관(南冠)의 죄인으로 방블타 ᄒᆞ신 ᄌᆞᄅᆞᆯ 무론귀쳔남녀(毋論貴賤男女)ᄒᆞ
50면 고 됴히 건디시리잇가?"

엄도ᄉᆡ 침음냥구(沈吟良久)의 다시 건샹(乾象)을 앙관(仰觀)ᄒᆞ다가 쇼왈(笑曰)

"규셩과 문월셩이 비록 흑긔(黑氣) 둘너시나 ᄉᆡ로 광ᄎᆡ 발ᄒᆞ고 길긔(吉氣) 쌔쳐시니 위ᄐᆡᄒᆞᆯ가 념녀ᄂᆞᆫ 업ᄂᆞ이다. 연이나 대쇼범ᄇᆡᆨ(大小凡百)의 운슈ᄅᆞᆯ 도망치 못ᄒᆞ니 인녁(人力)으로 뎡(定)ᄒᆞᆯ ᄇᆡ 아니니이다."

딘가슉이 딘젼왈(進前曰)

"악댱(岳丈)이 구(救)치 못ᄒᆞᆯ 사ᄅᆞᆷ이어든 쇼ᄉᆡᆼ을 ᄀᆞᄅᆞ치시면 쇼ᄉᆡᆼ이 비록 흰 날을 번득여 악ᄌᆞ(惡者)ᄅᆞᆯ 참(斬)ᄒᆞ고 션ᄌᆞ(善者)ᄅᆞᆯ 구ᄒᆞ리이다."

광능ᄌᆡ 머리ᄅᆞᆯ 흔드러 왈

"노부ᄂᆞᆫ 님하(林下)의 용용(庸庸)ᄒᆞᆫ 졸ᄉᆡ(拙士)라. 현셔(賢婿)의 ᄉᆞ리 모로ᄂᆞᆫ 강용(强勇)은 원ᄒᆞ여 듯고ᄌᆞ 아닛ᄂᆞ니 다시 니ᄅᆞ디 말나. 노뷔 본ᄃᆡ 강졀(康節)[140]의 슬긔와 곽박(郭撲)의 미리 아ᄂᆞᆫ 능ᄒᆞ미 업ᄉᆞ니 길흉(吉凶)과 흥쇠(興衰)ᄅᆞᆯ 엇디 알니오마ᄂᆞᆫ 텬의(天意)ᄅᆞᆯ 감히 어긔오디 못ᄒᆞᄂᆞ니 무을(武乙)의 별학 마ᄌᆞ미[141] 그 무어ᄉᆞᆯ 비로셧ᄂᆞ뇨? 져
51면 근 일이라도 위력(威力)으로 못 ᄒᆞ미 하날이 그ᄅᆞᆺ 넉이실가 두리ᄂᆞ니

140 강졀(康節): 강절. 송나라의 유학자 소강절. 이정지에게 도학을 배웠고, 왕안석이 신법을 실시하기 전에 천진(天津) 다리 위에서 두견새 우는 소리를 듣고 천하가 부주할 것임을 예견했다고 함.

슈월(數月)이 디난 후의 현셔(賢婿)의 용녁(勇力)을 ᄡᅳᆯ 곳이 이시리니 그ᄢᆡ의 니ᄅᆞ리라.”

딘가슉이 심니(心裏)의 ᄀᆞ장 답답이 넉이나 홀일업셔 슈삭(數朔) 디나기ᄅᆞᆯ 기다리고 댱공이 ᄯᅩᄒᆞᆫ 굼거이[142] 넉이나 다시 문월셩과 규셩 건지기ᄅᆞᆯ 니ᄅᆞ디 못ᄒᆞ더니 임의 두어 달이 디나고 ᄢᆡ 십월 초슌(初旬)을 당ᄒᆞ여 텬긔(天氣) 엄닝(嚴冷)ᄒᆞ니 한풍(寒風)이 삭방(朔方)으로조ᄎᆞ 니러나고 상셜(霜雪)이 음산(陰山) 븍으로조ᄎᆞ 나리니 댱공이 우국ᄒᆞᄂᆞᆫ 시ᄅᆞᆷ이 틍만ᄒᆞ고 ᄉᆞ향(思鄉)ᄒᆞᄂᆞᆫ 회푀(懷抱) 간졀ᄒᆞ여 방촌(方寸)[143]이 울억(鬱抑)ᄒᆞ며 금강(金剛)이 쳐연(悽然)ᄒᆞ니 도로혀 만ᄉᆡ(萬事) 무심(無心)ᄒᆞ고 ᄇᆡᆨᄉᆡ(百事) 여몽(如夢)ᄒᆞ여 광미(廣眉)ᄅᆞᆯ 슈집(收集)ᄒᆞ며 쥬순(朱脣)이 담연(淡然)ᄒᆞ여 말이 업더니 홀연 광능ᄌᆡ 댱ᄌᆞ(長子) 엄옥과 ᄎᆞᄌᆞ(次子) 엄식으로 더브러 드러와 ᄀᆞᆯ오ᄃᆡ

“공이 쵹한(觸寒)ᄒᆞ므로조ᄎᆞ ᄇᆡᆨ 가디 감회(感悔) 부녀의 션회(善懷)ᄒᆞ믈 효측(效則)ᄒᆞ니 내 위ᄒᆞ여 취(取)치 아닛노라. 임의 욕곡(欲哭) 52면
이 블가(不可)ᄒᆞ믈 알딘ᄃᆡ 욕읍(欲泣)이 근어부인(近於婦人)이 아니랴? 셜풍산ᄉᆡᆨ(雪風山色)이 ᄆᆡ몰(埋沒)ᄒᆞ여 보암 ᄌᆞᆨᄒᆞᆫ 거시 업거니와 태힝산으로브터 계힝산의 니ᄅᆞ러 오히려 향ᄆᆡ요최(香梅瑤草) 머므러 창창ᄒᆞᆫ 솔 슈플의 경치 이시니 귀톄(貴體) 쵹닝(觸冷)ᄒᆞᆯ가 두리디 마

141 무을(武乙)의 별학 마ᄌᆞ미: 상나라의 왕 무을이 하늘을 업신여기고 도리에 어긋난 일을 자주 저질렀는데, 사냥을 갔다가 천둥 치는 소리에 놀라서 죽은 것. 별학은 벼락. 규장각본에는 ‘벼락’으로 되어 있음.

142 굼거이: 굼겁다. 궁금하다. 규장각본에는 ‘궁거이’로 되어 있음.

143 방촌(方寸): 마음.

ᄅᆞ시고 ᄃᆡ군으로 더브러 만ᄉᆡᆼ(晩生)[144]의 뒤흘 조ᄎᆞ미 엇더ᄒᆞ니잇고?"

공이 긔이응낙(起而應諾)ᄒᆞ고 광능ᄌᆡ 냥ᄌᆞ(兩子)와 녀셔(女壻)로 혁을 골와 나ᄂᆞᆫ ᄃᆞ시 산곡험노(山谷險路)로조ᄎᆞ 계힝산의 다ᄃᆞ라 깁흔 암혈(岩穴)의셔 댱공과 녀셔로 술을 마시며 경믈을 졔(題)ᄒᆞ여 글을 디으나 시졀이 ᄂᆡᆼ담(冷痰)ᄒᆞ고 경믈이 소조(蕭篠)ᄒᆞ여 산ᄉᆡᆨ(山色)이 창망(蒼茫)ᄒᆞ고 한풍(寒風)이 녈녈(烈烈)ᄒᆞᆫᄃᆡ 마ᄅᆞᆫ 슈플의 밤 눈이 엉긔여 어ᄅᆞᆷ이 슈졍념(水晶簾)을 일웟고 쳔쳑고학(千尺高壑)이 은으로 장식ᄒᆞ여시니 ᄆᆡ온 슈플과 ᄎᆞᆫ 하날의 일ᄇᆡᆨ 됴슈(鳥獸) 슬프미 니러나 니향(離鄕)ᄒᆞᆫ 사ᄅᆞᆷ의 심원(心源)을 요동(搖動)ᄒᆞ니 당어ᄉᆡ 삼개(三個) ᄌᆞ녀의 고고무혈(孤孤無血)ᄒᆞ미 환난(患難)의 남은 ᄡᅵᄂᆞᆫ 죄가(罪價)의 깃친 지졉(止接)으로 ᄉᆞ방을 향ᄒᆞ여 혈혈무의(孑孑無依)ᄒᆞ미 일ᄌᆞᆨ ᄌᆞ모(慈母)ᄅᆞᆯ 여ᄒᆡ여 뉵아의 우ᄅᆞᆷ[145]이 쥬쥬야야(晝晝夜夜)의 유명(幽明)을 격ᄒᆞ여 영모(永慕)ᄒᆞᄂᆞᆫ 눈믈이 마ᄅᆞᆯ ᄣᅵ 업ᄉᆞᆫ 바의 다시 아비 면ᄉᆞ(免死)ᄒᆞ믈 모로고 ᄀᆡᆨ니(客裏)의 원ᄉᆞ(怨死)ᄒᆞᆫ 흉문(凶聞)으로조ᄎᆞ 각골한 원(怨)과 디통(至痛)이 규텬(叫天)ᄒᆞ여 ᄉᆞᄆᆞᆺᄎᆞ고 고디(告地)ᄒᆞ여 통(通)치 못ᄒᆞ니 ᄲᆞᆯ니 인셰ᄅᆞᆯ ᄭᅳᆺ쳐 부모ᄅᆞᆯ 좃고져 ᄒᆞ믈 혜아리니 참연(慘然)이 츌톄(出涕)ᄒᆞ믈 ᄭᆡ닷디 못ᄒᆞ니 진가슉과 광능ᄌᆡ 부ᄌᆡ 됴흔 말노 위로ᄒᆞ며 ᄌᆞ로 잔을 드러 취ᄒᆞ여 시ᄅᆞᆷ을 니ᄌᆞ라

53면

---

144 만ᄉᆡᆼ(晩生): 만생. 말하는 사람이 자신을 낮추어 이르는 말.

145 뉵아의 우ᄅᆞᆷ: 육아의 울음. 육아지통(蓼莪之痛)을 의미. 육아(蓼莪)는 《시경》 〈소아〉의 편명으로. 자식이 부모를 추모하면서 살아생전에 제대로 봉양하지 못한 것을 후회하는 내용으로 이루어져 있음. 규장각본에는 '유아의 우름'으로 되어 있음.

ᄒᆞ더니 이윽ᄒᆞ여 일식(日色)이 셔령(西嶺)의 기우러 슉되(宿鳥) 님목(林木)의 숨고 ᄆᆡᆼ회(猛虎) 공산(空山)의 브ᄅᆞ지디니 엄도ᄉᆡ 이에셔 ᄌᆞ셔(子壻)로 더브러 암셕산님(巖石山林)으로 ᄇᆡ회(徘徊)홀ᄉᆡ 댱공 54면
이 엄도ᄉᆡ 이에셔 밤을 다ᄂᆡ려 ᄒᆞ믈 괴이히 넉이나 구ᄐᆞ여 뭇디 아니코 조ᄎᆞ 힝ᄒᆞ더니 옥뉸(玉輪)이 텬심(天心)의 오ᄅᆞ고 ᄇᆡᆨ뇌(白露) 나말(羅襪)을 침노ᄒᆞ니 금풍(金風)[146]이 셔ᄅᆡ(西來)ᄒᆞ여 의슈(衣袖)ᄅᆞᆯ 뒤잇고 골뷔(骨膚) 쳘(徹)ᄒᆞ니 엄옥이 고(告)

"일한(日寒)이 졸극(卒劇)ᄒᆞ믈 인ᄒᆞ여 야긔(夜氣) 더옥 한엄(寒嚴)ᄒᆞ거ᄂᆞᆯ 대인(大人)이 빙셜(氷雪)을 피치 아냐 존휘(尊候) 쵹한(觸寒)ᄒᆞ시믈 ᄉᆡᆼ각디 아니ᄒᆞ시니 하졍(下情)이 민박(憫迫)ᄒᆞ믈 니긔디 못ᄒᆞᄋᆞᆸᄂᆞ니 태쳥관이 ᄯᅩᄒᆞᆫ 인간디지(人間之地)라. 쳥컨ᄃᆡ ᄒᆞᆫ 간 방샤(房舍)ᄅᆞᆯ 어더 밤을 다ᄂᆡ며 ᄉᆞ긔(事機)ᄅᆞᆯ 보시미 엇더ᄒᆞ시니잇고?"

광능ᄌᆡ 왈

"어ᄌᆞ러이 구디 말나. 여등(汝等)이 쵹상(觸傷)ᄒᆞ여 딜(疾)을 닐월가 념홀디언졍 노부(老父)ᄂᆞᆫ 이에 머므러도 풍한(風寒)으로ᄡᅧ 병이 발치 아니리니 ᄡᅵ 뎡히 두어 ᄀᆡᆨ(刻)이 넘디 못ᄒᆞ여셔 태쳥관으로 가리니 모로미 급히 셔도디 말나."

댱어ᄉᆡ 왈 55면

"태쳥관은 엇던 사ᄅᆞᆷ이 머므ᄂᆞᆫ 곳이니잇고?"

광능ᄌᆡ 왈

146 금풍(金風): 가을바람.

"비인비귀(非人非鬼)며 비블비션(非佛非仙)이오 다만 각별ᄒᆞᆫ 요졍(妖精)이 사ᄅᆞᆷ의 투ᄐᆡ(偸態)ᄒᆞᆫ ᄇᆡ 되여 셰간(世間)의 난 디 오십 년의 신힝법슐(神行法術)이 만히 길고 ᄌᆞ라 상인ᄒᆡ믈(傷人害物)ᄒᆞ미 극딘ᄒᆞᄆᆡ 니ᄅᆞ럿ᄂᆞ이다."

댱공이 경왈(驚曰)

"여ᄎᆞ즉 션싱이 엇디 업시치 못ᄒᆞ시ᄂᆞ뇨?"

광능ᄌᆡ 왈

"엇디 업시코ᄌᆞ ᄆᆞ음이 업ᄉᆞ리오마ᄂᆞᆫ 그 명(命)이 비인(卑人)의 손의 ᄆᆡ인 ᄇᆡ 아니라 ᄌᆞ연이 딘(盡)ᄒᆞᆯ ᄊᆡᄅᆞᆯ 기다리더니 금야(今夜)ᄅᆞᆯ 당ᄒᆞ여 규셩이 족히 요졍을 업시ᄒᆞᆯ가 ᄒᆞᄂᆞ이다."

이러틋 말ᄒᆞᆯ ᄉᆞ이의 태청관이 심히 쇼요(騷擾)ᄒᆞ여 도동(道童)읫 뉴(類) 짓궤믈 마디 아니ᄒᆞ니 광능ᄌᆡ ᄌᆞ셔(子壻)와 댱공을 닛그러 태청관을 ᄉᆞᄆᆞᆺᄎᆞ 드러가며 ᄀᆞᆯ오ᄃᆡ

"구셰동몽(九世童蒙)이 텬디간 별이(別異)ᄒᆞᆫ 요졍을 ᄡᅳ리쳐 업시ᄒᆞ믈 모다 구경ᄒᆞᆯ 거시니이다."

56면 딘가슉이 ᄆᆞᆫ득 용약희열(踊躍喜悅) 왈

"이 ᄋᆞ희 슈월 젼의 건상셩슈(乾象星宿)로조ᄎᆞ 초슈(楚囚)의 볼뫼 되여 남관(南冠)의 ᄃᆡ읍(大泣)ᄒᆞ믈 방블(彷彿)타 ᄒᆞ시던 거시니잇가? 쇼셰(小婿) 맛당이 날을 빗ᄂᆡ여 요괴 아냐 사졍(邪精)이라도 ᄡᅳ리쳐 바리리이다."

광능ᄌᆡ 미쇼왈(微笑曰)

"현셰(賢婿) 비록 항우(項羽)의 용(勇)과 형가(荊軻)·셥졍(聶政)의 날니미 이셔도 이굿 요졍은 도칭(刀槍)으로 저히디 못ᄒᆞ리니 그 진짓 졍긔(正氣)ᄅᆞᆯ 가던 ᄌᆞ(者)야 요긔(妖氣)ᄅᆞᆯ 니긔여 잡으미 되리라.”
셜파(說罷)의 ᄒᆡᆼ보(行步)ᄅᆞᆯ 옴겨 도관의 드러가니 ᄯᆡ의 경공ᄌᆡ 누옥고초(陋獄苦楚)ᄅᆞᆯ ᄇᆡᆨ단(百端)으로 마셔 분ᄒᆞᆫ 긔운과 노ᄒᆞᄂᆞᆫ 머리털이 하날을 ᄀᆞᄅᆞ치니 일야(一夜)ᄂᆞᆫ 댱손환이 두어 도동(道童)으로 더브러 셕갑의 니ᄅᆞ러 입으로 괴이ᄒᆞᆫ 딘언(眞言)을 ᄲᅮ어리더니 홀연 ᄇᆡᆨ쥬(白晝)라도 칠야(漆夜) ᄀᆞᆺ고 ᄂᆡᆼ긔(冷氣) 투골(透骨)ᄒᆞ던 누옥이 황연(晃然)이 븕은 빗ᄎᆞᆯ 일위여 쳥텬ᄇᆡᆨ일(靑天白日)이 확호소명(確乎 57면
昭明)ᄒᆞᆯ ᄲᅳᆫ 아니라 삭풍(朔風)이 늠녈(凜烈)ᄒᆞ고 상셜(霜雪)이 비비(霏霏)ᄒᆞ던 삼동늉한(三冬隆寒)이 냥풍(陽風)을 일워 훈화(薰和)ᄒᆞᆫ 긔운이 닐며 혜풍(惠風)이 한가ᄒᆞ고 셕운(夕雲)이 훈용(薰溶)ᄒᆞᆫ ᄀᆞ온ᄃᆡ 난ᄃᆡ업ᄉᆞᆫ 포딘(鋪陳)[147]이 휘황ᄒᆞ여 농문ᄎᆡ셕(龍紋彩席)이 년(連)ᄒᆞ여시니 뇨연(窈然)ᄒᆞᆫ 향취(香臭) 셔셔히 니러 옥듕(獄中)의 옹비(雍飛)ᄒᆞ믄 니ᄅᆞ도 말고 낫고 더러오며 깁고 흉ᄒᆞᆫ 셕실(石室)이 일시의 빙탁(憑托)ᄒᆞ여 ᄇᆡᆨ쳑고뤼(百尺高樓) 되며 쳔간광실(千間廣室)이 된ᄃᆞᆺ 장ᄒᆞᆫ 거시 의의(猗猗)ᄒᆞ고 빗난 거시 욱욱(郁郁)ᄒᆞ여 텬샹션간(天上仙間)인 ᄃᆞᆺ 녕농ᄒᆞ고 표묘(縹渺)ᄒᆞ미 봉ᄂᆡ궁듕(蓬萊宮中) 갓ᄐᆞ며 요도(妖道)와 사ᄆᆡ(邪魅) 고은 빗ᄎᆞᆯ ᄌᆞ랑ᄒᆞ여 부용(芙蓉)과 모란(牡丹)이 옥호(玉壺)의 ᄭᅩᆺ쳐 화원이 ᄉᆞ시(四時)의 경(景)을 옴겻거ᄂᆞᆯ 구소(九霄)의 외로온 학이 스ᄉᆞ로 졍듕(庭中)의 나려 춤추며 머리 조아 사ᄅᆞᆷ으로 ᄒᆞ여곰 ᄇᆡᆨ운(白雲)을 다ᄉᆞ려 뎨향(帝鄕)[148]의 니ᄅᆞᆯ ᄃᆞᆺ 만 가디 58면

147 포딘(鋪陳): 포진. 바닥에 깔아놓는 방석, 요, 돗자리 등을 통틀어 이르는 말.
148 뎨향(帝鄕): 제향. 전설 속의 천제(天帝) 또는 상제(上帝)가 사는 곳.

긔이홈과 쳔 가지 비상ᄒᆞ믈 그림으로 모ᄉᆞ(模寫)치 못ᄒᆞᆯ디라. 태허ᄌᆡ 평ᄉᆡᆼ ᄇᆡ혼 바 신통을 거륵히 브려 졸연(猝然)이 풍우ᄅᆞᆯ 작(作)ᄒᆞ며 크게 뇌졍(雷霆)으로 져혀 도가의 인연이 듕(重)ᄒᆞ믈 일ᄏᆞ라 만일 뎨ᄌᆡ 되디 아니ᄒᆞ면 오날ᄂᆞᆯ 뇌졍의 쇄분ᄒᆞᆫ 골ᄉᆔ(骨髓) 셕실(石室)의 ᄇᆞ리이고 명일(明日)은 디부음실(地府陰室)의 가도여 귀신 뉴(類)의 참예치 못ᄒᆞ리라 ᄒᆞ여 뜻을 두로혀 도동(道童)이 되믈 ᄇᆞᆯ 굴너 ᄌᆡ촉ᄒᆞᆯ 즈음의 장ᄒᆞᆫ 우레ᄂᆞᆫ 셕실(石室)을 ᄊᆡ치ᄂᆞᆫ 소ᄅᆡ와 번개 빗ᄎᆞᆫ 텬디의 ᄌᆞ옥ᄒᆞᆫ 화광(火光)이 졍공ᄌᆞ의 누은 알플 ᄉᆞ힐 ᄃᆞᆺ 말 소ᄅᆡ 수ᄅᆡ 구을며 진납이[149] 쳐로 쒸노라 흉음(凶淫)[150]ᄒᆞ믈 측냥치 못ᄒᆞᆯ ᄇᆡ로ᄃᆡ 공ᄌᆡ 오ᄅᆡ도록 낫ᄎᆡ 덥흔 ᄉᆞ미ᄅᆞᆯ 앗디 아니 몸을 움즉일 ᄇᆡ 업더니 가칭 션

59면 관(仙官)이라 ᄒᆞᄂᆞᆫ 거시 핍박ᄒᆞᄂᆞᆫ 말이 긋치디 아니ᄒᆞᄆᆡ 다ᄃᆞ라ᄂᆞᆫ 분연(奮然)이 닓더나[151] 팔ᄎᆡ뉴미(八彩柳眉)ᄅᆞᆯ 거ᄉᆞ리고 빵셩봉안(雙星鳳眼)을 놉히 쎠보니 농의 눈섭이 갓고로 박혓ᄂᆞᆫ 바의 태양목광(太陽目光)이 두 줄 ᄇᆞᆰ은 빗치 텬디ᄅᆞᆯ ᄇᆞᆰ힐 ᄃᆞᆺ 요도(妖道)의 쳔사만괴(千邪萬怪)ᄅᆞᆯ 녀셩대즐(厲聲大叱)ᄒᆞᄆᆡ 위풍규규(威風赳赳)ᄒᆞ고 호령이 당당ᄒᆞ며 븍풍이 발발(勃勃)ᄒᆞ며 상텬(霜天)이 녈녈(烈烈)ᄒᆞᆫᄃᆡ 한일(寒日)이 음음(陰陰)ᄒᆞ여 우셜(雨雪)을 날니ᄂᆞᆫ ᄃᆞᆺ 호ᄑᆈ(虎豹) 풍운을 지으ᄆᆡ ᄇᆡᆨ쉬(百獸) 딘공(震恐)ᄒᆞᄂᆞᆫ ᄃᆞᆺ 창패(滄波) 호탕ᄒᆞ여 농신(龍神)이 풍등(風燈)ᄒᆞᄂᆞᆫ ᄃᆞᆺ 딜풍뇌위(疾風雷雨) 딘짓 쳡쳡(喋喋)

149 진납이: 잔나비. 원숭이.

150 흉음(凶淫): 규장각본에는 '흉흉'으로 되어 있음.

151 닓더나: 닓더나다. 일어나다. 규장각본에는 '일더나'로 되어 있음.

ᄒᆞ니 셰류영하(細柳營下)의 칼ᄒᆞᆯ 집허 졔녀(諸呂)ᄅᆞᆯ 버히던 쥬발(周勃)[152]이 아니면 뉵국(六國)을 즛디ᄅᆞ던 한신(韓信)[153]이라. 구셰치몽(九歲稚蒙)이 음실누옥(陰室陋獄)의 계계(繫繫)ᄒᆞᆫ 바로 텬일(天日)을 블견(不見)ᄒᆞ고 참욕(慘辱)을 셔려 분을 ᄑᆞᆷ으미 ᄃᆞᆯ노 •십뉵칠 삭(朔) 60면
이오 ᄒᆡ로 슈년이 되여시니 등한(等閒)ᄒᆞᆫ ᄑᆞᆷ슈(稟受)와 범연(泛然)ᄒᆞᆫ 긔딜일던ᄃᆡ 발셔 셕갑의 누귀(陋鬼) 되여 일식(一息)이 남디 아냐실 ᄇᆡ어ᄂᆞᆯ 공ᄌᆞ의 탁월ᄒᆞ며 초셰(超世)ᄒᆞᆫ 작ᄑᆞᆷ(作稟)이 만고의 ᄃᆡ두(對頭)ᄒᆞᆯ ᄌᆡ 업ᄉᆞ니 녀슈(濾水)와 단금(鍛金)은 결쳥(潔淸)치 못ᄒᆞᆷ을 웃고 곤산(崑山)의 흰 옥은 ᄎᆞ디 못ᄒᆞᆷ을 븟그리니 궁학(窮壑)이 담쳥(淡靑)ᄒᆞᆫᄃᆡ 셜ᄉᆡᆨ(雪色)이 엄엄(嚴嚴)ᄒᆞ여 고송(孤松)이 독쳥(獨靑)ᄒᆞ므로 흡ᄉᆞᄒᆞ니 좌우의 ᄒᆞᆫ 사ᄅᆞᆷ이 ᄌᆞ긔ᄅᆞᆯ 븟들 ᄌᆡ 업시 요졍(妖精)의 독ᄒᆞᆫ 사술(邪術)과 악호(惡虎)ᄅᆞᆯ 만나ᄆᆡ 더으ᄃᆡ 그 엄슉ᄒᆞᆫ 위의(威儀)와 ᄉᆡᆼ풍(生風)ᄒᆞᆫ 호령이 만군영듕(萬軍營中)의 검광(劍光)이 셤삭(閃爍)ᄒᆞ여 빗촐 토ᄒᆞ고 좌상우면(左相右眄)의 ᄇᆡᆨ모황월(白旄黃鉞)이 삼녈(森列)ᄒᆞᆫ ᄃᆞᆺ 정확(鼎鑊)[154]과 부월(斧鉞)[155]을 버려 요사(妖邪)ᄅᆞᆯ 버히고 명나(命拿)[156]ᄅᆞᆯ 뎡ᄒᆞᄂᆞᆫ ᄃᆞᆺ ᄆᆞᆨᄆᆞᆨ(默默)ᄒᆞᆫ 위의(威儀) 태공

152 셰류영하(細柳營下)의 ~ 쥬발(周勃): 한나라의 개국공신이자 세류영을 구축한 주발이 황후인 여후의 일족을 주살한 것.

153 뉵국(六國)을 즛디ᄅᆞ던 한신(韓信): 한나라 초의 무장 한신이 한 고조 유방의 휘하에서 육국을 멸망시킨 것.

154 정확(鼎鑊): 정확. 전국시대에 죄인을 삶아 죽이던 큰 솥.

155 부월(斧鉞): 출정하는 대장에게 통솔권의 상징으로 임금이 손수 주던 작은 도끼와 큰 도끼.

156 명나(命拿): '대명나처(待命拿處)'의 준말. 벼슬아치가 중대한 죄를 범했을 경우에, 임금의 명령을 기다려 의금부로 잡아들여 처리하는 것을 이름.

61면 (太公)[157]이 달긔(妲己)[158]ᄅᆞᆯ 호령ᄒᆞ므로 흡ᄉᆞᄒᆞ니 슈고로이 댱손확으로 승부(勝負)ᄅᆞᆯ 결ᄒᆞ미 업시 딘졍 대귀인(大貴人)의 당당ᄒᆞᆫ 졍긔 일월의 졍화(精華)와 강산의 슈긔(秀氣) 온젼ᄒᆞ믈 당ᄒᆞᄆᆡ ᄌᆞ연 의ᄉᆡ 젼긍(戰兢)ᄒᆞ고 긔운이 튝쳑(蹴踖)[159]ᄒᆞ여 신ᄒᆡᆼ법술(神行法術)을 다ᄒᆞ나 다시 나톨[160] 길히 업ᄉᆞ니 군ᄌᆞ의 곳의 요ᄉᆡ(妖邪) 침범치 못ᄒᆞ고 ᄇᆡᆨ일디하(白日之下)의 호마의 ᄌᆡ죄 번거히 못 ᄒᆞ믄 ᄯᅩᄒᆞᆫ 상ᄉᆡ(常事)라. 경ᄀᆡᆨ(頃刻)의 사ᄅᆞᆷ을 쇄부(碎粉)[161]ᄒᆞᆯ ᄃᆞᆺ 뇌졍벽녁(雷霆霹靂)이 ᄂᆞ리쳐 오던 거시 ᄒᆡ음업시 주러지고 가칭 션관(仙官)이 밧괴여 도진도리[162]의 교활간흠(狡猾姦險)ᄒᆞᆫ 댱손확이 되ᄂᆞᆫ 바의 향ᄀᆡᆨ(向刻) 그런 고ᄃᆡ광실(高臺廣室)이 곳쳐 밧고여 셕실누옥(石室陋獄)이 완연ᄒᆞᆫᄃᆡ 졍듕(庭中)의 춤추던 학과 하날의 비등(飛騰)코ᄌᆞ ᄒᆞ던 빵난(雙鸞)은 두낫 ᄌᆞ근 ᄃᆞᆰ과 뫼쒱인ᄃᆡ 도화(桃花)·ᄆᆡ화(梅花)며 부용(芙蓉)·모란

62면 (牡丹)이 다 조희로 삭여 쁠ᄃᆡ업ᄉᆞᆫ ᄭᅩᆺ치로소니 므ᄉᆞ 거시 보암 즉ᄒᆞ리오? 농문ᄎᆡ화셕(龍紋彩花席)과 금슈포딘(綿繡鋪陳)이 ᄯᅩ 밧고여 형형ᄒᆞᆫ 그림 그린 조희와 비단 조각이라. 공ᄌᆡ 이ᄅᆞᆯ 보ᄆᆡ 더옥 분ᄒᆞ믈 니긔디 못ᄒᆞ여 졸연(猝然)이 닓더셔 겻ᄐᆡ 노힌 목침 ᄀᆞᄐᆞᆫ 돌흘 드러 딘력(盡力)ᄒᆞ여 댱손확을 두다리려 ᄒᆞᆯ 즈음의 도동(道童)이 크게

157 태공(太公): 주나라 무왕을 도와 은나라를 멸망시킨 강태공.

158 달긔(妲己): 달기. 은나라의 폭군 주왕의 애첩. 음란하고 잔인한 독부(毒婦)로 전해짐.

159 튝쳑(蹴踖): 축척. 삼가고 조심스러운 모양.

160 나톨: 규장각본에는 '낙츌'로 되어 있음.

161 쇄부(碎粉): 규장각본에는 '쇄분'으로 되어 있음.

162 도진도리: 미상.

소ᄅᆡᄒᆞ여 위ᄐᆡᄒᆞ믈 웨디디니 도관(道觀)의 모든 도ᄉᆡ 일시의 블ᄒᆞᆯ ᄇᆞᆰ
히고 셕실(石室)을 향ᄒᆞᄂᆞᆫ디라. 댱손확이 졍공ᄌᆞ의 이샹ᄒᆞᆫ 졍명디긔
(正明之氣)ᄅᆞᆯ 당ᄒᆞ여 져의 긔운이 져린 파 ᄀᆞᆺᄐᆞ여 다시 요슐을 베프
디 못ᄒᆞᆯ 쁜 아니라 스ᄉᆞ로 ᄆᆡᆺᄂᆞᆫ ᄌᆡ죄 만 니라도 나라 피ᄒᆞ믈 어려워
아니 ᄒᆞ므로 공ᄌᆞ의 ᄒᆞᄂᆞᆫ 거동을 ᄎᆡ 보고져 ᄒᆞ여 돌ᄒᆞᆯ 들고 ᄂᆡ려셔도
록 어린 ᄃᆞ시 안ᄌᆞᆺ더니 ᄉᆡᆼ각디 아냐 공ᄌᆡ 돌노 져의 냥미간(兩眉間) 63면
을 향ᄒᆞ여 ᄆᆡ이[163] 치니 왼눈이 마ᄌᆞ 망울이 ᄲᆡ디고 ᄂᆡᄆᆡ ᄊᆡ여져 피 ᄒᆞ
ᄅᆞᄂᆞᆫ디라. 텬디간 별믈요졍(別物妖精)이나 엇디 놀납고 ᄋᆞᆲ흐디 아니
리오? '져 치몽(稚蒙)이 통만고(通萬古) 궁쳔셰(窮千歲)ᄒᆞ여 ᄲᆞᆨ 업
ᄉᆞᆫ 졍화용ᄆᆡᆼ(精華勇猛)이나 엇던 ᄃᆡᄅᆞᆯ 손드러 거우리오?[164]' ᄒᆞ며 이 블
과 ᄋᆞᄒᆡ 돌ᄒᆞᆯ 드러 만일 범코ᄌᆞ ᄒᆞ거든 제 ᄒᆞᆫ 손으로 ᄡᅳ리쳐 밀막고
그 졍긔ᄅᆞᆯ 오ᄅᆡ ᄡᅩ히려 ᄒᆞ다가 이 환(患)을 당ᄒᆞ니 소ᄅᆡᄅᆞᆯ 우레ᄀᆞᆺ치
지ᄅᆞ고 다시 몸을 흔드러 변ᄒᆞ여 셰 머리 여ᄉᆞᆺ 팔히 되니 모양이 범
ᄀᆞᆺᄐᆞᆫᄃᆡ ᄲᆞᆯ과 날ᄀᆡ 이셔 측냥치 못ᄒᆞᆯ 흉ᄒᆞᆫ 즘ᄉᆡᆼ이 되여 여러 입을 버리
고 횃블 갓ᄐᆞᆫ 눈을 브릅ᄯᅳ며 공ᄌᆞ의게 다라드니 공ᄌᆡ 이 거동을 보ᄆᆡ
노분(怒憤)을 더 발ᄒᆞ미 업셔 응연단좌(凝然端坐)ᄒᆞ여 냥안졍ᄎᆡ(兩
眼精彩)로ᄡᅧ 보기ᄅᆞᆯ ᄯᅮ러디게 ᄒᆞ니 그 즘ᄉᆡᆼ이 공ᄌᆞᄅᆞᆯ 삼키디 못ᄒᆞ 64면
고 형셰 됴치 아니므로 날개ᄅᆞᆯ 붓쳐 셕옥(石獄) 밧그로 ᄯᅱ여 ᄂᆡ닷거
ᄂᆞᆯ 공ᄌᆡ 평ᄉᆡᆼ의 이런 요졍(妖精)을 보아시리오? 먼니 다라날 줄은 아
디 못ᄒᆞ엿더니 ᄎᆞ경(此境)을 보ᄆᆡ 대희ᄒᆞ여 급히 좃ᄎᆞ ᄂᆡᄃᆞᄅᆞ니 댱손

163 ᄆᆡ이: 매우. 맵게, 세게, 심하게.

164 거우리오: 거우다. 집적거려 성나게 하다.

확은 보디 못ᄒᆞ고 무슈ᄒᆞᆫ 도ᄉᆡ 각각 분노ᄒᆞ여 일시의 공ᄌᆞ긔 다라들
며 스싱을 ᄒᆡ(害)ᄒᆞᆫ 분을 갑흐리라 ᄒᆞ여 젼후좌우(前後左右)로 에워
ᄡᆞ고 흉독(凶毒)히 굴기ᄅᆞᆯ 마디 아니커ᄂᆞᆯ 공ᄌᆡ 비록 항우(項羽)의 용
녁(勇力)으로 나ᄂᆞᆫ ᄆᆡᄅᆞᆯ 더위칠 ᄃᆞᆺᄒᆞ나 외로온 몸이 좌튱우돌(左衝右
突)ᄒᆞ나 져 무리ᄅᆞᆯ 어이 져당(抵當)ᄒᆞ리오? 오ᄃᆡᆨ 앏흐로 밀막고 뒤흐
로 박ᄎᆞ며 좌로 ᄊᆞ딋고 우로 호령ᄒᆞ여 독ᄒᆞᆫ 칼과 모딘 창ᄭᅳᆺᄎᆞᆯ 아ᄃᆡᆨ 면
ᄒᆞ나 손의 촌쳘(寸鐵)이 업ᄉᆞ니 졍히 급ᄒᆞ믈 버셔나기 어려올 즈음의
65면 믄득 동간 좌녁흐로조ᄎᆞ ᄉᆞ오 댱ᄌᆡ(壯者) ᄲᅧᆯ니 나려오며 소ᄅᆡ 질너
ᄊᆞ디져 왈

"너희 당손확의 은혜ᄅᆞᆯ 바드미 ᄌᆞ못 듕(重)ᄒᆞ나 졍공ᄌᆞᄂᆞᆫ 등한(等
閑)ᄒᆞᆫ ᄌᆡ 아니라. 나히 비록 십 셰ᄅᆞᆯ ᄎᆞ디 못ᄒᆞ나 방실(邦室)을 굉쥬
(肱柱)ᄒᆞ며 탁세(濁世)ᄅᆞᆯ 일광(一匡)ᄒᆞᆯ 봉텬경일지표(奉天傾日之
表)와 보국휼민(保國恤民)ᄒᆞ여 혜급만방디ᄌᆡ(惠及萬邦之才)ᄅᆞᆯ 감히
ᄒᆡ(害)ᄎᆡ 못ᄒᆞ리니 모로미 믈너가라."

이ᄀᆞᆺ치 니ᄅᆞᄃᆡ 도ᄉᆞ의 무리 드ᄅᆞᆫ 톄 아니 ᄒᆞ고 각각 셩닌 ᄇᆡ얌과 ᄉᆞ오
나온 일희ᄀᆞᆺ치 공ᄌᆞᄅᆞᆯ 향ᄒᆞ여 독을 플고 말녀 ᄒᆞᄂᆞᆫ 듕 쳥허ᄌᆞᄂᆞᆫ 공ᄌᆞ
ᄅᆞᆯ 거ᄌᆞᆺ 밀며 븟드나 모로ᄂᆞᆫ ᄀᆞ온ᄃᆡ 남이 ᄒᆡ코ᄌᆞ ᄒᆞᆫ즉 제 몸으로 슌
슌이 ᄀᆞ로막기ᄅᆞᆯ 마디 아니ᄒᆞ더니 임의 그 댱ᄌᆡ 앏히 다ᄃᆞᄅᆞ며 ᄒᆞᆫ 사
ᄅᆞᆷ이 다라드러 블문곡딕(不問曲直)ᄒᆞ고 칼흘 드러 도ᄉᆞ 일인을 버혀
나리치니 모든 도ᄉᆡ 일시의 셕은 플 갓고 져녁 ᄒᆞ로ᄉᆞ리갓치 먼니 ᄠᅩᆺ
66면 치여 가며 혹 환슐(幻術)ᄒᆞᄂᆞᆫ ᄌᆞᄂᆞᆫ 몸을 나라 급히 도망ᄒᆞᄂᆞᆫ디라. 공
ᄌᆡ 눈을 드러 도ᄉᆞ 버히던 ᄌᆞ(者)ᄅᆞᆯ 보건ᄃᆡ 신위(身位) 당당ᄒᆞ고 연함
호두(燕頷虎頭)[165]의 잠미봉안(蠶眉鳳眼)이 완연이 부귀ᄒᆞᆯ 톄격이며 팔

쳑(尺) 댱신(長身)의 원비(猿臂)·일외 딘짓 댱좌(將佐)[166]의 그ᄅᆞᆺ시라. 젼ᄌᆞ(前者)의 아던 ᄇᆡ 업시 ᄌᆞ긔의 위급ᄒᆞ믈 구ᄒᆞᄂᆞᆫ 뜻을 괴이히 녁여 뎡히 뭇고ᄌᆞ ᄒᆞᆯ ᄎᆞ 다시 눈을 들ᄆᆡ 삼ᄉᆞ유ᄌᆞ(三四儒者) 듕의 일인이 갈건야복(葛巾野服)으로 이슈가ᄇᆡ(耳垂架背)ᄒᆞ여 셔시니 ᄎᆞ인(此人)이 태야(太爺)의 뎨ᄌᆞ 어ᄉᆞ태우 댱뒤믈 엇디 볼 니 이시리오? 이곳의 슈계(囚繫)ᄒᆞ여 참욕비고(慘辱悲苦)ᄅᆞᆯ ᄇᆡ블니 당ᄒᆞ여 분한이 쳘텬(徹天)ᄒᆞᆯ 쁜이오 셰샹 소식을 모로믄 디부음관(地府陰官)으로 다ᄅᆞ미 업ᄉᆞ니 어ᄃᆡ로좃ᄎᆞ 고원(故園) 소식을 드ᄅᆞ며 어ᄃᆡ 가 구면(舊面)을 반기리오? ᄒᆞᆫ갓 댱손확을 죽이고 몸이 나라 친젼(親前)의 결ᄒᆞ기ᄅᆞᆯ ᄇᆞ라더니 쳔만몽ᄆᆡ디외(千萬夢寐之外)의 댱공을 만나ᄆᆡ 흐뭇ᄒᆞᆫ ᄆᆞᄋᆞᆷ이 친젼을 님(臨)ᄒᆞᆫ ᄃᆞᆺ 년망(連忙)이 나아가 졀ᄒᆞ고 공의 손을 밧드러 함쳑왈(含慽曰)

“년슉(緣叔)[167]이 쇼딜(小姪) 졍닌광을 ᄉᆡᆼ각ᄒᆞ실소니잇가?”

댱공이 ᄇᆡᆨ우(百憂)ᄅᆞᆯ ᄇᆡ블니 격고 ᄋᆡ군(愛君)ᄒᆞᄂᆞᆫ 눈믈이 냥안(兩眼)의 졍ᄎᆡ(精彩)ᄅᆞᆯ 일키의 밋쳐시나 슈년 젼 날마다 왕ᄂᆡᄒᆞ여 ᄉᆞ부(師傅)ᄅᆞᆯ 알현ᄒᆞᆯ ᄊᆡ의 ᄌᆞ딜(子姪)ᄀᆞᆺ치 교무(教撫)ᄒᆞ여 ᄉᆞ랑ᄒᆞ던 졍닌광을 엇디 몰나보리오? 그 ᄉᆞ이 쥰격(俊格)ᄒᆞ고 강위(强威)ᄒᆞ미 더어 신댱(身長)이 ᄂᆡ도히 길며 언건(偃蹇)ᄒᆞ여[168] 완연이 댱부(丈夫)의 톄

---

165 연함호두(燕頷虎頭): 제비의 턱에 범의 머리. 후한 때 관상 보는 사람이 반초를 보고 “제비의 턱에 범의 머리로 날아서 고기를 먹을 것이니 만리후의 상(燕頷虎頭 飛而食肉 此萬里侯相也).”이라고 한 데서 온 말. 부귀하게 될 관상이라는 뜻.

166 댱좌(將佐): 장좌. 장군과 보좌 임무를 수행하는 직책을 맡은 사람.

167 년슉(緣叔): 연숙. 아저씨라 부를 만한 친지.

(體)ᄅᆞᆯ 일워시나 낫 우ᄒᆡ 일만염광(一萬艶光)이 뇨뇨(姚姚)히 봄동산의 일ᄇᆡᆨ화신(一百花神)이 작작(灼灼)ᄒᆞᆫ ᄃᆞᆺ 념ᄐᆡ(艶態)롭고 소쇄(瀟灑)ᄒᆞ미 졀ᄉᆡᆨ미인의 디나던 형뫼(形貌) 변치 아녀시며 밧고이디 아냐시니 일안(一眼)의 아라볼 쓴 아니라 가월ᄡᅡᆼ미(佳月雙眉)ᄂᆞᆫ 텬원셜ᄋᆡᆨ(天原雪額)의 빗겨시며 년화취험의 빙ᄌᆞ텬창(氷姿天倉)을 ᄯᅥᆯ쳐시

68면 니 얼프시 문청공의 여습(餘襲)이오 쳥계공으로 방블ᄒᆞᆫ지라. 당공이 일견쳠시(一見瞻視)의 대경대오(大驚大悟)ᄒᆞ여 밧비 공ᄌᆞ의 손을 어로만져 댱부디심(丈夫之心)이나 셜셜(屑屑)ᄒᆞ믈 니긔디 못ᄒᆞ고 냥항뉘(兩行淚) 가바야이 ᄯᅥ러디믈 금치 못ᄒᆞ니 기리 통열왈(痛裂曰)

"딘야(眞也)아 몽야(夢也)아? 내 능히 ᄭᆡ닷디 못ᄒᆞᄂᆞ니 우슉(愚叔)의 무상(無狀)[169]ᄒᆞ미 부ᄌᆞ(夫子)[170]의 디극히 훈교ᄒᆞ신 튱의대도(忠義大道)ᄅᆞᆯ 밧드디 못ᄒᆞ여 언노(言路)의 이시ᄃᆡ 일ᄌᆞᆨ이 나ᄅᆞᆺ 믠[171] 도적의 방ᄌᆞ극악(放恣極惡)ᄒᆞ믈 더디 못ᄒᆞᆫ 연고로 일장소봉(一狀所封)이 유ᄒᆡ무익(有害無益)ᄒᆞᄆᆡ 밋쳐 몸이 조쥐 팔쳔 니의 피젹(被謫)ᄒᆞ믈 면치 못ᄒᆞ여 남ᄋᆡ(男兒) 사환(仕宦)ᄒᆞᄆᆡ 님군을 갑하 ᄲᅧ 목숨을 ᄇᆞ리ᄂᆞᆫ ᄌᆡ(者) ᄒᆞ나둘히 아니라 우슉 우암미렬(愚暗微劣)ᄒᆞ나 엇디 원변찬츌(遠邊竄黜)ᄒᆞ믈 슬허ᄒᆞ리오마ᄂᆞᆫ 구구히 살기ᄅᆞᆯ 탐ᄒᆞᄆᆡ 튱의인ᄉᆞ(忠義仁士)ᄅᆞᆯ 아오로 폐ᄒᆞ여 머리ᄅᆞᆯ 슉이며 ᄉᆞ리ᄅᆞᆯ ᄀᆞᆷ초아 여ᄎᆞ여ᄎᆞ(如

168 언건(偃蹇)ᄒᆞ여: 언건하다. 거만하거나 도도하다.

169 무상(無狀): 잘하는 것이 없다는 뜻으로 '불초(不肖)'와 같은 뜻이나 불초함을 강조할 때 '불초무상(不肖無狀)'으로 연결해서 사용함.

170 부ᄌᆞ(夫子): 부자, 스승을 높여 부르는 말. 여기서는 정한을 가리킴.

171 나ᄅᆞᆺ 믠: 구레나룻을 민. 맥락상 환관인 왕진을 의미. 규장각본에는 '나ᄅᆞᆺ 밋'으로 되어 있음.

此如此) 양ᄉᆞ(佯死)ᄒᆞ여 태힝산의 ᄀᆞᆷ초인 ᄇᆡ 되여 황야(皇爺)의 븍디 참욕(北地慘辱)을 붓드러 쥬욕신ᄉᆞ(主辱臣死)ᄅᆞᆯ 효측디 못ᄒᆞ고 목숨 69면 의 다ᄃᆞ라 만ᄇᆡᆨ의 간이ᄉᆞ(諫而死)ᄒᆞ미 농방(龍逄)의 ᄯᅳᆺ글을 ᄇᆞᆲ으며 비간(比干)의 ᄌᆞ최ᄅᆞᆯ 니어 만고튱졀(萬古忠節)을 ᄯᆞ오리니 날노 ᄒᆞ여곰 문계의 죽으믈 구ᄒᆞ여 엇디 못ᄒᆞ고 문계로 ᄒᆞ여곰 나의 괴로이 뇨ᄉᆡᆼ(僥生)ᄒᆞ믈 어더 태힝산의 누귀(陋鬼) 되믈 ᄲᅧ 밧고디 아니리니 실노 죽ᄂᆞᆫ 거시 영화롭고 ᄉᆞᄂᆞᆫ 거시 괴로오믈 졀졀이 ᄭᆡ칠디라. 디하(地下)의 션인(先人)과 부ᄌᆞ(夫子)긔 뵈올 면목이 업ᄉᆞ니 잔쳔(殘喘)이 ᄭᅳᆺ디 못ᄒᆞ고 슉야(夙夜)의 우탄(愚嘆)이로ᄃᆡ 더브러 심회ᄅᆞᆯ 니ᄅᆞᆯ 사ᄅᆞᆷ이 업더니 쳔만긔약(千萬期約)디 아닌 바의 현딜(賢姪)을 금야(今夜)의 상봉ᄒᆞ미 되니 반가오미 넘ᄶᅵ며 슬프미 교극(交極)ᄒᆞᄆᆡ 가ᄉᆞᆷ이 막히고 소ᄅᆡ 경열(硬咽)[172]ᄒᆞ여 ᄭᅳᆺ쳐디믈 ᄭᆡ닷디 못ᄒᆞ리로다."

ᄒᆞ더라.

(책임교주 탁원정)

172 경열(硬咽): 목이 멤.

완월회밍연
玩月會盟宴

권디십오
卷之十五

ᄎᆞ셜(且說). 댱어[1] 왈 1면

“초(初)의 청계 형이 존태부인 ᄇᆡᆨ모(伯母)ᄅᆞᆯ 봉가(奉駕)[2]ᄒᆞ고 ᄌᆞ딜(子姪)을 거ᄂᆞ려 태향으로 나릴ᄉᆡ 강외(江外)의셔 모든 문ᄉᆡᆼ고리(門生故吏)[3] ᄒᆞᆫ가디로 숑별(送別)ᄒᆞᄆᆡ 니회(離懷) 암암(黯黯)[4]ᄒᆞ며 체뤼(涕淚) 산산(潸潸)ᄒᆞ여 하향(下鄕)ᄒᆞ시ᄂᆞᆫ ᄒᆡᆼᄉᆡᆨ(行色)이 즐겁디 못ᄒᆞ믈 슬허ᄒᆞ미오 도듕(道中)의 그러ᄐᆞᆺ 젹환변고(賊禍變故)ᄅᆞᆯ 당(當)ᄒᆞ실 바ᄂᆞᆫ 몽니(夢裡)의도 ᄉᆡᆼ각디 아녓더니 흉ᄒᆞᆫ 젹변(賊變)을 인ᄒᆞ여 현딜(賢姪)의 남ᄆᆡ 세 사ᄅᆞᆷ과 상무슉의 유녀(幼女)[5]ᄅᆞᆯ 실산(失散)ᄒᆞ믈 드ᄅᆞᄆᆡ ᄎᆞ악경심(嗟愕驚心)[6]ᄒᆞ믄 니ᄅᆞ도 말고 존ᄇᆡᆨ모(尊伯母)[7]의 상회(傷懷)ᄒᆞ심과 존옹(尊翁) 곤계(昆季)의 통도참달(痛悼慘怛)[8]ᄒᆞ믈 혜아려 슬픈 념녀(念慮)ᄅᆞᆯ 니긔디 못ᄒᆞ더니 현딜(賢姪)이 이 ᄀᆞ온ᄃᆡ 보젼ᄒᆞ믈 보건ᄃᆡ 녕형(令兄)[9]과 녕죵ᄆᆡ(令從妹)[10] 등이 보명(保命)ᄒᆞ믈 2면 어더시리니 깃브고 다ᄒᆡᆼᄒᆞ미 가득ᄒᆞᆫ 듕이나 부ᄌᆞ(夫子)의 젹션여경(積善餘慶)[11]과 녕존(令尊) 곤계(昆季)의 유연디덕(累年之德)[12]이 맛ᄎᆞᆷᄂᆡ ᄌᆞ손의 흐ᄅᆞ믈 널니 ᄒᆞ리니 엇디 복션(福善)의 명응(冥應)[13]이 업다

1 댱어: 장어. 어사 장두.

2 봉가(奉駕): 가마로 모심.

3 문ᄉᆡᆼ고리(門生高吏): 문생고리. 문하생과 그 지역의 오래된 친분 있는 관리.

4 암암(黯黯): 속이 상해 시무룩함.

5 유녀(幼女): 어린 딸. 여기서는 상여교.

6 ᄎᆞ악경심(嗟愕驚甚): 차악경심. 슬픈 일을 당하여 몹시 놀란 상태.

7 존ᄇᆡᆨ모(尊伯母): 존백모. 백모, 즉 큰어머니를 높여 부르는 말.

8 통도참달(痛悼慘怛): 매우 아프고 슬프며 참담함.

9 녕형(令兄): 영형. 남의 형을 높여 부르는 말.

10 녕죵ᄆᆡ(令從妹): 영종매. 남의 사촌 여동생을 높여 부르는 말.

ᄒᆞ리오?“

인ᄒᆞ여 조쥐 뉴우화변(累遇禍變)[14]을 므ᄅᆞᄃᆡ 공ᄌᆡ 댱공의 댱셜(長說)을 ᄎᆡ 듯디 못ᄒᆞ여셔 죵슉부(從叔父) 문계공의 피앙(被殃)[15]ᄒᆞᆫ 흉음(凶音)을 당ᄒᆞᄆᆡ 심장이 여촌(如寸)[16]ᄒᆞ고 혼빅(魂魄)이 경월(驚越)ᄒᆞ여 말을 일우디 못ᄒᆞ며 규디통곡(叫地痛哭)[17]ᄒᆞ여 딜텬호원(叱天號怨)[18]ᄒᆞᄆᆡ 인ᄉᆞ(人事)ᄅᆞᆯ ᄇᆞ릴 ᄃᆞᆺᄒᆞ거ᄂᆞᆯ 댱공이 놀나온 소식을 밧비 젼ᄒᆞᄆᆞᆯ 뉘웃고 ᄇᆞᆺ드러 과도ᄒᆞᄆᆞᆯ 니ᄅᆞᆯᄉᆡ 광능ᄌᆡ 손을 ᄌᆞᆸ아 ᄀᆞᆯ오ᄃᆡ

“만ᄉᆡᆼ(晩生)이 현ᄉᆞ(賢士)로 일면디분(一面之分)[19]이 업고 쳑촌(尺寸)[20]의 알오미 업ᄉᆞ니 엇디 ᄀᆞᆺᄐᆞ여 현ᄉᆞ의 디친디졍(至親之情)[21]의 비원쳑상(悲怨慽傷)[22]ᄒᆞᄆᆞᆯ 막으리오마ᄂᆞᆫ 이곳 요졍(妖精)이 블범(不凡)ᄒᆞ고

3면 쳥션관 녀도(女道)의 신통ᄒᆞ미 ᄡᅡᆨ이 업ᄂᆞ니 현ᄉᆡ(賢士) 무익디비(無益之悲)[23]ᄅᆞᆯ 과히 ᄒᆞ며 타ᄉᆞ(他事)ᄅᆞᆯ ᄉᆡᆼ각디 아니ᄒᆞ다가 무심(無心)ᄒᆞᆫ

---

11 젹션여경(積善餘慶): 적선여경. 착한 일을 많이 한 결과로 경사스럽고 복된 일이 자손에게까지 미치는 것.

12 유연디덕(累年之德): 누년지덕. 오랜 세월 쌓은 덕.

13 명응(冥應): 눈에 보이지 않지만 신령이나 부처가 감응하여 이익을 주는 일.

14 뉴우화변(累遇禍變): 누우화변. 여러 차례 재앙과 변고를 만남.

15 피앙(被殃): 재앙을 입음.

16 여촌(如寸): 마디마디 끊어지는 듯함.

17 규디통곡(叫地痛哭): 규지통곡. 땅을 향해 부르짖고 통곡함.

18 딜텬호원(叱天號怨): 질천호원. 하늘을 향해 절규하고 원통함을 호소함.

19 일면디분(一面之分): 일면지분. 한 번 만나본 정도의 친분.

20 쳑촌(尺寸): 척촌. 한 자 한 치의 얼마 되지 않는 작은 것.

21 디친디졍(至親之情): 지친지정. 부모에 대한 정.

22 비원쳑상(悲怨慽傷): 비원척상. 슬프고 원통해하며 가슴 아파하는 것.

23 무익디비(無益之悲): 무익지비. 이롭지 않는 과도한 슬픔.

바의 요경의 ᄒᆡ(害)를 만나미 이실가 두리ᄂᆞ니 쳥컨ᄃᆡ 잠간 딘뎡(鎭靜)ᄒᆞ쇼셔.”

공ᄌᆡ 그 올흐믈 ᄭᆡ다라 슬프믈 쳔만금억(千萬禁抑)[24]ᄒᆞ며 누슈(淚水)를 거두고 몸을 니러 광능ᄌᆞ를 향ᄒᆞ여 셔로 볼ᄉᆡ 광능ᄌᆡ 션골(仙骨)이 진쇽(塵俗)[25]의 ᄲᅱ여나고 학발(鶴髮)[26]이 의의(依依)ᄒᆞ여 상산ᄉᆞ호(商山四皓)[27]로 벗을 일월 ᄃᆞᆺᄒᆞᆫ 안ᄉᆡᆨ이 고고(高高)ᄒᆞ며 봉화니옹[28]이 홍진(紅塵)[29]의 나려시니 긔산고의(箕山高義)[30]와 ᄌᆞ비현심(慈悲賢心)이 츌어외모(出於外貌)ᄒᆞᆫ디라. 공ᄌᆡ 공경녜필(恭敬禮畢)의 셕갑누옥(石匣陋獄) 등의 위ᄐᆡᄒᆞᆫ ᄯᅵ 구ᄒᆞ시믈 샤례ᄒᆞ고 당공을 향ᄒᆞ여 ᄌᆞ긔 이곳의 바린 연고(緣故)를 일일이 고(告)ᄒᆞᆫᄃᆡ 딘가슉이 스ᄉᆞ로 쳥션관의 요도(妖道) 이시믈 듯고 졸연(猝然)이 칼흘 ᄲᅡ으며 쳥션관으로 향ᄒᆞ거놀 광능ᄌᆡ 눈셥을 ᄶᅵᆼ긔여 왈

“ᄎᆞ인(此人)이 ᄒᆞᆫ갓 용녁(勇力)만 밋고 일을 닐ᄌᆡ라. 요도를 버힐가 ᄒᆞ거니와 쳥션관 녀도(女道)ᄂᆞᆫ 당손확의 세 번 더으니 이ᄶᅴ의 능히 잡디 못ᄒᆞᆯ ᄲᅳᆫ 아니라 범연(泛然)[31]이 구다가ᄂᆞᆫ 그 ᄒᆡ(害)를 도로혀 닙기 쉬오 4면

24 쳔만금억(千萬禁抑): 천만금억. 수없이 누르고 억제함.

25 진쇽(塵俗): 진속. 지저분하고 어지러운 속세.

26 학발(鶴髮): 하얗게 센 머리 또는 그런 사람.

27 상산ᄉᆞ호(商山四皓): 상산사호. 진시황 때에 난리를 피하여 산시성 상산에 들어가서 숨은 네 사람. 동원공, 기리계, 하황공, 녹리선생을 이르는 말로, 호(皓)는 이들이 모두 눈썹과 수염이 흰 노인이었다는 데서 유래함.

28 봉화니옹: 미상. 규장각본에는 '봉회니옹'로 되어 있음.

29 홍진(紅塵): 번다하고 속된 세상.

30 긔산고의(箕山高義): 기산고의. 요임금이 허유에게 보위를 물려주려 하자 귀가 더렵혀졌다고 영천에서 귀를 씻은 후 기산으로 들어가서 은거했다는 데서 유래함.

니 졍현ᄉᆡ 맛당이 힝ᄒᆞ여 녕져(令姐)[32] 쇼져의 곤(困)ᄒᆞ신 바 음실(陰
室)을 호위ᄒᆞᆯ딘ᄃᆡ 아등(我等)이 일시(一時)의 요도ᄅᆞᆯ 쫏ᄎᆞ 쳥션관을
분탕(焚蕩)ᄒᆞ여 ᄎᆞ후(此後)ᄂᆞᆫ 다시 요되 머므디 못ᄒᆞ게 ᄒᆞ리라.”
공ᄌᆡ 댱공을 ᄃᆡ(對)ᄒᆞ여 고원(故園) 소식을 므ᄅᆞ며 경샤(京師) 요란
ᄒᆞᆫ 소문을 므ᄅᆞᆯ 말이 가득ᄒᆞ나 ᄆᆡ져(妹姐)의 위급ᄒᆞ믈 ᄉᆡᆼ각ᄒᆞ여 일언
(一言)을 못 ᄒᆞ고 밧비 쳥션관으로 나아갈ᄉᆡ 딘가슉은 당션(當先)ᄒᆞ
고 엄도ᄉᆡ 거듕(居中)ᄒᆞ며 공ᄌᆡ 죵후(從後)ᄒᆞ여 힝ᄒᆞ더니 도ᄉᆡ 믄득
일장부작(一長符籍)을 더디며 딘언(眞言)을 념(念)ᄒᆞᄂᆞᆫ 바의 난ᄃᆡ 업
ᄉᆞᆫ 신병귀졸(神兵鬼卒)[33]이 쳡쳡무슈(疊疊無數)ᄒᆞ여 일시(一時)의 쳥
5면 션관을 에우고 딘가슉은 소ᄅᆡᄅᆞᆯ 벽녁(霹靂)ᄀᆞᆺ치 지ᄅᆞ며 슈도(首道)
요녀(妖女)ᄅᆞᆯ ᄌᆞᆸ아ᄂᆡ라 ᄒᆞ니 운화션이 바야흐로 앙관텬샹(仰觀天上)
ᄒᆞ여 졍공ᄌᆞ와 쇼져의 음실(陰室)을 버셔날 길운(吉運)이 다ᄃᆞ라시믈
만분분앙(萬分忿怏)[34]ᄒᆞ여 칼ᄀᆞᆺ치 모딘 ᄆᆞᄋᆞᆷ과 갈호(蝎虎)[35]ᄀᆞᆺ치 ᄉᆞ오
나온 셩(性)으로ᄡᅧ 신힝법슐(神行法術)을 다ᄒᆞ여 공ᄌᆞ 남ᄆᆡᄅᆞᆯ ᄒᆡ(害)
ᄒᆞ고 먼니 피(避)코ᄌᆞ ᄒᆞ더니 발셔 엄도ᄉᆞ의 무슈(無數)ᄒᆞᆫ 신병귀졸
이며 딘가슉의 텬동갓치 호령ᄒᆞ고 마을[36] ᄃᆞ시 즛쳐[37] 오믈보ᄆᆡ ᄯᅩᄒᆞᆫ 분

31 범연(泛然): 차분하지 못하고 조심성이 없음.
32 녕져(令姐): 영저. 윗사람의 딸을 높여 부르는 말.
33 신병귀졸(神兵鬼卒): 신령한 군졸.
34 만분분앙(萬分忿怏): 매우 분하고 원통해함.
35 갈호(蝎虎): 도마뱀붙이와 호랑이.
36 마을: 규장각본에는 '말을'로 되어 있음.
37 즛쳐: 즛치다. 짓치다. 세게 몰아치다. 함부로 마구 치다.

(憤)ᄒᆞ믈 니긔디 못ᄒᆞ여 급히 몸을 흔드러 변(變)ᄒᆞ여 나ᄂᆞᆫ ᄉᆡ 되여
졍쇼져 잇ᄂᆞᆫ 셕실(石室)노 다ᄃᆞ니 사ᄅᆞᆷ은 다 아라보디 못ᄒᆞᆯ ᄇᆡ로ᄃᆡ
엄도ᄉᆞ의 신병귀졸이 ᄉᆡᄅᆞᆯ ᄧᅩᆾᄎᆞ 셕실노 모라가거ᄂᆞᆯ 도ᄉᆡ(道士) 공ᄌᆞ
ᄅᆞᆯ ᄌᆡ촉ᄒᆞ여 밧비 셕실노 가라 ᄒᆞᆫᄃᆡ 공ᄌᆡ 나ᄂᆞᆫ ᄃᆞ시 ᄆᆡ져(妹姐)의 갓
친 곳의 니ᄅᆞ니 흉참(凶慘)ᄒᆞᆫ ᄂᆡᆼ옥(冷獄)이 ᄌᆞ긔 갓치엿던 바로 ᄒᆞᆫ가
디라. 밋쳐 ᄆᆡ져의 얼골을 보디 못ᄒᆞ여셔 비고풍상(悲苦風霜)[38]이 이 6면
에 밋쳐시믈 슬프고 분ᄒᆞ믈 니긔디 못ᄒᆞ여 노한(怒恨)이 다 요도(妖
道)의게 도라디니 딘녁(盡力)히 요도ᄅᆞᆯ ᄌᆞᆸ고ᄌᆞ ᄒᆞᆯᄉᆡ ᄎᆞ시(此時) 운홰
ᄉᆡ 되여 밧비 셕실의 드러가 운무(雲霧)ᄅᆞᆯ 디으며 일딘괴풍(一陣怪
風)을 디어 쇼져ᄅᆞᆯ 거두쳐 가디고 바로 반공(半空)으로 날고ᄌᆞ ᄒᆞ더
니 뉘 도로혀 쇼져의 덕(德)도로온 ᄌᆡ딜(才質)과 졍명(貞明)ᄒᆞᆫ 긔운이
셩문(聖門)의 바ᄅᆞᆫ 줄ᄆᆡᆨ을 가져 요슐이 발뵈지[39] 못ᄒᆞ고 사긔(邪氣) 범
(犯)치 못ᄒᆞ여 대군ᄌᆞ(大君子)의 앏흘 님(臨)ᄒᆞᆷ과 ᄀᆞᆺᄐᆞᆯ 줄 아라시리
오? 운홰 쳔변만화(千變萬化)ᄒᆞ여 측냥(測量)치 못ᄒᆞᆯ 신통이 태허ᄌᆞ
의 우ᄒᆡ 거(居)ᄒᆞ며 텬니(天理)ᄅᆞᆯ ᄉᆞ못 알고 사ᄅᆞᆷ의 졍긔(精氣)ᄅᆞᆯ ᄇᆞᆰ
히 알오미 댱손확의 디나므로 졍쇼져의 당당ᄒᆞᆫ 졍화(精華)ᄅᆞᆯ 일시(一
時)의 졔어(制御)ᄒᆞ여 후려닐 계괴(計巧) 업ᄂᆞᆫ디라. 졔 ᄌᆡ조ᄅᆞᆯ 시험
ᄒᆞ미 무익(無益)ᄒᆞ여 굿ᄐᆞ여 요란ᄒᆞᆫ 거조(擧措)로 옥듕(獄中)을 경동 7면
(驚動)치 아니리라 ᄒᆞ고 가만ᄒᆞᆫ ᄀᆞ온ᄃᆡ 삼쳑비도(三尺飛刀)ᄅᆞᆯ 더디
니 이 비도ᄂᆞᆫ 본ᄃᆡ 운화션의 각별ᄒᆞᆫ 보ᄇᆡ라. 원(怨)ᄒᆞ여 죽이고ᄌᆞ ᄒᆞ

38 비고풍상(悲苦風霜): 바람과 서리 같은 온갖 고생을 겪음.

39 발뵈지: 발보이다. 남에게 자랑하기 위하여 자기가 가진 재주를 일부러 드러내 보이다.

ᄂᆞᆫ 사ᄅᆞᆷ이면 그 사ᄅᆞᆷ의게 더진ᄌᆞᆨ 슈고ᄅᆞᆯ 허비(虛費)치 아냐셔 비되 나라 사ᄅᆞᆷ의 목을 다리고 오ᄂᆞᆫ ᄇᆡ러니 금일(今日)의 운화션의 더디믈 조ᄎᆞ 셕실(石室)의 다ᄃᆞ라ᄂᆞᆫ 비되 공듕의 ᄡᅧ 이셔 경쇼져의 좌셕(坐席)을 둘너 휘돌기ᄅᆞᆯ ᄀᆞ장 오ᄅᆡ ᄒᆞ고 슈히 나려지디 아니ᄒᆞ거ᄂᆞᆯ 경쇼졔 목젼(目前)의 요악(妖惡)ᄒᆞᆫ 거조ᄅᆞᆯ 당(當)ᄒᆞᄆᆡ 더옥 분노ᄒᆞ믈 니긔디 못ᄒᆞ여 아미(蛾眉)ᄅᆞᆯ 거ᄉᆞ리고 징파(澄波)[40]ᄅᆞᆯ 나리ᄡᅥ ᄒᆞᆫ번 몸을 움ᄌᆞᆨ이ᄆᆡ 요괴로이 오ᄂᆞᆫ 칼흘 ᄌᆞᆸ아 ᄀᆞ온ᄃᆡᄅᆞᆯ ᄭᅥᆨ거 먼니 더질 ᄌᆞ음의 옥문(獄門) 밧긔셔 공ᄌᆡ 츈파ᄅᆞᆯ 블너

"요졍(妖精)이 셕실의 돌입(突入)ᄒᆞ여시니 필연 작난이 급홀디라. 내 드러가 ᄧᅩᆺᄎᆞᄂᆡ고ᄌᆞ[41] ᄒᆞᄂᆞ니 져져(姐姐)긔 고(告)ᄒᆞ고 혹ᄌᆞ(或者) 화
8면 심(火心)이 잇거든 블을 ᄇᆞᆰ히라."

츈패 밋쳐 ᄃᆡ(對)치 못ᄒᆞ여셔 쇼졔(小姐) 공ᄌᆞ의 소ᄅᆡᄅᆞᆯ 드ᄅᆞᄆᆡ 반가오미 디하인(地下人)[42]의 셩음(聲音)을 듯ᄂᆞᆫ ᄃᆞᆺ 도로혀 황홀비도(恍惚悲悼)[43]ᄒᆞ여 ᄋᆡ호왈(哀號曰)

"금일(今日)이 하일(何日)이완ᄃᆡ 현뎨(賢弟) 이에 니ᄅᆞ거뇨? 셩음을 드ᄅᆞᄆᆡ 반가오미 황난(慌亂)ᄒᆞ믈 도으니 옥(獄)이 블이 업ᄉᆞᆫ가 의심치 말고 드러와 얼골을 마ᄌᆞ ᄃᆡᄒᆞ여 쉼이며 상시(生時)믈 분변(分辨)ᄒᆞ라."

공ᄌᆡ 드ᄃᆡ여 돌문을 박ᄎᆞ ᄀᆞ리온 돌을 업시ᄒᆞ고 드러갈ᄉᆡ 운화의 변

---

40 징파(澄波): 맑은 물결 같은 눈.

41 ᄧᅩᆺᄎᆞᄂᆡ고ᄌᆞ: 쫓아내고자. 규장각본에는 '쫏ᄎᆞᄂᆡ고ᄌᆞ'로 되어 있음.

42 디하인(地下人): 지하인. 죽은 사람

43 황홀비도(恍惚悲悼): 정신없는 가운데 슬퍼함.

ᄒᆞᆫ 바 비됴(飛鳥)ᄂᆞᆫ 쌸니 나라오니 공ᄌᆞ 엄도ᄉᆞ를 미더 굿ᄐᆞ여 ᄯᆞ로디 아니코 드러와 남ᄆᆡ 셕혈누옥(石穴陋獄)을 면(免)케 된 깃브미 엇디 등한(等閑)ᄒᆞ리오마ᄂᆞᆫ 이곳의 연고(緣故) 업시 슈년(數年)을 슈계옥(囚繫獄)[44]ᄒᆞ여 만상비고(萬狀悲苦)[45]의 쇠간장과 돌ᄆᆞ옴이라도 ᄎᆞᆷ기 어렵고 남그로 삭이며[46] 흙으로 일운 ᄇᆡ라도 능히 형골(形骨)이 온젼ᄒᆞᆯ ᄇᆡ 아니로ᄃᆡ 힝혀 텬도(天道)의 도으심과 보호ᄒᆞ시믈 어더 남ᄆᆡ 산 9면
얼골노뼈 ᄃᆡᄒᆞ니 슬픔과 반가오미 가득ᄒᆞ나 태향[47]이 아으라ᄒᆞ여 만니애각(萬里崖脚)[48]으로 다ᄅᆞ미 업ᄉᆞ니 비록 이에 버셔나나 도라가믈 ᄆᆞ음과 ᄀᆞᆺ디 못ᄒᆞᆯ디라. ᄉᆡᆼᄉᆞ존문(生死存問)을 망연브디(茫然不知)ᄒᆞ미 되여 존당친위(尊堂親闈)[49]의 참연상회(慘然傷懷)ᄒᆞ시미 셰월노조ᄎᆞ 더으믈 상상컨ᄃᆡ 블회(不孝) 이의 더으미 업고 대공ᄌᆞ(大公子)[50]의 ᄉᆞᄉᆡᆼ(死生)이 아모리 된 줄 모로니 남ᄆᆡ ᄃᆡᄒᆞ여 오딕 냥항뉘(兩行淚) 방타(滂沱)ᄒᆞ며 츈·경 이패(二婆) 개읍뉴톄(皆泣流涕)ᄒᆞ여 통졀(痛切)ᄒᆞ믈 ᄎᆞᆷ디 못ᄒᆞ더니 믄득 괴풍(怪風)이 습딘(襲陣)ᄒᆞ며 잔등(殘燈)[51]이 명멸(明滅)ᄒᆞ거ᄂᆞᆯ 공ᄌᆞ 슬프믈 거두고 긔운을 싀싀이[52] ᄒᆞ여 크게

---

44 슈계옥(囚繫獄): 수계옥. 옥에 갇힘.

45 만상비고(萬狀悲苦): 온갖 고난과 슬픔을 겪음.

46 삭이며: 규장각본에는 '싀이며'로 되어 있음.

47 태향: 규장각본에는 'ᄃᆡ향'으로 되어 있음.

48 만니애각(萬里崖脚): 만리애각. 만 리나 떨어진 매우 궁벽하고 먼 땅.

49 존당친위(尊堂親闈): 존당과 친위는 모두 부모를 뜻하나 여기서는 할머니 서태부인까지 가리키는 것으로 보임.

50 대공ᄌᆞ(大公子): 대공자. 정씨 가문의 장자인 정인성을 가리킴.

51 잔등(殘燈): 깊은 밤의 꺼질락 말락 하는 희미한 등불.

52 싀싀이: 씩씩하게.

소릐 질너 궁시(弓失)를 구ᄒᆞ니 ᄎᆞ시 엄도ᄉᆡ 바야흐로 운화의 변신신[53] ᄒᆞᆫ 바 요됴(妖鳥)를 ᄡᅩ아 도관(道觀)의 ᄌᆞ최를 븟치지 아닐 규구(規矩)[54]를 힝ᄒᆞ더니 운화의 요슐샤힝(妖術邪行)[55]이 사ᄅᆞᆷ의 ᄉᆡᆼ각디 못ᄒᆞᆯ ᄇᆡ

10면 만하 몸을 경ᄀᆡᆨ(頃刻)의 변ᄒᆞ여 만믈(萬物)의 온갓 거시 되여 엄도ᄉᆞ를 ᄒᆡ(害)코ᄌᆞ 달녀드ᄃᆡ 도ᄉᆡ(道士) 슌슌히 믈니쳐 독ᄒᆡ(毒害)를 면(免)ᄒᆞᆯᄉᆡ 엄옥 등은 오히려 두리며 민망ᄒᆞ믈 마디 아니ᄒᆞ더니 셕갑(石匣) 듕(中)의셔 졍공ᄌᆡ 궁시(弓矢)를 급히 ᄎᆞᄌᆞ믈 듯고 도ᄉᆡ 쇼왈(笑曰)

“댱손확의 명(命)이 오날놀 졍ᄌᆞ(程子)의 손의 맛ᄎᆞ리니 궁시를 슈히 보ᄂᆡ라.”

엄ᄉᆡᆼ이 초(初)의 궁시를 가져왓던 ᄇᆡ라 즉시 셕실(石室)의 드리치니 공ᄌᆡ 활을 다릐며 살흘 먹여 들고 두로 숄핀즉 괴풍(怪風)을 인ᄒᆞ여 ᄒᆞᆫ ᄣᅦ 거믄 긔운이 셕실을 ᄉᆞ못ᄎᆞᆺ더니 공ᄌᆡ 궁시를 가져시믈 보고 믄득 피(避)ᄒᆞ여 혼흑(昏黑)ᄒᆞᆫ 긔운이 몰니여 연긔(煙氣)갓치 허여디거놀 그 괴이ᄒᆞᆫ 긔운을 좃ᄎᆞ 나와 봉졍(鳳精)[56]을 놉히 ᄠᅥ 숄피ᄆᆡ 혼흑ᄒᆞᆫ 긔운 ᄀᆞ온ᄃᆡ 거믄 나뷔만 ᄒᆞᆫ 거시 아아(峨峨)[57]히 놉히 ᄠᅥ 나ᄂᆞᆫ디라. 요악(妖惡)ᄒᆞ고 분ᄒᆞ믈 니긔디 못ᄒᆞ여 활을 다릐고 살흘 빗기 흘니니

53 변신신: ‘신’이 중복 필사됨. 규장각본에도 ‘변신신’으로 되어 있음.

54 규구(規矩): ‘규구준승(規矩準繩)’의 준말. 일상에서 지켜야 할 법도.

55 요슐샤힝(妖術邪行): 요술사행. 요사한 술법과 사악한 행위.

56 봉졍(鳳精): 봉정. 봉안(鳳眼)과 같은 말로, 봉황의 눈같이 가늘고 길며 눈초리가 째지고 붉은 기운이 있는 눈.

57 아아(峨峨)히: 산이나 큰 바위가 우뚝 솟아 있는 모양.

살이 시위ᄅᆞᆯ ᄯᅥ나ᄂᆞᆫ 소ᄅᆡ 급ᄒᆞᆫ 듕(中) 시ᄀᆞᆨ(時刻)이 넘디 못ᄒᆞ여 그 11면
혼흑(昏黑)ᄒᆞᆫ ᄀᆡ운 ᄀᆞ온ᄃᆡᄅᆞᆯ ᄉᆞᄆᆞᆺᄎᆞ 거믄 나뷔ᄅᆞᆯ 맛쳐 싸ᄒᆡ 나리치니 나뷔 살흘 씌고 낣쒸다가[58] 이윽ᄒᆞ여 흉장(凶壯)ᄒᆞᆫ 사ᄅᆞᆷ이 되여 것구러디니 이 믄득 향ᄀᆞᆨ(向刻)의 왼 눈망울을 ᄲᅢ디오고 니ᄆᆡ 터져 피 흐ᄅᆞ던 댱손확이 다시 살흘 마ᄌᆞ 가ᄉᆞᆷ으로브터 등을 ᄉᆞ못ᄎᆞ 쎄엿ᄂᆞᆫ디라. 딘가슉이 칼흘 잡고 이에 다라드러 그 머리ᄅᆞᆯ 버히려 ᄒᆞᄆᆡ 확이 오히려 입으로조ᄎᆞ 므ᄉᆞᆷ ᄀᆡ운을 토ᄒᆞ니 ᄀᆡ이코 아닛ᄭᅩ은 ᄂᆡ음ᄉᆡ 니러나며 딘싱이 그런[59] 댱ᄀᆡ 주러져 현혼증(眩暈症)[60]을 어덧ᄂᆞᆫ ᄃᆞ시 머리ᄅᆞᆯ 붓우희고 정신을 슈습디 못ᄒᆞ거ᄂᆞᆯ 공ᄌᆡ 붓드러 왈

"이거시 비록 사ᄅᆞᆷ의 골슈(骨髓)ᄅᆞᆯ 비러 의형(儀形)을 일워시나 칠규
만톄(七竅滿體)[61]의 호ᄉᆡ 어ᄅᆡ여 죽을 디경의 다ᄃᆞ라시ᄃᆡ 오히려 모 12면
딘 ᄀᆡ운과 요악(妖惡)ᄒᆞᆫ ᄂᆡ음ᄉᆡ 사ᄅᆞᆷ을 ᄒᆡ(害)코ᄌᆞ ᄒᆞ니 엇디 통한(痛恨)치 아니리오? 요괴ᄅᆞᆯ 오날ᄂᆞᆯ 업시치 아니ᄒᆞ면 일후(日後) 상인ᄒᆡ믈(傷人害物)이 측냥(測量)업기의 밋ᄎᆞ리라."

ᄒᆞ고 딘싱의 가진 칼흘 비러 샤일빵광(射日雙光)을 놉히 쓰며 손을 가ᄇᆡ야이 놀녀 요도의 머리ᄅᆞᆯ 버혀 나리치고 다시 ᄇᆡᄅᆞᆯ 갈나 장부(臟腑)[62]ᄅᆞᆯ 헤치니 공ᄌᆞ의 안ᄎᆡ(眼彩)ᄅᆞᆯ 흘니ᄂᆞᆫ 바의 일만(一萬) 사ᄀᆡ(邪

58 낣쒸다가: 규장각본에는 '날쒸다가'로 되어 있음.

59 그런: 규장각본에는 '그린'으로 되어 있음.

60 현혼증(眩暈症): 현훈증. 정신이 아찔아찔하여 어지러운 증상.

61 칠규만톄(七竅滿體): 칠규만체. 얼굴과 온몸. 사람의 얼굴에 있는 귀·눈·입·코의 일곱 구멍과 온몸의 뼈를 이르는 말.

62 장부(臟腑): '오장육부(五臟六腑)'의 줄임말로 내장을 뜻함.

氣)로온 ᄌᆞ최ᄅᆞᆯ 빗최디 못ᄒᆞ고 쇽졀업시 엇게 우ᄒᆡ 머리ᄅᆞᆯ 보젼치 못ᄒᆞ니 요블승덕(妖不勝德)이오 사블범졍(邪不犯正)이라. 댱손확이 오날 죽으미 오히려 그 명(命)이 긴 ᄇᆡ니 운화의 니ᄅᆞ던 ᄇᆡ 엇디 어긋나미 이시리오? 이ᄯᆡ 운화션이 광능ᄌᆡ 졍ᄌᆞ(程子)ᄅᆞᆯ 도아 소혈(巢穴)을 뭇디ᄅᆞ믈 보ᄆᆡ 뉘웃고 ᄋᆡ돌온 듕(中) 졍ᄌᆡ 딘ᄉᆡᆼ의 칼흘 아ᄉᆞ 댱손확
13면 의 머리ᄅᆞᆯ 버히며 장부(臟腑)ᄅᆞᆯ 헤치ᄆᆡ 확의 모딘 긔운으로도 피(避)치 못ᄒᆞ여 힘힘히 쥬륙(誅謬)[63]을 당ᄒᆞ믈 보ᄆᆡ ᄆᆞᄋᆞᆷ이 ᄯᅥᆯ니고 슈죡(手足)이 황난(慌亂)ᄒᆞ여 능히 도관(道觀)의 ᄌᆞ최ᄅᆞᆯ 붓치디 못ᄒᆞᆯ 쁜 아니라 요술노ᄡᅧ 졍ᄌᆞ의 졍양(正陽)과 광능ᄌᆞ의 도법(道法)을 당(當)키 어렵고 도로혀 ᄒᆡ(害)ᄅᆞᆯ 바들디라 먼니 피ᄒᆞ여 목숨을 보젼(保全)ᄒᆞ며 타일(他日) 댱손확을 위ᄒᆞ여 보슈(報讐)ᄒᆞ고 안소(安巢)[64]치 못ᄒᆞᆫ 분(憤)을 셜(雪)ᄒᆞ리라 ᄒᆞ여 져의 ᄉᆞ랑ᄒᆞᄂᆞᆫ 슈삼(數三) 녀도(女道)ᄅᆞᆯ 다리고 일시(一時)의 변ᄒᆞ여 즘ᄉᆡᆼ이 되여 공듕의 비등(飛騰)ᄒᆞ니 경ᄀᆡᆨ(頃刻)의 간 바ᄅᆞᆯ 아디 못ᄒᆞᆯ너라. 딘가슉이 가장 오ᄅᆡ게야 긔운을 슈습(收拾)ᄒᆞ며 반ᄉᆡᆼ(半生) ᄌᆞ허(自許)ᄒᆞ던 강용(强勇)이 오날ᄂᆞᆯ의 다ᄃᆞ라 져 구셰치몽(九世稚蒙)만 못ᄒᆞ믈 붓그리고 분ᄒᆞ여 탄식칭션(歎息稱善)ᄒᆞ믈 마디 아니ᄒᆞ더라. 엄도ᄉᆡ 운화의 먼니 도망ᄒᆞ믈 보고 탄왈(嘆曰)

14면 "비록 흉교디활(凶巧至猾)ᄒᆞᆫ 요ᄉᆡ(妖邪)나 아ᄃᆡᆨ 그 ᄯᆡ 아니라."

ᄒᆞ고 졍공ᄌᆞᄅᆞᆯ 쳥(請)ᄒᆞ여 운홰 발셔 먼니 다라나믈 니ᄅᆞ며 날이 ᄇᆞᆰ

63 쥬륙(誅謬): 주륙. 죄에 대한 형벌로 죽임을 당함.

64 안소(安巢): 편안한 둥지, 보금자리.

기ᄅᆞᆯ 기다려 태ᄒᆡᆼ산으로 ᄒᆡᆼ(行)ᄒᆞ믈 니ᄅᆞ니 공ᄌᆡ 엄도ᄉᆞ의 활인디덕(活人之德)[65]을 기리 샤례ᄒᆞ고 계ᄒᆡᆼ산 음실(陰室)의 슈계(囚繫)ᄒᆞ미 일월(日月)이 오ᄅᆡ믈 조ᄎᆞ 인ᄌᆞ(人子)의 ᄉᆞ친디회(思親之懷)와 영모디졍(永慕之情)이 ᄒᆡᆼ운(行雲)을 바라 피ᄅᆞᆯ 쓰리ᄂᆞ니 비록 구활디덕(求活之德)이 감골(感骨)ᄒᆞ나 태ᄒᆡᆼ산의 나아가 여러 날 뉴우(留寓)치 못ᄒᆞᆯ ᄇᆡ니 이곳의셔 바로 태향으로 가고ᄌᆞ ᄒᆞ믈 고(告)ᄒᆞᆫᄃᆡ 광능ᄌᆡ 쇼왈(笑曰)

"현ᄉᆞ(賢士)의 고원(故園)을 향(向)코ᄌᆞ ᄒᆞᄂᆞᆫ ᄆᆞ음이 급ᄒᆞ나 범ᄉᆡ(凡事) 뜻 ᄀᆞᆺ기 어렵고 ᄒᆞ믈며 녕ᄆᆡ쇼져(令妹小姐)의 ᄒᆡᆼ거(行車)ᄂᆞᆫ 남ᄌᆞ와 다ᄅᆞ니 반ᄃᆞ시 거교(車轎)와 노복(奴僕)이 가ᄌᆞ야 팔쳔 니 ᄒᆡᆼ도(行途)의 낭패(狼狽)ᄒᆞᄂᆞᆫ 환(患)이 업ᄉᆞᆯ디라. 만ᄉᆡᆼ(晩生)이 비록 ᄉᆡᆼ활(生活)이 궁박(窮迫)ᄒᆞ고 고인(故人)의 의긔(義氣)ᄅᆞᆯ 밋디 못ᄒᆞ나 현ᄉᆞ의 ᄒᆡᆼ댱(行裝)[66]은 거의 ᄎᆞᆯ힐 만ᄒᆞ니 현ᄉᆡ(賢士) 노부(老夫)ᄅᆞᆯ 조ᄎᆞ 폐 15면
샤(弊舍)[67]의 나아가 일슌(一旬)을 머므러 발셥(跋涉)ᄒᆞ미 됴흘가 ᄒᆞ노라."

공ᄌᆡ 미급ᄃᆡ(未及對)의 댱공이 ᄉᆞ리(事理)로 녁권(力勸)ᄒᆞ니 공ᄌᆡ 역시 ᄉᆞ셰(事勢) 그러ᄒᆞ믈 혜아려 다시 닷토디 아니ᄒᆞ고 엄도ᄉᆞ의 덕의(德義)ᄅᆞᆯ 샤례ᄒᆞ며 태쳥관 도ᄉᆞ(道士) 듕(中)의 쳥허ᄌᆡ ᄊᆡ혀난 위인(爲人)으로 그ᄅᆞᆺ 요도(妖道)의 뎨ᄌᆡ(弟子) 되여시나 유문도학(儒門

65 활인디덕(活人之德): 활인지덕. 사람의 목숨을 구한 덕.
66 ᄒᆡᆼ댱(行裝): 행장. 여행할 때 쓰는 물건과 차림.
67 폐샤(弊舍): 폐사. 자기 집을 낮추어 부르는 말.

道學)[68]이 업디 아니니 거두어 뎨ᄌᆞ 녈(列)의 두시믈 쳥ᄒᆞᆫᄃᆡ 도ᄉᆡ 쇼왈(笑曰)

"군(君)의 니ᄅᆞᄂᆞᆫ 바의 만ᄉᆡᆼ(晩生)의 박학(薄學)으로 그 스ᄉᆡᆼ의 거(居)ᄒᆞ믈 붓그릴디언졍 어이 좆디 아니리오?"

ᄒᆞ고 댱손확의 죽엄을 그 뎨ᄌᆞ 등으로 ᄒᆞ여곰 뭇게 ᄒᆞᆯᄉᆡ 도ᄉᆡ 쥬필(朱筆)[69] 부작을 등의 붓쳐 ᄒᆞᆫ 괴로온 혼ᄇᆡᆨ(魂魄)이 다시 작난(作亂)치 못ᄒᆞ게 ᄒᆞᆫ 후 태쳥관이며 쳥션관을 다 소화(燒火)ᄒᆞ고 태쳥관의 남도(男道)들과 쳥션관 녀도(女道) 등을 다 블너 그 ᄯᅳᆺ을 ᄆᆞ러 부모동긔
16면 (父母同氣) 잇셔 ᄉᆞ향디심(思鄕之心)이 간절ᄒᆞᆫ ᄌᆞ(者)ᄂᆞᆫ 남녀노유(男女老幼) 무론(毋論)ᄒᆞ고 일시(一時)의 도관(道觀)의 ᄡᅡ혓던 금보(金寶)ᄅᆞᆯ 난화 주어 고향으로 도라가게 ᄒᆞ며 혹ᄌᆞ(或者) 의ᄉᆡ(意思) 낙낙(落落)[70]ᄒᆞ여 홍딘(紅塵)의 번기ᄒᆞ믈 피(避)코ᄌᆞ ᄒᆞᄂᆞᆫ 뉴(類)ᄂᆞᆫ 다 거두어 태ᄒᆡᆼ산으로 나려갈ᄉᆡ 기듕(其中) 두ᄉᆡᆼ을 각별후ᄃᆡ(恪別厚待)ᄒᆞ고 묘혜션 니시의 근본이 고문화엽(高門華葉)[71]이믈 공경ᄒᆞᆯ ᄲᅳᆫ 아니라 그 인믈의 ᄲᆡ혀나믈 ᄀᆡ특이 넉여 졍쇼져와 ᄒᆞᆫ가지로 태ᄒᆡᆼ산으로 가믈 쳥ᄒᆞ니 묘혜 머리ᄅᆞᆯ 두다려 감은칭덕(感恩稱德)ᄒᆞ믈 마디 아니ᄒᆞ더라. 일ᄉᆡᆨ(日色)이 ᄎᆡ 붉디 못ᄒᆞ여셔 엄도ᄉᆞ의 필ᄌᆞ(畢子)[72] 엄익이 거교(車轎)와 장확(庄穫)을 녕(令)ᄒᆞ여 왓거ᄂᆞᆯ 광능ᄌᆡ 공ᄌᆞᄅᆞᆯ 도라보아

---

68 유문도학(儒門道學): 유교와 그 도덕에 대한 학문.

69 쥬필(朱筆): 주필. 붉은 먹이나 붉은 잉크를 묻혀 쓴 글.

70 낙낙(落落): 성격이 작은 일에 얽매이지 않고 대범함.

71 고문화엽(高門華葉): 부귀하고 지체가 높은 이름난 집안.

72 필ᄌᆞ(畢子): 필자. 막내아들.

ᄀᆞᆯ오ᄃᆡ

"녕ᄆᆡ쇼졔(令妹小姐) 이에 머므디 못ᄒᆞᆯ 줄 아ᄅᆞ시리니 ᄲᆞᆯ니 승교(乘轎)ᄒᆞ시믈 쳥(請)ᄒᆞ시믈 쳥ᄒᆞ여 군(君)이 호ᄒᆡᆼ(護行)ᄒᆞ라. 딘낭으로 앏흘 인도(引導)ᄒᆞ고 아등(我等)은 뒤니워 가리라."

공ᄌᆡ 즉시 ᄆᆡ져(妹姐)ᄅᆞᆯ 보고 엄도ᄉᆞ의 후의(厚意)ᄅᆞᆯ 젼ᄒᆞ며 ᄇᆞᆺ비 승교(乘轎)ᄒᆞ시믈 쳥ᄒᆞ니 ᄎᆞ시(此時) 쇼졔(小姐) 쳥션관이 화염(火炎)의 ᄉᆞ회믈 인ᄒᆞ여 음실(陰室)을 버셔나 츈·경 이파(二婆)로 더브러 산샹암혈(山上巖穴)의 몸을 의디ᄒᆞ엿더니 공ᄌᆞ의 승교ᄒᆞ라 ᄒᆞ믈 듯고 기리 탄식왈(嘆息曰) 17면

"우형(愚兄)의 명되(命途) 궁극(窮極)ᄒᆞ여 조봉화란(早逢禍亂)[73]이 사ᄅᆞᆷ의 ᄎᆞᆷ디 못ᄒᆞᆯ ᄇᆡ 만흐니 녜(禮)ᄅᆞᆯ 좁고 법을 ᄃᆡᆨ희ᄂᆞᆫ ᄌᆞ로 니ᄅᆞᆯ딘ᄃᆡ 발셔 황양혼ᄇᆡᆨ(黃壤魂魄)[74]이 되여실디라. 군ᄌᆞ녈부(君子烈婦)ᄂᆞᆫ 환난(患難)을 당(當)ᄒᆞ나 곳치디 아니코 죽어도 관(冠)을 벗디 아니ᄒᆞ며 급(急)ᄒᆞ나 젼두(前頭)ᄅᆞᆯ 말ᄆᆡ암디 아니ᄒᆞ고 ᄇᆡᆨ희(伯姬) 화염(火炎) 듕 소신(燒身)ᄒᆞ미[75] 진짓 녜(禮)의 말(末)니 되염 즉ᄒᆞ거ᄂᆞᆯ 우져(愚姐)ᄂᆞᆫ 듕야(中夜)의 분쥬(奔走)ᄒᆞ여 녀ᄌᆞ의 디극ᄒᆞᆫ 녜모(禮貌)ᄅᆞᆯ 일흐니 부훈모교(父訓母教)의 명셩(名聲)ᄒᆞ시믈 헛곳의 ᄇᆞ리미 되엿ᄂᆞᆫ디

---

73 조봉화란(早逢禍亂): 어린 나이에 고난과 재앙을 겪음.

74 황양혼ᄇᆡᆨ(黃壤魂魄): 황양혼백. 황양은 사람이 죽은 뒤에 그 혼이 가서 산다고 하는 세상, 혼백은 넋.

75 ᄇᆡᆨ희(伯姬) 화염(火炎) 듕 소신(燒身)ᄒᆞ미: 춘추시대 노나라 선공의 딸 백희가 남편 송공이 죽은 뒤 송나라 궁궐에 불이 나서 피하라고 하자, 부인의 의는 밤에 보모가 없으면 마루를 내려가지 않는 것이라고 하며 나가지 않고 불에 타 죽은 것.

18면 라. 구ᄎᆞ(苟且)히 도ᄉᆡᆼ(圖生)ᄒᆞ미 쾌(快)히 죽음만 ᄀᆞᆺ디 못ᄒᆞ니 타일 친젼(親前)을 님(臨)하여 어나 낫ᄎᆞ로 알현(謁見)ᄒᆞ며 므ᄉᆞᆷ 말ᄉᆞᆷ으로 이ᄀᆞᆺ치 동셔표박(東西漂迫)[76]ᄒᆞ던 바ᄅᆞᆯ 주(奏)ᄒᆞ리오?”

공ᄌᆞ 도로혀 우어 왈

“져져(姐姐)ᄂᆞᆫ 요도(妖道)의 강악(强惡)ᄒᆞᆫ 핍박을 면(免)ᄒᆞ여 음실(陰室)을 버셔난 다ᄒᆡᆼ은 니ᄅᆞ디 아니시고 엇디 도로혀 한담셜화(閑談說話)[77]의 녜(禮)의 말ᄉᆞᆷ으로 밧비 승교(乘轎)ᄒᆞ시믈 니ᄌᆞ시ᄂᆞ니잇고? 스ᄉᆞ로 긔특홀와 일ᄏᆞᆯ 거ᄉᆞᆫ 업거니와 실노 져져와 쇼뎨 아니면 요도의 일당(一黨)을 버셔나기 어려오니 타일(他日) 친위(親闈)의 뵈ᄋᆞᆸᄂᆞᆫ ᄯᆡ면 과연 말ᄉᆞᆷ이 빗치 이셔 비록 오ᄅᆡ 슬하(膝下)ᄅᆞᆯ 니측(離側)ᄒᆞ미 블회(不孝)나 몸이 능히 보젼ᄒᆞ믈 어더 도라가니 져져의 광명뎡대(光明正大)ᄒᆞ심과 의상결결(意想潔潔)[78]ᄒᆞᆫ 녈졀(烈節)이 청상(淸霜)을 능두(凌頭)ᄒᆞ고 ᄇᆡᆨ옥(白玉)을 유화(有瑕)ᄒᆞ여[79] 만군진듕(萬軍陣中)의 낫촐 벗기며 구확음쳔(九壑陰泉)의 요슐을 믈니쳐 졍졀(貞
19면 節)을 밧고디 아닛ᄂᆞᆫ 효졀(孝節)을 알외ᄂᆞᆫ 즈음의 쇼뎨(小弟)ᄂᆞᆫ 뉵국(六國)을 병상(倂相)ᄒᆞ던 현하(懸河)[80]ᄅᆞᆯ 거후ᄅᆞᆫ족 왕모(王母)와 ᄇᆡᆨ부

---

76 동셔표박(東西漂迫): 동서표박. 동서로 정처 없이 떠돌아다님.

77 한담셜화(閑談說話): 한담설화. 심심풀이로 하는 실없고 자질구레한 말.

78 의상결결(意想潔潔): 뜻과 생각이 지나칠 정도로 빈틈없고 곧음.

79 청상(淸霜)을 능쥬(凌頭)ᄒᆞ고 ᄇᆡᆨ옥(白玉)을 유화(有瑕)ᄒᆞ여: ‘맑은 서리를 낮게 여기고 백옥에 티가 있다고 할 정도’라는 의미로 추정.

80 뉵국(六國)을 병상(倂相)ᄒᆞ던 현하(懸河): 춘추전국시대에 진(秦)나라에 맞서 동방의 6국이 연합하여 진나라를 제압하자는 합종책을 제안하고 6국의 재상을 지낸 소진의 물 흐르듯 거침없는 달변.

뫼(伯父母) 홀홀변식(忽忽變色)ᄒᆞ샤 긔이(奇異)ᄒᆞ믈 결을치 못ᄒᆞ시리니 엇디ᄒᆞ여 뵈올 면목과 알욀 말솜이 업다 ᄒᆞ시ᄂᆞ니잇가? 져져(姐姐)의 당(堂)ᄒᆞ신 명졀(名節)이 쳔ᄉᆞ만상(千思萬想)[81]ᄒᆞ여도 븟그러오미 업셔 스ᄉᆞ로 긔운이 밋디 못ᄒᆞ여 음실(陰室) ᄀᆞ온ᄃᆡ셔 딘(盡)ᄒᆞ면 홀일업거니와 그러치 아닌 후ᄂᆞᆫ 동표셔박(同漂西泊)으로뼈 누덕(陋德)[82]을 삼을 ᄇᆡ 아니니이다."

쇼졔 도로혀 희미히 쇼왈(笑曰)

"현져의 ᄌᆞ칭 ᄌᆞ과(自誇)[83]ᄒᆞ미 사ᄅᆞᆷ으로 ᄒᆞ여곰 가쇼로오믈 니긔디 못홀 ᄇᆡ라. 우져(愚姐)의 언둔(語遁)[84]ᄒᆞ므로뼈 닷토디 아닛노라."

인ᄒᆞ여 교듕(轎中)의 들ᄆᆡ 공ᄌᆡ 호힝(護行)ᄒᆞ고 츈·경 이패(二婆) 조ᄎᆞ 태힝산으로 힝홀시 공ᄌᆞ와 초벌의 볼뫼 되여 긔년(期年)[85]이 디나ᄆᆡ 남관(藍關)의 슬픈 곡되(曲調)[86] 구촌(九寸)[87]을 ᄭᅳᆫ코 셔하의 갓치이미 십유뉵칠삭(十有六七朔)이로ᄃᆡ 블 위의 긔화ᄅᆞᆯ 아라보미 업ᄉᆞ니 20면
훤초(萱草)[88]의 깃브믈 졀ᄒᆞ지 못ᄒᆞᄂᆞᆫ 바ᄅᆞᆯ 쳥소야우(淸宵夜雨)[89]의 ᄭᅮᆷ이 고원(故園)의 도라가 친위(親闈)의 졀홀 ᄯᆞᄅᆞᆷ이오 츈풍츄월(春風

81 쳔ᄉᆞ만상(千思萬想): 천사만상. 천 번 생각하고 만 번 생각함.
82 누덕(陋德): 덕을 욕되게 함.
83 ᄌᆞ과(自誇): 자과. 스스로 공치사하고 자랑하는 것.
84 언둔(語遁): 마음이 좁고 둔함.
85 긔년(期年): 기년. 1년.
86 남관(藍關)의 슬픈 곡되(曲調): 당나라 때 한유가 좌천되어 조주로 가다가 남관에 이르러 큰 눈을 만나 더 이상 나가지 못하자 조카 한상에게 장강 가에 자신을 묻어달라고 하는 시를 읊었음.
87 구촌(九寸): 마음.
88 훤초(萱草): 모친이 기거하는 곳.

秋月)의 존당(尊堂)의 은ᄋᆡ(恩愛)ᄅᆞᆯ ᄉᆞ렴(思念)ᄒᆞ여 눈믈노 일월(日月)을 보ᄂᆡ더니 셰계(世界)[90]로 길흘 드ᄃᆡ며 극낙(極樂)으로 길흘 여러시믈 환ᄒᆡᆼ(歡幸)ᄒᆞ나 쇼져ᄂᆞᆫ 오히려 ᄒᆡᆼ되(行途) 뜻ᄀᆞᆺ디 못ᄒᆞᆯ가 근심ᄒᆞ며 츈·경 이파(二婆)ᄂᆞᆫ 운화ᄅᆞᆯ 즛디ᄅᆞ디 못ᄒᆞ여시믈 혹ᄌᆞ(或者) 후환(後患)이 될가 져허ᄒᆞ나 이번 셩공ᄒᆞᆫ 즐거오미 형용치 못ᄒᆞᆯ디라. 슈무족도(手舞足蹈)[91]ᄒᆞ여 미미ᄒᆞᆫ 깃븜과 흔흡(欣洽)ᄒᆞᆫ 즐거오미 언어(言語)로 다 일ᄏᆞᆺ디 못ᄒᆞᆯ ᄇᆡ러라. ᄲᆞᆯ니 ᄒᆡᆼ(行)ᄒᆞ여 태ᄒᆡᆼ산의 ᄆᆡᆺ쳐ᄂᆞᆫ 뒤셔 오던 광능ᄌᆡ 쳥녀(靑驪)ᄅᆞᆯ ᄎᆡ쳐 나ᄂᆞᆫ ᄃᆞ시 문(門)의 다ᄃᆞ라 동원별당(東園別堂)을 ᄀᆞᄅᆞ쳐 쇼져(小姐)의 교ᄌᆞ(轎子)[92]ᄅᆞᆯ 나리오라 ᄒᆞ니 츈·경 이패 공ᄌᆞ와 ᄒᆞᆫ가디로 별당의 드러가 교ᄌᆞᄅᆞᆯ 나리와 쇼져ᄅᆞᆯ
21면 쉬게 ᄒᆞᆯᄉᆡ 광능ᄌᆡ 즉시 다과ᄅᆞᆯ 보ᄂᆡ며 됴반(早飯)을 올니니 정결ᄒᆞ고 향긔로오미 극ᄒᆞᆯ디언졍 ᄒᆞᆫ 가디 육식(肉食)이 업ᄂᆞᆫ디라. 츈파 등이 괴이(怪異)히 넉이고 쇼졔 ᄯᅩᄒᆞᆫ 의아ᄒᆞ여 침음(沈吟)[93]ᄒᆞ거ᄂᆞᆯ 공ᄌᆡ 잠간 하져(下箸)[94]ᄒᆞ고 상을 믈니고 비로소 문계공이 포통원ᄉᆞ(抱痛冤死)ᄒᆞ시믈 젼ᄒᆞ니 쇼졔 경악비통(驚愕悲痛)ᄒᆞ여 실셩ᄋᆡ곡(失聲哀哭)[95]ᄒᆞᄆᆡ 공ᄌᆡ 읍읍통열(泣泣痛咽) 왈

---

89 쳥소야우(淸宵夜雨): 청소야우. 맑게 갠 밤과 비 내리는 밤. 규장각본에는 '쳥쇼ᄒᆞ야우'로 되어 있음.

90 셰계(世界): 세계. 인간세계. 규장각본에는 '셰졔'로 되어 있음.

91 슈무족도(手舞足蹈): 수무족도. 몹시 좋아서 날뛰는 것.

92 교ᄌᆞ(轎子): 교자. 가마.

93 침음(沈吟): 속으로 깊이 생각함.

94 하져(下箸): 하저. 젓가락을 댄다는 뜻으로, 음식을 먹는 것.

95 실셩ᄋᆡ곡(失聲哀哭): 실성애곡. 목놓아 슬피 통곡함.

"슉부의 녈의셩덕(烈義聖德)이 크게 슈복(壽福)을 누리실 비로ᄃᆡ 문운(門運)[96]의 블힝망극(不幸罔極)ᄒᆞ미 이에 밋고 텬되(天道) 튱신(忠臣)을 박(薄)히 ᄒᆞ시미 그 디경의 니ᄅᆞ니 ᄌᆞ딜디졍니(子姪之情理)[97]의 통박(痛迫)ᄒᆞ거니와 다시 ᄉᆡᆼ각건ᄃᆡ ᄇᆡᆨ부대인(伯父大人)이 노영(虜營)으로 ᄉᆞ못ᄎᆞ 쥬욕신ᄉᆞ(主辱臣死)ᄅᆞᆯ 피(避)치 아니ᄒᆞ실디라. 졀박ᄒᆞᆫ 근심과 황황(遑遑)ᄒᆞᆫ 념녜 노흘 날이 업ᄉᆞ리로소이다."

쇼졔 더옥 놀나고 슬허 왈

"연즉(然則) 아등(我等)이 쎨니 힝ᄒᆞ여도 팔쳔 니ᄅᆞᆯ 일삭디ᄂᆡ(一朔之內)[98]의 가지 못ᄒᆞ리니 대인(大人)이 노영(虜營)의 힝ᄒᆞ신 ᄇᆡᆫ즉 능히 ᄇᆡ알(拜謁)ᄒᆞ믈 엇디 못ᄒᆞ랴?" 22면

공ᄌᆡ 왈

"이런고로 쇼뎨 ᄆᆞ음이 더옥 비회(悲懷)ᄅᆞᆯ 뎡치 못ᄒᆞᄂᆞ이다."

쇼졔 더옥 슬허ᄒᆞ믈 마디 아니ᄒᆞ니 공ᄌᆡ 역읍(亦泣)ᄒᆞ더라. 이윽고 츈파 등을 당부ᄒᆞ여 져져(姐姐)ᄅᆞᆯ 잘 뫼시라 ᄒᆞ고 날호여 외당의 나오니 반각광실의 층층밀밀(層層密密)ᄒᆞ미 졔졔슉슉(齊齊肅肅)ᄒᆞ여 듁병아상(竹屛牙床)의 포딘(鋪陳)이 졍결ᄒᆞᆫᄃᆡ 엄도ᄉᆡ 쥬벽(主壁)의 좌(坐)ᄒᆞ고 댱어ᄉᆡ 셔벽(西壁)의 좌ᄒᆞᆫ ᄀᆞ온ᄃᆡ 엄ᄉᆡᆼ 등 오(五) 곤계(昆季) 기러기 날개ᄅᆞᆯ 년ᄒᆞ여 딘가슉 등으로 더브러 뫼셔시ᄆᆡ 녜의고듕(禮儀高重)ᄒᆞ미 부ᄌᆞ(夫子) 법셕(法席)[99]을 님ᄒᆞᆫ ᄃᆞᆺ 졍공ᄌᆡ ᄒᆞᆫ번 보ᄆᆡ

---

96 문운(門運): 가문의 운수.

97 ᄌᆞ딜디졍니(子姪之情理): 자질지정리. 조카 된 도리와 정.

98 일삭디ᄂᆡ(一朔之內): 일삭지내. 한 달 내.

심복(心腹)ᄒᆞ여 셩명과 츈호(春號)[100]를 셔로 통ᄒᆞ며 깁히 졔엄(諸嚴)과 교도(交道)를 ᄆᆡ졎실ᄉᆡ 셕윤이 공ᄌᆞ와 동년(同年)이오 의퓌(儀表) 비쇽(非俗)ᄒᆞ니 공지 각별ᄒᆞ여 피ᄎᆡ(彼此) ᄉᆞ랑ᄒᆞ미 권권(眷眷)ᄒᆞ거ᄂᆞᆯ 도ᄉᆡ 흔연왈(欣然曰)

23면 "현ᄉᆞ(賢士)ᄂᆞᆫ 타일(他日) 노부(老夫)를 닛디 아닐진ᄃᆡ 아손(我孫) 등의 궁달화복(窮達禍福)[101]을 보ᄆᆡ 금난(金蘭)의 교도(交道)[102]를 여러 각별이 교계(交契)[103]ᄒᆞ믈 ᄇᆞ라노라."

공지 피셕ᄃᆡ왈(避席對曰)

"녕손(令孫)[104] 등은 ᄀᆡ개(箇箇)히 통쳘(通徹)ᄒᆞᆫ 고ᄉᆡ(高士)라. 쇼ᄌᆡ ᄒᆞᆫ 번 구경ᄒᆞᄆᆡ 비로소 인ᄉᆡᆼ(人生)이 헛되지 아니믈 ᄭᆡᄃᆞ라 존문늉복(尊門隆福)을 치하(致賀)ᄒᆞ며 실노 셕윤은 쳔고(千古)의 무비(無比)ᄒᆞ고 셰ᄃᆡ(世代)의 다시 잇디 아니ᄒᆞ오니 쇼ᄌᆡ 흠탄(欽歎)ᄒᆞ믈 결을치 못ᄒᆞᄂᆞ이다."

대개 그 모친 쥬시 셕윤을 잉신(孕賑)ᄒᆞᆯ ᄯᆡ 긔몽(奇夢)을 엇고 분산디시(紛産之時)의 샹셔로온 일이 만흐며 임의 강ᄉᆡᆼ(降生)ᄒᆞᄆᆡ 츌어범뉴(出於凡類)ᄒᆞ고 발호기췌(拔乎其萃)ᄒᆞ여 초쥰탁아(超俊卓雅)ᄒᆞ

---

99 법셕(法席): 법석. 강연 혹은 강론하는 자리.

100 츈호(春號): 춘호. 나이.

101 궁달화복(窮達禍福): 빈궁함과 영달함, 화와 복.

102 금난(金蘭)의 교도(交道): 황금같이 단단하고 난초같이 아름다운 사귐. 교분이 두텁고 우정이 깊은 사귐.

103 교계(交契): 서로 사귀는 정.

104 녕손(令孫): 영손. 남의 손자를 높여 부르는 말.

미 셰고(歲古)의 무젹(無敵)이라. 졍공지 각별 허심이디(虛心愛待)ᄒᆞ여 경샤(京師) 소식을 일일히 므러 됴어ᄉᆞ의 변븍피젹(邊北被謫)홈과 왕부(王父)[105]의 여러 문싱(門生)이 만히 타몽ᄒᆞ여 녕안(永安)ᄒᆞᆫ 지(者) 드므디 오딕 홀노 댱태우 헌이 왕딘의게 쳠미(諂媚)ᄒᆞ여 부귀(富貴) ᄒᆞᆫ갈ᄀᆞᆺᄐᆞ믈 듯고 심니(心裏)의 가연(可憐)ᄒᆞ여 도로혀 쇼왈(笑曰)

“고어(古語)의 왈 ‘유명만셰(遺名萬世)를 못 ᄒᆞ거든 출하리 유취만년(遺臭萬年)이라.’[106] ᄒᆞ엿ᄂᆞ니 댱태위 맛춤ᄂᆡ 유명만셰를 구(求)ᄒᆞ여 엇디 못ᄒᆞ리니 스ᄉᆞ로 소의(所宜)를 반(反)ᄒᆞ여 머므러 후셰의 일홈을 젼ᄒᆞ믄 션악간(善惡間)의 ᄒᆞᆫ가지로 민멸(泯滅)치 아닛ᄂᆞ니 쏘ᄒᆞᆫ 잘 싱각ᄒᆞ미로다.” 24면

댱어시 쇼왈(笑曰)

“셕(昔)의 님보(林甫)[107]의 간악(奸惡)ᄒᆞ므로도 당실(唐室)의 니신(利臣)이 되니 댱후빅이 이제 왕진의게 쳠미(諂媚)ᄒᆞ여 부귀를 일치 아닐지언졍 일죽 국가의 듕긔(重機)를 어ᄌᆞ러이미 업고 평싱의 위티ᄒᆞᆫ 일을 피ᄒᆞ미 원슈 ᄀᆞᆺᄐᆞ여 셰리(勢利)[108]를 좃ᄎᆞ ᄉᆡᆼ진 ᄌᆞ(者)를 더옥 밀치며 니러나ᄂᆞᆫ ᄌᆞ를 븟드러 영녹(榮祿)을 구(求)ᄒᆞ나니 후빅은 위티ᄒᆞ믜 니ᄅᆞ디 아닐지라. 텬ᄌᆡ 븍디(北地)의 파월(播越)ᄒᆞ신 후 왕진의

105 왕부(王父): 남 앞에서 자기 할아버지를 부르는 말. 여기서는 정한을 가리킴.

106 유명만셰(流名萬世)를 못ᄒᆞ거든 출하리 유취만년(遺臭萬年)이라: 아름다운 명성을 만세에 남길 수 없으면 더러운 이름이라도 만년토록 남겨야 한다는 뜻.

107 님보(林甫): 이임보. 당나라 현종 때의 재상을 지낸 간신. 겉과 속이 달라 ‘구밀복검(口蜜腹劍)’이라 불렸음.

108 셰리(勢利): 세리. 권세와 이익.

삼족(三族)을 이멸(已滅)ᄒᆞ다 ᄒᆞ디 댱후빅이 왕젹으로 더브러 족(族)

25면 의 잇디 아니ᄒᆞ고 그 훼망(毁亡)키롤 밋쳐ᄂᆞᆫ 흥긔(興起)ᄒᆞᄂᆞᆫ 뉴(類)

롤 븟조ᄎᆞ 왕진을 ᄒᆞᆫ가디로 밀치니 엇디 ᄒᆡ(害)롤 바드리오?"

공지 크게 무샹(無狀)히 넉이디 다시 답디 아니터라. 엄도ᄉᆡ 졍공ᄌᆞ의 도라갈 ᄯᅳᆺ이 착급(着急)ᄒᆞ여 슉식(宿食)을 편히 못 ᄒᆞ믈 보고 ᄒᆡᆼ거(行車)롤 출혀주어 보ᄂᆡ려 ᄒᆞᆯᄉᆡ 댱어ᄉᆡ 엄도ᄉᆞ롤 보아 ᄀᆞᆯ오ᄃᆡ

"션ᄉᆡᆼ은 쳔 니롤 목젼(目前)ᄀᆞᆺ치 보시고 미ᄅᆡ롤 ᄉᆞᄆᆞᆺ 아ᄅᆞ시니 졍ᄋᆞ(程兒) 남ᄆᆡ 션ᄉᆡᆼ의 현의(玄義)[109]롤 므릅ᄡᅧ 태향의 도라가믈 ᄯᅳᆺᄀᆞᆺ치 ᄒᆞ리잇가?"

도ᄉᆡ 침음냥구(沈吟良久)의 ᄃᆡ왈(對曰)

"졍쇼져ᄂᆞᆫ 보지 못ᄒᆞ여시니 아디 못ᄒᆞ거니와 그 쥬셩(主星)이 문월셩인즉 거의 그 사ᄅᆞᆷ의 긔특ᄒᆞ믈 알 비오. 졍ᄌᆞ(程子)ᄂᆞᆫ 크게 원복(遠福)을 타나 영녹(榮祿)과 부귀(富貴) 하원(遐遠)ᄒᆞ리니 작셩(作性)의 그 갓툰 후ᄂᆞᆫ 슈화(水火)의 님(臨)ᄒᆞᆫ들 므ᄉᆞᆷ 위ᄐᆡᄒᆞ미 이시리오? 다만 고원(故園)으로 ᄒᆡᆼ도(行途)롤 지으나 ᄯᅳᆺ 갓ᄐᆞ미 어려올디라. 졍ᄌᆞ

26면 ᄂᆞᆫ 명년ᄂᆡ(明年內)로 부모롤 상봉ᄒᆞᆯ가 모로거니와 그 쇼져ᄂᆞᆫ 슈히 고원의 니ᄅᆞ지 못ᄒᆞ여 타쳐(他處)의 뉴우(流寓)ᄒᆞ미 되리이다."

댱공이 경왈(驚曰)

"연즉(然則) 션ᄉᆡᆼ이 엇디 졍ᄋᆞ 등을 도라보ᄂᆡ려 ᄒᆞ시ᄂᆞ니잇고? 아직 이에 머므러 두어 그 ᄋᆡᆨ운(厄運)이 지난 후의 보ᄂᆡ시미 셩심(誠心)일

109 현의(玄義): 깊은 가르침.

가 ᄒᆞᄂᆞ이다.”

도ᄉᆡ 쇼왈(笑曰)

“만ᄉᆡᆼ(晩生)이 슈블인(雖不仁)이나 사ᄅᆞᆷ으로ᄡᅧ ᄋᆡᆨ화(厄禍)의 밀치기ᄅᆞᆯ ᄎᆞ마 못 ᄒᆞᄂᆞ니 정ᄌᆞ(程子)ᄅᆞᆯ 이에 머므ᄅᆞ믈 인ᄒᆞ여 그 ᄋᆡᆨ운이 딘(盡)ᄒᆞ량이면 비록 듯디 아닐지라도 말뉴(挽留)ᄒᆞ여 칠팔 삭(朔)을 머믈게 ᄒᆞᆯ 거시로ᄃᆡ 일이 그러치 못ᄒᆞ여 정ᄌᆡ 도로(道路)의 잠간 괴로오믈 당ᄒᆞ고 ᄯᅩ 일장(一場) 우은 거조로 남화위녀(男化爲女)ᄒᆞ여 긔관(奇觀)을 ᄀᆞᆺ초 격근 후 친위(親闈)에 절ᄒᆞ믈 어더 훤초(萱草)ᄅᆞᆯ 하례(賀禮)ᄒᆞ미 되리니 이의 삼 년을 잇셔도 ᄋᆡᆨ회(厄會)ᄂᆞᆫ 소멸(消滅)치 못ᄒᆞ고 졈졈 도라감만 더ᄃᆡ리니 ᄎᆞᆯ하리 그 ᄯᅳᆺ을 좃ᄎᆞ미로소이다.”

댱공이 엄도ᄉᆞ의 미ᄅᆡᄅᆞᆯ 알오미 여ᄎᆞ신긔(如此新奇)ᄒᆞ니 다시 쳥(請) 27면
치 못ᄒᆞ고 공ᄌᆞᄅᆞᆯ 위ᄒᆞᆫ 근심이 지극ᄒᆞ여 일야(一夜)ᄂᆞᆫ 공ᄌᆞ로 더브러 죵용이 말ᄉᆞᆷᄒᆞ다가 므러 ᄀᆞᆯ오ᄃᆡ

“엄션ᄉᆡᆼ이 현딜(賢姪)을 슈히 보ᄂᆡ렷노라 ᄒᆞ니 너의 발ᄒᆡᆼ(發行)이 슈일ᄂᆡ(數日內)로 될지라. 우슉(愚叔)의 결연(缺然)[110]ᄒᆞᆫ 회포(懷抱)ᄂᆞᆫ 니ᄅᆞᆯ ᄇᆡ 아니어니와 현딜이 오히려 십 세ᄅᆞᆯ ᄎᆞ지 못ᄒᆞᆫ 바로 늉동심한(隆冬甚寒)[111]의 원노험디(遠路險地)ᄅᆞᆯ 당(當)ᄒᆞ여 엇디 득달(得達)ᄒᆞᆯ고? 졀박ᄒᆞᆫ 심녀(心慮)ᄅᆞᆯ 노치 못ᄒᆞᆯ ᄇᆡ어ᄂᆞᆯ ᄯᅩ 엄션ᄉᆡᆼ이 여ᄎᆞ여ᄎᆞ 니ᄅᆞ시니 너의 ᄒᆡᆼ도(行途)ᄅᆞᆯ 우슉이 착급ᄒᆞ믈 니긔디 못ᄒᆞᆯ노라.”

공ᄌᆡ 댱공의 후의(厚意)ᄅᆞᆯ 다감(多感)ᄒᆞ여 긔이ᄇᆡ샤(起而拜謝) 왈

---

110 결연(缺然): 마음을 다하지 못해 서운함.

111 늉동심한(隆冬甚寒): 융동심한. 눈 내리는 깊은 겨울의 심한 추위.

“존슉(尊叔)의 권권(眷眷)ᄒᆞ신 셩의ᄅᆞᆯ 감샤(感謝)ᄒᆞ오나 ᄆᆡᄉᆡ(每事) 다 텬뎡(天定)이라. 져 요도(妖道)의 죽음도 쇼딜(小姪)의 능ᄒᆞᆫ ᄇᆡ 아니오 쇼딜 남ᄆᆡ의 쳡봉화란(疊逢禍亂)ᄒᆞᆷ도 요도의 빌미 아니라 도시 텬뎡(天定)이라. 년슉(緣叔)은 쳥컨ᄃᆡ 셩녀(聖慮)ᄅᆞᆯ 번거히 마ᄅᆞ쇼셔.”

28면 셜파(說罷)의 가월텬창(佳月天倉)[112]의 슈운(愁雲)이 함집(咸集)ᄒᆞ니 쇄쇄(灑灑)ᄒᆞᆫ 풍도(風度)와 고원(高遠)ᄒᆞᆫ 격죄(格調) 츄텬(秋天)이 최외(崔嵬)ᄒᆞ고 태산(泰山)이 암암(巖巖)[113]ᄒᆞ니 댱공이 그 얼골을 ᄃᆡᄒᆞ여 보고 다시 볼ᄉᆞ록 ᄉᆡ로이 긔이ᄒᆞ믈 결을치 못ᄒᆞ며 그 말ᄉᆞᆷ을 드ᄅᆞᄆᆡ ᄋᆡ복경탄(愛服敬歎)ᄒᆞ믈 니긔지 못ᄒᆞ여 어로만져 칭션왈(稱善曰)

“현ᄌᆡ(賢哉)라! 너의 호활(浩濶)ᄒᆞᆫ 의견과 뎡대(正大)ᄒᆞᆫ 언논(言論)이여! 운계의 ᄉᆡᆼ휵(生畜)이 아니면 이러치 못ᄒᆞᆯ디라. 너의 위인(爲人)은 농담호혈(龍潭虎穴)을 당(當)ᄒᆞ나 므ᄉᆞᆷ 근심이 이시리오마ᄂᆞᆫ 오직 미돈(迷豚)[114] 등은 계오 용쇽(庸俗)[115]기ᄅᆞᆯ 면(免)ᄒᆞ여시나 범범쇽ᄌᆡ(凡凡俗才)라 위란지졔(危亂之際)[116]의 능치 못ᄒᆞᆯ가 부ᄌᆞ의 졍으로ᄡᅧ 참연(慘然)ᄒᆞᆫ ᄆᆞ음을 노치 못ᄒᆞ리로다.”

공ᄌᆡ 블감ᄉᆞ샤(不堪謝辭)ᄒᆞ고 공의 ᄌᆞ긔 위ᄒᆞᆫ 근심을 프러 호언위로(好言慰勞)ᄒᆞ며 밤을 디ᄂᆡᆫ 후 임의 엄도ᄉᆡ ᄒᆡᆼ거(行車)ᄅᆞᆯ ᄎᆞᆯ혀주므로

---

112 가월텬창(佳月天倉): 가월천창. 아름다운 달과 푸른 하늘. 얼굴의 이마나 눈썹 부분을 비유하는 말로 쓰임.

113 암암(巖巖): 산이나 바위가 높고 험함.

114 미돈(迷豚): 남에게 자기 자식을 낮춰 부르는 말.

115 용쇽(庸俗): 용속. 평범하고 속되어 이렇다 할 특징이 없음.

116 위란지졔(危亂之際): 위란지제. 사회적·정치적으로 위태롭고 어지러운 상황.

듕동(仲冬) 습순일(拾旬日) 발힝(發行)홀시 ᄎ시(此時) 엄도ᄉ 부인 풍시 오부(五婦)와 이녀(二女)로 더브러 별당의 나와 졍쇼져를 보고 29면
누실(陋室)의 여러 날 뉴우(流寓)ᄒ믈 일ᄏᄅ며 원노험디(遠路險地)의 무ᄉ득달(無事得達)ᄒ여 훤졍(萱庭)의 비알(拜謁)홀 바롤 하례(賀禮)홀시 풍부인으로브터 녀부(女婦)의 니ᄅ히 기개히 쳥한쇄락(淸閑洒落)ᄒ여 형ᄎ포군(荊釵布裙)[117]이 더옥 외모덕셩(外貌德性)을 도앗ᄂ디라. 쇼졔 극딘공경(極盡恭敬)ᄒ여 존문(尊門) 활명디덕(活命之德)을 칭샤(稱謝)ᄒ며 늉은대혜(隆恩大惠)롤 슈심명골(垂心銘骨)ᄒ여 구원(九原)의 플흘 밋고[118] 슈호(隋侯)의 구술[119]을 먹음어 만일(萬一)을 갑숩기롤 일ᄏ롤시 긔상이 텬연쇄락(天然洒落)ᄒ여 윤염찬난(潤艶燦爛)ᄒ미 태양이 됴하(朝霞)[120]의 오ᄅ고 부게(芙蕖) 녹파(綠波)의 ᄂ왓ᄂ 둧 월익(月額)[121]의 셔치(瑞彩) 휘황(輝煌)ᄒ며 취미(翠眉)의 샹운(祥雲)이 ᄆᄅ녹으니 단슌(丹脣)이 이랑의 호치(皓齒) ᄂ션(乃鮮)ᄒ고 교교아셩(姣姣牙聲)을 토ᄒ미 낭낭화쳥(朗朗和淸)ᄒ며 안일쇄연(安逸灑然)ᄒ여 단혈(丹穴)의 유봉(幼鳳)이 브ᄅ고 경개 옥뉼(玉律)을 화(和)ᄒᄂ 둧 능셤이 득듕(得中)ᄒ고 슈단이 합도(合道)ᄒ

117 형ᄎ포군(荊釵布裙): 형차포군. 한나라 때 양홍의 아내 맹광이 가시나무 비녀를 꽂고 베치마를 입은 데서 나온 것으로, 부인의 검소한 옷차림을 뜻함.

118 구원(九原)의 플흘 밋고: 결초보은. 저승에 가서도 풀을 묶어 은혜를 갚는 것. 규장각본에는 '의를 밋고'로 되어 있음.

119 슈호(隋侯)의 구술: 규장각본에는 '슈회의 구술'로 되어 있음.

120 됴하(朝霞): 조하. 아침 하늘이 햇살로 벌겋게 보이는 것.

121 월익(月額): 월액. 달 같은 이마.

30면 니 완약유룡(宛若幼龍)이오 엄약명월(儼若明月)이라. 풍부인 모녀고뷔(母女姑婦) 비록 쳥아온유(淸雅溫柔)ᄒᆞ나 엇디 경쇼져 갓ᄐᆞᆫ 셩덕문광(盛德紋光)의 슉ᄌᆞ아딜(淑資雅質)을 구경ᄒᆞᆫ ᄇᆡ리오? 도로혀 홀홀변식(忽忽變色)ᄒᆞ고 이목(耳目)이 현황(眩慌)ᄒᆞ여 딘셰(塵世) 화식디인(火食之人)이믈 ᄭᆡ닷디 못ᄒᆞ니 어린 ᄃᆞ시 쇼져의 낫촐 우러러 관경(觀景)을 삼앗더라. 임의 날이 늣고 경공ᄌᆡ 드려오려 ᄒᆞ므로 엄도ᄉᆡ 부인을 ᄌᆡ쵹ᄒᆞ여 드러가라 ᄒᆞᆫᄃᆡ 부인이 즉시 니러 함누작별(含淚作別)ᄒᆞ고 드러가니 쇼졔 ᄯᅩᄒᆞᆫ 그 후의(厚意)롤 샤례(謝禮)ᄒᆞ여 ᄇᆡ별(拜別)ᄒᆞᆫ 후 묘혜션 니시와 분슈(分手)ᄒᆞᆯᄉᆡ 엄도ᄉᆡ 이날 니시의 ᄒᆡᆼ거(行車)롤 출혀 ᄎᆞ셔(次壻) 곽창협의 아ᄋᆞ 박[122]으로 ᄒᆞ여곰 호ᄒᆡᆼ(護行)ᄒᆞ여 가게 ᄒᆞ니 원ᄂᆡ 곽창협의 시조(始祖)ᄂᆞᆫ 공창후(鞏昌侯) 곽흥(郭興)의 후예라. 각노(閣老) 곽언의 손(孫)이오 쳐ᄉᆞ(處士) 곽슈의 ᄌᆞ(子)니 쳐ᄉᆡ 곽흥의 뎍파종손(嫡派宗孫)[123]이로ᄃᆡ 후ᄌᆞᆨ(厚職)을 즐겨 아냐 ᄌᆞ손셰습(子孫世襲)ᄒᆞᄂᆞᆫ 단셔텰권(丹書鐵券)[124]을 나라히 드
31면 리고 산슈간(山水間)의 오유(遨遊)ᄒᆞ여 소허(巢許)의 고졀(高節)을 흠모(欽慕)ᄒᆞ며 부귀롤 헌신ᄀᆞᆺ치 넉이ᄃᆡ ᄎᆞᄌᆞ(次子) 창셕이 텬셩(天性)이 댱좌(將佐)[125]의 그롯시라 영뮈(英武) 당당ᄒᆞ고 신위(身位) 늠늠ᄒᆞ여 시년(是年)이 십오(十五)의 용ᄆᆡᆼ(勇猛)이 졀뉸(絶倫)ᄒᆞ며 튱녈

122 아ᄋᆞ 박: 규장각본에는 '아오 빅'으로 되어 있음.

123 뎍파종손(嫡派宗孫): 적파종손. 적자 가문의 종손.

124 단셔텰권(丹書鐵券): 단서철권. 쇳조각에 지워지지 않게 붉은 글씨를 써 공신에게 주어 대대로 죄를 면하게 하던 증명서,

125 댱좌(將佐): 규장각본에는 '댱ᄌᆞ'로 되어 있음.

(忠烈)이 개셰(蓋世)ᄒᆞ여 금ᄋᆡ 텬ᄌᆡ(天子) 븍디(北地)의 파월(播越)ᄒᆞ시믈 듯고 쥬욕신ᄉᆞ(主辱臣死)ᄅᆞᆯ 원ᄒᆞᄃᆡ 부뫼 구지 허(許)치 아니ᄒᆞ니 창셕이 먹지 못ᄒᆞ고 ᄌᆞ지 못ᄒᆞᄆᆡ 질(疾)이 되엿ᄂᆞᆫ디라. 부뫼 ᄒᆞᆯ일업셔 노영(虜營)으로 가기ᄅᆞᆯ 허ᄒᆞᆫᄃᆡ 곽ᄉᆡᆼ이 대희ᄒᆞ여 태ᄒᆡᆼ산의 니ᄅᆞ러 형을 보고 니별ᄒᆞᆯᄉᆡ 원간 묘혜션 니시의 모친 한시ᄂᆞᆫ 곽ᄉᆡᆼ의 모친 한시와 ᄌᆞᄆᆡ간이라. 이ᄌᆞᆼ(姨從)의 디친(至親)이 상봉ᄒᆞ니 반기며 깃브미 비ᄒᆞᆯ ᄃᆡ 업고 창셕이 ᄒᆡᆼᄒᆞᄂᆞᆫ 바의 그 이ᄌᆞᆼᄆᆡ(姨從妹)ᄅᆞᆯ 다려가 친부(親府)의 두라 ᄒᆞ니 니시 ᄒᆡᆼ희(幸喜)ᄒᆞ고 창셕이 비록 ᄉᆞᄉᆞ(私事)ᄅᆞᆯ 도라보디 못ᄒᆞᆯ ᄇᆡ나 ᄌᆞᆼᄆᆡ(從妹)의 비졍(悲情)을 참연ᄒᆞ여 호ᄒᆡᆼ(護行)ᄒᆞᄆᆡ 이날이 졍공ᄌᆞ의 발ᄒᆡᆼ(發行)과 ᄒᆞᆫ날이라. 니시 •졍소져로 32면
셔로 손을 ᄌᆞᆸ고 옥뉘(玉淚) 년낙(連落)ᄒᆞ여 ᄎᆞ마 니별치 못ᄒᆞ니 졍쇼졔 셕옥(石獄)의 아ᄉᆞ(餓死)ᄒᆞ믈 면ᄒᆞᆫ ᄇᆡ ᄎᆞ인(此人)의 활은대혜(活恩大惠)라 ᄒᆞ여 늉산대은(隆山大恩)을 ᄉᆞ라셔 갑디 못ᄒᆞᆯ진ᄃᆡ 죽어 결초보은(結草報恩)ᄒᆞᆯ 바ᄅᆞᆯ ᄌᆡ삼(再三) 칭(稱)ᄒᆞ니 니시 블감(不堪)ᄒᆞ믈 쳔만ᄉᆞ샤(千萬謝辭)ᄒᆞ고 후회(後會)ᄅᆞᆯ 셔신(書信)으로 긔약(期約)ᄒᆞ며 년년(戀戀)ᄒᆞ믈 ᄭᆞᆫ허 니별ᄒᆞᄆᆡ 곽ᄉᆡᆼ 쳐(妻) 엄시 니시의 ᄒᆡᆼ니(行李)[126]ᄅᆞᆯ 각별 돕고 위곡(委曲)[127]히 분슈(分手)ᄒᆞ니 니시 감샤ᄒᆞ믈 먹음고 몬져 곽ᄉᆡᆼ으로 더브러 ᄒᆡᆼᄆᆞ(行馬)ᄅᆞᆯ 두루혀니라. ᄎᆞ시(此時) 졍공ᄌᆡ ᄆᆡ져(妹姐)ᄅᆞᆯ 븟드러 거상(車上)의 올닌 후 나와 션ᄉᆡᆼ 부ᄌᆞ와 댱공긔 하직ᄒᆞᆯᄉᆡ 쳐ᄉᆡ(處士) 몬져 ᄯᅥ나ᄂᆞᆫ 결ᄒᆞᆯ(缺欻)ᄒᆞ믈 니ᄅᆞ며 비록 ᄒᆡᆼ

---

126 ᄒᆡᆼ니(行李): 행리. 여행할 때 쓰이는 물건과 차림.

127 위곡(委曲): 자세하고 간절함.

되(行途) 뜻 굿디 못훈 일이 잇셔도 쳔금디구(千金之軀)를 보듕ᄒᆞ여 심녀를 과상(過傷)치 말나 ᄒᆞ고 또 우어 왈

"군의 광명뎡딕(廣明正直)ᄒᆞ미 당당대의(堂堂大義)를 잡아 일호(一
33면 毫) 부박(浮薄)ᄒᆞ며 혼잡ᄒᆞ믈 용납디 아니려니와 연이나 공지(孔子) 미복과숑(微服過宋)[128]ᄒᆞ시니 셩문(聖門)의도 권되(權道)[129] 업디 아니코 고싀집녜(固守執禮)ᄒᆞ믈 지왈(子曰) 유힝경권(有行經權)[130]이라 ᄒᆞ시니 셩인(聖人)이 위란(危亂)을 당ᄒᆞ여 권도를 쓰게 ᄒᆞ시미라. 군(君)이 혹ᄌᆞ(或者) 고집ᄒᆞ여 광삼박딕(廣衫薄帶)로뼈 홍슈나군(紅袖羅裙)을 밧고믈 공교(工巧)히 넉여 훈갈굿치 복식(服色)을 변ᄒᆞ미 업술딘딕 화익(禍厄)이 층쳡(層疊)ᄒᆞ여 고원(故園)의 도라가미 졈졈 더딜디라. 모로미 노부(老夫)의 이굿치 니ᄅᆞ믈 괴이히 넉이디 말고 홍군취삼(紅裙翠衫)으로뼈 경샤(京師)를 드듸여 분(憤)훈 거술 잠간 견듸며 되여가믈 보다가 눈 업순 부인의 투악(妬惡)이 발(發)홀 즈음의 긔관(奇觀)을 다ᄒᆞ고 쾌히 ᄉᆞ믹를 쩔쳐 고원으로 향ᄒᆞ딕 또훈 그 가온딕 인의(仁義)를 두터히 ᄒᆞ라."

공지 엄도ᄉᆞ의 두미(頭尾) 업순 말이 여ᄎᆞ(如此)ᄒᆞ믈 드ᄅᆞ믹 거의 운슈(運數)를 헤아리나 듯는 ᄌᆞ(者)의 허망ᄒᆞ믈 취(取)ᄒᆞ니 블복(不服)
34면 ᄒᆞ딕 져의 의긔현심(義氣賢心)을 감격ᄒᆞ여 오딕 덕의(德義)를 샤례

---

128 공지(孔子) 미복과숑(微服過宋): 공자가 송나라를 지나려 하는데 환퇴가 공자 일행을 죽이려 하자 옷을 갈아입고 송나라를 빠져나간 일.

129 권되(權道); 권도. 임시방편

130 유힝경권(有行經權): 유행경권. 일에는 정상적인 법도와 임기응변의 도리가 모두 있음.

(謝禮)ᄒᆞ고 명교(明教)ᄅᆞᆯ ᄌᆞᄌᆞ(字字)히 명심봉ᄒᆡᆼ(銘心奉行)ᄒᆞ믈 고(告)ᄒᆞ며 ᄌᆡᄇᆡ하ᄃᆡᆨ(再拜下直)ᄒᆞᆯᄉᆡ 댱공이 집슈츌톄(執手出涕)ᄒᆞ여 됴히 가믈 당부ᄒᆞ며 ᄎᆞ마 손을 노치 못ᄒᆞ고 졔엄(諸嚴) 등이 후회(後會) 아득ᄒᆞ믈 닐너 결울(結鬱)ᄒᆞ믈 마지 아니ᄒᆞ니 이 가온ᄃᆡ 쳥허ᄌᆞ 두ᄉᆡᆼ의 심회ᄅᆞᆯ 더 니ᄅᆞᆯ 것 업ᄂᆞᆫ디라. 공ᄌᆡ 역시 져의 은혜ᄅᆞᆯ 힘닙어 도ᄉᆡᆼ(圖生)ᄒᆞ믈 어더 고원(故園)의 향ᄒᆞᄂᆞᆫ 즐거오미 이시ᄆᆡ 타일(他日)의 듕(重)히 갑기ᄅᆞᆯ 긔약ᄒᆞ나 목금(目今) 니별이 ᄎᆞ아ᄒᆞ여 일슈(一首) 시(詩)ᄅᆞᆯ 디어 두ᄉᆡᆼ의 졍을 위로ᄒᆞ니 두ᄉᆡᆼ과 셕윤이 각각 별시(別詩)ᄅᆞᆯ 디어 분분(紛紛)이 젼ᄒᆞ거ᄂᆞᆯ 쥬ᄀᆡᆨ(主客)의 문댱(文章)이 죡히 고인(古人)을 ᄯᆞᆯ올너라. 공ᄌᆡ 모든 별시(別詩)ᄅᆞᆯ 거두어 낭듕(囊中)의 장(藏)ᄒᆞ고 후의(厚意)ᄅᆞᆯ 칭샤(稱謝)ᄒᆞᆫ 후 다시 션ᄉᆡᆼ과 댱공긔 하ᄃᆡᆨᄒᆞ며 졔엄을 분슈(分手)ᄒᆞ여 승도니발(乘道離發)ᄒᆞ니 댱어ᄉᆞ의 훌연ᄒᆞ미 여실듕보(如失重寶)ᄒᆞ고 두ᄉᆡᆼ의 결울(結鬱)ᄒᆞ미 ᄯᅩᄒᆞᆫ 일톄(一體)나 쳐ᄉᆞ(處士)의 덕의ᄅᆞᆯ 무릅ᄡᅥ ᄉᆞ부(師父) 만나믈 ᄒᆡᆼ심(幸甚)ᄒᆞ고 옥난을 니시 이의 두고 가시므로 풍부인이 손녀ᄀᆞᆺ치 무휼(撫恤)ᄒᆞ여 타일(他日)의 어진 ᄇᆡ우(配偶)ᄅᆞᆯ ᄀᆞᆯᄒᆡ여 ᄉᆞ문(士門)을 욕(辱)디 아니려 ᄒᆞ니 두ᄉᆡᆼ이 더옥 감은(感恩)ᄒᆞ더라. 35면

경공ᄌᆡ ᄆᆡ져(妹姐)ᄅᆞᆯ 호ᄒᆡᆼ(護行)ᄒᆞ여 태쥬로 향ᄒᆞᆯᄉᆡ 일긔(日氣) 심한(甚寒)ᄒᆞ여 ᄉᆡ풍(塞風)이 녈녈(烈烈)ᄒᆞ고 삭텬(朔天)이 늠늠(凜凜)ᄒᆞᆫᄃᆡ 상셜(霜雪)이 소소히 날니며 음운(陰雲)이 참참(慘慘)ᄒᆞ니 팔쳔니ᄅᆞᆯ 격(隔)ᄒᆞᆫ 길히 닌닌(轔轔)ᄒᆞᆫ 술위박휘와 외로온 나귀로ᄡᅧ 쳔산만슈(千山萬水)ᄅᆞᆯ 건너기 어려오미 ᄇᆡᆨ운등소(白雲登霄)의 더으더라. ᄒᆡᆼᄒᆞᆫ 슈일(數日)의 댱ᄒᆡ(長海)의 다ᄃᆞ라 슈로(水路)로 ᄒᆡᆼ코ᄌᆞ ᄒᆞᆯᄉᆡ

쇼졔 승션(乘船)ᄒᆞ기의 다ᄃᆞ라 더옥 초우(焦憂)ᄒᆞ고 졀민(絶愍)ᄒᆞ여 무ᄉᆞ히 건너지 못홀가 념녀ᄒᆞ니 공지 댱탄왈(長嘆曰)

"쇼쇼강슈(小小江水)를 님(臨)ᄒᆞ여도 빅 업시 건너기를 계교치 못ᄒᆞ

36면 거놀 ᄒᆞ믈며 이 갓튼 댱파강심(長波江深)을 당ᄒᆞ여 일힝(一行)이 션쳑(船隻)의 오ᄅᆞ디 아니ᄒᆞ고 벼곰 달니 힝홀 도리 이시리잇가? 월쳥강으로조ᄎᆞ 조쥐의 표류(漂流)ᄒᆞ여 오던 바룰 싱각ᄒᆞ미 히슈(海水)룰 당ᄒᆞ니 근심되미 범연(泛然)치 아니ᄒᆞ나 임의 조쥐룰 써나려 ᄒᆞ미 이 믈을 아니 건널 길히 업고 댱쥬(莊周)와 귀곡(鬼谷)의 허탄(虛誕)ᄒᆞᆫ 술(術)노뼈 딘풍경힝법(陣風輕行法)을 힝ᄒᆞ여도 군ᄌᆞ(君子)의 뎡도(正道)와 슉녀(淑女)의 텬연(天然)ᄒᆞᆫ 법이 아니라. 오날놀의 또다시 표풍(漂風)ᄒᆞ여 긔화(奇禍)룰 만나미 되여도 그 텬명(天命)이니 져져(姐姐)ᄂᆞᆫ 쾌히 널니기로 위쥬(爲主)ᄒᆞ샤 고인의 니른바 '오날 술이 이시미 취ᄒᆞ고 닉일 일이 이시미 당ᄒᆞ라'[131] ᄒᆞ믈 본바드시며 '군ᄌᆞᄂᆞᆫ 댱탄탕(長坦蕩)이오 쇼인(小人)은 댱쳑쳑(長戚戚)'[132]이믈 싱각ᄒᆞ샤 범ᄉᆞ(凡事)의 태연이 거리씨디 마ᄅᆞ쇼셔."

쇼졔 탄왈(嘆曰)

"현뎨(賢弟)의 쾌상(快爽)ᄒᆞᆫ 의견은 이 ᄀᆞᆺ거니와 우져(愚姐)의 미렬(微劣)ᄒᆞ므로뼈 외로온 남미 팔쳔 니 험노(險路)의 위란(危亂)ᄒᆞᆫ 힝

131 오날 술이 ~ 당ᄒᆞ라: 당나라 시인 나은의 시 〈자견(自遣)〉 중 "오늘 아침 술 있으면 오늘 아침 취하고 내일 아침 근심 오면 내일 아침 근심하리니(今朝有酒今朝醉 明朝愁來明朝愁)."에서 온 것.

132 군ᄌᆞ(君子)ᄂᆞᆫ 댱탕탕(長蕩蕩)이오 쇼인(小人)은 댱쳑쳑(長戚戚): 군자는 마음이 평탄해서 넓고, 소인은 불만스러워 늘 근심한다는 뜻.

도(行途)ᄅᆞᆯ 디으니 범의게 놀난 심신(心身)이 엇디 안한(安閑)ᄒᆞ믈 어드리오? 쳔ᄉᆞ만념(千思萬念)이 심장을 요란케 ᄒᆞ니 탄탕무려(坦蕩無慮)[133]키ᄅᆞᆯ 엇디 못ᄒᆞ리로다." 37면

공ᄌᆡ 우으며 다시 ᄒᆡ위(解慰)ᄒᆞ여 심회ᄅᆞᆯ 위로ᄒᆞ더니 홀연 ᄒᆡ심(海心)으로조ᄎᆞ 일딘광풍(一陣狂風)이 니러나며 믈결이 흉용(洶湧)ᄒᆞ여 경ᄀᆡᆨ(頃刻)의 텬디(天地) 아득ᄒᆞ고 음운(陰雲)과 흑뮈(黑霧) ᄉᆞ쉭(四塞)ᄒᆞ여 일광(日光)을 가리오ᄆᆡ 디쳑(咫尺)을 분변(分辨)치 못ᄒᆞᆯ디라. 공ᄌᆞ와 쇼져ᄂᆞᆫ 능히 먼 ᄃᆡᄅᆞᆯ ᄉᆞ못 보며 갓가온 ᄃᆡᄅᆞᆯ ᄇᆞᆰ히 ᄉᆞᆯ펴 졍신을 일ᄂᆞᆫ ᄇᆡ 업ᄉᆞ나 쥬듕(舟中) 졔인(諸人)이 다 경황실식(驚惶失色)ᄒᆞᄂᆞᆫ디라. 공ᄌᆡ 졔인을 위로(慰勞)ᄒᆞ여 비록 바ᄅᆞᆷ이 급ᄒᆞ고 흑뮈 아득ᄒᆞ나 구ᄐᆞ여 사ᄅᆞᆷ의게 무ᄒᆡ(無害)ᄒᆞ믈 닐너 ᄆᆞ음을 딘뎡(鎭靜)케 ᄒᆞ나 망망ᄒᆡ샹(茫茫海上)의 일엽쇼션(一葉小船)이 급ᄒᆞᆫ 바ᄅᆞᆷ을 조ᄎᆞ 뛰놀기ᄅᆞᆯ 이윽이 ᄒᆞ다가 인ᄒᆞ여 누른 뇽(龍)이 황금 갓ᄐᆞᆫ 닌갑(鱗甲)을 번득이며 머리ᄅᆞᆯ 놉히 들고 ᄭᅩ리로 쥬즙(舟楫)을 ᄢᅵ며 닷기ᄅᆞᆯ 흐ᄅᆞᄂᆞᆫ 별갓치 ᄒᆞ니 이변(耳邊)의 풍셩(風聲)이 탕탕(蕩蕩)ᄒᆞ고 눈 앏ᄒᆡ 뇽이 긔긔(奇奇)ᄒᆞ여 흑무 듕 샹셔(祥瑞) 요요(擾擾)ᄒᆞ니[134] 공ᄌᆡ 다시 션창(船倉) 안ᄒᆡ 드러와 ᄆᆡ져(妹姐)ᄅᆞᆯ 보아 왈 38면

"쇼뎨(小弟) 대우(大禹)[135]의 큰 덕과 놉흔 긔운이 업ᄂᆞᆫ디라 황뇽(黃龍)이 부쥬(扶舟)ᄒᆞ믈 당ᄒᆞᄆᆡ 공구(恐懼)ᄒᆞᆫ 의ᄉᆡ(意思) 황황(遑遑)ᄒᆞ니

---

133 탄탕무려(坦蕩無慮): 평탄하여 걱정이 없음.

134 요요(擾擾)ᄒᆞ니: 요요하다. 마음이 안정되지 않아 뒤숭숭하고 어수선하다.

135 대우(大禹): 고대의 성왕(聖王)인 우왕을 높여 이르는 말.

쇼댱부(小丈夫)의 ᄒᆞ로 앗기믈 효측(效則)ᄒᆞ여 ᄉᆞ싱(死生)이 유명(有命)ᄒᆞ고 화복(禍福)이 ᄌᆡ텬(在天)ᄒᆞ믈 ᄉᆡᆼ각디 못ᄒᆞᄆᆡ 가히 녹녹다 ᄒᆞ리로소이다. 슈연(雖然)이나 ᄇᆡ 닷기롤 살ᄀᆞᆺ치 ᄒᆞ여 밋쳐 눈을 옴기디 못ᄒᆞ여셔 쳔만니(千萬里)나 닷ᄂᆞᆫ ᄃᆞᆺᄒᆞ니 잠간 가로막힌 ᄒᆡ슈(海水)롤 건너 눅노(陸路)로 ᄒᆡᆼ코ᄌᆞ ᄒᆞᄆᆡ 도로혀 션도(船道)로 ᄒᆡᆼᄒᆞ미 되니 엇디 괴이치 아니리오? 져져(姐姐)ᄂᆞᆫ 안심ᄒᆞ샤 ᄇᆡ 가ᄂᆞᆫ 양만 보시고 조곰도 급히 초우(焦憂)치 마ᄅᆞ쇼셔.”

쇼졔 이ᄯᆡ롤 당ᄒᆞᄆᆡ 도로혀 무ᄉᆞ안심(無事安心)ᄒᆞ여 ᄇᆡ 파(破)ᄒᆞ믈
39면 보ᄆᆡ 명을 하날의 븟쳐 놀나며 근심ᄒᆞ미 업ᄉᆞ나 공ᄌᆞ의 말을 듯고 그 슉셩긔이(熟成奇異)ᄒᆞ믈 ᄋᆡ경(愛敬)ᄒᆞ여 믄득 희미히 우어 왈

“아ᄌᆞ(俄者)의 현뎨(賢弟) 쾌ᄒᆞᆫ 말과 너론 의견으로 우져(愚姐)의 무익(無益)히 초우(焦憂)ᄒᆞ믈 니ᄅᆞ더니 황농이 부쥬ᄒᆞ믈 당ᄒᆞ여 일변황황(一邊遑遑)ᄒᆞ고 일변희열(一邊喜悅)ᄒᆞ미 ᄒᆡᆼ션(行船)이 여러 쳔니(千里)라도 일긱(一刻)의 가게 ᄒᆞ여 고원(故園)을 향ᄒᆞ미 눅노(陸路)로 ᄒᆡᆼ홈도곤 쉬울가 기리 초망(焦望)ᄒᆞ며 심원(心源)이 요요(搖搖)ᄒᆞ여 듕회(中懷)의 졍ᄒᆞᆫ 거시 ᄒᆞᆺ터디니 ᄇᆡᆨ우(百憂)롤 당ᄒᆞ여 탄탕무려(坦蕩無慮)ᄒᆞ믄 군ᄌᆞ의 듕회의 활연(闊然)ᄒᆞ믈 어덧다 ᄒᆞ리러니 목금언ᄉᆡ(目今言辭) 젼언(前言)의 딕개(直慨)홈[136]과 광명ᄒᆞ미 아니라 우졔 그으이 취(取)치 아닛노라.”

공ᄌᆡ 녕형(英瑩)ᄒᆞᆫ 미우(眉宇)의 화긔춘풍(和氣春風)이 이이(怡怡)

136 딕개(直慨)홈: 규장각본에는 ‘긱거홈’으로 되어 있음.

ᄒᆞ여 우어 ᄀᆞᆯ오ᄃᆡ

“져져(姐姐)와 쇼뎨(小弟)ᄂᆞᆫ 집의(執意) 다ᄅᆞ니 쇼뎨의 우(憂)ᄅᆞᆯ 만
나 우ᄒᆞ고 낙(樂)을 만나 낙ᄒᆞ믈 져제 블취(不取)ᄒᆞ시고 져져의 목젼 40면
위화(目前危禍)ᄅᆞᆯ 당ᄒᆞ여 안연ᄌᆞ약(晏然自若)[137]ᄒᆞ시믈 쇼뎨(小弟) 취
(取)치 아니ᄒᆞ나 다시 ᄉᆡᇰ각건ᄃᆡ 졀부군ᄌᆞ(節婦君子) 대도(大道)와 셩
니지학(性理之學)으로 근화(根禍)의 ᄲᅥ러디믈 탄(嘆)ᄒᆞᄂᆞ이다.”

쇼제 강쇼왈(强笑曰)

“우제(愚姐) 심규녀ᄌᆞ(深閨女子)로 쳡봉화란(疊逢禍亂)ᄒᆞ여 본시 노둔(老鈍)ᄒᆞ미 지분(脂粉)의 홍ᄇᆡᆨ(紅白)도 고ᄅᆞᆯ 줄 모로ᄂᆞ니 화란(禍亂) 듕(中) 보명(保命)ᄒᆞ미 젼쥬현뎨(全主賢弟)어ᄂᆞᆯ 현뎨 우져로 인ᄒᆞ여 ᄉᆞᄉᆞ의 몸이 잇브미[138] 심ᄒᆞ니 우제 위ᄒᆞ여 앗기노라. 연이나 현뎨의 아ᄌᆞ디언(俄者之言)이 만히 우져ᄅᆞᆯ 농(弄)ᄒᆞ미로다.”

공ᄌᆡ 역쇼ᄃᆡ왈(亦笑對曰)

“목금경계(目今警戒)ᄅᆞᆯ 보시ᄃᆡ 져제 경동(驚動)치 아니시니 쇼뎨 일ᄌᆞᆨ(一作)은 취(取)치 아니ᄒᆞ고 일ᄌᆞᆨ은 항복ᄒᆞ여 ᄃᆡ(對)ᄒᆞ미로소이다.”

남ᄆᆡ 이ᄀᆞᆺ치 언뫼(言貌)[139] ᄌᆞ약(自若)ᄒᆞ여 농(龍)이 부쥬(扶舟)ᄒᆞ믈 경
동치 아님 ᄀᆞᆺᄐᆞ니 츈파 등이 도로혀 이상히 넉이고 ᄯᅩ ᄆᆞᄋᆞᆷ의 깁히 ᄆᆡᆺ 41면
ᄂᆞᆫ ᄇᆡ 이셔 쇼져와 공ᄌᆡ 이ᄀᆞᆺ치 안연무려(晏然無慮)[140]ᄒᆞ니 반ᄃᆞ시 유

---

137 안연ᄌᆞ약(晏然自若): 안연자약. 불안해하거나 초조해하지 않고 편안하여 평소와 다름없음.

138 잇브미: 잇브다. 고단하다.

139 언뫼(言貌): 언모. 말씨와 용모.

140 안연무려(晏然無慮): 불안해하거나 초조해하지 않고 편안하며 걱정이 없음.

덕무흉(有德無凶)ᄒᆞ미 될가 그윽이 도튝(禱祝)ᄒᆞ며 고원(故園)이 갓가이 니ᄅᆞ믈 희망ᄒᆞ더라.

ᄎᆞ시(此時) 황뇽(黃龍)이 ᄇᆡᄅᆞᆯ 디고 신풍대무(神風大霧)ᄅᆞᆯ 디어 흐ᄅᆞᄂᆞᆫ 별ᄀᆞᆺ치 닷기ᄅᆞᆯ 반일(半日)의 ᄲᆞᄅᆞ고 급ᄒᆞ미 ᄒᆞᆫ갈ᄀᆞᆺᄐᆞ여 조곰도 ᄀᆞᆺ치ᄂᆞᆫ ᄇᆡ 업ᄉᆞ니 공ᄌᆡ 날호여 글을 지어 음영(吟詠)ᄒᆞᆯᄉᆡ 봉의 소ᄅᆡᄅᆞᆯ 길게 느ᄅᆞ혀ᄂᆞᆫ 바의 호호쳥월(浩浩淸越)ᄒᆞ미 웅원활낭(雄遠闊浪)ᄒᆞ여 바로 공듕(空中)으로 올나 구공(九空)[141]의 셧돌며[142] 남텬문(南天門)을 ᄉᆞᄆᆞᆺᄎᆞ ᄇᆡᆨ옥경(白玉京)[143]의 어린 ᄃᆞᆺ ᄒᆡᆼ운(行雲)이 ᄊᆞᆺ쳐디고 흑뮈(黑霧) 거두치니 일월(日月)이 ᄉᆡ로이 광화(光華)ᄒᆞ여 경셩(景星)이 비로소 츌(出)ᄒᆞ니 문댱(文章)의 활낭(闊浪)ᄒᆞᆷ과 건곤(乾坤)의 호활(浩濶)ᄒᆞ믈 거두어 창뇽(蒼龍)이 변화ᄒᆞ고 호피(虎豹) 진공(震恐)ᄒᆞ니 뇽신(龍神)이 문ᄎᆡ(文彩)ᄅᆞᆯ 항복(降伏)ᄒᆞ며 뎡대(正大)ᄒᆞ믈 두려
42면 ᄒᆞ여 ᄇᆡᄅᆞᆯ ᄉᆞ구(沙丘)의 븟치고 면슈져미(俛首低尾)ᄒᆞ여 ᄌᆞ최ᄅᆞᆯ 곰초며 풍낭(風浪)이 편(便)ᄒᆞ고 슈패(水波) 고요ᄒᆞ여 기ᄅᆞᆷ을 ᄲᆡᄉᆞᆫ ᄃᆞᆺᄒᆞ니 그 신이ᄒᆞ미 뇽신(龍神)을 항복 밧고 뎡딕ᄒᆞ미 텬디만믈(天地萬物)을 상합(相合)ᄒᆞ여 일노조ᄎᆞ 일션듕(一船中)이 안연무ᄉᆞ(晏然無事)ᄒᆞᆫ디라. 션뷔(船夫) 경신을 슈습ᄒᆞ여 숨을 길게 쉬고 눈을 둘너 디셰(地勢)ᄅᆞᆯ ᄉᆞᆯ피더니 대경ᄒᆞ여 ᄀᆞᆯ오ᄃᆡ

"이곳이 강 태호디지니 경ᄉᆡ(京師) 블과 쳔여 리오 태쥬로 삼쳔여 리

---

141 구공(九空): 끝없이 높고 넓은 하늘.

142 셧돌며: 섯돌다. 섞여 돌다,

143 ᄇᆡᆨ옥경(白玉京): 백옥경. 하늘 위 옥황상제가 산다고 하는 천궁(天宮).

니 조쥐로브터 이곳은 뉵쳔팔ᄇᆡᆨ여 리어ᄂᆞᆯ 딘시(辰時)[144] 말ᄀᆡᆨ(末刻)으로브터 농신(龍神)이 부쥬(扶舟)ᄒᆞ여 유시(酉時)[145] 초(初)의 이 ᄉᆞ구(沙丘)의 붓쳐시니 반일디ᄂᆡ(半日之內)의 뉵쳔팔ᄇᆡᆨ여 리ᄅᆞᆯ 온 ᄇᆡ 실노 하날의 식이심과 귀신의 도으미오 사ᄅᆞᆷ의 ᄆᆡᆺᄎᆞᆯ ᄇᆡ 아니라. 신긔롭고 이상ᄒᆞ며 놀납고 긔특ᄒᆞ미 젼쳔ᄃᆡ(前千代) 후만셰(後萬歲)[146]로 녁구(歷求)ᄒᆞ나 이 갓ᄐᆞ미 업ᄉᆞᆯ ᄇᆡ로ᄃᆡ 깁히 블평코 공구(恐懼)ᄒᆞᆫ 바ᄂᆞᆫ 43면
근쳐 인심(人心)이 극악흉황(極惡凶荒)ᄒᆞ미라. 긔강 소흥산이 평디(平地)의 옴고 또 긔동(起動)ᄒᆞ여 ᄇᆡᆨ뮈(百阜)[147] 펴이여 나며 협셔 두 곳 뫼히 문혀져 인가(人家) 슈십 호(戶)ᄅᆞᆯ 함몰(陷沒)ᄒᆞᆫ 후로 졈위(點雨) 나린 일이 업ᄉᆞᆯ 쁜 아니라 호강지젹(湖江之賊)이 크게 무리 디어 사ᄅᆞᆷ을 ᄒᆡ(害)ᄒᆞ고 ᄒᆡᆼ장(行裝)을 겁탈ᄒᆞᄂᆞ니 이졔 젹은 사ᄅᆞᆷ과 고초(苦楚)ᄒᆞᆫ ᄒᆡᆼᄉᆡᆨ(行色)으로 ᄉᆞ구(沙丘)의 나려 ᄀᆡᆨ졈(客店)을 ᄎᆞᆺ다가ᄂᆞᆫ 결단코 젹도(賊徒)의 ᄒᆡᄅᆞᆯ 바들 거시오 션샹(船上)의셔 밤을 디ᄂᆡ려 ᄒᆞ여도 흉ᄒᆞᆫ 젹당(賊黨)이 션노(船路) 왕ᄂᆡ(往來)ᄅᆞᆯ 평디도곤 쉽게 녁이ᄂᆞ니 장ᄎᆞ 됴흔 계교 업ᄂᆞᆫ디라 엇디 ᄒᆞ여야 됴흐리오?"

혹왈(或曰)

"망망ᄒᆡ샹(茫茫海上)의셔 외로온 쥬즙(舟楫)을 의지ᄒᆞ여 밤을 디ᄂᆡ다가 블의(不意)예 강도ᄅᆞᆯ 만나면 ᄇᆡᆨ골(白骨)도 평디의 더지믈 엇디

144 딘시(辰時): 진시. 오전 7시부터 9시까지.
145 유시(酉時): 오후 5시부터 7시까지.
146 젼쳔ᄃᆡ(前千代) 후만셰(後萬歲): 전천대 후만세, 이전의 천세와 이후의 만세.
147 ᄇᆡᆨ뮈(百阜): 백부. 백 개의 언덕. 원문은 'ᄇᆡᆨ무'이나 문맥상 8권에 나온 'ᄇᆡᆨ부'가 맞는 것으로 보아 이에 근거함.

못ᄒᆞ고 일시의 ᄒᆡ심(海心)의 ᄇᆞ려 어복(魚腹)을 ᄎᆡ오미 더옥 원통코

44면 비졀ᄒᆞ니 출하리 션듕(船中)을 ᄯᅥ나 촌졈(村店)을 어더 셕반(夕飯)이나 착실이 ᄒᆞ여 먹고 젹을 만나거든 힘이 약ᄒᆞᆫ ᄌᆞ(者)어든 피(避)ᄒᆞ고 강댱(强壯)ᄒᆞᆫ ᄌᆞ어든 결워보ᄂᆞᆫ 거시 올흐니라."

ᄒᆞ니 모다 그 말이 유리(有利)타 ᄒᆞ며 공ᄌᆞ긔 고ᄒᆞ여 ᄇᆡ의 나리믈 쳥ᄒᆞᆫᄃᆡ 공ᄌᆞ 긔강의 니ᄅᆞ러 굿ᄐᆞ여 됴흔 일이 아니믈 ᄉᆡ다롤 ᄲᅮᆫ 아니라 ᄯᅩ 므ᄉᆞᆷ 젹변(賊變)이 이실가 디긔(知機)ᄒᆞ미 블평ᄒᆞ믈 니긔지 못ᄒᆞ나 션샹(船上)의 디류(遲留)ᄒᆞ여 유익ᄒᆞ미 업ᄂᆞᆫ 고로 일ᄒᆡᆼ이 다 촌졈의 나아가 밥을 닉여 허핍(虛乏)ᄒᆞ믈 구ᄒᆞ기롤 ᄇᆞ야니 마디못ᄒᆞ여 ᄉᆞ변(沙邊)의 나릴ᄉᆡ 낙일(落日)이 몰셔(沒西)ᄒᆞ고 어두온 빗치 창창(蒼蒼)ᄒᆞ며 듕동(仲冬) 습후(濕候)롤 당ᄒᆞ여시ᄆᆡ 셜샹(雪上)의 엄상(嚴霜)을 가(加)ᄒᆞ고 삭풍(朔風)이 늠녈(凜烈)ᄒᆞ여 의슈(衣袖)롤 뒤이ᄌᆞ며 골부(骨膚)롤 ᄉᆞ뭇ᄂᆞᆫᄃᆡ 음운(陰雲)이 ᄉᆞ긔(四起)ᄒᆞ여 텬ᄉᆡᆨ(天

45면 色)을 가리오니 ᄃᆞᆯ빗촌 업셔디고 별빗치 희미ᄒᆞ여 어나 거시 촌개(村家)믈 분변치 못ᄒᆞᄂᆞᆫ 바의 잘ᄉᆡᄂᆞᆫ 슈플의 깁히 숨고 ᄌᆞ오(慈烏)ᄂᆞᆫ 동산의셔 슬피 우ᄂᆞᆫ디라. 쇼져와 츈파 등의 근심ᄒᆞ고 슬프미 출하리 황뇽(黃龍)이 부쥬(扶舟)ᄒᆞᆯ 젹만 ᄀᆞᆺ디 못ᄒᆞ여 후화(後禍)롤 두리ᄆᆡ 다시 긔운이 어즐ᄒᆞ고 졍신이 산난ᄒᆞᆫᄃᆡ ᄯᅩ 허핍(虛乏)ᄒᆞ믈 겸(兼)ᄒᆞ여 션부(船夫)로브터 엄부노ᄌᆞ(嚴府奴子) ᄒᆞᆫ 거롬의 두 번 업더디믈 면치 못ᄒᆞ니 ᄌᆞ방(子房)의 묘산(妙算)과 제갈(諸葛)의 신긔(神奇)라도 밋쳐 계교롤 베프디 못ᄒᆞᆯ 바의 태호로조ᄎᆞ 촌졈(村店)이 갓갑디 못ᄒᆞ여 놉고 험쥰ᄒᆞᆫ 곳을 넘어 ᄉᆞ오 리롤 ᄒᆡᆼᄒᆞ여야 비로소 인가(人家)와 ᄀᆡᆨ졈(客店)이 잇ᄂᆞᆫ 고로 션인(船人)들이 션ᄌᆞ(前者)의 이곳을 닉이

ᄃᆞᆫ닌 ᄇᆡ라. ᄉᆞ구(沙丘)의 ᄇᆡᄅᆞᆯ ᄆᆡ고 션뷔(船夫) 압셔 촌졈(村店)을 ᄎᆞᄌᆞᆯᄉᆡ 넘ᄂᆞᆫ 바 쥰령(峻嶺)은 ᄀᆞᆯ온 태원령이니 우(右)로ᄂᆞᆫ 태호 슈ᄆᆡᆨ(水脈)으로 ᄉᆞᄒᆡ(四海)ᄅᆞᆯ 통ᄒᆞᆫ 큰 물이오 좌(左)로ᄂᆞᆫ 슝산(崇山)[148]으로 향 46면
ᄒᆞᆫ 긔쥰(奇峻)이 텬공(天空)의 련(連)ᄒᆞ여 층암졀벽(層巖絶壁)이라. 공ᄌᆡ 녀ᄆᆞ(驢馬)ᄅᆞᆯ 믈니치고 ᄆᆡ져(妹姐)의 거교(車轎)ᄅᆞᆯ 엄부노ᄌᆞ(嚴府奴子)로 븟드러 ᄒᆡᆼᄒᆞ며 경믈(景物)을 완상(玩賞)ᄒᆞ더니 홀연 산곡(山谷)으로조ᄎᆞ 함셩이 크게 니러나며 ᄒᆞᆫ 떼 강되(强盜) 각각 병긔(兵器)ᄅᆞᆯ ᄌᆞᆸ고 일시(一時)의 오ᄂᆞᆫ 길ᄒᆞᆯ 막으며 슈두ᄌᆡ(首頭者) 졸하(卒下)ᄅᆞᆯ 도라보아 니ᄅᆞᄃᆡ

"져 ᄒᆡᆼ인(行人)이 팔구 인(人)이오 녀ᄌᆞᄂᆞᆫ 죡히 인슈(人數)의 너흘 거시 아니니 창승(蒼蠅)을 보고 칼ᄒᆞᆯ ᄲᆡ히미 영웅의 녹녹ᄒᆞᆫ 일이나 너ᄒᆡ 시ᄀᆡᆨ(時刻)을 더ᄃᆡ디 말고 져 조믈 갓ᄐᆞᆫ 거ᄉᆞᆯ ᄡᅳ리쳐 경혈(頸血)을 암혈(暗穴)의 ᄡᅳ리며 ᄒᆡᆼ낭(行囊)을 겁탈ᄒᆞ고 교듕(轎中) 녀ᄌᆞ와 그 시비(侍婢)ᄂᆞᆫ 모다 잡아 ᄎᆡ칙(寨柵)[149]으로 가게 ᄒᆞ라."

제젹(諸賊)이 일시의 쳥령(聽令)ᄒᆞ고 ᄲᆞᆯ니 다라들거ᄂᆞᆯ 션뷔(船夫) 압ᄒᆞᆯ 당ᄒᆞ엿다가 혼비ᄇᆡᆨ산(魂飛魄散)ᄒᆞ여 손을 뭇거 ᄉᆞᆯ기ᄅᆞᆯ 빌며 엄부노ᄌᆞ 등이 ᄯᅩᄒᆞᆫ 제젹의 상인(霜刃)으로 져히믈 보고 인ᄉᆡᆨ(人色)이 업 47면
셔 슈죡(手足)을 ᄯᅥᆯ며 져의 의복과 ᄒᆡᆼ낭(行囊)을 진슈(盡數)히 ᄂᆡ여 노코 인명 ᄉᆞᆯ오믈 ᄋᆡ걸ᄒᆞ니 제젹(諸賊)이 일변(一邊) 엄노(嚴奴)의 ᄒᆡᆼ낭과 은ᄌᆞ(銀子)ᄅᆞᆯ 거두며 일변 거교(車轎)ᄅᆞᆯ 향ᄒᆞ여 달녀들ᄉᆡ 공

148 슝산(崇山): 숭산. 중국 하남성 북부에 있는 산으로, 오악(五嶽)의 하나.
149 ᄎᆡ칙(寨柵): 채책. 나무로 된 울타리. 여기서는 도적의 소굴을 말함.

ᄌᆡ 혈혈쳑신(孑孑隻身)으로뼈 져 흉한(兇漢)ᄒᆞᆫ 오십여 젹도(賊徒)ᄅᆞᆯ 당ᄒᆞᆯ 길히 업ᄂᆞᆫ디라. 위틔ᄒᆞ며 망극ᄒᆞ믄 니ᄅᆞ도 말고 ᄆᆡ져(妹姐)ᄅᆞᆯ 어ᄂᆡ 싸ᄒᆡ 두리오 ᄒᆞ여 만심(滿心)이 경악(驚愕)ᄒᆞ여 능히 ᄃᆡᄒᆞ여 득디 못ᄒᆞᆯ 줄 알오ᄃᆡ 만분챡급(萬分着急)ᄒᆞᆫ 고로 츈파 등으로 더브러 거교ᄅᆞᆯ 븟드러 어두온 구셕의 노코 능히 긴말을 못 ᄒᆞ여 다만 ᄀᆞᆯ오ᄃᆡ

“도젹이 모로믈 어이 알니잇고마ᄂᆞᆫ 일이 급ᄒᆞ니 경파ᄅᆞᆯ 거듕(車中)의 드려안치고 져져(姐姐)ᄂᆞᆫ 밧비 송님암혈(松林岩穴)을 어더 몸을 곰초쇼셔. 츈파ᄅᆞᆯ 닛그러 아모 곳의나 숨으시면 됴흐련마ᄂᆞᆫ 젹되 거장(車帳) 밧긔 시비 이시믈 보아시니 다 업시치 못ᄒᆞ리이다.”

48면 쇼졔 젹셰(賊勢) 급ᄒᆞ미 녈화(烈火)의 더으믈 보ᄆᆡ ᄌᆞ긔 쳔금옥딜(千金玉質)노뼈 만일 젹의게 잡히ᄂᆞᆫ 변(變)이 이실가 그 더럽고 츄(醜)ᄒᆞ미 창ᄒᆡ년파(滄海煙波)ᄅᆞᆯ 다 거훌너 삐셔도 능히 다 씻디 못ᄒᆞᆯ 쁜 아니라 ᄇᆡᆨ 번 죽고 만 번 죽어도 통앙분ᄒᆡ(痛怏忿駭)ᄒᆞ믈 플기 어려오니 출하리 만경창파(萬頃蒼波)의 몸을 곰초디 못ᄒᆞ면 쳔쳑고학(千尺高壑)의 써러져 ᄇᆡᆨ골(白骨)이 암하(岩下)의 ᄇᆞ리고 혈육(血肉)이 호표(虎豹)의 복듕(腹中)을 ᄎᆡ올디언졍 ᄎᆞ마 져 더러온 도젹의 참욕(慘辱)을 보디 못ᄒᆞ리라 ᄒᆞ여 나ᄂᆞᆫ ᄃᆞ시 몸을 니러 거장(車帳) 밧글 날ᄉᆡ 공ᄌᆞᄅᆞᆯ 도라보아 ᄀᆞᆯ오ᄃᆡ

“ᄎᆞ역(此亦) 우져(愚姐)의 죄악이 텬디의 극(極)ᄒᆞᆫ 연괴(緣故)라. 발셔 죽으미 맛당ᄒᆞ거ᄂᆞᆯ 구ᄎᆞ히 요ᄉᆡᆼ(僥生)ᄒᆞ여 오날ᄂᆞᆯ 젹화(賊禍)ᄅᆞᆯ 당ᄒᆞ니 음실(陰室)의셔 맛디 못ᄒᆞ믈 한ᄒᆞᆫ들 밋ᄎᆞ랴? 원ᄒᆞ고 바라ᄂᆞ니 현데(賢弟)ᄂᆞᆫ 젹은 분(憤)을 ᄎᆞᆷ디 못ᄒᆞ여 대체(大體)ᄅᆞᆯ 문허ᄇᆞ리
49면 니 밀고 출하리 선부(船夫) 등의 복슬ᄋᆡ걸(伏膝哀乞)ᄒᆞ믈 효측(効則)

ᄒᆞ여 쳔금디구(千金之軀)ᄅᆞᆯ 젹슈(賊手)의 상(傷)ᄒᆞ미 업게 ᄒᆞ라. 한고조(漢高祖)ᄂᆞᆫ 항왕(項王)의 교위(交椅) 아릐 결ᄒᆞ나[150] 영쥐(英主) 아니라 ᄒᆞ믈 듯디 못ᄒᆞ고 한신(韓信)이 과하쇼년(袴下少年)의 다리 아릐 나가나[151] 호걸(豪傑)이 아니라 ᄒᆞ믈 듯지 못ᄒᆞ엿ᄂᆞ니 빌건ᄃᆡ 현뎨(賢弟)ᄂᆞᆫ 보명(保命)ᄒᆞ여 우리 계부모(季父母)[152]의 만금디탁(萬金之托)이 댱셩(長城)과 교악(嶠嶽)의 더으시던 바ᄅᆞᆯ 헛곳의 도라보ᄂᆡ디 말고 셔하(西河)의 통(痛)[153]이 피ᄅᆞᆯ ᄡᅳᆷ어 ᄌᆞ하(子夏)의 상명(喪明)을 더으시게 말나.”

셜파(說罷)의 송님층암(松林層岩)으로 향ᄒᆞ니 공지 창황비도(蒼黃悲悼)ᄒᆞ미 오날놀의 더은 젹이 업ᄉᆞ니 ᄉᆞᄉᆡᆼ(死生)을 결(決)ᄒᆞ여 져 흉젹으로 결워보고져 ᄒᆞ나 과연 힘이 밋출 길히 업ᄉᆞᆯ ᄲᅳᆫ 아니라 젹되(賊徒) 션부(船夫)·노ᄌᆞ(奴子)ᄅᆞᆯ 구ᄐᆞ여 본 쳬 아니 ᄒᆞ고 바로 거쟝(車帳)을 에워ᄡᆞ니 공지 경패 그 가온ᄃᆡ 이시므로 ᄯᅩᄒᆞᆫ 과도히 막ᄌᆞᄅᆞ려 아니 ᄒᆞ더니 슈젹(首賊)이 션부다려 므러 ᄀᆞᆯ오ᄃᆡ 50면

“ᄒᆡᆼ듕(行中) 남ᄌᆞ 슈(數)ᄂᆞᆫ 뭇디 아냐도 목젼(目前)의 보ᄂᆞᆫ ᄇᆡ어니와

150 한고조(漢高祖)ᄂᆞᆫ ~ 결ᄒᆞ나: 한 고조 유방이 진나라 함양을 공격하자 항왕 항우가 격분해 유방을 공격하려는데, 항우의 숙부 항백의 조정으로 화해를 약속하고 유방이 홍문으로 찾아가서 사과한 것. 《사기》 〈항우본기〉.

151 한신(韓信)이 ~ 나가나: 한나라의 무장 한신이 젊을 때 불량배들에게 둘러싸여 그들 다리 밑으로 지나가라는 모욕을 당했으나 혼자 싸우면 승산이 없을 거라 생각해 다리 밑을 기어가 위기를 모면한 것.

152 계부모(季父母): 작은아버지와 작은어머니.

153 셔하(西河)의 통(痛): 서하의 통. 자식을 잃은 슬픔. 서하는 자하가 살았던 곳. 자하는 아들이 먼저 죽자 지나치게 슬퍼해 실명했음. ‘상명지통(喪明之痛)’이라고도 함.

시녀와 쇼져·부인은 몃치나 되ᄂᆞ뇨?"

션뷔(船夫) 구ᄐᆞ여 쇼져ᄅᆞᆯ ᄒᆡ(害)코ᄌᆞ ᄒᆞ미 아니라 두리ᄂᆞᆫ ᄆᆞᄋᆞᆷ의 올흔 ᄃᆡ로 ᄒᆞ노라 ᄒᆞ여 ᄯᅥᆯ며 ᄃᆡ왈(對曰)

"시녀ᄂᆞᆫ 두 사ᄅᆞᆷ 밧긔 나디 아니ᄒᆞ고 ᄂᆡᄒᆡᆼ(內行)[154]은 부인이며 쇼져를 분변치 못ᄒᆞᄃᆡ 다만 ᄒᆞᆫ 부인이라 ᄒᆞ더이다."

슈젹이 고개 좃고 졔젹(諸賊)을 녕왈(令曰)

"ᄎᆞᄒᆡᆼ(此行)이 녀ᄌᆞᄂᆞᆫ 샹하(上下) 통ᄒᆞ여 다만 셰 사ᄅᆞᆷ이라 ᄒᆞ니 너ᄒᆡ 잘 ᄉᆞᆯ펴 실포(失捕)치 말고 구ᄐᆞ여 상ᄒᆡ오미 업게 다려오라."

모든 젹되(賊徒) 소ᄅᆡᄅᆞᆯ 응(應)ᄒᆞ고 쳐음은 무심히 거교ᄌᆡ(車轎子) 드러가려 ᄒᆞ다가 시녀 ᄒᆞ나히 업다 ᄒᆞ여 횃블을 둘너 거장을 들혀보고 ᄀᆞ장 분ᄒᆞ여 믄득 거교(車轎)ᄅᆞᆯ ᄎᆞ 더디며 경파ᄅᆞᆯ ᄭᅳ드러 ᄂᆡ여 ᄀᆞᆯ오ᄃᆡ

"블측(不測)ᄒᆞᆫ 상년이라셔 진짓 부인인 쳬ᄒᆞ여 외람(猥濫)이 거교ᄅᆞᆯ
51면 ᄐᆞ고 안ᄌᆞᆺᄂᆞ냐? 쳥의(靑衣)[155]도 벗디 아니ᄒᆞ고 교듕(轎中)의 드러안ᄌᆞ미 우리ᄅᆞᆯ 눈 업시 넉이미라. 이 거장 쇽의 드러안ᄌᆞᆺ던 부인이나 쇼졔나 날개 업ᄉᆞᆫ 후ᄂᆞᆫ 먼니 피치 못ᄒᆞ여 블과(不過) 이 산샹(山上)의 이시리니 우리 엇디 못 ᄎᆞᄌᆞᄂᆡ리오?"

슈젹이 ᄀᆞᆯ오ᄃᆡ

"계집이란 거시 간샤ᄒᆞ여 삵과 녀호ᄀᆞᆺ치 ᄌᆞ최ᄅᆞᆯ ᄀᆞᆷ초거니와 발이 젹고 다리 약ᄒᆞ니 이 ᄀᆞᆺᄐᆞᆫ 긔구산곡(崎嶇山谷)[156]의 어ᄃᆡᄅᆞᆯ 가리오? 반ᄃᆞ

---

154 ᄂᆡᄒᆡᆼ(內行): 내행. 부녀자의 나들이. 혹은 먼 길을 나선 부녀자.

155 쳥의(靑衣): 청의. 천한 사람이 입는 푸른 옷.

156 긔구산곡(崎嶇山谷): 기구산곡. 험한 산길.

시 암혈송님(巖穴松林)의 숨어시리니 ᄲᆞᆯ니 어더 보라.”

제젹(諸賊)이 일시의 횃블을 들고 츈파·경파의 등을 미러 ᄀᆞᆯ오ᄃᆡ “너ᄒᆡ 년들이 너ᄒᆡ 항거(行車)[157]ᄉᆞᆯ 엇다가 ᄀᆞᆷ초아시리니 형벌을 밧디 말고 바로 알외여 ᄎᆞᄌᆞᄂᆡ믈 시ᄀᆡᆨ(時刻)을 더ᄃᆡ게 말나.”

츈·경 이패(二婆) 이ᄣᆡᄅᆞᆯ 당ᄒᆞ여 텬디망망(天地茫茫)의 일월이 회ᄉᆡᆨ(晦塞)ᄒᆞ니 쳥션관 셕갑(石匣)은 도로혀 극낙셰계(極樂世界)런 ᄃᆞᆺ 음실(陰室) ᄀᆞ온ᄃᆡ 명(命)을 맛디 못ᄒᆞ여 ᄒᆞᆫ갓 쇼져ᄅᆞᆯ 조ᄎᆞ ᄉᆞᄉᆡᆼ(死生) 52면
을 결(決)ᄒᆞᆯ 뜻이니 심담(心膽)이 경ᄀᆡᆨ(頃刻)의 최졀(摧折)ᄒᆞ믈 ᄎᆞᆷ디 못ᄒᆞ니 나죵이 엇디 된고 하회(下回)ᄅᆞᆯ 보라.

공ᄌᆡ 젹셰(敵勢) 셩화(星火)의 ᄲᆞᄅᆞ믈 당ᄒᆞ여 ᄉᆞ긔(事機) 위ᄐᆡ(危殆)ᄒᆞ믈 조곰도 거리ᄭᅵᄂᆞᆫ 일이 업ᄉᆞᄃᆡ ᄆᆡ져(妹姐)의 ᄉᆞᄉᆡᆼ을 일노조ᄎᆞ 다시 의논(議論)ᄒᆞᆯ 거시 업셔 슈유(須臾)[158]의 급ᄒᆞ믈 혜아리ᄆᆡ 통혹(痛酷)ᄒᆞ며 비만(痞滿)ᄒᆞ미 간격(肝膈)이 ᄢᅵᄂᆞᆫ ᄃᆞᆺᄒᆞ니 뜻을 결ᄒᆞ여 ᄆᆡ져ᄅᆞᆯ 젹슈(賊手)의 맛ᄎᆞ미 될딘ᄃᆡ ᄌᆞ긔(自己) 홀노 고원(故園)의 도라가 왕모(王母)와 ᄇᆡᆨ부(伯父)의 참통ᄋᆡ상(慘痛哀傷)ᄒᆞ시믈 돕디 아니려 ᄒᆞᄂᆞᆫ디라. 평ᄉᆡᆼ 긔운을 다ᄒᆞ여 길거리의 셧ᄂᆞᆫ 잣나모 가디ᄅᆞᆯ ᄢᅵ쳐 졀고ᄭᅩ쳐로 ᄆᆡᆫᄃᆞ라 들고 제젹을 향ᄒᆞ여 달녀드니 젹(賊)이 ᄇᆡ야흐로 교듕(轎中)의 드렷던 쇼져ᄅᆞᆯ ᄎᆞᆺ기의 분분(紛紛)ᄒᆞ여 공ᄌᆞᄅᆞᆯ
ᄉᆞᆯ펴보디 아녓다가 무심ᄒᆞᆫ 바의 졀고ᄭᅩ ᄀᆞᆺ튼 남기 대골을 ᄭᆡ치고 혹 53면
(或)이 엇게ᄅᆞᆯ 마ᄌᆞ 경ᄀᆡᆨ(頃刻)의 부어오ᄅᆞ니 이 뎡히 호슈(虎鬚)ᄅᆞᆯ

157 항거(行車): 규장각본에는 ‘황거’로 되어 있음.

158 슈유(須臾): 수유. 짧은 시간.

거움[159] ᄀᆞᆺᄐᆞᆫ디라. 슈젹(首賊)이 먼니 셔셔 교듕의 드럿던 녀ᄌᆞ만 ᄎᆞᄌᆞ
ᄂᆡ라 디휘(指揮)ᄒᆞ고 ᄀᆞᆺᄐᆞ여 갓가이 나아오디 아녓더니 공ᄌᆡ 져의 졸
하(卒下)ᄅᆞᆯ 즛두다려 ᄉᆞ오 인이 반ᄉᆡᆼ반ᄉᆞ(半生半死)ᄒᆞ여 산샹(山上)
의셔 구을고 그 남은 바 ᄉᆞ오십 인이 즐겨 달녀드디 아니믈 보고 대로
(大怒)ᄒᆞ여 거ᄅᆞᆷ이 능ᄒᆞᆫ ᄌᆞ(者)로 ᄒᆞ여곰 ᄎᆡ칙의 가 댱ᄉᆞ(壯士) ᄇᆡᆨ여
명을 밧비 블너오라 ᄒᆞ고 나ᄂᆞᆫ ᄃᆞ시 산샹의 오ᄅᆞ며 횃블 ᄀᆞᆺᄐᆞᆫ 눈을 브
ᄅᆞᆸᄯᅥ 졔젹(諸賊)을 호령왈(號令曰)
"져 나모가디ᄅᆞᆯ 가져 너희게 달녀드ᄂᆞᆫ ᄋᆞᄒᆡ 킈와 얼골노뼈 츄이컨ᄃᆡ
삼오이칠디년(三五二七之年)[160]은 ᄒᆞ엿ᄂᆞᆫ가 시브거니와 틔업ᄉᆞᆫ 가죡과
빗최ᄂᆞᆫ 골격이 강보ᄒᆡᄌᆞ(繈褓孩子)[161]라도 이 ᄀᆞᆺ디 못ᄒᆞ리니 져거시 므
ᄉᆞᆫ 용ᄆᆡᆼ이 이실 거시라 너ᄒᆡ 두리기ᄅᆞᆯ ᄉᆡ호(豺虎)ᄀᆞᆺ치 ᄒᆞᄂᆞ뇨? 누ᄅᆞᆫ
54면 입이 졔 어믜 회듕(懷中)의셔 졋 ᄲᆞᆯ기ᄅᆞᆯ 면치 못ᄒᆞ여실 ᄃᆞᆺᄒᆞ니 그 교
듕의 드럿던 거시 반ᄃᆞ시 졔 어미런가 시브니 이 ᄌᆞ식을 둔 어미 그ᄃᆡ
도록 노쇠(老衰)치 아녀실 ᄇᆡ오 ᄌᆞ식을 져만치 나흔 ᄌᆡ 결단ᄒᆞ여 용
쇽(庸俗)디 아닐 ᄃᆞᆺᄒᆞ니 여등(汝等)이 딘심(盡心)ᄒᆞ여 횃블을 둘너
ᄎᆞᄌᆞᄂᆡ라. 져 치ᄋᆞ(稚兒)[162]ᄂᆞᆫ 내 우희여다가 태호슈의 드리치거나 졔
내 ᄋᆞᄃᆞᆯ이 되여 ᄉᆞᆯ녀 ᄒᆞ면 비록 타셩(他姓)이나 거두어 도라가 잘 길
너 늙바탕의 효양(孝養)이나 바드리라."

---

159 거움: 거우다. 집적거려 성나게 하다.

160 삼오이칠디년(三五二七之年): 삼오이칠지년. 삼오는 15세, 이칠은 14세.

161 강보ᄒᆡᄌᆞ(繈褓孩子): 강보해자. 강보에 싸인 아기

162 치ᄋᆞ(稚兒): 치아. 10세 전후의 어린아이.

ᄒᆞ고 ᄉᆞ미롤 버리며 공ᄌᆞ롤 어린ᄋᆞ히 안흐려 ᄒᆞᄃᆞ시 달녀들거놀 공지 흉젹(凶賊)의 입을 버리ᄂᆞᆫ 바의 그 ᄒᆞᄂᆞᆫ 말이 통졀분히(痛切忿駭)ᄒᆞ니 견ᄃᆡ여 드롤 ᄇᆡ 아니라 노발(怒髮)이 샹디(上指)ᄒᆞ고 목ᄌᆡ딘녈(目眥盡裂)ᄒᆞ여[163] 셕 ᄌᆞ 남글 들고 슈도(首徒)롤 견호더니 ᄌᆞ긔롤 쉽ᄉᆞ리 ᄠᅳ리쳐 안으려 달녀들믈 보고 힘을 다ᄒᆞ여 크게 소ᄅᆡ 디ᄅᆞ며 ᄒᆞᆫ번 닙더 울히니 슈되(首徒) 구리 ᄀᆞᆺᄐᆞᆫ 니마박을 마ᄌᆞ 혀롤 빗믈고 것구러디ᄂᆞᆫ 바의 뉴혈(流血)이 돌디(突地)ᄒᆞ니 듕젹(衆賊)이 몬져 달녀드디 못홀 ᄉᆞ이 공지 다시 두 번을 즛울히니[164] 젹(賊)이 능히 ᄒᆞᆫ 소ᄅᆡ롤 못 ᄒᆞ고 혼도(昏倒)ᄒᆞ여 인ᄉᆞ롤 모로니 듕젹이 경황(驚惶)ᄒᆞ여 져히 가니 니ᄅᆞᄃᆡ 55면

"댱군(將軍)이 비록 일시 놀나오믈 인ᄒᆞ여 막혀시나 맛춤ᄂᆡ 블긔(不起)ᄒᆞ미 니ᄅᆞ든 아니리니 우리 삼십여 인이 댱군을 구호ᄒᆞ고 십여 인은 송님암혈(松林巖穴)을 휘져어 교듕(轎中) 녀ᄌᆞ롤 ᄎᆞᄌᆞ보미 올타."

ᄒᆞ고 호표(虎豹)의 ᄯᅦ ᄀᆞᆺᄐᆞᆫ 거시 슈젹(首賊)을 구호ᄒᆞ여 달녀들며 일변(一邊) 창검을 드러 공ᄌᆞ롤 ᄒᆡ(害)코ᄌᆞ ᄒᆞ니 공지 임의 술기롤 ᄇᆞ라지 아니ᄒᆞ거니 엇디 창인(槍刃)을 두리며 듕젹을 피(避)코ᄌᆞ ᄒᆞ리오마ᄂᆞᆫ 젹도(賊徒) 십여 인이 홰블을 둘너 송님암혈을 곳곳이 술피믈 보미 져져(姐姐)롤 아모 곳의 곰촌 바롤 아디 못ᄒᆞ여 만심(滿心)이 황황 56면

---

163 노발(怒髮)이 상디(上指)ᄒᆞ고 목ᄌᆡ딘녈(目眥盡裂)ᄒᆞ여: 화가 나 머리털이 곤두서 위로 갓을 찌르자 갓이 찢어진다는 뜻으로, 몹시 화간 난 모양을 말함. 《사기》 〈항우본기〉의 "頭髮上指 目眥盡裂"에서 옴.

164 즛울히니: 즛울히다. 짓쳐 때리다.

(遑遑)ᄒᆞ니 ᄡᆞᆯ니 몸을 쒸여 암혈을 향ᄒᆞᆯ시 듕적이 소ᄅᆡᄒᆞ여 왈

"이 ᄋᆞᄒᆡ 망녕된 긔운이 비로소 프러디ᄂᆞᆫ가? 우리 창검을 피ᄒᆞ여 다ᄅᆞ니 댱군을 구호ᄒᆞ믄 삼십여 인이오 져 쇼젹(小賊)을 잡으며 교듕 녀ᄌᆞᄅᆞᆯ 어더ᄂᆡ리ᄂᆞᆫ 블과 십여 인이니 혹ᄌᆞ 브죡ᄒᆞ미 잇셔도 ᄎᆡ칙(寨柵)의 졔군(諸軍)을 ᄌᆡ촉ᄒᆞ여 밧비 브ᄅᆞ라."

ᄒᆞ더니 블언죵시(不言終時)의 초(初)의 젹군을 ᄌᆡ촉ᄒᆞ라 갓던 놈이 몬져 달녀오며 그 뒤ᄒᆡ ᄇᆡᆨ여 명 흉되(兇徒) 벌 뭉긔ᄃᆞᆺ 올나오니 졔적(諸賊)이 승흥(乘興)ᄒᆞ여 슈댱(首將)의 이러ᄐᆞᆺ 상(傷)ᄒᆞ여시믈 니ᄅᆞ고 어셔 져 광삼박ᄃᆡ(廣衫博帶)ᄒᆞᆫ 쇼ᄋᆞ(小兒)ᄅᆞᆯ 잡으며 일변(一邊) 송님(松林)과 암혈(巖穴)을 셰셰찰찰(細細察察)[165]이 어더 보아 거듕(車中)의셔 도망ᄒᆞᆫ 녀ᄌᆞᄅᆞᆯ ᄎᆞᄌᆞᄂᆡ라 ᄒᆞᆫᄃᆡ 듕젹이 쳥미필(聽未畢)의 슈댱의 상ᄒᆞ믈 놀나 공ᄌᆞᄅᆞᆯ ᄒᆡ(害)ᄒᆞᆯ 쯧이 셩화ᄀᆞᆺᄐᆞᆯ 쁜 아니라 츈파
57면 와 경파의 흰 얼골이 셜듕(雪中)의 바ᄋᆡ고[166] ᄆᆞᆰ은 눈이 효셩(曉星)으로 방블(彷彿)ᄒᆞ며 프ᄅᆞᆫ 눈섭이 초월(初月)[167]을 상(像)ᄒᆞ고 산쳔(山川)의 졍ᄆᆡᆨ(精脈)을 거두어 빵험이 교연(嬌姸)ᄒᆞ며 도홰(桃花) 연홍(軟紅)을 ᄯᅴ여시믈 보ᄆᆡ 몬져 음패난일(淫悖亂逸)ᄒᆞᆫ 욕심이 급ᄒᆞ여 져마다 눈 주며 긔졈(旣占)ᄒᆞ여 각각 다리고 ᄉᆞᆯ기ᄅᆞᆯ 닷토ᄂᆞᆫ 듕 거듕(車中) 녀ᄌᆞᄂᆞᆫ 반ᄃᆞ시 신션 ᄀᆞᆺᄐᆞ리라 ᄒᆞ여 더러온 말이 긋치디 아닛ᄂᆞᆫ 바의 흉ᄒᆞᆫ 눈을 둘너 암혈송님(巖穴松林)을 아니 뒤ᄂᆞᆫ 곳이 업ᄉᆞ니 공ᄌᆡ 죽

165 셰셰찰찰(細細察察): 세세찰찰. 꼼꼼하고 자세하게.

166 바ᄋᆡ고: 바ᄋᆡ다. 부서지다, 부시다.

167 초월(初月): 초승달.

기로ᄡᅧ 그음ᄒᆞ여[168] 곳곳이 ᄀᆞ리오나 ᄌᆞ긔 역시 창황(蒼黃) 듕(中) ᄆᆡ져
(妹姐)의 아모 곳의 잇ᄂᆞᆫ 줄 아디 못ᄒᆞ니 져 젹도(賊徒)의 몬져 ᄎᆞᄌᆞ
미 될가 심신(心身)이 초황(焦遑)ᄒᆞ여 능히 측냥(測量)치 못ᄒᆞ리러니
ᄒᆞᆫ 바회 압ᄒᆡ 다ᄃᆞ라 졔젹(諸賊)이 소ᄅᆡᄒᆞ여 왈
"눈이 ᄡᆞ힌 곳의 불ᄌᆞ최 져 바회의 ᄉᆞᄆᆞᆺᄎᆞ시니 이 필연 암혈의 숨엇
도다."
ᄒᆞ며 ᄉᆞᆯ피기ᄅᆞᆯ 유심히 ᄒᆞ거ᄂᆞᆯ 공ᄌᆡ ᄯᅩ 츈·경 이파(二婆)로 더브러 창 58면
인(槍刃)을 피(避)치 아니ᄒᆞ고 나ᄂᆞᆫ ᄃᆞ시 그 바회 압흐로 향ᄒᆞ나 분신
법(分身法)[169]이 업거니 ᄒᆞᆫ 몸으로ᄡᅧ 여러 몸을 ᄂᆡ디 못ᄒᆞ고 도젹의 무
리ᄂᆞᆫ 벌이 뭉긔며 ᄀᆡ얌이 ᄡᅮ시ᄃᆞᆺ 일졔히 공ᄌᆞᄅᆞᆯ ᄒᆡ(害)ᄒᆞ고 일변(一
邊) 암혈(巖穴)을 뒤려 ᄒᆞ거ᄂᆞᆯ 공ᄌᆡ 젼후좌우(前後左右)로 밀막으나
슈업ᄉᆞᆫ 창인을 버셔나기 어려온 고로 남글 둘너 압ᄒᆡ 오ᄂᆞᆫ 놈을 치다
가 엽흐로조ᄎᆞ ᄒᆞᆫ 놈이 창을 빗겨 공ᄌᆞ의 면모(面貌)ᄅᆞᆯ 디ᄅᆞ다가 밋
디 못ᄒᆞᄆᆡ 팔흘 맛치니 홍혈(紅血)이 옷ᄉᆡ ᄉᆞᄆᆞᆺᄎᆞᄃᆡ 공ᄌᆡ 신ᄉᆡᆨ(身色)
을 블변(不變)ᄒᆞ고 가지록 긔운을 ᄉᆡᆨᄉᆡᆨ이 ᄒᆞ여 남글 드러 ᄌᆞ긔 팔 디
ᄅᆞ던 젹의 대골을 ᄭᆡ치니 졔젹이 일시(一時)의 공ᄌᆞᄅᆞᆯ 에워ᄡᆞ고 창
검을 빗발치ᄃᆞᆺ ᄒᆞ니 공ᄌᆞ의 셕 ᄌᆞ 남기 엇디 져 흉젹의 쳔창ᄇᆡᆨ인(千
槍百刃)을 잘 당ᄒᆞ며 이 가온ᄃᆡ 쇄분(碎粉)ᄒᆞ믈 면치 못ᄒᆞᆯ ᄇᆡ로ᄃᆡ 공
ᄌᆞ의 텬ᄉᆡᆼ긔픔(天生氣稟)의 비상특이(非常特異)ᄒᆞᆷ과 작인풍위(作人 59면
風威) 츌뉴긔이(出類奇異)ᄒᆞ미 젼후좌우(前後左右)로 쳘관셕문(鐵

168 그음ᄒᆞ여: 그음하다. 한정하다.

169 분신법(分身法): 분신술. 규장각본에는 '분심법'으로 되어 있음.

關石門)ᄀᆞᆺ치 에운 바 흉젹(凶賊)을 능히 믈니쳐 셕은 막ᄃᆡ로뼈 제젹의 창인을 ᄃᆡ젹(對敵)ᄒᆞ니 그 댱(壯)ᄒᆞᆫ 거동이 븍ᄒᆡ(北海)의 셩ᄂᆡᆫ 뇽(龍)이 태산(泰山)의 모진 범을 믈니치ᄂᆞᆫ ᄃᆞᆺ 일셩(一聲) 음아즐타(暗啞叱咤)[170]의 만인(萬人)이 경동(驚動)ᄒᆞᆯ 위풍(威風)이 잇ᄂᆞᆫ디라. 당당(堂堂)ᄒᆞᆫ 의표(儀表)와 쥰위(俊威)ᄒᆞᆫ 신ᄎᆡ(身體)의 농의 눈섭이 갓고로 셔고 봉(鳳)의 눈이 두렷ᄒᆞᆫᄃᆡ 태산을 ᄲᆡ히며 븍ᄒᆡᄅᆞᆯ ᄯᅱᆯ 긔상이라 엇디 ᄒᆞᆫ갓 노제회좌(魯齊會座)의 황공(桓公)을 위셰(威勢)ᄒᆞ던 조ᄌᆞ만의 거동[171]과 홍문연샹(鴻門宴上)의 항왕(項王)을 브릅ᄯᅧ 보아 범증(范增)의 긔운을 튝쳑(蹴踖)ᄒᆞ던 번댱군의 형상[172]을 의논(擬論)ᄒᆞ리오? 구셰치몽(九歲稚蒙)이 텬디(天地)ᄅᆞᆯ 두로혀며 건곤을 곳칠 슈단(手段)이 이시니 샹운(祥雲) ᄀᆞᆺᄐᆞᆫ 용의(容儀)와 셔일(瑞日) ᄀᆞᆺᄐᆞᆫ 안홰(顔華) 츄텬(秋天)을 업슈히 넉이고 댱홍(長虹)을 토ᄒᆞᄂᆞᆫ ᄃᆞᆺ 븍ᄒᆡ남

60면 명(北海南冥)이 호무애안(浩無崖岸)ᄒᆞᆫ ᄃᆞᆺᄒᆞᆫ디라. 듕젹(衆賊)이 녁브죡(力不足)ᄒᆞ미 아니로ᄃᆡ ᄌᆞ연이 공ᄌᆞ 압흘 당ᄒᆞᆫ즉 심신(心身)이 경황(驚惶)ᄒᆞ여 팔이 무겁고 긔운이 주러져 두리온 ᄆᆞ옴이 ᄒᆡ음업시 니러나니 ᄯᅩ 엇디 범(犯)ᄒᆞ여 창으로 ᄲᅮ시며 칼노 디ᄅᆞ믈 잘 ᄒᆞ리오? 져ᄒᆡ 스ᄉᆞ로 괴이ᄒᆞ믈 결을치 못ᄒᆞᄃᆡ 범ᄒᆞ믈 ᄯᅳᆺ갓치 못ᄒᆞ여 슈댱(首將)의 상(傷)ᄒᆞ믈 셜한(雪恨)치 못ᄒᆞ고 공ᄌᆞᄅᆞᆯ 에운 ᄀᆞ온ᄃᆡ 슈개젹인(數

170 음아즐타(喑啞叱咤): 음아질타. 화난 감정이 일시에 터져 나와서 큰 소리로 꾸짖음.

171 노졔회좌(魯齊會座)의 ~ 거동: 조자만은 조말. 제환공(齊桓公)과 노장공(魯莊公)이 회맹할 때, 조말이 비수를 들고 환공을 위협해 노나라가 빼앗긴 땅을 되찾음.

172 홍문연샹(鴻門宴上)의 ~ 형상: 홍문의 연회에서 유방을 죽이려 하는 항우에게 당당히 맞서 항우의 책사인 범증의 기운을 움츠러들게 했던 유방의 장수 번쾌의 모습.

箇賊人)이 암혈(巖穴)노 조ᄎᆞ 드러가니 ᄎᆞ시(此時) 쇼졔 암혈의 잇셔
ᄌᆞ긔 죽ᄂᆞᆫ 날은 공ᄌᆡ 참통(慘痛)ᄒᆞ믈 니긔디 못ᄒᆞ여 그릇 쳔금디구
(千金之軀)ᄅᆞᆯ 상ᄒᆡ오미 될가 슬픈 념녀 무궁ᄒᆞᆫ 바의 암혈이 그윽ᄒᆞ니
잠간 젹셰(賊勢)ᄅᆞᆯ 보아 경파ᄅᆞᆯ 무심이 다려가면 ᄌᆞ긔 죽으믈 날회고
ᄌᆞ ᄒᆞ더니 일이 위급ᄒᆞ미 이에 밋쳐 공ᄌᆡ 흉젹(凶賊)의게 겹겹이 ᄡᆞ
히여 ᄉᆞᄉᆡᆼ(死生)이 슈유(須臾)의 잇고 두어 도젹이 암혈을 ᄉᆞᄆᆞᆺᄎᆞ 드
러오ᄆᆡ 마조쳐 보미 경ᄀᆡᆨ간(頃刻間)이라. 과연 긔험(奇險)ᄒᆞᆫ 명되(命
途) 음실(陰室)의 누귀(陋鬼) 되디 못ᄒᆞᆫ 바ᄅᆞᆯ 이ᄃᆞᆲ고 슬허ᄒᆞ니 목금형 61면
셰(目今形勢) 죽기도 임의로 못 ᄒᆞ고 딘퇴난박(進退難迫)ᄒᆞᆫ디라. 츈·
경 이패(二婆) 공ᄌᆞ와 암혈을 가리왓다가 공ᄌᆞᄂᆞᆫ 제젹(諸賊)이 에워
ᄡᆞ고 이파ᄂᆞᆫ ᄂᆡ여노흐므로 암혈 압ᄒᆡ 셧더니 쇼졔 ᄒᆞᆫ번 소ᄅᆡᄒᆞ여 이
파ᄅᆞᆯ 블너 왈
"내 이에 이시믈 도젹이 발셔 알게 되여시니 그ᄃᆡ 등은 잠간 젹(賊)을
믈너가게 ᄒᆞ고 거교(車轎)ᄅᆞᆯ 가져오라. 내 ᄒᆞᆫ번 교듕(轎中)의 ᄉᆞᄉᆡᆼ(死
生)을 결ᄒᆞ리라."
ᄒᆞᆫᄃᆡ 제젹이 거교 가져오라 ᄒᆞᄂᆞᆫ 말을 듯고 잠간 거름을 두로혀며 웨
여 왈
"그 암혈의 딘짓 부인인가 쇼졘가 거교ᄅᆞᆯ 가져오라 ᄒᆞᆫ다."
ᄒᆞ니 제젹이 모다 깃거ᄒᆞ나 이럴ᄉᆞ록 공ᄌᆞ 에우믈 십분 단단이 ᄒᆞᄂᆞᆫ디
라. 공ᄌᆡ 딘력(盡力)히 ᄲᆞᆫ ᄃᆡᄅᆞᆯ 헤치다가 그 ᄉᆞ이 더ᄃᆡ믈 착급ᄒᆞ여 ᄒᆞᆫ
번 몸을 소소아[173] 듕젹(衆賊)의 ᄇᆡᆨ인(白刃)을 좁은 긴 킈ᄅᆞᆯ 넘어 ᄠᅱᆯ 즈
음의 쇼졔 발셔 츈·경 이파 ᄉᆞ이의 ᄡᆞ히여 암혈 밧긔 ᄂᆡ다라 쳔쳑고 62면
학(千尺高壑)의 몸을 더져 나리구으니 츈·경 이패 뉵슈부(陸秀夫)의

[174] 뎨병(帝昺)을 업고 강심(江心)의 잠기믈 효측(效則)ᄒᆞ여 일셩ᄋᆡ호(一聲哀號)의 쇼져ᄅᆞᆯ 조ᄎᆞ ᄒᆞᆫ가디로 고학(高壑)의 몸을 더져 노쥬(奴主) 삼 인이 일시의 써러디니 층암졀벽(層巖絶壁)의 쇄신분골(碎身粉骨)ᄒᆞ믄 다시 므러 알 ᄇᆡ 아니어니와 동졍츄엽(洞庭秋葉)과 표풍취우(飄風聚雨) ᄀᆞᆺᄐᆞᆫ 바의 어ᄃᆡ로조ᄎᆞ ᄇᆡᆨ골인들 진시 ᄎᆞᄌᆞᆯ 길히 이시리오? 경ᄀᆡᆨ(頃刻)의 노쥬 삼 인의 아모 곳으로 써러딘 바ᄅᆞᆯ 아지 못ᄒᆞ니 공ᄌᆡ 젼후의 져져(姐姐)ᄅᆞᆯ 위ᄒᆞ여 노심비상(勞心悲傷)ᄒᆞ미 ᄒᆞᆫ가디로 고원(故園)의 도라가기ᄅᆞᆯ 계교ᄒᆞᄆᆡ 텬도(天道)의 믁튝(默祝)ᄒᆞ고 근력을 경갈(罄竭)ᄒᆞ여 이날도 죽으믈 무ᄅᆞᆸ쓰며 셔리 갓ᄐᆞᆫ 상인(霜刃)을 피치 아냐 스ᄉᆞ로 위ᄐᆡᄒᆞ믈 당ᄒᆞᆯ디언졍 져져로 ᄒᆞ여곰 젹슈(賊手)의 맛ᄎᆞ미 되디 아니토록 방비(防備)ᄒᆞ다가 목젼(目前)의 져제
63면 몸을 가바야이 고학의 써러디미 되니 ᄌᆞ긔 쒸여 ᄂᆡ닷ᄂᆞᆫ 바의 블과(不過) 삼ᄉᆞ 쳑(尺)이로ᄃᆡ 팔이 밋쳐 져져ᄅᆞᆯ 븟드지 못ᄒᆞ여 이(二) 비ᄌᆡ(婢子) 뉵슈부의 튱녈(忠烈)을 흠모(欽慕)ᄒᆞ여 ᄒᆞᆫ가디로 쇄골분신(碎骨焚身)을 달게 넉이믈 보ᄆᆡ 흉장(胸藏)이 촌촌(寸寸)ᄒᆞ며 오ᄂᆡ여할(五內如割)ᄒᆞᆫ디라. 강보로브터 졍신과 긔운이 각별 사ᄅᆞᆷ의 디나 싁싁ᄒᆞ여 댱텬(長天)을 삼킬 ᄃᆞᆺᄒᆞ고 태산을 것구로칠 ᄃᆞᆺᄒᆞ더니 당ᄎᆞ시(當此時)ᄒᆞ여ᄂᆞᆫ 경ᄀᆡᆨ(頃刻)의 싀딘(澌盡)ᄒᆞᆯ ᄃᆞᆺ 호통엄읍(號痛奄泣)ᄒᆞ여 뎡히 ᄆᆡ져의 써러딘 곳을 ᄉᆞᆯ펴 시신이나 ᄎᆞᄌᆞ려 ᄒᆞᆯᄉᆡ 듕젹(衆賊)이

173 소소아: 솟구치다.

174 뉵슈부의 뎨병(帝昺)을 업고 강심(江心)의 잠기믈: 남송이 멸망할 때 육수부가 배로 도망하다가 위왕 조병을 업고 바다로 투신하여 목숨을 버린 것.

져의 의향(意向)ᄒᆞ던 츈·경 이패(二婆) 다 죽으미 되고 암혈의 ᄀᆞᆷ초엿던 쇼졔 발셔 쇄신분골(碎身粉骨)ᄒᆞ미 되여실 ᄇᆡ니 다시 거두어 갈 거시 업고 공ᄌᆞ의 ᄆᆡ온 손ᄡᅵ의 슈댱(首將)이 듕상(重傷)ᄒᆞ여 오히려 인ᄉᆞ를 모로고 져의 무리도 ᄉᆡᆼᄉᆞ를 미뎡(未定)ᄒᆞ여 위태ᄒᆞᆫ ᄌᆡ(者) 십여 인이니 분ᄒᆞ고 ᄆᆡ온 ᄆᆞᄋᆞᆷ이 다 공ᄌᆞ긔 도라가 일시의 다라드러 공ᄌᆞ를 다시 ᄒᆡ(害)코ᄌᆞ ᄒᆞ니 공ᄌᆡ 분통철텬(憤痛徹天)ᄒᆞ여 슬프믈 날 64면
회고 ᄀᆡ운을 가다듬아 졔젹(諸賊)을 ᄃᆡ젹(對敵)ᄒᆞᆯᄉᆡ ᄀᆡ상(氣像)이 늠늠(凜凜)ᄒᆞ여 츄텬상일(秋天霜日) ᄀᆞᆺ더라.

ᄌᆡ셜(再說) 졍공ᄌᆞ ᄂᆡ광이 쳘텬통분(徹天痛忿)을 ᄂᆡ긔다 못ᄒᆞ여 삼쳑목(三尺木)으로 듕젹을 ᄃᆡ젹ᄒᆞᆯᄉᆡ 츄텬상일 ᄀᆞᆺᄐᆞᆫ ᄀᆡ상의 안ᄉᆡᆨ(顏色)이 당당ᄒᆞ여 츄텬(秋天)이 엄엄(嚴嚴)ᄒᆞᆫ ᄃᆞᆺ 한풍(寒風)이 교교ᄒᆞᆫᄃᆡ 빙상(氷上)이 가디ᄒᆞᆫ ᄃᆞᆺ 만댱(萬丈)이나 ᄯᅱ놀ᄆᆡ ᄇᆡᆨ인(白刃)이 앙앙(怏怏)ᄒᆞ여 졍광(淨光)을 비왓ᄂᆞᆫ ᄃᆞᆺ 창검(槍劍)이 의의(猗猗)ᄒᆞ여 ᄂᆡᆼ풍(冷風)을 모랏ᄂᆞᆫ ᄃᆞᆺ 만ᄆᆡ(萬馬) ᄌᆡᆼ분(爭奔)ᄒᆞ며 쳔군(千軍)이 호위ᄒᆞ여 공ᄌᆞ를 븟드ᄂᆞᆫ ᄃᆞᆺ 텬여신(天與神) 귀여귀(鬼與鬼) ᄒᆞᆫ가디로 도와 흉젹을 격파ᄒᆞ고 공ᄌᆞ를 보(保)ᄒᆞᆷ 갓ᄐᆞ니 젹도(賊徒)의 용녁(勇力)이 브족ᄒᆞ미 아니오 공ᄌᆞ의 강용(强勇)이 ᄒᆞᆫ 몸으로ᄡᅧ 져 ᄇᆡᆨ여(百餘) 흉젹을 당ᄒᆞ여 능히 졔어ᄒᆞ미 아니로ᄃᆡ 니ᄅᆞᆫ바 ‘블인(不仁)을 블의용(不以勇)이오 의인(義人)은 블이녁(不以力)이라.’[175] 젹도의 블의궁 65면

175 블인(不仁)을 블의용(不以勇)이오 의인(義人)은 블이녁(不以力)이라: 어질지 못한 것은 용맹으로 당하지 못하고, 의로운 사람은 힘으로 당하지 못한다는 뜻. 규장각본에는 ‘불이을 뷸의용이오 의인을 블이녁이라’로 되어 있음.

흉(不義窮凶)ᄒᆞ며 무상극악(無狀極惡)ᄒᆞ미 평ᄉᆡᆼ(平生)의 잔인블이 디ᄉᆞ(殘忍不義之事)ᄅᆞᆯ 위쥬(爲主)ᄒᆞ여 ᄌᆡ믈(財物)을 탐ᄒᆞ고 인명(人命)을 플 ᄡᅢᄃᆞᆺ 향ᄒᆞᄂᆞᆫ 바의 강용을 ᄌᆞ랑ᄒᆞᄆᆡ 일ᄌᆞᆨ 두리며 것칠 거시 업ᄉᆞᆫ ᄃᆞᆺᄒᆞ나 블과(不過) 심협(深峽)의 단슈쳔민(短壽賤民)[176]과 도로의 명박디인(命薄之人)[177]을 만나 죽이믈 용이(容易)히 ᄒᆞ미오 그 진짓 길션화상(吉善畵像)[178]의 귀격달슈(貴格達數)[179]ᄅᆞᆯ 만나 ᄒᆡ(害)ᄒᆞ미 아니니 이졔 공ᄌᆞᄅᆞᆯ ᄒᆡ코ᄌᆞ ᄒᆞ나 의ᄉᆡ 튝쳑(蹴踖)ᄒᆞ여 손ᄡᅳᄂᆞᆫ 법이 난(亂)ᄒᆞ고 심신이 경황(驚惶)ᄒᆞ여 팔흘 드ᄂᆞᆫ 긔운이 주러져 디ᄉᆞ위한(至死爲限)[180]ᄒᆞᄂᆞᆫ ᄡᆞ홈이 아니라 져희 그만ᄒᆞ여 허여진ᄌᆞᆨ 져 공ᄌᆞ의 외로오므로뼈 능히 ᄡᆞ로디 못ᄒᆞ고 ᄌᆞᆸ디 못ᄒᆞ여 ᄌᆞ연이 긋치미 되리니 슈댱(首將)을 구ᄒᆞ여 ᄎᆡ칙(寨柵)으로 도라가리라 ᄒᆞ여 졍히 에운 거ᄉᆞᆯ 프러 66면 산하(山下)로 나리고ᄌᆞ ᄒᆞ더니 슈젹(首賊)이 가장 오란 후 인ᄉᆞᄅᆞᆯ ᄎᆞᆯ히ᄆᆡ 졸하(卒下)ᄅᆞᆯ 대즐(大叱)ᄒᆞ여

"쳑동쇼ᄌᆞ(尺童小者)ᄅᆞᆯ 죽이디 못ᄒᆞ미 녹녹다 ᄒᆞ며 그만ᄒᆞ여 도라갈 의ᄉᆞᄅᆞᆯ 말고 밧비 쇼ᄋᆞ(小兒)ᄅᆞᆯ 즛질너 망녕도이 존위(尊威)ᄅᆞᆯ 범ᄒᆞ며 방ᄌᆞ(放恣)ᄒᆞ던 죄ᄅᆞᆯ 다ᄉᆞ리라."

ᄒᆞ고 셰 녀ᄌᆞ의 죽으믈 깁히 앗기거ᄂᆞᆯ 듕젹이 슈젹의 명(命)을 조ᄎᆞ 믈너갈 의ᄉᆞᄅᆞᆯ 도로혀 ᄉᆡ로이 공ᄌᆞᄅᆞᆯ 에워ᄡᆞ며 ᄒᆡ홀 ᄆᆞ음이 착급(着

---

176 단슈쳔민(短壽賤民): 단수천민. 수명이 짧은 천한 백성.

177 명박디인(命薄之人): 명박지인. 팔자가 기구하고 복이 없는 사람.

178 길션화상(吉善畵像): 길선화상. 길하고 선한 얼굴 형상.

179 귀격달슈(貴格達數): 귀격달수. 귀하게 될 기품과 수를 다 누릴 우수.

180 디ᄉᆞ위한(至死爲限): 지사위한. 죽을 때까지 자기의 의견을 굽히지 아니하고 뻗대어 나감.

急)ᄒᆞᆫ디라. 공ᄌᆡ 비록 삼쳑목(三尺木)을 둘너 듕젹(衆賊)의 창인(槍刃)을 막으나 뎡코 위ᄐᆡᄒᆞ믈 면(免)치 못ᄒᆞᆯ너니 홀연 녕하(嶺下)로조ᄎᆞ 두낫 효용(驍勇)ᄒᆞᆫ 댱ᄉᆡ(壯士) 손의 대도(大刀)ᄅᆞᆯ 번득이며 황황착급(遑遑着急)히 올나와 바로 에운 거ᄉᆞᆯ 헤치니 젹되(賊徒) 쳐음은 져의 동뉴(同類)가 ᄒᆞ여 슌히 공ᄌᆞ의 ᄡᅡᆫ 거ᄉᆞᆯ 터노커ᄂᆞᆯ 그 용댱(勇壯)이 팔ᄒᆞᆯ 움즉이며 용녁(勇力)을 분발ᄒᆞᄂᆞᆫ 바의 도젹의 머리 검광(劒光)을 ᄯᆞ라 구으ᄂᆞᆫ디라. 그 용ᄆᆡᆼ과 ᄂᆡ력(耐力)이 셰간(世間)의 더브러 67면
ᄀᆞᆺᄐᆞᆫ 사ᄅᆞᆷ이 업거ᄂᆞᆯ 구쳑신(九尺身)은 산악을 넘ᄯᅱᆯ 댱(壯)ᄒᆞ믈 다ᄒᆞ엿고 골희눈[181]의 우레 ᄀᆞᆺᄐᆞᆫ 소ᄅᆡᄂᆞᆫ 삼국(三國) 젹 댱익덕(張翼德)[182]으로 방블(彷彿)ᄒᆞ니 공ᄌᆡ 태향빵광(太陽雙眶)[183]을 드러 ᄉᆞᆯ피건ᄃᆡ 이 곳 본부(本府) 장확(臧獲)[184] 운학·경농이라. 그 황홀이 반가오믈 엇디 비ᄒᆞᆯ 곳이 이시리오마ᄂᆞᆫ 미쳐 한셜(閑說)을 시작디 못ᄒᆞ고 젹셰(賊勢) 흉ᄒᆞ믈 인ᄒᆞ여 운학·경농으로 더브러 ᄒᆞᆫ가디로 급히 치니 인심(人心)이 ᄒᆞᆫ번 경동(驚動)ᄒᆞᆫ 후ᄂᆞᆫ ᄀᆡ운이 셔리 마즌 ᄇᆡ얌과 져린 파 ᄀᆞᆺᄐᆞ여 감히 징젼(爭戰)을 못 ᄒᆞ니 냥인(兩人)의 만부브당디용(萬夫不當之勇)[185]으로ᄡᅧ 유ᄉᆞ디심(有死之心)ᄒᆞ고 무ᄉᆡᆼ디긔(無生之氣)ᄒᆞ여 공ᄌᆞᄅᆞᆯ 위ᄐᆡᄒᆞᆫ 곳의 벗기고ᄌᆞ ᄒᆞᄂᆞᆫ 바의 엇디 도라보며 혤 거시 이시리오? 댱

---

181 골희눈: 고리눈. 놀라거나 화가 나 휘둥그레진 눈.

182 댱익덕(張翼德): 장익덕. 중국 삼국시대 촉한의 명장인 장비.

183 태향빵광(太陽雙眶): 태양쌍광. 태양 같은 두 눈. 규장각본에는 '태양'으로 되어 있음. 문맥상 태양으로 봄.

184 장확(臧獲): 집안의 노비.

185 만부브당디용(萬夫不當之勇): 만부부당지용. 만 명이라도 당할 수 없는 용기.

검(長劍)을 둘너 제젹(諸賊)을 즛디ᄅᆞ며 년(連)ᄒᆞ여 머리 ᄯᅥ러디니
68면 피 흘너 싸ᄒᆡ 괴이고 죽엄이 ᄇᆞᆯ 앏히니 젹되(賊徒) 크게 황황(遑遑)ᄒᆞ
여 흣터디고ᄌᆞ ᄒᆞᄂᆞᆫ ᄎᆞ의 녕하(嶺下)의 크게 웨ᄃᆡ
"ᄎᆡ칙(寨柵)의 블이 니러나 금ᄇᆡᆨ(金帛)[186]을 아오로 ᄉᆞ회게 되여시니 밧
비 와 구ᄒᆞ쇼셔."
ᄒᆞ거ᄂᆞᆯ 듕젹이 쳥파(聽罷)의 대경(大驚)ᄒᆞ여 공ᄌᆞᄅᆞᆯ ᄇᆞ리고 ᄯᅦᆯ니 흣
터디니 겨을밤이 디리ᄒᆞᄃᆡ 그 ᄉᆞ이 오ᄅᆡ믈 인ᄒᆞ여 원촌(遠村)의 계셩
(鷄聲)이 악악(諤諤)ᄒᆞ여 ᄉᆡᄇᆡᄅᆞᆯ 보(報)ᄒᆞ고 산ᄉᆞ의 븍소ᄅᆡ 바ᄅᆞᆷ결
의 들니ᄃᆡ 희미ᄒᆞ여 먼니셔조ᄎᆞ 나믈 알니러라. 냥인(兩人)이 죽기로
뼈 그음ᄒᆞ여[187] 공ᄌᆞᄅᆞᆯ 구ᄒᆞᄃᆡ 고약ᄒᆞᆫ 형셰로 져 갈호(蝎虎)의 ᄢᅦᄅᆞᆯ ᄯᆞ
로미 도로혀 위란(危亂)ᄒᆞ믈 취ᄒᆞᆯ ᄃᆞᆺᄒᆞ여 ᄯᆞ로디 아니코 다만 공ᄌᆞᄅᆞᆯ
븟드러 고두ᄇᆡ복(叩頭拜伏)[188]의 실셩통곡(失聲痛哭)ᄒᆞ여 흉금(胸襟)
이 젼ᄉᆡᆨ(塡塞)ᄒᆞ믈 ᄭᆡ닷디 못ᄒᆞ니 공ᄌᆡ 또ᄒᆞᆫ 냥노(兩奴)의 손을 잡고
톄하여우(涕下如雨)ᄒᆞ여 왈
69면 "운학아 경농아, 이 ᄭᅮᆷ이냐 상시(生時)[189]냐? 내 ᄋᆞ시(兒時)로브터 정신
과 긔운이 사ᄅᆞᆷ의 아ᄅᆡ 잇디 아니터니 엇디 오날ᄂᆞᆯ의 다ᄃᆞ라 요양미
경(擾攘未定)[190]ᄒᆞ여 여등(汝等)을 보ᄃᆡ 그 딘가(眞假)ᄅᆞᆯ ᄭᆡ닷디 못ᄒᆞ
고 너의 또 ᄉᆞ라 이의 니ᄅᆞ믈 긔약디 아냐 귀신이 희롱ᄒᆞᄂᆞᆫ가 의심ᄒᆞ

186 금ᄇᆡᆨ(金帛): 금백. 금과 비단.

187 그음ᄒᆞ여: 그음ᄒᆞ다. 한정하다.

188 고두ᄇᆡ복(叩頭拜伏): 고두배복. 머리를 조아리며 엎드려 절함.

189 상시(生時): 생시. 규장각본에는 'ᄉᆡᆼ시'로 되어 있음.

190 요양미경(擾攘未定): 요양미정. 정신이 어질어질하여 결정하지 못함.

ᄂᆞ니 너의 ᄯᅡᆯ니 이의 온 곡졀(曲折)을 니ᄅᆞ고 만일 태쥬 본아(本衙)를 ᄯᅥ난 디 오라디 아니커든 밧비 존당친위(尊堂親闈)와 합문평부(闔門平否)[191]를 날노 ᄒᆞ여곰 알게 ᄒᆞ라.”
냥뇌(兩奴) 톄읍왈(涕泣曰)
“시운(時運) 블힝(不幸)ᄒᆞ여 이(二) 공ᄌᆞ와 냥(兩) 쇼져를 젹변(賊變)의 실산(失散)ᄒᆞᄂᆞᆫ 화(禍)를 면치 못ᄒᆞ시다.”
ᄒᆞ더라.

(책임교주 탁원정)

191 합문평부(闔門平否): 온 집안사람의 안부.

완월회맹연 玩月會盟宴

권디십뉵 卷之十六

어시(於是)의 운학·경농이 통읍왈(痛泣曰) 1면

“시운(時運)이 블힝(不幸)ᄒᆞ여 이 공ᄌᆞ(公子)와 냥 쇼져(小姐)ᄅᆞᆯ 젹변(賊變)의 실산(失散)ᄒᆞᄂᆞᆫ 화ᄅᆞᆯ 면치 못ᄒᆞ시니 힝ᄎᆞ(行次)의 봉가(奉駕)ᄒᆞ와 하향(下鄕)ᄒᆞ시믈 날을 혜여 긔약(期約)ᄒᆞ옵다가 쇼복(小僕) 등이 망극비황(罔極悲惶)ᄒᆞ믄 ᄌᆞᆨ히 알욀 ᄇᆡ 아니옵거니와 노야(老爺)와 졔부인(諸夫人)의 참통과상(慘痛過傷)ᄒᆞ시믄 목젼의 시톄(屍體)ᄅᆞᆯ ᄃᆡᄒᆞ심만 갓디 못ᄒᆞ시니 일힝샹하(一行上下)의 통혹비황(痛酷悲荒)턴 바ᄂᆞᆫ 일월이 오릴ᄉᆞ록 ᄉᆡᆼ각ᄒᆞ오ᄆᆡ 흉장(胸臟)이 촌단(寸斷)ᄒᆞ오니 경열(哽咽)ᄒᆞ와 말ᄉᆞᆷ을 알외디 못ᄒᆞ리로소이다. 그ᄯᆡ의 여ᄎᆞ여ᄎᆞ 월쳥강을 두로 도라 이 공ᄌᆞ의 형영(形影)을 알 길히 업ᄉᆞ오니 쇼복 등이 샹셔 노야긔 여ᄎᆞ여ᄎᆞ 고ᄒᆞ옵고 그 ᄉᆞ이 ᄌᆞ최 구
쥐(九州)[1]ᄅᆞᆯ 반이나 도라 쇼쥬인(小主人)의 거쳐ᄂᆞᆫ 아지 못ᄒᆞ오며 다 2면
만 ᄒᆡ도의 츌몰ᄒᆞ와 심산(深山)의 ᄀᆞᆷ초인 도젹을 만나오면 져희 셔로 ᄒᆞᄂᆞᆫ 말을 듯ᄉᆞ온ᄌᆞᆨ 왕술위란 도젹놈이 역비(逆婢) 녹빙의 부쵹(咐囑)을 드러 젹당(賊黨)을 모화 힝듕(行中)의 작변(作變)ᄒᆞ옵ᄂᆞᆫ 바의 ᄯᅩ 역비 계월의 가부(家夫) 밍취 ᄒᆞᆫ가디로 작변ᄒᆞ미 흉참(凶慘)ᄒᆞᄆᆡ 밋쳣던가 시브니 이 원슈ᄂᆞᆫ ᄃᆡᆫ실노 ᄒᆞᆫ 하날을 니고 잇디 못ᄒᆞ올디라. 쇼복 등이 냥 공ᄌᆞ의 거쳐 ᄎᆞᆺ기ᄂᆞᆫ 날회고[2] 몬져 태쥬로 나아가 두 노야(老爺)긔 녹빙·계월의 극악대죄(極惡大罪)ᄅᆞᆯ 알외여 밍츄와 왕술위ᄅᆞᆯ 잡아 간졍(奸情)을 츄문(推問)ᄒᆞ와 쾌히 쥬륙(誅戮)

1 구쥐(九州): 구주. 중국 지역 전부를 아홉으로 구분하여 이르는 말.
2 날회고: 날회다. 느리게 하다. 여기서는 ‘미루다’의 뜻.

ᄒᆞ옵고 다시 일싱을 도로(道路)의 늙기를 그음ᄒᆞ와 이 공ᄌᆞ의 거쳐를 ᄎᆞᆺ고져 ᄒᆞ옵더니 맛초와 길흉(吉凶)을 신통이 츄졈(推占)ᄒᆞᄂᆞᆫ 이인(異人)을 만나 이 공ᄌᆞ의 ᄉᆞ쥬(四柱)를 뭇ᄌᆞ온즉 크게 귀복(貴福)
3면 으로 밀위고 '댱공ᄌᆞ(長公子)ᄂᆞᆫ 만니타국의 표류ᄒᆞ여신 ᄇᆡ 되여시니 슈히 존문(存問)[3]을 듯디 못ᄒᆞ려니와 ᄎᆞ공ᄌᆞ(次公子)ᄂᆞᆫ 금월 갑딘일(甲辰日)의 반ᄃᆞ시 만나미 이실 거시로ᄃᆡ 무심히 잇디 말고 쥬야 달녀 긔강 태원녕을 ᄇᆞ라고 갈 ᄲᅳᆫ 아니라 긔강 소흥산이 긋쳐 올믄 곳의 도젹의 둔취(屯聚)ᄒᆞᆫ ᄇᆡ 되여시리니 화약(火藥)을 가져가 몬져 젹혈(賊穴)의 블을 디ᄅᆞ고 밧비 태원녕으로 가면 그 가온ᄃᆡ 위ᄐᆡᄒᆞ믈 당ᄒᆞ여 ᄌᆞ못 ᄲᅩᆫ 거슬 벗디 못ᄒᆞᆫ ᄌᆞᄂᆞᆫ 곳 공지리니 븟드러 구ᄒᆞ라.' ᄒᆞ며 두낫 댱검(長劍)을 주옵거ᄂᆞᆯ 쇼복(小僕) 등이 밋디 아냐 왈 '강졀(康節) 소션싱(邵先生)[4]이 죽으션 디 오ᄅᆡ고 곽박(郭璞)이 다시 잇디 아니커ᄂᆞᆯ 이런 말을 어이 미드리오?' ᄒᆞ온즉 기인이 개연이 즉시 시험ᄒᆞ여 시샹(市上)의 버렷ᄂᆞᆫ 사ᄅᆞᆷ의 급ᄒᆞᆫ 익(厄)과 ᄲᆞ른 변을 닐너 반일
4면 디ᄂᆡ의 그 안온(安穩)치 못ᄒᆞ믈 보라 ᄒᆞ옵거ᄂᆞᆯ 쇼복 등이 유심이 ᄉᆞᆯ피온즉 과연 ᄒᆞ온디라. 바야흐로 졀강 졍능 ᄯᅡ히셔 쥬야(晝夜)로 힝ᄒᆞ와 향긱(向刻)의 몬져 긔강 소흥산이 올믄 곳의 니ᄅᆞ온즉 과연 도젹이 ᄎᆡ칙(寨柵)을 일워시ᄃᆡ 은연(隱然)이 병진(兵陣)을 님ᄒᆞ여 냥초(糧草)를 ᄡᅡ코 군ᄉᆞ를 뉴(留)ᄒᆞᆫ 곳 ᄀᆞᆺᄉᆞ온디라. 블승흉히(不勝凶害)

---

3 존문(存問): 윗사람의 안부.

4 강졀(康節) 소션싱(邵先生): 강절 소선생, 소강절, 송나라의 철학자인 소옹, 앞일을 예견하는 사람으로 유명했음.

ᄒᆞ오나 임의 슌초군(巡哨軍)의 잡힌 ᄇᆡ 되여 슈상(殊常)ᄒᆞᆫ 졍젹(情
迹)을 뭇ᄌᆞᆸ거ᄂᆞᆯ 거ᄌᆞᆺ ᄭᆞ며 'ᄒᆡ도로조ᄎᆞ 밧 소식을 젼코ᄌᆞ 니ᄅᆞ럿더니
댱군이 아니 계시니 발셜(發說)이 브졀업다.' ᄒᆞ온ᄃᆡ 젹되(賊徒) 답ᄒᆞ
오ᄃᆡ 'ᄒᆡ도 소식을 우리 댱군이 반기시리로다. 오날 맛참 바ᄅᆞᆷ을 인ᄒᆞ
여 긔ᄅᆞᆯ 둘너본ᄌᆞᆨ 태원녕 다히[5]로 븟치일 ᄲᅳᆫ 아니라 동뉴(同類)의 졈
(占)치ᄂᆞ니 이셔 ᄀᆞᆯ오ᄃᆡ 뫼흘 파 옥(玉)을 엇고 바다흘 파 딘쥬(眞珠)
ᄅᆞᆯ 어드리라 ᄒᆞ여시나 반길반흉(半吉半凶)ᄒᆞ여 뎡치 못ᄒᆞ리로다 ᄒᆞ 5면
니 댱군이 희왈(喜曰) '뎡치 못ᄒᆞᆯ 이 어이 이시리오? 긔발이 발셔 태
원녕으로 븟쳣고 뫼흘 파 옥을 어드며 바다흘 파 딘쥬(眞珠)ᄅᆞᆯ 어드
리라 말이 슈고ᄅᆞᆯ ᄌᆞ심(滋甚)히 드리리라 말이니 내 이에 머믄 디 오
란디라 아모 ᄃᆡ나 가 ᄒᆞᆫ낫 미ᄋᆞ(美兒)[6] 곳 어드면 즉시 시러 가디고
ᄒᆡ도로 도라가리라.' ᄒᆞ시며 태원녕으로 가 계시니 그ᄃᆡ 부ᄃᆡ 댱군
긔 뵈ᄋᆞᆸ고 긴급ᄒᆞᆫ ᄉᆞ괴(事故) 잇거든 태원녕으로 가라.' ᄒᆞᄋᆞᆸ거ᄂᆞᆯ 쇼
복 등이 잠간 디졍여[7] ᄀᆞ마니 블을 노코 밧비 오노라 ᄒᆞ오ᄃᆡ 오히려
밋디 못ᄒᆞ와 귀톄 젹도(賊徒)의게 ᄡᆞ히믈 당ᄒᆞ샤 위경(危境)을 디ᄂᆡ
시니이다. 쇼복 등의 블튱무상(不忠無狀)ᄒᆞᆫ 죄로소이다. 이 젹뉘(賊
類) ᄒᆡ도 말을 반겨 드ᄅᆞ믈 보ᄋᆞᆸ건ᄃᆡ 필연 왕술위의 당뉘(黨類)라.
이놈들을 ᄌᆞᆸ으면 술위의 거쳐ᄅᆞᆯ ᄯᅩᄒᆞᆫ 알니로소이다마ᄂᆞᆫ 당금(當今) 6면
형셰 고약ᄒᆞ여 져 흉젹(凶賊)을 거울 길히 업ᄉᆞᆸ고 ᄎᆡ칙(寨柵)의 블이

5 다히: 편, 쪽.

6 미ᄋᆞ(美兒): 미아. 미녀.

7 디졍여: 지정이다. 지체하다.

난 바ᄅᆞᆯ 의심ᄒᆞ여 쇼복 등을 ᄌᆞᆸ아 셜한(雪恨)코ᄌᆞ ᄒᆞᆯ ᄌᆞ음이면 귀톄 다시 위급ᄒᆞᆫ 변이 잇ᄉᆞ오리니 날이 ᄎᆡ 붉기 젼의 급히 인가(人家)ᄅᆞᆯ 어더 피ᄒᆞ샤이다.”

공ᄌᆡ 냥 노ᄌᆞ(奴子)의 긴말을 드ᄅᆞᄆᆡ 비록 ᄆᆡᆼ츄와 왕술위ᄂᆞᆫ 젼ᄌᆞ(前者)의 본 ᄇᆡ 업ᄉᆞ나 녹빙·계월은 ᄇᆡᆨ모(伯母) 소부인의 골결디신(骨鯁之臣)[8]이믈 거의 짐작ᄒᆞᆯ ᄇᆡ라. 셩신(聖神)ᄒᆞᆫ 춍명이 ᄒᆞᆫ ᄉᆞᆺ츨 혜아려 ᄇᆡᆨ만ᄉᆞᄅᆞᆯ 츄이(推移)ᄒᆞ여 ᄭᆡ치ᄆᆡ 엇디 ᄎᆞ악(嗟愕)ᄒᆞᆫ 의심이 업ᄉᆞ리오? ᄌᆞ긔 소부인을 일ᄐᆡᆨ디샹(一宅之上)의 뫼션 디 그 셰월이 오ᄅᆡᆫ ᄇᆡ 아니오 유부유ᄌᆡ(猶父猶子)[9] 임의 부ᄌᆞ의 텬뉸(天倫)으로 다ᄅᆞ미 업ᄉᆞᆫ 바의 어미ᄅᆞᆯ 의심ᄒᆞᆯ ᄌᆞ식이 텬하의 잇디 아닐디라. 이런 일은 아이
7면 의 ᄡᅳ리쳐 드ᄅᆞ미 힝인 고로 다시 ᄆᆞ음의 머므ᄅᆞ디 아니ᄒᆞᄃᆡ 다만 목젼(目前)의 경참통혹ᄒᆞ고 만심(滿心)이 희텬ᄒᆞ여 능히 슬픔과 원억(冤抑)ᄒᆞ믈 금억(禁抑)디 못ᄒᆞᄂᆞᆫ 바ᄂᆞᆫ ᄆᆡ제(妹姐) 고학(高壑)의 ᄯᅥ러져 몸을 ᄇᆞ리미라. 이노(二奴)의 말을 다시 답지 아니ᄒᆞ고 져져(姐姐)의 ᄯᅥ러진 고학을 향ᄒᆞ여 호통ᄋᆡ곡ᄒᆞ며 규셩혼도(叫聲昏倒)[10]ᄒᆞ니 운학·경농이 븟드러 구호ᄒᆞ며 팔이 듕상(重傷)ᄒᆞ여시믈 경악ᄒᆞ여 한삼(汗衫)[11]을 ᄯᅥ혀 ᄡᆡ밀ᄉᆡ 경농이 운학의 옷ᄉᆞᆯ 다리여 ᄀᆞᆯ오ᄃᆡ

“공ᄌᆡ ᄒᆞᆫ갓 무익지비(無益之悲)ᄅᆞᆯ 과히 ᄒᆞ샤 쳔금지구(千金之軀)ᄅᆞᆯ

8 골결디신: ‘골경지신(骨鯁之臣)’으로 보임. 뼈와 가시 같은 강직한 신하. 여기서는 심복을 말함.

9 유부유지(猶父猶子): 유부유자. 아버지 같고 자식 같음.

10 규셩혼도(叫聲昏倒): 규성혼도. 소리를 지르다가 기절함.

11 한삼(汗衫): 땀받이 옷.

도라보디 아니시니 이곳을 디지(遲遲)ᄒᆞ여 슈히 써나디 아니시다가 도젹이 ᄎᆡᄎᆡᆨ(寨柵)의 블을 구ᄒᆞ고 원분(怨憤)을 아등(我等)의게 셜(雪)코ᄌᆞ 홀딘ᄃᆡ 아등의 위ᄐᆡᄒᆞ믄 족히 니ᄅᆞ디 말고 화ᄅᆞᆯ 공ᄌᆞ긔 옴긴ᄌᆞᆨ 그 망극ᄒᆞ믈 ᄎᆞ마 ᄉᆡᆼ각디 못ᄒᆞ리니 비록 공자의 명을 기다리디 못ᄒᆞ나 혼도(昏倒)ᄒᆞ샤 인ᄉᆞ(人事)ᄅᆞᆯ 모로시ᄂᆞᆫ 즈음의 업고 졈ᄉᆞᄅᆞᆯ 8면
ᄎᆞᄌᆞ가 구호(救護)ᄒᆞ미 올치 아니랴?"

운학 왈

"그ᄃᆡ 말이 뎡합오의(正合吾意)라."

ᄒᆞ고 즉시 공ᄌᆞᄅᆞᆯ 거두쳐 업은 후 녕하(嶺下)로 나릴ᄉᆡ 경농이 엄부(嚴府) 노ᄌᆞ(奴子)와 션부(船夫)ᄅᆞᆯ 붓드러 ᄒᆞᆫ가디로 가기ᄅᆞᆯ 니ᄅᆞ니 엄부 창두(蒼頭)[12]ᄂᆞᆫ 주리며 치우믈 니긔디 못ᄒᆞ여 눈 우희 것구러졋고 션부ᄂᆞᆫ 도젹을 두리므로 졍신을 일허 긔한(飢寒)을 밋쳐 ᄉᆡᆼ각디 못ᄒᆞ며 오히려 젹뉘 어ᄂᆞ 곳의 이셔 졔 머리ᄅᆞᆯ 버혀드리라 ᄒᆞ여도 ᄡᅮ러드릴 ᄃᆞᆺ 박힌 말독 ᄀᆞᆺᄐᆞ여 능히 펴디 못ᄒᆞ니 경농이 도로혀 쇼왈(笑曰)

"딘실노 남ᄌᆡ 아니로다."

ᄒᆞ고 ᄯᅳ드러 니ᄅᆞ혀 녕하로 나리나 션뷔 놀난 거ᄉᆞᆯ 뎡치 못ᄒᆞ며 엄부 노ᄌᆡ(奴子) 반ᄉᆡᆼ반ᄉᆞ(半生半死)ᄒᆞ여 거ᄅᆞᆷ을 옴기지 못ᄒᆞ니 유학[13] 등이 져의 여러 벌 섀닙엇던 옷ᄉᆞᆯ 버셔 닙히고 급히 쥬가(酒家)ᄅᆞᆯ ᄎᆞᄌᆞ 일호쥬(一壺酒)ᄅᆞᆯ 엄부 창두(蒼頭)와 션부(船夫) 등을 먹이고 ᄊᆞᆯ니 그 9면

12 창두(蒼頭): 사내종.

13 유학: 문맥상 '운학'으로 추정됨.

ᄋᆞᆨᄒᆞᆫ 인가롤 갈ᄒᆡ여 문을 두다려 ᄀᆡᆨ실(客室)을 빌니라 ᄒᆞᆫᄃᆡ 쥬인이 운학 등의 댱위(壯威)ᄒᆞᄆᆞᆯ 보ᄆᆡ 그ᄋᆞᆨ이 무셔이 넉여 비록 졍셩으로 머므ᄅᆞ고ᄌᆞ 아니 ᄒᆞ나 마디못ᄒᆞ여 방을 븨여 주거ᄂᆞᆯ 경농이 허리 아ᄅᆡ로조ᄎᆞ 은냥(銀兩)을 ᄂᆡ여 쥬인의 방 빌니믈 샤례(謝禮)ᄒᆞ고 됴반(早飯)을 구ᄒᆞ니 쥬인이 은ᄌᆞ(銀子)롤 보ᄆᆡᄂᆞᆫ 잠간 ᄆᆞ음을 누겨 흔연(欣然)ᄒᆞᆫ ᄉᆞ식(辭色)으로 됴반을 밧드러 요긔(療飢)ᄒᆞᄆᆞᆯ 응슌(應順)ᄒᆞ더라. 운학 등이 공ᄌᆞ롤 구호ᄒᆞ여 동방(東方)이 긔ᄇᆡᆨ(旣白)의 밋쳐시ᄃᆡ 회소(回蘇)치 못ᄒᆞ니 착급초조(着急焦燥)ᄒᆞ여 쥬인의게 갑ᄉᆞᆯ 쥬고 계오 환약(丸藥)을 어더 쳥ᄎᆞ(淸茶)의 화(和)ᄒᆞ여 드리오니 ᄀᆞ장 오린 후 인ᄉᆞ(人事)롤 슈습ᄒᆞ여 눈을 ᄯᅧ 좌우롤 보다가 믄득 고흉통디(叩胸痛之) 왈

"이거시 엇디 태원녕이 아니뇨? 내 져져(姐姐)로 더브러 변난(變亂)을 동고ᄇᆡᆨ우(同苦百憂)롤 ᄇᆡ포(排布)ᄒᆞᄃᆡ 맛ᄎᆞᆷᄂᆡ 화란(禍亂)[14]의 몰몰(沒沒)치 아닐 바롤 셔로 밋고 위로ᄒᆞ여 친젼(親前)의 졀ᄒᆞ기롤 긔약ᄒᆞᄆᆡ 삭한풍셜(朔寒風雪)을 무릅ᄲᅧ 팔쳔 니(里) ᄒᆡᆼ도(行途)의 위틔ᄒᆞ미 만흐며 길ᄒᆞ미 젹으믈 모로디 아니ᄒᆞᄃᆡ 디류(遲留)ᄒᆞ여 유익(有益)디 아닐 고로 브득이 ᄯᅥᆯ쳐 길ᄒᆡ 오ᄅᆞ미 되엿더니 이졔 져져(姐姐)롤 마ᄌᆞ 쳔쳑고학(千尺高壑)의 ᄯᅥ러디믈 보ᄃᆡ 내 손으로 능히 구치 못ᄒᆞ니 내 비록 ᄉᆞ화(死禍)의 밀친 ᄇᆡ 아니나 나의 광망(狂妄)홈곳 아니면 져졔(姐姐) 져러틋 봉변참몰(逢變慘歿)ᄒᆞ실 ᄇᆡ 아니니 ᄒᆞᆫ

10면

14 화란(禍亂): 재앙과 난리. 규장각본에는 '화젼'이라고 되어 있음.

갓 ᄇᆡᆨ인(伯仁)이 유아이ᄉᆞ(由我而死)[15] ᄯᆞ롬이 아니라 나의 긔험궁극(崎險窮極)ᄒᆞᆫ ᄋᆡᆨ화(厄禍)로ᄡᅧ 져져긔 모도 안겨 슈ᄒᆡᆼ셩덕(修行聖德)으로ᄡᅧ 십일 튱년(沖年)의 요졀(夭折)ᄒᆞ미 되고 나ᄂᆞᆫ 져져의 덕셩을 의디ᄒᆞ여 흉젹(凶賊)의 ᄇᆡᆨ인(白刃) 가온ᄃᆡ 보명(保命)ᄒᆞ믈 어드니 이 슬픔과 이 한을 니긔여 ᄡᆞ흘 곳이 업ᄉᆞᆫ디라. 내 이에셔 초딘(憔盡)ᄒᆞ여 져져의 뒤흘 조ᄎᆞ면 고원(故園)의 도라갈 ᄇᆡ 업거니와 그러치 아니코 일식(一息)이 니일딘ᄃᆡ 져져의 명을 구치 못ᄒᆞ고 하면목(何面目)으로 왕모(王母)와 ᄇᆡᆨ부(伯父)긔 뵈오며 ᄯᅩᄒᆞᆫ ᄎᆞ마 엇디 태모(太母)[16]와 ᄇᆡᆨ부대인(伯父大人)[17]의 져져ᄅᆞᆯ 우ᄅᆞ시는 참상비원(慘狀悲怨)을 우러러 므ᄉᆞᆷ으로 위로ᄒᆞ리오? ᄒᆞ믈며 내 져져(姐姐)로 더브러 골육디친(骨肉之親)의 ᄌᆞ별(自別)한 졍쁜 아니라 남녜ᄒᆡᆼ신(男女行身)이 다ᄅᆞᆯ디언졍 디긔상합(志氣相合)ᄒᆞ여 피ᄎᆞ 거ᄅᆞᆷ을 ᄇᆡ호며 말을 시작ᄒᆞᆯ ᄣᆡ로브터 ᄌᆡ조ᄅᆞᆯ ᄉᆞ랑ᄒᆞ고 덕을 ᄉᆞ모ᄒᆞ여 내 소견(所見)을 발(發)ᄒᆞ는 바의 져졔 ᄆᆞ옴의ᄡᅧ 블합(不合)히 녁이미 업고 져졔 의논을 ᄂᆡᄆᆡ 내 ᄯᅩᄒᆞᆫ 흠복(欽服)ᄒᆞ여 그으기 한ᄒᆞᄂᆞᆫ 바ᄂᆞᆫ 져 갓ᄐᆞᆫ ᄌᆡ덕(才德)으로ᄡᅧ 규듕의 침몰ᄒᆞ여 셩덕문ᄎᆡ(盛德文彩)ᄅᆞᆯ ᄡᅳᆯ 곳이 업고 날노 ᄒᆞ여곰 디긔(知己)의 죵형(從兄)을 두디 못ᄒᆞ믈 ᄋᆡ달와 ᄒᆞ더니 이졔 엇

11면

---

15 ᄇᆡᆨ인(伯仁)이 유아이ᄉᆞ(由我而死): 자신 때문에 무고한 타인이 죽게 되었음을 슬퍼하는 말. 동진의 왕도는 자신을 도왔던 주백인이 사형을 당할 때 도와주지 않은 것을 후회하며 "내가 비록 백인을 죽이지 않았지만, 백인은 나로 인해 죽임을 당했다. 저승의 좋은 벗에게 빚을 지고 말았구나(我雖不殺伯仁 伯仁由我而殺 幽冥中負此良友了)."라고 통곡했음.

16 태모(太母): 서태부인.

17 ᄇᆡᆨ부대인(伯父大人): 백부대인. 여기서는 정잠을 가리킴.

12면 디 ᄉᆡᆼ각디 아닌 바로 져져ᄅᆞᆯ 변난의 상(喪)ᄒᆞ고 내 능히 비원과 통셕(痛惜)ᄒᆞ믈 견ᄃᆡ여 ᄎᆞ믈 ᄇᆡ냐?”

셜파(說罷)의 호통ᄇᆡ곡(號痛倍哭)ᄒᆞᄆᆡ 만단ᄋᆡ절(萬端哀切)ᄒᆞ믈 니긔디 못ᄒᆞ니 운학 등이 븟드러 위로ᄒᆞ여 왈

“쇼져와 츈파 등 냥 비ᄌᆡ(婢子) 고학(高壑)의 몸을 구을녀 쳔쳑녕하(千尺嶺下)의 ᄯᅧ러지니 딘실노 ᄉᆡᆼ각건ᄃᆡ ᄉᆡᆼ되(生道) 만무(萬無)ᄒᆞ오려니와 비상(非常)ᄒᆞᆫ 귀인과 디극ᄒᆞᆫ 셩덕은 하날과 귀신이 ᄒᆞᆫ가디로 복우(福佑)[18]ᄒᆞ미 되옵ᄂᆞ니 초(初)의 공ᄌᆞ와 쇼제 젹환(賊患)을 인ᄒᆞ여 실산(失散)ᄒᆞ실 즈음의 엇디 오날ᄂᆞᆯ 다시 보명(保命)ᄒᆞ시믈 긔필(期必)ᄒᆞ여시리잇고마ᄂᆞᆫ 과연 디현디덕(至賢至德)으로 텬디 귀신이 믁우(默佑)ᄒᆞ샤 고원(故園)의 도라가실 길은 ᄌᆞ연ᄒᆞᆫ 가온ᄃᆡ 일우미 계시니 그 아지 못ᄒᆞ며 보디 못ᄒᆞ나 엇디 신명(神明)의 도으미 업다 ᄒᆞ리잇가? 쇼복은 혜아리ᄆᆡ 뼈ᄒᆞᄃᆡ 우리 쇼져의 고졀션ᄒᆡᆼ(高節善行)을 하날이 거ᄉᆞ리디 아니샤 그윽ᄒᆞᆫ 가온ᄃᆡ 이ᄉᆡ(異事) 이셔 위ᄐᆡᄒᆞ신
13면 듕 구ᄒᆞᆯ ᄌᆡ 업디 아닐가 ᄒᆞ옵ᄂᆞ니 관심억제(寬心抑制)ᄒᆞ샤 긔운을 슈습ᄒᆞ신 후 녕하(嶺下)의 나아가 시톄 ᄎᆞᆺ기ᄅᆞᆯ 일흠ᄒᆞ고 쇼져의 소식을 듯보아 혹ᄌᆞ ᄉᆡᆼ도(生道)ᄅᆞᆯ 어드신 ᄇᆡ 잇ᄂᆞᆫ가 알니이다.”

공ᄌᆡ 비록 년유동몽(年幼童蒙)이나 디식이 신명민달(神明敏達)ᄒᆞ고 긔량(器量)이 웅심원하(雄心遠遐)ᄒᆞ니 엇디 져져(姐姐)의 달슈영녹디상(達壽榮祿之相)이 크게 귀ᄒᆞ며 먼니 긔약ᄒᆞ여 쇼쇼 ᄋᆞ녀ᄌᆞ의 녹

18 복우(福佑): 복을 내리고 도움.

녹범범(碌碌凡凡)홈과 다ᄅᆞᆷ을 아디 못ᄒᆞ고 더옥 화란의 요몰(夭沒)ᄒᆞᆯ 박복궁험디상(薄福窮險之相)과 ᄂᆡ도ᄒᆞᆷ을 ᄭᆡ닷디 못ᄒᆞ리오마ᄂᆞᆫ 목젼(目前)의 쳔쳑고학(千尺高壑)을 인ᄒᆞ여 ᄯᅥ러져신족 시신도 아득히 아모 곳의 더디여시믈 아지 못ᄒᆞ니 죽으미 벅벅ᄒᆞ고 ᄉᆞᆯ미 만무(萬無)ᄒᆞᆯ 바롤 ᄒᆞᆫ갓 헛된 상격(相格)만 미더 ᄉᆞ랏다 ᄒᆞ미 밍낭(孟浪)ᄒᆞᆫ디라. 다만 통읍ᄋᆡ상(痛泣哀傷) 왈

"여등(汝等)이 이러ᄐᆞᆺ 니ᄅᆞ디 아니ᄒᆞ나 우리 ᄇᆡᆨ부ᄃᆡ인 디인디덕(至仁至德)이 역니(易理)ᄒᆞᆫ 우롬을 발ᄒᆞ샤 층봉(層逢)[19]의 셜우믈 보디 아니실 ᄃᆞᆺᄒᆞ고 져져(姐姐) 셩덕이 원복(遠福)과 하슈(遐壽)롤 누리실 ᄃᆞᆺᄒᆞ것마ᄂᆞᆫ 텬니도상(天理都喪)ᄒᆞ여 복션(福善)의 명응(冥應)이 아득ᄒᆞ니 부ᄌᆡ(夫子) 대셩(大聖)이샤ᄃᆡ ᄇᆡᆨ어(伯魚)[20]롤 우ᄅᆞ시며 안연(顔淵)[21]이 디현(至賢)이샤ᄃᆡ 곤궁ᄒᆞ여 블염조강(不厭糟糠)이러니 삼십(三十)의 조믈(早沒)ᄒᆞ니 텬니인ᄉᆞ(天理人事)롤 미들 거시 업고 ᄒᆞᄆᆞᆯ며 혈육디신(血肉之身)으로 의논치 말고 이셕의 디믈이라. 쳔쳑고학(千尺高壑)의 구을너 녕하(嶺下)의 ᄯᅥ러디미 ᄋᆞᆺ쳐져 ᄇᆞᄋᆞ디믈 면치 못ᄒᆞ려든 ᄒᆞᄆᆞᆯ며 져제 보명(保命)ᄒᆞ시믈 어드리오?" 14면

냥뇌(兩奴) 톄읍왈(涕泣曰)

"블힝ᄒᆞ와 쇼제 혹ᄌᆞ 귀톄(貴體)롤 ᄇᆞ리시미 되셔도 공ᄌᆞ조ᄎᆞ 셩명(性命)을 ᄇᆞ리고ᄌᆞ ᄒᆞ시믄 ᄉᆞ톄(事體) 만블가쳔브당(萬不可千不當)

---

19 층봉(層逢): 부모가 자식을 잃은 슬픔. 한유의 딸이 상현 남쪽 층봉역에서 죽은 일을 뜻함.

20 ᄇᆡᆨ어(伯魚): 백어. 공자의 아들 리(鯉). 백어가 아버지인 공자보다 먼저 죽음.

21 안연(顔淵): 공자의 제자 안회.

ᄒᆞ오니 엇디 도라 ᄉᆡᆼ각ᄒᆞ시ᄂᆞᆫ ᄇᆡ 업ᄉᆞ시니잇가?”

공ᄌᆡ 당탄뉴톄(長嘆流涕) 왈

“셰간(世間)의 박악무도(薄惡無道)ᄒᆞ믄 가히 니ᄅᆞᆯ 거시 업거니와 고 15면 ᄉᆞ(故事)ᄅᆞᆯ 녁상(歷想)ᄒᆞ여도 죵ᄆᆡ(從妹)의 죽으믈 슬허 뒤흘 ᄯᆞᆯ올 ᄌᆡ 잇디 아니니 내 엇디 져져의 뒤흘 조ᄎᆞ 셰샹을 모로고ᄌᆞ ᄒᆞ리오마ᄂᆞᆫ 과연 남다ᄅᆞᆫ 졍ᄉᆞ(情思)[22]와 고금(古今)의 업ᄉᆞᆫ 졍상(情狀)이 인비셕목(人非石木)이라 가히 ᄎᆞᆷ을 ᄇᆡ냐? 나의 광망(狂妄)ᄒᆞᆷ 곳 아니런들 져져의 셩신광달(聖神曠達)ᄒᆞ시므로 죡히 보명디도(保命之道)ᄅᆞᆯ 소리(疎理)히 ᄒᆞ실 ᄇᆡ 아니로ᄃᆡ 나의 디혼우암(至昏愚暗)ᄒᆞ미 ᄉᆞ톄(事體)ᄅᆞᆯ 혜아리미 업셔 져져ᄅᆞᆯ 굿ᄐᆞ여 ᄉᆞ화(死禍)의 밀치니 이 엇디 내 손으로 ᄒᆡᄒᆞᆷ과 다ᄅᆞ리오? 쳔신만고(千辛萬苦)ᄅᆞᆯ ᄀᆞᆺ치 당ᄒᆞ미 되여도 남ᄆᆡ 셔로 보호ᄒᆞ여 고원(故園)의 도라가 존당친위(尊堂親闈)ᄅᆞᆯ 우러러 무ᄎᆡ(舞綵)의 즐김[23]과 안항(雁行)의 녈(列)이 가죽ᄒᆞᆯ가[24] ᄒᆞ엿더니 이에 와 져져(姐姐)ᄅᆞᆯ 쳔쳑(千尺)의 써러바리고 간난(艱難)이 득달(得達)ᄒᆞ여 셜ᄉᆞ 친젼(親前)의 현ᄇᆡ(見拜)ᄒᆞ미 이신들 므ᄉᆞᆷ 낫과 므ᄉᆞᆷ 말ᄉᆞᆷ으로 져져의 참통요졀(慘痛夭折)ᄒᆞ믈 알외와 왕모(王母)와 ᄇᆡᆨ부(伯父)의 ᄋᆡ상(哀傷)ᄒᆞ시ᄂᆞᆫ 바ᄅᆞᆯ ᄯᅩ 므어ᄉᆞ로 위로ᄒᆞ리오? 고인 16면 은 디긔(知己)ᄅᆞᆯ 갑하 죽ᄂᆞᆫ ᄌᆡ 업디 아니니 내 져져로 남녜(男女) 달

22 졍ᄉᆞ(情思): 정사. 감정에 따라 일어나는 억누르기 어려운 생각.

23 무ᄎᆡ(舞綵)의 즐김: ‘노래무채(老萊舞綵)’에서 유래. 노래는 노래자. 노래자가 나이 일흔에 부모님을 즐겁게 해드리기 위해 색동옷을 입고 어린아이처럼 춤을 추었다고 함.

24 가죽ᄒᆞᆯ가: 가즉하다. 가지런하다, 나란하다.

나 디긔의 탁별(卓別)ᄒᆞ미 이시니 공연이 져져 덕의(德意)ᄅᆞᆯ 무릅뼈 녕안(寧安)키ᄅᆞᆯ 원ᄒᆞ랴?"

언필(言畢)의 호통규규(號痛叫叫)ᄒᆞ여 긔운이 끗출 ᄃᆞᆺᄒᆞ거ᄂᆞᆯ 이뇌(二奴) 크게 졀민(切憫)ᄒᆞ여 위로ᄒᆞ여 온미(溫糜)[25]ᄅᆞᆯ 가져 디극히 권ᄒᆞ니 공ᄌᆡ 식음(食飮)의 ᄯᅳᆺ이 몽니(夢裏)의도 업ᄉᆞ나 이 본ᄃᆡ 의리광ᄃᆡ(義理曠大)ᄒᆞᆫ디라. 셰샹의 텬붕디탁(天崩地坼)ᄒᆞᄂᆞᆫ 디통(至痛)을 만난 ᄌᆡ라도 밤을 인ᄒᆞ여 눈을 븟치고 ᄊᆡᄅᆞᆯ 당ᄒᆞ여 먹ᄂᆞᆫ 거시 이시믈 알거니 비록 디극히 슬프며 각골(刻骨)이 통혹(痛惑)ᄒᆞ나 엇디 폐식잠와(廢食潛臥)[26]ᄒᆞ여 형상(形像) 업ᄉᆞᆫ 거조(擧措)의 모양 젹은 슬프믈 디으리오? 이에 온미ᄅᆞᆯ 나와 쾌히 마시나 입 가온ᄃᆡ 모ᄅᆡᄅᆞᆯ 너코 가ᄉᆞᆷ ᄀᆞ온ᄃᆡ 돌흘 드리온 ᄃᆞᆺ 그 먹ᄂᆞᆫ ᄇᆡ 어이 딘짓 먹고ᄌᆞ ᄒᆞ여 먹으미리오? 날호여 쥬옹(主翁)을 블너 문왈(問曰)

"태원녕 좌녁 층암절벽(層巖絶壁)이 동등(同騰)ᄒᆞ고 송님(松林)이 뭇
거 디ᄅᆞᆫ ᄃᆞᆺᄒᆞᆫ 바의 동으로 병풍이 이셔 그 아ᄅᆡ 쳔 길이나 ᄒᆞ니 그곳 17면
디명을 므어시라 ᄒᆞ며 이에셔 졍되(程途) 엇마나 ᄒᆞ뇨?"

쥬옹(主翁)이 공ᄌᆞ의 츄텬(秋天) 갓ᄐᆞᆫ 풍뉴(風流)의 샹운(祥雲)이 애애(藹藹)ᄒᆞ여 동탕(動蕩)ᄒᆞᆫ 신위(身威)와 엄엄(嚴嚴)ᄒᆞᆫ 톄위(體位)ᄅᆞᆯ 앙쳠(仰瞻)컨ᄃᆡ 텬신(天神)인가 의심ᄒᆞ고 하일(夏日)이 가외(可畏)ᄒᆞ며 동일(冬日)이 가ᄋᆡ(可愛)ᄒᆞᆫ 용모위의(容貌威儀)ᄅᆞᆯ 보건ᄃᆡ 두리고 긔이ᄒᆞ믈 니긔디 못ᄒᆞ여 공경ᄃᆡ왈(恭敬對曰)

25 온미(溫糜): 따뜻한 미음.

26 폐식잠와(廢食潛臥): 먹지 않고 드러누워 있음.

"태원녕 병풍암하(屛風岩下)ᄂᆞᆫ 곳 긔강 낙셩촌 봉월곡이니 ᄎᆞ쳐(此
處)의셔 졍되(程途) 일ᄇᆡᆨ삼십 니(里)라. 젼ᄌᆞ(前者)의ᄂᆞᆫ 운양니라 ᄒᆞ
더니 십 년 젼의 ᄒᆞᆫ 도인(道人)이 니ᄅᆞ러 태원녕 병풍암을 우러러보
고 ᄀᆞᆯ오ᄃᆡ '이 ᄯᅡ희 반ᄃᆞ시 셩신(星辰)이 ᄯᅥ려디리니 디명을 곳쳐 낙
셩촌(落星村)이라 ᄒᆞ며 그 가온ᄃᆡ 바들 ᄌᆡ 이시니 봉월곡(奉月谷)이
라 ᄒᆞ미 됴타.' ᄒᆞ니 촌민(村民)이 우이 넉이ᄃᆡ 원간 사ᄅᆞᆷ의 셩(性)이
범ᄉᆞ(凡事)의 ᄉᆡ거ᄉᆞᆯ 됴히 넉이고 오란 거ᄉᆞᆯ 념(厭)ᄒᆞᄂᆞᆫ 고로 ᄋᆞ쇼목
18면 동(兒小牧童)이 호칭 낙셩촌 봉월곡이라 ᄒᆞ여 우연이 디명을 곳치미
발셔 십여 ᄌᆡ(載) 되엿ᄂᆞ니이다."

공ᄌᆡ 경왈(驚曰)

"태원녕으로조ᄎᆞ 이의 오미 블과 삼ᄉᆞ 리(里)어늘 병풍셕 아릐ᄂᆞᆫ 엇디 그ᄃᆡ도록 머러 ᄇᆡᆨ 니의 삼십 니ᄅᆞᆯ 더 가며 병풍암의셔 구버보건ᄃᆡ 쳔 길이나 ᄒᆞᆷ 굿ᄐᆞ여 아득ᄒᆞᄃᆡ 그 아릐ᄅᆞᆯ 향ᄒᆞ여 가려 ᄒᆞᆫ즉 졍되(程途) 이에셔 다ᄅᆞ미 업ᄉᆞ려든 어이 그러ᄒᆞ뇨?"

쥬옹(主翁)이 ᄃᆡ왈(對曰)

"공ᄌᆡ 디도(地圖)ᄅᆞᆯ 보시면 알녀니와 태호슈 ᄉᆞ면으로조ᄎᆞ 태원녕
을 넘기ᄂᆞᆫ 그ᄃᆡ도록 어렵디 아닐 ᄃᆞᆺᄒᆞ고 촌낙(村落)이 그리 머디 아
냐 ᄉᆞ오 리 동안이어니와 병풍셕 아릐ᄂᆞᆫ 여러 산곡(山谷)으로 휘도라
가므로 일ᄇᆡᆨ삼십 니ᄅᆞᆯ 격(隔)ᄒᆞ엿ᄂᆞᆫ디라. 고로 태원녕 아릐 ᄒᆞᆫ 사ᄅᆞᆷ
이 기녀(其女) 낙셩촌의 이시므로 밧븐 병보(病報)ᄅᆞᆯ 가져 젼(傳)코ᄌᆞ
ᄒᆞ여 봉셔(封書)의 큰 돌을 ᄆᆡ고 병풍암 우희셔 구을니니 과연 낙셩
19면 촌의 가미 되여시니 만일 병풍셕을 향ᄒᆞ여 나리ᄂᆞᆫ 길히 이시면 험조
(險阻)ᄒᆞ나 니셕(咫尺) ᄀᆞᆺ갓ᄂᆞᆫ 산형(山形)을 두모의[27] 굿처 날 길히

업ᄉᆞ므로 심협산곡(深峽山谷)으로 휘도라 가므로조ᄎᆞ 졍되(程途) 갓갑디 아니ᄒᆞ니이다."

공ᄌᆡ 다시 므ᄅᆞᆯ 거시 업셔 침음냥구(沈吟良久)의 운학을 블너 왈

"져져(姐姐)의 ᄉᆞᄉᆡᆼ존망간(死生存亡間) 엄부(嚴府) 장확(臧獲) 등을 ᄆᆡ양(每樣) 머므ᄅᆞ디 못ᄒᆞ여 도라보ᄂᆡᆯ 거시로ᄃᆡ 여러 쳔니의 ᄒᆡᆼ냥(行糧)이 어려울가 ᄒᆞ노라."

운학이 ᄃᆡ왈(對曰)

"쇼복 등의 딘인 바 냑간 은냥(銀兩)이 엄부 장확 등은 보ᄂᆡᆯ 만ᄒᆞ니이다."

공ᄌᆡ 드ᄃᆡ여 엄부 노ᄌᆞ의 ᄒᆡᆼ냥을 ᄎᆞᆯ히고 엄도ᄉᆞ와 댱어ᄉᆞ긔 글을 닷가 주며 졔노(諸奴)ᄅᆞᆯ 도라가라 ᄒᆞ니 엄부 노ᄌᆡ 운학 등의 이시믈 보ᄆᆡ 져의 유뮈(有無) 블관(不關)ᄒᆞ고 작야(昨夜) 젹환(賊患)을 당ᄒᆞ나 과연 녁브죡(力不足)ᄒᆞ여 공ᄌᆞ의 위ᄐᆡ(危殆)ᄒᆞ믈 ᄒᆞᆫ가디로 보호치 못ᄒᆞ니 머믈 낫치 업셔 하직(下直)고 도라갈ᄉᆡ 공ᄌᆡ 션부(船夫)ᄅᆞᆯ 당부ᄒᆞ여 엄부 노ᄌᆞ와 ᄒᆞᆷ긔 슈로(水路)로 가믈 니ᄅᆞᆫᄃᆡ 션뷔 비로소 두 20면
리오믈 뎡(靜)ᄒᆞ며 경신을 ᄎᆞᆯ혀 엄부 장확 등과 ᄒᆞᆫ가디로 도라가니라. ᄎᆞ시(此時) 공ᄌᆡ 졔인(諸人)을 도라보ᄂᆡᆫ 후 즉시 낙셩촌으로 나아가려 ᄒᆞᆯᄉᆡ 녀마(驢馬)와 ᄒᆡᆼ장(行裝)을 젹도(賊徒)의게 아여시므로 ᄒᆡᆼ니(行李)ᄅᆞᆯ 슈습ᄒᆞᆯ 거시 업셔 다만 운학·경[28]으로 더브러 ᄯᅥᆯ니 거러 낙셩촌으로 나아가니 산뇌(山路) 참엄(巉嚴)ᄒᆞ고 긔구(崎嶇)ᄒᆞᆫ 심협(深

---

27 두로혀: 두루. 널리.

28 경: 원문에는 '경'만 되어 있으나 문맥상 '경용'임.

峽)과 험ᄒᆞᆫ 암셕이 불븟치기 어려온디라. 운학 등이 공ᄌᆞ를 업어 힝ᄒᆞ
믈 쳥ᄒᆞᆫᄃᆡ 공ᄌᆡ

"근녁(筋力)이 죡히 힝(行)ᄒᆞᆯ 만ᄒᆞ여라."

ᄒᆞ고 거롬을 옴기더니 오륙십 니를 밋쳐 가디 못ᄒᆞ여셔 모딘 바롬과
급ᄒᆞᆫ 우셜(雨雪)이 담아 븟듯 ᄒᆞ여 눈이 ᄡᅡ히며 비발이 ᄢᅥ러디ᄂᆞᆫ 바
의 어롬을 일우니 갓득ᄒᆞᆫ 궁협험노(窮峽險路)의 오죽ᄒᆞ리오? 운학의
강댱(强壯)ᄒᆞᆷ과 경농의 견확(堅確)ᄒᆞ므로도 이에 다ᄃᆞ라ᄂᆞᆫ 불을 옴
21면 기디 못ᄒᆞ여 뒤흐로 므ᄅᆞ디 못ᄒᆞ고 압흐로 나오디 못ᄒᆞ니 그 낭패(狼
狽)ᄒᆞᆫ 힝식(行色)을 어이 니를 거시 이시리오? 공ᄌᆡ 디ᄉᆞ위한(至死爲
限)ᄒᆞ여 져져(姐姐)의 시톄(屍體)나 ᄎᆞᆺ고져 ᄒᆞ므로 농힝호보(龍行虎
步)를 인ᄒᆞ여 산풍(山風)과 우셜(雨雪)을 므롭ᄡᅳ고 냥노(兩奴)의 손
을 잡아 삼ᄉᆞ십 니를 더 힝ᄒᆞᆫᄃᆡ 그 ᄉᆞ이의 인개(人家) 잇디 아니ᄒᆞ고
운학·경농이 거야(去夜) 봉젹디시(逢賊之時)의 졍녁(精力)을 다ᄒᆞ여
만히 ᄲᅧ 곤ᄒᆞᆫ 바의 옷솔 버셔 엄부(嚴府) 장확 등을 주고 각각 열운 옷
시 각각 살흘 ᄀᆞ리올 ᄲᅮᆫ이니 발발(勃勃)ᄒᆞᆫ 악풍(惡風)의 악악(噩噩)
ᄒᆞᆫ 치위를 당ᄒᆞ여 녈녈(烈烈)을 므롭ᄡᅳᄆᆡ 혈육디신(血肉之身)이 긔
구산각(崎嶇山角)의 참참(慘慘)ᄒᆞᆫ 빙애(氷崖)를 인ᄒᆞ여 어이 불을 븟
치리오마ᄂᆞᆫ 디극ᄒᆞᆫ 튱심을 샹텬(上天)이 특감(特感)ᄒᆞ샤 신기(神氣)
의 힘ᄲᅧ 도으믈 닙으니 거의 공ᄌᆞ를 븟드러 낙셩촌을 삼십여 리를 격
ᄒᆞ여 풍위 긋치나 눈이 ᄡᅡ히기를 ᄒᆞᆫ갈ᄀᆞᆺ치 급히 ᄒᆞ고 일식(日色)이
22면 져므러 어두온 빗치 창창(蒼蒼)ᄒᆞ니 산곡(山谷)을 말미암아 불 드딀
바를 아디 못ᄒᆞ고 죵일 우셜(雨雪)의 옷시 ᄉᆞ못 져져 어롬을 일워시
니 몸을 가져 굼으며 ᄭᅥ기를 인이치 못ᄒᆞᆯ ᄲᅮᆫ 아니라 일신 톄우(體肉)

이 다 ᄒᆞᆫ가디로 빙판(氷板)이 되여시니 강강(剛剛)ᄒᆞ여 조화(造化) 업시 구드며 삭삭ᄒᆞ여 그음업시 단단ᄒᆞ미 남그로 ᄭᆞᆨ가 ᄆᆡᆫ든 ᄉᆞᄅᆞᆷ과 옥으로 무어[29] 일운 ᄉᆞᄅᆞᆷ ᄀᆞᆺᄐᆞᆫ디라. 만신의 온긔(溫氣) 업ᄉᆞᆯ 제 일ᄆᆡᆨ(一脈)이 긋디 아닌들 엇디 살기ᄅᆞᆯ ᄇᆞ라리오? 이ᄣᆡᄅᆞᆯ 당ᄒᆞ여 텬디망망(天地茫茫)ᄒᆞ고 일월이 회ᄉᆡᆨ(晦塞)ᄒᆞ니 운학 등이 비록 풍이(馮異)[30]의 튱(忠)이 이신들 어ᄃᆡ로조ᄎᆞ 블을 옴기며 눌다려 인ᄒᆞ여 호타하(虖沱河) ᄆᆡᆨ반(麥飯)과 무루졍(無蔞亭) 두듁(豆粥)[31]을 일위며 ᄯᅩ 엇디 인가ᄅᆞᆯ 어더 져ᄌᆞᆫ 옷ᄉᆞᆯ 말뇌오고 더온 곳의 언 거ᄉᆞᆯ 녹이믈 잘 어드리오? 노쥬(奴主) 삼 인이 ᄒᆞᆫ가디로 긔운이 딘ᄒᆞᄆᆡ 닙이 벗벗ᄒᆞ여 능히 말을 일우디 못ᄒᆞ니 공ᄌᆡ 냥노(兩奴)의 손을 ᄌᆞᆸ고 계오 말을 일워 ᄀᆞᆯ오ᄃᆡ

"눈이 ᄡᆞ혀 나의 엇게ᄅᆞᆯ 넘으며 여등의 가ᄉᆞᆷ의 오ᄅᆞ니 다시 블을 옴 23면
길 도리 업ᄂᆞᆫ디라. 나의 ᄌᆡ죄 와룡션ᄉᆡᆼ(臥龍先生)이 젹벽(赤壁)의 동남풍(東南風)을 일위던 바[32]ᄅᆞᆯ 밋디 못ᄒᆞ니 이 눈을 엇디 믈니칠 도리 이시리오? 슈연(雖然)이나 ᄉᆞᄅᆞᆷ의 명되(命途) 젹셜(積雪) ᄀᆞ온ᄃᆡ 맛ᄎᆞ라 아냐시니 여등(汝等)은 긔운을 슈습(收拾)ᄒᆞ여 인가(人家)ᄅᆞᆯ ᄎᆞᄌᆞ보믈 ᄉᆡᆼ각ᄒᆞ라."

---

29 무어: 뭇다. 쌓다, 만들다.

30 풍이(馮異): 광무제 유수를 도와 후한을 세우는 데 큰 공을 세운 창업 공신.

31 호타하(虖沱河) ᄆᆡᆨ반(麥飯)과 무루졍(無蔞亭) 두듁(豆粥): 호타하 맥반과 무루정 두죽. 광무제가 굶주렸을 때 풍이가 무루정에서 콩죽을 바치고 호타하에서 보리밥을 바친 고사에서 나온 표현.

32 와룡션ᄉᆡᆼ(臥龍先生)이 젹벽(赤壁)의 동남풍(東南風)을 일위던 바: 와룡선생은 제갈공명. 제갈공명이 북서풍이 부는 겨울에 적벽에서 동남풍을 불러일으켜 전쟁에 승리함.

냥뇌(兩奴) 닙을 벙긋벙긋ᄒᆞ다가 능히 답언(答言)을 일우디 못ᄒᆞ니 위ᄐᆡᄒᆞᆫ 형상이 시ᄀᆡᆨ(時刻)의 딘(盡)ᄒᆞᄂᆞᆫ 모양으로 아관(牙關)이 긴급(緊急)[33]ᄒᆞᆫ디라. 공ᄌᆡ 탄식왈(嘆息曰)

"나의 블인(不仁)을 텬되 벌ᄒᆞ샤 이노(二奴)ᄅᆞᆯ 마ᄌᆞ 앗고ᄌᆞ ᄒᆞ시ᄂᆞᆫ도다."

셜파(說罷)의 기리 슬프믈 먹음고 하날을 우러러 대셜(大雪)을 잠간 긋치며 ᄡᅡ 우희 ᄡᆞ힌 바ᄅᆞᆯ ᄒᆞᆺ터 녹이믈 도툑(禱祝)ᄒᆞᄆᆡ 소ᄅᆡ 비록 미미(微微)ᄒᆞ여 크디 아니ᄒᆞ고 쳔쳔이 은믁(隱默)ᄒᆞ여 졸무유인(卒無有人)이나 신명(神明)이 겻ᄐᆡ셔 보호ᄒᆞ며 창공(蒼空)을 브ᄅᆞ디디고
24면 디쳥을 두다려 졍공ᄌᆞ의 위ᄐᆡᄒᆞ믈 알외ᄆᆡ 귀혼(鬼魂)이 황황(遑遑)이 창합(閶闔)을 두다려 운궐(雲闕)의 븍을 울녀 태평귀ᄅᆞᆯ 블너 ᄉᆞ상(事象)을 쥬(註)ᄒᆞ니 옥뎨(玉帝) 젼디(傳旨)ᄒᆞ샤 왈

"규셩(奎星)이 ᄇᆡᆨ복(百福)과 영녹(榮祿)을 갓초 타나 쉬(壽) 단(短)ᄒᆞᆫ 바의 잇디 아니ᄒᆞ니 어이 비명요졀(非命夭折)ᄒᆞ미 되리오?"

ᄒᆞ시며 음산븍을 ᄀᆞᆺ초아 대셜(大雪)을 거두고 븍극(北極) 풍도신(酆都神)[34]을 명ᄒᆞ샤 녈풍(烈風)을 긋치며 동남 슌위신으로 ᄒᆞ여곰 온풍(溫風)을 닐위여 졍닌광의 위급ᄒᆞ믈 구ᄒᆞ라 ᄒᆞ시니 하날 조홰(造化) 측냥(測量)업ᄂᆞᆫ 바의 엇디 뫼ᄀᆞᆺ치 ᄡᆞ힌 눈을 홍노(紅爐)의 졈셜(點雪)ᄀᆞᆺ치 ᄉᆞᆯ와ᄇᆞ리디 못ᄒᆞ며 녈풍한일(烈風寒日)을 도로혀 온풍혜일(溫風慧日)이 되디 못ᄒᆞ리오? 밤이 반의 니ᄅᆞ디 못ᄒᆞ여셔 공ᄌᆞ의 셧

33 아관(牙關)이 긴급(緊急): 아관긴급. 턱 근육이 경련을 일으키며 입이 벌어지지 않는 증상
34 풍도신(酆都神): 도교의 지옥신.

ᄂᆞᆫ 곳으로브터 낙셩촌의 니ᄅᆞ히 길ᄀᆞᆺ치 ᄡᆞ혓던 눈이 ᄒᆡ음업시 스러져 믈이 되ᄃᆡ 일난잔풍(日暖潺風)ᄒᆞ믈 인ᄒᆞ여 어ᄅᆞᆷ이 되디 아니ᄒᆞ고 텬긔(天氣) 완연(完然)이 봄긔운을 두로현 ᄃᆞᆺ 훈온(薰溫)ᄒᆞ미 ᄂᆡᆼ실(冷室)과 박의(薄衣)라도 사ᄅᆞᆷ의 치우믈 ᄉᆡᆼ각디 못ᄒᆞᆯ디라. 도로혀 골홈[35] 25면
을 늣추고 불을 버셔 ᄎᆞᆫ 구셕을 취ᄒᆞᆯ ᄃᆞᆺᄒᆞᄆᆡ 이ᄣᅵ 운학·경농이 인ᄉᆞᄅᆞᆯ 바려 눈 가온ᄃᆡ 구러디고 공ᄌᆞ ᄯᅩᄒᆞᆫ 냥노(兩奴)의 등을 의디ᄒᆞ여 업더지믈 면치 못ᄒᆞ엿더니 노쥬(奴主) 삼 인이 눈 우희 죽엄이 되여시나 뉘 이셔 그 딘ᄒᆞᄂᆞᆫ 형상을 참담(慘憺)이 넉이며 구호(救護)ᄒᆞᆯ ᄌᆞ이시리오? 이윽이 혼미(昏迷)ᄒᆞ엿다가 스ᄉᆞ로 ᄭᆡᄆᆡ 져ᄌᆞᆫ 옷ᄉᆞᆫ 비록 마ᄅᆞ디 아냐시나 어ᄅᆞᆷ이 녹아 간 곳이 업고 일졈온긔(一點溫氣) 업던 몸이 훈화(薰和)ᄒᆞ여 만신(滿身)의 다ᄉᆞᄒᆞᆫ 긔운이 둘넛ᄂᆞᆫᄃᆡ 후면(後面)의 ᄡᆞ힌 눈은 오히려 만히 녹은 ᄇᆡ 업ᄉᆞᄃᆡ 좌우 젼면은 발셔 츈셜(春雪)ᄀᆞᆺ치 스러 ᄒᆞᆫ 조각 뭉친 거시 업ᄉᆞ니 믈이 셩ᄒᆞ여 여ᄅᆞᆷ 당슈(長水) 갓ᄐᆞᄃᆡ 일긔(日氣) 훈염(薰炎)ᄒᆞ믈 인ᄒᆞ여 치운 줄을 모ᄅᆞᆯ너라. 공ᄌᆞ 이노의 손을 ᄌᆞᆸ아보ᄆᆡ ᄯᅩᄒᆞᆫ 온긔(溫氣) 평상(平常)ᄒᆞ여 비로소 ᄉᆡᆼ 26면
되(生道) 완연ᄒᆞ니 날호여 이노ᄅᆞᆯ 브ᄅᆞᄆᆡ 이뇌 ᄯᅩᄒᆞᆫ 회운(回運)ᄒᆞ여 능히 ᄃᆡ답ᄒᆞ며 눈을 ᄯᅥ 뫼갓치 ᄡᆞ힌 눈이 녹아 믈이 되여시믈 보고 의아ᄒᆞ여 ᄀᆞᆯ오ᄃᆡ

“쇼복 등이 졍신이 혼모(昏耗)ᄒᆞ고 안녁(眼力)이 그ᄅᆞᆺ되여 그러ᄒᆞᆫ가 엇디 길갓치 ᄡᆞ힌 눈이 다 믈이 되여 뵈ᄂᆞ니잇가?”

35 골홈: 옷고름.

공ᄌᆡ 왈

“므ᄉᆞᆷ 일 안녕이 그릇되리오? 과연 풍셜(風雪) ᄀᆞ온ᄃᆡ 노쥬 삼 인이 구러져 아조 죽엄도 아니오 좀도 아니오 혼미ᄒᆞ여 인ᄉᆞᄅᆞᆯ 모로다가 ᄭᆡᆫ ᄇᆡ 되니 눈이 녹아 믈이 되고 일긔 잠간 훈온(薰溫)ᄒᆞ여 어름이 플니ᄆᆡ 몸이 더옥 져ᄌᆞᆫ 거ᄉᆞᆯ ᄭᆡ치나 몸의 훈긔(薰氣) 이시므로조ᄎᆞ 긔운이 막질니ᄂᆞᆫ 치우믄 업ᄉᆞ니 내 ᄆᆞᄋᆞᆷ인ᄌᆞᆨ 이졔라도 슈ᄇᆡᆨ 니(里)나 더 갈 ᄃᆞᆺ 시븐디라. 여등(汝等)이 움ᄌᆞᆨ일가 시브거든 낙셩촌 인가ᄅᆞᆯ ᄎᆞᄌᆞ 나아가미 엇더ᄒᆞ뇨?”

27면 냥뇌 ᄡᆞ혓던 눈이 녹은 바ᄅᆞᆯ 신통이 넉일 ᄲᅮᆫ 아니라 공ᄌᆞ의 긔운이 이러ᄐᆞᆺ 댱ᄆᆡᆼ(壯猛)ᄒᆞ여 죽으미 벅벅ᄒᆞ고 살미 어려온 바ᄅᆞᆯ 잘 격그며 됴히 견ᄃᆡ여 졸연(猝然)이 변치 아니ᄒᆞ고 밧고이디 아니ᄒᆞ미 ᄒᆞᆫ갈ᄀᆞᆺ치 송ᄇᆡᆨ(松栢)의 창창(蒼蒼)ᄒᆞᆷ을 방블(彷彿)ᄒᆞᆷ을 도로혀 이상(異常)이 넉이며 앙복(仰伏)ᄒᆞᄂᆞᆫ 뜻이 더어 하날을 우러러 노쥐 살 ᄯᅡ흘 드ᄃᆡᄂᆞᆫ 바ᄅᆞᆯ 흔하(欣賀)ᄒᆞ여 환ᄒᆡᆼ(歡幸)ᄒᆞᆷ을 결을치 못ᄒᆞ니 엇디 공ᄌᆡ ᄒᆡᆼ코ᄌᆞ ᄒᆞᄂᆞᆫ 바ᄅᆞᆯ 져희 ᄀᆡᆼ긔(更起)치 못ᄒᆞ여 못 갈다 ᄒᆞ리오? 복복응슌(僕僕應順)ᄒᆞ며 공ᄌᆞ의 손을 븟들고 긔운을 다ᄒᆞ여 ᄒᆡᆼ보(行步)ᄅᆞᆯ 옴기ᄆᆡ 비록 현혼증(眩昏症)을 어든 ᄃᆞᆺ 잠간 어릿어릿ᄒᆞ나 ᄆᆞᄋᆞᆷ 잡기ᄅᆞᆯ 텰셕(鐵石)ᄀᆞᆺ치 ᄒᆞ니 주리며 치우믈 아디 못ᄒᆞ고 이 밤의 낙셩촌의 니ᄅᆞ러 인가ᄅᆞᆯ ᄎᆞᄌᆞ 경농이 문을 두다려 사ᄅᆞᆷ을 브ᄅᆞ니 밤이 오히
28면 려 ᄉᆡ비ᄅᆞᆯ 밋디 못ᄒᆞ엿ᄂᆞᆫ디라. 져마다 단잠이 ᄇᆞ야히므로 즐겨 ᄃᆡ답디 아니터니 최후의 ᄒᆞᆫ 사ᄅᆞᆷ이 계오 잠을 ᄭᆡ여 게얼니 눈을 브븨 씻고 니러 나와 문을 열치며 완만(緩慢)ᄒᆞᆫ 소ᄅᆡ로 니ᄅᆞᄃᆡ

“그ᄃᆡᄂᆡ 엇던 사ᄅᆞᆷ이완ᄃᆡ 어ᄃᆡ 녹삽이ᄅᆞᆯ 올녀 샷나가 눈션의 와셔 그

리 요란이 두덜거려 사ᄅᆞᆷ의 단잠을 희딧ᄂᆞ뇨?"

운학이 그 말이 블공(不恭)ᄒᆞ믈 통분(痛憤)이 넉이나 형세 사ᄅᆞᆷ과 결워 긔운을 브리디 못ᄒᆞ게 되여시므로 웃고 답왈(答曰)

"맛촘 원읍(遠邑)의셔 노ᄂᆞᆫ 사ᄅᆞᆷ이러니 길ᄒᆡ셔 우셜(雨雪)을 만나 범ᄉᆞ(凡事)의 낭패ᄒᆞ미 극(極)ᄒᆞᆫ 고로 일ᄌᆞᆨ 쥬인의 드디 못ᄒᆞ고 이졔야 비로소 인가ᄅᆞᆯ ᄎᆞᄌᆞ 니ᄅᆞ럿ᄂᆞ니 쥬인공공(主人公公)[36]은 ᄒᆞᆫ 간(間) 더운 방을 빌니며 홍노(紅爐)ᄅᆞᆯ 주어 져ᄌᆞᆫ 거ᄉᆞᆯ 말뇌오고 언 거ᄉᆞᆯ 녹게 ᄒᆞ면 아등(我等)이 듕(重)히 갑흐미 이시리라."

ᄒᆞ니 기인(其人)이 쳥파(聽罷)의 코흘 블고 입을 비져겨 ᄀᆞᆯ오ᄃᆡ 29면

"그ᄃᆡᄂᆡᄂᆞᆫ 과연 셰ᄐᆡ(世態)의 버셔난 사ᄅᆞᆷ이로다. 이 짜ᄒᆡ셔 은 한 냥의 일두쇽(一斗粟) 주기ᄅᆞᆯ 쌔리ᄂᆞᆫ ᄇᆡ 되여 긔근(飢饉)이 참혹(慘酷)ᄒᆞ니 사ᄅᆞᆷ이 긔운을 ᄎᆞᆯ힐ᄉᆡ 남긴들 아니 ᄒᆞ여 방을 더히랴? 져마다 더온 방을 어드며 블을 담아 노흐리오? 내 상젼(上典)이라도 이리 긔운 업ᄉᆞᆫᄃᆡ 그 심바람 못 ᄒᆞ게엿다."

ᄒᆞ고 져벅져벅 도로 드러가며 본 쳬도 아니 ᄒᆞ거ᄂᆞᆯ 운학 등이 통완(痛惋)ᄒᆞ믈 니긔디 못ᄒᆞ여 눈으로뼈 보아 ᄀᆞᆯ오ᄃᆡ

"우리 긔운이 실 갓ᄐᆞ여 사ᄅᆞᆷ으로 더브러 언젼징힐(言戰爭詰)ᄒᆞᆯ 길히 업거니와 이놈의 언ᄉᆡ(言辭) 심히 분ᄒᆞ니 ᄒᆞᆫ번 쾌히 ᄌᆞᆺ울혀 통완(痛惋)ᄒᆞ믈 셜(雪)ᄒᆞ고 다ᄅᆞᆫ ᄃᆡ로 가미 엇더ᄒᆞᆯ고?"

ᄒᆞ거ᄂᆞᆯ 공지 말뉴왈(挽留曰)

36 쥬인공공(主人公公): 주인을 높이는 말.

“촌듕(村中) 우밍(愚氓)이 므ᄉᆞᆷ 인심이 이시리오? 우리 괴이(怪異)ᄒᆞᆫ ᄒᆡᆼᄉᆡᆨ(行色)으로 방을 빌니라 ᄒᆞᄃᆡ 졔 ᄆᆞ옴 깃길 거ᄉᆞᆯ 주디 못ᄒᆞ니 ᄌᆞ

30면 연 념고(厭苦)ᄒᆞ여 ᄆᆡᆨᄆᆡᆨ히 믈니치미 녜ᄉᆡ(例事)라. 다ᄅᆞᆫ 쥬인을 어드미 됴흐려든 므ᄉᆞᆷ 일 져 돈견(豚犬)으로 ᄒᆡᆯ젼(詰戰)ᄒᆞ리오?”

냥뇌 공자의 말노조ᄎᆞ 다ᄅᆞᆫ 쥬인을 엇고ᄌᆞ ᄒᆞ여 거ᄅᆞᆷ을 두로혀 나오더니 그 듕의 ᄒᆞᆫ 조각 인심이 머믄 ᄌᆡ 이셔 사ᄅᆞᆷ이 믈의 ᄲᆡ졋던 모양으로 이에 와 더운 방을 빌며 옷ᄉᆞᆯ 말뇌여 닙기ᄅᆞᆯ 구ᄒᆞ다가 쥬인이 용납(容納)디 아니ᄒᆞᄆᆡ 타쳐(他處)로 가고ᄌᆞ ᄒᆞᄆᆞᆯ 보고 ᄎᆞᆷ디 못ᄒᆞ여 ᄲᆞᆯ니 나와 쳥ᄒᆞ여 왈

“사ᄅᆞᆷ의 집을 ᄎᆞᄌᆞ왓다가 용납ᄒᆞᄆᆞᆯ 엇디 못ᄒᆞ고 그져 나가미 블상ᄒᆞ니 내 방이 비록 누츄ᄒᆞ나 ᄀᆞ장 더우니 군등이 더운 거ᄉᆞᆯ 구ᄒᆞ거든 이에 드러안ᄌᆞ 져ᄌᆞᆫ 옷ᄉᆞᆯ 말뇌오며 언 거ᄉᆞᆯ 녹이라.”

운학 등이 감샤ᄒᆞ여 활블(活佛)이라 일ᄏᆞᆺ고 공ᄌᆞᄅᆞᆯ 븟드러 방듕의 드러가 더운 곳의 언 거ᄉᆞᆯ 녹이며 블을 쥐ᄒᆞ여 져ᄌᆞᆫ 옷ᄉᆞᆯ 말뇌오ᄃᆡ 승미

31면 (升米)ᄅᆞᆯ 딘인 거시 업고 푼젼을 가딘 거시 업ᄉᆞ니 쥬인의 방 빌닌 공을 샤례(謝禮)ᄒᆞᆯ 길히 업고 절박(切迫)히 긔아(饑餓)ᄅᆞᆯ 면ᄒᆞᆯ 조각이 업ᄉᆞᄆᆡ 경농이 공ᄌᆡ 깁히 상ᄒᆞᆯ가 초민(焦悶)ᄒᆞ여 머리ᄅᆞᆯ 어로만져 ᄇᆡᆨ옥건잠(白玉巾簪)[37]을 ᄲᆡ혀 쥬인을 주며 왈

“내 인가 쳔뇌(賤奴)라. 머리의 므ᄉᆞᆷ 건ᄌᆞᆷ(巾簪)을 ᄎᆞᆯ힐 도리 이시리오마ᄂᆞᆫ 이 은ᄌᆞᆷ(銀簪)은 내 한아비 쥬군 셔참졍 노야ᄅᆞᆯ 뫼셔 운남의

37 ᄇᆡᆨ옥건잠(白玉巾簪): 백옥건잠. 백옥으로 만든 갈건과 비녀.

갓더니 맛ᄎᆞᆷ 그 나라 사ᄅᆞᆷ이 오조(吾祖)로 더브러 정후(情厚)ᄒᆞ여 ᄎᆞ믈(此物)의 두낫 딘쥬(珍珠)ᄅᆞᆯ 다라주며 만 니의 이셔도 셔로 닛디 마ᄌᆞ ᄒᆞᆫ 거시ᄆᆡ 한아비 믈니치디 못ᄒᆞ고 가져 도라와 ᄌᆞ손(子孫)의 젼ᄒᆞ여 내게 밋쳐ᄂᆞᆫ 삼ᄃᆡ(三代)의 나리ᄂᆞᆫ 거시러니 ᄒᆡᆼ탁(行橐)의 잇ᄂᆞᆫ 거시 업셔 져 즈음긔 딘쥬ᄅᆞᆯ 몬져 쩌혀 시샹의 화ᄆᆡ(貨賣)ᄒᆞ여 ᄡᅳ고 이졔 다만 은ᄌᆞᆷ이 남아시니 비록 미믈(微物)이나 삼ᄉᆞ 냥 은ᄌᆞ(銀子)ᄂᆞᆫ 바들 ᄃᆞᆺᄒᆞᆫ디라. 쥬인공공(主人公公)이 이ᄅᆞᆯ 가디고 우리 공ᄌᆞ와 아등의 요긔(療飢)ᄒᆞᆯ 거ᄉᆞᆯ 어더 주미 엇더ᄒᆞ뇨?" 32면

촌ᄆᆡᆼ(村氓)이 은ᄌᆞᆷ(銀簪)을 보ᄆᆡ 황홀하믈 니긔디 못ᄒᆞ여 텬하 졀뵈(絶寶) 이 밧긔 업ᄉᆞᆫ 양으로 아라 긔이히 넉이나 실노 승미(升米) 변통이 업ᄉᆞ므로 이읏이 나가 졔 가모(家母)[38]와 난만(爛漫)이 상의(相議)ᄒᆞ다가 계오 쇽미(粟米) 일승(一升)을 어더 쓸히고 쁜 쇼금 ᄒᆞᆫ 우흠[39]을 ᄊᆡ여진 질그릇 조각의 노화 노쥬 삼 인의 듁(粥)을 ᄒᆞᆷ긔 쩌러진 평반(平盤)의 노화 올니거ᄂᆞᆯ 운학 등이 ᄉᆡᆼ셰(生世)의 쳐음 보ᄂᆞᆫ ᄇᆡ로ᄃᆡ 쥬인의 슈고ᄒᆞ믈 칭샤(稱謝)ᄒᆞ며 져의 듁은 나리와 노코 공ᄌᆞ긔 나와 ᄀᆞᆯ오ᄃᆡ

"디극히 누츄(陋醜)ᄒᆞ며 망층(罔測)히 무미(無味)ᄒᆞᆫ 바ᄅᆞᆯ 맛보디 아냐 아오려니와 이ᄅᆞᆯ 딘(進)치 아냐셔ᄂᆞᆫ 긔아(飢餓)ᄅᆞᆯ 뎡(靜)치 못ᄒᆞ시리니 호타하 ᄆᆡᆨ반과 무루졍 두듁(豆粥)을 ᄉᆡᆼ각ᄒᆞ샤 믈니치지 마ᄅᆞ쇼셔."

공ᄌᆡ 탄왈(嘆曰)

---

38 가모(家母): 집안을 관장하는 아내.

39 우흠: 움큼.

"내 평싱의 음식을 념고(厭苦)ᄒᆞᄂᆞᆫ ᄇᆡ 업ᄂᆞ니 병이 업셔 비위(脾胃)
33면 상치 아닌 바의 이에셔 더은 거신들 어이 못 먹을 ᄇᆡ 이시리오?"

언필(言畢)의 쇽듁(粟粥)을 드러 마시기ᄅᆞᆯ 딘미(珍味)ᄀᆞᆺ치 ᄒᆞ고 간간이 쁜 쇼금을 집어 드리쳐 더러이ᄂᆞᆫ 빗치 업시 먹기ᄅᆞᆯ 다ᄒᆞ니 냥뇌(兩奴) 공ᄌᆞ 감식(甘食)ᄒᆞ믈 보ᄆᆡ 져희 나모라고 아니 먹으미 블가(不可)ᄒᆞ여 거ᄉᆞ리ᄂᆞᆫ 거술 강인(強忍)ᄒᆞ며 계오 반을 마시ᄆᆡ 비위 눅눅ᄒᆞ여 다시 먹디 못ᄒᆞ고 믈녀 노흐니 쥬인이 드러와 보고 듁이 남은 줄 ᄀᆞ장 다힝ᄒᆞ여 경농의 먹던 거ᄉᆞᆫ 졔 계집을 주고 운학의 먹던 바ᄂᆞᆫ 졔가 드러 마시며 간간이 혀ᄅᆞᆯ 둘너 ᄉᆞ발 가흘 할트나 그ᄅᆞᆺ시 깁흔 고로 혜밋디 못ᄒᆞᄂᆞᆫ 곳의 ᄀᆡ볼 갓튼 손으로 훔쳐 조알을 거두어 먹기ᄅᆞᆯ 션단(仙丹)과 녕약(靈藥)의 더으게 넉이니 공ᄌᆞᄂᆞᆫ 눈을 드ᄂᆞᆫ ᄇᆡ 업ᄉᆞ나 운학 등이 츄(醜)히 넉이믈 니긔디 못ᄒᆞ여

"이곳이 언졔브터 긔황(饑荒)이 져러ᄒᆞ며 원간 부민(富民)이 만치 아냐 취ᄃᆡ(取貸)도 못 ᄒᆞᄂᆞ냐?"

34면 츄한(醜漢)이 답왈(答曰)

"긔황(饑荒)이야 엇디 니ᄅᆞᆯ 거시 이시리오? 긔강산이 옴디 아냐셔 슈년을 긔황ᄒᆞ더니 긔강산이 올믄 후로 더옥 참흉(慘凶)이 되ᄆᆡ 젼ᄌᆞ의 만 괵(斛)[40]을 ᄡᆞ핫던 사ᄅᆞᆷ이라도 당시ᄒᆞ여ᄂᆞᆫ 슈십 괵을 두디 못ᄒᆞ니 일촌(一村)을 니ᄅᆞ디 말고 긔강지디의 부민(富民)이 엇디 이시리오?"

운학 등이 ᄎᆞ언(此言)을 드ᄅᆞᄆᆡ 명일(明日)이라도 허핍(虛乏)ᄒᆞ믈 구

40 괵(斛): 곡식을 재는 그릇으로, 스무 말 혹은 열다섯 말이 들어감.

홀 길히 업ᄉ믈 졀박(切迫)홀 쁜 아니라 공ᄌ룰 위ᄒ여 초민(焦悶)ᄒ믈 마디 아니ᄒ더니 임의 옷시 다 마ᄅ고 날이 붉으ᄆ| 공ᄌ| 냥노(兩奴)를 도라보와 왈

"태원녕 병풍암 밋출 가보아 져져의 시신이나 ᄎᄌ려 ᄒᄂ니 이에셔 더ᄃ|디 못ᄒ리라."

이뇌(二奴) ᄃ|답ᄒ고 뎡히 니러나고ᄌ ᄒ더니 안흐로조ᄎ 두낫 츄한(醜漢)[41]이 크게 짓궤며 ᄆ|이 ᄡ화 셔로 ᄡ들고 공ᄌ 잇ᄂ 곳으로 나오니 이 곳 쳐음 방을 빌니디 아니ᄒ던 흉한(兇漢)과 제 방을 셔ᄅ 져 쥬던 츄한이라. 그 의용톄되(威容體度) 심히 방블ᄒ여 동긔(同氣)믈 가히 알 ᄇ|오. 그 ᄡ호ᄂ ᄉ단(事端)인즉 형이란 흉한(兇漢)이 니ᄅᄃ|

35면

"내 아니 빌니려 ᄒᄂ 방을 네 감히 임의로 빌니며 ᄯ 그져 사룸과 달나 도젹의 무리롤 븟쳐 취화(取禍)ᄒ려 ᄒᄂ냐?"

아이란 츄한이 니ᄅᄃ|

"져 사룸들이 결단코 도젹이 아니오 슌딕(純直)ᄒ고 용(庸)혼[42] 사룸이니라."

혼ᄃ| 흉한이 즐왈(叱曰)

"슌딕ᄒ며 용혼 사룸일던ᄃ| 네 방을 비러 ᄌ고 치우믈 면ᄒᄂᄃ| 내 됴반 ᄎ 쇽미(粟米)롤 도젹ᄒ여 ᄁ려 드리질너시며 져러혼 힝식의 은잠(銀簪)이 어ᄃ|셔 나시리오? 필연 아모 곳의 나가셔 도도젹[43]ᄒ여 온

41 츄한(醜漢): 추한. 추하게 생긴 사내.

42 용(庸)혼: 용하다. 평범하다. 성질이 순하고 어리석다.

43 도도젹: '도'가 중복 표기된 것으로 추정.

거시리니 ᄉᆡ로 오시ᄂᆞᆫ 안찰ᄉᆞ(按察使)[44] 노야긔 고장(告狀)ᄒᆞ여 젹당(賊黨)을 잡아다가 져주렷노라."

ᄒᆞ거ᄂᆞᆯ 츄한은 그러치 아니므로 닷토아 셔로 니긔디 못ᄒᆞᄆᆡ 둘히 다 36면 공ᄌᆞ 잇ᄂᆞᆫ 곳의 와 츄한은 쇽미ᄅᆞᆯ 졔 도젹ᄒᆞ다 ᄒᆞ며 혹 져 사ᄅᆞᆷ이 ᄡᅳ려달나 ᄒᆞ더라 ᄒᆞ여 말이 군급(窘急)ᄒᆞ고 션후도착(先後倒錯)ᄒᆞ니 이ᄂᆞᆫ 기쳐(其妻)의 쇽미(粟米) 도젹ᄒᆞᆷ을 벗기랴 ᄒᆞ미오 흉한은 쇽미 일흔 분홈만 아니라 졔 그ᄅᆞᆺᄒᆞ여 져 일힝을 졔 방의 드리디 못ᄒᆞ므로 됴흔 은잠(銀簪)을 졔 엇디 못ᄒᆞ고 졔 ᄋᆞ이 어든 ᄇᆡ 되여 만일 시샹의 파라 미곡(米穀)을 바들딘ᄃᆡ 여러 날 냥ᄌᆡ(糧資) 될디라 흉괴(凶怪)ᄒᆞᆫ 용심(用心)[45]의 ᄋᆞ이 잘 먹고 날로 됴히 디닐 바ᄅᆞᆯ 통ᄒᆞᆫᄒᆞ여 ᄀᆞ장 분분(紛紛)ᄒᆞ며 ᄯᅩ 도젹을 집의 븟쳐 쇽미브터 일케 ᄒᆞᆫ다 ᄒᆞ고 참욕난셜(慘辱亂說)이 견ᄃᆡ여 드ᄅᆞᆯ ᄇᆡ 아니니 공ᄌᆞᄂᆞᆫ 긔괴(奇怪)코 망측(罔測)ᄒᆞᆯ ᄲᅳᆫ 아니라 ᄎᆞ쳐 인심이 이ᄃᆡ도록 흉ᄎᆞᆷ괴ᄒᆡ(凶慘怪駭)ᄒᆞ여 골육(骨肉)의 싀ᄋᆡ(撕捱)ᄒᆞ미 상살(相殺)ᄒᆞᆯ ᄃᆞᆺᄒᆞ니 한심ᄎᆞ악(寒心嗟愕)ᄒᆞ고 냥노(兩奴)ᄂᆞᆫ 분ᄒᆡᄒᆞᆷ을 니긔디 못ᄒᆞ여 ᄒᆞᆫ가지로 닷토아 흉한을 즛두다려 반만 죽여 분을 셜(雪)코ᄌᆞ ᄒᆞᆯ 즈음의 문득 ᄒᆞᆫ 사ᄅᆞᆷ이 드 37면 러오며 문왈(問曰)

"여등(汝等)은 므ᄉᆞᆷ 일 괴로이 ᄌᆡᆼ젼(爭戰)ᄒᆞ고 안찰(按察) 노야(老爺)의 일광(日光)을 구경코ᄌᆞ 아닛ᄂᆞ뇨? 시방(時方) 아문(衙門)으로 드ᄅᆞ실ᄉᆡ 큰길흘 디ᄂᆡ시ᄃᆡ 긔민(饑民)의 슈고ᄅᆞᆯ 도라보샤 맛ᄎᆞᆷᄂᆡ 것촌

44 안찰ᄉᆞ(按察使): 안찰사, 지방 구현을 감독하고 범법을 단속하던 관직.

45 용심(用心): 마음 씀씀이.

길과 ᄡᆞ힌 눈을 칙이디 아니ᄒᆞ고 고요히 디나시니 과연 우리 부모 노야 아니리오?"

ᄒᆞ거ᄂᆞᆯ 흉한은 도젹을 잡아시므로ᄡᅧ 고(告)ᄒᆞᆯ ᄠᅳᆺ이 급ᄒᆞ고 츄한은 위의(威儀)ᄅᆞᆯ 구경코ᄌᆞ ᄒᆞ여 밧비 나갈ᄉᆡ 운학 등이 므러 ᄀᆞᆯ오ᄃᆡ

"이 ᄯᆞ 안찰 노야 셩명이 뉘신고?"

기인 왈

"그ᄃᆡᄂᆞᆫ 딘실노 듕쳥(重聽)[46] 폐목(廢目)이로다. 녜부상셔(禮部尙書) 태학ᄉᆞ 집금오(執金吾) 댱노야시니 긔강이 흉황ᄒᆞ믈 인ᄒᆞ여 도젹을 뎡(定)ᄒᆞ며 ᄇᆡᆨ셩을 안무(按撫)코ᄌᆞ ᄌᆞ원(自願)ᄒᆞ여 나ᄅᆞ시니 ᄒᆞᆫ갓 쇼쇼ᄒᆞᆫ 안찰ᄉᆡ(按察使) 아니라 딘뉴ᄉᆡ(鎭諭使)시니 아ᄃᆡᆨ 이 짜흘 드ᄃᆡ디 못ᄒᆞ여시ᄃᆡ 덕대텬디(德大天地)ᄒᆞ고 명합일월(名合日月)ᄒᆞ여 은급고골(恩及古骨)ᄒᆞ며 의급근튱(義及勤忠)ᄒᆞ시니 존셩대명(尊姓大名)을 38면 뉘 모로리오? 휘ᄧᆞ(諱字)[47] 헌이라 ᄒᆞᄃᆡ 당시ᄒᆞ여ᄂᆞᆫ 곳쳐 계시다 ᄒᆞ더라."

ᄒᆞᆫᄃᆡ 운학 등이 ᄎᆞ언(此言)을 드ᄅᆞᄆᆡ 크게 반가오미 태산 ᄀᆞᆺᄐᆞ여 공ᄌᆞ긔 고왈(告曰)

"딘뉴ᄉᆡ(鎭諭使) 이리 디나신다 ᄒᆞ오니 잠간 보쇼셔."

공ᄌᆡ 태힝산의셔 댱어ᄉᆞᄅᆞᆯ 무상(無狀)히 넉이고 이 시졀의 작녹(爵祿)을 탐ᄒᆞ여 단니믈 흉히 넉여 타연(妥然)이 닐너 왈

"져 딘뉴ᄉᆡ 나의 동표셔박(東漂西泊)ᄒᆞ며 남쥬븍뉴(南走北遊)ᄒᆞ여

---

46 듕쳥(重聽): 중청. 귀가 어두워 소리를 잘 듣지 못하는 증세.

47 휘ᄧᆞ(諱字): 휘자. 돌아가시거나 높은 어른의 이름.

도쳐봉욕(到處逢辱)ᄒᆞ고 쵹ᄉᆞ곤경(觸事困境)의 ᄆᆞᄉᆞ 거시 더 빗나다 ᄒᆞ여 나가 구경ᄒᆞ라 ᄒᆞᄂᆞ뇨? 비례(非禮)로온 힝ᄉᆞ(行事)와 구ᄎᆞ(苟且)ᄒᆞᆫ 작녹(爵祿)은 날을 주어 밧디 아닐노다."

냥뇌(兩奴) 웃고 ᄆᆞ옴의뼈 ᄒᆞᄃᆡ '져 댱노야ᄂᆞᆫ 우리 션노야(先老爺) ᄌᆞ뎨(子弟)로 다ᄅᆞ미 업ᄉᆞᆯ ᄲᅳᆫ 아니라 완월ᄃᆡ샹(玩月臺上) ᄆᆡᆼ약(盟約)이 금셕(金石)의 더으니 우리 공ᄌᆞᄂᆞᆫ 댱노야 쳔금ᄋᆡ셰(千金愛婿)라. 비록 화쵹(花燭)의 녜(禮)ᄅᆞᆯ 일우미 업ᄉᆞ나 언언당당(言言堂堂)이 ᄉᆞ
39면 회로 칭ᄒᆞ시던 거시니 오날ᄂᆞᆯ 이 ᄯᅡᄒᆡ 니ᄅᆞ러 셔로 만나게 되미 하날이 도으시미라. 댱노야 은튁(恩澤)의 공ᄌᆞᄅᆞᆯ 밧드러 무ᄉᆞ(無事)히 환귀(還歸)ᄒᆞ믈 긔필(期必)ᄒᆞ리로다.' 의ᄉᆡ(意思) 환환희희(歡歡喜喜)ᄒᆞ여 쎌니 그 오ᄂᆞᆫ 위의(威儀)ᄅᆞᆯ 구경ᄒᆞ랴 나가고 공ᄌᆞᄂᆞᆫ 몽니(夢裏)의도 져 오ᄂᆞᆫ 거ᄉᆞᆯ 보고ᄌᆞ 아니나 파락(破落)ᄒᆞᆫ 방(房)의 ᄉᆞ벽(四壁)이 ᄯᅥ러져 조희ᄅᆞᆯ 븟친 거시 업ᄉᆞ니 길가 집이라 눈을 ᄀᆞᆷ고 안졋디 아닌 후ᄂᆞᆫ ᄌᆞ연이 뵈이니 변뼈이 아니 보려 눈을 ᄀᆞᆷ기ᄂᆞᆫ 녜ᄉᆞ롭디 아냐 쳔연(天然)이 좌ᄅᆞᆯ 일워시나 잠간 보ᄆᆡ 먼니로조ᄎᆞ ᄇᆡᆨ모황월(白旄黃鉞)이 경경졔졔(整整齊齊)ᄒᆞᆫ 바의 느러딘 ᄲᅡᆼ알이 아으라히 놉흔 곳의 모든 하리(下吏)[48] 츄죵(騶從)이 져미양슈(低眉讓手)ᄒᆞ여 함믁(含默)히 소ᄅᆡ 업고 고요히 슈ᄅᆡᄅᆞᆯ 미러 나오ᄂᆞᆫ 바의 댱상셰 거샹(車上)의 단좌(端座)ᄒᆞ여시니 풍화(風化)ᄒᆞᆫ 용의ᄂᆞᆫ 화란츈셩(花爛春城)의 만홰(萬花) ᄌᆡᆼ발(爭發)ᄒᆞ미오 늠늠(凜凜)ᄒᆞᆫ 신치(身體)ᄂᆞᆫ 일만 버들이

---

48 하리(下吏): 관아의 하급 관리.

동풍의 휘드ᄅᆞ니 언건(偃蹇)ᄒᆞ여 댱ᄌᆞ(長者)의 톄(體)오 긔렬(氣烈)ᄒᆞ여 ᄌᆡ샹(宰相)의 위의(威儀)라. 화긔만면(和氣滿面)ᄒᆞ고 복긔셩인(福氣成人)ᄒᆞ니 풍만ᄒᆞᆫ 냥협(兩頰)은 ᄎᆡ화(綵華)와 오악(五嶽)[49]을 샹ᄒᆞᆫ 얼골이 족히 부귀롤 누리며 녹(祿)이 ᄌᆞ손의 밋촐 상격(相格)이라. 공ᄌᆡ 유의(留意)ᄒᆞ여 보려 ᄒᆞ미 아니로ᄃᆡ 일안(一眼)의 구면목(舊面目)이 녁녁(歷歷)ᄒᆞ니 심니(心裏)의 탄(嘆)ᄒᆞ여 혜오ᄃᆡ 40면

'하날 됴화(造化) 본ᄃᆡ 브조(不調)ᄒᆞ고 조믈(造物)이 헌ᄉᆞᄒᆞ미 이 ᄀᆞᆺᄐᆞ여 우리 문계 슉부의 셩현의 풍ᄎᆡ와 유ᄌᆞ(儒者)의 학이 흡연(洽然)ᄒᆞ샤 안연(顔淵)·ᄌᆞ긔의 어즈롬과 ᄌᆞ유(子由)[50]·ᄌᆞ하(子夏)[51]의 문학(文學)을 겸ᄒᆞ시고 관농방(關龍逄)[52]의 ᄆᆞᄋᆞᆷ으로 급암(汲黯)[53]의 항항(抗抗)[54]ᄒᆞᆷ과 위징(魏徵)[55]의 튱딕(忠直)으로 비간(比干)의 부심(腐心)ᄒᆞᆷ과 안고경(顔杲卿)[56]의 살흘 ᄡᅡᆨ그믈 ᄧᅡ로시ᄂᆞᆫ 튱의덕ᄌᆞ(忠義德者)ᄂᆞᆫ 복을 타시미 져 음싱[57]만 ᄀᆞᆺ디 못ᄒᆞ샤 츈취(春秋) 하슈(下壽)롤 디

---

49 오악(五嶽): 관상학에서 사람의 이마, 코, 턱, 좌우 광대뼈를 일컫는 말.

50 ᄌᆞ유(子由): 자유. 춘추시대 노나라의 학자이자 '공문10철(孔門十哲)'의 한 사람.

51 ᄌᆞ하(子夏): 자하. 춘추시대 노나라의 학자이자 '공문10철(孔門十哲)'의 한 사람.

52 관농방(關龍逄): 관용방. 하(夏)나라 걸왕 때의 충신으로, 직간하다 죽임을 당함.

53 급암(汲黯): 전한의 관료로, 한무제(漢武帝)의 간관(諫官)이었으나 자신의 견해가 받아들여지지 않자 관직에서 물러났다고 함.

54 항항(抗抗): 굽히지 않음.

55 위징(魏徵): 당 태종 때의 재상. 간언을 이백여 차례에 걸쳐 했고, 태종은 위징의 간언을 거의 다 받아들였다고 함.

56 안고경(顔杲卿): 당 현종 때의 충신. 안녹산의 반란 때 끝까지 안녹산을 꾸짖고 욕하다가 죽임을 당함.

57 음싱: '즘싱'으로 추정.

나디 못ᄒᆞ여 포통죄ᄉᆞ(抱痛罪死)ᄒᆞ시미 되고 ᄎᆞ튝(此畜) ᄀᆞᆺᄐᆞ니ᄂᆞᆫ 부귀복녹(富貴福祿)이 인인(人人)의 흠앙(欽仰)ᄒᆞᄂᆞᆫ ᄇᆡ니 엇디 괴이코 한홉디 아니리오?'

41면 ᄒᆞ다가 다시 ᄉᆡᆼ각고 춤 밧타 소ᄅᆡ 분개(憤慨)ᄒᆞ믈 니긔디 못ᄒᆞ여 ᄀᆞᆯ오ᄃᆡ

"ᄉᆡ(士) 맛당이 양명어셰(揚名於世)ᄒᆞ며 현달어조션(顯達於祖先)ᄒᆞ고 닙국후셰(立國後世)ᄒᆞ여 이광샤딕(以光社稷)ᄒᆞ며 만일 그 ᄣᆡᄅᆞᆯ 만나디 못ᄒᆞ여 농방(龍逄)이 하걸(夏傑)[58]의 신ᄒᆡ(臣下) 되고 비간(比干)이 은쥬(殷紂)ᄅᆞᆯ 셤김 ᄀᆞᆺᄐᆞ여ᄂᆞᆫ 목숨을 ᄇᆞ리ᄂᆞᆫ 거시 두 사ᄅᆞᆷ의 튱졀을 ᄯᆞ라 만고의 셕디 아닐 튱의녈ᄒᆡᆼ(忠義烈行)이어ᄂᆞᆯ ᄒᆞᆫ갓 ᄉᆞ라 누누(累累)히 부귀ᄅᆞᆯ 탐ᄒᆞ며 구ᄎᆞ히 작녹(爵祿)을 취ᄒᆞ여 ᄌᆡ상 ᄉᆞ이의 황금을 ᄌᆞ랑ᄒᆞ고 녀호 갓옷ᄉᆡ 가ᄇᆡ야온 장쇽(裝束)으로 살ᄶᅵᆫ ᄆᆞᆯ을 달녀 고기 ᄌᆞ로와 술 줌치[59] 되여 화월춍듕(花月叢中)의 일ᄉᆡᆼ영녹(一生榮祿)을 취ᄒᆞ여 져 ᄀᆞᆺᄐᆞᆫ 블인(不人)으로ᄡᅧ 복녹디인(福祿之人)이라 흠앙(欽仰)ᄒᆞᄂᆞᆫ ᄌᆞᄂᆞᆫ 그 더러오미 분즙(糞汁)을 므롭쁜 ᄃᆞᆺᄒᆞ리니 우리 죵슉부(從叔父)로 ᄒᆞ여곰 ᄎᆞ뉴(此類)의 구ᄎᆞᄒᆞᆫ 영녹을 두어 ᄲᅧ 타비(唾鄙)[60]ᄒᆞ고 밧디 아니시리니 스ᄉᆞ로 일이 바ᄅᆞ며 길히 뎡ᄒᆞᆫ 거ᄉᆞᆯ

42면 취ᄒᆞ샤 정확(鼎鑊)과 부월(斧鉞)을 감심(甘心)ᄒᆞ시니 엇디 져 튝ᄉᆡᆼ(畜生)의 빗난 위의와 당(壯)ᄒᆞᆫ 부귀ᄅᆞᆯ 보고 홀연(忽然)이 문계 슉부

58 하걸(夏傑): 하나라의 마지막 군주. 폭정을 일삼음.

59 줌치: 주머니

60 타비(唾鄙): 침을 뱉음.

의 포통죄왕(抱痛罪枉)[61]ᄒᆞ시믈 비겨 져와 ᄀᆞᆺ디 못ᄒᆞ믈 ᄋᆡ돌와 ᄒᆞ미 도로혀 누연(屢然)ᄒᆞ고 문계 슉부의 유령(遺靈)이 알오미 계실딘ᄃᆡ 비아(悲訝)ᄒᆞ여 ᄒᆞ실디니 내 말이 구ᄎᆞᄒᆞᆫ디라 도로혀 오슉(吾叔)을 욕ᄒᆞᄆᆡ 갓갑디 아니랴?”

의ᄉᆡ(意思) 고고쳥쳥(高高青青)ᄒᆞ며 긔운이 당당녈녈(堂堂烈烈)ᄒᆞ여 헌의 오ᄂᆞᆫ 거동(擧動)을 힝혀도 눈을 드러 보미 업ᄉᆞ나 져 뉴의 ᄒᆞᄂᆞᆫ 말을 듕쳥(重聽)이 아니어니 낫낫치 들니ᄂᆞᆫ디라. 헌이 거샹(車上)의셔 하리(下吏)롤 분부ᄒᆞ여 기한(其漢)과 칭이공ᄌᆡ(稱以公子)라 ᄒᆞᄂᆞᆫ ᄌᆞ롤 잡아 아문(衙門)으로 ᄃᆡ령(待令)ᄒᆞ라 ᄒᆞ니 하리 등이 일시의 쳥녕(聽令)ᄒᆞ며 향ᄀᆡᆨ(向刻) ᄣᅡ호던 흉한 형뎨와 운학 등을 잡아ᄆᆡᆫ 후 그 공ᄌᆡ 어ᄃᆡ 잇ᄂᆞᆫ고 ᄎᆞᆺ기롤 십분(十分) 요란(搖亂)이 ᄒᆞ거ᄂᆞᆯ 이 반ᄃᆞ시 ᄌᆞ긔롤 잡으려 ᄒᆞ믈 혜아리ᄆᆡ ᄒᆡ연망측(駭然罔測)ᄒᆞ믈 니긔디 못ᄒᆞ나 군자의 대톄(大體)ᄒᆞ미 쇼인의 교밀홈과 갓디 아니ᄒᆞ고 현ᄌᆞ(賢 43면 者)의 텬연(天然)ᄒᆞ미 블인(不人)의 궁흔 심ᄉᆞ롤 오히려 아디 못ᄒᆞ여 의심이 샤곡(邪曲)ᄒᆞᆫ ᄃᆡ 밋디 아니ᄒᆞ므로 ᄌᆞ긔 댱헌의 얼골을 ᄃᆡᄒᆞ고자 아닐디언졍 져로 더브러 ᄒᆞᆫ 조각 혐원(嫌怨)이 잇디 아니ᄒᆞ니 졔 비록 구ᄎᆞ히 영니(榮利)의 ᄣᅡ혀시나 본심(本心)이 그ᄃᆡ도록 이상(異常) 번괴로이 달니 되여시믄 능히 다 아디 못ᄒᆞ므로 ᄌᆞ긔롤 잡아다가 현마 ᄒᆡ토록 ᄒᆞ여 냥뇌(兩奴) 임의 잡혀간 ᄇᆡ 되엿고 ᄌᆞ긔 ᄆᆡ져(妹姐)의 시신(屍身) ᄎᆞᆺ기롤 위ᄒᆞ여 이에 ᄯᅥ나디 못ᄒᆞᆯ ᄇᆡ니 졔 잡아오라 ᄒᆞ

61 포통죄왕(抱痛罪枉): 억울하고 원통한 죄를 받음. 규장각본에는 ‘촌동비행’으로 나와 있음.

ᄂᆞᆫ 말을 듯고 황겁(遑急)ᄒᆞ여 도망ᄒᆞ다가 잡힌즉 ᄉᆞ긔(事機) 더옥 히괴(駭怪)ᄒᆞ리라 ᄒᆞ여 몸을 니러 피홀 의ᄉᆞ롤 아니 ᄒᆞ며 단연(端然)이 좌롤 곳치디 아니ᄒᆞ니 져 하리빈(下吏輩)의 즙으라 달녀들믈 남의 당홈ᄀᆞᆺ치 타연(妥然) 무심(無心)ᄒᆞᆫ디라. 딘뉴(鎭諭)의 하졸(下卒)들이

44면

운학·경농과 츄한(醜漢) 형뎨롤 ᄆᆡ여노코 공자의 잇ᄂᆞᆫ 곳의 달녀드러 쳐음은 요ᄃᆡ(饒貸)[62]치 아니코 ᄊᆞ드러 잡아ᄂᆡ여 결박ᄒᆞ려 ᄒᆞ다가 ᄒᆞᆫ 번 눈을 드러 보건ᄃᆡ 이 믄득 화풍경운(和風慶雲)이 창농대호디습(蒼龍太虎之襲)을 겸ᄒᆞ여실 ᄲᅮᆫ 아니라 텬일디표(天日之表)[63]의 늉쥰발췌(隆準拔萃)ᄒᆞ미 됴둔(趙盾)의 하일디위(夏日之威)[64]롤 약(弱)히 넉이ᄂᆞᆫ디라. 져 하류쳔빈(下流賤輩)의 쥰쥰무디(蠢蠢無知)홈과 용용우몽(庸庸愚蒙)ᄒᆞ므로도 쳥텬ᄇᆡᆨ일(青天白日)은 역디기명(亦知其明)이어ᄂᆞᆯ 기듕 녜리(禮吏) 최언션이 공ᄌᆞ의 안즌 거동을 ᄒᆞᆫ 번 보고 두 번 솔피다가 졸연(猝然)이 향젼ᄇᆡ례(向前拜禮)ᄒᆞ며 고두뉴톄(叩頭流涕)ᄒᆞ니 공ᄌᆡ 엇디 ᄇᆡᆨ부(伯父)의 갓가이 ᄇᆞ리시던 녜리 최언션이믈 모로리오마ᄂᆞᆫ 임의 댱딘뉴의 도라간 ᄇᆡ 되여시ᄆᆡ 괴로이 ᄂᆡ력(來歷)을 니ᄅᆞ디 아니려 ᄒᆞ고 딘뉴ᄂᆞᆫ 혹ᄌᆞ 아라볼 일이 잇셔도 ᄌᆞ긔는 쎄쳐 닌광이믈 알뇌디 아니려 ᄒᆞ믄 완월ᄃᆡ(玩月臺) ᄆᆡᆼ약(盟約)을 ᄇᆞᆰ히 알므로ᄡᅧ 졔 만일 터럭만치나 뎡혼(定婚) 일ᄉᆞ(一事)롤 ᄉᆡᆼ각ᄒᆞ고 ᄌᆞ긔롤 두둔

62 요ᄃᆡ(饒貸): 요대. 너그러이 용서함.

63 텬일디표(天日之表): 천일지표. 천자의 상.

64 됴둔(趙盾)의 하일디위(夏日之威): 조순의 하일지위. 조순은 진(晉)나라 대부. 하일지위는 여름해 같은 두려운 위엄.

ᄒᆞᆫ족 그만 더러온 욕이 업ᄉᆞ니 아모려나 ᄌᆞ긔 ᄂᆡ력(來歷)을 긔(欺)인 45면
후 공도로이 촌한(村漢)의 함(陷)ᄒᆞᄂᆞᆫ 바ᄅᆞᆯ 버셔나고져 ᄒᆞᄆᆡ 최언션의 슬허ᄒᆞ믈 ᄃᆡᄒᆞ여 감창(感愴)[65]ᄒᆞ미 젹은 거시 아니로ᄃᆡ 진짓 쇼무비ᄉᆡᆨ(少無悲色)ᄒᆞ고 날호여 ᄀᆞᆯ오ᄃᆡ

“내 널노 더브러 젼ᄌᆞ(前者)의 얼골을 본 ᄇᆡ 업ᄉᆞ며 셔로 알오미 업거ᄂᆞᆯ 므ᄉᆞᆷ 연고로 향젼셜녜(向前設禮)ᄒᆞ고 슬허ᄒᆞᄂᆞ뇨?”

언션이 통열비도(痛裂悲悼) 왈

“공ᄌᆡ 엇디 녜리(禮吏) 최언션을 아디 못ᄒᆞ시ᄂᆞ니잇가? 공ᄌᆞᄅᆞᆯ 뫼셔 태운산 샹의셔 ᄭᅩᆺ출 보며 버들을 희롱ᄒᆞ여 참참딘딘ᄒᆞ믈 칭찬ᄒᆞ고 완농탄의 고기ᄅᆞᆯ 낙그며 완월ᄃᆡ샹(玩月臺上)의셔 ᄃᆞᆯ을 구경ᄒᆞ던 바ᄅᆞᆯ 공ᄌᆡ 진실노 ᄉᆡᆼ각디 못ᄒᆞ실 ᄇᆡ 아니로ᄃᆡ 딤ᄌᆞᆺ 이ᄀᆞᆺ치 ᄒᆞ시믈 거의 우러러 탁냥(度量)ᄒᆞ리로소이다.”

공ᄌᆡ 이에 다ᄃᆞ라ᄂᆞᆫ 더옥 쳑감(慽感)ᄒᆞ미 이시ᄃᆡ ᄒᆞᆫᄀᆞᆯᄀᆞᆺ치 안ᄉᆡᆨ(顏色)이 태연(泰然)ᄒᆞ여 왈

“나ᄂᆞᆫ 조쥐 태ᄒᆡᆼ산 사ᄅᆞᆷ으로 이 ᄯᅡ히 니른 ᄉᆞ괴(事故) 다다(多多)ᄒᆞ
거니와 태운산과 완월ᄃᆡ란 말은 금시초문(今時初聞)이라. ᄒᆞ믈며 녜 46면
리(禮吏)로 더브러 화월(花月)을 구경ᄒᆞ미 몽니(夢裏)의도 업ᄂᆞᆫ디라. ᄎᆞ인이 아니 샹셩위광(喪性爲狂)[66]ᄒᆞ엿ᄂᆞ냐? 원간 뭇ᄂᆞ니 여등(汝等)이 므엇 ᄒᆞ랴 이에 왓ᄂᆞ뇨?”

언션이 항뉘(行淚) 빈빈(頻頻)[67]ᄒᆞ여 경열(哽咽)ᄒᆞᄆᆡ 밋쳐 말을 일우디

---

65 감창(感愴): 비통하여 슬퍼함.

66 샹셩위광(喪性爲狂): 상성위광. 본성을 잃고 미침.

못ᄒᆞ거ᄂᆞᆯ 다ᄅᆞᆫ 하리 소ᄅᆡᄅᆞᆯ ᄆᆡ이 ᄒᆞ여 ᄀᆞᆯ오ᄃᆡ

"우리 므엇 ᄒᆞ랴 이에 와시리오? 딘뉴 노야 녕(令)을 듯고 두낫 장한(壯漢)으로 더브러 남의 쇽미(粟米)ᄅᆞᆯ 도적ᄒᆞ며 은ᄌᆞᆷ(銀簪) 도적ᄒᆞᆫ 도적ᄒᆞᆫ[68] 쇼동(小童)을 ᄌᆞᆸ으라 왓ᄂᆞ니 잔 곡졀은 뭇디 말고 어셔 가 허실(虛實)을 ᄉᆞᄒᆡᆨ(查核)게 ᄒᆞ라. 우리 대애(大耶) ᄇᆞᆰ으시미 신명(神明) ᄀᆞᆺᄐᆞ시니 터럭만 ᄒᆞᆫ 일이라도 은복(隱伏)ᄒᆞᆷ 곳 이시면 뒤여디기 쉬오리라."

언션이 공ᄌᆞ의 발셜(發說)ᄒᆞ기 젼의 뎡ᄉᆡᆨ칙왈(正色責曰)

"여등은 가히 금슈이젹(禽獸夷狄)의 무디(無知)ᄒᆞ미로다. 의표(儀表)ᄅᆞᆯ 본들 져 공ᄌᆡ 셔졀구투(鼠竊狗偸)[69]의 좀노ᄅᆞᆺᄉᆞᆯ ᄒᆞᆯ가 시버 뵈ᄂᆞ냐?
47면 노야(老爺) 녕(令)이 계시니 뫼셔 아문(衙門)의 나아가 결ᄉᆞ(結詞)ᄒᆞ시믈 볼 ᄲᅳᆫ이어ᄂᆞᆯ 감히 상부(上府) 만금(萬金) 공ᄌᆞᄅᆞᆯ 곤욕능만(困辱陵慢)ᄒᆞᆯ 거시냐?"

인ᄒᆞ야 눈믈이 ᄒᆡ음업시 흐ᄅᆞ며 기리 탄식왈(嘆息曰)

"텬하 창ᄉᆡᆼ(蒼生)의 젹복목욕(積福沐浴)이 젼혀 우리 태부대야(太夫大爺)의 협골흡체(浹骨洽體)[70]ᄒᆞ신 양츈은ᄐᆡᆨ(陽春恩澤)이엇마ᄂᆞᆫ 져 만금ᄋᆡ손(萬金愛孫)이 여ᄎᆞ 곤ᄋᆡᆨ(困厄)ᄒᆞ시믈 뉘 알 ᄌᆡ 이시리오?"

하리 등이 ᄎᆞ언(此言)을 듯고 가장 놀나 므러 왈

67 빈빈(頻頻): 도수(度數)가 매우 많음.

68 도적ᄒᆞᆫ 도적ᄒᆞᆫ: 중복 표기됨.

69 셔졀구투(鼠竊狗偸): 서절구투. 쥐나 개가 물건을 훔치는 것.

70 협골흡체(浹骨洽體): 협골흡체. 뼈와 몸에 스밈.

"최군아, 태부대야(太夫大爺)라시리 아니 졍각노 노애(老爺)시냐?"
언션이 쏘ᄒᆞᆫ 디식이 잇ᄂᆞᆫ 무리라. 분두(忿頭)의 ᄎᆞᆷ디 못ᄒᆞ여 발언ᄒᆞ
믈 뉘웃쳐 즉시 답왈(答曰)
"졍각노 노야시나 아모 노야시나 이졔 그 말이 다 브졀업ᄉᆞ니 어셔 공
ᄌᆞᄅᆞᆯ 뫼셔 갈 거시라."
ᄒᆞ며 공ᄌᆞᄅᆞᆯ 향ᄒᆞ여 왈
"촌한(村漢) ᄇᆡᆨ무셜이란 놈이 향ᄌᆡᆨ 딘뉴 노야긔 고장(告狀)ᄒᆞᄃᆡ 졔
집의 ᄉᆞ부(士夫) 디엽(枝葉) 갓ᄐᆞᆫ 공ᄌᆡ 두낫 상한(常漢)으로 더브러
밤을 디ᄂᆡᄃᆡ ᄒᆡᆼ식이 슈상ᄒᆞ여 ᄒᆞᆫ갓 졔 집 쇽미(粟米)ᄅᆞᆯ 도젹ᄒᆞᆯ ᄲᅳᆫ 아 48면
니라 긔특(奇特)ᄒᆞᆫ 은ᄌᆞᆷ(銀簪)을 쥬쳐치 못ᄒᆞᆯ 것ᄀᆞᆺ치 ᄒᆞ로밤 방 빌닌
갑ᄉᆞᆯ 주며 공ᄌᆡ 장한(壯漢)을 ᄌᆡ쵹ᄒᆞ여 어셔 가셔 어더 보ᄌᆞ ᄒᆞᄂᆞᆫ 말
이 다 남의 거ᄉᆞᆯ 블의(不義)로 노략(擄掠)ᄒᆞ여 오ᄂᆞᆫ ᄇᆡ라 ᄒᆞ고 ᄌᆞᆸ아
져주믈[71] 쳥ᄒᆞᄂᆞᆫᄃᆡ ᄇᆡᆨ무셜의 ᄋᆞ오 ᄇᆡᆨ탁셜이란 놈은 공ᄌᆞ와 냥한(兩漢)
을 긔특다 알외여 실노 도젹이 아니로ᄃᆡ 졔 형이 져의 은ᄌᆞᆷ 어더시믈
용심(用心) ᄂᆡ여 ᄆᆡᆼ낭디셜(孟浪之說)노 잡ᄂᆞᆫ다 ᄒᆞ고 어ᄌᆞ러이 닷토
아 알외ᄆᆡ 노애(老爺) 몬져 ᄇᆡᆨ가 형뎨(兄弟)ᄅᆞᆯ ᄌᆞᆸ아ᄆᆡ라 ᄒᆞ시며 공ᄌᆞ
가디 ᄌᆞᆸ으라 ᄒᆞ여 계시니 굿ᄐᆞ여 ᄇᆡᆨ무셜의 말을 곳이 드ᄅᆞ시미 아니
로ᄃᆡ 어ᄌᆞ러온 거ᄉᆞᆯ 딘뎡과져 ᄒᆞ시ᄆᆡ 젹은 일이라도 디ᄂᆡ 보시미 아
니라. 공ᄌᆞ의 냥노ᄂᆞᆫ 여러 사ᄅᆞᆷ ᄉᆞ이의셔 딘뉴 노야의 위의ᄅᆞᆯ 쳠관(瞻
觀)ᄒᆞ므로ᄡᅧ ᄆᆡ이믈 면치 못ᄒᆞ여시나 공ᄌᆡ 가셔도 굿ᄐᆞ여 욕되실 일 49면

71 져주믈: 져주다. 따지다, 힐문하다.

이 업ᄉᆞ리니 원(願)컨ᄃᆡ ᄒᆡᆼᄒᆞ샤이다."

원간 최언션이 쳐음 운학·경농을 보고 크게 반기며 슬허ᄒᆞ다가 다시 공ᄌᆞᄅᆞᆯ 보ᄆᆡ 그 ᄉᆞ이 ᄂᆡ도히 댱위(壯威) 쥰격(俊格)ᄒᆞ여시나 텬일디표와 닌봉ᄌᆞ질(麟鳳資質)이 완연(完然)이 졍공ᄌᆞ 닌광이믈 ᄊᆡᄃᆞ라 반갑고 비졀(悲絶)ᄒᆞ믈 니긔디 못ᄒᆞᄂᆞᆫ디라. 공ᄌᆡ 져 블인(不人)의 곳의 도적 득명(得名)을 므릅뼈 졍하(庭下)의셔 결ᄉᆞ(決死)ᄒᆞ믈 기다릴 ᄇᆡ 분원통ᄒᆡ(忿怨痛駭)ᄒᆞ나 이도 ᄌᆞ긔 궁극ᄒᆞᆫ 명도(命途)와 참측(慘惻)ᄒᆞᆫ ᄋᆡᆨ화(厄禍)로 인ᄒᆞ믈 혜의 고집히 아니 가려 ᄒᆞ미 업셔 언션으로 더브러 아문(衙門)의 다ᄃᆞᄅᆞ니 ᄇᆡᆨ가 형뎨와 운학 등이 다 ᄆᆡ이여 이에 이시ᄃᆡ 딘뉘 긴급(緊急)ᄒᆞᆫ 공ᄉᆡ(公事) 만하 아딕 ᄎᆞᆺ디 아니커ᄂᆞᆯ 언션이 방샤(房舍)ᄅᆞᆯ 어더 공ᄌᆞᄅᆞᆯ 잠간 쉬게 ᄒᆞ며 쥬찬(酒饌)을 나와 허핍(虛乏)ᄒᆞ믈 요긔(療飢)케 ᄒᆞ고 운학 등을 난화 주니 냥뇌 ᄯᅩᄒᆞᆫ 최군을 보고 반기나 공ᄌᆞ의 뜻을 아디 못ᄒᆞ여 몬져 아ᄅᆞᆫ 체 아니 ᄒᆞ니 원ᄂᆡ 공ᄌᆡ 년유치몽(年幼稚蒙)이나 디혜 원하(遠遐)ᄒᆞ여 이 시절을 당ᄒᆞᄆᆡ 조부(祖父)와 ᄇᆡᆨ뷔 경태(景泰)황뎨ᄅᆞᆯ 크게 ᄆᆡ이엿고 부친이 비록 됴졍ᄉᆞᄅᆞᆯ 간셥ᄒᆞᆫ ᄇᆡ 업ᄉᆞ나 경태 잠져(潛邸)의 이실 ᄊᆡ 방ᄌᆞ(放恣)ᄒᆞ믈 닐너 훼방(毁謗)ᄒᆞᄆᆡ ᄌᆞ연 ᄋᆡᄌᆞ(睚眥)[72]의 원(怨)이 ᄃᆡᄅᆞᆯ 니어 깁허시므로 ᄌᆞ긔 졍가 ᄋᆞ희라 ᄒᆞᆫ즉 흉당(凶黨)이 ᄒᆡ(害)코자 ᄒᆞᆯ가 ᄒᆞ여 비록 요괴(妖怪)로이 변셩명(變姓名)이 아니나 조쥐ᄅᆞᆯ 써날 ᄊᆡ의 사ᄅᆞᆷ을 ᄃᆡᄒᆞ여 ᄂᆡ력(來歷)을 ᄇᆞᆰ히 니ᄅᆞ디 아니키로 뎡ᄒᆞᆫ ᄇᆡ라. 냥뇌

50면

72 ᄋᆡᄌᆞ(睚眥): 애자. 눈흘김. 범수는 어려운 시절 받은 밥 한 그릇의 은혜도 반드시 갚고, 눈을 흘기는 정도의 조그만 원한도 반드시 갚았음.

공ᄌᆞ의 쥬의(主意)ᄅᆞᆯ 모로나 긔ᄉᆡᆨ(氣色)을 ᄉᆞᆺ쳐 최군을 보나 셕일(昔日) 구면(舊面)이믈 발셜치 못ᄒᆞ더라. 공ᄌᆡ 이에셔 댱공의 치숑결옥(致送結獄)ᄒᆞ믈 듯건ᄃᆡ 과연 ᄇᆞᆰ고 ᄌᆞ상(仔詳)ᄒᆞ여 각박ᄒᆞ며 가찰(苛 51면
察)[73]ᄒᆞ미 업시 너그럽고 유덕(有德)ᄒᆞ니 놉히 니ᄅᆞᆯ딘ᄃᆡ 위덕(威德)이 병ᄒᆡᆼ(併行)의 청망(淸望)이 울연(鬱然)ᄒᆞ여 죡히 화이(華夷)라도 딘복(震服)ᄒᆞᆯ ᄇᆡ오나다 니ᄅᆞᆯ딘ᄃᆡ 군읍(郡邑)의 현관(縣官)이 되여 황패(黃霸)[74]의 ᄋᆡ민션정(愛民善政)을 효측(効則)ᄒᆞᆯ ᄇᆡ니 치정(治政)인ᄌᆞᆨ ᄇᆞᆰ은 군ᄌᆞ(君子)와 착ᄒᆞᆫ 댱뷔(丈夫)라도 이의 더을 거시 업ᄂᆞᆫ디라. 반일디ᄂᆡ(半日之內)의 뫼ᄀᆞᆺ치 밀닌 공ᄉᆞᄅᆞᆯ 쳐결(處決)ᄒᆞᄃᆡ 니민(里民)이 다 한가지로 복복흠앙(僕僕欽仰)[75]ᄒᆞ니 디어 형벌의 나아가며 니의 나리ᄂᆞᆫ 뉘라도 한(恨)ᄒᆞ고 원(怨)ᄒᆞᆯ 거시 업더라. 임의 긴급ᄒᆞᆫ 바ᄅᆞᆯ 결(決)ᄒᆞᄆᆡ ᄇᆡᆨ무셜의 형뎨와 공ᄌᆞ 등 삼 인을 다 ᄌᆞᆸ아드리라 ᄒᆞ니 졔졸(諸卒)이 ᄇᆡᆨ무셜 등을 ᄭᅳ어 졍하(庭下)의 ᄭᅮᆯ닌 후 다시 공ᄌᆞᄅᆞᆯ 드러가ᄌᆞ ᄒᆞ거ᄂᆞᆯ 공ᄌᆡ 임의 온 ᄇᆡ라. 날호여 드러갈ᄉᆡ 관니 ᄯᅴᄅᆞᆯ 그ᄅᆞ라 52면
ᄒᆞ니 공ᄌᆡ 샤일빵광(射日雙光)을 길게 써보며 왈

“딘뉘 인ᄉᆞᄅᆞᆯ 알딘ᄃᆡ 션ᄇᆡ의 ᄯᅴᄅᆞᆯ 탈(脫)ᄒᆞ라 아니리니 내 엇디 범죄ᄒᆞ미 업시 의ᄃᆡ(衣帶)ᄅᆞᆯ 탈(脫)ᄒᆞ리오?”

셜파의 늠연(凜然)이 ᄉᆞᄆᆡᄅᆞᆯ ᄯᅥᆯ하 의단공습이 우화립ᄒᆞ니 딘뉘 바야흐로 ᄇᆡᆨ가 형뎨ᄅᆞᆯ 교화ᄒᆞ여 동긔년디의 골육혈ᄆᆡᆨ(骨肉血脈)이 상응

73 가찰(苛察): 필요 이상으로 까다롭게 따져 살펴 사람을 괴롭게 함.

74 황패(黃霸): 한나라 양하 사람. 백성을 잘 다스리던 대표적 관리.

75 복복흠앙(僕僕欽仰): 매우 공경하고 우러러 사모함.

(相應)ᄒᆞ여 귀ᄒᆞ믈 니ᄅᆞ며 ᄌᆡ리(財利)의 닷토와 고장(告狀)ᄒᆞ기의 니
ᄅᆞ미 크게 한심ᄒᆞ믈 ᄎᆡᆨ(責)ᄒᆞ여 ᄎᆞ후 개과쳔션(改過遷善)ᄒᆞ고 형ᄋᆡ
뎨경(兄愛弟敬)ᄒᆞ믈 당부ᄒᆞ며 명일(明日)노브터 딘궤(進饋)ᄒᆞᄂᆞᆫ 바
의 드러 긔한(飢寒)을 면ᄒᆞ라 ᄒᆞ고 각각 슈두미(數斗米)ᄅᆞᆯ 몬져 주어
보ᄂᆡ니 흐ᄅᆞᄂᆞᆫ 말ᄉᆞᆷ의 어딘 조홰 셕목(石木)이라 감동ᄒᆞᆯ ᄃᆞᆺᄒᆞᆫ디라.
ᄇᆡᆨ무셜 형뎨 블승참뉵슈괴(不勝慙恧羞愧)ᄒᆞ여 감은각골(感恩刻骨)
ᄒᆞ며 고두ᄇᆡ튝이퇴(叩頭拜祝而退)ᄒᆞ더라. 딘뉘 다시 눈을 드러 운학
등을 보ᄆᆡ ᄉᆞ부(師父)의 셔동(書童)으로 쳥계공의 노ᄌᆡ(奴子)믈 ᄆᆞᆺ
53면 디 아냐 알 ᄲᅳᆫ 아니라 뎡하(庭下)의 셧ᄂᆞᆫ 공ᄌᆡ 신댱(身長)이 ᄆᆡᆺ쳐 뉵
쳑(六尺)을 넘디 못ᄒᆞ고 머리털을 밋쳐 춍(總)치 아냐 편발동몽(偏髮
童蒙)을 면치 못ᄒᆞ엿ᄂᆞᆫᄃᆡ 츄루(醜陋)ᄒᆞᆫ 의복이 계오 살흘 ᄀᆞ리와시
나 구긔고 ᄲᅵ여지며 블ᄐᆞ고 더러워 ᄒᆡᆼ걸(行乞)ᄒᆞᄂᆞᆫ 뉴의 복ᄉᆡᆨ(服色)
으로 방블(彷彿)ᄒᆞᄃᆡ 블평ᄒᆞᆫ 긔운이 미우(眉宇)ᄅᆞᆯ 두로고 분개(憤慨)
ᄒᆞᆫ ᄉᆞᄉᆡᆨ이 안모(顔貌)ᄅᆞᆯ ᄀᆞ리와시니 쇽ᄋᆞ(俗兒)의 범범(凡凡)ᄒᆞᆫ 긔
딜일딘ᄃᆡ 다시 보암 ᄌᆞᆨ디 아니ᄒᆞ고 취(取)ᄒᆞᆯ 거시 업ᄉᆞᆯ ᄇᆡ로ᄃᆡ 그 가
온ᄃᆡ 만분(萬分)이나 놀나오며 쳔분이나 블힝ᄒᆞᆫ 바의 안목이 현황(眩
慌)ᄒᆞ여 비록 경앙(景仰)ᄒᆞᄂᆞᆫ 빗출 낫토디 말고ᄌᆞ ᄒᆞ나 ᄌᆞ연이 보고
곳쳐 보이믈 면치 못ᄒᆞ니 슈려쇄락(秀麗灑落)ᄒᆞ미 졍ᄋᆞ 닌광이 아니
오 뉘리오? 토목 ᄀᆞᆺᄐᆞᆫ 심장과 강쳘 ᄀᆞᆺᄐᆞᆫ 모디ᄅᆞ미라도 졍태부 덕ᄐᆡᆨ이
54면 하날이 낫고 바다히 엿튼 바의 그 만금ᄋᆡ손(萬金愛孫)이 참측(慘惻)
ᄒᆞᆫ 쥬졔로 긔괴(奇怪)ᄒᆞᆫ 누셜(陋說)을 므릅뻐 어린 나ᄒᆡ 이곳으로 님
(臨)ᄒᆞ믈 보ᄆᆡ 츄연감창(惆然感愴)ᄒᆞ며 쳑쳑비도(慽慽悲悼)ᄒᆞ여 잔
인ᄒᆞ고 참연ᄒᆞ믈 이긔디 못ᄒᆞ니 어러 이목이 아닐딘ᄃᆡ 의ᄌᆞ(醫者)아

냥찬(良饌)을 주며 ᄆᆞ필(馬匹)과 금빅(金帛)으로뼈 태쥬가디 무수히 보닐 뜻이 이시ᄃᆡ 목금(目今) 형셰 그러치 못ᄒᆞ여 경태황뎨 졀치교아(切齒咬牙)[76]ᄒᆞ여 졍가 삼족(三族)을 멸코ᄌᆞ ᄒᆞ니 그 님군의 신ᄒᆡ 되여 그 작녹(爵祿)으로뼈 부귀영홰(富貴榮華) 졔미(齊美)ᄒᆞᆫ 바의 어ᄃᆡ 가 ᄆᆞ음의 픔은 바룰 발뵈며 졍가 무셔온 ᄢᅵ룰 아른 쳬ᄒᆞ여 화룰 취ᄒᆞ리오? 다만 져 ᄋᆞᄒᆡ 영오(穎悟)ᄒᆞ고 통달ᄒᆞ미 강보(襁褓)로브터 츌어범뉴(出於凡類)ᄒᆞ니 ᄌᆞ가의 긔상을 ᄉᆞᆺ쳐 빗은망덕(背恩忘德)ᄒᆞ믈 무상히 넉일가 블힝이 만나믈 한ᄒᆞ며 디어(至於) 운학·경농 ᄒᆞ여 하류쳔픔(下類賤品)의 용녈(庸劣)ᄒᆞ고 무디(無知)ᄒᆞ미 잇디 아냐 ᄌᆞ긔 ᄒᆡ거롤 크게 ᄊᆞ지져 욕ᄒᆞ며 인ᄒᆞ여 운계 등의게 젼ᄒᆞ여 혹ᄌᆞ 져 사룸 등이 타일(他日)의 텬일(天日)을 볼딘ᄃᆡ ᄌᆞ긔 능히 광대(廣大)ᄒᆞᆫ 텬ᄒᆞ의 ᄒᆞᆫ 조각 용납ᄒᆞ믈 엇디 못ᄒᆞᆯ가 만분(萬分)이나 민면(黽勉)[77]ᄒᆞ니 우러러 하날을 보며 구버 ᄯᅡᄒᆞᆯ 보아 분분ᄒᆞ고 요요(擾擾)ᄒᆞ믈 황황ᄒᆞ며 것줍디 못ᄒᆞᄆᆡ 댱ᄂᆡ(將來)룰 ᄉᆡᆼ각ᄒᆞ며 이졔룰 ᄉᆡᆼ각ᄒᆞ여 여러 가디로 ᄃᆞᆺ토와 계교(計巧)룰 발(發)ᄒᆞᄆᆡ 믄득 운학·경농은 하옥(下獄)ᄒᆞ고 최언션으로 ᄒᆞ여곰 공ᄌᆞ룰 아덕 밧긔 머므ᄅᆞ라 ᄒᆞ며 ᄒᆞᆫ 말 므ᄅᆞ미 업ᄉᆞ니 운학 등은 이의 갓치나 ᄆᆡᆺ븐 구셕이 만하 촌낙(村落)의 쥬인ᄒᆞᄆᆡ셔 깃거ᄒᆞ고 공ᄌᆞᄂᆞᆫ 져 블인(不人)과 말ᄒᆞ믈 괴로이 넉이나 밧긔 두라 ᄒᆞ믈 통ᄒᆡᄒᆞ여 뎡ᄉᆡᆨ왈(正色曰) 55면

"명공(明公)의 결ᄉᆞ(結詞)ᄒᆞ시미 엇디 이러ᄐᆞᆺ 블명미ᄒᆡ(不明未解)ᄒᆞ

76 졀치교아(切齒咬牙): 절치교아. 몹시 분해서 이를 갊.

77 민면(黽勉): 부지런히 힘씀.

시니잇고? 쇼ᄉᆡᆼ의 냥노(兩奴)ᄅᆞᆯ 도적이라 ᄒᆞ실딘ᄃᆡ ᄇᆡᆨ무셜 등과 면
56면 딜ᄃᆡ증(面質對證)ᄒᆞ여 은ᄌᆞᆷ(銀簪)의 츌쳐(出處)와 쇽미(粟米) 도적(盜賊)ᄒᆞᆫ 본증(本證)[78]을 ᄌᆞᆸ히고 도적이 아니라 ᄒᆞ실딘ᄃᆡ 즉시 노화 밧븐 ᄒᆡᆼ인(行人)으로 ᄒᆞ여곰 여러 날을 디류(遲留)치 아니케 ᄒᆞ미 올커ᄂᆞᆯ 엇던 고로 ᄇᆡᆨ무셜은 방숑(放送)ᄒᆞ시고 쇼ᄉᆡᆼ의 냥노(兩奴)ᄂᆞᆫ 나리와 가도시며 ᄯᅩ 쇼ᄉᆡᆼ을 머므ᄅᆞ시ᄂᆞ니잇고? 쇼ᄉᆡᆼ이 ᄉᆞ부여엽(士夫餘葉)으로셔 셔졀구투(鼠竊拘偸)의 도적디명(盜賊之名)을 므ᄅᆸ쓰미 발셔 ᄒᆡᆼ신이 경쳔(輕賤)ᄒᆞ여 진뉴ᄉᆞ 졍하의 니ᄅᆞ믈 욕되다 ᄒᆞ리잇고마ᄂᆞᆫ 진뉴의 셔동노ᄌᆡ(書童奴子) 아니오 딘뉴 면젼의 범죄(犯罪)ᄒᆞ미 업ᄉᆞ니 촌한(村漢)의 무근 ᄆᆡᆼ낭디셜(孟浪之說)을 신쳥(信聽)ᄒᆞ샤 ᄉᆞ문ᄉᆡᆼ츌(士門生出)을 쳔뉴하ᄇᆡ(賤類下輩)와 ᄒᆞᆫ가지로 ᄌᆞᆸ히시고 ᄯᅩ 도라보ᄂᆡ믈 져 뉴와 ᄀᆞᆺ치 아냐 공연이 구류(拘留)코ᄌᆞ ᄒᆞ시니 명공(明公)이 원간 션ᄇᆡᄅᆞᆯ ᄃᆡ졉(待接)디 아니미로소이다."

언필(言畢)의 긔 위(威) 엄슉(嚴肅)ᄒᆞ고 안뫼(顏貌) ᄉᆡᆨᄉᆡᆨᄒᆞ여 츄텬(秋
57면 天)이 최외(崔嵬)ᄒᆞᆫᄃᆡ 녈일(烈日)이 한상(寒霜)을 찌여 셜야ᄂᆡᆼ풍(雪夜冷風)의 동월(冬月)이 의의ᄒᆞᆫ ᄃᆞᆺ 듁님난곡(竹林蘭谷)의 봉황이 깃ᄉᆞᆯ ᄯᅥᆯ치며 동ᄒᆡ대양(東海大洋)의 창뇽(蒼龍)이 운예(雲霓)[79]ᄅᆞᆯ 딧ᄂᆞᆫ ᄃᆞᆺ 구 셰 동몽(童蒙)이 엄연이 만균(萬鈞)의 듕(重)이 이시며 하ᄒᆡ의 너ᄅᆞ미 이시니 댱딘뉘 년급ᄉᆞ슌(年及四旬)의 댱ᄌᆞ(長者)로 위ᄎᆡ(位差) 고ᄃᆡᄒᆞ고 긔 위(威) 당당ᄒᆞ나 과연 닌광을 ᄃᆡᄒᆞᄆᆡᄂᆞᆫ 져의 관작이

78 본증(本證): 증거.
79 운예(雲霓): 구름과 무지개.

셕은 플 굿투며 만흔 나히 견마지치(犬馬之齒) 굿투여 거오(倨傲)훈 뜻이 츈셜(春雪)굿치 스러지고 주부후던 덕망이 닉굿치 흣터디니 고 딕 나리다라 붓들고 일장(一場)을 통곡훈 후 힝니(行李)를 출혀 보닉고 주 후나 경틱의 알오미 될가 감히 못 후고 역시 뎡식왈(正色曰)

"외힝(外行) 년수십(年四十)의 일족 사름의게 블명미히(不明未解)타 꾸디주믈 듯디 아녓더니 쇼익 엇디 댱유유셔(長幼有序)를 도라보디 아냐 면칙(面責)후믈 이굿치 후느뇨? 나의 머므루미 유익(有益)후니 모로미 나가 이시라."

공직 추언을 드루미 더옥 증분(憎憤)후여 굴오딕 58면

"쇼싱이 원간 내 몸의 유익(有益)훈 거술 구후여 기리 바라디 아니후고 일이 브졍(不正)후믈 죽어도 취치 아닛누니 상공(上公)이 딘실노 쇼싱을 도젹(盜賊)이라 후실딘딕 쾌히 져주고 블연(不然)즉 도라보닐 싸롬이라. 엇디 하리롤 맛져 구류(拘留)훌 니 이시리오? 쇼싱이 년유쳑동(年幼尺童)이나 두 다리롤 잠으지 아닌 후눈 굿투여 밧긔 나가 공의 명을 다시 나리기롤 기다리디 아니리니 냥노(兩奴)롤 다수려 쇼싱이 젹의 일당이어든 본증(本證)과 딕주(對者)롤 두고 다시 쇼싱을 잡히쇼셔. 쇼싱이 좁히시눈 명이 이신즉 이의 즉시 나아오리이다."

언파(言罷)의 수민롤 쩔치고 힝보(行步)롤 신쇽(迅速)히 옴겨 나가니 진뉘 닌광의 긔운이 앙앙(昂昂)후며 언시(言辭) 녈녈후여 부월(斧鉞)과 정확(鼎鑊)으로 져혀도 굴치 아닐 줄 알믹 능히 머므루디 못후고 하리로 후여곰 가눈 딕로 바려두라 후나 틈을 어더 힝냥(行糧)을 보닉고 59면

주 후더라. 공직 이노(二奴)롤 옥(獄)의 너코 홀노 거롬을 두로혀 태원녕 병풍암(屛風岩) 밋출 추주 나아갈식 추쳐(此處) 디명(地名)이 낙셩

촌이믈 심니(心裏)의 깃거 아냐 혜오ᄃᆡ

'봉월(奉月) 두 ᄌᆞᄂᆞᆫ 깃브거니와 낙셩촌 셰 ᄌᆞᄂᆞᆫ 실노 위틱(危殆)ᄒᆞ니 방통(龐統)이 낙봉파(落鳳坡)[80] 만남 ᄀᆞᆺᄐᆞ면 져졔 엇디 보젼(保全)ᄒᆞ리오마ᄂᆞᆫ 젼ᄌᆞ의 드ᄅᆞ니 션ᄇᆡᆨ모(先伯母) 부인이 져져ᄅᆞᆯ 잉신(孕娠)ᄒᆞ실 ᄊᆡ의 문월셩을 픔은 몽됴(夢兆) 계시더라 ᄒᆞ니 셩신이 비록 써러디나 다시 밧드러 월셩을 완젼케 ᄒᆞ리니 방통의 낙봉파와 다ᄅᆞ미 이시리라.'

ᄒᆞ고 ᄭᆡ니 나아가 깁흐며 엿튼 ᄃᆡ와 멀며 갓가온 ᄃᆡᄅᆞᆯ 고면(顧眄)ᄒᆞ니 쳔심이 ᄎᆞ아ᄒᆞ고 만학(萬壑)이 등녕ᄒᆞᆫᄃᆡ 님목(林木)이 창창(蒼蒼)ᄒᆞᆫ 듕 노송(老松)이 울울(鬱鬱)ᄒᆞ여 그 블희 디하(地下) 침농(沈龍)이 되엿고 그 가디 댱공(長空)의 듕뉴(中流)ᄒᆞ여 ᄇᆡᆨ운을 기리 ᄉᆞ뭇ᄎᆞᆺᄂᆞᆫ
60면 ᄃᆡ 모운(暮雲)이 셕봉(石峰)의 니러나며 만학의 ᄌᆞ옥ᄒᆞ니 연홰(煙花) 양양(洋洋)ᄒᆞ여 청산(靑山)을 ᄌᆞᆷ갓ᄂᆞᆫᄃᆡ 시ᄅᆞᆷᄒᆞᄂᆞᆫ 날이 셔산(西山)의 요몰(夭沒)코ᄌᆞ ᄒᆞ고 근심ᄒᆞᄂᆞᆫ 하날이 침엄(沈淹)[81]ᄒᆞ여 졍긔(精氣)ᄅᆞᆯ 발(發)치 아니ᄒᆞ니 비풍(悲風)이 쇼소ᄒᆞ여 님목(林木)을 취요(吹搖)ᄒᆞᄆᆡ 기셩(其聲)이 참참녈녈(慘慘咽咽)ᄒᆞᆫᄃᆡ 일ᄇᆡᆨ 조슈(鳥獸) 디져괴니 ᄌᆞ금취슈(紫禽翠獸)와 현원ᄇᆡᆨ녹(玄猿白鹿)이 ᄇᆡᆨ뉴(百類)ᄅᆞᆯ 졔혈(啼血)[82]ᄒᆞ며 황가ᄅᆞᆯ 우러 슈인의 장위(腸胃)ᄅᆞᆯ ᄉᆞᆯ오고 원슈(怨愁)의 한(恨)을 더으며 괴셕층암(怪石層巖)의 폭푀(瀑布) 웅웅ᄒᆞ여 흐ᄅᆞ기ᄅᆞᆯ 잔잔이 ᄒᆞ니 거목쵹경(擧目觸景)[83]의 ᄋᆡ[84] 문허디고 간이 쁴여디믈 면

80 낙봉파(落鳳坡): 《삼국지연의》에 따르면 방통은 낙봉파에서 사망함.

81 침엄(沈淹): 가라앉음.

82 제혈(啼血): 제혈. 피를 토하며 욺.

치 못ᄒᆞᄂᆞᆫ 바의 져져(姐姐)의 시신은 간 곳이 업ᄉᆞ니 쳔쳑고학(千尺
高壑)으로조ᄎᆞ ᄯᅥ러져 골쉬(骨髓) 갈니 되고 피육(皮肉)이 ᄒᆞᆫ 조각 셩
치 못ᄒᆞᆫ 바로 다시 호복(虎腹)을 ᄎᆡ옴 ᄀᆞᆺ톤디라. 그윽이 ᄆᆡ져의 상격
(相格)을 미드며 그ᄃᆡ도록 괴이(怪異)치 아닐 바ᄅᆞᆯ 혜아리나 ᄉᆞ랏다
ᄒᆞᆯ딘ᄃᆡ 진실노 그 거쳐ᄅᆞᆯ 아디 못ᄒᆞ고 죽엇다 ᄒᆞᆯ딘ᄃᆡ 시신도 업ᄉᆞ니 61면
오딕 통앙비한(痛怏悲恨)ᄒᆞ믈 어ᄃᆡ 비ᄒᆞ리오? 날이 어둡기ᄅᆞᆯ 그음ᄒᆞ
여 두로 ᄉᆞᆯ펴 엇기ᄅᆞᆯ 등한(等閑)이 ᄒᆞᆫ ᄇᆡ 아니로ᄃᆡ 맛ᄎᆞᆷᄂᆡ 신톄(身體)
ᄅᆞᆯ 보디 못ᄒᆞ니 통졀(痛切)ᄒᆞ믈 니긔디 못ᄒᆞ여 쇽졀업시 병풍셕을 어
로만디며 져져(姐姐)ᄅᆞᆯ 블너 통곡(痛哭)ᄒᆞ니 구츄(九秋)의 외로온 기
러기 항녈(行列)을 일코 듁님(竹林)의 어린 봉(鳳)이 어이ᄅᆞᆯ ᄯᅥ낫ᄂᆞᆫ
ᄃᆞᆺ 쳐쳐졀졀(凄凄切切)ᄒᆞ여 방인(傍人)으로 ᄒᆞ여곰 막블싀비[85]라. 뎡
히 긔운이 막힐 ᄃᆞᆺ 소ᄅᆡᄅᆞᆯ 능히 닛다히디 못ᄒᆞ고 밤이 깁흐ᄃᆡ 사ᄅᆞᆷ이
븟드러 위로(慰勞)ᄒᆞ리 업ᄉᆞ니 ᄆᆞᄋᆞᆷ의 통만(痛懣)ᄒᆞᆫ 바ᄅᆞᆯ 다ᄒᆞ여 ᄋᆡ
졀(哀切)ᄒᆞᆫ 우롬을 긋치지 못ᄒᆞ더니 홀연(忽然) 최언션이 니ᄅᆞ러 공
ᄌᆞ의 허리ᄅᆞᆯ 안고 일장(一場)을 통곡(痛哭)ᄒᆞ다가 공ᄌᆞᄅᆞᆯ 븟드러 위
로왈(慰勞曰)

“공ᄌᆞ의 여ᄎᆞ(如此)ᄒᆞ시믈 보오ᄆᆡ 쇼인의 간담(肝膽)이 ᄯᅥ러져 놀나
믈 니긔디 못ᄒᆞ리로소이다. 공ᄌᆞᄂᆞᆫ 쇼인을 ᄂᆡ외(內外)ᄒᆞ샤 거즛 모로
ᄂᆞᆫ 쳬ᄒᆞ시거니와 쇼인은 냥목(兩目)이 병드디 아닌 바의 엇디 공ᄌᆞ의 62면

83 거목쵹경(擧目觸景): 거목촉경. 눈 닿는 곳마다.
84 ᄋᆡ: 애. 창자.
85 막블싀비: 규장각본에는 ‘막블셰비’로 나옴.

뇽봉신ᄎᆡ(龍鳳神采)를 몰나보리잇가? 슬프믈 딘뎡ᄒᆞ시면 쇼리(小吏) 급ᄒᆞᆫ 소식을 고ᄒᆞ여 밧비 몸을 피ᄒᆞ시게 ᄒᆞ리이다.”

공ᄌᆡ 언션의 이 ᄀᆞᆺᄐᆞ믈 보ᄆᆡ ᄒᆞᆫ갈ᄀᆞᆺ치 모로노라 ᄒᆞ미 블가(不可)ᄒᆞ여 날호여 누슈(淚水)를 거두고 니러 안ᄌᆞ니 언션이 가ᄉᆞᆷ을 어로만져 통열(痛咽)ᄒᆞ믈 딘뎡ᄒᆞ며 길게 탄식고왈(歎息告曰)

“딘뉴 노애(老爺) 공ᄌᆞ와 운학 등을 보시ᄆᆡ 크게 감챵비졀(感愴悲絕)ᄒᆞ샤 운학 등을 옥의 나리오시고 공ᄌᆞ를 머므럿다가 죵용(從容)이 틈을 어더 힝ᄌᆞ(行資)[86]를 쥰비ᄒᆞ여 태쥬로 보ᄂᆡ고ᄌᆞ ᄒᆞ시므로 벽좌우(僻左右)ᄒᆞ시고 쇼리를 블너 니ᄅᆞ샤ᄃᆡ ‘녜 경ᄋᆞ 닌광을 아라보아시리니 ᄆᆞ음의 위ᄒᆞ여 비쳑(悲慽)ᄒᆞ미 업더냐?’ ᄒᆞ시거놀 쇼리 ᄃᆡᄒᆞᄃᆡ ‘엇디 ᄒᆞᆫ갓 비도(悲悼)ᄒᆞ올 ᄲᅳᆫ이리잇고? 힝식의 참참고초(慘慘苦楚)ᄒᆞ오믈 보오ᄆᆡ 도로 고상(苦狀)을 블문가디(不問可知)러이다.’ ᄒᆞᆫᄃᆡ 노
63면 애 두어 줄 눈믈을 나리오시며 왈 ‘내 경ᄋᆞ를 머므러 졍회(情懷)를 펴고ᄌᆞ ᄒᆞ엿더니 졔 ᄯᅥᆯ치고 가니 톄면이 손상ᄒᆞ며 듕목소시(衆目所視)의 내 위엄(威嚴) 업ᄉᆞ미 참괴(慙愧)ᄒᆞ여 가ᄂᆞᆫ ᄃᆡ로 바려두어시니 네라도 필연(必然) 날을 괴이(怪異)히 넉여시리라. 힝냥(行糧)과 의ᄌᆞ(醫者)를 ᄀᆞᆺ초 출혀 줄 거시니 효신(曉辰)을 당(當)ᄒᆞ여 경ᄋᆞ 잇ᄂᆞᆫ ᄃᆡ를 ᄎᆞᄌᆞ 젼ᄒᆞ고 내 ᄯᅩ 글을 븟치리니 경ᄋᆞ로 ᄒᆞ여곰 보게 ᄒᆞ라.’ ᄒᆞ시거놀 쇼리 고ᄒᆞᄃᆡ ‘만억금(萬億金)을 가져도 운학·경농을 가도아셔ᄂᆞᆫ 경공ᄌᆡ 홀노 힝(路行)ᄒᆞᆯ 길히 업ᄉᆞ리이다.’ ᄒᆞ니 샹공이 니ᄅᆞ샤ᄃᆡ

86 힝ᄌᆞ(行資): 행자. 노자.

'명일 노흐리니 엇디 오리 가도아 둘 니 이시리오?' ᄒᆞ샤 뎡히 의논홀 즈음의 문양 츄관(秋官)[87] 밍쉬 니ᄅᆞ러 노야긔 뵈올ᄉᆡ 낫 우희 비식(悲色)을 보고 누흔(淚痕)이 현져ᄒᆞᆷ을 의심ᄒᆞ여 뭇ᄌᆞ와 골오ᄃᆡ '상공이 하유ᄉᆞ(何由事)로 쳥상(婧傷)ᄒᆞᆫ 빗치 계시니잇고?' 노애(老爺) 쳐음은 우연이 쳑상(慽傷)ᄒᆞ시므로뼈 ᄃᆡᄒᆞ시더니 밍쉬 년ᄒᆞ여 곡졀(曲 64면 折)을 뭇ᄌᆞ오며 또 악착(齷齪)ᄒᆞᆫ 말을 젼ᄒᆞ여 왈 '쇼관(小官)이 금번(今番) 임소(任所)로 나려올 졔 샹(上)긔 하딕(下直)ᄒᆞ온ᄃᆡ 인견(引見)ᄒᆞ시며 밀셔(密書)ᄅᆞᆯ 뼈 주샤 명심ᄒᆞ라 ᄒᆞ시거ᄂᆞᆯ 밧ᄌᆞ와 보온즉 골와시ᄃᆡ '딤(朕)이 졍문쳥의 날을 비쳑ᄒᆞ던 욕을 ᄉᆡᆼ각ᄒᆞ면 분ᄒᆞ미 깁흘 ᄯᅳᆫ 아니라 졍잠이 공연이 딤(朕)을 논힉(論劾)ᄒᆞ여 업슈히 넉이믈 노예(奴隸)갓치 ᄒᆞ고 졍ᄉᆞᆷ이 님하(林下)의 깃드리ᄂᆞᆫ 한유(寒儒)로 날을 무고히 시비ᄒᆞ니 심히 통한(痛恨)ᄒᆞᆫ디라. 경이 문양의 머므러 군냥(軍糧)이 죡ᄒᆞ거든 슈쳔 군을 졍잠의 잇ᄂᆞᆫ 곳의 나아가 즛치고 도라오면 듕샹(重賞)ᄒᆞ리라. 범슈(范雎)ᄂᆞᆫ 진(秦)나라 졍승(政丞)이로ᄃᆡ 이ᄌᆞ(睚眥)ᄅᆞᆯ 필보(必報)ᄒᆞ며 일반(一飯)을 필상(必賞)ᄒᆞ엿거ᄂᆞᆯ 딤은 만승(萬乘)의 존과 텬하의 부로뼈 ᄆᆞ옴의 깁히 믭고 분ᄒᆞᆫ 바ᄅᆞᆯ 셜(雪)치 못ᄒᆞ미 가히 녹녹(碌碌)디 아니랴? 연이나 인군(人君)의 되 낫타난 죄 업시 신하ᄅᆞᆯ 참벌(慘罰)치 못ᄒᆞᄂᆞ니 고로 경(卿)을 명ᄒᆞ여 65면 사ᄅᆞᆷ이 모로게 졍가ᄅᆞᆯ 업시코ᄌᆞ ᄒᆞ노라.' ᄒᆞ여 계시거ᄂᆞᆯ 쇼관이 슈년을 긔약(期約)ᄒᆞ여 셩교(聖敎)ᄅᆞᆯ 밧들니이다 ᄒᆞ고 왓ᄉᆞᆸᄂᆞ니 상공이

87 츄관(秋官): 추관. 형부 관리.

젼ᄌᆞ의 졍부 은혜ᄅᆞᆯ 약간 바드시미 계시다 ᄒᆞ나 이졔 졍문쳥이 아니 계시고 셩샹이 졀치(切齒)ᄒᆞ시니 졍가ᄅᆞᆯ 다시 볼 거시 업ᄂᆞᆫ디라. 쇼관을 도으샤 범ᄉᆞ(凡事)ᄅᆞᆯ 되도록 ᄒᆞ시고 졍가ᄅᆞᆯ ᄇᆡ쳑(排斥)ᄒᆞ시면 영녹(榮祿)이 댱원(長遠)ᄒᆞ여 ᄃᆡᄃᆡ면면 브졀(不絶)ᄒᆞ리이다.' ᄒᆞ니 노야(老爺) ᄆᆡᆼ츄의 우연이 샹교(上敎)ᄅᆞᆯ 젼ᄒᆞ며 심담(心膽)을 거ᄒᆞᆯ너 졍회 깁기ᄅᆞᆯ 위ᄒᆞ민 줄 모로시고 크게 경동ᄎᆞ악(驚動嗟愕)ᄒᆞ여 면무인ᄉᆡᆨ(面無人色)ᄒᆞ샤 ᄃᆡ왈(對曰) '군은 그거시 졍가 쇼ᄌᆡᆫ 줄 ᄇᆞᆰ히 알미 잇ᄂᆞ냐? 나ᄂᆞᆫ 능히 아라보디 못ᄒᆞ여 면목(面目)이 의희(依稀)히 갓ᄐᆞᆫ 줄만 괴이히 넉엿노라. 샹괴(上敎) 여ᄎᆞᄒᆞ실딘ᄃᆡ 그 쇼ᄌᆞ브터 죽여 창승(蒼蠅)의 머리ᄅᆞᆯ 옥폐(玉陛)[88]의 헌(獻)ᄒᆞ미 가치 아니랴?' ᄒᆞ시며 놀나온 ᄉᆞ식(辭色)을 뎡치 못ᄒᆞ시니 ᄆᆡᆼ취 역시 놀나 왈 '아디 못게이다. 어나 ᄋᆞᄒᆡ 졍가 쇼ᄌᆡ(小子)러니잇가? 면목(面目)이 ᄀᆞᆺᄐᆞᆫ 줄 의희(依稀)히 아ᄅᆞ시면 그만ᄒᆞ여 디ᄂᆡ 보시니잇고? 엇디 그리 일을 소리히 ᄒᆞ시니잇가?' ᄒᆞ니 노야(老爺) 더옥 놀나시며 가디록 말 눈ᄎᆡ를 잘못 아라드ᄅᆞ샤 필연 졍ᄋᆞᄅᆞᆯ ᄆᆡᆼ츄관이 어ᄃᆡ 가 잡아 가도고 상공을 취ᄆᆡᆨ(取脈)[89]ᄒᆞᄂᆞᆫ가 넉이샤 황망(慌忙)이 답왈(答曰) '복이 분명 기ᄋᆞ(其兒)ᄅᆞᆯ 졍ᄌᆡᆫ 줄 알딘ᄃᆡ 어이 디ᄂᆡ여 보아시리오마ᄂᆞᆫ 졍ᄋᆡ 이의올 묘단(妙端)이 업ᄉᆞᆯ 쁜 아니라 금일 ᄇᆡᆨ무셜 등과 여ᄎᆞ여ᄎᆞ(如此如此)ᄒᆞᆫ 쇼유(所由)로ᄡᅧ ᄡᅡ화 동긔(同氣)의 귀ᄒᆞᆫ 졍을 ᄊᆡ닷디 못ᄒᆞ거ᄂᆞᆯ ᄉᆡᆼ이 ᄇᆡᆨ무셜 등을 ᄎᆡᆨ(責)ᄒᆞ고 경계(警戒)ᄒᆞ여 도라보ᄂᆡᆫ 후 무셜이 도

66면

88 옥폐(玉陛): 대궐 앞 섬돌. 대궐이나 조정, 황제를 말함.

89 취ᄆᆡᆨ(取脈): 취맥. 남의 동정을 더듬어 살핀다는 뜻.

젹이라 고장(告狀)ᄒᆞ던 바 냥한(兩漢)은 옥의 나리오고 기쥬(其主)ᄂᆞᆫ 나히 어린 ᄋᆞᄒᆡ(兒孩)오 모양이 사부지엽(士夫枝葉)이어놀 도젹으로 밀위미 블가(不可)ᄒᆞ여 ᄂᆡ여보ᄂᆡ고 다시 ᄉᆡᆼ각ᄒᆞ니 그 얼골이 심히 경ᄉᆞᆷ과 방블(彷彿)ᄒᆞ나 이ᄂᆞᆫ 언건(偃蹇)ᄒᆞᆫ 총각(總角)이오 경ᄋᆞᄂᆞᆫ 강보(襁褓)롤 면ᄒᆞ여 ᄌᆞ라도 그ᄃᆡ도록 크디 아닐 거시므로 경ᄌᆡ믈 ᄭᆡ닷디 못ᄒᆞ엿더니 군(君)의 안춍(眼聰)이 사광(師曠)[90] ᄀᆞᆺ트여 경아롤 아라보앗도다.' ᄒᆞ시니 밍쉬 듯기롤 다ᄒᆞᄆᆡ 흔흔(欣欣)[91]ᄒᆞᆫ ᄉᆞᄉᆡᆨ(辭色)으로 답왈(答曰) '쇼관(小官)은 실노 경ᄋᆞ롤 본 일이 업습거니와 졔 냥노(兩奴)롤 옥(獄)의 두고 나간 ᄃᆡ 오리지 아니ᄒᆞ면 어ᄃᆡ로 먼니 가시리잇고? 쇼관(小官)이 힘ᄡᅧ ᄎᆞᄌᆞ 쾌히 죽여 창승디두(蒼繩之頭)롤 폐하긔 드리면 긔 아니 쾌ᄉᆡ(快事)니잇가?' ᄒᆞ니 상공이 능히 밍츄의 공ᄌᆞ롤 ᄒᆡ코ᄌᆞ ᄒᆞ믈 말니지 못ᄒᆞ샤 다만 화열(和悅)이 고개롤 조으시니 공ᄌᆡ 이에 계시다가ᄂᆞᆫ 져 흉ᄒᆞᆫ 놈의 ᄒᆞᆫ번 ᄎᆞᄌᆞ미 될딘ᄃᆡ 능히 살 길흘 드ᄃᆡ지 못ᄒᆞ시리니 원컨ᄃᆡ 급급(急急)히 몸을 감초아 독슈(毒手)의 화롤 면ᄒᆞ쇼셔."

공ᄌᆡ 듯기롤 다ᄒᆞᄆᆡ 밍쉬 ᄌᆞ긔롤 ᄒᆡ코ᄌᆞ ᄒᆞ믄 도로혀 놀납디 아니ᄒᆞᄃᆡ 댱공의 망측(罔測)ᄒᆞᆫ 인믈을 ᄉᆡ로이 블승통완(不勝痛惋)ᄒᆞ더라.

(책임교주 김유미)

67면 68면

90 사광(師曠): 춘추전국시대 진(晉)나라의 음악가로, 소리를 분별하여 길흉을 점치는 능력이 있었음.

91 흔흔(欣欣): 기뻐하고 만족하는 모양.

완월회맹연
玩月會盟宴

권디십칠
卷之十七

화셜(話說). 졍공ᄌᆡ 듯기를 다ᄒᆞᄆᆡ ᄆᆡᆼ취 ᄌᆞ긔를 ᄒᆡ코ᄌᆞ ᄒᆞ믄 도로혀 놀 1면
납디 아니ᄒᆞᄃᆡ 댱공의 망측(罔測)ᄒᆞᆫ 인믈을 ᄉᆡ로이 통한(痛恨)ᄒᆞ여 분완(憤惋)ᄒᆞ믈 니긔디 못ᄒᆞ다가 심니(心裏)의 그ᄋᆞᆨ이 탄식왈(嘆息曰)

"나의 궁험(窮險)ᄒᆞ미 엇디 이ᄃᆡ도록 ᄒᆞ뇨? 댱튝(張畜)이 이 시졀의 양양득디(揚揚得志)ᄒᆞ여 고관쳥작(高官淸爵)으로 부귀를 탐년(耽戀)ᄒᆞᄂᆞᆫ 욕심이 칠졍(七情)과 오관(五官)[1]의 머므ᄅᆞᆫ ᄇᆡ 젼혀 업셔 완연이 인면슈심(人面獸心)이 되여시니 졔 아비라도 경태를 ᄆᆡ인 후ᄂᆞᆫ 그 머리를 가져 경태를 주고 져ᄂᆞᆫ 작녹(爵祿)의 길흘 구ᄒᆞᆯ디라. 이ᄯᆡ의 댱합이 잇디 아닐ᄉᆡ만졍 혹ᄌᆞ 잇던들 부ᄌᆡ 결단코 화ᄒᆞ믈 엇디 못ᄒᆞ여 긔괴(奇怪)ᄒᆞᆫ 변ᄉᆡ(變事) 이시리니 그 거ᄉᆞᆯ 어이 사ᄅᆞᆷ으로 ᄎᆡᆨ망(責 2면
望)ᄒᆞ여 날을 ᄒᆡ코ᄌᆞ ᄒᆞ믈 족히 한노(恨怒)ᄒᆞ리오? 져 튝ᄉᆡᆼ(畜生)을 ᄭᅮ디ᄌᆞ미 금슈(禽獸)를 ᄭᅮ디ᄌᆞᆷ만 ᄀᆞᆺ디 못ᄒᆞ도다."

의ᄉᆡ(意思) 이에 밋쳐ᄂᆞᆫ 댱딘뉴를 노ᄒᆞᄂᆞᆫ ᄆᆞ옴이 다시 잇디 아니ᄒᆞᆫ디라. ᄉᆞᄉᆡᆨ이 조곰도 분분ᄒᆞ미 업셔 다만 기리 탄식왈(嘆息曰)

"인심셰되(人心世道) 궁흉악착(窮凶齷齪)ᄒᆞ니 ᄲᅧᆫ딘 ᄌᆞᄂᆞᆫ 더ᄋᆞᆨ 밀치고 업더진 ᄌᆞᄂᆞᆫ 더옥 눌너 블 우희 기ᄅᆞᆷ을 더을 폐단(弊端)이 업디 아니ᄒᆞ거니와 금황(今皇)이라도 내 머리를 가져 ᄲᆞᆯ 곳이 업ᄉᆞ리니 ᄆᆡᆼ츄와 댱공이 날을 죽이므로 일등 공훈이 되디 아닐디라. 일시 그ᄅᆞᆺ ᄉᆡᆼ각ᄒᆞ도다."

어셔이 착급(着急)ᄒᆞ믈 니긔디 못ᄒᆞ여 왈

1 칠정(七情)과 오관(五官): 오관은 이(耳)·목(目)·구(口)·비(鼻)·설(舌). 칠정은 사람의 오관을 통해 일어나는 일곱 가지 감정.

"공지 년유(年幼)ᄒᆞ시므로 오히려 셰되(世道) 무셔이 된 바를 아디 못ᄒᆞ시ᄂᆞ이다. 딘뉴 노야의 본심이야 공ᄌᆞ롤 위ᄒᆞ샤 참연비도(嶄然悲悼)ᄒᆞ시미 젹으시리잇가마ᄂᆞᆫ 밍츄 괴이ᄒᆞᆫ 놈을 ᄃᆡᄒᆞ여 발셔 말솜을
3면 그릇ᄒᆞ시니 밍취 ᄇᆞᄃᆡ 공ᄌᆞ ᄒᆡ홀 뜻을 니롤 쁜 아니라 노애(老爺) 슬픈 식(色)을 낫 우ᄒᆡ 두어 계시다가 밍취 쳑안비용(慽顔悲容)을 나아가 므ᄅᆞ믈 황겁(惶怯)ᄒᆞ여 비록 달니 ᄃᆡ답ᄒᆞ시나 밍취 노야(老爺)로뼈 경가 위ᄒᆞᆫ 뜻이 깁흐믈 의심ᄒᆞ여 금황(今皇)긔 알외면 죄의 나아가미 될가 ᄒᆞ샤 공ᄌᆞ의 머리롤 옥폐(玉陛)의 드리기롤 쥬론(奏論)ᄒᆞ시니 공ᄌᆞ롤 붓들 니 잇디 아닌 바의 엇디 위ᄐᆡ(危殆)ᄒᆞ미 젹으리잇고? 운학·경농은 쇼리 힘을 다ᄒᆞ여 ᄑᆞ러노흐리니 공ᄌᆞᄂᆞᆫ 이에셔 밧비 피ᄒᆞ샤 화롤 면ᄒᆞ쇼셔."

공지 침ᄉᆞ냥구(沈思良久)의 왈

"너의 딘졍(眞情)으로 니ᄅᆞ믈 내 엇디 듯디 아니리오마ᄂᆞᆫ 쳑신(尺身)이 혈혈(孑孑)ᄒᆞ여 장ᄎᆞᆺ 향홀 곳이 업ᄉᆞ니 어나 곳의 몸을 곰초와 화롤 피ᄒᆞ리오? ᄃᆡ난 바 고상이 만상(萬狀)이로ᄃᆡ 다시 젹환(賊患)을 만나 져져(姐姐)롤 이곳의 ᄲᅧᄅᆞ쳐 시신(屍身)도 ᄎᆞᆺ디 못ᄒᆞ니 슬픈 심
4면 간(心肝)이 ᄯᅴ여지ᄂᆞᆫ ᄃᆞᆺᄒᆞ고 당ᄒᆞᆫ 바 변괴(變故) ᄉᆞ싱(死生)이 위ᄐᆡᄒᆞ미 이시니 남지 ᄉᆞ싱디졔(死生之際)의 녹녹(碌碌)히 동심(動心)홀 거시 아니로ᄃᆡ 당튝과 밍젹의 손의 죽으미 가쇼로온디라. 비록 면(免)코ᄌᆞ ᄒᆞ나 버셔날 조각이 업ᄉᆞ니 ᄒᆞᆫ갓 황황(遑遑)ᄒᆞ며 분앙(憤怏)홀 ᄯᆞ롬이로다."

언션이 초황민졀(焦遑憫絶)ᄒᆞ믈 니긔디 못ᄒᆞ여 공ᄌᆞ롤 붓들고 그윽ᄒᆞᆫ 촌가(村家)의 드러가 쥬인을 블너 낭ᄃᆡ(囊袋)로조ᄎᆞ 은ᄌᆞ(銀子)롤

닋여주며 셕반(夕飯)을 구ᄒᆞ니 쥬인이 블승희힝(不勝喜幸)ᄒᆞ여 즉
시 츌혀 왓거ᄂᆞᆯ 언션이 공ᄌᆞ를 권ᄒᆞᆫᄃᆡ 공ᄌᆡ ᄆᆡ져(妹姐)의 시신도 ᄎᆞᆺ
디 못ᄒᆞ고 심ᄉᆡ 망망통운(茫茫痛隕)ᄒᆞ여 대의를 도라보디 아닐딘ᄃᆡ
쾌히 죽어 슬픔과 변고(變故)를 닛고ᄌᆞ ᄒᆞ나 가치 아니며 당치 아니
ᄆᆞᆯ 알거니 능히 죽기로 결단치 못ᄒᆞ고 텬샹(天上) 셩슈(星宿)로ᄡᅧ ᄆᆡ
져의 ᄉᆞ싱(死生)을 알고ᄌᆞ ᄒᆞ여 눈을 드러 텬슈(天宿)를 앙쳠(仰瞻)
ᄒᆞ며 셩두(星斗)를 ᄉᆞᆯ피니 문월셩이 비록 당당 발영(發英)ᄒᆞᆫ 경긔 감 5면
(減)ᄒᆞ여시나 ᄌᆞ리를 ᄯᅥ나디 아니코 디극히 길ᄒᆞᆫ 긔운은 그 가온ᄃᆡ도
무궁ᄒᆞ여 쳔변만익(千變萬厄)을 당ᄒᆞ나 죽디 아닐 바ᄂᆞᆫ 셩슈(星宿)
로ᄡᅧ 긔약(期約)ᄒᆞᆯ디라. 공ᄌᆡ 쳠관(瞻觀)키를 ᄌᆞ셔히 ᄒᆞᄆᆡ 힝열(幸
悅)ᄒᆞ미 무궁(無窮)ᄒᆞ여 막힌 가ᄉᆞᆷ이 잠간 트이고 ᄡᅥᆨ거디ᄂᆞᆫ 심간(心
肝)이 비로소 경ᄒᆞ니 비록 거쳐를 모로ᄂᆞᆫ 초민(焦悶)ᄒᆞ미 등한(等閑)
ᄒᆞᆫ 바의 잇디 아니ᄒᆞ나 쇄옥소향디탄(碎玉燒香之嘆)은 업ᄉᆞᄆᆞᆯ 혜아
려 스ᄉᆞ로 위로ᄒᆞᄆᆡ 식반을 나와 딘식(進食)ᄒᆞᆫ 후 인ᄒᆞ여 쥬인의 궤
를 비겨 잠간 몸을 쉬고ᄌᆞ ᄒᆞᆯᄉᆡ 태원녕의셔 젹도(賊盜)를 만나 놀나
고 분완ᄒᆞᆫ 듕 심녁(心力)을 다ᄒᆞ여 ᄃᆡ젹(對敵)ᄒᆞᆫ 바ᄂᆞᆫ 니ᄅᆞ도 말고 밀
셜(密雪)이 뫼흘 넘고 삭풍이 늡녈(凜烈)ᄒᆞ여 ᄡᅢ를 ᄉᆞ맛ᄂᆞᆫᄃᆡ 낙셩촌
을 ᄎᆞ즐ᄉᆡ 나죵 긔운이 딘ᄒᆞ여 거름을 옴기디 못ᄒᆞ여 밀셜(密雪) 가 6면
온ᄃᆡ 뭇치인 죽엄이 되엿다가 텬디 귀신이 홈긔 보호ᄒᆞ시ᄆᆞᆯ 닙어 회
소(回蘇)ᄒᆞᄆᆞᆯ 어드나 쳔금디구(天金之軀)의 그 상ᄒᆞ며 병들ᄆᆞᆯ 어이
니를 거시 이시리오마ᄂᆞᆫ 힝혀 텬싱 작픔의 당ᄆᆡᆼ견고(壯猛堅固)ᄒᆞ미
츌어범뉴(出於凡類)ᄒᆞ여 죽지 아니ᄒᆞ고 몸져 눕디 아니ᄒᆞ나 ᄌᆞ연이
대병(大病)이 발ᄒᆞᆯ ᄃᆞᆺ 일신이 한튝(寒縮)ᄒᆞ며 호흡이 엄착(嚴搾)ᄒᆞ고

두통이 ᄒᆡ음업시 니러나 냥익(兩額)을 ᄯᅮᆸᄂᆞᆫ ᄃᆞᆺᄒᆞ니 스ᄉᆞ로 민망ᄒᆞ며 긔운을 편히 ᄒᆞ고 잠드러 알픈 거ᄉᆞᆯ 닛고ᄌᆞ ᄒᆞ나 ᄉᆞ디(四肢) ᄇᆡᆨᄒᆡ(百骸)ᄅᆞᆯ 쇄분ᄒᆞᄂᆞᆫ ᄃᆞᆺ 능히 견ᄃᆡ디 못ᄒᆞᆯ디라. 언션이 겻ᄐᆡ 이셔 머리ᄅᆞᆯ 집흐며 슈족을 쥐믈너 간간ᄒᆞᆫ 졍셩이 운학 등의 감(減)치 아니니 공ᄌᆡ 심니(心裏)의 감동ᄒᆞ고 칭도(稱道)ᄒᆞ여 언션 ᄀᆞᄐᆞᆫ 하리(下吏)도 오히
7면 려 인심이 잇거ᄂᆞᆯ 댱헌 ᄀᆞᄐᆞᆫ 사ᄅᆞᆷ의 ᄆᆞᄋᆞᆷ이 되디 못ᄒᆞ여 니욕(利慾)의 골몰ᄒᆞᄆᆡ 금슈와 이젹(夷狄)의 디난 망측ᄒᆡ괴(罔測駭怪)ᄒᆞ미 반졈(半點) 구일(舊日) 은덕(恩德)을 ᄉᆡᆼ각ᄒᆞ미 업ᄉᆞ믈 통ᄒᆡ(痛駭)ᄒᆞᆯ ᄲᅮᆫ이러니 홀연 먼니셔 화광(火光)이 여쥬(如晝)ᄒᆞ며 일촌(一村)이 황황ᄒᆞ여 져마다 숫두어리고[2] 무리 디어 방방곡(坊坊曲)이 ᄉᆞᆯ펴 실포(失捕)치 말나 ᄒᆞᄂᆞᆫ 소ᄅᆡ ᄌᆞ못 요란ᄒᆞ더니 쥬인 촌한(村漢)이 나가 역시 횃블을 ᄌᆞᆸ고 져 뉴(類)의 뭇ᄂᆞᆫ 말을 답ᄒᆞᄃᆡ

"여긔 과연 십ᄉᆞ오 셰(歲) ᄂᆞᆫ ᄒᆞᆫ 공ᄌᆡ 방을 비러 ᄌᆞ거니와 그런 것 가딘 줄이야 어이 알니오?"

ᄒᆞᄃᆡ 뭇 댱확(壯攫)이 소ᄅᆡ 디ᄅᆞ고 공ᄌᆞ의 ᄌᆞᄂᆞᆫ 방으로 다라드니 언션이 제 목숨을 바려 공ᄌᆞᄅᆞᆯ 구키ᄅᆞᆯ 긔약ᄒᆞᄂᆞᆫ 고로 황망(慌忙)이 공ᄌᆞᄅᆞᆯ 붓들고 져 뉴(類)ᄅᆞᆯ 도라보아 ᄀᆞᆯ오ᄃᆡ

"그ᄃᆡ 등이 엇던 고로 듕야(中夜)의 분궤(奔潰)ᄒᆞ믈 니ᄅᆞ혀 일촌을 소
8면 요ᄒᆞ고 노야의 법녕이 고요ᄒᆞᆫ 거ᄉᆞᆯ 웃듬ᄒᆞ시믈 ᄉᆡᆼ각디 아닛ᄂᆞ뇨?"

관니(官吏) 돈죡[3]왈(頓足曰)

---

2 수두어리고: 수두어리다. 몹시 떠벅이다

3 돈죡(頓足): 돈족. 발을 동동 구름.

"최군은 ᄌᆞᆼ일토록 노야ᄅᆞᆯ 뫼셧더니 어나 틈의 이에 와 그 ᄉᆞ이 놀나온 ᄉᆞ단(事端)이 나믈 모로ᄂᆞ뇨?"

언션이 경문왈(驚問曰)

"놀나온 ᄉᆞ단이라 ᄒᆞ믄 하유ᄉᆡ(何由事)뇨?"

졔리(諸吏) 눈이 두렷ᄒᆞ여 답왈(答曰)

"문양 츄관 밍샹공이 샹ᄉᆞ(賞賜) 은ᄌᆞ 칠쳔 냥을 ᄡᅮ어 녀강의 가셔 무곡(貿穀)ᄒᆞ여 긔민(饑民)을 딘궤(鎭饋)ᄒᆞ려 ᄒᆞ엿더니 두어 쟝관과 여러 관니 밋쳐 녀강을 님(臨)치 못ᄒᆞ여셔 호당 ᄇᆡᆨ여 명을 만나 은을 헛도이 아인 ᄇᆡ 된디라. 딘휼ᄎᆞ(鎭恤差)ᄅᆞᆯ 도젹ᄒᆞᄂᆞᆫ ᄌᆞᄂᆞᆫ ᄉᆞᄉᆞ로온 도젹이 아니오 국젹(國賊)이니 졔읍(諸邑)의 통ᄒᆞ여 방방곡곡(坊坊曲曲)이 긔찰(譏察)[4]과 규ᄉᆞ(窺伺)[5]ᄅᆞᆯ 두어 도젹을 잡으려 ᄒᆞᆯᄉᆡ 딘뉴 노야긔도 ᄉᆞᆯ피시믈 등한(等閑)이 마ᄅᆞ쇼셔 쳥ᄒᆞ더니 우연이 ᄇᆡᆨ무셜의 형뎨(兄弟) 셔로 ᄡᆞ홧던 말ᄉᆞᆷ의 다ᄃᆞ라 밍츄관의 댱관 셜픠 ᄇᆡᆨ탁셜의 9면 은ᄌᆞᆷ(銀簪) 어더시믈 듯고 알외ᄃᆡ '져의 ᄌᆡ죵뎨 셜위 녀강을 향ᄒᆞᆯ ᄣᆡ의 졔 은ᄌᆞᆷ을 비러 ᄭᅩᆺ고 갓다가 도젹이 은을 앗고 모든 관니(官吏)의 의복을 벗길 즈음의 셜위의 은ᄌᆞᆷ을 아ᄉᆞ가오니 은ᄌᆞᆷ을 아ᄉᆞᆫ ᄌᆡ 은을 아ᄉᆞᆫ 도젹이라. 그 은ᄌᆞᆷ을 보아 졔 거시시면[6] 도젹을 잡으리라.' ᄒᆞ므로 ᄇᆡᆨ탁셜을 다시 블너 그 은잠을 셜픠 ᄒᆞᆫ번 보고 져의 건잠(巾簪)[7]일

4 긔찰(譏察): 기찰. 감시.

5 규ᄉᆞ(窺伺): 규사. 감시.

6 거시시면: '시'가 중복됨.

7 건잠(巾簪): 두건에 꽂는 비녀.

시 의심 업다 ᄒᆞ니 원간 ᄆᆡᆼ츄관이 셜포ᄅᆞᆯ 상샤ᄒᆞᆫ 거시라. 일안(一眼)의 아라보고 ᄇᆡᆨ탁셜은 다ᄅᆞᆫ 은ᄌᆞᆷ을 주어 ᄀᆞᆯ오ᄃᆡ '이 건ᄌᆞᆷ을 인ᄒᆞ여 큰 도적을 ᄌᆞᆸ게 되여시니 도로혀 네 공이로다.' ᄒᆞ여 도라보ᄂᆡᆫ 후 나조ᄒᆡ 가도앗던 냥한(兩漢)을 항쇄족쇄(項鎖足鎖)ᄒᆞ여 각별 엄슈(嚴囚)ᄒᆞ고 졍공ᄌᆞᄅᆞᆯ 쇽쇽히 잡아다가 그 냥한과 ᄒᆞᆷ긔 착가엄슈(著枷嚴囚)ᄒᆞ
10면 려 ᄒᆞ시ᄂᆞ니 도적도 변뼈온 도적이라. 날이 ᄇᆞᆰ기ᄅᆞᆯ 기다리지 못ᄒᆞ여셔 일촌(一村)을 헤디ᄅᆞ다가 이에 와삽괘라."

ᄒᆞ며 철삭(鐵索)[8]을 가져 공ᄌᆞᄅᆞᆯ 결박(結縛)ᄒᆞ려 ᄒᆞ거ᄂᆞᆯ 언션이 듯기ᄅᆞᆯ 다 못 ᄒᆞ여셔 담이 ᄯᅥ러지고 녕원이 ᄯᅱ노라 면ᄉᆡᆨ(面色)이 여회(如灰)ᄒᆞ여 공ᄌᆞᄅᆞᆯ 혹ᄌᆞ 참악 누얼(陋孽)의 맛ᄎᆞ미 될가 슬프며 놀나오미 원분쳘텬(怨憤徹天)ᄒᆞ니 딘녁(盡力)히 제되(諸徒)ᄅᆞᆯ 밀치고 소ᄅᆡ 강ᄀᆡ(慷慨)ᄒᆞ여 ᄀᆞᆯ오ᄃᆡ

"군등이 하날을 니며 ᄯᅡ흘 ᄇᆞᆲ아 엇게 우ᄒᆡ 머리ᄅᆞᆯ 보젼코ᄌᆞ ᄒᆞᆯ딘ᄃᆡ 이 공ᄌᆞ긔 감히 방ᄌᆞ(放恣)치 못ᄒᆞ리라. 철삭(鐵索)을 더으디 아냐도 공ᄌᆡ 슈족(手足)을 움즉이디 못ᄒᆞ여 ᄒᆞ시ᄂᆞ니 어ᄃᆡ로 가실 거시라 동혀ᄆᆡ도록 ᄒᆞ리오? 내 당당이 공ᄌᆞᄅᆞᆯ 업어 ᄒᆡᆼᄒᆞ리니 군등은 요란ᄒᆞ믈 긋치라."

셜파(說罷)의 공ᄌᆞᄅᆞᆯ 업고 나셔니 제되 다시 말 아니코 젼후좌우로
11면 에워ᄡᆞ 아문(衙門)의 니ᄅᆞ러ᄂᆞᆫ 딘뉴긔 도적 잡아와시믈 고ᄒᆞ니 딘뉘 명ᄒᆞᄃᆡ

8 철삭(鐵索): 철삭. 죄인의 손에 채우는 수갑.

"아딕 옥니(獄吏)의 각별 엄슈(嚴守)ᄒᆞ엿다가 문양으로 보ᄂᆡ여 상ᄉᆞ의 픔ᄒᆞ고 쳐치(處置)ᄒᆞᆯ 거시니 가도믈 등한(等閑)이 말나."

ᄒᆞ니 이의 다ᄃᆞ라ᄂᆞᆫ 관니 등과 옥니(獄吏) 졔 아비ᄅᆞᆯ 가도ᄂᆞᆫ 디경이라도 감히 ᄉᆞ졍(事情)을 두디 못ᄒᆞᆯ 거시므로 공ᄌᆞᄅᆞᆯ 큰 칼 메워 긴긴(緊緊)히 가도믈 역옥듕슈(逆獄重囚)ᄀᆞᆺ치 ᄒᆞ니 언션이 가ᄉᆞᆷ을 치며 니[9]ᄅᆞᆯ 가라 밍츄ᄅᆞᆯ 삼키고ᄌᆞ ᄒᆞᆷ과 공ᄌᆞᄅᆞᆯ 앗기ᄂᆞᆫ 탄(嘆)이 하날을 쌔칠 ᄃᆞᆺᄒᆞ나 져의 힘이 미ᄒᆞ니 능히 밧그로셔 구ᄒᆞᆯ 길히 업셔 다만 목숨을 ᄇᆞ려 공ᄌᆞᄅᆞᆯ ᄉᆞ디(死地)의 써ᄅᆞ치디 아니키만 긔약(期約)ᄒᆞ더라. 원간 밍ᄎᆔ 문양 츄관이 되므 경태의 ᄉᆞ랑ᄒᆞ던 군관으로 근본이 비록 혁혁(赫赫)ᄒᆞᆫ ᄉᆞ문(士門)이 아니나 상한(常漢) 쳔ᄂᆔ(賤類) 아닌 고로 경태 문양 츄관을 삼고 졍문(程門)을 셤멸(殲滅)ᄒᆞ믈 의논ᄒᆞ미 언션이 공ᄌᆞ긔 고ᄒᆞ던 바와 일반이러라. ᄎᆞ시 밍ᄎᆔ 공교히 획계(劃計) 12면 ᄒᆞ여 딘휼ᄎᆞ 은ᄌᆞ 일흔 바ᄅᆞᆯ 다 졍공ᄌᆞ의 죄ᄅᆞᆯ 삼으며 다시 쳐ᄉᆞ(處士)긔 년좌(連座)코ᄌᆞ 요모간계(妖謀奸計)ᄅᆞᆯ 베플ᄉᆡ 냥한의 요패(腰牌)[10]ᄅᆞᆯ 써혀 올니라 ᄒᆞ니 운학·경농은 요패 ᄎᆞᄌᆞ믈 더옥 든든이 넉여 딘ᄂᆔ 필연 져희ᄅᆞᆯ 됴히 노화 보ᄂᆡ려 ᄒᆞᄆᆡ 요패ᄅᆞᆯ 보고 각별 아라 ᄒᆞᆯ 일이 이실가 ᄒᆞ여 즉시 올니니 요패의 셩명과 년치며 거쥬(居住)ᄅᆞᆯ 쓰며 쥬(主)ᄂᆞᆫ 쳥계 졍상셰라 각각 뼈시니 졍부 노ᄌᆡ믈 블문가디(不問可知)라. 밍ᄎᆔ 양비(攘臂) 대열왈(大悅曰)

"가히 묘ᄒᆞ고 긔특(奇特)ᄒᆞᆫ 일이로다."

9 니: 치아.

10 요패(腰牌): 신분을 나타내기 위해 차는 패.

ᄒᆞ며 좌를 나와 당헌으로 교두졉이(交頭接耳)ᄒᆞ여 왈
"ᄇᆡᆨ탁셜을 다시 블너 은좀을 보고 여ᄎᆞ여ᄎᆞᄒᆞ미 엇더ᄒᆞ뇨?"
ᄒᆞ더라. 하회(下回) 엇디 된고? 시시(是時)의 딘뉴ᄉᆞ 당헌의 본심인
13면 ᄌᆞ 밍츄의 획계(畫計)ᄒᆞᆫ 바와 ᄂᆡ도ᄒᆞ여 졍공ᄌᆞ를 참혹히 죽이며 남은 죄를 졍쳐ᄉᆞᄀᆡ 년누(連累)ᄒᆞ믈 ᄎᆞ셕(嗟惜)ᄒᆞ여 참연(慘然)ᄒᆞ미 이시나 밍취 경태의 ᄉᆞ랑ᄒᆞ던 군관으로 형셰 산악의 구드미 이시니 ᄒᆞᆫ 번 뎨(帝)긔 뵈와 ᄀᆞ마니 닙을 열미 이신즉 살 사ᄅᆞᆷ을 능히 죽이며 죽을 사ᄅᆞᆷ을 능히 ᄉᆞᆯ오ᄂᆞᆫ 슈단이 비록 됴졍(朝廷)의 ᄒᆡ(害)를 짓디 아니나 미셰(微細)ᄒᆞᆫ 몸으로 권위당당(權威堂堂)ᄒᆞ믄 뎡통년간(正統年間)의 왕딘(王振)으로 흡사(恰似)ᄒᆞᆫ디라. 만일 밍취의 모계(謀計)ᄒᆞᆫ 바를 거ᄉᆞ린즉 경태긔 쥬(奏)ᄒᆞ여 당헌이란 말이 업셔질가 두립고 무셔온 ᄆᆞ음이 부월(斧鉞)과 졍확(鼎鑊)으로ᄲᅧ 져히ᄆᆡ 더ᄒᆞ니 동긔(同氣)ᄂᆞᆫ 업거니와 졔 동긔를 ᄒᆡᄒᆞ고 자식을 버혀 경태긔 드리ᄌᆞ ᄒᆞ여도 졔 몸이나 기리 녕안(寧安)ᄒᆞᆯ디언졍 그 밧 일은 거리ᄭᅵ디 아닐 ᄃᆞᆺᄒᆞᆫ 고로 밍츄의 간모획계(奸謀劃計)를 언언이 고개 좃고 슌슌이 므룹 흘
14면 쳐 묘타 묘타 ᄒᆞ며 칭도브졀(稱道不絕)ᄒᆞ여 공ᄌᆞ 노쥬 삼 인을 ᄒᆡᄒᆞ고 졍쳐ᄉᆞᄀᆡ 화를 년누ᄒᆞ믈 조곰도 거리ᄭᅵ디 아니ᄒᆞ니 희(噫)라 당헌의 위인(爲人)이여! 엇디 이러ᄐᆞᆺ 츄셰니욕(趨勢利慾)의 골몰ᄒᆞ여 본인디셩(本人之性)을 일흐미 되엿ᄂᆞ뇨? 경태부의 늉산대은(隆山大恩)과 활ᄒᆡ디덕(濶海之德)을 닛고 져ᄇᆞ리미 그 죽은 아비와 어미와 ᄉᆞ랏ᄂᆞᆫ 졔 몸을 아오로 져바려 디난 바ᄂᆞᆫ 몽니(夢裏)의도 ᄉᆡᆼ각디 못ᄒᆞ고 목금(目今) 형셰를 ᄉᆞᆯ펴 ᄒᆡ로온 거ᄉᆞᆫ ᄇᆡ쳑(排斥)ᄒᆞ며 니ᄒᆞᆫ 거ᄉᆞᆫ 취ᄒᆞ믈 못 밋ᄎᆞᆫ ᄃᆞᆺᄒᆞ여 심욕(心慾)을 ᄎᆡ오니 초(初)이 ᄇᆡ미 ᄉᆞ문디연(士門

枝葉)으로 보젼치 못ᄒᆞ여 영쳔 걸인(乞人)으로 동가(東家)의 ᄡᆞᆯ을 엇고 셔가(西家)의 밥을 비러 계오 잔쳔(殘喘)을 니어 졍태부 구빈관(救貧館)의 의디ᄒᆞ다가 태부의 여텬대은(如天大恩)을 므릅ᄡᅧ 고루화당(高樓華堂)의 금의옥식(錦衣玉食)을 염(厭)어ᄒᆞ더니 일골육(一骨肉)을 깃쳐 헌을 싱(生)ᄒᆞ고 부쳬(夫妻) 니어[11] 망ᄒᆞᄆᆡ 금슈입념(錦繡入斂)ᄒᆞ여 명산길디(名山吉地)의 안장(安葬)ᄒᆞᆫ 후 비복을 뎡ᄒᆞ여 됴셕(朝夕) 증상(烝嘗)[12]을 긋디 아니ᄒᆞ며 셰태부인이 헌을 거두어 쳐ᄌᆞ와 ᄒᆞᆫ가디로 무휼(撫恤)ᄒᆞ여 댱시 후ᄉᆞ(後嗣)를 복멸(覆滅)치 아니ᄆᆡ 헌으로 니ᄅᆞᆯ딘ᄃᆡ 쇄신분골(碎身粉骨)ᄒᆞ나 다 갑디 못ᄒᆞᆯ 은덕이니 죽어도 슈호(隋侯)의 구슬을 먹음고 플을 화산(華山)의 밋기를 긔약ᄒᆞᆯ디니 졍시를 갑하 ᄲᅧ 목숨을 ᄇᆞ리디 못ᄒᆞ나 영녹(榮祿)을 탐년(貪攣)ᄒᆞᄂᆞᆫ ᄆᆞ음을 긋쳐 졍쳥계의 곤계(昆季)를 조ᄎᆞ 믈너가며 나아오믈 ᄒᆞᆫ가디로 ᄒᆞᆯ딘ᄃᆡ 엇디 ᄇᆞᆰ은 군ᄌᆞ(君子)와 어딘 댱뷔(丈夫) 되디 못ᄒᆞ며 타일의 간핍(艱乏) 군궁(窘窮)ᄒᆞᄆᆡ 니ᄅᆞ디 아닐 거시어ᄂᆞᆯ 번화(繁華)[13]와 부귀를 졀박히 구ᄒᆞᄂᆞᆫ ᄠᅳᆺ이 ᄒᆞᆫᄡᅵ만 벼슬을 일허도 졔 머리를 버혀 가ᄂᆞᆫ ᄃᆞᆺ 슬허ᄒᆞ며 ᄒᆞ로만 관덕(官德)이 업셔도 졔 가슴을 ᄢᅵᄂᆞᆫ ᄃᆞᆺ 이돌와 댱야(長夜)의 심심궁사(沈甚窮思)ᄒᆞᄂᆞᆫ ᄇᆡ 다 부귀를 도모ᄒᆞ미라. 맛ᄎᆞᆷ 복녹(福祿)이 타인으로 더브러 ᄇᆡᆨ층쳔츌(百層千出)ᄒᆞ여 힝

11 니어: 닛다. 잇다.

12 증상(蒸嘗): 제사. 겨울 제사는 증(蒸), 가을 제사는 상(嘗). 규장각본에는 '존당'으로 되어 있음.

13 번화(繁華): 번성하고 화려함.

셰(行世)ᄅᆞᆯ 이ᄀᆞᆺ치 ᄒᆞᄃᆡ 죵시(終是)의 ᄒᆞᆫ번 화망(禍網)의 걸니미 업셔 호호(浩浩)ᄒᆞᆫ 작녹(爵祿)으로 일ᄉᆡᆼ을 환낙(歡樂)ᄒᆞ니 실노 쳔ᄌᆡ의 희복(稀福)이러라. 당딘뉴와 ᄆᆡᆼ취 졍공ᄌᆞ 노쥬(奴主) 삼 인을 각별 엄슈(嚴守)ᄒᆞ고 명일(明日)이라도 운학 등을 올녀 비록 ᄋᆡᄆᆡ(曖昧)ᄒᆞᆯ와 발명(發明)ᄒᆞ나 허무히 죄ᄅᆞᆯ 얽어 복초(服招)[14]ᄒᆞ다 ᄒᆞ고 쾌히 쳐참효슈(處斬梟首)ᄒᆞᆯ 거시로ᄃᆡ 맛ᄎᆞᆷ 국긔ᄌᆡ계(國忌齋戒)ᄅᆞᆯ 명일브터 ᄒᆞ므로 파ᄌᆡ(罷齋) 후 좌긔ᄅᆞᆯ 베플녀 아딕 뭇ᄃᆡ 아니ᄒᆞ고 운학 등의 졍신이 어리며 혼혼(昏昏)키ᄅᆞᆯ 위ᄒᆞ여 음식을 일졀 주지 말기로 엄히 분부ᄒᆞ니 뉘 진뉴의 명을 거역ᄒᆞ리오? 옥듕(獄中) 긔아(饑餓)ᄅᆞᆯ 구ᄒᆞᆯ ᄌᆡ 업ᄉᆞ니 공ᄌᆞ 아오로 ᄒᆞᆫ 술 믈을 주지 아니ᄒᆞᄂᆞᆫ디라. 최언션이 망극초황(罔極焦惶)ᄒᆞ여 역시 식음(食飮)을 궐ᄒᆞ고[15] 가ᄉᆞᆷ을 두다려 ᄋᆡᄅᆞᆯ
17면 ᄉᆞᆯ[16]오며 볼을 굴너 실셩발광(失性發狂)ᄒᆞᆫ 사ᄅᆞᆷᄀᆞᆺ치 일시ᄅᆞᆯ 뎡ᄒᆞ여 안ᄌᆞᆺ디 못ᄒᆞ더라.

각셜. 딘뉴ᄉᆞ 댱공이 평ᄉᆡᆼ의 미녀(美女)ᄅᆞᆯ ᄉᆞ모ᄒᆞᄃᆡ 젼ᄌᆞ(前者)의 ᄉᆞ부(師父) 문쳥공의 슉연(肅然)ᄒᆞᆫ 경계ᄅᆞᆯ 위월(違越)치 못ᄒᆞ여 희쳡(姬妾)을 유의(留意)치 못ᄒᆞ고 금ᄌᆞ의ᄂᆞᆫ 박시의 되오 잡죄미 방외(房外) 범ᄉᆡᆨ(凡色)을 두디 못ᄒᆞ게 조로니 능히 ᄉᆡᆼ의(生意)치 못ᄒᆞ여 범시(凡時)의 관ᄉᆞ(官舍) 외(外)ᄂᆞᆫ 박시의 좌젼(座前)을 써나디 못ᄒᆞ다가 이에 와 공관의 뉴ᄒᆞᄆᆡ 교염미ᄉᆡᆨ(嬌艷美色)을 ᄉᆡᆼ각ᄒᆞ미 간졀ᄒᆞᆫ디라.

14 복초(服招): 문초를 받고 죄상을 털어놓는 것.

15 궐ᄒᆞ고; 궐하다 그만두다

16 ᄉᆞᆯ: 규장각본에는 'ᄀᆞᆯ'로 되어 있음.

이 짜ᄒᆡ 본ᄃᆡ 비복(婢僕)을 두어 공션을 바들ᄉᆡ 비ᄌᆞ(婢子) 듕 가월낭이란 거ᄉᆞᆫ 유명ᄒᆞᆫ 파ᄌᆞ(婆者)로 긔강지디의 무론샹하(毋論上下)ᄒᆞ고 미녀(美女)·가랑(佳郎)을 둔 곳은 낫낫치 헤쳐가며 다 ᄌᆞ셔히 아라 쇼년 시로브터 늙기의 니ᄅᆞ히 ᄆᆡ파(媒婆) 쇼임으로뼈 ᄉᆡᆼ업(生業)을 삼아 가계(家計) 풍죡(豐足)ᄒᆞᆯ ᄲᅳᆫ 아니라 언ᄉᆡ 능녀ᄒᆞ여 현하지변(懸河之辯)이 잇고 위인이 총오(聰悟)ᄒᆞ여 ᄒᆞᆫ번 귀의 디나치ᄆᆡ 닛ᄂᆞᆫ 일이 업ᄂᆞᆫ디라. 일향(一鄕)이 츄앙(推抑)ᄒᆞ여 녀듕호걸(女中豪傑)이라 ᄒᆞ더니 댱공이 죵용(從容)ᄒᆞ믈 타 월낭을 블너 벽좌우(僻左右)ᄒᆞ고 왈 "내 작위(爵位) 고듕(高重)ᄒᆞ며 부귀 늉늉(隆隆)ᄒᆞ므로뼈 발셔 ᄒᆞᆫ낫 미희(美姬)ᄅᆞᆯ 두미 허믈될 ᄇᆡ 아니로ᄃᆡ 노류장화(路柳墻花)[17]ᄂᆞᆫ 군ᄌᆞ의 갓가이 ᄒᆞᆯ ᄇᆡ 아니오 비록 져라산(苧羅山)[18] 나믄 정긔와 양가심규(良家深閨)의 ᄉᆡᆼ댱(生長)ᄒᆞᆫ 텬ᄉᆡᆼ녀딜(天生麗質)이라도 ᄒᆡᆼ실이 음쳔(淫賤)ᄒᆞ여 태딘(太眞)[19]과 셔시(西施)[20] ᄀᆞᆺᄐᆞ면 ᄉᆞᄅᆞᆷ의 집을 업치고 몸이 망ᄒᆞᄆᆡ 니ᄅᆞᆯ 거시 아니니 브ᄃᆡ 댱강(莊姜)[21]의 우믈 딘 보압과 반비(班妃)[22]의 쳥개(淸介)ᄒᆞ믈 겸ᄒᆞ여 두 녀ᄌᆞ의 미려(美麗) 현덕을 아오로며 초녀(楚女) 번희(樊姬)[23]의 명졀슉인(明節淑仁)ᄒᆞᆷ과 쥬문 월희 18면

17 노류장화(路柳墻花): 길가의 버드나무나 담장의 꽃과 같은 존재. 기생과 같은 신분을 가리킴.

18 져라산(苧羅山): 저라산. 서시가 태어난 곳.

19 태딘(太眞): 태진. 당나라 현종의 비인 양귀비. 절세미인으로 현종의 총애를 받았으나 안사의 난이 일어나 도주하던 중 살해됨.

20 셔시(西施): 서시. 춘추시대 오나라의 미녀.

21 댱강(莊姜): 장강. 위(衛)나라 장공의 처. 제나라 공녀였는데 위후(衛侯) 장공에게 시집갔음. 아름다웠으나 자식을 낳지 못해 장공에게 냉대받았다고 함.

22 반비(班妃): 반첩여. 전한 성제 때의 후궁.

(越姬)[24]의 ᄌᆞ량슉션(姿良淑善)ᄒᆞ믈 ᄀᆞᆺ초 겸ᄒᆞᆫ 녀ᄌᆞ롤 ᄀᆞᆯ히고ᄌᆞ ᄒᆞᄆᆡ 심히 쉽디 못ᄒᆞ고 능히 만나디 못ᄒᆞᄂᆞᆫ디라. 네 모로미 날을 위ᄒᆞ여 딘
19면 심갈녁(盡心竭力)히 ᄉᆡᆨ모(色貌)와 셩ᄒᆡᆼ(聖行)이 ᄲᅧ혀난 ᄌᆞ롤 듯보아 무론존비귀쳔(毋論尊卑貴賤)ᄒᆞ고 그 위인이 특이ᄒᆞ거든 쾌히 쳔거(薦擧)ᄒᆞ여 나의 춍희(寵姬)롤 삼으면 듕상(重賞)ᄒᆞ리라.”

월낭이 머리롤 숙여 ᄉᆡᆼ각기롤 오ᄅᆡᄒᆞ다가 믄득 흔연ᄃᆡ왈(欣然對曰)

“쇼비 ᄆᆡ파롤 ᄌᆞ임(自任)ᄒᆞ와 긔강지디의 원근(遠近)을 헤디 아녀 두로 단니기롤 삼십여 년의 노야의 니ᄅᆞ신 바 ᄀᆞᆺᄐᆞᆫ 녀ᄌᆞᄂᆞᆫ 구경치 못ᄒᆞ엿습더니 작일의 셩남 봉월곡 활셩교의 위졍을 보라 갓습다가 한 녀ᄌᆞ롤 보오니 나흔 십삼ᄉᆞ(十三四)ᄂᆞᆫ ᄒᆞᆫ가 시브오며 규슈(閨秀)의 복ᄉᆡᆨ(服色)이니 취가(娶嫁)치 아닌 줄은 뭇디 아녀 아올 ᄇᆡ어놀 ᄉᆡᆨ염(色艷)이 텬샹 인간을 궁ᄉᆡᆨ(窮塞)ᄒᆞ고 고금 ᄂᆡ뎐(內殿)을 ᄉᆡᆼ계(生計)ᄒᆞ여 ᄀᆞᆺᄐᆞᆫ 사ᄅᆞᆷ이 업ᄉᆞᆯ디라. 비연(飛燕)의 경신(輕身)ᄒᆞᆷ과 태딘(太眞)의 둔탁(鈍濁)ᄒᆞ믄 쳔누(賤陋)ᄒᆞ여 견졸 ᄇᆡ 아니오 위후(魏后) 댱강(莊姜)의 ᄉᆡᆨ덕(色德)이라도 일두(一頭)롤 샤양ᄒᆞᆯ디니 다만 기인(其人)이 여텬(如天)ᄒᆞ고 기디여신(其志如神)ᄒᆞ며 취디여일(取之如日)
20면 이오 망디여운(望之如雲)[25]이라. 창공의 믁믁ᄒᆞᆷ과 일월(日月)의 ᄉᆞᄉᆞ 업ᄉᆞ미 일신(一身)의 완졍(婉貞)ᄒᆞ니 쳠망(瞻望)컨ᄃᆡ ᄌᆞ연이 튝쳑(蹴

---

23 번희(樊姬): 초나라 장왕의 부인. 지혜로 남편을 설득시킴.

24 월희(越姬): 초나라 소왕의 첩.

25 취디여일(取之如日)이오 망디여운(望之如雲)이라: 임금의 덕이 나아가는 것은 해와 비수하고 바라보면 구름과 같다는 말.

蹭)ᄒᆞ여 가바야이 넉일 뜻이 업고 그 화ᄒᆞᆫ 긔운이 은은(誾誾)ᄒᆞᄃᆡ 일ᄇᆡᆨ 화봉(花峰)이 ᄃᆞᆺ토아 웃ᄂᆞᆫ ᄃᆞᆺᄒᆞᆯ ᄲᅳᆫ 아니라 츈양(春陽)이 만믈을 부휵(扶畜)ᄒᆞᆷ ᄀᆞᆺᄐᆞ믈 보오ᄆᆡ 져의 은혜ᄅᆞᆯ 바드미 업시 ᄎᆞ마 샤치 못ᄒᆞᆯ ᄃᆞᆺ 낫ᄎᆞᆯ 우러러 일시(一時)ᄅᆞᆯ ᄯᅥ나고져 시븐 ᄆᆞ음이 업ᄉᆞᄃᆡ 그 녀ᄌᆡ 사ᄅᆞᆷ 보믈 고딜(苦疾)도곤 더으게 슬희 넉이고 위경이 후문으로조ᄎᆞ 드러와 블을 구ᄅᆞ며 쇼비ᄅᆞᆯ 어셔 나가라 박졀(迫切)이 ᄌᆡ촉ᄒᆞ오ᄆᆡ 쇼비 ᄆᆞ음의 노홉고 분ᄒᆞ여 도라왓ᄉᆞᆸ더니 노야의 구쳡(求妾)ᄒᆞ시믈 ᄃᆞᆺᄌᆞ오ᄆᆡ 이 녀ᄌᆞᄅᆞᆯ 닐윈즉 ᄌᆞᆨ히 존의(尊意)[26]예 영합(迎合)ᄒᆞ올디라. 즉ᄌᆡᆨ(卽刻)이라도 위경을 브ᄅᆞ샤 그 녀ᄌᆞᄅᆞᆯ 드리라 ᄒᆞ신즉 졔 감히 역(逆)디 못ᄒᆞ올디니 ᄒᆞ믈며 위경의 ᄉᆡᆼ살디권(生殺之權)이 노야긔 이시니 졔 비록 쥬군(主君)을 위ᄒᆞ여 원근(遠近)을 두로 돌며 슈고ᄅᆞᆯ 허비 21면
ᄒᆞ여 졀미녀(絶美女)ᄅᆞᆯ 쳔거(薦擧)치 못ᄒᆞ온들 졔 집의 잇ᄂᆞᆫ 녀ᄌᆞᄅᆞᆯ 디란(止闌)[27]ᄒᆞ오리잇가?”

원ᄂᆡ 위경은 댱공의 비ᄌᆞ(婢子)로 두 ᄯᆞᆯ을 나하 앙역(仰役)게 ᄒᆞ고 져ᄂᆞᆫ 믈너 긔강 고향의 도라와 ᄉᆞᆯ며 디아비 상ᄌᆡ듕은 츄밀ᄉᆞ 양공 집 노ᄌᆞ(奴子)로 한님 양창명을 조ᄎᆞ 노영(虜營)의 간 ᄇᆡ러라. 댱공이 월낭의 말을 ᄃᆞᆺ고 눈섭이 춤추며 쥬슌(朱脣)[28]이 열니믈 ᄭᆡ닷디 못ᄒᆞ여 됴흔 나롯[29]ᄉᆞᆯ 어로만져 흔흔쇼왈(欣欣笑曰)

---

26 존의(尊意): 남을 높여서 그의 의견을 이르는 말.

27 디란(止闌): 지란. 가로막다.

28 쥬슌(朱脣): 주순. 붉은 입술.

29 나롯: 수염.

"너ᄂᆞᆫ 실노 튱의(忠義) 옛 비ᄌᆞ(婢子)로다. 일노조ᄎᆞ 오ᄆᆡᄉᆞ복(寤寐思服)ᄒᆞ던 어진 녀ᄌᆞᄅᆞᆯ 어더 번월(飜越)[30]의 풍ᄎᆡ(風采)ᄅᆞᆯ 보리로다."

이에 월낭을 머므ᄅᆞ고 죵ᄌᆞ(從子)ᄅᆞᆯ 명ᄒᆞ여 위졍을 브ᄅᆞ라 ᄒᆞ니 슈유(須臾)의 위졍이 니ᄅᆞ려 ᄇᆡ복(拜服)ᄒᆞ거ᄂᆞᆯ 딘뉘 흔연(欣然)ᄒᆞᆫ 낫빗ᄎᆞ로 갓이 오ᄅᆞ믈 명ᄒᆞᆫᄃᆡ 위졍이 비록 하류쳔픔(下流賤品)이나 위인이 ᄀᆞ장 비쇽(非俗)ᄒᆞ여 늠늠이 현ᄉᆞ(賢士)의 풍이 있고 고ᄉᆞ(古事)ᄅᆞᆯ 22면 능통ᄒᆞ며 녜의(禮儀)ᄅᆞᆯ 심ᄉᆞ(深思)ᄒᆞ고 블의비법(不義非法)은 ᄎᆞ마 듯디 못ᄒᆞ며 보디 못ᄒᆞᄂᆞᆫ 결증(潔症)[31]이 블의의 비굴녜(非屈禮)ᄒᆞ고 님하의 블변의(不變義)ᄒᆞ여 의희(依稀)히 ᄇᆡᆨ이(伯夷)[32]의 고졀(高節)이 잇ᄂᆞᆫ디라. 쥬군이 브ᄅᆞᄆᆡ 마디못ᄒᆞ여 니ᄅᆞ미 되여신들 엇디 무례히 승당(升堂)ᄒᆞ여 댱공의 겻ᄐᆡ 갓가이 나아가미 이시리오? 계하(階下)의셔 고두왈(叩頭曰)

"쳔비 엇디 감히 승당(昇堂) 근시(近侍)ᄒᆞ리잇고? 외람(猥濫)ᄒᆞ오나 밧드디 못ᄒᆞ리로소이다."

댱공이 희희(嬉嬉)히 우어 왈

"젹은 비ᄌᆞ ᄆᆡ양 고톄(固滯)ᄒᆞᆫ 녜문(禮文)을 슝상ᄒᆞ여 당의 오ᄅᆞ기ᄅᆞᆯ

30 번월(樊越): 춘추시대 초나라의 번희와 월희. 번희는 장왕의 부인으로 내조를 잘하여 국가 번영에 기여했고, 월희는 소왕의 첩으로 전쟁에서 병이 난 왕을 위해 자기 목숨을 바쳐 왕을 구호하고자 했음.

31 결증(潔症): 결벽증. 부정한 것이나 악한 것을 극단적으로 미워하는 성격.

32 ᄇᆡᆨ이(伯夷): 백이. 은나라 때의 현인. 동생 숙제와 함께 군주에 대한 충성을 끝까지 지킴. 주나라가 은나라를 멸하자 주나라의 곡식을 먹는 것이 부끄럽다 하여 수양산에 살며 고사리를 캐 먹다가 죽었다고 함.

즐겨 아니 ᄒᆞ니 강권(强勸)치 아니ᄒᆞ거니와 이의 니ᄅᆞᄂᆞ니 듯기ᄅᆞᆯ 범연(泛然)[33]이 말며 내 발셔 일개 쇼희(小姬)ᄅᆞᆯ 두고ᄌᆞ ᄒᆞᄂᆞᆫ 바ᄂᆞᆫ 네 모로디 아닐디라. 맛ᄎᆞᆷ 이곳의 미녀ᄅᆞᆯ 구ᄒᆞ다가 네 집의 경국디ᄉᆡᆨ(傾國之色)[34]이 잇다 ᄒᆞᄆᆡ 그 근본이 놉흐며 나ᄌᆞᆫ 바ᄂᆞᆫ 니ᄅᆞ디 말고 궁향(窮鄕) 쇼녜(小女) 나의 통희(寵姬) 되미 ᄉᆞ변셩농(蛇變成龍)ᄒᆞᄂᆞᆫ 영홰 23면
라. 네 브졀업시 사양치 말고 쳔금을 가져 도라가 그 녀ᄌᆞ의 장쇽(裝束)을 빗나게 ᄎᆞᆯ혀 일후 나의 측실(側室)노 드리라."

위졍이 쳥파(聽罷)의 그 놀나오미 쳥텬의 급ᄒᆞᆫ 벽녁이 만신을 분쇄(粉碎)ᄒᆞᄂᆞᆫ ᄃᆞᆺ ᄒᆡ음업시 낫빗ᄎᆞᆯ 변ᄒᆞ미 되나 일단 뎡심이 앙앙ᄒᆞ여 부월(斧鉞)의 쥬(誅)ᄒᆞᆷ과 정확(鼎鑊)의 핑(烹)ᄒᆞ나[35] 쥬군의 음난디심(淫亂之心)을 연합ᄒᆞᆯ 의ᄉᆞᄂᆞᆫ 업ᄉᆞᆫ디라. 믄득 고두쳬읍(叩頭涕泣) 왈

"쥬군이 큰 ᄌᆡ조와 너ᄅᆞᆫ 덕화(德化)로 긔강 졔읍(諸邑)을 딘무코ᄌᆞ ᄒᆞ시ᄆᆡ 젹ᄌᆡ(赤子) ᄌᆞ모(慈母)ᄅᆞᆯ 만남도곤 더어 흔흔열열(欣欣悅悅)ᄒᆞ여 하날ᄀᆞᆺ치 우러ᄅᆞ고 태산갓치 밋ᄉᆞᆸ거ᄂᆞᆯ 엇디 도로혀 긔강지디ᄅᆞᆯ 계오 드ᄃᆡ시며 셩ᄉᆡᆨ연음(聲色宴飮)을 ᄉᆡᆼ각ᄒᆞ샤 미녀ᄅᆞᆯ 구ᄒᆞ시미 궁극ᄒᆞᄆᆡ 밋ᄎᆞ시니잇고? 쇼비(小婢)의 집의 잇던 쇼져ᄂᆞᆫ 근본이 쳔인(賤人)이 아니오라 ᄉᆞ문(士門) 규슈(閨秀)로 맛ᄎᆞᆷ 존ᄐᆡᆨ(尊宅)의 ᄌᆡ변(災變)이 이시ᄆᆡ 피우(避憂)로 쇼비의 집을 잡아 24면
머므ᄅᆞ시니 쳔금(千金) 아냐 만금(萬金)을 주셔도 ᄉᆞ문(士門) 규슈ᄅᆞᆯ 가져 노야의 잉쳡

---

33 범연(泛然): 차근차근하지 않고 대충 지나침.

34 경국디식(傾城傾國之色): 경국지색. 나라가 기울어져도 모를 정도의 미인.

35 핑(烹)ᄒᆞ나: 팽하다. 죄인을 끓는 물에 삶아 죽이는 형벌에 처하다.

(孕妾)을 삼디 아니리니 이ᄂᆞᆫ 의논 밧 말ᄉᆞᆷ이어니와 긔강 일향(一鄕)의 녀ᄌᆡ ᄒᆞ나둘히 아니오나 다 향암(鄕闇)된 긔딜(器質)과 블민(不敏)ᄒᆞᆫ 위인(爲人)이라. 쇼셩(小星)[36]의 ᄌᆡ목(材木)이 블ᄉᆞ(不似)ᄒᆞ믄 니ᄅᆞ디 말고 노야 티졍(治政)의 크게 유ᄒᆡ(有害)ᄒᆞ여 구쳡(求妾)ᄒᆞ믈 니민(里民)이 알딘ᄃᆡ 의앙(依仰)ᄒᆞ던 ᄆᆞ음이 ᄀᆞᆺ쳐져 ᄉᆡ로이 황홀 실쇼(失笑)[37]ᄒᆞ오믈 마디 아니ᄒᆞ리이다.”

댱공이 미급답(未及答)의 월낭이 ᄂᆡ다라 손을 흔들며 왈

“위ᄆᆡ야, 그 쇼졔 ᄉᆞ문 규쉬라 홀딘ᄃᆡ 어ᄂᆡ 딕 교ᄋᆡ(嬌愛) 그ᄀᆞᆺ치 쳔누(踐陋)히 장신(藏身)ᄒᆞ리오? 내 긔강지디의 두로 도라 ᄌᆞ최 아니 밋ᄎᆞᆫ 곳이 업ᄉᆞᄃᆡ 그 쇼졔 뉘 집 녀ᄌᆡ시믈 아디 못ᄒᆞ엿ᄂᆞ니 당당ᄒᆞᆫ 고문벌열(高門閥閱)일딘ᄃᆡ 노야 쇼셩을 의논치 못ᄒᆞ려니와 향촌(鄕村)의 한미(寒微)ᄒᆞᆷ ᄀᆞᆺᄐᆞᆯ딘ᄃᆡ 구ᄒᆞ여도 우리 노야 통희(寵姬) 되기ᄅᆞᆯ 바
25면 라디 못ᄒᆞ리니 므어시 블합(不合)다 ᄒᆞᄂᆞ뇨?”

위경이 분연작ᄉᆡᆨ(奮然作色) 왈

“그ᄃᆡᄂᆞᆫ 눈과 쇽 업ᄉᆞᆫ 인간이로다. 그 쇼져ᄅᆞᆯ 뵈온들 어ᄃᆡ가 남의 잉쳡으로 의논ᄒᆞᆯ가 시브더냐? 그ᄃᆡ 널니 단녀 문견(聞見)이 만흐믈 ᄌᆞ랑ᄒᆞ나 그 쇼졔 ᄌᆡ샹(宰相)의 녜(女)며 손(孫)이라. 엇디 남의 쳡잉(妾孕)이 되리오? 모로미 슌셜(脣舌)을 너모 가바야온 쳬 말나. ᄌᆞ고로 셰ᄀᆡᆨ(說客)이 정확슉ᄑᆡᆼ(鼎鑊熟烹)[38]을 면치 못ᄒᆞᄂᆞ니 그ᄃᆡ 변셜(辯說)

36 쇼셩(小星): 소성. ‘첩’을 달리 이르는 말.

37 실쇼(失笑): 실소. 어이가 없어 자기도 모르게 나오는 웃음

38 정확슉ᄑᆡᆼ(鼎鑊熟烹): 정확숙팽. 솥에 삶기는 형벌.

이 므어시 신긔ᄒᆞ여 사ᄅᆞᆷ의 업순 인연을 능히 니으며 곱디 못ᄒᆞᆫ 얼골도 쥬화옥슈(朱花玉樹)로 의논ᄒᆞ여 인심을 현혹(眩惑)ᄒᆞ고 부귀빈쳔(富貴貧賤)을 임의로 뒤혀 닐너 쳔변만화(千變萬化)ᄒᆞ믈 내 본ᄃᆡ 블복(不服)ᄒᆞ더니 ᄯᅩ 노야 구쳡(求妾)ᄒᆞ시ᄂᆞᆫ ᄯᅳᆺ을 바다 상문교와(相門嬌瓦)ᄅᆞᆯ 쳔거(薦擧)코져 ᄒᆞᆫ들 져 쇼져 부슉(父叔)이 아ᄅᆞ신죽 ᄉᆞᆯ고ᄌᆞ ᄒᆞ나 능히 일누(一縷)ᄅᆞᆯ 보젼ᄒᆞ랴."

월낭이 노왈(怒曰)

"그ᄃᆡ 긔운이 견확(堅確)ᄒᆞ미 남다ᄅᆞ도다. 이 말이 ᄒᆞᆫ갓 날을 ᄭᅮ디ᄌᆞ미 아냐 우흐로 노야ᄅᆞᆯ 욕ᄒᆞ미니 노야 쳐분을 기다리디 내 므어시라 디존긔 고ᄒᆞ리오마ᄂᆞᆫ 그 뉘 ᄃᆡᆨ 교옥(嬌玉)인디 모로고 남누(襤褸)ᄒᆞᆫ 의상으로 그ᄃᆡ 집의 외로이 안ᄌᆞ시니 ᄉᆡᆨ모(色貌)ᄅᆞᆯ 흠복ᄒᆞ여 노야긔 쳔거ᄒᆞ미 므ᄉᆞᆷ 대죄(大罪)라 그 쇼져 부슉(父叔)이 엇디 날을 죽이도록 ᄒᆞ리오? 다만 ᄌᆡ상(宰相)으로셔ᄂᆞᆫ 구렷도다. ᄯᆞᆯ을 남의 죵년의 방한 구석을 비러 피졉(避接) 보ᄂᆡ고 밧긔 ᄒᆞᆫ낫 창두(蒼頭)도 두디 아냐 문젼의 잡뉴(雜類)ᄅᆞᆯ 금치 못ᄒᆞ니 샹문긔구(相門貴軀)도 그러ᄒᆞ냐? ᄌᆡ상(宰相)이라도 실시(失時)ᄒᆞ여 셔인(庶人)이 되엿거나 블연(不然)이면 향족(鄕族) 고간(苦艱)ᄒᆞᆫ 집 ᄋᆞ히라. 노야 쇼희(小姬)로 두시미 므어시 외람(猥濫)ᄒᆞ리오?"

위졍이 통히(痛駭)ᄒᆞ믈 니긔디 못ᄒᆞ나 댱공이 ᄇᆞ야흐로 노분(怒憤)이 극ᄒᆞ여 냥목(兩目)을 크게 ᄠᅧ 녀셩즐디(厲聲叱之) 왈

"쳔비 엇디 감히 긔탄(忌憚)업시 말을 ᄒᆞᄂᆞ뇨? 네 필연 창모(娼母) 쇼임을 ᄒᆞ고ᄌᆞ ᄒᆞ여 어ᄃᆡ 가 미인을 어더다가 일향(一鄕) 탕ᄌᆞ(蕩子)ᄅᆞᆯ 모화 금은을 취코ᄌᆞ ᄒᆞ미니 내 비록 피폐(疲弊)ᄒᆞ나 은화ᄇᆡᆯᄇᆡᆨ(銀貨疋

26면

27면

帛)은 네 욕심의 ᄎᆞ도록 상샤(賞賜)ᄒᆞᆯ디라. 다시 칭탁디 말고 그 녀ᄌᆞ를 내 다려오란 ᄊᆡ의 즉시 드리라. 너의 셜만(褻謾)ᄒᆞᆫ 죄를 어이 샤(赦)ᄒᆞ리오마ᄂᆞᆫ 국긔(國忌) ᄌᆡ계(齋戒)로 너를 듕장(重杖)치 못ᄒᆞ나니 후일 다시 위역(違逆)ᄒᆞ면 ᄒᆞᆫ ᄆᆡ의 죽엄이 되고 미녀를 잡아오리라."

셜파의 노ᄌᆞ를 호령ᄒᆞ여 위졍을 미러 ᄂᆡ치라 ᄒᆞ니 위졍이 분한(憤恨)이 철텬(徹天)ᄒᆞ여 밧긔 나오ᄆᆡ 져의 표죵(表從) 최언션이 거디(擧止) 당황(唐慌)ᄒᆞ여 큰 변을 만난 ᄃᆞᆺ 져를 보ᄆᆡ 반기미 업고 텬디망망(天地茫茫)ᄒᆞ여 ᄒᆞᄂᆞᆫ 형상이어ᄂᆞᆯ 위졍이 경의(驚疑)ᄒᆞ여 그 손을 닛글고 쥬가(酒家)를 ᄎᆞᄌᆞ가 일긔쥬(一器酒)를 ᄉᆞ셔 권ᄒᆞ며 왈

"표형의 목족(睦族)[39]ᄒᆞᄂᆞᆫ 졍의(情誼) 츌범(出凡)ᄒᆞ더니 금일 쇼ᄆᆡ를 보ᄃᆡ 반기미 업고 실혼(失魂) 상셩(喪性)ᄒᆞᆫ ᄃᆞᆺ 거디(擧止) 젼ᄌᆞ와 다ᄅᆞ믄 엇던 일이뇨?"

28면 언션이 손으로 술을 바드나 오열(嗚咽)ᄒᆞ여 능히 마시디 못ᄒᆞ며 딜텬호원(叱天號怨) 왈

"창창(蒼蒼)이 무디(無知)ᄒᆞ여 젹덕디문(積德之門)의 호호(浩浩)ᄒᆞᆫ 경홰(慶和) 업고 참듞(慘毒)ᄒᆞᆫ 화란(禍亂)이 이시니 엇디 ᄎᆞ악디 아니리오? 내 몸의 형벌을 당치 아냐시나 골졀(骨節)이 녹아 일뉘(一縷) 장ᄎᆞ 긋고ᄌᆞ ᄒᆞ니 현ᄆᆡ(賢妹)를 보니 반기믈 밋쳐 결을치 못ᄒᆞ노라."

위졍 왈

"쇼ᄆᆡ 역시 큰 우환(憂患)을 당ᄒᆞ여 ᄉᆞᄉᆡᆼ(死生)을 결(決)키로 긔약ᄒᆞ

---

39 목족(睦族): 목족. 가족 간의 화목.

니 댱뷔(丈夫) 만니타국의 갓고 두 뚤이 쳔 니의 이셔 나의 죽는 곡졀(曲折)도 모로게 되여시니 원억(冤抑)ᄒᆞᆫ 셜우미 텬디(天地)를 부앙(俯仰)ᄒᆞ여 고ᄒᆞᆯ 곳이 업더니 표형은 므ᄉᆞᆷ ᄉᆞ단(事端)으로 이런 말을 ᄒᆞᄂᆞ뇨?”

언셴이 휘루댱탄(揮淚長嘆) 왈

“나의 망망ᄎᆞ악(茫茫嗟愕)ᄒᆞᆫ 심ᄉᆞᄂᆞᆫ 닙담간(立談間) 베플 ᄇᆡ 아니니 죽는 날 현ᄆᆡ(賢妹)라도 알녀니와 현ᄆᆡᄂᆞᆫ 쏘 므ᄉᆞᆷ 우환(憂患)을 만나 ᄉᆞ싱을 가져 의논ᄒᆞᄂᆞ뇨?”

위경이 언션의 근신(謹愼)ᄒᆞᆫ 인믈을 아는 고로 눈을 드러 좌우의 사ᄅᆞᆷ 업ᄉᆞᆷ을 보고 소ᄅᆡ를 나즉이 ᄒᆞ여 ᄀᆞᆯ오ᄃᆡ 29면

“쇼ᄆᆡ 슈일 젼 긔몽(奇夢)을 엇고 태원녕 병풍셕 아ᄅᆡ 가 일위 쇼져(小姐)와 두낫 양낭(兩娘)을 구ᄒᆞ여 도라오ᄃᆡ 일식(一息)이 긋디 아냐실디언졍 완연ᄒᆞᆫ 시신(屍身) ᄀᆞ온ᄃᆡ 양낭 일인(一人)이 낫치 닉으니 반겨 죵야(終夜) 구호ᄒᆞ여 회소(回蘇)ᄒᆞᄆᆡ 어음(語音)이 쏘 졍각노ᄃᆡᆨ 비ᄌᆞ(婢子) 츈패라. 구면목이 녁녁ᄒᆞ고 녯 소ᄅᆡ 신신(申申)[40]ᄒᆞᄆᆡ 감쳑창도(感慽愴悼)ᄒᆞ여 피ᄎᆞ 심곡(心曲)을 거후롤ᄉᆡ 그 쇼져ᄂᆞᆫ 졍각노ᄃᆡᆨ 샹셔 노야 규와(閨瓦)[41]로셔 젹화를 만나 병풍암 아ᄅᆡ 쩌러디시ᄆᆡ 텬우신조(天佑神助)ᄒᆞ샤 분신쇄골(焚身碎骨)ᄒᆞᆷ을 면ᄒᆞ고 ᄉᆡᆼ도(生途)를 어드시니 쇼ᄆᆡ 다ᄒᆡᆼᄒᆞ여 봉공(奉功)ᄒᆞᄂᆞᆫ 졍셩이 쥬인의 감(減)치 아니코 댱뷔 졍쇼져의 외가(外家) 양츄밀 노야 시동(侍從)으

---

40 신신(申申): 온화한 상태.

41 규와(閨瓦): 규방의 아가씨.

30면 로 ᄃᆡ롤 나려 양한님 노야롤 뫼셔 븍(北)의 가시니 쇼져 표문(表門)[42]은 곳 댱부의 샹뎐(上典)이라. 엇디 ᄆᆞ음이 ᄌᆞ별(自別)치 아니리오? 양부 삼상공(三上公)[43] 경조윤 부인 숑시 귀근(歸覲)ᄒᆞ여 긔강 운암산의 와 계시니 경샤(京師)로 향홀 씌의 내 츈파로 더브러 운암산 숑부의 나아가 경조 부인긔 졍쇼져 봉변(逢變)ᄒᆞ신 곡졀을 고ᄒᆞ여 환경(還京)ᄒᆞ실 젹 다려가시믈 쳥코ᄌᆞ ᄒᆞ엿더니 ᄯᅳᆺ밧긔 동반(同伴) 가월낭이 튱셩(忠誠)된 체ᄒᆞ고 노야긔 졍쇼져롤 쳔거ᄒᆞ여 쳡잉(妾孕)으로 취ᄒᆞ쇼셔 ᄒᆞ니 노애(老爺) 쇼ᄆᆡ롤 블너 여ᄎᆞ여ᄎᆞ 분부ᄒᆞ시니 쇼ᄆᆡ 어이 졍쇼져 근파(根派)[44]롤 바로 고코ᄌᆞ 아니리오마ᄂᆞᆫ 져젹 댱부의 아이 숑부인을 뫼시고 왓다가 날을 ᄎᆞᄌᆞ와 우연이 말ᄒᆞᄃᆡ '슈슈의 댱노애 졍문(程門) 산ᄒᆡ디덕(山海之德)을 일호(一毫) ᄉᆡᆼ각디 아냐 져ᄇᆞ리
31면 미 태심(太甚)타 ᄒᆞ샤 져의 노애(老爺) 개탄즐ᄆᆡ(慨嘆叱罵)ᄒᆞ시믈 ᄌᆞ로 드롤너라.' ᄒᆞ니 쥬군의 ᄇᆡ은망덕(背恩忘德)ᄒᆞ시미 져 하ᄇᆡ쳔뉴(下輩賤類)의 시비 닐위믈 ᄉᆡᆼ각ᄒᆞᄆᆡ 낫치 달호일 ᄲᅮᆫ 아냐 우리 노애(老爺) 픔되(稟道) ᄆᆡ양 니ᄒᆡ(利害)롤 혜아려 츄셰(趨勢)ᄒᆞ실 ᄯᅳᆺ이 남다ᄅᆞ니 졍쇼져 근본을 딕고(直告)ᄒᆞ엿다가 동긔 ᄀᆞᆺ튼 벗의 녀ᄌᆡ믈 고렴(顧念)튼 아니시고 업더딘 바롤 다시 밀치실딘ᄃᆡ 쥬군의 참덕을 보ᄐᆡ미 무익(無益)ᄒᆞᆫ 고로 졍쇼져 근본을 고치 못ᄒᆞ고 급히 운암산으로 올므시게 ᄒᆞᆫ 후 내 몸이 노야긔 듕형(重刑)을 밧ᄌᆞ와 장하(杖下)의 잔

---

42 표문(表門): 외가.

43 삼상공(三上公): 셋째 나리.

44 근파(根派): 뿌리와 갈래.

쳔(殘喘)을 ᄭᅳᆺᄎᆞᆯ디언졍 졍쇼져ᄅᆞᆯ 믈의 밀칠와 ᄒᆞ여 노야의 ᄇᆞ라시믈 ᄭᅳᆺ고ᄌᆞ ᄒᆞ니 ᄌᆞ연 회푀 쳑상(慽傷)ᄒᆞ믈 ᄭᆡ닷디 못ᄒᆞ거니와 거거(哥哥)의 당ᄒᆞᆫ 바ᄂᆞᆫ 므ᄉᆞᆷ 연괴(緣故)뇨?”

언션이 쳥파의 긔이ᄇᆡ왈(起而拜曰)

“션ᄌᆡ션ᄌᆡ(善哉善哉)라. 오디현ᄆᆡ(吾之賢妹)의 인믈이 엇디 이ᄃᆡ도
록 착ᄒᆞ뇨? 항복ᄒᆞ고 칭하ᄒᆞᄂᆞ니 현ᄆᆡ의 심ᄉᆡ 이 갓고 엇디 슈복(壽 32면
福)을 누리디 못ᄒᆞ리오? 현ᄆᆡ 오히려 셕ᄉᆞ(昔事)ᄅᆞᆯ 아디 못ᄒᆞ여 댱노애 진짓 쥬인만 넉이니 내 ᄇᆞᆰ히 니ᄅᆞ리라. 우리 조뫼(祖母) 위국공 셔참졍ᄃᆡᆨ 비ᄌᆞ로 현ᄆᆡ의 모친 삼슉뫼(三叔母)[45] 졍태부 부인긔로 갓더니 태부 노애(老爺) 댱노야ᄅᆞᆯ 양휵(養畜)ᄒᆞ샤 입장(入丈)ᄒᆞ여 닷ᄉᆞ리[46] 식이실 즈음의 슉모(叔母)로뼈 댱노야 부인 연시긔 샤급(賜給)ᄒᆞ시니 슉뫼(叔母) 연부인의 현슉(賢淑)ᄒᆞ시믈 앙복(仰服)ᄒᆞ나 고쥬(古主)ᄅᆞᆯ ᄯᅥ나 ᄉᆡ 쥬인 셤기믈 슬허ᄒᆞ여 현ᄆᆡ(賢妹)의 명ᄌᆡ(名字) 위잉이러니 외람이 고쥬(古主)의 셩시ᄅᆞᆯ 다라 위졍이라 ᄒᆞ믄 졍시ᄅᆞᆯ 닛ᄌᆞᆸ디 말고져 ᄒᆞ미러니 도금(到今)ᄒᆞ여 현ᄆᆡ의 고쥬ᄅᆞᆯ 위ᄒᆞᆫ 튱의(忠義) 여ᄎᆞᄒᆞ니 슉모 녕ᄇᆡᆨ(靈魄)이 알오미 계실딘ᄃᆡ 쳔ᄃᆡ디하(泉臺之下)의 깃거
아니시랴? 나의 만난 우환이 역시 현ᄆᆡ와 일반이나 현ᄆᆡᄂᆞᆫ 쇼져ᄅᆞᆯ 운 33면
암산으로 올므시게 ᄒᆞᆫ 후ᄂᆞᆫ 목슘을 바리나 다ᄅᆞᆫ 근심이 업ᄉᆞᆯ ᄇᆡ로ᄃᆡ 우형은 내 명을 드려 졍공ᄌᆞᄅᆞᆯ 건지고ᄌᆞ ᄒᆞ여도 ᄯᅳᆺ ᄀᆞᆺᄐᆞᆯ 길히 업ᄉᆞ니 초삭(焦索)ᄒᆞᆫ 심회 디박(遲迫)디 못ᄒᆞ리로다.”

---

45 삼슉뫼(三叔母): 삼숙모. 셋째 숙모.

46 닷ᄉᆞ리: 규장각본에는 ‘다시리’라고 나옴.

인ᄒᆞ여 졍공ᄌᆞ의 젼후(前後) 봉변참난(逢變慘亂)을 젼ᄒᆞ며 누ᄉᆔ죵횡(淚水縱橫)ᄒᆞ여 오열블능에(嗚咽不能語)[47]라. 위졍이 녯 말을 듯고 목금 졍공ᄌᆞ 화ᄋᆡᆨ(禍厄)을 드ᄅᆞᄆᆡ 구회촌단(九回寸斷)ᄒᆞ여 고흉통디(叩胸痛志) 왈

"형아, 이를 엇디ᄒᆞ여 졍공ᄌᆞ 참화(慘禍)를 플며 공ᄌᆞ 남ᄆᆡ를 편ᄒᆞᆫ 곳의 뫼신 후ᄂᆞᆫ 형과 쇼ᄆᆡᄂᆞᆫ 일ᄇᆡᆨ 번 죽으나 즐거온 넉시 되리로다. 댱노야 입장 시의 쇼ᄆᆡ 나히 십이 셰라. 모친 근본이 만일 셔부 비ᄌᆞ로 태부인을 뫼셔 졍아의 왓다가 다시 댱부로 가ᄂᆞᆫ 줄 닐너시면 쇼ᄆᆡ 거
34면 의 아라시련마ᄂᆞᆫ 그런 일은 ᄉᆞ식(辭色)디 아니코 다만 쇼ᄆᆡ의 일홈을 블의(不義)의 곳침만 의혹(疑惑)ᄒᆞ더니 원간 모친이 고쥬(古主)를 위ᄒᆞ미랏다. 내 연부인긔 복ᄉᆞ(服事)ᄒᆞ여 덕음(德陰)을 목욕(沐浴)ᄒᆞ다가 박시 노야를 장니의 잠가 가ᄂᆡ(家內) 쇼요(騷擾)ᄒᆞ기로 가연이[48] 두 ᄯᆞᆯ을 드리고 향니(鄕里)의 도라와 연부인 신셰 위란(危亂)ᄒᆞ신 줄 슬허ᄒᆞ더니 긔약디 아닌 바의 졍공ᄌᆞ 급화를 듯고 졍쇼져 존톄(尊體)로뼈 월낭 요인(妖人)이 노야 쇼희(小姬)로 쳔거ᄒᆞ니 분이 막혀 가ᄉᆞᆷ이 터질 ᄃᆞᆺᄒᆞ도다."

언션이 탄식왈(嘆息曰)

"내 실노 뉘웃고 ᄋᆡ돌온 바ᄂᆞᆫ 경샤의셔 ᄯᅥ날 제 가인이 신슈(身數)를 무녀(巫女)의게 뭇고 날다려 니ᄅᆞ기를 '군이 금번 ᄒᆡᆼ듕(行中)의 미혼단(迷魂丹)[49]을 어더 가면 귀인을 구ᄒᆞ여 필연 됴흔 일이 이시리라.' ᄒᆞ

47 오열블능에(嗚咽不能語): 오열불능어. 목메어 울면서 말을 하지 못함.

48 가연이: 흔쾌히.

고 신긔로이 어더 가라 ᄒᆞ거ᄂᆞᆯ 내 무녀의 요괴로옴과 쳐ᄌᆞ의 소사(所思)ᄒᆞ믈 듯디 아니ᄒᆞ고 왓더니 이졔 당ᄒᆞ여 ᄉᆡᆼ각건ᄃᆡ 미혼단을 어더 왓던들 옥니(獄吏)로브터 모든 관니를 술의 타 먹여 인ᄉᆞ(人事)를 35면
흐리오고 공ᄌᆞ 삼(三) 노쥬(奴主)를 아모 ᄃᆡ나 곰촌 후 노야(老爺)긔 경공ᄌᆞ 노쥬를 먼니 보ᄂᆡ여시믈 실고(實告)ᄒᆞ여 죄를 ᄌᆞ당(自當)ᄒᆞ고 쾌히 죽어 됴흔 넉시 될 거ᄉᆞᆯ 가인의 말을 듯디 아니믈 한ᄒᆞᄂᆞ니 국긔(國忌) ᄌᆡ긔를 파ᄒᆞᆫ즉 ᄆᆡᆼ츄 흉젹이 노야를 흉듕의 잠가 공ᄌᆞ긔 참독(慘毒)ᄒᆞᆫ 화를 깃칠디라. 텬디간(天地間)의 이런 통원이 어ᄃᆡ 이시리오?”

위경이 뉴톄왈(流涕曰)

“형이 경공ᄌᆞ를 죵시 구(救)치 못ᄒᆞ면 엇디코ᄌᆞ ᄒᆞᄂᆞ뇨?”

언션이 탄왈(嘆曰)

“딘심갈녁(盡心竭力)ᄒᆞ여 밋디 못ᄒᆞ면 예양(豫讓)[50]의 디ᄇᆡᆨ(智伯) 갑흐믈 효측ᄒᆞ여 ᄆᆡᆼ젹을 죽여 셜분(雪憤)ᄒᆞ미 원(願)이라. ᄎᆞ마 딘뉴 노야의 부귀를 우러러 쳐쳐의 화미딘찬(華美珍饌)으로 장위(腸胃)를 기롬디게 아니리라.”

위경 왈

“연즉 형이 경공ᄌᆞ를 위ᄒᆞ여 죽고 말녀 ᄒᆞ니 쇼ᄆᆡ 미혼단(迷魂丹)을 36면
어더 나오리잇가?”

언션이 희왈(喜曰)

49 미혼단(迷魂丹): 복용하면 정신이 혼미해지는 약.

50 예양(豫讓): 진(晉)나라 사람으로 주군을 위해 충성을 다한 인물.

"내 몸은 졍공ᄌᆞ ᄉᆡᆼᄉᆞ 간의 한번 죽으려니와 만일 공ᄌᆞᄅᆞᆯ 구ᄒᆞ여 ᄉᆡᆼ노(生路)의 닐윈ᄌᆞᆨ 내 즐겁고 쾌ᄒᆞᆫ 녕ᄇᆡᆨ(靈魄)이 되리니 쳥컨ᄃᆡ 밧비 쥬션(周旋)ᄒᆞ라."

위졍이 언션의 착급ᄒᆞ여 ᄒᆞ믈 보고 나ᄂᆞᆫ ᄃᆞ시 집의 도라가 약궤(藥櫃)ᄅᆞᆯ 더듬어 미혼단 ᄒᆞᆫ 봉을 가지고 와 언션을 주며 왈

"댱뷔 본ᄃᆡ 튱딕(忠直)ᄒᆞ여 공교(工巧)ᄒᆞᆫ 일을 ᄇᆡ쳑(排斥)ᄒᆞ더니 거년(去年)의 한 이인(異人)을 만나 미혼단 이십 환과 회ᄉᆡᆼ단(回生丹) 이 개(介)ᄅᆞᆯ 어더 왓거ᄂᆞᆯ 내 니라ᄃᆡ '미혼단은 업시ᄒᆞᆯ 거시라.' ᄒᆞᆫᄃᆡ 댱뷔 왈 '이인이 이 약을 주며 왈 그ᄃᆡᄂᆞᆫ 쓸ᄃᆡ업ᄉᆞ려니와 군의 쳐ᄌᆡ 요긴히 쓸ᄃᆡ 이시리니 갓다가 심장(深藏)ᄒᆞ라 ᄒᆞ더라.' ᄒᆞ기로 궤듕(櫃中)의 둔 ᄇᆡ 과연 회ᄉᆡᆼ단은 임의 졍쇼져긔 쓰고 미혼단은 오히려
37면 이시니 이에 거거(哥哥)긔 드리ᄂᆞ이다."

ᄒᆞ고 믄득 디졈즐ᄆᆡ(指點叱罵) 왈

"최언션은 졍쳥계 하리(下吏)오. 일시 문하의 단님만 ᄒᆞ여도 그 갑흐미 목숨 ᄇᆞ리믈 즐거온 일ᄀᆞᆺ치 ᄒᆞ거ᄂᆞᆯ 댱모ᄂᆞᆫ 졍부의 슈은(受恩)ᄒᆞ미 산비ᄒᆡ박(山卑海薄)[51]ᄒᆞᄃᆡ 츄호 갑흐믄 ᄉᆡ로이 졔졍(諸程)을 ᄒᆡᄒᆞ미 흉모간계(凶謀奸計)ᄅᆞᆯ ᄒᆡᆨᄒᆞ여 팔 셰 공ᄌᆞᄅᆞᆯ 대젹괴슈(大賊怪獸)로 모라 참ᄒᆡ(慘害)코ᄌᆞ ᄒᆞ다가 언션의 구ᄒᆞ여 ᄉᆞᆯ와ᄂᆡ니 댱노의 무상블의(無狀不義)ᄂᆞᆫ 만고(萬古)의 다시업다 ᄒᆞ리니 쇼ᄆᆡ 엇디 참괴(慙愧)치 아니리오?"

---

51 산비ᄒᆡ박(山卑海薄): 산비해박. 산이 낮고 바다가 얕음.

언션이 격절강개(激節慷慨) 왈

“현미디언(賢妹之言)이 올토다. 내 경노야롤 슈년을 봉시(奉侍)ᄒᆞ나 실노 후은(厚恩)을 밧ᄌᆞ오믄 댱노야긔 밋디 못ᄒᆞᆯ디라. 경노야ᄂᆞᆫ 쳥빅(淸白)ᄒᆞ샤 관목(官服)이 ᄉᆞ시(四時)의 ᄒᆞᆫ 빗치오 츄죵이 십 인의 넘디 아니ᄒᆞ며 퇴하의 ᄃᆡ후(待候)ᄒᆞ여 써나지 못ᄒᆞᆫ 연고로 밥을 실시(失時)ᄒᆞᄂᆞᆫ ᄯᅢ면 녀롬은 ᄆᆡᆨ반(麥飯)을 샤ᄒᆞ시고 봄이면 쇽반(粟飯)을 샤ᄒᆞ시며 ᄀᆞ을이면 힝혀 옥식(玉食)을 주시ᄃᆡ 노야의 상을 믈녀주시ᄆᆡ 찬션(饌饍)이 육ᄎᆡ(肉彩) 슈긔(數器)ᄲᅮᆫ이오 경됴롤 당ᄒᆞ여 약간 쥬식(酒食)을 샤ᄒᆞ시ᄂᆞᆫ ᄇᆡ 빈한(貧寒)ᄒᆞᆫ 집 찬픔(饌品)과 ᄀᆞᆺ고 노얘(老爺) 별급(別給)ᄒᆞ시ᄂᆞᆫ ᄇᆡ 겨을이면 모ᄌᆞ 일닙히오 여롬의 션ᄌᆞ(扇子)[52] ᄒᆞ나히라. 그 관원을 바라고 하리 어ᄃᆡ 가 ᄌᆡ리(財利)롤 어더 쓰며 만흔 쥬식을 취ᄒᆞ리오? ᄒᆞ믈며 노야 면젼(面前)을 님ᄒᆞᄆᆡ 작죄(作罪)ᄒᆞ미 업고 호령즐칙(號令叱責)ᄒᆞ시미 업ᄉᆞᄃᆡ 늉동(隆冬)이라도 ᄇᆡ한(背汗)이 졈의(沾衣)ᄒᆞ니 실노 괴로온 관원이로ᄃᆡ 셕목(石木)이 감동ᄒᆞ며 ᄉᆡᆼ철(生鐵)이 녹을 ᄃᆞᆺᄒᆞᆫ 바ᄂᆞᆫ 뉵ᄒᆡᆼ(六行)이 찬연의 셩덕이 울연(鬱然)ᄒᆞ시니 ᄌᆞ연ᄒᆞᆫ 덕홰(德化) 협골흡톄(挾骨吸體)ᄒᆞ여 죵신을 문하의셔 뫼시디 못ᄒᆞ미 명박(命薄)홈 ᄀᆞᆺ고 박냑(薄略)한 딘찬(珍饌)이 남의 화미진찬(華味珍饌)의셔 더어 ᄆᆡᆨ쇽(麥粟)이나 샤ᄒᆞ시면 인ᄉᆡᆼ극낙(人生極樂)이오 됴치 못ᄒᆞᆫ 션ᄌᆞ(扇子)와 구멍 잇ᄂᆞᆫ 모ᄌᆡ(帽子)라도 하날노셔 나린 ᄃᆞᆺ 감황(感惶)ᄒᆞ니 나의 살 써러진 부ᄎᆡ와 ᄯᅡᆷ

38면
39면

52 션ᄌᆞ(扇子): 선자. 부채.

빈 누덕 감포도 졍노야 샤ᄒᆞ신 귀믈이라. 내 모ᄌᆞ와 션지 업ᄉᆞ미 아니로ᄃᆡ 졍노야 덕음(德音)을 져ᄇᆞ리디 못ᄒᆞ여 그윽이 원ᄒᆞᄂᆞᆫ ᄇᆡ 졍노얘 결복(闋服)ᄒᆞ신 후 녯 벼ᄉᆞᆯ의 님ᄒᆞ샤 다시 ᄎᆞᄌᆞ시믈 갈망ᄒᆞ더니 시셰(是世) 망극(罔極)ᄒᆞ여 다시 찰딕(擦職)ᄒᆞ시믈 ᄇᆞ라디 못ᄒᆞᆯ디라. 댱노야ᄅᆞᆯ 셤긴 디 오라디 아니ᄒᆞᄃᆡ 상샤디믈(賞賜之物)이 빈빈ᄒᆞ고 ᄯᅢ로 좃ᄎᆞ 샤ᄒᆞ시ᄂᆞᆫ 쥬찬(酒饌)이 장위의 넘ᄭᅵᄃᆡ 내 ᄆᆞ옴이 감복(感服)ᄒᆞ미 뎡노야만 ᄀᆞᆺ디 못ᄒᆞ니 엇디 졍노야 딜ᄌᆞ(姪子)ᄅᆞᆯ 갑하 죽디 아니리오? 내 죽으므로ᄡᅧ 댱노야긔 밍명을 더음도 졀박(切迫)ᄒᆞ것마ᄂᆞᆫ 노얘 ᄉᆞᆯ오디 아니시리니 어ᄃᆡ 가 이런 셜화(說話)로ᄡᅧ ᄉᆞᆯ기ᄅᆞᆯ 빗최리오?"

40면 위졍이 잠심 쳥파의 졍상셔의 슝검졀ᄎᆞ(崇儉切磋)ᄒᆞ믈 ᄉᆡ로이 탄복(歎服)ᄒᆞ며 쥬군이 ᄇᆡ은망덕(背恩忘德)ᄒᆞ믈 각골강개(刻骨慷慨)ᄒᆞ나 능히 ᄯᅳᆺ을 빗최여 간ᄒᆞᆯ 도리 업ᄉᆞᆫ디라. 쳑연 댱탄왈(長嘆曰)

"형의 인션디심(仁善之心)과 신의디힝(信義之行)이 죡히 텬디복우(天地福佑)ᄒᆞ시리니 ᄌᆞ연한 가온ᄃᆡ 신기 도으미 이셔 거거 신샹은 오히려 념녀(念慮) 크디 아니ᄒᆞᄃᆡ 우리 노야의 참덕(慙德)이 엇디 한심블힝치 아니리오?"

언션이 역탄왈(亦嘆曰)

"아모리 그러흔들 어ᄃᆡ 가 그런 말을 빗최리오? 다만 내 ᄡᅳᆯᄃᆡ업ᄉᆞᆫ 몸으로ᄡᅧ 졍공ᄌᆞ 만금존톄(萬金尊體)ᄅᆞᆯ ᄃᆡ신ᄒᆞ여 죽으미 엇디 쾌(快)치 아니리오?"

이러ᄐᆞᆺ ᄒᆞ여 밤이 깁흐ᄆᆡ 언션이 지쥬(旨酒)[53] 오뉵(五六) 호(壺)ᄅᆞᆯ ᄉᆞ비혼딘을 다 규인을 밋디고 이문(衙門)으로 드리가니 딘뉴의 노복 슈

인(數人)과 군관 ᄉᆞ오 인이 영니ᄒᆞᆫ 하인 슈인으로 더브러 딘뉴긔 복
시(伏侍)ᄒᆞ고 기여(其餘) 허다츄죵(許多騶從)이 관니(官吏) 등으로 41면
더브러 일한(日寒)을 일ᄏᆞᄅᆞ며 더운 방을 구ᄒᆞ거ᄂᆞᆯ 언션이 거ᄌᆞᆺ 취ᄒᆞᆫ
체ᄒᆞ여 혀 고브랑 소ᄅᆡ로 닐너 왈

“이 엄한셜풍(嚴寒雪風)을 므릅ᄡᅥ 술이 죡히 어한(御寒)[54]을 ᄒᆞᄂᆞ니
한산ᄉᆞ ᄎᆞᆫ 바ᄅᆞᆷ의 취ᄒᆞᆫ 술을 다 ᄊᆡ미 아니로ᄃᆡ 인ᄉᆡᆼ의 괴로오미 긔한
(饑寒)의 더으미 업ᄂᆞᆫ디라. 내 셕반(夕飯)을 실히 못 ᄒᆞ고 한쵹(寒觸)
ᄒᆞ믈 겸ᄒᆞ여 ᄒᆡᆼ듕의 가져왓던 단녕(團領)을 잡히고 술을 만히 어더
딘취(盡醉)ᄒᆞᄆᆡ 쥬긔(酒氣) 편ᄒᆡᆼ(便行)ᄒᆞ여 일신이 번열(煩熱)ᄒᆞ니
온실을 구ᄒᆞᆯ 의ᄉᆡ 업고 거두(擧頭) 망산월(望山月)ᄒᆞ며 회두(廻頭)
ᄉᆞ고향(思故鄕)ᄒᆞ여 댱부 웅심(雄心)이 셜셜(屑屑)이 쳑상(慽傷)ᄒᆞ던
ᄇᆡ ᄒᆞᆫ 쥰 술이 화연이 슬프믈 닛치이며 ᄇᆡᆨ우(百憂)ᄅᆞᆯ 쳑탕(斥蕩)ᄒᆞ니
이 아니 호긔롭고 즐거오냐?”

ᄒᆞ며 쥬담(酒談)이 년쇽(連續)ᄒᆞ니 졔인(諸人)이 우어 왈

“녯말의 ‘하 오ᄅᆡ ᄉᆞ니 싀어미 죽더라.’ ᄒᆞᆷ ᄀᆞᆺᄐᆞ여 사ᄅᆞᆷ이 오ᄅᆡ ᄉᆞᆯᄆᆡ
희귀(稀貴)ᄒᆞᆫ 일도 보리로다. 최군이 쇼시(少時)의도 져런 일이 업더 42면
니 졸연이 엇디 취담(醉談)을 ᄒᆞᄂᆞ뇨? 져리 취ᄒᆞᄂᆞᆫ 술을 더러 난호미
아니 무던ᄒᆞ랴?”

언션이 희연 쇼왈(笑曰)

“내 본ᄃᆡ 셩졍(性情)이 아모 음식이라도 혼ᄌᆞ 먹는 ᄇᆡ 아니니 군등의

---

53 지쥬(旨酒): 지주. 빗과 맛이 좋은 술.

54 어한(禦寒): 추위를 막음. 추위에 언 몸을 녹임.

어한(御寒)ᄒᆞᆯ 거ᄉᆞᆯ 엇디 앗기리오? 아문(衙門) 동원(東園) 아ᄅᆡ 쥬호(酒壺)ᄅᆞᆯ 노코 와시니 먹고ᄌᆞ ᄒᆞᆯ딘ᄃᆡ 내 가셔 가져오리라.”

셜파(說罷)의 니러나 가더니 술 다엿 병을 드려와 졔리(諸吏)의 압ᄒᆡ 노흐ᄃᆡ 거동이 대취(大醉)ᄒᆞ여 아모란 줄 모로ᄂᆞᆫ ᄃᆞᆺᄒᆞ거ᄂᆞᆯ 졔리 치운 듕 술을 만나ᄆᆡ 일시의 돌나안ᄌᆞ ᄌᆞᆺ쳐 먹으ᄆᆡ 언션은 취ᄒᆞ다 ᄒᆞ여 권(勸)치 아니터라. 졔리 임의 ᄉᆞ오 ᄇᆡ(盃)식 거후로ᄆᆡ 졍신이 어리고 ᄉᆞ디(四肢) 무긔(無氣)ᄒᆞ여 ᄯᅴ와 웃옷ᄉᆞᆯ 밋쳐 벗디 못ᄒᆞ며 계오 방문을 넘으며 구러디고 혹 그 ᄌᆞ리의 ᄡᅳ러져 비셩(鼻聲)이 우레 ᄀᆞᆺᄐᆞ

43면 니 언션이 졔인을 옴겨 의ᄃᆡ(衣帶)ᄅᆞᆯ 벗겨 편히 누이고 다시 나와 취ᄒᆞᆫ 거ᄅᆞᆷ을 븻득이며 술병을 들고 슌라군을 보ᄂᆞᆫ 죡죡 ᄉᆞᄆᆡᄅᆞᆯ ᄌᆞᆸ고 술을 권ᄒᆞ니 졔군이 아모란 줄 모로며 다만 샤례(謝禮)ᄒᆞ고 바다 마시ᄆᆡ 인ᄉᆡ혼미(人事昏迷)ᄒᆞ여 곳곳이 ᄡᅳ러디거ᄂᆞᆯ 언션이 경공ᄌᆞ 갓친 곳의 나아가 몬져 옥니(獄吏)ᄅᆞᆯ ᄭᆡ와 술을 권ᄒᆞ며 엄슈(嚴囚)ᄒᆞᆫ 죄인을 잠간 보와디라 ᄒᆞ니 옥니 술을 바다 마시며 왈

“술을 주시믄 감샤ᄒᆞ거니와 문양 노애(老爺) 군관으로 ᄆᆡ일 삼ᄉᆞ ᄎᆞ식 젹간(摘奸)[55]ᄒᆞ고 노야 분뷔(分付) 디엄(至嚴)ᄒᆞ시니 비록 내 골육디친(骨肉之親)이라 엄녕(嚴令)을 위월치 못ᄒᆞ리니 공공이 아모리 유셰ᄅᆞᆯ 부려도 쳔견(賤見)의 ᄉᆡᆼ각건ᄃᆡ 긔민(饑民) 딘휼ᄎᆞ(賑恤差) 은ᄌᆞ 일만칠쳔 냥을 도적ᄒᆞᆫ 죄 실노 역젹(逆賊)이나 다ᄅᆞ디 아니ᄒᆞ니 그런 죄인 듕슈(重囚)ᄅᆞᆯ 엇디 보게 ᄒᆞ리오? 다만 웃간의 든 공ᄌᆞᄂᆞᆫ 발셔 죽

55 젹간(摘奸): 적간. 부정이 있는지 살핌.

엇ᄂᆞᆫ디 숨소ᄅᆡ도 업고 아ᄅᆡ간의 든 장확은 계오 명ᄆᆡᆨ(命脈)이 븟터시 44면
나 날포 긔아(饑餓)의 딘케 되여시니 공공이 보시나 이 밧긔 더 알 거시 업ᄉᆞ리이다."

ᄒᆞ며 말을 ᄎᆡ 맛디 못ᄒᆞ고 구러져 인ᄉᆞᄅᆞᆯ 모ᄅᆞᆷ 갓거ᄂᆞᆯ 언션이 즉시 옥문을 열고 드러가 공ᄌᆞ의 칼ᄒᆞᆯ 벗기며 일신(一身)을 안아 어로만디니 슈죡이 어ᄅᆞᆷ ᄀᆞᆺ고 숨결이 아조 업셔 그 위급ᄒᆞ믈 측냥치 못ᄒᆞᆯ디라. ᄎᆞ시(此時) 운학·경농이 아ᄅᆡ간의 잇셔 최군의 와시믈 듯고 계오 정신을 슈습ᄒᆞ여 칼과 죡쇄(足鎖) ᄒᆞᆫ 거ᄉᆞᆯ 벗고 신고(辛苦)히 공ᄌᆞ 잇ᄂᆞᆫ 곳의 니ᄅᆞ러 공ᄌᆞᄅᆞᆯ 붓드러 실셩뉴체(失聲流涕) 왈

"이ᄅᆞᆯ 엇디ᄒᆞ면 됴흘고? 아등(我等)이 공ᄌᆞᄅᆞᆯ 이 누옥위디(陋獄危地)[56]의 더디고 디금 살미 명완(命頑)ᄒᆞᆫ 연괴라. 만일 공ᄌᆡ 회소(回蘇)치 못ᄒᆞ실딘ᄃᆡ 아등이 홀노 투ᄉᆡᆼ(偸生)ᄒᆞ미 더옥 블튱(不忠)이 아니랴?"

인ᄒᆞ여 고디규텬(叩地叫天)ᄒᆞ며 ᄲᆞᆯ니 죽고ᄌᆞ ᄒᆞ거ᄂᆞᆯ 언션이 요슈왈(搖手曰)

"나의 공ᄌᆞᄅᆞᆯ 위ᄒᆞᆫ ᄠᅳᆺ이 엇디 군등만 못ᄒᆞ리오? 일이 호발(毫髮)이나 신밀(愼密)치 못ᄒᆞᆫᄌᆞᆨ 군등과 나의 목숨은 창승(蒼蠅) ᄀᆞᆺᄐᆞ니 죡히 니ᄅᆞᆯ ᄇᆡ 아니어니와 공ᄌᆞ긔 참화(慘禍)ᄅᆞᆯ 더으리니 슬프믈 날회고 공ᄌᆞᄅᆞᆯ 밧비 뫼셔 내 죵ᄆᆡ(從妹) 위졍의 집으로 가 구호(救護)ᄒᆞ리니 텬디신기(天地神祇) 보우(保佑)ᄒᆞ샤 이ᄣᆡ의 몰(沒)치 아니시리라." 45면

56 누옥위디(陋獄危地): 누옥위지. 누추한 감옥과 위험한 땅.

언필의 운학 등의 답언(答言)을 기다리디 아니코 공ᄌᆞ롤 븟드러 ᄀᆞ로 안으며 니러셔니 운학 등이 역시 분분이 쟝원의 운뎨(雲梯)를 노코 너머 올ᄉᆡ 위졍이 셜풍한상(雪風寒霜)을 므릅뼈 장외의 섯다가 ᄰᅥᆯ니 압셔 졔 집으로 인도ᄒᆞ더라.

션시(先時)의 경쇼져 월염이 적셰(賊勢) 급ᄒᆞ믈 인ᄒᆞ여 음실(陰室)의셔 명을 결(決)치 못ᄒᆞ믈 ᄋᆡ돌와 밋쳐 공ᄌᆞ긔 ᄒᆞᆫ 말도 다시 못 ᄒᆞ고 몸을 날녀 쳔쳑고학(千尺高壑)의 ᄯᅥ러디ᄆᆡ 츈파 등이 셔로 조ᄎᆞ 노쥬 삼 인이 시ᄉᆞ여귀(視死如歸)[57]ᄒᆞ여 졍뎡녈녈(貞貞烈烈)ᄒᆞ미 블욕기신디졀(不辱其身之節)을 ᄯᆞ로며 당당엄엄(堂堂嚴嚴)ᄒᆞ여 공강(共姜)·빅희(伯姬)의 놉흐믈 가졋고 강개의상(慷慨義尙)ᄒᆞ여 쳔쳑고학의 몸을 날녀 나리치ᄆᆡ 어이 쇄골분신(碎骨紛身)ᄒᆞ믈 면ᄒᆞ리오? 츄풍(秋風)의 낙엽(落葉)갓치 날니여 낙셩촌의 ᄯᅥ러디니 놀나온 긔운이 막혀 아모란 줄 모로ᄂᆞᆫ 바의 비록 신샹(身上)이 읏쳐디며 쇄삭(衰索)ᄒᆞ미 업ᄉᆞ니 의황(意惶)ᄒᆞᆫ 심신이 셕샹(石上)의 셰낫 죽엄을 ᄇᆞ려시ᄃᆡ 그 가온ᄃᆡ 일명이 각각 긋쳐디미 업ᄉᆞ니 이 엇디 텬디신명(天地神明)이 보호ᄒᆞ미 아니리오? 하회(下回)를 보라.

화셜(話說). 긔강 소흥산 낙셩촌 봉월곡의 한 녀ᄌᆡ 이시니 명(名)은 위졍이라. 본시 댱부 시녀로셔 두 ᄯᆞᆯ을 두어 앙역(仰役)게 ᄒᆞ고 향니의 도라와 여년(餘年)을 맛고ᄌᆞ ᄒᆞ더니 일야ᄂᆞᆫ 긔몽(奇夢)을 엇고 태원녕 병풍암을 향홀ᄉᆡ 져의 샤환ᄒᆞᄂᆞᆫ 두낫 ᄋᆞᄒᆡ(兒孩)로 더브러 보보

57 시ᄉᆞ여귀(視死如歸): 시사여귀. 죽음을 보기를 집에 돌아가는 것같이 여김.

급급(步步急急)히 나아가 보건ᄃᆡ 과연 셰낫 시신(屍身)이 ᄇᆞ려시ᄃᆡ 오히려 명ᄆᆡᆨ(命脈)이 긋디 아녓거ᄂᆞᆯ 이에 쇼져를 거두쳐 업으며 두 47면
시ᄋᆞ(侍兒)로 양낭(孃娘)의 시톄(屍體)를 업어 오라 ᄒᆞ니 두 시ᄋᆡ 슬흐나 마디못ᄒᆞ여 ᄒᆞ나식 업고 도라와 위경이 쇼져를 업은 ᄎᆡ 방의 드러가 ᄉᆡ ᄌᆞ리를 ᄂᆡ여 편 후 쇼져를 나리와 누이며 두 양냥을 ᄯᅩᄒᆞᆫ 더운 ᄃᆡ 누인 후 잔등을 도도고 쇼져를 보ᄆᆡ 이 ᄆᆞ득 광ᄎᆡ교결(光彩皎潔)ᄒᆞ여 벽텬(碧天)의 ᄇᆡᆨ일(白日)이오 창ᄒᆡ(滄海)의 명월쥬(明月珠)라. 쳔고만염(千嬌萬艶)이 졀츌긔이(絶出奇異)ᄒᆞ여 강산 졍졍긔와 텬디 조화를 아오라시니 셩덕문딜(聖德文質)이 발어의표(發於意表)나 슬픈 빗치 ᄋᆡ원(哀願)ᄒᆞ여 옥모(玉貌)[58]를 둘너시ᄆᆡ 그 비만(痞滿)ᄒᆞᆫ 회푀 참난변ᄋᆡᆨ(慘亂變厄)의 몸을 ᄇᆞ리믈 가히 알 ᄇᆡ어ᄂᆞᆯ 도라 두 양낭을 보건ᄃᆡ ᄒᆞ나흔 면목을 모로나 일인은 의희(依稀)ᄒᆞ여 젼의 보던 사ᄅᆞᆷ이니 완연이 졍각노 ᄐᆡᆨ상의 양부인을 시위(侍衛)ᄒᆞ던 츈패라.
위경이 창망(悵惘)[59]ᄒᆞᆫ 심혼(心魂)의 셕일 동반(同伴)의 구면(舊面)을 48면
ᄃᆡᄒᆞ여 놀나고 깃거 밧비 회ᄉᆡᆼ단을 ᄂᆡ여 온ᄎᆞ(溫茶)의 화ᄒᆞ여 두 시ᄋᆞ(侍兒)로 각각 양낭을 구호(救護)ᄒᆞ라 ᄒᆞ며 져ᄂᆞᆫ 쇼져를 보호ᄒᆞ여 졍셩이 신기를 감동ᄒᆞᆯ디라. 약회(藥效) 신이(神異)ᄒᆞ여 ᄉᆞ라진 간장이 니이고 초딘(焦盡)ᄒᆞᆫ 구곡(九曲)이 화ᄒᆞ여 니운 플의 우뢰(雨露) 졋고 마ᄅᆞᆫ 남긔 ᄉᆡ슌이 나며 뉵ᄆᆡᆨ(六脈)이 관통ᄒᆞ여 완연이 회운(回運)ᄒᆞ니 어ᄅᆞᆷ ᄀᆞᆺᄐᆞᆫ 슈족의 온긔 나고 슌협(脣頰)이 훈홍(薰紅)ᄒᆞ여 풍

58 옥모(玉貌): 옥 같은 외모.

59 창망(悵惘): 근심과 걱정으로 경황이 없음.

모(風貌)와 염틔(艶態)를 니로 형언치 못ᄒᆞ더니 혼혼ᄒᆞ여 말 업ᄉᆞ미 태공은 덧덧이 젹뇨(寂窈)ᄒᆞᆫᄃᆡ 양긔ᄂᆞᆫ 스ᄉᆞ로 통ᄒᆞ여 만믈을 부휵ᄒᆞᄂᆞᆫ 조홰(造化) 이시니 위경이 황공ᄒᆞ며 앙복(仰伏)ᄒᆞ여 냥목을 쇼져 신샹의 뽀앗더니 효명(曉明)의 츈·경 이때 몬져 졍신을 슈습ᄒᆞ고 눈
49면 을 쩌 방듕을 보다가 위경을 보고 밋쳐 그 션악을 모로고 소소쳐 놀나 니러 안ᄌᆞ 왈

"이 아니 네 아닌 곳이냐? 아등이 쇼져를 조ᄎᆞ 목숨 ᄇᆞ리기를 홍모(鴻毛)ᄀᆞᆺ치 ᄒᆞ믄 젹도(賊盜)의 누욕(陋辱)을 피ᄒᆞ여 쇼져의 당당ᄒᆞᆫ 졍녈이 앙블괴텬(仰不愧天)ᄒᆞ고 부블괴디(俯不愧地)ᄒᆞ니[60] 님ᄉᆞ(臨死) 블긔역(不棄役)과 님화(臨禍) 블변의(不變義)ᄂᆞᆫ 군ᄌᆞ(君子)·녈부(烈婦) 대졀(大節)이어ᄂᆞᆯ 이심(已甚)ᄒᆞᆫ 젹되(賊徒) 아니 우리 써러진 곳을 조ᄎᆞ 거두어 오미냐? 그ᄃᆡ 엇던 사ᄅᆞᆷ이완ᄃᆡ 우리 쇼져 겻ᄐᆡ셔 구호(救護)ᄒᆞᄂᆞ뇨?"

위경이 츈파의 손을 잡아 뉴톄왈(流涕曰)

"고ᄌᆞ의 예양(豫讓)[61]이 잔신고형(殘辛苦刑)ᄒᆞ여 칠신위라(漆身爲癩)ᄒᆞ고 탄탄위아(呑炭爲啞)ᄒᆞ여 힝걸어시(行乞於市)ᄒᆞ니 기톄(其妻) 블식야(不識也)로ᄃᆡ 기우(其友) 식디(識之)어ᄂᆞᆯ ᄒᆞ믈며 그ᄃᆡᄂᆞᆫ 젼톄(全體) 완연ᄒᆞ여 녯 소ᄅᆡ 의구(依舊)ᄒᆞ니 내 엇디 현우(賢友) 츈파를

60 앙블괴텬(仰不愧天)ᄒᆞ고 브블괴디(俯不愧地)ᄒᆞ니: 하늘을 우러러 부끄럽지 않고 땅을 굽어 부끄럽지 않다는 말.

61 예양(豫讓): 진(晉)나라 사람으로 주군을 위해 몸에 옻칠을 하고 숯을 삼켜 목소리를 바꾸니 아내도 그를 알아보지 못했으나 친구는 알아보았다는 고사에서 유래.

몰나보리오? ᄒᆡ뎨디ᄌᆡ(孩提之子) 냥입뎡듕(將入井中)애 슈이원디(手以援之)[62]ᄂᆞᆫ 인디상ᄉᆡ(人之常事)니 셕일 동반고우(同伴古友) 줄은 모로나 쳔쳑고학(千尺高壑)으로조ᄎᆞ 빙셜(氷雪) 우ᄒᆡ ᄢᅥ러디ᄆᆡ ᄎᆞ마 괄시(恝視)치 못ᄒᆞ여 붓드러 도라오ᄆᆡ 엇디 의심이 여ᄎᆞᄒᆞ뇨? 아디 못게라. 이 쇼제를 현뎨(賢弟)의 유보(幼保)ᄒᆞ시던 바 ᄎᆞ쇼져(次小姐)시냐?" 50면

츈패 뜻 아닌 고우(故友)를 상봉ᄒᆞ여 쇼져를 구호ᄒᆞᄂᆞᆫ 은혜 늉산ᄒᆡ활디덕(隆山海濶之德)[63]이니 다ᄒᆡᆼ코 감격ᄒᆞ믈 밋쳐 언어로 니ᄅᆞ디 못ᄒᆞ여 밧비 눈으로ᄡᅧ 쇼져를 보아 ᄉᆡᆼ되 이시믈 즐기ᄆᆡ 눈섭이 환연(煥然)ᄒᆞ여 위경의게 샤례왈(射禮曰)

"젹변(賊變)의 넉ᄉᆞᆯ 일코 젼후 풍상(風霜)의 상ᄒᆞ미 범의게 믈님 ᄀᆞᆺᄐᆞ여 냥목이 ᄆᆡᆼᄌᆞ(盲者) ᄀᆞᆺ거니와 은인의 녯 소ᄅᆡ와 덕 된 안면을 엇디 모로리오? 비록 난호여 댱부 비ᄌᆡ(婢子) 되여시나 셕일 동반(同伴)으로 각각 ᄐᆡᆨ샹(宅上)의 녀군을 셤기올 졔 됴왕모ᄅᆡ(朝往暮來)ᄒᆞ여 동긔지졍(同氣之情) ᄀᆞᆺ더니 금일 우리 노쥬 삼 인의 ᄀᆞᆺᄎᆞᆫ 명을 니은 활블(活佛)이 될 바ᄂᆞᆫ ᄯᅩᄒᆞᆫ 의외라. 그ᄃᆡ의 의긔현심(義氣賢心)이 젹덕ᄒᆡᆼ인(積德行仁)ᄒᆞ니 여경(餘慶)이 무궁ᄒᆞᆯ디라. ᄂᆡ ᄯᅩ ᄉᆞ라 보은치 못ᄒᆞᆯ딘ᄃᆡ 죽어 함호결초(含糊結草)ᄒᆞ여 만일(萬一)이나 갑흐리라." 51면

위경이 츄연탄식(惆然嘆息) 왈

62 ᄒᆡ뎨디ᄌᆡ(孩提之子) 냥입뎡듕(將入井中)애 슈이원디(手以援之): 두세 살 어린아이가 우물에 들어가려 할 때 손을 잡아끌어 구한다는 뜻.

63 늉산ᄒᆡ활디덕(隆山海濶之德): 융산해활지덕. 높은 산과 넓은 바다와 같은 덕.

"그듸 칭은(稱恩)ᄒᆞ미 실노 내 뜻을 모로미니 쳥컨듸 두 번 일콧디 말고 동심(同心) 뉵녁(戮力)ᄒᆞ여 쇼져의 회소(回蘇)ᄒᆞ시믈 보오리라."

죵용이 문답ᄒᆞᆯᄉᆡ 쇼제 믄득 회운(回運)ᄒᆞ여 눈을 써 술피거놀 츈·경 이패 블승힝열(不勝幸悅)ᄒᆞ여 슈무죡두(手舞足蹈)ᄒᆞ며 위졍의 구ᄒᆞᆫ 바룰 고ᄒᆞᆯ 즈음의 위졍이 압ᄒᆡ 나아와 빅알ᄒᆞ니 쇼졔 긔ᄉᆞ부ᄉᆡᆼ(起死復生)ᄒᆞ여 친젼의 참보(慘報)룰 아닐 ᄇᆡ 힝심ᄒᆞ나 닌광의 ᄉᆡᆼᄉᆞ룰 모로ᄂᆞᆫ 심ᄉᆡ 믜여디고 ᄉᆡᆨ거지ᄂᆞᆫ디라. ᄋᆡ영(哀詠) 삼셩(三聲)의 누싊(淚水) 딘진ᄒᆞ여 그 비쳑(悲慽)ᄒᆞᆫ 안ᄉᆡᆨ이 더옥 긔려찬난(奇麗燦爛)ᄒᆞ니 위졍이 졍신이 현황(眩慌)ᄒᆞ여 어린 ᄃᆞ시 쳠망(瞻望)ᄒᆞᆯ ᄯᆞᆫ이오 츈·경 이파ᄂᆞᆫ 쇼져의 인ᄉᆞ 출히믈 힝열(幸悅)[64]ᄒᆞ여 호언관위(好言寬慰)ᄒᆞ며 위졍의 현심(賢心)을 탐탐이 일ᄏᆞᄅᆞ니 쇼졔 탄왈(嘆曰)

52면

"사롬의 급화(急禍)룰 건져 술오미 엇디 감은치 아니며 은혜 듕대치 아니리오? 어미 형뎨(兄弟)와 내 ᄉᆡᆼᄉᆞ의 깁히 갑기룰 ᄉᆡᆼ각ᄒᆞ려니와 다만 내 심ᄉᆡ(心思) 촌촌여삭(寸寸如削)ᄒᆞ믄 죵뎨(從弟)의 ᄉᆡᆼᄉᆞ(生死)룰 모로미라. 우리 비쥬(婢主)ᄂᆞᆫ 죽기로 뎡ᄒᆞᆫ ᄇᆡ 사롬의 구활(救活)ᄒᆞ믈 닙어 ᄉᆞ라나고 오뎨(吾弟)ᄂᆞᆫ 본듸 술기룰 구ᄒᆞ다가 흉젹(凶賊)의 독슈(毒手)의 보명(保命)치 못ᄒᆞ여실딘듸 내 눌노 더브러 고원(故園)의 도라가며 셜ᄉᆞ 어믜 형뎨로 더브러 무ᄉᆞ환귀(無事還歸)ᄒᆞᆫ들 므솜 낫ᄎᆞ로 존당(尊堂)과 친위(親闈)의 뵈옵고 ᄎᆞ마 엇디 참보(慘報)룰 고ᄒᆞ리오? 념급ᄎᆞᄉᆞ(念及此事)의 과연 술 뜻이 업ᄂᆞᆫ디라. 어미

64 힝열(幸悅): 행열. 다행스럽게 여기며 기뻐함.

날을 위ᄒᆞ여 태원녕의 나아가 ᄋᆞ의 소식을 아라 오미 엇더ᄒᆞ뇨?"

츈패 톄읍ᄃᆡ왈(涕泣對曰)

"쇼졔 니ᄅᆞ디 아니시나 엇디 범연(泛然)ᄒᆞ리잇고마ᄂᆞᆫ 촌보(寸步)ᄅᆞᆯ 움ᄌᆞᆨ일 길도 업ᄉᆞ니 엇디ᄒᆞ리잇고?"

쇼졔 탄왈(嘆曰)

"엇디 그러치 아니리오? 은인의 구활디덕(救活之德)이 호대ᄒᆞ거니와 53면 고학의 쩌러져 일명이 졀(切)치 아니ᄒᆞ미 심히 명완(命頑)ᄒᆞᆫ디라. 죵뎨(從弟)의 ᄉᆞ싱이 엇디 될 줄 알니오?"

츈·경 이패 공ᄌᆞ의 비범ᄒᆞᆫ 상격(相格)과 졀뉸(絶倫)ᄒᆞ신 용녁을 일ᄏᆞ라 젹슈ᄅᆞᆯ 버셔나미 념녜(念慮) 업ᄉᆞ므로뼈 위로ᄒᆞ니 쇼졔 기리 늣겨 왈

"셩인은 상(相)을 의논치 아니코 항젹(項籍)이 오강(烏江)의 ᄌᆞ문(自刎)ᄒᆞ니[65] 죵뎨 비록 작셩(作性)이 츌범(出凡)ᄒᆞ며 용녁(勇力)이 졀인ᄒᆞ나 구셰튱년(九歲冲年)의 흉댱(凶壯)ᄒᆞᆫ 젹도ᄅᆞᆯ 엇디 ᄃᆡ젹ᄒᆞ여 보명ᄒᆞ리오? 텬니도상(天理都喪)ᄒᆞ고 복션명응(福善冥應)이 업거니와 우리 계부뫼 누인디덕(累仁之德)이 결단코 ᄌᆞ하(子夏)의 상명디통(喪明之痛)을 보디 아니실 ᄃᆞᆺᄒᆞ것마ᄂᆞᆫ 셔ᄇᆡᆨ(西伯)이 ᄇᆡᆨ읍고(伯邑考)의 살흘 먹으시고[66] 부ᄌᆡ(夫子) ᄇᆡᆨ어(伯魚)ᄅᆞᆯ 우ᄅᆞ시니[67] 텬도(天道)ᄅᆞᆯ

---

65 항젹(項籍)이 오강(烏江)의 ᄌᆞ문(自刎)ᄒᆞ니: 항적은 항우. 항우가 오강에서 포위되자 스스로 죽음을 택함.

66 셔ᄇᆡᆨ(西伯)이 ᄇᆡᆨ읍고(伯邑考)의 살흘 먹으시고: 백읍고는 서백의 맏아들. 주왕이 백읍고를 능지처참하고 그 시체로 육병(肉餠)을 만들어 서배에게 머인.

67 부ᄌᆡ(夫子) ᄇᆡᆨ어(伯魚)ᄅᆞᆯ 우ᄅᆞ시니: 공자가 아들 백어를 잃고 슬퍼함.

어이 미드리오?"

언필(言畢)의 읍읍비상(泣泣非常)이어놀 츈파 등이 만단관위(萬端寬慰)ᄒᆞ며 위경이 온미(溫米)를 나오니 쇼졔 공ᄌᆞ의 보명치 못ᄒᆞ믈 알
54면 딘디 홀노 ᄉᆞ라 고원의 도라갈 뜻이 업ᄉᆞ나 오히려 공ᄌᆞ의 상격(相格)이 비범(非凡)ᄒᆞ믈 미더 유모의 낫기를 기다려 공ᄌᆞ의 소식을 듯보고ᄌᆞ ᄒᆞ므로 미음(米飮)을 마시며 츈파 등을 권ᄒᆞ여 슈히 ᄎᆞ병(差病)키를 졀박히 ᄇᆞ라디 츈파 등이 ᄉᆞ디(四肢)를 운동치 못ᄒᆞ니 쇼졔 공ᄌᆞ의 소식을 알 길히 업셔 더옥 초민(焦悶)ᄒᆞᆫ 듕 ᄎᆞ일의 대셜(大雪)이 나리미 녕(嶺)이 막히여시믈 블문가디(不問可知)라. 유모의 딜셰(疾勢) 비록 가헐(可歇)ᄒᆞ나 산곡(山谷) 험노를 말미암디 못ᄒᆞᆯ디니 회푀 더옥 망망ᄎᆞ악(茫茫嗟愕)ᄒᆞ여 앙텬목튝(仰天目祝)ᄒᆞᄂᆞᆫ ᄇᆡ ᄌᆞ긔 명으로ᄡᅥ 죵뎨를 ᄃᆡ명(代命)ᄒᆞ믈 비러 디셩이 간곡ᄒᆞ미 공ᄌᆞ의 져져를 죽은가 각골비통(刻骨悲痛)[68]ᄒᆞ므로 샹하치 아니터라. 이러틋 비우초려(悲憂焦慮)ᄒᆞ여 슈삼 일이 디나디 위경의 밧드ᄂᆞᆫ 졍셩이 디극하고 집이 고요ᄒᆞ여 잡인이 츌입디 아니니 쇼졔 져기 방심(放心)ᄒᆞ나
55면 오히려 공구(恐懼)ᄒᆞ여 츈·경 이파를 잠시도 ᄯᅥ나디 못ᄒᆞ게 ᄒᆞ니 냥패 ᄯᅩᄒᆞᆫ 쇼져 겻티 쥬야 시호(侍護)ᄒᆞ더니 맛ᄎᆞᆷ 위경이 뒤히 가 방하 ᄣᅵ코[69] 츈·경 이패 여측(如側)ᄒᆞ라 간 ᄉᆞ이 ᄒᆞᆫ 녀인이 ᄌᆞ최 업시 문을 열며 '위현ᄆᆡ야' 브ᄅᆞ다가 쇼져를 보고 어린 ᄃᆞ시 ᄇᆞ라보아 그 눈졍이 ᄀᆞ장 유심ᄒᆞ니 쇼졔 맛ᄎᆞᆷ 니러 안ᄌᆞᆺ다가 그 거동을 크게 블힝ᄒᆞ여 안

68 각골비통(刻骨悲痛): 뼈를 깎는 듯한 슬픔.

69 방하 ᄣᅵ코: 방아 찧고.

ᄉᆡᆨ을 거두어 슉연(肅然) 위좌(危坐)러니 위경이 후창으로 드러오다가 대경문왈(大驚問曰)

"그ᄃᆡ 엇디 왓더뇨? 내 집이 젼과 달나 쇼졔 계시거ᄂᆞᆯ 그ᄃᆡ 엇디 소ᄅᆡ도 아니코 드러왓ᄂᆞ뇨? 밧비 나가라."

기녜 낫출 븕혀 왈

"그ᄃᆡ난 괴이(怪異)ᄒᆞᆫ 사ᄅᆞᆷ이로다. 쇼졔 뉘 ᄃᆡᆨ 교왜(嬌瓦)신디 모로거니와 내 ᄯᅩ 녀인이니 뵈오미 관계치 아니커ᄂᆞᆯ 그ᄃᆡ도록 놀랍져이 구ᄂᆞ뇨?"

위경이 졍ᄉᆡᆨ왈(正色曰)

"비록 녀인이나 심규(深閨) 쇼져ᄅᆞᆯ 엇디 보리오? 그ᄃᆡ 일향(一鄕)을 두로 도라볼 사ᄅᆞᆷ을 보디 이 쇼져ᄂᆞᆫ 유모(乳母) 시녀 밧 원근 친쳑 밧 보시ᄂᆞᆫ 일이 업거ᄂᆞᆯ ᄒᆞ믈며 그ᄃᆡᄂᆞᆫ 쳐음이라. 엇디 깃거ᄒᆞ시리오? 모로미 다언(多言)치 말고 밧비 도라갈디어다." 56면

기녜 ᄀᆞ장 분노ᄒᆞ여 발연(勃然)이 문을 닷고 분분이 도라가니 쇼졔 블승경악(不勝驚愕)ᄒᆞ여 ᄌᆞ연실ᄉᆡᆨ(自然失色)이어ᄂᆞᆯ 위경이 위로 왈

"쇼져ᄂᆞᆫ 놀나지 마ᄅᆞ쇼셔. 향ᄌᆡᆨ 그 계집은 쳡의 동반(同伴) 가월낭이라. ᄀᆡ강 유명ᄒᆞᆫ ᄆᆡ팬(媒婆) 고로 아모 ᄃᆡ나 규슈ᄅᆞᆯ 엿보미 버릇되엿거니와 졔 쇼져 근본을 모로고 쳡이 ᄌᆡ촉ᄒᆞ믈 분노ᄒᆞ여 갓거니와 굿ᄐᆞ여 작ᄒᆡ(作害)ᄒᆞ믄 업ᄉᆞ리이다."

쇼졔 이에 머믄 ᄃᆡ ᄉᆞ오일의 위경의 인믈을 ᄎᆡ 모로고 ᄒᆞᆫ갓 ᄃᆡ강 어진 줄만 아랏더니 금일이야 ᄌᆞ셰히 보건ᄃᆡ 풍뫼(風貌) 쇼아(素雅)ᄒᆞ여 하류(下流)의 용탁(庸濁)[70]ᄒᆞ미 업ᄉᆞ며 ᄀᆡ딜(氣質)이 츌뉴(出類)[71]ᄒᆞ여 57면
셩되 ᄀᆡᆼ개(慷慨)[72]ᄒᆞ고 졍명널널ᄒᆞ미 ᄉᆞ문(士門) 부녀ᄅᆞᆯ 압두ᄒᆞᆯ ᄇᆡ라.

심하의 가디(可知)ᄒᆞ여 이에 답왈(答曰)

“나의 비쥬(婢主) 삼 인이 은인의 구활(救活)ᄒᆞ믈 닙어 ᄉᆞ랏거니와 교목(喬木)의 디엽(枝葉)과 ᄉᆞ문의 ᄌᆞ최로 오ᄅᆡ 이에 머므디 못ᄒᆞᆯ ᄇᆡ어ᄂᆞᆯ 도라갈 곳이 업고 그ᄃᆡ 은혜ᄅᆞᆯ 의디ᄒᆞ여 이에 뉴(留)ᄒᆞ미 되엿다가 아ᄌᆞ 그 녀인을 당면ᄒᆞ니 비록 그ᄃᆡ 동반(同伴)이나 그 유심ᄒᆞᆫ 눈쏠이 필연 일을 빗고 말디라. 은인이 임의 날을 구활ᄒᆞᆫ ᄌᆡ싱디혜(再生智慧)ᄅᆞᆯ ᄭᅵ쳐시니 다시 화ᄉᆞ(禍事)ᄅᆞᆯ 방비ᄒᆞ여 블의디변(不意之變)[73]이 업게 ᄒᆞ믈 ᄇᆞ라노라.”

셩음이 쳥화ᄒᆞ여 단혈(丹穴)의 봉죄(鳳鳥) 브ᄅᆞ고 경게 옥뉼(玉律)을 화(和)ᄒᆞᄂᆞᆫ ᄃᆞᆺ 션풍(仙風) 이질(異質)은 안목의 휘황(輝煌)ᄒᆞ믈 일워시니 위졍이 긔이코 황홀(恍惚)ᄒᆞ여 혜오ᄃᆡ ‘우리 노야의 만금 일괴
58면 ᄇᆡᆨ미쳔광(百美千光)이 유시(幼時)의도 츌어범뉴(出於凡類)ᄒᆞ여 만고무비(萬古無比)러니 이 쇼져ᄂᆞᆫ 우리 쇼져긔 일분 더으미 이시니 금셰의 졀염슉완(絶艶淑婉)이 흔토다.’ ᄒᆞ고 이의 공경ᄃᆡ왈(恭敬對曰)

“월낭의 쇼져ᄅᆞᆯ 쳠관(瞻觀)ᄒᆞ오믄 옥모(玉貌)ᄅᆞᆯ 경앙(景仰)ᄒᆞ미라. 므솜 다ᄅᆞᆫ 뜻이 이시리잇고? 혹ᄌᆞ 의외디ᄉᆡ(意外之事) 잇ᄉᆞ오나 쳡이 디ᄉᆞ위한(至死爲限)ᄒᆞ여 쇼져로 ᄒᆞ여곰 봉ᄋᆡᆨ(逢厄)디 아니시게 ᄒᆞ리이다. 쳡의 가부(家夫) 상ᄌᆡ튱은 양츄밀ᄃᆡᆨ 노ᄌᆞ로셔 한님 노야ᄅᆞᆯ

---

70 용탁(庸濁): 평범하고 비루함.

71 츌뉴(出類): 출류. 같은 무리에서 뛰어남.

72 강개(慷慨): 의롭지 못한 것을 보고 의기가 솟구침.

73 블의디변(不意之變): 불의지변. 뜻하지 않은 변고.

뫼셔 노영(虜營)의 갓ᄉᆞᆸ거니와 디아비 죡쇽이 ᄌᆞ로 왕ᄂᆡ(往來)ᄒᆞ므로 양부 문안을 ᄌᆞ조 듯ᄉᆞᆸ고 삼상공 부인이 운암산 본부의셔 귀근(歸覲)ᄒᆞ여 계시더니 슈히 샹경(上京)ᄒᆞ신다 ᄒᆞ오ᄆᆡ 쇼졔 쳔가(賤家)의 오ᄅᆡ 뉴ᄒᆞ시미 어려오신즉 운암산 숑부의 올마 계시다가 숑부인 환경시의 동ᄒᆡᆼ(同行)ᄒᆞ시미 됴흘가 ᄒᆞᄂᆞ이다."

쇼져의 침믁뎡대(沈默正大)ᄒᆞ므로도 이 말을 드ᄅᆞᄆᆡ 도로혀 희동안 59면
ᄉᆡᆨ(喜動眼色)ᄒᆞ여 왈

"엇디 이 말을 발셔 니ᄅᆞ디 아니ᄒᆞ뇨?"

위경이 ᄃᆡ왈(對曰)

"이졔 숑부인의 일남 숑학ᄉᆞ의 ᄎᆞᄌᆡ 두역(痘疫)으로 아딕 외인(外人)을 통치 아니시ᄆᆡ 숑신 후 우명일(又明日) 즈음 츈파ᄅᆞᆯ 부리시면 쳡이 동ᄒᆡᆼᄒᆞ와 부인긔 뵈ᄋᆞᆸ고 연유ᄅᆞᆯ 고ᄒᆞ리이다."

쇼졔 표슉뫼(表叔母) 근디(近地)의 계시믈 드ᄅᆞᄆᆡ 경희(驚喜)ᄒᆞ며 반가온 듕 공ᄌᆞ의 소식을 모로믈 초우(焦憂)ᄒᆞ고 츈패 역시 블승환열(不勝歡悅)ᄒᆞ여 쇼져ᄅᆞᆯ 위하왈(慰賀曰)

"금번 화란의 비쥐(婢主) ᄉᆞ라나믈 보아도 공ᄌᆡ 젹슈의 맛디 아니시리니 젹셜(積雪)이 잠간 녹은즉 공ᄌᆡ 쇼져의 시신이나 ᄎᆞᆺ고져 ᄒᆞ샤 낙셩촌을 ᄎᆞᄌᆞ오시리이다."

쇼졔 왈

"향일 ᄡᆞ혓던 눈이 반야지ᄂᆡ(半夜之內)의 다 녹앗던 ᄇᆡ니 오뎨 신상이 무양(無恙)ᄒᆞᆯ딘ᄃᆡ 산곡 험노ᄅᆞᆯ 혜디 아녀 발셔 낙셩촌을 ᄎᆞᄌᆞ련마
ᄂᆞᆫ 그ᄃᆡ 등이 문 밧글 나지 못ᄒᆞ고 쥬인이 죵뎨(從弟)의 얼골을 모로 60면
니 비록 이 문 밧글 지난들 엇디 알니오?"

위졍 왈

"태원녕으로조ᄎᆞ 낙셩촌 왕ᄂᆡ(往來)ᄂᆞᆫ 쳡이 닉이 아옵ᄂᆞ니 졍되(程途) 일ᄇᆡᆨ삼십 니(里)오 산뇌(山路) 졀험긔구(絶險崎嶇)ᄒᆞ여 볼븟치기 어려오니 공ᄌᆡ 젹셜(積雪) 듕 ᄎᆞᄌᆞ 니ᄅᆞ시기 어려오시리이다."

쇼졔 더옥 슈우(愁憂)ᄒᆞ더니 명됴의 위졍이 그 쥬군(主君) 댱딘뉘 브ᄅᆞᆫ다 ᄒᆞ고 읍져(邑邸)로 간 디 오ᄅᆡ되 오디 아니니 츈파 등이 쥬인 업ᄉᆞᆫ 집의 쇼져ᄅᆞᆯ 위호ᄒᆞ여 의디ᄅᆞᆯ 일흔 ᄃᆞᆺ ᄉᆡ로이 공구(恐懼)ᄒᆞᆫ 듕 위졍의 시ᄋᆡ(侍兒) 드러와 고왈(告曰)

"쥬뫼 므슴 급ᄒᆞᆫ 일이 잇숩디 외실(外室)의 와 약궤(藥櫃)ᄅᆞᆯ 열고 약환(藥丸)을 가디고 도ᄅᆞ간 디 오ᄅᆡ되 디금 긔쳑이 업ᄉᆞ오니 셕반(夕飯)이 느즐가 ᄒᆞᄂᆞ이다."

쇼졔 작일 월낭의 ᄒᆡᆼ젹(行蹟)을 본 후 므슴 ᄉᆞ괴 이실가 우려ᄒᆞ던 바
61면 로 ᄎᆞ언(此言)을 드ᄅᆞᄆᆡ 심ᄉᆡ(心思) 더옥 번난(煩亂)ᄒᆞ여 후창을 열고 건샹(乾象)을 앙쳠(仰瞻)ᄒᆞᄆᆡ 안ᄉᆡᆨ이 ᄌᆞ못 변이ᄒᆞ니 츈패 딘젼왈(進前曰)

"쇼졔 화부인긔 슈학(修學)ᄒᆞ샤 만믈디니(萬物之理)의 활연관통(豁然貫通)ᄒᆞ신디라. 금애 셩슈(星宿)ᄅᆞᆯ ᄉᆞᆯ피시고 만분경의(萬分敬意)ᄒᆞ시니 엇진 ᄉᆞ괴니잇고?"

쇼졔 침음답왈(沈吟答曰)

"내 계모(繼母) 부인 훈회(訓誨)ᄅᆞᆯ 밧ᄌᆞ오나 소암미렬(疏暗微劣)ᄒᆞ여 므슴 알오미 이시리오마ᄂᆞᆫ ᄇᆞ라미 궁극ᄒᆞ고 ᄉᆡᆼ각이 간졀ᄒᆞ여 셩슈ᄅᆞᆯ ᄉᆞᆯ핀즉 반야디ᄂᆡ(半夜之內)의 죵데(從弟)ᄅᆞᆯ 상봉(相逢)ᄒᆞᆯ ᄃᆞᆺᄒᆞ니 ᄌᆞ
74
연 현어외모(現於外貌)ᄒᆞ도다."

ᄒᆞ며 현망(懸望)ᄒᆞ미 ᄌᆞ못 깁더니 야심 후 싀비(柴扉)의 인젹이 잇고 ᄇᆡᆨ구창견(白狗蒼犬)[75]이 ᄌᆞ로 딘퇴ᄒᆞ여 즛기ᄅᆞᆯ 마디 아니커ᄂᆞᆯ 쇼졔 더옥 심동(心動)ᄒᆞ여 츈파다려 왈

"어미 긔동(起動)ᄒᆞ미 어려오나 잠간 나가 보미 엇더ᄒᆞ뇨?"

츈패 역시 놀나 몸을 ᄭᅳ을고 나아갈ᄉᆡ 외실(外室)의 등쵹(燈燭)이 명낭ᄒᆞᆫᄃᆡ 위경과 두어 남ᄌᆞ의 어음(語音)이 나ᄃᆡ 심히 귀에 닉거ᄂᆞᆯ 더 62면 옥 의혹(疑惑)ᄒᆞ여 문틈으로 여어본즉 위경과 녜리(禮吏) 최언션이 공ᄌᆞᄅᆞᆯ 누이고 슈죡을 쥐므ᄅᆞ며 약환(藥丸)을 ᄀᆞ라 입의 드리오고 운학·경농이 공ᄌᆞ 발치예 누어 골오ᄃᆡ

"아마도 못 ᄉᆞᆯ가 시브다."

ᄒᆞ니 위경이 약믈 ᄒᆞᆫ 종식 주며 왈

"이거시 회싱단(回生丹)이니 아모커나 먹어보라."

ᄒᆞᆫᄃᆡ 운학·경농이 계오 니러 마시고 도로 눕거ᄂᆞᆯ 츈패 경희막측(驚喜莫測)ᄒᆞ여 급히 지게ᄅᆞᆯ 열치며 왈

"위현ᄆᆡ야, 우리 공ᄌᆞᄂᆞᆫ 어ᄃᆡ 가 뫼셔 오고 최슉과 운학 등은 어ᄃᆡ로셔 왓ᄂᆞ뇨? 황홀(恍惚)ᄒᆞ여 ᄭᅮᆷ이며 상시(生時)믈 분간치 못ᄒᆞ리로다."

운학·경농이 츈파의 그 소ᄅᆡᄅᆞᆯ 듯고 놀나며 반겨 크게 우니 언션이 급히 그 닙을 막아 왈

"군등이 경긱(頃刻)의 슈진(壽盡)ᄒᆞᆯ 거동이러니 엇디 크게 소ᄅᆡᄒᆞ여 ᄯᅩ 취화(取禍)코ᄌᆞ ᄒᆞᄂᆞ뇨?"

---

74 현어외모(現於外貌): (생각이) 표정에 드러남.

75 ᄇᆡᆨ구창견(白狗蒼犬): 백구창견. 하얀 개와 검은 개.

도라 츈파다려 왈

63면 "긔화참변(奇禍慘變)을 슈거셔의 긔록디 못ᄒᆞ리니 신혼경니(身魂驚離)ᄒᆞ여 졍회(情懷)ᄅᆞᆯ 펴디 못ᄒᆞᆯ디라. ᄲᆞᆯ니 드러가 쇼져ᄅᆞᆯ 시위(侍衛)ᄒᆞ쇼셔."

츈패 읍왈(泣曰)

"향일 위현ᄆᆡ의 구활대은(救活大恩)을 인ᄒᆞ여 긔ᄉᆞ부ᄉᆡᆼ(起死復生)ᄒᆞ고 눈을 ᄡᅳᄆᆡ 구면목(舊面目)이 의연(依然)터니 금일 딜ᄋᆞ 등과 최슉을 상봉ᄒᆞ믄 쳔만몽ᄆᆡ(千萬夢寐) 밧기라. 비록 창황(蒼黃) 듕이나 ᄒᆞᆫ번 니ᄅᆞ믈 앗기디 마ᄅᆞ쇼셔. 공ᄌᆞ의 회소(回蘇)ᄒᆞ시믈 보면 즉시 드러가리이다."

언션 왈

"위ᄆᆡ 드러가 젼후ᄉᆞ(前後事)ᄅᆞᆯ 쇼져긔 고ᄒᆞᆯ 젹 슈시(嫂氏) 참쳥(參聽)ᄒᆞ리니 쇼져의 기다리시믈 도라보쇼셔."

운학이 말을 니어 태원녕의셔 공ᄌᆞᄅᆞᆯ 만난 바와 낙셕촌[76]을 ᄎᆞᄌᆞ오다가 듕노(中路)의셔 여ᄎᆞ여ᄎᆞ(如此如此)ᄒᆞᆫ ᄉᆞ익(死厄)으로 필경은 딘뉴 아문(衙門)의 잡히여 졈졈 죄명(罪名)이 듕히 얽히ᄃᆡ 최군의 구ᄒᆞ믈 닙어 이의 니ᄅᆞᆫ 바ᄅᆞᆯ 셰셰(細細)히 젼ᄒᆞ니 츈패 눈으로 공ᄌᆞ의 위
64면 ᄐᆡ(危殆)ᄒᆞ믈 보며 귀로 운학의 말을 듯건ᄃᆡ 존심이 더옥 회젼(回轉)ᄒᆞ나 쇼져의 기다리믈 ᄉᆡᆼ각고 도로 드러가니 그 ᄉᆞ이 잠간 오란디라. 쇼져의 기다리미 더옥 초급ᄒᆞ다가 츈파의 셜화ᄅᆞᆯ 드ᄅᆞᄆᆡ 경악통

76 낙셕촌: '낙셩촌'의 오기.

도(驚愕痛悼)[77]ᄒᆞᆫ 듕 언션이 구호ᄒᆞ여 망나(網羅)의 버셔나믈 힝심(幸甚)ᄒᆞ여 다시 츈파다려 왈

"죵뎨 혼혼이 인ᄉᆞᄅᆞᆯ ᄇᆞ렷ᄂᆞᆫᄃᆡ 운학 등이 ᄯᅩᄒᆞᆫ 졍신을 슈습디 못ᄒᆞ리니 비록 창황 듕이나 후화(後禍)ᄅᆞᆯ 아니 ᄉᆡᆼ각디 못ᄒᆞᆯ ᄇᆡ오. 최리 담당ᄒᆞ여 공ᄌᆞ 노쥬ᄅᆞᆯ 월옥(越獄)게 ᄒᆞ미 그 ᄯᅳᆺ이 필연 죵뎨ᄅᆞᆯ 위ᄒᆞ여 죽고ᄌᆞ ᄒᆞ미니 사ᄅᆞᆷ이 남의 은혜ᄅᆞᆯ 밧고 ᄉᆞᆯ흘 헐워 뼈 갑디 못ᄒᆞᆫ들 엇디 은인을 도로혀 ᄉᆞ디(死地)의 밀치리오? 모로미 다시 나가 언션의 쥬의(主意)와 위파의 획계(劃計)ᄅᆞᆯ 므러 오라."

츈패 응낙고 도로 나가 언션의 쥬의와 공ᄌᆞ 노쥬의 머믈 곳을 므ᄅᆞᆫᄃᆡ
언션은 다만 죽으믈 결(決)ᄒᆞ엿ᄂᆞᆫ디라. 일호(一毫) 쳑상(惕傷)ᄒᆞ며 구 65면
겁(懼怯)ᄒᆞ미 업셔 ᄃᆡ왈(對曰)

"공ᄌᆞ 노쥬(奴主)ᄅᆞᆯ 구ᄒᆞᆫ 후 죄ᄂᆞᆫ 내 스ᄉᆞ로 당ᄒᆞ리니 ᄉᆞᄉᆡᆼ 간 죡히 근심ᄒᆞᆯ ᄇᆡ 아니어니와 위ᄆᆡ의 ᄉᆞᄉᆡᆼ이 ᄯᅩᄒᆞᆫ 위ᄐᆡ(危殆)ᄒᆞ니 참통(慘痛)ᄒᆞ미 극의(極矣)로ᄃᆡ 공ᄌᆞ 노쥬ᄅᆞᆯ 급히 숨으시게 ᄒᆞ미 ᄌᆞ못 착급초민(促急焦悶)ᄒᆞ여 타ᄉᆞ(他事)ᄅᆞᆯ 밋쳐 결을치 못ᄒᆞ리로소이다."

인ᄒᆞ여 쇼져의 알고ᄌᆞ ᄒᆞᆯ 바ᄅᆞᆯ ᄉᆡᆼ각고 공ᄌᆞ 노쥬의 원통ᄒᆞᆫ 참누(慙累)ᄅᆞᆯ 무릅뼈 괴이(怪異)ᄒᆞᆫ 죄의 걸니미 다 ᄆᆡᆼ츄의 악착(齷齪)ᄒᆞᆫ 획계(畫計)로 비로ᄉᆞ민 줄 졀졀(節節)이 ᄇᆞᆰ혀 츄ᄅᆞᆯ 고ᄃᆡ 삼킬 ᄃᆞᆺ 믜워ᄒᆞ나 맛ᄎᆞᆷᄂᆡ 댱공의 흔극(釁隙)[78]을 니ᄅᆞ미 업셔 딘뉴의 ᄯᅳᆺ인ᄌᆞᆨ 공ᄌᆞ 노쥬ᄅᆞᆯ 위ᄒᆞ여 참연(慘然)하나 시졀을 도라보아 니ᄒᆡ(利害)ᄅᆞᆯ 기다리

77 경악통도(驚愕痛悼): 깜짝 놀라며 슬퍼함.
78 흔극(釁隙): 벌어져 사이가 난 자리. 흠.

ᄆᆡ 시러곰[79] 힘으로뼈 구홀 길히 업고 슌셜(脣舌)노뼈[80] 벗길 도리 업ᄉᆞ므로 박브득이(迫不得已)[81] 옥의 ᄂᆞ리오나 쳑쳑통졀(慽慽痛切)ᄒᆞ믈 마
66면 디 아니터라 ᄒᆞ며 호발(毫髮)도 댱공의 참덕(慙德)을 빗최 업ᄉᆞ나 운학 등과 츈파ᄂᆞᆫ 고디듯지 아냐 댱공의 ᄇᆡ은망덕(背恩忘德)ᄒᆞ미 탐권낙셰(貪權樂世)ᄒᆞ고 실신무상(失信無狀)ᄒᆞᆫ 심술(心術)을 크게 통ᄒᆡ파측(痛駭叵測)히 넉이ᄃᆡ 언션과 위졍의 둣텁고ᄌᆞ ᄒᆞ믈 혜아려 댱공다히 말을 아니코 위졍의 ᄉᆞ싱이 쏘 엇디 급ᄒᆞ민고 곡졀(曲折)을 므ᄅᆞᆫᄃᆡ 위졍은 죽으믈 결(決)홀디언졍 쇼져 비쥬(婢主)로 ᄒᆞ여곰 댱공의 구쳡(求妾)ᄒᆞᄂᆞᆫ ᄉᆞ단을 들니디 아니려 ᄒᆞ거놀 언션이 친디(親知)의 졍으로뼈 져의 ᄉᆞ싱(死生)은 거리끼디 아니ᄒᆞ나 위졍의 맛촐 바롤 참연(慘然)ᄒᆞ여 댱공의 구쳡디ᄉᆞ(求妾之事)롤 ᄃᆡ강 젼ᄒᆞ니 위졍은 언션의 발셜(發說)ᄒᆞ믈 블열(不悅)ᄒᆞ더라. 츈패 ᄎᆞ언을 듯고 블승경ᄒᆡ(不勝驚駭)[82]ᄒᆞ여 왈

“댱노얘 모로고 그러ᄒᆞ시나 근본이 ᄉᆞ문디엽(士門枝葉)인 줄 알외면 강박(强迫)디 아니시려든 그ᄃᆡ 엇디 잠잠ᄒᆞ여 죽으믈 감심(甘心)ᄒᆞᄂᆞ뇨?”

위졍이 탄왈(嘆曰)

67면 “엇디 ᄉᆞ문교옥(士門嬌玉)이믈 고치 아니ᄒᆞ리오마ᄂᆞᆫ 월낭 흉녜(凶

---

79 시러곰: 능히.

80 슌셜(脣舌)노뼈: 순설로써. 말로써.

81 박브득이(迫不得已): 박부득이. 일이 급하게 닥쳐와서 어찌할 수 없이.

82 블승경ᄒᆡ(不勝驚駭): 불승경해. 놀라움을 이기지 못함.

女) 쇼져ᄅᆞᆯ 보고 도라가 노야긔 고ᄒᆞ믈 욕득업시 ᄒᆞ여시니 분개졀통(憤慨切痛)ᄒᆞ여라. 쇼져ᄅᆞᆯ 운암산으로 올므시게 ᄒᆞ고 내 죽을 밧긔 다ᄅᆞᆫ 계교(計巧) 업셰라. 쇼제 월낭의 눈ᄭᆞᆯ이 작ᄒᆡ(作害)ᄒᆞ고 말니라 ᄒᆞ시미 션견디명(先見之明)이 그 심통을 ᄭᆡ여 보시미로다.”

정언간(正言間)의 공ᄌᆡ 회운(回運)ᄒᆞ여 눈을 쾌히 ᄯᅳ고 정신을 슈습ᄒᆞ여 운학·경농과 최언션이 이시며 다시 츈파와 위경을 보고 크게 놀나 쳬ᄉᆞ방타(涕泗滂沱)[83] 왈

“츈파의 ᄉᆞ라시믈 보니 져졔(姐姐) 혹ᄌᆞ ᄉᆡᆼ존(生存)ᄒᆞ신가 ᄒᆞᄂᆞ니 ᄒᆞᆫ 번 명ᄇᆡᆨ(明白)히 니ᄅᆞ라.”

ᄯᅩ 위경을 ᄀᆞᄅᆞ쳐 왈

“ᄎᆞ녀ᄂᆞᆫ 댱딘뉴의 비ᄌᆡ(婢子)어ᄂᆞᆯ 엇디 이에 잇ᄂᆞ뇨?”

ᄒᆞ니 공ᄌᆞ의 춍명(聰明)ᄒᆞ미 ᄌᆞ긔 삼ᄉᆞ 셰(歲)의 위경을 보앗던 ᄇᆡ로ᄃᆡ 당금 혼미(昏迷)ᄒᆞᆫ 정신의 쾌히 위경인 줄 ᄭᆡ쳐 근본이 ᄌᆞ긔 집 비ᄌᆡ믈 모로고 댱부 비ᄌᆡ 이의 이시믈 깃거 아니미러라. 츈패 즉시 고두 68면
ᄇᆡ복(叩頭拜伏)의 깃브고 슬프미 황홀ᄒᆞ니 깃브믄 공ᄌᆞ 남ᄆᆡ(男妹) ᄉᆡᆼ도(生道)ᄅᆞᆯ 다 어드미오 슬프믄 언션과 위경이 죽기ᄅᆞᆯ 결ᄒᆞᄆᆡ 그 산은ᄒᆡ덕(山恩海德)을 갑디 못ᄒᆞ고 도로혀 ᄉᆞ디(死地)의 밀치믈 ᄎᆞ마 못ᄒᆞᆯᄇᆡ라. 념급ᄎᆞᄉᆞ(念及此事)의 혼ᄇᆡᆨ이 경월(驚越)ᄒᆞ여 슈히 말을 일우디 못ᄒᆞ니 공ᄌᆡ ᄌᆡ촉ᄒᆞ여 져져의 ᄉᆡᆼᄉᆞ(生死)ᄅᆞᆯ 므ᄅᆞᆫᄃᆡ 츈패 드ᄃᆡ여 쇼져의 회ᄉᆡᆼ(回生)ᄒᆞ미 위경의 은혜 줄 고ᄒᆞ여 디금 쇼제 향

83 쳬ᄉᆞ방타(涕泗滂沱): 체사방타. 눈물과 콧물을 비같이 흘리는 것.

ᄎᆞ디경(向差之境)의 계시나 공ᄌᆞ의 소식을 몰나 초우비려(焦憂悲慮)ᄒᆞ다가 공ᄌᆡ 이에 니ᄅᆞ시믈 경희(驚喜)ᄒᆞ샤 반기시나 후화(後禍)ᄅᆞᆯ 근심ᄒᆞ여 슈미ᄅᆞᆯ 펴디 못ᄒᆞ믈 일ᄏᆞᆺ고 다시 언션의 늉공대은(隆功大恩)을 언어로 다 ᄒᆞ디 못ᄒᆞ믈 고ᄒᆞ니 공ᄌᆡ ᄆᆡ져(妹姐)의 ᄉᆡᆼ존을 드ᄅᆞᄆᆡ 깃븐 졍신이 ᄇᆡᆺ기 흔득여 위졍의 은혜ᄅᆞᆯ 죵신블망(終身不忘)ᄒᆞᆯ 의
69면 ᄉᆡ 언션이 ᄌᆞ가ᄅᆞᆯ 구ᄒᆞᆫ 은혜로 감치 아니니 만심(滿心)이 환흡(歡洽)기로조ᄎᆞ ᄇᆡᆨ병(百病)이 안개 스ᄃᆞᆺ 혼침(昏沈)ᄒᆞ고 앏프던 ᄇᆡ ᄉᆞ디(四肢) 경쾌ᄒᆞ니 언션이 ᄌᆞ긔 노쥬ᄅᆞᆯ 살 곳의 닐위고 스ᄉᆞ로 화ᄅᆞᆯ 당ᄒᆞ여 죽으려 ᄒᆞ믈 깃거 아냐 츈파다려 밧비 드러가 ᄆᆡ져긔 ᄌᆞ긔 회소(回蘇)ᄒᆞ여시믈 고ᄒᆞ라 ᄒᆞᆫ 후 언션을 갓가이 쳥ᄒᆞ여 문왈(問曰)

“그ᄃᆡ 우리 노쥬(奴主)ᄅᆞᆯ 건져ᄂᆡ고 나죵을 엇디코ᄌᆞ ᄒᆞᄂᆞ뇨?”

언션이 ᄃᆡ왈(對曰)

“초의 ᄃᆡᆫ유 노얘(老爺) 공ᄌᆞ의 ᄒᆡᆼᄉᆡᆨ(行色)이 고위ᄒᆞ시믈 근심ᄒᆞ시며 슬허ᄒᆞ시던 ᄇᆡ라. 이졔 ᄆᆡᆼ츄 흉젹(凶賊)의 간모(奸謀)ᄅᆞᆯ 모로시고 아ᄃᆡᆨ 공ᄌᆞ와 운학 등을 엄슈(嚴守)ᄒᆞ시미나 본심인즉 블승참연(不勝慘然)ᄒᆞ시리니 굿ᄐᆞ여 ᄉᆞ죄(死罪)ᄅᆞᆯ 녕(令)치 아니ᄒᆞ시리이다.”

공ᄌᆡ 언션의 당ᄃᆡᆫ뉴 심술을 알며 짐ᄌᆞᆺ 이ᄀᆞᆺ치 ᄃᆡᄒᆞ믈 디긔(知機)ᄒᆞ더라.

(책임교주 김유미)

완월회맹연
玩月會盟宴

권디십팔
卷之十八

ᄎᆞ시(此時) 공ᄌᆡ 언션의 댱딘뉴 심술을 알며 짐ᄌᆞᆺ 이갓치 ᄃᆡᄒᆞ믈 어 1면
이 디긔(知機)치 못ᄒᆞ리오? 텬셩츌인(天性出人)ᄒᆞᆫ 의긔현심(意氣賢
心)의 사ᄅᆞᆷ의 위급ᄒᆞᆫ 변ᄋᆡᆨ(變厄)을 드ᄅᆞᆫ즉 ᄌᆞ긔 몸의 당ᄒᆞᆫ ᄃᆞ시 구코
져 ᄒᆞ던 바로 엇디 ᄉᆞᄉᆞ로 살기를 탐ᄒᆞ여 깁히 숨을 의ᄉᆡ(意思) 이시
리오? 악연경동(愕然驚動)ᄒᆞ여 가월(佳月) ᄡᅡᆼ미(雙眉)를 기리 빈튝
(嚬蹙)ᄒᆞ고 개유[1]왈(開諭曰)

"내 비록 인덕(仁德)이 박ᄒᆞ나 엇디 내 살기를 취ᄒᆞ여 무죄(無罪)ᄒᆞᆫ
사ᄅᆞᆷ을 ᄉᆞ화(死禍)의 밀치리오? 그ᄃᆡ 날을 위ᄒᆞᆫ 셩의 감샤ᄒᆞ나 ᄎᆞ마
나의 ᄋᆡᆨ화(厄禍)를 그ᄃᆡ의게 옴기디 못ᄒᆞ리니 딜셰(疾勢) 잠간 ᄎᆞ복
(差復)기를 기다려 아모커나 딘뉴 아문(衙門)의 나아가 딘뉴와 밍츄
의게 곡졀을 ᄒᆞᆫ번 변ᄇᆡᆨ(辨白)ᄒᆞ고 셜ᄉᆞ 독슈(毒手)를 바들디라도 머
리를 움치며 ᄉᆞ리를 셔려 숨디 아니리니 그ᄃᆡ 임의 나의 노쥬를 옥 밧
긔 닐 졔 사술(詐術)과 궤계(詭計)를 ᄒᆡᆼᄒᆞ여시리니 딘뉴긔 딕고(直 2면
告)치 아니코 나의 거쳐를 미미히 모로노라 ᄒᆞ여 죄를 ᄌᆞ당(自當)치
말나. 내 안심 됴병(調病)ᄒᆞ여 딘뉴 아문(衙門)의 ᄉᆞᄉᆞ로 나아가리니
그ᄃᆡ 죽을 ᄯᅳᆺ을 긋칠디어다."

언션이 쳥파(聽罷)의 도로혀 블ᄒᆡᆼ졀박(不幸切迫)ᄒᆞ여 운학·경농을
도라보아 왈

"군등이 슈일을 됴리(調理)[2]ᄒᆞ여 ᄒᆡᆼ보를 ᄒᆞᆯ가 시브거든 공ᄌᆞ를 업고
밧비 피ᄒᆞ라. 내 당당이 공ᄌᆞ 면젼(面前)의셔 쳔ᄒᆞᆫ 명을 ᄭᅳᆫ허 공ᄌᆞ의

1 개유(開諭): 사리를 알아듣도록 타이름.
2 됴리(調理): 조리. 건강이 회복되도록 몸을 살핌.

념녀(念慮)롤 긋치시게 ᄒᆞ리라.”
ᄒᆞ고 도라 위경다려 왈
“공ᄌᆞ롤 깁히 숨으시게 ᄒᆞ믄 현ᄆᆡ(賢妹)롤 밋노라.”
언필의 다시 공ᄌᆞ긔 ᄌᆡᄇᆡ왈(再拜曰)
“쇼리(小吏) 죽으미 디원(至願)을 펴미로ᄃᆡ 딘뉴 노야(老爺) 면젼의셔 죽디 못ᄒᆞ미 한(恨)이로소이다.”
셜파의 칼흘 ᄲᅢ혀 ᄌᆞ문(自刎)ᄒᆞ니 공ᄌᆡ 대경착급(大驚着急)ᄒᆞ나 능히 운동(運動)홀 길히 업셔 츈파와 위경다려 급히 븟들나 ᄒᆞᆫᄃᆡ 냥인이 ᄲᆞᆯ니 ᄂᆡ다라 칼흘 아ᄉᆞ나 발셔 목을 범(犯)ᄒᆞ여 젹혈(赤血)이 소ᄉᆞ나니 운학 등이 황망(慌忙)이 븟드러 구호(救護)홀ᄉᆡ 비록 명(命)이 긋디 아녀시나 십분(十分) 경위(傾危)ᄒᆞᆫ디라. 공ᄌᆡ 블승ᄎᆞ악(不勝嗟愕)[3]ᄒᆞ여 위경을 ᄀᆞᄅᆞ쳐 약믈노ᄡᅧ 구호ᄒᆞ여 식경(食頃) 후 언션이 경신이 뇨연(瞭然)ᄒᆞ니 원ᄂᆡ 빗딜녀 상쳐(傷處) 놀나올디언졍 아조 죽든 아니미라. 언션이 눈믈을 흘니며 머리롤 두다려 져의 딘졍소회(眞情所懷)롤 일일히 고ᄒᆞ여 죄롤 남의게 년누(連累)치 말고 졔 독당(獨當)ᄒᆞ여 쾌히 딘뉴 압ᄒᆡ셔 죽으믈 고ᄒᆞ니 공ᄌᆡ 말노ᄡᅧ 그 ᄯᅳᆺ을 두로혀디 못홀 줄 알고 도로혀 이상(異常)이 넉이며 블안 감샤(感謝)ᄒᆞ여 아딕 그 ᄯᅳᆺ을 좃는 ᄃᆞ시 짐즛 니ᄅᆞᄃᆡ
“군의 디극(至極)ᄒᆞᆫ 졍셩(精誠)이 여ᄎᆞ(如此)ᄒᆞ믈 어이 감동치 아니리오? ᄒᆞ믈며 그ᄃᆡ 과도(過度)ᄒᆞ미 날노 ᄒᆞ여곰 갑흘 바롤 아디 못ᄒᆞ

3면

---

3 블승ᄎᆞ악(不勝嗟愕): 블승차악. 놀라움을 이기지 못함.

게 ᄒᆞ니 그 혈심(血心) 소원을 조ᄎᆞ 나의 ᄌᆞ최롤 은복(隱服)ᄒᆞ여 군의 쳐변(處變)을 임의(任意)케 ᄒᆞ리라." 4면

언션이 공ᄌᆞ의 쥬의(主意)롤 ᄎᆡ 모로고 도로혀 힝심ᄒᆞ여 비로소 엄누(淹留)ᄒᆞ며 위졍을 향ᄒᆞ여 공ᄌᆞ긔 미듁(米粥)을 봉딘(奉進)ᄒᆞ믈 니ᄅᆞ니 위졍과 츈패 뿔니 안ᄒᆡ 드러가 위졍은 미음을 출히고 츈파는 쇼져긔 공ᄌᆞ의 젼후 풍상변익(風霜變厄)을 고ᄒᆞ며 그 죄뤼(罪累) 문양 딘휼ᄎᆞ 은ᄌᆞ(銀子) 일만칠쳔 냥 도젹으로 얽어 죽이려 ᄒᆞ는 바롤 최언션 여ᄎᆞ여ᄎᆞ(如此如此) 구홈과 ᄯᅩ 댱공이 위졍으로 여ᄎᆞ여ᄎᆞ 구쳡(求妾)ᄒᆞ믈 죽기로 결심 심뇌(心惱) 거ᄒᆞᆫ 바와 언션이 ᄌᆞ문이ᄉᆞ(自刎而死)코ᄌᆞ ᄒᆞ던 소유(所由)롤 일일히 고ᄒᆞ니 쇼졔 공ᄌᆞ의 회소(回蘇)ᄒᆞᆫ 깃브믈 밋쳐 뎡치 못ᄒᆞ여셔 위졍과 언션이 다 ᄌᆞ긔 남ᄆᆡ(男妹)롤 위ᄒᆞ여 시ᄉᆞ여귀(視死如歸)ᄒᆞ믈 드ᄅᆞᄆᆡ 경히ᄎᆞ악(驚駭嗟愕)ᄒᆞ며 비분통원(悲憤痛怨)ᄒᆞ믈 엇디 견ᄃᆡ리오? ᄋᆡ연태식(哀然太息) 왈

"ᄉᆡᆼ디십일셰(生之十一歲)의 초목곤튱(草木昆蟲)도 ᄒᆡ(害)ᄒᆞ미 업ᄉᆞᄃᆡ 득죄어텬(得罪於天)ᄒᆞ미 여앙(餘殃)이 죵뎨(從弟)와 당치 아닌 위 5면
졍의게 밋ᄎᆞ니 만일 병풍암 하의 ᄡᅥ러디미 아닌즉 죵뎨(從弟) 낙셩촌의 니롤 일이 업고 흉인(凶人)을 아니 만나신즉 참참(慘慘)ᄒᆞᆫ 누얼(陋孽)의 걸닐 일이 업ᄉᆞ니 이 다 나의 연괴(緣故)라. 위졍이 ᄯᅩᄒᆞᆫ 날 구ᄒᆞᆫ 연고로 죽기의 니ᄅᆞ고ᄌᆞ ᄒᆞ니 내 비록 이완 구ᄎᆞ(苟且)ᄒᆞ나 화얼(禍孽)을 ᄀᆞᆺ초 모화다가 죵뎨와 위졍의게가디 안기고 언션의 죽고ᄌᆞ ᄒᆞ미 죵뎨롤 위ᄒᆞ미나 죵뎨의 화익(禍厄)인즉 날노 비로ᄉᆞ미라. 일개 약녀(弱女)의 익경(厄境)으로ᄡᅧ 년누(連累)ᄒᆞ미 이 디경(地境)의 밋ᄎᆞ니 젹앙(積殃)이 어이 두립디 아니ᄒᆞ며 ᄯᅩ 여ᄎᆞ디노의 투ᄉᆡᆼ(偸生)

ᄒᆞ믈 텬염신노(天厭神怒)ᄒᆞ시리니 내 출하리 위고참난(危苦慘亂)을 모로고 월쳥강의 슈ᄉᆞ(水死)치 못ᄒᆞ미 한 되며 음실누옥(陰室陋獄)의 욕을 면코ᄌᆞ ᄒᆞ미 ᄯᅩ 이런 일이 층츌(層出)ᄒᆞ여 참디 못ᄒᆞᆯ 욕과 못 견딜 경계 무궁ᄒᆞ니 위경의 죽음과 죵뎨의 위란(危亂)ᄒᆞ믈 보디 말고
6면 이졔 내 몬져 결코ᄌᆞ ᄒᆞ노라."

츈패 ᄯᅩᄒᆞᆫ 비분통원(悲憤痛冤)ᄒᆞ여 댱딘뉴의 ᄇᆡ은망혜(背恩忘惠)[4]ᄒᆞ믈 무슈히 즐ᄆᆡ(叱罵)ᄒᆞᆫᄃᆡ 쇼졔 뎡ᄉᆡᆨ왈(正色曰)

"댱공은 태야(太爺)의 문ᄉᆡᆼ(門生)이오 냥(兩) 대인(大人) 친위(親友)니 졔 비록 우리집을 져바리나 우리집인즉 져ᄅᆞᆯ 칙망(責望)ᄒᆞᆯ ᄇᆡ 아니어ᄂᆞᆯ 어미 엇디 나의 조험긔궁(阻險奇窮)ᄒᆞ믈 ᄉᆡᆼ각디 아니ᄒᆞ고 욕셜(辱說)이 태심(太甚)ᄒᆞ여 샹하분의(上下分義)ᄅᆞᆯ ᄉᆡᆼ각디 아닛ᄂᆞ뇨? ᄒᆞ믈며 져의 비ᄌᆞ(婢子)·하리(下吏) 다 우리 남ᄆᆡᄅᆞᆯ 위ᄒᆞ여 죽고ᄌᆞ ᄒᆞᆯ디언졍 쥬군의 블인(不仁)ᄒᆞ믈 언두(言頭)의 니ᄅᆞ디 아니커ᄂᆞᆯ 엇디 은인(恩人)의 ᄯᅳᆺ을 모로고 태만디셜(怠慢之說)을 나ᄂᆞᆫ ᄃᆡ로 ᄒᆞ미 한심(閑心)치 아니랴?"

츈패 탄식ᄃᆡ왈(嘆息對曰)

"인심셰되(人心世道) 궁흉악착(窮凶齷齪)ᄒᆞ여 댱공이 ᄆᆡᆼ츄의 일당으로 우리 션노야(先老爺) 여텬대은(如天大恩)을 몽니(夢裡)의도 ᄉᆡᆼ각디 아니코 업더진 곳의 더옥 밀치오니 엇디 통분(痛憤)치 아니ᄒᆞ리잇가?"

7면 쇼졔 탄왈(嘆曰)

4 ᄇᆡ은망혜(背恩忘惠): 배은망혜. 은혜를 잊고 저버림.

“말셰인심(末世人心)을 어이 니ᄅᆞᆯ ᄇᆡ리오? 다만 명되(命途) 긔구(崎嶇)ᄒᆞ믈 슬허ᄒᆞ노라.”

언필(言畢)의 냥구침ᄉᆞ(良久沈思)ᄒᆞ다가 츈파다려 왈

“공ᄌᆡ 긔거ᄒᆞᆯ 긔운이 잇거든 잠간 드러와 상견(相見)케 ᄒᆞ라.”

츈패 슈명(受命)ᄒᆞ고 밧긔 나오ᄆᆡ 위졍이 발셔 미음을 ᄀᆞᆺ초아 공ᄌᆞ와 운학 등의 허핍(虛乏)ᄒᆞ믈 딘뎡케 ᄒᆞᆯᄉᆡ 계셩(鷄聲)이 ᄉᆡᄇᆡᄅᆞᆯ 보ᄒᆞ거ᄂᆞᆯ 언션이 아문(衙門)으로 드러가려 하딕(下直)을 고ᄒᆞ며 공ᄌᆞ의 밧비 은신(隱身)ᄒᆞ믈 간졀이 쳥ᄒᆞᆫᄃᆡ 공ᄌᆡ ᄌᆞ긔 질셰(疾勢) 가복(可復)기ᄅᆞᆯ 기다려 언션의 ᄉᆞ화(死禍)ᄅᆞᆯ 벗기고ᄌᆞ ᄒᆞᄆᆡ 아ᄃᆡᆨ 그 말을 조ᄎᆞᆯ ᄃᆞ시 고개 좃고 경거히 죽디 말믈 당부ᄒᆞ니 언션이 쇼이ᄃᆡ왈(笑而對曰)

“공ᄌᆡ 초의 쇼리(小吏)의 쳔신(賤身)을 과도히 념녀ᄒᆞ실ᄉᆡ ᄎᆞᆯ하리 면젼(面前)의셔 죽어 셩녀(聖慮)ᄅᆞᆯ 허비치 마ᄅᆞ시과져 ᄒᆞ미언졍 본심이 브ᄃᆡ 죽으려 ᄒᆞ미 아니오니 딘뉴 노얘(老爺) ᄉᆞᆯ믈 주실딘ᄃᆡ 인ᄉᆡᆼ극낙(人生極樂)이오 셜영 죽으믈 명ᄒᆞ셔도 우음을 먹음어 검하(劍下)의 업ᄃᆡ리니 빌건ᄃᆡ 공ᄌᆞᄂᆞᆫ 셩녀(聖慮)의 거리ᄭᅵ디 마ᄅᆞ쇼셔.”

8면

셜파(說罷)의 ᄌᆡᄇᆡ이츌(再拜而出)ᄒᆞ니 위졍이 휘루비읍(揮淚悲泣)ᄒᆞ며 운학·경농이 ᄯᅩᄒᆞᆫ 그 은덕(恩德)을 각골감심(刻骨感心)[5]ᄒᆞ여 블승통읍(不勝痛泣)이러라. 이ᄣᅵ 츈파ᄂᆞᆫ 언션의 ᄉᆞᄉᆡᆼ(死生)ᄲᅳᆫ 아니라 위졍의 ᄉᆞᄉᆡᆼ(死生)을 근심ᄒᆞ여 미위(眉宇) 슈집(愁集)ᄒᆞ고 슬프미 쳡다(疊多)ᄒᆞ여 어린 ᄃᆞ시 셧다가 날호여 공ᄌᆞ긔 쇼제 쳥견(請見)ᄒᆞ믈

5 각골감심(刻骨感心): 뼈에 새길 정도로 깊이 감사함.

고ᄒᆞᆫᄃᆡ 공ᄌᆡ 신고(辛苦)히 니러 의ᄃᆡ(衣帶)ᄅᆞᆯ 슈렴ᄒᆞ며 운학 등의게 붓들녀 입ᄂᆡ(入內)ᄒᆞ니 쇼졔 젼도(顚倒)히 니러 마ᄌᆞ 셔로 볼ᄉᆡ 공ᄌᆡ 비록 져져(姐姐)ᄅᆞᆯ 죽은가 슬허ᄒᆞ나 셩슈(星宿)로뼈 요ᄒᆡᆼ(僥倖) ᄉᆡᆼ존(生存)ᄒᆞ믈 혜아렷더니 금일 만나ᄆᆡ 그 반기ᄂᆞᆫ 졍이 도로혀 슬프믈 닐위거ᄂᆞᆯ 초취(憔悴)ᄒᆞ고 슈약(瘦弱)ᄒᆞ미 ᄒᆞᆫ 졈 혈ᄉᆡᆨ이 업ᄉᆞ니 약
9면 딜(弱質)이 엄엄면철(奄奄綿綴)[6] ᄒᆞ여 위ᄐᆡᄒᆞ미 극ᄒᆞ거ᄂᆞᆯ 쇼졔 ᄯᅩ 공ᄌᆞᄅᆞᆯ 위ᄒᆞᆫ 심녀(心慮) 간위(肝胃)ᄅᆞᆯ ᄉᆞᆯ오더니 금일 보건ᄃᆡ 신긔로온 픔격 완둥관대ᄒᆞ믈 미덧더니 이러ᄐᆞᆺ 변형ᄒᆞ여시믈 오히려 ᄉᆡᆼ각디 아냣더니 텬디신화(天地神化)ᄅᆞᆯ 일코 일월졍긔(日月精氣) 밧괴여 피골(皮骨)이 상영(相映)ᄒᆞ여시니 블승경악(不勝驚愕)ᄒᆞ여 비컨ᄃᆡ 남산이 최최(崔崔)ᄒᆞᆫᄃᆡ 약쉬(弱水)[7] ᄲᆞᆯ니이고 엄ᄌᆡ 황황ᄒᆞᆫᄃᆡ 낙일(落日)이 님ᄒᆞᆷ ᄀᆞᆺᄐᆞ여 피ᄎᆞ 참연통절(慘然痛絶)ᄒᆞ믈 어ᄃᆡ 비ᄒᆞ리오? 쇼졔 셩안(星眼)의 징패(澄波) ᄌᆡᆼ동(爭動)ᄒᆞ여 ᄋᆡ읍왈(哀泣曰)

"현뎨(賢弟)로 ᄒᆞ여곰 이의 니ᄅᆞ게 ᄒᆞ믄 다 우져(愚姐)의 연괴(緣故)라. 당ᄎᆞ시ᄒᆞ여ᄂᆞᆫ 음실 누귀(陋鬼) 되디 못ᄒᆞᆫ ᄋᆡᄃᆞᆯ오미 무궁ᄒᆞᆫ들 가히 밋ᄎᆞ랴? ᄒᆞ믈며 ᄉᆞᆺ는 ᄃᆞᆺᄒᆞᆫ 근심과 ᄐᆞᄂᆞᆫ ᄃᆞᆺᄒᆞᆫ 놀나오미 여러 가디로 장부(臟腑)ᄅᆞᆯ 흔드니 ᄉᆞ화ᄅᆞᆯ 면ᄒᆞᆫ 즐거오믄 아디 못ᄒᆞ고 궁극ᄒᆞᆫ
10면 의ᄉᆡ 현뎨로 더브러 일계(一計)ᄅᆞᆯ ᄒᆡᆼ코ᄌᆞ ᄒᆞᄆᆡ 밧비 쳥ᄒᆞ괘라."

공ᄌᆡ 계오 녜ᄅᆞᆯ 베플고 가월텬창(佳月天窓)이 참연쳑쳑(慘然慽慽)ᄒᆞ여 ᄉᆞ일츄파(射日秋波)의 쳥뉘년낙(淸淚連落)ᄒᆞ니 빗난 안광(眼光)의

6 엄엄면철(奄奄綿綴): 엄엄면철 숨이 곧 끊어질 듯 가득가득 이어짐

7 약쉬(弱水): 약수. 신선이 살았다는 중국의 전설적인 강.

통원비분(痛冤悲憤)이 가득히 모히ᄂᆞᆫ디라. 날호여 기리 탄왈(嘆曰)

"디난 바ᄂᆞᆫ ᄉᆡᆼ각ᄒᆞᄆᆡ 경참(驚慘)ᄒᆞ니 져제(姐姐) 고학(高壑)의 ᄯᅥ러져 몸을 구을니시고 쇼데(小弟) 흉젹(凶賊)의 쳡쳡히 에우믈 당ᄒᆞ여 오날놀 남ᄆᆡ 녯 낫ᄎᆞ로 ᄃᆡᄒᆞ믈 긔약ᄒᆞ여시리잇고마ᄂᆞᆫ 힝혀 곳곳이 현ᄌᆞ·의긔지인(義氣之人)이 잇고 쇼데 운학 등을 만나 도젹을 믈니친 후 계오 보명(保命)ᄒᆞ믈 어더시니 ᄎᆞ역(且亦) 우리 부모 슉당(叔堂)의 젹션여음(積善餘陰)이어니와 이제 ᄉᆞ라시미 과연 구ᄎᆞᄒᆞ고 욕되며 ᄯᅩ ᄎᆞ마 닛디 못ᄒᆞᆯ 마ᄃᆡᄂᆞᆫ 최언션이 여ᄎᆞ여ᄎᆞ 쇼데ᄅᆞᆯ 위ᄒᆞ여 죽고ᄌᆞ ᄒᆞ니 쇼데(小弟) 엇디 익화(厄禍)로ᄡᅧ 디우하쳔(至于下賤)이라
ᄒᆞ여 제게 옴기고 스ᄉᆞ로 녕안(寧安)키ᄅᆞᆯ ᄉᆡᆼ각ᄒᆞ리잇고? 병셰 잠간 11면
ᄎᆞ헐(差歇)ᄒᆞ믈 보아 아문(衙門)의 나아가 댱가 튝ᄉᆡᆼ(畜生)과 ᄆᆡᆼ츄 흉젹을 보고 내 몸의 도젹디명(盜賊之名)을 발명(發明)ᄒᆞᆯ 쁜 아냐 언션의 ᄉᆞ화(死禍)ᄅᆞᆯ 구ᄒᆞ리니 ᄌᆞ연 이곳을 ᄯᅥ날 ᄇᆡ 더딜가 졀민(切憫)ᄒᆞᄂᆞ니 져져(姐姐)ᄂᆞᆫ 므ᄉᆞᆷ 일을 ᄐᆞᄂᆞᆫ ᄃᆞ시 근심ᄒᆞ시며 ᄯᅩ 므ᄉᆞᆷ 일을 계교코ᄌᆞ ᄒᆞ시ᄂᆞ니잇고?"

쇼졔 문왈(問曰)

"위경이 날을 ᄉᆞᆯ오니 현데(賢弟) ᄆᆞ옴의 최언션과 엇더ᄒᆞ뇨?"

공ᄌᆡ ᄃᆡ왈(對曰)

"쇼데 비록 사ᄅᆞᆷ의 어진 덕을 아디 못ᄒᆞ나 위경을 감격ᄒᆞ미 ᄯᅩ 엇디 범연(泛然)ᄒᆞ리잇고마ᄂᆞᆫ 연이나 위경의 져져(姐姐)ᄅᆞᆯ 구ᄒᆞ믄 ᄒᆡ뎨디ᄌᆡ(孩提之子) 댱입졍듕(將入井中)의 슈이원디(手以援之)라. 녜ᄉᆞ 인심과 녜ᄉᆞ 은혜어니와 언션의 쇼데ᄅᆞᆯ 구ᄒᆞ믄 위란(危亂) ᄀᆞ온ᄃᆡ 제 목숨 ᄇᆞ리믈 ᄯᅳᆺ글ᄀᆞᆺ치 ᄒᆞ고ᄌᆞ ᄒᆞ니 길히 잠간 다ᄅᆞ거니와 감골(感骨)

ᄒᆞ여 보은(報恩)ᄒᆞᆯ ᄆᆞ옴이야 엇디 층등(層等)ᄒᆞ리잇가?”

쇼졔 우왈(又曰)

12면 “위경이 날을 구ᄒᆞ여 죽기를 결ᄒᆞᆫ ᄇᆡ 또 엇디 최언션의 ᄯᅳᆺ만 ᄀᆞᆺ디 못ᄒᆞ리오? 아디 못게라, 현뎨(賢弟) ᄉᆞᆯ오고ᄌᆞ ᄆᆞ옴으로ᄡᅧ 또 위경을 ᄉᆞᆯ오랴?”

공ᄌᆞ 이의 다ᄃᆞ라ᄂᆞᆫ 의아ᄒᆞ여 왈

“쇼뎨 져져(姐姐)를 화란(禍亂) 듕 맛ᄎᆞ ᄒᆞᆫ가디로 고원(故園)의 도라가믈 엇디 못ᄒᆞᆫ즉 과연 ᄉᆞᆯ고져 ᄯᅳᆺ이 업던디라. 위졍이 져져를 ᄉᆞᆯ오고 언션이 쇼뎨를 구ᄒᆞ여시니 그 은혜 층등치 아닌 바의 위졍이 또 져져를 위ᄒᆞ여 죽기를 피치 아닐딘ᄃᆡ 쇼뎨 엇디 언션을 구ᄒᆞ고 위졍을 구치 아니ᄒᆞ리잇가?”

쇼뎨 왈

“연즉 현뎨(賢弟) 셩문(聖門)의도 권되(權道) 업디 아닌 바를 ᄉᆡᆼ각ᄒᆞ여 사술(詐術)과 궤계(詭計)라도 일이 쥬편(主便)ᄒᆞ믈 위ᄒᆞ여 몸소 ᄒᆡᆼᄒᆞ랴?”

공ᄌᆞ 왈

“쇼뎨 비위(脾胃) 결증(潔症)이 부졍궤샤(不正詭詐)ᄒᆞᆫ 거ᄉᆞᆯ 과연 참디 못ᄒᆞ거니와 박브득이(迫不得已) ᄒᆡᆼᄒᆞᆯ 바의 다ᄃᆞ라ᄂᆞᆫ ᄀᆞᆺ투여 일도
13면 (一道)를 딕희리잇가? 져졔(姐姐) 날노ᄡᅧ 그ᄅᆞᆫ 곳의 ᄡᆞ디오려 아니ᄒᆞ시리니 아모커나 니ᄅᆞ시면 ᄒᆞᆫ번 드러 가부를 뎡ᄒᆞ리이다.”

쇼졔 고개를 숙이고 기리 탄식ᄒᆞ여 오ᄅᆡ 말을 못 ᄒᆞ다가 날호여 ᄀᆞᆯ오ᄃᆡ

“셕(昔)애 양홰(陽貨) 술(術)노 ᄒᆞᄆᆡ 공ᄌᆞ(孔子) 술(術)노ᄡᅧ 갑흐시고[8] 위혜왕(魏惠王)이 경계(工計)를 아니 ᄒᆞ기ᄂᆞᆫ ᄆᆡᆼᄌᆞ(孟子) 병을 타

ᄒᆞ시니[9] 공밍(孔孟)의 대도(大道)로 브뎡(不正)ᄒᆞᆫ 곳의 다ᄃᆞ라ᄂᆞᆫ 뎡딕(正直)ᄒᆞ믈 뵈디 아니신디라. 우졔(愚姐) ᄎᆞ언으로뼈 현뎨를 들니미 참연 슈괴(羞愧)ᄒᆞ나 임의 현뎨 날 ᄉᆞ랑ᄒᆞ미 일신(一身) ᄀᆞᆺ틀딘ᄃᆡ 엇디 변익화고(變厄禍故)의 은닉ᄒᆞ여 ᄒᆞᆫ갓 심녀(心慮)만 허비(虛費)ᄒᆞ리오? 비록 쳔블가만브당(千不可萬不當)ᄒᆞ나 현뎨 잠간 광의혁ᄃᆡ(廣衣革帶)로뼈 나군취삼(羅裙翠衫)을 밧고와 복식(服色)을 변착(變着)ᄒᆞᆫ즉 언셔과 위졍을 ᄉᆞᆯ오고 현뎨ᄂᆞᆫ ᄌᆞ최를 곱초ᄂᆞᆫ 괴로오미 업셔 급화(急禍)를 면ᄒᆞᆯ ᄲᅮᆫ 아니라 내 ᄯᅩᄒᆞᆫ 표구부인(表舅夫人)[10] 숑시를 조ᄎᆞ 경샤로 가기 편당(便當)ᄒᆞᆯ가 ᄒᆞ노라."

공ᄌᆡ 쳥파(聽罷)의 급문왈(急問曰) 14면

"양공 부인 숑시 어ᄃᆡ 계시관ᄃᆡ 져졔 조ᄎᆞ 샹경(上京)코ᄌᆞ ᄒᆞ시ᄂᆞ니잇고?"

쇼졔 위졍의 니ᄅᆞ던 바를 젼ᄒᆞ니 공ᄌᆡ 져져의 도라갈 곳이 밋브믈 ᄀᆞ장 깃거ᄒᆞ나 ᄌᆞ긔로뼈 남화위녀(男化爲女)ᄒᆞ라 ᄒᆞ믄 즐겨 아냐 ᄃᆡ왈(對曰)

"셕애 부ᄌᆡ(夫子) 미복과숑(微服過宋)ᄒᆞ시니 권도(權道)를 니ᄅᆞ미 블과 이러ᄒᆞᆫ 바를 니ᄅᆞ미어ᄂᆞᆯ 쇼뎨ᄂᆞᆫ 비록 십 세 젼 치몽(稚蒙)이나 몸이 당당ᄒᆞᆫ 남ᄌᆞ로셔 공교ᄒᆞᆫ 복식(服色)을 취ᄒᆞ여 ᄌᆞ군취메(紫裙翠

8 양홰(陽貨) ~ 갑흐시고: 양화는 권력을 잡았을 때 꾀를 부려 공자를 자신의 거처로 부르려고 했으나 공자는 우회적으로 이를 거절함.

9 위혜왕(魏惠王)이 ~ 탁(託)ᄒᆞ시니: 위나라 혜왕이 부국강병의 방법을 묻자 맹자는 인의(仁義)의 정치를 조언했지만 혜왕이 실천하지 않자 맹자가 병을 빙자하여 떠남.

10 표구부인(表舅夫人): 외삼촌의 부인. 외숙모.

袂)의 거울을 ᄃᆡᄒᆞ여 눈섭을 그리며 쥬연을 베퍼 낫ᄎᆞᆯ 윤ᄉᆡᆨ(潤色)ᄒᆞ믈 실노 요괴롭고 샤특(邪慝)ᄒᆞᆫ지라. 초의 조쥐셔 써날 젹 엄쳐ᄉᆡ 남화위녀ᄒᆞ믈 당부ᄒᆞ거ᄂᆞᆯ 쇼뎨 가치 아니케 넉엿더니 금의 져졔 이러ᄐᆞᆺ 니ᄅᆞ시니 아지 못게이다. 쇼뎨로뼈 음양(陰陽)을 밧고와 므스 거ᄉᆡ 쓰고져 ᄒᆞ시ᄂᆞ니잇고? 다시 곡졀(曲折)을 니ᄅᆞ시면 쇼뎨 본심이
15면 샤특브졍(邪慝不正)코ᄌᆞ 아니 ᄒᆞ나 마지못ᄒᆞᆯ 바의 다ᄃᆞ라ᄂᆞᆫ 궤샤(詭詐)를 힝ᄒᆞᆯ디라. 비록 죽으나 관ᄉᆡᆫ을 ᄆᆡ고 급ᄒᆞ나 뎡도(正道)를 말ᄆᆡ암디 아니ᄒᆞᄆᆡ 븟그러오나 구ᄎᆞ히 명ᄆᆡᆨ(命脈)을 니어 친위(親闈)예 ᄌᆞ하(子夏)의 상명디통(喪明之痛)을 깃치디 말고ᄌᆞ ᄒᆞᆯ딘ᄃᆡ 므ᄉᆞᆷ 일을 ᄉᆞ양ᄒᆞ리잇가?”

쇼졔 쳔만브득이 ᄎᆞ계(此計)를 ᄉᆡᆼ각ᄒᆞ여 공ᄌᆞ로뼈 남화위녀(男化爲女)ᄒᆞ믈 쳥ᄒᆞ미나 녜도(禮道)의 블가ᄒᆞ고 법규(法規)의 브당ᄒᆞ믈 어이 모로리오? ᄒᆞ믈며 공ᄌᆡ 졀박(切迫)히 즐겨 아니코 또 곡졀(曲折)을 ᄌᆞ셰히 므ᄅᆞᄆᆡ 다ᄃᆞ라ᄂᆞᆫ 당공의 구쳡(求妾)ᄒᆞ믈 니ᄅᆞ미 말이 더럽고 닙이 욕될 쁜 아니라 규슈(閨秀)의 념치로뼈 음비디ᄉᆞ(淫鄙之事)를 드노흐미 츌연(怵然)이 괴쳑(愧慽)ᄒᆞ여 긔운이 져상(阻傷)ᄒᆞ니 머리를 굽혀 압흘 볼 쁜이오 말이 업거ᄂᆞᆯ 공ᄌᆡ 츈파를 도라보아 왈

“져졔 날노뼈 복ᄉᆡᆨ(服色)을 변ᄒᆞ여 남화위녀ᄒᆞ라 ᄒᆞ시고 그 곡졀을
16면 ᄇᆞᆰ히 니ᄅᆞ디 아니ᄒᆞ시믄 엇디미뇨? 여등(汝等)이 아ᄂᆞᆫ ᄇᆡ 잇거든 니ᄅᆞ라.”

츈패 궤이ᄃᆡ왈(跪而對曰)

“쳔비 쇼져의 존의(尊意)를 엇디 앙탁(仰度)ᄒᆞ리잇고마ᄂᆞᆫ 그윽이 ᄉᆡᆼ각건ᄃᆡ 디ᄂᆡ 당공이 그 비ᄌᆞ(婢子) 기월낭의 말을 듯고 이졍을 블너

여ᄎᆞ여ᄎᆞ 니ᄅᆞ시니 위졍이 쇼져의 근본을 고ᄒᆞ미 유ᄒᆡ무익(有害無益)다 ᄒᆞ여 맛ᄎᆞᆷᄂᆡ 긔(欺)이고 운암산의 숑부의 두역(痘疫) 젼숑ᄒᆞ기ᄅᆞᆯ 기다려 쇼져ᄅᆞᆯ 숑부의 올므시게 ᄒᆞᆫ 후 졔 스ᄉᆞ로 당딘뉴긔 듕형(重刑)을 바다 죽기ᄅᆞᆯ 결ᄒᆞ미 잇ᄂᆞᆫ 고로 쇼졔 은인의 구활디덕(救活之德)을 갑디 못ᄒᆞ고 도로혀 ᄉᆞ디(死地)의 밀치믈 ᄎᆞ마 못 ᄒᆞ샤 비록 뎡되 아니나 공ᄌᆡ 잠간 녀복(女服)으로ᄡᅧ 딘뉴의 눈을 쇽이고 언션과 위졍의 위급ᄒᆞᆫ 명ᄆᆡᆨ(命脈)을 ᄒᆞᆫ가디로 건디시미 되과져 ᄒᆞ시ᄂᆞ니 일을 그갓치 ᄒᆞᆫ즉 공ᄌᆡ 타쳐(他處)의 몸을 ᄀᆞᆷ초시미 업시 ᄯᅩᄒᆞᆫ 위ᄐᆡᄒᆞ믈 버스시며 당딘뉘 공ᄌᆞ의 풍모ᄅᆞᆯ 보시면 크게 황혹(惶惑)ᄒᆞ여 쇼언 17면
을 ᄀᆡ죵ᄒᆞ시리니 엇디 언션을 ᄉᆞᆯ오디 못ᄒᆞ며 공ᄌᆡ 광삼박ᄃᆡ(廣衫博帶)로ᄡᅧ 녀복을 변착(變着)ᄒᆞ신즉 위졍이 딘뉴 좌젼(座前)의 미인을 드리므로ᄡᅧ 알외리니 엇디 죽을 목숨이 도로혀 늉늉(隆隆)ᄒᆞᆫ 샤(謝)ᄅᆞᆯ 당ᄒᆞ미 되디 아니ᄒᆞ리잇고? ᄎᆞ고로 쇼졔 ᄯᅳᆺ을 빗최시나 음비디ᄉᆞ(淫鄙之事)ᄅᆞᆯ 거들미 가측ᄒᆞ샤 오ᄅᆡ 침음(沈吟)ᄒᆞ시ᄂᆞᆫ가 ᄒᆞ나이다."

공ᄌᆡ 당헌의 구쳡(求妾)ᄒᆞᄂᆞᆫ ᄉᆞ단은 금시초문이라. 블승통ᄒᆡ(不勝痛駭)ᄒᆞ며 ᄉᆞᄉᆞ(事事)의 분완(憤惋)ᄒᆞ미 고ᄃᆡ 죽일 ᄃᆞᆺᄒᆞ나 고약ᄒᆞᆫ 형셰로ᄡᅧ 져 블인흉당(不人凶黨)을 거워 화ᄅᆞᆯ 취ᄒᆞᆯ 밧 셜한(雪恨)ᄒᆞᆯ 길히 업ᄂᆞᆫ디라. ᄌᆞ긔 평ᄉᆡᆼ ᄯᅳᆺ ᄌᆞᆸ기ᄅᆞᆯ 광명뎡딕(光明正直)ᄒᆞ고 슝심걸호(崇心傑豪)[11]ᄒᆞ여 샤곡(邪曲)ᄒᆞ며 구ᄎᆞᄒᆞ믈 원슈ᄀᆞᆺ치 피ᄒᆞ던 ᄇᆡ나 죵ᄆᆡ(從妹)ᄅᆞᆯ ᄉᆞᆯ온 은인의 덕을 호발(毫髮)도 갑디 못ᄒᆞ고 도로혀 죽게 ᄒᆞ

11 슝심걸호(崇心傑豪): 숭심걸호. 높은 마음과 호방한 정신.

미 블의악ᄉᆡ(不義惡事) 될 쁜 아니라 져 흉인(凶人)이 위경을 죽인 후
18면 ᄂᆞᆫ 미인의 ᄌᆞ최를 심방(尋訪)ᄒᆞ여 작화(作禍)ᄒᆞ미 무궁ᄒᆞᆫᄌᆞᆨ 져제 숑
부인을 ᄯᅡ라 샹경ᄒᆞᆷ도 여의치 못ᄒᆞᆯ가 근심ᄒᆞᄆᆡ ᄌᆞ긔 죵신의 참덕을
ᄎᆞᆷ기를 결단ᄒᆞ고 쾌히 음양(陰陽)을 밧고와 복ᄉᆡᆨ을 변착고ᄌᆞ ᄒᆞᄆᆡ 져
져의 슈치(羞恥)ᄒᆞ믈 위로ᄒᆞ여 잠간 우어 왈

"댱튝과 쇼뎨 금ᄉᆡᆼ(今生)의 원을 ᄡᆞ흐미 업것마ᄂᆞᆫ 젼세(前世)의 각별 ᄒᆞᆫ 슈인(讐人)이런가? 엇디 고고히 쇼뎨로 ᄒᆞ여곰 댱튝을 삼키고 시븐 ᄆᆞ음이 그ᄃᆡ도록 만흐니잇가? 져 블인누튝(不人陋畜)이 셰(勢)를 조ᄎᆞ며 권(權)을 ᄯᅡ라 디극히 부귀를 도모코ᄌᆞ ᄒᆞᄂᆞᆫ 욕심이 쇼뎨의 머리를 경태(景泰)긔 헌ᄒᆞ여든 큰 공이 되여 작상(作賞)이 놉흐량으로 알ᄆᆡ 쇼뎨를 죽이고ᄌᆞ ᄒᆞ믄 괴이치 아니니 그 인믈이 ᄇᆡ은망덕(背恩忘德)ᄒᆞ믄 무식블의(無識不義)라 ᄎᆡᆨ망(責望)ᄒᆞᆯ 거시 업ᄉᆞ므로 쇼뎨 오히려 믜온 줄을 모로고 다만 더러오며 츄ᄒᆞ미 비위 아니ᄭᅩ아 뎡
19면 치 못ᄒᆞᆯ너니 ᄯᅩ 음츄비아(淫醜非雅)ᄒᆞᆫ 의ᄉᆡ(意思) 기쳐(其妻)의 투악(妬惡)을 두려워 경샤의셔ᄂᆞᆫ 구쳡(求妾)ᄒᆞᆯ 의ᄉᆞ를 못 ᄒᆞ다가 이 ᄯᆡ히 딘뉴ᄉᆡ 되여 안민토적(安民討賊)ᄒᆞ믄 ᄉᆡᆼ각디 아니ᄒᆞ고 ᄆᆡ파 죵을 두엇노라 ᄒᆞ여 미인을 구ᄒᆞ미 ᄲᅧ흘고 ᄡᆞᆨᄂᆞᆫ ᄃᆞᆺ시브니 남화위녀(男化爲女)ᄒᆞ여 졔 쇼셩(小星)으로 드려가나 ᄯᅳᆺ을 낫초며 소ᄅᆡ를 온용이 ᄒᆞ여 튝ᄉᆡᆼ(畜生)의 깃그믈 돕디 못ᄒᆞᆯ ᄃᆞᆺᄒᆞ거니와 사ᄅᆞᆷ의 ᄉᆞᄉᆡᆼ이 디극히 관듕(關重)ᄒᆞ거ᄂᆞᆯ 은혜를 깃치고 도로혀 ᄆᆡ져(妹姐)를 위ᄒᆞ여 죽게 ᄒᆞ미 ᄎᆞ마 못ᄒᆞᆯ ᄇᆡ오 여러 가디 일이 다 쥬편(主便)ᄒᆞ믄 오ᄃᆡᆨ 쇼뎨의 형상을 아조 변ᄒᆞᄆᆡ 달녀시니 ᄆᆞ음의 브뎡샤곡(不正邪曲)다 ᄒᆞ여 권도(權道)를 믈니치고 하를 ᄎᆔᄒᆞ미 도로혀 일편(一便)되ᄆᆡ 갓가온디

라. 명일(明日)이라도 녀복을 ᄀᆡ착(改着)ᄒᆞ리니 져져ᄂᆞᆫ 춘파 등을 거
ᄂᆞ려 밧비 숑부로 향ᄒᆞ시면 위졍을 아문(衙門)의 보ᄂᆡ여 미인이 듯고
굿ᄐᆞ여 샤양치 아니믈 닐너 슈히 잉쳡(孕妾)으로 드리려 ᄒᆞᄂᆞᆫ 뜻을 20면
통ᄒᆞ여 일이 되도록 ᄒᆞ오리니 져져ᄂᆞᆫ 믈우소려(勿憂消慮)ᄒᆞ쇼셔. ᄒᆞᆫ
벌 녀복을 다ᄉᆞ려 변착(變着)ᄒᆞ믈 보쇼셔.”

ᄒᆞ니 쇼졔 공ᄌᆞ의 말을 드ᄅᆞᄆᆡ 심심블낙(深深不樂)ᄒᆞ여 츄연댱탄(惆然長嘆) 왈

“우져(愚姐)의 화익(禍厄)을 근심ᄒᆞᄆᆡ 뜻을 굽혀 음양(陰陽)을 변키를 허락ᄒᆞ니 일노조ᄎᆞ 위졍이 죽기를 면(免)ᄒᆞ미 ᄒᆡᆼ심(幸甚)커니와 우제 규슈의 은은졍뎡(誾誾貞靜)이 집법(執法)ᄒᆞ믈 일허 궤샤(詭詐)ᄒᆞ믈 획계(劃計)ᄒᆞ니 딕개(直改)치 못ᄒᆞ믈 깁히 한ᄒᆞ노라.”

공ᄌᆡ 딘실노 남화위녀(男化爲女) 참덕(慙德)을 평ᄉᆡᆼ의 삼으나 져져의 뜻을 밧들며 화익을 방비키를 위ᄒᆞ여 졀박히 괴로와ᄒᆞᄂᆞᆫ ᄉᆞᄉᆡᆨ(辭色)을 뵈디 아니코 년ᄒᆞ여 미미히 우어 왈

“간난조험(艱難阻險)이 ᄀᆡ구ᄒᆞᆫ 명도(命途)를 인ᄒᆞ여 쳡다층츌(疊多
層出)ᄒᆞ니 져졔 규법(閨法)의 극딘ᄒᆞ믈 촐히기 어렵고 쇼뎨 역시 일
도(一道)를 딕히여 뎡대(正大)ᄒᆞ믈 ᄒᆡᆼᄒᆞ미 어려오니 일이 브득이 궤 21면
샤(詭詐)ᄒᆞᄆᆡ 밋출디라. 쇼뎨 당당ᄒᆞᆫ 남ᄌᆞ의 몸으로뼈 ᄋᆞ녀ᄌᆞ의 규장(閨粧)을 ᄀᆞᆺ초미 과연 참괴(慙愧)ᄒᆞ나 쇼뎨의 나힌ᄌᆞᆨ 초구튱년(初九冲年)이믈 면치 못ᄒᆞ여시니 음양을 밧고와 댱튝을 잠간 쇽이다 므ᄉᆞᆷ 젼졍(前程)의 유ᄒᆡ(有害)ᄒᆞ리잇고? ᄒᆞ믈며 져졔 허다 변난(變亂) 듕 존톄(尊體)를 보젼ᄒᆞ시ᄃᆡ 구ᄎᆞᄒᆞ며 비아(非雅)ᄒᆞᆫ 바의 머므디 아냐 계시니 음실(陰室)의 셰셰(繫繫)ᄒᆞ녀 고학(高壑)의 ᄡᅥ러니고 이곳의

뉴우(留寓)ᄒᆞ시미 다 녀힝(女行)의 붓그러올 ᄇᆡ 아니라. 숑부인 힝도의 ᄒᆞᆫ가디로 샹경ᄒᆞ시면 쇼뎨 ᄯᅩᄒᆞᆫ 당튝을 ᄯᆞ라 경샤롤 드ᄃᆡᄂᆞᆫ 날 셰ᄎᆞ(勢次)롤 보아 탈신(脫身)ᄒᆞ여 양아로 나아가리이다. 원(願) 져져ᄂᆞᆫ 억슈(億愁)롤 쳑탕(斥蕩)ᄒᆞ시고 힘뼈 ᄌᆞ보(自保)ᄒᆞ샤 ᄇᆡᆨ부ᄃᆡ인(伯父大人)긔 층봉(層逢)의 우롬을 깃치옵디 마ᄅᆞ쇼셔."

셜파(說罷)의 위경을 블너 면젼의 니ᄅᆞᄆᆡ 이연(怡然)이 니ᄅᆞᄃᆡ

22면 "내 몸을 졸연(猝然)이 깁히 숨으미 어렵고 ᄃᆡ뉴의 구쳡(求妾)ᄒᆞ미 간졀타 ᄒᆞ니 내 비록 박용둔딜(薄容鈍質)이나 족히 ᄃᆡ뉴의 쇼셩 구망(求望)을 응ᄒᆞ여 소루(疏漏)치 아니리니 네 나의 피화(避禍)ᄒᆞᆯ 도리롤 위ᄒᆞ여 ᄲᆞᆯ니 ᄃᆡ뉴의 명을 슌슈(順受)ᄒᆞ라."

위경이 쳔만긔약(千萬期約)디 아닌 ᄎᆞ언(此言)을 드ᄅᆞᄆᆡ 십분경희(十分驚喜)ᄒᆞ고 일변 가쇼(可笑)로와 머리롤 숙여 그윽이 ᄉᆡᆼ각건ᄃᆡ

'져 공ᄌᆡ 죵ᄆᆡ(從妹)롤 위ᄒᆞ므로 남화위녀ᄒᆞ여 화익(禍厄)을 방비ᄒᆞ고 져의 명을 구ᄒᆞ려 권도(權道)롤 힝ᄒᆞᄆᆡᆫ 줄 알ᄆᆡ 사롬마다 인졍이 ᄌᆞ연ᄒᆞ여 죽기롤 즐기리 업솔 ᄇᆡ로ᄃᆡ 져 공ᄌᆡ ᄃᆡ뉴의 잉쳡으로 드러가 허다 괴히참측(怪駭慘惻)ᄒᆞᆫ 거조(擧踖)롤 낫낫치 알오미 될 ᄇᆡ 몬져 참 슈괴(羞愧)ᄒᆞ니 져의 ᄉᆞᄂᆞᆫ 거시 어이 즐거오믈 알니오?'

일변 참황(慘慌)ᄒᆞ며 일변 가쇼로와 몽농(朦朧)이 ᄃᆡ왈(對曰)

23면 "쥬군의 구쳡(求妾)ᄒᆞ시믄 일ᄀᆡ뇨됴(一個窈窕)ᄒᆞᆫ 미인이어ᄂᆞᆯ 공ᄌᆞᄂᆞᆫ 당당ᄒᆞᆫ 남ᄌᆡ시니 쳔비(賤婢) 우혹(愚惑)ᄒᆞ여 ᄭᆡ닷디 못ᄒᆞ웁거니와 이양냥건이 엇디 교칠(膠漆)의 친ᄒᆞ미 이시리잇고? ᄒᆞᆫ갓 쳔쳡이 쥬군을 긔망(欺罔)ᄒᆞᄂᆞᆫ ᄉᆞ죄(死罪)롤 더을 ᄲᅮᆫ 아니라 공ᄌᆡ 욕되믈 춤지 못ᄒᆞ시리니 ᄀᆡ디 ᄉᆡᆼ냥(商量)ᄒᆞ사 위ᄃᆡᄒᆞᄆᆡ 니ᄅᆞ디 이니시믈 ᄇᆡᆨ망(伏望)

유원(唯願)이로소이다."

공지 미쇼왈(微笑曰)

"그디 비록 쥬군을 뎡도(正道)로 간(諫)ᄒᆞ여 그ᄅᆞ므로ᄡᅧ 셤기디 말고ᄌᆞ ᄒᆞ나 그디 쥬군이 발셔 탁셰(濁世)의 병드러 본인디셩(本人之性)과 듕용디도(中庸之道)를 일흐미 니긔여 니를 ᄇᆡ 아니라. 어의 무론남녀(毋論男女)ᄒᆞ고 뉴혈고간(流血固諫)[12]ᄒᆞ여도 블과 형양(桁楊)[13]의 맛ᄎᆞ며 참벌(斬伐)의 죽으미 될 ᄲᅳᆫ이오 호발(毫髮)도 유익ᄒᆞ믈 보디 못ᄒᆞᆯ디라. 외람이 비우컨ᄃᆡ 농방(龍逄)이 유확(油鑊)의 슉핑(熟烹)ᄒᆞᆷ[14]과 비간(比干)이 간이ᄉᆞ(諫而死)[15]로 방블(彷彿)ᄒᆞ고 딘뉴 ᄒᆡᆼ의(行義)예ᄂᆞᆫ 나으미 업ᄉᆞ리니 ᄇᆞ졀업시 딕개(直介)ᄒᆞ믈 낫토디 말며 공슌(恭順)ᄒᆞ믈 다ᄒᆞ여 특별이 날노ᄡᅧ 딘뉴의 쇼셩으로 쳔거(薦擧)ᄒᆞ라. 내 비록 위인(爲人)이 신밀(信密)치 못ᄒᆞ나 딘뉴로 ᄒᆞ여곰 내 몸이 음양이 밧괴이믈 아디 못ᄒᆞ게 ᄒᆞ리니 교칠(膠漆)의 친ᄒᆞ미 업ᄉᆞᆯ 바를 근심치 말고 밧비 아문(衙門)의 나아가 미인을 드리올 날이 명일(明日)밧긔 업셰라 ᄒᆞ고 ᄯᅩ 병이 업디 아니ᄒᆞᆫ 바ᄂᆞᆫ 딘뉘 알게 ᄒᆞ라."

위경이 공ᄌᆞ의 웃ᄂᆞᆫ 가온ᄃᆡ나 무심히 ᄒᆞᄂᆞᆫ 말이 아니오 여ᄎᆞ 명ᄇᆡᆨ(明白)히 니ᄅᆞ믈 당ᄒᆞ여 ᄯᅩ 감히 거역디 못ᄒᆞᆯ디라. 이의 명을 밧들기로ᄡᅧ ᄃᆡᄒᆞ니 공지 우왈(又曰) 24면

---

12 뉴혈고간(流血固諫): 유혈고간. 피눈물을 흘리며 윗사람에게 강경히 간함.

13 형양(桁楊): 죄인의 목에 씌우던 칼과 발에 채우던 차꼬.

14 농방(龍逄)이 유확(油鑊)의 슉핑(熟烹)ᄒᆞᆷ: 관용방이 걸왕에게 간언하다 기름 솥에 삶아지는 극형을 당한 사건을 일컬음.

15 비간(比干)이 간이ᄉᆞ(諫而死): 비간이 주왕에게 간언하다가 죽임을 당한 사건을 일컬음.

“운학·경농을 건복(巾服)으로뻐 녀장(旅裝)을 밧고디 못ᄒᆞᆯ디라. 아딕 네 집의 ᄀᆞᆷ초와 두미 엇더ᄒᆞ뇨?”

위졍이 ᄃᆡ왈(對曰)

“운학 등을 ᄀᆞᆷ초기ᄂᆞᆫ 오히려 근심되지 아니ᄒᆞ온디라. 쳔쳡(賤妾)이 미
25면 인을 가져 쥬군긔 드리므로뻐 고ᄒᆞᆯ딘ᄃᆡ 필연(必然) 튱셩되다 일ᄏᆞᄅᆞ샤 상사(賞賜)ᄒᆞ시ᄂᆞᆫ 거시 열은 복의 넘ᄧᅵᆯ 쁜이오 월옥죄인(越獄罪人)을 이곳의 머므ᄅᆞ믄 몽니(夢裏)의도 ᄉᆡᆼ각디 못ᄒᆞ시리니 일촌원근(一村遠近)을 혜여가며 뒤여 보ᄂᆞᆫ 디경이라도 쳔쳡의 집은 ᄌᆞ연이 버셔나올디라. 젼의 쓰던 ᄒᆞᆫ낫 큰 쟝이 잇ᄉᆞ오니 후당의 드려노코 운학 등을 낫인ᄌᆞᆨ 쟝 쇽의 잇게 ᄒᆞ며 밤인ᄌᆞᆨ 후당(後堂)의셔 ᄌᆞ게 ᄒᆞ리이다.”

공ᄌᆡ 냥노(兩奴)ᄅᆞᆯ 아딕 잘 감촐 바ᄅᆞᆯ 니ᄅᆞ니 위졍이 슌슌(順順)이 슈명(受命)ᄒᆞᄂᆞᆫ디라. 쇼졔 위졍을 ᄃᆡᄒᆞ여 공ᄌᆞ의 규복ᄎᆞ(閨服次)ᄅᆞᆯ 구(求)코ᄌᆞ ᄒᆞᄃᆡ 말을 ᄂᆡ오미 괴로와 ᄆᆞᆨ연(默然)이러니 위졍이 딘젼고왈(進前告曰)

“공ᄌᆡ 변복(變服)고ᄌᆞ ᄒᆞ셔도 규장(閨粧)이 업ᄉᆞ니 밧비 다ᄉᆞ려야 ᄒᆞ리로소이다.”

이에 져의 상ᄌᆞ의 깁[16]을 ᄂᆡ여 마ᄅᆞᆯᄉᆡ 츈파 등이 다 침션(針線)이 능ᄒᆞᆫ 고로 삼 인이 일시의 규장을 일워 함의 담고 위졍이 나아와 운학 등
26면 을 블너 안흐로 드려와 쥬하의셔 됴반(朝飯)을 먹게 ᄒᆞ여 장(欌) 쇽의 ᄀᆞᆷ촌 후 조반(朝飯)을 파ᄒᆞᄆᆡ 쇼져긔 운암산의 나아가 숑부인긔 알현

16 깁: 명주와 같은 견(絹) 섬유.

(謁見)코ᄌᆞ ᄒᆞ믈 고ᄒᆞ며 셔간(書簡)ᄒᆞ시믈 쳥ᄒᆞᆫᄃᆡ 쇼졔 즉시 샹셔(上書)ᄅᆞᆯ 닷가 츈파ᄅᆞᆯ 쥬어 보ᄂᆡ고ᄌᆞ ᄒᆞᄃᆡ 츈파의 ᄒᆡᆼ뵈(行步) 오히려 신고(辛苦)ᄒᆞᄂᆞᆫ ᄇᆡ 만흐므로 몬져 위경만 보ᄂᆡ니 위경이 숑부의 나아가 양공 부인긔 알현(謁見)ᄒᆞ믈 쳥ᄒᆞᆫᄃᆡ 숑부의셔 임의 두신(痘神)[17]을 젼숑ᄒᆞ엿ᄂᆞᆫ디라. 양부인이 위경을 젼ᄌᆞ의 보아시므로 즉시 드러오라 ᄒᆞ여 ᄌᆞ긔 침소의셔 볼ᄉᆡ 위경이 계하(階下)의셔 고두ᄇᆡ알(叩頭拜謁)ᄒᆞ고 인ᄒᆞ여 졍쇼져 봉셔(封書)ᄅᆞᆯ 드리니 부인이 피봉(皮封)의 쁜 거ᄉᆞᆯ 보고 ᄀᆞ장 반기며 놀나 급히 개간(開簡)ᄒᆞᄆᆡ 이 곳 쇼고(小姑)[18] 졍샹셔 부인의 ᄎᆞ녀 월염의 필젹(筆跡)일시 분명ᄒᆞᆫ디라. 조험간난(阻險艱難)이 동표셔박(東漂西泊)ᄒᆞᄆᆡ 밋쳐 규리(閨裡)의 ᄌᆞ최 번거ᄒᆞ믈 븟그리고 태향의 도라갈 길히 업ᄉᆞ믈 슬허ᄒᆞ여 슉모 ᄒᆡᆼ도(行途)의 ᄒᆞᆫ가디로 샹경(上京)코ᄌᆞ ᄒᆞᆫ 뜻이로ᄃᆡ 문ᄉᆡ(文辭) 완곡(婉曲)ᄒᆞ여 ᄉᆞ부달의(辭不達意)ᄒᆞ니 간졀ᄒᆞ며 쳐창ᄒᆞᄃᆡ 일ᄌᆞ(一字) 구ᄎᆞᄒᆞ미 업고 대개(大槪)ᄅᆞᆯ 베퍼시ᄃᆡ 비구(比舊)ᄒᆞ여 초초(草草)ᄒᆞ미 업ᄉᆞ니 근원이 강하의 드리워 태사공(太師公)[19]이 운몽(雲夢)[20]의 박남(博覽)ᄒᆞᆫ ᄒᆞᆨ이며 한창녀(韓昌藜)의 셩문(成文)을 궁구(窮究)ᄒᆞᆫ ᄒᆡᆼ문(行文)의 디나니 안견(眼見)의 광ᄎᆡ 현난ᄒᆞ여 위부인의 이운쳬(二韻體)[21]ᄅᆞᆯ 우을디라. 디샹(紙上)의 운영(雲影)이 취디(聚之)ᄒᆞ여 ᄌᆞ획(字劃)이 ᄉᆡᆼ긔

27면

17 두신(痘神): 천연두를 일으킨다는 신.

18 쇼고(小姑): 소고. 시누이.

19 태샤공(太師公): 태사공. 사마천.

20 운몽(雲夢): 초나라의 큰 연못 7개 중 하나인 운몽택(雲夢澤).

21 위부인의 이운체(二韻體): 위부인은 진(晉)나라 위삭. 예서(隸書)와 정서(正書)를 잘 썼다.

(生氣) 유동(流動)ᄒᆞ며 일만 줄 딘쥬(珍珠)를 드리오고 금ᄌᆞ(金字)를 엿거시니 부인이 견필(見畢)의 실셩대찬(失聲大讚)ᄒᆞ며 암암칭긔(暗暗稱其)홀 ᄲᅳᆫ 아니라 쇼고(小姑)[22]의 옥슈(玉手) 졍찰(情札)을 바든 ᄃᆞᆺ 반갑고 슬프믈 억졔치 못ᄒᆞ니 명목교혐(明目嬌頰)[23]의 비ᄉᆡᆨ(悲色)이 가득ᄒᆞ여 위경을 갓가이 블너 졍쇼져를 구ᄒᆞᆫ 연유를 ᄌᆞ셰히 므러 알고 더옥 참연(慘然) 위쳠ᄒᆞ여 옥누(玉淚)를 ᄲᅳ리며 위경을 ᄃᆡᄒᆞ여 딜녀(姪女) ᄉᆞᆯ온 은덕(恩德)을 크게 일ᄏᆞᆺ고 심복시녀(心腹侍女) 난셤을
28면 블너 즉일의 딜녀(姪女) 다려오기를 의논ᄒᆞᆫᄃᆡ 셤이 역시 졍쇼져의 ᄉᆡᆼ존(生存)ᄒᆞ믈 듯고 크게 반기며 깃거 즉긱의 창두(蒼頭)로 ᄒᆞ여곰 ᄎᆡ교(彩轎)를 가져 위경의 곳의 가 쇼져를 뫼셔 오미 맛당ᄒᆞ므로 ᄃᆡᄒᆞ니 부인이 즉시 회셔(回書)를 ᄡᅳ며 ᄎᆡ교와 난셤을 보ᄂᆡ여 쇼져를 뫼셔 오라 ᄒᆞ고 금ᄇᆡᆨ(金帛)으로ᄡᅧ 위경을 상사(賞賜)ᄒᆞ며 놉흔 공과 어딘 ᄯᅳᆺ을 일노ᄡᅧ 그 만의 ᄒᆞ나흘 갑흘 ᄇᆡ 아니나 감은(感恩)ᄒᆞᄂᆞᆫ ᄆᆞ음을 춤디 못ᄒᆞ여 미믈(微物)노ᄡᅧ 샤ᄒᆞ노라 ᄒᆞ니 위경이 황공블안(惶恐不安)ᄒᆞ믈 결을치 못ᄒᆞ나 부인의 이갓치 니ᄅᆞ고 샤ᄒᆞᄂᆞᆫ 바를 샤양(辭讓)치 못ᄒᆞ여 바드나 실노 금일 이 ᄀᆞᆺᄐᆞ믈 깃거 아니터라. 이의 난셤이 위경으로 더브러 ᄎᆡ교를 가져 낙셩촌의 니ᄅᆞ러 위경이 이목(耳目)을 두려 교부(轎夫)를 뒷문의 셰오고 난셤으로 더브러 압문으로 드러
29면 가 쇼져긔 뵈올ᄉᆡ 숑부인 회셔를 올니니 쇼졔 숙모 친필(親筆)을 밧드러 ᄒᆞᆫ번 보ᄆᆡ 반기ᄂᆞᆫ 졍이 무궁(無窮)홀 ᄲᅳᆫ 아니라 만디(滿紙)의 댱

22 쇼고(小姑): 소고. 여기서는 월염의 모친 양부인을 말함.
23 명목교혐(明目嬌頰): 명목교협. 이름다운 눈과 뺨.

셜(長說)이 다 ᄌᆞ긔 침소로 오미 위졍의 집의 잇ᄂᆞᆫ 바로 비치 못ᄒᆞᆯ 바를 일ᄏᆞ라 각별ᄒᆞᆫ 심체(深處)니 호발(毫髮)도 번거ᄒᆞ며 비편(非便)ᄒᆞ미 되디 아닐 바를 닐너 밧비 오기를 쳥ᄒᆞ엿ᄂᆞᆫ디라. 그 ᄉᆞ랑ᄒᆞᄂᆞᆫ 뜻과 권권(眷眷)ᄒᆞᄂᆞᆫ ᄆᆞ옴이 ᄌᆞ모(慈母)의 유녀(幼女)를 기다림 ᄀᆞᆺᄐᆞ니 쇼졔 이 ᄀᆞᆺᄐᆞᆫ 의디(依支)를 두고 이의 이시미 블가ᄒᆞᆫ디라. 공ᄌᆞ를 도라보아 표구부인(表舅夫人)의 셔ᄉᆞ(書辭)를 옴겨 니ᄅᆞ고 금일 운암산으로 향코ᄌᆞ ᄒᆞᄂᆞᆫ 바를 의논ᄒᆞ니 공ᄌᆡ 왈

"므ᄉᆞᆷ 다른 의논이 이시리잇가? 쇼뎨 비록 거취(去就)[24]를 댱튝의게 븟쳐시나 샹경(上京)ᄒᆞ믄 편ᄒᆞ고 또 ᄌᆞ연 탈신(脫身) 무ᄉᆞᄒᆞ리니 져져ᄂᆞᆫ ᄒᆡᆼ노(行路)의 보듕ᄒᆞ샤 양아의 가 계시면 쇼뎨 댱튝을 조ᄎᆞ가셔 ᄉᆞ셰를 보아 슈히 탈신(脫身)ᄒᆞ여 태향으로 갈 도리를 상의ᄒᆞ샤이다." 30면

인ᄒᆞ여 ᄒᆡᆼᄒᆞ시믈 ᄌᆡ촉ᄒᆞ니 쇼졔 니졍(離情)이 결연ᄒᆞ여 톄읍ᄋᆡ상(涕泣哀傷)ᄒᆞ니 공ᄌᆡ 또ᄒᆞᆫ 함누쳑연(含淚惕然)ᄒᆞ여 읍톄여우(泣涕如雨)ᄒᆞ니 쇼졔 더옥 통도왈(痛悼曰)

"우형이 득죄어텬(得罪於天)ᄒᆞ여 뉵아디통(戮兒之痛)을 픔어 ᄌᆞ졍(慈情) 금니(襟裡)의 아회(雅懷)ᄒᆞ시던 ᄌᆞᄋᆡ(慈愛)를 늣기ᅌᆸ고 왕모(王母)와 계모(季母)의 무ᄋᆡ(撫愛)ᄒᆞ시믈 의디ᄒᆞ며 샤뫼(舍母) 입승(入承)ᄒᆞ시미 긔츌(己出)[25]의 감치 아닌 ᄌᆞᄋᆡ(慈愛)를 밧ᄌᆞᆸ고 기리 존당친위(尊堂親闈)를 밧드와 형뎨남ᄆᆡ(兄弟男妹) 무ᄎᆡ(舞綵)의 낙(樂)을 다ᄒᆞᆯ가 ᄒᆞ엿더니 가홰(家禍) 망극ᄒᆞ여 왕뷔 기셰(棄世)[26]ᄒᆞ시고

24 거ᄎᆔ(去就): 거취. 어디로 나아가는 일.

25 긔츌(己出): 기출. 친자식.

일개(一家) 하향(下鄉)ᄒᆞᄆᆡ 젹변(賊變)이 흉참(凶慘)ᄒᆞ여 남ᄆᆡ 실산디화(失散之禍)ᄅᆞᆯ 만나 동셔표박(東西漂泊)의 ᄉᆡᆼ존(生存)을 친위(親闈)예 고치 못ᄒᆞ니 우리 남ᄆᆡ 환난을 동고(同苦)ᄒᆞ여 통원(痛冤)ᄒᆞᆫ 듕셔로 위회(慰懷)ᄒᆞ더니 우졔(愚姐) 금일 숑부로 향ᄒᆞ니 슉모로뼈 ᄌᆞ
31면 모ᄅᆞᆯ ᄃᆡᄒᆞ여 내 몸은 위ᄐᆡ치 아닐 ᄇᆡ나 현뎨로뼈 우져(愚姐)의 ᄋᆡᆨ을 당케 ᄒᆞ여 그 위ᄐᆡᄒᆞᆷ과 괴로오믈 ᄃᆡ신ᄒᆞ니 근심되믈 ᄎᆞᆷ디 못ᄒᆞᆯ ᄇᆡ어ᄂᆞᆯ 현뎨의 쥰영(俊英)ᄒᆞᆫ 긔상이 슈화(水火)라도 ᄌᆞ연 버셔나려니와 만일 혈긔디분(血氣之憤)을 ᄎᆞᆷ디 못ᄒᆞ여 댱공이 부슉(父叔)의 친위(親友)믈 혜아리디 아니코 그 형뎨ᄅᆞᆯ 상히올가 우려ᄒᆞᄂᆞ니 쳥컨ᄃᆡ 인디위덕(人之爲德)을 효측(效則)ᄒᆞ여 탈신(脫身)ᄒᆞᆯ 도리만 ᄉᆡᆼ각ᄒᆞ라."

공ᄌᆡ 슬히 왈

"져져의 시톄(屍體)도 ᄎᆞᆺ디 못ᄒᆞ고 쇼뎨 누얼(陋孼)의 ᄉᆡᆼ져 댱튝의 곤욕을 바다 텬일(天日)을 보디 못ᄒᆞ던 ᄣᆡ로 비컨ᄃᆡ 목금(目今) 경ᄉᆡᆨ(景色)이 도로혀 ᄉᆡᆼ노(生路)ᄅᆞᆯ 취ᄒᆞ미로ᄃᆡ 상니(相離)ᄒᆞᄂᆞᆫ 회푀(懷抱) 참연ᄒᆞ믈 ᄎᆞᆷ디 못ᄒᆞ리로소이다. 졔 비록 태야(太爺) 문ᄉᆡᆼ(門生)으로냥 대인 친위라 ᄒᆞ나 임의 상심실셩(喪心失性)ᄒᆞ여시니 져ᄅᆞᆯ 결워 셜
32면 한(雪恨)ᄒᆞ기 도로혀 누연ᄒᆞ니 범슉(范叔)의 슈가(須賈)ᄅᆞᆯ 실포ᄒᆞ며 위졔(魏齊)ᄅᆞᆯ 버혀 구한(舊恨)을 쾌셜(快雪)ᄒᆞᆫ 바[27]와 다ᄅᆞ니이다."

---

26 기셰(棄世): 기세. 돌아가심.

27 범슉(范叔)의 ~ 쾌셜(快雪)ᄒᆞᆫ 바: 범숙은 위(魏)나라 사람 범수. 범수는 수가의 밀고로 재상 위제에게 벌을 받은 후 진(秦)으로 망명하여 재상이 됨. 후에 수가가 진에 오자 범수가 복수할 생각으로 허름한 옷을 입고 수가를 만났는데 수가가 범수를 불쌍히 여겨 그에게 옷을 주자 범수는 수가를 죽이지 않고 위제만 죽임.

남미 문답을 춘패 가의셔[28] 참쳥(參聽)ᄒᆞ미 셕일(昔日) 완월ᄃᆡ(玩月臺) ᄆᆡᆼ약(盟約)을 ᄒᆞ니 타일 댱딘뉘 져 ᄉᆞ회를 므슴 면목(面目)으로 ᄃᆡᄒᆞ리오? ᄒᆞ여 근심되고 공ᄌᆞ의 긔딜(器質)노ᄡᅧ 그릇 댱공의 셔랑(婿郞) 될 바룰 탄돌(嘆咄)ᄒᆞ니 엇디 져의 귀듕(貴重)ᄒᆞᆫ 쇼제 댱튝의 며ᄂᆞ리 될 줄 뜻ᄒᆞ여시리오마는 다만 위졍이 긔몽(奇夢)을 인ᄒᆞ여 월염쇼계 져의 일흔 공ᄌᆞ의 ᄇᆡ필(配匹) 될 바룰 ᄇᆞᆰ히 알ᄃᆡ 구외(口外)의 ᄂᆡ미 업더라. 공ᄌᆞ와 쇼제 니졍(離情)을 계오 ᄎᆞᆷ아 분슈(分手)ᄒᆞᆯ식 춘·경이패 ᄯᅩᄒᆞᆫ 거교룰 ᄯᆞ롤식 위졍 왈

“쇼제 샹경ᄒᆞ시기 젼은 츄일(趨日) 왕ᄂᆡ(往來)ᄒᆞ여 뵈오리니 후회(後會)롤 긔약ᄒᆞ노라.”

난셤을 당부ᄒᆞ여 춘파 등을 셔로 븟드러 교ᄌᆞ롤 ᄯᆞ로라 ᄒᆞ니 난셤이 응낙(應諾)고 쇼져롤 뫼셔 운암산의 다ᄃᆞ라 숑부인 침당(寢堂)의 니ᄅᆞ니 부인이 쇼져롤 븟드러 반기고 슬프미 측냥(測量)업더라. 쇼제 승 33면
당ᄇᆡ알(昇堂拜謁)ᄒᆞᆯ식 부인이 보건ᄃᆡ 쇼져의 광ᄎᆡ(光彩) 애ᄋᆡ(靄靄)[29] ᄒᆞ고 셔긔(瑞氣)[30] 녕녕(盈盈)[31]ᄒᆞ여 셕년(昔年) 유시(幼時)의 규댱이 미ᄀᆡ러니 이제 보건ᄃᆡ 톄형(體形)이 슉셩긔이(夙成奇異)ᄒᆞ여 조곰도 브죡ᄒᆞ미 업셔 ᄇᆡᆨ틔쳔광(百態千光)[32]이 슈미쇄락(秀美灑落)ᄒᆞᆫᄃᆡ 아황(蛾黃)[33]의 모운(暮雲)[34]이 슈ᄉᆡᆨ(愁色)ᄒᆞ고 셩안(星眼) ᄡᅡᆼ협(雙頰)의 징

---

28 가의셔: 옆에서.

29 애ᄋᆡ(靄靄): 애애. 자욱하게 끼어 있음.

30 셔긔(瑞氣): 서기. 상서로운 기운.

31 녕녕(盈盈): 기득함.

32 ᄇᆡᆨ틔쳔광(百態千光): 백태천광. 온갖 아름다움을 갖춘 자태.

패(澄波) 징동(琤動)ᄒᆞ여 슬허ᄒᆞᄂᆞᆫ ᄐᆡ되 더옥 긔려졀승(奇麗絶勝)ᄒᆞᆫ 디라. 부인이 황홀긔ᄋᆡ(恍惚奇愛)ᄒᆞ여 옥슈ᄅᆞᆯ 잡고 누슈(淚水)ᄅᆞᆯ ᄡᅳ려 슬허 왈

"현딜(賢姪)을 유시(幼時)의 잠간 보고 ᄋᆡ련(愛憐)ᄒᆞᄆᆞᆯ 니긔디 못ᄒᆞᄃᆡ 우슉(愚叔)이 그ᄢᅵ 가친(家親)의 부음(訃音)을 듯ᄌᆞᆸ고 텬디망망(天地茫茫)ᄒᆞᆫ ᄃᆞᆺ 쇼괴(小姑) ᄯᅩᄒᆞᆫ ᄋᆡ훼과쳑(哀喙過慽)ᄒᆞ여 연셰(捐世)[35]ᄒᆞ시니 현딜 등의 죵텬디통(終天之痛)을 ᄎᆞ마 ᄉᆡᆼ각디 못ᄒᆞ고 쇼
34면 고 부인의 슉ᄌᆞ현덕(淑資賢德)으로ᄡᅥ 하슈(遐壽)ᄅᆞᆯ 누리지 못ᄒᆞ시고 슈쇼 ᄌᆞ녀의 뉵아지통(蓼莪之痛)을 ᄭᅵ치시니 텬니도상(天理都喪)ᄒᆞ여 복션명응(福善冥應)이 업ᄉᆞᆷ을 탄ᄒᆞ더니 광음(光陰)이 훌훌ᄒᆞ여 션구(先舅) 삼상(三喪)을 맛ᄌᆞᆸ고 쇼고 삼긔(三忌)ᄅᆞᆯ 디ᄂᆡ고 존부(尊府) 션태부 하셰(下世)ᄒᆞ시므로ᄡᅥ 태부인을 봉시(奉侍)ᄒᆞ며 현딜 등을 거ᄂᆞ려 하향(下鄕)ᄒᆞ시니 더옥 비결(悲訣)ᄒᆞ미 극ᄒᆞᆫ ᄃᆞᆺ ᄯᅩ 젹변이 그ᄃᆡ도록 ᄒᆞᆯ 줄 엇디 뜻ᄒᆞ여시리오? 닌셩 등과 현딜을 실산(失散)ᄒᆞᆫ 소식을 드ᄅᆞ미 합문(闔門)[36]의 통상(痛傷)ᄒᆞ미 션쇼고(先小姑) 별셰(別世)ᄒᆞ시던 ᄢᅵ로 다ᄅᆞ미 업ᄉᆞ니 졔위 슉슉(叔叔)과 금쟝 등이 현딜 남ᄆᆡ의 작픔긔셩(作稟氣性)이 결단코 유시(幼時)의 화몰(禍沒)치 아

33 아황(蛾黃): 옛날 여성들이 쓰던 화장품으로 주로 이마에 발랐다고 함. 여기에서는 분 바른 아름다운 이마를 지칭하는 것으로 추정.

34 모운(暮雲): 모운은 "창오산의 저녁구름(蒼梧暮雲)"에서 나온 표현. 창오산은 순임금이 죽어 묻힌 곳으로, 순임금의 부인이 순임금을 그리워하며 슬퍼함을 말함.

35 연셰(捐世): 연세, 세상을 버림.

36 합문(闔門): 온 집안.

니리라 미더시나 기간 환난봉익(患亂逢厄)은 듯디 아냐 알녀니와 화란 듕 약딜(弱質)이 능히 보명ᄒᆞ믈 어더 댱셩슈미(長成秀美)ᄒᆞ미 젼ᄌᆞ로 ᄇᆡ승(倍勝)ᄒᆞ니 졍슉과 쇼고(小姑)의 ᄉᆡᆼ훈(生訓)ᄒᆞ신 ᄇᆡ 아니면 이러치 못ᄒᆞᆯ디라. 일변은 감회(感懷)ᄒᆞ고 ᄯᅩᄒᆞᆫ 깃브믈 니긔지 못ᄒᆞᄂᆞ니 현딜이 ᄯᅩᄒᆞᆫ 오위(五位) 구시(舅氏)[37]의 ᄌᆞ익와 아등 졔ᄉᆞ(諸事)의 박익(迫阨)디 아니믈 알디라. 우슉을 조ᄎᆞ 샹경ᄒᆞᄆᆡ 션부인 ᄌᆞ최롤 니어 골육(骨肉)의 졍을 펼지니 아직 태쥬 힝도와 므어시 급ᄒᆞ리오? 슈광이 날을 다리라 금명간(今明間) 오리니 안심믈우(安心勿憂)ᄒᆞ라.”

쇼졔 엄읍뉴쳬(淹泣流涕)ᄒᆞ고 젼후 환난(患難)을 잠간 고ᄒᆞᆯᄉᆡ 쳥아(淸雅)ᄒᆞᆫ 말ᄉᆞᆷ은 녜도(禮度)의 합ᄒᆞ고 비졀(悲絶)ᄒᆞᆫ 마ᄃᆡ의ᄂᆞᆫ 쥬뤼(珠淚) 낭낭(浪浪)ᄒᆞ여 옥협(玉頰)을 젹시니 부인이 잔잉 익련(哀憐)ᄒᆞ미 친녀(親女)로 감(減)치 아니니 쇼졔 블승감열(不勝感悅)ᄒᆞ고 츈·경 이패 탕졍(湯鼎)을 버셔나 셰계(世界)롤 드ᄃᆡᆫ ᄃᆞᆺ 황감희열(惶感喜悅)ᄒᆞ여 비쥐(婢主) 다 위틱ᄒᆞᆫ 근심이 업ᄉᆞᄃᆡ 공ᄌᆞ롤 위ᄒᆞᆫ 념녜 슉식(宿食)이 블안ᄒᆞ니 숑부인이 닌광공ᄌᆡ 홀노 위졍의 집의 머므ᄂᆞᆫ 연고(緣故)롤 므른ᄃᆡ 쇼졔 ᄡᅳ리쳐 마디못ᄒᆞᆫ 연괴 이셔 머믈믈 ᄃᆡᄒᆞ나 츈패 댱공을 격분ᄒᆞ여 젼후 쇼유(所由)롤 딘달(陳達)ᄒᆞ니 부인이 분연통히(憤然痛駭) 왈

“댱튝이 흉당(凶黨)을 븟조ᄎᆞ 부귀ᄒᆞ미 엇디 오ᄅᆡ리오? 졔 ᄇᆡ은망혜(背恩忘惠)ᄒᆞ고 타일 하면목(何面目)으로 졍문 졔인을 보리오? 그 쳔

37 구시(舅氏): 구씨. 어머니의 남자 형제, 즉 외삼촌을 이르는 말.

흉만악(千凶萬惡)이 실노 촌참무셕(寸斬無惜)이라. 타일 반ᄃᆞ시 그 죄ᄅᆞᆯ 면치 못ᄒᆞ리라.”

ᄒᆞ여 블승통완(不勝痛惋)ᄒᆞᄃᆡ 쇼져ᄂᆞᆫ ᄀᆞᆺ토여 말이 업더라. ᄎᆞ시 정공ᄌᆡ 져져ᄅᆞᆯ 보ᄂᆡᆫ 후 위졍을 명ᄒᆞ여 관아의 가 여ᄎᆞ여ᄎᆞ 딘뉴긔 고ᄒᆞ라 ᄒᆞ고 인ᄒᆞ여 홍군취삼(紅裙翠衫)을 착(着)ᄒᆞ여 경긱의 음양을 변ᄒᆞᆯ ᄉᆡ 공ᄌᆡ 만일 십 셰(歲)ᄅᆞᆯ 너머신즉 댱대(長大)ᄒᆞ여 ᄌᆞ틔(姿態)롭디[38] 못ᄒᆞᆯ ᄇᆡ로ᄃᆡ 계오 구셰튱년(九歲冲年)이라. 뉵쳑(六尺) 신댱(身長)의 일쳑(一尺) 셰요(細腰)ᄂᆞᆫ 깁을 ᄆᆞᆺ근 ᄃᆞᆺ 봉익(鳳翼)의 녹나삼(綠羅衫)
37면 을 가ᄒᆞ고 셰요의 홍금샹(紅錦裳)을 둘너시니 쳔틔만광(千態萬光)이 긔이(奇異)ᄒᆞ여 옥안화뫼(玉顔華貌) 표표쇄락(表表灑落)ᄒᆞ니 부상홍일(扶桑紅日)이 팔황(八荒)을 광화(光華)ᄒᆞᆫ ᄃᆞᆺ 졀셰ᄒᆞᆫ 염틔(艶態) 월염쇼져로 만히 방블(彷彿)ᄒᆞ나 온슌ᄒᆞ미 브죡ᄒᆞ고 강위태고(强威太高)ᄒᆞ여 ᄇᆞ라미 두리온 의ᄉᆡ(意思) 나니 유한ᄒᆞ미 낫븐디라. 쇼져의 강약(强弱)이 득듕(得重)ᄒᆞ고 ᄇᆡᆨᄉᆡ(百事) 딘션(眞善)ᄒᆞ여 흡연(洽然)ᄒᆞᆫ 슉완셩녀(淑婉聖女)로 비ᄒᆞ미 엇디 써러디지 아니리오마ᄂᆞᆫ 긔딜의 고슈(固守)ᄒᆞᆫ 셕되[39] 공ᄌᆡ 오히려 나흔 곳이 이시니 남녀의 톄격(體格)이 다ᄅᆞ미러라. 공ᄌᆡ 규장(閨粧)을 ᄀᆡ착(改着)ᄒᆞ미 더옥 긔이(奇異)ᄒᆞ여 쇼져와 방블ᄒᆞᆷ을 보고 위졍이 가월낭을 쇽이기 념녀 업술가 다힝ᄒᆞ여 뎡히 아듕(衙中)을 향ᄒᆞ더니 ᄆᆞᆫ득 가월낭이 니ᄅᆞ러 방ᄌᆞ무인(放恣無人)히 디게ᄅᆞᆯ 여러 왈

---

38 ᄌᆞ틔(姿態)롭디: 가태롭다. 맵시가 있다.

39 셕되: 미상.

“나도 사ᄅᆞᆷ이니 그ᄃᆡ의게 욕을 보고 엇디 다시 이 문젼의 오리오마ᄂᆞᆫ 노야 분뷔 디엄(至嚴)ᄒᆞ샤 이곳의 잇ᄂᆞᆫ 미인(美人)을 다시 보고 굿ᄐᆞ 38면
여 그ᄃᆡ와 말 말고 다만 미인의 부뫼 어ᄃᆡ 잇ᄂᆞ뇨 아라 오라 ᄒᆞ실ᄉᆡ 마디못ᄒᆞ여 왓노라.”

위경이 뎡ᄉᆡᆨ왈(正色曰)

“그ᄃᆡ 노야 분부ᄅᆞᆯ ᄌᆞ셰(藉勢)[40]ᄒᆞ여 너모 헙졔(脅制)[41]치 말나. 브졀업시 쥬군을 거드러 구쳡(求妾)ᄒᆞ시ᄂᆞᆫ ᄉᆞ단(事端)을 남이 알게 말나.”

월낭이 브답(不答)ᄒᆞ고 공ᄌᆞᄅᆞᆯ 쳠망(瞻望)ᄒᆞ니 공ᄌᆡ 심니(心裏)의 통한(痛恨)ᄒᆞ나 임의 위경을 ᄉᆞᆯ오고 언션을 구ᄒᆞ며 ᄆᆡ져의 ᄋᆡᆨ화(厄禍)ᄅᆞᆯ 방비(防備)코ᄌᆞ ᄒᆞᄂᆞᆫ 고로 월아(月蛾)ᄅᆞᆯ ᄂᆞᆺ초고 일언을 아니니 엄듕ᄒᆞᆫ 위의 상텬(上天)의 븍풍 ᄀᆞᆺᄐᆞ니 앙쳠(仰瞻)ᄒᆞᄆᆡ 외구튝쳑(畏懼踧踖)[42]ᄒᆞ여 한츌쳠ᄇᆡ(汗出沾背)ᄒᆞᄃᆡ ᄎᆞ마 샤치 못ᄒᆞ여 심듕(心中)의 조어 왈

‘내 ᄌᆡ작일(再昨日)[43] 져 미인을 잠간 보ᄆᆡ 그 용광ᄉᆡᆨᄐᆡ(容光色態)ᄂᆞᆫ 다시 의논치 말고 냥목(兩目)이 ᄌᆞᄐᆡ롭고 눈섭이 초월(初月)이 셤농(纖濃)ᄒᆞ므로 아랏더니 금일 다시 보ᄆᆡ 빵미 텬창(天窓)을 졉ᄒᆞ고 오 39면
악(五嶽)이 슈긔(秀氣)ᄅᆞᆯ 거두어 텬디졍ᄆᆡᆨ(天地正脈)을 일편도이 아ᄉᆞ시니 봉안빵광(鳳眼雙光)은 일월영ᄎᆡ(日月映彩)ᄅᆞᆯ 압두ᄒᆞ고 뉵힝

---

40 ᄌᆞ셰(藉勢): 자세. 남의 세력을 빌림.

41 헙졔(脅制): 협제. 위협하고 견제함.

42 외구튝쳑(畏懼踧踖): 외구축척. 두려워하며 조심스럽게 걷는 모양.

43 ᄌᆡ작일(再昨日): 재작일. 그저께.

팔덕(六行八德)이 슉슉(肅肅)ᄒᆞ여 유도(有道)ᄒᆞᆫ ᄌᆞ픔(資稟)이 텬디간 독닙ᄒᆞᆫ ᄃᆞᆺ 양양발월(洋洋發越)ᄒᆞ여 너모 다긔(多岐)ᄒᆞ니 온슌ᄒᆞ미 낫브고 뇨라(裊娜)ᄒᆞ미 브족ᄒᆞ여 교교ᄌᆞ약(皎皎自若)[44]ᄒᆞ미 우리 쇼져긔 밋디 못ᄒᆞᆯ디라. ᄌᆡ작일(再昨日) 만고독보(萬古獨步)ᄒᆞᆫ 줄노 본ᄆᆞ옴이 져기 셔운ᄒᆞ나 원간 댱쇼졔 아니면 이 ᄀᆞᆺᄐᆞᆫ 긔질이 다시업ᄉᆞᆯ디라.'

경신을 슈렴(收斂)ᄒᆞ여 쇼져의 년치(年齒)와 셩시(姓氏)ᄅᆞᆯ 므ᄅᆞ며 샹존구경(上存具慶)ᄒᆞ며 동긔번셩(同氣繁盛)ᄒᆞᆫ가 므ᄅᆞᄃᆡ 공ᄌᆡ 믁연브답ᄒᆞ니 위졍이 공ᄌᆞ의 뜻을 알고 날호여 니ᄅᆞᄃᆡ

"그ᄃᆡ 쇼져의 근파(根派)ᄅᆞᆯ 알고ᄌᆞ ᄒᆞ믄 므ᄉᆞᆫ 뜻이뇨?"

가월낭이 위졍의 소ᄅᆡ 슌(順)ᄒᆞ믈 듯고 니ᄅᆞᄃᆡ

"노야 분뷔 ᄌᆞ셰히 아라 쥬(奏)ᄒᆞ라 명ᄒᆞ실ᄉᆡ 다만 아ᄃᆞᆯ의 큰 ᄉᆞ괴 이시니 40면 문양 딘휼ᄎᆞ 은 도적을 엄슈(嚴囚)ᄒᆞ엿더니 월옥(越獄)ᄒᆞ여 거쳐(居處) 업ᄉᆞᆯ ᄲᅮᆫ 아니라 관니와 옥졸이 일식이 장반(將半)의 ᄌᆞᆷ을 ᄭᆡ디 못ᄒᆞ니 치며 흔드러 계오 ᄭᆡ오니 어릿어릿ᄒᆞ여 현혼(眩昏)ᄒᆞᆫ ᄃᆞᆺ 디각(知覺)이 업고 홀노 최언션이라 ᄒᆞᄂᆞᆫ 경ᄉᆞ(京師) 하리(下吏) 현혼(眩昏)이 덜ᄒᆞ나 ᄌᆞ경(自剄)ᄒᆞ엿던 형젹(形跡)이 현현ᄒᆞ여 목을 ᄡᆞᄆᆡ고 칼흘 ᄡᅳ고 도적 가도앗던 옥듕의 누어시니 ᄭᅳ어ᄂᆡ여 오ᄆᆡ ᄉᆞᄉᆞ로 고ᄒᆞᄃᆡ 죄인을 졔 칼흘 벗겨노흘와 ᄒᆞᆯ ᄲᅮᆫ 아냐 옥졸과 관니 등이 여츌일구(如出一口)히 작일 최언션의 주ᄂᆞᆫ 술을 먹고 ᄌᆞᆷ들ᄆᆡ 인ᄉᆞᄅᆞᆯ

44 교교ᄌᆞ약(皎皎自若): 교교자약. 조용하고 침착함.

몰낫노라 ᄒᆞ니 문양 츄관 ᄆᆡᆼ노애 ᄀᆡᆨ샤(客舍)의셔 더옥 분노(忿怒)ᄒᆞ
여 언션의 즉ᄀᆡᆨ의 참형(慘刑)ᄒᆞ여 죄인을 도로 잡아드리라 ᄒᆞᆯ 즈음의
일이 공교ᄒᆞ여 안양녕 셕노애 문양은 도젹(盜賊) 괴슈(魁首)ᄅᆞᆯ ᄌᆞᆸ아
복초(服招)ᄅᆞᆯ 밧고 일흔 은ᄌᆞ 일만삼쳔 냥을 ᄎᆞᆺ고 ᄉᆞ쳔 냥은 아ᄃᆡᆨ 못 41면
ᄎᆞᄌᆞᄆᆞᆯ 통ᄒᆞ고 젹이 ᄎᆡᆨ칙(寨柵)을 일워 범상(凡常)치 아니ᄆᆞᆯ 일ᄏᆞ라
시니 아ᄃᆡᆨ 최언션을 하옥ᄒᆞ고 녈읍(列邑) 군병을 합ᄒᆞ여 젹을 ᄌᆞᆸ기ᄅᆞᆯ
명ᄒᆞ실ᄉᆡ 노애(老爺) 밧비 취쳡(娶妾)코ᄌᆞ ᄒᆞ샤 신긔블안(身氣不安)
ᄒᆞᄆᆞᆯ 일ᄏᆞᄅᆞ시고 통판(通判)[45]과 참군뉴(參軍類)ᄅᆞᆯ ᄆᆞᆯ니치시고 날을
ᄌᆡ쵹ᄒᆞ여 보ᄂᆡ신다라. ᄆᆞ어시라 복명(復命)ᄒᆞ리오?”

공ᄌᆞ와 위졍이 가월낭의 말을 드ᄅᆞᄆᆡ 안양녕의 도젹을 ᄌᆞᆸ아 언션이
살게 되ᄆᆞᆯ 만ᄒᆡᆼ(萬幸)ᄒᆞ나 ᄉᆞᄉᆡᆨ(辭色) ᄃᆡᆨ디 아니코 위졍이 거ᄌᆞᆺ 탄왈
(嘆曰)

“이 쇼져의 근패 향족미문(鄕族微門)이 아니라 혁혁존귀(赫赫尊貴)
ᄒᆞᄃᆡ 시운(時運)이 블ᄒᆡᆼᄒᆞ여 년급ᄉᆞ셰(年及四歲)의 실산디화(失散之
禍)ᄅᆞᆯ 만나니 나의 쇼고(小姑) 상유랑이 어더 기ᄅᆞᆫ ᄇᆡ로ᄃᆡ 그ᄊᆡ의 셩
시(姓氏)와 부모ᄅᆞᆯ ᄆᆞᄅᆞᆫ즉 조부(祖父)ᄂᆞᆫ 각뇌(閣老)시고 부형은 샹셰
(尙書)라 ᄒᆞᄃᆡ 그 셩시와 부조(父祖)의 휘ᄧᆞ(諱字)ᄅᆞᆯ 모로나 짐작건
ᄃᆡ 경화거족(京華巨族)인 줄 알 것마ᄂᆞᆫ 그 친당(親堂)을 ᄎᆞᄌᆞ 도라보 42면
ᄂᆡᆯ 길히 업ᄉᆞ니 민울(憫鬱)ᄒᆞ더니 이제 쥬군이 무의(無依)ᄒᆞᆫ 녀ᄌᆡ(女
子)라 쇼셩(小星)을 삼고ᄌᆞ ᄒᆞ시니 내 출하리 죽기로ᄡᅧ 간코ᄌᆞ ᄒᆞ더

45 통판(通判): 판관.

니 그듸 쏘 노야 엄명을 젼ᄒᆞ니 아모리 ᄒᆞᆯ 줄 모로리로다."

인ᄒᆞ여 쇼져 년긔 십삼 셰(歲)믈 니ᄅᆞ니 월낭이 딘졍(眞情)으로 아라 호언(好言)으로 위로왈(慰勞曰)

"만일 그 부모롤 ᄎᆞᄌᆞ 문미(門楣)[46] 교목셰벌(喬木世閥)[47]인즉 부실(副室)노 준ᄒᆞ시리니 브졀업시 명을 거ᄉᆞ리디 말나."

위졍 왈

"길일(吉日)을 아니 튁디 못ᄒᆞ리니 그듸 잠간 머믈면 내 아조 튁일(擇日)ᄒᆞ여 오리라."

ᄒᆞ고 이윽이 나갓다가 도라와 니ᄅᆞ듸

"복지(卜者) 명일을 대길일(大吉日)이라 ᄒᆞ니 너모 쵹박ᄒᆞᆫ디라. 장ᄎᆞ 엇디ᄒᆞ리오?"

월낭 왈

"길긔(吉期) 쉬오미 다힝ᄒᆞ니 쥬군의 명을 쥰봉(遵奉)ᄒᆞ미 올타."

ᄒᆞᆫ듸 위졍 왈

"노애(老爺) 명일노 미인을 드리라 ᄒᆞ시면 비록 뉵녜(六禮)롤 구힝(具行)ᄒᆞ미 업ᄉᆞ나 쇼져긔ᄂᆞᆫ 죵신대ᄉᆡ(終身大事)라. 그 ᄌᆞ장(資粧)과 금구(衾具)롤 냑간 출혀 보ᄂᆡ고ᄌᆞ ᄒᆞ노라."

43면

월낭이 영합쇼원(迎合所願)ᄒᆞ여 응낙(應諾)고 도라가니라.

ᄎᆞ시(此時) 당딘뉘 밍츄의 간계(奸計)롤 조ᄎᆞ 졍공ᄌᆞ 노쥬롤 엄슈(嚴囚)ᄒᆞ고 음식을 긋ᄎᆞ니 밍취 블승쾌락(不勝快樂)ᄒᆞ듸 혹ᄌᆞ 두호(斗

---

46 문미(門楣): 문벌, 가문.

47 교목셰벌(喬木世閥): 교목세벌. 여러 대에 걸쳐 고위직에 봉사하는 명문가.

護)ᄒᆞ미 이실가 의려(疑慮)ᄒᆞ여 져의 군관으로 ᄌᆞ로 옥듕을 긔찰(譏察)케 ᄒᆞᆫ 후 국긔(國忌) ᄌᆡ계(齋戒)를 파ᄒᆞ고 죽이고ᄌᆞ ᄒᆞ거놀 뜻 아닌 최언션이 경공ᄌᆞ 노쥬를 구ᄒᆞ여 ᄂᆡ여보ᄂᆡ고 졔 스ᄉᆞ로 옥듕의 드러시니 밍츄의 군관 셜뢰 보ᄒᆞ니 밍취 대경(大驚)ᄒᆞ여 댱공을 보아 죄인 실포(失捕)ᄒᆞᆫ 줄 젼ᄒᆞᆫᄃᆡ 딘뉘 ᄯᅩᄒᆞᆫ 놀나 옥니(獄吏)를 잡아 뭇고ᄌᆞ ᄒᆞ더니 하리(下吏)와 옥졸(獄卒)이 다 혼혼블셩(昏昏不醒)[48]ᄒᆞ여 인ᄉᆞ(人事)[49]를 모른다 ᄒᆞ니 딘뉘 블승경의(不勝驚疑)ᄒᆞ여 졔인(諸人)의 ᄭᆡ기를 기다릴ᄉᆡ 홀노 최언션이 딕고(直告)ᄒᆞ여 셰낫 죄인을 졔 스ᄉᆞ로 구ᄒᆞ여 먼니 ᄎᆡ워시니 졔 목숨을 드려 ᄃᆡᄒᆞ여디라 ᄒᆞ미 딘뉘 ᄌᆞ개 그릇 경공ᄌᆞ를 보고 참연낙누(慘然落淚)ᄒᆞᆫ ᄇᆡ 언션이 보고 경공ᄌᆞ를 구ᄒᆞ민가 ᄒᆞ여 밍취 알가 겁ᄂᆡ여 냥안(兩眼)이 두렷ᄒᆞ여 믁연(默然)[50]이 안ᄌᆞ시니 밍취 왈

"최언션의 죄상이 만살무셕(萬殺無惜)[51]이라. 엄형(嚴刑) 극문(極問)ᄒᆞ여디이다."

댱공이 졈두왈(點頭曰)

"언션이 아마 실셩(失性)ᄒᆞ여실ᄉᆡ 져러커니 사ᄅᆞᆷ이 엇디 죽기를 ᄌᆞ구(自求)ᄒᆞ리오?"

언션이 밍츄를 ᄃᆡᄒᆞ여 고셩즐왈(高聲叱曰)

48 혼혼블셩(昏昏不醒): 혼혼불성. 정신을 제대로 차리지 못하는 모양.

49 인ᄉᆞ(人事): 인사. 사람으로 해야 할 일.

50 믁연(默然)이: 묵연이. 잠자코.

51 만살무셕(萬殺無惜): 만살무석. 만 번 죽여도 아까울 것이 없음.

“츄관이 졍공ᄌᆞ긔 므ᄉᆞᆷ 원쉬(怨讎) 잇관ᄃᆡ 도듕(途中)의 ᄯᅡ라 죽이디 못ᄒᆞᆫ 한을 이의 와 셜(雪)코ᄌᆞ ᄒᆞᄂᆞ뇨? 츄관은 졍부 비뷔(婢夫)오 나ᄂᆞᆫ 문하의 단니던 하리(下吏)니 졍문(程門)을 위ᄒᆞᆫ 인졍이 ᄒᆞᆫ가지어ᄂᆞᆯ 하고(何故)로 졍공ᄌᆞᄅᆞᆯ ᄒᆡ코ᄌᆞ ᄒᆞᄂᆞ뇨? 최언션이 ᄇᆡᆨ 가지 참형(斬刑)을 바다 골쉬(骨髓) 갈니 되나 졍공ᄌᆞᄅᆞᆯ 위ᄒᆞᆫ 뜻은 변치 아니리라.
45면 츄관(推官)의 위엄을 니ᄅᆞ디 말고 황극뎐하의 가나 올치 아닌 일의ᄂᆞᆫ 내 뜻을 굴치 아니리라.”

밍츄 쳥파(聽罷)의 대로(大怒)ᄒᆞ여 급히 듕형(重刑)으로 장살(杖殺)코ᄌᆞ ᄒᆞ나 댱공이 언션을 실셩디인(失性之人)으로 밀위고 형(刑) 츄ᄒᆞᆯ 뜻이 업ᄉᆞ니 간ᄃᆡ로 협졔(脅制)치 못ᄒᆞ여 유유디지(悠悠遲遲)러니 안양녕 셩흔이 문양 딘휼ᄎᆞ 은ᄌᆞ 일만삼쳔 냥을 몬져 ᄎᆞᆺ고 젹괴(賊魁)ᄅᆞᆯ 잡아 복초(服招)ᄅᆞᆯ 바다 졔젹(諸賊)의 셩명을 일일히 바다 보ᄂᆡ며 젹셰(賊勢) 강셩(强盛)ᄒᆞ여 졸연(猝然)이 파치 못ᄒᆞᆯ디라. 닌읍(隣邑) 군병을 모화 합녁토젹(合力討賊)ᄒᆞᆯ 바ᄅᆞᆯ 닐너시니 밍츄 졍공ᄌᆞ ᄒᆡᄒᆞᆯ 계괴(計巧) 그ᄅᆞᆺ되여시믈 실망ᄒᆞ나 은ᄌᆞ(銀子) ᄎᆞᄌᆞ믈 ᄒᆡᆼ심(幸甚)ᄒᆞ여 안양녕의게 칭샤ᄒᆞ고 토젹(討賊)ᄒᆞᆯ 바ᄅᆞᆯ 의논ᄒᆞᆯ시 댱공 왈

“안양셔 젹괴(賊魁)ᄅᆞᆯ 아딕 죽이디 아녓고 위인이 강딕명찰(剛直明
46면 察)ᄒᆞ니 졍ᄋᆞ 삼 노쥐 이셔 도젹 괴(魁)로 ᄃᆡ면질졍(對面質正)ᄒᆞᆯ 즈음의 셕흥이 그 딘가(眞假)ᄅᆞᆯ ᄒᆡᆨ실ᄒᆞ리니 아직 언션을 가도고 안양 젹도(賊徒)ᄅᆞᆯ 마ᄌᆞ 잡은 후 언션을 다ᄉᆞ리미 올흘가 ᄒᆞ노라.”

밍츄 댱공의 말이 언션을 앗기믈 분연ᄒᆞ나 무어시라 닷토리오? 믁연(默然)이 도라가니 댱공이 비로소 월낭을 ᄌᆡ쵹ᄒᆞ여 위졍의게 보ᄂᆡ미 그 회보(回報)ᄅᆞᆯ 기디리더니 이윽고 월낭이 도리와 위졍의 ᄒᆞ딘 말을

고ᄒᆞ니 딘뉘 흔열(欣悅)ᄒᆞ여 월낭을 듕상(重賞)ᄒᆞ고 위경의게 금ᄇᆡᆨ(金帛)을 보ᄂᆡ여 미인의 ᄌᆞ장(資粧)을 빗ᄂᆡ라 ᄒᆞ니 위경이 월낭으로 더브러 다시 의상(衣裳)을 일우고ᄌᆞ ᄒᆞ거ᄂᆞᆯ 공ᄌᆡ 왈

"나의 닙은 옷시 빗나니 ᄉᆡ 옷ᄉᆞᆯ 일우디 말나."

ᄒᆞ니 월낭이 무미(無味)히 넉이ᄃᆡ 위경은 그 뜻을 알ᄆᆡ 신의(新衣)ᄅᆞᆯ 딧디 못ᄒᆞ고 월낭의 욕심을 ᄎᆡ와 숑부의셔 주던바 은ᄌᆞ(銀子) 반을 월낭을 주고 댱공의 샤ᄒᆞᆫ 바ᄂᆞᆫ 공ᄌᆞ긔 드리니 공ᄌᆡ 또ᄒᆞᆫ 믈니치디 아 47면
냐 ᄒᆞᆫ낫 궤(櫃)ᄅᆞᆯ 구ᄒᆞ여 너코 봉쇄(封鎖)ᄒᆞ여 먼니 노화 왈

"내 그ᄃᆡ긔 슈은(受恩)ᄒᆞ미 깁흐ᄃᆡ 갑흐미 업고 너의 간고(艱苦)ᄒᆞᆫ 계활(計活)을 탕딘(蕩盡)케 ᄒᆞ미 더옥 블안ᄒᆞ나 쇽근ᄆᆡᆨ듁(粟根麥粥)이라도 너의 거신ᄌᆞᆨ 감식(甘食)ᄒᆞ려니와 블인(不人)의 ᄌᆡ믈노뼈 화미진찬(華味珍饌)을 ᄒᆞ여 쥰ᄌᆞᆨ 비위 거ᄉᆞ려 딘식(進食)디 못ᄒᆞ리로다."

위경이 쳥필(聽畢)의 졍공ᄌᆞ의 말이 다 댱공을 블인으로 알믈 보ᄆᆡ 타일 아조 슷쳐 결단코 댱부 셔랑(婿郎)이 되디 아닐가 근심되고 졀박ᄒᆞ나 그 엇디ᄒᆞ리오? 오딕 져의 가계 족히 공ᄌᆞᄅᆞᆯ 밧들 만ᄒᆞ믈 일ᄏᆞ라 공ᄌᆞ의 념녀ᄒᆞ시믈 샤례(謝禮)ᄒᆞ더라. 명일(明日)의 공ᄌᆡ 위경다려 왈

"댱공이 반ᄃᆞ시 승야(乘夜)[52]ᄒᆞ여 오리니 내 실노 디ᄀᆡ(志概)ᄅᆞᆯ 굴ᄒᆞ여 48면
그 쇼셩(小星) 되ᄂᆞᆫ 녜ᄅᆞᆯ 힝ᄒᆞ미 괴롭고 분ᄒᆞᆫ디라. 네 여ᄎᆞ여차ᄒᆞ여 날노 ᄒᆞ여곰 곤경을 당치 아니케 ᄒᆞ라."

52 승야(乘夜): 밤을 틈타는 것.

위경이 슈명(受命)ᄒᆞᆯ 쁜이러니 과연 댱튝이 야심(夜深)케야 미복(微服)[53]으로 니ᄅᆞ러 외실(外室)의 좌ᄒᆞ고 위경을 브ᄅᆞ니 경이 나와 계하(階下)의 ᄇᆡ복(拜伏)ᄒᆞᆯᄉᆡ 월낭이 ᄯᅩ 공의 금포옥ᄃᆡ(錦袍玉帶)ᄅᆞᆯ 가져 니ᄅᆞ럿ᄂᆞᆫ디라. 공이 위경다려 왈

"네 집의 잇ᄂᆞᆫ 녀ᄌᆡ 근본이 하쳔(下賤)과 다ᄅᆞ나 그 부모ᄅᆞᆯ ᄎᆞᆺ기 젼은 그 소ᄉᆡᆼ디지(所生之地)ᄅᆞᆯ 모로니 아ᄃᆡᆨ 쇼셩(小星)으로 ᄒᆞ나 타일 그 부모ᄅᆞᆯ ᄎᆞᄌᆞᆫᄌᆞᆨ 당당이 부실(副室)노 존(尊)ᄒᆞ여 대례(大禮)ᄅᆞᆯ ᄀᆞᆺ초리니 내 뜻을 통ᄒᆞ여 분울(憤鬱)ᄒᆞ미 업게 ᄒᆞ라."

위경이 샤례ᄒᆞ고 고왈(告曰)

"길일(吉日)이 금일(今日)이 아닌ᄌᆞᆨ 명츈 날이 업다 ᄒᆞ오ᄆᆡ 이ᄃᆡ로 알외엿ᄉᆞᆸ더니 져 낭ᄌᆡ 본ᄃᆡ 미양(微恙)[54]으로 신음ᄒᆞᄋᆞᆸ던 바의 셕반(夕飯) 후 졸연(猝然) 곽긔(癨氣)[55] 이셔 고통ᄒᆞ오니 존젼의 현셩(現省)

49면 ᄒᆞᄂᆞᆫ 녜ᄅᆞᆯ ᄒᆡᆼᄒᆞᆯ 길히 업ᄉᆞ오니 노야 존위(尊威)ᄅᆞᆯ 굴ᄒᆞ샤 그 용모나 보시믈 픔ᄒᆞᄂᆞ이다."

공이 신디왈(信之曰)

"미향(美香)을 픠오라."

ᄒᆞ니 이윽고 향연(香煙)이 농ᄇᆡᆨ(濃白)ᄒᆞ니 공이 나아가 좌ᄅᆞᆯ 일우니 월낭·위경이 병댱(屛帳)[56]을 디오고 퇴(退)ᄒᆞ니 공이 미인의 향벽

---

53 미복(微服): 지위가 높은 사람이 몰래 살피러 다닐 때 입는 허름한 옷.

54 미양(微恙): 대수롭지 않은 병.

55 곽긔(癨氣): 곽기. 음식이 체하여 토하고 설사하는 급성 위장병.

56 병댱(屛帳): 병장. 병풍과 장막.

(向壁)ᄒᆞ여 누어시믈 보고 그 용모긔딜(容貌氣質)을 보고ᄌᆞ ᄒᆞ여 나
아 안ᄌᆞ 그 셤슈(纖手)를 잡으ᄆᆡ 심신이 황홀ᄒᆞ여 븟드러 니ᄅᆞ혀고
ᄌᆞ ᄒᆞᄆᆡ ᄉᆡᆼ각 밧 미인이 댱공의 손을 밀고 날호여 니러 안ᄌᆞ니 딘뉘
ᄉᆞᆯ피건ᄃᆡ 미인의 용ᄎᆡ 현미슈츌(賢美秀出)ᄒᆞ고 ᄇᆡᆨᄐᆡ쇄락(百態灑落)
ᄒᆞ여 만면긔화와 신이찬난(神異燦爛)ᄒᆞ미 태양(太陽)이 조하(朝霞)
의 소ᄉᆞ며 방ᄐᆡᆨ(芳澤)을 더으디 아냐시ᄃᆡ 홍협(紅頰)은 무릉도화(武
陵桃花)[57]를 낫게 넉이고 월ᄋᆡᆨ(月額) 션빈(嬋鬢)[58]의 ᄇᆡᆨ셜향(白雪香)이
아라ᄒᆞ여 아미산 반륜월(半輪月)이 벽소(碧宵)의 화ᄒᆞᆫ ᄃᆞᆺ 봉안(鳳眼)
이 몽농(朦朧)ᄒᆞ여 거두ᄯᅳ미 업ᄉᆞ나 ᄌᆞ연ᄒᆞᆫ 졍긔(精氣) 십 니 강한(江
漢)의 징징(澄澄)ᄒᆞᆫ 거ᄉᆞᆯ ᄡᅴ여 쥰골(俊骨)이 ᄆᆡ왕ᄒᆞ고 쇄딜(灑質)이
영위(英偉)ᄒᆞ니 니ᄅᆞᆫ바 명댱경인(鳴將驚人)이요 비댱튱텬(飛將衝天) 50면
이라. 공이 일견(一見)의 ᄌᆞ연 툭쳑(蹴踖)ᄒᆞ여 몬져 말을 발ᄒᆞ여 ᄯᅳᆺ을
펴기 어려오니 월낭의 칭도디셜(稱道之說)이 도로혀 셔어(齟齬)[59]ᄒᆞᆫ디
라. 볼ᄉᆞ록 희한ᄒᆞ니 평ᄉᆡᆼ 졀ᄉᆡᆨ(絶色)을 ᄉᆞ모(思慕)ᄒᆞ미 가ᄉᆞᆷ 쇽의 돌
갓ᄐᆞ나 박시의 투긔(妬忌)로 인ᄒᆞ여 ᄯᅳᆺ을 펴디 못ᄒᆞ다가 금일 여ᄎᆞ
졀염(絶艶)을 만ᄂᆞᄆᆡ 댱부 ᄒᆡᆼ낙(行樂)이 쾌(快)ᄒᆞ니 그 깃브믈 측냥
(測量)치 못ᄒᆞ여 두양을 기우리고 모ᄌᆞ(眸子)를 둥굿거려 거동이 긔
긔괴괴(奇奇怪怪)ᄒᆞ니 어시의 졍공지 댱툭의 긔괴가쇼(奇怪可笑)로
온 거동을 보건ᄃᆡ 통ᄒᆡ(痛駭)ᄒᆞ고 분완(憤惋)ᄒᆞ믄 버금이 되고 ᄋᆞᄒᆡ

57 무릉도화(武陵桃花): 천상의 복사나무꽃.

58 션빈(嬋鬢): 선빈. 매미 날개처럼 곱게 빗은 여자 머리.

59 셔어(齟齬): 서어. 뜻이 어긋나 서먹함.

ᄆᆞᄋᆞᆷ의 우읍기ᄅᆞᆯ 니긔디 못ᄒᆞᆯ ᄲᅳᆫ 아니라 ᄌᆞ긔 초구튱년(初九沖年)의 화고풍상(禍故風霜)을 ᄀᆞᆺ초 당ᄒᆞ여 ᄇᆡᆨ우(百憂)ᄅᆞᆯ ᄇᆡ블니 시ᄅᆞᄆᆡ 쥬쥬야야(晝晝夜夜)의 친젼(親前)의 졀ᄒᆞ여 무ᄎᆡ(舞彩) 즐기믈 바랄 ᄯᆞ
51면 름이언졍 부부의 음일(淫佚)ᄒᆞᆫ ᄉᆞ졍을 아지 못ᄒᆞ니 남녀의 졍이 합ᄒᆞ여 엇더ᄒᆞ여 즐거오미 되ᄂᆞᆫ고 도로혀 츄히 넉이ᄂᆞᆫ 의ᄉᆡ(意思) 이시니 댱공은 황홀ᄒᆞᆫ 졍욕(情欲)이 심신을 것잡디 못ᄒᆞᄆᆡ 더옥 ᄒᆡ괴(駭怪)ᄒᆞ믈 보니 심니(心裏)의 혜오ᄃᆡ

'내 건복(巾服)을 개착ᄒᆞ여 당당ᄒᆞᆫ 남ᄌᆞ로셔 규복(閨服)을 변착ᄒᆞ미 죵신 참더라. 져 댱튝의 음비무상(淫陋無狀)ᄒᆞᆫ 거동을 믈시(勿視)ᄒᆞ고 언ᄉᆞᄅᆞᆯ 블평(不平)이 ᄒᆞ여 머므ᄅᆞ디 아니ᄒᆞᄂᆞᆫ 거시 비위ᄅᆞᆯ 상ᄒᆡ오ᄂᆞᆫ ᄇᆡ 덜ᄒᆞ리라.'

ᄒᆞ나 미위(眉宇) 슈집(愁集)ᄒᆞ고 눈이 ᄀᆞᆷ기이니 머리ᄅᆞᆯ 숙이고 츄패 몽농(朦朧)ᄒᆞ거ᄂᆞᆯ 사ᄅᆞᆷ의 심폐(心肺)ᄅᆞᆯ 모로ᄂᆞᆫ 댱공은 미인의 과도히 슈습(收拾)ᄒᆞ고 ᄯᅩ 병셰 비경(非輕)ᄒᆞᄆᆡ 알프믈 ᄎᆞᆷ디 못ᄒᆞ여 이 ᄀᆞᆺᄐᆞ므로 아라 년망(連忙)이 좌(座)ᄅᆞᆯ 나와 년기슬(連其膝) 집기슈(執其手)[60]의 졍흥(情興)이 비양(飛揚)ᄒᆞ니 향ᄀᆡᆨ(向刻) 디예(至穢)ᄒᆞ고 엄츄(嚴秋)[61]ᄒᆞᆫ 거동이 어ᄃᆡ로 ᄃᆞ라난 동 알니오? 하날이 인연을 허ᄒᆞ나 뉵
52면 녜대법(六禮大法)으로 마ᄌᆞ미 되디 못ᄒᆞᄃᆡ 타일 근파(根派)ᄅᆞᆯ 아라 ᄉᆞ문디엽(士門枝葉)일딘ᄃᆡ 부인으로 ᄃᆡ졉(待接)ᄒᆞᆯ 바ᄅᆞᆯ 니ᄅᆞ며 ᄌᆞ긔 부귀 늉늉(隆隆)ᄒᆞ믈 ᄌᆞ랑ᄒᆞ여 목금(目今) 위졍의 집 누츄(陋醜)ᄒᆞ믄

---

60 년기슬(連其膝) 집기슈(執其手): 무릎을 맞대고 손을 잡음.

61 엄츄(嚴秋): 엄추. 엄하고 매서움.

일시 숙막(宿幕)으로 다ᄅᆞ미 업ᄉᆞᆫ디 경샤로 도라가ᄂᆞᆫ 날이라도 고루거각(高樓巨閣)의 원앙댱(鴛鴦帳)을 것고 비취병(翡翠屛)을 믈녀 운무디(雲霧地)롤 펴고 ᄃᆡ모상(玳瑁床)을 갓초아 합환(合歡) 니블의 병톄화(並蒂花)[62] 봉황 침샹의 교명(嬌名)ᄒᆞᆯ 제 몸이 화ᄒᆞ여 쌈이 양ᄃᆡ(陽臺)의 무ᄅᆞ녹고 졍이 난초의 합ᄒᆞ여 ᄭᅩᆺ치 되고 우음이 변ᄒᆞ여 나뷔 되여 일싱 향을 겻딧고 옥을 의디ᄒᆞ여 ᄌᆡ디(在地) 원위년니디(願爲連理枝)와 ᄌᆡ텬(在天) 원작비익조(願作比翼鳥)[63]롤 긔약ᄒᆞ여 ᄆᆡᆼ셰롤 무거이 두ᄂᆞᆫ ᄇᆡ 명황(明皇)이 댱싱뎐(長生殿)의셔 칠월 칠일 야반을 당ᄒᆞ여 귀비(貴妃)로 ᄉᆞ어(私語)ᄒᆞᆷ과 ᄀᆞᆺᄐᆞᆫ디 공ᄌᆡ 귀의 남아 듯ᄂᆞᆫ ᄇᆡ 업ᄉᆞ니 나모사ᄅᆞᆷ[64]을 ᄃᆡᄒᆞ며 돌부쳐롤 희롱ᄒᆞᆷ 갓ᄐᆞ니 댱공이 ᄀᆞ장 53면
무미(無味)ᄒᆞ나 그 용식(容色)을 황홀ᄒᆞ여 야심(夜深)ᄒᆞ믈 일ᄏᆞᆺ고 븟드러 음양호합(陰陽互合)을 착급(着急)히 ᄌᆡ촉ᄒᆞᄆᆡ 음졍(淫情)이 황황ᄒᆞ며 의ᄉᆡ 만 가디로 호탕ᄒᆞ니 장ᄎᆞ 믈니치디 못ᄒᆞᄆᆡ 공ᄌᆡ 망측한심(罔測閑心)ᄒᆞ여 ᄆᆡᆼ녈(猛烈)이 손을 ᄲᅳ리치고 좌롤 믈녀 왈

"쳡은 쳥평셰계(淸平世界)의 독난(獨亂)을 만나 어려셔 부모롤 실니(失離)ᄒᆞ여 몸이 쳔예(賤隸)의 휵양(畜養)ᄒᆞ믈 바드니 남을 원(怨)ᄒᆞᆯ 거시 업거니와 심듕의 뎡ᄒᆞᆫ ᄯᅳᆺ은 부월(斧鉞)이 당젼(當前)ᄒᆞ여도 ᄀᆞᆺ

---

62 병톄화(並蒂花): 병체화. 한 개의 꽃받침에 나란히 피어 있는 두 꽃으로, 남녀의 사랑을 상징함.

63 ᄌᆡ디(在地) 원위년니디(願爲連理枝)와 ᄌᆡ텬(在天) 원작비익조(願作比翼鳥): 당나라 시인 백거이의 시 〈장한가〉의 한 구절. 당나라 현종과 양귀비가 서로 사랑하여 땅에서는 연리지가 되고 하늘에서는 비익조가 되기를 바랐다고 함.

64 나모사ᄅᆞᆷ: 나무로 만든 사람.

치미 업ᄉᆞᆯ더라. 상공이 만일 사ᄅᆞᆷ의 슬픈 졍원(情怨)을 조ᄎᆞ 핍박(逼迫)ᄒᆞ미 업ᄉᆞᆯ던ᄃᆡ 쳡이 오히려 일누(一縷)ᄅᆞᆯ ᄭᅳᆺ디 아니려니와 그러치 아냐 노류쟝화(路柳墻花)의 희롱으로 졍욕(情慾)의 급ᄒᆞ믈 ᄎᆞᆷ디 못ᄒᆞ여 나의 뜻을 앗고ᄌᆞ ᄒᆞ실던ᄃᆡ 삼촌단검(三寸短劍)이 ᄌᆡ슈(在手)의 일

54면 누잔쳔(一縷殘喘)을 ᄭᅳᆺᄎᆞ미 므어시 어려오리오? 텬눈(天倫)을 실ᄒᆡ(實害)ᄒᆞᆫ 죄인이 몬져 사ᄅᆞᆷ을 좃ᄎᆞ 음일(淫佚)ᄒᆞᆫ 의ᄉᆞᄅᆞᆯ 동ᄒᆞ리오?"

댱공이 쳥필(聽畢)의 악연대경(愕然大驚)[65] 왈

"연ᄌᆞ 너의 뎡ᄒᆞᆫ 뜻이 일ᄉᆡᆼ(一生)을 공규(空閨)의 폐륜(廢倫)코져 ᄒᆞ더냐?"

공ᄌᆡ 뎡ᄉᆡᆨ왈(正色曰)

"쳡이 명되(命途) ᄀᆡ구(崎嶇)ᄒᆞ여 만난 ᄇᆡ 발셔 면치 못ᄒᆞ며 버셔나디 못ᄒᆞ게 되여시므로 상공의 잉희디명(孕姬之命)[66]을 감심ᄒᆞ여 죽기로뼈 샤양치 아닛ᄂᆞ니 므ᄉᆞ 일 일ᄉᆡᆼ(一生)을 공규(空閨)의 폐륜(廢倫)ᄒᆞ리오마ᄂᆞᆫ 흉듕(胸中)의 얽힌 통한(痛恨)이 돌 ᄀᆞᆺᄐᆞ여 부모ᄅᆞᆯ ᄎᆞᆺ디 못ᄒᆞᆫ 젼은 내 몸이 만승(萬乘)을 겻디어도 부귀ᄅᆞᆯ 탐치 아니코 슬픔만 더옥 층가(層加)ᄒᆞ리니 상공의 부귀ᄒᆞ미 아모 곳의 밋ᄎᆞᆫ들 내게 ᄭᅮᆷ이나 다ᄅᆞ리오? 딘실노 회포(懷抱)ᄅᆞᆯ 고ᄒᆞᄂᆞ니 쳡이 부모ᄅᆞᆯ 만

55면 나 근파(根派)ᄅᆞᆯ ᄭᆡ치고 텬눈의 남은 한이 업ᄉᆞ면 비록 번월(飜越)의 덕이 업ᄉᆞ나 어린 졍셩을 다ᄒᆞ여 상공을 밧드러 셰슈(洗手)와 슈건을 밧들니니 엇디 잉희(孕姬)ᄅᆞᆯ 낫게 넉이리오? 위경의 말을 듯건ᄃᆡ 상

65 악연대경(愕然大驚): 몹시 놀라운 모양

66 잉희디명(孕姬之命): 잉희지명. 애첩이 되라는 명령.

공이 미구(未久)의 경샤로 가신다 ᄒᆞ니 쳡의 아쇠온 ᄆᆞᄋᆞᆷ의 뼈 ᄒᆞᄃᆡ 상공을 조ᄎᆞ 황셩의 나아가 두로 광문(廣聞)ᄒᆞ여 혹ᄌᆞ 부모ᄅᆞᆯ ᄎᆞᄌᆞᆯ 도리 이실가 원ᄒᆞ미오 건곤(乾坤)이 상합(相合)ᄒᆞ여 즐기믈 착급(着急)히 바라디 아니미라. 먼니 긔약(期約)ᄒᆞ면 ᄉᆞ오 년이오 갓가오면 슈삼 년ᄉᆞ이니 일노뼈 쳡의 원(願)을 조ᄎᆞ 사ᄅᆞᆷ의 어버이 ᄎᆞᆺ기ᄅᆞᆯ 위ᄒᆞ여 핍박(逼迫)디 아니실딘ᄃᆡ 쳡이 엇디 상공을 ᄶᅩᆺᄎᆞ며 믈니치리잇고?”

ᄒᆞ니 학녀쳥음(鶴唳清音)이 웅건활낭(雄建濶浪)ᄒᆞ여 산호(珊瑚) ᄎᆡ로 형산(荊山) 박옥(白玉)을 두다리고 단소(短簫)의 봉황이 브ᄅᆞ디지ᄂᆞᆫ ᄃᆞᆺᄒᆞ니 온유화평(溫柔和平)ᄒᆞ여 군학(群鶴)을 춤추이고 니부(俚婦)[67]ᄅᆞᆯ 울닐 ᄇᆡ어놀 쇄락(灑落)ᄒᆞᆫ 안ᄎᆡ(眼彩)ᄂᆞᆫ 볼ᄉᆞ록 슈형(秀炯)ᄒᆞ니 만고(萬古)ᄅᆞᆯ 기우릴 풍염졀ᄉᆡᆨ(豊艶絶色)이라. 댱공이 홀홀이 넉ᄉᆞᆯ 일코 요요(擾擾)히 졍신을 슈습디 못ᄒᆞ여 다시 나아 안ᄌᆞ 그 옥슈ᄅᆞᆯ 만디며 스ᄉᆞ로 소ᄅᆡ 나믈 ᄭᆡ닷디 못ᄒᆞ여 칭션왈(稱善曰) 56면

“긔이(奇異)ᄒᆞ며 신긔(神奇)ᄒᆞ다. 사ᄅᆞᆷ의 작인(作人)이 엇디 이ᄀᆞᆺ치 곱고 빗나며 ᄆᆞᆰ고 ᄉᆡᆼ혀나뇨? 딘실노 져라산 졍ᄆᆡᆨ과 양가녀의 텬ᄉᆡᆼ녀딜(天生麗質)이라도 미인의게ᄂᆞᆫ 일두(一頭)ᄅᆞᆯ 샤양ᄒᆞ리로다. 내게 ᄒᆞᆫ 녀ᄋᆡ 이셔 나히 아딕 유튱(幼沖)이로ᄃᆡ ᄉᆡᆼ셩긔딜(生性氣質)이 공ᄆᆡᆼ(孔孟)의 바ᄅᆞᆫ 줄ᄆᆡᆨ을 닛고 ᄉᆡᆨ광(色光)이 젼쳔고(前千古) 후만ᄃᆡ(後萬代)ᄅᆞᆯ 녁상(歷詳)ᄒᆞ여 비우(比偶)ᄒᆞᆯ ᄃᆡ 업ᄉᆞ니 내 과연 슈듕긔화(手中奇貨)ᄅᆞᆯ 삼을 ᄲᅮᆫ 아니라 남ᄌᆡ 되디 못ᄒᆞ여 탁셰(濁世)ᄅᆞᆯ 일광

67 니부(俚婦): 이부. 세속의 부인.

(一匡)치 못ᄒᆞ고 방실(邦室)을 굉쥬(肱柱)치 못ᄒᆞ믈 탄ᄒᆞ더니 이제
57면 너ᄅᆞᆯ 보건ᄃᆡ 신긔로온 ᄌᆞ픔(資禀)이 녀ᄋᆞ의 나리디 아니코 빗난 용ᄎᆡ
거의 우러러 ᄡᆞᄅᆞᆯ ᄃᆞᆺᄒᆞ니 근본의 미쳔(微賤)치 아니믄 듯디 아냐 알
디라. 네 셩시(姓氏)와 나흘 알고 부명(父名)을 모ᄅᆞᆫ다 ᄒᆞ니 인연(因
緣)ᄒᆞ여 므ᄅᆞᆯ 곳이 업거니와 상모(相貌)의 영복(榮福)을 만히 타나고
엇디 맛ᄎᆞᆷᄂᆡ 텬뉸(天倫)을 실ᄒᆡᄒᆞ여 근파(根派) 모로ᄂᆞᆫ 사ᄅᆞᆷ이 되리
오? 모로미 슬허 말나. 내 비록 어디지 못ᄒᆞ나 사ᄅᆞᆷ의 젼졍(前程)을
그ᄅᆞᆺ 졔도(濟度)치 아니리라."
ᄒᆞ며 ᄌᆞ긔 녀ᄋᆞᄅᆞᆯ 쳐 일ᄏᆞ라 잉희(孕姬)와 녀ᄋᆞᄅᆞᆯ 셔로 비겨 ᄉᆡᆨ모(色
貌)ᄅᆞᆯ 기려 ᄒᆡ괴(駭怪)ᄒᆞ믈 모로고 무딘 무진 가쇼로온 언단(言端)이
이 ᄀᆞᆺᄐᆞ믈 더옥 증분(憎憤)ᄒᆞᄃᆡ 공ᄌᆡ ᄉᆞᄉᆡᆨ(辭色)디 아니코 날호여 두
어 말노 셩덕을 샤례ᄒᆞ고 쳔질(賤疾)이 비경(非輕)ᄒᆞ믈 일ᄏᆞ라 괴로
이 안ᄌᆞ ᄉᆡ오려 아니코 댱공의 눕기ᄅᆞᆯ 기다리디 아냐 의상을 블탈(不
58면 脫)ᄒᆞ여 다시 향벽이와(向壁而臥)ᄒᆞ니 댱딘뉘 도로혀 슉딕(宿直)ᄒᆞ
ᄂᆞᆫ 노ᄌᆡ(奴子) 되여 겻ᄐᆡ셔 조심ᄒᆞ여 뫼셔 ᄌᆞᄃᆡ 공ᄌᆡ 댱공의 갓갑고
ᄌᆞ ᄒᆞ며 음난(淫亂)코ᄌᆞ ᄒᆞᆫᄌᆞᆨ 믈니치믈 사갈(蛇蝎)ᄀᆞᆺ치 ᄒᆞ여 그 졍욕
(情欲)을 뇌거(牢拒)[68]ᄒᆞ믈 못 밋ᄎᆞᆯ ᄃᆞ시 ᄒᆞ니 댱진뉘 미인의 병셰(病
勢)ᄅᆞᆯ 더을가 조심ᄒᆞ여 감히 범(犯)치 아닐 쁜 아니라 임의 그 부모
ᄎᆞᆺ기ᄅᆞᆯ 기다려 언약(言約)을 두어 냥셩(兩性)의 교합(交合)을 날회기
ᄅᆞᆯ 허락ᄒᆞ고 다시 난일(亂溢)ᄒᆞ믈 뵈디 못ᄒᆞ여 ᄆᆞ음을 주리잡고 다만

68 뇌거(牢拒): 딱 잘라 거절함.

손으로 공ᄌᆞ의 월ᄋᆡᆨ(月額)을 ᄌᆞ로 집허 더우며 ᄎᆞ며 간ᄆᆡᆨ(看脈)ᄒᆞ기ᄅᆞᆯ 경셩으로 ᄒᆞ여 긔운의 실부실(實不實)을 알고 온가지로 됴흔 말과 즐거온 일노 그 ᄆᆞ음을 화열(和悅)토록 위로코ᄌᆞ ᄒᆞᄆᆡ 효ᄌᆡ 친당(親堂)을 밧들며 경졀의 안ᄒᆡ 지아비ᄅᆞᆯ 공경(恭敬)ᄒᆞᆷ도곤 더으니 우읍다 이 미인이 엇디 ᄌᆞ가의 죽이고ᄌᆞ ᄒᆞ던 경공진 줄 몽니(夢裡)의나 ᄭᆡ치리오? 딘심갈녁(盡心竭力)ᄒᆞ여 ● 그 부모ᄅᆞᆯ ᄎᆞᄌᆞ주어 의긔(義氣)예 59면 댱부(丈夫)로ᄡᅧ 은혜ᄅᆞᆯ 싯치미 듕ᄒᆞ면 이 녀ᄌᆡ 비록 금옥(金玉)의 결쳥(潔淸)ᄒᆞ미 이시나 각골감심(刻骨感心)ᄒᆞ여 죵신토록 ᄌᆞ긔ᄅᆞᆯ 셤겨 공슌ᄒᆞ믈 다 댱부의 쾌락을 도을가 먼니 바라고 깁히 혜아려 ᄌᆞ긍심하(自矜心下) 왈

"내 댱듕졍【숑됴(宋朝) 명현(名賢)】 공의 후예로 조션(祖先)이 젹덕(積德)을 널니 ᄒᆞ샤 ᄃᆡ션인(大先人)긔 다ᄃᆞ라 ᄉᆞ군의 가난과 최디의 궁을 면치 못ᄒᆞ여 계시나 내 몸의 밋쳐 부귀늉늉(富貴隆隆)ᄒᆞ여 구텬(九天)의 뇽닌(龍鱗)을 밧들고 댱공(長空)의 봉익(鳳翼)을 츄ᄒᆞ여 은ᄃᆡ(銀臺)의 믈망(物望)이 혁혁ᄒᆞ고 ᄌᆞ팔의 셩명이 딘동ᄒᆞ여 작위(爵位) 고듕(高重)ᄒᆞ니 고각광ᄃᆡ(高閣廣臺)의 흘너드ᄂᆞᆫ ᄌᆡ뵈(財寶) 딘토(塵土)갓치 ᄡᆞ히며 믈갓치 흔ᄒᆞ니 내 ᄇᆡᆨᄌᆞ쳔손(百子千孫)을 두어도 개ᄀᆡ히 호부(豪富)ᄒᆞᆯ디라. 인싱의 브죡ᄒᆞ미 업ᄉᆞᄃᆡ 연시의 블미ᄒᆞ미 내 ᄯᅳᆺ의 합디 못ᄒᆞ고 박시의 투한(鬪很)ᄒᆞ미 내 긔운을 업누ᄅᆞ● 니 60면 댱뷔 ᄆᆡ양(每樣) 녀ᄌᆞ(女子)의게 졔어(制御)ᄒᆞ믈 바드미 괴로올 ᄲᅳᆫ 아니라 가의(嘉儀)[69] 연낙(宴樂)을 ᄆᆞ음ᄃᆡ로 못 ᄒᆞᄆᆡ 블승한탄(不勝恨嘆)이러니 다힝이 ᄎᆞ인(此人)을 만나니 그 근본이 만일 ᄉᆞ문명족(士門名族)일딘ᄃᆡ 부인을 존(尊)ᄒᆞ여 박시도 간ᄃᆡ로 업누ᄅᆞ디 못ᄒᆞ게 ᄒᆞᆫ

ᄌᆞᆨ 나의 ᄒᆡᆼ낙(行樂)이 쾌(快)ᄒᆞ리니 평ᄉᆡᆼ의 즐기미 엇디 족다 아니며 흠이 이시리오? 내 과연 복이 두터온 고로 세샹 묘복디인(眇福之人)으로 갓디 아닌디라. 황고(皇考)의 슌ᄒᆞ민들 엇디 날 ᄀᆞᆺᄐᆞᆫ ᄌᆡ 이시리오? 왕딘(王振) ᄀᆞᆺᄐᆞᆫ 간험 교활ᄒᆞᆫ 심술과 우겸 ᄀᆞᆺᄐᆞᆫ 오만험패(傲慢險悖)ᄒᆞᆫ 인믈노도 날 ᄃᆡ졉(待接)ᄒᆞ믈 디극히 ᄒᆞ여 졍을 기우리치ᄃᆡ 왕딘의 쇼친ᄌᆡ(所親者) 패망(敗亡)ᄒᆞᄂᆞᆫ 바의 내 간섭ᄒᆞ미 업ᄉᆞ니 타일(他日)의 우겸이 패ᄒᆞ여도 내 쏘 벼ᄉᆞᆯ을 일흘 일이 업ᄉᆞ니 ᄒᆡᆼ신(行身)

61면

쳐셰ᄅᆞᆯ 잘 아라 ᄒᆞᄆᆡ 이러ᄒᆞ거니와 그 실은 ᄂᆡ 팔ᄌᆡ(八字) 각별이 됴흔 연괴라."

ᄒᆞ고 환환(歡歡) 쾌열(快悅)ᄒᆞ믈 니긔디 못ᄒᆞ더니 ᄉᆞ경(四更) 계셩(鷄聲)이 분분ᄒᆞ고 오경(五更) ᄇᆡᆨ이 동ᄒᆞᄆᆡ 옷ᄉᆞᆯ 슈습ᄒᆞ고 니러나며 왈

"슈일 후ᄂᆞᆫ 이곳을 ᄯᅥ나리니 그 젼의 다시 오리라."

ᄒᆞ고 ᄌᆡ삼(再三) 됴병(調病)ᄒᆞ믈 니ᄅᆞ고 년년권권(戀戀眷眷)ᄒᆞ다가 읍져(邑邸)로 도라가니 공ᄌᆡ ᄉᆡ도록 일만 장(丈) 굴헝의 ᄊᆡ젓던 몸ᄀᆞᆺ치 분분눅눅ᄒᆞ믈 니긔디 못ᄒᆞ다가 댱튝이 나가ᄆᆡ ᄉᆡ훤 개랑ᄒᆞ여 니러나 ᄎᆞᄅᆞᆯ 마시고 댱튝의 합환쵹(合歡燭)을 아ᄉᆞ며 난셜향 픠온 곳의 믈을 븟고 다시 누어 비로소 졉목(接目)ᄒᆞ니 위졍은 쥬군일 ᄲᅮᆫ 아니라 감히 창외(窓外)의 규시(窺視)[70]ᄒᆞᆯ 뜻이 업셔 하실(下室)의셔 밤을 ᄃᆡ니고 월낭은 댱공이 니러나도록 규찰(窺察)ᄒᆞ여 낫낫치 듯고 위졍을 보아 황홀탐혹(恍惚耽惑)던 바ᄅᆞᆯ 젼ᄒᆞ니 위졍은 타일(他日)을 혜

---

69 가의(嘉儀): 경사스러운 의식.

70 규시(窺視): 엿봄.

아려 근심이 깁흔 고로 조곰도 우은 뜻이 업셔 깃븐 ᄆᆞ옴이 돈무(頓 62면
無)ᄒᆞ니 믁연(默然)이 말을 아니 ᄒᆞ더라. 댱딘뉘 관아의 도라와 졔읍
(諸邑)의 녕ᄒᆞ여 안양으로 군니(軍吏)ᄅᆞᆯ ᄃᆡ령ᄒᆞ라 ᄒᆞ고 통판(通判)과
참군(參軍) 등을 분부ᄒᆞ여 긔민(饑民)을 딘궤ᄒᆞ믈 힘뻐 ᄒᆞ니 일노조
ᄎᆞ 긔강디뉘의 아ᄉᆞ(餓死)ᄒᆞᆫ ᄇᆡᆨ셩이 다시 업고 결옥티숑(決獄治訟)
이 날노 ᄇᆰ고 덕 되니 ᄇᆡᆨ셩의 바라미 젹ᄌᆞ(赤子)의 ᄌᆞ모(慈母) ᄀᆞᆺᄐᆞ여
져마다 딘뉴의 은혜ᄅᆞᆯ 감골(感骨)ᄒᆞ니 덕졍(德政)이 혁연(赫然)ᄒᆞ여
원근의 들네더라. 댱공이 졍미인의 셩ᄌᆞ난딜(盛姿蘭質)을 일시도 ᄯᅥ
나고ᄌᆞ 뜻이 업ᄉᆞ나 국ᄉᆞ(國事)ᄅᆞᆯ ᄉᆞ졍(私情)으로ᄡᅥ 그ᄅᆞ게 ᄒᆞ미 블
가ᄒᆞ여 브득이 안양으로 향코ᄌᆞ ᄒᆞᆯᄉᆡ 밤을 위졍의 집의 가 ᄌᆞ고 ᄯᅥ나
려 ᄒᆞ여 거ᄌᆞᆺ 신긔블안(身氣不安)ᄒᆞ믈 일ᄏᆞ라 졔읍(諸邑) 현관(縣官)
과 참군(參軍) 등을 다 믈너가라 ᄒᆞ고 심복 노ᄌᆞᄅᆞᆯ ᄌᆞ긔 ᄌᆞ리의 누이
고 ᄌᆞ긔ᄂᆞᆫ 몸을 ᄲᆡ혀 미복(微服)으로 위졍의 집의 니ᄅᆞ러 누실(陋室) 63면
을 쇄소(灑掃)[71]ᄒᆞ라 분부ᄒᆞ니 위졍이 마지못ᄒᆞ여 쵹을 ᄇᆰ히고 향을
픠오며 포진(鋪陣)을 뎡히 ᄒᆞ여 안졸 ᄌᆞ리ᄅᆞᆯ 빗나게 ᄒᆞ고 공의 드러
오믈 쳥ᄒᆞ니 공ᄌᆞᄂᆞᆫ 병이 ᄎᆞ복(差復)디 못ᄒᆞ다 ᄒᆞ고 ᄒᆞᆫ갈ᄀᆞᆺ치 움ᄌᆞᆨ이
지 아니ᄒᆞ니 위졍이 민망ᄒᆞ여 ᄀᆞ마니 ᄀᆞᆯ오ᄃᆡ
"비록 긔거(起居)ᄒᆞ시기 괴로오시나 잠간 니러 안ᄌᆞ시미 온당ᄒᆞᆯ가 ᄒᆞ
ᄂᆞ이다."
공ᄌᆡ 이날은 댱공을 ᄃᆡᄒᆞ여 여러 말 슈작(酬酌)으로ᄡᅥ 언션을 ᄉᆞᆯ오고

71 쇄소(灑掃): 웃어른을 모실 때 물을 뿌려 쓸고 응대한다는 의미.

ᄌᆞ ᄒᆞᄂᆞᆫ 고로 니러 안ᄌᆞ니 댱공이 드러오며 방듕을 관찰ᄒᆞ건ᄃᆡ 촉광(燭光)이 휘황(輝煌)ᄒᆞᆫᄃᆡ 미인이 병을 니긔여 좌ᄅᆞᆯ 일워시나 니러 마ᄌᆞᆯ ᄠᅳᆺ이 업ᄉᆞ니 거만(倨慢)ᄒᆞ믈 알ᄃᆡ 그 용ᄉᆡᆨ(容色)을 긔이ᄒᆞ여 다시 보건ᄃᆡ 초ᄃᆡ(楚臺)의 구룸이 와ᄌᆞᆷ(臥蚕)의 눈섭을 침노ᄒᆞ니 무산(巫山)의 안ᄀᆡ 향합(香盒)의 ᄇᆞᆰ은 긔운을 모화시니 부용일지(芙蓉一枝)
64면 녹슈(綠水)의 빗겨 광풍(狂風)의 시룸ᄒᆞᄂᆞᆫ ᄃᆞᆺ ᄋᆡ원(哀怨)ᄒᆞᆫ ᄐᆡ되 졀셰(絶世)ᄒᆞ고 긔이ᄒᆞᄃᆡ 봉안(鳳眼)의 ᄆᆡᆼ녈(猛烈)ᄒᆞᆫ 졍긔(精氣)와 신위(身位)의 엄듕(嚴重)ᄒᆞ미 여룸날이 가외(可畏)ᄒᆞᆫ 거동이 됴둔(趙盾)과 당태종(唐太宗)의 더으니 댱공이 이ᄀᆞᆺ치 엄위(嚴威)ᄒᆞᆫ 거동을 ᄃᆡᄒᆞᄆᆡ ᄌᆞ연이 공경ᄒᆞᄂᆞᆫ ᄆᆞᄋᆞᆷ을 ᄭᆡ닷디 못ᄒᆞ여 그 ᄉᆞ이 딜셰(疾勢)ᄅᆞᆯ ᄆᆞᄅᆞ니 공ᄌᆡ 홀연 화평(和平)이ᄃᆡ 디금 낫디 못ᄒᆞᄆᆞ로 니ᄅᆞ니 딘뉘 근심ᄒᆞ믈 마지 아냐 ᄆᆡᆨ후(脈候)ᄅᆞᆯ ᄉᆞᆯ펴보며 머리ᄅᆞᆯ 집허 왈

“엇딘 병이 그러ᄐᆞᆺ 미류(彌留)ᄒᆞ여 약딜(弱質)을 침노ᄒᆞᄂᆞ뇨? 가한(可恨)이로다.”

ᄯᅩ 기리 탄(嘆)ᄒᆞ여 공ᄌᆞ의 ᄂᆞᆺ촐 ᄉᆞ못 보며 왈

“너의 덕긔(德氣) 현명ᄒᆞ고 픔딜의 녕신(靈神)ᄒᆞ미 ᄒᆞᆫ낫 ᄋᆞ녀ᄌᆡ로ᄃᆡ 호호(浩浩)ᄒᆞ여 텬디의 규량을 어드며 득톄(得體)ᄒᆞ미 규합 미인이로ᄃᆡ 의의(猗猗)ᄒᆞ여 만믈의 영화(榮華)ᄅᆞᆯ 어드미 남ᄋᆞ로셔 나의 녀ᄋᆞ
65면 와 방블(彷彿)ᄒᆞᆫ 곳이 이시니 반갑고 긔이ᄒᆞ믈 니긔디 못ᄒᆞ나 내 녀ᄋᆞᄂᆞᆫ 너ᄀᆞᆺ치 댱구치 못ᄒᆞ고 ᄯᅩ 보기의 너쳐로 싀험(猜險)치 아냐 온유(溫柔)ᄒᆞ고 화슌(和順)ᄒᆞᆫ지라. 너ᄅᆞᆯ 다려가 녀ᄋᆞᄅᆞᆯ 뵈여 그 어질고 화평(和平)ᄒᆞ믈 마ᄌᆞ ᄇᆡ호게 ᄒᆞ미 올치 아니랴? 너ᄅᆞᆯ 만나미 날이 오ᄃᆡ디 아니ᄒᆞᄃᆡ 내 경이 황혹(惶惑)ᄒᆞ여 일ᄀᆡᆨ(一刻) 잠시도 ᄯᅥ나고ᄌᆞ

ᄆᆞ음이 업ᄉᆞᄃᆡ 몸이 국ᄉᆞ(國事)의 ᄆᆡ이여 거ᄎᆔ(去就)ᄅᆞᆯ ᄆᆞ음ᄃᆡ로 못 ᄒᆞ니 명일(明日)은 브드이 안양으로 나아가 도적을 평뎡(平定)ᄒᆞ고 다시 졔읍(諸邑)을 슌슈(巡狩)ᄒᆞ고 이리 오노라 ᄒᆞ면 슈월(數月)이나 될가 시브니 결연(缺然)ᄒᆞ믈 언어로 다 ᄒᆞ리오? 몸이 비록 가나 넉시 머므러 너ᄅᆞᆯ 써나디 아니리니 네 ᄆᆞ음이 또 창ᄒᆡ(滄海)의 돌이 되고ᄌᆞ ᄒᆞᆯ디라. 내 ᄒᆡᆼ거(行車)의 너ᄅᆞᆯ 다려가다 어나 현관(縣官)이 감히 시비(是非)ᄒᆞ리오마ᄂᆞᆫ 죵시 네 압히 올케 못 ᄒᆞᆫ 후ᄂᆞᆫ 아ᄅᆡᄅᆞᆯ 호령ᄒᆞ미 법이 셔디 못ᄒᆞ므로 ᄉᆞ졍(私情)을 ᄎᆞᆷᄂᆞ니 그 ᄉᆞ이 병을 됴보(調保)ᄒᆞ여 딜셰 가복(可復)ᄒᆞ면 내 도라와 쾌ᄒᆞᆫ 졍을 니긔랴?" 66면

공ᄌᆡ 문왈(問曰)

"상공이 안양으로조ᄎᆞ 이곳의 도라오시ᄂᆞᆫ 날은 슈히 샹경(上京)ᄒᆞ시리잇가? 원간 안양 도젹이 심ᄒᆞ니 엇딘 연괴(緣故)니잇고?"

댱공이 쇼왈(笑曰)

"내 본ᄃᆡ 부인 녀ᄌᆞᄅᆞᆯ ᄃᆡᄒᆞ여 관ᄉᆞ(官事) 부치ᄅᆞᆯ 말ᄒᆞ지 아니터니 너의 현슉(賢淑)ᄒᆞ믄 반ᄃᆞ시 내 ᄒᆡᆼ신쳐ᄉᆞ(行身處事)의 보익(輔翼)ᄒᆞ미 이실디라. 엇디 젼후 치숑(治訟)ᄒᆞᆫ 바와 즉금 옥ᄉᆞ(獄事)ᄅᆞᆯ 니ᄅᆞ디 아니리오?"

인ᄒᆞ여 경ᄉᆞ(京師)의셔 동(冬) 십월 초슌의 써나 긔강 졔읍(諸邑)을 슌슈(巡狩)ᄒᆞ여 티숑결옥(治訟決獄)ᄒᆞᆫ 바ᄅᆞᆯ 니ᄅᆞ니 공ᄌᆡ 다 듯고ᄌᆞ 아니 ᄒᆞᄃᆡ 입을 막디 못ᄒᆞ여 니ᄅᆞᄂᆞᆫ ᄃᆡ로 바려두니 그 말을 다 드ᄅᆞᄆᆡ 대강 명샹(明詳)ᄒᆞ고 관인(寬仁)ᄒᆞ여 치숑(致送)의ᄂᆞᆫ 나모라 ᄒᆞᆯ 거 업ᄂᆞᆫ디라. 말이 ᄇᆡᆨ무셜 등의 고장(告狀)의 다ᄃᆞ라 졍쳐ᄉᆞ의 ᄋᆞ돌과 냥노(兩奴)ᄅᆞᆯ ᄌᆞᆸ아 가도왓너니 최언션이라 ᄒᆞᄂᆞᆫ 하리(下吏) 스ᄉᆞ

67면 로 죽기ᄅᆞᆯ 바앤다 ᄒᆞ거ᄂᆞᆯ 공ᄌᆡ 그 말의 다ᄃᆞ라 ᄎᆡ쳐 문왈(問曰)

"원간 경가 ᄋᆞ히(兒孩)와 그 두 노ᄌᆡ 문양 딘휼ᄎᆞ 은(銀)을 도젹ᄒᆞ미 젹실(適實)ᄒᆞ니잇가?"

딘뉘 탄식고왈(嘆息告曰)

"엇디 젹실ᄒᆞ믈 알니오?"

공ᄌᆡ 왈

"만일 분명치 아닐딘ᄃᆡ 엇디 ᄋᆡᄆᆡ(曖昧)ᄒᆞ믈 벗긔다 아녓ᄂᆞ니잇고?"

공이 ᄀᆞᆯ오ᄃᆡ

"그러ᄒᆞ것마ᄂᆞᆫ 밍츄관 셜최 은ᄌᆞᆷ(銀簪)으로ᄡᅧ 제 거시라 ᄒᆞ여 죄ᄅᆞᆯ 얽어ᄂᆡ여시니 일시의 벗기디 못ᄒᆞ리러라."

공ᄌᆡ 왈

"원간 상공이 경가로 혐원(嫌怨)이 잇더니잇가?"

딘뉘 왈

"엇디 혐원이 이시리오? 내 집이 본ᄃᆡ 경가로 범연(泛然)ᄒᆞᆫ ᄉᆞ이 아니러니 당금ᄒᆞ여ᄂᆞᆫ 경가 소친ᄌᆡ(所親者) 다 무ᄉᆞ치 못ᄒᆞ니 내 브졀업시 경가로 블범디의(不凡之義)런 줄 일ᄏᆞ라 무익(無益)ᄒᆞ고 경ᄌᆞᄂᆞᆫ 죄 업ᄉᆞ나 밍츄관이 브ᄃᆡ 그 머리ᄅᆞᆯ 버혀 옥폐(玉陛)의 헌(獻)코ᄌᆞ ᄒᆞ
68면 니 내 능히 막디 못ᄒᆞ여 바려두엇더니 최언션이 경ᄋᆞ 삼(三) 노쥬(奴主)ᄅᆞᆯ 월옥(越獄)게 ᄒᆞ니 밍츄관이 디금 ᄎᆞᆺ디 못ᄒᆞ여 만분통앙(萬分痛怏)ᄒᆞ여 ᄒᆞᄂᆞ니라."

공ᄌᆡ 왈

"경가 삼 노쥬(奴主)ᄅᆞᆯ 만일 ᄌᆞᆸ으면 안양으로 옴겨 젹괴(賊鬼)로 면질(面質) ᄃᆡ증(對證)이 이미(曖昧)타 ᄒᆞᆫᄃᆡ 엇디코ᄌᆞ ᄒᆞ시며 최언션은

ᄯᅩ 엇디 쳐치(處置)코ᄌᆞ ᄒᆞ시ᄂᆞ니잇고?"

공이 침음냥구(沈吟良久)의 왈

"경ᄋᆞ 노쥬(奴主) 삼 인을 잡ᄂᆞᆫ다 ᄒᆞ여도 밍츄관이 죽이리니 엇디 안
양가 젹괴(賊魁)로 면질(面質)ᄒᆞ미 이시리오? 밍츄관이 국긔(國忌)
ᄌᆡ계(齋戒)ᄅᆞᆯ 파ᄒᆞᄂᆞᆫ 날은 경ᄌᆞᄅᆞᆯ 몬져 버히고 냥노ᄅᆞᆯ 죽여 업시ᄒᆞ려
ᄒᆞ엿더니 최언션이 일을 헛틀워 졔 죽기ᄅᆞᆯ 달게 넉이니 그런 ᄒᆡ분(駭
憤)ᄒᆞᆫ 거시 어ᄃᆡ 이시며 ᄯᅩᄒᆞᆫ 사ᄅᆞᆷ의 명이란 거시 하날의 잇거ᄂᆞᆯ 죽
긔ᄅᆞᆯ 초개(草芥)갓치 넉이니 혬 업ᄉᆞᆫ 사ᄅᆞᆷ이어니와 ᄒᆞᆯ 슈 업ᄂᆞᆫ디라.
그 ᄌᆞ식과 디어미 이셔 필경 우리ᄅᆞᆯ 원망ᄒᆞ리니 ᄀᆞ장 괴로오미 되니
너의 쇼견(所見)은 엇디ᄒᆞ면 됴흘고? 만일의 날과 블공ᄃᆡ텬디쉬(不 69면
共戴天之讎)라 ᄒᆞ면 그도 ᄯᅩᄒᆞᆫ 괴롭고 셰샹 사ᄅᆞᆷ이 모다 의심ᄒᆞᆯ디니
반ᄃᆞ시 그 ᄉᆞ긔(事記)ᄅᆞᆯ 긔록ᄒᆞ엿다가 후일(後日)을 증계ᄒᆞ리라."

ᄒᆞ며 무슈히 뿌어리더니 믄득 ᄭᆡ쳐 왈

"경쳥계 젼일(前日)의 녜부상셔(禮部尙書)ᄅᆞᆯ ᄃᆡ니엿ᄂᆞᆫ 고로 언션이 그
집의 은혜ᄅᆞᆯ 바든 양ᄒᆞ여 졔 명(命)으로ᄡᅧ 경ᄌᆞᄅᆞᆯ ᄃᆡ신코ᄌᆞ ᄒᆞ미니라."

공ᄌᆡ 우어 왈

"언션이 과도(過度)ᄒᆞ이다. 약간 은혜(恩惠) 이신들 몸을 죽여 갑도록
ᄒᆞ미 무ᄉᆞ 일이니잇고?"

댱공 왈

"은혜ᄅᆞᆯ 갑흘 바의 다ᄃᆞ라ᄂᆞᆫ 극히 갑고 ᄉᆞ셰(事勢) 난안(難安)ᄒᆞᆫ ᄯᆡ
의 밋쳐ᄂᆞᆫ 시졀(時節)을 도라보아 니ᄒᆡ(利害)ᄅᆞᆯ 기다릴디니라."

ᄒᆞ더라.

(책임교주 김유비)

완월회맹연 玩月會盟宴

권디십구 卷之十九

어시(於是)의 당딘뉘 왈 1면

“ᄉᆞ셰(事勢) 난안(難安)ᄒᆞ여 뜻 갓디 못ᄒᆞᆫ ᄊᆡ의 밋쳐ᄂᆞᆫ 시졀을 도라보아 니ᄒᆡ(利害)ᄅᆞᆯ 기다리ᄂᆞ니 내 심듕(心中)의 졍가ᄅᆞᆯ 닛디 아니ᄒᆞ미 뎨일(第一)이라. 져 사ᄅᆞᆷ들이 내 뜻을 모로디 아니리니 굿ᄐᆞ여 그ᄅᆞᆺ 넉이디 아니ᄒᆞ리라.”

공ᄌᆡ 왈

“내 잠간 드ᄅᆞ니 졍개(程家) 시운(時運)이 극쇠(極衰)ᄒᆞ여 문쳥공이 기셰(棄世)ᄒᆞ신 후 문계 국가의 죄로뼈 맛ᄎᆞ미 되고 금황(今皇)이 졔졍(諸程)을 졀치교아(切齒咬牙)ᄒᆞ신다 ᄒᆞ니 상공이 졍가ᄅᆞᆯ ᄇᆡ쳑(排斥)ᄒᆞ미 아모 디경(地境)의 밋쳐도 졍가의셔 딘긔(振起)[1]ᄒᆞᆯ 시졀이 업ᄉᆞ니 ᄋᆡ자(睚眥)의 원(怨)을 셜(雪)ᄒᆞᆯ 길히 업ᄉᆞᆯ디라. 비록 상공 ᄆᆞ음을 아디 못ᄒᆞ고 ᄇᆡ은망혜(背恩忘惠)ᄒᆞᆫ다 ᄊᆞ디존들 므ᄉᆞᆫ 대ᄉᆡ(大事)리잇가?”

공 왈

“네 어ᄃᆡ 가 이런 쇼문을 아랏ᄂᆞᆫ다? 딘실노 너의 니ᄅᆞᆫ 바 ᄀᆞᆺᄐᆞ여 졍개 딘긔ᄒᆞᆯ 시졀도 업ᄉᆞᆯ가 시브거니와 사ᄅᆞᆷ들이 비상(非常)ᄒᆞ여 그만ᄒᆞ 2면
지 아닐가 시브고 향일(向日) 도젹의 일홈을 무릅뼈 옥듕(獄中)의 곤(困)ᄒᆞ엿던 ᄋᆞᄒᆡ도 ᄇᆡᆨ승쳔츌(百乘千出)[2]의 나으미 잇ᄂᆞ니 맛ᄎᆞᆷᄂᆡ 졍개 망멸(亡滅)ᄒᆞ여 삐도 업ᄉᆞᆯ 니ᄂᆞᆫ 업거니와 타일(他日)의 졍쳥계 등이 시졀을 만나도 날노 더브러 구일(舊日) 됴흔 안면(顔面)을 상ᄒᆡ올 니ᄂᆞᆫ 업ᄂᆞ니라.”

1 딘긔(振起): 진기. 떨쳐 일어남. 세력을 회복함.

2 ᄇᆡᆨ승쳔츌(百乘千出): 백승천출. 명문가 집안의 뛰어난 아이.

공ᄌᆡ 잠쇼왈(潛笑曰)

“상공이 원간 도디기일(徒知其一)이오 미디기이(未知其二)로소이다. 심듕(心中)의 졍가 은혜ᄅᆞᆯ 닛디 아닛노라 ᄒᆞ시며 범ᄉᆞ(凡事)의 니ᄒᆡ(利害)ᄅᆞᆯ 기다리노라 ᄒᆞ시나 졍쳥계 등이 그만ᄒᆞ디 아닐 사ᄅᆞᆷ이오 타일(他日) 시졀을 만나 이런 일을 ᄉᆡᆼ각ᄒᆞᆯ딘ᄃᆡ 아모리 관홍(寬弘)ᄒᆞᆫ 도량(度量)인들 ᄌᆞ딜(子姪)을 죽이려 ᄒᆞ던 원싊 등한(等閑)치 아니니 상공으로 구일(舊日) 됴턴 안면(顔面)을 상ᄒᆡ오디 아니리잇가? ᄒᆞ믈

3면

며 졍ᄌᆡ 죽어시면 오히려 후환(後患)이 업ᄉᆞ려니와 그 노쥬(奴主) 삼인(三人)이 월옥(越獄)ᄒᆞ여시니 범슉(范叔)이 위졔(魏齊)의 측듕(厠中)의 귀신이 되엿던 한(恨)[3]을 갑고ᄌᆞ ᄒᆞᆯ 시졀의 슈가(須賈)ᄅᆞᆯ 식촌(食寸)ᄒᆞ고 위졔의 머리ᄅᆞᆯ ᄌᆡ촉ᄒᆞ미[4] 급어셩화(急於星火)[5]ᄒᆞᆷ 갓ᄐᆞᆯ던ᄃᆡ 상공이 쇽 슬거온[6] 아인(啞人)과 ᄌᆞ레짐작ᄒᆞᄂᆞᆫ 벽ᄌᆞ(躄者)ᄀᆞᆺ치 졍가 ᄋᆞᄒᆡ 비상(非常)ᄒᆞᆷ만 알고 초(初)의 위ᄒᆞ여 심회(心懷)ᄅᆞᆯ 요동(搖動)ᄒᆞ여 말도 ᄌᆞ셔히 못 ᄒᆞ고 ᄒᆞᆫ갓 뇌졍(雷霆)이 딘쳡(震疊)[7]ᄒᆞᄂᆞᆫ 바의 최졀(摧折)ᄒᆞ여 ᄇᆡ은망덕(背恩忘德)ᄒᆞᄂᆞᆫ 무신블의디명(無信不義之名)을 누만세(累萬世)의 밋쳐도 면치 못ᄒᆞ리니 이제ᄂᆞᆫ 셰(勢) 냥닙

---

3 범슉(范叔)이 ~ 되엿던 한(恨): 범숙은 위나라 제상 위제를 위해 일하다가 모함으로 태형을 당해 허리뼈가 부러진 뒤 측간의 귀신이 됨.

4 슈가(須賈)ᄅᆞᆯ ~ ᄌᆡ촉ᄒᆞ미: 수가가 작별 인사를 하러 오자 범숙은 수가를 대청 아래 죄인 사이에 두고 “위왕(魏王)에게 위제의 머리를 가지고 오지 않으면 대량(大梁)을 도륙하겠다.”라고 함. 《사기》 〈범수·채택열전〉.

5 급어셩화(急於星火): 급어성화. 마치 별똥의 불빛처럼 급하고 빠름.

6 슬거온: 슬겁다, 슬기롭다, 마ᄋᆞᆷ이 너그럽고 미덥다,

7 딘쳡(震疊): 진첩. 몹시 성을 내어 그치지 아니하는 것.

(兩立)디 못ᄒᆞ리라 ᄒᆞ여 제졍(諸程)을 ᄯᆞ라가며 ᄒᆡᄒᆞ고 ᄋᆞ쇼(兒少)의 니ᄅᆞ히 다 업시ᄒᆞ면 모로거니와 그러치 아냐ᄂᆞᆫ 졍개 시졀을 엇ᄂᆞᆫ 날 인ᄌᆞᆨ 상공이 보명(保命)ᄒᆞ믈 엇디 못ᄒᆞ실 쁜 아니라 셜ᄉᆞ 졔졍이 관홍대도(寬弘大度)ᄒᆞ여 호발(毫髮)도 유심치부(留心置簿)치 아닛ᄂᆞᆫ다 ᄒᆞ여도 상공이 무신블의ᄒᆞ고 ᄇᆡ은망혜(背恩亡惠)ᄒᆞᆫ 큰 허믈이 일 4면
국(一國)의 가득ᄒᆞ여 아동쥬졸(兒童走卒)[8]이 디졈(指點)ᄒᆞ여 즐ᄆᆡ(叱罵)ᄒᆞᄂᆞᆫ 디경(地境)이면 이ᄡᅵ의 양양득의(揚揚得意)ᄒᆞᆫ 부귀 ᄌᆡᄀᆞᆺ치 ᄉᆞ라디고 ᄂᆡ[9]갓치 흣터져 하날의 다ᄒᆞ고 싸ᄒᆡ 츅ᄒᆞ여 몸 둘 곳을 아디 못ᄒᆞ리니 사ᄅᆞᆷ이 금슈(禽獸)와 다ᄅᆞ믄 녜의념치(禮儀廉恥)와 신의졀개(信義節介) 이시미어ᄂᆞᆯ 상공은 두계량(杜季良)의 호협호의(豪俠豪義)ᄒᆞ여 우인디우(憂人之憂)ᄒᆞ고 낙인디낙(樂人之樂)ᄒᆞ여 쳥탁(淸濁)의 무소실(無所失)[10]을 ᄇᆡ호고져 ᄒᆞ다가 니ᄅᆞᆫ바 화호블셩(畫虎不成)의 반뉴구(反猶狗)[11]의 밋쳣시니 졍개 시졀을 못 어드면 ᄒᆡᆼ(幸)이어니와 혹ᄌᆞ 득디(得志)ᄒᆞ면 상공은 안ᄌᆞ셔 화(禍)ᄅᆞᆯ 닙으리로소이다.”

댱공이 공ᄌᆞ의 화연(和然)ᄒᆞᆫ 쇼용(笑容)[12]이 동황(東皇)[13]의 됴흔 빗ᄎᆞᆯ

8 아동쥬졸(兒童走卒): 아동주졸. 어린 아이 심부름꾼.

9 ᄂᆡ: 내. 아지랑이.

10 두계량(杜季良)의 ~ 무소실(無所失): 두계량은 호협하고 의리를 좋아하며, 남의 근심을 근심하고 남의 즐거움을 즐거워하여, 맑고 탁함에 실수하는 바가 없었다는 뜻. 《소학》 〈가언〉.

11 화호블셩(畫虎不成)의 반뉴구(反猶狗): 호랑이를 그리다가 이루지 못하면 도리어 개와 비슷하게 된다는 뜻. 섣불리 훌륭한 사람의 언행을 모방하려고 하면 도리어 경박한 사람이 됨을 비유하는 말. 《후한서》 〈마원전〉.

12 쇼용(笑容): 소용. 웃는 얼굴 모습.

13 동황(東皇): 봄을 맡은 동쪽의 신(神).

회복ᄒᆞ여 흘니ᄯᅳᄂᆞᆫ 봉안졍ᄎᆡ(鳳眼精彩)의 넉ᄉᆞᆯ 일헛ᄂᆞᆫ디라. 그 부용
빵협(芙蓉雙頰)이 미미(微微)히 동ᄒᆞᄂᆞᆫ 바의 븕은 입은 밧그로 열니
5면 고 흰 니ᄂᆞᆫ 안흐로 됴흐믈 ᄌᆞ랑ᄒᆞ니 션연(嬋然)ᄒᆞᆫ 안홰(顔花) 화란츈
셩(花爛春盛)[14]의 만화방창(萬花方暢)[15]ᄒᆞᆫ ᄃᆞᆺ ᄇᆡᆨ일(白日)이 만니댱강
(萬里長江)의 광휘(光輝)ᄅᆞᆯ 흘니ᄂᆞᆫ ᄃᆞᆺ 벽노츄텬(碧鷺秋天)이 아으라
ᄒᆞᆫᄃᆡ ᄂᆡ졍(內情)의 탁월(卓越)ᄒᆞ며 초츌(超出)ᄒᆞ므로조ᄎᆞ 신셩명달
(神聖明達)[16]ᄒᆞᆫ 심디(心志) ᄆᆞᆰ은 거울을 화ᄒᆞ여 용화(容華)ᄅᆞᆯ 일워시
니 태딘(太眞)의 회두일쇼ᄇᆡᆨ미ᄉᆡᆼ(回頭一笑百美生)으로 뉵궁분ᄃᆡ무
안ᄉᆡᆨ(六宮粉黛無顔色)[17]을 엇디 이에 비겨 욕ᄒᆞ리오? 댱공의 귀듕(貴
重)ᄒᆞᄂᆞᆫ ᄯᅳᆺ과 황홀(恍惚) 은졍(恩情)이 경ᄀᆡᆨ(頃刻)의 ᄉᆞ라져 ᄆᆞᄅᆞ녹
아 공ᄌᆞ의 일신의 둘너 ᄒᆞᆫ가디 되ᄂᆞᆫ 바의 그 말ᄉᆞᆷ이 딘실노 슌니(順
理)의 합당ᄒᆞ믈 ᄭᆡ치ᄆᆡ ᄌᆞ긔 타일(他日)의 위ᄐᆡ(危殆)ᄒᆞ믈 면치 못ᄒᆞᆯ
가 ᄎᆞ악대경(嗟愕大驚)ᄒᆞ여 두 눈을 허황이 ᄯᅳ고 혀ᄅᆞᆯ 너흐러 소혼실
ᄇᆡᆨ(消魂失魄)ᄒᆞᆫ 것ᄀᆞᆺ치 아모라타 말을 못 ᄒᆞ니 그 거동이 ᄯᅩᄒᆞᆫ 우읍
기ᄅᆞᆯ 면치 못ᄒᆞᆯ디라. 공ᄌᆡ 다시 미미(微微)히 우어 ᄀᆞᆯ오ᄃᆡ
6면 "쳡의 말ᄉᆞᆷ이 딘실노 존의(尊意)에 가치 아니미 잇ᄂᆞ니잇가? 엇디 답
디 아니시ᄂᆞ니잇고? 쳡이 다시 ᄉᆡᆼ각ᄒᆞ옵건ᄃᆡ 고인(古人)이 운(云)ᄒᆞ
ᄃᆡ 오날 술이 이시ᄆᆡ 취ᄒᆞ고 ᄂᆡ일 일이 이시ᄆᆡ 당ᄒᆞ라 ᄒᆞ미니 극ᄒᆞᆫ 명

14 화란츈셩(花爛春盛): 화란춘성. 꽃이 만발한 봄이 한창이라는 뜻.
15 만화방창(萬化方暢): 따뜻한 봄날에 온갖 생물이 나서 자라 흐드러짐을 표현하는 말.
16 신셩명달(神聖明達): 신성명달. 고결하고 거룩하며 지혜롭고 사리에 밝음을 의미함.
17 회두일쇼ᄇᆡᆨ미ᄉᆡᆼ(回頭一笑百美生)으로 뉵궁분ᄃᆡ무안ᄉᆡᆨ(六宮粉黛無顔色): 얼굴을 한번 돌려 웃으면 백 가지 아름다움이 일어나, 육궁의 화장한 미녀들의 얼굴빛이 스러져버린다는 뜻.

논(名論)이오 군ᄌᆞ(君子)ᄂᆞᆫ 탄탕(坦蕩)이오 쇼인(小人)은 댱쳑쳑(長戚戚)이라. 목금(目今)의 영녹부귀(榮祿富貴) 인ᄉᆡᆼ의 쾌ᄒᆞ믈 다ᄒᆞ니 타일(他日)의 ᄒᆞᆫ갈ᄀᆞᆺ치 즐거오믈 다ᄒᆞ디 못ᄒᆞ여 그ᄅᆞᆺ 시졀을 일허 화몰(禍沒)ᄒᆞ미 된들 현마 엇디ᄒᆞ리오? 고ᄌᆞ(古者)의 착ᄒᆞᆫ 군ᄌᆞ와 일홈난 댱뷔라도 신여명(身與命)을 보젼ᄒᆞᆫ ᄌᆡ 젹은디라. 원간 니ᄉᆞ(李斯)[18]의 죽으믄 족히 앗갑다 니ᄅᆞᆯ 거시 업거니와 그 작위(爵位) 졍승(政丞)의 니ᄅᆞᄃᆡ 오형(五刑)을 ᄀᆞᆺ초고 ᄯᅩ 회음후(淮陰侯) 한신(韓信)[19]은 왕이로ᄃᆡ 딘(秦)의셔 질곡(桎梏)을 밧고 핑월(彭越)[20]과 댱오(張敖)[21]ᄂᆞᆫ 남면칭고(南面稱孤)[22]ᄒᆞ다가 옥의 ᄆᆡ이여[23] 죄ᄅᆞᆯ 낫토고 강휘(絳侯)[24] 졔녀(齊女)ᄅᆞᆯ 죽이고 권(權)이 오패(五霸)[25]ᄅᆞᆯ 기우리ᄃᆡ 쳥실(請室)의 갓치이고 위긔ᄂᆞᆫ 대댱이로ᄃᆡ ᄌᆞ의(赭衣)[26]ᄅᆞᆯ 닙어 삼목의 잠기이고 계포(季布)[27]ᄂᆞᆫ 쥬가(周家)의 겸뇌(鉗奴) 되고 관부(灌夫)[28]ᄂᆞᆫ 욕(辱)을 긔실(其室)의 바드니 이 사ᄅᆞᆷ들이 다 몸이 왕후댱상(王侯將相)의 니ᄅᆞ러

7면

---

18 니ᄉᆞ(李斯): 이사. 전국시대 말기의 대표적인 법가 사상가이자 정치가. 진(秦)의 통일과 함께 승상이 되어 치적도 남겼으나 진시황의 유지를 고쳐 호해를 황제로 삼음.

19 한신(韓信): 한 고조 유방의 신하. 통일 대업을 도운 후에 반역의 누명으로 죽음.

20 핑월(彭越): 팽월. 항우의 군사가 되었다가 유방에게 투항한 한나라의 개국공신. 제후왕에 봉해졌으나 여태후의 모함을 받아 죽임을 당함.

21 댱오(張敖): 장오. 본래 전한의 제후국 조나라의 왕이었으나, 부하의 황제 암살 혐의로 인해 왕위를 잃음.

22 남면칭고(南面稱孤): 임금이 됨을 이르는 말. '고(孤)'는 왕이 자신을 겸손하게 일컫는 말.

23 ᄆᆡ이여: ᄆᆡ이다. 갇히다.

24 강휘(絳侯): 강후. 주발. 진평과 함께 여씨들을 죽이고 효문황제를 옹립함. 《사기》 〈강후주발세가〉.

25 오패(五霸): 춘추시대 다섯 명의 패왕을 말함.

26 ᄌᆞ의(赭衣): 자의. 죄수의 옷.

영명(榮名)이 텬하(天下)의 들니ᄃᆡ 능히 와셕죵신(臥席終身)을 못 ᄒᆞ니 상공이 비록 쳥운과갑(青雲科甲)의 일즉 셩명이 됴야(朝野)를 드레ᄂᆞᆫ ᄇᆡ나 셰운 바 훈업(勳業)이 사긔(史記)의 젼ᄒᆞ여 만셰(萬歲)의 민멸(泯滅)치 아닐 거시 업고 ᄌᆞ연ᄒᆞᆫ 부귀를 바드시다가 필경(畢境)이 뜻 갓디 못ᄒᆞ여 죵신(終身)의 한 되미 이신들 긔 므ᄉᆞᆷ 거리ᄭᅵᆯ ᄇᆡ 이시리잇가? 다만 낙극비ᄅᆡ(樂極悲來)즉 상공의 즐기시미 오날 ᄀᆞᆺ디 못ᄒᆞᆯ가 근심ᄒᆞ고 비극틔ᄅᆡ(悲極兌來)즉 졍가의 곤ᄒᆞ미 져 ᄀᆞᆺ디 아닐가 두려ᄒᆞᄂᆞ니 졍개 득시(得時)ᄒᆞᆫ즉 상공이 실시(失時)ᄒᆞ고 상공이
8면 즐거온즉 졍개 슬프고 졍개 무우(無憂)즉 상공이 우슈(憂愁)ᄒᆞ리니 이졔ᄂᆞᆫ 크게 ᄒᆡᄒᆞᆯ 계졔(階梯)를 베퍼 원슈를 쳡쳡히 디을디언졍 우후디탄(雨後之嘆)이 업ᄉᆞᆯ가 ᄒᆞ거니와 졔졍(諸程)의 목숨이 하날의 잇고 실노 상공 슈단의 잇디 아닌즉 상공이 그 엇디ᄒᆞ리오? 쇽졀업시 위졔(魏齊)[29]의 죽으믈 ᄯᅩᆯ올 ᄲᅳᆫ이라. 쳡이 상공을 위ᄒᆞ여 그윽이 근심되믈 니긔지 못ᄒᆞᄂᆞ이다."

ᄒᆞ니 댱공이 ᄯᅩᄒᆞᆫ 공ᄌᆞ의 이 ᄀᆞᆺᄐᆞᆫ 말을 드ᄅᆞ미 녕원이 ᄯᅱ놀고 혼ᄇᆡᆨ(魂魄)이 비월(飛越)ᄒᆞ여 능히 딘뎡(鎭定)치 못ᄒᆞ고 심신(心身)을 것잡디 못ᄒᆞ니 이 본ᄃᆡ 유졍유일(惟精惟一)ᄒᆞᆫ 군ᄌᆡ 아니어니 그 심원(心源)

---

27 계포(季布): 초나라 항우의 무장으로 한나라 유방을 괴롭힘. 항우가 멸한 뒤 고조가 천금으로써 포섭하려 했으나 한양의 주씨 집에 은둔했다고 함.

28 관부(灌夫): 한 무제 때 오(吳)를 쳐서 용맹을 떨쳤으나, 실세한 두영과 교유했음. 호협하고 강직하며 술주정을 잘하여 승상 전분의 좌석에서 술주정을 부리며 좌중을 욕하다가 화를 당해 가족이 처형됨.

29 위제(魏齊): 위제. 위(魏)나라 재상. 위제에게 형벌을 받은 범수가 진(秦)나라로 들어가 재상이 되자, 소왕이 범수를 위하여 위제의 목을 요구함. 위제는 달아났다가 자결함.

이 요동(搖動)ᄒᆞᄂᆞᆫ 바의 ᄉᆞ식(辭色)이 ᄌᆞ로 밧고이믈 면ᄒᆞ리오? 고개ᄅᆞᆯ 숙여 실연이 탄식ᄒᆞ믈 마디 아니ᄒᆞ고 ᄉᆞ벽(四壁)을 도라보아 무슈히 시름ᄒᆞ며 헛도이 셧우음 ᄒᆞ다가 믄득 닓더나 발 굴너 골오ᄃᆡ 9면

"이ᄅᆞᆯ 장ᄎᆞ 엇디ᄒᆞ리오?"

ᄒᆞ며

"타일(他日)의 너의 말과 ᄀᆞᆺ툴딘ᄃᆡ 뼈곰 엇디ᄒᆞ리오? 하날이 내 졍빅(精魄)을 아ᄉᆞ며 귀신이 내 혼신(魂神)을 탈ᄒᆞ미냐? 내 평싱의 힝신(行身)을 쥬편관대(主便寬大)코져 ᄒᆞ고 쳥탁의 무소실(無所失)노 괴격(怪激)ᄒᆞᆫ 의논을 두디 아녓고 내 깁히 혜아려 젼후ᄅᆞᆯ ᄉᆞᆯ펴 ᄆᆡᄉᆞᄅᆞᆯ 위틱(危殆)ᄒᆞᆫ 바의 범치 아니ᄒᆞ더니 이졔 니ᄅᆞ러 엇딘 연고로 졍가의 일문으로 ᄒᆞ여곰 원한을 ᄆᆡᄌᆞ 이러ᄐᆞᆺ 크고 무거오ᄆᆡ ᄆᆡᆺ쳣ᄂᆞ뇨? 이졔 너의 하ᄒᆡ(河海) 갓ᄐᆞᆫ 도량(度量)과 셩신민달(聖神敏達)ᄒᆞᆫ 혜아림 곳 아니면 오히려 내 아득히 연무(煙霧) 듕의 이셔 댱ᄂᆡ(將來) 길흉(吉凶)과 화망(禍亡)을 의연이 아디 못ᄒᆞ리로다. 내 아모리 혜아려도 이졔 ᄉᆡᆼ각건ᄃᆡ 져 졍가의 일문의 무론샹하(毋論上下)ᄒᆞ고 노유쇼댱(老幼少壯) 업시 도륙(屠戮)ᄒᆞ여 강보장죵(襁褓將種)이라도 남기지 아니ᄒᆞᆫ다 닐너도 졍가의 은혜 닙은 ᄌᆡ ᄒᆞ나둘히 아니라. 텬하의 가득ᄒᆞᆫ 젹ᄌᆡ(赤子) 졍문쳥 은튁(恩澤)을 목욕ᄒᆞ여 져마다 죽어 갑흘 ᄯᅳᆺ이 예양(豫讓)의 디빅(智伯)을 위ᄒᆞᆷ[30] ᄀᆞᆺᄐᆞ니 금황(今皇)의 위엄으로도 졍가ᄅᆞᆯ 잡아 죽이고ᄌᆞ ᄒᆞ시ᄆᆡ 텬하 인심이 소요(騷擾)ᄒᆞᆯ가 두려 ᄎᆞᆷ하 10면

30 예양(豫讓)이 디빅(智伯)을 위ᄒᆞᆷ: 조양자가 지백을 죽이자 예양이 그 원수를 갚기 위해 몸에 옻칠을 하고 수염과 눈썹을 밀며 숯을 먹어 목소리를 변하게 함. 결국 조양자에게 죽임을 당함.

리 고요히 히홀 바롤 싱각ᄒᆞ샤 밍츄롤 여ᄎᆞ여ᄎᆞ 밀교(密教)ᄒᆞ시미 잇다 ᄒᆞ니 내 므솜 긔엄과 셰력으로 졍가롤 셤멸(殲滅)ᄒᆞ리오? 그윽이 싱각건ᄃᆡ 최언션을 여ᄎᆞ여ᄎᆞ 닋여노화 은보(銀寶)와 셔간을 닷가 졍쳥계 등의게 보닋여 나의 본읜(本意)즉 졍ᄌᆞ롤 히코ᄌᆞ 아니민 줄붉히고져 ᄒᆞ엿다가 타일(他日) 져 사롬들이 시졀을 만나도 날을 히치 아니케 ᄒᆞ미 올치 아니랴? 너의 통달(通達)홈과 셩명(聖明)ᄒᆞ미 결군ᄒᆞᆫ

11면 딘유ᄌᆞ(陳留子)[31]오 계차(笄釵)ᄒᆞᆫ ᄌᆞ방(子房)[32]이라. 날노 ᄒᆞ여곰 이ᄯᅢ의 부귀롤 일치 아니케 ᄒᆞ고 타일(他日) 영녹(榮祿)이 ᄒᆞᆫ갈ᄀᆞᆺᄐᆞ여 죵신(終身)의 남은 한이 업시 쾌락ᄒᆞ다가 ᄉᆞ후의 복녹(福祿)이 ᄌᆞ손의게 밋쳐 후시 계계승승(繼繼繩繩)케 홀 계졔 잇거든 ᄒᆞᆫ번 토셜(吐說)ᄒᆞ여 나의 흉금(胸襟)을 상연쾌상(爽然快爽)케 ᄒᆞ라."

공지 블인(不仁)으로 더브러 말ᄒᆞ미 젼혀 최언션을 술오기롤 위ᄒᆞ미러니 밋쳐 언션 술올 말을 닋디 아냐셔 댱공의 말이 ᄯᅩ 이 갓ᄐᆞ여 블의흉심(不義凶心)으로 언션을 죽이고ᄌᆞ 아니 ᄒᆞ미 시긱(時刻)의 변ᄒᆞ믈 드ᄅᆞ미 힝심극의(幸甚極矣)로ᄃᆡ ᄌᆞ긔 져 눈 업슨 튝싱(畜行)을 말노ᄲᅧ 격동(激動)ᄒᆞ여 일이 뎡딕기의 멀믈 심니(心裏)의 즐겨 아냐 광미(廣眉)롤 튝합(縮合)ᄒᆞ고 이윽이 말을 아닌ᄃᆡ 댱공이 착급(着急)ᄒᆞ여 공ᄌᆞ의 손을 잡으며 몸을 흔드러 왈

12면 "내 말이 엇더ᄒᆞ여 답언(答言)이 업ᄂᆞ뇨? 아지 못게라. 블가ᄒᆞ미 잇ᄂᆞ냐? 원컨ᄃᆡ 금옥디언(金玉之言)을 앗기디 말나."

---

31 딘유ᄌᆞ(陳留子): 진유자. 진평. 한나라의 개국공신이자 책사.

32 ᄌᆞ방(子房): 장자방. 장량. 한나라의 개국공신이자 책사.

공ᄌᆡ 날호여 ᄃᆡ왈(對曰)

“상공이 언션을 그러틋 방셕(放釋)ᄒᆞ시면 후일의 졔졍(諸程)을 ᄃᆡᄒᆞ나 일분 샤죄(謝罪)ᄒᆞᆯ 조각이 되거니와 졍상셔 곤계(昆季)ᄂᆞᆫ 쳥덕(淸德)의 군ᄌᆡ오 졀딕(節直)ᄒᆞᆫ 댱뷔라. 금은(金銀)이 족히 그 ᄆᆞ음을 더러이디 못ᄒᆞ리니 상공이 네ᄉᆞ로이 셔찰을 븟침과 달나 은ᄌᆞᄅᆞᆯ 보ᄂᆡ신즉 심히 측히 넉이실가 ᄒᆞᄂᆞ이다.”

댱공이 공ᄌᆞ의 말이 다 올흐믈 깃거 고개ᄅᆞᆯ 그덕이며 또 ᄀᆞ마니 닐너 왈

“내 녀ᄋᆞ(女兒) 년보초구(年甫初九)의 만ᄉᆞ(萬事) 숙셩특이(夙成特異)ᄒᆞ여 날 ᄀᆞᄐᆞᆫ 아비와 박시 ᄀᆞᄐᆞᆫ 어미로셔ᄂᆞᆫ 십ᄉᆡᆼ구ᄉᆞ(十生九死)ᄒᆞ여도 ᄯᆞᆯ의 셩덕을 밋디 못ᄒᆞᆯ디라. 어질미 요(堯) 텬ᄌᆞ(天子)로 방블ᄒᆞ고 덕 되미 순(舜) 황뎨(皇帝)로 흡ᄉᆞ(恰似)ᄒᆞ니 딘실노 용인쇽ᄌᆞ(庸人俗者)로 비우치 못ᄒᆞᆯ디라. ᄆᆡ양(每樣) 긔특(奇特)ᄒᆞᆫ ᄌᆞ 곳 보면 녀ᄋᆞ의 비겨 의논ᄒᆞ미 되ᄂᆞᆫ 고로 너ᄅᆞᆯ ᄃᆡᄒᆞ여도 젼후의 일ᄏᆞᄅᆞ미 13면 여러 번이어니와 내 ᄯᆞᆯ은 과연 네라도 밋디 못ᄒᆞᆯ 곳이 잇ᄂᆞᆫ디라. 졔 비록 댱신(藏身)ᄒᆞ믈 디극(至極)히 ᄒᆞ나 향명(香名)[33]이 ᄌᆞ연ᄒᆞᆫ 가온ᄃᆡ 만셩(滿城) 경궁귀ᄐᆡᆨ(卿宮貴宅)의 들니미 되여 황친국쳑(皇親國戚)으로브터 공후ᄇᆡᆨ(公侯伯) ᄌᆞ람의 옥인가랑(玉人佳郞)을 둔 ᄌᆡ 져마다 나의 교옥(嬌玉)을 ᄇᆞ라 거년(去年)으로브터 구혼(求婚)ᄒᆞ리 문졍(門庭)의 메여시ᄆᆡ 니로 응답기 어려온 고로 아딕 나히 어리므로

33 향명(香名): ‘향기로운 이름’이라는 뜻으로, 꽃다운 처녀의 이름을 비유적으로 이르는 말.

뼈 다 믈니쳣거니와 각노 우겸과 부마 범단의 구혼ᄒᆞ믄 인졍의 벙으 리왓기[34] 어려워 만분(萬分)이나 간졀ᄒᆞ니 ᄎᆞ마 믈니치디 못ᄒᆞᆯ ᄇᆡ로 ᄃᆡ 우ᄌᆞᄅᆞᆯ 보ᄆᆡ 문ᄎᆡ(文彩) 아ᄅᆞᆷ답고 용뫼 미려(美麗)ᄒᆞ나 복녹(福祿)을 타난 얼골이 아니오 범ᄌᆞᄅᆞᆯ 보건ᄃᆡ 풍위(風威) ᄉᆡᆼ혀나나 군ᄌᆞ 의 온듕(穩重)ᄒᆞᆫ 덕이 업ᄉᆞ니 내 ᄯᆞᆯ노뼈 의논컨ᄃᆡ 텬디우쥬(天地宇

14면 宙)ᄂᆞᆫ 앙망(仰望)이나 ᄒᆞ려니와 만만블샤(萬萬不似)ᄒᆞ여 노쥬간(奴主間) ᄀᆞᆺᄐᆞᄆᆡ ᄎᆞ마 허혼(許婚)ᄒᆞᆯ ᄯᅳᆺ이 업ᄉᆞᆫ 바의 황족(皇族) 님ᄎᆡ왕[35]이 금황(今皇)을 위ᄒᆞ여 탁별(卓別)ᄒᆞᆫ 셩녀슉완(聖女淑婉)을 쳔거(薦擧)ᄒᆞ여 법다히[36] 후궁(後宮)으로 드려 졈고(占考)ᄒᆞ고 위(位)ᄅᆞᆯ 놉히고ᄌᆞ ᄒᆞ므로 ᄉᆡᆨ덕(色德)이 쥬국(周國)의 강후(姜后)[37] ᄀᆞᆺᄐᆞ니ᄅᆞᆯ 구ᄒᆞᄂᆞᆫ 바의 부인의 뎨남(弟男) 박상원이 님ᄎᆡ왕의 쳐딜(妻姪) 녀셴(女婿) 고로 님왕과 두터이 ᄉᆞ괴미 잇더니 님왕의 슉녀 구ᄒᆞ믈 보고 ᄋᆞ녀의 긔특(奇特)ᄒᆞ믈 젼ᄒᆞᆫᄌᆞᆨ 님왕이 크게 깃거 왈 '녕딜(令姪)을 드려 ᄒᆞᆫ번 승은(承恩)ᄒᆞᄂᆞᆫ 날이면 댱(張)·박(朴) 냥가(兩家)의 부귀ᄅᆞᆯ 니로 다 니ᄅᆞ디 못ᄒᆞ리니 당시(唐時) 양태진(揚太眞)의 마외역(馬嵬驛) 패망ᄒᆞ미 업시[38] ᄌᆞᄆᆡ 형뎨 다 녈토ᄒᆞ믈 슈고 아냐 어드리니 아모커나 녕딜

34 벙으리왓기: 벙으리완다. 멀리하다.

35 님ᄎᆡ왕: 규장각본에는 '님치왕'이라 되어 있음.

36 법다히: 법대로.

37 쥬국(周國)의 강후(姜后): 서주(西周) 때 사람. 선왕(宣王)의 부인이고 제후(齊侯)의 딸. 현명하고 덕행이 있었음. 영항(永巷)에서 죄를 청하며 군왕이 색을 좋아하고 덕을 잊은 것은 자신의 죄라고 하여 왕이 정치에 전념하게 함.

38 양태진(揚太眞)의 마외역(馬嵬驛) 패망ᄒᆞ미 업시: 양태진은 양귀비. 안사의 난 때 마외역에서 죽임을 당함.

의 의형미목(儀形眉目)을 거의 의희(依稀)히 의망(意望)ᄒᆞ여 그림 ᄀᆞ온ᄃᆡ 몬져 알오미 잇게 화상(畫像)을 일워 오라.' ᄒᆞᄆᆡ 박낭듕이 날다려 니ᄅᆞ거ᄂᆞᆯ '내 심듕(心中)의 ᄉᆞ량컨ᄃᆡ 규슈의 화상(畫像)을 가져 두 15면
로 뵈지 아닐 ᄃᆞᆺᄒᆞ기로 마디못ᄒᆞ여 그려 보ᄂᆡ엿더니 과연 님왕이 ᄉᆞᄉᆞ로이 보디 아니려 ᄒᆞ고 놉히 언져둔 거ᄉᆞᆯ 님왕비 셩졍(性情)이 괴이(怪異)ᄒᆞ여 화상(畫像)을 소화(燒火)ᄒᆞᆫ 후 님왕다려 왈 '므ᄉᆞᆷ 일노 군덕(君德)을 돕디 못ᄒᆞ여 셩식(聲色) 연음(宴飮)으로ᄡᅧ 텬심을 동ᄒᆞ시게 ᄒᆞ리오? 셜샤 후궁을 쳔거ᄒᆞ여도 텬감(天監)이 ᄉᆞᆯ피샤 친히 뎡ᄒᆞ시게 ᄒᆞ리니 남의 규슈의 화도(畫圖)ᄅᆞᆯ 가져 텬안(天顔)의 어ᄌᆞ러오믈 닐위미 만만블가(萬萬不可)타.' ᄒᆞᆫᄃᆡ 님왕이 비의 말인ᄌᆞᆨ 아니올히 넉이미 업ᄉᆞᄆᆡ 다시 녀ᄋᆞ의 화상(畫像)을 쳥치 아니코 죵용(從容)이 틈을 타 ᄋᆞ녀(我女)의 긔특(奇特)ᄒᆞ믈 뎨(帝)긔 들니와 후궁(後宮)으로 드리시게 ᄒᆞ련다.' ᄒᆞ더니 그 일이 엇디 된디 아디 못ᄒᆞ거니와 외람ᄒᆞᄃᆡ 셩쥬(聖主) ᄋᆞ녀ᄅᆞᆯ ᄂᆡ됴(來詔)ᄒᆞ시고 문무(文武) ᄀᆞᆺᄐᆞᆫ 셩군이 아니면 아녀의 긔딜(氣質)을 헛되게 ᄒᆞ리니 내 타일(他日)의 국구디위(國舅之位)예 니ᄅᆞᆫ다 ᄒᆞᆫ들 므어시 쾌ᄒᆞ리오? ᄆᆞᄋᆞᆷ의 요양미 16면
뎡(擾攘未定)ᄒᆞ여 아모리 ᄒᆞᆯ 줄 모로ᄂᆞ니 만일 녀ᄋᆞ(女兒)ᄅᆞᆯ 후궁(後宮)으로 드리게 되면 내 긔강(綦江)[39]을 여러 달 머므지 못ᄒᆞ여 필연(必然) 다ᄅᆞᆫ 딘뉴ᄉᆞᄅᆞᆯ 보ᄂᆡ고 날을 녯 벼ᄉᆞᆯ노 밧비 브ᄅᆞ실 ᄃᆞᆺᄒᆞ니 일이 그리되ᄂᆞᆫ 디경(地境)은 ᄆᆞᄋᆞᆷ의 슬희여도 마디못ᄒᆞ려니와 네 안ᄌᆞ셔

39 긔강(綦江): 기강. 장헌이 진유사로 파견되어 여자로 변장한 정인광을 첩으로 들인 곳.

텬니(天理)를 ᄉᆞ못ᄂᆞᆫ 디감(知感)이 잇ᄂᆞᆫ ᄃᆞᆺᄒᆞ니 ᄉᆞ량(思量)ᄒᆞ여 보라. 내 녀ᄋᆞ를 후궁으로 드려 맛ᄎᆞᆷᄂᆡ 늉늉(隆隆)ᄒᆞᆫ 부귀를 누리미 되랴?"

공ᄌᆡ 쳥파(聽罷)의 댱공의 위인(爲人)이 이러ᄐᆞᆺ ᄒᆞ믈 쳐음으로 아ᄂᆞᆫ 비 아니로ᄃᆡ 그 ᄯᆞᆯ을 파라 부귀를 도모코ᄌᆞ ᄒᆞ미 이의 밋쳐 십 세 젼 유녀(幼女)를 후궁으로 드리고ᄌᆞ 규슈의 화상(畫像)을 일워ᄂᆡ여 황친국쳑(皇親國戚)의게 몬져 보ᄂᆡ여시믈 만심히괴(滿心駭怪)ᄒᆞ고 궁흉파측(窮凶叵測)ᄒᆞ여 원슈ᄀᆞᆺ치 ᄲᆞᆺ치며 ᄉᆞ갈(蛇蝎)ᄀᆞᆺ치 믈니칠 의ᄉᆡ
17면 (意思) 증익쳡츌(增益疊出)ᄒᆞ니 비록 젼ᄌᆞ의도 ᄆᆞ음을 머므론 바ᄂᆞᆫ 업던 거시어니와 삼ᄉᆞ 셰가지ᄂᆞᆫ 댱쇼져를 통ᄂᆡ외(通內外)ᄒᆞ여 이졔 거의 면목(面目)을 긔록ᄒᆞᆯ 만치 아ᄂᆞᆫ 비니 결단코 용인쇽녜(庸人俗女) 아닐 ᄲᅳᆫ 아니라 그 ᄲᅢ혀난 긔질을 짐작ᄒᆞᄂᆞᆫ 고로 댱공이 여ᄎᆞ무상(如此無常)ᄒᆞ나 기녜 초녀의 고졀(高節)을 좃ᄎᆞᆫ즉 반ᄃᆞ시 ᄉᆞ디 못ᄒᆞ리라 혜아리ᄆᆡ 댱공이 만일 회명ᄒᆞ여 ᄌᆞ긔를 ᄉᆞ회를 삼으련다 ᄒᆞ여도 ᄌᆞ긔 ᄯᅳᆺ인즉 져 도젹의 ᄉᆞ회 될 ᄆᆞ음이 업ᄉᆞ니 댱공이 실약(失約)ᄒᆞᆫ ᄯᅢ를 타 댱녀를 타쳐로 보ᄂᆡ미 올타 ᄒᆞ고 잠간 우어 왈

"원간 녕녜(令女) 금누옥궐(金樓玉闕)의 부귀를 ᄉᆞ모ᄒᆞᄂᆞ니잇가?"

공이 왈

"녀ᄋᆡ 셩되(性度) 괴이(怪異)ᄒᆞ여 쳥념(淸廉)ᄒᆞᆫ 군ᄌᆞ도곤 더ᄒᆞ니 어이 금누옥궐의 부귀를 ᄉᆞ모ᄒᆞ리오?"

공ᄌᆡ 왈

"쇼졔 비록 쳥한(淸閑)키로 낙을 삼ᄂᆞᆫ다 ᄒᆞ여도 상공 ᄯᅳᆺ이 부귀를 ᄉᆞ
18면 모ᄒᆞ시즉 규녜 ᄀᆞ 업디ᄒᆞ오며 혼녜(婚禮)ᄂᆞᆫ 상공 임의 ᄒᆞ신 비니

우ᄌᆞ(愚者)롤 엇거나 범ᄌᆞ(凡者)롤 맛거나 후궁(後宮)으로 드리시거나 스ᄉᆞ로 ᄉᆞ량ᄒᆞ샤 됴토록 ᄒᆞ실디라. 쳡이 엇디 간핍ᄒᆞ리잇가? 동인(東人)과 븍ᄌᆞ(北者)롤 모화다 ᄉᆞ회롤 삼으셔도 쳡이 귀쇼져(貴小姐)의 젼졍(前程)을 이리져리 못 ᄒᆞ오리니 샹공이 텬는(天倫)의 ᄌᆞᄋᆡ(慈愛)로 범연(泛然)이 ᄉᆡᆼ각ᄒᆞ여 계시리잇가? 쇼졔 년긔(年紀) 유튱(幼冲)ᄒᆞ나 조셩슉미(早成淑美) 그 갓ᄐᆞ량이면 굿ᄐᆞ여 셰월을 쳔연(遷延)ᄒᆞ미 브졀업ᄂᆞᆫ디라. 일이 신쇽(迅速)ᄒᆞ미 귀ᄒᆞ니 이졔 긔강(綦江)을 딘무(鎭撫)ᄒᆞ시고 도라가셔든 즉시 혼녜롤 일우쇼셔."

공이 왈

"내 심혈을 거훌너 범ᄉᆞ(凡事)롤 너와 의논코ᄌᆞ ᄒᆞ거놀 너ᄂᆞᆫ 모호히 ᄒᆞ여 내 ᄆᆞ옴을 무류(無聊)케 ᄒᆞᄂᆞ뇨? 하류쳔녀(下類賤女)라도 졀ᄒᆡᆼ(節行)을 졉고ᄌᆞ ᄒᆞᄂᆞᆫ 뉴ᄂᆞᆫ ᄒᆞᆫ 몸으로뼈 여러 디아비롤 셤기미 업거놀 내 ᄯᆞᆯ이 엇던 상문(相門) 귀녀(貴女)라 동인과 븍ᄌᆞ롤 다 모화 셤기리오? 말단(末端)의 혼녜(婚禮)롤 슈히 일우라 ᄒᆞ믄 올커니와 그 밧 말은 족히 드럼 즉디 아니토다." 19면

공ᄌᆡ 미미(微微)히 우어 왈

"상공이 원간 말의 마듸롤 ᄭᆡ닷디 못ᄒᆞ시ᄂᆞ이다. 딘평(陳平)[40]은 만고영걸(萬古英傑)이로듸 댱부(張部) 녀손(女孫)을 위복(爲福)ᄒᆞ고 소렬(昭烈)[41]은 한실디쥬(漢室之主)로듸 샹부(孀婦)롤 뎡궁(正宮)으로 칙봉(冊封)ᄒᆞ며 당태종은 심시로 위비(爲妃)ᄒᆞ니 영웅호걸(英雄豪傑)

40 딘평(陳平): 진평. 한(漢)나라의 개국공신이자 책사.

41 소렬(昭烈): 소열. 유비.

이 쇼졀(小節)을 거리끼디 아니ᄒᆞ고 딘황후(秦皇后)[42]ᄂᆞᆫ 본ᄃᆡ 댱슈(將帥)의 며ᄂᆞ리로ᄃᆡ 위문뎨(魏文帝) 션취(先娶)ᄅᆞᆯ 디으니 그 대개 텬하의 긔특(奇特)ᄒᆞᆫ 거ᄉᆞᆫ 젹은 허믈노뻐 흠을 삼디 아니ᄒᆞᄂᆞᆫ디라. 당금(當今) 부귀인신(富貴人臣)의 극ᄒᆞᆫ ᄌᆞ로셔ᄂᆞᆫ 우겸과 범단이 뎨일 되기ᄅᆞᆯ 샤양치 아닐 거시니 우ᄌᆞᄅᆞᆯ 마ᄌᆞ 복녹(福祿)이 둣텁디 아닐 니

20면

ᄂᆞᆫ 업거니와 ᄯᅳᆺ 갓디 못ᄒᆞ거든 범ᄌᆞ의게 도라가고 범ᄌᆡ 경박(輕薄)ᄒᆞ거든 ᄯᅩ다시 영쥰호걸(英俊豪傑)을 구ᄒᆞ시거나 옥인군ᄌᆞ(玉人君子)ᄅᆞᆯ 턱ᄒᆞ시거나 ᄯᅳᆺᄃᆡ로 ᄒᆞ실디니 쇼졔 그 ᄀᆞᆺᄐᆞᆫ 작셩긔딜(作性氣質)노뻐 평싱을 엇디 젹막(寂寞)게 ᄒᆞ리잇고? 잔 호의ᄅᆞᆯ 믈니치신 후 경샤(京師)의 도라가시ᄂᆞᆫ 날이라도 옥인가랑(玉人佳郎)을 듯보아 작소(雀巢)의 깃드리믈 보시거나 후궁(後宮)으로 드려 무궁ᄒᆞᆫ 부귀ᄅᆞᆯ 누려 당시 양가의 옥와(玉瓦)ᄅᆞᆯ 년ᄒᆞ여 즐기믈 효측(効則)거나 됴흘ᄃᆡ로 ᄒᆞ쇼셔."

공이 머리ᄅᆞᆯ 흔드러 왈

"이ᄂᆞᆫ 다 네 날을 조롱ᄒᆞᄂᆞᆫ 말이오 딘졍이 아니니 내 어이 곳이드러 가부(可否)ᄅᆞᆯ 뎡ᄒᆞ리오? 내 ᄯᆞᆯ이 초츌특이(超出特異)ᄒᆞᆫ디라 브ᄃᆡ 져와 ᄀᆞᆺᄐᆞᆫ ᄧᅡᆼ을 구ᄒᆞ여 입막디빈(入幕之賓)[43]을 삼으려니와 그 ᄉᆞ이 님왕이 뎨(帝)긔 알외여 후궁(後宮)으로 드리ᄂᆞᆫ 폐단(弊端)이 이실가 방심(放心)치 못ᄒᆞ노라."

---

42 딘황후(秦皇后): 진황후. 위문제 조비의 정비. 조조의 하북 원정에 따라갔던 조비가 원소의 며느리를 보고 한눈에 반해서 자신의 정비로 삼음.

43 입막디빈(入幕之賓): 입막지빈. 사위를 말함.

공ᄌᆡ 웃고 다시 댱쇼져의 혼인을 거드디 아니ᄒᆞ며 다만 안양의 가 도 21면
적을 다ᄉᆞ리ᄂᆞᆫ 바와 언션을 ᄂᆡ여노흘 바를 의논ᄒᆞ니 댱공이 뜻이 결
단코 언션을 ᄉᆞᆯ오려 ᄒᆞ믈 보ᄆᆡ 방심ᄒᆞ여 비로소 벼개를 나와 누으니
댱공이 ᄯᅩᄒᆞᆫ 시침(侍寢) 노ᄌᆡ(奴子) 되여 겻ᄐᆡ셔 누어 ᄌᆞᄃᆡ 감히 혼잡
디 못ᄒᆞ고 괴로이 미인(美人)의 부모 ᄎᆞᆺ기를 기다리니 엇디 긔괴(奇
怪)ᄒᆞᆫ 농판이 아니리오? 이에 언션을 노흐려 ᄒᆞ므로 계명젼(鷄鳴前)
의 관아(官衙)로 향ᄒᆞᆯᄉᆡ 공ᄌᆞ의 손을 잡고 그 ᄉᆞ이 보듕(保重)ᄒᆞ믈 당
부ᄒᆞ여 여산약ᄒᆡ(如山若海) ᄒᆞ졍(下情)이 던짓 연·박 냥 부인긔 의논
치 못ᄒᆞᆯ 비로ᄃᆡ ᄌᆞ긔 건곤(乾坤)을 변착(變着)ᄒᆞ여 튝싱의 눈을 속이
ᄂᆞᆫ 허믈이 ᄯᅩᄒᆞᆫ 젹디 아니토다 ᄒᆞ며 ᄒᆞᆫ 조각 녜ᄉᆞ로이 볼 뜻이 업더
라. 댱공이 급급히 도라와 심복 노ᄌᆞ로 ᄒᆞ여곰 옥니(獄吏) 등 보ᄂᆞᆫ ᄃᆡ 22면
언션을 잡아드리라 ᄒᆞ여 압ᄒᆡ 니ᄅᆞᄆᆡ 벽좌우(僻左右)ᄒᆞ고 소ᄅᆡ를 ᄂᆞᆺ
초아 언션다려 왈

"ᄆᆡᆼ츄관이 브ᄃᆡ 졍ᄋᆞ 노쥬(奴主)를 ᄒᆡ코ᄌᆞ ᄒᆞᄆᆡ 내 싀랑(豺狼)의 셩
을 거우디 못ᄒᆞ여 것ᄎᆞ로 좃출 ᄃᆞ시 ᄒᆞ엿거니와 내 엇디 졍부 은혜를
져ᄇᆞ려 졍ᄌᆞ를 도로혀 ᄒᆡᄒᆞ리오? 내 뜻을 아디 못ᄒᆞ고 네 졍ᄌᆞ를 급
히 ᄂᆡ여노화 몸의 ᄉᆞ화(死禍)를 취코ᄌᆞ ᄒᆞ니 엇디 망녕(妄靈)되디 아
니리오? ᄆᆡᆼ츄관이 너를 즉시 다ᄉᆞ리디 아닛ᄂᆞᆫ가 날을 괴이(怪異)히
넉엿거니와 내 어이 너를 죽이리오? 일이 비록 뎡대(正大)치 못ᄒᆞ나
내 ᄆᆡᆼ츄관을 보아든 너를 박살(撲殺)ᄒᆞᆯ와 ᄒᆞᆯ 거시니 네 ᄂᆞᆺ치 약을 칠
ᄒᆞ고 ᄒᆞᆫ 눈을 곰으며 비각(鼻覺)을 편히 못 ᄡᅳᄂᆞᆫ 쳬ᄒᆞ여 변동(變動)
츄한병잔디인(醜漢病殘之人)으로 네 쳐ᄌᆡ(妻子)라도 면모(面貌)를
ᄌᆞ셰히 아디 못ᄒᆞ게 ᄒᆞ고 내 셔간(書簡)을 가져 태쥐 나아가 졍상셔 23면

곤계(昆季)의게 올니고 인ᄒᆞ여 숨어 ᄉᆞᆯ미 엇더ᄒᆞ뇨?"

언션이 쳔만긔약(千萬期約)디 아닌 바의 당공이 져ᄅᆞᆯ ᄉᆞᆯ오고ᄌᆞ ᄒᆞ니 인졍(人情)이 엇디 긴 명을 즈레 ᄭᅳᆺ쳐 죽기ᄅᆞᆯ 달게 넉일 ᄌᆡ 이시리오? ᄒᆞ믈며 졔 ᄉᆞ디 못ᄒᆞᄂᆞᆫ 날은 당공긔 무궁ᄒᆞᆫ ᄆᆡ명(罵名)을 도라보ᄂᆡ며 ᄯᅩ 어이 죽으믈 ᄇᆞ야[44] ᄒᆞᆫ갓 졍시만 위ᄒᆞ고 당시ᄅᆞᆯ 밀치리오? 듯기ᄅᆞᆯ 다 못 ᄒᆞ여 눈믈을 흘니고 ᄇᆡᆨᄇᆡ고두(百拜叩頭)ᄒᆞ여 ᄌᆡᄉᆡᆼ디은(再生之恩)을 샤례ᄒᆞ니 공이 쵹하(燭下)의셔 졍쳥계 곤계의게 븟치이ᄂᆞᆫ 글을 닷가 ᄯᆞ로 봉ᄒᆞ여 언션을 주며 왈

"네 졍ᄋᆞ(程兒) 노쥬(奴主)ᄅᆞᆯ ᄂᆡ여노흘 ᄣᆡ의 필연(必然) 깁히 두어실 디라. 이목(耳目)이 번다(煩多)ᄒᆞ기로 셔로 보믈 허치 못ᄒᆞᄂᆞ니 모로미 네 이 은ᄌᆞ(銀子)와 셔간(書簡)을 가져 졍ᄋᆞ의게 젼ᄒᆞ고 ᄒᆞᆫ가디로
24면 븟드러 태쥬로 가ᄃᆡ 일을 쥬밀(周密)이 ᄒᆞ여 ᄆᆡᆼ츄관의 독슈(毒手)ᄅᆞᆯ 밧디 말나."

ᄒᆞ고 ᄯᅩ 언션의 ᄒᆡᆼ냥(行糧)을 ᄎᆞᆯ혀주니 언션이 슌슌ᄇᆡ샤(順順拜謝)ᄒᆞ고 하딕(下直)을 고ᄒᆞᆫᄃᆡ 공이 츄연왈(惆然曰)

"시셰(時勢) 괴이(怪異)ᄒᆞ여 여의(如意)치 못ᄒᆞ므로 내 화ᄅᆞᆯ 피코ᄌᆞ ᄒᆞᄆᆡ 졍부 대은(大恩)을 갑ᄂᆞᆫ ᄇᆡ 이런 ᄣᆡ의 온젼치 못ᄒᆞ니 엇디 한홉디 아니리오? 밋고 ᄇᆞ라ᄂᆞ니 너ᄂᆞᆫ 범ᄉᆞ(凡事)ᄅᆞᆯ 쥬밀(周密)이 ᄒᆞ여 ᄒᆡᆼ(幸)도 ᄉᆞ라시믈 남이 알게 말나."

언션이 슌슌슈명(順順受命)ᄒᆞ며 ᄇᆡ샤하딕(拜謝下直)ᄒᆞ고 급급히 나

44 ᄇᆞ야: ᄇᆞ야다. 바야다. 보채다. 재촉하다.

아갈시 공이 후문(後門)을 여러 닉여보닉니 언션이 경공ᄌ 거쳐를 알고ᄌ ᄒ여 쏠니 위경의 집으로 가ᄆ 위경이 마ᄌ 반기미 측냥(測量) 업ᄉ니 엇디 황양(黃壤) 사ᄅᆷ을 만남과 다ᄅ리오? 황망(慌忙)이 ᄉ라난 곡졀(曲折)을 므른ᄃ 언션이 다만 뎡노야의 ᄌ싱디은(再生之恩)이라 일ᄏᆺ고 밧비 경공ᄌ 거쳐를 므ᄅ니 위경이 공ᄌ의 남화위녀(男化爲女)ᄒᆫ 곡졀을 셰셰(細細)히 니ᄅᆫᄃ 언션이 ᄒ괴(駭怪)코 가쇼로와 쏠니 방듕(房中)의 드러가 공ᄌ긔 비알(拜謁)ᄒᆯ시 운학·경농이 언션의 ᄉ라와시믈 드ᄅᄆ 반가오며 깃브믈 니긔디 못ᄒ여 공ᄌ의 잇ᄂᆫ 곳의 니ᄅ니 쇄연졀승(灑然絶勝)ᄒ미 쇼졔 안ᄌᆺᄂᆫ 바의 셰낫 장한(壯漢)이 좌우로 뫼셔시니 그 슈상ᄒᆫ 경식(景色)이 타인으로 ᄒ여곰 ᄒᆫ번 볼딘ᄃ 뎡공의 ᄋ희(愛姬) 힝실이 졍녈(貞烈)치 못ᄒ믈 니롤너라. 공ᄌ 뎡공의 말노조ᄎ 언션의 죽디 아닐 바를 아랏ᄂᆫ디라 다만 탄식왈(嘆息曰)

"너의 ᄉ라나믄 일이 바ᄅ고 길히 뎡ᄒ여 나의 건곤(乾坤)을 변착(變着)ᄒ고 공교(工巧)ᄒᆷ 갓디 아니ᄒ니 내 너를 보ᄆ 더옥 븟그리노라. 뎡튝이 너를 닉여노흐ᄆ 공구(恐懼)ᄒᄂᆫ 의ᄉ(意思) 무궁ᄒ리니 졔임의 너를 ᄉᆯ오ᄂᆫ 바의 네 그 몸의 ᄒ를 닐위디 아니ᄆ 올흘디라. 쏠니 몸을 ᄀᆷ초와 경ᄉ(京師)로 향ᄒ라."

언션이 ᄃ왈(對曰)

"공ᄌ의 만나신 ᄇ 이 ᄀᆺ디 아닌 후ᄂᆫ 피ᄒ시미 어려올 ᄲᆫ 아니라 위경이 ᄉ디 못ᄒᆯ너니 음양(陰陽)을 밧고샤 인명(人命)을 구ᄒ시니 덕턱(德澤)이 양츈(陽春) ᄀᆺᄐᆫ디라. 어이 브졍궤사(不正詭詐)ᄒ믈 혐의(嫌疑)ᄒ시리잇고? 셩인(聖人)이 미복과숑(微服過宋)ᄒ시니 덕턱(德

澤)이 이런 곳의 비ᄒᆞ미 아니니잇가?"

공ᄌᆡ 왈

"여언(汝言)이 여ᄎᆞ(如此)ᄒᆞ나 죵시(終始) 참덕이근(慙德而近)의 이 스ᄉᆞ로 허믈을 알며 범ᄒᆞ미 더옥 한심치 아니랴? 슈연(雖然)이나 나ᄂᆞᆫ 아딕 거취(去就)ᄅᆞᆯ 댱튝의게 다라시ᄆᆡ 이졔 급급히 도라가디 못ᄒᆞᆯ디라. 너ᄂᆞᆫ 운학 등으로 ᄒᆞᆷ긔 경샤로 나아가ᄆᆡ 됴흘가 ᄒᆞ노라."

언션이 댱공의 셔간을 ᄂᆡ여 공ᄌᆞ긔 드리며 태쥬 샹셔 노야(老爺)긔 가ᄂᆞᆫ 셔간이 이시믈 고ᄒᆞ여 댱공의 ᄒᆞ던 말을 셰셰細細)히 젼ᄒᆞ니 공
27면 ᄌᆡ 눈으로 댱공의 셔ᄉᆞ(書辭)ᄅᆞᆯ ᄉᆞᆯ피며 귀로 언션의 말을 듯다가 날호여 ᄀᆞᆯ오ᄃᆡ

"네 엇디 댱공의 은ᄌᆞᄅᆞᆯ 바다 오뇨?"

언션이 ᄃᆡ왈(對曰)

"공ᄌᆡ 댱노야의 은ᄌᆞᄅᆞᆯ ᄆᆡᄆᆡ히 믈니쳐 므ᄉᆞᆷ ᄒᆞ리잇고? 운학 등도 쇼인과 ᄒᆞᆷ긔 보ᄂᆡ고ᄌᆞ ᄒᆞ시면 냥ᄌᆡ(糧資) 업ᄉᆞ오리니 일노ᄡᅧ ᄒᆡᆼ냥(行糧)을 보ᄐᆡ미 됴치 아니ᄒᆞ리잇가?"

공ᄌᆡ 블열왈(不悅曰)

"블인(不仁)의 ᄌᆡ믈(財物) ᄡᅳ미 므어시 됴흐리오? 운학 등의 ᄒᆡᆼ댱(行裝)은 비러 ᄒᆞᆯ디라도 댱공의 은ᄌᆞᄂᆞᆫ 허비(虛費)치 못ᄒᆞ리라."

ᄒᆞ고 그 은ᄌᆞᄅᆞᆯ ᄎᆞᄌᆞ 젼일 댱공의 보ᄂᆡᆫ 은을 너코 봉ᄒᆞᆫ 궤(櫃)의 ᄒᆞᆫᄃᆡ 너허 봉ᄒᆞᆫ 후 운학 등을 태쥬로 보ᄂᆡ려 ᄒᆞᆯᄉᆡ 몬져 경샤(京師)의 나아가 ᄒᆡᆼ냥을 어더 태쥬로 가라 ᄒᆞ고 존당친위(尊堂親闈)예 샹셔(上書)ᄅᆞᆯ 닷가 운학 등을 맛디며 원노(遠路)의 무ᄉᆞ득달(無事得達)ᄒᆞ믈 당부ᄒᆞ여 왈

“ᄆᆡᆼ츄와 왕술위 도듕작난(道中作亂)이 ᄒᆡ통분완(駭痛忿惋)ᄒᆞ나 일이 분명치 아닌 바ᄅᆞᆯ 가바야이 발셜(發說) 못 ᄒᆞ리니 여등은 모로미 함구(緘口)ᄒᆞ여 즈레 고치 말나.” 28면

냥뇌(兩奴) 공ᄌᆞ의 말ᄉᆞᆷ을 드ᄅᆞᄆᆡ 듕난(重難)[45]ᄒᆞᆫ 묘ᄆᆡᆨ(苗脈)[46]이 잇ᄂᆞᆫ 줄 거의 앙탁(仰度)ᄒᆞ여 ᄇᆡ이슈명(拜而受命)ᄒᆞ고 인ᄒᆞ여 하딕(下直)ᄒᆞᆯᄉᆡ 눈믈을 드리워 고왈(告曰)

“쇼복(小僕) 등이 초의 냥위 공ᄌᆞ의 ᄉᆡᆼ존거쳐(生存居處)ᄅᆞᆯ 알고 ᄒᆞ와 본아(本衙)ᄅᆞᆯ ᄯᅥ낫ᄉᆞᆸ더니 공ᄌᆞ의 ᄉᆡᆼ존ᄒᆞ시미 노쥬(奴主) 긔특(奇特)이 만나믈 엇ᄉᆞ오나 허다 괴란(怪亂)으로 말ᄆᆡ암아 일시도 죵용(從容)이 봉시(奉侍)치 못ᄒᆞ다가 이제 ᄇᆞ득이 몬져 가오ᄃᆡ 대공ᄌᆞ의 ᄉᆡᆼ존ᄒᆞ시믈 아디 못ᄒᆞ오니 므ᄉᆞᆷ 말ᄉᆞᆷ으로ᄡᅥ ᄆᆞᄅᆞ시믈 ᄃᆡᄒᆞ리잇가? 공ᄌᆞ의 샹셔ᄅᆞᆯ 밧드러 노야(老爺)긔 드린 후 다시 십 년을 그음ᄒᆞ여 댱공ᄌᆞ의 거쳐ᄅᆞᆯ 위ᄒᆞ여 구쥬팔황(九州八荒)을 두로 돌니니 공ᄌᆡ 비록 태쥬로 도라오시나 쇼복 등은 슈히 보시믈 뎡치 못ᄒᆞ시리이다.”

공ᄌᆡ 츄연(惆然)이 낫빗ᄎᆞᆯ 고쳐 왈

“여등(汝等)의 디극(至極)ᄒᆞᆫ 튱심(忠心)이 샹쳘텬신(上徹天神)ᄒᆞ고 29면
하달디표(下達地表)ᄒᆞ여 날을 죽을 곳의 구ᄒᆞ고 다시 형댱(兄丈)의 거쳐ᄅᆞᆯ ᄎᆞᆺ고져 ᄒᆞ니 타일(他日) 우리 곤계(昆季) 여등의 튱의(忠義)ᄅᆞᆯ 힘닙어 ᄒᆞᆫ 당(堂)의 단회(團會)ᄒᆞ미 이실딘ᄃᆡ 장ᄎᆞ ᄆᆞ어ᄉᆞ로ᄡᅥ 여등의 공을 갑흐리오? 내 실노 언어로ᄡᅥ 젹게 니ᄅᆞ디 못ᄒᆞ노라.”

---

45 듕난(重難): 중난. 중대하고 어려움.

46 묘ᄆᆡᆨ(苗脈): 묘맥. 일의 실마리. 또는 일이 나타날 단서.

이뇌(二奴) 고두ᄇᆡᆨᄇᆡ(叩頭百拜)ᄒᆞ여 블감(不堪)ᄒᆞ믈 샤ᄒᆞ고 인ᄒᆞ여 최언션으로 더브러 써날ᄉᆡ 공ᄌᆡ 몸이 나ᄂᆞᆫ 줄 ᄭᆡ닷디 못ᄒᆞ여 후문(後門)가디 나와 태쥬로 향ᄒᆞ믈 더ᄃᆡ 말나 ᄒᆞ며 원노(遠路)의 무ᄉᆞ(無事)히 득달(得達)ᄒᆞ믈 당부ᄒᆞ여 노쥬의 ᄠᅳᆺ이 의의비졀(猗猗悲絶)ᄒᆞ더라. 공ᄌᆡ 임의 언션을 위ᄒᆞ여 ᄉᆞ화(士禍)를 벗겨ᄂᆡᄆᆡ 다시 거리ᄭᆡᆫ 념
녜 업고 운학 등을 보ᄂᆡ여 ᄌᆞ긔 남ᄆᆡ ᄉᆡᆼ존(生存)ᄒᆞ믈 친당(親堂)의 고ᄒᆞ여시나 도라갈 ᄠᅳᆺ이 급ᄒᆞ믄 시시(時時)의 층가(層加)ᄒᆞ니 딘실노
30면 ᄆᆞ옴을 뎡ᄒᆞ여 위졍의 집의 머믈미 어려오ᄃᆡ 일을 초솔(草率)이 못ᄒᆞᆯ 거시ᄆᆡ 괴로이 댱딘뉴의 안양 졔읍(諸邑)을 슌슈(巡狩)ᄒᆞ며 도젹을 다ᄉᆞ려 긔강디지(綦江之地)를 평뎡(平定)ᄒᆞ고 도라오기를 기다리더라.

ᄎᆞ셜(且說). 졍쇼져 월염이 운암산 숑부의 머므런 디 미급슌여(未及旬餘)의 양ᄃᆡᆨᄉᆞ 슈광이 모친(母親)을 봉시(奉侍)ᄒᆞ여 도라가고ᄌᆞ 니ᄅᆞ러 쇼져의 ᄉᆡᆼ존(生存)홈과 이의 와시믈 만분ᄒᆡᆼ심(萬分幸甚)ᄒᆞ고 반기ᄂᆞᆫ 졍과 깃븐 얼골이 말솜 밧긔 낫타나니 엇디 동포남ᄆᆡ(同袍男妹)의 다ᄅᆞ미 이시리오? 쇼제 ᄯᅩᄒᆞᆫ 태산의 의디(依地)를 어더 ᄌᆞ긔ᄂᆞᆫ 무ᄉᆞ(無事)히 도라갈 바를 ᄒᆡᆼ심(幸甚)ᄒᆞ나 공ᄌᆞ를 다시 보디 못ᄒᆞ고 써나믈 결연(缺然)ᄒᆞ여 글을 붓쳐 위란(危亂) 듕 쳔금디구(千金之軀)를 보듕(保重)ᄒᆞ며 슈히 샹경(上京)ᄒᆞᆯ 바와 셔로 만나보믈 당부ᄒᆞ니 공ᄌᆡ ᄯᅩᄒᆞᆫ 답간(答簡)의 ᄌᆞ긔ᄂᆞᆫ 위틔(危殆)ᄒᆞ미 업ᄉᆞᆫ 바와 원노험디(遠路險地)의 무ᄉᆞ히 ᄒᆡᆼᄒᆞ샤 아ᄃᆡᆨ 양부의 머믈믈 원ᄒᆞ여시니 쇼제 비
31면 회(悲懷)를 금억(禁抑)ᄒᆞ고 숑부인 ᄒᆡᆼ거(行車)의 홈긔 올나 경샤(京師)로 ᄒᆡᆼᄒᆞᆯᄉᆡ 위졍은 날마다 니ᄅᆞ러 쇼져를 위회(慰懷)ᄒᆞ더니 금일

(今日) 떠나믈 당ᄒᆞ니 악연비졀(愕然悲絶)ᄒᆞ믈 니긔디 못ᄒᆞ니 쇼졔 비록 사ᄅᆞᆷ으로 더브러 흔연다셜(欣然多說)ᄒᆞᄂᆞᆫ 픔되(稟度) 아니나 위졍의 은혠ᄌᆞᆨ 크고 무거온디라. 님ᄒᆡᆼ(臨行)의 각별(各別)이 말을 두어 만일 ᄌᆡᄉᆡᆼ디은(再生之恩)을 금셰(今世)의 다 갑디 못ᄒᆞᆯ딘ᄃᆡ 구쳔타일(九泉他日)의 함호결초(含糊結草)ᄒᆞᆯ 바ᄅᆞᆯ 누누히 일ᄏᆞᄅᆞ니 위졍이 블승황공(不勝惶恐)ᄒᆞ여 블감당(不敢當)이믈 샤ᄒᆞ며 누슈(淚水)ᄅᆞᆯ ᄡᅳ려 츈파 등으로 더브러 니별ᄒᆞ더라.

화셜(話說). 숑부인이 노년(老年) 편모(偏母)ᄅᆞᆯ 니측(離側)ᄒᆞ여 샹경(上京)ᄒᆞᄂᆞᆫ 심ᄉᆞ(心思) ᄌᆞ못 슬프나 졍쇼져ᄅᆞᆯ 일교(一嬌) 듕의 너허 심듕(心中)의 귀듕(貴重)ᄒᆞ미 친녀(親女) 아니믈 아디 못ᄒᆞ니 비회(悲懷)ᄅᆞᆯ ᄌᆞ연 위로ᄒᆞ미 되ᄂᆞᆫ디라. 양ᄃᆡᆨᄉᆞ 더옥 흔ᄒᆡᆼ(欣幸)ᄒᆞ믈 니긔디 못ᄒᆞ여 ᄲᆞᆯ니 ᄒᆡᆼᄒᆞ미 블과 슌여(旬餘)의 경셩(京城)의 다ᄃᆞᄅᆞ니 ᄣᆡ 졍히 납월(臘月) 습후(拾後)[47]의 밋쳐 환셰(還歲)ᄒᆞ미 블원(不遠)ᄒᆞ엿 32면
거놀 ᄃᆡᆨᄉᆞ 경샤(京師)ᄅᆞᆯ 드ᄃᆡᄂᆞᆫ 날은 ᄆᆞ음이 더옥 착급(齪急)ᄒᆞ여 녜ᄉᆞ(例事) ᄒᆡᆼ인(行人)의 슈삼일졍(數三日程)을 일일(一日) 일ᄂᆡ(日內)로 밧비 ᄒᆡᆼᄒᆞᆯᄉᆡ 일ᄉᆡᆨ(日色)이 져므러 어두온 빗치 창창(蒼蒼)ᄒᆞᄃᆡ 집이 머디 아냐시므로 노복(奴僕)을 ᄌᆡ쵹ᄒᆞ여 슈ᄅᆡᄅᆞᆯ 밧비 구을녀 몰을 ᄎᆡ쳐 남문 밧 취령산으로 향ᄒᆞᆯᄉᆡ 노복이 홰블을 ᄇᆞᆰ혀 길흘 아라 ᄒᆡᆼ코ᄌᆞ ᄒᆞ거놀 ᄃᆡᆨᄉᆞ 구ᄐᆞ여 막디 아니ᄒᆞᄃᆡ 심니(心裏)의 탄왈(嘆曰)

‘딘실노 시셰(時勢) 혼탁(混濁)ᄒᆞ미 어두온 밤 ᄀᆞᄐᆞᆫ디라. 우리 님군을

47 습후(拾後): ‘습(拾)’은 ‘십(十)’과 동일한 의미. 열흘 후.

위ᄒᆞ여 튱셩(忠誠)의 죽디 못ᄒᆞ고 오군(吾君)으로 ᄒᆞ여곰 노영(虜營)의 ᄲᆞ디워[48] 만셰(萬歲)의 ᄲᅵᆺ디 못ᄒᆞᆯ 참욕(慘辱)을 깃치고 구ᄎᆞ(苟且)히 경셩(京城) 번화(繁華)ᄅᆞᆯ 뉴렴(留念)ᄒᆞ여 궁산심협(窮山深峽)의 숨디 못ᄒᆞ니 ᄇᆞᆰ은 블과 ᄆᆞᆰ은 날의 ᄃᆡᄒᆞ미 난연(赧然)ᄒᆞᆫ디라. 내 혼ᄌᆞ

33면 힝홈 ᄀᆞᆺᄐᆞ면 어이 블을 ᄇᆞᆰ혀 길ᄒᆡ 광ᄎᆡ(光彩)ᄅᆞᆯ 더으리오마ᄂᆞᆫ ᄌᆞ위(慈闈) 힝ᄒᆞ시ᄂᆞᆫ ᄇᆡ니 어두온 밤의 홰블과 초롱을 쓰미 마디못ᄒᆞ미로다.'

ᄒᆞ며 경히 나아가더니 믄득 눈을 들ᄆᆡ 먼니셔 급히 달녀오ᄂᆞ니 잇거ᄂᆞᆯ ᄌᆞ셔히 ᄉᆞᆯ피ᄆᆡ 의형미목(儀形眉目)이 범인쇽ᄌᆞ(凡人俗子)와 ᄀᆞᆺ디 아니ᄒᆞ고 신ᄎᆡ쇄락(神彩灑落)ᄒᆞ여 동졍츄월(洞庭秋月) ᄀᆞᆺᄐᆞ며 용홰녕농(容華玲瓏)ᄒᆞ여 부상홍일(扶桑紅日) ᄀᆞᆺᄐᆞ니 다시 오악돈호(五嶽惇怙)ᄒᆞᆫ 긔상(氣像)이 이셔 앙앙(昻昻)ᄒᆞ고 굉걸(宏傑)ᄒᆞ미 경상셔 쳥계공으로 다ᄅᆞ미 업ᄂᆞᆫ디라. 양ᄃᆡ시 먼니 쳠망(瞻望)ᄒᆞᄂᆞᆫ 눈이 비황경열(悲惶哽咽)ᄒᆞ믈 니긔디 못ᄒᆞ여 임의 보기ᄅᆞᆯ ᄌᆞ셔히 ᄒᆞᄆᆡ 비록 초고슈쳑(憔枯瘦瘠)ᄒᆞ미 젼ᄌᆞ의 풍영앙댱(豊盈昻壯)ᄒᆞ므로 ᄂᆡ도ᄒᆞ여 다ᄅᆞᆫ 사ᄅᆞᆷ 되여시나 ᄲᆞ혀난 풍의골상(風儀骨相)이 오히려 탁셰(濁世)의 병드디 아냐 고고쳥쳥(高高靑靑)이 튱의대졀(忠義大節)을 잡아시니 이 시졀(時節)의 엇디 져 ᄀᆞᆺᄐᆞᆫ 사ᄅᆞᆷ이 이시리오? ᄃᆡ시 년망이 하마(下馬)ᄒᆞ여 나ᄂᆞᆫ ᄃᆞ시 그 달니ᄂᆞᆫ ᄆᆞᆯ 앏히 나아가 소ᄅᆡᄅᆞᆯ 놉혀 왈

34면 “숙ᄌᆔ[49](叔主) 쇼딜(小姪) 양슈광을 아ᄅᆞ시리니 ᄆᆞᆯ을 잠간 머므ᄅᆞ지 못ᄒᆞ시리잇가?”

48 ᄲᆞ디워: ᄲᆞ지다. 빠지다.

49 숙ᄌᆔ(叔主): 숙주. 숙부님.

기인이 야힝(夜行) 딜치(疾馳)ᄒᆞ여 의ᄉᆡ(意思) 황황(遑遑)ᄒᆞ고 심담(心膽)이 초우(焦憂)ᄒᆞ미 쳠목(瞻目)이 번거히 밋ᄂᆞᆫ 곳이 업ᄉᆞ니 양딕ᄉᆞ를 아라보디 못ᄒᆞ고 쏄니 힝ᄒᆞ다가 소릐로졷ᄎᆞ 잠간 봉졍(鳳精)을 흘녀 ᄒᆞᆫ번 보미 믄득 반기ᄂᆞᆫ 얼골과 슬픈 ᄉᆞ식을 겸ᄒᆞ여 몰긔 나려 악슈 쳐열왈(悽咽曰)

"군의 소릐로조ᄎᆞ 양슉뵈[50]를 ᄭᆡ닷ᄂᆞ니 반가온 졍이 넘뼈 내 몸이 일시(一時)를 도로의 지쳬(遲滯)치 말고ᄌᆞ ᄒᆞ던 ᄇᆡ ᄌᆞ연이 하믈ᄒᆞ믈 ᄭᆡ닷디 못ᄒᆞ리로다. 녕계부(令季父) 창명이 셩가(聖駕)를 봉시(奉侍)ᄒᆞ여 븍(北)의 갓다 ᄒᆞ더니 반ᄃᆞ시 노영 소식을 드러실디라. 만휘옥휘(萬侯玉候) 안강(安康)ᄒᆞ시며 녕슉이 보명(保命)ᄒᆞ믈 어더 계시냐?"

양딕ᄉᆡ ᄇᆡ이ᄃᆡ왈(拜而對曰)

"만셰(萬歲) 옥후ᄂᆞᆫ 안강(安康)ᄒᆞ시ᄃᆡ 샤슉(舍叔)이 보명(保命)ᄒᆞ믈 어드시나 슈토(水土)의 상ᄒᆞ샤 ᄌᆞ로 딜통(疾痛)ᄒᆞ시미 잇다 ᄒᆞ오니 ᄌᆞ딜(子姪)의 초박(憔迫)ᄒᆞᆫ 졍니(情裏)를 어이 다 알외리잇가? 슉쥬(叔主)의 쥬야(晝夜) 힝ᄒᆞ시미 반ᄃᆞ시 위국(爲國)ᄒᆞ신 관일디튱(貫一至忠)이시라 ᄉᆞᄉᆞ(私事)를 가져 들니옵디 못ᄒᆞ오려니와 다만 디극(至極)히 깃븐 바의 ᄒᆞᆫ번 알외디 못ᄒᆞ리잇가?" 35면

쳥계 태쥬로브터 노영의 ᄉᆞ못고ᄌᆞ ᄒᆞ므로 발졍(發程)ᄒᆞᆫ 후의 쥬야를 혜디 아니코 사롬의 말을 귀에 머므러 듯ᄂᆞᆫ ᄇᆡ 업ᄉᆞᄃᆡ 딕ᄉᆞ를 반기미 등한(等閑)치 아닌 바의 각별(各別) 희ᄉᆡ(喜事) 잇다 ᄒᆞ믈 의아(疑訝)

50 양슉뵈: 양숙보. 숙보는 양수광의 자. 양부인의 조카.

ᄒᆞ여 문왈(問曰)

"내 ᄒᆡᆼ되(行途) 일시 밧븐디라 죵용(從容)이 긴 셜화(說話)ᄅᆞᆯ 니ᄅᆞᆯ ᄇᆡ 아니나 슉뵈 날을 ᄃᆡᄒᆞ여 깃븐 일이 잇다 ᄒᆞ믄 므어ᄉᆞᆯ 인ᄒᆞ미뇨?"

ᄃᆡᆨᄉᆡ ᄃᆡ왈(對曰)

"슉쥬 하향시(下鄕時)의 죵ᄆᆡ(從妹)ᄅᆞᆯ 실산(失散)ᄒᆞ샤 참졀(慘絕)ᄒᆞ신 심ᄉᆡ(心思) 층봉(層峯)의 우ᄅᆞᆷ을 블워ᄒᆞ실너니 텬되(天道) 덕문(德門)을 공연이 벌치 못ᄒᆞ샤 죵ᄆᆡ ᄀᆡ특이 ᄉᆡᆼ존(生存)ᄒᆞ미 잇고 녕딜(令姪) 닌광이 ᄉᆞ랏ᄉᆞ오니 일노 보건ᄃᆡ 닌셩이 어ᄃᆡ 가 보명(保命)ᄒᆞ
36면 여시믈 보디 아냐 아올디라. 죵ᄆᆡ와 닌광의 화ᄋᆡᆨ(禍厄)은 닙담간(立談間)의 다 알외디 못ᄒᆞ오리니 죵용(從容)이 드ᄅᆞ시려니와 죵ᄆᆡ 목금(目今)의 ᄌᆞ당(慈堂) 거교(車轎) 듕의 드러 쥐령산으로 ᄒᆡᆼᄒᆞ옵ᄂᆞ니 슉쥬(叔主) ᄒᆡᆼ게(行車) 일시 밧브시나 잠간 쥐산의 나아가샤 죵ᄆᆡᄅᆞᆯ 보시미 올흘가 ᄒᆞᄂᆞ이다."

샹셰 쳥미필(聽未畢)의 일희일비(一喜一悲)ᄒᆞ여 ᄉᆡ로이 통셕(痛惜)ᄒᆞᆫ 심회(心懷)ᄅᆞᆯ 뎡치 못ᄒᆞ니 믄득 톄ᄉᆡ방타(涕泗滂沱)ᄒᆞ여 왈

"슉뵈 녀ᄋᆞ(女兒)와 닌광의 ᄉᆡᆼ존(生存)을 젼ᄒᆞᄆᆡ 환열(歡悅)ᄒᆞ며 다ᄒᆡᆼ(多幸)ᄒᆞ미 엇디 셰간 사ᄅᆞᆷ의 소식을 젼ᄒᆞᆷ ᄀᆞᆺᄐᆞ리오? 일노조ᄎᆞ 층봉(層逢)의 우ᄅᆞᆷ을 블워ᄒᆞᆯ 일이 업고 샤뎨 닌광의 ᄉᆞ라시믈 드ᄅᆞᆯ딘ᄃᆡ ᄉᆡᆼ젼 ᄉᆞ후의 태산디탁(泰山之托)이 이시려니와 네낫 ᄋᆞᄒᆡᄅᆞᆯ 홈긔 일허 두 ᄋᆞᄒᆡ ᄉᆡᆼ존을 알고 두 ᄋᆞᄒᆡ ᄉᆞᄉᆡᆼ을 아디 못ᄒᆞ니 상무슉의 각골통한(刻骨痛恨)은 도로혀 상명(喪明)ᄒᆞᄆᆡ 밋쳐시니 다시 니ᄅᆞᆯ 것 업거
37면 니와 나의 닌셩을 ᄉᆞ랏다 ᄒᆞᆯ딘ᄃᆡ 그 어ᄃᆡᄅᆞᆯ 갓관ᄃᆡ 디금(至今)의 ᄉᆡᆼ존을 아디 못ᄒᆞᄂᆞ뇨? 녀ᄋᆞ와 닌광이 ᄉᆞ라심도 바라 바기루디 이ᄇᆞ니

족(人不知足)이라. 나의 댱셩(長城)과 교악(喬嶽)의 거쳐(居處)를 알 길히 업ᄉᆞ니 참연(慘然)ᄒᆞᆫ 슬프미 각골(刻骨)ᄒᆞ믈 어이 다 형언ᄒᆞ리오? 뭇ᄂᆞ니 녀ᄋᆞᄂᆞᆫ 녕ᄌᆞ당(令慈堂) 교듕(轎中)의 ᄒᆞᆫ가디로 드러오고 닌광은 어ᄃᆡ로 갓ᄂᆞ뇨?"

딕ᄉᆡ ᄃᆡ왈(對曰)

"녕딜(令姪)은 긔강(綦江)의 잇ᄉᆞ오나 댱공의 ᄉᆞ랑ᄒᆞᄂᆞᆫ 미쳡(美妾)이 되여 몸이 편ᄒᆞ미 반셕(盤石) ᄀᆞᄐᆞ니 슉쥬(叔主)ᄂᆞᆫ 념녀(念慮)치 마ᄅᆞ시고 쇼미를 보샤 젼후 소유(所由)를 므ᄅᆞ쇼셔."

쳥계 미쳡(美妾) 두 ᄌᆞ를 ᄒᆡ괴(駭怪)히 넉이나 도듕의 말 므ᄅᆞ미 괴이(怪異)ᄒᆞ여 다시 ᄆᆞᆯ긔 올나 딕ᄉᆞ와 ᄒᆞᆫ가디로 취령산으로 나아갈ᄉᆡ 양딕ᄉᆡ 쏘ᄒᆞᆫ ᄆᆞᆯ긔 올나 모친의 거교(車轎)를 ᄇᆞ라보니 발셔 아으라 먼니 가시므로 ᄌᆞ긔 졍공과 슈작(酬酌)ᄒᆞ믈 모로시ᄂᆞᆫ디라. 츈파 등을 블너 쇼져긔 몬져 졍공의 ᄒᆡᆼ거(行車)를 만나시믈 통코ᄌᆞ ᄒᆞᆯᄉᆡ 츈패 화광(火光)을 인ᄒᆞ여 쥬군(主君)을 우러러 고두ᄇᆡ복(叩頭拜伏)ᄒᆞ며 톄하여우(涕下如雨)ᄒᆞ여 슬프믈 뎡치 못ᄒᆞ니 공이 비록 슉믁(肅默)ᄒᆞ나 죽은가 슬허ᄒᆞ던 녀ᄋᆞ의 유모(乳母)를 몬져 보고 노쥐 다 ᄉᆞ라시믈 만심쾌열(滿心快悅)ᄒᆞ여 다만 니ᄅᆞᄃᆡ 38면

"아홉 번 죽고 열 번 굿겨도 ᄒᆞᆫ 번 ᄉᆞᆯ믈 어드미 다ᄒᆡᆼ(多幸)이라. 너ᄂᆞᆫ ᄇᆞ졀업시 슬허 말고 녀ᄋᆞ의게 내 븍ᄒᆡᆼ(北行)으로 인ᄒᆞ여 경ᄉᆞ(京師)를 디나다가 이의셔 긔특(奇特)이 상봉(相逢)ᄒᆞ믈 알게 ᄒᆞ라."

츈패 비로소 슬프믈 딘뎡(鎭靜)ᄒᆞ고 ᄲᆞᆯ니 거교(車轎) 앏ᄒᆡ 니ᄅᆞ러 쇼져긔 소유(所由)를 고ᄒᆞ니 쇼졔 듯기를 다 못 ᄒᆞ여셔 효녀(孝女)의 친안(親顔)을 반길 ᄇᆡ 일만 번 다ᄒᆡᆼᄒᆞ고 일쳔 번 즐거오ᄆᆡ 디극히 반갑

고 디극히 깃브믈 인ᄒᆞ여 놀나온 ᄃᆞᆺ 슬픈 ᄃᆞᆺ 통운(痛隕)ᄒᆞᆫ 회푀(懷抱) 요동(搖動)ᄒᆞ니 빵광(雙光)의 쥬뤼(珠淚) 죵횡(縱橫)ᄒᆞ여 셩음(聲音)

39면 이 ᄲᅢᄅᆞ믈 면치 못ᄒᆞ여 왈

"어미 딘실노 이 말이 올흔 말이냐? 아니 날을 쇽이미냐?"

츈패 즐거온 졍신(精神)이 쾌챵(快暢)ᄒᆞ여 왈

"쳡이 쇼져롤 강보(襁褓)로브터 밧드러 열운 졍셩(精誠)을 다ᄒᆞ미 오날의 밋쳐시ᄃᆡ 일즉 허언(虛言)을 쥬작(酬酌)ᄒᆞ미 업ᄉᆞᆸᄂᆞ니 쇼졔 엇디 밋디 아니ᄒᆞ시ᄂᆞ니잇가? 거교(車轎) 뒤히 쥬군(主君)이 ᄃᆡᄉᆞ·상공과 ᄒᆞᆫ가디로 오시ᄂᆞ이다."

쇼졔 심신(心神)이 요요(搖搖)ᄒᆞ여 도로혀 형상(形狀)치 못ᄒᆞ니 취령산 표문(表門)의 다ᄃᆞ라 야야(爺爺)긔 현알(見謁)ᄒᆞ믈 만분착급(萬分着急)히 넉이더라. 원닉(元來) 양부 고틱(古宅)은 경셩(京城)의 이셔 졔ᄉᆞ(第舍) 태우 쥬문갑뎨(朱門甲第)[51]롤 년ᄒᆞ엿더니 양츄밀[52]이 기셰(棄世) 후 길디(吉地)롤 신복(愼卜)ᄒᆞ여 취령산 오십 니(里)의 장(葬)ᄒᆞ고 슈묘(守墓) 삼 년 후로 다시 고틱의 도라가디 못ᄒᆞ여셔 만셰뇽게(萬歲龍車) 노영의 파쳔(播遷)ᄒᆞ시믹 창명공은 뇽거(龍車)롤 조ᄎᆞ

40면 븍디(北地)의 나아가고 우흐로 네 양공은 ᄌᆞ딜(子姪)을 거ᄂᆞ려 취령산의 복거(卜居)ᄒᆞ여 ᄌᆞ최 도셩(都城)을 드ᄃᆡ미 업더라. ᄎᆞ일(此日) 양부의셔 송부인의 회환(回還)ᄒᆞᆯ 날이 머러시므로 ᄌᆞ녜 굿ᄐᆞ여 기다

51 쥬문갑뎨(朱門甲第): 주문갑제. 붉은 대문의 크게 잘 지은 집이란 뜻으로, 높은 벼슬아치가 사는 집을 말함.

52 양츄밀: 양추밀. 양교. 양부인의 아버지.

리디 아니코 다만 날을 혜여 모친(母親)의 힝되(行途) 경사(京師)의 니룰 만ᄒᆞ거든 교외(郊外)예 마ᄌᆞ려 ᄒᆞ더니 ᄉᆡᆼ각 밧긔 졍상셔와 딕시 ᄒᆞᆫ가디로 오ᄂᆞᆫ 바의 부인 힝ᄎᆡ(行差) 문의 다ᄃᆞᄅᆞ니 합문(闔門)이 분분(紛紛)ᄒᆞ여 부인의 도라오미 놀나오미 아니로ᄃᆡ 졍상셰 니ᄅᆞ믈 황황(遑遑)이 반기고 도로혀 소요(騷擾)ᄒᆞ여 양공 곤계ᄉᆞ인(昆季四人)이 바야흐로 취침(就寢)코ᄌᆞ ᄒᆞ다가 졍상셔 셰 ᄌᆞ롤 듯고 단의침건(單衣寢裹)으로 밧비 나와 마ᄌᆞᆯᄉᆡ 조츤바 ᄌᆞ딜 십여 인이 아관박ᄃᆡ(峨冠博帶)로 부슉(父叔)을 뫼셔 나오ᄆᆡ 늉늉(隆隆)ᄒᆞᆫ 화긔(和氣)와 흡흡(洽洽)ᄒᆞᆫ 반가오미 ᄉᆡ로오나 환노(宦路)룰 하딕(下直)ᄒᆞ고 됴경ᄉᆞ(朝廷事)룰 간셥(干涉)ᄒᆞ미 업ᄉᆞᄃᆡ 우국(憂國)ᄒᆞᄂᆞᆫ 시름이 튱만(充滿)ᄒᆞ며 위군(爲君)ᄒᆞᄂᆞᆫ 념네 궁극ᄒᆞ여 네 양공이 ᄒᆞᆫ갈ᄀᆞᆺ치 쳥운(青雲)이 무셩(茂盛)ᄒᆞ던 귀밋티ᄂᆞᆫ 은ᄉᆡ(銀絲) 셧기이고 녹ᄉᆡ(綠絲) 총만ᄒᆞ던 슈염의 셔리 침노(侵擄)ᄒᆞ여 노옹(魯翁)의 형모(形貌)룰 일워시니 쇠빅(衰白)ᄒᆞ미 남다ᄅᆞ다 홀 거시로ᄃᆡ 쳥계공의 슈쳑(瘦瘠)ᄒᆞᆫ 의화(儀華)의 초뷔(憔膚)ᄒᆞᆫ 형용(形容)으로 의논홀딘ᄃᆡ 양공 등이 굿ᄐᆞ여 쇠빅디 아니미러라. 피ᄎᆞ 악슈(握手) 쳐열(悽咽)ᄒᆞ여 반기미 넘�ᄆᆡ 숢이며 ᄉᆡᆼ시(生時)를 분간(分揀)치 못ᄒᆞᄂᆞᆫ 바의 딕시 부슉(父叔)긔 빈알(拜謁)ᄒᆞ며 그 ᄉᆞ이 존톄(尊體) 안강(安康)ᄒᆞ시믈 힝열(幸悅)ᄒᆞ고 모친 힝거(行車)의 월염 죵ᄆᆡ(從妹)롤 다려온 바롤 고ᄒᆞ니 양공 등이 ᄆᆡᄌᆞ의 셩덕인화(聖德仁和)로뼈 향슈(享受)치 못ᄒᆞᆫ 슬프미 극ᄒᆞ여 할반디통(割半之痛)이 남의 업ᄉᆞᆫ ᄃᆞᆺᄒᆞᆫ 바의 닌셩과 월염을 일허 여러 셰월의 ᄉᆞᄉᆡᆼ(死生)을 모로니 ᄆᆡ양(每樣) 복션디니(福善之理) 도상(倒喪)ᄒᆞ믈 탄ᄒᆞ여 침식간(寢食間) 경경(耿耿)ᄒᆞᆫ 념녀(念

41면

53

42면 慮)를 노치 못ᄒᆞ미 친ᄌᆞ녀(親子女)의 감치 아니커놀 쳥계공의 봉상거이(逢喪擧哀)ᄒᆞ여 고싀(高柴)의 혈읍삼년(血泣三年)[54]과 ᄇᆡᆨ유(伯兪)의 눈멀믈 ᄉᆡᆼ각건ᄃᆡ 삼상(三喪)의 능히 디보(支保)치 못ᄒᆞᆯ가 참연(慘然) 우려(憂慮)ᄒᆞ믈 니긔디 못ᄒᆞ다가 오날놀 텬우신됴(天佑神助)ᄒᆞ여 져 부녜 상봉(相逢)ᄒᆞ미 반갑고 깃브미 극ᄒᆞᄆᆡ 즉시 졍공을 닛글고 셔헌(書軒)의 드러와 좌뎡(坐定)ᄒᆞᆫ 후 황홀(恍惚)ᄒᆞ여 말을 못 ᄒᆞ다가 이윽고 양공 등이 몬져 말ᄉᆞᆷ을 일워 일월(日月)이 광뉴(光流)ᄒᆞ여 션태부 삼긔(三忌) 덧업시 디ᄂᆡ믈 일ᄏᆞᄅᆞ며 국운이 망극(罔極)ᄒᆞ여 만셰농게(萬歲龍車) 노영의 파월(播越)ᄒᆞ시ᄆᆡ 블튱(不忠) 등이 나라흘 갑하 ᄲᅧ 죽디 못ᄒᆞᄆᆡ 다ᄃᆞ라ᄂᆞᆫ 경열(哽咽)ᄒᆞ여 소ᄅᆡ를 일우디 못ᄒᆞ거놀 ᄉᆞᄉᆞ를 엇디 밋쳐 의논ᄒᆞ리오? 쥬긱(主客)이 일장(一場)을 통열(痛咽)ᄒᆞ여 소ᄅᆡ 긋쳐디믈 ᄭᆡ닷디 못ᄒᆞ고 월염을 블너 보기도 니
43면 졋더니 양도헌 션광이 졔뎨군죵(諸弟群從)으로 더브러 송부인긔 ᄇᆡ견(拜見)ᄒᆞ여 원노구치(遠路驅馳)를 뭇ᄌᆞ오며 월염쇼져를 보와 그 풍염일ᄉᆡᆨ(豊艶日色)이 ᄉᆡ로와 셩ᄌᆞ광휘(盛姿光輝) 젼의셔 셰 번 더ᄒᆞ믈 ᄃᆡᄒᆞ니 흠션ᄋᆡ셕(欽羨愛惜)ᄒᆞ미 비ᄒᆞᆯ ᄃᆡ 업고 표슉모(表叔母) 등이 다 ᄒᆞᆫ가지로 ᄋᆡ지년디(愛之戀之)ᄒᆞ미 송부인과 일쳬(一體)라. 쇼졔 표문의 도라와 졔슉모(諸叔母)의 무ᄋᆡ(撫愛)와 졔죵(諸從)의 반기ᄂᆞᆫ 얼골을 ᄃᆡᄒᆞ여 셕ᄉᆞ(昔事)를 감상(感傷)ᄒᆞᄆᆡ 효셩ᄊᆞᆼ안(曉星雙

53 할반디통(割半之痛): 할반지통. 반으로 갈라지는 고통. 형제자매가 죽어서 몹시 슬퍼함.

54 고싀(高柴)의 혈읍삼년(血泣三年): 고시는 춘추시대 위(衛)나라 사람으로, 부모상을 당하여 3년 동안 피눈물을 흘리며 슬퍼했다는 내용이 《예기》에 나옴.

眼)의 징패(澄波) 징동(爭動)ᄒᆞ니 운빈옥안(雲鬢玉顔)의 교뤼(交淚) 빈져(頻低)ᄒᆞ여 엄약명월(嚴若明月)이 응부운(應浮雲)이오 완약부용(婉若芙蓉)이 침녹픠(沈綠波)라. 도헌 등이 볼ᄉᆞ록 아름다오믈 니긔디 못ᄒᆞ여 날호여 밧긔 나와 고ᄒᆞᄃᆡ

"죵ᄆᆡ(從妹) 슉부(叔父)긔 현알(見謁)ᄒᆞ믈 밧비 넉이옵거든 엇디 브ᄅᆞ시ᄂᆞᆫ 명이 업ᄉᆞ시니잇고.?"

상셰 왈

"내 뜻이 엇디 녀ᄋᆞ 보기를 밧바 아니 ᄒᆞ리오마ᄂᆞᆫ 디긔(知己)로 밀닌 회포(懷抱)를 펴고ᄌᆞ ᄒᆞᄆᆡ 밋쳐 결을치 못ᄒᆞ괘라."

ᄒᆞ며 비로소 녀ᄋᆞ를 브ᄅᆞ니 양공이 ᄌᆞ딜(子姪)을 고시왈(顧視曰) 44면

"딜녜 필연(必然) 외당(外堂)의 여러히 안ᄌᆞᆺ던 ᄌᆞ리를 괴로이 넉이리니 ᄉᆡ 돗글 펴 좌셕(坐席)을 명히 ᄒᆞ라."

도헌 등이 즉시 ᄉᆡ 돗글 포셜(鋪設)ᄒᆞᆫ 후 츈패 화심을 좁고 쇼져를 뫼셔 나오ᄆᆡ 부녀·슉딜이 ᄉᆞᄉᆡᆼ존망(死生存亡)을 모로다가 오날놀 쳔만긔약(千萬期約)디 아닌 단회지경(團會之慶)이 이시니 텬뉸(天倫)의 ᄌᆞᄋᆡ(慈愛)와 골육(骨肉)의 졍이 반갑고 슬프며 다ᄒᆡᆼ(多幸)코 깃브미 어ᄃᆡ 비겨 므어ᄉᆞ로 의논ᄒᆞ리오? 졍공의 견고단엄(堅固端嚴)ᄒᆞ므로도 쇼제 슬젼(膝前)의 비례(拜禮)를 치 못 ᄒᆞ여셔 그 손을 잡아 슬하(膝下)의 안치고 츄연뉴쳬(惆然流涕) 왈

"여뷔(汝父) 명완블ᄉᆞ(命頑不死)ᄒᆞ고 구연시식(久年時食)ᄒᆞ여 망극(罔極) 듕 삼긔(三忌)를 훌훌히 맛좁고 여등(汝等)을 일허 여러 졀셰(節序)[55] 뒤이ᄌᆞᄆᆡ ᄉᆞᄉᆡᆼ존몰(死生存沒)을 아득히 모로미 되여시니 ᄌᆞ하(子夏)의 곡ᄌᆞ(哭子)ᄒᆞᄂᆞᆫ 디통이 눈멀기의 밋츰과 한ᄌᆞᄉᆞ의 층봉

45면 ᄋᆡᄉᆞ(層峯哀詞)ᄅᆞᆯ 도로혀 블워ᄒᆞ믄 눈으로뼈 그 죽으믈 보아 시슈(屍首)ᄅᆞᆯ 장(葬)치 못ᄒᆞ미라. 네 아비 젹앙(積殃)이 태심(太甚)ᄒᆞᆫ 바ᄅᆞᆯ 하날이 벌ᄒᆞ샤 여등(汝等)을 참ᄉᆞ(慘死)ᄒᆞ시민가 더옥 통한(痛恨)ᄒᆞ믈 니긔디 못ᄒᆞᆯ ᄇᆡ로ᄃᆡ 내 ᄎᆞ마 만통억슈(萬痛億愁)ᄅᆞᆯ ᄌᆞ위(慈闈)긔 더으옵디 못ᄒᆞ여 도로혀 여등을 니즌 ᄃᆞ시 일월을 보ᄂᆡᄆᆡ ᄉᆡᆼ각 아니미 공뷔(工夫) 되엿더니 쳔만긔약(千萬期約)디 아닌바 이의 와 부녜 상봉(相逢)ᄒᆞ미 엇디 다ᄒᆡᆼ(多幸)코 즐겁디 아니리오마ᄂᆞᆫ 숙보의 젼ᄒᆞ믈 조ᄎᆞ ᄂᆡ광의 ᄉᆡᆼ존(生存)가디 알오ᄃᆡ 홀노 ᄂᆡ셩의 거쳐ᄅᆞᆯ 아디 못ᄒᆞ며 녀교의 ᄉᆞᄉᆡᆼ(死生)을 긔필치 못ᄒᆞ니 너의 ᄉᆞ라심도 쪽ᄒᆞᆫ 줄 아디 못ᄒᆞ여 통졀ᄒᆞ미 층익(層益)ᄒᆞᆫ디라. ᄎᆞᄉᆡᆼ(此生)의 ᄂᆡ셩의 거쳐ᄅᆞᆯ 아디 못ᄒᆞᆯ딘ᄃᆡ 쳔ᄃᆡ(泉臺)의 눈곰은 귀신이 되디 못ᄒᆞᆯ ᄇᆡ어ᄂᆞᆯ 가지록 가운(家運)의 블ᄒᆡᆼ망극(不幸罔極)ᄒᆞ믈 인ᄒᆞ여 만ᄇᆡᆨ이 튱졀(忠節)노뼈 포통치ᄉᆞ(抱痛致死)ᄒᆞ며 됴랑이 변븍(邊北)의 원뎍(遠謫)ᄒᆞ여시
46면 니 화ᄋᆡᆨ(禍厄)의 층쳡(層疊)ᄒᆞᆫ 바ᄅᆞᆯ 엇디 니ᄅᆞ리오? 됴부와 상개 다 고토(故土)의 나리고 일가친쳑이 일인도 경져(京邸)의 머믄 ᄌᆡ 업거ᄂᆞᆯ 다시 시시셰(是時勢)ᄅᆞᆯ 혜아리ᄆᆡ 아등이 젼야(田野)의 농민이 되기도 어려온디라. 션인의 삼긔(三忌)ᄅᆞᆯ 맛ᄌᆞ온 후 여부ᄂᆞᆫ 븍ᄒᆡᆼ(北行)을 인ᄒᆞ여 태쥬ᄅᆞᆯ 떠나고 여숙은 ᄌᆞ위(慈闈)ᄅᆞᆯ 봉시ᄒᆞ며 일가(一家)ᄅᆞᆯ 거ᄂᆞ려 심산궁협(深山窮峽)의 ᄌᆞ최ᄅᆞᆯ 곰초기로 뎡ᄒᆞ여시ᄆᆡ 필연(必然) 태향을 떠낫실디라. 네 이제 태쥐 가나 ᄇᆡᆫ집의 의디ᄒᆞᆯ ᄇᆡ 업ᄉᆞᆯ

55 졀셰(節序): 절기(節氣)의 차례.

디니 다힝이 이의 왓ᄂᆞᆫ디라. 아딕 고원(故園)의 도라갈 ᄆᆞ옴을 두디 말고 표문의 의디ᄒᆞ여 나의 도라오믈 기다리라. 연이나 닌광이 ᄉᆞ라실딘ᄃᆡ 엇디 너와 ᄒᆞᆫ가디로 오디 아니ᄒᆞ며 ᄯᅩ 젹도(賊徒)를 만난 후 어ᄃᆡ 뉴우(留寓)ᄒᆞ엿다가 오날이야 비로소 ᄉᆡᆼ존(生存)ᄒᆞ믈 알미 되엿ᄂᆞ뇨? 츈파ᄂᆞᆫ 널노 더브러 거쳬 업ᄉᆞᆫ ᄇᆡ니 ᄉᆞ라 다시 ᄒᆞᆫ가디로 도라오미 괴이(怪異)치 아니커니와 경파 비ᄌᆡ 녯날 부인긔 복시(服侍)ᄒᆞ던 바로 47면
ᄒᆞᆫ번 말ᄆᆡ암아 일흐미 되엿더니 어ᄃᆡ로조ᄎᆞ 만나 너를 ᄯᆞ로미 되엿ᄂᆞ뇨?”

쇼졔 옥슈로 ᄶᅡᄒᆞᆯ 집허 듯ᄌᆞᆸ기를 맛ᄎᆞᄆᆡ 몸을 니러 ᄌᆡᄇᆡ(再拜)ᄒᆞ고 야야(爺爺)의 손을 밧드러 반가오며 깃브미 인ᄉᆡᆼ의 다시 오날ᄂᆞᆯ ᄀᆞᆺᄐᆞ미 업ᄉᆞ나 션모(先母)의 음용(音容)이 아득ᄒᆞ여 억만년의 별뉸디졍(別倫之情)을 펼 길히 업ᄉᆞ니 통만회푀(痛懣懷抱) ᄉᆡ로이 억제치 못ᄒᆞ여 ᄉᆞ월(斜月) 아황(蛾黃)의 모운(暮雲)이 슈ᄉᆡᆨ(垂塞)ᄒᆞ고 빵셩봉안(雙星鳳眼)의 옥뉘(玉淚) 잔잔ᄒᆞ여 ᄋᆡ원ᄒᆞᆫ ᄐᆡ도와 쳑쳑(慽慽)ᄒᆞᆫ 비용(悲容)이 ᄇᆡᆨᄐᆡ슈츌(百態秀出)의 만염(萬艶)이 겸발(兼發)ᄒᆞ니 션연묘려(嬋娟妙麗)ᄒᆞ믈 언어로ᄡᅧ 형용(形容)ᄒᆞᆯ ᄇᆡ 아니로ᄃᆡ 그 시ᄅᆞᆷᄒᆞ며 우ᄂᆞᆫ 형상(形像)이 감창(感愴)ᄒᆞᆯ디언졍 경박디 아냐 ᄌᆞ연ᄒᆞᆫ 위의(威儀)와 신긔ᄒᆞᆫ 톄딜(體質)이 비범ᄒᆞ고 신이ᄒᆞ여 군ᄌᆞ와 셩현의 풍이 흡흡(洽洽)ᄒᆞ니 명문의 ᄉᆡᆼ훈(生訓)과 대가의 교휵(敎畜)ᄒᆞ미 범 48면
용과 다ᄅᆞ믈 가히 볼디라. 나죡이 말ᄉᆞᆷ을 일워 왕부(王父) 삼긔(三忌)를 쇽졀업시 맛ᄌᆞ온 슬픔과 화란의 횡치(橫馳)ᄒᆞ여 왕부 삼상(三喪)의 참예(參預)치 못ᄒᆞ여 삭망거려(朔望居廬)와 됴셕향화(朝夕香火)의 곡읍디도(哭泣之道)를 폐ᄒᆞ고 ᄌᆞ손의 쳔효(淺孝)와 박셩(薄誠)을

펴디 못혼 유한(遺恨)의 다드라는 경열(哽咽)호여 소릭 ᄌ로 끗쳐지며 왕모(王母) 셩후(聖侯)를 뭇ᄌ온 후 문계공의 포통원ᄉ(抱痛冤死)혼 흉문(凶聞)을 조쥐셔 알고 통원(痛怨) 비만(悲滿)턴 바룰 고ᄒ며 냥 대인의 디효로 최마(衰麻)[56]룰 무ᄉ(無事)히 디나시미 텬우신됴ᄒ미나 야야(爺爺)의 쇠빅(衰白)ᄒ심과 신관의 환탈(換脫)ᄒ시미 우러러보옵기의 경민(驚憫)ᄒ오믈 일ᄏ라 만 니 븍힝ᄒ시미 어려오믹 밋쳐는 효녀(孝女)의 심장이 바아지믈 면치 못ᄒ는디라. 최후의야 혼닙 판쥬(板舟)룰 의지ᄒ여 남믹 조쥐의 븟치여 갓던 바와 요도(妖徒)의 욕을 바다 누옥(陋獄)의 곤홈과 여ᄎ여ᄎ 조쥬룰 써나시나 표풍(飄風)ᄒ여 긔강(蘄江)의 니르러 젹도(賊徒)룰 만남과 ᄌ긔는 위졍의 솔오믈 엇고 닌광은 운학·경농의 구ᄒ믈 닙어 흉젹(凶賊)의 독슈룰 면ᄒ나 다시 블인(不人)의 히룰 만나 닌광이 ᄉ경(死境)을 당ᄒ엿더니 계오 최언션의 구ᄒ믈 어더 위디(危地)룰 버셔나 ᄉ셰브득이(事勢不得已) 남화위녀(男化爲女)ᄒ믈 쥬홀식 언에 젼후ᄎ셰(前後次序) 명달(明達)ᄒ여 도도히 베플녀 ᄒ미 업ᄉ딕 하슈룰 드리옴 굿트나 온온긍긍(溫溫兢兢)ᄒ여 안일(安逸) 침단(沈端)ᄒ미 반졈 쓴 긔운이 업고 호란(胡亂)ᄒ미 업셔 숙연평담(肅然平淡)ᄒ며 딘미졍위(眞美正位)ᄒ니 젼후ᄉ에 십분 히비(賅備)[57]ᄒ여 근단이 명빅ᄒ딕 분운(紛紜)ᄒ미 업고 효슌(孝順)혼 말숨과 간냑(簡略)혼 졀조는 힝실의 당연ᄒ거놀 그 풍고변이(風苦變異) 안져(眼底)의 버렷는 둣ᄒ여 조곰도 희미 업

49면

56 최마(衰麻): 거친 베로 만든 상복.

57 히비(賅備): 해비. 넉넉히 갖춘 모양.

ᄉᆞ딕 다만 당딘뉴의 블인(不人)을 키오미 업고 공ᄌᆡ 남화위녀(男化爲女)ᄒᆞ여시믈 고ᄒᆞ딕 그 잉희(媵姬) 된 바ᄂᆞᆫ 언두(言頭)의 거드디 아니ᄒᆞ니 이ᄂᆞᆫ 텬셩이 사ᄅᆞᆷ의 허믈을 낫토디 아닛ᄂᆞᆫ 바의 당딘뉘 구쳡(求妾)ᄒᆞ믈 다른 일노 밀위여 그 븟치 말을 일ᄏᆞᆺ디 아니ᄒᆞ더라. 쳥계공이 비희(悲喜)롤 금억ᄒᆞ고 녀ᄋᆞ의 긴 셜화(說話)롤 고요히 드ᄅᆞ믹 그 보젼ᄒᆞ미 하날과 귀신이 ᄒᆞᆫ가디로 도으시미라. 요도의 광망(狂妄)ᄒᆞᆫ 핍박을 믈니쳐 유문(儒門)의 대도롤 일치 아니미 실노 ᄌᆞ긔 집 ᄌᆞ녜 아니면 그러치 못ᄒᆞᆯ ᄇᆡ어놀 어린 나히 풍상변고(風霜變故)롤 당ᄒᆞ나 디신(持身) 뎡대(正大)ᄒᆞ여 일호 구ᄎᆞ(苟且)ᄒᆞ며 쳔누(賤陋)ᄒᆞ미 머므디 아녀시믈 만심힝희(滿心幸喜)ᄒᆞ고 흔흔쾌열(欣欣快悅)ᄒᆞ여 두굿김과 아ᄅᆞᆷ다오미 듕심의 넘띠거놀 양공 ᄉᆞ(四) 곤계(昆季) 동좌(同坐)ᄒᆞ여 듯ᄂᆞᆫ 말마다 경복흠ᄋᆡ(敬服欽愛)ᄒᆞ믈 니긔디 못ᄒᆞ믹 쳥계의 낫출 우러러 흔하왈(欣賀曰)

50면

"운빅아, 옥이 곤산(崑山)의 나고 명쥐(明珠) ᄒᆡ져(海底)의 나니 딜녀의 텬딜(天質)이 ᄲᅥ혀나며 덕셩이 유한ᄒᆞᄆᆞᆫ 니ᄅᆞ도 말고 당당ᄒᆞᆫ 졍졀이 앙블괴텬(仰不愧天)이오 브블괴디(俯不愧地)라. 블의(不義)예 비굴ᄒᆞ고 님화(臨禍)의 블변ᄒᆞ여 군ᄌᆞ녈부(君子烈婦)의 대졀(大節)을 죱으미 딘실노 존문(尊門) ᄉᆡᆼ츌(生出)노 션태부(先太夫) 여믹(餘脈)과 운빅의 ᄉᆡᆼ애(生也)며 망ᄆᆡ(亡妹)의 휵애(畜也) 아니면 이 굿디 못ᄒᆞᆯ 거시어놀 녕딜(令姪) 닌광의 웅쥰발췌(雄俊拔萃)홈과 통달특이(通達特異)ᄒᆞᄆᆞᆫ 셰간의 홀노 ᄒᆞ나 되기롤 사양치 아니ᄒᆞ리니 여빅의 쳥풍고졀(淸風高節)이 아니면 ᄯᅩ 엇디 그 ᄋᆞ돌을 두어시리오? 일시 유익(有厄)ᄒᆞᄆᆞᆫ 부운(浮雲)의 훗터디고 ᄌᆞ연ᄒᆞᆫ 귀복(貴福)과 영녹(榮

51면

祿)을 가히 니ᄅᆞ디 못ᄒᆞ리니 존문늉경(尊門隆慶)이 이에 더으미 업ᄉᆞᆸ디라. 텬되(天道) 덕문(德門)의 경화(慶華)ᄅᆞᆯ 주시미 복션디응(福善之應)이 ᄌᆞ연ᄒᆞ미라. 일노 보아도 닌셩의 보명(保命)ᄒᆞ믈 알 ᄇᆡ니 운ᄇᆡᆨ은 모로미 슬허 말고 죵말을 보라."

52면 쳥계 녀ᄋᆞ의 운발(雲髮)을 쓰다듬으며 등을 어로만져 왈

"ᄯᆞᆯ의 졀힝과 ᄌᆞᆨ하[58]의 쳐변(處變)을 듯건ᄃᆡ 아비 된 ᄌᆡ ᄆᆞᄋᆞᆷ과 아ᄌᆞ비 경으로뼈 두굿겁디 아니ᄒᆞ며 그 풍상 화ᄋᆡᆨ이 슬프디 아니리오? 힝혀 텬되 복우(福佑)ᄒᆞ시믈 닙어 오날ᄂᆞᆯ 부녜 ᄉᆡᆼ면 상ᄃᆡᄒᆞ여 디난 바ᄅᆞᆯ 니ᄅᆞ니 ᄉᆞ무여한(死無餘恨)[59]이라 ᄒᆞᆯ ᄇᆡ로ᄃᆡ 내 ᄋᆞ히 닌셩을 ᄎᆞᆺ디 못 ᄒᆞᆫ 젼은 운계의 막힌 흉격(胸膈)이 플니디 못ᄒᆞᆯ ᄇᆡ오 닌광의 남화위녀(男化爲女)ᄒᆞ여 긔강(綦江)의 이시미 오히려 위화(危禍)ᄅᆞᆯ 면치 못 ᄒᆞᆫ ᄇᆡ니 엇디 근심이 젹으리오?"

양딕ᄉᆞ 슈광이 웃고 쇼져ᄅᆞᆯ 도라보며 왈

"현ᄆᆡ(賢妹) 젼후ᄉᆞᄅᆞᆯ 슉부(叔父)긔 고ᄒᆞᄃᆡ 오딕 당헌 흉젹(凶賊)의 ᄇᆡ은망혜(背恩忘惠)ᄒᆞᄂᆞᆫ 궁흉극악ᄉᆞ(窮凶極惡事)ᄂᆞᆫ ᄇᆞᆰ히 알외디 아니ᄒᆞ니 엇디 답답디 아니리오?"

인ᄒᆞ여 당헌의 졍공ᄌᆞᄅᆞᆯ 죽이고ᄌᆞ ᄒᆞ던 바ᄅᆞᆯ 본 드시 셜파ᄒᆞ니 원ᄂᆡ
53면 (元來) 양딕ᄉᆡ 츈·경 이파의게 ᄌᆞ셔히 드ᄅᆞᆫ ᄇᆡ라. 닌광이 당헌의 쳡이 되여 위경의 집의 머므ᄂᆞᆫ 바의 다ᄃᆞ라ᄂᆞᆫ 양공 ᄉᆞ 곤계(昆季) 일장(一場)을 개쇼ᄒᆞ며 당헌의 눈 업ᄉᆞᆷ과 츄세니욕(趨勢利慾)의 잠겨 ᄒᆞᆫ 조

58 ᄌᆞᆨ하: 조카.

59 ᄉᆞ무여한(死無餘恨): 사무여한. 죽어도 여한이 없음.

각 인심이 머므디 아닌 바의 구일(舊日) 은혜를 어이 싱각ᄒᆞ리오 ᄒᆞ여 ᄭᅮ짓고 욕ᄒᆞ믈 마지 아니ᄒᆞ니 쳥계 날호여 골오ᄃᆡ

"댱후빅은 슌후(純厚)ᄒᆞᆫ 인믈이로ᄃᆡ 픔질이 허박(虛薄)ᄒᆞ여 강밍(强猛)ᄒᆞ미 브죡ᄒᆞ므로 화패(禍敗)를 두리미 남다를 ᄲᅳᆫ 아니라 본ᄃᆡ 녕졍일신(零丁一身)으로 ᄂᆡ외의 강근디죡(强近之族)[60]이 잇디 아니ᄒᆞ니 힝신(行身)을 그릇ᄒᆞ여 흉당의 눈 흘긔믈 만난즉 능히 보명(保命)ᄒᆞ믈 엇디 못ᄒᆞᆯ 거시오 후빅이 업셔진즉 댱시 후ᄉᆞ 아조 복멸(覆滅)ᄒᆞ리니 가히 삼가디 아니며 두려ᄒᆞ지 아니랴? 후빅이 닌광을 죽여시면 한(恨) 되려니와 닌광이 죽디 아냐시니 원슈를 니를 거시 업고 후빅이 모쥬(謀主)ᄒᆞ여 내 집을 망코ᄌᆞ ᄒᆞ미 업ᄉᆞ니 ᄇᆡ은망덕(背恩忘德)이라 니ᄅᆞ지 못ᄒᆞᆯ디라. 져를 과도히 ᄎᆡᆨ망(責望)ᄒᆞ미 군ᄌᆞ의 홍휘ᄒᆞᆫ 도량(度量)이 아니오 다만 닌광이 건곤(乾坤)을 변착(變着)ᄒᆞ고 그 눈을 쇽이믜 ᄋᆞ히 오히려 남을 쇽이ᄂᆞᆫ 그ᄅᆞ믈 아지 못ᄒᆞ고 져의 허믈을 찰찰(察察)이 알미 되여 타일(他日)의 다ᄃᆞ라ᄂᆞᆫ 능경(陵輕) 만모(慢侮)키를 무궁히 ᄒᆞ리니 이 도로혀 근심이 될디언졍 후빅을 ᄭᅮ지졸 거시 업ᄉᆞ니 제형과 슉보 등은 브졀업시 즐욕디 말나."

양공 ᄉᆞ(四) 곤계(昆季) 쇼왈(笑曰)

"사ᄅᆞᆷ이 남의 허믈을 드러ᄂᆡ디 아님도 어딜거니와 죡히 용셔ᄒᆞᆯ도[61] 잇고 가히 샤치 아념 즉ᄒᆞᆫ 일도 잇ᄂᆞ니 댱헌이 왕딘 흉젹(凶賊)의게 온가디로 쳠미(諂媚)ᄒᆞ여 벼술이 놉기의 니ᄅᆞ럿다가 왕젹이 패ᄒᆞ믜 다

54면

60 강근디죡(强近之族): 강근지족. 도와줄 만한 아주 가까운 일가(一家).

61 용셔ᄒᆞᆯ도: '용셔ᄒᆞᆯ 일도'에서 '일'이 빠진 듯함.

시 우겸의게 아요쳠녕(阿妖諂佞)ᄒᆞ여 금황(今皇)의 뜻을 맛초와 작녹
55면 (爵祿) 부귀를 궁극히 도모ᄒᆞ며 녯날 대은(大恩)을 뜻글의 더져 호리(毫釐)도 ᄉᆡᆼ각ᄒᆞ미 업고 도로혀 ᄒᆡ키를 도모ᄒᆞ여 녕딜(令姪)을 죽이고ᄌᆞ ᄒᆞ니 그 흉ᄒᆞᆫ 졍젹(情迹)과 츄비(醜鄙)ᄒᆞᆫ ᄒᆡᆼᄉᆡ 만ᄉᆞ무셕(萬死無惜)이라. 운ᄇᆡᆨ은 므어ᄉᆞᆯ 앗겨 듯덥기를 못 밋ᄎᆞᆯ 듯ᄒᆞᄂᆞ뇨? 다ᄅᆞᆫ 일은 니ᄅᆞ도 말고 만ᄇᆡᆨ이 포통치ᄉᆞ(抱痛致死)ᄒᆞᆫ ᄯᅢ 인심을 가진 ᄌᆞ 뉘 아니 ᄎᆞ셕비졀(嗟惜悲絶)ᄒᆞ며 친우 붕당(朋黨)의 뉘 아니 녕구(靈柩)의 됴위(弔慰)ᄒᆞ리오마ᄂᆞᆫ 댱튝이 맛ᄎᆞᆷᄂᆡ 곡님(哭臨)치 아니타가 최후의 피슈로 밤의 니ᄅᆞᆯ ᄯᅢ의 쳔노(賤奴) 경산의게 쇽은 바ᄂᆞᆫ 긔괴망측ᄒᆞ여 아등이 도로혀 텬일을 보미 난연(赧然)커니와 ᄒᆡᆼ혀 우리 죽디 아닌 젼 시졀을 만난즉 댱헌 흉젹(凶賊)브터 쳐참효슈(處斬梟首)ᄒᆞ여 왕젹의 쳠녕(諂佞)ᄒᆞ던 뉴를 숑연(悚然)케 ᄒᆞ며 ᄇᆡ은망덕디인(背恩忘德之人)을 증계(懲戒)ᄒᆞ리니 쳥계ᄂᆞᆫ 괴로이 편드디 말나.”

경공이 쇼왈(笑曰)

“형등을 늙은가 ᄒᆞ엿더니 강확(强確)ᄒᆞᆫ 언논(言論)과 쥰격(俊格)ᄒᆞᆫ
56면 픔딜(品質)이 쇠치 아냐시니 디극(至極)히 긋치기 어려온 거ᄉᆞᆫ 텬셩(天性)이믈 알니로다. 연이나 댱후ᄇᆡᆨ은 복녹(福祿)을 두터이 타난 ᄌᆞ라 결단코 머리 업ᄉᆞᆫ 귀신이 되디 아니리니 쇼뎨 편드디 아냐도 형등이 간ᄃᆡ로 죽이디 못ᄒᆞ리라.”

인ᄒᆞ여 녀ᄋᆞ를 어로만져 죵용(從容)이 회포(懷抱)를 펴 ᄌᆞᄋᆡ(慈愛)ᄒᆞᄂᆞᆫ 졍은이 형용(形容)치 못ᄒᆞᆯ ᄇᆡ니 쇼졔 역시 슬프믈 억졔ᄒᆞ고 간간(懇懇)ᄒᆞᆫ 담쇼와 유열(愉悅)ᄒᆞᆫ 화긔(和氣)로 야야(爺爺)의 울억(鬱抑)ᄒᆞ시믈 위로ᄒᆞ시 쳥계 양공 등을 향ᄒᆞ여 문왈(問曰)

"니셕보는 븍힝ᄒᆞ믈 아랏거니와 니츈보 등이 그 태부인을 뫼셔 반ᄃᆞ시 도셩(都城) 녯집의 잇디 아니리니 어ᄃᆡ로 갓ᄂᆞ뇨?"

양공 등이 답왈(答曰)

"니츈뵈 그 태부인을 밧드러 이곳의 올만 디 오릐디 아니ᄒᆞᄃᆡ 두문샤긱(杜門辭客)[62]ᄒᆞ여 도셩의 ᄌᆞ최롤 끈코 아등 밧긔는 보ᄂᆞ니 업ᄂᆞ니라."

청계 탄왈(嘆曰)

"셕보는 튱신이 되고 츈보는 효ᄌᆞ(孝子) 되여 그 태부인을 온젼이 뫼시고ᄌᆞ ᄒᆞ미 시셰(時勢)롤 혜아려 두문샤긱(杜門辭客)ᄒᆞ며 사름을 ᄃᆡ치 아닛는도다. 아디 못게라, 니ᄋᆞ 등이 다 무ᄉᆞ(無事)ᄒᆞ며 창닌이 본싱(本生) 부모롤 ᄎᆞᄌᆞ미 잇ᄂᆞ냐?" 57면

양공이 답왈(答曰)

"니ᄋᆞ 등과 창닌이 다 무양(無恙)ᄒᆞᄃᆡ 닌ᄋᆡ 디금 본싱 부모롤 ᄎᆞ디 못ᄒᆞ여시나 츈보 등이 아딕 니ᄅᆞ디 아냐시므로 닌ᄋᆡ 아디 못홀 쁜 아니라 셕뵈 븍힝 시(時)의 그 태부인긔 고ᄒᆞᄃᆡ '닌ᄋᆡ 십삼 셰의 졔 부모롤 ᄎᆞᄌᆞᆯ 거시오니 아딕 니ᄅᆞ디 마ᄅᆞ쇼셔.' ᄒᆞ엿다 ᄒᆞ니 딜녜 싱존(生存)을 모롤 졔는 밋쳐 그런 일을 근심치 아니턴 거시나 이제 상봉(相逢)ᄒᆞ여는 창닌의 근본(根本) 모로미 쏘ᄒᆞᆫ 심녀로온디라. 혹ᄌᆞ 창닌이 본싱 부모롤 ᄎᆞᄌᆞ미 되여도 근본이 미쳔(微賤)커나 아등으로 븡당(朋黨)이 갈닌 쇼인이면 결연(結緣)치 못홀디라. 딜ᄋᆞ의 평싱이 엇디 될

62 두문샤긱(杜門辭客): 두문사객. 문을 닫고 손님을 사양함.

고? 혼인을 쇼리히 허ᄒᆞ여 뇌뎡(牢定)ᄒᆞ미 도로혀 한홉도다."

58면 경공이 ᄎᆞ언(此言)의 밋쳐ᄂᆞᆫ 조곰도 거리ᄭᅵ디 아냐 ᄀᆞᆯ오ᄃᆡ

"창닌이 작인(作人)을 그ᄀᆞᆺ치 ᄒᆞ고 미쳔ᄒᆞᆫ 집 ᄌᆞ식 될 니 업거니와 일이 ᄠᅳᆺ ᄀᆞᆺ지 못ᄒᆞ여 그 부뫼ᄌᆡ(父母者) 노복(奴僕)의 쳔ᄒᆞᆷ ᄀᆞᆺ틀디라도 다시 곳치디 못ᄒᆞ며 변치 못ᄒᆞ리니 가히 낫다 ᄒᆞ여 바라디 못ᄒᆞᆯ 거시오 혹 ᄉᆞ족(士族)의 ᄉᆡᆼ츌(生出)이라도 형등의 니ᄅᆞᆷ ᄀᆞᆺᄐᆞ여 아등과 갈니인 붕당으로 그 아비 됴고(趙高)[63]와 니ᄉᆞ(李斯)와 왕안셕(王安石)[64] ᄀᆞᆺ틀디라도 녀ᄋᆞ의 폐륜(廢倫)치 아닐 도리ᄂᆞᆫ 창닌을 마졸 밧긔 다ᄅᆞᆫ 의논이 업ᄉᆞᆯ디라. 쇼뎨 녀ᄋᆞ롤 머므ᄅᆞ기ᄂᆞᆫ 여러 가디로 형등을 밋ᄂᆞᆫ ᄇᆡ 잇ᄂᆞ니 슈삼 년을 그음ᄒᆞ여 창닌이 부모롤 ᄎᆞᆺ고 녀ᄋᆞ롤 나모라 ᄇᆞ리디 아니커든 형등은 녀ᄋᆞ의 아비와 어미롤 겸ᄒᆞ여 쇼뎨 도라오기롤 기다리디 말고 녀ᄋᆞ롤 셩혼(成婚)ᄒᆞ여 도라보ᄂᆡ라."

양공 등이 고개 조아 ᄀᆞᆯ오ᄃᆡ

59면 "우리도 이 ᄠᅳᆺ이 이셔 운ᄇᆡᆨ다려 그러ᄐᆞᆺ 니ᄅᆞ미러니 운ᄇᆡᆨ이 임의 창닌의 근본이 미쳔ᄒᆞ여도 혐의(嫌疑)치 아니코 쇼인디ᄌᆡ(小人之子)라도 믈니치고ᄌᆞ 아니 ᄒᆞ니 아등은 다만 운ᄇᆡᆨ의 ᄠᅳᆺ을 조ᄎᆞᆯ ᄯᆞᄅᆞᆷ이로다."

양도헌이 날호여 우으며 고왈(告曰)

"슉뷔 창닌을 과ᄋᆡ(過愛)ᄒᆞ샤 근본 모로ᄂᆞᆫ ᄋᆞ히로 죵ᄆᆡ(從妹)의 평ᄉᆡᆼ

63 됴고(趙高): 조고. 진(秦)나라 때의 환관. 시황제가 죽자 승상 이사와 공모하여 조서를 고쳐서 장자인 부소를 자살하게 하고, 막내아들인 호해를 2세 황제로 삼음. 뒤에 이사를 죽이고 스스로 승상이 되어 온갖 횡포를 행함.

64 왕안셕(王安石): 왕안석. 송대의 정치가. 신법(新法)을 만들어 부국강병을 도모함.

을 탁ᄒᆞ시니 아디 못거이다. 그 아비 쇼인(小人)과 악ᄌᆡ(惡者)라도 혐의(嫌疑)치 아니실딘ᄃᆡ 댱헌 ᄀᆞᆺᄐᆞᆫ 츄셰니욕(趨勢利慾)의 골몰ᄒᆞᄂᆞᆫ 블인흉패디뉴(不人凶悖之類)라도 창닌의 아비라 ᄒᆞ면 ᄌᆞᆼᄆᆡ를 허ᄒᆞ여 그 며나리 삼기를 됴흔 일ᄀᆞᆺ치 ᄒᆞ시리잇가?”

경공이 미염(眉髥)을 어로만디며 잠쇼왈(潛笑曰)

“운뵈 원슉의 과격ᄒᆞᆫ 픔도를 젼습(傳襲)ᄒᆞ여 의논(議論)이 ᄯᅩᄒᆞᆫ 쥬편(主便)키의 머도다. 댱후빅이 튱뎡공 후예로 가벌(家閥)이 하등이 아닌 바의 됴괘농방(早魁龍榜)ᄒᆞ여 찰임(察任)의 호발도 허믈과 죄를 디으미 업ᄉᆞ니 됴고·니ᄉᆞ와 왕안셕의 비겨 욕홀 ᄇᆡ리오? 챵닌의 본ᄉᆡᆼ(本生) 부뫼 댱후빅의 부쳐 ᄀᆞᆺᄐᆞᆯ진ᄃᆡ 이ᄂᆞᆫ 젹디 아닌 희ᄉᆡ(喜事)라. 60면
ᄒᆞ믈며 셕일 닌광을 허ᄒᆞ여 후빅의 ᄌᆞ회 삼기를 닐넛ᄂᆞ니 당금(當今)ᄒᆞ여ᄂᆞᆫ 후빅이 내 집을 나모라 ᄇᆞ리면 홀일업거니와 내 집은 후빅을 바릴 니 업ᄂᆞᆫ디라. 동상(東床)이 되면 구약(舊約)을 셩젼(成全)ᄒᆞᄂᆞᆫ 작시련마ᄂᆞᆫ 권들 어이 미드리오? 운보의 군ᄌᆞᆼ 십여 인의 현덜이 머리디어 범ᄉᆞ(凡事)를 쥬홀지라. 모로미 과격ᄒᆞᆫ 의논을 ᄂᆡ디 말고 챵닌이 부모를 ᄎᆞᄌᆞ 미쳔ᄒᆞ고 블인(不仁)홀디라도 나의 ᄯᅳᆺ을 ᄉᆡᆼ각ᄒᆞ여 녕대인과 졔부를 권ᄒᆞ여 혼인을 일우게 ᄒᆞ라.”

양도헌이 경공의 명감(明鑑)과 대량(大量)을 항복ᄒᆞ여 ᄇᆡ샤슈명(拜謝受命)ᄒᆞ니 도헌의 말이 우연이 발ᄒᆞᆫ ᄇᆡ 진짓 곳의 합ᄒᆞ여 인연을 일우미 되니 엇디 텬되 유의ᄒᆞ시미 아니리오? 양공 등이 쳥계의 말을 듯고 우어 왈

“운빅이 진실노 구ᄎᆞᄒᆞ며 더러온 셩경이로다. 챵닌의 아비 블힝ᄒᆞ여 61면
쇼인이라도 당나라 니림보(李林甫) ᄀᆞᆺᄐᆞᆯ딘ᄃᆡ 출하리 싀훤코 쾌타 ᄒᆞ

려니와 당헌ᄀᆞᆺ치 츄셰니욕(趨勢利慾)의 ᄀᆞᆺ치디 못ᄒᆞᄂᆞᆫ 더러온 인믈이면 딜ᄋᆞ롤 출하리 폐륜(廢倫)ᄒᆞᆫ들 엇디 그런 거ᄉᆡ 며나리롤 삼으리오? ᄒᆞ믈며 닌광의 위인(爲人)과 작픔이 엇더ᄒᆞ건ᄃᆡ 당헌의 ᄉᆞ회 되리오? 형이 당헌의 ᄯᆞᆯ노 딜부롤 ᄇᆞ리ᄂᆞᆫ ᄆᆞ옴이 역시 츄비(醜鄙)ᄒᆞ니 다시 니ᄅᆞ디 말나."

졍공이 역쇼왈(亦笑曰)

"쇼뎨 블명ᄒᆞ나 당헌의 인믈을 모로고 니ᄅᆞ미 아니오 챵닌의 아비 그만도 더 못ᄒᆞ여도 믈니치디 못ᄒᆞ리니 형등은 다만 쇼뎨의 션합을 ᄃᆡᄒᆞ여 챵닌의 부모 ᄎᆞᄌᆞ믈 기다려 녀ᄋᆞ롤 셩혼ᄒᆞ여 도라보닐 ᄯᆞᄅᆞᆷ이라. 그만ᄒᆞ여 댱후뵉의 시비롤 날회고 다른 말을 시작ᄒᆞ미 올치 아니ᄒᆞ랴? 금야의 형등과 녀ᄋᆞ로 담화(談話)ᄒᆞ여 미졍(微情)을 다 못 펴고

62면 시비롤 기다려 힝거(行車)롤 발코ᄌᆞ ᄒᆞᄆᆡ 만나미 어렵고 ᄯᅥ나미 쉬오니 가히 훌훌치 아니랴?"

이ᄯᅴ 쇼졔 야야(爺爺)의 급히 발힝코ᄌᆞ ᄒᆞ시믈 드ᄅᆞᄆᆡ 슬프며 훌연ᄒᆞ믈 니긔디 못ᄒᆞ나 말노뼈 머므시믈 쳥ᄒᆞ여 득디 못홀 거시므로 감히 결훌(缺欻)ᄒᆞᆫ 심회(心懷)롤 베프디 못ᄒᆞ고 양공 등이 ᄯᅩᄒᆞᆫ 챵결(悵缺)ᄒᆞ믈 ᄢᅴ여 죵용(從容)이 담화ᄒᆞᆯᄉᆡ 졍공이 텬태산의 보닐 사롬이 업ᄉᆞᄆᆡ 졍히 침음ᄒᆞ더니 믄득 셔동이 계하의셔 고두왈(叩頭曰)

"졍부 노ᄌᆞ(奴子) 운학·경농과 녜리 최언션이 태쥬로 가ᄂᆞᆫ 길ᄒᆡ 이에 니ᄅᆞ와 쇼져긔 셔함(書函)[66]을 밧드러 가디라 ᄒᆞᄂᆞ이다."

65 니림보(李林甫): 이임보. 현종이 주색에 빠져 있을 때 이임보가 뇌물을 바쳐 출세하고 황제의 비위를 맞추면서 충신의 간언을 막았다고 함.

졍공이 ᄎᆞ언(此言)을 듯고 크게 반겨 녀ᄋᆞᄅᆞᆯ 드려보ᄂᆡ며 왈

“ᄉᆡᄇᆡ 내 친히 드러가 너ᄅᆞᆯ 반기고 오위(五位) 존슈(尊嫂)긔 ᄇᆡ견ᄒᆞ리니 아딕 드러가 밤을 디ᄂᆡ라.”

쇼제 부젼(父前)을 일시 써나미 듕난(重難)ᄒᆞ나 명ᄒᆞ시ᄂᆞᆫ 바의 역디 못ᄒᆞ여 날호여 드러갈ᄉᆡ 회푀 암암(暗暗)ᄒᆞ고 뇨연상회(窈然傷懷)ᄒᆞ 63면
여 눈믈이 낭낭(朗朗)이 깁 ᄉᆞᄆᆡᄅᆞᆯ 젹시ᄂᆞᆫ디라. 공이 몸이 니ᄂᆞᆫ 줄 ᄭᆡ닷디 못ᄒᆞ고 쇼져ᄅᆞᆯ ᄯᆞ라 쳥ᄉᆞ의 나와 긴 킈ᄅᆞᆯ 굽ᄉᆞ려 ᄌᆞ긔 낫촐 녀ᄋᆞ의 낫ᄎᆡ 다히며 잉순(櫻脣)을 졉ᄒᆞ여 왈

“여뷔 셩쥬(聖主)의 은혜ᄅᆞᆯ 밧ᄌᆞ오미 하날이 낫고 ᄯᆞ히 좁으ᄃᆡ 블튱무상(不忠無狀)ᄒᆞ여 오군(吾君)을 갑하 죽디 못ᄒᆞ며 븍디(北地)의 파월(播越)ᄒᆞ시믈 괄연(恝然) 멸시(蔑視)치 못ᄒᆞ여 ᄌᆞ위(慈闈)ᄅᆞᆯ 니측(離側)ᄒᆞ고 노영을 ᄉᆞ못고ᄌᆞ ᄒᆞ미 ᄒᆞᆫ 조각 인신의 념치라. 나의 망극(罔極)ᄒᆞᆫ 심ᄉᆡ(心思) 날개 업ᄉᆞ믈 한ᄒᆞ고 타ᄉᆞᄅᆞᆯ 능히 결을치 못ᄒᆞᄂᆞ니 녀ᄋᆞ의 슬픈 졍을 모로미 아니로ᄃᆡ 임의 ᄉᆞ졍을 버혀 ᄌᆞ졍(慈情)을 써나왓거ᄂᆞᆯ 어이 너ᄅᆞᆯ 위ᄒᆞ여 밧분 길흘 늣추리오? 너의 표구(表舅) 등이 죡히 아비ᄅᆞᆯ ᄃᆡᄒᆞᆯ 거시오 오위존ᄉᆔ(五位尊嫂) 너의 두 어미ᄅᆞᆯ ᄃᆡ(代)ᄒᆞᆯ 거시니 고원(故園)을 향ᄒᆞᆯ 의ᄉᆞᄅᆞᆯ 말고 왕망(王莽)의 겸공(謙恭)[67]과 님보(林甫)의 구밀복검(口密腹劒)[68]을 니을 ᄌᆞᄂᆞᆫ 너의 64면

66 셔함(書函): 서함. 편지를 넣는 통.

67 왕망(王莽)의 겸공(謙恭): 전한시대 왕망은 신(辛)나라를 세우고 스스로 황제가 된 인물. 권력을 얻을 때까지 자신을 낮추는 방법으로 스스로를 단속하여 주변의 신임을 얻었다고 함.

68 구밀복검(口密腹劒): 겉으로는 친밀한 척하지만 속으로 음해할 생각을 지님.

ᄉᆞ뫼(嗣母)[69]라. 관셰(觀勢) ᄌᆞ셔치 아닌 바롤 의심ᄒᆞ여 그러타 못 ᄒᆞ거니와 도듕(道中) 변고롤 디은 ᄌᆡ 간인(奸人)의 소술(所述)이 아니믈 어이 알니오?"
셜파(說罷)의 머리롤 어로만져 드러가믈 ᄌᆡ촉(趣促)ᄒᆞ며 일변 운학 등을 브ᄅᆞ라 ᄒᆞ니 쇼졔 일언을 ᄃᆡ치 못ᄒᆞ고 드러오나 만심(滿心)이 ᄎᆞ악(嗟愕)ᄒᆞ여 야야(爺爺)의 계모(繼母)롤 의심ᄒᆞ시미 이의 밋ᄎᆞ시믈 슬허ᄒᆞ니 굿ᄐᆞ여 ᄉᆞ뫼(嗣母) 디현디인(至賢之人)으로뼈 ᄋᆡᄆᆡᄒᆞᆫ 말을 듯눈가 ᄒᆞ미 아니라 부뫼 블화ᄒᆞ시믈 인ᄒᆞ여 가ᄉᆡ 녜 곳기 어려오믈 ᄉᆡᆼ각ᄒᆞᄆᆡ ᄌᆞᄀᆡ 등이 비록 ᄒᆞᆫ 당의 모히미 이셔도 ᄌᆞ모의 졍의롤 온젼이 바다 즐기기 어리온디라. 심니(心裏)의 울억(鬱抑)ᄒᆞᆫ 회푀 초망(草莽)ᄒᆞ여 ᄇᆡᆨ우(百憂)와 억쉬(億愁) 모히니 능히 헤쳐 쾌활(快闊)ᄒᆞ믈 엇디 못ᄒᆞᆯ디라. ᄂᆡ루(內樓)의 드러와 오위슉모(五位叔母)롤 뫼셔 명촉달야(明燭達夜)ᄒᆞ여 통회롤 베프ᄃᆡ 소부인을 위ᄒᆞ여 근심ᄒᆞ눈 바눈 낫토디 못ᄒᆞ더라. 운학 등과 언션이 경셩(京城)의 니ᄅᆞ러 양부의 가ᄆᆡ 임의 졔 양공이 취령산의 복거(卜居)ᄒᆞ고 도라오디 아녓다 ᄒᆞ거놀 야ᄒᆡᆼ(夜行) 딜츄(疾趨)ᄒᆞ여 취산의 니ᄅᆞ러 쇼져 힝ᄎᆡ 오신가 뭇다가 샹셰 이의 와시믈 듯고 심신(心身)이 쾌열(快悅)ᄒᆞ여 현알(見謁)ᄒᆞᆯ 의ᄉᆡ(意思) 급ᄒᆞ더니 셔동이 나와 샹셔의 소명(召命)을 젼ᄒᆞᆫᄃᆡ 삼 인이 년망(連忙)이 드러가 고두ᄇᆡ알(叩頭拜謁)ᄒᆞ며 반기눈 졍이 측냥업ᄉᆞ니 공이 역시 반기눈 빗출 여러 운학 등의 튱심(忠心)과 언

65면

69 ᄉᆞ뫼(嗣母): 사모. 계후로 들어온 어머니. 소교완을 말함.

션의 은혜ᄅᆞᆯ 일ᄏᆞ라 왈

"여등이 아니면 엇디 닌광의 ᄉᆞᆯ믈 어드리오?"

ᄒᆞ고 공ᄌᆞ의 안부ᄅᆞᆯ ᄆᆞᄅᆞ니 삼 인이 블감(不堪)ᄒᆞ믈 일ᄏᆞᄅᆞ며 공ᄌᆞ의 셔간을 올녀 태쥬로 향ᄒᆞᄂᆞᆫ 바ᄅᆞᆯ 고ᄒᆞ고 공ᄌᆞ의 딜휘(疾候) ᄎᆡ 낫디 못ᄒᆞ오나 대단ᄒᆞᆫ 증셰(症勢) 업ᄉᆞ믈 알왼ᄃᆡ 공이 즉시 셔봉(書封)을 피열(被閱)ᄒᆞ여 ᄉᆞ오 댱을 ᄉᆞᆯ피ᄆᆡ 문댱(文章)이 텬디의 ᄲᆡ혀나고 66면
동쵹(洞屬)ᄒᆞᆫ 디회(至孝) 디샹(紙上)의 완젼ᄒᆞ니 젼후ᄉᆞ에 간졀ᄒᆞ며 비창(悲愴)ᄒᆞᄃᆡ 당금(當今) 위란을 버셔 고원(故園)의 도라가미 머디 아닌 바의 다ᄃᆞ라ᄂᆞᆫ 보ᄂᆞᆫ ᄌᆞ의 심ᄉᆡ 활연(闊然)ᄒᆞ여 ᄇᆡᆨ우(百憂) 만감(萬感)을 쳑탈(滌脫)ᄒᆞᆯ ᄃᆞᆺ ᄌᆞ연 눈섭을 춤추이며 의ᄉᆡ(意思) 쾌창ᄒᆞ여 글이 얼골을 옴기고 말이 소ᄅᆡᄅᆞᆯ 젼ᄒᆞ여 앏히셔 이셩낙ᄉᆡᆨ(怡聲樂色)으로 훤초(萱草)의 열의(悅意)ᄅᆞᆯ 구ᄒᆞ던 신긔로온 형상(形像)을 보ᄂᆞᆫ ᄃᆞᆺᄒᆞ니 공이 두굿기며 아ᄅᆞᆷ다오믈 니긔디 못ᄒᆞᄂᆞᆫ 듕 양공 ᄉᆞ(四) 곤계(昆季)와 도헌 등이 닌광이 쳥계공의게 올닌 글을 돌녀보며 그 문한(文翰)의 ᄲᆡ혀나믈 칭도브졀(稱道不絶)ᄒᆞ고 운학 등을 ᄃᆡᄒᆞ여 댱딘뉴의 닌광을 죽이려 ᄒᆞ던 곡졀(曲折)을 므러 ᄉᆡ로이 블승분에(不勝憤恚)ᄒᆞ고 목금(目今) 댱공이 닌광의게 쇽ᄂᆞᆫ 줄 징그라이[70] 넉이더라. 언션이 샹셔ᄅᆞᆯ 뫼셔 븍ᄒᆡᆼ(北行)ᄒᆞ믈 쳥ᄒᆞ며 운학 등이 ᄯᅩᄒᆞᆫ 원 67면
ᄒᆞ니 능히 믈니치디 못ᄒᆞᆯ ᄇᆡ로ᄃᆡ 샹셰 유공(有功)ᄒᆞᆫ 노ᄌᆞ(奴子)와 은혜 두터온 하리(下吏)로 ᄒᆞ여곰 ᄉᆞ디(死地)의 다려가믈 ᄎᆞ마 못 ᄒᆞ여

70 징그라이: 징그랍다. 재미있다.

븍힝을 조추미 브졀업수믈 닐너 허치 아니코 태부인과 쳐시 희보(喜報)롤 아루시게 운학·경농은 밧비 텬태산으로 나아가믈 니룬디 이뇌(二奴) 악연왈(愕然曰)

"텬태산은 비록 깁흔 곳이나 도쇠 노영으로 비치 못호올디라. 양부 노복(奴僕) 호나흘 비러 보니셔도 거의 추주 왕반(往返)호오려니와 쇼복(小僕) 등은 노야(老爺) 힝거(行車)롤 써나디 못호오리니 비록 역명(逆命)훈 죄롤 당호오나 이의 써러져 태산을 향튼 못 호리로소이다."

샹셰 깃거 아냐 허홀 뜻이 업수디 양공 등이 일시의 권호여 왈

"운빅의 븍힝이 과연 위틱(危殆)호미 만코 길호미 젹으니 노복(奴僕)이라도 각별(各別) 디략(智略)이 잇논 주롤 골히여 다려갈 거시어놀

68면 추삼인(此三人)이 동힝호믈 디셩(至誠)으로 원호논 바의 어이 믈니치리오? 쳥컨디 져의 말을 조추 다려가 좌우익을 삼으라."

상셰 마디못호여 비로쇼 허호니 운학 등이 즐기미 위디(危地)믈 씨닷디 못호고 쳥텬(靑天)의 비등(飛騰)홈 굿치 넉이니 가위(可謂) 튱노(忠奴)며 의리(義吏)러라. 졍공이 양부 노주 듕 각별(各別) 영니훈 주롤 갈히여 태산의 보니고주 홀시 디필(紙筆)을 나와 셔간을 일우고 쇼져의게 젼어(傳語)호여 샹셔(上書)호라 호니 쇼제 쏘훈 젼후 풍상과 이의 왓논 소유(所由)롤 베퍼 왕모(王母)와 슉당이며 소부인긔 샹셔롤 일워 봉(封)키롤 다호미 외헌(外軒)으로 니여보니니 졍공이 주긔 셔함(書函)과 홈긔 동봉(同封)훈 후 양부 장확(臧獲)을 ᄀ루쳐 텬태산으로 가라 호고 도헌 등을 니아의 보니여 니시랑과 한님을 쳥호며 챵닌 등을 다려오라 호니 도헌이 협문으로조추 니아의 니루러 니

69면 공 등을 보고 졍상서의 쳥호믈 셔훈디 니공 냥인이 ㅋ게 반겨 친금(寢

衾)을 믈니치며 썔니 니러 챵닌 등을 다리고 양부의 나아가 졍공을 볼시 피ᄎᆞ 반기ᄂᆞᆫ 졍이 미우ᄅᆞᆯ 동ᄒᆞ여 집슈년슬(執手連膝)의 희허탄식ᄒᆞ며 국ᄉᆞ의 망극(罔極)ᄒᆞᆷ믈 슬허ᄒᆞ미 밋쳐ᄂᆞᆫ 눈을 드디 못ᄒᆞ여셔 챵닌이 됫 압히셔 계부 한님공의 명을 응ᄒᆞ여 졍공긔 녜ᄅᆞᆯ 베프니 딘공(盡恭)ᄒᆞᆫ 녜뫼(禮貌) 가즉ᄒᆞ더라.

(책임교주 구선정)

완월회맹연 玩月會盟宴

권디이십 卷之二十

화셜(話說). 챵닌이 계부(季父)의 명을 응ᄒᆞ여 졍공긔 녜ᄅᆞᆯ 베프니 딘 1면
공(盡恭)ᄒᆞᆫ 녜뫼(禮貌) 가ᄌᆞᆨᄒᆞ고 임의 관녜(冠禮)ᄅᆞᆯ 일웟ᄂᆞᆫ디라. 광
삼박ᄃᆡ(廣衫博帶)의 거믄 관을 놉히 뼈시니 동탕(動蕩)ᄒᆞᆫ 풍ᄎᆡ(風
采)와 슈려ᄒᆞᆫ 골격(骨格)이 츄텬(秋天)이 쇄쇄(灑灑)ᄒᆞᆫᄃᆡ 츄월(秋月)
이 교교(皎皎)ᄒᆞᆫ ᄃᆞᆺ 곤강(崑岡)이 슈이(殊異)ᄒᆞᆫᄃᆡ 옥싊(玉樹)[1] 특닙
(特立)ᄒᆞᆫ ᄃᆞᆺ 츄상(秋霜)이 늠늠(凜凜)ᄒᆞᆫᄃᆡ 송ᄇᆡᆨ(松栢)이 창창(蒼蒼)ᄒᆞᆫ
ᄃᆞᆺ 뉸ᄋᆡ의 쒸여난 긔딜(氣質)이오 딘토(塵土)의 무드디 아닌 거동(擧
動)이 텬디정화(天地淨化)ᄅᆞᆯ 오로디 가져시니 문딜(文質)이 빈빈(彬
彬)[2]ᄒᆞ여 칠십ᄌᆞ(七十子)[3]의 후셕(後席)을 니어시며 덕 되고 그ᄅᆞᆺ다오
미 한가(漢家) 병길[4]과 당됴(唐朝) ᄌᆞ긔 대인으로 흡ᄉᆞᄒᆞ니 너ᄅᆞᆫ 니마
ᄂᆞᆫ 편옥(片玉)을 싹갓ᄂᆞᆫ ᄃᆞᆺ 모딘 턱은 ᄇᆡᆨ셜이 어ᄅᆡ여시니 등원슈(滕
元師)의 텬원디방(天元地方)[5]을 상(象)ᄒᆞ엿거ᄂᆞᆯ 프ᄅᆞᆫ 눈섭은 가월(佳
月)이 셤농(纖濃)ᄒᆞ고 ᄆᆞᆰ은 눈은 명경(明鏡)을 거럿ᄂᆞᆫ ᄃᆞᆺ 무ᄅᆞ녹은 귀 2면
밋ᄎᆞᆫ ᄇᆡᆨ년(白蓮)을 ᄭᅩᄌᆞ시며 찬연(燦然)ᄒᆞᆫ 쥬슌(朱脣)은 귀밋ᄎᆞᆯ 향ᄒᆞ
여시니 발월(拔遠)ᄒᆞᆫ 영ᄎᆡ(英彩) 낫ᄎᆡ 뽀이거ᄂᆞᆯ 은은(誾誾)ᄒᆞᆫ ᄌᆞ딜
(子姪)이 화시(和氏)의 긔벽(奇璧)[6]이오 슈호(隋侯)의 구슬일 ᄊᆞᆫ 아니

1 옥싊(玉樹): 옥수. 아름다운 나무라는 뜻으로, 재주가 뛰어난 사람을 이르는 말.
2 문딜(文質)이 빈빈(彬彬): 문질빈빈. 외양과 내면이 조화를 이룬 상태.
3 칠십ᄌᆞ(七十子): 칠십자. 공자의 제자 가운데 뛰어난 70인.
4 병길(丙吉): 한나라 때 재상. 무고의 옥사 때 크게 활약하여 선제의 목숨을 구한 인물.
5 텬원디방(天元地方): 천원지방. 하늘은 둥글고 땅은 모나다는 뜻. 여기서는 둥근 이마와 각진 얼굴로, 장수의 용모를 말함.
6 화시(和氏)의 긔벽(奇璧): 화씨의 기벽. '화씨벽(和氏璧)'이라고도 함. 춘추시대 초나라 변화(卞和)가 발견한 귀한 보옥.

라 고담(古淡)ᄒᆞᆫ 풍되(風度) 오히려 창닌의 우희 이실 바ᄂᆞᆫ 광닌이라. 덕이 빈빈(頻頻)ᄒᆞ여 동디(動止)의 낫타나니 승당입실(升堂入室)ᄒᆞ미 넉넉ᄒᆞ여 팔치녕녕(八彩玲玲)ᄒᆞᆫ 미우(眉宇)의 현져ᄒᆞ니 문명(文明)이 아연(峨然)ᄒᆞ여 완비(完備)ᄒᆞ고 슌젼(純全)ᄒᆞ미 왕발(王勃)[7]의 오쥬홈[8]과 두보(杜甫)[9]의 박낭(薄浪)ᄒᆞ믈 ᄭᅢ리니 슈미여화(秀眉如花)ᄒᆞ여 너른 니마의 프ᄅᆞᆫ 구룸이 빗겨시며 원산(遠山)이 ᄲᅧ혀나 봉안(鳳眼)이 아아(峩峩)ᄒᆞ여 빵빈(雙鬢)을 ᄯᅥᆯ쳐시니 어리온[10] 거동이 쇄락(灑落)ᄒᆞ며 쳥개(淸介)ᄒᆞ고 유덕유졔(有德有齊)ᄒᆞ여 완연이 남궁괄(南宮括)의 삼복빅뉴(三復白圭)ᄒᆞᄂᆞᆫ 덕[11]이 잇고 홀연이 등졈의 풍우무후(風于舞雩)ᄒᆞ며 욕호긔(浴乎沂)[12]ᄒᆞ고 연(輦)이 가(加)홀 풍치(風采) 술연 요슌ᄉᆞ(堯舜似)ᄒᆞ미 잇ᄂᆞᆫ디라. 졍공이 일안(一眼)의 블승긔ᄋᆡ(不勝奇愛)ᄒᆞ여 손을 잡아 앏히 안치고 니공을 향ᄒᆞ여 ᄎᆞᄋᆞ 등의 긔특(奇特)ᄒᆞ미 셰월노 더으믈 칭도흔하(稱道欣賀)ᄒᆞ며 죵용(從容)이 담화(談話)홀ᄉᆡ 양참졍 등이 딜녀의 ᄉᆡᆼ환ᄒᆞ믈 젼ᄒᆞ며 졍공이 니시랑을 ᄃᆡᄒᆞ여 왈

3면

"쇼녜 요힝ᄒᆞ믈 어더시니 셕보와 쇼뎨 밋쳐 도라오디 못ᄒᆞ여도 셰월

---

7 왕발(王勃): '초당 4걸'이라 불리는 당나라 초기의 대표적 시인.

8 오쥬홈: 오주함. 오만함.

9 두보(杜甫): '시성(詩聖)'이라 불렸던 성당시대의 시인.

10 어리온: 어리다. 황홀하다.

11 남궁괄(南宮括)의 삼복빅뉴(三復白圭)ᄒᆞᄂᆞᆫ 덕: 남궁괄이 《시경》의 〈백규〉를 세 번 반복해 읽자 공자가 형님의 딸을 아내로 삼게 함. 《논어》에 나옴. '빅뉴'는 '빅규'의 오기임.

12 풍우무후(風于舞雩)ᄒᆞ며 욕호긔(浴乎沂): 공자의 십뉴에 증점이 "기수에서 목욕을 하고 무우에서 바람을 쐬고 시를 읊다가 돌아오겠습니다."라고 함. 《논어》에 나옴.

을 쳔연치 말고 셩녜(成禮)홀 바는 양형 등다려 부탁ᄒᆞ엿ᄂᆞ니 츈보 등이 ᄯᅩ 셕보를 ᄃᆡᄒᆞ여 ᄶᅵ를 기다려 챵닌을 입장(入丈)케 ᄒᆞ라."

시랑 곤계(昆季) 고개 좃고 졍쇼져의 ᄉᆡᆼ존(生存)ᄒᆞ믈 흔ᄒᆡᆼ(欣幸)ᄒᆞ나 닌셩의 ᄉᆞᄉᆡᆼ(死生) 모로믈 근심ᄒᆞ여 맛ᄎᆞᆷᄂᆡ 닌셩이 ᄉᆞ라 도라오믈 엇디 못홀딘ᄃᆡ 딜녀는 폐륜디인(廢倫之人)[13]이 될 바롤 일ᄏᆞ라 블ᄒᆡᆼᄒᆞ믈 니긔디 못ᄒᆞ니 군ᄌᆞ의 신을 크게 녁이믄 당당이 이러홀 거시어ᄂᆞᆯ 댱헌의 ᄇᆡ은망혜(背恩忘蕙)ᄒᆞ고 무신블의(無信不義)ᄒᆞ믄 ᄎᆞ인과 비홀딘ᄃᆡ 부ᄌᆞ(夫子)와 양호(陽虎)[14] ᄀᆞᆺᄐᆞ니 견조ᄆᆡ 욕되지 아니리오? 경공이 디긔(知己)의 현우(賢友)를 만나 밤이 딘ᄒᆞ믈 ᄭᆡ닷디 못ᄒᆞ고 쳡쳡(疊疊)ᄒᆞᆫ 담논(談論)이 긋디 아니ᄒᆞᄆᆡ 종각(鐘閣)[15]의 누싊(漏水) 딘(盡)ᄒᆞ고 오경(五更) ᄇᆡᆨ이 초동(初動)ᄒᆞᄂᆞᆫ디라. 졍공이 장ᄎᆞ ᄒᆡᆼᄆᆞ(行馬)를 발코ᄌᆞ ᄒᆞᄆᆡ 양공을 도라보와 왈 4면

"쇼뎨 잠간 ᄂᆡ당(內堂)의 드러가 ᄉᆞ위존슈(四位尊嫂)와 표ᄆᆡ(表妹)롤 【양창명 부인 셔시를 니ᄅᆞ미러라】 ᄇᆡ별(拜別)코ᄌᆞ ᄒᆞᄂᆞ니 형은 이 ᄯᅳᆺ을 ᄂᆡ루(內樓)의 통ᄒᆞ라."

양공이 즉시 ᄌᆞ딜(子姪)을 명ᄒᆞ여 ᄂᆡ당(內堂)의 알게 ᄒᆞ고 날호여 졍공으로 더브러 ᄂᆡ당의 드러가ᄆᆡ 양참졍 부인 뉴시 졔ᄉᆞ 등을 거ᄂᆞ려 돗글 뎡히 ᄒᆞ고 쵹을 ᄇᆞᆰ혀 상셔를 마졸ᄉᆡ 상견녜필(相見禮畢)의 양

---

13 폐륜디인(廢倫之人): 폐륜지인. 혼인을 하지 아니하거나 또는 못함.

14 부ᄌᆞ(夫子)와 양호(陽虎): 공자와 양화(陽貨). 양화의 외모가 공자와 닮았다고 함. 양화는 패권으로 노나라의 정권을 잡은 인물.

15 종각(鐘閣): 큰 종을 달아두기 위하여 지은 누각.

공이 ᄯᅩᄒᆞᆫ 숑부인으로 셔로 녜ᄒᆞ미 경공은 빈위(賓位)의 좌ᄅᆞᆯ 일우고 양참졍 등은 쥬벽(主壁)의 좌ᄒᆞ고 뉴부인의 졔ᄉᆞ 오 인이 우셕(右席)의 좌ᄅᆞᆯ 일울ᄉᆡ 양도헌 등이 궤슬졍좌(跪膝正坐)ᄒᆞ여 국궁딘쵀(鞠躬
5면 盡瘁)[16]ᄒᆞ니 그 슈이(殊異)ᄒᆞᆫ 풍ᄎᆡ(風采) 면젼(面前)의 가득ᄒᆞ미 개개(箇箇)히 옥청군션(玉廳群仙)[17]이오 녜의군ᄌᆞ(禮儀君子)라. 경공이 ᄉᆡ로이 양가의 복되믈 흠복(欽服)ᄒᆞ며 날호여 두어 말ᄉᆞᆷ을 여러 셕ᄉᆞ(昔事)ᄅᆞᆯ 감상(感傷)ᄒᆞ고 금ᄋᆡ 합문(闔門)이 무ᄉᆞ(無事)ᄒᆞ믈 치하(致賀)ᄒᆞᄃᆡ 슈미뎡졔(鬚眉整齊)ᄒᆞ며 봉안(鳳眼)이 미미(微微)ᄒᆞ여 거ᄃᆞᆲ쓰미 업고 졔부인(諸夫人)이 항녈(行列)을 버려 가죽이 ᄒᆞᆯ디언졍 ᄒᆡᆼ혀도 경공을 투목(偸目)ᄒᆞ미 업ᄉᆞ니 그 녜의(禮儀) 엄슉ᄒᆞ미 츄텬(秋天) ᄀᆞᆺᄐᆞ나 졍의 관슉(慣熟)ᄒᆞ믄 양츈(陽春) ᄀᆞᆺ더라. 챵명공 부인 셔시 각별(各別) 여러 말ᄉᆞᆷ을 펴 태부인 존후(存候)ᄅᆞᆯ ᄌᆡ삼 뭇ᄌᆞᆸ고 월염의 ᄉᆡᆼ환ᄒᆞ믈 흔희(欣喜)ᄒᆞ니 경공이 ᄯᅩᄒᆞᆫ 표ᄆᆡ(表妹)ᄅᆞᆯ 반기미 친ᄆᆡ(親妹)ᄅᆞᆯ 상봉(相逢)ᄒᆞ미 감치 아닌더라. 잠간 경회ᄅᆞᆯ 펴나 ᄒᆡᆼ게(行車) 밧브므로 몸을 니러 졔부인을 ᄇᆡ별(拜別)ᄒᆞᆯᄉᆡ 월염쇼져의 버히ᄂᆞᆫ ᄃᆞᆺᄒᆞᆫ 심회(心懷)와 통졀(痛切)ᄒᆞᆫ 비회(悲懷)ᄅᆞᆯ 능히 형상(形狀)
6면 ᄒᆞᆯ ᄇᆡ 업ᄂᆞᆫ디라. 다만 옷깃ᄉᆞᆰ을 븟들고 만 니 ᄒᆡ도(行途)[18]의 무ᄉᆞ득달(無事得達)ᄒᆞ샤 셩톄(聖體) 기리 보듕(保重)ᄒᆞ시고 농거(龍車)ᄅᆞᆯ 밧드러 고국(故國)의 환귀(還歸)ᄒᆞ샤 튱녈(忠烈)을 빗ᄂᆡ시며 왕모(王

16 국궁딘쵀(鞠躬盡瘁): 국궁진췌. 마음과 몸을 다하여 나랏일에 이바지함.
17 옥쳥군션(玉廳群仙): 옥청군선. 옥청의 신선들. 옥청은 삼청의 하나로 상제가 있는 곳
18 ᄒᆡ도(行途): 문맥상 'ᄒᆡᆼ도'의 오기로 보임.

母)의 의려(倚閭)[19] 현망(懸望)ᄒᆞ시ᄂᆞᆫ 뜻을 맛쳐 효도ᄅᆞᆯ 완젼이 ᄒᆞ시믈 쳥ᄒᆞᆯᄉᆡ 디극(至極)ᄒᆞᆫ 경셩(精誠)은 텬디신기(天地神氣)ᄅᆞᆯ 감동ᄒᆞᆯ ᄇᆡ오 녜도로온 말ᄉᆞᆷ은 규구(規矩)와 쥰승(準繩)[20]의 합ᄒᆞ거놀 잉슌(鶯脣)[21]이 샤개(似開)의 호치교결(晧齒皎潔)ᄒᆞ여 졀세(絕世)ᄒᆞᆫ 풍도(風度)와 ᄌᆞ약(自若)ᄒᆞᆫ 션ᄎᆡ(仙彩) 볼ᄉᆞ록 ᄉᆡ로오니 프른 눈셥이 원산을 향ᄒᆞ며 ᄆᆞᆰ은 눈ᄡᅵ 징파(澄波)ᄅᆞᆯ 묘시(藐視)ᄒᆞ고 무로녹은 옥빈(玉鬢)이 향운(香雲)을 농ᄇᆡᆨ(濃白)ᄒᆞ며 교요ᄒᆞᆫ 안ᄉᆡᆨ(顏色)이 ᄇᆡᆨ셜(白雪)을 능만(陵慢)ᄒᆞ니 작작(綽綽)ᄒᆞᆫ 보압이 도홰(桃花) 츈빙(春氷)의 빗겻ᄂᆞᆫ ᄃᆞᆺ ᄇᆡᆨᄐᆡ쳔광(百態千光)이 딘션(眞善)ᄒᆞᆫᄃᆡ 슬픈 빗ᄎᆞᆫ 빵환(雙鬟)을 두로고 ᄋᆡ원(哀願)ᄒᆞᆫ 졍은 옥면(玉面)을 둘너 눈믈이 낭낭(朗朗)ᄒᆞ여 귀밋ᄎᆞᆯ 젹시ᄂᆞᆫ디라. 공이 비록 튱의대졀(忠義大節)을 ᄌᆞᆸ아 ᄉᆞᄉᆞ(私事)ᄅᆞᆯ 부운(浮雲)의 더디며 쳔균디듕(千鈞之重)으로뼈 오악(五嶽)을 딕힘과 구졍(九鼎)의 요동(搖動)치 아니미 이시나 아득히 실니(失離) 7면
ᄒᆞ여 ᄉᆞᄉᆡᆼ거쳐(死生居處)ᄅᆞᆯ 망연브디(茫然不知)ᄒᆞ던 교ᄋᆞ(嬌兒)ᄅᆞᆯ 긔특(奇特)이 상봉(相逢)ᄒᆞᄆᆡ 반기ᄂᆞᆫ 졍이 듕심(中心)을 빗기 흔들고 슬픈 회푀(懷抱) 쳡다ᄒᆞᆫ 바의 ᄌᆞᄋᆡ(慈愛)와 니회(離懷)ᄅᆞᆯ 호발(毫髮)도 펴디 못ᄒᆞ고 위ᄐᆡᄒᆞᆫ 길흘 당ᄒᆞ여 긴 니별이 아으라ᄒᆞ고 단회(團會)ᄒᆞᆯ 디쇽(遲速)을 뎡치 못ᄒᆞ니 엇디 듕회(中懷) 챵도(愴悼)ᄒᆞ믈 면ᄒᆞ리오? 츄연감상(惆然感傷)ᄒᆞ여 비회(悲懷) 교집ᄒᆞ니 녀ᄋᆞ의 손을

---

19 의려(倚閭): 어머니가 마을 어귀에 서서 자식이 돌아오기를 기다림.

20 규구(規矩)와 준승(準繩): 규율과 법도.

21 잉슌(鶯脣): 앵순. 미인의 고운 입술.

ᄌᆞᆸ고 츄연왈(惆然曰)

"부녀의 텬셩디친(天性之親)[22]은 니ᄅᆞ도 말고 범연(泛然)ᄒᆞᆫ 친쳑의 등한(等閑)ᄒᆞᆫ 졍의라도 오ᄅᆡ 실니(失離)ᄒᆞ여 ᄉᆡᆼ존(生存)을 모로던 바로 거야(去夜) 상봉(相逢)ᄒᆞ믈 엇고 금효(今曉)의 원니(遠離)ᄒᆞ믈 당ᄒᆞᆫ즉 울울 비결ᄒᆞ믈 ᄑᆞᆷ을 ᄇᆡ여놀 ᄒᆞ믈며 나의 너ᄅᆞᆯ ᄯᅥ나ᄂᆞᆫ ᄆᆞ옴과 너의 날 보ᄂᆡᄂᆞᆫ 회푀(懷抱)냐? 결연(缺然)ᄒᆞᆷ과 슬프믈 니ᄅᆞ려 ᄒᆞ면 날이 딘ᄒᆞ고 ᄃᆞᆯ이 가도 다 못 ᄒᆞ리니 다만 션군(先君)의 튱딕대졀(忠直大節)과 ᄌᆞ위(慈闈)의 디인셩덕(至仁聖德)으로 다시 너의 달효(達孝)ᄅᆞᆯ 힘닙어 여부의 어린 튱의(忠義)ᄅᆞᆯ 챵공의 딜졍ᄒᆞ여 노영을 무ᄉᆞ(無事)히 ᄉᆞ뭇ᄎᆞ 만셰뇽거(萬歲龍車)ᄅᆞᆯ 밧드러 고국의 환귀ᄒᆞ믈 어든즉 모ᄌᆞ 형뎨와 부녀 슉딜의 단취디경(團聚之慶)을 젹은 깃브믈 니ᄅᆞ디 못ᄒᆞ리니 ᄒᆞᆫ 당(堂)의 못ᄂᆞᆫ 날 즐거오믄 금일 니별이 업던 바의셔 더홀디라. 아녀ᄂᆞᆫ 통쳘의리(洞徹義理)ᄒᆞ여 범ᄋᆞ의 용쇽(庸俗)ᄒᆞᆷ과 암미(暗微)ᄒᆞ므로 만히 다ᄅᆞ미 잇ᄂᆞ니 니합(離合)이 ᄯᆡ 잇고 화복(禍福)이 ᄌᆡ텬(在天)ᄒᆞ믈 혜아려 조ᄇᆡ야이 심녀ᄅᆞᆯ 상ᄒᆡ오디 말나. 너의 구시(舅氏) ᄂᆡ외ᄅᆞᆯ 부모ᄅᆞᆯ ᄃᆡᄒᆞ여 은휼디덕(恩恤之德)을 므릅뼈 기리 무양(撫養)ᄒᆞ믈 엇고 인뉸대ᄉᆞ(人倫大事)의 다ᄃᆞ라ᄂᆞᆫ 제구(諸舅)[23]의 명을 슌ᄒᆞ여 그 ᄉᆞ이 ᄋᆞ히 밧괴여 어룬이 되엿다가 웃ᄂᆞᆫ 낫ᄎᆞ로 날을 마ᄌᆞᆯ딘ᄃᆡ 효도의 크미 겻틔셔 좌우ᄅᆞᆯ ᄉᆞᆯ펴 디셩(至誠)으로 셤기미의셔 더 낫디 아니ᄒᆞ냐?"

8면

9면

---

22 텬셩지친(天性之親): 천성지친. 부자(父子)의 관계를 지칭함.

23 제구(諸舅): 제구. 여러 외삼촌. 양부인의 남자 형제들을 말함.

쇼졔 야야(爺爺)의 쳑비(慽悲)ᄒᆞ신 ᄉᆞ식(辭色)과 년년(戀戀)ᄒᆞᆫ 말ᄉᆞᆷ을 당ᄒᆞ여 비회층익(悲懷層益)[24]ᄒᆞ나 목난(木蘭)의 죵군(從軍)[25]ᄒᆞ믈 효측(効則)디 못ᄒᆞ여 야야의 힝도(行途)를 ᄯᆞ로디 못ᄒᆞ고 ᄒᆞᆫ갓 무익ᄒᆞᆫ 비샤쳑용(悲辭慽容)으로ᄡᅧ 공의 가ᄂᆞᆫ ᄆᆞ음을 헛트ᄅᆞ미 블가ᄒᆞ여 옥누(玉淚)를 거두며 ᄌᆡᄇᆡ슈명(再拜受命)ᄒᆞᄆᆡ 다시 힝도(行途)의 보듕(保重)ᄒᆞ샤 셩휘(聖候) 안강ᄒᆞ시믈 년ᄒᆞ여 일ᄏᆞ라 쵹쵹(屬屬)ᄒᆞᆫ 효의(孝義)와 동동(洞洞)ᄒᆞᆫ 졍셩(精誠)이 조아(曹娥)와 목난을 ᄯᆞ롤 거시로ᄃᆡ 시셰고금(時世古今)이 현슈(懸殊)ᄒᆞ고 규리약딜(閨裏弱質)이 ᄉᆞᆺ출 길히 업셔 능히 븍힝을 좃디 못ᄒᆞ나 달효디셩(達孝之誠)인즉 셰간의 다시 잇디 아닐 ᄇᆡ니 공이 더옥 년ᄋᆡᄒᆞ믈 ᄎᆞᆷ디 못ᄒᆞ며 좌위 쳑연 동ᄉᆡᆨ(動色)ᄒᆞᄃᆡ 졍공이 시러곰 밧븐 힝도(行途)를 늣추디 못ᄒᆞ여 녀ᄋᆞ의 손을 노코 몸을 니러 양공 등으로 더브러 밧그로 나올ᄉᆡ 쇼졔 읍읍ᄇᆡ별((泣泣拜別)ᄒᆞ니 공이 다시 어로만져 됴히 이시믈 당부ᄒᆞ며 츈·경 이파(二婆)를 도라보아 ᄀᆞᆯ오ᄃᆡ 10면

“여등(汝等)이 능히 위란 듕 튱심(忠心)을 가져 쇼져를 보호ᄒᆞ여 이의 내 심히 아름다이 넉이ᄂᆞᆫ ᄇᆡ라. 엇디 포댱(褒獎)[26]ᄒᆞ믈 언어(言語)로ᄡᅧ 다ᄒᆞ리오? 모로미 ᄒᆞᆫ갈ᄀᆞᆺ치 튱의(忠義)를 다ᄒᆞ여 쇼져의 좌우를 ᄯᅥ나디 말나.”

---

24 비회층익(悲懷層益): 슬픈 마음이 거듭 더함.

25 목난(木蘭)의 죵군(從軍): 목란의 종군. 북조의 가한(可汗)이 징병을 실시하여 화목란의 부친이 징집되었으나 연로한 부친을 대신해 목란이 남장하여 종군함.

26 포댱(褒獎): 포장. 상을 주어 칭찬함.

ᄒᆞ고 인ᄒᆞ여 ᄉᆞᄆᆡ롤 ᄯᅥᆯ쳐 밧그로 나아가니 쇼져의 촌촌(寸寸)이 ᄯᅧ러디ᄂᆞᆫ ᄃᆞᆺᄒᆞᆫ 심장을 어ᄃᆡ 비ᄒᆞ리오? 잠간 누ᄃᆡ(樓臺)의 올나 야야(爺爺)의 가시ᄂᆞᆫ 바롤 바라볼ᄉᆡ ᄎᆞ시 정공이 니시랑 곤계(昆季)와 양참경 등으로 작별 분슈(分手)키롤 당ᄒᆞ여ᄂᆞᆫ 엄면뉴쳬(掩面流涕)ᄒᆞ며 ᄉᆞᄉᆞ롤 근심치 못ᄒᆞ고 우방(憂邦)ᄒᆞᄂᆞᆫ 슬픔과 ᄋᆡ군(愛君)ᄒᆞᄂᆞᆫ 념녜 촌심(寸心)을 ᄉᆞᆯ오니 가ᄂᆞᆫ 회포(懷抱)와 보ᄂᆡᄂᆞᆫ 졍이 다 ᄒᆞᆫ가디로 비상쳐열(悲傷悽裂)ᄒᆞ여 후회(後會) 디쇽(遲速)을 뎡치 못ᄒᆞᄂᆞᆫ 듕 창명의 졔ᄌᆞ딜(諸子姪)과 니창닌 곤계(昆季) 더옥 누쉬 쳠금(添衾)ᄒᆞ며

11면 각각 부군의 위틱(危殆)ᄒᆞ믄 목금(目今) 졍상셔의 힝식의셔 더으믈 슬허ᄒᆞ고 셔편(書便)을 븟쳐 가친(家親)긔 젼ᄒᆞ믈 쳥ᄒᆞᄂᆞᆫ 언ᄉᆡ 더옥 슉딘인효(肅眞仁孝)ᄒᆞ니 졍공이 창명과 창계의 유복(有福)ᄒᆞ믈 블워ᄒᆞ여 심니(心裏)의 탄식ᄒᆞ며 ᄌᆞ긔의 ᄋᆞᄌᆞ 닌셩도 실니ᄒᆞᆫ 환이 업던들 니·양 졔ᄋᆞ롤 못 밋ᄎᆞ미 업ᄉᆞᆯ낫다 ᄒᆞ여 ᄉᆞᄉᆞ롤 단연이 ᄉᆡᆼ각디 말고ᄌᆞ ᄒᆞ다가도 븍당(北堂) 편위(偏闈)의 현망(懸望)ᄒᆞ여 경경(哽哽)이 초우(焦憂)ᄒᆞᄂᆞᆫ 념녀(念慮)롤 노치 못ᄒᆞ시믈 혜아리ᄆᆡ ᄌᆞ긔 구ᄎᆞ(苟且)히 도모ᄒᆞ여ᄂᆞᆫ 죽기롤 피코ᄌᆞ ᄒᆞ고 만금듕탁(萬金重托)의 쇼교롤 실니ᄒᆞ여 거쳐롤 모로ᄂᆞᆫ 바의 다ᄃᆞ라ᄂᆞᆫ 참연통졀(嶄然痛切)ᄒᆞ미 상경위광(喪性爲狂)[27]ᄒᆞᆯ ᄃᆞᆺ ᄋᆡ인셩심(愛人聖心)으로ᄡᅧ 효우(孝友)의 밋쳐ᄂᆞᆫ 능히 강인(强忍)치 못ᄒᆞ믈 알디라. 양공 등과 니시랑 등이 가ᄂᆡ 무

12면 ᄉᆞ하믈 창명과 창계의게 젼ᄒᆞ라 ᄒᆞ며 니태부인이 셔간을 ᄋᆞᄌᆞ의게 젼

27 상경위광(喪性爲狂): '상성위광'의 오기. 본성을 잃고 미침.

ᄒᆞ쇼셔 ᄒᆞ여 시랑 등의 셔찰의 ᄒᆞᆫᄃᆡ 봉ᄒᆞ여 졍공긔 븟치니 졍공이 일일히 바다 낭듕(囊中)의 장(藏)ᄒᆞ고 무궁ᄒᆞᆫ 회포(懷抱)ᄅᆞᆯ 억졔ᄒᆞ여 니·양 등 졔공과 도헌 등이며 창닌 곤계(昆季)ᄅᆞᆯ 면면이 작별ᄒᆞ고 ᄆᆞᆯ긔 오ᄅᆞ니 졔공이 밧문가디 나와 휘루작별(揮淚作別)ᄒᆞ고 도헌 등은 동구의 나와 ᄇᆡ별ᄒᆞᆯᄉᆡ 운학·경농과 언션이 만니위디(萬里危地)ᄅᆞᆯ 즐거온 ᄒᆡᆼ역ᄀᆞᆺ치 양양(洋洋)이 공을 위ᄒᆞ여 ᄲᆞ른 거ᄅᆞᆷ이 ᄒᆞ로 쳔 니(里)ᄅᆞᆯ ᄒᆡᆼᄒᆞᆯ ᄃᆞᆺᄒᆞ며 공의 탄 ᄆᆞᆯ이 ᄯᅩᄒᆞᆫ 비룡(飛龍)과 태호(太虎) ᄀᆞᆺᄐᆞ여 ᄒᆞᆫ번 굽을 허위ᄂᆞᆫ 바의 운무ᄅᆞᆯ 헷치ᄂᆞᆫ ᄃᆞᆺ ᄒᆡᆼ식의 ᄲᆞᄅᆞ미 그림ᄌᆡ 표홀(飄忽)[28]ᄒᆞ여 시ᄀᆡᆨ(時刻)의 동구(洞口)ᄅᆞᆯ 디나니 ᄉᆡ벽달 ᄎᆞᆫ 바ᄅᆞᆷ의 흰 눈이 ᄌᆞ로 날녀 삭텬(朔天)이 엄엄(晻晻)ᄒᆞᆫᄃᆡ 일한(日寒)이 참참(慘慘)ᄒᆞ며 췌목쵹쳐(喙目觸處)[29]의 ᄇᆡᆨ위(百憂) 층ᄉᆡᆼ(層生)ᄒᆞᄂᆞᆫ디라. 동일(冬日)이 녈녈(烈烈)의 ᄇᆡᆨ홰(百花) 구비ᄅᆞᆯ 오날ᄂᆞᆯ 니ᄅᆞᆯ디니 쳥계 13면 공의 가ᄂᆞᆫ 심회(心懷)ᄂᆞᆫ 다시 의논ᄒᆞᆯ 거시 업거니와 효녀(孝女)의 쳔비만감(千悲萬感)의 회포(懷抱)ᄅᆞᆯ ᄯᅩ 엇디 형상(形狀)ᄒᆞᆯ ᄇᆡ리오? 쇽졀업시 야야(爺爺)의 가ᄂᆞᆫ 길ᄒᆞᆯ 바라 오읍뉴톄(嗚泣流涕)ᄒᆞᆯ ᄲᆞᆫ이러니 ᄒᆡᆼ게(行車) 총총(忽忽)ᄒᆞ고 경식(梗塞)이 급급(岌岌)ᄒᆞ여 젼ᄌᆞ의 느러진 벽졔(辟除)[30] 소ᄅᆡ와 완완(緩緩)ᄒᆞᆫ ᄒᆡᆼ도(行途)로 모든 하졸(下卒)이 고요히 수ᄅᆡᄅᆞᆯ 모ᄂᆞᆫᄃᆡ 난화디셩【수ᄅᆡ의 단 방울 소ᄅᆡ】이 징징ᄒᆞᆯ ᄣᆡ로 ᄂᆡ도ᄒᆞ니 위군(爲君)ᄒᆞᆫ 튱심(忠心)이 븍당 편위(偏闈)의 외

28 표홀(飄忽): 홀연히 나타났다 사라지는 모양이 빠름.

29 췌목쵹쳐(喙目觸處): 췌목촉처. 눈 닿는 곳마다.

30 벽졔(辟除): 벽제. 지위 높은 사람이 지나갈 때 잡인의 통행을 통제하던 일.

로온 경계 왕손가지모(王孫賈之母)[31]의 더으믈 당ᄒᆞ여 ᄉᆞ졍을 ᄯᅳᆺ고 대의롤 잡아 튱졀(忠節)을 다코ᄌᆞ ᄒᆞᄆᆡ 장ᄎᆞ 몸을 도라 념녀(念慮)ᄒᆞᄆᆡ 젹거니 엇디 몰을 달녀 힝ᄒᆞᄆᆡ 그 닛브며 블평ᄒᆞ믈 싱각ᄒᆞ리오마ᄂᆞᆫ 쇼져의 달효디셩(達孝之誠)의 이롤 보ᄆᆡ 더옥 근심되고 졀박ᄒᆞ믈 니긔디 못ᄒᆞ여 어린 ᄃᆞ시 누ᄃᆡ의 나리믈 니져 븍창(北窓)을 여럿

14면 ᄂᆞᆫ 바의 한풍이 골부(骨膚)롤 쳘(徹)ᄒᆞ며 단셜이 소소히 날니ᄃᆡ 그 치우믈 아디 못ᄒᆞ니 졔슉모(諸叔母)와 졔죵(諸從)이 더옥 감셕(感惜)ᄒᆞ여 븟드러 침실의 도라오ᄆᆡ 쇼졔 능히 비회(悲懷)롤 뎡치 못ᄒᆞᆯ ᄇᆡ로ᄃᆡ 오위슉뫼(五位叔母) ᄌᆞ모의 졍을 다ᄒᆞ고 졔죵이 동긔의 디셩디우(至誠之友)로 감치 아닌 바의 양참졍 등 ᄉᆞ 곤계(昆季) 친녀의 더으게 ᄉᆞ랑ᄒᆞ며 도헌 등이 친ᄆᆡ·죵ᄆᆡ롤 간격디 아니ᄒᆞ니 쇼졔 슉당(叔堂)의 디ᄌᆞ롤 감격ᄒᆞ고 졔죵의 후의롤 져바리디 못ᄒᆞ여 비록 슬흔 음식과 ᄆᆞ음의 업손 담쇼(談笑)라도 간ᄃᆡ로 ᄆᆡ몰치 못ᄒᆞ니 쇼져 일신인족 안여반셕(安如磐石)[32]이로ᄃᆡ 촌심(寸心)인족 요요(擾擾)ᄒᆞ여 억슈쳔녀(億愁千慮)롤 언어로뼈 형용(形容)치 못ᄒᆞ고 디필(紙筆)노뼈 긔록디 못ᄒᆞᆯ디라. 쥬쥬야야(晝晝夜夜)의 하날을 우러러 튝원ᄒᆞᄂᆞᆫ 밧지 부공이 만니힝도(萬里行途)의 무ᄉᆞ(無事)히 득달(得達)ᄒᆞ여 만셰농거(萬歲龍車)롤 호위ᄒᆞ고 환귀고국(還歸故國)ᄒᆞ여 슈히 단회(團會)

---

31 왕손가지모(王孫賈之母): 제나라 왕손가의 어머니가 아들에게 "네가 아침에 나가서 늦게 오면 나는 집 문에 의지하여 네가 오는가 바라보고, 저물어서 네가 오지 않으면 나는 동구 문에 의지하여 네가 오는가 바라보고 서 있다."라고 했다 함.

32 안여반셕(安如磐石): 안여반석. 편안하고 든든하기가 태산 같음. 《한서》에 나옴.

ᄒᆞ믈 빌며 다시 닌셩의 ᄉᆡᆼ존(生存)ᄒᆞᆫ 소식 듯기를 튝(祝)ᄒᆞ여 디극(至 15면
極)ᄒᆞᆫ 효위 샹쳘촉감(上徹觸感)ᄒᆞᆯ ᄇᆡ어ᄂᆞᆯ 유명(幽明)을 격ᄒᆞ여 ᄌᆞ모
의 음용(音容)을 츄원영모(追遠永慕)ᄒᆞᄆᆡ 다ᄃᆞ라ᄂᆞᆫ 누쉬 피ᄅᆞᆯ 화(化)
ᄒᆞ여 의금(衣衾)의 혈뉘(血淚) ᄡᅥ리이니 슉당 졔죵(諸從)이 이ᄅᆞᆯ 보
면 위ᄒᆞ여 슬허ᄒᆞ고 깁히 념녀(念慮)ᄒᆞ여 디극(至極)히 위로ᄒᆞ니 쇼
졔 인통관비(忍痛寬悲)ᄒᆞ믈 등한(等閑)이 ᄒᆞᄂᆞᆫ ᄇᆡ 아니로ᄃᆡ 어린 나
히 간위(肝胃) 상ᄒᆞ여 ᄌᆞ연 누쉬(淚水) 피ᄅᆞᆯ 화ᄒᆞ고 춤을 밧트ᄆᆡ 젹혈
이 낭ᄌᆞᄒᆞ니 졔구(諸舅)와 슉모(叔母) 등이 더옥 잔인(殘忍)ᄒᆞ믈 니
긔디 못ᄒᆞ고 참졍공의 필녀(畢女)와 도헌의 댱녜며 셔부인 녀ᄋᆞ 등이
혹 쇼져로 동년(同年)도 잇고 슈삼 년 아릐도 잇셔 다 ᄌᆞ질이 ᄲᅢ혀나
며 셩힝이 온슌ᄒᆞ니 월염쇼졔 더옥 졍의 각별(各別)ᄒᆞ여 쥬야(晝夜)
일실의 그림ᄌᆡ 얼골을 조ᄎᆞᆷᄀᆞᆺ치 좌와(坐臥)의 ᄯᅥ나미 업시 침션(針
線) 슈치와 셔ᄉᆞ고젹(書史古籍)을 ᄒᆞᆫ가디로 ᄉᆞᆯ피ᄂᆞᆫ ᄇᆡ 되여시니 이
샤듕(舍中)의 아름다온 쇼졔 다만 ᄉᆞ오 인ᄲᅮᆫ 아니로ᄃᆡ 규슈(閨秀)ᄅᆞᆯ 16면
면ᄒᆞᆫ ᄌᆞᄂᆞᆫ 각각 효봉구고(孝奉舅姑)[33]와 승슌군ᄌᆞ(承順君子)의 소임
이 한가치 못ᄒᆞ므로 졍쇼져와 쥬야(晝夜)로 동거ᄒᆞ믈 엇디 못ᄒᆞᄃᆡ 혜
완쇼져 등이 규슈의 녜모ᄅᆞᆯ ᄃᆡᆨ힐 ᄯᆞᄅᆞᆷ이오 다ᄅᆞᆫ 쇼임이 업ᄉᆞ므로 졍
쇼져ᄅᆞᆯ 일시도 ᄯᅥ나디 아냐 그 쳑고비용(慽苦悲容)을 보면 말노 위로
ᄒᆞ고 비회(悲懷)ᄅᆞᆯ 드ᄅᆞ면 희어(戲語)로ᄡᅧ 근심ᄒᆞ믈 플ᄃᆡ 쇼졔 슈쳑
(瘦瘠)ᄒᆞ믈 면치 못ᄒᆞᄂᆞᆫ 바의 ᄌᆞ긔 이갓치 안신(安身)ᄒᆞ믈 어드ᄆᆡ 갈

33 효봉구고(孝奉舅姑): 효성스럽게 시부모를 봉양함.

ᄉᆞ록 닌광의 괴롭고 분울ᄒᆞ믈 혜아려 경경(耿耿)ᄒᆞᆫ 념녀(念慮)ᄅᆞᆯ 노
치 못ᄒᆞ더니 일일은 양도헌이 드러와 웃고 왈
“현ᄆᆡ(賢妹) 닌광을 위ᄒᆞ여 근심ᄒᆞᄂᆞᆫ 밧ᄌᆡ 홀노 긔강(綦江)의 더져
슈히 올나오지 못ᄒᆞ믈 졀박통우(切迫痛憂)ᄒᆞ더니 내 됴보(朝報)ᄅᆞᆯ
보아 당튝의 ᄲᆞᆯ니 올나오게 된 바ᄅᆞᆯ 보ᄆᆡ 닌광의 거취 당튝의 손의 잇
17면 ᄂᆞᆫ디라. 당헌이 올나오면 졔 ᄋᆡ쳡을 써ᄅᆞ치디 아니코 다려오리니 현
ᄆᆡ(賢妹)의 남ᄆᆡ 상봉(相逢)은 ᄌᆡ기듕(在其中)이라. 엇디 깃브디 아
니리오? 다만 찰임디졍(察任之情)[34]의ᄂᆞᆫ 당튝이 견딜 만ᄒᆞ거ᄂᆞᆯ 금황
(今皇)이 므ᄉᆞᆷ 일노 긔강의 다ᄅᆞᆫ 딘뉴샤ᄅᆞᆯ 보ᄂᆡ고 당튝을 급히 드러
오라 ᄒᆞ신다 ᄒᆞ니 다ᄅᆞᆫ 딘뉴ᄉᆡ 과연 당헌의 ᄋᆡ민션졍(愛民善政)을 밋
디 못ᄒᆞᆯ ᄃᆞᆺᄒᆞ도다.”
쇼졔 닌광의 슈히 올 바ᄅᆞᆯ 힝열(幸悅)ᄒᆞ여 낫 우희 깃븐 빗치 잇더니
양딕ᄉᆡ 창 밧긔셔 도헌을 블너 왈
“형댱(兄丈)이 게 와 계시니잇가?”
도헌 왈
“졍닌광이 슈히 샹경ᄒᆞᆯ 희보(喜報)ᄅᆞᆯ 졍ᄆᆡ의게 젼ᄒᆞ노라 이의 왓거니
와 너ᄂᆞᆫ 어이 못 오ᄂᆞ뇨?”
딕ᄉᆡ 날호여 드러와 믄득 춤 밧타 ᄀᆞᆯ오ᄃᆡ
“형댱이 졍ᄆᆡ의게 희보(喜報)ᄅᆞᆯ 젼ᄒᆞ라 드러오신 고로 향ᄌᆡᆨ 니연슉이
18면 당튝의 파측(叵測)ᄒᆞ믈 니ᄅᆞ시ᄂᆞᆫ ᄢᅴ 듯디 못ᄒᆞ신 일이 계신다라. 쇼

34 찰임디졍(察任之情): 찰임지정. 임무를 보살핌.

뎨 밧비 드러와 고ᄒᆞᄂᆞ니 셰간의 부귀ᄅᆞᆯ 탐ᄒᆞᄂᆞᆫ 욕심이 무한ᄒᆞ여 궁흉파측(窮凶叵測)기의 니ᄅᆞ믈 도라보디 아보디[35] 아닛ᄂᆞᆫ다 ᄒᆞᆫ들 통쳔고(通千古) 궁만ᄃᆡ(窮萬代)의 댱튝 ᄀᆞᄐᆞᆫ 거시 어ᄃᆡ 이시리잇고? 댱튝이 구 셰 유녀(幼女)ᄅᆞᆯ 두고 ᄉᆞ회 ᄀᆞᆯᄒᆡ기ᄅᆞᆯ 비상(非常)히 ᄒᆞ여 우겸과 범단의 집도 쾌히 아니 넉여 간졀이 쳥혼ᄒᆞᄃᆡ 허락ᄒᆞ미 업더니 박상원을 인연ᄒᆞ여 님칙왕이 여ᄎᆞ여ᄎᆞᄒᆞ믈 듯고 믄득 졔 ᄯᆞᆯ을 파라 부귀ᄅᆞᆯ ᄉᆞ고ᄌᆞ ᄒᆞ여 님왕이 화상(畫像)을 구ᄒᆞᄂᆞᆫ 바의 여ᄎᆞ여ᄎᆞ 그려 보ᄂᆡ여 후궁의 드리기ᄅᆞᆯ 영구ᄒᆞ더니 님왕비 맛ᄎᆞᆷ 유식ᄒᆞᆫ 녀ᄌᆡ라. 그 화상(畫像)을 님왕도 미쳐 못 보아셔 소화ᄒᆞᄃᆡ 님왕이 브ᄃᆡ 금황(今皇)긔 어딘 녀ᄌᆞᄅᆞᆯ 쳔거코ᄌᆞ ᄒᆞ므로 댱헌의 유녀 초군특이(超群特異)[36]ᄒᆞ믈 알외여시ᄆᆡ 금황이 가장 깃거 댱헌을 ᄲᆡᆯ니 브ᄅᆞ고 다ᄅᆞᆫ 딘뉴ᄉᆞᄅᆞᆯ 19면
보ᄂᆡ미 젼혀 댱녀ᄅᆞᆯ 후궁으로 드릴 ᄯᅳᆺ이라 ᄒᆞ니 님왕은 간악디 아닌 위인(爲人)이로ᄃᆡ 일시 그ᄅᆞᆺ ᄉᆡᆼ각ᄒᆞ여 님군의 덕이 ᄂᆡ궁의 비롯ᄂᆞᆫ가 넉여 브ᄃᆡ 어딘 녀ᄌᆞᄅᆞᆯ 후궁의 드리고ᄌᆞ ᄒᆞᆷ도 잘못ᄒᆞᄂᆞᆫ 일이어니와 댱튝이 국구디위(國舅之位)ᄅᆞᆯ 언연(偃然)이[37] 누리고ᄌᆞ ᄒᆞ여 져의 유녀ᄅᆞᆯ 화상가디 일워 님왕부의 보ᄂᆡ고 그ᄋᆞᆨ이 기녜 승은(承恩)ᄒᆞ기ᄅᆞᆯ 희망ᄒᆞᄂᆞᆫ 심슐이 츄비누악(醜鄙陋惡)ᄒᆞ믄 니ᄅᆞ도 말고 궁흉파측(窮凶叵測)ᄒᆞ미 가살디죄(可殺之罪)러이다.”

도헌 등이 듯기ᄅᆞᆯ 다 못 ᄒᆞ여 춤 밧타 ᄭᅮ디ᄌᆞ며 만살무셕(萬殺無惜)

---

35 도라보디 아보디: ‘아보디’가 잘못 들어간 것으로 보임.

36 초군특이(超群特異): 뛰어나고 특이함.

37 언연(偃然)이: 거드름을 피우며 거만하게.

의 놈이라 ᄒᆞ기롤 마디 아니터니 양학ᄉᆞ 은광이 골오ᄃᆡ

“댱튝의 후궁 드리려 ᄒᆞᄂᆞᆫ ᄯᆞᆯ이 아니 녯날 졍닌광과 뎡혼ᄒᆞ던 규싂(閨秀)냐?”

ᄃᆡ시 왈

20면 “당헌이 다만 ᄒᆞᆫ ᄯᆞᆯᄲᅳᆫ이라 ᄒᆞ니 규슈의 나히 닌광과 상젹(相適)ᄒᆞᆫ디라. 필연(必然) 그ᄯᅴ 뎡혼ᄒᆞ던 ᄯᆞᆯ을 이졔 후궁으로 드리려 ᄒᆞ미로다.”

졔양이 ᄉᆡ로이 ᄇᆡ은망덕(背恩忘德)ᄒᆞ고 실신ᄇᆡ약(失信背約)ᄒᆞ믈 분분(紛紛)이 ᄭᅮ디ᄌᆞ며 양쇼져 등이 역시 ᄒᆡ괴(駭怪)히 녁이ᄂᆞᆫ 빗치 이시ᄃᆡ 홀노 졍쇼졔 아황(蛾黃)이 나ᄌᆞᆨᄒᆞ고 셜익(雪額)이 묘묘(杳杳)ᄒᆞ여 듯ᄂᆞᆫ ᄃᆞᆺ 못 듯ᄂᆞᆫ ᄃᆞᆺ 각별(各別)이 분ᄒᆡ홈도 업고 괴ᄒᆡ홈도 업셔 관쳥(觀聽)의 요동(搖動)ᄒᆞ미 업ᄉᆞ니 졔양의 당헌을 분분(紛紛)이 타비(唾鄙)ᄒᆞ며 욕ᄆᆡ(辱罵)ᄒᆞ미 졍쇼져의 무ᄉᆞ(無事)ᄒᆞᆫ 긔상(氣像)의 비길딘ᄃᆡ 도로혀 다ᄉᆞᄒᆞ고 일져온디라. 혜완쇼졔 완이히 잠쇼왈(潛笑曰)

“외인의 시비롤 아등이 간예ᄒᆞᆯ ᄇᆡ 아니어니와 당헌의 은혜와 덕을 ᄇᆡ반ᄒᆞ고 의(義)와 신(信)을 문희쳐 일시 부귀롤 탐ᄒᆞᄂᆞᆫ 거시 ᄒᆡ괴(駭怪)ᄒᆞᄃᆡ 졍져ᄂᆞᆫ ᄌᆞ긔 집의 유혐(有嫌)된 쇼인의 무상ᄒᆞ믈 조곰도 분

21면 ᄒᆡᄒᆞᄂᆞᆫ ᄇᆡ 업ᄉᆞ니 ᄆᆞ음이 유완(柔婉)ᄒᆞ여 그러ᄒᆞᆫ가 셩덕(成德)이 과인ᄒᆞ여 사ᄅᆞᆷ의 허믈을 듯고ᄌᆞ 아니미냐? 그 ᄯᅳᆺ을 아디 못ᄒᆞᆯ ᄇᆡ어니와 졔 거거ᄂᆞᆫ 원간 사ᄅᆞᆷ을 죽이ᄌᆞ 벼ᄅᆞ시기ᄂᆞᆫ 심히 과도(過度)ᄒᆞ셔이다. 댱공의 명이 하날의 잇고 졔 거거 댱듕의 잇디 아닌죽 간ᄃᆡ로 죽이디 못ᄒᆞ시리니 엇디 과격(過激)ᄒᆞ여 듕도(中道)의 합디 못ᄒᆞ믈 ᄉᆡᆼ각니 아니ᄒᆞ시ᄂᆞ니잇가? 이디므로 우리 졔ᄇᆡ ᄆᆡ양(每樣) 졔 기기를 졍

계(儆戒)ᄒᆞ시ᄃᆡ 여등(汝等)이 말ᄉᆞᆷ이 ᄲᆞᄅᆞ며 흥이 발호(發乎)ᄒᆞ여 시졍(市井) 문니(文理)ᄅᆞᆯ 논ᄒᆞᄂᆞᆫ 즈음의 공ᄌᆞ의 셩교(聖教)ᄅᆞᆯ 일ᄌᆞᆨ ᄉᆡᆼ각ᄒᆞ여 닛디 말나 ᄒᆞ시더니 학ᄉᆞ 거거ᄂᆞᆫ 더옥 격앙(激昂)ᄒᆞ샤 계부의 돈후쥬신(敦厚周愼)[38]ᄒᆞ신 덕ᄒᆡᆼ(德行)과 다ᄅᆞ시니 쇼ᄆᆡ 당돌ᄒᆞ나 그 허믈 되신 바ᄅᆞᆯ 고ᄒᆞᄂᆞ이다."

도헌 등이 본ᄃᆡ 쇼ᄆᆡ의 상냥춍혜(商量聰慧)[39]ᄒᆞ믈 ᄉᆞ랑ᄒᆞ고 긔ᄃᆡᄒᆞᄂᆞᆫ
바의 그 말ᄉᆞᆷ이 맛당ᄒᆞ믈 칭긔ᄒᆞᆯ ᄲᅳᆫ 아니라 졍쇼져의 원하(遠遐)ᄒᆞᆫ 긔 22면
상(氣像)과 관홍(寬弘)ᄒᆞᆫ 도량(度量)이 던짓 쳥계공 ᄉᆡᆼ훈(生訓)이 범쇽용인(凡俗庸人)이 아니믈 경탄흠복(敬歎欽服)ᄒᆞ여 흔연 답쇼왈(答笑曰)

"현ᄆᆡ(賢妹)ᄂᆞᆫ 쥬의 이시리니 엇디 ᄒᆞᆫ번 토셜(吐說)ᄒᆞ믈 앗기ᄂᆞ뇨? 아니 아등으로ᄡᅧ 표죵(表從)[40]이라 ᄒᆞ여 외ᄃᆡ(外待)ᄒᆞ미냐? 아등이 현ᄆᆡ(賢妹) 알오믈 혜완 등과 달니 아니 ᄒᆞᄂᆞ니 현ᄆᆡ 홀노 외ᄃᆡᄒᆞ미 블가ᄒᆞᆫ가 ᄒᆞ노라."

정쇼제 념용샤례(斂容[41]謝禮) 왈

"쇼ᄆᆡ 텬셩이 쇼암블민(疏暗不敏)ᄒᆞ나 제 거거의 돈목(敦睦)ᄒᆞ시ᄂᆞᆫ 덕의ᄅᆞᆯ 감골(感骨)ᄒᆞᄂᆞ니 엇디 의앙(依仰)ᄒᆞᄂᆞᆫ 정셩(精誠)이 혜ᄆᆡ 등으로 다ᄅᆞ미 이시리잇고? 인ᄉᆡ 우둔ᄒᆞ여 담화ᄒᆞ시ᄂᆞᆫ 바ᄅᆞᆯ 능히 참예

---

38 돈후쥬신(敦厚周愼): 돈후주신. 인정이 도탑고 조심성이 많음. 《후한서》에 나옴.

39 상냥춍혜(商量聰慧): 상량총혜. 헤아림이 깊으며 총명하고 슬기로움. '상냥'은 '상량하다'의 방언인 '상랑하다'로 봄.

40 표죵(表從): 표종. 외종사촌.

41 념용(斂容): 염용. 조심스러운 몸가짐.

치 못ᄒᆞᆯ 쁜 아니라 일죽 가친이 니ᄅᆞ샤ᄃᆡ '범튱경공이 왈 사ᄅᆞᆷ이 디극(至極)히 어리나 남을 칙망(責望)ᄒᆞᄆᆡᄂᆞᆫ ᄇᆞᆰ고 비록 춍명(聰明)이 이시나 스ᄉᆞ로 허믈을 용셔ᄒᆞᄆᆡᄂᆞᆫ 어두오니 사ᄅᆞᆷ을 칙ᄒᆞ므로ᄡᅧ 내 허

23면 믈을 칙ᄒᆞ며 내 몸을 용셔ᄒᆞ므로ᄡᅧ 사ᄅᆞᆷ을 용셔ᄒᆞ면 셩현디위(聖賢之位)예 니ᄅᆞ믈 근심치 아니리라 ᄒᆞ시니 이ᄂᆞᆫ 디극(至極)ᄒᆞᆫ 셩괴라. 네 비록 어린 녀ᄌᆡ나 녯 어딘 군ᄌᆞ의 깃친 말솜을 ᄉᆡᆼ각ᄒᆞ고 다시 나의 경계ᄅᆞᆯ 혜아려 사ᄅᆞᆷ의 허믈 드ᄅᆞ믈 즐기디 말며 입 가온ᄃᆡ 남의 블미디ᄉᆞ(不美之事)ᄅᆞᆯ 일ᄏᆞ라 스ᄉᆞ로 사ᄅᆞᆷ의 의논의 소ᄉᆞ난 쳬 말나.' ᄒᆞ신 고로 과연 남의 허믈을 드ᄅᆞ미 깃브디 아니코 ᄒᆞᆫ가디로 시비코ᄌᆞ 뜻이 업ᄉᆞᆯ 쁜 아냐 댱가ᄂᆞᆫ 더옥 외인이니 녀ᄌᆞ의 도리의 그 현블인(賢不人)을 굿ᄐᆞ여 아ᄅᆞᆫ 쳬ᄒᆞ미 온당치 아닌가 ᄒᆞᄂᆞ니 임의 졔거게(諸哥哥) 난만(爛漫)이 즐욕ᄒᆞ샤 져로 ᄒᆞ여곰 용납ᄒᆞᆯ 싸히 업게 ᄒᆞ시고 다시 쇼ᄆᆡ다려 쇼견(所見)을 ᄆᆞᄅᆞ시니 도로혀 다ᄉᆞᄒᆞᄆᆡ 갓가온디라. 쳥컨ᄃᆡ 표ᄆᆡ 등의 쇼암(疏暗)ᄒᆞᆫ 의견을 알냐 마ᄅᆞ시고 다만 쇼심익익(小心翼翼)[42]ᄒᆞ샤 온냥공검(溫良恭儉)ᄒᆞ믈 쥬ᄒᆞ시며 긔예 태승(太

24면 勝)ᄒᆞ샤 쥰격(峻激)ᄒᆞᆷ과 과격(過激)ᄒᆞ믈 슝상치 마ᄅᆞ쇼셔."

도헌 등이 쳥파의 ᄌᆞ긔 과격ᄒᆞ믈 ᄊᆡ다라 호호히 우어 왈

"금일 냥ᄆᆡ의 ᄂᆞᆰ은 오라비 덕 업ᄉᆞ믈 칙ᄒᆞ여 댱헌의 츄셰니욕(趨勢利慾)의 블인(不人) 무상ᄒᆞ믈 ᄀᆞ리오니 아니 냥ᄆᆡ 젼셰(前世)의 댱헌의게 은혜 바드미 잇던가? 엇디 듯덥기ᄅᆞᆯ 이ᄀᆞᆺ치 ᄒᆞᄂᆞ뇨?"

42 쇼심익익(小心翼翼): 소심익익. 세심하고 조심성이 많다는 뜻.

경쇼져ᄂᆞᆫ 온침(穩沈) 믁연(默然)ᄒᆞ여 다시 말이 업ᄉᆞᄃᆡ 혜완쇼졔 도도히 담화ᄒᆞ여 ᄌᆞ약(自若) 상낭(商量)ᄒᆞᆫ 담쇼(談笑) 긋디 아니니 침단(沈端)ᄒᆞ미 잠간 경쇼져를 밋디 못ᄒᆞ나 명쳘(名哲) 쾌상(快爽)ᄒᆞ여 춍오숙혜(聰悟宿慧)ᄒᆞ믄 경쇼져긔 나리미 업ᄉᆞ니 양도헌이 깁히 ᄉᆞ랑ᄒᆞ여 어로만져 왈

"경ᄆᆡᄂᆞᆫ 평싱이 쾌활(快闊)ᄒᆞ믈 창닌을 보아 짐작ᄒᆞ려니와 나의 쇼ᄆᆡᄂᆞᆫ 어ᄃᆡ로셔 창닌 ᄀᆞᆺᄐᆞᆫ 긔남이 나셔 일싱을 즐겁게 ᄒᆞᆯ고? 가히 근심되도다."

혜완이 믄득 뎡식고 좌를 믈니거ᄂᆞᆯ 양학ᄉᆡ 쇼왈(笑曰)

"형댱(兄丈)이 브졀업순 말ᄉᆞᆷ으로ᄡᅧ 쇼ᄆᆡ를 패흥(敗興)케 ᄒᆞ도소이다. 원간 ᄇᆡᆨ부(伯父)와 형댱(兄丈)이 창닌을 보실 젹마다 긔허 과찬ᄒᆞ시고 혜완 ᄆᆡ뎨(妹弟)를 위ᄒᆞ여 가랑(佳郎)을 근심ᄒᆞ시니 쇼뎨의 ᄯᅳᆺ ᄀᆞᆺ틀딘ᄃᆡ 두 누의로 ᄒᆞ여곰 이비(二妃)의 고ᄉᆞ를 효측(效則)ᄒᆞᆯ너이다." 25면

도헌이 침음왈(沈吟曰)

"그러컷마ᄂᆞᆫ 엇디 근본 모로ᄂᆞᆫ ᄋᆞᄒᆡ게 술연이 냥ᄆᆡ를 허ᄒᆞ랴?"

ᄒᆞ고 날호여 뎡당의 드러가 부모 슉당의 뵈옵고 냥ᄆᆡ와 담화ᄒᆞ던 바를 고ᄒᆞ여 경ᄆᆡ의 도덕 문딜(文質)이 치마 ᄆᆡᆫ 경쳥계믈 일ᄏᆞᄅᆞ니 참졍이 ᄉᆡ로이 칭긔왈(稱其曰)

"경ᄋᆞᄂᆞᆫ 녀듕군ᄌᆡ(女中君子)라. 여등의 박덕과격(薄德過激)ᄒᆞ므로 ᄀᆞᆺ디 아니ᄒᆞ니 너의 모로미 그 어딘 ᄯᅳᆺ을 조ᄎᆞ 사름의 허믈을 들추디 말나. 당헌의 ᄯᆞᆯ을 파라 부귀(富貴)를 ᄉᆞ고ᄌᆞ ᄒᆞᄂᆞᆫ 흉심이 참측(慘側)ᄒᆡ괴(駭怪)ᄒᆞᄃᆡ 됴졍(朝廷)의 죄를 디으미 업ᄉᆞ며 낫타난 과실(過失)이 업시 ᄆᆡ양(每樣) 그 머리 버히기를 벼ᄅᆞ니 쏘ᄒᆞᆫ 괴이(怪異)ᄒᆞᆫ디라. 26면

향ᄌᆞ(向者)의 운ᄇᆡᆨ을 ᄃᆡᄒᆞ여 당헌을 졀졀이 죽염 ᄌᆞᆨᄒᆞ다 니ᄅᆞ믄 일시 웃고ᄌᆞ 니ᄅᆞ미어니와 여등(汝等)은 당헌의 무상ᄒᆞ믈 욕ᄆᆡ(辱罵)ᄒᆞ기로뼈 구실을 삼으미 다ᄉᆞ치 아니ᄒᆞ랴? 다만 졍ᄌᆡ 슈히 올나오게 되여시ᄆᆡ 월ᄋᆞ의 남ᄆᆡ 상봉(相逢)ᄒᆞ미 깃브도다.”

도헌이 ᄃᆡ왈(對曰)

“졍가로 결혼ᄒᆞᆯ 뜻이 업ᄉᆞ믄 니ᄅᆞ도 마옵고 졍ᄌᆡ 당헌의 무상ᄒᆞ믈 ᄀᆞᆺ초 아랏ᄉᆞ오ᄆᆡ 결단ᄒᆞ여 그 ᄉᆞ회 되려 아니 ᄒᆞᆯ 쁜 아니오라 당녜 후궁(後宮)으로 들게 되엿ᄉᆞ오니 쳐음 뎡혼(定婚)ᄒᆞ온 인연은 초월(楚越)[43]의 멀오미 잇습ᄂᆞᆫ디라. 졔 졍ᄆᆡ롤 보라 이의 올 거시오니 대인이 ᄌᆞ란 후 긔상(氣像)을 다시 보시고 졍쳐ᄉᆞ긔 구혼(求婚)ᄒᆞ샤 언약(言約)을 두시미 됴흘가 ᄒᆞᄂᆞ이다.”

공이 흔연 졈두(點頭)ᄒᆞ더라.

ᄎᆞ셜. 졍공ᄌᆞ 닌광이 긔강(綦江)의 머므러 당딘뉴의 졔읍을 슌무ᄒᆞ고
27면 도라오기롤 괴로이 기다리ᄆᆡ 스ᄉᆞ로 도시 궁익(窮戹)의 비상(悲傷)ᄒᆞᆷ과 만난 바의 험흔(險釁)ᄒᆞ믈 탄식ᄒᆞᆯ 쁜 아니라 건곤을 변착(變着)ᄒᆞ고 블인(不人)의 눈을 ᄀᆞ리오미 죽기의 니ᄅᆞ히 븟그러오미 될 ᄃᆞᆺᄒᆞ여 본의예 광명뎡딕(光明正直)ᄒᆞᆷ과 다ᄅᆞ믈 깁히 ᄋᆡ돌와 ᄒᆞᄂᆞᆫ 바의 광음(光陰)이 슉홀(倏忽)ᄒᆞ여 ᄇᆡᆨ구디과극(白駒之過隙)이라. 얼프시 ᄒᆡ 밧괴여 명년(明年) 신졍(新正)을 당ᄒᆞ니 효ᄌᆞ의 니츠ᄒᆞ미 하마 삼ᄌᆡ(三載)의 밋쳣ᄂᆞᆫ디라. 초벌의 볼뫼 아니로ᄃᆡ 남관(藍關)의 슬픈 곡되(曲

43 초월(楚越): 초나라와 월나라. 서로 멀리 떨어져 있음.

調) 구촌(九寸)을 ᄭᅳᆺ고 셔하(西河)의 갓치미 아니로ᄃᆡ 고원(故園)을 ᄯᅥ나미 격셰의 밋쳐 블의디화(不意之禍)[44]ᄅᆞᆯ 아라보미 업ᄉᆞ니 훤초(萱草)의 깃브믈 졀ᄒᆞ디 못ᄒᆞᄆᆡ 쳥소(淸宵)[45] 야우(夜雨)의 ᄭᅮᆷ이 넉ᄉᆞᆯ 인ᄒᆞ여 친젼(親前)의 다ᄃᆞ라 헌위(萱闈)ᄅᆞᆯ 앙ᄇᆡ(仰拜)ᄒᆞᆯ ᄯᆞ롬이니 쇽졀업시 남녁흘 ᄇᆞ라ᄆᆡ 관산(關山)이 삭막ᄒᆞ고 ᄋᆡ각(崖角)이 졀연ᄒᆞᆫ디라. ᄒᆞᆫ갓 '쳑피호혜(陟彼岵兮)여 쳠망부혜(瞻望父兮)[46]로다. 쳑•피긔혜 28면 (陟彼屺兮)여 쳠망모혜(瞻望母兮)[47]로다.' 읇허 쳬타(涕墮) 오읍(嗚泣)ᄒᆞ여 심회(心懷)ᄅᆞᆯ 비상(悲傷)ᄒᆞᆯ ᄲᅳᆫ이러니 긔약디 아닌 댱공의 늉늉ᄒᆞᆫ 위의(威儀)와 환환(歡歡)ᄒᆞᆫ 희식으로 위졍의 집의 니ᄅᆞ거ᄂᆞᆯ 위졍이 황황(遑遑) 영디(迎之)ᄒᆞᆯ시 공지 블인(不人)을 ᄯᅩ ᄃᆡᄒᆞ여 오ᄅᆡ 무디(無知)ᄒᆞᆫ 언ᄉᆞᄅᆞᆯ 드ᄅᆞ미 우환(憂患) ᄀᆞᆺᄐᆞ나 졔읍을 슌슈(巡狩)치 아니코 안양으로조ᄎᆞ ᄲᅧᆯ니 도라오미 슈히 샹경(上京)ᄒᆞ랴 ᄒᆞ민가 심하의 흔힝(欣幸)ᄒᆞ여 ᄌᆞ리ᄅᆞᆯ 밀고 니러 마ᄌᆞ니 공이 년망이 나아가 집슈(執手) 년슬ᄒᆞ여 좌ᄅᆞᆯ 일우며 희긔(喜氣) 늉늉ᄒᆞ여 웃ᄂᆞᆫ 닙을 주리디 못ᄒᆞ며 ᄀᆞᆯ오ᄃᆡ

"내 너ᄅᆞᆯ 만나ᄆᆡ 즉시 니별을 디으니 비록 회합(會合)이 머디 아니므로 위로ᄒᆞ나 심니(心裏)의 결울ᄒᆞ미 침식(寢食)을 달게 못 ᄒᆞ더니 하날

---

44 블의디화(不意之禍): 불의지화. 뜻밖에 갑자기 미치거나 당하는 재앙

45 쳥소(淸宵): 청소. 맑게 갠 밤.

46 쳑피호혜(陟彼岵兮)여 쳠망부혜(瞻望父兮): 저 민둥산에 올라 아버지 계신 곳 바라보노라. 《시경》 〈척호〉.

47 쳑피긔혜(陟彼屺兮)여 쳠망모혜(瞻望母兮): 저 민둥산에 올라 어머니 계신 곳 바라보노라. 《시경》 〈척호〉.

이 나의 졍을 감동ᄒᆞ시고 귀신이 ᄆᆞ옴을 조ᄎᆞ 이졔 셩명(聖明)이 날을 밧비 브ᄅᆞ시며 우ᄌᆞ 구관으로 내 소임을 ᄃᆡ(代)ᄒᆞ여 우딘뉘 나려와
29면 시포 발셔 인(印)을 젼ᄒᆞ엿ᄂᆞᆫ디라. 명일의 ᄒᆡᆼ거(行車)를 두로혀 경샤(京師)로 향ᄒᆞ리니 네 샹경(上京)ᄒᆞ믈 바야다가 내 도라가ᄂᆞᆫ ᄇᆡ 깃브디 아니냐? 네 조촐 ᄇᆡ 즐거오니 다ᄒᆡᆼ(多幸)ᄒᆞ믈 언어로 다 못 ᄒᆞ려니와 너의 신딜(身疾)이 쾌소ᄒᆞ믈 엇디 못ᄒᆞ여 침금(寢衾)을 오히려 면치 못ᄒᆞ니 근심되미 무궁ᄒᆞ나 ᄀᆡ딜(氣質) 빙ᄌᆞ(氷恣)ᄂᆞᆫ 쳠디여신(瞻之如神)ᄒᆞ고 견디여화(見之如花)ᄒᆞ여 금월(今月)은 젼월(全月)의셔 빗나며 오날은 작일(昨日)의셔 더 ᄀᆡ이ᄒᆞ니 텬ᄉᆡᆼᄀᆡ셩(天生器性)이 져라산 졍ᄆᆡᆨ(精脈)과 양가 유녀(幼女)의 미용 녀딜이라도 이의 밋촐 ᄇᆡ 아니니 아디 못게라. 요디(瑤池) 아뫼냐 작교(鵲橋) 텬손(天孫)[48]이냐? 연단(煉丹)[49]을 도젹ᄒᆞ여 태을(太乙)을 주며 옥ᄋᆡᆨ(玉液)을 밧드러 니젹션(李謫仙)을 눈 주엇ᄂᆞ냐? 므ᄉᆞᆷ 일노 하계(下界)의 나려와 나의 향합(香盒)의 보ᄇᆡ 되고 규듕(閨中)의 온유향(溫柔鄕)[50]이 되엿ᄂᆞ뇨?"

셜파(說罷)의 황홀(恍惚)ᄒᆞᆫ 졍이 ᄆᆞ로녹아 약ᄉᆞ톄디무골(若似體之無
30면 骨)ᄒᆞ니 눈이 플니며 의ᄉᆡ(意思) 호탕ᄒᆞ여 그 음황(淫荒)[51]ᄒᆞ믈 가히 보암 ᄌᆞᆨᄒᆞᆫ디라. 공ᄌᆡ 실노 비위 눅눅ᄒᆞ믈 니긔디 못ᄒᆞ나 ᄎᆞ더지디 못ᄒᆞ고 다만 안식을 ᄉᆡᆨᄉᆡᆨ이 ᄒᆞ여 믁연 무에(無語)러니 날호여 답왈(答曰)

---

48 텬손(天孫): 천손. 직녀성.

49 연단(煉丹): 도사가 진사로 황금이나 약 등을 만드는 연금술.

50 온유향(溫柔鄕): 아름다운 미인.

51 음황(淫荒): 주색에 미쳐 정신을 차리지 못함.

"상공이 명일 힝거(行車)를 발ᄒᆞ실딘ᄃᆡ 쳡은 뒤흘 조ᄎᆞ려니와 맛ᄎᆞᆷ니 일시의 힝ᄒᆞ미 블가ᄒᆞ니 잠간 ᄉᆞ이를 ᄶᅥ디워 가미 됴흘가 ᄒᆞᄂᆞ이다."

공이 쇼왈(笑曰)

"나의 ᄉᆡᆼ각도 그러ᄒᆞ거니와 내 범ᄉᆞ(凡事)를 쳥텬ᄇᆡᆨ일(靑天白日)ᄀᆞᆺ치 명명ᄇᆡᆨᄇᆡᆨ(明明白白)히 ᄒᆞᄆᆡ 일개 쇼셩(小星)을 어더 도라가믈 뉘 시비ᄒᆞᆯ ᄌᆡ 이시리오? 이러므로 젼일은 미복(微服)으로 왕ᄂᆡᄒᆞ여 남이 나의 취쳡(娶妾)ᄒᆞ믈 모로게 ᄒᆞ엿더니 이졔 환경(還京)ᄒᆞ기의 밋쳐 국ᄉᆞ의 다다ᄒᆞᆫ 졀목(節目)의 ᄆᆡ이디 아냣고 다만 은명(恩命)을 ᄯᅴ여 도라가ᄂᆞᆫ 길히 일개 쇼희를 다려가미 므ᄉᆞᆷ 허믈이 되리오? 군관 됴훈이 근신(謹愼)ᄒᆞ니 너를 호힝ᄒᆞ여 나의 뒤흘 조ᄎᆞ라 ᄒᆞ엿ᄂᆞ니 너ᄂᆞᆫ 모로미 의상 복식을 빗ᄂᆡ여 도로 녁녀(逆旅)의 보ᄂᆞᆫ ᄌᆡ 딘뉴ᄉᆞ의 ᄋᆡ희(愛姬) 헌옷과 ᄯᅵ 무든 치마를 면치 못ᄒᆞ여 복식이 남누ᄒᆞ다 니ᄅᆞ미 업게 ᄒᆞ라." 31면

공ᄌᆡ 당헌의 ᄎᆞ언(此言)이 궁샤극치(窮奢極侈)[52]ᄒᆞ믈 구ᄒᆞᄂᆞᆫ 줄 더옥 증분(增憤)ᄒᆞ여 ᄃᆡ왈(對曰)

"샹공이 현샹(現上)이 아니오 쳡이 비연(飛燕)이 아니라. 므ᄉᆞ 일 호샤극치(豪侈極致)를 취ᄒᆞ여 ᄆᆞ음의 교만ᄒᆞ믈 닐위리오? 쳡은 본셩(本性)이 고은 것과 보ᄇᆡ의 광ᄎᆡ(光彩) 원슈 ᄀᆞᆺᄐᆞ니 금능(錦綾)과 명쥐(明珠) 간ᄃᆡ로 내 몸을 범치 못ᄒᆞᆯ디라. 상공의 부귀영녹(富貴榮祿)이 쳡심(妾心)의 부운(浮雲) ᄀᆞᆺᄉᆞ오니 어ᄃᆡ로조ᄎᆞ 호샤ᄒᆞᆯ 의ᄉᆡ(意思)이시리잇가?"

52 궁샤극치(窮奢極侈): 궁사극치. 사치가 극도에 달함.

댱공이 미인의 셩되(性度) 졀검초딕(節儉超直)ᄒᆞ여 ᄌᆞ긔 ᄯᅳᆺ과 ᄂᆡ도ᄒᆞ믈 블열미흡(不悅未洽)ᄒᆞᄃᆡ ᄎᆞ마 샤치 못ᄒᆞ여 눈을 옴기디 못ᄒᆞᄂᆞᆫ 바의 환열ᄒᆞ며 긔ᄋᆡᄒᆞ믄 그 풍ᄉᆡᆨ긔딜(風色氣質)이라. 쥬연(酒宴)을 먼니ᄒᆞ고 경니(鏡裏)ᄅᆞᆯ 빗최여 용의ᄅᆞᆯ 다ᄃᆞᆷ으미 업시 빙ᄌᆞ(氷姿)ᄂᆞᆫ 더옥
32면 풍영(豐盈)ᄒᆞ고 옥보(玉步)ᄂᆞᆫ 가디록 윤ᄐᆡᆨᄒᆞ여 남풍(南風) 훈향(薰香)의 부용이 방타(滂沱)ᄒᆞ며 동군혜풍(東君惠風)의 만홰(滿花) ᄌᆡᆼ발(爭發)ᄒᆞᄂᆞᆫ ᄃᆞᆺ 휘휘(輝輝)ᄒᆞ여 금가마괴 텬간(天間)의 넘놀며 쇄쇄ᄒᆞ여 옥톳기 운간(雲間)의 ᄇᆡ회ᄒᆞᄂᆞᆫ ᄃᆞᆺ 표일(飄逸)ᄒᆞ고 헌앙(軒仰)ᄒᆞ며 굉걸(宏傑)ᄒᆞ고 탁툐(卓超)ᄒᆞ여 쳔ᄐᆡ구비(千態具備)ᄒᆞ며 ᄇᆡᆨ톄유슌(百體柔順)ᄒᆞ믈 ᄃᆡᄒᆞᄆᆡ ᄉᆡ로이 긔이ᄒᆞ믈 니긔디 못ᄒᆞ여 쇼왈(笑曰)

“인인(人人)이 궁곤(窮困)ᄒᆞ믈 슬허ᄒᆞ고 부귀ᄅᆞᆯ 흠앙(欽仰)ᄒᆞᄃᆡ 능히 구ᄒᆞ여 엇디 못ᄒᆞᄂᆞᆫ ᄇᆡ어ᄂᆞᆯ 너ᄂᆞᆫ 어이 믈욕(物慾)이 이ᄃᆡ도록 머므디 아냐 능단보화(凌緞寶華)ᄅᆞᆯ 딘토(塵土)ᄀᆞᆺ치 넉이ᄂᆞ뇨? 실노 괴이(怪異)ᄒᆞᆫ 일이오 녀ᄋᆡ 역시 샤치ᄅᆞᆯ 원슈ᄀᆞᆺ치 알오미 이시니 규합(閨閤) 너와 녀ᄋᆞᄂᆞᆫ 낙빈유도(樂貧有道)ᄒᆞᆫ 군ᄌᆡ라. 가히 결군(結裙)ᄒᆞᆫ 군ᄌᆡ오 계ᄎᆞ(笄釵)ᄒᆞᆫ 셩인(聖人)이라 ᄒᆞ리로다. 연이나 내 밧비 환경ᄒᆞ미 ᄀᆞᆺᄐᆞ여 즐거온 일이 아니믈 네 아ᄂᆞᆫ다?”

공ᄌᆡ ᄃᆡ왈(對曰)

“샹명(上命)으로ᄡᅧ 쌜니 환경ᄒᆞ시니 쳡이 엇디 그 곡졀(曲折)을 아라
33면 즐거오며 아니 즐거오믈 ᄭᆡ치리잇고?”

공이 왈

“향ᄌᆞ(向者)의 내 너ᄅᆞᆯ ᄃᆡᄒᆞ여 녀ᄋᆞᄅᆞᆯ 님왕이 쳔거(薦擧)ᄒᆞ여 후궁의 드릴 닙ᄒᆞ나 아니 닐닛ᄂᆞ나? 이제 셩명(聖明)이 닐을 빗비 브ᄅᆞ시미

이 연괴라. 녀ᄋᆡ 텬안(天顔)의 승은(承恩)ᄒᆞᄂᆞᆫ 날이면 부귀(富貴)ᄂᆞᆫ 족히 남을 블워ᄒᆞᆯ 거시 업거니와 다만 내 ᄯᆞᆯ의 긔딜(氣質)이 만승(萬乘)이라도 밋디 못ᄒᆞᆯ 곳이 만흐니 요슌(堯舜)과 문무(文武) ᄀᆞᆺ지 아닌 후ᄂᆞᆫ ᄋᆞ녀로 ᄇᆡ톄(配妻)ᄒᆞ리 업거ᄂᆞᆯ 님왕이 굿ᄐᆞ여 ᄋᆞ녀의 긔특(奇特)ᄒᆞ믈 뎨(帝)긔 들니와 후궁을 면치 못ᄒᆞᆯ가 시브니 내 과연 즐기믈 아디 못ᄒᆞ노라."

공지 댱공의 녀ᄋᆞ 다히 말 듯기를 더옥 원치 아닛ᄂᆞᆫ ᄇᆡ라. 혹ᄌᆞ 댱녀 졍녈(貞烈)ᄒᆞ여 괴로이 구약(舊約)을 딕희고ᄌᆞ ᄒᆞ미 이셔도 ᄌᆞ긔ᄂᆞᆫ 결단코 져 도젹 ᄀᆞᆺ튼 비덕블인(非德不人)의 ᄉᆞ회 되디 아니랴 ᄒᆞ므로 이씨의 블인(不人)을 권ᄒᆞ여 그 ᄯᆞᆯ을 타문(他門)의 도라보ᄂᆡ게 ᄒᆞ리라 ᄒᆞ고 잠쇼ᄃᆡ왈(潛笑對曰)

"쳡의 부귀롤 즐겨 아니 ᄒᆞ오믄 소집(所執)이 남다ᄅᆞᆫ 연괴(緣故)라. 34면

샹공의 호샤극부(豪奢極富)를 구ᄒᆞ시ᄂᆞᆫ ᄯᅳᆺ으로ᄡᅧ 쇼져를 후궁의 드리미 즐겁디 아니타 ᄒᆞ시며 금황(今皇)의 긔딜(氣質)이 ᄋᆞ녀를 밋디 못ᄒᆞ니 요슌·문뮈 아니면 쇼져를 ᄇᆡ우(配偶)ᄒᆞ리 업ᄉᆞ리라 ᄒᆞ시믄 만히 실언ᄒᆞ샤 사ᄅᆞᆷ의 쳥문(聽聞)을 두리디 아니ᄒᆞ시ᄂᆞ니잇가? 원간 사ᄅᆞᆷ이 녜ᄉᆞ로온 슈복(壽福)을 타날 만ᄒᆞ여도 발셔 상뫼(相貌) 남다ᄅᆞᆫ 격되 잇거ᄂᆞᆯ ᄒᆞ믈며 만승텬ᄌᆡ(萬乘天子)시니잇가? 금황(今皇)이 왕작(王爵)을 화ᄒᆞ샤 뎨위에 님ᄒᆞ시니 그 텬일디표(天日之表)와 농봉디ᄌᆡ(龍鳳之姿)[53]ᄂᆞᆫ 다시 의논ᄒᆞᆯ 거시 업ᄉᆞᆯ디라. 귀 쇼졔 비록 아ᄅᆞᆷ

53 농봉디ᄌᆡ(龍鳳之姿): 용봉지자. 용과 봉황의 모습. 제왕의 모습.

다오나 엇디 인신이 되여 뚤을 기리미 그 님군의게 디나다 ᄒᆞ리잇가? 브졀업슨 말을 마ᄅᆞ시고 님왕이 만일 후궁(後宮)으로 쳔거(薦擧)ᄒᆞ미 되여 셩명이 귀 쇼져를 드리고ᄌᆞ ᄒᆞ시거든 상공이 환경(還京)ᄒᆞ신

35면 후 즉시 응순(應順)ᄒᆞ샤 쇼져를 입궐(入闕)ᄒᆞ시며 ᄒᆡᆼ혀 텬안(天顔)의 승은(承恩)ᄒᆞ믈 어더 삼쳔통ᄋᆡ지일신(三千寵愛在一身)[54]일진ᄃᆡ 존문(尊門) 늉복(隆福)을 가히 다 니ᄅᆞ디 못ᄒᆞ오리니 하고로 즐겁디 아니타 ᄒᆞ시ᄂᆞ니잇가? 혹ᄌᆞ 후궁(後宮)으로 드리미 어긔여도 쇽쇽히 동상(東床)을 구ᄒᆞ여 쇼져의 평싱을 쾌히 ᄒᆞ시미 맛당ᄒᆞ오니 여러 셰월을 쳔연(遷延)ᄒᆞ미 굿ᄐᆞ여 호ᄉᆡ 아니니이다.”

공이 일일히 졈두왈(點頭曰)

“너의 의논이 실노 당연ᄒᆞᆫ디라. 내 실언ᄒᆞ믈 ᄭᆡ닷ᄂᆞ니 비록 내 너를 ᄃᆡᄒᆞ여 이 말을 ᄒᆞ미나 뉘 이셔 알 거시라 쳥문(聽聞)이 두려오리오? 다만 녀ᄋᆡ 후궁을 버셔나기를 아마도 밋디 못ᄒᆞᆯ ᄇᆡ니 오문(吾門)의 부귀(富貴)ᄂᆞᆫ 갸록(家祿)[55]ᄒᆞ려니와 일이 엇디 될디 아디 못ᄒᆞ고 녀ᄋᆡ 남달니 부귀를 피ᄒᆞ던 거시니 텬측(天側)을 시위(侍衛)ᄒᆞᆷ도 원치 아닐가 두리노라.”

공ᄌᆡ 닝쇼왈(冷笑曰)

“쇼졔 비록 호샤극치(豪奢極致)를 즐겨 아니 ᄒᆞ온들 규슈(閨秀)의 념

36면 치(廉恥)로뼈 인눈대관(人倫大觀)의 다ᄃᆞ라ᄂᆞᆫ 부모의 쳐분을 조촐

54 삼쳔통ᄋᆡ지일신(三千寵愛在一身): 삼천총애재일신. 총애하는 후궁 삼천 명 중에 양귀비가 제일이었다고 함

55 갸록(家祿): 가록. 세습적으로 대대로 물려받는 녹.

쁜이디 므솜 다른 의견이 잇스오며 텬위(天位)로 옥누패궐(玉樓陛闕)의 드리는 거시야 또 어이 닷톨 니 이시리잇고?"

공 왈

"그도 그러ᄒᆞ것마는 기듕 ᄉᆞ쇼ᄒᆞᆫ 곡졀(曲折)이 잠간 거리씨는 거시 업디 아니ᄒᆞ니 심난(心亂)ᄒᆞ여라."

공지 이의 다ᄃᆞ라는 다시 드ᄅᆞ려 아니 ᄒᆞ고 다른 말을 시작ᄒᆞ여 안양의 가 토젹(討賊)ᄒᆞᆫ 바를 므ᄅᆞᆫᄃᆡ 댱공이 다만 은 도젹을 츄문(推問)ᄒᆞ미 ᄀᆞ장 당(黨)이 만흐므로 ᄒᆡ도(海島)의 츌몰ᄒᆞ는 도젹이니 그 무리를 아딕 다 잡디 못ᄒᆞ고 은 도젹 괴슈(魁帥)만 버혀시므로 ᄃᆡ답ᄒᆞᆯ시 도젹의 의형거디(儀形擧止)를 니ᄅᆞ는 ᄇᆡ 벅벅이 태원녕의셔 ᄌᆞ긔를 에워ᄡᆞ고 ᄆᆡ져의 교ᄌᆞ를 아ᄉᆞ려 ᄒᆞ던 젹되 패망(敗亡)ᄒᆞ믈 알 ᄇᆡ오 ᄒᆡ도의 츌몰(出沒)ᄒᆞ는 도젹은 왕술위의 당이믈 딤작(斟酌)ᄒᆞᆯ디라.

다시 문왈(問曰)

"상공이 밋쳐 ᄒᆡ도의 츌몰ᄒᆞ는 도젹을 다 즙디 못ᄒᆞ여 계시나 우딘뉘 그 도젹을 능히 다 잡으리잇가?" 37면

공 왈

"그 도젹이 심상치 아닌 무리라. 궁곡심협(窮谷深峽)과 ᄉᆞᄒᆡ태호(四海太湖)[56]의 츌몰ᄒᆞ니 어ᄂᆞ 곳의 곰초여 단니믈 아라 우딘뉘 잡을 길히 이시리오? 다만 안양녕의 잡은바 도젹의 초ᄉᆞ(招辭)[57]의 댱손술이라 ᄒᆞ는 놈이 ᄒᆡ도 젹뉴(賊類)의 괴싊(魁帥)라 ᄒᆞ니 텬하구쥬(天下九州)

---

56 궁곡심협(窮谷深峽)과 ᄉᆞᄒᆡ태호(四海太湖): 깊은 산속의 험한 골짜기와 바다와 큰 호수.

57 초ᄉᆞ(招辭): 초사. 범인이 자신의 범죄 사실을 진술하는 말.

의 통ᄒᆞ여 츄심(推尋)키ᄅᆞᆯ 극히 ᄒᆞᆫ 연후의야 혹 잡을 도리 이실가 ᄒᆞ노라.”

공ᄌᆡ 다시 므ᄅᆞᆯ 거시 업셔 믁연단좌(默然端坐)러니 공이 그 신긔 블편ᄒᆞᆯ가 념녀(念慮)ᄒᆞ여 편히 누어 됴리(調理)ᄒᆞ고 명일 발ᄒᆡᆼ(發行)ᄒᆞ믈 니ᄅᆞ니 공ᄌᆡ 블인(不人)의 졍ᄐᆡ(情態)ᄅᆞᆯ ᄃᆡᄒᆞ여 안ᄌᆞ시미 역시 괴로온 고로 향벽(向壁)ᄒᆞ여 고요히 누어시나 뎡공이 겻ᄐᆡ 안ᄌᆞ 쳔ᄐᆡ만상(千態萬象)의 욕음패란(慾淫悖亂)ᄒᆞᆫ 졍으로 다ᄅᆡ기ᄅᆞᆯ 간간(間間)이 ᄒᆞᄆᆡ 다ᄃᆞ라ᄂᆞᆫ 공ᄌᆡ 죽기로ᄡᅧ 져히며 슌슌(諄諄)히 믈니쳐 경

38면

샤(京師)의 가 부모ᄅᆞᆯ ᄎᆞᄌᆞ 쇼ᄉᆡᆼ디지ᄅᆞᆯ 알오미 된 후 공의 뜻을 밧들믈 일ᄏᆞᄅᆞ니 뎡공이 미인을 만나던 날브터 졍원(情願)이 이러ᄒᆞ믈 알오ᄃᆡ 능히 그 텬뉸(天倫)을 만일 단회(團會)ᄒᆞ여 쇼ᄉᆡᆼ디쳐(所生之處)ᄅᆞᆯ 아라ᄂᆡ나 그 ᄉᆞ이ᄅᆞᆯ ᄎᆞᆷ디 못ᄒᆞᆯ ᄃᆞᆺ 착급민민(着急憫憫)ᄒᆞ믈 니긔디 못ᄒᆞ니 우읍다 이 미인으로 더브러 운우디합(雲雨之合)을 여러 병톄디낙(竝體之樂)을 다ᄒᆞ미 이시랴? ᄎᆞ일(此日)도 뎡공이 공ᄌᆞ의 겻ᄐᆡ셔 밤을 디ᄂᆡᄃᆡ 감히 범치 못ᄒᆞ고 명신(明晨)의 뎡공이 몬져 위의(威儀)ᄅᆞᆯ 두로혈ᄉᆡ 위졍을 각별상샤(各別賞賜)ᄒᆞ고 군관 됴훈으로 ᄒᆞ여곰 미인을 호ᄒᆡᆼᄒᆞ여 뒤흘 조ᄎᆞ라 당부ᄒᆞᆫ 후 술위ᄅᆞᆯ 낙셩으로 향ᄒᆞ니 ᄇᆡᆨ셩이 부로휴유(扶老携幼)[58]ᄒᆞ며 먼니 나와 ᄇᆡ별ᄒᆞᆯᄉᆡ 그 졍이 ᄌᆞ모ᄅᆞᆯ ᄯᅥ남 ᄀᆞᆺᄐᆞ니 대져 ᄋᆡ민티졍(愛民治政)이 유별어타인(有別於他人)ᄒᆞ믈 알디라. 면면이 위유(慰諭)ᄒᆞ여 도라보ᄂᆡ고 ᄯᅥᆯ니 나아가니 졍공ᄌᆡ

58 부로휴유(扶老携幼): 노인은 부축하고 어린아이는 이끌고 감.

쏘ᄒᆞᆫ 위경의 집을 ᄯᅥ나기의 당ᄒᆞ여 각별년년(各別戀戀)ᄒᆞ며 놉흔 공을 타일(他日)의 ᄒᆞᆫ번 갑기를 졍녕 일ᄏᆞᄅᆞ니 위경이 고두뉴톄(叩頭流涕)ᄒᆞ여 감히 ᄃᆡ치 못ᄒᆞ고 그으이 쳥ᄒᆞᄂᆞᆫ 말ᄉᆞᆷ이 쥬군(主君)의 허믈을 창누(唱漏)치 마ᄅᆞ시고 도라가시ᄂᆞᆫ ᄯᅵ를 당ᄒᆞ여도 ᄉᆞ긔(辭氣)[59]를 죵용(從容)이 ᄒᆞ믈 빌거놀 공ᄌᆡ 졈두왈(點頭曰) 39면

"네 다시 니ᄅᆞ디 말나. 댱공이 날을 고요히 둘딘ᄃᆡ 내 쏘ᄒᆞᆫ 요란ᄒᆞ믈 닐위디 아닐 거시오 몸을 ᄲᅢ혀 도라가ᄂᆞᆫ ᄯᅵ를 당ᄒᆞ여도 너의게 ᄒᆡ로오믈 업게 ᄒᆞ리라."

경이 ᄇᆡ샤왈(拜謝曰)

"쳔비 비록 무상ᄒᆞ오나 쥬군을 쇽이고 ᄉᆞᄉᆞ로 몸을 니코ᄌᆞ 아니ᄒᆞ옵ᄂᆞ니 공ᄌᆡ 도라가신 후 쇼비 ᄉᆞ죄를 당ᄒᆞᆫ들 현마 엇디ᄒᆞ리잇고마ᄂᆞᆫ 그으이 두리ᄂᆞᆫ 밧ᄌᆡ 공ᄌᆡ 쥬군을 졀치교아(切齒咬牙)ᄒᆞ시리니 분발ᄒᆞ신 ᄯᅵ를 당ᄒᆞ여 혹ᄌᆞ 쥬군을 상ᄒᆡ오실가 ᄒᆞᄂᆞ이다."

공ᄌᆡ 쳔인(賤人)의 디식이 이ᄀᆞᆺ치 ᄇᆰ으믈 도로혀 괴이(怪異)히 넉여 잠쇼왈(潛笑曰) 40면

"네 쥬군이 날을 죽이고ᄌᆞ ᄒᆞᆯ디언졍 나ᄂᆞᆫ 네 노야(老爺)를 ᄒᆡ치 아니리니 모로미 근심치 말나."

ᄒᆞ고 가연이 승교(乘轎)ᄒᆞᆯᄉᆡ 젼후의 댱공의 보낸바 금ᄇᆡᆨ을 낫낫치 궤(櫃)의 너허 봉ᄒᆞ여 힝듕의 가져가며 위경의게 쳥ᄒᆞ여 ᄉᆞ오(四五) 승(升) 미시와 건어(乾魚)를 어더 갈디언졍 블인(不人)의 의식을 갓가이

59 ᄉᆞ긔(辭氣): 사기. 말과 얼굴빛을 아울러 이르는 말.

붓치디 아니려 ᄒᆞ므로 됴훈이 조심 호힝ᄒᆞ며 ᄌᆞ로 호쥬(好酒) 셩찬(盛饌)을 나오ᄃᆡ 공ᄌᆡ 힝혀도 졉구(接口)ᄒᆞ미 업더라. 여러 날 힝ᄒᆞ여 낙셩의 밋쳐ᄂᆞᆫ 댱공이 됴훈을 명ᄒᆞ여 미인 힝거(行車)를 바로 부듕(府中)으로 다려오디 말고 녯집 태운산으로 가 안졉(安接)게 ᄒᆞ라 ᄒᆞ니 됴훈이 즉시 교ᄌᆞ를 호힝ᄒᆞ여 태운산으로 향ᄒᆞᆯ시 공ᄌᆡ 범ᄉᆞ(凡事)를 관인(寬忍)ᄒᆞ기를 위쥬(爲主)ᄒᆞ며 허다 위란 듕이나 ᄌᆞ긔 힘ᄡᅧ 보호ᄒᆞ여 쳔비(千悲) 만슈(萬愁)를 억제(抑制)ᄒᆞ미 만터니 금일을 당ᄒᆞ
41면 여 ᄌᆞ긔 거교(車轎)를 태운산으로 두혀ᄆᆡ 일좌신산(一座神山)이 의연이 텬공의 소ᄉᆞ 텬디 졍ᄆᆡᆨ과 건곤(乾坤)의 슈츌(秀出)ᄒᆞᆫ 긔운이 젼슈ᄒᆞ여 층암졀벽(層巖絶壁)이 옥을 싹그며 구슬을 삐셧ᄂᆞᆫ ᄃᆞᆺ 창송취듁(蒼松翠竹)이 울울낙낙(鬱鬱落落)ᄒᆞ고 긔화이초(奇花異草)의 방향(芳香)이 표표(飄飄)ᄒᆞ여 동구(洞口)를 더위잡으며[60] 쳥풍(淸風)이 습의(襲衣)[61]ᄒᆞ고 향취(香臭) 딘울(振鬱)ᄒᆞ니 의희(依稀)ᄒᆞ여 ᄉᆞ던 터히오 감연(欿然)ᄒᆞ여 장ᄉᆡᆼ(長生)ᄒᆞᆫ 곳이믈 알디라. 거목쵹경(擧目觸景)의 간위(肝胃) ᄆᆡ여디믈 ᄭᆡ닷디 못ᄒᆞ거ᄂᆞᆯ 동셔(東西) 구빈관(救貧館)의 긔식(寄食)[62]ᄒᆞ던 무리 허여져 빈집 형상(形像)이 쳐초(凄楚)ᄒᆞᆫᄃᆡ 본부 대문을 구디 다다 인젹이 ᄌᆞ로 님치 아니믈 알디라. 문허진 분장(粉牆)과 것촌 송근(松根)의 오작(烏鵲)이 슬피 우러 셕ᄉᆞ(昔事)를 됴문(弔問)ᄒᆞᄂᆞᆫ ᄃᆞᆺ 음운(陰雲)이 참참(慘慘)ᄒᆞ고 비풍(悲風)이 소슬(蕭

60 더위잡으며: 더위잡다. 잡고 끌어당기다.

61 습의(襲衣): 옷에 뱀.

62 긔식(寄食): 기식. 남의 집에 얹혀 밥을 먹음.

瑟)ᄒᆞᆫᄃᆡ ᄇᆡᆨ셜(白雪)이 소소히 날니니 공ᄌᆡ 교듕(轎中)의셔 좌우(左右)ᄅᆞᆯ 고면(顧眄)[63]ᄒᆞᄆᆡ 구회(舊懷)의 녕원이 최할(摧割)ᄒᆞ니 쇽졀업시 쳔항(千行) ᄋᆡ뤼(哀淚) 냥졍(兩睛)을 폐ᄉᆡᆨ(閉塞)[64]ᄒᆞ고 흉금(胸襟) 42면
이 엄격ᄒᆞᄆᆡ 이윽이 졍신(精神)을 슈습(收拾)ᄒᆞᄂᆞᆫ ᄉᆞ이의 발셔 거교(車轎)ᄅᆞᆯ 댱부 문의 나리오니 일홈이 댱헌의 집이나 본ᄃᆡ 졍부 별당(別堂)으로 댱헌을 준 ᄇᆡ라. 곳곳이 셔부시뉼(書賦詩律)노 부벽(付壁)ᄒᆞ여 튱효(忠孝)ᄅᆞᆯ 권장ᄒᆞ며 ᄒᆡᆼ의(行義)ᄅᆞᆯ 닐너시니 문댱(文章)이 ᄒᆞᆫ갓 팔대가의 들 ᄲᅮᆫ 아니라 덕ᄒᆡᆼ(德行)이 셩문(聖門)의 빈연ᄒᆞ니 이 글을 보ᄆᆡ 가히 이윤(伊尹)·쥬공(周公)의 일월디튱(日月之忠)과 ᄇᆡᆨ이(伯夷)·슉제(叔齊)의 만고디졀(萬古之節)을 ᄭᆡ칠디라. 블튱(不忠)ᄒᆞᆫ 신ᄌᆞ와 블효(不孝)ᄒᆞᆫ ᄋᆞᄃᆞᆯ노 ᄒᆞ여곰 할연감읍(割然感泣)ᄒᆞ고 격졀쳬희(激切涕唏)ᄒᆞᆯ디니 ᄒᆞ믈며 닌광의 츌텬대효(出天大孝)로ᄡᅧ 몸이 고토(故土)ᄅᆞᆯ 님ᄒᆞ여 유젹(遺跡)을 늣기ᄆᆡ 태야(太爺)의 ᄌᆞ최ᄅᆞᆯ ᄯᆞ라 뫼실 ᄃᆞᆺ 비황통졀(悲惶痛切)ᄒᆞ믈 금억(禁抑)디 못ᄒᆞ여 외당(外堂) 문회당의 드러가 실셩통읍(失聲痛泣)ᄒᆞ니 원ᄂᆡ(元來) 문회당은 졍태
뷔 잇다감 머므던 곳으로 댱공의 셔루(書樓)[65]ᄅᆞᆯ 삼아시나 태부의 친필 43면
노 부벽(付壁)ᄒᆞᆫ 거ᄉᆞᆯ ᄡᅥ히디 아냐 튱효ᄒᆡᆼ검(忠孝行檢)을 ᄀᆞᆺ초 닐너시며 디취(志趣)와 졀개(節槪)ᄅᆞᆯ 누누히 긔록ᄒᆞ여시니 공ᄌᆡ 능히 ᄎᆞᆷ디 못ᄒᆞ여 왕부(王父)의 셔젹(書跡)을 어로만져 통곡ᄒᆞᄂᆞᆫ디라. 됴훈

63 좌우(左右)를 고면(顧眄): 이쪽저쪽을 돌아봄.

64 폐식(閉塞): 폐색. 닫아 막음.

65 셔루(書樓): 서루. 서재로 쓰거나 책을 넣어두는 다락.

은 곡절을 아디 못ᄒᆞ고 크게 놀나 가샤ᄅᆞᆯ 딕희엿던 시녀 등을 블너 보호ᄒᆞ라 ᄒᆞ며 금일 ᄉᆡ로이 비통(悲痛)ᄒᆞᄂᆞᆫ 곡절을 뭇거ᄂᆞᆯ 공ᄌᆡ 날호여 우ᄅᆞᆷ을 긋치고 눈믈을 거두며 왈

"내 본ᄃᆡ 조실야양(早失爺孃)ᄒᆞ여 텬뉸(天倫)을 실회(失會)ᄒᆞᆫ 죄인이 어ᄂᆞᆯ 이의 다ᄃᆞ라 당샤의 부벽ᄒᆞᆫ 글을 보ᄆᆡ 심ᄉᆡ(心思) 더옥 쳐황(凄惶)ᄒᆞ믈 니긔디 못ᄒᆞ여 효의 버셔난 ᄇᆡ 되믈 슬허ᄒᆞ미니 다ᄅᆞᆫ 연괴 아니라."

ᄒᆞ고 인ᄒᆞ여 문희당의 쳐ᄒᆞ니 댱공의 분뷔 ᄂᆡ루의 머믈나 ᄒᆞ여시나
44면 미인이 즐겨 ᄂᆡ헌으로 드러가디 아니ᄒᆞ고 문회당의 머므니 뉘 그 뜻을 우기리오? 됴훈은 군관소의 나와 문젼의 잡인(雜人)을 엄금ᄒᆞ며 가샤ᄅᆞᆯ 딕흰 복부(僕夫)ᄂᆞᆫ 쥬군(主君)의 통희(寵姬)라 ᄒᆞ여 밧들믈 녀군(女君) 버금으로 ᄒᆞᄃᆡ 공ᄌᆡ 맛ᄎᆞᆷᄂᆡ 블인(不人)의 의복·음식을 갓가이 아니 ᄒᆞ려 ᄒᆞ므로 위졍의 건어와 미시로ᄡᅧ 긔아(饑餓)ᄅᆞᆯ 면ᄒᆞ고 댱가의 식반(食盤)을 나오미 업더라. 시시(時時)의 댱공이 궐하(闕下)의 복명ᄒᆞᄆᆡ 경태(景泰) 크게 반겨 즉시 인견ᄒᆞᆯᄉᆡ ᄋᆡ민티졍(愛民治政)이 일셰의 희한(稀罕)ᄒᆞ믈 ᄌᆡ삼 칭찬ᄒᆞ며 옥ᄇᆡ(玉杯) 향온(香醞)[66]으로 샤ᄒᆞ고 본딕(本職) 녜부상셔 집금오(執金吾)의 다시 일픔을 더으고ᄌᆞ ᄒᆞ거ᄂᆞᆯ 댱공이 작ᄎᆡ(爵次)의 고듕(高重)ᄒᆞ믈 두리ᄂᆞᆫ 의ᄉᆡ(意思) 업디 아냐 뎐폐(殿陛)의 머리ᄅᆞᆯ 두다리며 혈심(血心) 딘졍으로 고사(固辭)ᄒᆞ믈 마디 아니ᄒᆞ니 경태 그 깃거 아니믈 보고 강박디 못

66 향혼(香醞): 향혼주. 술의 한 가지.

ᄒᆞ여 다만 본ᄃᆡᆨ으로 ᄒᆡᆼ공(行功)케 ᄒᆞ며 금ᄇᆡᆨ으로뼈 긔강(綦江)을 션 45면
치(善治)ᄒᆞ믈 상샤(償賜)ᄒᆞ고 거ᄌᆞᆺ 듕신이 듯ᄂᆞᆫ ᄃᆡ 습유보과(拾遺補
過)[67] 현냥디ᄌᆡ(賢良之才)ᄅᆞᆯ 오ᄅᆡ 긔강의 두미 블가ᄒᆞ므로 블너드림ᄀᆞᆺ
치 ᄒᆞᄃᆡ 우겸 등이 발셔 샹의(上意)ᄅᆞᆯ 앙탁(仰度)ᄒᆞ고 이ᄣᆡᄅᆞᆯ 당ᄒᆞ여
셩ᄉᆡᆨ(聲色) 유희(遊戲)코ᄌᆞ ᄒᆞ믈 ᄒᆡ연(駭然) 블열(不悅)ᄒᆞ나 아ᄃᆡᆨ 후
궁을 ᄡᆞᄂᆞᆫ 명이 나리디 아녀시므로 즈레 막ᄌᆞᄅᆞ디 못ᄒᆞ더라. 댱공이
텬문(天門)의 늉은(隆恩)을 씌여 어온(御醞)을 딘ᄎᆔ(盡醉)ᄒᆞ고 상샤
디믈(賞賜之物)을 밧ᄌᆞ와 젹거(適車) ᄉᆞᄆᆞ(駟馬)[68]로 허다 하리(下吏)
젼ᄎᆞ후옹(前遮後擁)[69]ᄒᆞ여 본아로 도라오니 만죄(滿朝) 회집(會集)ᄒᆞ
여 인인이 영귀(榮貴)타 ᄒᆞ더니 벽졔(辟除) 소ᄅᆡᄅᆞᆯ 듯고 ᄋᆞᄌᆞ(兒子)
희린·셰린 등이 신을 신디 못ᄒᆞ고 밧비 문의 나와 거하(車下)의 ᄇᆡ알
(拜謁)ᄒᆞ니 옥 ᄀᆞᆺ튼 얼골은 초태위 도라오며 츄슈 ᄀᆞᆺ튼 골격(骨格)은
진학ᄉᆡ 다시 ᄉᆞ라시니 우연ᄒᆞᆫ 남이 보아도 아ᄅᆞᆷ다오믈 니긔디 못ᄒᆞ
려든 ᄒᆞ믈며 그 아비 졍이리오? 공이 희연이 깃븐 우음을 먹음고 날 46면
호여 술위의 나리며 이ᄋᆞ(二兒)의 손을 ᄌᆞᆸ고 딕입ᄂᆡ샤(直入內舍)ᄒᆞ
니 낭듕 박상원의 형뎨 군죵 칠팔 인과 부인의 ᄌᆞᄆᆡ 다 모혀 박댱군
을 샹좌의 밧드러시ᄆᆡ 공연ᄒᆞᆫ 박가의 부듕이오 댱시의 집은 아니라.
이 믄득 고현명뉴(高賢名儒)와 의협영걸(義俠英傑)일딘ᄃᆡ ᄯᅩᄒᆞᆫ 아ᄅᆞᆷ
답다 ᄒᆞᆯ 거시로ᄃᆡ 이ᄂᆞᆫ 그러치 아냐 탐ᄌᆡ(貪財) 비린(鄙吝)ᄒᆞ며 츄셰

---

67 습유보과(拾遺補過): 임금을 보좌하여 그 결점을 바로잡음.

68 ᄉᆞᄆᆞ(駟馬): 사마. 네 필 말로 끄는 수레.

69 젼ᄎᆞ후옹(前遮後擁): 전차후옹. 앞에서는 막고 뒤에서는 둘러싸는 것.

(趨勢) 쇼인(小人)이 아니면 오ᄃᆡᆨ 듀실을 져허ᄒᆞᄂᆞᆫ 츄셰니욕(趨勢利
慾)의 쥐 무리라. 쥬벽(周壁)의 교위좌ᄌᆞ 박댱군이 슈미(鬚眉) 호ᄇᆡᆨ
(皓白)의 긔위 노대(老大) 언건(偃蹇)ᄒᆞ나 이 ᄒᆞᆫ낫 술 줌치의 고기 ᄌᆞᆯ
니니 그 초년을 니ᄅᆞᆯ딘ᄃᆡ 졍부 구빈관의셔 밥 비러 년명ᄒᆞ던 궁민(窮
民)이라. 맛ᄎᆞᆷ 졍태부 산고ᄒᆡ활디은(山高海濶之恩)으로 명교(明敎)
ᄅᆞᆯ 밧드러 ᄇᆡᆨ보(百步)의 살흘 맛쳐 무용(無用)의 일홈을 어드니 졈졈
47면 ᄒᆞ여 좌영도독의 니ᄅᆞ고 부귀 극딘ᄒᆞ며 상원·상규 등이 문한(文翰)
이 ᄲᅧ혀나고 용ᄎᆡ미려(容體美麗)ᄒᆞ여 아뷔 쥰쥰(蠢蠢)[70] 무식ᄒᆞᆷ과 다
ᄅᆞ므로 조괘농방(早掛龍榜)ᄒᆞ여 당시 명환(名宦)이 되여시나 이 다만
댱헌의 무리오 군ᄌᆞ의 뉴(類) 아니라. 고ᄃᆡ광실의 늉늉ᄒᆞᆫ 희긔(喜氣)
와 담담ᄒᆞᆫ 언쇼(言笑)로 ᄇᆡᆨ궐(百闕)의 일좌(一座)ᄒᆞᄆᆡ 사ᄅᆞᆷ마다 여호
갓옷ᄉᆡ 능금(綾錦)으로 겻올녀 ᄆᆡᆼ츈(孟春) ᄎᆞᆫ 긔운을 어(御)ᄒᆞ니 각
각 몸으로조ᄎᆞ 훈풍이 니러나며 ᄒᆞᆫ번 숨을 쉬ᄆᆡ 슈향이 코흘 디ᄅᆞ니
노유쇼댱(老幼少壯) 믈논ᄒᆞ고 낫우희 도화ᄉᆡᆨ(桃花色)이 낭ᄌᆞᄒᆞ며 눈
ᄌᆞ위 플녀시니 관ᄌᆞᆷ(冠簪)이 기울고 패옥(佩玉)이 나ᄌᆞᆨᄒᆞ여 년디이
십(年至二十) 여삼십디경(與三十之境)의ᄂᆞᆫ 져마다 늙을와 칭ᄒᆞ며 언
건ᄒᆞᆫ 쳬ᄒᆞ여 그 우ᄒᆡ 아비와 아ᄌᆞ비ᄅᆞᆯ 니ᄅᆞ디 말고 한아비와 증죄(曾
祖) ᄉᆞ라셔도 졔 몸이 그 슈ᄒᆡ(手下)믈 ᄭᆡ닷디 못ᄒᆞᆯ ᄃᆞᆺ 슈염이 ᄒᆞᆫ 치
48면 도 못 ᄌᆞ란 거시 손을 드러 길게 ᄡᅳ다ᄃᆞᆷ으며 큰 깃ᄎᆞᆷ 가ᄅᆡ춤의 하픠음
기디게의 ᄇᆡᆨ 가디 긔형괴상(奇形怪相)이 연고 업시 눈섭을 ᄶᅵᆼ그고 눈

70 쥰쥰(蠢蠢): 준준. 미욱하고 어리석어서 사리를 판별치 못하는 모습.

을 디릅쓰며 혹 엇게ᄅᆞᆯ 으슭거리고 닙을 비져기며 누ᄅᆞᆯ 즛누ᄅᆞᆯ ᄃᆞᆺᄒᆞ
고 혹 긔운이 항항(抗抗)ᄒᆞ며 언ᄉᆡ 격상(激上)ᄒᆞ믈 ᄌᆞ랑ᄒᆞ여 고담(高
談) 달ᄉᆞ(達辭)ᄒᆞᄂᆞᆫ 쳬ᄒᆞ고 시졍 믈니(物理)ᄅᆞᆯ 바야흐로 의논ᄒᆞᆯ 즈음
의 졔부슉(諸父叔)이 혹 참논(參論)ᄒᆞ다가 혹ᄌᆞ 제 뜻의 블합ᄒᆞ면 아
비ᄅᆞᆯ 핀잔ᄒᆞ며 아ᄌᆞ비ᄅᆞᆯ 휘덜너 말ᄉᆞᆺ촐 무주리고 졔 혼ᄌᆞ 난 쳬 덤벙
이며 요란이 셔드러 부담 잡셜이 년쇽 부졀(不絶)ᄒᆞᄆᆡ ᄉᆞᄉᆞ의 망말과
실언을 슈업시 ᄒᆞᄂᆞᆫ 듕의 다만 상쥐 집녜(執禮)[71]ᄒᆞ고 상원이 브잡(浮
雜)히 굴기ᄅᆞᆯ 덜ᄒᆞ나 개ᄀᆡ히 호샤의 능(能)과 샤치의 과도ᄒᆞ믄 졔박
(諸朴)으로 ᄒᆞᆫ 사ᄅᆞᆷ이 ᄉᆡᆼᄒᆞ고 ᄒᆞᆫ 사ᄅᆞᆷ이 휵(畜)ᄒᆞ여 부귀 극딘ᄒᆞᄆᆡ 쥬
옥(珠玉)이 딘토(塵土) ᄀᆞᆺᄐᆞ며 금ᄇᆡᆨ이 즛ᄇᆞᆲ혀 볼 아ᄅᆡ 구으ᄂᆞᆫ 거시 되 49면
여시니 ᄯᅩᄒᆞᆫ 희한ᄒᆞᆫ 복이라 니ᄅᆞᆯ너라. 댱공이 승당녜파(升堂禮罷)의
박당군 긔후(氣候)ᄅᆞᆯ 뭇ᄌᆞᆸ고 졔박(諸朴)으로 반길ᄉᆡ ᄌᆞ긔 젹월셰변
(積月歲變) 후의 도라오ᄃᆡ 녀ᄋᆡ 즉시 나와 보디 아니믈 심히 셥셥ᄒᆞ
여 박시다려 문왈(問曰)

"녀ᄋᆡ 기간 무양ᄒᆞ며 금일 호문제족(豪門諸族)과 내 니ᄅᆞ러시ᄃᆡ 엇디
나와 보디 아닛ᄂᆞ뇨?"

박시 ᄃᆡ왈(對曰)

"ᄋᆞᄒᆡ 무병ᄒᆞ더니 근일의 감긔 이셔 미류(彌留)타 ᄒᆞ고 나오디 아니
ᄒᆞᄂᆞ이다."

공이 ᄎᆞᆷ디 못ᄒᆞ여 몸을 니러 녀ᄋᆞ의 침소 응셜각으로 향ᄒᆞ니 쇼져의

71 집녜(執禮): 집례. 예식을 집행함.

시ᄋᆡ(侍兒) 몬져 노야(老爺)의 입ᄂᆡᄒᆞ시믈 고ᄒᆞᄂᆞᆫ 고로 댱쇼졔 년망이 침금을 믈니치고 의상을 슈습ᄒᆞ여 화리(花履)ᄅᆞᆯ ᄭᅳ을며 하당영디(下堂迎之)[72]ᄒᆞᆯ시 향뫼(香貌) 요요(姚姚)ᄒᆞᆫᄃᆡ 셰외(細腰) 표표(表表)ᄒᆞ고 상풍이 딘울(震鬱)ᄒᆞ며 월패장장(月佩鏘鏘)ᄒᆞ니 소상(素爽)ᄒᆞᆫ 골격(骨格)과 삽쳥(颯淸)ᄒᆞᆫ 정신(精神)이 학가난참(鶴駕鸞驂)으로 빙허어풍(憑虛御風)[73]ᄒᆞᄂᆞᆫ 농옥공쥐(弄玉公主)[74] 취미궁(翠微宮) 옥난(玉
50면 欄)을 빗기고 남악(南嶽) 위부인(魏夫人)이 옥경(玉京)의 도라오ᄂᆞᆫ ᄃᆞᆺ 소ᄋᆡ 계슈(桂樹)의 옥창(玉窓)을 여러시며 왕뫼(王母) ᄌᆞ개봉의 슈졍념을 거럿ᄂᆞᆫ ᄃᆞᆺ 빅이 실소(失笑)ᄒᆞ고 호학이 탈식(奪色)ᄒᆞ니 먼니 흐ᄅᆞᄂᆞᆫ 광염(光艶)이 쳥풍의 습습ᄒᆞᆫᄃᆡ 팔운(八雲)이 샹셔(祥瑞)ᄅᆞᆯ ᄯᅴ여시니 태양이 조하(朝霞)의 소ᄉᆞ시며 명월이 부운(浮雲)의 ᄂᆡ왓ᄂᆞᆫ ᄃᆞᆺ 요라(裊娜)ᄒᆞ여 ᄎᆡ봉(彩鳳)이 날개ᄅᆞᆯ 구소(九霄)의 븟치고 편편ᄒᆞ여 경홍(驚鴻)이 ᄒᆡ안의 놉히 ᄯᅳᆫ ᄃᆞᆺ 밋 갓가이 다ᄃᆞᄅᆞᄆᆡ 온ᄌᆞ(溫慈)ᄒᆞᆫ 화긔(和氣) 년홰(蓮花) 츄슈(秋水)의 우ᄉᆞ며 보쥐(寶珠) 창ᄒᆡ의 소ᄉᆞᆫ ᄃᆞᆺ 빅 가디 교염(嬌艶)과 쳔 가디 묘려(妙麗)ᄒᆞ미 졀츌(絶出)ᄒᆞ고 긔긔(奇奇)ᄒᆞ여 송옥(宋玉)의 능변(能辯)으로 블너 모습(模襲)ᄒᆞ라 ᄒᆞ여도 능히 그리디 못ᄒᆞᆯ 거시오 ᄌᆞ건(子建)의 시부(詩賦)로 븟솔 드러 옴기라 ᄒᆞ여도 가히 다 못 ᄒᆞᆯ디라. 츄상ᄀᆞᆺᄐᆞᆫ ᄆᆞᆰ은 골슈와 츈빙(春氷)

---

72 하당영디(下堂迎之): 하당영지. 윗사람이 올 때 방이나 대청에서 내려와 맞이함.

73 빙허어풍(憑虛御風): 바람을 타듯 허공에 의지함.

74 농옥공쥐(弄玉公主): 농옥공주. 춘추시대 진(秦)나라 목공(穆公)의 딸. 피리의 명인 소사(簫史)에게 통소를 배워 함께 신선이 됨.

이 작ᄒᆞᆫ 긔딜(氣質)노 가을 바다히 호호히 딘ᄋᆡ(塵埃) 쎄이디 아니ᄒᆞ
고 봄 하날이 ᄋᆡ애(靄靄)히 샹셔(祥瑞)의 구름을 ᄯᅴ엿ᄂᆞᆫ 듯ᄒᆞᆫ 바의 쳔 51면
연ᄒᆞᆫ 덕힝이 문명을 밧그로 ᄯᅴ여시며 현일(賢逸)ᄒᆞᆫ 심경은 신명(信
明)ᄒᆞᆫ 의도ᄅᆞᆯ 안흐로 ᄀᆞᆷ초와시니 규구(規矩)의 바ᄅᆞᆷ과 쥰승(準繩)의
고드미 흡흡(洽洽)히 셩녀(聖女) 명완(明婉)의 하ᄌᆞ(瑕疵)ᄒᆞ미 업ᄉᆞ
니 표리병쳘(表裏併徹)ᄒᆞ여 아연(峨然)이 놉고 너ᄅᆞ믈 ᄯᅴ여 츄텬(秋
天)의 놉흠과 곤강(崑江)의 ᄲᅢ혀나믈 겸ᄒᆞ엿ᄂᆞᆫ디라. 공이 아ᄌᆞ(俄者)
의 졔박(諸朴)의 츄용(醜庸)ᄒᆞᆫ 거동과 패악ᄒᆞᆫ 모양을 보다가 녀ᄋᆞᄅᆞᆯ
ᄃᆡᄒᆞᄆᆡ 홀연 ᄌᆞ슈(自手)이 춍잡(叢雜)ᄒᆞ믈 ᄇᆞ리고 향난(香蘭)을 ᄏᆡ
며 하걸(夏傑)의 창피ᄒᆞ믈 믈니치고 요슌(堯舜)의 명개(明開)ᄒᆞ믈 구
경홈 ᄀᆞᆺᄐᆞᆫ디라. 희ᄋᆡ(喜愛)ᄒᆞᄂᆞᆫ 의ᄉᆡ(意思) 만심(滿心)이 므로녹으
니 ᄲᅢᆯ니 그 옥슈ᄅᆞᆯ 즙고 승당좌뎡(昇堂坐定)ᄒᆞᄆᆡ 쇼졔 나ᄌᆞᆨ이 좌하
(座下)의 ᄌᆡ비ᄒᆞ며 안셔(安舒)히 ᄉᆞ러 원노구치(遠路驅馳)ᄅᆞᆯ 믓ᄌᆞ오
ᄆᆡ 반기ᄂᆞᆫ 빗과 효슌(孝順)ᄒᆞᆫ 거동이 애ᄋᆡ히 삼츈화향(三春和香)이
동군(東君)을 마ᄌᆞᆫ ᄃᆞᆺ ᄋᆡ랑ᄒᆞᆫ 단슌(丹脣)과 ᄂᆡ션ᄒᆞᆫ 호치(皓齒)며 졔 52면
졔(齊齊)ᄒᆞᆫ 아미와 미미(美美)ᄒᆞᆫ 봉안이 먼니 뫼 그림ᄌᆡ 강한(江漢)
의 쩌러디고 흐ᄅᆞᄂᆞᆫ 날 졍긔 벽파(碧波)의 바ᄋᆡᄂᆞᆫ ᄃᆞᆺ 교교아셩(姣姣
雅聲)이 쳥아쇄연(淸雅灑然)ᄒᆞ여 졔비 말ᄒᆞ며 쇠소리 웃ᄂᆞᆫ ᄃᆞᆺ 일긔
오히려 한엄(寒嚴)ᄒᆞ거ᄂᆞᆯ 그 일신이 복착(服着)이 심히 츄박(醜薄)ᄒᆞ
여 빗 업ᄉᆞᆫ 깁이 옥 갓ᄐᆞᆫ 살흘 ᄀᆞ리와시ᄆᆡ 그 블ᄉᆞ(不似)ᄒᆞ미 ᄇᆡᆨ옥을
탁마(琢磨)ᄒᆞ여 즌흙의 무더시며 명쥬ᄅᆞᆯ 건져 플 쇽의 더딘 ᄃᆞᆺ 두렷
ᄒᆞᆫ 패옥이 의슈(衣袖) ᄉᆞ이의 낭낭(朗朗)ᄒᆞ여 ᄆᆞᆰ은 향ᄂᆡ 옥골방신(玉
骨芳身)의 픔겻ᄂᆞᆫ디라. 무ᄉᆡᆨᄒᆞᆫ 복ᄉᆡᆨ과 치례치 아닌 단장이 더옥 빗나

고 아ᄅᆞᆷ다와 옥부취영(玉膚翠影)이 ᄌᆞ연이 찬연(燦然) 긔이ᄒᆞ니 츄
싊(秋水) 어ᄅᆡ고 빙쳥(氷淸)이 바ᄋᆡᄆᆡ 션연ᄒᆞᆫ 고으미 ᄆᆡ화의 ᄇᆡᆨ셜이
향긔로오며 양비(楊妃)[75]의 십교 아미(蛾眉)ᄅᆞᆯ 공교(工巧)히 넉이ᄆᆡ 평
ᄉᆡᆼ의 용관(容光)을 탄ᄒᆞ여 모영(暮影)이 ᄎᆡ화(彩花)ᄅᆞᆯ 젹시미 업ᄉᆞᄃᆡ
53면 농슈ᄉᆞ제(龍髓麝臍) 셤농(纖濃)ᄒᆞ고 아황(蛾黃)이 팔ᄎᆡ(八彩)ᄅᆞᆯ 띄
엿ᄂᆞᆫ디라. 쳠디여신(瞻之如神)이오 견디여화(見之如花)ᄒᆞ니 공의 텬
뉸ᄌᆞᄋᆡ(天倫慈愛) ᄒᆡ음업시 심상의 긔화ᄅᆞᆯ 픔으며 장쥬(掌珠)ᄅᆞᆯ 어
더 만디ᄂᆞᆫ ᄃᆞᆺ 날호여 갓가이 안치고 운발(雲髮)을 쓰다ᄃᆞᆷ아 ᄀᆞᆯ오ᄃᆡ
"내 집을 써난 디 삼ᄉᆞ 삭의 도라오니 임의 ᄒᆡ 밧괴엿ᄂᆞᆫ디라. 너의 남
ᄆᆡᄅᆞᆯ 일야(日夜)의 ᄉᆞ상(思想)ᄒᆞ여 부ᄌᆞ의 유연(幽然)ᄒᆞᆫ 은ᄋᆡ(恩愛)ᄅᆞᆯ
슈쳔 니 외의 결울ᄒᆞᆫ 뜻을 ᄎᆞᆷ기 어렵더니 힝혀 셩명이 슈히 브ᄅᆞ시믈
인ᄒᆞ여 도라오ᄆᆡ 입문(入門) 개샤(開舍)ᄒᆞ며 너ᄅᆞᆯ 즉시 반길가 ᄒᆞᆫ 의
ᄉᆡ(意思) 의외예 유병(有病) 블츌(不出)ᄒᆞ믈 드ᄅᆞᄆᆡ 놀나오믈 니긔디
못ᄒᆞ여 듕회(衆會)ᄅᆞᆯ 파치 못ᄒᆞ고 드러와 너ᄅᆞᆯ 보건ᄃᆡ 신음ᄒᆞ미 비경
(非輕)ᄒᆞ니 ᄋᆡ잔ᄒᆞ여 심회(心懷)ᄅᆞᆯ 뎡ᄒᆞᆯ 길히 업도다. 초츈일한(初春
日寒)이 오히려 삼동 엄한ᄒᆞᆫ ᄂᆡᆼ긔(冷氣)ᄅᆞᆯ 다 보ᄂᆡ디 아냣거ᄂᆞᆯ 므ᄉᆞᆷ 연
54면 고로 의박(衣薄)ᄒᆞ믈 취ᄒᆞ여 쳔금 약딜의 촉한(觸寒)ᄒᆞ미 되게 ᄒᆞᄂᆞ
뇨?"
쇼제 원간 촉한ᄒᆞ여 감긔 업디 아니ᄒᆞ나 대단ᄒᆞᆫ 딜통(疾痛)ᄒᆞ믄 업ᄉᆞ
ᄃᆡ 표문(表門) 졔인의 부잡 취광(醉狂)ᄒᆞᆫ 무리 잇디 아닐딘ᄃᆡ 엇디 야

75 양비(楊妃): 양귀비. 당나라 현종의 귀비. 중국의 대표 미인.

야(爺爺)를 듕문의셔 맛디 아니ᄒᆞ리오마ᄂᆞᆫ 모친(母親)이 날마다 연고 업ᄉᆞᆫ 쇼작(小酌)을 여러 표문 친쳑으로 즐기ᄂᆞᆫ 밧ᄌᆡ 다 밋치고 어ᄌᆞ러워 경강(敬姜)[76]의 녜(禮) 잡음과 텬니(天理)의 멈 ᄀᆞᆺᄐᆞ여 졔박이 군ᄌᆞ의 뎡돈ᄒᆞ므로 만 니의 아득ᄒᆞ미 이시니 즐겨 얼골을 ᄃᆡ홀 ᄯᅳᆺ이 업셔 짐ᄌᆞᆺ 칭병(稱病)ᄒᆞ고 누어시ᄆᆡ 박댱군의 밋치므로도 능히 블너ᄂᆡ디 못ᄒᆞ니 부친이 환가(還家)ᄒᆞ믈 드ᄅᆞᄃᆡ 나아가 ᄇᆡ알(拜謁)치 못ᄒᆞ고 울울 착급(着急)ᄒᆞ다가 공이 이의 드러오믈 당ᄒᆞ니 효녀(孝女)의 친안(親顔)을 득승(得承)ᄒᆞ여 ᄀᆞ득이 반기며 즐거오미 엇디 비홀 곳이 이시리오마ᄂᆞᆫ 원간 연부인이 원위(元位)를 파월(播越)ᄒᆞ고 도라간 55면
후 쇼졔 일무호흥(一無豪興)ᄒᆞ여 쥬쥬야야(晝晝夜夜)의 의ᄉᆡ(意思) 황황(遑遑)ᄒᆞ며 심신(心身)이 쳑쳑(慽慽)ᄒᆞ여 ᄒᆞᆫ갓 죄인으로 ᄌᆞ쳐ᄒᆞᄂᆞᆫ ᄇᆡ로ᄃᆡ 그 부모의 거동이 도쳑(盜跖) ᄀᆞᆺᄐᆞ여 졍간(正諫)이 무익ᄒᆞ고 ᄒᆞᆫ 조각 효험을 보디 못ᄒᆞ니 고인(古人)의 니른바 '창조디악(彰君之惡)이오 ᄌᆞ열어민(自說於民)[77]'이라. 근일(近日)의 다ᄃᆞ라ᄂᆞᆫ ᄀᆞᆺ게 다 다 간징(諫爭)을 아니키로 뎡ᄒᆞ나 부모의 실덕이 ᄉᆞ린(四隣)의 홰ᄌᆞ(膾炙)ᄒᆞ여 ᄀᆞ리올 길히 업ᄉᆞ므로 셜워ᄒᆞ믈 팔구 셰로브터 십 셰의 니ᄅᆞ히 가ᄂᆡ 블화ᄒᆞ니 엇디 간격이 초삭(憔索)디 아니리오? ᄌᆞ연 식음의 맛ᄉᆞᆯ 아디 못ᄒᆞ고 여러 일월의 비우초려(悲憂焦慮)ᄒᆞᄆᆡ 말ᄉᆞᆷ이 발ᄒᆞᆫ즉 듀

---

76 경강(敬姜): 노나라 공보목백의 아내이자 계강자의 종조숙모. 계강자가 찾아오자 문을 열고 말을 할 뿐 문지방을 넘지 않았다고 함.

77 창조디악(彰君之惡)이오 ᄌᆞ열어민(自說於民): 임금의 잘못을 드러내어 백성의 환심을 사는 것. 은나라 현인 기자의 말.

니(中裡)로조ᄎᆞ 쳑연ᄒᆞ미 낫타나ᄂᆞᆫ디라. 문득 탄식 뉴쳬왈(流涕曰)
"ᄋᆞ히 ᄌᆞ위(慈闈)롤 ᄯᅥ나온 디 하마 거의 삼ᄌᆡ(三載)의 니ᄅᆞ오며 대인이 긔강(蘄江)으로 향ᄒᆞ샤 젹월(積月) 셰변(歲變)의 밋ᄉᆞ오ᄆᆡ 비록 태ᄐᆡ롤 봉시(奉侍)ᄒᆞ오나 훌훌(欻欻)ᄒᆞ여 의앙(依仰)홀 ᄇᆡ 업ᄉᆞ온 ᄃᆞᆺ
56면 혈혈(孑孑)ᄒᆞ여 슬프미 더으니 ᄒᆞᆫ갓 몽혼(夢魂)이 경경(耿耿)ᄒᆞ웁고 운산의 취루롤 우러러 신혼(晨昏)을 당ᄒᆞ온즉【취운누ᄂᆞᆫ 연부인 쳐쇠(處所)니 태운산의 잇더라】읍읍히 ᄉᆞ모ᄒᆞ오미 더을 ᄲᅮᆫ이라. 쳑호(陟岵)의 슬픔과 망운(望雲)의 눈믈이 간혈(肝血)의 얽히믈 ᄭᆡ닷디 못ᄒᆞ웁더니 이졔 요ᄒᆡᆼ 대인의 환경ᄒᆞ시미 긔약디 아닌 바의 잇ᄉᆞ오ᄆᆡ 엄안(嚴顔)을 앙ᄇᆡ(仰拜)ᄒᆞ와 셩톄만강(聖體萬康)ᄒᆞ시믈 하회 일위오ᄃᆡ 도라 남녁흘 ᄉᆡᆼ각ᄒᆞ웁건ᄃᆡ 도뢰(道路) 졀원ᄒᆞ와 기러기 ᄭᅳᆺ쳐디오ᄆᆡ 존문(存問)을 아으라히 드롤 길히 업ᄉᆞ온디라. 초박ᄒᆞ온 ᄉᆞ졍(私情)이 일일 익심(益深)ᄒᆞ오니 맛ᄎᆞᆷᄂᆡ 몸이 ᄉᆞ라셔 ᄌᆞ위롤 봉시치 못ᄒᆞ올딘ᄃᆡ 죽어 혼빅이 남녁흘 향ᄒᆞ여 외로온 ᄌᆞ위롤 ᄯᅥ나디 말고ᄌᆞ ᄒᆞ웁ᄂᆞ이다."
셜파(說罷)의 엄혈뉴쳬(奄血流涕)ᄒᆞ니 슬픈 ᄉᆡᆨ과 셜운 졍이 견ᄌᆞ(見者)로 ᄒᆞ여곰 골졀이 져리믈 ᄭᆡ닷디 못홀 ᄇᆡ로ᄃᆡ 댱공이 발셔 연부인
57면 으로 졍이 셧긔고 그 형셰 고약ᄒᆞ여 볼 거시 업ᄉᆞ므로 조강결발(糟糠結髮)을 무고히 폐츌(廢黜)ᄒᆞ믈 일호(一毫) 거리ᄭᅵ미 업ᄉᆞ며 그 향니(鄕里)의 나려간 바롤 더옥 ᄉᆡ훤이 넉이ᄂᆞᆫ디라. 믄득 발연노디(勃然怒之) 왈
"ᄋᆞ히 나히 어리나 통쳘(洞徹)ᄒᆞᆫ 혜식(惠識)과 슉달ᄒᆞᆫ 명감이 쇽인의 비길 ᄇᆡ 아니어ᄂᆞᆯ 잇디 연시의 블인(不仁)ᄒᆞ믈 모로고 말이 ᄆᆡ양(每

樣) 폐모(廢母)를 위ᄒᆞ여 죽고ᄌᆞ ᄒᆞᄆᆡ 밋쳐 경듕을 모로ᄂᆞ뇨? 연시 젼일은 널노 더브러 모녀디명이 이시나 당금(當今)ᄒᆞ여ᄂᆞᆫ 구젹디간(仇敵之間)이 되엿ᄂᆞᆫ디라. 네 어미를 죽이고ᄌᆞ ᄒᆞ며 너희를 업시코ᄌᆞ ᄒᆞ니 그 심술이 궁흉극악(窮凶極惡)ᄒᆞᆫ디라. 네 비록 스ᄉᆞ로 원쉬라 니ᄅᆞ디 아니ᄒᆞ나 친모(親母)의 십삭구로(十朔劬勞)ᄒᆞᆷ과 삼 년 화ᄒᆞᆫ 은혜를 ᄉᆡᆼ각ᄒᆞᆯ딘ᄃᆡ 원슈의 의모(義母)[78]를 무어시 감격ᄒᆞ여 신혼(晨昏)의 ᄉᆞ모ᄒᆞ미 이시리오? 효셩도 곡졀이 잇ᄂᆞ니 브졀업시 당치 아닌 말노 나의 ᄆᆞ음을 어ᄌᆞ럽게 말나."

쇼졔 부친의 말ᄉᆞᆷ이 이 ᄀᆞᆺᄐᆞᆯ 줄 모로미 아니로ᄃᆡ 초우(焦憂)ᄒᆞᄂᆞᆫ 비 58면
회(悲懷)를 활ᄒᆞᆯ 곳이 업셔 잠간 발ᄒᆞ미러니 도로혀 연부인 업ᄉᆞᆫ 허믈을 ᄆᆡᆫ돌 ᄲᅳᆫ이오 호발(毫髮)도 그러히 넉이믈 엇디 못ᄒᆞᄆᆡ 골돌(鶻突)이 ᄋᆡ돏고 슬허 탄셩ᄋᆡ읍(嘆聲哀泣) 왈

"ᄉᆡᆼ디구로(生之劬勞)의 호텬대은(昊天大恩)은 다시 니를 ᄇᆡ 업ᄉᆞᆸ거니와 인ᄌᆞ의 부모 셤기ᄋᆞᆸᄂᆞᆫ 도리 엇디 친모·의모를 간격ᄒᆞ여 달니 알오미 잇ᄉᆞ오리잇가? ᄒᆞ믈며 ᄌᆞ위(慈闈) 셩덕은 뎡흥[79]의 블초ᄒᆞ미라도 감격ᄒᆞᆯ ᄇᆡ오니 쇼녜 비록 블초무상(不肖無狀)ᄒᆞ오나 엇디 ᄌᆞ위를 친모(親母)와 다ᄅᆞ게 ᄒᆞ여 ᄌᆞ졍(慈情)의 쇼녀 ᄉᆞ랑ᄒᆞ시던 셩의(誠意)를 져ᄇᆞ리잇고? ᄌᆞ뫼 쇼녀를 ᄉᆡᆼᄒᆞ신 ᄇᆡ오나 ᄋᆡ휵교디(愛畜教智)ᄒᆞ샤 인도의 나아가고ᄌᆞ ᄒᆞ시믄 ᄌᆞ위만 ᄀᆞᆺ디 못ᄒᆞ시리니 쇼녜 딘실노 취뎐 ᄌᆞ위를 의앙(依仰)ᄒᆞᄋᆞᆸᄂᆞᆫ ᄯᅳᆺ이 친모의 더으온디라. 텬뉸(天倫)

78 의모(義母): 자기를 낳지는 않았으나 길러준 어머니. 연부인을 말함.

79 뎡흥: 정흥. 미상.

59면 이 ᄉᆞ이 업ᄉᆞ오니 ᄒᆡᄋᆡ 엇디 ᄆᆞᄋᆞᆷ의 ᄑᆞᆷ은 바ᄅᆞᆯ 대인긔 고치 아냐 은익(隱匿)ᄒᆞ리잇고? ᄌᆞ모ᄂᆞᆫ 비록 대인의 션후(先後)ᄅᆞᆯ 밧고샤믈 당ᄒᆞ여 위ᄅᆞᆯ 놉히미 잇ᄉᆞ오나 맛ᄎᆞᆷᄂᆡ 부실디위(副室之位)[80] 디ᄎᆞᄅᆞᆯ 면치 못ᄒᆞᄋᆞᆸ고 ᄌᆞ위ᄂᆞᆫ 비록 대인이 일시 폐츌ᄒᆞ시나 당당ᄒᆞᆫ 샹원뎡군(上元正君)으로 조강대륜(糟糠大倫)이 잇ᄉᆞ오니 엇디 뉸긔일듕(倫紀一重)ᄒᆞ믈 ᄉᆡᆼ각디 못ᄒᆞ시ᄂᆞ니잇고? 이졔 환가ᄒᆞ시미 ᄯᆡ 옴디 못ᄒᆞ여 고염(顧念)ᄒᆞ시ᄂᆞᆫ 말ᄉᆞᆷ을 가져 셩의(誠意)ᄅᆞᆯ 희열치 못ᄒᆞ오미 황공ᄒᆞ오나 ᄇᆞ라오미 깁고 미드미 듕ᄒᆞ오므로ᄡᅧ 알외ᄋᆞᆸᄂᆞ니 대인이 ᄌᆞ위 도라가신 후 쇼녀다려 닐너 ᄀᆞᆯ오샤ᄃᆡ '연대인 삼긔(三忌)ᄅᆞᆯ 맛ᄎᆞᆫ 후 도라오게 ᄒᆞ리라.' ᄒᆞ시던 ᄇᆡ니 이졔 연대인 죵상(終喪)이 블원(不遠)ᄒᆞ온디라. 대인이 유녀(幼女)ᄅᆞᆯ 쇽이디 아니실 ᄃᆞᆺᄒᆞ오니 금년(今年)의 ᄌᆞ위 도라오시미 되리잇가?"

원ᄂᆡ(元來) 연부인이 그 부친 연태ᄉᆞ의 향ᄉᆞ(享祀)[81]ᄅᆞᆯ 밋쳐 거거(哥哥) 등으로 더브러 편위(偏闈)ᄅᆞᆯ 뫼시고 남도로 나리오ᄆᆡ 댱공이 아
60면 조 폐츌(廢黜)ᄒᆞᄂᆞᆫ 말노ᄡᅧ 글을 보ᄂᆡ여 다시 도라오디 말나 ᄒᆞ니 쇼계 알고 쥬야(晝夜)로 혈읍간걸(血泣諫乞)ᄒᆞ다가 효험이 업ᄉᆞᄆᆡ 칠일을 블식(不食)ᄒᆞ여 작슈(酌水)ᄅᆞᆯ 나오디 아니ᄒᆞ니 박시ᄂᆞᆫ 모딘 셩이 블ᄀᆞᆺᄐᆞ여 쇼져의 ᄉᆞᄉᆡᆼ(死生)을 긔렴치 아니ᄒᆞᄆᆡ 팔셰튱년(八歲沖年)의 구월심츄(九月深秋)ᄅᆞᆯ 당ᄒᆞ여 취루 협실(狹室) ᄂᆡᆼ디(冷地)의 쥬야(晝夜)로 쳐ᄒᆞ여 혈읍비ᄋᆡ(血泣悲哀)로 날을 보ᄂᆡ니 엄엄위위

80 부실디위(副室之位): 부실지위. 첩의 위치.

81 향ᄉᆞ(享祀): 향사. 제사를 올리는 일.

(嚴嚴威威)ᄒᆞ고 명ᄌᆡ경ᄀᆡᆨ(命在頃刻)[82]이라. 댱공이 ᄎᆞ마 보디 못ᄒᆞ여 크게 감동ᄒᆞ믈 두어 쇼져ᄅᆞᆯ 다ᄅᆡ여 니ᄅᆞᄃᆡ

“연시 셩되(性度) 완한블순(頑漢不純)ᄒᆞ여 가부ᄅᆞᆯ 능멸ᄒᆞ며 동녈(同列)을 욕ᄆᆡ(辱罵)ᄒᆞ니 내 그ᄅᆞᆯ 통ᄒᆞᆫᄒᆞ여 짐ᄌᆞᆺ 폐츌ᄒᆞᄂᆞᆫ 글을 보ᄂᆡ여시나 실노 폐츌ᄒᆞ미 아니오 이졔 아모리 오라 ᄒᆞ여도 그 고집이 발셔 연태ᄉᆞ 삼긔(三忌)ᄅᆞᆯ 맛고 오려 결단ᄒᆞ여시니 죵상 젼(前)의 오디 아닐디라. 내 구모(舅母)긔 뵈고 삼상(三喪) 후 다려올 줄노 고ᄒᆞ엿ᄂᆞ니 ᄋᆞ녀ᄂᆞᆫ 연공 삼긔 디나기만 기다리라.” 61면

ᄒᆞ며 온미(溫米)ᄅᆞᆯ 가져 권ᄒᆞ기ᄅᆞᆯ 디극(至極)히 ᄒᆞᄆᆡ 쇼졔 부친의 말ᄉᆞᆷ을 밋디 아니ᄒᆞ나 ᄋᆞ시비(兒侍婢) 츈홍은 위경의 ᄎᆞ녀(次女)로 쇼져와 동년이요 기형 도홍은 연부인 시ᄋᆡ러니 댱공이 연부의 니ᄅᆞ러 악모(岳母)ᄅᆞᆯ ᄇᆡ견ᄒᆞ고 삼상(三喪) 후 부인을 다려올 바ᄅᆞᆯ 고ᄒᆞ미 젹실(適實)ᄒᆞ믈 츈홍의게 젼ᄒᆞ여 쇼졔 드ᄅᆞ미 된디라. 가듕ᄉᆞ(家中事)의 이 ᄀᆞᆺ트믈 ᄌᆞ긔 합연이 업셔져 아디 못ᄒᆞ미 된즉 셰샹 괴로온 근심과 슬픈 념녀(念慮)ᄅᆞᆯ ᄉᆞᆺ쳐 ᄇᆡᆨ골황원(白骨荒原)의 ᄋᆡ락(哀樂)을 블각(不覺)ᄒᆞ미 가히 구ᄒᆞ며 어덤 ᄌᆞᆨᄒᆞᄃᆡ 부모의 허믈이 졈졈 더으고 연부인의 ᄌᆞ긔 과ᄋᆡᄒᆞᄂᆞᆫ 뜻을 일시의 져ᄇᆞ리디 못ᄒᆞᆯ 거시므로 부친의 권ᄒᆞᄂᆞᆫ 바 온미ᄅᆞᆯ ᄇᆞᆺᄌᆞ와 마시고 연태ᄉᆞ 삼긔(三忌) 후 모친을 뫼셔 62면
오믈 경녕(丁寧)이 쳥ᄒᆞ여 허락을 바닷던디라. 금년(今年)이 연공의 삼년죵상(三年終喪)이 되ᄂᆞᆫ 고로 연부인의 도라올 줄을 일ᄏᆞ라 부친

---

82 명ᄌᆡ경ᄀᆡᆨ(命在頃刻): 명재경각. 곧 숨이 끊어질 지경에 이름.

으로 ᄒᆞ여곰 쎄치디 못ᄒᆞ게 ᄋᆡ걸ᄒᆞ니 댱공이 연부인의 확격(確格)ᄒᆞᆫ 언논과 침일(沈逸)ᄒᆞᆫ 위인(爲人) 낫빗출 디어 ᄌᆞ긔 ᄆᆞᄋᆞᆷ을 터럭 ᄭᅳᆺ도 깃기ᄂᆞᆫ ᄇᆡ 업시 본셩을 딕희여 고집히 녜ᄅᆞᆯ 잡으며 범ᄉᆞ(凡事)의 현검(賢儉)ᄒᆞ여 브졍음ᄉᆞ(不正淫邪)와 샤치ᄅᆞᆯ 먼니ᄒᆞ믈 심한블열(甚恨不悅)ᄒᆞ고 졍이 소(消)ᄒᆞ며 ᄆᆞᄋᆞᆷ이 ᄂᆡ도ᄒᆞ여 태뷔 기셰(棄世)ᄒᆞ고 경아의셔 하향(下鄕)ᄒᆞᄆᆡ ᄌᆞ긔 강근디족(强近之族)이 업ᄉᆞ니 뉘 연부인의 덕힝을 닐너 댱공의 그릇ᄒᆞ믈 간ᄒᆞᆯ ᄌᆡ 이시리오? 일이 공교(工巧)ᄒᆞ여 연공이 ᄯᅩᄒᆞᆫ 별셰ᄒᆞᄆᆡ 긔탄(忌憚)ᄒᆞ던 빙악(聘岳)이 업ᄉᆞ니 므어ᄉᆞᆯ ᄆᆞᄋᆞᆷ의 ᄆᆡ온 ᄌᆞᄅᆞᆯ 그져 두리오? 연부인을 박멸(撲滅)ᄒᆞ미 일시의 극ᄒᆞ여 디어폐츌(至於廢黜)ᄒᆞᄂᆞᆫ 말노뼈 글을 보ᄂᆡᄆᆡ 니ᄅᆞ러시
63면 나 굿ᄐᆞ여 허믈과 죄 디은 바ᄂᆞᆫ 잇디 아니ᄒᆞ믈 아ᄂᆞᆫ디라. 쇼져의 디효ᄅᆞᆯ 감동ᄒᆞ여 침ᄉᆞ냥구(沈思良久)의 왈

“네 이ᄀᆞᆺ치 심ᄉᆞᄅᆞᆯ 상손(僨損)치 아니ᄒᆞ나 내 엇디 악모ᄅᆞᆯ ᄃᆡᄒᆞ여 말ᄉᆞᆷ을 그ᄀᆞᆺ치 ᄒᆞ고 일을 다ᄅᆞ게 ᄒᆞ미 이시랴? 모로미 믈우소려(勿憂消慮)ᄒᆞ라. 다만 연시 도라오미 이실디라도 위(位)ᄅᆞᆯ 여모(汝母)의 우희 두든 못 ᄒᆞᆯ디니 네 미리 알고 님시(臨時)ᄒᆞ여 무익(無益)히 닷토디 말나.”

쇼제 블승ᄒᆡ연(不勝駭然)ᄒᆞ여 ᄃᆡ왈(對曰)

“취뎐 ᄌᆞ위 오시ᄂᆞᆫ 날은 ᄌᆞ뫼 ᄌᆞ연 하당영디(下堂迎之)ᄒᆞ여 위ᄅᆞᆯ 낫초미 잇ᄉᆞ오려니와 대인이 엇디 송홍(宋弘)의 조강디쳐(糟糠之妻)ᄂᆞᆫ 블하당(不下堂)[83]이라 ᄒᆞ믈 ᄉᆡᆼ각디 못ᄒᆞ시ᄂᆞ니잇가?”

공이 빈미왈(顰眉曰)

“괴로온 말 그만ᄒᆞ라. 네 아모리 연시ᄅᆞᆯ 조강결발(糟糠結髮)노 취ᄒᆞ

미 이시나 남녀 간 일골육을 두디 못ᄒᆞ여 종샤ᄅᆞᆯ 의탁ᄒᆞᆯ 곳이 업고 여모(汝母)ᄂᆞᆫ 옥동(玉童) 화녀(華女)ᄅᆞᆯ ᄀᆞᆽ초 두어 ᄌᆞ손의 챵셩(昌盛)ᄒᆞ미 당시ᄅᆞᆯ 흥긔(興起)ᄒᆞ니 어이 박복(薄福) 무용(無用)ᄒᆞᆫ 연시의 아 64면
ᄅᆡ 될 니 이시리오? 고로 여모(汝母)의 위ᄅᆞᆯ 놉혀 연시 우희 잇게 ᄒᆞ엿ᄂᆞ니 연시 비록 념치 상딘(喪盡)ᄒᆞ여 무식ᄒᆞᆫ 녀ᄌᆡ나 도라와 볼딘ᄃᆡ ᄒᆡ음업시 굴복슬하(屈伏膝下)ᄒᆞ미 되리라.”

쇼계 부친의 말ᄉᆞᆷ마다 법귀 문허디믈 한심ᄒᆞ여 아연쳠망(啞然瞻望)ᄒᆞ며 냥구무언(良久無言)이라가 셔이ᄃᆡ왈(徐而對曰)

“타일(他日)의 텬ᄒᆡᆼ으로 일흔 거거ᄅᆞᆯ ᄎᆞᄌᆞ미 되여도 취뎐 ᄌᆞ위(慈闈) 위ᄅᆞᆯ ᄌᆞ모의게 굴ᄒᆞ시며 ᄯᅩ 희린으로ᄡᅧ 종샤ᄅᆞᆯ 녕(領)ᄒᆞ여 폐댱닙유(閉長入幼)ᄒᆞᄂᆞᆫ 변괴(變故)ᄅᆞᆯ 긋치디 못ᄒᆞ시리잇가?”

댱공의 무디ᄒᆞ므로도 일흔 유ᄌᆞ(幼子)ᄅᆞᆯ ᄉᆡᆼ각ᄒᆞ면 일단 비창(悲愴)ᄒᆞᆫ 뜻이 이셔 위연 탄식왈(嘆息曰)

“ᄇᆡᆨᄋᆞ(伯兒)ᄅᆞᆯ ᄎᆞᄌᆞᆯ 것 ᄀᆞᆺᄐᆞ면 디금의 그 ᄉᆞᄉᆡᆼ거쳐ᄅᆞᆯ 모로며 발셔 젹슈(賊手)의 맛ᄎᆞᆺᄂᆞᆫ디라. 이졔 ᄎᆞᄌᆞᆯ가 ᄇᆞ라미 괴이(怪異)ᄒᆞ니 의논ᄒᆞᆯ ᄇᆡ 아니어니와 네 ᄆᆞᄅᆞᆯ시 힝혀 ᄇᆡᆨᄋᆡ 도라오미 이실딘ᄃᆡ 당당이 댱시 65면
의 종ᄌᆡ(宗子)라. 엇디 폐댱닙유ᄒᆞᄂᆞᆫ 변이 이시며 연시 ᄀᆞᆺᄐᆞ여 위ᄅᆞᆯ ᄂᆞᆺ초민들 이시리오? 응당 이 원위(原位)ᄅᆞᆯ 누리려니 대ᄒᆡ(大海)의 평

83 숑홍(宋弘)의 조강디쳐(糟糠之妻)ᄂᆞᆫ 블하당(不下堂): 후한 광무제가 과부가 된 누이의 배필로 송홍을 생각하며 “귀하게 되면 친구도 바꿀 수 있고, 부유해지면 아내도 바꿀 수 있다(貴易交 富易妻).”라고 하자 송홍이 “빈천할 때 사귄 친구는 잊어서는 안 되고, 어려움을 함께 한 아내는 버려서는 안 된다(貧賤之交不可忘 糟糠之妻不下堂).”라고 함.

초(萍草)[84] ᄀᆞᆺᄐᆞᆫ 바ᄅᆞᆯ 닐너 쁠ᄃᆡ업도다."

쇼졔 심ᄒᆡᆼᄎᆞ열(甚幸且悅)ᄒᆞ여 그윽이 혜오ᄃᆡ

'취뎐 ᄌᆞ위(慈闈)의 셩덕이 맛ᄎᆞᆷᄂᆡ ᄆᆡ몰치 아니리니 엇디 ᄇᆡᆨ형(伯兄)을 일허 ᄒᆞᆫ갈ᄀᆞᆺ치 ᄎᆞᆺ디 못ᄒᆞ미 되리오? 반ᄃᆞ시 부ᄌᆞ·모ᄌᆞ의 회합(會合)이 조만(早晩)의 이시리니 그ᄢᅴ의 밋쳐ᄂᆞᆫ 대인의 ᄉᆞᆯ피디 못ᄒᆞ시므로도 원위와 종샤의 듕ᄒᆞ믈 도라보ᄂᆡ실 거동이니 내 다만 형의 ᄉᆞ라 텬뉸단원(天倫團圓)ᄒᆞ기만 튝텬(祝天)ᄒᆞ고 두 ᄌᆞ위의 위ᄎᆞ(位差) 고ᄒᆞ(高下)ᄅᆞᆯ 닷토디 말니라.'

ᄒᆞ여 다시 긴 말ᄉᆞᆷ을 긋치며 오딕 공경 시좌(侍坐)ᄒᆞ여 승안(承顔)ᄒᆞᄂᆞᆫ 화긔(和氣)ᄅᆞᆯ 작위(作爲)ᄒᆞᆯ 쁜이러니 공이 날호여 온미와 화찬(華饌)을 가져오라 ᄒᆞ여 녀ᄋᆞᄅᆞᆯ ᄡᅳ다ᄃᆞᆷ아 마시기ᄅᆞᆯ 니ᄅᆞ며

"조심ᄒᆞ여 조리ᄒᆞ고 슈히 ᄎᆞ셩(差盛)ᄒᆞ라."

66면 ᄒᆞ니 쇼졔 부친긔 이우(貽憂)ᄅᆞᆯ 깃치미 민박(憫迫)ᄒᆞ여 우연ᄒᆞᆫ 감긔 대단치 아니믈 일ᄏᆞᄅᆞ며 화탕(華湯)과 셩찬을 맛보아 잠간 졉구(接口)ᄒᆞ고 드ᄃᆡ여 상을 믈니니 공이 ᄆᆡ양(每樣) 녀ᄋᆞ의 소식(所食)이 부실ᄒᆞ믈 념녀(念慮)ᄒᆞ며 심ᄉᆡ(心思) 즐겁디 아냐 ᄒᆞ믈 위ᄒᆞ여 문견(聞見)의 가쇼디ᄉᆞ(可笑之事)ᄅᆞᆯ 닐너 소회(素懷)ᄅᆞᆯ 구ᄒᆞᆯᄉᆡ 간간(間間)이 긔괴졀도디ᄉᆡ(奇怪絶倒之事) 이셔 사ᄅᆞᆷ으로 ᄒᆞ여곰 잠간 드ᄅᆞᄆᆡ 우읍기ᄅᆞᆯ 니긔디 못ᄒᆞᆯ 거시로ᄃᆡ 쇼졔 부친의 텬뉸(天倫) 밧긔 ᄌᆞ별ᄒᆞᆫ ᄌᆞᄋᆡ(慈愛) 이러ᄐᆞᆺ 은혜로오믈 모로미 아니나 쥬쥬야야(晝晝夜夜)의

84 평초(萍草): 부평초.

방촌(方寸)이 울억ᄒᆞ고 회푀(懷抱) 쳐창(悽慘)ᄒᆞ니 계오 승안(承顔)ᄒᆞᄂᆞᆫ 화긔(和氣)를 디을 쁜이언졍 호담낭변(豪談朗辯)으로뼈 희쇼쾌락(喜笑快樂)홀 뜻이 업ᄉᆞ므로 연부인이 파월(播越)ᄒᆞ여 도라간 후로 아모 우은 일이라도 니롤 빗최여 우음을 발ᄒᆞ미 업ᄉᆞ니 공은 그 효의롤 더옥 긔이히 넉이디 박시ᄂᆞᆫ 녀ᄋᆞ의 이러틋 ᄒᆞ믈 심한(甚恨)ᄒᆞ여 ᄆᆡ양(每樣) 연가 흉믈(凶物)을 위ᄒᆞ여 삼긴 거시라 ᄭᅮ디져 ᄉᆞ랑ᄒᆞᄂᆞᆫ 졍이 ᄆᆡ양 온젼치 못ᄒᆞ니 쇼져의 인효ᄒᆞ므로도 모친(母親)의 인믈을 ᄋᆡ돏고 한심ᄒᆞ여 무익ᄒᆞᆫ 간징(諫爭)이 텬셩디친(天性之親)을 소히 ᄒᆞᄂᆞᆫ 마ᄃᆡ믈 ᄭᅦ다ᄅᆞᄆᆡ 박시긔ᄂᆞᆫ 굿ᄐᆞ여 ᄌᆞ로 졍간(正諫)ᄒᆞᄂᆞᆫ 일이 업더라. 이윽ᄒᆞ여 공이 쇼져의 편히 조리(調理)ᄒᆞ믈 당부ᄒᆞ며 나아가ᄆᆡ 쇼졔 님함숑디(臨檻送之)홀ᄉᆡ 공이 풍한(風寒)을 일ᄏᆞ라 방으로 드러가믈 ᄌᆡ촉ᄒᆞ니 쇼졔 명을 바다 계(階)의 나리지 아니ᄒᆞ고 침소의 드러와 단좌믁믁(端坐默默)이러니 우연이 눈을 들ᄆᆡ 츈홍·츄연 냥시ᄋᆡ 좌우(左右)로 시립(侍立)ᄒᆞ여 쇼져긔 므슴 말을 고코ᄌᆞ ᄒᆞ다가 몬져 발ᄒᆞ믈 황공ᄒᆞ여 머믓거리기롤 마디 아니ᄒᆞ며 ᄉᆞ쇡(辭色)이 ᄌᆞ로 변이(變異)ᄒᆞ고 분분(紛紛)ᄒᆞ미 젼일(前日) 안일(安逸) 졍뎡ᄒᆞ므로 만히 다ᄅᆞ미 이시니 쇼졔 블승의아(不勝疑訝)ᄒᆞ나 굿ᄐᆞ여 뭇디 아니코 신긔 블안ᄒᆞ므로 날호여 벼개의 나아가 고요히 누엇더니 츈홍이 ᄎᆞᆷ디 못ᄒᆞ여 딘젼궤고(進前跪告) 왈

“쇼졔 노야(老爺)의 환경ᄒᆞ시미 긔약디 아닌 바의 슈 오믈 아ᄅᆞ시ᄂᆞ니잇가?”

쇼졔 왈

“내 능히 아디 못ᄒᆞ노라.”

츄연이 니어 궤고왈(跪告曰)

"쇼져의 화되(畫圖) 님궁의 간 줄은 드러 계시더니잇가?"

쇼졔 쳥파의 명모(明眸)[85] 낭셩(朗聲)의 아연(俄然)이 경히ᄒᆞ믈 씌여 왈

"화되 엇디 님궁의 갓ᄂᆞ뇨? 내 실노 쑴 가온ᄃᆡ 잇셔 아디 못ᄒᆞᄂᆞ니 여 등이 알오미 잇거든 소유(所由)롤 니ᄅᆞ라."

츈홍·츄연이 블승분개(不勝憤慨)ᄒᆞ여 휘루이년셩(揮淚而連聲) ᄃᆡ왈(對曰)

"비ᄌᆞ 등이 쇼져롤 뫼셔 고ᄃᆡ심규(高臺深閨)의 슈션방젹(修繕紡織)을 다ᄉᆞ리미 아니오면 《녀계(女誡)》와 《효경(孝經)》을 ᄃᆡᄒᆞ와 문ᄌᆞ롤 ᄰᅢ치오나 가구(家具) 보장(寶欌)을 희롱ᄒᆞ여 영셜 회문을 닛고ᄌᆞ 아니 ᄒᆞ오믄 쥬군(主君)의 녜(禮) 듕(重)ᄒᆞ시믈 우러러 쇼비 등이 감

69면 히 시위(侍衛)예 니ᄅᆞ히 경박ᄒᆞ오믈 업고ᄌᆞ ᄒᆞ오며 쇼져의 좌하(座下)의 조ᄎᆞ미 그림ᄌᆞ롤 응ᄒᆞ오니 그윽이 보ᅌᆸ건ᄃᆡ 쇼져의 집녜(執禮)ᄒᆞ시미 야ᄒᆡᆼ(夜行)의 무쵹(無燭)이면 일졀 계졍(階庭)을 ᄇᆞᆲ디 아니시고 ᄌᆞ최 화원을 님치 아니ᄒᆞ샤 ᄒᆞᆫ번 움ᄌᆞᆨ이시며 ᄒᆞᆫ번 거ᄅᆞ시ᄆᆡ 그 녜 아니며 되 아니믈 보ᅌᆸ디 못ᄒᆞ온디라. 고로 가듕 양낭 복쳡이 셔로 닐너 왈 '우리 쇼져의 은노(穩怒)ᄒᆞ신 낫빗과 변이(變異)ᄒᆞ신 소ᄅᆡ롤 듯디 못ᄒᆞ나 그 법에 ᄠᅳ러지심과 규구(規矩)의 ᄒᆡ여디시미 업다.' ᄒᆞ여 듕확(衆獲)이 우러오믈 녀군(女君)긔 더으고 ᄯᅩ 감히 쇼져 면젼의 일

85 명모(明眸): 밝은 눈동자.

ᄏᆞ롬 ᄌᆞ디 아니ᄒᆞ오나 졍문의 결승(結繩)을 밍약(盟約)ᄒᆞ시믈 하류쇼복(下類小僕)의 니ᄅᆞ히 모로디 아니ᄒᆞᄋᆞᆸ더니 당금ᄎᆞ시(當今此時)ᄒᆞ여ᄂᆞᆫ 노애(老爺) 크게 ᄯᅳᆺ을 변ᄒᆞ샤 쇼져의 일싱을 쾌락(快樂)과져ᄒᆞ시ᄆᆡ 공후ᄇᆡᆨᄌᆞ(公侯百子) 남의 일홈 잇ᄂᆞᆫ 낭ᄌᆡ를 널니 구ᄒᆞ시더니 거년(去年) 모월모일의 박낭듕 노애 여ᄎᆞ여ᄎᆞ 니ᄅᆞ시며 쇼져의 화 70면 도(畫圖)를 쳥ᄒᆞᄆᆡ 밋쳐ᄂᆞᆫ 가연이 화도롤 일워 보ᄂᆡ여 계시더니 요힝 여ᄎᆞ여ᄎᆞᄒᆞᆫ 탓ᄉᆞ로 궐졍의 드리디ᄂᆞᆫ 아냐시나 님왕이 쇼져의 긔특(奇特)ᄒᆞ믈 텬졍(天廷)의 주ᄒᆞ여 금황이 후궁(後宮)으로 ᄲᅢ고ᄌᆞ ᄒᆞ시ᄆᆡ 노야(老爺)를 밧비 브ᄅᆞ시다 ᄒᆞ오니 쇼비 등이 아득히 모로다가 금일(今日)이야 뎡당(正堂)의 드러가 졔박(諸朴) 노야와 녀군의 문답(問答)ᄒᆞ시ᄂᆞᆫ 셜화(說話)를 듯ᄌᆞᆸ고 심골(心骨)이 경한(驚汗)ᄒᆞ와 아모리 ᄒᆞᆯ 줄 아디 못ᄒᆞᄋᆞᆸᄂᆞ니 쇼져 존의(尊意)예ᄂᆞᆫ 엇디ᄒᆞ여야 급ᄒᆞᆫ 욕을 면ᄒᆞ시고 효졀(孝節)을 완젼ᄒᆞ시미 되리잇가?”

쇼졔 듯기를 다 못 ᄒᆞ여 만심(滿心)이 괴연경ᄒᆡ(怪然驚駭)ᄒᆞ며 심골(心骨)이 셔늘ᄒᆞ믈 ᄭᆡ닷디 못ᄒᆞ더라.

(책임교주 구선정)

교주 완월회맹연 2

1판 1쇄 발행일 2022년 1월 17일

완월회맹연 번역연구모임

발행인 김학원
발행처 (주)휴머니스트출판그룹
출판등록 제313-2007-000007호(2007년 1월 5일)
주소 (03991) 서울시 마포구 동교로23길 76(연남동)
전화 02-335-4422 **팩스** 02-334-3427
저자·독자 서비스 humanist@humanistbooks.com
홈페이지 www.humanistbooks.com
유튜브 youtube.com/user/humanistma **포스트** post.naver.com/hmcv
페이스북 facebook.com/hmcv2001 **인스타그램** @humanist_insta

편집책임 문성환 **편집** 윤무재 **디자인** 박진영
조판 홍영사 **용지** 화인페이퍼 **인쇄** 청아디앤피 **제본** 민성사

ISBN 979-11-6080-794-3 94810
979-11-6080-792-9 (세트)